Nouvelles Françaises du Dix-Neuvième Siècle

*For my son
Brandt
Of whom I
am inordinately
proud

Papa
Gabe Oubinaude
17 Jan 17*

Nouvelles françaises du dix-neuvième siècle

Anthologie

2ᵉ édition revue, mise à jour, et augmentée par
Allan H. Pasco

Rookwood Press
Charlottesville
2015

©2015 by Allan H. Pasco. All rights reserved.

ROOKWOOD PRESS
520 Rookwood Place
Charlottesville, Virginia 22903-4734, USA

Published 2015
Printed in the United States of America.

ISBN 978-1-886365-31-8

This book is printed on acid-free paper.

ROOKWOOD TEXTS

EDITOR
David Lee Rubin

COPY EDITOR
Cécile Dudouyt

PRODUCTION
ANGEL APPLICATIONS

Table des matières

Qu'est-ce que la nouvelle?
1

Madame de Staël
20
Mirza
23

Vivant Denon
32
Point de lendemain
34

François René de Chateaubriand
47
René
50

Théophile Gautier
70
«La Morte amoureuse»
74

Honoré de Balzac
96
«Le Chef-d'œuvre inconnu»
100
«L'Auberge rouge»
120
«Le Colonel Chabert»
144

George Sand
189
«Mouny-Robin»
191

Stendhal
207
«Vanina Vanini»
210

Prosper Mérimée
228
«Mateo Falcone»
230
«La Vénus d'Ille»
239
«Carmen»
260

Victor Hugo
300
«Claude Gueux»
303

Marceline Desbordes-Valmore
322
«L'Inconnue»
326

Gustave Flaubert
335
Un Cœur simple
338

Charles Baudelaire
361
«Le Vieux Saltimbanque»
365
«Le Joujou du pauvre»
367
«La Fausse Monnaie»
368

Guy de Maupassant
370
«La Folle»
373
«Pierrot»
376
«Le Parapluie»
380
«Le Horla»
387

Alphonse Daudet
406
«La Chèvre de M. Seguin»
409
«Les Voies de fait»
414

Jules Amédée Barbey d'Aurevilly
419
«La Vengeance d'une femme»
422

Émile Zola
448
«Madame Sourdis»
452

Joris-Karl Huysmans
475
A vau l'eau
479

Catulle Mendès
511
«Mesdemoiselles Ménechme»
514
«La Perle dans le bas noir»
515

Villiers de l'Isle-Adam
520
«L'Enjeu»
522
«La Torture par l'espérance»
527

Rachilde
532
«La Dent»
535
«La Panthère»
539

Marcel Schwob
543
«Le Roi au masque d'or»
546

Nouvelles françaises du dix-neuvième siècle

Qu'est-ce que la nouvelle?

Au cours des vingt dernières années, le regard critique porté sur la nouvelle a beaucoup évolué[1]. En premier lieu, la critique s'est détournée de la posture autrefois dominante, issue de la Nouvelle Critique et du structuralisme, qui remettait en cause la pertinence de la notion de genre et la considérait comme inutile, sinon pernicieuse. Plutôt que de s'attacher à démontrer que toute certitude en ce domaine est illusoire, que la fiction en prose ne peut être qualifiée que de récit, de narration ou de fiction, et que toute exception, même marginale, rend inepte l'analyse littéraire en termes de genres, la plupart des lecteurs professionnels sont parvenus à un accord. Ils reconnaissent désormais l'existence des genres et l'utilité d'une classification afin de comprendre en profondeur les enjeux de la création littéraire. Comme Todorov l'énonce succinctement, «Que l'œuvre désobéisse à son genre ne rend pas celui-ci inexistant, on est tenté de dire: au contraire... D'abord parce que la transgression, pour exister comme telle, a besoin d'une loi qui sera précisément transgressée»[2].

Les définitions de la nouvelle communément admises ont le mérite d'insister sur ses moyens—la fiction en prose—et sur l'importance de sa brièveté. Peu importe qu'une nouvelle évoque une fable, tandis qu'une autre relate des vies de saints ou bien un conte du folklore ou un fabliau en vers. Pour distinguer une nouvelle d'un roman ou d'un poème, ni les protagonistes ni le sujet ne sont des critères pertinents. Il n'en fut pas toujours ainsi. Diverses définitions centrées sur l'imitation de l'oralité, la prépondérance de la narration, la simplicité générale ou le nombre de protagonistes ont progressivement disparu. Ce type de définition basé sur des procédés et des détails, fussent-ils aussi primordiaux que l'intrigue ou une

---

[1] Ces changements sont surtout attestés depuis la publication de plusieurs ouvrages fondamentaux: René Godenne, *La Nouvelle française* (Paris: P.U.F., 1974); Susan Lohafer, *Coming to Terms with the Short Story* (Baton Rouge: Louisiana State UP, 1983); *Reading for Storyness: Preclosure Theory, Empirical Poetics, and Culture in the Short Story* (Baltimore: Johns Hopkins UP, 2003); Valery Shaw, *The Short Story: A Critical Introduction* (London: Longman, 1983); Charles E. May, *The Short Story: The Reality of Artifice* (New York: Twayne, 1995); Charles E. May, éd., *Short Story Theories* (Athens: Ohio UP, 1976); *The New Short Story Theories* (Athens: Ohio UP, 1994) ; Daniel Grojnowski, *Lire la nouvelle* (Paris: Dunod, 1993).
[2] Tzvetan Todorov, *Les Genres du discours* (Paris: Seuil, 1978) 45. Mary Rohrberger écrit: «Ce que nous devons faire en tant que théoriciens de la nouvelle, c'est éviter de rejeter les théories sous prétexte qu'elles laissent de côté des exceptions ou parce que les limites entre les catégories restent floues»—«Between Shadow and Act: Where Do We Go from Here?», *Short Story at a Crossroads*, éd. Susan Lohafer and Jo Ellyn Clarey (Baton Rouge: Louisiana State UP, 1989) 34.

conception narrative de l'«histoire», s'est effondré lorsque les auteurs se sont mis à écrire en grand nombre des «histoires» qui ne mènent nulle part, ne présentent pas un personnage mais une condition et décrivent plus qu'elles ne narrent[3]. Les définitions de la nouvelle qui se basent sur ses procédés, ses techniques, c'est à dire sur le paradigme de ses constituants interchangeables, n'ont qu'une portée et une utilité limitées dans le temps. Presque toujours, elles excluent les créations des auteurs de la génération précédente et négligent le fait que la génération d'après prend une sorte de revanche en rejetant les anciennes stratégies au profit de nouvelles.

Contrairement au roman, la nouvelle bénéficie d'un appareil critique très mince, et la théorie qui s'y rapporte n'énonce que peu de constats fermes sur sa nature. Pendant une bonne partie de la deuxième moitié du XXe siècle, les critiques ont négligé la notion de genre et lui ont préféré des analyses en termes de narration ou de récit. Ils ont refusé de formuler des définitions strictes pour la nouvelle et ne se sont penchés ni sur ses origines ni sur ses caractéristiques essentielles, ignorant ainsi tout ce qui pouvait les amener à la considérer comme un genre. Cette observation n'est pas une critique, il est sans doute sage de rester prudent devant un genre d'une ancienneté et d'une plasticité inégalées. Comme Gullason, May et bien d'autres l'ont montré, la nouvelle est peut-être «un art sous-évalué» mais cet art demeure remarquablement vigoureux[4], à tel point que Mary Doyle Springer et Elizabeth Bowen ont tenté de distinguer la nouvelle «moderne» et «artistique» de ces cent dernières années, de son prédécesseur, plus ancien et moins artistique[5]. Une telle distinction, toutefois, reste difficile à attester. On se souvient, grâce à H. E. Bates, que «les histoires de Salomé, Ruth, Judith et Suzanne sont des exemples d'un art déjà ancien et hautement développé des milliers d'années avant la mode de *Pamela*»[6]. Clements et Gibaldi ont montré de manière convaincante que les chefs-d'œuvre récents s'inscrivent dans un genre qui dispose d'une longue tradition[7]. Il est en effet difficile de lire certains contes milésiens ou certains contes des *Mille et Une Nuits*, ou même les récits plus récents de Marguerite de Navarre, Chaucer ou Boccace, sans être frappé par la modernité de ces œuvres pourtant anciennes. Leur sujet et leur contenu sont peut-être différents, mais aucun trait distinctif, aucune

---

[3]Allan H. Pasco, *Novel Configurations: A Study of French Fiction*, 2e éd (Birmingham: Summa, 1994) 51-71.
[4]Charles E. May, «Introduction: A Survey of Short Story Criticism in America», dans son édition, *Short Story Theories* (1976) 3-12; Thomas A. Gullason, «The Short Story: An Underrated Art», dans *Short Story Theories*, éd. May (1976) 13-31.
[5]Mary Doyle Springer, *Forms of the Modern Novella* (Chicago: U of Chicago P, 1976) 17; Elizabeth Bowen, «The Faber Book of Modern Short Stories», dans May, éd., *Short Story Theories* (1994) 256-62.
[6]H. E. Bates, *The Modern Short Story: A Critical Survey* (Boston: The Writer, 1972) 13.
[7]Robert J. Clements et Joseph Gibaldi, *Anatomy of the Novella: The European Tale Collection from Boccaccio and Chaucer to Cervantes* (New York: New York UP, 1977); voir aussi, par exemple, Warren S. Walker, «From Raconteur to Writer: Oral Roots and Printed Leaves of Short Fiction», dans *The Teller and the Tale: Aspects of the Short Story*, Proceedings, Comparative Literature Symposium, 23-25 Jan. 1980, (Lubbock: Texas Tech P, 1982) 14.

qualité fondamentale ne les distingue de la production du dix-neuvième siècle et du vingtième siècle. Je ne nie pas toute différence, je soutiens que, à l'instar des archétypes, dont les constituants se combinent avec les caractéristiques spécifiques d'une période donnée et qui par conséquent se renouvellent en permanence, la nouvelle possède un ensemble de caractéristiques identifiables que chaque période littéraire et chaque auteur déploient d'une manière particulière. Une analyse en termes de genre est possible. Elle permet de tracer des parallèles et d'établir des oppositions grâce à une étude de l'auteur, de la période et de la culture qui ont donné le jour à la nouvelle[8].

Puisqu'il est extrêmement délicat d'accorder du crédit aux thèses qui font de la nouvelle un genre récent, la plupart d'entre nous reconnaissent qu'il est quasiment impossible de lui donner une provenance et un âge exacts. Le genre prend certainement ses sources au tout début de la civilisation. Comme nous savons qu'il est commun pour les enfants de s'interroger sur la raison des choses, nous savons que les êtres humains racontent des histoires dans leurs moments de désœuvrement, sans que l'on soit en mesure d'expliquer pourquoi certains individus ont choisi de les écrire, ni pourquoi certaines périodes ont donné naissance à un plus grand nombre de ces individus. Nous pouvons juste prendre note du fait que ce phénomène commence à se produire tôt dans l'Histoire.

Il serait utile de disposer d'une définition qui susciterait une adhésion unanime. Malheureusement, à chaque fois que les critiques et les théoriciens sont parvenus à une définition, même partielle ou précaire, il s'est trouvé un écrivain pour s'ingénier à la contredire, à l'infirmer, sapant ainsi toute certitude rassurante. Certains critiques post-structuralistes ont avancé ce manque de définition stable, cette absence de convention universellement acceptée, ainsi que la difficulté d'établir une réalité extérieure non changeante, pour justifier leur absence de considération pour toute autre chose que le lecteur lui-même. Les textes, comme d'autres vérités objectivement vérifiables, devenaient alors de simples prétextes, au final de peu d'importance. Le genre, qui n'a pas d'existence physique, puisqu'il consiste en un concept partagé par un collectif, et donc en une réalité non individualisée, a subi un sort pire encore. Quelques considérations récentes laissent entrevoir un changement d'attitude[9], mais dans leur majorité les critiques continuent de traiter la question de la pertinence des genres fictionnels avec indifférence. Comme Harry Steinhauer l'a exprimé il y a quelques années, «Il y a des tâches plus urgentes pour les membres de la communauté universitaire que la recherche des traits fantômes de la *novella*»[10]. Peut-être le moment est-il venu de suggérer que cette attitude

---

[8]Selon Adrian Hunter, la nouvelle anglaise ne commence qu'au dix-neuvième siècle. Avant, les œuvres courtes ressemblent à des chapitres de romans sans suite—*The Cambridge Introduction to the Short Story in English* (Cambridge: Cambridge UP, 2007) 6.
[9]Voir, par exemple, Gérard Genette, «Genres, "types", modes», *Poétique*, No 32 (nov. 1977): 389-421; Jean-Marie Schaeffer, *Qu'est-ce qu'un genre littéraire?* (Paris: Seuil, 1989); Austin M. Wright, «On Defining the Short Story: The Genre Question», *Short Story at a Crossroads*, éd. Lohafer et Clarey, 46-53.
[10]Harry Steinhauer, «Towards a Definition of the Novella», *Seminar* 6 (1970): 174.

peut donner naissance à des réflexions théoriques intéressantes, mais qu'elle reflète une position extrême, par trop éloignée des mécanismes à l'œuvre dans la lecture de textes littéraires. Lors de ce processus, les lecteurs font comme si les conventions, le langage, les textes et la civilisation existaient, et parviennent ainsi à extraire le sens du texte. À cette fin, un accord entre eux est créé qui permet une communication satisfaisante.

E. D. Hirsch, Jr. a mis en évidence l'obstacle majeur à la définition d'un genre: «Aristote avait tort de supposer que les productions humaines peuvent être classées en catégories de façon autoritaire et définitive, comme peuvent l'être les espèces biologiques. [...] Une vraie classe nécessite un jeu de caractéristiques distinctives inclusives dans la classe et exclusives en dehors de celle-ci, et réclame donc une *differentia specifica*. Cette dernière, selon Aristote, est la clé de la définition et de l'essence. Mais en fait, personne n'a jamais défini ainsi la littérature ou l'un des genres majeurs qu'elle recouvre»[11]. De tels propos emportent l'adhésion, mais la position de Hirsch n'en soulève pas moins plusieurs questions. La plus épineuse, en dépit de l'admiration inconsidérée de la science et du scientifique qui envahit les sciences humaines, découle du fait que la typologie biologique ne bénéficie pas d'une *differentia specifica*. Les traits distincts ne sont vraiment caractéristiques que dans leur congruence plurielle, c'est-à-dire lorsqu'ils réussissent à isoler—avec plus ou moins de succès—un *locus*, un point qui leur est commun. Les biologistes savent bien que toute typologie biologique est problématique puisque chaque classe possède sa propre variante du mammifère ovipare, l'ornithorynque.

Cela dit, je pressens que l'étude des genres esthétiques est encore plus délicate que celle des espèces biologiques. Avec ces dernières, seule la définition est une invention humaine. Le référent externe peut changer, mais une telle altération, si elle a lieu, est forcément très lente. En matière esthétique, en revanche, les objets d'étude et la classification proviennent tous du foyer créatif humain et sont sujets à des changements constants et parfois radicaux. Par ailleurs, comme le processus créatif implique nécessairement la mise en œuvre d'une certaine nouveauté, toute définition ne peut être que rétrospective et doit être continuellement révisée et mise à jour pour accompagner ces innovations. La tentative qui visait à limiter la définition du roman aux œuvres réalistes ou centrées sur la psychologie des personnages et qui excluait les œuvres populaires telles que les romans noirs ou fantastiques, ou encore les romans d'amour du dix-huitième siècle, n'est plus pertinente. De nos jours, le roman n'est pas restreint à un certain type de sujet. L'espoir de parvenir à une définition universelle qui resterait valide indéfiniment ne sera concrétisé que lorsque la nouvelle sera morte en tant que genre. Si une telle chose s'est déjà produite pour le poème épique, elle n'est pas encore survenue dans le cas de la

---

[11] E. D. Hirsch, Jr., *The Aims of Interpretation* (Chicago: U of Chicago P, 1976) 120-21. Ainsi que Norman Friedman l'expose: «Toute tentative de formuler la définition d'un genre sur la base d'une *differentia* unique, universelle et donc trop vague, est vouée à l'échec. Ce dont nous avons besoin est d'un jeu de *differentiae*.» – «Recent Short Story Theories», *Short Story Theory at the Crossroads*, éd. Lohafer et Clarey, 17-18.

nouvelle et je me contenterai donc de développer les théories communément retenues. La périphérie problématique et indistincte de ce domaine peut être laissée à l'exploration individuelle.

Les lexicographes sont avant tout des collectionneurs. Après avoir rassemblé autant d'échantillons et d'exemples que possible, après avoir évincé les phénomènes et écarts non représentatifs, ils composent une définition qui se rapproche le plus possible de l'usage standard. Si la norme change, ils doivent opérer des changements ou concevoir des définitions entièrement nouvelles. Comme la réalité à laquelle se réfèrent les signes linguistiques n'est ni *ab ovo* ni *ad vitam aeternam*, les définitions doivent être constamment ajustées. Elles ne tombent pas du ciel et ne sont pas immuables. Bien plutôt, elles reflètent un accord de la pensée commune. Il est peut-être regrettable qu'un tel accord soit sujet à des évolutions, qu'il admette des exceptions et soit souvent approximatif, mais c'est un fait linguistique communément observé et admis. Cela ne doit pas nous empêcher de parvenir à cet accord nécessaire à presque toute activité humaine et tout rapport social. Un tel accord est assurément une condition *sine qua non* de la lecture. Si l'on se souvient des efforts très louables d'Heinrich Wölfflin, on peut se trouver réconforté par le constat que même les échecs de classification peuvent s'avérer utiles à la compréhension de l'art. Bien que Wölfflin n'ait pas concrétisé son intention de classifier l'art, il a largement dépassé la simple différentiation entre «classique» et «baroque»[12].

En matière de science comme de littérature, une définition en termes de genre ne peut prétendre faire mieux que mettre en avant les aspects dominants du système considéré, qui inclut inévitablement des éléments à trouver et à étudier ailleurs que dans le seul cadre de cette définition. Tynjanov l'explique avec une référence à la littérature: «Comme un système n'organise pas l'interaction égale de ses éléments constitutifs mais place un groupe de ces éléments au premier plan, la "dominante", impliquant ainsi la déformation des autres éléments, une œuvre entre en littérature et acquiert sa fonction littéraire à travers cette "dominante". Nous situons ainsi les poèmes dans la catégorie de la versification et non celle de la prose, en nous fondant sur certaines caractéristiques et non sur la totalité de celles-ci»[13].

Les obstacles empêchent la mise au point de définitions des créations humaines: «Le concept de genre n'est plus aussi utile qu'il l'était dans le passé»[14]. Le besoin de définitions acceptables se fait encore davantage sentir à présent que la plupart, sinon toutes les œuvres qui jettent le discrédit sur les genres—je pense en particulier à Godard et à Sollers—sont créées avec la volonté de saboter les conventions. Nier l'existence d'un genre comme le roman revient à enlever à un Sollers l'opportunité d'attaquer la société bourgeoise en minant l'une de ses catégories

---

[12] Heinrich Wölfflin, *Principles of Art History: The Problem of the Development of Style in Later Art*, tr. de la 7e éd. (1929) par M. D. Hottinger (New York: Dover, s.d.).
[13] Jurij Tynjanov, «On Literary Evolution» (1927), dans *Readings in Russian Poetics: Formalist and Structuralist Views*, éds. Ladislav Matejka and Krystyna Pomorska (Cambridge, MA: M.I.T. P, 1971) 72-73.
[14] Leon S. Roudiez, *French Fiction Today: A New Direction* (New Brunswick: Rutgers UP, 1972) 6.

conceptuelles. À l'évidence, une partie du plaisir procuré par les œuvres qui jouent avec les genres et viennent s'inscrire à la limite des catégories bien établies provient précisément de la difficulté de leur rattachement à un genre identifié.

Il faut apprendre désormais à distinguer l'intelligence de l'aveuglement obstiné. Peut-être est-il effectivement impossible de définir un genre, pourtant le lecteur le fait en permanence en se servant de sa propre définition comme d'un guide. Que le lecteur se retrouve parfois désorienté n'empêche pas ce comportement le moins du monde. Il se peut qu'un lecteur ignore une leçon importante des Anciens et de la psychologie, selon laquelle nous ne voyons que ce que nous sommes préparés à voir, et ne comprenons que ce qui se situe à l'intérieur du périmètre de notre connaissance. Néanmoins, de façon inconsciente et intuitive, le lecteur recherche ce qu'il connaît. L'Histoire fournit d'innombrables exemples de désastres provoqués par ceux dont les attentes ne correspondaient pas à leur expérience et qui se sont quand même raccrochés à leurs fausses croyances. On peut illustrer ce phénomène en se rapportant aux lectures erronées effectuées par des lecteurs qui, pendant des siècles, ont ignoré l'histoire de Job et ne pouvaient donc pas en rapprocher le conte de Boccace où il raconte l'histoire de Griselda[15]. L'inexactitude de ce type de raisonnement est peut-être sans importance. J'en conclurais plutôt qu'il y a de la sagesse à poser les bases d'une théorie qui faciliterait le décryptage et la compréhension. Non seulement cela favoriserait la communication, mais cela permettrait de prendre la pleine mesure de la beauté d'un texte.

La mission de définir un genre n'est menée à bien que si elle satisfait à plusieurs exigences. La définition obtenue doit correspondre à la compréhension et à la pratique générale, et doit être judicieusement sélective. Les catégories ne doivent pas se fonder sur un élément unique qui pourrait être source de confusion. Aucun élément ne doit servir de pierre de touche discrétionnaire pour distinguer la nouvelle des autres genres. Il est à espérer que l'ensemble des traits dégagés fournira un moyen efficace de discrimination. Le fait que les insectes et les serpents soient des animaux à sang froid ne doit pas nous dissuader de maintenir cette caractéristique dans leurs définitions respectives. Il y aura toujours des cas de figure qui présentent des difficultés, intentionnellement ou non, mais à moins qu'ils ne se généralisent, ils ne doivent être considérés que pour la signification qui découle de leur écart à la norme. Il est souhaitable que les exceptions ne conduisent pas à nier les définitions existantes et, à plus forte raison, n'en viennent pas à priver la critique de la possibilité de parvenir à un accord.

Si l'on est en droit de distinguer le champ spécifique de la nouvelle au sein de la narration, on peut avancer la définition suivante: une nouvelle est *une courte fiction littéraire écrite en prose*. De prime abord, une telle formule ne paraît pas ouverte à la controverse. Son utilité, cependant, dépend de sa signification profonde. Or, il apparaît rapidement que les quatre termes définitoires posent de sérieux problèmes d'interprétation.

---

[15]Voir Enrico de'Negri, «The Legendary Style of the *Decameron*», *Romanic Review*, 43 (1952): 166-89.

Qu'est-ce que la nouvelle?

Le concept de «fiction», par exemple, qui a fait réfléchir les plus brillants cerveaux et généré des volumes de commentaires, réclame une certaine prudence dans son maniement. Portons d'abord notre attention sur son référent linguistique pour les besoins de notre démarche de discrimination. Bien que la fiction puisse être une proposition vraie, elle comporte «des spécificités non vraies, des faits non avérés», ainsi que le remarque Thomas J. Roberts[16], et le lecteur en est averti de manière implicite ou explicite. La création première de la fiction, que ce soit le motif, l'intrigue ou le monde qu'elle présente, ne peut être vérifiée de façon externe. Tout l'intérêt des écrits des sociologues et des historiens réside dans leur aptitude à être soumis à la vérification et à la reproduction. Aussi complexes et structurés soient-ils, de tels écrits autorisent un contrôle par la validation objective, dans le détail comme dans leur intégralité. Bien évidemment, des événements contemporains ou historiques peuvent trouver leur place dans la fiction, sans que cela ne modifie en rien son intention première de créer un monde complexe et invérifiable. Parallèlement, la présence d'un ou deux mensonges dans *Les Confessions* (1781, 1788) ne ramène pas cette œuvre à de la fiction, puisque Rousseau avait clairement pour objectif de présenter la vérité générale de son personnage plutôt que des vérités spécifiques. À l'inverse, la parabole du fils prodigue exposée par Jésus existe avant tout dans cette image focalisée créée par les mots de cette parabole. Il y aura toujours des cas litigieux. Le domaine romanesque nous offre un exemple célèbre avec les *Lettres de la religieuse portugaise* (1669). «Sont-elles authentiques? s'interroge Philippe van Tieghem. Il semble qu'on n'en puisse pas douter»[17]. En réalité, de nombreux universitaires ont mis en doute leur authenticité. Sont-elles réellement de la main de la nonne Mariana Alcoforado ou bien les devons-nous au talent littéraire d'un Guilleragues? Elles semblent trop bien écrites et leur lyrisme est trop entêtant pour ne pas relever de la fiction. Mais au juste, nous n'en savons toujours rien. De toute manière, le problème potentiel du conflit entre illusion et réalité n'affecte pas sérieusement l'étude du genre qui nous intéresse. Chacun s'accordera à reconnaître que la nouvelle, si elle inclut parfois des faits réels, ne le fait que de manière accidentelle, accessoire, et garde son statut de fiction. Il serait certes calomnieux de ne pas croire la vertueuse Marguerite de Navarre lorsqu'elle revendique la véracité de ses histoires ; il n'en demeure pas moins que leur caractère esthétique les élève au-dessus de la simple réalité: ce sont à proprement parler des nouvelles.

Le terme «fiction» pose des problèmes autrement plus importants. Les éléments qui composent une nouvelle visent surtout au développement d'une histoire, et la narration, organisée selon un mode chronologique et causal, est généralement considérée comme prépondérante. J'ai soutenu dans d'autres pages que celles-ci que

---

[16]Thomas J. Roberts, *When Is Something Fiction?* (Carbondale: Southern Illinois UP, 1972) p. 11. Voir également René Wellek et Austin Warren, *Theory of Literature* (New York: Harcourt, Brace, 1949) 15-16, 221-22; Monroe C. Beardsley, *Aesthetics: Problems in the Philosophy of Criticism* (New York: Harcourt, Brace, 1958) 419-37; et Michel Butor, *Répertoire* [I] (Paris: Minuit, 1960) 7-8.
[17]Philippe Van Tieghem, «Les Prosateurs du XVIIe siècle», *Encyclopédie de la Pléiade*, éd. Raymond Queneau, vol. 3 (Paris: Gallimard, 1958) 429.

Balzac, dans ses nouvelles et ses romans, subordonnait la narration à la description et qu'il était plus intéressé par le portrait d'une période et d'une civilisation que par la narration des événements de la vie d'un Gobseck ou d'un Père Goriot. À partir du début du dix-neuvième siècle, la prédominance de l'image dans la fiction est fréquente. C'est manifeste avec ce que Joseph Frank a appelé «forme spatiale» et que j'ai nommé «structure imagée». D'autres critiques, également attentifs au lien existant entre forme et image, ont, pour désigner ce complexe de sensations qui parvient à la mémoire, parlé de tonalité, d'ambiance, de focus ou de thème, comme celui de la solitude chez Frank O'Connor[18]. Celui qui, dans la nouvelle «La Folle» (1882) de Maupassant, estimerait que les événements conduisant à la scène où les Prussiens abandonnent la folle à sa mort solitaire dans les bois enneigés constituent le ressort principal de la nouvelle, se méprendrait sur son sens profond. Il négligerait l'argumentation centrale dénonçant la folie brutale de l'homme et sa conséquence, l'inaptitude à communiquer, au profit d'une intrigue d'importance secondaire. Il en va de même dans «Menuet» (1883), le portrait plein de sensibilité de deux survivants et de leur passé, et pour des dizaines d'autres contes de Maupassant. Pour ces histoires, et *a fortiori* pour celles écrites au XXe siècle, l'intrigue, qu'elle relève du simple changement d'état repéré par Todorov dans sa typologie ou qu'elle résulte de la convergence d'événements distincts[19], ne revêt pas davantage d'importance que dans «La Plage» de Robbe-Grillet (1962). Dans cette nouvelle, trois enfants se promènent sur le sable et y laissent des empreintes dont le lecteur comprend qu'elles vont être rapidement effacées par la marée. Dans d'autres nouvelles, cependant, qui sont nombreuses, l'intrigue prédomine toujours. Les centaines d'exemples que l'on peut citer vont de la découverte et la punition des moines adultères dans le trente-deuxième conte des *Cent Nouvelles Nouvelles* (1462) à la prise de conscience progressive du passé du héros tandis qu'il tombe de l'Empire State Building pour devenir «une méduse rouge sur l'asphalte de la cinquième avenue» dans «Le Rappel» (1962) de Boris Vian. Le terme de «fiction» englobe donc des histoires dont l'essence peut être aussi bien narrative que descriptive.

Certains auteurs critiques ont voulu restreindre le terme de «nouvelle» à des sujets précis. Murray Sachs estime que pour une personne instruite, le conte «possède un goût affirmé d'irréel ou de surnaturel. […] Le mot *nouvelle* est parfois

---

[18] Pour «thème», voir Frank O'Connor (pseud. Michael O'Donovan), *The Lonely Voice: A Study of the Short Story* (Cleveland: World Publishing, 1963); Joseph Frank, *The Widening Gyre: Crisis and Mastery In Modern Literature*, Midland Book (1963; rééd. Bloomington: Indiana UP, 1968); Pasco, *Novel Configurations* 51-71; Pour «tonalité», voir Robert Pinget, «Pseudo-Principes d'esthétique», dans *Nouveau roman: Hier, aujourd'hui*, éd. Jean Ricardou, Françoise van Rossum-Guyon, 2 vols. (Paris; 10/18, 1972) 2:311-24; pour «ambiance», voir Georg Lukacs, *The Theory of the Novel* (Cambridge, MA: M.I.T. P, 1971) 51-52, ou Eileen Baldeshwiler, «The Lyric Short Story: The Sketch of a History» (1969), dans *Short Story Theories*, éd. May (1976) 202-13; pour «focus», voir Mordecai Marcus, «What is an Initiation Story?», ibid., 189-201.
[19] Tzvetan Todorov, «La Grammaire du récit», *Languages*, 12 (1968): 96; Gerald Prince, *A Grammar of Stories* (La Haye: Mouton, 1973) 31.

restreint pour des raisons étymologiques à des narrations qui ont le caractère de faits réels et, dans ce cas, est perçu comme inapplicable à des histoires qui tirent vers le fantastique ou l'improbable»[20]. Alfred G. Engstrom partage ce point de vue. Selon lui, «les narrations surnaturelles (contes de fées, légendes mettant en scène des démons, des saints, des dieux, etc.) et les contes de sorcellerie pure» sont généralement à exclure de la nouvelle[21]. Cette distinction ressemble au désir de limiter le «roman» aux œuvres réalistes et psychologiques. Même si je pourrais tenter d'arbitrer ce débat en suggérant que la *nouvelle* semble être un terme générique qui regroupe les sous-catégories du *conte*, et que le conte maintient une association étroite avec ses origines orales, je pense que de telles discussions sont stériles et ne ciblent pas les enjeux réels[22]. Ian Reid exprime son malaise devant une telle distinction, même s'il l'accepte partiellement: «"L'Exempla" à propos de figures saintes ennuyeuses, de fragments de légendes se rapportant à des événements tragiques, ou des miracles: de tels textes diffèrent manifestement des contes qui sont cohérents sur le plan de l'imagination même s'ils gardent un caractère fantastique ou elliptique, et diffèrent également de ces contes qui explorent une dimension mentale ou morale par le biais du surnaturel, ainsi que dans "Young Goodman Brown" de Hawthorne, avec ses symboles et ses références au démoniaque et à la sorcellerie»[23]. La question n'est pas de savoir si c'est un mythe, une légende ou une histoire à caractère mythologique qui est racontée, mais bien plutôt de savoir si elle l'est de manière esthétique.

Le paramètre artistique constitue une donnée de toute définition des genres. Cela n'a pas besoin d'être conscient, ni d'être compris, pour prendre en compte l'argument convaincant de Northrop Frye, selon lequel le récit de la guerre du Péloponnèse de Thucydide pourrait désormais être très bien considéré non plus comme de l'Histoire, mais comme de l'art. Bien sûr, le caractère esthétique comme pierre de touche générique laisse à désirer, car vient immédiatement à l'esprit l'art pauvre ou médiocre dont nous gratifient certains magazines populaires. De tels exemples affichent le désir de toucher leurs lecteurs sur le plan esthétique. On pourrait alors inclure dans le genre qui nous intéresse certaines histoires publiées

---

[20] Murray Sachs, «Introduction», *The French Short Story in the Nineteenth Century* (New York: Oxford UP, 1969) 13.

[21] Alfred G. Engstrom, «The Formal Short Story in France and Its Development Before 1850», *Studies in Philology*, 42 (1945): 631.

[22] Je n'ai en aucune manière épuisé la controverse qui fait rage autour du «conte» et de la «nouvelle». Voir également Jeanne Demers, «Nouvelle et conte: des frontières à établir», *La Nouvelle: écriture(s) et lecture(s)*, éd. Agnès Whitfield et Jacques Cotnam (Montréal: GREF, 1993) 63-71. Une autre position, longtemps retenue, est à mentionner: «Pendant cette période [la première moitié du XIXe siècle], le mot conte avait une signification différente du mot *nouvelle*. Le *conte* était considéré comme centré sur un épisode principal, tandis que la nouvelle, plus complexe, présentait une multiplicité de scènes»—Albert J. George, *Short Fiction in France: 1800-1850* (Syracuse: Syracuse UP, 1964) 234. L'exemple du *conte de fées* montre tout de suite les limites d'une telle distinction, car ces contes sont souvent extraordinairement complexes.

[23] Ian Reid, *The Short Story*, Critical Idiom, N° 37 (Londres: Methuen, 1977) 8-9.

dans *Femme Actuelle* mais on exclurait sans doute la plupart des contes catalogués dans l'index des motifs du folklore publié par Stith Thompson. Personne ne viendra mettre en doute que «Le Petit Poucet» (1697) de Perrault, «La Légende de saint Julien l'Hospitalier» (1877) de Flaubert, «Le Jongleur de Notre-Dame» (1882) d'Anatole France, sont d'excellentes nouvelles. La nouvelle est ouverte à tout sujet et à tout propos. Il est possible de discuter de la possibilité d'inclure ou non une œuvre en particulier, par exemple l'une des légendes de la *Légende dorée* (1255-56) de Jacques de Voragine. Le critère déterminant, en général, n'est pas la présence d'un saint ou la survenue d'événements surnaturels. Ce qu'il faut étudier, c'est si les qualités esthétiques du texte parviennent à conférer à la narration un certain degré d'art. En conclusion, l'œuvre doit être une fiction artistique.

Quand j'ai suggéré plus haut qu'une nouvelle est «une courte fiction *littéraire* écrite en prose», j'entendais seulement que la création doit avoir été réalisée avec l'intention apparente de créer du beau. La manière d'établir l'existence d'une telle intention est bien sûr ouverte au débat, surtout dans des cas spécifiques. Cette préoccupation, toutefois, est moindre que celle qui vise à concevoir qu'il doit y avoir un sens artistique dans une nouvelle pour qu'elle existe en tant que telle. Même si le problème est rarement posé en ces termes, la critique considère clairement que le but esthétique implicite de la nouvelle est accepté, même si il n'est parfois pas exprimé. La configuration d'une nouvelle revêt une grande importance pour de nombreux critiques adeptes de la théorie prescriptive. Ludwig Tieck insiste sur le passage-clé, le centre crucial de la narration, ce moment précis où les choses changent. Ruth J. Kilchenmann partage son point de vue, mais se concentre davantage sur l'intrigue qui se noue puis se dénoue à l'issue de cette crise[24]. D'autres, comme Ellery Sedgewick, mettent l'accent sur l'importance de la fin—«Une histoire est comparable à une course de chevaux. C'est le début et la fin qui importent le plus.»—tandis que pour Tchekhov ni le début ni la fin ne comptent réellement[25]. Brander Matthews a tenté de tourner le propos rien moins qu'imprécis d'Edgar Allan Poe en *Ars poetica* rigide, et de nombreux écrivains et critiques ont élevé les fins astucieuses ou épigrammatiques d'O. Henry au rang de modèles[26]. Certains insistent sur le personnage, d'autres sur une intrigue unique et linéaire, d'autres encore sur un procédé en particulier. Je préférerais simplement avancer que les mécanismes et les moyens changent à travers les âges sans modifier l'ambition première de la nouvelle—qu'elle soit réelle ou pratiquement imperceptible—qui est de produire une unité esthétique.

Les normes esthétiques changent d'un individu à l'autre et, dans une plus large mesure encore, d'une période à l'autre et d'une culture à l'autre. Juste avant la Renaissance, les Novillinos, par exemple, étaient extrêmement courts (une à deux pages) et centrés sur le moment de la révélation ou de la résolution, ou sur un jugement où s'exprimait une forme de sagesse, un noble exploit, une réplique

---

[24] Reid 12-13.
[25] Bates 17.
[26] May (1994) 73-80.

spirituelle. Quand Boccace se met à dépasser le cadre de l'anecdote et à enrichir la narration en exploitant les situations ainsi qu'en détaillant les circonstances qui conduisent à la résolution, la valeur esthétique ne repose plus sur des effets marqués et vigoureux. Elle se déplace vers l'appréciation de la capacité de l'auteur à révéler les subtilités de l'histoire comme si elles représentaient les éléments complémentaires d'un tout équilibré. Si Gobineau avait écrit ses remarquables nouvelles au dix-huitième siècle, à une époque où la fiction, qu'elle soit de format court ou long, consiste essentiellement en une succession d'épisodes narrant les déambulations d'un protagoniste, il aurait eu plus de succès qu'au milieu du dix-neuvième siècle, qui fait la part belle à l'intensité et à la vivacité des descriptions. Néanmoins, quelle que soit la période considérée, l'effort destiné à créer un texte artistique est toujours discernable, même si les canons artistiques et la conception même de ce qui est artistique peuvent changer au fil du temps. L'attitude consistant à reléguer au second plan les critères artistiques d'une période donnée, dans l'optique d'une approche globalisante d'un genre, n'empêche pas de se focaliser sur une période spécifique et sur ses valeurs, ou bien encore d'avoir cette autre démarche consistant à réaliser une histoire du genre basée sur les changements de valeurs et de techniques. Comme le souligne René Wellek, rapprocher une réalité individuelle d'une valeur générale ne ramène pas nécessairement la valeur individuelle à un simple spécimen du concept général. Le rapprochement pourrait plutôt servir de toile de fond apportant un surcroît de sens à l'exemple considéré[27].

Affirmer que les nouvelles relèvent de la prose semble à première vue légitime et incontestable. De toutes les hypothèses prévalant dans les anthologies et dans la théorie, celle-ci est sans nul doute la plus communément acceptée. Cependant, il convient de porter la plus grande attention à cette question. Il existe en effet des œuvres en vers qui relèvent de la fiction, et même de la narration. Je pense en particulier à *Eugène Onéguine* (1833) de Pouchkine. Par œuvre versifiée, on entend tout texte écrit organisé prioritairement selon un rythme métrique, ce qui fait de la prose ce langage écrit où le rythme métrique ne se trouve qu'accidentellement. Désirons-nous réellement exclure du genre de la nouvelle les fabliaux, ces admirables contes en vers du Moyen Âge? À une époque où l'on se targue de tolérance, il est difficile d'approuver un raisonnement reposant sur l'exclusion. Pourtant, il n'y a aucun inconvénient à exclure les fabliaux de la nouvelle. Cela présente même le grand avantage de nous rafraîchir la mémoire sur une caractéristique fondamentale et cependant trop souvent oubliée. Dans les versions originales des fabliaux, contrairement à leurs traductions en prose, il est aisé de percevoir à quel point le rythme métrique est essentiel. Sans celui-ci, les fabliaux se retrouvent très appauvris. La question n'est pas de savoir si le texte contient un rythme marqué, car il en va ainsi de nombreux grands romans et nouvelles, mais d'établir si ce rythme constitue ou non un élément dominant. Comme Victor Erlich le pointe à propos des formalistes russes, «La différence spécifique du vers n'est pas la simple présence

---

[27] Voir René Wellek, «Literary History», *Literary Scholarship: Its Aims and Methods*, éd. Normon Foerster et al. (Chapel Hill, NC, 1941) 124.

d'un élément—en l'occurrence un arrangement régulier ou semi-régulier des motifs sonores—mais réside véritablement dans son statut. Dans le langage "pratique", prétend-on, ainsi que dans le discours ordinaire et dans le langage scientifique, le rythme est un phénomène secondaire, un expédient ou une conséquence indirecte de la syntaxe. Dans la poésie, au contraire, il est une qualité première, une valeur intrinsèque»[28]. Comme pour les sujets abordés précédemment, il se trouvera toujours des cas où l'application de la règle est problématique. Je pense aux «histoires» et aux «fictions» de Dylan Thomas, dont la luxuriance et le rythme «ne permettent pas aisément le rattachement aux catégories littéraires classiques ni aux longueurs prescrites»[29]. Certains pourraient évoquer le cas des poèmes narratifs, comme les fabliaux, mais aussi les poèmes comme «Moïse», de Vigny, ou des poèmes en prose comme «Le Vieux Saltimbanque», de Baudelaire, dont l'assimilation au genre de la nouvelle ajouterait indéniablement un certain lustre à cette dernière. Encore une fois, le débat est ouvert, et comme nous l'avons rappelé, les définitions en matière d'esthétique ne sont jamais définitives. Elles jouent le rôle de guide ou de repoussoir et peuvent être rejetées à tout moment par les auteurs ou les lecteurs.

Venons-en à présent au terme définitoire le plus ouvert à la polémique: la brièveté. Personne ne conteste la nécessité de cette dernière. Nombreuses sont, en revanche, les discussions qui portent sur son évaluation. Les critiques allemands ont retenu le mot *Novelle* pour les fictions de longueur intermédiaire et ont conçu une nouvelle désignation pour les histoires plus courtes: *Kurzgeschichte*. Si l'on se réfère à la prescription d'E. M. Forster et que l'on fixe la limite qui sépare un roman d'une nouvelle à 50000 mots[30], on voit qu'il est facile d'ergoter sur ce chiffre, dans la mesure où il invite à inclure dans le genre des œuvres généralement considérées comme des romans, telles que *L'Immoraliste*, *L'Étranger*, et bien d'autres. Or, si le rattachement à un genre particulier n'affecte en rien les qualités d'une œuvre, il peut encourager le lecteur à nourrir des attentes inappropriées. Décider de quantifier la brièveté du genre de manière arbitraire n'est pas en soi une mauvaise attitude. Valery Shaw précise que la longueur des fictions publiées est souvent tributaire de considérations relatives à «des limitations en termes de volume publiable, de style propre aux maisons d'édition et de stipulations éditoriales» qui n'appartiennent donc pas au domaine de l'esthétique. C'est pour cette raison que la barre des 2000 mots a semblé constituer une longueur adéquate[31]. Les différents aspects des réalités éditoriales encouragent également à envisager d'autres chiffres, tels que la limite

---

[28]Victor Erlich, *Russian Formalism: History—Doctrine*, 3ᵉ éd (Paris: Mouton, 1969) 213. Pour bénéficier d'un autre point de vue sur la question du rattachement des fabliaux au genre de la nouvelle, voir Roger Dubuis, «Le Mot "nouvelle" au moyen âge: De la nébuleuse au terme générique», *La Nouvelle: Définitions, Transformations*, éd. Bernard Alluin et François Suard (Lille: PU de Lille, 1990) 13-26.
[29]Éditeur anonyme, *Adventures In the Skin Trade and Other Stories*, de Dylan Thomas (New York: Signet, 1956) vii, note.
[30]E. M. Forster, *Aspects of the Novel*, Harvest Books (1927; rééd., New York: Harcourt, Brace, 1954) 5-6.
[31]Shaw 7.

de 7000 à 10000 mots retenue par V. S. Pritchett[32]. Ces considérations relatives à la longueur ont également leur pertinence dans les autres genres. On comprend aisément le désarroi d'un éditeur tel que Maxwell Perkins le jour où le brillant et néanmoins prolixe Thomas Wolfe lui apporta un manuscrit dans une fourgonnette. Sans doute y avait-il là matière à opérer quelques coupures. Pendant longtemps, les tragédies devaient être écrites en vers, comporter cinq actes et se dérouler en un seul jour. La représentation de la Passion du Christ à Oberammergau, tragique par excellence, excède cependant une telle durée. Le célèbre postulat de Poe sur la nécessité d'une impression unique laissée à un lecteur au cours d'une lecture effectuée d'une traite n'est ni plus ni moins déraisonnable. Comme Carlos Williams le formule, «La principale caractéristique d'une nouvelle est d'être courte»[33]. Il n'est ni le premier ni le dernier à le remarquer. Pour Mary Louise Pratt, cela constitue indéniablement un fait crucial, une donnée primordiale[34]. Une nouvelle doit être courte. Sans quoi ce n'est tout simplement pas une nouvelle.

Même dans le domaine des sciences physiques, il est nécessaire d'opérer des distinctions. Ainsi, si chacun reconnaît que le rouge est une couleur produite par des ondes de lumière plutôt longues, il n'est pas évident de déterminer précisément à quel moment le rouge devient orange et l'orange rouge. Les gradations sont infinies, quoique peut-être moins nombreuses qu'en littérature. Quelles que soient les catégories établies, elles doivent à tout le moins sembler raisonnables, et la limite des 50000 mots défendue par Forster est beaucoup trop large.

À cause, peut-être, des difficultés soulevées par un chiffre arbitraire, qu'il soit de 8000 ou de 50000 mots, la plupart des critiques sont plus à l'aise avec le postulat de Poe, qui insiste sur la nécessité d'une lecture effectuée d'une traite. L'inconvénient de cette distinction est évident, ainsi que l'a exprimé William Saroyan: certaines personnes peuvent rester assises plus longtemps que d'autres[35]. Plusieurs remarques s'imposent à propos de ce postulat. Avant tout, il prévient tout risque de jugement arbitraire sans exclure la nécessité du format bref, quelle qu'en soit sa définition. La brièveté est définie par certains facteurs parmi lesquels prévalent les particularités individuelles, et, ainsi que l'a montré Paul Zumthor, par la culture[36]. Ce qui est long pour un Français semblerait certainement court à un Zoulou. Ce qui paraît court à l'occasion d'une croisière transatlantique est démesurément long pour une pause-déjeuner. Le mieux, par conséquent, est de ne pas imposer de règles strictes. Il existe d'excellentes nouvelles de moins de 1000 mots–je pense en particulier à celle de Maupassant, «Le lit» (1882), pour n'en citer

---

[32]Ibid. 8.
[33]Williams, *A Beginning on the Short Story [Notes]* (Yonkers, NY: Alicat Bookshop Press, 1950) 5.
[34]Mary Louise Pratt, «The Short Story: The Long and the Short of It», *Poetics* 10 (1981): 179.
[35]Reid 9.
[36]Paul Zumthor, «La Brièveté comme forme», *La Nouvelle: Formation, codification et rayonnement d'un genre médiéval* (Actes du Colloque International de Montréal—McGill University, 14-16 octobre 1982), éd. Michelangelo Picone et al. (Montréal: Plato Academic Press, 1983) 4.

qu'une–tout comme il en est d'excellentes qui excèdent 30000 mots, comme la «Jettatura» (1856) de Theophile Gautier. Sans doute est-il préférable de souscrire à la proposition suivante qui, je l'admets, n'est pas dénuée de provocation: «La brièveté n'est jamais aléatoire, mais...*elle constitue un modèle formalisant*»[37]. C'est avec prudence que je m'efforcerai de définir exactement comment cette fonction formalisante est actualisée, mais il me semble que cette analyse perspicace, en complément des autres marqueurs génériques dont nous avons déjà fait état, contribue largement à valider la définition du genre que nous avons proposée ci-dessus.

    L'identification d'une nouvelle doit souvent se faire au moyen d'un examen précis des objectifs de celle-ci, en relation avec la notion de brièveté. Les nouvelles exploitent la brièveté, les romans exploitent la longueur. Par ailleurs, les chefs-d'œuvre sont généralement plus faciles à catégoriser par les lecteurs que les œuvres de moindre envergure. Il faut concevoir qu'il existe des créations qui se situent à la frontière du roman et de la nouvelle, tant et si bien qu'il devient impossible de les caractériser. Cette indistinction ne présente aucun inconvénient, à condition que le lecteur fasse preuve d'assez de discernement pour comprendre les procédés mis en œuvre par l'auteur et les rattacher à un tout cohérent. On pourrait alors ressusciter le terme des néo-aristotéliciens, «genre mixte», et l'employer pour les œuvres où l'identification générique est brouillée ou malaisée. Peut-être peut-on aussi leur réserver l'appellation de novellas.

    Les nouvelles exploitent aussi la concentration, comme Baudelaire l'a vu. Dans une lettre à Armand Fraisse, il parle du sonnet en disant: «Parce que la forme est contraignante, l'idée jaillit plus intense»[38], mais comme il l'explique dans son premier essai sur Gautier, c'est aussi vrai pour la nouvelle. Le passage où il présente ces idées si importantes sur la nouvelle est préparé par une discussion brève sur le roman, qui est «un genre bâtard dont le domaine est vraiment sans limites» (2.119). La liberté de cet «enfant gâté» présente cependant aussi ses difficultés: le roman «ne subit d'autres inconvénients et ne connaît d'autres dangers que son infinie liberté. La nouvelle, plus resserrée, plus condensée, jouit des bénéfices éternels de la contrainte: son effet est plus intense; et comme le temps consacré à la lecture d'une nouvelle est bien moindre que celui nécessaire à la digestion d'un roman, rien ne se perd de la totalité de l'effet» (2.119). L'avantage le plus décisif de la brièveté vient de la puissance que la concentration rend possible. C'est la même force que Baudelaire trouve dans le sonnet, et dont Racine se sert pour transcender les règles de la tragédie.

---

[37]Je cite ici Zumthor—«Brièveté» 3—bien que de toute évidence, l'idée que toute forme est contenu et qu'une relation d'interdépendance unit les deux est implicite chez Aristote. L'idée que la brièveté constitue un élément structurant de la nouvelle n'est pas récente non plus—voir, par exemple, Edward D. Sullivan, *Maupassant: The Short Stories* (Londres: Edward Arnold, 1962). La contribution de Zumthor réside dans sa tentative de dépasser le truisme «forme égale contenu» et de montrer avec précision comment la qualité de brièveté affecte la forme à chaque niveau. Voir également Zumthor, *Essai de poétique médiévale* (Paris: Seuil, 1972) 339-404. Je tente ici de pousser cette analyse plus avant.

[38]Charles Baudelaire, "Théophile Gautier," *Œuvres complètes*, éd. Claude Pichois, 2 vols., Bibliothèque de la Pléiade (Paris: Gallimard, 1975-76) 2.1135n1.

Qu'est-ce que la nouvelle?

L'insistance d'Edgar Allan Poe quant à l'importance d'un «dessein unique préétabli» a été vivement critiquée pour avoir entraîné un abus de formules et d'effets d'écriture. Néanmoins, les limitations des successeurs d'Edgar Poe ne portent pas atteinte à la validité des intuitions de ce dernier:

> Un artiste doué de talent littéraire a conçu un conte. S'il a agi avec sagesse, il n'a pas façonné ses pensées pour accommoder ses péripéties, mais, après avoir délibérément imaginé un certain effet à exploiter, il aura alors combiné les péripéties de sorte qu'elles contribuent du mieux possible à faire surgir l'effet imaginé au départ. Si sa toute première phrase ne tend pas au développement de cet effet, alors l'artiste a raté son premier pas. Pas un mot de sa composition ne devrait être écrit qui ne vise directement ou indirectement au développement du dessein préétabli. Une trop grande brièveté est aussi exceptionnelle que dans le poème, mais une longueur excédentaire est un écueil encore plus grave[39].

Le fameux principe de Tchekhov selon lequel si l'on introduit un revolver ou un fusil au début d'une histoire, il doit y avoir un coup de feu avant la fin, met également l'accent sur le besoin d'économie intrinsèque à la nouvelle. À cause de son exigence de brièveté, la nouvelle reste étrangère tant aux détails trop vaguement motivés qu'aux procédés tels que l'amplification. Pour la même raison que nous sombrons dans l'ennui lorsqu'une conférence, même passionnante, dépasse sa durée prévue, le lecteur commence à donner des signes d'impatience lorsqu'une nouvelle s'étire en longueur ou quand il prend conscience que l'intrigue principale se dilue ou se perd. Tandis que les nouvellistes peuvent compter sur le lecteur pour garder chaque détail en mémoire, les romanciers savent que leur lecteur en oubliera plusieurs sinon beaucoup. Pour les premiers, la répétition est souvent une maladresse regrettable, alors qu'elle est inévitable et essentielle pour les derniers. Si la plupart des effets les plus remarquables de Proust dans *À la recherche du temps perdu* naissent de la redécouverte rendue seulement possible après une phase d'oubli, il n'en va pas ainsi de la nouvelle, pour laquelle le lecteur garde en permanence toutes les informations à l'esprit. Il se peut qu'il soit occasionnellement inattentif, mais les écrivains de nouvelles ne doivent pas s'attendre à une telle attitude. Les auteurs de fictions courtes doivent impérativement s'assurer que leur lecteur portera attention à chaque détail et, chose plus importante encore, retiendra tout. Il s'ensuit que les lecteurs auront moins de patience pour les répétitions, qui constituent, en dépit des exigences propres à la nouvelle, l'un des procédés classiques de mise en forme littéraire. Je ne dis pas que la nouvelle exclut toute réitération ni toute redondance, mais je prétends qu'elle invite à en faire un usage discret et subtil, afin de ne pas imprimer au texte le genre de rythme qui, d'une part, transformerait la

---

[39]Poe, éd. May (1994) 61.

prose en poésie, et qui, d'autre part, s'apparenterait à l'usage d'effets prosaïques trop évidents et dépourvus d'imagination.

Pour des raisons semblables, la nouvelle offre généralement une remarquable unité et se distingue en cela du roman. On peut y trouver un Doppelgänger et une intrigue secondaire, mais de façon beaucoup moins récurrente que dans les fictions de format plus long. La complexité vient plus fréquemment de la profondeur ou du réseau des implications que de la répétition pure et simple. Même lorsqu'un dédoublement de l'intrigue s'opère, l'histoire conserve ce caractère de simplicité qui différencie la nouvelle du roman. Dans «Ce cochon de Morin» (1882) de Maupassant, où le comique naît du fait que les charges qui pèsent sur Morin sont abandonnées uniquement parce que son ami est un cochon bien plus heureux que lui, l'attention du lecteur est constamment reportée sur la poésie de cette injustice, et le dédoublement de l'intrigue reste simple dans ses effets. La raison du succès qu'ont connu les nouvelles de Maupassant, alors que ses romans n'ont jamais vraiment réussi à atteindre le même niveau de qualité, est peut-être à chercher du côté de son inaptitude à composer avec le grand nombre de trames narratives nécessairement présentes dans les chefs-d'œuvre romanesques. Ce que je considère comme l'échec de *Bel Ami* ne me semble pas venir d'une caractérisation déficiente du personnage principal, mais d'un manque de cohérence d'ensemble. Chaque chapitre constitue en soi une nouvelle de qualité, et occasionnellement une nouvelle d'exception[40]. En revanche, l'enchaînement qui, dans un roman, vise normalement à faire un tout de l'ensemble des chapitres ne parvient pas ici à construire un roman homogène. Dans ce roman les récits se succèdent, comme des perles sur un collier, et n'ont en commun qu'un personnage récurrent. Dans le roman, la pluralité narrative sert à mettre en valeur, à remémorer, à nuancer ou à donner un contrepoint. Dans la nouvelle, elle court le risque de produire une impression de redondance ou de désorienter le lecteur.

Du fait de son caractère nécessairement bref, la nouvelle tend également à revêtir un sens général. Même quand les détails abondent, les lecteurs de nouvelles s'attendent à ce que le langage contienne un surplus de sens par rapport à ce qu'il exprime ordinairement, et sont selon moi davantage enclins à généraliser qu'avec un roman. Non seulement chaque mot porte son sens, mais il est également enrichi par le fait que la nouvelle a fréquemment recours à l'ellipse. Les lecteurs s'attendent à devoir opérer des généralisations, à lire en faisant preuve d'une profondeur particulière, y compris en montrant qu'ils savent lire entre les lignes. Avec tout le respect qui est dû à Robbe-Grillet et à son insistance à défendre les créations neutres qui permettent au lecteur d'inventer sa propre signification, «La Plage» n'aurait pas la même puissance d'évocation si les enfants étaient en train de traverser un parc au lieu d'une plage, pour répondre à l'appel de leur mère ou à celui de la nature. Grâce au sable et à la mer, nous sommes en mesure de nous faire une représentation très précise et très vive des enfants et de leur passage éphémère dans un univers immémorial régi par des cycles.

[40]Mon interprétation s'oppose à celle de Mary Donaldson-Evans qui sera explicitée dans son édition de *Bel Ami*, sous presse à Garnier.

Qu'est-ce que la nouvelle?

Dans la composition d'une nouvelle, la pointe épigrammatique fut longtemps considérée comme attendue, sinon essentielle. Dans ses pires applications, ce principe donna lieu aux fins-surprises, comme dans «Le Mariage du Lieutenant Laré» (1878) de Maupassant, où la révélation finale n'a pas de signification réelle et n'encourage pas le lecteur à réfléchir *a posteriori* sur ce qu'il a lu. Au mieux, comme dans «Le Procurateur de Judée» (1892) d'Anatole France et dans «L'Enjeu» (1888) de Villiers de l'Isle-Adam, la conclusion jette une lumière nouvelle sur ce qui précède et accroît d'autant un sens qui avait pu paraître plus limité de prime abord, invitant ainsi à la relecture. Bien que les nouvelles se concluent fréquemment d'une manière exclamative qui justifierait l'emploi de points d'exclamation, certaines œuvres empruntent d'autres voies. De même que Ronsard a écrit des sonnets qui, structurés autour d'un axe central, ne préparent pas d'épigramme, certaines nouvelles s'achèvent lorsque le développement du portrait ou de l'ambiance, ou de la tonalité, a été porté à son terme. Parmi de nombreux exemples, je citerai «La Loteria en Babilonia» (1944) de Borges, dans laquelle la conclusion tombe alors que le potentiel de permutation ne peut échapper au lecteur.

Pour Zumthor, les textes courts sont particulièrement orientés vers le présent[41]. Il justifie sa position en pointant la force particulière d'un texte qui peut être lu rapidement. Il poursuit ainsi: «[L]a cohésion d'un texte de quelque longueur se perçoit progressivement, au fur et à mesure de la lecture: un moment survient où les indices apparaissent, puis s'organisent dans l'imagination du lecteur en système idéal de règles, de combinaison, hypothèse interprétative, confirmée ou infirmée par la suite. La cohésion du message bref est d'autre nature, au moins tendanciellement: elle est donnée d'emblée, empiriquement, sensoriellement, comme une certitude globale dont les conséquences éventuelles se déduisent au cours de la brève lecture ou de la brève audition.» Les œuvres brèves ont apparemment la capacité de dépasser la narration. La séquence, qu'elle soit chronologique ou causale, a moins d'impact que l'unité de perception ou de sens que le lecteur embrasse comme un tout. Cette affirmation est souvent avérée. La nouvelle a des affinités avec l'épigramme, les formules, l'expression de vérités universelles, ou bien le développement d'une image ou d'une idée qui se glisse dans l'esprit du lecteur. Cette dernière supplante alors les paramètres temporels et vient annihiler toute progression dans cette dimension. Même dans les textes où le changement progressif est essentiel, comme dans «The Short Happy Life of Francis Macomber» (1936) d'Hemingway, chacun garde en mémoire l'apothéose de Macomber et retient de lui sa situation, celle d'un homme confronté à l'échec de sa relation avec sa femme, plutôt que le développement qui aboutit à la scène finale. Il ne faudrait pas pour autant vouloir généraliser. Certaines nouvelles s'appuient sur une chronologie ferme qui oriente la lecture. Dans «Le Horla» (1887) de Maupassant, c'est le crescendo de la peur qui focalise l'attention et non la peur elle-même. Dans «La pierre qui pousse» (1957) de Camus, le lecteur centre son attention sur d'Arrast au fur et à mesure que ce dernier trouve progressivement dans son exil un royaume.

---

[41] Zumthor 6.

Je pourrais discuter indéfiniment de l'importance de la brièveté dans la nouvelle sans toutefois épuiser le sujet. L'inventivité des auteurs est également sans limites. Mon but, à nouveau, n'est pas d'énumérer des procédés qui tiennent de la brachylogie mais de souligner l'importance de cette caractéristique qui distingue la nouvelle des autres formes de fiction en prose. J'irais jusqu'à affirmer que la brièveté constitue le trait distinctif majeur du genre et qu'elle détermine largement les procédés employés et les effets réalisés. Parallèlement, la brièveté constitue la limitation principale du genre. Ainsi, pour réussir une nouvelle, l'auteur doit surmonter les limites posées par le format bref et offrir au lecteur, non un fragment, non une suite de segments épars et disparates, mais les clés d'un véritable monde.

En suggérant que l'on peut considérer la nouvelle comme *une courte fiction littéraire écrite en prose*, je n'ai été que secondairement intéressé par la mise au point d'une définition. C'est plutôt la défense d'une telle définition qui m'apparaît utile. L'étude des éléments constitutifs d'une nouvelle, loin de viser à établir une définition valable pour tous les textes et toutes les périodes, permet au lecteur d'enrichir son approche et de nourrir ses attentes au lieu de les réduire quand il se retrouve confronté à un exemple représentatif du genre. Même si les théories qui éludent la question des genres littéraires en niant leur existence peuvent faire quelque impression, on ne peut occulter le fait que la plupart des lecteurs connaissent bien la notion de genre et qu'elle guide leur lecture. Comme dit Florence Goyet, «Les lecteurs de nouvelles savent intuitivement qu'ils ont affaire à un genre»[42]. Plus le lecteur dispose d'une connaissance étendue en matière de distinction des genres, et plus il a de chances de mettre en œuvre un décryptage subtil du sens et des procédés, que ceux-ci soient en accord ou en opposition avec le jeu de principes énoncés précédemment et qui sont admis comme les traits définitoires de la nouvelle par la plupart des lecteurs.

Les nouvelles qui suivent comptent parmi les meilleures de celles qui furent écrites en France au cours du dix-neuvième siècle. Certes, leur qualité n'est pas égale, mais elles sont toutes remarquables et certaines sont indiscutablement des chefs-d'œuvre. Le prestige de l'invention du genre ne revient pas au dix-neuvième siècle. Des maîtres reconnus tels que Boccace, Cervantès et Marguerite de Navarre en furent d'illustres prédécesseurs. Cependant, le dix-neuvième siècle fut une période riche en possibilités pour la nouvelle, grâce au marché régulier offert par les journaux. Baudelaire est plus enthousiaste encore et désigne Balzac comme le point où le genre s'améliore et s'approfondit, devenant partie intégrante du roman de mœurs (*Œuvres complètes* 2.119-20). Évidemment, les journaux demandent toujours plus de feuillets divertissants, et la qualité des nouvelles s'en ressent. L'opinion de Balzac à ce sujet est très claire. Lousteau, par exemple, «un auteur de second ordre et l'un des feuilletonistes les plus distingués»[43], «ne mettait aucune conscience d'artiste à ses productions» (4.733). À Mme de La Baudraye qui examine

---

[42]Goyet, *La Nouvelle 1870-1925: Description d'un genre à son apogée* (Paris: Presses Universitaires de France, 1993) 7.
[43]Honoré de Balzac, *La Comédie humaine*, 12 vol., Bibliothèque de la Pléiade (Paris: Gallimard, 1976-81) 5.404.

Qu'est-ce que la nouvelle?

les épreuves qu'elle reçoit et qui s'exclame: «Comment, la littérature vous poursuit jusqu'ici?» Lousteau semble incapable de répondre autrement que de cette manière: «Non pas la littérature...mais...une nouvelle» (4.703). Claude Vignon, un autre personnage de Balzac, l'exprime sans ambiguïté: «Tout journal est...une boutique où l'on vend au public des paroles de la couleur dont on les veut» (5.404). Pour Balzac, le journalisme et ses tendances au remplissage n'étaient qu'une basse forme de prostitution, l'art où «tout se résolvait par de l'argent» (5.378), «la poésie dans un bourbier» (5.379). Pour certains critiques, cette opinion est toujours partagée. Johnnie Gratton et Brigitte Le Juez font état de «la supposition qui gagne peu à peu les esprits que court et bref veulent dire léger, mince, peu profond, évidemment peu sérieux. Ainsi la nouvelle est-elle établie comme un genre au mieux suspect et au pire croupissant dans la décadence culturelle»[44]. Pour d'autres, la nouvelle est aussi susceptible de produire des chefs-d'œuvre que les autres genres établis, ainsi que les exemples présents dans ce volume l'attestent[45].

Même si la nouvelle n'a pas été inventée au dix-neuvième siècle, il est exact d'affirmer que c'est au cours de ce siècle qu'elle est arrivée à maturité et qu'elle a reçu ses lettres de noblesse en tant que genre disposant d'un potentiel esthétique propre. A l'exception de «La Chèvre de M. Seguin» de Daudet, je n'ai inclus ni les contes de fées ni les contes pour enfants. Il en existe des exemples admirables; je pense à des auteurs aussi représentatifs et talentueux que Mme de Genlis, George Sand et Marceline Desbordes-Valmore[46]. De tels contes sont souvent structurés de façon chronologique et cherchent à enseigner quelque chose. Après tout, les parents avaient besoin d'une bonne raison pour acheter et lire des histoires à leurs enfants. Je laisse le soin à d'autres de réaliser une anthologie de ces contes qui ne furent pas conçus pour des étudiants de l'âge de ceux qui liront ce volume, et qui n'offrent pas non plus la complexité qui séduit les lecteurs avides de sophistication. J'ai tenté d'inclure de nombreux chefs-d'œuvre, et, au-delà de ceux-ci, de nombreuses histoires qui offrent un éventail de sujets, d'approches et de styles caractéristiques des œuvres du dix-neuvième siècle[47].

---

[44] Johnnie Gratton et Brigitte Le Juez, éds., *Modern French Short Fiction* (Manchester: Manchester UP, 1994) 1. Selon Clare Hanson, la nouvelle est même exclue des controverses les plus intéressantes de la critique récente—«Introduction», *Rereading the Short Story* (New York: St. Martin's P, 1989) 1.

[45] Pour une partie de l'histoire de la nouvelle française, complétée d'une critique perspicace, voir, Albert J. George, *Short Fiction in France, 1800-1850* (Syracuse: Syracuse UP, 1964).

[46] À voir, par exemple, Madame de Genlis, *Les Veillées du château ou cours de morale à l'usage des enfants* (Paris: Lambert et Baudouin, 1784), George Sand, *Contes d'une grand'mère* (Paris: Éds. de l'Aurore, 1982); Marceline Desbordes-Valmore, *Contes*, éd. Marc Bertrand (Lyon: P U de Lyon, 1989).

[47] La presque totalité de cette «Introduction» a paru dans *New Literary History* 22.2 (1991): 409-24 et est ici traduite par Gilles Viennot. Je le remercie vivement de l'aide qu'il m'a donnée ici et ailleurs. Je suis aussi très reconnaissant à Cécile Dudouyt pour ses travaux de traduction et de correction sur cette deuxième édition.

Madame de Staël
1766-1817

Germaine de Staël a grandi au sein d'une élite brillante et cultivée. Sa mère, femme du célèbre financier Necker, recevait de nombreux invités dans son salon. Ceux-ci ne manquaient jamais de complimenter Germaine pour son intelligence supérieure. Auteur d'essais souvent réédités, elle a gracieusement reçu dans son propre salon les hommes les plus en vue de l'Europe entière. Son charme, son esprit et sa brillante conversation étaient vantés partout. La réussite de son *De l'Allemagne* (1810) n'a fait qu'accroître son renom, et Madame de Staël a obtenu la reconnaissance de l'élite intellectuelle. En dépit du dédain de ceux qui, comme Bonaparte, ne supportaient pas cette «femelle» qui n'avait pas peur d'étaler son intelligence, les femmes surtout semblait avoir trouvé en elle une héroïne capable de les inspirer. En effet, les femmes l'adoraient et ont donné à ses romans un succès éclatant. Ses héroïnes, charmantes comme elle, géniales et capables d'un sacrifice total, sont abandonnées par des hommes qui semblent incapables de s'élever jusqu'à leur niveau. De même, en dépit de ses nombreuses liaisons amoureuses, Madame de Staël n'a jamais trouvé l'homme supérieur qu'elle aurait pu inspirer et grâce auquel elle rêvait de s'imposer au sommet de ce monde troublé.

Aujourd'hui, on se souvient que Germaine de Staël a introduit le Romantisme allemand en France. On connaît également sa longue liaison avec Benjamin Constant. Mme de Staël a servi de modèle involontaire à l'Ellénore d'*Adolphe*. On reconnaît cependant de plus en plus la valeur de ses romans *Delphine* et *Corinne* où l'expression vibrante de cris du cœur angoissés devant la condition des femmes, assujetties et trop souvent exploitées, fait qu'on pardonne à l'enflure du style. Véritablement bridées, souvent victimes d'hommes insensibles, même les femmes les plus exceptionnelles ne pouvaient que souffrir et gémir.

«Mirza», une œuvre de jeunesse construite autour de longs monologues dramatiques, explore les thèmes romantiques: passion totale et trahie, douleur inconsolable et fatale. Sans aucun doute, ce sont les femmes sénégalaises Mirza et Ourika qui ont le beau rôle. La belle Mirza, remarquablement brillante, se voue entièrement à Ximéo, lequel trouve fatigante cette passion excessive: il la trahit. Ce n'est qu'après le suicide de Mirza que Ximéo comprend la beauté de cet amour perdu. Il tombe alors éperdument amoureux de la défunte qu'il avait négligée. C'est finalement une grande passion qui se déclenche chez lui, mais par amour pour Mirza, Ximéo en vient à délaisser et à trahir sa femme Ourika pourtant tout aussi exceptionnelle. Ce redoublement de Mirza en Ourika rend Ximéo doublement traître, en construisant un chiasme narratif.

La mort de l'héroïne choque encore à cette époque, même si le suicide est par la suite amené à devenir un thème romantique à la mode. Selon Madame de Genlis en 1785, depuis vingt-cinq ans toutes les familles ont connu la réalité horrible et grandissante du suicide[1]. L'église affaiblie se trouve de moins en moins capable de combattre le suicide qui se répand dans un peuple frappé de crises économiques et de toutes sortes de maladies, telles que la syphilis, la typhoïde, la malaria, le choléra, la tuberculose, le typhus, la petite vérole, l'ergotisme, sans compter d'autres infections venant d'aliments impropres à la consommation. La moitié des enfants meurent avant dix ans. Somme toute, la mort était à l'époque la sœur de la vie à tous les niveaux de la société. La misère était de plus une réalité constante pour beaucoup de Français. Ce n'est donc pas uniquement le succès du *Werther* de Gœthe qui explique l'importance et la fréquence du suicide dans la société et dans la littérature.

Olympe de Gouges a explicitement comparé la femme à l'esclave en clamant avec insistance que tous les rapports entre l'homme et la femme étaient une affaire de commerce. «[L']homme [l']achète, comme l'esclave sur les côtes d'Afrique»[2]. Il faut que la femme se soumette à lui. Sinon le chemin vers la fortune lui est barré. Cette assimilation est implicite dans bien des textes de la fin du XVIIIe et du XIXe siècles où l'on parle des noirs et de l'esclavage. Tout en soulignant les qualités supérieures de Mirza (c'est d'elle que Ximéo tient son français parfait), Madame de Staël insiste sur l'injustice des hommes. Comme Massardier-Kenney le souligne, Mme de Staël féminise Ximéo pour suggérer que, tout comme les Africains sont assujettis par les Européens, les femmes le sont par les hommes[3]. L'auteur entend ainsi souligner les erreurs d'une France trop masculine.

BIBLIOGRAPHIE SOMMAIRE

Édition de base

Staël, Germaine de. «Mirza». *Œuvres complètes de Madame la baronne de Staël-Holstein*. Vol. 3. 1861. Genève: Slatkine, 1967. 72-78.

Biographie

Balayé, Simone. *Madame de Staël: Lumières et liberté*. Paris: Klincksieck, 1979.

---

[1]Genlis, «Les Deux Réputations», *Nouveaux contes moraux et nouvelles historiques* (Paris: Libraires Associés, 1785) 148.
[2]Olympe de Gouges, *Déclaration des droits de la femme, dédiée à la Reine* (1791), *Œuvres*, éd. Benoît Groult (Paris: Mercure de France, 1986) 108.
[3]Françoise Massardier-Kenney, «Staël, Translation, and Race», *Translating Slavery: Gender and Race in French Women's Writing, 1783-1823*, éd. Doris Y. Kadish et F. Massardier-Kenney (Kent, OH: Kent State UP, 1994) 143-44.

Quelques études

Balayé, Simone. «Absence, exil, voyage». *Madame de Staël et l'Europe, actes du colloque de Coppet, 18-24 juillet 1966*. Paris: Klincksieck, 1970.

Coulet, Henri. «Révolution et roman selon Mme de Staël». *Revue d'Histoire Littéraire de la France* 4 (1987): 638-60.

Gutwirth, Madelyn. «Madame de Staël, Novelist». *The Emergence of the Artist as Woman*. Urbana: U of Illinois P, 1978.

Massardier-Kenney, Françoise. «Staël, Translation, and Race». *Translating Slavery: Gender and Race in French Women's Writing, 1783-1823*. Éd. Doris Y. Kadish et F. Massardier-Kenney. Kent, OH: Kent State UP, 1994. 141-45.

Switzer, Richard. «Madame de Staël, Madame de Duras and the Question of Race». *Kentucky Romance Quarterly* 20 (1973): 303-16.

Mirza
ou
Lettre d'un Voyageur
1795[1]

Permettez que je vous rende compte, madame, d'une anecdote de mon voyage, qui peut-être aura le droit de vous intéresser. J'appris à Gorée[2], il y a un mois, que monsieur le gouverneur avait déterminé une famille nègre à venir demeurer à quelques lieues de là, pour y établir une habitation pareille à celle de Saint-Domingue[3]; se flattant, sans doute, qu'un tel exemple exciterait les Africains à la culture du sucre, et qu'attirant chez eux le commerce libre de cette denrée, les Européens ne les enlèveraient plus à leur patrie, pour leur faire souffrir le joug affreux de l'esclavage[4]. Vainement les écrivains les plus éloquents ont tenté d'obtenir cette révolution de la vertu des hommes; l'administrateur éclairé, désespérant de triompher de l'intérêt personnel, voudrait le mettre du parti de l'humanité, en ne lui faisant plus trouver son avantage à la braver; mais les nègres, imprévoyants de l'avenir pour eux-mêmes, sont plus incapables encore de porter leurs pensées sur les générations futures, et se refusent au mal présent, sans le comparer au sort qu'il pourrait leur éviter. Un seul Africain, délivré de l'esclavage par la générosité du gouverneur, s'était prêté à ses projets; prince dans son pays, quelques nègres d'un état subalterne l'avaient suivi, et cultivaient son habitation sous ses ordres. Je demandai qu'on m'y conduisît. Je marchai une partie du jour, et j'arrivai le soir près d'une maison que des Français, m'a-t-on dit, avaient aidé à bâtir, mais qui conservait encore cependant quelque chose de sauvage. Quand j'approchai, les nègres jouissaient de leur moment de délassement; ils s'amusaient à tirer de l'arc regrettant peut-être le temps où ce plaisir était leur seule occupation. Ourika, femme de Ximéo (c'est le nom du nègre chef de l'habitation), était assise à quelque distance des jeux, et regardait avec distraction sa fille âgée de deux ans, qui s'amusait à ses pieds. Mon guide avança vers elle, et lui dit que je lui demandais asile de la part du gouverneur. «C'est le gouverneur qui l'envoie! s'écria-t-elle. Ah! qu'il entre,

---

[1] Mme de Staël a composé la nouvelle plusieurs années avant la date de publication donnée ici, peut-être même à l'âge de vingt ans en 1786.
[2] Île côtière du Sénégal, en face de Dakar.
[3] Ancien nom de Haïti.
[4] Les révolutionnaires de la Convention Nationale abolissent l'esclavage en 1794, mais Napoléon révoque le décret en 1802. Quoique la traite ait été condamnée en 1818, il a fallu attendre jusqu'en 1848 pour une émancipation définitive des esclaves.

qu'il soit le bienvenu; tout ce que nous avons est à lui.» Elle vint à moi avec précipitation: sa beauté m'enchanta; elle possédait le vrai charme de son sexe, tout ce qui peint la faiblesse et la grâce. «Où donc est Ximéo? lui dit mon guide. —Il n'est pas revenu, répondit-elle, il fait sa promenade du soir; quand le soleil ne sera plus sur l'horizon, quand le crépuscule même ne rappellera plus la clarté, il reviendra, et il ne fera plus nuit pour moi.» En achevant ces mots, elle soupira, s'éloigna, et quand elle se rapprocha de nous, j'aperçus des traces de pleurs sur son visage. Nous entrâmes dans la cabane; on nous servit un repas composé de tous les fruits du pays: j'en goûtai avec plaisir, avide de sensations nouvelles. On frappe: Ourika tressaille, se lève avec précipitation, ouvre la porte de la cabane, et se jette dans les bras de Ximéo, qui l'embrasse sans paraître se douter lui-même de ce qu'il faisait, ni de ce qu'il voyait. Je vais à lui; vous ne pouvez pas imaginer une figure plus ravissante: ses traits n'avaient aucun des défauts des hommes de sa couleur; son regard produisait un effet que je n'ai jamais ressenti; il disposait de l'âme, et la mélancolie qu'il exprimait passait dans le cœur de celui sur lequel il s'attachait; la taille de l'Apollon du Belvédère[5] n'est pas plus parfaite: peut-être pouvait-on le trouver trop mince pour un homme; mais l'abattement de la douleur que tous ses mouvements annonçaient, que sa physionomie peignait, s'accordait mieux avec la délicatesse qu'avec la force. Il ne fut point surpris de nous voir; il paraissait inaccessible à toute émotion étrangère à son idée dominante; nous lui apprîmes quel était celui qui nous envoyait, et le but de notre voyage. «Le gouverneur, nous dit-il, a des droits sur ma reconnaissance; dans l'état où je suis, le croirez-vous, j'ai cependant un bienfaiteur.» Il nous parla quelque temps des motifs qui l'avaient déterminé à cultiver une habitation, et j'étais étonné de son esprit, de sa facilité à s'expliquer: il s'en aperçut. «Vous êtes surpris, me dit-il, quand nous ne sommes pas au niveau des brutes, dont vous nous donnez la destinée? —Non, lui répondis-je; mais un Français même ne parlerait pas sa langue mieux que vous. —Ah! vous avez raison, reprit-il; on conserve encore quelques rayons lorsqu'on a longtemps vécu près d'un ange.» Et ses beaux yeux se baissèrent pour ne plus rien voir au dehors de lui. Ourika répandait des larmes; Ximéo s'en aperçut enfin. «Pardonne, s'écria-t-il en lui prenant la main, pardonne! le présent est à toi; souffre les souvenirs. Demain, dit-il en se retournant vers moi, demain nous parcourrons ensemble mon habitation; vous verrez si je puis me flatter qu'elle réponde aux désirs du gouverneur. Le meilleur lit va vous être préparé; dormez tranquillement: je voudrais que vous fussiez bien ici. Les hommes infortunés par le cœur, me dit-il à voix basse, ne craignent point, désirent même le spectacle du bonheur des autres.» Je me couchai, je ne fermai pas l'œil; j'étais pénétré de tristesse, tout ce que j'avais vu en portait l'empreinte, j'en ignorais la cause; mais je me sentais ému comme on l'est en contemplant un tableau qui représente la mélancolie. À la pointe du jour je me levai; je trouvai Ximéo encore plus abattu que la veille; je lui en demandai la

---

[5]Incarnation de la beauté grecque, Apollon a inspiré de nombreuses statues. À l'époque de Mme de Staël on admirait beaucoup l'Apollon du Belvédère (IIIe siècle avant l'ère chrétienne).

raison. «Ma douleur, répondit-il, fixée dans mon cœur, ne peut s'accroître ni diminuer; mais l'uniformité de la vie la fait passer plus vite, et des événements nouveaux, quels qu'ils soient, font naître de nouvelles réflexions, qui sont toujours de nouvelles sources de larmes.» Il me fit voir avec un soin extrême toute son habitation; je fus surpris de l'ordre qui s'y faisait remarquer; elle rendait au moins autant qu'un pareil espace de terrain cultivé à Saint-Domingue par un même nombre d'hommes, et les nègres heureux n'étaient point accablés de travail. Je vis avec plaisir que la cruauté était inutile, qu'elle avait cela de plus. Je demandai à Ximéo qui lui avait donné des conseils sur la culture de la terre, sur la division de la journée des ouvriers. «J'en ai peu reçu, me répondit-il, mais la raison peut atteindre à ce que la raison a trouvé: puisqu'il était défendu de mourir, il fallait bien consacrer sa vie aux autres; qu'en aurais-je fait pour moi? J'avais horreur de l'esclavage, je ne pouvais concevoir le barbare dessein des hommes de votre couleur. Je pensais quelquefois que leur Dieu ennemi du nôtre leur avait commandé de nous faire souffrir: mais quand j'appris qu'une production de notre pays, négligée par nous, causait seule ces maux cruels aux malheureux Africains, j'acceptai l'offre qui me fut faite de leur donner l'exemple de la cultiver. Puisse un commerce libre s'établir entre les deux parties du monde! puissent mes infortunés compatriotes renoncer à la vie sauvage, se vouer au travail pour satisfaire vos avides désirs, et contribuer à sauver quelques-uns d'entre eux de la plus horrible destinée! puissent ceux même qui pourraient se flatter d'éviter un tel sort, s'occuper avec un zèle égal d'en garantir à jamais leurs semblables!» En me parlant ainsi, nous approchâmes d'une porte qui conduisait à un bois épais, dont un côté de l'habitation était bordé; je crus que Ximéo allait l'ouvrir, mais il se détourna pour l'éviter. «Pourquoi, lui dis-je, ne me montrez-vous pas...? —Arrêtez, s'écria-t-il, vous avec l'air sensible; pourrez-vous entendre les longs récits du malheur? Il y a deux ans que je n'ai parlé; tout ce que je dis, ce n'est pas parler. Vous le voyez, j'ai besoin de m'épancher: vous ne devez pas être flatté de ma confiance; cependant, c'est votre bonté qui m'encourage, et me fait compter sur votre pitié. —Ah! ne craignez rien, répondis-je, vous ne serez pas trompé. —Je suis né dans le royaume de Cayor; mon père, du sang royal, était chef de quelques tribus qui lui étaient confiées par le souverain. On m'exerça de bonne heure dans l'art de défendre mon pays, et dès mon enfance l'arc et le javelot m'étaient familiers. L'on me destina dès lors pour femme Ourika, fille de la sœur de mon père; je l'aimai dès que je pus aimer, et cette faculté se développa en moi pour elle et par elle. Sa beauté parfaite me frappa davantage quand je l'eus comparée à celle des autres femmes, et je revins par choix à mon premier penchant. Nous étions souvent en guerre contre les Jaloffes nos voisins; et comme nous avions mutuellement l'atroce coutume de rendre nos prisonniers de guerre aux Européens, une haine profonde, que la paix même ne suspendait pas, ne permettait entre nous aucune communication. Un jour, en chassant dans nos montagnes, je fus entraîné plus loin que je ne voulais; une voix de femme, remarquable par sa beauté, se fit entendre à moi. J'écoutai ce qu'elle chantait, et je ne reconnus point les paroles que les jeunes filles se plaisent à répéter. L'amour de la liberté, l'horreur de l'esclavage, étaient le sujet des nobles hymnes qui me ravirent d'admiration. J'approchai: une jeune personne se leva; frappé du contraste de son âge et du sujet de ses méditations, je cherchai dans ses traits quelque chose de surnaturel, qui m'annonçât l'inspiration qui supplée aux longues réflexions de la vieillesse; elle n'était pas belle, mais sa taille noble et régulière, ses yeux enchanteurs, sa physionomie animée, ne laissaient à l'amour même rien à désirer pour sa figure. Elle vint à moi, et me parla longtemps sans que je pusse lui répondre: enfin, je parvins à lui peindre mon étonnement; il s'accrut quand j'appris qu'elle avait composé les paroles que je venais d'entendre. —Cessez d'être surpris, me dit-elle; un Français établi au Sénégal, mécontent de son sort et malheureux dans sa patrie, s'est retiré parmi nous; ce vieillard a daigné prendre soin de ma jeunesse, et m'a donné ce que les Européens ont de digne d'envie: les connaissances dont ils abusent, et la philosophie dont ils suivent si mal les leçons. J'ai appris la langue des Français, j'ai lu quelques-uns de leurs livres, et je m'amuse à penser seule sur ces montagnes.» À chaque mot qu'elle me disait, mon intérêt, ma curiosité redoublaient; ce n'était plus une femme, c'était un poète que je croyais entendre parler; et jamais les hommes qui se consacrent parmi nous au culte des dieux ne m'avaient paru remplis d'un si noble enthousiasme. En la quittant, j'obtins la permission de la revoir; son souvenir me suivait partout; j'emportais plus d'admiration que d'amour, et me fiant longtemps sur cette différence, je vis Mirza (c'était le nom de cette jeune Jaloffe), sans croire offenser Ourika. Enfin, un jour je lui demandai si jamais elle avait aimé; en tremblant je faisais cette question, mais son esprit facile et son caractère ouvert lui rendaient toutes ses réponses aisées. «Non, me dit-elle: on m'a aimé quelquefois; j'ai peut-être désiré d'être sensible; je voulais connaître ce sentiment qui s'empare de toute la vie, et fait à lui seul le sort de chaque instant du jour; mais j'ai trop réfléchi, je crois, pour éprouver cette illusion; je sens tous les mouvements de mon cœur, et je vois tous ceux des autres; je n'ai pu jusqu'à ce jour ni me tromper, ni être trompée.» Ce dernier mot m'affligea. «Mirza, lui dis-je, que je vous plains! les plaisirs de la pensée n'occupent pas tout entier; ceux du cœur seuls suffisent à toutes les facultés de l'âme.» Elle m'instruisait cependant avec une bonté que rien ne lassait; en peu de temps j'appris tout ce qu'elle savait. Quand je l'interrompais par mes éloges, elle ne m'écoutait pas; dès que je cessais, elle continuait, et je voyais, par ses discours, que pendant que je la louais, c'était à moi seul qu'elle avait toujours pensé. Enfin, enivré de sa grâce, de son esprit, de ses regards, je sentis que je l'aimais, et j'osai le lui dire: quelles expressions n'employai-je pas pour faire passer dans son cœur l'exaltation que j'avais trouvée dans son esprit! Je mourais à ses pieds de passion et de crainte. «Mirza, lui répétai-je, place-moi sur le monde en me disant que tu m'aimes, ouvre-moi le ciel pour que j'y monte avec toi.» En m'écoutant elle se troubla, et des larmes remplirent ses beaux yeux, où jusqu'alors je n'avais vu que l'expression du génie. «Ximéo, me dit-elle, demain je te répondrai; n'attends pas de moi l'art des femmes de ton pays; demain tu liras dans mon cœur; réfléchis sur le tien.» En achevant ces mots, elle me quitta longtemps avant le coucher du soleil, signal ordinaire de sa retraite; je ne cherchai point à la retenir. L'ascendant de son caractère me soumettait à ses volontés. Depuis que je connaissais Mirza, je voyais moins Ourika; je la trompais, je prétextais des voyages, je retardais l'instant de notre union, j'éloignais l'avenir au lieu d'en décider.

«Enfin, le lendemain, que des siècles pour moi semblaient avoir séparé de la veille, j'arrive: Mirza la première s'avance vers moi; elle avait l'air abattu; soit pressentiment, soit tendresse, elle avait passé ce jour dans les larmes. —Ximéo, me dit-elle d'un ton de voix doux, mais assuré, es-tu bien sûr que tu m'aimes? est-il certain que dans tes vastes contrées aucun objet n'a fixé ton cœur? Des serments furent ma réponse. —Eh bien, je t'en crois, la nature qui nous environne est seule témoin de tes promesses; je ne sais rien sur toi que je n'aie appris de ta bouche; mon isolement, mon abandon fait toute ma sécurité. Quelle défiance, quel obstacle ai-je opposé à ta volonté? tu ne tromperais en moi que mon estime pour Ximéo, tu ne te vengerais que de mon amour; ma famille, mes amies, mes concitoyens, j'ai tout éloigné pour dépendre de toi seul; je dois être à tes yeux sacrée comme la faiblesse, l'enfance et le malheur; non, je ne puis rien craindre, non.» Je l'interrompis; j'étais à ses pieds, je croyais être vrai, la force du présent m'avait fait oublier le passé comme l'avenir; j'avais trompé, j'avais persuadé; elle me crut. Dieux! que d'expressions passionnées elle sut trouver! qu'elle était heureuse en aimant! Ah! pendant deux mois qui s'écoulèrent ainsi, tout ce qu'il y a d'amour et de bonheur fut rassemblé dans son cœur. Je jouissais, mais je me calmais. Bizarrerie de la nature humaine! j'étais si frappé du plaisir qu'elle avait à me voir, que je commençai bientôt à venir plutôt pour elle que pour moi: j'étais si certain de son accueil que je ne tremblais plus en l'approchant. Mirza ne s'en apercevait pas; elle parlait, elle répondait, elle pleurait, elle se consolait, et son âme active agissait sur elle-même; honteux de moi même, j'avais besoin de m'éloigner d'elle. La guerre se déclara dans une autre extrémité du royaume de Cayor, je résolus d'y courir; il fallait l'annoncer à Mirza. Ah! dans ce moment je sentis encore combien elle m'était chère; sa confiante et douce sécurité m'ôta la force de lui découvrir mon projet. Elle semblait tellement vivre de ma présence, que ma langue se glaça quand je voulus lui parler de mon départ. Je résolus de lui écrire; cet art qu'elle m'avait appris devait servir à son malheur; vingt fois je la quittai, vingt fois je revins sur mes pas. L'infortunée en jouissait, et prenait ma pitié pour de l'amour. Enfin, je partis; je lui mandai que mon devoir me forçait à me séparer d'elle, mais que je reviendrais à ses pieds plus tendre que jamais. Quelle réponse elle me fit! Ah! langue de l'amour, quel charme tu reçois quand la pensée t'embellit! quel désespoir de mon absence! quelle passion de me revoir! Je frémis alors en songeant à quel excès son cœur savait aimer; mais mon père n'aurait jamais nommé sa fille une femme du pays des Jaloffes. Tous les obstacles s'offrirent à ma pensée quand le voile qui me les cachait fut tombé; je revis Ourika; sa beauté, ses larmes, l'empire d'un premier penchant, les instances d'une famille entière; que sais-je enfin? tout ce qui paraît insurmontable quand on ne tire plus sa force de son cœur me rendit infidèle, et mes liens avec Ourika furent formés en présence des dieux. Cependant le temps que j'avais fixé à Mirza pour mon retour approchait; je voulus la revoir encore: j'espérais adoucir le coup que j'allais lui porter, je le croyais possible; quand on n'a plus d'amour on n'en devine plus les effets, l'on ne sait pas même s'aider de ses souvenirs. De quel sentiment je fus rempli en parcourant ces mêmes lieux témoins de mes serments et de mon bonheur! Rien n'était changé que mon cœur, et je pouvais à peine les reconnaître. Pour Mirza, dès qu'elle me vit, je crois qu'elle éprouva en un moment le bonheur qu'on goûte à peine épars dans toute sa vie, et c'est ainsi que les dieux s'acquittèrent envers elle. Ah! comment vous dirais-je par quels degrés affreux j'amenai la malheureuse Mirza à connaître l'état de mon cœur? Mes lèvres tremblantes prononcèrent le nom d'amitié. —Ton amitié! s'écria-t-elle; ton amitié, barbare! est-ce à mon âme qu'un tel sentiment doit être offert? Va, donne-moi la mort. Va, c'est là maintenant tout ce que tu peux pour moi.» L'excès de sa douleur semblait l'y conduire; elle tomba sans mouvement à mes pieds: monstre que j'étais! c'était alors qu'il fallait la tromper, c'était alors que je fus vrai. «Insensible, laisse-moi, me dit-elle; ce vieillard qui prit soin de mon enfance, qui m'a servi de père, peut vivre encore quelque temps; il faut que j'existe pour lui: je suis morte déjà là, dit-elle en posant la main sur son cœur; mais mes soins lui sont nécessaires; laisse-moi. —Je ne pourrais, m'écriai-je, je ne pourrais supporter ta haine. —Ma haine! me répondit-elle; ne la crains pas, Ximéo; il y a des cœurs qui ne savent qu'aimer, et dont toute la passion ne retourne que contre eux-mêmes. Adieu, Ximéo; une autre va donc posséder... —Non, jamais; non, jamais, lui dis-je. —Je ne te crois pas à présent, reprit-elle; hier tes paroles m'auraient fait douter du jour qui nous éclaire. Ximéo, serre-moi contre ton cœur, appelle-moi ta maîtresse chérie; retrouve l'accent d'autrefois; que je l'entende encore, non pour en jouir, mais pour m'en ressouvenir: mais c'est impossible. Adieu, je le retrouverai seule, mon cœur l'entendra toujours; c'est la cause de mort que je porte et retiens dans mon sein. Ximéo, adieu.» Le son touchant de ce dernier mot, l'effort qu'elle fit en s'éloignant, tout m'est présent; elle est devant mes yeux. Dieux! rendez cette illusion plus forte; que je la voie un moment, pour, s'il se peut encore, mieux sentir ce que j'ai perdu. Longtemps immobile dans les lieux qu'elle avait quittés, égaré, troublé comme un homme qui vient de commettre un grand crime, la nuit me surprit avant que je pensasse à retourner chez moi; le remords, le souvenir, le sentiment du malheur de Mirza s'attachaient à mon âme; son ombre me revenait comme si la fin de son bonheur eût été celle de sa vie.

«La guerre se déclara contre les Jaloffes; il fallait combattre contre les habitants du pays de Mirza; je voulais à ses yeux acquérir de la gloire, justifier son choix, et mériter encore le bonheur auquel j'avais renoncé; je craignais peu la mort; j'avais fait de ma vie un si cruel usage, que je la risquais peut-être avec un secret plaisir. Je fus dangereusement blessé: j'appris, en me rétablissant, qu'une femme venait tous les jours se placer devant le seuil de ma porte; immobile, elle tressaillait au moindre bruit: une fois j'étais plus mal, elle perdit connaissance; on s'empressa autour d'elle, elle se ranima, et prononça ces mots: «Qu'il ignore, dit-elle, l'état où vous m'avez vue; je suis pour lui bien moins qu'une étrangère, mon intérêt doit l'affliger.» Enfin un jour, jour affreux! faible encore, ma famille, Ourika, étaient auprès de moi: j'étais calme quand j'éloignais le souvenir de celle dont j'avais causé le désespoir; je croyais l'être du moins; la fatalité m'avait conduit, j'avais agi comme un homme gouverné par elle, et je redoutais tellement l'instant du repentir, que j'employais toutes mes forces pour retenir ma pensée prête à se fixer sur le passé. Nos ennemis, les Jaloffes, fondirent tout à coup sur le bourg que j'habitais: nous étions sans défense; nous soutînmes cependant une assez longue attaque; mais enfin ils l'emportèrent et firent plusieurs prisonniers: je fus du nombre. Quel moment pour moi quand je me vis chargé de fers! Les cruels Hottentots ne destinent aux vaincus que la mort; mais nous, plus lâchement barbares, nous servons nos communs ennemis, et justifions leurs crimes en devenant leurs complices. Un détachement de Jaloffes nous fit marcher toute la nuit; quand le jour vint nous éclairer, nous nous trouvâmes sur le bord de la rivière du Sénégal: des barques étaient préparées; je vis des blancs, je fus certain de mon sort. Bientôt mes conducteurs commencèrent à traiter des viles conditions de leur infâme échange: les Européens examinaient curieusement notre âge et notre force, pour y trouver l'espoir de nous faire supporter plus longtemps les maux qu'ils nous destinaient. Déjà j'étais déterminé; j'espérais qu'en passant sur cette fatale barque, mes chaînes se relâcheraient assez pour me laisser le pouvoir de m'élancer dans la rivière, et que, malgré les prompts secours de mes avides possesseurs, le poids de mes fers m'entraînerait jusqu'au fond de l'abîme. Mes yeux fixés sur la terre, ma pensée attachée à la terrible espérance que j'embrassais, j'étais comme séparé des objets qui m'environnaient. Tout à coup une voix que le bonheur et la peine m'avaient appris à connaître, fait tressaillir mon cœur, et m'arrache à mon immobile méditation; je regarde, j'aperçois Mirza, belle, non comme une mortelle, mais comme un ange, car c'était son âme qui se peignait sur son visage; je l'entends qui demande aux Européens de l'écouter: sa voix était émue, mais ce n'était point la frayeur ni l'attendrissement qui l'altéraient; un mouvement surnaturel donnait à toute sa personne un caractère nouveau. «Européens, dit-elle, c'est pour cultiver vos terres que vous nous condamnez à l'esclavage; c'est votre intérêt qui vous rend notre infortune nécessaire; vous ne ressemblez pas au dieu du mal, et faire souffrir n'est pas le but des douleurs que vous nous destinez: regardez ce jeune homme affaibli par ses blessures, il ne pourra supporter ni la longueur du voyage, ni les travaux que vous lui demandez; moi, vous voyez ma force et ma jeunesse, mon sexe n'a point énervé mon courage; souffrez que je sois esclave à la place de Ximéo. Je vivrai, puisque c'est à ce prix que vous m'aurez accordé la liberté de Ximéo; je ne croirai plus l'esclavage avilissant, je respecterai la puissance de mes maîtres; c'est de moi qu'ils la tiendront, et leurs bienfaits l'auront consacrée. Ximéo doit chérir la vie; Ximéo est aimé! Moi, je ne tiens à personne sur la terre; je puis en disparaître sans laisser de vide dans un cœur qui sente que je n'existe plus. J'allais finir mes jours, un bonheur nouveau me fait survivre à mon cœur. Ah! laissez-vous attendrir, et quand votre pitié ne combat pas votre intérêt, ne résistez pas à sa voix. En achevant ces mots, cette fière Mirza, que la crainte de la mort n'aurait pas fait tomber aux pieds des rois de la terre, fléchit humblement le genou; mais elle conservait dans cette attitude encore toute sa dignité, et l'admiration et la honte étaient le partage de ceux qu'elle implorait. Un moment elle put penser que j'acceptais sa générosité; j'avais perdu la parole, et je me mourais du tourment de ne la pas retrouver. Ces farouches Européens s'écrièrent tous d'une voix: —Nous acceptons l'échange; elle est belle, elle est jeune, elle est courageuse; nous voulons la négresse, et nous laissons son ami. Je retrouvai mes forces; ils allaient s'approcher de Mirza. —Barbares, m'écriai-je, c'est à moi; jamais, jamais; respectez son sexe, sa faiblesse. Jaloffes, consentirez-vous qu'une femme de votre contrée soit esclave à la place de votre plus cruel ennemi? —Arrête, me dit Mirza, cesse d'être généreux; cet acte de vertu, c'est pour toi seul que tu l'accomplis; si mon bonheur t'avait été cher, tu ne m'aurais pas abandonnée; je t'aime mieux coupable, quand je te sais insensible: laisse-moi le droit de me plaindre; quand tu ne peux m'ôter ma douleur, ne m'arrache pas le seul bonheur qui me reste, la douce pensée de tenir au moins à toi par le bien que je t'aurai fait: j'ai suivi tes destins, je meurs si mes jours ne te sont pas utiles; tu n'as que ce moyen de me sauver la vie; ose persister dans tes refus.» Depuis, je me suis rappelé toutes ses paroles, et dans l'instant je crois que je ne les entendais pas: je frémissais du dessein de Mirza; je tremblais que ces vils Européens ne le secondassent; je n'osais déclarer que rien ne me séparerait d'elle. Ces avides marchands nous auraient entraînés tous les deux: leur cœur, incapable de sensibilité, comptait peut-être déjà sur les effets de la nôtre; déjà même ils se promettaient à l'avenir de choisir pour captifs ceux que l'amour ou le devoir pourraient faire racheter ou suivre, étudiant nos vertus pour les faire servir à leurs vices. Mais le gouverneur, instruit de nos combats, du dévouement de Mirza, de mon désespoir, s'avance comme un ange de lumière; eh! qui n'aurait pas cru qu'il nous apportait le bonheur! «Soyez libres tous deux, nous dit-il, je vous rends à votre pays comme à votre amour. Tant de grandeur d'âme eût fait rougir l'Européen qui vous aurait nommés ses esclaves.» On m'ôta mes fers, j'embrasse ses genoux, je bénis dans mon cœur sa bonté, comme s'il eût sacrifié des droits légitimes. Ah! les usurpateurs peuvent donc, en renonçant à leurs injustices, atteindre au rang de bienfaiteurs. Je me levai, je croyais que Mirza était aux pieds du gouverneur comme moi; je la vis à quelque distance, appuyée sur un arbre, et rêvant profondément. Je courus vers elle: l'amour, l'admiration, la reconnaissance, j'éprouvais, j'exprimais tout à la fois. «Ximéo, me dit-elle, il n'est plus temps; mon malheur est gravé trop avant pour que ta main même y puisse atteindre: ta voix, je ne l'entends plus sans tressaillir de peine, et ta présence glace dans mes veines ce sang qui jadis y bouillonnait pour toi; les âmes passionnées ne connaissent que les extrêmes; l'intervalle qui les sépare, elles le franchissent sans s'y arrêter jamais: quand tu m'appris mon sort, j'en doutai longtemps; tu pouvais revenir alors; j'aurais cru que j'avais rêvé ton inconstance; mais maintenant, pour anéantir ce souvenir, il faut percer le cœur dont rien ne peut l'effacer.» En prononçant ces paroles, la flèche mortelle était dans son sein. Dieux qui suspendîtes en cet instant ma vie, me l'avez-vous rendue pour mieux venger Mirza par le long supplice de ma douleur! Pendant un mois entier, la chaîne des souvenirs et des pensées fut interrompue pour moi; je crois quelquefois que je suis dans un autre monde, dont l'enfer est le souvenir du premier.

Ourika m'a fait promettre de ne pas attenter à mes jours; le gouverneur m'a convaincu qu'il fallait vivre pour être utile à mes malheureux compatriotes, pour respecter la dernière volonté de Mirza, qui l'a conjuré, dit-il, en mourant, de veiller sur moi, de me consoler en son nom: j'obéis, j'ai renfermé dans un tombeau les tristes restes de celle que j'aime quand elle n'est plus, de celle que j'ai méconnue pendant sa vie. Là, seul quand le soleil se couche, quand la nature entière semble se couvrir de mon deuil, quand le silence universel me permet de n'entendre plus que mes pensées, j'éprouve, prosterné sur ce tombeau, la jouissance du malheur, le sentiment tout entier de ses peines; mon imagination exaltée crée quelquefois des fantômes; je crois la voir, mais jamais elle ne m'apparaît comme une amante irritée. Je l'entends qui me console et s'occupe de ma douleur. Enfin, incertain du sort qui nous attend après nous, je respecte en mon cœur le souvenir de Mirza, et crains, en me donnant la mort, d'anéantir tout ce qui reste d'elle. Depuis deux ans, vous êtes la seule personne à qui j'aie confié ma douleur: je n'attends pas votre pitié; un barbare qui causa la mort de celle qu'il regrette, doit-il intéresser? Mais j'ai voulu parler d'elle. Ah! promettez-moi que vous n'oublierez pas le nom de Mirza; vous le direz à vos enfants, et vous conserverez après moi la mémoire de cet ange d'amour, et de cette victime du malheur. En terminant son récit, une sombre rêverie se peignit sur le charmant visage de Ximéo; j'étais baigné de pleurs, je voulus lui parler. «Crois-tu, me dit-il, qu'il faille chercher à me consoler? crois-tu qu'on puisse avoir sur mon malheur une pensée que mon cœur n'ait pas trouvée? J'ai voulu te l'apprendre, mais parce que j'étais bien sûr que tu ne l'adoucirais pas; je mourrais si on me l'ôtait, le remords en prendrait la place, il occuperait mon cœur tout entier, et ses douleurs sont arides et brûlantes. Adieu, je te remercie de m'avoir écouté.» Son calme sombre, son désespoir sans larmes, aisément me persuadèrent que tous mes efforts seraient vains; je n'osai plus lui parler, le malheur en impose; je le quittai le cœur plein d'amertume; et pour accomplir ma promesse, je raconte son histoire, et consacre, si je le puis, le triste nom de sa Mirza.

Vivant Denon
1747-1825

Vivant Denon, graveur, écrivain, mais surtout courtisan accompli, a su se rendre indispensable dans les cours de Louis XV et XVI, ainsi qu'à Robespierre, à Napoléon et, pour finir, au sein de l'administration de Louis XVIII. Sa fonction la plus remarquable a sans doute été celle de premier organisateur du Louvre en tant que Directeur Général des Musées sous Napoléon. Aux fonds initiaux provenant des Bourbons, Denon a ajouté les œuvres d'art et les trésors que Napoléon victorieux a saisis et envoyés à Paris, dont il voulait faire «le musée central de l'Europe». La presque totalité de ces œuvres ont été reprises en 1815, mais l'épanouissement de l'art du Directoire et de l'Empire, que Denon a favorisé, a été plus durable.

Point de lendemain a paru pour la première fois anonymement en 1777. La nouvelle a été ensuite largement modifiée en 1812. Depuis 1824, les spécialistes considèrent généralement que Vivant Denon en est l'auteur. Un texte un peu plus tardif publié à titre posthume, et dont Denon est l'auteur probable, fournit des informations sur cette création: Vivant Denon «publia...un petit roman, tant soit peu licencieux, il faut bien l'avouer, mais dont le style rapide et léger rappelle parfaitement le ton de l'époque où il fut écrit. Pour l'excuser d'avoir offert à ses lecteurs des tableaux plus que voluptueux, il faut dire que cet ouvrage fût le résultat d'une plaisanterie de société. On avait prétendu qu'on ne pouvait, sans employer de mots obscènes, retracer avec vérité certaines scènes mystérieuses de l'amour heureux. Il soutint l'opinion contraire, et quelques jours après, il apporta son roman dans lequel rien n'était voilé et dans lequel pourtant il n'y a pas une de ces expressions que repousse la bonne compagnie». En se servant du ton et du langage de la société très raffinée de la fin du dix-huitième siècle, Denon nous narre l'histoire élégante et spirituelle d'une passade qui n'a certainement pas duré qu'une nuit. Sans être précieuse, la nouvelle réussit à être profondément aristocratique.

Le raffinement de Denon contraste avec les choix stylistiques des écrivaillons de l'époque tels que Restif de la Bretonne, pour faire sentir le goût de la société oisive et frivole d'avant la Révolution. Dans une tradition qui un jour produira les meilleures pages d'Alain Fournier, le petit chef-d'œuvre de Denon nous dépeint une aventure des plus classiques et prévisibles: à trompeur trompeuse et demie. La reine des illusionnistes se joue de tout le monde en ouvrant une fenêtre sur les mystères crépusculaires du cœur humain. Mais à mesure que s'opère la lente compréhension du héros, puis celle du lecteur, n'est-elle pas elle-même prise à son propre jeu?

Le texte qui suit est celui que Denon a vraisemblablement révisé et republié en 1812 pour une autre soirée mondaine, sans doute tout aussi éblouissante que celle qui inspira sa création première.

BIBLIOGRAPHIE SOMMAIRE
Édition annotée

Denon, Vivant. *Point de lendemain. Romanciers du XVIIe siècle.* Éd. René Etiemble. Vol. 2. Bibliothèque de la Pléiade. Paris: Gallimard, 1965. 383-402.

Biographie

Sollers, Philippe. *Le Cavalier du Louvre, Vivant Denon (1747-1825).* Paris: Plon, 1995.

Quelques études

Cusset, Catherine. «A Lesson of Decency: Pleasure and Reality in Vivant Denon's *No Tomorrow*». *The Libertine Reader.* Ed. Michel Feher. New York: Zone Books, 1997. 722-31.

Delon, Michel. «Préface». *Vivant Denon*: Point de lendemain, *suivi de Jean-François de Bastite*: La Petite Maison. Coll. Folio. Paris: Gallimard, 1995. 7-32.

Diaconoff, Suellen. «The Representation of Desire in Vivant Denon and Watteau». *Romance Quarterly* 34.3 (1987): 259-73.

Fontana, E. «Un Esempio estremo di *conte* libertino: *Point de lendemain*». *Saggie e Ricerche di letteratura francese* 9 (1968): 207-73.

Greene, John Patrick. «Decor and Decorum in Vivant Denon's *Point de lendemain*». *Dalhousie French Studies* 39-40 (automne-hiver 1997): 59-68.

Henriette Javorek. «Vivant Denon's *Point de lendemain*». *Chimères* 23.1-2 (1996-97): 39-53.

Herman, Jan. «Topologie du désir dans *Point de lendemain* de Vivant Denon». *Australian Journal of French Studies* 27.3 (1990): 231-41.

Kavanagh, Thomas M. *Enlightenment and the Shadows of Chance: The Novel and the Culture of Gambling in Eighteenth-Century France.* Baltimore: Johns Hopkins UP, 1993. 185-97.

Pasco, Allan H. «Denon's "Point de Lendemain" and the Uses of Uncertainty». *Dalhousie French Studies* 63 (2003): 12-21.

Vivant Denon

Point de Lendemain
Conte
1777, 1812

"La lettre tue et l'esprit vivifie."
—E.D.S.P.[1]

J'aimais éperdument la Comtesse de ***; j'avais vingt ans, et j'étais ingénu; elle me trompa, je me fâchai, elle me quitta. J'étais ingénu, je la regrettai; j'avais vingt ans, elle me pardonna: et comme j'avais vingt ans, que j'étais ingénu, toujours trompé, mais plus quitté, je me croyais l'amant le mieux aimé, partant[2] le plus heureux des hommes. Elle était amie de madame de T..., qui semblait avoir quelques projets sur ma personne, mais sans que sa dignité fût compromise. Comme on le verra, madame de T... avait des principes de décence auxquels elle était scrupuleusement attachée.

Un jour que j'allais attendre la Comtesse dans sa loge, je m'entends appeler de la loge voisine. N'était-ce pas encore la décente madame de T...? «Quoi! Déjà! me dit-on. Quel désœuvrement! Venez donc près de moi.» J'étais loin de m'attendre à tout ce que cette rencontre allait avoir de romanesque et d'extraordinaire. On va vite avec l'imagination des femmes; et dans ce moment celle de madame de T... fut singulièrement inspirée. «Il faut, me dit-elle, que je vous sauve le ridicule d'une pareille solitude; puisque vous voilà, il faut... l'idée est excellente. Il semble qu'une main divine vous ait conduit ici. Auriez-vous par hasard des projets pour ce soir? Ils seraient vains, je vous en avertis; point de questions, point de résistance... appelez mes gens. Vous êtes charmant.» Je me prosterne... on me presse de descendre, j'obéis. «Allez chez Monsieur, dit-on à un domestique, avertissez qu'il ne rentrera pas ce soir...» Puis on lui parle à l'oreille, et on le congédie. Je veux hasarder quelques mots, l'opéra commence, on me fait taire: on écoute, ou l'on fait semblant d'écouter. À peine le premier acte est-il fini, que le même domestique rapporte un billet à madame de T..., en lui disant que tout est prêt. Elle sourit, me demande la main, descend, me fait entrer dans sa voiture, et je suis déjà hors de la ville avant d'avoir pu m'informer de ce qu'on voulait faire de moi.

Chaque fois que je hasardais une question, on répondait par un éclat de rire.

---

[1] *Épîtres de saint Paul* 2 *Corinthiens* 3.6.
[2] Ainsi.

Si je n'avais bien su qu'elle était femme à grandes passions, et que dans l'instant même elle avait une inclination, inclination dont elle ne pouvait ignorer que je fusse instruit, j'aurais été tenté de me croire en bonne fortune. Elle connaissait également la situation de mon cœur, car la Comtesse de *** était, comme je l'ai déjà dit, l'amie intime de madame de T... Je me défendis donc toute idée présomptueuse, et j'attendis les événements. Nous relayâmes, et repartîmes comme l'éclair. Cela commençait à me paraître plus sérieux. Je demandai avec plus d'instance jusqu'où me mènerait cette plaisanterie. «Elle vous mènera dans un très beau séjour; mais devinez où: oh! je vous le donne en mille... chez mon mari. Le connaissez-vous?

—Pas du tout.

—Je crois que vous en serez content: on nous réconcilie. Il y a six mois que cela se négocie, et il y en a un que nous nous écrivons. Il est, je pense, assez galant à moi d'aller le trouver.

—Oui: mais, s'il vous plaît, que ferai-je là, moi? à quoi puis-je y être bon?

—Ce sont mes affaires. J'ai craint l'ennui d'un tête-à-tête; vous êtes aimable, et je suis bien aise de vous avoir.

—Prendre le jour d'un raccommodement pour me présenter, cela me paraît bizarre. Vous me feriez croire que je suis sans conséquence. Ajoutez à cela l'air d'embarras qu'on apporte à une première entrevue. En vérité, je ne vois rien de plaisant pour tous les trois dans la démarche que vous allez faire.

—Ah! point de morale, je vous en conjure; vous manquez l'objet de votre emploi. Il faut m'amuser, me distraire, et non me prêcher.»

Je la vis si décidée, que je pris le parti de l'être autant qu'elle. Je me mis à rire de mon personnage, et nous devînmes très gais.

Nous avions changé une seconde fois de chevaux. Le flambeau mystérieux de la nuit éclairait un ciel pur et répandait un demi-jour très voluptueux. Nous approchions du lieu où allait finir le tête-à-tête. On me faisait, par intervalles, admirer la beauté du paysage, le calme de la nuit, le silence touchant de la nature. Pour admirer ensemble, comme de raison, nous nous penchions à la même portière; le mouvement de la voiture faisait que le visage de madame de T... et le mien s'entre-touchaient. Dans un choc imprévu, elle me serra la main; et moi, par le plus grand hasard du monde, je la retins entre mes bras. Dans cette attitude, je ne sais ce que nous cherchions à voir. Ce qu'il y a de sûr, c'est que les objets se brouillaient à mes yeux, lorsqu'on se débarrassa de moi brusquement, et qu'on se rejeta au fond du carrosse. «Votre projet, dit-on après une rêverie assez profonde, est-il de me convaincre de l'imprudence de ma démarche?» Je fus embarrassé de la question. «Des projets... avec vous... quelle duperie! vous les verriez venir de trop loin: mais un hasard, une surprise... cela se pardonne.

—Vous avez compté là-dessus, à ce qu'il me semble.»

Nous en étions là sans presque nous apercevoir que nous entrions dans l'avant-cour du château. Tout était éclairé, tout annonçait la joie, excepté la figure du maître, qui était rétive à l'exprimer. Un air languissant ne montrait en lui le besoin d'une réconciliation que pour des raisons de famille. La bienséance amène cependant M.

de T... jusqu'à la portière. On me présente, il offre la main, et je suis, en rêvant à mon personnage, passé, présent, et à venir. Je parcours des salons décorés avec autant de goût que de magnificence, car le maître de la maison raffinait sur toutes les recherches de luxe. Il s'étudiait à ranimer les ressources d'un physique éteint par des images de volupté. Ne sachant que dire, je me sauvai par l'admiration. La déesse s'empresse de faire les honneurs du temple, et d'en recevoir les compliments. «Vous ne voyez rien; il faut que je vous mène à l'appartement de Monsieur.

—Madame, il y a cinq ans que je l'ai fait démolir.

—Ah! ah!» dit-elle.

À souper, ne voilà-t-il pas qu'elle s'avise d'offrir à Monsieur du veau de rivière[3], et que Monsieur lui répond: «Madame, il y a trois ans que je suis au lait.

— Ah! ah!» dit-elle encore.

Qu'on se peigne une conversation entre trois êtres si étonnés de se trouver ensemble!

Le souper finit. J'imaginais que nous nous coucherions de bonne heure, mais je n'imaginais bien que pour le mari. En entrant dans le salon: «Je vous sais gré, Madame, dit-il, de la précaution que vous avez eue d'amener Monsieur. Vous avez jugé que j'étais de méchante ressource pour la veillée, et vous avez bien jugé, car je me retire.» Puis, se tournant de mon côté, il ajouta d'un air ironique: «Monsieur voudra bien me pardonner, et se charger de mes excuses auprès de Madame.» Il nous quitta.

Nous nous regardâmes, et, pour nous distraire de toutes réflexions, madame de T... me proposa de faire un tour sur la terrasse, en attendant que les gens eussent soupé. La nuit était superbe; elle laissait entrevoir les objets, et semblait ne les voiler que pour donner plus d'essor à l'imagination. Le château ainsi que les jardins, appuyés contre une montagne, descendaient en terrasse jusque sur les rives de la Seine; et ses sinuosités multipliées formaient de petites îles agrestes et pittoresques, qui variaient les tableaux et augmentaient le charme de ce beau lieu.

Ce fut sur la plus longue de ces terrasses que nous nous promenâmes d'abord: elle était couverte d'arbres épais. On s'était remis de l'espèce de persiflage qu'on venait d'essuyer; et tout en se promenant, on me fit quelques confidences. Les confidences s'attirent, j'en faisais à mon tour, elles devenaient toujours plus intimes et plus intéressantes. Il y avait longtemps que nous marchions. Elle m'avait d'abord donné son bras, ensuite ce bras s'était entrelacé, je ne sais comment, tandis que le mien la soulevait et l'empêchait presque de poser à terre. L'attitude était agréable, mais fatigante à la longue, et nous avions encore bien des choses à nous dire. Un banc de gazon se présente; on s'y assied sans changer d'attitude. Ce fut dans cette position que nous commençâmes à faire l'éloge de la confiance, de son charme, de ses douceurs. «Eh! me dit-elle, qui peut en jouir mieux que nous, avec moins d'effroi? Je sais trop combien vous tenez au lien que je vous connais, pour avoir rien à redouter auprès de vous.» Peut-être voulait-elle être contrariée, je n'en fis rien. Nous nous persuadâmes donc mutuellement qu'il était impossible que nous

---

[3]Veau de la région de Rouen qu'on engraisse d'une façon particulière.

pussions jamais nous être autre chose que ce que nous nous étions alors. «J'appréhendais cependant, lui dis-je, que la surprise de tantôt n'eût effrayé votre esprit.
—Je ne m'alarme pas si aisément.
—Je crains cependant qu'elle ne vous ait laissé quelques nuages.
—Que faut-il pour vous rassurer?
—Vous ne devinez pas?
—Je souhaite d'être éclaircie.
—J'ai besoin d'être sûr que vous me pardonnez.
—Et pour cela il faudrait...?
—Que vous m'accordassiez ici ce baiser que le hasard...
—Je le veux bien: vous seriez trop fier si je le refusais. Votre amour-propre vous ferait croire que je vous crains.»

On voulut prévenir les illusions, et j'eus le baiser.

Il en est des baisers comme des confidences: ils s'attirent, ils s'accélèrent, ils s'échauffent les uns par les autres. En effet, le premier ne fut pas plutôt donné qu'un second le suivit; puis, un autre: ils se pressaient, ils entrecoupaient la conversation, ils la remplaçaient; à peine enfin laissaient-ils aux soupirs la liberté de s'échapper. Le silence survint, on l'entendit (car on entend quelquefois le silence): il effraya. Nous nous levâmes sans mot dire, et recommençâmes à marcher. «Il faut rentrer, dit-elle, l'air du soir ne nous vaut rien.
—Je le crois moins dangereux pour vous, lui répondis-je.
—Oui, je suis moins susceptible qu'une autre; mais n'importe, rentrons.
—C'est par égard pour moi, sans doute... vous voulez me défendre contre le danger des impressions d'une telle promenade... et des suites qu'elle pourrait avoir pour moi seul.
—C'est donner de la délicatesse à mes motifs. Je le veux bien comme cela... mais rentrons, je l'exige» (propos gauches qu'il faut passer à deux êtres qui s'efforcent de prononcer, tant bien que mal, tout autre chose que ce qu'ils ont à dire).

Elle me força de reprendre le chemin du château.

Je ne sais, je ne savais du moins si ce parti était une violence qu'elle se faisait, si c'était une résolution bien décidée, ou si elle partageait le chagrin que j'avais de voir terminer ainsi une scène si bien commencée; mais, par un mutuel instinct, nos pas se ralentissaient, et nous cheminions tristement, mécontents l'un de l'autre et de nous-mêmes. Nous ne savions ni à qui, ni à quoi nous en prendre. Nous n'étions ni l'un ni l'autre en droit de rien exiger, de rien demander: nous n'avions pas seulement la ressource d'un reproche. Qu'une querelle nous aurait soulagés! mais où la prendre? Cependant nous approchions, occupés en silence de nous soustraire au devoir que nous nous étions imposé si maladroitement.

Nous touchions à la porte lorsqu'enfin madame de T... parla: «Je suis peu contente de vous... après la confiance que je vous ai montrée, il est mal... si mal de ne m'en accorder aucune! Voyez si, depuis que nous sommes ensemble, vous m'avez dit un mot de la Comtesse. Il est pourtant si doux de parler de ce qu'on aime! et vous ne pouvez douter que je ne vous eusse écouté avec intérêt. C'était bien le moins que j'eusse pour vous cette complaisance après avoir risqué de vous priver d'elle.

—N'ai-je pas le même reproche à vous faire, et n'auriez-vous point paré à bien des choses, si au lieu de me rendre confident d'une réconciliation avec un mari vous m'aviez parlé d'un choix plus convenable, d'un choix...

—Je vous arrête... songez qu'un soupçon seul nous blesse. Pour peu que vous connaissiez les femmes vous savez qu'il faut les attendre sur les confidences. Revenons à vous: où en êtes-vous avec mon amie? vous rend-on bien heureux? Ah! je crains le contraire: cela m'afflige, car je m'intéresse si tendrement à vous! Oui, Monsieur, je m'y intéresse... plus que vous ne pensez peut-être.

—Eh! pourquoi donc, Madame, vouloir croire avec le public ce qu'il s'amuse à grossir, à circonstancier?

—Épargnez-vous la feinte, je sais sur votre compte tout ce que l'on peut savoir. La Comtesse est moins mystérieuse que vous. Les femmes de son espèce sont prodigues des secrets de leurs adorateurs, surtout lorsqu'une tournure discrète comme la vôtre pourrait leur dérober leurs triomphes. Je suis loin de l'accuser de coquetterie; mais une prude n'a pas moins de vanité qu'une coquette. Parlez-moi franchement: n'êtes-vous pas souvent la victime de cet étrange caractère? Parlez, parlez.

—Mais, Madame, vous vouliez rentrer... et l'air...

—Il a changé.»

Elle avait repris mon bras, et nous recommencions à marcher sans que je m'aperçusse de la route que nous prenions. Ce qu'elle venait de me dire de l'amant que je lui connaissais, ce qu'elle me disait de la maîtresse qu'elle me savait, ce voyage, la scène du carrosse, celle du banc de gazon, l'heure, tout cela me troublait; j'étais tour à tour emporté par l'amour-propre ou les désirs, et ramené par la réflexion. J'étais d'ailleurs trop ému pour me rendre compte de ce que j'éprouvais. Tandis que j'étais en proie à des mouvements si confus, elle avait continué de parler, et toujours de la Comtesse. Mon silence paraissait confirmer tout ce qu'elle lui plaisait d'en dire. Quelques traits qui lui échappèrent me firent pourtant revenir à moi.

«Comme elle est fine, disait-elle! qu'elle a de grâces! une perfidie dans sa bouche prend l'air d'une saillie; une infidélité paraît un effort de raison, un sacrifice à la décence. Point d'abandon; toujours aimable; rarement tendre, et jamais vraie; galante par caractère, prude par système, vive, prudente, adroite, étourdie, sensible, savante, coquette, et philosophe: c'est un Protée pour les formes, c'est une grâce pour les manières: elle attire, elle échappe. Combien je lui ai vu jouer de rôles! Entre nous, que de dupes l'environnent! Comme elle s'est moquée du Baron...! Que de tours elle a faits au Marquis! Lorsqu'elle vous prit, c'était pour distraire deux rivaux trop imprudents et qui étaient sur le point de faire un éclat. Elle les avait trop ménagés, ils avaient eu le temps de l'observer; ils auraient fini par la convaincre. Mais elle vous mit en scène, les occupa de vos soins, les amena à des recherches nouvelles, vous désespéra, vous plaignit, vous consola; et vous fûtes contents tous quatre. Ah! qu'une femme adroite a d'empire sur vous! et qu'elle est heureuse lorsqu'à ce jeu-là elle affecte tout et n'y met rien du sien!» Madame de T... accompagna cette dernière phrase d'un soupir très significatif. C'était le coup de maître.

Je sentis qu'on venait de m'ôter un bandeau de dessus les yeux, et ne vis point celui qu'on y mettait. Mon amante me parut la plus fausse de toutes les femmes, et je crus tenir l'être sensible. Je soupirai aussi, sans savoir à qui s'adressait ce soupir, sans démêler si le regret ou l'espoir l'avait fait naître. On parut fâchée de m'avoir affligé, et de s'être laissée emporter trop loin dans une peinture qui pouvait paraître suspecte, étant faite par une femme.

Je ne concevais rien à tout ce que j'entendais. Nous enfilions la grande route du sentiment, et la reprenions de si haut, qu'il était impossible d'entrevoir le terme du voyage. Au milieu de nos raisonnements métaphysiques, on me fit apercevoir, au bout d'une terrasse, un pavillon qui avait été le témoin des plus doux moments. On me détailla sa situation, son ameublement. Quel dommage de n'en pas avoir la clef! Tout en causant, nous approchions. Il se trouva ouvert; il ne lui manquait plus que la clarté du jour. Mais l'obscurité pouvait aussi lui prêter quelques charmes. D'ailleurs, je savais combien était charmant l'objet qui allait l'embellir.

Nous frémîmes en entrant. C'était un sanctuaire, et c'était celui de l'amour. Il s'empara de nous; nos genoux fléchirent: nos bras défaillants s'enlacèrent, et, ne pouvant nous soutenir, nous allâmes tomber sur un canapé qui occupait une partie du temple. La lune se couchait, et le dernier de ses rayons emporta bientôt le voile d'une pudeur qui, je crois, devenait importune. Tout se confondait dans les ténèbres. La main qui voulait me repousser sentait battre mon cœur. On voulait me fuir, on retombait plus attendrie. Nos âmes se rencontraient, se multipliaient; il en naissait une de chacun de nos baisers.

Devenue moins tumultueuse, l'ivresse de nos sens ne nous laissait cependant point encore l'usage de la voix. Nous nous entretenions dans le silence par le langage de la pensée. Madame de T... se réfugiait dans mes bras, cachait sa tête dans mon sein, soupirait, et se calmait à mes caresses: elle s'affligeait, se consolait, et demandait de l'amour pour tout ce que l'amour venait de lui ravir.

Cet amour, qui l'effrayait un instant avant, la rassurait dans celui-ci. Si, d'un côté, on veut donner ce qu'on a laissé prendre, on veut, de l'autre, recevoir ce qui fut dérobé; et, de part et d'autre, on se hâte d'obtenir une seconde victoire pour s'assurer de sa conquête.

Tout ceci avait été un peu brusqué. Nous sentîmes notre faute. Nous reprîmes avec plus de détail ce qui nous était échappé. Trop ardent, on est moins délicat. On court à la jouissance en confondant toutes les délices qui la précèdent: on arrache un nœud, on déchire une gaze: partout la volupté marque sa trace, et bientôt l'idole ressemble à la victime.

Plus calmes, nous trouvâmes l'air plus pur, plus frais. Nous n'avions pas entendu que la rivière, dont les flots baignaient les murs du pavillon, rompait le silence de la nuit par un murmure doux qui semblait d'accord avec la palpitation de nos cœurs. L'obscurité était trop grande pour laisser distinguer aucun objet;

mais à travers le crêpe transparent d'une belle nuit d'été, notre imagination faisait d'une île qui était devant notre pavillon un lieu enchanté. La rivière nous paraissait couverte d'amours qui se jouaient dans les flots. Jamais les forêts de Gnide[4] n'ont été si peuplées d'amants, que nous en peuplions l'autre rive. Il n'y avait pour nous dans la nature que des couples heureux, et il n'y en avait point de plus heureux que nous. Nous aurions défié Psyché et l'Amour[5]. J'étais aussi jeune que lui, je trouvais madame de T... aussi charmante qu'elle. Plus abandonnée, elle me sembla plus ravissante encore. Chaque moment me livrait une beauté. Le flambeau de l'amour me l'éclairait pour les yeux de l'âme, et le plus sûr des sens confirmait mon bonheur. Quand la crainte est bannie, les caresses cherchent les caresses: elles s'appellent plus tendrement. On ne veut plus qu'une faveur soit ravie. Si l'on diffère, c'est raffinement. Le refus est timide, et n'est qu'un tendre soin. On désire, on ne voudrait pas: c'est l'hommage qui plaît... Le désir flatte... L'âme en est exaltée... On adore... On ne cédera point... On a cédé.

«Ah! me dit-elle avec une voix céleste, sortons de ce dangereux séjour; sans cesse les désirs s'y reproduisent, et l'on est sans force pour leur résister.» Elle m'entraîne.

Nous nous éloignons à regret; elle tournait souvent la tête; une flamme divine semblait briller sur le parvis. «Tu l'as consacré pour moi, me disait-elle. Qui saurait jamais y plaire comme toi? Comme tu sais aimer! Qu'elle est heureuse!

—Qui donc? m'écriai-je avec étonnement. Ah! si je dispense le bonheur, à quel être dans la nature pouvez-vous porter envie?»

Nous passâmes devant le banc de gazon, nous nous y arrêtâmes involontairement et avec une émotion muette. «Quel espace immense, me dit-elle, entre ce lieu-ci et le pavillon que nous venons de quitter! Mon âme est si pleine de mon bonheur, qu'à peine puis-je me rappeler d'avoir pu vous résister.

—Eh bien! lui dis-je, verrai-je se dissiper ici le charme dont mon imagination s'était remplie là-bas? Ce lieu me sera-t-il toujours fatal?

—En est-il qui puisse te l'être encore quand je suis avec toi?

—Oui, sans doute, puisque je suis aussi malheureux dans celui-ci que je viens d'être heureux dans l'autre. L'amour veut des gages multipliés: il croit n'avoir rien obtenu tant qu'il lui reste à obtenir.

—Encore... Non, je ne puis permettre... Non jamais...» Et après un long silence: «Mais tu m'aimes donc bien!»

Je prie le lecteur de se souvenir que j'ai vingt ans. Cependant la conversation changea d'objet: elle devint moins sérieuse. On osa même plaisanter sur les plaisirs de l'amour, l'analyser, en séparer le moral, le réduire au simple, et prouver que les faveurs n'étaient que du plaisir; qu'il n'y avait d'engagement (philosophiquement parlant) que ceux que l'on contractait avec le public, en lui laissant pénétrer nos

---

[4]Gnide, ancienne ville de l'Asie Mineure, est mieux connue sous le nom de Cnide. On y trouvait un temple dédié à Aphrodite et la ville est devenue un symbole de volupté.
[5]Psyché est la personnification de l'âme dans un conte d'Apulée. Aimée par Amour, sa beauté rend Aphrodite si jalouse qu'elle soumet sa rivale à un dur esclavage jusqu'à ce qu'Amour l'enlève, lui donne l'immortalité, et la voue à l'amour.

secrets, et en commettant avec lui quelques indiscrétions. «Quelle nuit délicieuse, dit-elle, nous venons de passer par l'attrait seul de ce plaisir, notre guide et notre excuse! Si des raisons, je le suppose, nous forçaient à nous séparer demain, notre bonheur, ignoré de toute la nature, ne nous laisserait, par exemple, aucun lien à dénouer... quelques regrets, dont un souvenir agréable serait le dédommagement... et puis, au fait, du plaisir, sans toutes les lenteurs, le tracas et la tyrannie des procédés.»

Nous sommes tellement *machines* (et j'en rougis), qu'au lieu de toute la délicatesse qui me tourmentait avant la scène qui venait de se passer, j'étais au moins pour moitié dans la hardiesse de ces principes; je les trouvais sublimes, et je me sentais déjà une disposition très prochaine à l'amour de la liberté.

«La belle nuit! me disait-elle, les beaux lieux! Il y a huit ans que je les avais quittés; mais ils n'ont rien perdu de leur charme; ils viennent de reprendre pour moi tous ceux de la nouveauté; nous n'oublierons jamais ce cabinet, n'est-il pas vrai? Le château en recèle un plus charmant encore; mais on ne peut rien vous montrer: vous êtes comme un enfant qui veut toucher à tout, et qui brise tout ce qu'il touche. Un mouvement de curiosité, qui me surprit moi-même, me fit promettre de n'être que ce que l'on voudrait. Je protestai que j'étais devenu bien raisonnable. On changea de propos. —Cette nuit, dit-elle, me paraîtrait complètement agréable, si je ne me faisais un reproche. Je suis fâchée, vraiment fâchée de ce que je vous ai dit de la Comtesse. Ce n'est pas que je veuille me plaindre de vous. La nouveauté pique. Vous m'avez trouvée aimable, et j'aime à croire que vous étiez de bonne foi; mais l'empire de l'habitude est si long à détruire, que je sens moi-même que je n'ai pas ce qu'il faut pour en venir à bout. J'ai d'ailleurs épuisé tout ce que le cœur a de ressources pour enchaîner. Que pourriez-vous espérer maintenant près de moi? Que pourriez-vous désirer? Et que devient-on avec une femme, sans le désir et l'espérance! Je vous ai tout prodigué: à peine peut-être me pardonnerez-vous un jour des plaisirs qui après le moment de l'ivresse, vous abandonnent à la sévérité des réflexions. À propos, dites-moi donc, comment avez-vous trouvé mon mari? Assez maussade, n'est-il pas vrai? Le régime n'est point aimable. Je ne crois pas qu'il vous ait vu de sang-froid. Notre amitié lui deviendrait suspecte. Il faudra ne pas prolonger ce premier voyage: il prendrait de l'humeur. Dès qu'il viendra du monde (et sans doute il en viendra)... D'ailleurs vous avez aussi vos ménagements à garder... Vous vous souvenez de l'air de Monsieur, hier en nous quittant?... Elle vit l'impression que me faisaient ces dernières paroles, et ajouta tout de suite: —Il était plus gai lorsqu'il fit arranger avec tant de recherche le cabinet dont je vous parlais tout à l'heure. C'était avant mon mariage. Il tient à mon appartement. Il n'a jamais été pour moi qu'un témoignage... des ressources artificielles dont M. de T... avait besoin pour fortifier son sentiment, et du peu de ressort que je donnais à son âme.

C'est ainsi que par intervalles elle excitait ma curiosité sur ce cabinet. —Il tient à votre appartement, lui dis-je; quel plaisir d'y venger vos attraits offensés! de leur y restituer les vols qu'on leur a faits! On trouva ceci d'un meilleur ton. —Ah! lui dis-je si j'étais choisi pour être le héros de cette vengeance si le goût du moment pouvait faire oublier et réparer les langueurs de l'habitude...

—Si vous me promettiez d'être sage», dit-elle en m'interrompant.

Il faut l'avouer, je ne me sentais pas toute la ferveur, toute la dévotion qu'il fallait pour visiter ce nouveau temple; mais j'avais beaucoup de curiosité: ce n'était plus madame de T... que je désirais, c'était le cabinet.

Nous étions rentrés. Les lampes des escaliers et des corridors étaient éteintes; nous errions dans un dédale. La maîtresse même du château en avait oublié les issues; enfin nous arrivâmes à la porte de son appartement, de cet appartement qui renfermait ce réduit si vanté. «Qu'allez-vous faire de moi? lui dis-je; que voulez-vous que je devienne? me renverrez-vous seul ainsi dans l'obscurité? m'exposerez-vous à faire du bruit, à nous déceler, à nous trahir, à vous perdre? Cette raison lui parut sans réplique. —Vous me promettez donc...

—Tout... tout au monde.»

On reçut mon serment. Nous ouvrîmes doucement la porte: nous trouvâmes deux femmes endormies; l'une jeune, l'autre plus âgée. Cette dernière était celle de confiance, ce fut elle qu'on éveilla. On lui parla à l'oreille. Bientôt je la vis sortir par une porte secrète, artistement fabriquée dans un lambris de la boiserie. J'offris de remplir l'office de la femme qui dormait. On accepta mes services, on se débarrassa de tout ornement superflu. Un simple ruban retenait tous les cheveux, qui s'échappaient en boucles flottantes; on y ajouta seulement une rose que j'avais cueillie dans le jardin, et que je tenais encore par distraction: une robe ouverte remplaça tous les autres ajustements. Il n'y avait pas un nœud à toute cette parure; je trouvai madame de T... plus belle que jamais. Un peu de fatigue avait appesanti ses paupières, et donnait à ses regards une langueur plus intéressante, une expression plus douce. Le coloris de ses lèvres, plus vif que de coutume, relevait l'émail de ses dents, et rendait son sourire plus voluptueux; des rougeurs éparses çà et là relevaient la blancheur de son teint et en attestaient la finesse. Ces traces du plaisir m'en rappelaient la jouissance. Enfin elle me parut plus séduisante encore que mon imagination ne se l'était peinte dans nos plus doux moments. Le lambris s'ouvrit de nouveau, et la discrète confidente disparut.

Près d'entrer, on m'arrêta: «Souvenez-vous, me dit-on gravement, que vous serez censé n'avoir jamais vu, ni même soupçonné l'asile où vous allez être introduit. Point d'étourderie; je suis tranquille sur le reste.» La discrétion est la première des vertus; on lui doit bien des instants de bonheur.

Tout cela avait l'air d'une initiation. On me fit traverser un petit corridor obscur, en me conduisant par la main. Mon cœur palpitait comme celui d'un jeune prosélyte que l'on éprouve avant la célébration des grands mystères... «Mais votre Comtesse, me dit-elle en s'arrêtant...» J'allais répliquer; les portes s'ouvrirent: l'admiration intercepta ma réponse. Je fus étonné, ravi, je ne sais plus ce que je devins, et je commençai de bonne foi à croire à l'enchantement. La porte se referma, et je ne distinguai plus par où j'étais entré. Je ne vis plus qu'un bosquet aérien qui, sans issue, semblait ne tenir et ne porter sur rien; enfin je me trouvai dans une vaste cage de glaces, sur lesquelles les objets étaient si artistement peints que, répétés, ils produisaient l'illusion de tout ce qu'ils représentaient. On ne voyait intérieurement aucune lumière; une lueur douce et céleste pénétrait, selon le besoin que chaque objet avait d'être plus ou moins aperçu; des cassolettes exhalaient de délicieux parfums; des chiffres et des trophées dérobaient aux yeux la flamme des lampes qui éclairaient d'une manière magique ce lieu de délices. Le côté par où nous entrâmes représentait des portiques en treillage ornés de fleurs, et des berceaux dans chaque enfoncement; d'un autre côté, on voyait la statue de l'Amour distribuant des couronnes; devant cette statue était un autel, sur lequel brillait une flamme; au bas de cet autel étaient une coupe, des couronnes, et des guirlandes; un temple d'une architecture légère achevait d'orner ce côté: vis-à-vis était une grotte sombre; le dieu du mystère veillait à l'entrée: le parquet, couvert d'un tapis *pluché*[6], imitait le gazon. Au plafond, des génies suspendaient des guirlandes; et du côté qui répondait aux portiques était un dais sous lequel s'accumulait une quantité de carreaux avec un baldaquin soutenu par des amours.

Ce fut là que la reine de ce lieu alla se jeter nonchalamment. Je tombai à ses pieds; elle se pencha vers moi, elle me tendit les bras, et dans l'instant, grâce à ce groupe répété dans tous ses aspects, je vis cette île toute peuplée d'amants heureux.

Les désirs se reproduisent par leurs images. «Laisserez-vous, lui dis-je, ma tête sans couronne? si près du trône, pourrai-je éprouver des rigueurs? pourriez-vous y prononcer un refus?

—Et vos serments? me répondit-elle en se levant.

—J'étais un mortel quand je les fis, vous m'avez fait un dieu: vous adorer, voilà mon seul serment.

—Venez, me dit-elle, l'ombre du mystère doit cacher ma faiblesse, venez…»

En même temps elle s'approcha de la grotte. À peine en avions-nous franchi l'entrée, que je ne sais quel ressort, adroitement ménagé, nous entraîna. Portés par le même mouvement, nous tombâmes mollement renversés sur un monceau de coussins. L'obscurité régnait avec le silence dans ce nouveau sanctuaire. Nos soupirs nous tinrent lieu de langage. Plus tendres, plus multipliés, plus ardents, ils étaient les interprètes de nos sensations, ils en marquaient les degrés; et le dernier de tous, quelque temps suspendu, nous avertit que nous devions rendre grâce à l'Amour. Elle prit une couronne qu'elle posa sur ma tête, et soulevant à peine ses beaux yeux humides de volupté, elle me dit: «Eh bien! aimerez-vous jamais la Comtesse autant que moi? J'allais répondre lorsque la confidente, en entrant précipitamment, me dit: —Sortez bien vite, il fait grand jour, on entend déjà du bruit dans le château.»

Tout s'évanouit avec la même rapidité que le réveil détruit un songe, et je me trouvai dans le corridor avant d'avoir pu reprendre mes sens. Je voulais regagner mon appartement; mais où l'aller chercher? Toute information me dénonçait, toute méprise était une indiscrétion. Le parti le plus prudent me parut de descendre dans le jardin, où je résolus de rester jusqu'à ce que je pusse rentrer avec vraisemblance d'une promenade du matin.

La fraîcheur et l'air pur de ce moment calmèrent par degrés mon imagination et en chassèrent le merveilleux. Au lieu d'une nature enchantée, je ne vis qu'une

---

[6]Peluché.

nature naïve. Je sentais la vérité rentrer dans mon âme, mes pensées naître sans trouble et se suivre avec ordre; je respirais enfin. Je n'eus rien de plus pressé alors que de me demander si j'étais l'amant de celle que je venais de quitter, et je fus bien surpris de ne savoir que me répondre. Qui m'eût dit hier à l'Opéra que je pourrais me faire une telle question? moi qui croyais savoir qu'elle aimait éperdument, et depuis deux ans, le marquis de..., moi qui me croyais tellement épris de la Comtesse, qu'il devait m'être impossible de lui devenir infidèle! Quoi! hier! madame de T... Est-il bien vrai? aurait-elle rompu avec le Marquis? m'a-t-elle pris pour lui succéder, ou seulement pour le punir? Cruelle aventure! quelle nuit! Je ne savais si je ne rêvais pas encore; je doutais, puis j'étais persuadé, convaincu, et puis je ne croyais plus rien. Tandis que je flottais dans ces incertitudes, j'entendis du bruit près de moi: je levai les yeux, me les frottai, je ne pouvais croire... c'était... qui...? le Marquis. «Tu ne m'attendais pas si matin, n'est-il pas vrai? Eh bien! comment cela s'est-il passé?

—Tu savais donc que j'étais ici? lui demandai-je.

—Oui, vraiment: on me le fit dire hier au moment de votre départ. As-tu bien joué ton personnage? le mari a-t-il trouvé ton arrivée bien ridicule? quand te renvoie-t-on? J'ai pourvu à tout; je t'amène une bonne chaise qui sera à tes ordres: c'est à charge d'autant[7]. Il fallait un écuyer à madame de T..., tu lui en as servi, tu l'as amusée sur la route; c'est tout ce qu'elle voulait; et ma reconnaissance...

—Oh! non, non, je sers avec générosité; et dans cette occasion, madame de T... pourrait te dire que j'y ai mis un zèle au-dessus des pouvoirs de la reconnaissance.

Il venait de débrouiller le mystère de la veille, et de me donner la clef du reste. Je sentis dans l'instant mon nouveau rôle. Chaque mot était en situation[8].

—Pourquoi venir si tôt? dis-je. Il me semble qu'il eût été plus prudent...

—Tout est prévu; c'est le hasard qui semble me conduire ici: je suis censé revenir d'une campagne voisine. Madame de T... ne t'a donc pas mis au fait? Je lui veux du mal de ce défaut de confiance, après ce que tu faisais pour nous.

—Elle avait sans doute ses raisons; et peut-être si elle eût parlé n'aurais-je pas si bien joué mon personnage.

—Cela, mon cher, a donc été bien plaisant? Conte-moi les détails... conte donc.

—Ah!... Un moment. Je ne savais pas que tout ceci était une comédie; et, bien que je sois pour quelque chose dans la pièce...

—Tu n'avais pas le beau rôle.

—Va, va, rassure-toi; il n'y a point de mauvais rôle pour de bons acteurs.

—J'entends; tu t'en es bien tiré.

—Merveilleusement.

—Et madame de T...?

—Sublime. Elle a tous les genres.

[7] A charge de rendre la pareille.
[8] Éclairé par la réalité qu'il venait de comprendre.

—Conçois-tu qu'on ait pu fixer cette femme-là? Cela m'a donné de la peine; mais j'ai amené son caractère au point que c'est peut-être la femme de Paris sur la fidélité de laquelle il y a le plus à compter.
—Fort bien!
—C'est mon talent, à moi: toute son inconstance n'était que frivolité, dérèglement d'imagination: il fallait s'emparer de cette âme-là.
—C'est le bon parti.
—N'est-il pas vrai? Tu n'as pas d'idée de son attachement pour moi. Au fait, elle est charmante; tu en conviendras. Entre nous, je ne lui connais qu'un défaut; c'est que la nature, en lui donnant tout, lui a refusé cette flamme divine qui met le comble à tous ses bienfaits. Elle fait tout naître, tout sentir, et elle n'éprouve rien: c'est un marbre.
—Il faut t'en croire, car moi, je ne puis... Mais sais-tu que tu connais cette femme-là comme si tu étais son mari: vraiment, c'est à s'y tromper; et si je n'eusse pas soupé hier avec le véritable...
—À propos, a-t-il été bien bon?
—Jamais on n'a été plus mari que cela.
—Oh! la bonne aventure! Mais tu n'en ris pas assez, à mon gré. Tu ne sens donc pas tout le comique de ton rôle? Conviens que le théâtre du monde offre des choses bien étranges; qu'il s'y passe des scènes bien divertissantes. Rentrons; j'ai de l'impatience d'en rire avec madame de T... Il doit faire jour chez elle. J'ai dit que j'arriverais de bonne heure. Décemment il faudrait commencer par le mari. Viens chez toi, je veux remettre un peu de poudre. On t'a donc bien pris pour un amant?
—Tu jugeras de mes succès par la réception qu'on va me faire. Il est neuf heures: allons de ce pas chez Monsieur.» Je voulais éviter mon appartement, et pour cause. Chemin faisant, le hasard m'y amena: la porte restée ouverte, nous laissa voir mon valet de chambre qui dormait dans un fauteuil; une bougie expirait près de lui. En s'éveillant au bruit, il présenta étourdiment ma robe de chambre au Marquis, en lui faisant quelques reproches sur l'heure à laquelle il rentrait. J'étais sur les épines; mais le Marquis était si disposé à s'abuser, qu'il ne vit rien en lui qu'un rêveur qui lui apprêtait à rire. Je donnai mes ordres pour mon départ à mon homme, qui ne savait ce que tout cela voulait dire, et nous passâmes chez Monsieur. On s'imagine bien qui fut accueilli: ce ne fut pas moi; c'était dans l'ordre. On fit à mon ami les plus grandes instances pour s'arrêter. On voulut le conduire chez Madame, dans l'espérance qu'elle le déterminerait. Quant à moi, on n'osait, disait-on, me faire la même proposition, car on me trouvait trop abattu pour douter que l'air du pays ne me fût pas vraiment funeste. En conséquence, on me conseilla de regagner la ville. Le Marquis m'offrit sa chaise; je l'acceptai. Tout allait à merveille, et nous étions tous contents. Je voulais cependant voir encore madame de T...: c'était une jouissance que je ne pouvais me refuser. Mon impatience était partagée par mon ami, qui ne concevait rien à ce sommeil, et qui était bien loin d'en pénétrer la cause. Il me dit en sortant de chez M. de T...: «Cela n'est-il pas admirable? Quand on lui aurait communiqué ses répliques, aurait-il pu mieux dire? Au vrai, c'est un fort

galant homme; et, tout bien considéré, je suis très aise de ce raccommodement. Cela fera une bonne maison, et tu conviendras que, pour en faire les honneurs, il ne pouvait mieux choisir que sa femme. —Personne n'était plus que moi pénétré de cette vérité. —Quelque plaisant que soit cela, mon cher, motus; le mystère devient plus essentiel que jamais. Je saurai faire entendre à madame de T... que son secret ne saurait être en de meilleures mains.

—Crois, mon ami, qu'elle compte sur moi; et tu le vois, son sommeil n'en est point troublé.

—Oh! il faut convenir que tu n'as pas ton second pour endormir une femme.

—Et un mari, mon cher, un amant même au besoin.» On avertit enfin qu'on pouvait entrer chez madame de T...: nous nous y rendîmes.

«Je vous annonce, Madame, dit en entrant notre causeur, vos deux meilleurs amis.

—Je tremblais, me dit madame de T..., que vous ne fussiez parti avant mon réveil, et je vous sais gré d'avoir senti le chagrin que cela m'aurait donné. Elle nous examinait l'un et l'autre; mais elle fut bientôt rassurée par la sécurité du Marquis, qui continua de me plaisanter. Elle en rit avec moi autant qu'il le fallait pour me consoler, et sans se dégrader à mes yeux. Elle adressa à l'autre des propos tendres, à moi d'honnêtes et *décents*; badina, et ne plaisanta point. —Madame, dit le Marquis, il a fini son rôle aussi bien qu'il l'avait commencé. Elle répondit gravement: —J'étais sûre du succès de tous ceux que l'on confierait à Monsieur. Il lui raconta ce qui venait de se passer chez son mari. Elle me regarda, m'approuva et ne rit point. —Pour moi, dit le Marquis, qui avait juré de ne plus finir, je suis enchanté de tout ceci: c'est un ami que nous nous sommes fait, Madame. Je te le répète encore, notre reconnaissance...

—Eh! Monsieur, dit madame de T..., brisons là-dessus, et croyez que je sens tout ce que je dois à Monsieur.»

On annonça M. de T..., et nous nous trouvâmes tous en situation. M. de T... m'avait persiflé et me renvoyait, mon ami le dupait et se moquait de moi; je le lui rendais, tout en admirant madame de T..., qui nous jouait tous, sans rien perdre de la dignité de son caractère.

Après avoir joui quelques instants de cette scène, je sentis que celui de mon départ était arrivé. Je me retirais, madame de T... me suivit, feignant de vouloir me donner une commission. «Adieu, Monsieur; je vous dois bien des plaisirs; mais je vous ai payé d'un beau rêve. Dans ce moment, votre amour vous rappelle; celle qui en est l'objet en est digne. Si je lui ai dérobé quelques transports je vous rends à elle, plus tendre, plus délicat, et plus sensible.

—Adieu, encore une fois. Vous êtes charmant... Ne me brouillez pas avec la Comtesse.» Elle me serra la main, et me quitta.

Je montai dans la voiture qui m'attendait. Je cherchai bien la morale de toute cette aventure, et... je n'en trouvai point.

FRANÇOIS RENÉ DE CHATEAUBRIAND
1768-1848

Plus qu'à n'importe quel autre écrivain français, lorsque le Romantisme vient à l'esprit, c'est à François-René de Chateaubriand que l'on pense. S'il n'est pas l'instigateur du mouvement qui a traversé l'Europe dans la deuxième moitié du dix-huitième siècle, sous l'étiquette de «pré-Romantisme», ses œuvres possèdent beaucoup des traits déjà exploités par Rousseau, Goethe, Bernardin de Saint-Pierre et d'autres. Cependant, en intensifiant ces qualités et en faisant surgir une voix merveilleusement lyrique, son œuvre constitue l'un des plus beaux exemples de ce qu'est le Romantisme. De son propre aveu, Chateaubriand a destiné ses écrits à la défense de la foi chrétienne, mais la force d'*Atala* et de «René» est telle que ces œuvres définissent désormais pour nous le Romantisme.

Comme il sied à un héros romantique, Chateaubriand est né «presque mort» et entouré du «mugissement des vagues, soulevées par une bourrasque annonçant l'équinoxe d'automne»[1]. La famille dans laquelle sa mère lui «infligea la vie»[2] était d'ancienne souche noble mais pauvre. Quelques années plus tard, quand les affaires du père s'améliorent, la famille quitte Saint-Malo et le bord de mer pour s'installer dans la lande au château austère et grandiose de Combourg. Un père sévère et une mère mélancolique y imposent une atmosphère sombre qui encourage le cadet de la famille à s'échapper dans les livres. Parmi ceux qui l'ont formé figurent le triste Ossian, l'exotique Bernardin de Saint-Pierre et l'émouvant Rousseau. Le jeune Chateaubriand passe sa jeunesse rêveuse et empreinte de religiosité en d'émouvantes lectures et promenades, partageant ses envolées avec Lucile, sa sœur préférée. Plus tard, il quitte la Bretagne de son adolescence pour s'installer à Paris, où il occupe plusieurs postes au sein de la hiérarchie militaire. Jeune officier, il fait également l'expérience de la vie mouvementée des salons parisiens. Ses nouveaux amis l'amènent à la poésie et au scepticisme. Il perd alors sa foi religieuse.

Après cinq ans de cette vie plutôt dissipée et en dépit de sa sympathie pour la Révolution, il s'embarque pour l'Amérique. Son séjour de cinq mois l'emplit de rêveries qui n'entretiennent qu'un rapport vague avec la réalité américaine d'alors. L'arrestation de Louis XVI le bouleverse et il rentre en France pour soutenir le roi. Grièvement blessé au cours de son service dans l'armée des Princes, il s'enfuit en Angleterre où il vit, entre 1793 et 1800, assez misérablement. Après la mort de sa

---

[1]Chateaubriand, *Mémoires d'outre-tombe*, éd. Maurice Levaillant, 2 vols. (Paris: Flammarion, 1949) 1.29.
[2]Ibid.

mère et de l'une de ses sœurs, Chateaubriand retrouve sa foi perdue («Je pleurai et je crus», écrit-il) et revient en France, où il se fait rayer de la liste des émigrés. De ce fait, il peut prendre part à la vie littéraire et politique parisienne. Il accepte plusieurs postes diplomatiques mais l'essentiel de son temps est ensuite consacré aux voyages et à l'écriture. De plus en plus célèbre grâce à ses écrits, il est élu à l'Académie française en 1811, nommé pair de France et occupe plusieurs postes d'ambassadeur et de ministre, tâches dont il s'acquitte honorablement. Monarchiste conservateur et polémiste redouté, il se montre alors plus modéré. Sans toutefois perdre sa stature d'aristocrate et de génie, il reste un gentilhomme accompli. Refusant de plier devant la monarchie de Juillet, il prend sa retraite. Son influence politique est alors moins vive mais sa renommée d'écrivain reste intacte durant la rédaction des *Mémoires d'outre tombe*, dont il lit, de temps à autre, des extraits choisis dans le salon de Madame Récamier. Malgré ses problèmes d'argent, il s'éteint paisiblement en 1848, encore orgueilleux et toujours aussi génial.

Vers 1815, son ouvrage «René», publié pour la première fois en 1802, revient à la mode et sert à former la nouvelle génération romantique. De nombreux jeunes gens étreignent sur leur cœur les pages de «René», pleurant amèrement la perte d'une vie jamais vécue, cherchant des grottes obscures et exotiques où s'apitoyer sur eux-mêmes avec complaisance. Ils psalmodient la liturgie des grands thèmes et images romantiques: le génie incompris, l'amour impossible, la nature bienveillante, l'exotisme, le suicide, une religion passionnelle mais théologiquement appauvrie, un héros impuissant. On trouve en effet chez Chateaubriand le reflet des mouvements turbulents de l'époque et l'une des sources d'inspiration majeures du mouvement romantique français qui déferle au cours du premier quart du dix-neuvième siècle. Le récit de l'histoire de René impressionne encore aujourd'hui, grâce à une écriture somptueuse, riche d'images marquantes et d'un lyrisme enivrant qui, de toute évidence, font de Chateaubriand l'un des maîtres du style français.

Bibliographie Sommaire
Éditions annotées
Letessier, Fernand, éd. *Atala, René, Les Aventures du Dernier Abencérage*. Paris: Garnier, 1962. 169-245.
Weil, Armand, éd. *René: texte critique* [de 1805, 1802]. Nouvelle édition. Genève: Droz / Paris: Minard, 1961.

Biographie
Maurois, André. *René ou la vie de Chateaubriand*. Paris: Grasset, 1938.

Quelques études
Bishop, Lloyd. *The Romantic Hero and His Heirs in French Literature*. New York: Peter Lang, 1984.
Barbéris, Pierre. *René de Chateaubriand: Un Nouveau Roman*. Paris: Larousse, 1973.

Hamilton, James F. «The Anxious Hero in Chateaubriand's *René*». *Romance Quarterly* 34 (1987): 415-24.

Holmes, Glyn. *The «Adolphe» Type in French Fiction in the First Half of the Nineteenth Century*. Sherbrooke, Québec: Naaman, 1977.

Kocay, Victor G. «La Fonction de la lettre dans *René*». *Nineteenth-Century French Studies* 24.1-2 (1995-96): 47-57.

Pommier, Jean. «Autour de René (À propos d'une édition récente)». *Revue d'Histoire Littéraire de la France* 44.1 (1937): 256-66.

Wickhorst, Katherine. «Overwriting Time with Space: Memory and Forgetting in Chateaubriand's *René*». *French Forum* 34.3 (2009 Fall): 1-20.

René
1802

En arrivant chez les Natchez[1], René avait été obligé de prendre une épouse, pour se conformer aux mœurs des Indiens; mais il ne vivait point avec elle. Un penchant mélancolique l'entraînait au fond des bois; il y passait seul des journées entières, et semblait sauvage parmi des sauvages. Hors Chactas, son père adoptif, et le P.[2] Souël, missionnaire au fort Rosalie[3], il avait renoncé au commerce des hommes. Ces deux vieillards avaient pris beaucoup d'empire sur son cœur: le premier, par une indulgence aimable; l'autre, au contraire, par une extrême sévérité. Depuis la chasse du castor, où le Sachem aveugle raconta ses aventures à René, celui-ci n'avait jamais voulu parler des siennes. Cependant Chactas et le missionnaire désiraient vivement connaître par quel malheur un Européen bien né avait été conduit à l'étrange résolution de s'ensevelir dans les déserts de la Louisiane. René avait toujours donné pour motifs de ses refus, le peu d'intérêt de son histoire qui se bornait, disait-il, à celle de ses pensées et de ses sentiments. «Quant à l'événement qui m'a déterminé à passer en Amérique, ajoutait-il, je le dois ensevelir dans un éternel oubli.»

Quelques années s'écoulèrent de la sorte, sans que les deux vieillards lui pussent arracher son secret. Une lettre qu'il reçut d'Europe, par le bureau des Missions étrangères, redoubla tellement sa tristesse, qu'il fuyait jusqu'à ses vieux amis. Ils n'en furent que plus ardents à le presser de leur ouvrir son cœur; ils y mirent tant de discrétion, de douceur et d'autorité, qu'il fut enfin obligé de les satisfaire. Il prit donc jour avec eux, pour leur raconter, non les aventures de sa vie, puisqu'il n'en avait point éprouvées, mais les sentiments secrets de son âme.

Le 21 de ce mois que les Sauvages appellent *la lune des fleurs*[4], René se rendit à la cabane de Chactas. Il donna le bras au Sachem[5], et le conduisit sous un sassafras au bord du Meschacebé[6]. Le P. Souël ne tarda pas à arriver au rendez-vous. L'aurore se levait: à quelque distance dans la plaine, on apercevait le village des Natchez, avec son bocage de mûriers, et ses cabanes qui ressemblent

---

[1]Tribu indienne du Mississippi.
[2]P. est une abréviation de Père, titre de respect pour désigner un ecclésiastique.
[3](Note de Chateaubriand) Colonie française aux Natchez.
[4]Mois de mai.
[5](Note de Chateaubriand) Vieillard ou conseiller. (Sa cécité rappelle celle des sages de l'antiquité, tels Homère et Tirésias.)
[6]Ancien nom du fleuve Mississippi.

à des ruches d'abeilles. La colonie française et le fort Rosalie se montraient sur la droite, au bord du fleuve. Des tentes, des maisons à moitié bâties, des forteresses commencées, des défrichements couverts de Nègres, des groupes de Blancs et d'Indiens, présentaient dans ce petit espace, le contraste des mœurs sociales et des mœurs sauvages. Vers l'orient, au fond de la perspective, le soleil commençait à paraître entre les sommets brisés des Apalaches[7], qui se dessinaient comme des caractères d'azur dans les hauteurs dorées du ciel; à l'occident, le Meschacebé roulait ses ondes dans un silence magnifique, et formait la bordure du tableau avec une inconcevable grandeur.

Le jeune homme et le missionnaire admirèrent quelque temps cette belle scène, en plaignant le Sachem qui ne pouvait plus en jouir; ensuite le P. Souël et Chactas s'assirent sur le gazon, au pied de l'arbre; René prit sa place au milieu d'eux, et après un moment de silence, il parla de la sorte à ses vieux amis:

«Je ne puis, en commençant mon récit, me défendre d'un mouvement de honte. La paix de vos cœurs, respectables vieillards, et le calme de la nature autour de moi, me font rougir du trouble et de l'agitation de mon âme.

«Combien vous aurez pitié de moi! Que mes éternelles inquiétudes vous paraîtront misérables! Vous qui avez épuisé tous les chagrins de la vie, que penserez-vous d'un jeune homme sans force et sans vertu, qui trouve en lui-même son tourment, et ne peut guère se plaindre que des maux qu'il se fait à lui-même? Hélas, ne le condamnez pas; il a été trop puni!

«J'ai coûté la vie à ma mère en venant au monde; j'ai été tiré de son sein avec le fer. J'avais un frère que mon père bénit, parce qu'il voyait en lui son fils aîné. Pour moi, livré de bonne heure à des mains étrangères, je fus élevé loin du toit paternel.

«Mon humeur était impétueuse, mon caractère inégal. Tour à tour bruyant et joyeux, silencieux et triste, je rassemblais autour de moi mes jeunes compagnons; puis, les abandonnant tout à coup, j'allais m'asseoir à l'écart, pour contempler la nue[8] fugitive, ou entendre la pluie tomber sur le feuillage.

«Chaque automne, je revenais au château paternel, situé au milieu des forêts, près d'un lac, dans une province reculée.

«Timide et contraint devant mon père, je ne trouvais l'aise et le contentement qu'auprès de ma sœur Amélie. Une douce conformité d'humeur et de goûts m'unissait étroitement à cette sœur; elle était un peu plus âgée que moi. Nous aimions à gravir les coteaux ensemble, à voguer sur le lac, à parcourir les bois à la chute des feuilles: promenades dont le souvenir remplit encore mon âme de délices. Ô illusions de l'enfance et de la patrie, ne perdez-vous jamais vos douceurs?

«Tantôt nous marchions en silence, prêtant l'oreille au sourd mugissement de l'automne, ou au bruit des feuilles séchées, que nous traînions tristement sous nos pas; tantôt, dans nos jeux innocents, nous poursuivions l'hirondelle dans la prairie, l'arc-en-ciel sur les collines pluvieuses; quelquefois aussi nous murmurions des vers que nous inspirait le spectacle de la nature. Jeune, je cultivais les Muses; il

---

[7]Ensemble de montagnes à l'est des États-Unis.
[8]La nuée, les nuages.

n'y a rien de plus poétique, dans la fraîcheur de ses passions, qu'un cœur de seize années. Le matin de la vie est comme le matin du jour, plein de pureté, d'images et d'harmonies.

«Les dimanches et les jours de fête, j'ai souvent entendu, dans le grand bois, à travers les arbres, les sons de la cloche lointaine qui appelait au temple l'homme des champs. Appuyé contre le tronc d'un ormeau, j'écoutais en silence le pieux murmure. Chaque frémissement de l'airain portait à mon âme naïve l'innocence des mœurs champêtres, le calme de la solitude, le charme de la religion, et la délectable mélancolie des souvenirs de ma première enfance. Oh! quel cœur si mal fait n'a tressailli au bruit des cloches de son lieu natal, de ces cloches qui frémirent de joie sur son berceau, qui annoncèrent son avènement à la vie, qui marquèrent le premier battement de son cœur, qui publièrent dans tous les lieux d'alentour la sainte allégresse de son père, les douleurs et les joies encore plus ineffables de sa mère! Tout se trouve dans les rêveries enchantées où nous plonge le bruit de la cloche natale: religion, famille, patrie, et le berceau et la tombe, et le passé et l'avenir.

«Il est vrai qu'Amélie et moi nous jouissions plus que personne de ces idées graves et tendres, car nous avions tous les deux un peu de tristesse au fond du cœur: nous tenions cela de Dieu ou de notre mère.

«Cependant mon père fut atteint d'une maladie qui le conduisit en peu de jours au tombeau. Il expira dans mes bras. J'appris à connaître la mort sur les lèvres de celui qui m'avait donné la vie. Cette impression fut grande; elle dure encore. C'est la première fois que l'immortalité de l'âme s'est présentée clairement à mes yeux. Je ne pus croire que ce corps inanimé était en moi l'auteur de la pensée: je sentis qu'elle me devait venir d'une autre source; et dans une sainte douleur qui approchait de la joie, j'espérai me rejoindre un jour à l'esprit de mon père.

«Un autre phénomène me confirma dans cette haute idée. Les traits paternels avaient pris au cercueil quelque chose de sublime. Pourquoi cet étonnant mystère ne serait-il pas l'indice de notre immortalité? Pourquoi la mort qui sait tout, n'aurait-elle pas gravé sur le front de sa victime les secrets d'un autre univers? Pourquoi n'y aurait-il pas dans la tombe quelque grande vision de l'éternité?

«Amélie accablée de douleur, était retirée au fond d'une tour, d'où elle entendit retentir, sous les voûtes du château gothique, le chant des prêtres du convoi et les sons de la cloche funèbre.

«J'accompagnai mon père à son dernier asile; la terre se referma sur sa dépouille; l'éternité et l'oubli le pressèrent de tout leur poids; le soir même l'indifférent passait sur sa tombe; hors pour sa fille et pour son fils, c'était déjà comme s'il n'avait jamais été.

«Il fallut quitter le toit paternel, devenu l'héritage de mon frère: je me retirai avec Amélie chez de vieux parents.

«Arrêté à l'entrée des voies trompeuses de la vie, je les considérais l'une après l'autre, sans m'y oser engager. Amélie m'entretenait souvent du bonheur de la vie religieuse; elle me disait que j'étais le seul lien qui la retînt dans le monde, et ses yeux s'attachaient sur moi avec tristesse.

«Le cœur ému par ces conversations pieuses, je portais souvent mes pas vers un monastère, voisin de mon nouveau séjour; un moment même j'eus la tentation d'y cacher ma vie. Heureux ceux qui ont fini leur voyage, sans avoir quitté le port, et qui n'ont point, comme moi, traîné d'inutiles jours sur la terre!

«Les Européens incessamment agités sont obligés de se bâtir des solitudes. Plus notre cœur est tumultueux et bruyant, plus le calme et le silence nous attirent. Ces hospices de mon pays, ouverts aux malheureux et aux faibles, sont souvent cachés dans des vallons qui portent au cœur le vague sentiment de l'infortune et l'espérance d'un abri; quelquefois aussi on les découvre sur de hauts sites où l'âme religieuse, comme une plante des montagnes, semble s'élever vers le ciel pour lui offrir ses parfums.

«Je vois encore le mélange majestueux des eaux et des bois de cette antique abbaye où je pensai dérober ma vie aux caprices du sort; j'erre encore au déclin du jour dans ces cloîtres retentissants et solitaires. Lorsque la lune éclairait à demi les piliers des arcades, et dessinait leur ombre sur le mur opposé, je m'arrêtais à contempler la croix qui marquait le champ de la mort, et les longues herbes qui croissaient entre les pierres des tombes. Ô hommes, qui ayant vécu loin du monde, avez passé du silence de la vie au silence de la mort, de quel dégoût de la terre vos tombeaux ne remplissaient-ils point mon cœur!

«Soit inconstance naturelle, soit préjugé contre la vie monastique, je changeai mes desseins; je me résolus à voyager. Je dis adieu à ma sœur; elle me serra dans ses bras avec un mouvement qui ressemblait à de la joie, comme si elle eût été heureuse de me quitter; je ne pus me défendre d'une réflexion amère sur l'inconséquence des amitiés humaines.

«Cependant, plein d'ardeur, je m'élançai seul sur cet orageux océan du monde, dont je ne connaissais ni les ports, ni les écueils. Je visitai d'abord les peuples qui ne sont plus; je m'en allai m'asseyant sur les débris de Rome et de la Grèce: pays de forte et d'ingénieuse mémoire, où les palais sont ensevelis dans la poudre, et les mausolées des rois cachés sous les ronces. Force de la nature, et faiblesse de l'homme: un brin d'herbe perce souvent le marbre le plus dur de ces tombeaux, que tous ces morts, si puissants, ne soulèveront jamais!

«Quelquefois une haute colonne se montrait seule debout dans un désert, comme une grande pensée s'élève, par intervalles, dans une âme que le temps et le malheur ont dévastée.

«Je méditai sur ces monuments dans tous les accidents et à toutes les heures de la journée. Tantôt ce même soleil qui avait vu jeter les fondements de ces cités, se couchait majestueusement, à mes yeux, sur leurs ruines; tantôt la lune se levant dans un ciel pur, entre deux urnes cinéraires à moitié brisées, me montrait les pâles tombeaux. Souvent aux rayons de cet astre qui alimente les rêveries, j'ai cru voir le Génie des souvenirs, assis tout pensif à mes côtés.

«Mais je me lassai de fouiller dans des cercueils, où je ne remuais trop souvent qu'une poussière criminelle.

«Je voulus voir si les races vivantes m'offriraient plus de vertus, ou moins de malheurs que les races évanouies. Comme je me promenais un jour dans une grande cité, en passant derrière un palais, dans une cour retirée et déserte, j'aperçus une statue qui indiquait du doigt un lieu fameux par un sacrifice[9]. Je fus frappé du silence de ces lieux; le vent seul gémissait autour du marbre tragique. Des manœuvres étaient couchés avec indifférence au pied de la statue, ou taillaient des pierres en sifflant. Je leur demandai ce que signifiait ce monument: les uns purent à peine me le dire, les autres ignoraient la catastrophe qu'il retraçait. Rien ne m'a plus donné la juste mesure des événements de la vie, et du peu que nous sommes. Que sont devenus ces personnages qui firent tant de bruit? Le temps a fait un pas, et la face de la terre a été renouvelée.

«Je recherchai surtout dans mes voyages les artistes et ces hommes divins qui chantent les Dieux sur la lyre, et la félicité des peuples qui honorent les lois, la religion et les tombeaux.

«Ces chantres sont de race divine, ils possèdent le seul talent incontestable dont le ciel ait fait présent à la terre. Leur vie est à la fois naïve et sublime; ils célèbrent les Dieux avec une bouche d'or, et sont les plus simples des hommes; ils causent comme des immortels ou comme de petits enfants; ils expliquent les lois de l'univers, et ne peuvent comprendre les affaires les plus innocentes de la vie; ils ont des idées merveilleuses de la mort, et meurent, sans s'en apercevoir, comme des nouveau-nés.

«Sur les monts de la Calédonie[10], le dernier Barde qu'on ait ouï dans ces déserts me chanta les poèmes dont un héros consolait jadis sa vieillesse. Nous étions assis sur quatre pierres rongées de mousse; un torrent coulait à nos pieds; le chevreuil paissait à quelque distance parmi les débris d'une tour, et le vent des mers sifflait sur la bruyère de Cona[11]. Maintenant la religion chrétienne, fille aussi des hautes montagnes, a placé des croix sur les monuments des héros de Morven, et touché la harpe de David[12], au bord du même torrent où Ossian[13] fit gémir la sienne. Aussi pacifique que les divinités de Selma étaient guerrières, elle garde des troupeaux où Fingal livrait des combats, et elle a répandu des anges de paix dans les nuages qu'habitaient des fantômes homicides.

«L'ancienne et riante Italie m'offrit la foule de ses chefs-d'œuvre. Avec quelle sainte et poétique horreur j'errais dans ces vastes édifices consacrés par les arts à la religion! Quel labyrinthe de colonnes! Quelle succession d'arches et de voûtes! Qu'ils sont beaux ces bruits qu'on entend autour des dômes, semblables aux rumeurs des flots dans l'Océan, aux murmures des vents dans les forêts, ou à la voix de Dieu dans son temple! L'architecte bâtit, pour ainsi dire, les idées du poète et les fait toucher aux sens.

[9](Note de Chateaubriand) À Londres, derrière White-Hall, la statue de Charles I.
[10]Ancien nom de l'Écosse.
[11]Cona, aussi bien que Morven et Selma, sont des endroits tirés d'Ossian (voir n. 12).
[12]C'est le roi David de la Bible.
[13]Barde écossais du IIIe siècle qui fut, selon la légende, fils de Fingal, roi de Morven. Entre 1760 et 1763, James Macpherson s'est servi du nom de l'Écossais légendaire pour affabuler plusieurs recueils de poésies extrêmement mélancoliques. En France et ailleurs on raffolait des "traductions" d'Ossian.

«Cependant qu'avais-je appris jusqu'alors avec tant de fatigue? Rien de certain parmi les anciens, rien de beau parmi les modernes. Le passé et le présent sont deux statues incomplètes: l'une a été retirée toute mutilée du débris des âges; l'autre n'a pas encore reçu sa perfection de l'avenir.

«Mais peut-être, mes vieux amis, vous surtout, habitants du désert, êtes-vous étonnés que dans ce récit de mes voyages, je ne vous aie pas une seule fois entretenus des monuments de la nature?

«Un jour, j'étais monté au sommet de l'Etna, volcan qui brûle au milieu d'une île. Je vis le soleil se lever dans l'immensité de l'horizon au-dessous de moi, la Sicile resserrée comme un point à mes pieds, et la mer déroulée au loin dans les espaces. Dans cette vue perpendiculaire du tableau, les fleuves ne me semblaient plus que des lignes géographiques tracées sur une carte; mais, tandis que d'un côté mon œil apercevait ces objets, de l'autre il plongeait dans le cratère de l'Etna, dont je découvrais les entrailles brûlantes, entre les bouffées d'une noire vapeur.

«Un jeune homme plein de passions, assis sur la bouche d'un volcan, et pleurant sur les mortels dont à peine il voyait à ses pieds les demeures, n'est sans doute, ô vieillards, qu'un objet digne de votre pitié; mais, quoi que vous puissiez penser de René, ce tableau vous offre l'image de son caractère et de son existence: c'est ainsi que toute ma vie j'ai eu devant les yeux une création à la fois immense et imperceptible, et un abîme ouvert à mes côtés.»

En prononçant ces derniers mots, René se tut, et tomba subitement dans la rêverie. Le P. Souël le regardait avec étonnement, et le vieux Sachem aveugle qui n'entendait plus parler le jeune homme, ne savait que penser de ce silence.

René avait les yeux attachés sur un groupe d'Indiens qui passaient gaiement dans la plaine. Tout à coup sa physionomie s'attendrit, des larmes coulent de ses yeux, il s'écrie: «Heureux Sauvages! Oh! que[14] ne puis-je jouir de la paix qui vous accompagne toujours! Tandis qu'avec si peu de fruit je parcourais tant de contrées, vous, assis tranquillement sous vos chênes, vous laissiez couler les jours sans les compter. Votre raison n'était que vos besoins, et vous arriviez, mieux que moi, au résultat de la sagesse, comme l'enfant, entre les jeux et le sommeil. Si cette mélancolie qui s'engendre de l'excès du bonheur atteignait quelquefois votre âme, bientôt vous sortiez de cette tristesse passagère, et votre regard levé vers le Ciel, cherchait avec attendrissement ce je ne sais quoi inconnu qui prend pitié du pauvre Sauvage.»

Ici la voix de René expira de nouveau, et le jeune homme pencha la tête sur sa poitrine. Chactas, étendant le bras dans l'ombre, et prenant le bras de son fils, lui cria d'un ton ému: «Mon fils! mon cher fils!» À ces accents, le frère d'Amélie revenant à lui, et rougissant de son trouble, pria son père de lui pardonner.

Alors le vieux Sauvage: «Mon jeune ami, les mouvements d'un cœur comme le tien ne sauraient être égaux; modère seulement ce caractère qui t'a déjà fait tant de mal. Si tu souffres plus qu'un autre des choses de la vie, il ne faut pas t'en étonner; une grande âme doit contenir plus de douleur qu'une petite. Continue ton récit. Tu nous as fait parcourir une partie de l'Europe, fais-nous connaître ta patrie.

---

[14]Pourquoi.

Tu sais que j'ai vu la France, et quels liens m'y ont attaché; j'aimerais à entendre parler de ce grand Chef[15], qui n'est plus, et dont j'ai visité la superbe cabane. Mon enfant, je ne vis plus que par la mémoire. Un vieillard avec ses souvenirs ressemble au chêne décrépit de nos bois: ce chêne ne se décore plus de son propre feuillage, mais il couvre quelquefois sa nudité des plantes étrangères qui ont végété sur ses antiques rameaux.»

Le frère d'Amélie, calmé par ces paroles, reprit ainsi l'histoire de son cœur:

«Hélas! mon père, je ne pourrai t'entretenir de ce grand siècle dont je n'ai vu que la fin dans mon enfance, et qui n'était plus lorsque je rentrai dans ma patrie. Jamais un changement plus étonnant et plus soudain ne s'est opéré chez un peuple. De la hauteur du génie, du respect pour la religion, de la gravité des mœurs, tout était subitement descendu à la souplesse de l'esprit, à l'impiété, à la corruption.

«C'était donc bien vainement que j'avais espéré retrouver dans mon pays de quoi calmer cette inquiétude, cette ardeur de désir qui me suit partout. L'étude du monde ne m'avait rien appris, et pourtant je n'avais plus la douceur de l'ignorance.

«Ma sœur, par une conduite inexplicable, semblait se plaire à augmenter mon ennui; elle avait quitté Paris quelques jours avant mon arrivée. Je lui écrivis que je comptais l'aller rejoindre; elle se hâta de me répondre pour me détourner de ce projet, sous prétexte qu'elle était incertaine du lieu où l'appelleraient ses affaires. Quelles tristes réflexions ne fis-je point alors sur l'amitié, que la présence attiédit, que l'absence efface, qui ne résiste point au malheur, et encore moins à la prospérité!

«Je me trouvai bientôt plus isolé dans ma patrie, que je ne l'avais été sur une terre étrangère. Je voulus me jeter pendant quelque temps dans un monde qui ne me disait rien et qui ne m'entendait pas. Mon âme, qu'aucune passion n'avait encore usée, cherchait un objet qui pût l'attacher; mais je m'aperçus que je donnais plus que je ne recevais. Ce n'était ni un langage élevé, ni un sentiment profond qu'on demandait de moi. Je n'étais occupé qu'à rapetisser ma vie, pour la mettre au niveau de la société. Traité partout d'esprit romanesque, honteux du rôle que je jouais, dégoûté de plus en plus des choses et des hommes, je pris le parti de me retirer dans un faubourg pour y vivre totalement ignoré.

«Je trouvai d'abord assez de plaisir dans cette vie obscure et indépendante. Inconnu, je me mêlais à la foule: vaste désert d'hommes!

«Souvent assis dans une église peu fréquentée, je passais des heures entières en méditation. Je voyais de pauvres femmes venir se prosterner devant le Très-Haut, ou des pécheurs s'agenouiller au tribunal de la pénitence. Nul ne sortait de ces lieux sans un visage plus serein, et les sourdes clameurs qu'on entendait au dehors semblaient être les flots des passions et les orages du monde qui venaient expirer au pied du temple du Seigneur. Grand Dieu, qui vis en secret couler mes larmes dans ces retraites sacrées, tu sais combien de fois je me jetai à tes pieds, pour te supplier de me décharger du poids de l'existence, ou de changer en moi le vieil homme[16]! Ah! qui n'a senti quelquefois le besoin de se régénérer, de se

---

[15](Note de Chateaubriand) Louis XIV.

[16]Dans les épîtres de saint Paul, le vieil homme (Éphésiens 4.22; Colossiens 3.9) est l'homme pécheur.

rajeunir aux eaux du torrent, de retremper son âme à la fontaine de vie? Qui ne se trouve quelquefois accablé du fardeau de sa propre corruption, et incapable de rien faire de grand, de noble, de juste?

«Quand le soir était venu, reprenant le chemin de ma retraite, je m'arrêtais sur les ponts, pour voir se coucher le soleil. L'astre, enflammant les vapeurs de la cité, semblait osciller lentement dans un fluide d'or, comme le pendule de l'horloge des siècles. Je me retirais ensuite avec la nuit, à travers un labyrinthe de rues solitaires. En regardant les lumières qui brillaient dans les demeures des hommes, je me transportais par la pensée au milieu des scènes de douleur et de joie qu'elles éclairaient; et je songeais que sous tant de toits habités, je n'avais pas un ami. Au milieu de mes réflexions, l'heure venait frapper à coups mesurés dans la tour de la cathédrale gothique; elle allait se répétant sur tous les tons et à toutes les distances d'église en église. Hélas! chaque heure dans la société ouvre un tombeau, et fait couler des larmes.

«Cette vie, qui m'avait d'abord enchanté, ne tarda pas à me devenir insupportable. Je me fatiguai de la répétition des mêmes scènes et des mêmes idées. Je me mis à sonder mon cœur, à me demander ce que je désirais. Je ne le savais pas; mais je crus tout à coup que les bois me seraient délicieux. Me voilà soudain résolu d'achever, dans un exil champêtre, une carrière à peine commencée, et dans laquelle j'avais déjà dévoré des siècles.

«J'embrassai ce projet avec l'ardeur que je mets à tous mes desseins; je partis précipitamment pour m'ensevelir dans une chaumière, comme j'étais parti autrefois pour faire le tour du monde.

«On m'accuse d'avoir des goûts inconstants, de ne pouvoir jouir longtemps de la même chimère, d'être la proie d'une imagination qui se hâte d'arriver au fond de mes plaisirs, comme si elle était accablée de leur durée; on m'accuse de passer toujours le but que je puis atteindre: hélas! je cherche seulement un bien inconnu, dont l'instinct me poursuit. Est-ce ma faute, si je trouve partout des bornes, si ce qui est fini n'a pour moi aucune valeur? Cependant je sens que j'aime la monotonie des sentiments de la vie, et si j'avais encore la folie de croire au bonheur, je le chercherais dans l'habitude.

«La solitude absolue, le spectacle de la nature, me plongèrent bientôt dans un état presque impossible à décrire. Sans parents, sans amis, pour ainsi dire seul sur la terre, n'ayant point encore aimé, j'étais accablé d'une surabondance de vie. Quelquefois je rougissais subitement, et je sentais couler dans mon cœur, comme des ruisseaux d'une lave ardente; quelquefois je poussais des cris involontaires, et la nuit était également troublée de mes songes et de mes veilles. Il me manquait quelque chose pour remplir l'abîme de mon existence: je descendais dans la vallée, je m'élevais sur la montagne, appelant de toute la force de mes désirs l'idéal objet d'une flamme future; je l'embrassais dans les vents; je croyais l'entendre dans les gémissements du fleuve; tout était ce fantôme imaginaire, et les astres dans les cieux, et le principe même de vie dans l'univers.

«Toutefois cet état de calme et de trouble, d'indigence et de richesse, n'était pas sans quelques charmes. Un jour je m'étais amusé à effeuiller une branche de saule sur un ruisseau, et à attacher une idée à chaque feuille que le courant entraînait. Un roi qui craint de perdre sa couronne par une révolution subite, ne ressent pas des angoisses plus vives que les miennes, à chaque accident qui menaçait les débris de mon rameau. Ô faiblesse des mortels! Ô enfance du cœur humain qui ne vieillit jamais! Voilà donc à quel degré de puérilité notre superbe raison peut descendre! Et encore est-il vrai que bien des hommes attachent leur destinée à des choses d'aussi peu de valeur que mes feuilles de saule.

«Mais comment exprimer cette foule de sensations fugitives, que j'éprouvais dans mes promenades? Les sons que rendent les passions dans le vide d'un cœur solitaire, ressemblent au murmure que les vents et les eaux font entendre dans le silence d'un désert: on en jouit, mais on ne peut les peindre.

«L'automne me surprit au milieu de ces incertitudes: j'entrai avec ravissement dans les mois des tempêtes. Tantôt j'aurais voulu être un de ces guerriers errant au milieu des vents, des nuages et des fantômes; tantôt j'enviais jusqu'au sort du pâtre que je voyais réchauffer ses mains à l'humble feu de broussailles qu'il avait allumé au coin d'un bois. J'écoutais ses chants mélancoliques, qui me rappelaient que dans tout pays, le chant naturel de l'homme est triste, lors même qu'il exprime le bonheur. Notre cœur est un instrument incomplet, une lyre où il manque des cordes, et où nous sommes forcés de rendre les accents de la joie sur le ton consacré aux soupirs.

«Le jour je m'égarais sur de grandes bruyères terminées par des forêts. Qu'il fallait peu de chose à ma rêverie: une feuille séchée que le vent chassait devant moi, une cabane dont la fumée s'élevait dans la cime dépouillée des arbres, la mousse qui tremblait au souffle du nord sur le tronc d'un chêne, une roche écartée, un étang désert où le jonc flétri murmurait! Le clocher du hameau, s'élevant au loin dans la vallée, a souvent attiré mes regards; souvent j'ai suivi des yeux les oiseaux de passage qui volaient au-dessus de ma tête. Je me figurais les bords ignorés, les climats lointains où ils se rendent; j'aurais voulu être sur leurs ailes. Un secret instinct me tourmentait; je sentais que je n'étais moi-même qu'un voyageur; mais une voix du ciel semblait me dire: "Homme, la saison de la migration n'est pas encore venue; attends que le vent de la mort se lève, alors tu déploieras ton vol vers ces régions inconnues que ton cœur demande."

«Levez-vous vite, orages désirés, qui devez emporter René dans les espaces d'une autre vie! Ainsi disant, je marchais à grands pas, le visage enflammé, le vent sifflant dans ma chevelure, ne sentant ni pluie ni frimas, enchanté, tourmenté, et comme possédé par le démon de mon cœur.

«La nuit, lorsque l'aquilon ébranlait ma chaumière, que les pluies tombaient en torrent sur mon toit, qu'à travers ma fenêtre je voyais la lune sillonner les nuages amoncelés, comme un pâle vaisseau qui laboure les vagues, il me semblait que la vie redoublait au fond de mon cœur, que j'aurais eu la puissance de créer des mondes. Ah! si j'avais pu faire partager à une autre les transports que j'éprouvais! Ô Dieu!

si tu m'avais donné une femme selon mes désirs; si, comme à notre premier père, tu m'eusses amené par la main une Ève tirée de moi-même... Beauté céleste, je me serais prosterné devant toi; puis, te prenant dans mes bras, j'aurais prié l'Éternel de te donner le reste de ma vie.

«Hélas! j'étais seul, seul sur la terre! Une langueur secrète s'emparait de mon corps. Ce dégoût de la vie que j'avais ressenti dès mon enfance, revenait avec une force nouvelle. Bientôt mon cœur ne fournit plus d'aliment à ma pensée, et je ne m'apercevais de mon existence que par un profond sentiment d'ennui.

«Je luttai quelque temps contre mon mal, mais avec indifférence et sans avoir la ferme résolution de le vaincre. Enfin, ne pouvant trouver de remède à cette étrange blessure de mon cœur, qui n'était nulle part et qui était partout, je résolus de quitter la vie.

«Prêtre du Très-Haut, qui m'entendez, pardonnez à un malheureux que le ciel avait presque privé de la raison. J'étais plein de religion, et je raisonnais en impie; mon cœur aimait Dieu, et mon esprit le méconnaissait; ma conduite, mes discours, mes sentiments, mes pensées, n'étaient que contradiction, ténèbres, mensonges. Mais l'homme sait-il bien toujours ce qu'il veut, est-il toujours sûr de ce qu'il pense?

«Tout m'échappait à la fois, l'amitié, le monde, la retraite. J'avais essayé de tout, et tout m'avait été fatal. Repoussé par la société, abandonné d'Amélie, quand la solitude vint à me manquer, que me restait-il? C'était la dernière planche sur laquelle j'avais espéré me sauver, et je la sentais encore s'enfoncer dans l'abîme!

«Décidé que j'étais à me débarrasser du poids de la vie, je résolus de mettre toute ma raison dans cet acte insensé. Rien ne me pressait; je ne fixai point le moment du départ, afin de savourer à longs traits les derniers moments de l'existence, et de recueillir toutes mes forces, à l'exemple d'un Ancien[17], pour sentir mon âme s'échapper.

«Cependant je crus nécessaire de prendre des arrangements concernant ma fortune, et je fus obligé d'écrire à Amélie. Il m'échappa quelques plaintes sur son oubli, et je laissai sans doute percer l'attendrissement qui surmontait peu à peu mon cœur. Je m'imaginais pourtant avoir bien dissimulé mon secret; mais ma sœur accoutumée à lire dans les replis de mon âme, le devina sans peine. Elle fut alarmée du ton de contrainte qui régnait dans ma lettre, et de mes questions sur des affaires dont je ne m'étais jamais occupé. Au lieu de me répondre, elle me vint tout à coup surprendre.

«Pour bien sentir quelle dut être dans la suite l'amertume de ma douleur, et quels furent mes premiers transports en revoyant Amélie, il faut vous figurer que c'était la seule personne au monde que j'eusse aimée, que tous mes sentiments se venaient confondre en elle, avec la douceur des souvenirs de mon enfance. Je reçus donc Amélie dans une sorte d'extase de cœur. Il y avait si longtemps que je n'avais trouvé quelqu'un qui m'entendît, et devant qui je pusse ouvrir mon âme!

«Amélie se jetant dans mes bras, me dit: "Ingrat, tu veux mourir, et ta sœur

---

[17]Selon Fernand Letessier, cet Ancien face à la mort qui offrait un modèle à René serait Canus Julius.

existe! Tu soupçonnes son cœur! Ne t'explique point, ne t'excuse point, je sais tout; j'ai tout compris, comme si j'avais été avec toi. Est-ce moi que l'on trompe, moi, qui ai vu naître tes premiers sentiments? Voilà ton malheureux caractère, tes dégoûts, tes injustices. Jure, tandis que je te presse sur mon cœur, jure que c'est la dernière fois que tu te livreras à tes folies; fais le serment de ne jamais attenter à tes jours."

«En prononçant ces mots, Amélie me regardait avec compassion et tendresse, et couvrait mon front de ses baisers; c'était presque une mère, c'était quelque chose de plus tendre. Hélas! mon cœur se rouvrit à toutes les joies; comme un enfant, je ne demandais qu'à être consolé; je cédai à l'empire d'Amélie; elle exigea un serment solennel; je le fis sans hésiter, ne soupçonnant même pas que désormais je pusse être malheureux.

«Nous fûmes plus d'un mois à nous accoutumer à l'enchantement d'être ensemble. Quand le matin, au lieu de me trouver seul, j'entendais la voix de ma sœur, j'éprouvais un tressaillement de joie et de bonheur. Amélie avait reçu de la nature quelque chose de divin; son âme avait les mêmes grâces innocentes que son corps; la douceur de ses sentiments était infinie; il n'y avait rien que de suave et d'un peu rêveur dans son esprit; on eût dit que son cœur, sa pensée et sa voix soupiraient comme de concert; elle tenait de la femme la timidité et l'amour, et de l'ange la pureté et la mélodie.

«Le moment était venu où j'allais expier toutes mes inconséquences. Dans mon délire j'avais été jusqu'à désirer d'éprouver un malheur, pour avoir du moins un objet réel de souffrance: épouvantable souhait que Dieu, dans sa colère, a trop exaucé!

«Que vais-je vous révéler, ô mes amis! Voyez les pleurs qui coulent de mes yeux. Puis-je même... Il y a quelques jours, rien n'aurait pu m'arracher ce secret... À présent tout est fini!

«Toutefois, ô vieillards, que cette histoire soit à jamais ensevelie dans le silence: souvenez-vous qu'elle n'a été racontée que sous l'arbre du désert.

«L'hiver finissait, lorsque je m'aperçus qu'Amélie perdait le repos et la santé qu'elle commençait à me rendre. Elle maigrissait; ses yeux se creusaient; sa démarche était languissante, et sa voix troublée. Un jour, je la surpris tout en larmes au pied d'un crucifix. Le monde, la solitude, mon absence, ma présence, la nuit, le jour, tout l'alarmait. D'involontaires soupirs venaient expirer sur ses lèvres; tantôt elle soutenait, sans se fatiguer, une longue course; tantôt elle se traînait à peine; elle prenait et laissait son ouvrage, ouvrait un livre sans pouvoir lire, commençait une phrase qu'elle n'achevait pas, fondait tout à coup en pleurs, et se retirait pour prier.

«En vain je cherchais à découvrir son secret. Quand je l'interrogeais, en la pressant dans mes bras, elle me répondait, avec un sourire, qu'elle était comme moi, qu'elle ne savait pas ce qu'elle avait.

«Trois mois se passèrent de la sorte, et son état devenait pire chaque jour. Une correspondance mystérieuse me semblait être la cause de ses larmes, car elle paraissait ou plus tranquille ou plus émue, selon les lettres qu'elle recevait. Enfin, un matin, l'heure à laquelle nous déjeunions ensemble étant passée, je monte à son appartement; je frappe, on ne me répond point; j'entrouvre la porte, il n'y avait personne dans la chambre. J'aperçois sur la cheminée un paquet à mon adresse. je le saisis en tremblant, je l'ouvre, et je lis cette lettre, que je conserve pour m'ôter à l'avenir tout mouvement de joie.

À RENÉ

"Le Ciel m'est témoin, mon frère, que je donnerais mille fois ma vie pour vous épargner un moment de peine; mais, infortunée que je suis, je ne puis rien pour votre bonheur. Vous me pardonnerez donc de m'être dérobée de chez vous, comme une coupable: je n'aurais pu résister à vos prières, et cependant il fallait partir... Mon Dieu, ayez pitié de moi!

"Vous savez, René, que j'ai toujours eu du penchant pour la vie religieuse: il est temps que je mette à profit les avertissements du Ciel. Pourquoi ai-je attendu si tard? Dieu m'en punit. J'étais restée pour vous dans le monde... Pardonnez, je suis toute troublée par le chagrin que j'ai de vous quitter.

"C'est à présent, mon cher frère, que je sens bien la nécessité de ces asiles, contre lesquels je vous ai vu souvent vous élever. Il est des malheurs qui nous séparent pour toujours des hommes: que deviendraient alors de pauvres infortunées?... je suis persuadée que vous-même, mon frère, vous trouveriez le repos dans ces retraites de la religion: la terre n'offre rien qui soit digne de vous.

"Je ne vous rappellerai point votre serment: je connais la fidélité de votre parole. Vous l'avez juré, vous vivrez pour moi. Y a-t-il rien de plus misérable, que de songer sans cesse à quitter la vie? Pour un homme de votre caractère, il est si aisé de mourir! Croyez-en votre sœur, il est plus difficile de vivre.

"Mais, mon frère, sortez au plus vite de la solitude, qui ne vous est pas bonne; cherchez quelque occupation. Je sais que vous riez amèrement de cette nécessité où l'on est en France de *prendre un état*. Ne méprisez pas tant l'expérience de nos pères. Il vaut mieux, mon cher René, ressembler un peu plus au commun des hommes, et avoir un peu moins de malheur.

"Peut-être trouveriez-vous dans le mariage un soulagement à vos ennuis. Une femme, des enfants occuperaient vos jours. Et quelle est la femme qui ne chercherait pas à vous rendre heureux! L'ardeur de votre âme, la beauté de votre génie, votre air noble et passionné, ce regard fier et tendre, tout vous assurerait de son amour et de sa fidélité. Ah! avec quelles délices ne te presserait-elle pas dans ses bras et sur son cœur! Comme tous ses regards, toutes ses pensées seraient attachés sur toi pour prévenir tes moindres peines! Elle serait tout amour, toute innocence devant toi; tu croirais retrouver une sœur.

"Je pars pour le couvent de.... Ce monastère, bâti au bord de la mer, convient à la situation de mon âme. La nuit, du fond de ma cellule, j'entendrai le murmure des flots qui baignent les murs du couvent; je songerai à ces promenades que je faisais avec vous, au milieu des bois, alors que nous croyions retrouver le bruit des mers dans la cime agitée des pins. Aimable compagnon de mon enfance, est-ce que je ne vous verrai plus? À peine plus âgée que vous, je vous balançais dans votre berceau; souvent nous avons dormi ensemble. Ah! si un même tombeau nous réunissait un jour! Mais non: je dois dormir seule sous les marbres glacés de ce sanctuaire où reposent pour jamais ces filles qui n'ont point aimé.

"Je ne sais si vous pourrez lire ces lignes à demi effacées par mes larmes. Après tout, mon ami, un peu plus tôt, un peu plus tard, n'aurait-il pas fallu nous quitter? Qu'ai-je besoin de vous entretenir de l'incertitude et du peu de valeur de la vie? Vous vous rappelez le jeune M… qui fit naufrage à l'Île-de-France. Quand vous reçûtes sa dernière lettre, quelques mois après sa mort, sa dépouille terrestre n'existait même plus, et l'instant où vous commenciez son deuil en Europe était celui où on le finissait aux Indes. Qu'est-ce donc que l'homme, dont la mémoire périt si vite? Une partie de ses amis ne peut apprendre sa mort, que l'autre n'en soit déjà consolée! Quoi, cher et trop cher René, mon souvenir s'effacera-t-il si promptement de ton cœur? Ô mon frère, si je m'arrache à vous dans le temps, c'est pour n'être pas séparée de vous dans l'éternité."

AMÉLIE.

P. S. "Je joins ici l'acte de donation de mes biens; j'espère que vous ne refuserez pas cette marque de mon amitié."

«La foudre qui fût tombée à mes pieds ne m'eût pas causé plus d'effroi que cette lettre. Quel secret Amélie me cachait-elle? Qui la forçait si subitement à embrasser la vie religieuse? Ne m'avait-elle rattaché à l'existence par le charme de l'amitié que pour me délaisser tout à coup? Oh! pourquoi était-elle venue me détourner de mon dessein! Un mouvement de pitié l'avait rappelée auprès de moi, mais bientôt fatiguée d'un pénible devoir, elle se hâte de quitter un malheureux qui n'avait qu'elle sur la terre. On croit avoir tout fait quand on a empêché un homme de mourir! Telles étaient mes plaintes. Puis faisant un retour sur moi-même: "Ingrate Amélie, disais-je, si tu avais été à ma place, si, comme moi, tu avais été perdue dans le vide de tes jours, ah! tu n'aurais pas été abandonnée de ton frère."

«Cependant, quand je relisais la lettre, j'y trouvais je ne sais quoi de si triste et de si tendre, que tout mon cœur se fondait. Tout à coup il me vint une idée qui me donna quelque espérance: je m'imaginai qu'Amélie avait peut-être conçu une passion pour un homme qu'elle n'osait avouer. Ce soupçon sembla m'expliquer sa mélancolie, sa correspondance mystérieuse, et le ton passionné qui respirait dans sa lettre. Je lui écrivis aussitôt pour la supplier de m'ouvrir son cœur.

«Elle ne tarda pas à me répondre, mais sans me découvrir son secret: elle me mandait seulement qu'elle avait obtenu les dispenses du noviciat, et qu'elle allait prononcer ses vœux.

«Je fus révolté de l'obstination d'Amélie, du mystère de ses paroles, et de son peu de confiance en mon amitié.

«Après avoir hésité un moment sur le parti que j'avais à prendre, je résolus d'aller à B... pour faire un dernier effort auprès de ma sœur. La terre où j'avais été élevé se trouvait sur la route. Quand j'aperçus les bois où j'avais passé les seuls moments heureux de ma vie, je ne pus retenir mes larmes, et il me fut impossible de résister à la tentation de leur dire un dernier adieu.

«Mon frère aîné avait vendu l'héritage paternel, et le nouveau propriétaire ne l'habitait pas. J'arrivai au château par la longue avenue de sapins; je traversai à pied les cours désertes; je m'arrêtai à regarder les fenêtres fermées ou demi-brisées, le chardon qui croissait au pied des murs, les feuilles qui jonchaient le seuil des portes, et ce perron solitaire où j'avais vu si souvent mon père et ses fidèles serviteurs. Les marches étaient déjà couvertes de mousse; le violier[18] jaune croissait entre leurs pierres déjointes et tremblantes. Un gardien inconnu m'ouvrit brusquement les portes. J'hésitais à franchir le seuil; cet homme s'écria: "Eh bien! allez-vous faire comme cette étrangère qui vint ici il y a quelques jours? Quand ce fut pour entrer, elle s'évanouit, et je fus obligé de la reporter à sa voiture." Il me fut aisé de reconnaître l'*étrangère* qui, comme moi, était venue chercher dans ces lieux des pleurs et des souvenirs!

«Couvrant un moment mes yeux de mon mouchoir, j'entrai sous le toit de mes ancêtres, je parcourus les appartements sonores où l'on n'entendait que le bruit de mes pas. Les chambres étaient à peine éclairées par la faible lumière qui pénétrait entre les volets fermés: je visitai celle où ma mère avait perdu la vie en me mettant au monde, celle où se retirait mon père, celle où j'avais dormi dans mon berceau, celle enfin où l'amitié avait reçu mes premiers vœux dans le sein d'une sœur. Partout les salles étaient détendues, et l'araignée filait sa toile dans les couches abandonnées. Je sortis précipitamment de ces lieux, je m'en éloignai à grands pas, sans oser tourner la tête. Qu'ils sont doux, mais qu'ils sont rapides, les moments que les frères et les sœurs passent dans leurs jeunes années, réunis sous l'aile de leurs vieux parents! La famille de l'homme n'est que d'un jour; le souffle de Dieu la disperse comme une fumée. À peine le fils connaît-il le père, le père le fils, le frère la sœur, la sœur le frère! Le chêne voit germer ses glands autour de lui: il n'en est pas ainsi des enfants des hommes!

«En arrivant à B..., je me fis conduire au couvent; je demandai à parler à ma sœur. On me dit qu'elle ne recevait personne. Je lui écrivis: elle me répondit que, sur le point de se consacrer à Dieu, il ne lui était pas permis de donner une pensée au monde; que si je l'aimais, j'éviterais de l'accabler de ma douleur. Elle ajoutait: "Cependant si votre projet est de paraître à l'autel le jour de ma profession, daignez m'y servir de père; ce rôle est le seul digne de votre courage, le seul qui convienne à notre amitié, et à mon repos."

«Cette froide fermeté qu'on opposait à l'ardeur de mon amitié, me jeta dans de violents transports. Tantôt j'étais près de retourner sur mes pas; tantôt je voulais rester, uniquement pour troubler le sacrifice. L'enfer me suscitait jusqu'à la pensée de me poignarder dans l'église, et de mêler mes derniers soupirs aux vœux qui m'arrachaient ma sœur. La supérieure du couvent me fit prévenir qu'on avait

[18]Une giroflée.

préparé un banc dans le sanctuaire, et elle m'invitait à me rendre à la cérémonie qui devait avoir lieu dès le lendemain.

«Au lever de l'aube, j'entendis le premier son des cloches... Vers dix heures, dans une sorte d'agonie, je me traînai au monastère. Rien ne peut plus être tragique quand on a assisté à un pareil spectacle; rien ne peut plus être douloureux quand on y a survécu.

«Un peuple immense remplissait l'église. On me conduit au banc du sanctuaire; je me précipite à genoux sans presque savoir où j'étais, ni à quoi j'étais résolu. Déjà le prêtre attendait à l'autel; tout à coup la grille mystérieuse s'ouvre, et Amélie s'avance, parée de toutes les pompes du monde. Elle était si belle, il y avait sur son visage quelque chose de si divin, qu'elle excita un mouvement de surprise et d'admiration. Vaincu par la glorieuse douleur de la sainte, abattu par les grandeurs de la religion, tous mes projets de violence s'évanouirent; ma force m'abandonna; je me sentis lié par une main toute-puissante, et, au lieu de blasphèmes et de menaces, je ne trouvai dans mon cœur que de profondes adorations et les gémissements de l'humilité.

«Amélie se place sous un dais. Le sacrifice commence à la lueur des flambeaux, au milieu des fleurs et des parfums, qui devaient rendre l'holocauste agréable. A l'offertoire, le prêtre se dépouilla de ses ornements, ne conserva qu'une tunique de lin, monta en chaire, et, dans un discours simple et pathétique, peignit le bonheur de la vierge qui se consacre au Seigneur. Quand il prononça ces mots: "Elle a paru comme l'encens qui se consume dans le feu", un grand calme et des odeurs célestes semblèrent se répandre dans l'auditoire; on se sentit comme à l'abri sous les ailes de la colombe mystique[19], et l'on eût cru voir les anges descendre sur l'autel et remonter vers les cieux avec des parfums et des couronnes.

«Le prêtre achève son discours, reprend ses vêtements, continue le sacrifice. Amélie, soutenue de deux jeunes religieuses, se met à genoux sur la dernière marche de l'autel. On vient alors me chercher, pour remplir les fonctions paternelles. Au bruit de mes pas chancelants dans le sanctuaire, Amélie est prête à défaillir. On me place à côté du prêtre, pour lui présenter les ciseaux. En ce moment je sens renaître mes transports; ma fureur va éclater, quand Amélie, rappelant son courage, me lance un regard où il y a tant de reproche et de douleur que j'en suis atterré. La religion triomphe. Ma sœur profite de mon trouble; elle avance hardiment la tête. Sa superbe chevelure tombe de toutes parts sous le fer sacré; une longue robe d'étamine remplace pour elle les ornements du siècle, sans la rendre moins touchante; les ennuis de son front se cachent sous un bandeau de lin; et le voile mystérieux, double symbole de la virginité et de la religion, accompagne sa tête dépouillée. Jamais elle n'avait paru si belle. L'œil de la pénitente était attaché sur la poussière du monde, et son âme était dans le ciel.

«Cependant Amélie n'avait point encore prononcé ses vœux; et pour mourir au monde il fallait qu'elle passât à travers le tombeau. Ma sœur se couche sur le marbre; on étend sur elle un drap mortuaire; quatre flambeaux en marquent les

---

[19]La colombe mystique représente l'Esprit Saint—cf. Jean 1.32.

quatre coins. Le prêtre, l'étole au cou, le livre à la main, commence l'Office des morts; de jeunes vierges le continuent. Ô joies de la religion, que vous êtes grandes, mais que vous êtes terribles! On m'avait contraint de me placer à genoux, près de ce lugubre appareil. Tout à coup un murmure confus sort de dessous le voile sépulcral; je m'incline, et ces paroles épouvantables (que je fus seul à entendre), viennent frapper mon oreille: "Dieu de miséricorde, fais que je ne me relève jamais de cette couche funèbre, et comble de tes biens un frère qui n'a point partagé ma criminelle passion!"

«À ces mots échappés du cercueil, l'affreuse vérité m'éclaire; ma raison s'égare, je me laisse tomber sur le linceul de la mort, je presse ma sœur dans mes bras, je m'écrie: "Chaste épouse de Jésus-Christ, reçois mes derniers embrassements à travers les glaces du trépas et les profondeurs de l'éternité, qui te séparent déjà de ton frère!"

«Ce mouvement, ce cri, ces larmes, troublent la cérémonie, le prêtre s'interrompt, les religieuses ferment la grille, la foule s'agite et se presse vers l'autel; on m'emporte sans connaissance. Que je sus peu de gré à ceux qui me rappelèrent au jour! J'appris, en rouvrant les yeux, que le sacrifice était consommé, et que ma sœur avait été saisie d'une fièvre ardente. Elle me faisait prier de ne plus chercher à la voir. Ô misère de ma vie: une sœur craindre de parler à un frère, et un frère craindre de faire entendre sa voix à une sœur! Je sortis du monastère comme de ce lieu d'expiation où des flammes nous préparent pour la vie céleste, où l'on a tout perdu comme aux enfers, hors l'espérance.

«On peut trouver des forces dans son âme contre un malheur personnel; mais devenir la cause involontaire du malheur d'un autre, cela est tout à fait insupportable. Éclairé sur les maux de ma sœur, je me figurais ce qu'elle avait dû souffrir. Alors s'expliquèrent pour moi plusieurs choses que je n'avais pu comprendre: ce mélange de joie et de tristesse, qu'Amélie avait fait paraître au moment de mon départ pour mes voyages, le soin qu'elle prit de m'éviter à mon retour, et cependant cette faiblesse qui l'empêcha si longtemps d'entrer dans un monastère; sans doute la fille malheureuse s'était flattée de guérir! Ses projets de retraite, la dispense du noviciat, la disposition de ses biens en ma faveur, avaient apparemment produit cette correspondance secrète qui servit à me tromper.

«Ô mes amis, je sus donc ce que c'était que de verser des larmes, pour un mal qui n'était point imaginaire! Mes passions, si longtemps indéterminées, se précipitèrent sur cette première proie avec fureur. Je trouvai même une sorte de satisfaction inattendue dans la plénitude de mon chagrin, et je m'aperçus, avec un secret mouvement de joie, que la douleur n'est pas une affection qu'on épuise comme le plaisir.

«J'avais voulu quitter la terre avant l'ordre du Tout-Puissant; c'était un grand crime: Dieu m'avait envoyé Amélie à la fois pour me sauver et pour me punir. Ainsi, toute pensée coupable, toute action criminelle entraîne après elle des désordres et des malheurs. Amélie me priait de vivre, et je lui devais bien de ne pas aggraver ses maux. D'ailleurs (chose étrange!) je n'avais plus envie de mourir depuis que j'étais réellement malheureux. Mon chagrin était devenu une occupation qui remplissait tous mes moments: tant mon cœur est naturellement pétri d'ennui et de misère!

«Je pris donc subitement une autre résolution; je me déterminai à quitter l'Europe, et à passer en Amérique.

«On équipait, dans ce moment même, au port de B..., une flotte pour la Louisiane; je m'arrangeai avec un des capitaines de vaisseau; je fis savoir mon projet à Amélie, et je m'occupai de mon départ.

«Ma sœur avait touché aux portes de la mort; mais Dieu, qui lui destinait la première palme des vierges, ne voulut pas la rappeler si vite à lui; son épreuve ici-bas fut prolongée. Descendue une seconde fois dans la pénible carrière de la vie, l'héroïne, courbée sous la croix, s'avança courageusement à l'encontre des douleurs, ne voyant plus que le triomphe dans le combat, et dans l'excès des souffrances, l'excès de la gloire.

«La vente du peu de bien qui me restait, et que je cédai à mon frère, les longs préparatifs d'un convoi, les vents contraires, me retinrent longtemps dans le port. J'allais chaque matin m'informer des nouvelles d'Amélie, et je revenais toujours avec de nouveaux motifs d'admiration et de larmes.

«J'errais sans cesse autour du monastère bâti au bord de la mer. J'apercevais souvent, à une petite fenêtre grillée qui donnait sur une plage déserte, une religieuse assise dans une attitude pensive; elle rêvait à l'aspect de l'océan où apparaissait quelque vaisseau, cinglant aux extrémités de la terre. Plusieurs fois, à la clarté de la lune, j'ai revu la même religieuse aux barreaux de la même fenêtre: elle contemplait la mer, éclairée par l'astre de la nuit, et semblait prêter l'oreille au bruit des vagues qui se brisaient tristement sur des grèves solitaires.

«Je crois encore entendre la cloche qui, pendant la nuit, appelait les religieuses aux veilles et aux prières. Tandis qu'elle tintait avec lenteur, et que les vierges s'avançaient en silence à l'autel du Tout-Puissant, je courais au monastère: là, seul au pied des murs, j'écoutais dans une sainte extase, les derniers sons des cantiques, qui se mêlaient sous les voûtes du temple au faible bruissement des flots.

«Je ne sais comment toutes ces choses, qui auraient dû nourrir mes peines, en émoussaient au contraire l'aiguillon. Mes larmes avaient moins d'amertume lorsque je les répandais sur les rochers et parmi les vents. Mon chagrin même, par sa nature extraordinaire, portait avec lui quelque remède: on jouit de ce qui n'est pas commun, même quand cette chose est un malheur. J'en conçus presque l'espérance que ma sœur deviendrait à son tour moins misérable.

«Une lettre que je reçus d'elle avant mon départ semble me confirmer dans ces idées. Amélie se plaignait tendrement de ma douleur, et m'assurait que le temps diminuait la sienne. "Je ne désespère pas de mon bonheur, me disait-elle. L'excès même du sacrifice, à présent que le sacrifice est consommé, sert à me rendre quelque paix. La simplicité de mes compagnes, la pureté de leurs vœux, la régularité de leur vie, tout répand du baume sur mes jours. Quand j'entends gronder les orages, et que l'oiseau de mer vient battre des ailes à ma fenêtre, moi, pauvre colombe du ciel, je songe au bonheur que j'ai eu de trouver un abri contre la tempête. C'est ici la sainte montagne, le sommet élevé d'où l'on entend les derniers bruits de la terre, et les premiers concerts du ciel; c'est ici que la religion trompe doucement une âme sensible: aux plus violentes amours elle substitue une sorte de chasteté brûlante où l'amante et la vierge sont unies; elle épure les soupirs; elle change en une flamme incorruptible une flamme périssable; elle mêle divinement son calme et son innocence à ce reste de trouble et de volupté d'un cœur qui cherche à se reposer, et d'une vie qui se retire."

«Je ne sais ce que le ciel me réserve, et s'il a voulu m'avertir que les orages accompagneraient partout mes pas. L'ordre était donné pour le départ de la flotte; déjà plusieurs vaisseaux avaient appareillé au baisser du soleil; je m'étais arrangé pour passer la dernière nuit à terre, afin d'écrire ma lettre d'adieux à Amélie. Vers minuit, tandis que je m'occupe de ce soin, et que je mouille mon papier de mes larmes, le bruit des vents vient frapper mon oreille. J'écoute; et au milieu de la tempête, je distingue les coups de canon d'alarme, mêlés au glas de la cloche monastique. Je vole sur le rivage où tout était désert, et où l'on n'entendait que le rugissement des flots. Je m'assieds sur un rocher. D'un côté s'étendent les vagues étincelantes, de l'autre les murs sombres du monastère se perdent confusément dans les cieux. Une petite lumière paraissait à la fenêtre grillée. Était-ce toi, ô mon Amélie, qui prosternée au pied du crucifix, priais le Dieu des orages d'épargner ton malheureux frère? La tempête sur les flots, le calme dans ta retraite; des hommes brisés sur des écueils, au pied de l'asile que rien ne peut troubler; l'infini de l'autre côté du mur d'une cellule; les fanaux agités des vaisseaux, le phare immobile du couvent; l'incertitude des destinées du navigateur, la vestale connaissant dans un seul jour tous les jours futurs de sa vie; d'une autre part, une âme telle que la tienne, ô Amélie, orageuse comme l'océan; un naufrage plus affreux que celui du marinier: tout ce tableau est encore profondément gravé dans ma mémoire. Soleil de ce ciel nouveau maintenant témoin de mes larmes, écho du rivage américain qui répétez les accents de René, ce fut le lendemain de cette nuit terrible, qu'appuyé sur le gaillard de mon vaisseau, je vis s'éloigner pour jamais ma terre natale! Je contemplai longtemps sur la côte les derniers balancements des arbres de la patrie, et les faîtes du monastère qui s'abaissaient à l'horizon.»

Comme René achevait de raconter son histoire, il tira un papier de son sein, et le donna au P. Souël; puis, se jetant dans les bras de Chactas, et étouffant ses sanglots, il laissa le temps au missionnaire de parcourir la lettre qu'il venait de lui remettre.

Elle était de la Supérieure de…. Elle contenait le récit des derniers moments de la sœur Amélie de la Miséricorde, morte victime de son zèle et de sa charité, en soignant ses compagnes attaquées d'une maladie contagieuse. Toute la communauté était inconsolable, et l'on y regardait Amélie comme une sainte. La Supérieure ajoutait que, depuis trente ans qu'elle était à la tête de la maison, elle n'avait jamais vu de religieuse d'une humeur aussi douce et aussi égale, ni qui fût plus contente d'avoir quitté les tribulations du monde.

Chactas pressait René dans ses bras; le vieillard pleurait. «Mon enfant, dit-il à son fils, je voudrais que le P. Aubry fût ici, il tirait du fond de son cœur je ne sais quelle paix qui, en les calmant, ne semblait cependant point étrangère aux tempêtes; c'était la lune dans une nuit orageuse; les nuages errants ne peuvent l'emporter dans leur course; pure et inaltérable, elle s'avance tranquille au-dessus d'eux. Hélas, pour moi, tout me trouble et m'entraîne!»

Jusqu'alors le P. Souël, sans proférer une parole, avait écouté d'un air austère l'histoire de René. Il portait en secret un cœur compatissant, mais il montrait au dehors un caractère inflexible; la sensibilité du Sachem le fit sortir du silence:

«Rien, dit-il au frère d'Amélie, rien ne mérite, dans cette histoire, la pitié qu'on vous montre ici. Je vois un jeune homme entêté de chimères, à qui tout déplaît et qui s'est soustrait aux charges de la société pour se livrer à d'inutiles rêveries. On n'est point, monsieur, un homme supérieur parce qu'on aperçoit le monde sous un jour odieux. On ne hait les hommes et la vie, que faute de voir assez loin. Étendez un peu plus votre regard, et vous serez bientôt convaincu que tous ces maux dont vous vous plaignez sont de purs néants. Mais quelle honte de ne pouvoir songer au seul malheur réel de votre vie, sans être forcé de rougir! Toute la pureté, toute la vertu, toute la religion, toutes les couronnes d'une sainte rendent à peine tolérable la seule idée de vos chagrins. Votre sœur a expié sa faute; mais, s'il faut dire ici ma pensée, je crains que, par une épouvantable justice, un aveu sorti du sein de la tombe, n'ait troublé votre âme à son tour. Que faites-vous seul au fond des forêts où vous consumez vos jours, négligeant tous vos devoirs? Des saints, me direz-vous, se sont ensevelis dans les déserts? Ils y étaient avec leurs larmes et employaient à éteindre leurs passions le temps que vous perdez peut-être à allumer les vôtres. Jeune présomptueux qui avez cru que l'homme se peut suffire à lui-même! La solitude est mauvaise à celui qui n'y vit pas avec Dieu; elle redouble les puissances de l'âme, en même temps qu'elle leur ôte tout sujet pour s'exercer. Quiconque a reçu des forces, doit les consacrer au service de ses semblables; s'il les laisse inutiles, il en est d'abord puni par une secrète misère, et tôt ou tard le ciel lui envoie un châtiment effroyable.»

Troublé par ces paroles, René releva du sein de Chactas sa tête humiliée. Le Sachem aveugle se prit à sourire; et ce sourire de la bouche, qui ne se mariait plus à celui des yeux, avait quelque chose de mystérieux et de céleste. «Mon fils, dit le vieil amant d'Atala, il nous parle sévèrement; il corrige et le vieillard et le jeune homme, et il a raison. Oui, il faut que tu renonces à cette vie extraordinaire qui n'est pleine que de soucis: il n'y a de bonheur que dans les voies communes.

«Un jour le Meschacebé, encore assez près de sa source, se lassa de n'être qu'un limpide ruisseau. Il demande des neiges aux montagnes, des eaux aux torrents, des pluies aux tempêtes, il franchit ses rives, et désole ses bords charmants. L'orgueilleux ruisseau s'applaudit d'abord de sa puissance; mais voyant que tout devenait désert sur son passage; qu'il coulait, abandonné dans la solitude; que ses eaux étaient toujours troublées, il regretta l'humble lit que lui avait creusé la nature, les oiseaux, les fleurs, les arbres et les ruisseaux, jadis modestes compagnons de son paisible cours.»

Chactas cessa de parler, et l'on entendit la voix du *flammant*[20] qui, retiré dans les roseaux du Meschacebé, annonçait un orage pour le milieu du jour. Les trois amis reprirent la route de leurs cabanes: René, marchait en silence entre le missionnaire qui priait Dieu, et le Sachem aveugle qui cherchait sa route. On dit que, pressé par les deux vieillards, il retourna chez son épouse, mais sans y trouver le bonheur. Il périt peu de temps après avec Chactas et le P. Souël, dans le massacre des Français et des Natchez à la Louisiane. On montre encore un rocher où il allait s'asseoir au soleil couchant.

---

[20] Oiseau méditerranéen et asiatique.

Théophile Gautier
1811-72

Même si Théophile Gautier n'avait rien écrit, sa participation ardente à la bataille d'*Hérnani* en 1830 aurait suffi à le rendre célèbre. Avec son abondante chevelure frisée lâchée sur les épaules, au-dessus d'un pourpoint cerise et un pantalon vert d'eau, il a littéralement explosé au milieu des classiques prêt à «faire du poing». Lui comme ses amis ont voulu défendre Victor Hugo et le mouvement romantique. La même année, il publie ses premiers poèmes, où il parcourt tous les thèmes romantiques dans des vers très bien faits: amour, tristesse, voyage, Espagne, nature, et j'en passe. En se servant des thèmes à la mode, cependant, il montre un désir de créer des vers impeccables et impersonnels sinon objectifs. Il recherche une forme parfaite, des rythmes exquis, la beauté éternelle. Son *Emaux et camées* (1852-72) est justement admiré et sans aucun doute son chef-d'œuvre. Même aujourd'hui, la collection fait date dans l'histoire de la poésie française. Gautier ne veut plus des vers relâchés d'un Lamartine, d'un Musset, et des romantiques mineurs. En cherchant à faire des œuvres d'une beauté irrécusable, il influence les poètes les plus importants du siècle. L'admiration de Baudelaire pour lui et son œuvre est sincère et de longue durée.

Gautier est mentionné un peu partout. Il est né à Tarbes, mais Parisien d'adoption. On sait qu'il a gagné sa vie en tant que journaliste. Il est sans conteste un écrivain marquant. Les écrits qui nous restent prouvent qu'il est excellent critique d'art, romancier, nouvelliste, et poète. Ses amis l'appelaient «Le bon Théo», et il avait beaucoup d'amis. Cependant, son art a englouti le reste de sa vie, et on ne se souvient guère plus que de ce qu'il a écrit. Gautier était absolument voué à l'art. Le reste était pour lui de peu de conséquence. Il a créé une théologie esthétique, à laquelle il est resté fidèle.

Théophile Gautier faisait partie de deux mouvements extrêmement importants. Même s'il n'en était pas le chef, il était extraordinairement influent. Ses vers servaient de phare pour les poètes romantiques tels que Musset, Nerval, et même Baudelaire, pour ne pas parler des Parnassiens Leconte de Lisle et Heredia. Mais même au milieu des Romantiques il a résisté aux effusions des jeunes poètes du mouvement pour se construire une religion de l'art pour l'art. C'est bien entendu ce mouvement qui est devenu le Parnasse. Baudelaire, père de la poésie moderne, a tenu Gautier pour un génie. Ainsi que Claude Pichois l'a compris, Gautier a mis le poème court et la nouvelle au-dessus du poème long et du roman, restant fidèle à une esthétique de la concentration[1]. Pour Baudelaire, Gautier était «l'égal des plus grands dans le passé, un modèle pour ceux qui viendront, un diamant de plus en plus rare dans une époque ivre d'ignorance et de matière, c'est-à-dire UN PARFAIT HOMME DE LETTRES» (2.128). Il lui a dédié ses *Fleurs du mal* (1857).

Pourquoi Gautier a-t-il écrit tant de nouvelles au sujet du surnaturel? La réponse se trouve selon moi dans l'intériorité du poète. Il croyait à l'art, ce qui était incompréhensible pour beaucoup de citoyens bourgeois. Les Romantiques (quoique pour la plupart de souche bourgeoise) détestaient à l'époque les bourgeois. Selon eux, cette classe d'une ladrerie sordide avait pris le pouvoir après la Révolution, et s'en était servi pour élever des idoles d'argent et d'or au-dessus de toute autre valeur. Ces bourgeois matérialistes ne parlaient que de «progrès» et de «science», mais ils ne semblaient pas comprendre que sans l'idéal, sans l'esprit, sans l'art la vie était vide. Gautier et ses amis voulaient opposer à la bourgeoisie une réalité qui souligne la vacuité de leur vie, tout en exposant leur honteuse rapacité. L'homme a besoin d'autre chose que d'argent. Puisque les églises étaient vides, les gens se tournaient vers la magie, l'alchimie, le satanisme, les Swedenborg, les Élie Star, les Eliphas Levi. A travers ses nouvelles, Gautier revendique l'existence d'un Esprit et d'un Idéal dont l'art est une part essentielle[2].

Pour faire croire à un monde de l'esprit, il faut faire vivre la réalité spirituelle. Tzvetan Todorov suggère que les écrivains ont tâché d'y faire croire sinon absolument du moins le temps d'un moment d'hésitation. C'est pendant cette pause que le fantastique existe et joue son rôle[3]. Cependant Jean Gaudon se moque de ce qu'il appelle une irrésolution. Pour lui, le fantastique permet une lecture où les opposés coexistent, permettant au lecteur de préférer l'un à l'autre ou de les accepter ensemble dans une lecture plus large[4].

Les Français ont raffolé des contes d'Hoffmann et du surnaturel après leurs traductions de Loève-Veimars parues en 1830, ce qui a encouragé les écrivains romantiques à s'intéresser au fantastique. Gautier a beaucoup appris d'Hoffmann. Il lui a emprunté, par exemple, le nom de Sérapion, qui chez Hoffmann était un solitaire vivant au XIXe siècle se prenant pour le martyr du IVe siècle[5], ce qui prépare une allusion à l'héroïne de Gautier qui se réincarne jusqu'à ce que l'exorciste et

---

[1] Claude Pichois, éd., «Théophile Gautier», *Œuvres complètes*, de Charles Baudelaire, 2 vols., Bibliothèque de la Pléiade (Paris: Gallimard, 1975-76) 2.1135n1.

[2] C'est Jean Decottignies qui ouvre cette possibilité dans une étude subtile et savante—«A propos de "La Morte amoureuse" de Théophile Gautier: Fiction et idéologie dans le récit fantastique», *Revue d'Histoire Littéraire de la France* 72 (juillet-août 1972): 616-25.

[3] Tzvetan Todorov, qui croit à l'importance de «l'hésitation»—*Introduction à la littérature fantastique* (Paris: Seuil, 1970)—est mentionné brièvement dans l'«Introduction» à Maupassant, ci-dessous. Pour un commentaire court sur «La Morte amoureuse», voir, Todorov 142-47.

[4] Gaudon fait allusion aux théories de P.-G. Castex, qui loue les valeurs des dualismes—«Préface», *Théophile Gautier*, *«La Morte amoureuse», «Avatar», et autres récits fantastiques*, Folio (Paris: Gallimard, 1981) 7-43.

[5] E.T.A. Hoffmann, *Contes des frères de Saint-Sérapion* (1819-21), *Œuvres complètes*, vol. 1, tr. Emile de Bédollière (Paris: Barba, s.d.) 1-4.

directeur de conscience Sérapion l'asperge d'eau sainte et la tue définitivement. Tout comme Hoffmann, Gautier se sert aussi de bien des oppositions: jour/nuit, démon/apôtre, diable/ange, mort/vie. Ainsi que le note Savalle, l'«acharnement [de Sérapion] à détruire Clarimonde le faisait ressembler à un démon plutôt qu'à un apôtre»[6]. La réalité est-elle si différente du rêve? Certains amants n'absorbent-ils pas notre énergie, notre substance, notre vie?

Gautier fait vivre le mystère d'une mise en scène étrangère, c'est-à-dire distante chronologiquement et géographiquement, mais il y ajoute le rêve et la folie. Qu'est-ce qui est réel? La démence n'a-t-elle pas un lien avec la réalité? Et le rêve? Ce pauvre Romuald découvre avec la vision d'une femme incroyablement belle la vie déséquilibrée qu'elle lui impose. La vocation de prêtre s'oppose au libertinage. Peut-être serait-on tenté de croire pendant un moment à la possibilité d'une autre réalité, d'un monde démoniaque ou de son opposé dans une réalité où la beauté règne en maître. Clarimonde est-elle morte ou vivante? Son amour est-il spirituel ou charnel? Dans «La Morte amoureuse», Gautier fait surtout appel à l'opposition entre la vie consciente et le rêve, entre le mal et le bien, entre l'esprit et la matière. L'illusion et la réalité «ne sont ni mêlées ni fondues; chaque vie est le rêve de l'autre, chaque identité est l'illusion de l'autre»[7]. «[P]our Romuald se réveiller, c'est rêver, rêver s'est s'éveiller»[8]. Certainement, l'irrationnel prend progressivement le pas, viciant de ce fait le réel. Pour Jean Gaudon c'est cette dualité qui ouvre la possibilité «des mots comme "hésitation", "incertitude", conflit du surnaturel et du réel» (42). Dans tous les cas, le héros est dépaysé et l'écrivain exploite les riches possibilités de l'ambigu et de l'équivoque.

BIBLIOGRAPHIE SOMMAIRE
Éditions critiques
Gautier, Théophile. «La Morte amoureuse». *L'Œuvre fantastique*. Éd. Michel Crouzet. 2 vols. Paris: Bordas, 1992. 1.75-102.
———. «La Morte amoureuse». *Romans, contes et nouvelles*. 2 vols. Bibliothèque de la Pléiade. Éd. Pierre Laubriet, Jean-Claude Brunon. Paris: Gallimard 2002. 1.521-52.

Quelques études
Bains, Christopher. *De l'esthétisme au modernisme, Théophile Gautier, Ezra Pound*. Paris: Champion, 2012.
Baudelaire, Charles. «Théophile Gautier». *Œuvres complètes*. Éd. Claude Pichois. 2 vols. Bibliothèque de la Pléiade. Paris: Gallimard, 1975-76. 2.103-58.
Castex, Pierre-Georges. *Le Conte fantastique en France de Nodier à Maupassant*.

---

[6]Joseph Savalle, *Travestis, métamorphoses dédoublements: Essai sur l'œuvre romanesque de Théophile Gautier* (Paris: Minard, 1981) 61.
[7]Michel Crouzet, éd., «La Morte amoureuse», *L'Œuvre fantastique*, 2 vols. (Paris: Bordas, 1992) 1.265n61.
[8]Crouzet, «Notice», «La Morte amoureuse», 1.73.

Paris: José Corti, 1951. 13-92, 226-29.

Lacoste-Veysseyre, Claudine. «Notice». «La Morte amoureuse». *Romans, contes et nouvelles*. Éd. Pierre Laubriet, Jean-Claude Brunon. Paris: Gallimard, 2002. 1.1344-51.

Mercier, Michel. «La Morte amoureuse». *La Rupture amoureuse et son traitement littéraire*. Éd. Régis Antoine, Wolfgang Geiger. Paris: Champion, 1997. 303-15.

Moulinoux, Nicole. «La Morte amoureuse ou la mise à mort du fantastique». Éd. Roger Bozzetto, et al. *Éros, science fiction, fantastique*. Cahiers du CERLI. Aix-en-Provence: U de Provence, 1991. 37-42.

Riffaterre, Hermine. «Love-in-Death: Gautier's *Morte amoureuse*». *New York Literary Forum* 4 (1980): 65-74.

Smith, Albert B. *Théophile Gautier and the Fantastic*. University, MS: Romance Monographs, 1977.

LA MORTE AMOUREUSE
1836

    Vous me demandez, frère, si j'ai aimé; oui. C'est une histoire singulière et terrible, et, quoique j'aie soixante-six ans, j'ose à peine remuer la cendre de ce souvenir. Je ne veux rien vous refuser, mais je ne ferais pas à une âme moins éprouvée un pareil récit. Ce sont des événements si étranges, que je ne puis croire qu'ils me soient arrivés. J'ai été pendant plus de trois ans le jouet d'une illusion singulière et diabolique. Moi, pauvre prêtre de campagne, j'ai mené en rêve toutes les nuits (Dieu veuille que ce soit un rêve!) une vie de damné, une vie de mondain et de Sardanapale[1]. Un seul regard trop plein de complaisance jeté sur une femme pensa causer la perte de mon âme; mais enfin, avec l'aide de Dieu et de mon saint patron, je suis parvenu à chasser l'esprit malin qui s'était emparé de moi. Mon existence s'était compliquée d'une existence nocturne entièrement différente. Le jour, j'étais un prêtre du Seigneur, chaste, occupé de la prière et des choses saintes; la nuit, dès que j'avais fermé les yeux, je devenais un jeune seigneur, fin connaisseur en femmes, en chiens et en chevaux, jouant aux dés, buvant et blasphémant; et lorsqu'au lever de l'aube je me réveillais, il me semblait au contraire que je m'endormais et que je rêvais que j'étais prêtre. De cette vie somnambulique il m'est resté des souvenirs d'objets et de mots dont je ne puis pas me défendre, et, quoique je ne sois jamais sorti des murs de mon presbytère[2], on dirait plutôt, à m'entendre, un homme ayant usé de tout et revenu du monde, qui est entré en religion et qui veut finir dans le sein de Dieu des jours trop agités, qu'un humble séminariste qui a vieilli dans une cure ignorée, au fond d'un bois et sans aucun rapport avec les choses du siècle.
    Oui, j'ai aimé comme personne au monde n'a aimé, d'un amour insensé et furieux, si violent que je suis étonné qu'il n'ait pas fait éclater mon cœur. Ah! quelles nuits! quelles nuits!
    Dès ma plus tendre enfance, je m'étais senti de la vocation pour l'état de prêtre; aussi toutes mes études furent-elles dirigées dans ce sens-là, et ma vie, jusqu'à vingt-quatre ans, ne fut-elle qu'un long noviciat. Ma théologie achevée, je passai successivement par tous les petits ordres, et mes supérieurs me jugèrent digne, malgré ma grande jeunesse, de franchir le dernier et redoutable degré. Le jour de mon ordination[3] fut fixé à la semaine de Pâques.
    Je n'étais jamais allé dans le monde; le monde, c'était pour moi l'enclos

---

[1]Roi assyrien connu pour son luxe et sa débauche.
[2]Habitation du curé dans une paroisse.
[3]Cérémonie par laquelle on devient prêtre.

du collège et du séminaire. Je savais vaguement qu'il y avait quelque chose que l'on appelait femme, mais je n'y arrêtais pas ma pensée; j'étais d'une innocence parfaite. Je ne voyais ma mère vieille et infirme que deux fois l'an. C'étaient là toutes mes relations avec le dehors.

Je ne regrettais rien, je n'éprouvais pas la moindre hésitation devant cet engagement irrévocable; j'étais plein de joie et d'impatience. Jamais jeune fiancé n'a compté les heures avec une ardeur plus fiévreuse; je n'en dormais pas, je rêvais que je disais la messe; être prêtre, je ne voyais rien de plus beau au monde: j'aurais refusé d'être roi ou poète. Mon ambition ne concevait pas au delà.

Ce que je dis là est pour vous montrer combien ce qui m'est arrivé ne devait pas m'arriver, et de quelle fascination[4] inexplicable j'ai été la victime.

Le grand jour venu, je marchai à l'église d'un pas si léger, qu'il me semblait que je fusse soutenu en l'air ou que j'eusse des ailes aux épaules. Je me croyais un ange, et je m'étonnais de la physionomie sombre et préoccupée de mes compagnons; car nous étions plusieurs. J'avais passé la nuit en prières, et j'étais dans un état qui touchait presque à l'extase. L'évêque, vieillard vénérable, me paraissait Dieu le Père penché sur son éternité, et je voyais le ciel à travers les voûtes du temple.

Vous savez les détails de cette cérémonie: la bénédiction, la communion sous les deux espèces[5], l'onction de la paume des mains avec l'huile des catéchumènes[6], et enfin le saint sacrifice offert de concert avec l'évêque. Je ne m'appesantirai pas sur cela. Oh! que Job a raison, et que celui-là est imprudent qui ne conclut pas un pacte avec ses yeux![7] Je levai par hasard ma tête, que j'avais jusque-là tenue inclinée, et j'aperçus devant moi, si près que j'aurais pu la toucher, quoique en réalité elle fût à une assez grande distance et de l'autre côté de la balustrade, une jeune femme d'une beauté rare et vêtue avec une magnificence royale. Ce fut comme si des écailles me tombaient des prunelles. J'éprouvai la sensation d'un aveugle qui recouvrerait subitement la vue. L'évêque, si rayonnant tout à l'heure, s'éteignit tout à coup, les cierges pâlirent sur leurs chandeliers d'or comme les étoiles au matin, et il se fit par toute l'église une complète obscurité. La charmante créature se détachait sur ce fond d'ombre comme une révélation angélique; elle semblait éclairée d'elle-même et donner le jour plutôt que le recevoir.

Je baissai la paupière, bien résolu à ne plus la relever pour me soustraire à l'influence des objets extérieurs; car la distraction m'envahissait de plus en plus, et je savais à peine ce que je faisais.

Une minute après, je rouvris les yeux, car à travers mes cils je la voyais étincelante des couleurs du prisme, et dans une pénombre pourprée comme lorsqu'on regarde le soleil.

---

[4]Influence profonde subie par quelqu'un.
[5]Partie de la messe au cours de laquelle le prêtre communie et distribue le pain et le vin (les deux espèces) aux fidèles. Souvent à cette époque seul le prêtre recevait le vin.
[6]Néophyte que l'on a instruit dans la foi chrétienne.
[7]«J'avais fait un pacte avec mes yeux: Comment aurais-je pu fixer mon attention sur une vierge?» (Job: 31.1). Ici, Job insiste sur son innocence, et le fait qu'une femme ne saurait l'inciter à pécher.

Oh! comme elle était belle! Les plus grands peintres, lorsque, poursuivant dans le ciel la beauté idéale, ils ont rapporté sur la terre le divin portrait de la Madone, n'approchent même pas de cette fabuleuse réalité. Ni les vers du poète ni la palette du peintre n'en peuvent donner une idée. Elle était assez grande, avec une taille et un port de déesse; ses cheveux, d'un blond doux, se séparaient sur le haut de sa tête et coulaient sur ses tempes comme deux fleuves d'or; on aurait dit une reine avec son diadème; son front, d'une blancheur bleuâtre et transparente, s'étendait large et serein sur les arcs de deux cils presque bruns, singularité qui ajoutait encore à l'effet de prunelles vert de mer d'une vivacité et d'un éclat insoutenables. Quels yeux! avec un éclair ils décidaient de la destinée d'un homme; ils avaient une vie, une limpidité, une ardeur, une humidité brillante que je n'ai jamais vues à un œil humain; il s'en échappait des rayons pareils à des flèches et que je voyais distinctement aboutir à mon cœur. Je ne sais si la flamme qui les illuminait venait du ciel ou de l'enfer, mais à coup sûr elle venait de l'un ou de l'autre. Cette femme était un ange ou un démon, et peut-être tous les deux; elle ne sortait certainement pas du flanc d'Ève, la mère commune. Des dents du plus bel orient[8] scintillaient dans son rouge sourire, et de petites fossettes se creusaient à chaque inflexion de sa bouche dans le satin rose de ses adorables joues. Pour son nez, il était d'une finesse et d'une fierté toute royale, et décelait la plus noble origine. Des luisants d'agate jouaient sur la peau unie et lustrée de ses épaules à demi découvertes, et des rangs de grosses perles blondes, d'un ton presque semblable à son cou, lui descendaient sur la poitrine. De temps en temps elle redressait sa tête avec un mouvement onduleux de couleuvre ou de paon qui se rengorge, et imprimait un léger frisson à la haute fraise brodée à jour qui l'entourait comme un treillis d'argent.

Elle portait une robe de velours incarnate[9], et de ses larges manches doublées d'hermine sortaient des mains patriciennes d'une délicatesse infinie, aux doigts longs et potelés, et d'une si idéale transparence qu'ils laissaient passer le jour comme ceux de l'Aurore.

Tous ces détails me sont encore aussi présents que s'ils dataient d'hier, et, quoique je fusse dans un trouble extrême, rien ne m'échappait: la plus légère nuance, le petit point noir au coin du menton, l'imperceptible duvet aux commissures des lèvres, le velouté du front, l'ombre tremblante des cils sur les joues, je saisissais tout avec une lucidité étonnante.

A mesure que je la regardais, je sentais s'ouvrir dans moi des portes qui jusqu'alors avaient été fermées; des soupiraux obstrués se débouchaient dans tous les sens et laissaient entrevoir des perspectives inconnues; la vie m'apparaissait sous un aspect tout autre; je venais de naître à un nouvel ordre d'idées. Une angoisse effroyable me tenaillait le cœur; chaque minute qui s'écoulait me semblait une seconde et un siècle. La cérémonie avançait cependant, et j'étais emporté bien loin du monde dont mes désirs naissants assiégeaient furieusement l'entrée. Je dis oui cependant, lorsque je voulais dire non, lorsque tout en moi se révoltait

---

[8]Irisation d'une perle, rappelant la lumière du soleil levant.
[9]Couleur entre le rouge clair et l'orangé à reflets irisés.

et protestait contre la violence que ma langue faisait à mon âme: une force occulte m'arrachait malgré moi les mots du gosier. C'est là peut-être ce qui fait que tant de jeunes filles marchent à l'autel avec la ferme résolution de refuser d'une manière éclatante l'époux qu'on leur impose, et que pas une seule n'exécute son projet. C'est là sans doute ce qui fait que tant de pauvres novices prennent le voile, quoique bien décidées à le déchirer en pièces au moment de prononcer leurs vœux. On n'ose causer un tel scandale devant tout le monde ni tromper l'attente de tant de personnes; toutes ces volontés, tous ces regards semblent peser sur vous comme une chape de plomb; et puis les mesures sont si bien prises, tout est si bien réglé à l'avance, d'une façon si évidemment irrévocable, que la pensée cède au poids de la chose et s'affaisse complètement.

Le regard de la belle inconnue changeait d'expression selon le progrès de la cérémonie. De tendre et caressant qu'il était d'abord, il prit un air de dédain et de mécontentement comme de ne pas avoir été compris.

Je fis un effort suffisant pour arracher une montagne, pour m'écrier que je ne voulais pas être prêtre; mais je ne pus en venir à bout; ma langue resta clouée à mon palais, et il me fut impossible de traduire ma volonté par le plus léger mouvement négatif. J'étais, tout éveillé, dans un état pareil à celui du cauchemar, où l'on veut crier un mot dont votre vie dépend, sans en pouvoir venir à bout.

Elle parut sensible au martyre que j'éprouvais, et, comme pour m'encourager, elle me lança une œillade pleine de divines promesses. Ses yeux étaient un poème dont chaque regard formait un chant.

Elle me disait:

«Si tu veux être à moi, je te ferai plus heureux que Dieu lui-même dans son paradis; les anges te jalouseront. Déchire ce funèbre linceul où tu vas t'envelopper; je suis la beauté, je suis la jeunesse, je suis la vie; viens à moi, nous serons l'amour. Que pourrait t'offrir Jéhovah pour compensation? Notre existence coulera comme un rêve et ne sera qu'un baiser éternel.

«Répands le vin de ce calice, et tu es libre. Je t'emmènerai vers les îles inconnues; tu dormiras sur mon sein, dans un lit d'or massif et sous un pavillon d'argent; car je t'aime et je veux te prendre à ton Dieu, devant qui tant de nobles cœurs répandent des flots d'amour qui n'arrivent pas jusqu'à lui.»

Il me semblait entendre ces paroles sur un rythme d'une douceur infinie, car son regard avait presque de la sonorité, et les phrases que ses yeux m'envoyaient retentissaient au fond de mon cœur comme si une bouche invisible les eût soufflées dans mon âme. Je me sentais prêt à renoncer à Dieu, et cependant mon cœur accomplissait machinalement les formalités de la cérémonie. La belle me jeta un second coup d'œil si suppliant, si désespéré, que des lames acérées me traversèrent le cœur, que je me sentis plus de glaives dans la poitrine que la mère de douleurs.

C'en était fait, j'étais prêtre.

Jamais physionomie humaine ne peignit une angoisse aussi poignante; la jeune fille qui voit tomber son fiancé mort subitement à côté d'elle, la mère auprès du berceau vide de son enfant, Ève assise sur le seuil de la porte du paradis, l'avare qui trouve une pierre à la place de son trésor, le poète qui a laissé rouler dans le feu le manuscrit unique de son plus bel ouvrage, n'ont point un air plus atterré et plus inconsolable. Le sang abandonna complètement sa charmante figure, et elle devint d'une blancheur de marbre; ses beaux bras tombèrent le long de son corps, comme si les muscles en avaient été dénoués, et elle s'appuya contre un pilier, car ses jambes fléchissaient et se dérobaient sous elle. Pour moi, livide, le front inondé d'une sueur plus sanglante que celle du Calvaire, je me dirigeai en chancelant vers la porte de l'église; j'étouffais; les voûtes s'aplatissaient sur mes épaules, et il me semblait que ma tête soutenait seule tout le poids de la coupole.

Comme j'allais franchir le seuil, une main s'empara brusquement de la mienne; une main de femme! Je n'en avais jamais touché. Elle était froide comme la peau d'un serpent, et l'empreinte m'en resta brûlante comme la marque d'un fer rouge. C'était elle. «Malheureux! malheureux! qu'as-tu fait?» me dit-elle à voix basse; puis elle disparut dans la foule.

Le vieil évêque passa; il me regarda d'un air sévère. Je faisais la plus étrange contenance du monde; je pâlissais, je rougissais, j'avais des éblouissements. Un de mes camarades eut pitié de moi, il me prit et m'emmena; j'aurais été incapable de retrouver tout seul le chemin du séminaire. Au détour d'une rue, pendant que le jeune prêtre tournait la tête d'un autre côté, un page nègre, bizarrement vêtu, s'approcha de moi, et me remit, sans s'arrêter dans sa course, un petit portefeuille à coins d'or ciselés, en me faisant signe de le cacher; je le fis glisser dans ma manche et l'y tins jusqu'à ce que je fusse seul dans ma cellule. Je fis sauter le fermoir, il n'y avait que deux feuilles avec ces mots: «Clarimonde[10], au palais Concini[11].» J'étais alors si peu au courant des choses de la vie, que je ne connaissais pas Clarimonde, malgré sa célébrité, et que j'ignorais complètement où était situé le palais Concini. Je fis mille conjectures plus extravagantes les unes que les autres; mais à la vérité, pourvu que je pusse la revoir, j'étais fort peu inquiet de ce qu'elle pouvait être, grande dame ou courtisane.

Cet amour né tout à l'heure s'était indestructiblement enraciné; je ne songeai même pas à essayer de l'arracher, tant je sentais que c'était là chose[12] impossible. Cette femme s'était complètement emparée de moi, un seul regard avait suffi pour me changer; elle m'avait soufflé sa volonté; je ne vivais plus dans moi, mais dans elle et par elle. Je faisais mille extravagances, je baisais sur ma main la place qu'elle avait touchée, et je répétais son nom des heures entières. Je n'avais qu'à fermer les yeux pour la voir aussi distinctement que si elle eût été présente en réalité, et je me redisais ces mots, qu'elle m'avait dits sous le portail de l'église: «Malheureux! malheureux! qu'as-tu fait?» Je comprenais toute l'horreur de ma situation, et les côtés funèbres et terribles de l'état que je venais d'embrasser se révélaient

---

[10]Etant donné que Satan est «le prince de ce monde» (Jean 12.31) et qu'il «se déguise en ange de lumière» (2 Cor. 11.14), le nom de Clarimonde ne laisse pas son allégeance en doute. Michel Crouset note la possibilité de la finale, «i(m)monde» (1.260n19).
[11]Concini est un aventurier italien, amant de Marie de Médicis, qui a amassé une fortune énorme en France, avant d'être assassiné en 1617.
[12]Locution d'intensification: «Cela était (une) chose impossible».

clairement à moi. Être prêtre! c'est-à-dire chaste, ne pas aimer, ne distinguer ni le sexe ni l'âge, se détourner de toute beauté, se crever les yeux, ramper sous l'ombre glaciale d'un cloître ou d'une église, ne voir que des mourants, veiller auprès de cadavres inconnus et porter soi-même son deuil sur sa soutane noire, de sorte que l'on peut faire de votre habit un drap pour votre cercueil!

Et je sentais la vie monter en moi comme un lac intérieur qui s'enfle et qui déborde; mon sang battait avec force dans mes artères; ma jeunesse, si longtemps comprimée, éclatait tout d'un coup comme l'aloès qui met cent ans à fleurir et qui éclot avec un coup de tonnerre.

Comment faire pour revoir Clarimonde? Je n'avais aucun prétexte pour sortir du séminaire, ne connaissant personne dans la ville; je n'y devais même pas rester, et j'y attendais seulement que l'on me désignât la cure que je devais occuper. J'essayai de desceller les barreaux de la fenêtre; mais elle était à une hauteur effrayante, et n'ayant pas d'échelle, il n'y fallait pas penser. Et d'ailleurs je ne pouvais descendre que de nuit; et comment me serais-je conduit dans l'inextricable dédale des rues? Toutes ces difficultés, qui n'eussent rien été pour d'autres, étaient immenses pour moi, pauvre séminariste, amoureux d'hier, sans expérience, sans argent et sans habits.

Ah! si je n'eusse pas été prêtre, j'aurais pu la voir tous les jours; j'aurais été son amant, son époux, me disais-je dans mon aveuglement; au lieu d'être enveloppé dans mon triste suaire, j'aurais des habits de soie et de velours, des chaînes d'or, une épée et des plumes comme les beaux jeunes cavaliers. Mes cheveux, au lieu d'être déshonorés par une large tonsure[13], se joueraient autour de mon cou en boucles ondoyantes. J'aurais une belle moustache cirée, je serais un vaillant. Mais une heure passée devant un autel, quelques paroles à peine articulées, me retranchaient à tout jamais du nombre des vivants, et j'avais scellé moi-même la pierre de mon tombeau, j'avais poussé de ma main le verrou de ma prison!

Je me mis à la fenêtre. Le ciel était admirablement bleu, les arbres avaient mis leur robe de printemps; la nature faisait parade d'une joie ironique. La place était pleine de monde; les uns allaient, les autres venaient; de jeunes muguets[14] et de jeunes beautés, couple par couple, se dirigeaient du côté du jardin et des tonnelles. Des compagnons passaient en chantant des refrains à boire; c'était un mouvement, une vie, un entrain, une gaieté qui faisaient péniblement ressortir mon deuil et ma solitude. Une jeune mère, sur le pas de la porte, jouait avec son enfant; elle baisait sa petite bouche rose, encore emperlée de gouttes de lait, et lui faisait, en l'agaçant, mille de ces divines puérilités que les mères seules savent trouver. Le père, qui se tenait debout à quelque distance, souriait doucement à ce charmant groupe, et ses bras croisés pressaient sa joie sur son cœur. Je ne pus supporter ce spectacle; je fermai la fenêtre, et je me jetai sur mon lit avec une haine et une jalousie effroyables dans le cœur, mordant mes doigts et ma couverture comme un tigre à jeun depuis trois jours.

---

[13]Espace circulaire rasé sur le sommet de la tête des clercs et des prêtres.
[14]Séducteur élégant.

Je ne sais pas combien de jours je restai ainsi; mais, en me retournant dans un mouvement de spasme furieux, j'aperçus l'abbé Sérapion[15] qui se tenait debout au milieu de la chambre et qui me considérait attentivement. J'eus honte de moi-même, et, laissant tomber ma tête sur ma poitrine, je voilai mes yeux avec mes mains.

«Romuald[16], mon ami, il se passe quelque chose d'extraordinaire en vous, me dit Sérapion au bout de quelques minutes de silence; votre conduite est vraiment inexplicable! Vous, si pieux, si calme et si doux, vous vous agitez dans votre cellule comme une bête fauve. Prenez garde, mon frère, et n'écoutez pas les suggestions du diable; l'esprit malin, irrité de ce que vous vous êtes à tout jamais consacré au Seigneur, rôde autour de vous comme un loup ravissant et fait un dernier effort pour vous attirer à lui. Au lieu de vous laisser abattre, mon cher Romuald, faites-vous une cuirasse de prières, un bouclier de mortifications[17], et combattez vaillamment l'ennemi; vous le vaincrez. L'épreuve est nécessaire à la vertu et l'or sort plus fin de la coupelle. Ne vous effrayez ni ne vous découragez; les âmes les mieux gardées et les plus affermies ont eu de ces moments. Priez, jeûnez, méditez, et le mauvais esprit se retirera.»

Le discours de l'abbé Sérapion me fit rentrer en moi-même, et je devins un peu plus calme. «Je venais vous annoncer votre nomination à la cure de C***; le prêtre qui la possédait vient de mourir, et monseigneur l'évêque m'a chargé d'aller vous y installer; soyez prêt pour demain.» Je répondis d'un signe de tête que je le serais, et l'abbé se retira. J'ouvris mon missel et je commençai à lire des prières; mais ces lignes se confondirent bientôt sous mes yeux; le fil des idées s'enchevêtra dans mon cerveau, et le volume me glissa des mains sans que j'y prisse garde.

Partir demain sans l'avoir revue! ajouter encore une impossibilité à toutes celles qui étaient déjà entre nous! perdre à tout jamais l'espérance de la rencontrer, à moins d'un miracle! Lui écrire? par qui ferais-je parvenir ma lettre? Avec le sacré caractère dont j'étais revêtu, à qui s'ouvrir, se fier? J'éprouvais une anxiété terrible. Puis, ce que l'abbé Sérapion m'avait dit des artifices du diable me revenait en mémoire; l'étrangeté de l'aventure, la beauté surnaturelle de Clarimonde, l'éclat phosphorique de ses yeux, l'impression brûlante de sa main, le trouble où elle m'avait jeté, le changement subit qui s'était opéré en moi, ma piété évanouie en un instant, tout cela prouvait clairement la présence du diable, et cette main satinée n'était peut-être que le gant dont il avait recouvert sa griffe. Ces idées me jetèrent dans une grande frayeur, je ramassai le missel qui de mes genoux était roulé à terre, et je me remis en prières.

Le lendemain, Sérapion me vint prendre; deux mules nous attendaient à la porte, chargées de nos maigres valises; il monta l'une et moi l'autre tant bien que

---

[15]Nom de plusieurs martyrs de l'église. Gautier a probablement emprunté le nom à une œuvre de Hoffmann, «Les Frères de Sérapion». Ce Sérapion-ci se croit la réincarnation du martyr du troisième siècle.

[16]St. Romuald est un jeune débauché qui est devenu ermite et finalement fondateur d'un ordre. Quoique les visions qu'il a eues soient différentes de celles du prêtre de Gautier, elles sont une part importante de sa légende.

[17]Action d'affliger la chair dans l'intention de racheter ses péchés.

mal. Tout en parcourant les rues de la ville, je regardais à toutes les fenêtres et à tous les balcons si je ne verrais pas Clarimonde; mais il était trop matin, et la ville n'avait pas encore ouvert les yeux. Mon regard tâchait de plonger derrière les stores et à travers les rideaux de tous les palais devant lesquels nous passions. Sérapion attribuait sans doute cette curiosité à l'admiration que me causait la beauté de l'architecture, car il ralentissait le pas de sa monture pour me donner le temps de voir. Enfin nous arrivâmes à la porte de la ville et nous commençâmes à gravir la colline. Quand je fus tout en haut, je me retournai pour regarder une fois encore les lieux où vivait Clarimonde. L'ombre d'un nuage couvrait entièrement la ville; ses toits bleus et rouges étaient confondus dans une demi-teinte générale, où surnageaient çà et là, comme de blancs flocons d'écume, les fumées du matin. Par un singulier effet d'optique, se dessinait, blond et doré sous un rayon unique de lumière, un édifice qui surpassait en hauteur les constructions voisines, complètement noyées dans la vapeur; quoiqu'il fût à plus d'une lieue, il paraissait tout proche. On en distinguait les moindres détails, les tourelles, les plates-formes, les croisées, et jusqu'aux girouettes en queue d'aronde[18].

«Quel est donc ce palais que je vois tout là-bas éclairé d'un rayon du soleil?» demandai-je à Sérapion. Il mit sa main au-dessus de ses yeux, et, ayant regardé, il me répondit: «C'est l'ancien palais que le prince Concini a donné à la courtisane Clarimonde; il s'y passe d'épouvantables choses.»

En ce moment, je ne sais encore si c'est une réalité ou une illusion, je crus voir y glisser sur la terrasse une forme svelte et blanche qui étincela une seconde et s'éteignit. C'était Clarimonde!

Oh! savait-elle qu'à cette heure, du haut de cet âpre chemin qui m'éloignait d'elle, et que je ne devais plus redescendre, ardent et inquiet, je couvais de l'œil le palais qu'elle habitait, et qu'un jeu dérisoire de lumière semblait rapprocher de moi, comme pour m'inviter à y entrer en maître? Sans doute, elle le savait, car son âme était trop sympathiquement liée à la mienne pour n'en point ressentir les moindres ébranlements, et c'était ce sentiment qui l'avait poussée, encore enveloppée de ses voiles de nuit, à monter sur le haut de la terrasse, dans la glaciale rosée du matin.

L'ombre gagna le palais, et ce ne fut plus qu'un océan immobile de toits et de combles où l'on ne distinguait rien qu'une ondulation montueuse. Sérapion toucha sa mule, dont la mienne prit aussitôt l'allure, et un coude du chemin me déroba pour toujours la ville de S..., car je n'y devais pas revenir. Au bout de trois journées de route par des campagnes assez tristes, nous vîmes poindre à travers les arbres le coq du clocher de l'église que je devais desservir; et, après avoir suivi quelques rues tortueuses bordées de chaumières et de courtils[19], nous nous trouvâmes devant la façade, qui n'était pas d'une grande magnificence. Un porche orné de quelques nervures et de deux ou trois piliers de grès grossièrement taillés, un toit en tuiles et des contreforts du même grès que les piliers, c'était tout: à gauche le cimetière tout plein de hautes herbes, avec une grande croix de fer au milieu; à droite et dans l'ombre de l'église, le presbytère. C'était une maison d'une

---

[18]En forme de queue d'hirondelle.
[19]Petits jardins champêtres.

simplicité extrême et d'une propreté aride. Nous entrâmes; quelques poules picotaient sur la terre de rares grains d'avoine; accoutumées apparemment à l'habit noir des ecclésiastiques, elles ne s'effarouchèrent point de notre présence et se dérangèrent à peine pour nous laisser passer. Un aboi éraillé et enroué se fit entendre, et nous vîmes accourir un vieux chien.

C'était le chien de mon prédécesseur. Il avait l'œil terne, le poil gris et tous les symptômes de la plus haute vieillesse où puisse atteindre un chien. Je le flattai doucement de la main, et il se mit aussitôt à marcher à côté de moi avec un air de satisfaction inexprimable. Une femme assez âgée, et qui avait été la gouvernante de l'ancien curé, vint aussi à notre rencontre, et, après m'avoir fait entrer dans une salle basse, me demanda si mon intention était de la garder. Je lui répondis que je la garderais, elle et le chien, et aussi les poules, et tout le mobilier que son maître lui avait laissé à sa mort, ce qui la fit entrer dans un transport de joie, l'abbé Sérapion lui ayant donné sur-le-champ le prix qu'elle en voulait.

Mon installation faite, l'abbé Sérapion retourna au séminaire. Je demeurai donc seul et sans autre appui que moi-même. La pensée de Clarimonde recommença à m'obséder, et, quelques efforts que je fisse pour la chasser, je n'y parvenais pas toujours. Un soir, en me promenant dans les allées bordées de buis de mon petit jardin, il me sembla voir à travers la charmille une forme de femme qui suivait tous mes mouvements, et entre les feuilles étinceler les deux prunelles vert de mer; mais ce n'était qu'une illusion, et, ayant passé de l'autre côté de l'allée, je n'y trouvai rien qu'une trace de pied sur le sable, si petit qu'on eût dit un pied d'enfant. Le jardin était entouré de murailles très hautes; j'en visitai tous les coins et recoins, il n'y avait personne. Je n'ai jamais pu m'expliquer cette circonstance qui, du reste, n'était rien à côté des étranges choses qui me devaient arriver[20]. Je vivais ainsi depuis un an, remplissant avec exactitude tous les devoirs de mon état, priant, jeûnant, exhortant et secourant les malades, faisant l'aumône jusqu'à me retrancher les nécessités les plus indispensables. Mais je sentais au dedans de moi une aridité extrême, et les sources de la grâce m'étaient fermées. Je ne jouissais pas de ce bonheur que donne l'accomplissement d'une sainte mission; mon idée était ailleurs, et les paroles de Clarimonde me revenaient souvent sur les lèvres comme une espèce de refrain involontaire. O frère, méditez bien ceci! Pour avoir levé une seule fois le regard sur une femme, pour une faute en apparence si légère, j'ai éprouvé pendant plusieurs années les plus misérables agitations: ma vie a été troublée à tout jamais.

Je ne vous retiendrai pas plus longtemps sur ces défaites et sur ces victoires intérieures toujours suivies de rechutes plus profondes, et je passerai sur-le-champ à une circonstance décisive. Une nuit l'on sonna violemment à ma porte. La vieille gouvernante alla ouvrir, et un homme au teint cuivré et richement vêtu, mais selon une mode étrangère, avec un long poignard, se dessina sous les rayons de la lanterne de Barbara[21]. Son premier mouvement fut la frayeur; mais l'homme la

---

[20]Aujourd'hui on dirait «qui devaient m'arriver.»
[21]Nom de la vieille gouvernante.

rassura, et lui dit qu'il avait besoin de me voir sur-le-champ pour quelque chose qui concernait mon ministère. Barbara le fit monter. J'allais me mettre au lit. L'homme me dit que sa maîtresse, une très grande dame, était à l'article de la mort et désirait un prêtre. Je répondis que j'étais prêt à le suivre; je pris avec moi ce qu'il fallait pour l'extrême-onction[22] et je descendis en toute hâte. A la porte piaffaient d'impatience deux chevaux noirs comme la nuit, et soufflant sur leur poitrail deux longs flots de fumée. Il me tint l'étrier et m'aida à monter sur l'un, puis il sauta sur l'autre en appuyant seulement une main sur le pommeau de la selle. Il serra les genoux et lâcha les guides à son cheval qui partit comme la flèche. Le mien, dont il tenait la bride, prit aussi le galop et se maintint dans une égalité parfaite. Nous dévorions le chemin; la terre filait sous nous grise et rayée, et les silhouettes noires des arbres s'enfuyaient comme une armée en déroute. Nous traversâmes une forêt d'un sombre si opaque et si glacial, que je me sentis courir sur la peau un frisson de superstitieuse terreur. Les aigrettes d'étincelles que les fers de nos chevaux arrachaient aux cailloux laissaient sur notre passage comme une traînée de feu, et si quelqu'un, à cette heure de nuit, nous eût vus, mon conducteur et moi, il nous eût pris pour deux spectres à cheval sur le cauchemar. Des feux follets[23] traversaient de temps en temps le chemin, et les choucas piaulaient piteusement dans l'épaisseur du bois où brillaient de loin en loin les yeux phosphoriques de quelques chats sauvages. La crinière des chevaux s'échevelait de plus en plus, la sueur ruisselait sur leurs flancs, et leur haleine sortait bruyante et pressée de leurs narines. Mais, quand il les voyait faiblir, l'écuyer pour les ranimer poussait un cri guttural qui n'avait rien d'humain, et la course recommençait avec furie. Enfin le tourbillon s'arrêta; une masse noire piquée de quelques points brillants se dressa subitement devant nous; les pas de nos montures sonnèrent plus bruyants sur un plancher ferré, et nous entrâmes sous une voûte qui ouvrait sa gueule sombre entre deux énormes tours. Une grande agitation régnait dans le château; des domestiques avec des torches à la main traversaient les cours en tous sens, et des lumières montaient et descendaient de palier en palier. J'entrevis confusément d'immenses architectures, des colonnes, des arcades, des perrons et des rampes, un luxe de construction tout à fait royal et féerique. Un page nègre, le même qui m'avait donné les tablettes de Clarimonde et que je reconnus à l'instant, me vint aider à descendre, et un majordome, vêtu de velours noir avec une chaîne d'or au col et une canne d'ivoire à la main, s'avança au devant de moi. De grosses larmes débordaient de ses yeux et coulaient le long de ses joues sur sa barbe blanche. «Trop tard! fit-il en hochant la tête, trop tard! seigneur prêtre; mais, si vous n'avez pu sauver l'âme, venez veiller le pauvre corps.» Il me prit par le bras et me conduisit à la salle funèbre; je pleurais aussi fort que lui, car j'avais compris que la morte n'était autre que cette Clarimonde tant et si follement aimée. Un prie-Dieu était disposé à côté du lit; une flamme bleuâtre voltigeant sur une patère de bronze jetait par toute la chambre un jour faible et douteux, et çà et là faisait papilloter dans

---

[22] Sacrement qui est offert aux fidèles en danger de mort.
[23] Étincelles dues à l'électricité atmosphérique.

l'ombre quelque arête saillante de meuble ou de corniche. Sur la table, dans une urne ciselée, trempait une rose blanche fanée dont les feuilles, à l'exception d'une seule qui tenait encore, étaient toutes tombées au pied du vase comme des larmes odorantes; un masque noir brisé, un éventail, des déguisements de toute espèce, traînaient sur les fauteuils et faisaient voir que la mort était arrivée dans cette somptueuse demeure à l'improviste et sans se faire annoncer. Je m'agenouillai sans oser jeter les yeux sur le lit, et je me mis à réciter les psaumes avec une grande ferveur, remerciant Dieu qu'il eût mis la tombe entre l'idée de cette femme et moi, pour que je pusse ajouter à mes prières son nom désormais sanctifié. Mais peu à peu cet élan se ralentit, et je tombai en rêverie. Cette chambre n'avait rien d'une chambre de mort. Au lieu de l'air fétide et cadavéreux que j'étais accoutumé à respirer en ces veilles funèbres, une langoureuse fumée d'essences orientales, je ne sais quelle amoureuse odeur de femme, nageait doucement dans l'air attiédi. Cette pâle lueur avait plutôt l'air d'un demi-jour ménagé pour la volupté que de la veilleuse au reflet jaune qui tremblote près des cadavres. Je songeais au singulier hasard qui m'avait fait retrouver Clarimonde au moment où je la perdais pour toujours, et un soupir de regret s'échappa de ma poitrine. Il me sembla qu'on avait soupiré aussi derrière moi, et je me retournai involontairement. C'était l'écho. Dans ce mouvement, mes yeux tombèrent sur le lit de parade qu'ils avaient jusqu'alors évité. Les rideaux de damas rouge à grandes fleurs, relevés par des torsades d'or, laissaient voir la morte couchée tout de son long et les mains jointes sur la poitrine. Elle était couverte d'un voile de lin d'une blancheur éblouissante, que le pourpre sombre de la tenture faisait encore mieux ressortir, et d'une telle finesse qu'il ne dérobait en rien la forme charmante de son corps et permettait de suivre ces belles lignes onduleuses comme le cou d'un cygne que la mort même n'avait pu roidir. On eût dit une statue d'albâtre faite par quelque sculpteur habile pour mettre sur un tombeau de reine, ou encore une jeune fille endormie sur qui il aurait neigé.

Je ne pouvais plus y tenir; cet air d'alcôve m'enivrait, cette fébrile senteur de rose à demi fanée me montait au cerveau, et je marchais à grands pas dans la chambre, m'arrêtant à chaque tour devant l'estrade pour considérer la gracieuse trépassée sous la transparence de son linceul. D'étranges pensées me traversaient l'esprit; je me figurais qu'elle n'était point morte réellement, et que ce n'était qu'une feinte qu'elle avait employée pour m'attirer dans son château et me conter son amour. Un instant même je crus avoir vu bouger son pied dans la blancheur des voiles, et se déranger les plis droits du suaire.

Et puis je me disais: «Est-ce bien Clarimonde? quelle preuve en ai-je? Ce page noir ne peut-il être passé au service d'une autre femme? Je suis bien fou de me désoler et de m'agiter ainsi.» Mais mon cœur me répondit avec un battement: «C'est bien elle, c'est bien elle.» Je me rapprochai du lit, et je regardai avec un redoublement d'attention l'objet de mon incertitude. Vous l'avouerai-je? cette perfection de formes, quoique purifiée et sanctifiée par l'ombre de la mort, me troublait plus voluptueusement qu'il n'aurait fallu, et ce repos ressemblait tant à un sommeil que l'on s'y serait trompé. J'oubliais que j'étais venu là pour un office funèbre, et je m'imaginais que j'étais un jeune époux entrant dans la chambre de la fiancée qui cache sa figure par pudeur et qui ne se veut point laisser voir. Navré de douleur, éperdu de joie, frissonnant de crainte et de plaisir, je me penchai vers elle et je pris le coin du drap; je le soulevai lentement en retenant mon souffle de peur de l'éveiller. Mes artères palpitaient avec une telle force, que je les sentais siffler dans mes tempes, et mon front ruisselait de sueur comme si j'eusse remué une dalle de marbre. C'était en effet la Clarimonde telle que je l'avais vue à l'église lors de mon ordination; elle était aussi charmante, et la mort chez elle semblait une coquetterie de plus. La pâleur de ses joues, le rose moins vif de ses lèvres, ses longs cils baissés et découpant leur frange brune sur cette blancheur, lui donnaient une expression de chasteté mélancolique et de souffrance pensive d'une puissance de séduction inexprimable; ses longs cheveux dénoués, où se trouvaient encore mêlées quelques petites fleurs bleues, faisaient un oreiller à sa tête et protégeaient de leurs boucles la nudité de ses épaules; ses belles mains, plus pures, plus diaphanes que des hosties[24], étaient croisées dans une attitude de pieux repos et de tacite prière, qui corrigeait ce qu'auraient pu avoir de trop séduisant, même dans la mort, l'exquise rondeur et le poli d'ivoire de ses bras nus dont on n'avait pas ôté les bracelets de perles. Je restai longtemps absorbé dans une muette contemplation, et, plus je la regardais, moins je pouvais croire que la vie avait pour toujours abandonné ce beau corps. Je ne sais si cela était une illusion ou un reflet de la lampe, mais on eût dit que le sang recommençait à circuler sous cette mate pâleur; cependant elle était toujours de la plus parfaite immobilité. Je touchai légèrement son bras; il était froid, mais pas plus froid pourtant que sa main le jour qu'elle avait effleuré la mienne sous le portail de l'église. Je repris ma position, penchant ma figure sur la sienne et laissant pleuvoir sur ses joues la tiède rosée de mes larmes. Ah! quel sentiment amer de désespoir et d'impuissance! quelle agonie que cette veille! j'aurais voulu pouvoir ramasser ma vie en un monceau pour la lui donner et souffler sur sa dépouille glacée la flamme qui me dévorait. La nuit s'avançait, et, sentant approcher le moment de la séparation éternelle, je ne pus me refuser cette triste et suprême douceur de déposer un baiser sur les lèvres mortes de celle qui avait eu tout mon amour. Ô prodige! un léger souffle se mêla à mon souffle, et la bouche de Clarimonde répondit à la pression de la mienne: ses yeux s'ouvrirent et reprirent un peu d'éclat, elle fit un soupir, et, décroisant ses bras, elle les passa derrière mon cou avec un air de ravissement ineffable. «Ah! c'est toi, Romuald, dit-elle d'une voix languissante et douce comme les dernières vibrations d'une harpe; que fais-tu donc? Je t'ai attendu si longtemps, que je suis morte; mais maintenant nous sommes fiancés, je pourrai te voir et aller chez toi. Adieu, Romuald, adieu! je t'aime; c'est tout ce que je voulais te dire, et je te rends la vie que tu as rappelée sur moi une minute avec ton baiser; à bientôt.»

Sa tête retomba en arrière, mais elle m'entourait toujours de ses bras comme pour me retenir. Un tourbillon de vent furieux défonça la fenêtre et entra dans la chambre; la dernière feuille de la rose blanche palpita quelque temps comme une

---

[24]Pain consacré au cours de la messe.

aile au bout de la tige, puis elle se détacha et s'envola par la croisée ouverte, emportant avec elle l'âme de Clarimonde. La lampe s'éteignit et je tombai évanoui sur le sein de la belle morte.

Quand je revins à moi, j'étais couché sur mon lit, dans ma petite chambre du presbytère, et le vieux chien de l'ancien curé léchait ma main allongée hors de la couverture. Barbara s'agitait dans la chambre avec un tremblement sénile, ouvrant et fermant des tiroirs, ou remuant des poudres dans des verres. En me voyant ouvrir les yeux, la vieille poussa un cri de joie, le chien jappa et frétilla de la queue; mais j'étais si faible, que je ne pus prononcer une seule parole ni faire aucun mouvement. J'ai su depuis que j'étais resté trois jours ainsi, ne donnant d'autre signe d'existence qu'une respiration presque insensible. Ces trois jours ne comptent pas dans ma vie, et je ne sais où mon esprit était allé pendant tout ce temps; je n'en ai gardé aucun souvenir. Barbara m'a conté que le même homme au teint cuivré, qui m'était venu chercher pendant la nuit, m'avait ramené le matin dans une litière fermée et s'en était retourné aussitôt. Dès que je pus rappeler mes idées, je repassai en moi-même toutes les circonstances de cette nuit fatale. D'abord je pensai que j'avais été le jouet d'une illusion magique; mais des circonstances réelles et palpables détruisirent bientôt cette supposition. Je ne pouvais croire que j'avais rêvé, puisque Barbara avait vu comme moi l'homme aux deux chevaux noirs et qu'elle en décrivait l'ajustement et la tournure avec exactitude. Cependant personne ne connaissait dans les environs un château auquel s'appliquât la description du château où j'avais retrouvé Clarimonde.

Un matin je vis entrer l'abbé Sérapion. Barbara lui avait mandé[25] que j'étais malade, et il était accouru en toute hâte. Quoique cet empressement démontrât de l'affection et de l'intérêt pour ma personne, sa visite ne me fit pas le plaisir qu'elle m'aurait dû faire. L'abbé Sérapion avait dans le regard quelque chose de pénétrant et d'inquisiteur qui me gênait. Je me sentais embarrassé et coupable devant lui. Le premier il avait découvert mon trouble intérieur, et je lui en voulais de sa clairvoyance.

Tout en me demandant des nouvelles de ma santé d'un ton hypocritement mielleux, il fixait sur moi ses deux jaunes prunelles de lion et plongeait comme une sonde ses regards dans mon âme. Puis il me fit quelques questions sur la manière dont je dirigeais ma cure, si je m'y plaisais, à quoi je passais le temps que mon ministère me laissait libre, si j'avais fait quelques connaissances parmi les habitants du lieu, quelles étaient mes lectures favorites, et mille autres détails semblables. Je répondais à tout cela le plus brièvement possible, et lui-même sans attendre que j'eusse achevé, passait à autre chose. Cette conversation n'avait évidemment aucun rapport avec ce qu'il voulait dire. Puis, sans préparation aucune, et comme une nouvelle dont il se souvenait à l'instant et qu'il eût craint d'oublier ensuite, il me dit d'une voix claire et vibrante qui résonna à mon oreille comme les trompettes du jugement dernier:

«La grande courtisane Clarimonde est morte dernièrement, à la suite d'une

---

[25] Elle lui avait fait savoir.

orgie qui a duré huit jours et huit nuits. Ç'a été quelque chose d'infernalement splendide. On a renouvelé là les abominations des festins de Balthazar et de Cléopâtre. Dans quel siècle vivons-nous, bon Dieu! Les convives étaient servis par des esclaves basanés parlant un langage inconnu, et qui m'ont tout l'air de vrais démons; la livrée du moindre d'entre eux eût pu servir d'habit de gala à un empereur. Il a couru de tout temps sur cette Clarimonde de bien étranges histoires, et tous ses amants ont fini d'une manière misérable ou violente. On a dit que c'était une goule, un vampire femelle[26]; mais je crois que c'était Belzébuth en personne.»

Il se tut et m'observa plus attentivement que jamais, pour voir l'effet que ses paroles avaient produit sur moi. Je n'avais pu me défendre d'un mouvement en entendant nommer Clarimonde, et cette nouvelle de sa mort, outre la douleur qu'elle me causait par son étrange coïncidence avec la scène nocturne dont j'avais été témoin, me jeta dans un trouble et un effroi qui parurent sur ma figure, quoi que je fisse pour m'en rendre maître. Sérapion me jeta un coup d'œil inquiet et sévère; puis il me dit: «Mon fils, je dois vous en avertir, vous avez le pied levé sur un abîme, prenez garde d'y tomber[27]. Satan a la griffe longue, et les tombeaux ne sont pas toujours fidèles. La pierre de Clarimonde devrait être scellée d'un triple sceau; car ce n'est pas, à ce qu'on dit, la première fois qu'elle est morte. Que Dieu veille sur vous, Romuald!»

Après avoir dit ces mots, Sérapion regagna la porte à pas lents, et je ne le revis plus; car il partit pour S*** presque aussitôt.

J'étais entièrement rétabli et j'avais repris mes fonctions habituelles. Le souvenir de Clarimonde et les paroles du vieil abbé étaient toujours présents à mon esprit; cependant aucun événement extraordinaire n'était venu confirmer les prévisions funèbres de Sérapion, et je commençais à croire que ses craintes et mes terreurs étaient trop exagérées; mais une nuit je fis un rêve. J'avais à peine bu les premières gorgées du sommeil, que j'entendis ouvrir les rideaux de mon lit et glisser les anneaux sur les tringles avec un bruit éclatant; je me soulevai brusquement sur le coude, et je vis une ombre de femme qui se tenait debout devant moi. Je reconnus sur-le-champ Clarimonde. Elle portait à la main une petite lampe de la forme de celles qu'on met dans les tombeaux, dont la lueur donnait à ses doigts effilés une transparence rose qui se prolongeait par une dégradation insensible jusque dans la blancheur opaque et laiteuse de son bras nu. Elle avait pour tout vêtement le suaire de lin qui la recouvrait sur son lit de parade, dont elle retenait les plis sur sa poitrine, comme honteuse d'être si peu vêtue, mais sa petite main n'y suffisait pas, elle était si blanche, que la couleur de la draperie se confondait avec celle des chairs sous le pâle rayon de la lampe. Enveloppée de ce fin tissu qui trahissait tous les contours de son corps, elle ressemblait à une statue de marbre de baigneuse antique plutôt qu'à une femme douée de vie. Morte ou vivante, statue ou femme, ombre ou corps, sa beauté était toujours la même; seulement l'éclat vert de ses prunelles était un

---

[26] Une goule est un démon femelle qui selon une superstition mange les cadavres. Un vampire femelle est pour les uns un démon qui sort de la tombe pour boire le sang des vivants et pour d'autres un synonyme de goule.
[27] Faites attention de ne pas y tomber.

peu amorti, et sa bouche, si vermeille autrefois, n'était plus teintée que d'un rose faible et tendre presque semblable à celui de ses joues. Les petites fleurs bleues que j'avais remarquées dans ses cheveux étaient tout à fait sèches et avaient presque perdu toutes leurs feuilles; ce qui ne l'empêchait pas d'être charmante, si charmante que, malgré la singularité de l'aventure et la façon inexplicable dont elle était entrée dans la chambre, je n'eus pas un instant de frayeur.

Elle posa la lampe sur la table et s'assit sur le pied de mon lit, puis elle me dit en se penchant vers moi avec cette voix argentine et veloutée à la fois que je n'ai connue qu'à elle:

«Je me suis bien fait attendre, mon cher Romuald, et tu as dû croire que je t'avais oublié. Mais je viens de bien loin, et d'un endroit d'où personne n'est encore revenue; il n'y a ni lune ni soleil au pays d'où j'arrive; ce n'est que de l'espace et de l'ombre; ni chemin, ni sentier; point de terre pour le pied, point d'air pour l'aile; et pourtant me voici, car l'amour est plus fort que la mort, et il finira par la vaincre. Ah! que de faces mornes et de choses terribles j'ai vues dans mon voyage! Que de peine mon âme, rentrée dans ce monde par la puissance de la volonté, a eue pour retrouver son corps et s'y réinstaller! Que d'efforts il m'a fallu faire avant de lever la dalle dont on m'avait couverte! Tiens! le dedans de mes pauvres mains en est tout meurtri. Baise-les pour les guérir, cher amour!» Elle m'appliqua l'une après l'autre les paumes froides de ses mains sur la bouche je les baisai en effet plusieurs fois, et elle me regardait faire avec un sourire d'ineffable complaisance.

Je l'avoue à ma honte, j'avais totalement oublié les avis de l'abbé Sérapion et le caractère dont j'étais revêtu. J'étais tombé sans résistance et au premier assaut. Je n'avais pas même essayé de repousser le tentateur; la fraîcheur de la peau de Clarimonde pénétrait la mienne, et je me sentais courir sur le corps de voluptueux frissons. La pauvre enfant! malgré tout ce que j'en ai vu, j'ai peine à croire encore que ce fût un démon; du moins elle n'en avait pas l'air, et jamais Satan n'a mieux caché ses griffes et ses cornes. Elle avait reployé ses talons sous elle et se tenait accroupie sur le bord de la couchette dans une position pleine de coquetterie nonchalante. De temps en temps elle passait sa petite main à travers mes cheveux et les roulait en boucles comme pour essayer à mon visage de nouvelles coiffures. Je me laissais faire avec la plus coupable complaisance, et elle accompagnait tout cela du plus charmant babil. Une chose remarquable, c'est que je n'éprouvais aucun étonnement d'une aventure aussi extraordinaire, et, avec cette facilité que l'on a dans la vision d'admettre comme fort simples les événements les plus bizarres, je ne voyais rien là que de parfaitement naturel.

«Je t'aimais bien longtemps avant de t'avoir vu, mon cher Romuald, et je te cherchais partout. Tu étais mon rêve, et je t'ai aperçu dans l'église au fatal moment; j'ai dit tout de suite "C'est lui!" Je te jetai un regard où je mis tout l'amour que j'avais eu, que j'avais et que je devais avoir pour toi; un regard à damner un cardinal, à faire agenouiller un roi à mes pieds devant toute sa cour. Tu restas impassible et tu me préféras ton Dieu.

«Ah! que je suis jalouse de Dieu, que tu as aimé et que tu aimes encore plus que moi!

«Malheureuse, malheureuse que je suis! je n'aurai jamais ton cœur à moi toute seule, moi que tu as ressuscitée d'un baiser, Clarimonde la morte, qui force à cause de toi les portes du tombeau et qui vient te consacrer une vie qu'elle n'a reprise que pour te rendre heureux!»

Toutes ces paroles étaient entrecoupées de caresses délirantes qui étourdirent mes sens et ma raison au point que je ne craignis point pour la consoler de proférer un effroyable blasphème, et de lui dire que je l'aimais autant que Dieu[28].

Ses prunelles se ravivèrent et brillèrent comme des chrysoprases[29]. «Vrai! bien vrai! autant que Dieu! dit-elle en m'enlaçant dans ses beaux bras. Puisque c'est ainsi, tu viendras avec moi, tu me suivras où je voudrai. Tu laisseras tes vilains habits noirs. Tu seras le plus fier et le plus envié des cavaliers, tu seras mon amant. Être l'amant avoué de Clarimonde, qui a refusé un pape, c'est beau, cela! Ah! la bonne vie bien heureuse, la belle existence dorée que nous mènerons! Quand partons-nous, mon gentilhomme?

—Demain! demain! m'écriai-je dans mon délire.

—Demain, soit! reprit-elle. J'aurai le temps de changer de toilette, car celle-ci est un peu succincte et ne vaut rien pour le voyage. Il faut aussi que j'aille avertir mes gens qui me croient sérieusement morte et qui se désolent tant qu'ils peuvent. L'argent, les habits, les voitures, tout sera prêt; je te viendrai prendre à cette heure-ci. Adieu, cher cœur.» Et elle effleura mon front du bout de ses lèvres. La lampe s'éteignit, les rideaux se refermèrent, et je ne vis plus rien; un sommeil de plomb, un sommeil sans rêve s'appesantit sur moi et me tint engourdi jusqu'au lendemain matin. Je me réveillai plus tard que de coutume, et le souvenir de cette singulière vision m'agita toute la journée; je finis par me persuader que c'était une pure vapeur de mon imagination échauffée. Cependant les sensations avaient été si vives, qu'il était difficile de croire qu'elles n'étaient pas réelles, et ce ne fut pas sans quelque appréhension de ce qui allait arriver que je me mis au lit, après avoir prié Dieu d'éloigner de moi les mauvaises pensées et de protéger la chasteté de mon sommeil.

Je m'endormis bientôt profondément, et mon rêve se continua. Les rideaux s'écartèrent, et je vis Clarimonde, non pas, comme la première fois, pâle dans son pâle suaire et les violettes de la mort sur les joues, mais gaie, leste et pimpante, avec un superbe habit de voyage en velours vert orné de ganses d'or et retroussé sur le côté pour laisser voir une jupe de satin. Ses cheveux blonds s'échappaient en grosses boucles de dessous un large chapeau de feutre noir chargé de plumes blanches capricieusement contournées; elle tenait à la main une petite cravache terminée par un sifflet d'or. Elle m'en toucha légèrement et me dit: «Eh bien! beau dormeur, est-ce ainsi que vous faites vos préparatifs? Je comptais vous trouver debout. Levez-vous bien vite, nous n'avons pas de temps à perdre.» Je sautai à bas du lit.

[28]Plusieurs érudits soulignent l'influence du *Diable amoureux* de Cazotte. En effet, on a ici une allusion d'opposition, puisqu'Alvare refuse de vouer un tel amour au diable—cf., Michel Crouzet, éd., *Théophile Gautier, L'Œuvre fantastique*, 2 vols. (Paris: Garnier, 1992) 1.264n51.

[29]Minéral d'un vert pomme très utilisé en joaillerie dans l'Antiquité.

«Allons, habillez-vous et partons, dit-elle en me montrant du doigt un petit paquet qu'elle avait apporté; les chevaux s'ennuient et rongent leur frein à la porte. Nous devrions déjà être à dix lieues d'ici.»

Je m'habillai en hâte, et elle me tendait elle-même les pièces du vêtement, en riant aux éclats de ma gaucherie, et en m'indiquant leur usage quand je me trompais. Elle donna du tour à mes cheveux, et, quand ce fut fait, elle me tendit un petit miroir de poche en cristal de Venise, bordé d'un filigrane d'argent, et me dit: «Comment te trouves-tu? veux-tu me prendre à ton service comme valet de chambre?»

Je n'étais plus le même, et je ne me reconnus pas. Je ne me ressemblais pas plus qu'une statue achevée ne ressemble à un bloc de pierre. Mon ancienne figure avait l'air de n'être que l'ébauche grossière de celle que réfléchissait le miroir. J'étais beau, et ma vanité fut sensiblement chatouillée de cette métamorphose. Ces élégants habits, cette riche veste brodée, faisaient de moi un tout autre personnage, et j'admirais la puissance de quelques aunes d'étoffe taillées d'une certaine manière. L'esprit de mon costume me pénétrait la peau, et au bout de dix minutes j'étais passablement fat[30].

Je fis quelques tours par la chambre pour me donner de l'aisance. Clarimonde me regardait d'un air de complaisance maternelle et paraissait très contente de son œuvre. «Voilà bien assez d'enfantillage, en route, mon cher Romuald! nous allons loin et nous n'arriverons pas.» Elle me prit la main et m'entraîna. Toutes les portes s'ouvraient devant elle aussitôt qu'elle les touchait, et nous passâmes devant le chien sans l'éveiller.

A la porte, nous trouvâmes Margheritone; c'était l'écuyer qui m'avait déjà conduit; il tenait en bride trois chevaux noirs comme les premiers, un pour moi, un pour lui, un pour Clarimonde. Il fallait que ces chevaux fussent des genets d'Espagne, nés de juments fécondées par le zéphyr[31]; car ils allaient aussi vite que le vent, et la lune, qui s'était levée à notre départ pour nous éclairer, roulait dans le ciel comme une roue détachée de son char; nous la voyions à notre droite sauter d'arbre en arbre et s'essouffler pour courir après nous. Nous arrivâmes bientôt dans une plaine où, auprès d'un bouquet d'arbres, nous attendait une voiture attelée de quatre vigoureuses bêtes; nous y montâmes, et les postillons leur firent prendre un galop insensé. J'avais un bras passé derrière la taille de Clarimonde et une de ses mains ployée dans la mienne; elle appuyait sa tête à mon épaule, et je sentais sa gorge demi-nue frôler mon bras. Jamais je n'avais éprouvé un bonheur aussi vif. J'avais oublié tout en ce moment-là, et je ne me souvenais pas plus d'avoir été prêtre que de ce que j'avais fait dans le sein[32] de ma mère, tant était grande la fascination que l'esprit malin exerçait sur moi. À dater de cette nuit, ma nature s'est en quelque sorte dédoublée, et il y eut en moi deux hommes dont l'un ne connaissait pas l'autre. Tantôt je me croyais un prêtre qui rêvait chaque soir qu'il était gentilhomme, tantôt un gentilhomme qui rêvait qu'il était prêtre. Je ne

---

[30]Vaniteux, satisfait de soi-même.
[31]Vent doux de l'ouest, qui, selon Virgile, avait la puissance de féconder les juments— *Géorgiques* livre III, vv. 272-75.
[32]Partie interne de la femme où elle porte l'enfant qu'elle a conçu.

pouvais plus distinguer le songe de la veille, et je ne savais pas où commençait la réalité et où finissait l'illusion. Le jeune seigneur fat et libertin se raillait du prêtre, le prêtre détestait les dissolutions du jeune seigneur. Deux spirales enchevêtrées l'une dans l'autre et confondues sans se toucher jamais représentent très bien cette vie bicéphale qui fut la mienne. Malgré l'étrangeté de cette position, je ne crois pas avoir un seul instant touché à la folie. J'ai toujours conservé très nettes les perceptions de mes deux existences. Seulement, il y avait un fait absurde que je ne pouvais m'expliquer: c'est que le sentiment du même moi existât dans deux hommes si différents. C'était une anomalie dont je ne me rendais pas compte, soit que je crusse être le curé du petit village de ***, ou il signor Romualdo, amant en titre de la Clarimonde.

Toujours est-il que j'étais ou du moins que je croyais être à Venise; je n'ai pu encore bien démêler ce qu'il y avait d'illusion et de réalité dans cette bizarre aventure. Nous habitions un grand palais de marbre sur le Canaleio, plein de fresques et de statues, avec deux Titiens du meilleur temps dans la chambre à coucher de la Clarimonde, un palais digne d'un roi. Nous avions chacun notre gondole et nos barcarolles[33] à notre livrée, notre chambre de musique et notre poète. Clarimonde entendait la vie d'une grande manière, et elle avait un peu de Cléopâtre dans sa nature. Quant à moi, je menais un train de fils de prince, et je faisais une poussière comme si j'eusse été de la famille de l'un des douze apôtres ou des quatre évangélistes de la sérénissime république; je ne me serais pas détourné de mon chemin pour laisser passer le doge, et je ne crois pas que, depuis Satan qui tomba du ciel, personne ait été plus orgueilleux et plus insolent que moi. J'allais au Ridott[34], et je jouais un jeu d'enfer. Je voyais la meilleure société du monde, des fils de famille ruinés, des femmes de théâtre, des escrocs, des parasites et des spadassins. Cependant, malgré la dissipation de cette vie, je restai fidèle à la Clarimonde. Je l'aimais éperdument. Elle eût réveillé la satiété même et fixé l'inconstance. Avoir Clarimonde, c'était avoir vingt maîtresses, c'était avoir toutes les femmes, tant elle était mobile, changeante et dissemblable d'elle-même; un vrai caméléon! Elle vous faisait commettre avec elle l'infidélité que vous eussiez commise avec d'autres, en prenant complètement le caractère, l'allure et le genre de beauté de la femme qui paraissait vous plaire. Elle me rendait mon amour au centuple, et c'est en vain que les jeunes patriciens et même les vieux du conseil des Dix[35] lui firent les plus magnifiques propositions. Un Foscari[36] alla même jusqu'à lui proposer de l'épouser; elle refusa tout. Elle avait assez d'or; elle ne voulait plus que de l'amour, un amour jeune, pur, éveillé par elle, et qui devait être le premier et le dernier. J'aurais été parfaitement heureux sans un maudit cauchemar qui revenait toutes les nuits, et où je me croyais un curé de village se macérant[37] et faisant pénitence de mes

---

[33] Ici, gondoliers ou bateliers vénitiens.
[34] Salle de jeu frequentée par des nobles vénitiens et des étrangers au XVIIIe siècle.
[35] La commission des Dix tient le pouvoir exécutif de la République de Venise.
[36] Ancienne famille noble à Venise.
[37] S'imposant des mortifications par un esprit de pénitence.

excès du jour. Rassuré par l'habitude d'être avec elle, je ne songeais presque plus à la façon étrange dont j'avais fait connaissance avec Clarimonde. Cependant, ce qu'en avait dit l'abbé Sérapion me revenait quelquefois en mémoire et ne laissait pas que de me donner de l'inquiétude.

Depuis quelque temps la santé de Clarimonde n'était pas aussi bonne; son teint s'amortissait de jour en jour. Les médecins qu'on fit venir n'entendaient rien à sa maladie, et ils ne savaient qu'y faire. Ils prescrivirent quelques remèdes insignifiants et ne revinrent plus. Cependant elle pâlissait à vue d'œil et devenait de plus en plus froide. Elle était presque aussi blanche et aussi morte que la fameuse nuit dans le château inconnu. Je me désolais de la voir ainsi lentement dépérir. Elle, touchée de ma douleur, me souriait doucement et tristement avec le sourire fatal des gens qui savent qu'ils vont mourir.

Un matin, j'étais assis auprès de son lit, et je déjeunais sur une petite table pour ne la pas quitter d'une minute. En coupant un fruit, je me fis par hasard au doigt une entaille assez profonde. Le sang partit aussitôt en filets pourpres, et quelques gouttes rejaillirent sur Clarimonde. Ses yeux s'éclairèrent, sa physionomie prit une expression de joie féroce et sauvage que je ne lui avais jamais vue. Elle sauta à bas du lit avec une agilité animale, une agilité de singe ou de chat, et se précipita sur ma blessure qu'elle se mit à sucer avec un air d'indicible volupté. Elle avalait le sang par petites gorgées, lentement et précieusement, comme un gourmet qui savoure un vin de Xérès ou de Syracuse; elle clignait les yeux à demi, et la pupille de ses prunelles vertes était devenue oblongue au lieu de ronde. De temps à autre elle s'interrompait pour me baiser la main, puis elle recommençait à presser de ses lèvres les lèvres de la plaie pour en faire sortir encore quelques gouttes rouges. Quand elle vit que le sang ne venait plus, elle se releva l'œil humide et brillant, plus rose qu'une aurore de mai, la figure pleine, la main tiède et moite, enfin plus belle que jamais et dans un état parfait de santé.

«Je ne mourrai pas! je ne mourrai pas! dit-elle à moitié folle de joie et en se pendant à mon cou; je pourrai t'aimer encore longtemps. Ma vie est dans la tienne, et tout ce qui est moi vient de toi. Quelques gouttes de ton riche et noble sang, plus précieux et plus efficace que tous les élixirs du monde, m'ont rendu l'existence.»

Cette scène me préoccupa longtemps et m'inspira d'étranges doutes à l'endroit de Clarimonde, et le soir même, lorsque le sommeil m'eut ramené à mon presbytère, je vis l'abbé Sérapion plus grave et plus soucieux que jamais. Il me regarda attentivement et me dit: «Non content de perdre votre âme, vous voulez aussi perdre votre corps. Infortuné jeune homme, dans quel piège êtes-vous tombé!» Le ton dont il me dit ce peu de mots me frappa vivement; mais, malgré sa vivacité, cette impression fut bientôt dissipée, et mille autres soins l'effacèrent de mon esprit. Cependant, un soir, je vis dans ma glace, dont elle n'avait pas calculé la perfide position, Clarimonde qui versait une poudre dans la coupe de vin épicé qu'elle avait coutume de préparer après le repas. Je pris la coupe, je feignis d'y porter mes lèvres, et je la posai sur quelque meuble comme pour l'achever plus tard à mon loisir, et, profitant d'un instant où la belle avait le dos tourné, j'en jetai le contenu sous la table; après quoi je me retirai dans ma chambre et je me couchai, bien déterminé à ne pas dormir et à voir ce que tout cela deviendrait. Je n'attendis pas longtemps; Clarimonde entra en robe de nuit, et, s'étant débarrassée de ses voiles, s'allongea dans le lit auprès de moi. Quand elle se fut bien assurée que je dormais, elle découvrit mon bras et tira une épingle d'or de sa tête; puis elle se mit à murmurer à voix basse:

«Une goutte, rien qu'une petite goutte rouge, un rubis au bout de mon aiguille!... Puisque tu m'aimes encore, il ne faut pas que je meure... Ah! pauvre amour! Ton beau sang d'une couleur pourpre si éclatante, je vais le boire. Dors, mon seul bien; dors, mon dieu, mon enfant; je ne te ferai pas de mal, je ne prendrai de ta vie que ce qu'il faudra pour ne pas laisser éteindre la mienne. Si je ne t'aimais pas tant, je pourrais me résoudre à avoir d'autres amants dont je tarirais les veines; mais depuis que je te connais, j'ai tout le monde en horreur... Ah! le beau bras! comme il est rond! comme il est blanc! Je n'oserai jamais piquer cette jolie veine bleue.» Et, tout en disant cela, elle pleurait, et je sentais pleuvoir ses larmes sur mon bras qu'elle tenait entre ses mains. Enfin elle se décida, me fit une petite piqûre avec son aiguille et se mit à pomper le sang qui en coulait. Quoiqu'elle en eût bu à peine quelques gouttes, la crainte de m'épuiser la prenant, elle m'entoura avec soin le bras d'une petite bandelette après avoir frotté la plaie d'un onguent qui la cicatrisa sur-le-champ.

Je ne pouvais plus avoir de doutes, l'abbé Sérapion avait raison. Cependant, malgré cette certitude, je ne pouvais m'empêcher d'aimer Clarimonde, et je lui aurais volontiers donné tout le sang dont elle avait besoin pour soutenir son existence factice. D'ailleurs, je n'avais pas grand'peur; la femme me répondait du vampire, et ce que j'avais entendu et vu me rassurait complètement; j'avais alors des veines plantureuses qui ne se seraient pas de sitôt épuisées, et je ne marchandais pas ma vie goutte à goutte. Je me serais ouvert le bras moi-même et je lui aurais dit: «Bois! et que mon amour s'infiltre dans ton corps avec mon sang!» J'évitais de faire la moindre allusion au narcotique qu'elle m'avait versé et à la scène de l'aiguille, et nous vivions dans le plus parfait accord. Pourtant mes scrupules de prêtre me tourmentaient plus que jamais, et je ne savais quelle macération nouvelle inventer pour mater et mortifier ma chair. Quoique toutes ces visions fussent involontaires et que je n'y participasse en rien, je n'osais pas toucher le Christ avec des mains aussi impures et un esprit souillé par de pareilles débauches réelles ou rêvées. Pour éviter de tomber dans ces fatigantes hallucinations, j'essayais de m'empêcher de dormir, je tenais mes paupières ouvertes avec les doigts et je restais debout au long des murs, luttant contre le sommeil de toutes mes forces; mais le sable de l'assoupissement me roulait bientôt dans les yeux, et, voyant que toute lutte était inutile, je laissais tomber les bras de découragement et de lassitude, et le courant me rentraînait vers les rives perfides. Sérapion me faisait les plus véhémentes exhortations, et me reprochait durement ma mollesse et mon peu de ferveur. Un jour que j'avais été plus agité qu'à l'ordinaire, il me dit: «Pour vous débarrasser de cette obsession, il n'y a qu'un moyen, et, quoiqu'il soit extrême, il le faut employer: aux grands maux les grands remèdes. Je sais où Clarimonde a été enterrée; il faut que nous la déterrions et que vous voyiez dans quel état pitoyable est l'objet de votre amour; vous ne serez plus tenté de perdre votre âme pour un cadavre immonde dévoré des vers et près de tomber en poudre; cela vous fera assurément rentrer en vous-même.» Pour moi, j'étais si fatigué de cette double vie, que j'acceptai: voulant savoir, une fois pour toutes, qui du prêtre ou du gentilhomme était dupe d'une illusion, j'étais décidé à tuer au profit de l'un ou de l'autre un des deux hommes qui étaient en moi ou à les tuer tous deux, car une pareille vie ne pouvait durer. L'abbé Sérapion se munit d'une pioche, d'un levier et d'une lanterne, et à minuit nous nous dirigeâmes vers le cimetière de ***, dont il connaissait parfaitement le gisement et la disposition. Après avoir porté la lumière de la lanterne sourde sur les inscriptions de plusieurs tombeaux, nous arrivâmes enfin à une pierre à moitié cachée par les grandes herbes et dévorée de mousses et de plantes parasites, où nous déchiffrâmes ce commencement d'inscription:

> Ici gît Clarimonde
> Qui fut de son vivant
> La plus belle du monde.
> ....

«C'est bien ici, dit Sérapion, et, posant à terre sa lanterne, il glissa la pince dans l'interstice de la pierre et commença à la soulever. La pierre céda, et il se mit à l'ouvrage avec la pioche. Moi, je le regardais faire, plus noir et plus silencieux que la nuit elle-même; quant à lui, courbé sur son œuvre funèbre, il ruisselait de sueur, il haletait, et son souffle pressé avait l'air d'un râle d'agonisant. C'était un spectacle étrange, et qui nous eût vus du dehors nous eût plutôt pris pour des profanateurs et des voleurs de linceuls, que pour des prêtres de Dieu. Le zèle de Sérapion avait quelque chose de dur et de sauvage qui le faisait ressembler à un démon plutôt qu'à un apôtre ou à un ange, et sa figure aux grands traits austères et profondément découpés par le reflet de la lanterne n'avait rien de très rassurant. Je me sentais perler sur les membres une sueur glaciale, et mes cheveux se redressaient douloureusement sur ma tête; je regardais au fond de moi-même l'action du sévère Sérapion comme un abominable sacrilège, et j'aurais voulu que du flanc des sombres nuages qui roulaient pesamment au-dessus de nous sortît un triangle de feu qui le réduisît en poudre. Les hiboux perchés sur les cyprès, inquiétés par l'éclat de la lanterne, en venaient fouetter lourdement la vitre avec leurs ailes poussiéreuses, en jetant des gémissements plaintifs; les renards glapissaient dans le lointain, et mille bruits sinistres se dégageaient du silence. Enfin la pioche de Sérapion heurta le cercueil dont les planches retentirent avec un bruit sourd et sonore, avec ce terrible bruit que rend le néant quand on y touche; il en renversa le couvercle, et j'aperçus Clarimonde pâle comme un marbre, les mains jointes; son blanc suaire ne faisait qu'un seul pli de sa tête à ses pieds. Une petite goutte rouge brillait comme une rose au coin de sa bouche décolorée. Sérapion, à cette vue, entra en fureur: «Ah! te voilà, démon, courtisane impudique, buveuse de sang et d'or!» et il aspergea d'eau bénite le corps et le cercueil sur lequel il traça la forme d'une croix avec son goupillon. La pauvre Clarimonde n'eut pas été plus tôt touchée par la sainte rosée que son beau corps tomba en poussière; ce ne fut plus qu'un mélange affreusement informe de cendres et d'os à demi calcinés. «Voilà votre maîtresse, seigneur Romuald, dit l'inexorable prêtre en me montrant ces tristes dépouilles, serez-vous encore tenté d'aller vous promener au Lido et à Fusine[38] avec votre beauté?» Je baissai la tête; une grande ruine venait de se faire au dedans de moi. Je retournai à mon presbytère, et le seigneur Romuald, amant de Clarimonde, se sépara du pauvre prêtre, à qui il avait tenu pendant si longtemps une si étrange compagnie. Seulement, la nuit suivante, je vis Clarimonde; elle me dit, comme la première fois sous le portail de l'église: «Malheureux! malheureux! qu'as-tu fait? Pourquoi as-tu écouté ce prêtre imbécile? n'étais-tu pas heureux? et que t'avais-je fait, pour violer ma pauvre tombe et mettre à nu les misères de mon néant? Toute communication entre nos âmes et nos corps est rompue désormais. Adieu, tu me regretteras.» Elle se dissipa dans l'air comme une fumée, et je ne la revis plus.

Hélas! elle a dit vrai: je l'ai regrettée plus d'une fois et je la regrette encore. La paix de mon âme a été bien chèrement achetée; l'amour de Dieu n'était pas de trop pour remplacer le sien. Voilà, frère, l'histoire de ma jeunesse. Ne regardez jamais une femme, et marchez toujours les yeux fixés en terre, car, si chaste et si calme que vous soyez, il suffit d'une minute pour vous faire perdre l'éternité.

---

[38] Le Lido est une station balnéaire près de Venise. La Fusine est une région lacustre au nord de l'Italie.

Honoré de Balzac
1799-1850

On peut déplorer que Balzac ait été une personne extravagante. Il était aussi un petit homme trop rond, aux dents gâtées mais aux yeux pétillants d'intelligence. La critique s'est plu à s'étendre sur son ridicule et sa laideur. A de rares exceptions près, il a appauvri chacune des femmes qui se sont mises sur sa route. Affublé d'une canne ornée au luxe vulgaire, il buvait trop de café afin de pouvoir travailler, n'avait pas droit à sa particule et, comble de l'horreur, peut-être écrivait-il surtout pour étancher sa soif d'argent apparemment illimitée. Maints érudits se sont ralliés au jugement de Sainte-Beuve et ne lui ont accordé qu'une considération mince et réticente. Beaucoup se sont épuisés à rechercher les sources et modèles de ses personnages et des détails de son œuvre gigantesque. Goriot n'était-il pas pâtissier dans la rue Saint-Jacques? Étant son voisin, Balzac aurait forcément vu son enseigne, à tout le moins. En dépit de la minutie de l'inspection, de telles études ont eu pour résultat d'attester que la grandeur du romancier ne s'explique pas par sa biographie. Nonobstant, le grand public a heureusement continué à lire *La Comédie humaine* et quelques critiques courageux osent dire qu'il a eu raison de le faire.

Même ceux qui ne parlent de Balzac qu'avec réserve, reconnaissent la puissance de son imagination prodigieuse. En moins de trente ans il a créé plus de deux mille personnages, tous dotés d'un caractère, d'une histoire et d'un milieu social. Ces créatures représentent à peu près toutes les classes, métiers et professions. La création de Balzac est une œuvre colossale: l'auteur nous laisse une centaine de romans, quantité de nouvelles, six pièces de théâtre, de nombreux articles et une multitude de lettres. Ses romans, nouvelles et pièces de théâtre relèvent-ils de la fiction? Selon ses propres dires, il a écrit la véritable histoire de la Monarchie de Juillet. Sans nul doute, la vision qui nous reste aujourd'hui de cette époque est fortement—mais peut-être inconsciemment—colorée par les créations de Balzac.

Dès la toute première parution de ses romans et nouvelles, la critique a fustigé le style de Balzac, entaché selon elle de boursouflures et de vulgarité. Émile Faguet, écrivain qui est passé de mode, a même été jusqu'à consacrer un chapitre entier de son livre aux fautes de goût, de style, de syntaxe et de langue dont Balzac, selon le critique, se rendait coupable[1]. Pour un critique contemporain, Balzac, dans sa recherche de raffinement, ressemble à un éléphant qui danse sur la pointe des

---

[1] Faguet, «Son Style», *Balzac* (Paris: Hachette, 1913) 152-70.

pattes[2]. Un autre s'appuie sur Gustave Lanson pour insister sur ses défauts qui «sont énormes et sautent aux yeux», avant de conclure: «Au sens strict du mot, le style manque»[3]. Pierre Larthomas riposte sans façon: «[S]i nous trouvons qu'il écrit mal, c'est que les critères que nous utilisons pour juger son style sont inadéquats»[4]. Si Balzac écrit si mal, ne devrions-nous pas nous demander pourquoi il figure tout de même sur n'importe quelle liste des plus grands écrivains français?

Balzac lui-même, qui a souvent prétendu que son œuvre offrait la vérité et rien que la vérité, est peut-être à l'origine de cette confusion. En effet, quiconque a le désir de lire son époque ne sera pas déçu avec *La Comédie humaine*. Bien que la plupart des personnages et une grande partie des intrigues soient fictifs, ils correspondent à ce qu'on sait du réel. Le milieu socioculturel, le climat économique et politique, ainsi que les mentalités sont, sinon vrais, éminemment vraisemblables. Néanmoins, il faut avouer qu'on ne lit pas Balzac pour étudier l'histoire, on le lit pour jouir de l'expérience puissante d'un monde relié au sien et au nôtre, qui par moments lui fait même concurrence. En le lisant on apprend à rester ouvert aux forces occultes qui mènent les individus et forment la société fictive et réelle. Très conscient du pouvoir de son imagination, Balzac a su tenir la bride à celle-ci grâce à la réalité de la Monarchie de Juillet et par l'effet de sa propre volonté. Malgré leur vraisemblance, les personnages de Balzac ne sont pas des êtres en chair et en os: ils sont, comme il le disait, des «idées» ou «un système» qu'on doit associer à d'autres accessoires «d'après leur importance, les subordonner au soleil de son système, un intérêt ou un héros, et les conduire comme une constellation brillante dans un certaine ordre»[5].

La critique balzacienne admet de plus en plus que ce qui devrait retenir notre attention c'est le «système» du romancier. Un examen attentif de celui-ci montre que Balzac était un maître de la technique romanesque. Ses personnages quoique complexes sont bien campés et crédibles, situés les uns par rapport aux autres selon des rapports de parallèle ou de contrepoint dans un contexte réaliste, qui permet au lecteur de saisir ce qui est à la base de leur caractère et l'influence de ce qui les entoure. Comme Balzac avait coutume de le dire, «A chaque œuvre, sa forme»[6]. La forme romanesque semble presque toujours brillamment convenir à l'œuvre. Souvent le détail des ouvertures si goûtées par les balzaciens laissent lire, en filigrane, ce qui se produira à la fin. Balzac construit sans exception ses histoires

---

[2]Peter Brooks, *The Melodramatic Imagination: Balzac, Henry James, Melodrama, and the Mode of Excess* (New Haven: Yale UP, 1976) 144.
[3]André Mauprat, *Honoré de Balzac: Un Cas* (Lyon: La Manufacture, 1990) 279.
[4]Larthomas, «Sur une image de Balzac», *Année Balzacienne* 1973, 326; "Sur le style de Balzac", *Année Balzacienne* 1987, 311.
[5]Balzac, «Aventures administratives d'une idée heureuse», *Œuvres complètes*, vol. 16 (Paris: Club de l'Honnête Homme, 1956) 758. Voir, aussi, Félix Davin, «Introduction» aux *Études de mœurs au XIXe siècle*, de Balzac, *La Comédie humaine*, Bibliothèque de la Pléiade, 1.1143-72; «Lettres sur la littérature», *Œuvres complètes*, Club de l'Honnête Homme, 24.89, 253.
[6]Balzac, «Préface de la publication préoriginale et de l'édition originale du *Lys dans la vallée* 1835-1836», Balzac, *La Comédie humaine*, 12 vols., Bibliothèque de la Pléiade (Paris: Gallimard, 1976-81) 9.915.

sur plusieurs niveaux et développe une intrigue principale, sinon centrale, souvent enrichie et éclairée ensuite par une autre narration, un personnage historique (voire l'Histoire elle-même) ou un commentaire sur la société. De même, à l'échelle de la *Comédie humaine*, le romancier a conçu un schéma dans lequel il a inséré ses ouvrages, ce qu'il nomme des «fragments» de sa vision de la société, jusqu'à ce que le lecteur soit capable d'y voir une représentation de la société française dans sa totalité[7]. Malgré la définition qu'on donne d'habitude du genre romanesque (le roman serait une longue narration qui subordonne à l'intrigue tout autre élément), la plupart des romans balzaciens sont dominés par la description. Les intrigues ne sont là que pour donner à lire et mettre en avant l'aspect de la société que l'écrivain veut développer, pour illustrer une leçon sociale et, bien entendu, éveiller et maintenir l'intérêt du lecteur.

Dans les trois nouvelles de cette anthologie, Balzac met en œuvre une chronologie complexe. «Le Chef-d'œuvre inconnu» se déroule à l'orée du dix-septième siècle et reprend quelques personnages historiques. Au sein de discussions sur des théories de l'art faisant référence aux débats des artistes et critiques qui se déchaînent à son époque, Balzac insère l'histoire du grand amour entre Poussin et Gillette, et celle d'un peintre raté qui court à sa perte. La nouvelle ne laisse ainsi aucun doute quant au fait qu'un grand peintre ne peut réussir qu'en sacrifiant tout à son art, ce qui nous fait deviner la fin tragique de la relation amoureuse entre Poussin et sa maîtresse. Le Poussin historique a largement réussi dans sa carrière de peintre, et Gillette ne fait pas partie de sa biographie: cela nous amène à supposer qu'il l'a sacrifiée à son ambition esthétique[8].

«Le Colonel Chabert» maintient l'intensité requise par le genre de la nouvelle, en dépit de sa longueur et d'une chronologie étendue. Balzac nous narre l'histoire d'un amnésique qu'on croyait mort mais qui revient d'outre-tombe. Ressuscité, il revient à Paris. La poursuite de ce qui lui est dû est doublée d'une histoire d'amour trahi. Peut-être est-ce surtout la façon dont le pauvre Chabert (le «feu colonel») a perdu tous ses droits (femme, titre, fortune, respect) qui confère à l'histoire son véritable sens. Disparu depuis des années, l'ancien enfant trouvé revient la tête fendue et se retrouve entre deux mondes. Napoléon, tout comme l'Empire, ne sont plus. Une bourgeoisie corrompue a émasculé le roi qui avait remplacé Napoléon, et Chabert se trouve dans un monde nouveau et terne dans lequel il est manifestement de trop. Le narrateur se demande si la loi de cette société garde une quelconque force. Bien que l'avocat Derville ait réussi à faire le pont entre l'ancien régime et le dix-neuvième siècle en faisant restituer leurs biens à plusieurs aristocrates, il est incapable d'aider le défunt. Son amour pour son ancienne femme fait plier Chabert: celui-ci accepte de disparaître encore une fois. Le lecteur observe cet ancien soldat et se demande s'il y a une différence entre mort civile et mort véritable.

Dans «L'Auberge rouge» le nouvelliste fait mieux apprécier encore sa capacité à manier plusieurs narrations. Le narrateur, qui aime Victorine Taillefer, fille d'un

---

[7]Allan H. Pasco, *Balzacian Montage: Configuring* La Comédie humaine (Toronto: U of Toronto P, 1991).
[8]Ibid. 113-18.

banquier très riche, est témoin d'une histoire de vol et de meurtre. Près de lui se trouve le père de Victorine, dont les souffrances ne font que s'accentuer au fur et à mesure qu'on raconte l'histoire du crime. Le narrateur interprète les symptômes comme la manifestation évidente de la culpabilité de M. Taillefer. Il conclut que le vol est à l'origine de la fortune du banquier, et donc de celle de la belle jeune fille. Serait-il lui-même coupable en se mariant avec Victorine, se demande-t-il? Incapable de sortir de ce dilemme moral, il expose l'affaire à des amis et les prie de le conseiller. Par malheur, personne ne semble capable d'émettre l'hypothèse que les symptômes du banquier pourraient tout simplement être causés par une migraine ou une autre maladie grave[9]. Même si les soupçons du narrateur étaient fondés, cela voudrait-il dire que ses «écus sont tachés»?

Balzac s'est comparé à Dante quand il a intitulé son œuvre magistrale *La Comédie humaine*, peut-être à raison. Avec Proust, Racine et Molière, il est certainement l'un des plus grands écrivains qu'ait enfantés la France.

Bibliographie Sommaire

Éditions annotées

Barbéris, Pierre, éd. «Le Colonel Chabert». *La Comédie humaine* de Balzac. 12 vols. Bibliothèque de la Pléiade. Paris: Gallimard, 1980. 3.311-73.

Guise, René, éd. «Le Chef-d'œuvre inconnu». 10.413-38.

Meininger, Anne Marie, éd. «L'Auberge rouge». 11.89-122.

Biographies

Maurois, André. *Prométhée ou la vie de Balzac*. Paris: Hachette, 1956.

Robb, Graham. *Balzac: A Biography*. Londres: Picador, 1994.

Quelques études

Brooks, Peter. *Reading for the Plot: Design and Intention in Narrative*. New York : Knopf, 1984. 216-37 (Sur «Chabert»).

Kelly, Dorothy. «Balzac's "L'Auberge rouge": On Reading an Ambiguous Text». *Symposium* 36 (1982): 30-44.

Mortimer, Armine Kotin. *For Love or for Money: Balzac's Rhetorical Realism*. Columbus: Ohio State UP, 2011.

Pasco, Allan H. *Balzacien Montage: Configuring* La Comédie humaine. Toronto: U of Toronto P, 1991. 113-18 (Sur «Le Chef-d'œuvre inconnu»).

Sprenger, Scott. «Republican Violence, Old Regime Victims: Balzac's "L'Auberge rouge" as Cultural Anthropology». *French Literature Series* 32 (2005): 119-35.

---

[9]Je remercie le dr. N. Dean Weaver pour ses précieuses explications médicales. À voir aussi, Moïse Le Yaouanc, *Nosographie de l'humanité balzacienne* (Paris: Maloine, 1959) 79, 436-40.

Honoré de Balzac

LE CHEF-D'ŒUVRE INCONNU
1831[1]

À UN LORD

....

....

....

....[2]

1845

1. GILLETTE

Vers la fin de l'année 1612, par une froide matinée de décembre, un jeune homme dont le vêtement était de très mince apparence se promenait devant la porte d'une maison située rue des Grands-Augustins, à Paris. Après avoir assez longtemps marché dans cette rue avec l'irrésolution d'un amant qui n'ose se présenter chez sa première maîtresse, quelque facile qu'elle soit, il finit par franchir le seuil de cette porte, et demanda si maître François Porbus[3] était en son logis. Sur la réponse affirmative que lui fit une vieille femme occupée à balayer une salle basse, le jeune homme monta lentement les degrés, et s'arrêta de marche en marche, comme quelque courtisan de fraîche date, inquiet de l'accueil que le Roi va lui faire. Quand il parvint en haut de la vis, il demeura pendant un moment sur le palier, incertain s'il prendrait le heurtoir grotesque qui ornait la porte de l'atelier où travaillait sans doute le peintre de Henri IV délaissé pour Rubens par Marie

---

[1]Le texte retenu suit les modifications de l'édition Furne corrigée et du *Provincial à Paris* de 1847. Voir l'explication de René Guise dans l'édition de la Pléiade: 10.1407-10.
[2]Balzac a ajouté la dédicace et l'étrange épigraphe dans l'édition Furne de 1846. On n'a su démêler ni l'identité du «Lord» ni la signification des ellipses.
[3]François (Franz) Porbus, ou Porbus le Jeune (1569-1622), que Poussin a pu connaître en 1612.

de Médicis[4]. Le jeune homme éprouvait cette sensation profonde qui a dû faire vibrer le cœur des grands artistes quand, au fort de la jeunesse et de leur amour pour l'art, ils ont abordé un homme de génie ou quelque chef-d'œuvre. Il existe dans tous les sentiments humains une fleur primitive, engendrée par un noble enthousiasme qui va toujours faiblissant jusqu'à ce que le bonheur ne soit plus qu'un souvenir et la gloire un mensonge. Parmi ces émotions fragiles, rien ne ressemble à l'amour comme la jeune passion d'un artiste commençant le délicieux supplice de sa destinée de gloire et de malheur, passion pleine d'audace et de timidité, de croyances vagues et de découragements certains. À celui qui, léger d'argent, qui, adolescent de génie, n'a pas vivement palpité en se présentant devant un maître, il manquera toujours une corde dans le cœur, je ne sais quelle touche de pinceau, un sentiment dans l'œuvre, une certaine expression de poésie. Si quelques fanfarons bouffis d'eux-mêmes croient trop tôt à l'avenir, ils ne sont gens d'esprit que pour les sots. À ce compte, le jeune inconnu paraissait avoir un vrai mérite, si le talent doit se mesurer sur cette timidité première, sur cette pudeur indéfinissable que les gens promis à la gloire savent perdre dans l'exercice de leur art, comme les jolies femmes perdent la leur dans le manège de la coquetterie. L'habitude du triomphe amoindrit le doute, et la pudeur est un doute peut-être.

Accablé de misère et surpris en ce moment de son outrecuidance, le pauvre néophyte ne serait pas entré chez le peintre auquel nous devons l'admirable portrait de Henri IV, sans un secours extraordinaire que lui envoya le hasard. Un vieillard vint à monter l'escalier. À la bizarrerie de son costume, à la magnificence de son rabat de dentelle, à la prépondérante sécurité de sa démarche, le jeune homme devina dans ce personnage ou le protecteur ou l'ami du peintre; il se recula sur le palier pour lui faire place, et l'examina curieusement, espérant trouver en lui la bonne nature d'un artiste ou le caractère serviable des gens qui aiment les arts; mais il y avait quelque chose de diabolique dans cette figure, et surtout ce *je ne sais quoi* qui affriande les artistes. Imaginez un front chauve bombé, proéminent, retombant en saillie sur un petit nez écrasé, retroussé du bout comme celui de Rabelais ou de Socrate; une bouche rieuse et ridée, un menton court, fièrement relevé, garni d'une barbe grise taillée en pointe, des yeux vert de mer ternis en apparence par l'âge, mais qui par le contraste du blanc nacré dans lequel flottait la prunelle devaient parfois jeter des regards magnétiques au fort de la colère ou de l'enthousiasme. Le visage était d'ailleurs singulièrement flétri par les fatigues de l'âge, et plus encore par ces pensées qui creusent également l'âme et le corps. Les yeux n'avaient plus de cils, et à peine voyait-on quelques traces de sourcils au-dessus de leurs arcades saillantes. Mettez cette tête sur un corps fluet et débile, entourez-la d'une dentelle étincelante de blancheur et travaillée comme une truelle à poisson, jetez sur le pourpoint noir du vieillard une lourde chaîne d'or, et vous aurez une image imparfaite de ce personnage auquel le jour faible de l'escalier prêtait encore une couleur fantastique. Vous eussiez dit une toile de Rembrandt

---

[4] Il est en effet exact que la reine Marie de Médicis a fait venir Rubens pour décorer une aile du palais du Luxembourg.

marchant silencieusement et sans cadre dans la noire atmosphère que s'est appropriée ce grand peintre. Il jeta sur le jeune homme un regard empreint de sagacité, frappa trois coups à la porte, et dit à un homme valétudinaire, âgé de quarante ans environ, qui vint ouvrir: «Bonjour, maître.»

Porbus s'inclina respectueusement, il laissa entrer le jeune homme en le croyant amené par le vieillard et s'inquiéta d'autant moins de lui que le néophyte demeura sous le charme que doivent éprouver les peintres-nés à l'aspect du premier atelier qu'ils voient et où se révèlent quelques-uns des procédés matériels de l'art. Un vitrage ouvert dans la voûte éclairait l'atelier de maître Porbus. Concentré sur une toile accrochée au chevalet, et qui n'était encore touchée que de trois ou quatre traits blancs, le jour n'atteignait pas jusqu'aux noires profondeurs des angles de cette vaste pièce; mais quelques reflets égarés allumaient dans cette ombre rousse une paillette argentée au ventre d'une cuirasse de reître suspendue à la muraille, rayaient d'un brusque sillon de lumière la corniche sculptée et cirée d'un antique dressoir chargé de vaisselles curieuses, ou piquaient de points éclatants la trame grenue de quelques vieux rideaux de brocart d'or, aux grands plis cassés, jetés là comme modèles. Des écorchés de plâtre, des fragments et des torses de déesses antiques, amoureusement polis par les baisers des siècles, jonchaient les tablettes et les consoles. D'innombrables ébauches, des études aux trois crayons, à la sanguine ou à la plume, couvraient les murs jusqu'au plafond. Des boîtes à couleurs, des bouteilles d'huile et d'essence, des escabeaux renversés ne laissaient qu'un étroit chemin pour arriver sous l'auréole que projetait la haute verrière dont les rayons tombaient à plein sur la pâle figure de Porbus et sur le crâne d'ivoire de l'homme singulier. L'attention du jeune homme fut bientôt exclusivement acquise à un tableau qui, par ce temps de trouble et de révolutions, était déjà devenu célèbre, et que visitaient quelques-uns de ces entêtés auxquels on doit la conservation du feu sacré pendant les jours mauvais. Cette belle page représentait une *Marie égyptienne* se disposant à payer le passage du bateau[5]. Ce chef-d'œuvre, destiné à Marie de Médicis, fut vendu par elle aux jours de sa misère.

«Ta sainte me plaît, dit le vieillard à Porbus, et je te la paierais dix écus d'or au delà du prix que donne la reine; mais aller sur ses brisées?... du diable!

—Vous la trouvez bien?

—Heu! heu! fit le vieillard, bien?... oui et non. Ta bonne femme n'est pas mal troussée, mais elle ne vit pas. Vous autres, vous croyez avoir tout fait lorsque vous avez dessiné correctement une figure et mis chaque chose à sa place d'après les lois de l'anatomie! Vous coloriez ce linéament avec un ton de chair fait d'avance sur votre palette en ayant soin de tenir un côté plus sombre que l'autre, et parce que vous regardez de temps en temps une femme nue qui se tient debout sur une table, vous croyez avoir copié la nature, vous vous imaginez être des peintres et avoir dérobé le secret de Dieu!... Prrr! Il ne suffit pas pour être un grand poète de

---

[5]Marie l'égyptienne, prostituée d'Alexandrie, ayant décidé de se rendre à Jérusalem, aurait payé son passage avec son corps. À la suite de sa conversion au seuil de l'église du Saint-Sépulcre, elle se retire dans le désert où elle serait morte quarante-sept ans plus tard en odeur de sainteté.

savoir à fond la syntaxe et de ne pas faire de fautes de langue! Regarde ta sainte, Porbus! Au premier aspect, elle semble admirable, mais au second coup d'œil on s'aperçoit qu'elle est collée au fond de la toile et qu'on ne pourrait pas faire le tour de son corps. C'est une silhouette qui n'a qu'une seule face, c'est une apparence découpée qui ne saurait se retourner, ni changer de position. Je ne sens pas d'air entre ce bras et le champ du tableau; l'espace et la profondeur manquent; cependant tout est bien en perspective, et la dégradation aérienne est exactement observée: mais, malgré de si louables efforts, je ne saurais croire que ce beau corps soit animé par le tiède souffle de la vie. Il me semble que si je portais la main sur cette gorge d'une si ferme rondeur, je la trouverais froide comme du marbre! Non, mon ami, le sang ne court pas sous cette peau d'ivoire, l'existence ne gonfle pas de sa rosée de pourpre les veines et les veinules qui s'entrelacent en réseaux sous la transparence ambrée des tempes et de la poitrine. Cette place palpite, mais cette autre est immobile, la vie et la mort luttent dans chaque morceau: ici c'est une femme, là une statue, plus loin un cadavre. Ta création est incomplète. Tu n'as pu souffler qu'une portion de ton âme à ton œuvre chérie. Le flambeau de Prométhée s'est éteint plus d'une fois dans tes mains, et beaucoup d'endroits de ton tableau n'ont pas été touchés par la flamme céleste.

—Mais pourquoi, mon cher maître? dit respectueusement Porbus au vieillard, tandis que le jeune homme avait peine à réprimer une forte envie de le battre.

—Ah! voilà, dit le petit vieillard. Tu as flotté indécis entre les deux systèmes, entre le dessin et la couleur, entre le flegme minutieux, la raideur précise des vieux maîtres allemands et l'ardeur éblouissante, l'heureuse abondance des peintres italiens. Tu as voulu imiter à la fois Hans Holbein et Titien, Albrecht Dürer et Paul Véronèse[6]. Certes c'était là une magnifique ambition! Mais qu'est-il arrivé? Tu n'as eu ni le charme sévère de la sécheresse, ni les décevantes magies du clair-obscur. Dans cet endroit, comme un bronze en fusion qui crève son trop faible moule, la riche et blonde couleur du Titien a fait éclater le maigre contour d'Albrecht Dürer où tu l'avais coulée. Ailleurs, le linéament a résisté et contenu les magnifiques débordements de la palette vénitienne. Ta figure n'est ni parfaitement dessinée, ni parfaitement peinte, et porte partout les traces de cette malheureuse indécision. Si tu ne te sentais pas assez fort pour fondre ensemble au feu de ton génie les deux manières rivales, il fallait opter franchement entre l'une ou l'autre, afin d'obtenir l'unité qui simule une des conditions de la vie. Tu n'es vrai que dans les milieux, tes contours sont faux, ne s'enveloppent pas et ne promettent rien par derrière. Il y a de la vérité ici, dit le vieillard en montrant la poitrine de la sainte. —Puis, ici, reprit-il en indiquant le point où sur le tableau finissait l'épaule. —Mais là, fit-il en revenant au milieu de la gorge, tout est faux. N'analysons rien, ce serait faire ton désespoir.»

Le vieillard s'assit sur une escabelle, se tint la tête dans les mains et resta muet.

«Maître, lui dit Porbus, j'ai cependant bien étudié sur le nu cette gorge; mais,

---

[6]Artistes des XVe et XVIe siècles.

pour notre malheur, il est des effets vrais dans la nature qui ne sont plus probables sur la toile...

—La mission de l'art n'est pas de copier la nature, mais de l'exprimer! Tu n'es pas un vil copiste, mais un poète! s'écria vivement le vieillard en interrompant Porbus par un geste despotique. Autrement un sculpteur serait quitte de tous ses travaux en moulant une femme! Hé bien! essaie de mouler la main de ta maîtresse et de la poser devant toi, tu trouveras un horrible cadavre sans aucune ressemblance, et tu seras forcé d'aller trouver le ciseau de l'homme qui, sans te la copier exactement, t'en figurera le mouvement et la vie. Nous avons à saisir l'esprit, l'âme, la physionomie des choses et des êtres. Les effets! les effets! mais ils sont les accidents de la vie, et non la vie. Une main, puisque j'ai pris cet exemple, une main ne tient pas seulement au corps, elle exprime et continue une pensée qu'il faut saisir et rendre. Ni le peintre, ni le poète, ni le sculpteur ne doivent séparer l'effet de la cause qui sont invinciblement l'un dans l'autre! La véritable lutte est là! Beaucoup de peintres triomphent instinctivement sans connaître ce thème de l'art. Vous dessinez une femme, mais vous ne la voyez pas! Ce n'est pas ainsi que l'on parvient à forcer l'arcane de la nature. Votre main reproduit, sans que vous y pensiez, le modèle que vous avez copié chez votre maître. Vous ne descendez pas assez dans l'intimité de la forme, vous ne la poursuivez pas avec assez d'amour et de persévérance dans ses détours et dans ses fuites. La beauté est une chose sévère et difficile qui ne se laisse point atteindre ainsi, il faut attendre ses heures, l'épier, la presser et l'enlacer étroitement pour la forcer à se rendre. La forme est un Protée bien plus insaisissable et plus fertile en replis que le Protée de la fable; ce n'est qu'après de longs combats qu'on peut la contraindre à se montrer sous son véritable aspect; vous autres, vous vous contentez de la première apparence qu'elle vous livre, ou tout au plus de la seconde, ou de la troisième; ce n'est pas ainsi qu'agissent les victorieux lutteurs! Ces peintres invaincus ne se laissent pas tromper à tous ces faux-fuyants, ils persévèrent jusqu'à ce que la nature en soit réduite à se montrer toute nue et dans son véritable esprit. Ainsi a procédé Raphaël[7], dit le vieillard en ôtant son bonnet de velours noir, pour exprimer le respect que lui inspirait le roi de l'art; sa grande supériorité vient du sens intime qui, chez lui, semble vouloir briser la forme. La forme est, dans ses figures, ce qu'elle est chez nous, un truchement pour se communiquer des idées, des sensations, une vaste poésie. Toute figure est un monde, un portrait dont le modèle est apparu dans une vision sublime, teint de lumière, désigné par une voix intérieure, dépouillé par un doigt céleste qui a montré, dans le passé de toute une vie, les sources de l'expression. Vous faites à vos femmes de belles robes de chair, de belles draperies de cheveux, mais où est le sang qui engendre le calme ou la passion et qui cause des effets particuliers? Ta sainte est une femme brune, mais ceci, mon pauvre Porbus, est d'une blonde! Vos figures sont alors de pâles fantômes coloriés que vous nous promenez devant les yeux, et vous appelez cela de la peinture et de l'art. Parce que

---

[7]Peintre italien (1483-1520) très admiré au XIXe siècle.

vous avez fait quelque chose qui ressemble plus à une femme qu'à une maison, vous pensez avoir touché le but, et, tout fiers de n'être plus obligés d'écrire à côté de vos figures, *currus venustus ou pulcher homo*[8], comme les premiers peintres, vous vous imaginez être des artistes merveilleux! Ha! ha! vous n'y êtes pas encore, mes braves compagnons, il vous faudra user bien des crayons, couvrir bien des toiles avant d'arriver. Assurément, une femme porte sa tête de cette manière, elle tient sa jupe ainsi, ses yeux s'alanguissent et se fondent avec cet air de douceur résignée; l'ombre palpitante des cils flotte ainsi sur les joues! C'est cela, et ce n'est pas cela. Qu'y manque-t-il? un rien, mais ce rien est tout. Vous avez l'apparence de la vie, mais vous n'exprimez pas son trop-plein qui déborde, ce je ne sais quoi qui est l'âme peut-être et qui flotte nuageusement sur l'enveloppe; enfin cette fleur de vie que Titien et Raphaël ont surprise. En partant du point extrême où vous arrivez, on ferait peut-être d'excellente peinture; mais vous vous lassez trop vite. Le vulgaire admire, et le vrai connaisseur sourit. Ô Mabuse[9], ô mon maître, ajouta ce singulier personnage, tu es un voleur, tu as emporté la vie avec toi! —À cela près, reprit-il, cette toile vaut mieux que les peintures de ce faquin de Rubens avec ses montagnes de viandes flamandes, saupoudrées de vermillon, ses ondées de chevelures rousses, et son tapage de couleurs. Au moins, avez-vous là couleur, sentiment et dessin, les trois parties essentielles de l'Art.

—Mais cette sainte est sublime, bon homme! s'écria d'une voix forte le jeune homme en sortant d'une rêverie profonde. Ces deux figures, celle de la sainte et celle du batelier, ont une finesse d'intention ignorée des peintres italiens, je n'en sais pas un seul qui eût inventé l'indécision du batelier.

—Ce petit drôle est-il à vous? demanda Porbus au vieillard.

—Hélas! maître, pardonnez à ma hardiesse, répondit le néophyte en rougissant. Je suis inconnu, barbouilleur d'instinct, et arrivé depuis peu dans cette ville, source de toute science.

—À l'œuvre!» lui dit Porbus en lui présentant un crayon rouge et une feuille de papier.

L'inconnu copia lestement la Marie au trait.

«Oh! oh! s'écria le vieillard. Votre nom?»

Le jeune homme écrivit au bas Nicolas Poussin[10].

«Voilà qui n'est pas mal pour un commençant, dit le singulier personnage qui discourait si follement. Je vois que l'on peut parler peinture devant toi. Je ne te blâme pas d'avoir admiré la sainte de Porbus. C'est un chef-d'œuvre pour tout le monde, et les initiés aux plus profonds arcanes de l'art peuvent seuls découvrir en quoi elle pèche. Mais puisque tu es digne de la leçon, et capable de comprendre, je vais te faire voir combien peu de chose il faudrait pour compléter cette œuvre. Sois tout œil et tout attention, une pareille occasion de t'instruire ne se représentera peut-être jamais. Ta palette, Porbus?»

---

[8]«Char élégant» ou «bel homme».
[9]Il a en effet existé un Mabuse (1470-1532), mais il est mort bien avant la naissance des trois peintres réunis ici.
[10]Grand peintre français (1594-1665).

Porbus alla chercher palette et pinceaux. Le petit vieillard retroussa ses manches avec un mouvement de brusquerie convulsive, passa son pouce dans la palette diaprée et chargée de tons que Porbus lui tendait; il lui arracha des mains plutôt qu'il ne les prit une poignée de brosses de toutes dimensions, et sa barbe taillée en pointe se remua soudain par des efforts menaçants qui exprimaient le prurit d'une amoureuse fantaisie. Tout en chargeant son pinceau de couleur, il grommelait entre ses dents: «Voici des tons bons à jeter par la fenêtre avec celui qui les a composés, ils sont d'une crudité et d'une fausseté révoltantes; comment peindre avec cela?» Puis il trempait avec une vivacité fébrile la pointe de la brosse dans les différents tas de couleurs dont il parcourait quelquefois la gamme entière plus rapidement qu'un organiste de cathédrale ne parcourt l'étendue de son clavier à l'*O Filii*[11] de Pâques.

Porbus et Poussin se tenaient immobiles chacun d'un côté de la toile, plongés dans la plus véhémente contemplation.

«Vois-tu, jeune homme, disait le vieillard sans se détourner, vois-tu comme au moyen de trois ou quatre touches et d'un petit glacis bleuâtre, on pouvait faire circuler l'air autour de la tête de cette pauvre sainte qui devait étouffer et se sentir prise dans cette atmosphère épaisse? Regarde comme cette draperie voltige à présent et comme on comprend que la brise la soulève! Auparavant elle avait l'air d'une toile empesée et soutenue par des épingles. Remarques-tu comme le luisant satiné que je viens de poser sur la poitrine rend bien la grasse souplesse d'une peau de jeune fille, et comme le ton mélangé de brun rouge et d'ocre calciné réchauffe la grise froideur de cette grande ombre où le sang se figeait au lieu de courir. Jeune homme, jeune homme, ce que je te montre là, aucun maître ne pourrait te l'enseigner. Mabuse seul possédait le secret de donner de la vie aux figures. Mabuse n'a eu qu'un élève, qui est moi. Je n'en ai pas eu, et je suis vieux! Tu as assez d'intelligence pour deviner le reste, par ce que je te laisse entrevoir.»

Tout en parlant, l'étrange vieillard touchait à toutes les parties du tableau: ici deux coups de pinceau, là un seul, mais toujours si à propos qu'on aurait dit une nouvelle peinture, mais une peinture trempée de lumière. Il travaillait avec une ardeur si passionnée que la sueur se perlait sur son front dépouillé; il allait si rapidement par de petits mouvements si impatients, si saccadés, que pour le jeune Poussin il semblait qu'il y eût dans le corps de ce bizarre personnage un démon qui agissait par ses mains en les prenant fantastiquement contre le gré de l'homme. L'éclat surnaturel des yeux, les convulsions qui semblaient l'effet d'une résistance donnaient à cette idée un semblant de vérité qui devait agir sur une jeune imagination. Il allait disant: «Paf, paf, paf! voilà comment cela se beurre, jeune homme! venez, mes petites touches, faites-moi roussir ce ton glacial! Allons donc! Pon! pon! pon!» disait-il en réchauffant les parties où il avait signalé un défaut de vie, en faisant disparaître par quelques plaques de couleur les différences de tempérament, et rétablissant l'unité de ton que voulait une ardente Égyptienne.

---

[11] «Ô fils».

«Vois-tu, petit, il n'y a que le dernier coup de pinceau qui compte. Porbus en a donné cent, moi, je n'en donne qu'un. Personne ne nous sait gré de ce qui est dessous. Sache bien cela!»

Enfin ce démon s'arrêta, et se tournant vers Porbus et Poussin muets d'admiration, il leur dit: «Cela ne vaut pas encore ma Catherine Lescault, cependant on pourrait mettre son nom au bas d'une pareille œuvre. Oui, je la signerais, ajouta-t-il en se levant pour prendre un miroir dans lequel il la regarda. —Maintenant, allons déjeuner, dit-il. Venez tous deux à mon logis. J'ai du jambon fumé, du bon vin! Hé! hé! malgré le malheur des temps, nous causerons peinture! Nous sommes de force. Voici un petit bonhomme, ajouta-t-il en frappant sur l'épaule de Nicolas Poussin, qui a de la facilité.»

Apercevant alors la piètre casaque du Normand, il tira de sa ceinture une bourse de peau, y fouilla, prit deux pièces d'or, et les lui montrant: «J'achète ton dessin, dit-il.

—Prends, dit Porbus à Poussin en le voyant tressaillir et rougir de honte, car il avait la fierté du pauvre. Prends donc, il a dans son escarcelle la rançon de deux rois!»

Tous trois descendirent de l'atelier et cheminèrent en devisant sur les arts, jusqu'à une belle maison de bois, située près du pont Saint-Michel, et dont les ornements, le heurtoir, les encadrements de croisée, les arabesques émerveillèrent Poussin. Le peintre en espérance se trouva tout à coup dans une salle basse, devant un bon feu, près d'une table chargée de mets appétissants, et par un bonheur inouï, dans la compagnie de deux grands artistes pleins de bonhomie.

«Jeune homme, lui dit Porbus en le voyant ébahi devant un tableau, ne regardez pas trop cette toile, vous tomberiez dans le désespoir.»

C'était l'*Adam* que fit Mabuse pour sortir de prison où ses créanciers le retinrent si longtemps. Cette figure offrait, en effet, une telle puissance de réalité, que Nicolas Poussin commença dès ce moment à comprendre le véritable sens des confuses paroles dites par le vieillard. Celui-ci regardait le tableau d'un air satisfait, mais sans enthousiasme, et semblait dire: «J'ai fait mieux!»

«Il y a de la vie, dit-il, mon pauvre maître s'y est surpassé; mais il manquait encore un peu de vérité dans le fond de la toile. L'homme est bien vivant, il se lève et va venir à nous. Mais l'air, le ciel, le vent que nous respirons, voyons et sentons, n'y sont pas. Puis il n'y a encore là qu'un homme! Or le seul homme qui soit immédiatement sorti des mains de Dieu, devait avoir quelque chose de divin qui manque. Mabuse le disait lui-même avec dépit quand il n'était pas ivre.»

Poussin regardait alternativement le vieillard et Porbus avec une inquiète curiosité. Il s'approcha de celui-ci comme pour lui demander le nom de leur hôte; mais le peintre se mit un doigt sur les lèvres d'un air de mystère, et le jeune homme, vivement intéressé, garda le silence, espérant que tôt ou tard quelque mot lui permettrait de deviner le nom de son hôte, dont la richesse et les talents étaient suffisamment attestés par le respect que Porbus lui témoignait, et par les merveilles entassées dans cette salle.

Poussin, voyant sur la sombre boiserie de chêne un magnifique portrait de femme, s'écria: «Quel beau Giorgion[12]!
—Non! répondit le vieillard, vous voyez un de mes premiers barbouillages!
—Tudieu! je suis donc chez le dieu de la peinture», dit naïvement le Poussin. Le vieillard sourit comme un homme familiarisé depuis longtemps avec cet éloge.
—Maître Frenhofer[13]! dit Porbus, ne sauriez-vous faire venir un peu de votre bon vin du Rhin pour moi?
—Deux pipes[14], répondit le vieillard. Une pour m'acquitter du plaisir que j'ai eu ce matin en voyant ta jolie pécheresse, et l'autre comme un présent d'amitié.
—Ah! si je n'étais pas toujours souffrant, reprit Porbus, et si vous vouliez me laisser voir votre *maîtresse*, je pourrais faire quelque peinture haute, large et profonde, où les figures seraient de grandeur naturelle.
—Montrer mon œuvre, s'écria le vieillard tout ému. Non, non, je dois la perfectionner encore. Hier, vers le soir, dit-il, j'ai cru avoir fini. Ses yeux me semblaient humides, sa chair était agitée. Les tresses de ses cheveux remuaient. Elle respirait! Quoique j'aie trouvé le moyen de réaliser sur une toile plate le relief et la rondeur de la nature, ce matin, au jour, j'ai reconnu mon erreur. Ah! pour arriver à ce résultat glorieux, j'ai étudié à fond les grands maîtres du coloris, j'ai analysé et soulevé couche par couche les tableaux de Titien, ce roi de la lumière; j'ai, comme ce peintre souverain, ébauché ma figure dans un ton clair avec une pâte souple et nourrie, car l'ombre n'est qu'un accident, retiens cela, petit. Puis je suis revenu sur mon œuvre, et au moyen de demi-teintes et de glacis dont je diminuais de plus en plus la transparence, j'ai rendu les ombres les plus vigoureuses et jusqu'aux noirs les plus fouillés; car les ombres des peintres ordinaires sont d'une autre nature que leurs tons éclairés; c'est du bois, de l'airain, c'est tout ce que vous voudrez, excepté de la chair dans l'ombre. On sent que si leur figure changeait de position, les places ombrées ne se nettoieraient pas et ne deviendraient pas lumineuses. J'ai évité ce défaut où beaucoup d'entre les plus illustres sont tombés, et chez moi la blancheur se révèle sous l'opacité de l'ombre la plus soutenue! Comme une foule d'ignorants qui s'imaginent dessiner correctement parce qu'ils font un trait soigneusement ébarbé, je n'ai pas marqué sèchement les bords extérieurs de ma figure et fait ressortir jusqu'au moindre détail anatomique, car le corps humain ne finit pas par des lignes. En cela, les sculpteurs peuvent plus approcher de la vérité que nous autres. La nature comporte une suite de rondeurs qui s'enveloppent les unes dans les autres. Rigoureusement parlant, le dessin n'existe pas! Ne riez pas, jeune homme! Quelque singulier que vous paraisse ce mot, vous en comprendrez quelque jour les raisons. La ligne est le moyen par lequel l'homme se rend compte de l'effet de la lumière sur les objets; mais il n'y a pas de lignes dans la nature

---

[12]Peintre vénitien (1478-1511), connu surtout pour sa technique du clair-obscur.
[13]Après tant de peintres qui font partie de l'histoire véritable, Frenhofer est une invention de Balzac.
[14]Grandes futailles, dont la capacité varie.

où tout est plein: c'est en modelant qu'on dessine, c'est-à-dire qu'on détache les choses du milieu où elles sont, la distribution du jour donne seule l'apparence au corps! Aussi, n'ai-je pas arrêté les linéaments, j'ai répandu sur les contours un nuage de demi-teintes blondes et chaudes qui font que l'on ne saurait précisément poser le doigt sur la place où les contours se rencontrent avec les fonds. De près, ce travail semble cotonneux et paraît manquer de précision, mais à deux pas, tout se raffermit, s'arrête et se détache; le corps tourne, les formes deviennent saillantes, l'on sent l'air circuler tout autour. Cependant je ne suis pas encore content, j'ai des doutes. Peut-être faudrait-il ne pas dessiner un seul trait, et vaudrait-il mieux attaquer une figure par le milieu en s'attachant d'abord aux saillies les plus éclairées, pour passer ensuite aux portions les plus sombres. N'est-ce pas ainsi que procède le soleil, ce divin peintre de l'univers. Oh! nature, nature! qui jamais t'a surprise dans tes fuites! Tenez, le trop de science, de même que l'ignorance, arrive à une négation. Je doute de mon œuvre!»

Le vieillard fit une pause, puis il reprit: «Voilà dix ans, jeune homme, que je travaille; mais que sont dix petites années quand il s'agit de lutter avec la nature? Nous ignorons le temps qu'employa le seigneur Pygmalion[15] pour faire la seule statue qui ait marché!»

Le vieillard tomba dans une rêverie profonde, et resta les yeux fixes en jouant machinalement avec son couteau.

«Le voilà en conversation avec son *esprit*», dit Porbus à voix basse.

À ce mot, Nicolas Poussin se sentit sous la puissance d'une inexplicable curiosité d'artiste. Ce vieillard aux yeux blancs, attentif et stupide, devenu pour lui plus qu'un homme, lui apparut comme un génie fantasque qui vivait dans une sphère inconnue. Il réveillait mille idées confuses en l'âme. Le phénomène moral de cette espèce de fascination ne peut pas plus se définir qu'on ne peut traduire l'émotion excitée par un chant qui rappelle la patrie au cœur de l'exilé. Le mépris que ce vieil homme affectait d'exprimer pour les belles tentatives de l'art, sa richesse, ses manières, les déférences de Porbus pour lui, cette œuvre tenue si longtemps secrète, œuvre de patience, œuvre de génie sans doute, s'il fallait en croire la tête de vierge que le jeune Poussin avait si franchement admirée, et qui belle encore, même près de l'Adam de Mabuse, attestait le faire impérial d'un des princes de l'art; tout en ce vieillard allait au-delà des bornes de la nature humaine. Ce que la riche imagination de Nicolas Poussin put saisir de clair et de perceptible en voyant cet être surnaturel, était une complète image de la nature artiste, de cette nature folle à laquelle tant de pouvoirs sont confiés, et qui trop souvent en abuse, emmenant la froide raison, les bourgeois et même quelques amateurs, à travers mille routes pierreuses, où, pour eux, il n'y a rien; tandis que folâtre en ses fantaisies, cette fille aux ailes blanches y découvre des épopées, des châteaux, des œuvres d'art. Nature moqueuse et bonne, féconde et pauvre! Ainsi, pour l'enthousiaste Poussin,

---

[15]Sculpteur légendaire, qui pria Aphrodite de lui donner une femme à l'image d'une statue qu'il avait créée et dont il était tombé amoureux. La déesse fit vivre la statue et Pygmalion épousa Galatée qui eut de lui un fils.

ce vieillard était devenu, par une transfiguration subite, l'art lui-même, l'art avec ses secrets, ses fougues et ses rêveries.

«Oui, mon cher Porbus, reprit Frenhofer, il m'a manqué jusqu'à présent de rencontrer une femme irréprochable, un corps dont les contours soient d'une beauté parfaite, et dont la carnation... Mais où est-elle vivante, dit-il en s'interrompant, cette introuvable Vénus des anciens, si souvent cherchée, et de qui nous rencontrons à peine quelques beautés éparses? Oh! pour voir un moment, une seule fois, la nature divine, complète, l'idéal enfin, je donnerais toute ma fortune, mais j'irais te chercher dans tes limbes, beauté céleste! Comme Orphée[16], je descendrais dans l'enfer de l'art pour en ramener la vie.»

«Nous pouvons partir d'ici, dit Porbus à Poussin, il ne nous entend plus, ne nous voit plus!

—Allons à son atelier, répondit le jeune homme émerveillé.

—Oh! le vieux reître a su en défendre l'entrée. Ses trésors sont trop bien gardés pour que nous puissions y arriver. Je n'ai pas attendu votre avis et votre fantaisie pour tenter l'assaut du mystère.

—Il y a donc un mystère?

—Oui, répondit Porbus. Le vieux Frenhofer est le seul élève que Mabuse ait voulu faire. Devenu son ami, son sauveur, son père, Frenhofer a sacrifié la plus grande partie de ses trésors à satisfaire les passions de Mabuse; en échange, Mabuse lui a légué le secret du relief, le pouvoir de donner aux figures cette vie extraordinaire, cette fleur de nature, notre désespoir éternel, mais dont il possédait si bien *le faire*, qu'un jour, ayant vendu et bu le damas à fleurs avec lequel il devait s'habiller à l'entrée de Charles-Quint, il accompagna son maître avec un vêtement de papier peint en damas. L'éclat particulier de l'étoffe portée par Mabuse surprit l'empereur, qui, voulant en faire compliment au protecteur du vieil ivrogne, découvrit la supercherie. Frenhofer est un homme passionné pour notre art, qui voit plus haut et plus loin que les autres peintres. Il a profondément médité sur les couleurs, sur la vérité absolue de la ligne; mais, à force de recherches, il est arrivé à douter de l'objet même de ses recherches. Dans ses moments de désespoir, il prétend que le dessin n'existe pas et qu'on ne peut rendre avec des traits que des figures géométriques; ce qui est trop absolu, puisque avec le trait et le noir, qui n'est pas une couleur, on peut faire une figure; ce qui prouve que notre art est, comme la nature, composé d'une infinité d'éléments: le dessin donne un squelette, la couleur est la vie, mais la vie sans le squelette est une chose plus incomplète que le squelette sans la vie. Enfin, il y a quelque chose de plus vrai que tout ceci, c'est que la pratique et l'observation sont tout chez un peintre, et que si le raisonnement et la poésie se querellent avec les brosses, on arrive au doute comme le bonhomme, qui est aussi fou que peintre. Peintre sublime, il a eu le malheur de naître riche, ce qui lui a permis de divaguer. Ne l'imitez pas! Travaillez! les peintres ne doivent méditer que les brosses à la main.

[16]Orphée est un personnage mythologique qui descendit aux Enfers pour l'amour de sa femme Eurydice. Par les accents de sa lyre, il charma Hadès et Perséphone qui consentirent à la lui rendre.

—Nous y pénétrerons», s'écria Poussin n'écoutant plus Porbus et ne doutant plus de rien. Porbus sourit à l'enthousiasme du jeune inconnu, et le quitta en l'invitant à venir le voir.

Nicolas Poussin revint à pas lents vers la rue de la Harpe, et dépassa sans s'en apercevoir la modeste hôtellerie où il était logé. Montant avec une inquiète promptitude son misérable escalier, il parvint à une chambre haute, située sous une toiture en colombage, naïve et légère couverture des maisons du vieux Paris. Près de l'unique et sombre fenêtre de cette chambre, il vit une jeune fille qui, au bruit de la porte, se dressa soudain par un mouvement d'amour; elle avait reconnu le peintre à la manière dont il avait attaqué le loquet.

«Qu'as-tu? lui dit-elle.

—J'ai, j'ai, s'écria-t-il en étouffant de plaisir, que je me suis senti peintre! J'avais douté de moi jusqu'à présent, mais ce matin j'ai cru en moi-même! Je puis être un grand homme! Va, Gillette, nous serons riches, heureux! Il y a de l'or dans ces pinceaux.»

Mais il se tut soudain. Sa figure grave et vigoureuse perdit son expression de joie quand il compara l'immensité de ses espérances à la médiocrité de ses ressources. Les murs étaient couverts de simples papiers chargés d'esquisses au crayon. Il ne possédait pas quatre toiles propres. Les couleurs avaient alors un haut prix, et le pauvre gentilhomme voyait sa palette à peu près nue. Au sein de cette misère, il possédait et ressentait d'incroyables richesses de cœur, et la surabondance d'un génie dévorant. Amené à Paris par un gentilhomme de ses amis, ou peut-être par son propre talent, il y avait rencontré soudain une maîtresse, une de ces âmes nobles et généreuses qui viennent souffrir près d'un grand homme, en épousent les misères et s'efforcent de comprendre leurs caprices; forte pour la misère et l'amour, comme d'autres sont intrépides à porter le luxe, à faire parader leur insensibilité. Le sourire errant sur les lèvres de Gillette dorait ce grenier et rivalisait avec l'éclat du ciel. Le soleil ne brillait pas toujours, tandis qu'elle était toujours là, recueillie dans sa passion, attachée à son bonheur, à sa souffrance, consolant le génie qui débordait dans l'amour avant de s'emparer de l'art.

«Écoute, Gillette, viens.»

L'obéissante et joyeuse fille sauta sur les genoux du peintre. Elle était toute grâce, toute beauté, jolie comme un printemps, parée de toutes les richesses féminines et les éclairant par le feu d'une belle âme.

«Ô Dieu! s'écria-t-il, je n'oserai jamais lui dire...

—Un secret? reprit-elle, je veux le savoir.»

Le Poussin resta rêveur.

«Parle donc.

—Gillette! pauvre cœur aimé!

—Oh! tu veux quelque chose de moi?

—Oui.

—Si tu désires que je pose encore devant toi comme l'autre jour, reprit-elle

d'un petit air boudeur, je n'y consentirai plus jamais, car, dans ces moments-là, tes yeux ne me disent plus rien. Tu ne penses plus à moi, et cependant tu me regardes.
—Aimerais-tu mieux me voir copiant une autre femme?
—Peut-être, dit-elle, si elle était bien laide.
—Eh bien! reprit Poussin d'un ton sérieux, si pour ma gloire à venir, si pour me faire grand peintre, il fallait aller poser chez un autre?
—Tu veux m'éprouver, dit-elle. Tu sais bien que je n'irais pas.»

Le Poussin pencha sa tête sur sa poitrine comme un homme qui succombe à une joie ou à une douleur trop forte pour son âme.

«Écoute, dit-elle en tirant Poussin par la manche de son pourpoint usé, je t'ai dit, Nick, que je donnerais ma vie pour toi: mais je ne t'ai jamais promis, moi vivante, de renoncer à mon amour.

—Y renoncer? s'écria Poussin.

—Si je me montrais ainsi à un autre, tu ne m'aimerais plus. Et, moi-même, je me trouverais indigne de toi. Obéir à tes caprices, n'est-ce pas chose naturelle et simple? Malgré moi, je suis heureuse, et même fière de faire ta chère volonté. Mais pour un autre! fi donc.

—Pardonne, ma Gillette, dit le peintre en se jetant à ses genoux. J'aime mieux être aimé que glorieux. Pour moi, tu es plus belle que la fortune et les honneurs. Va, jette mes pinceaux, brûle ces esquisses. Je me suis trompé. Ma vocation, c'est de t'aimer. Je ne suis pas peintre, je suis amoureux. Périssent et l'art et tous ses secrets!»

Elle l'admirait, heureuse, charmée! Elle régnait, elle sentait instinctivement que les arts étaient oubliés pour elle et jetés à ses pieds comme un grain d'encens.

«Ce n'est pourtant qu'un vieillard, reprit Poussin. Il ne pourra voir que la femme en toi. Tu es si parfaite!

—Il faut bien aimer, s'écria-t-elle prête à sacrifier ses scrupules d'amour pour récompenser son amant de tous les sacrifices qu'il lui faisait. Mais, reprit-elle, ce serait me perdre. Ah! me perdre pour toi. Oui, cela est bien beau! mais tu m'oublieras. Oh! quelle mauvaise pensée as-tu donc eue là!

—Je l'ai eue et je t'aime, dit-il avec une sorte de contrition, mais je suis donc un infâme.

—Consultons le père Hardouin? dit-elle.

—Oh, non! que ce soit un secret entre nous deux.

—Eh bien! j'irai; mais ne sois pas là, dit-elle. Reste à la porte, armé de ta dague; si je crie, entre et tue le peintre.» Ne voyant plus que son art, le Poussin pressa Gillette dans ses bras.

«Il ne m'aime plus!» pensa Gillette quand elle se trouva seule.

Elle se repentait déjà de sa résolution. Mais elle fut bientôt en proie à une épouvante plus cruelle que son repentir; elle s'efforça de chasser une pensée affreuse qui s'élevait dans son cœur. Elle croyait aimer déjà moins le peintre en le soupçonnant moins estimable.

2. CATHERINE LESCAULT

Trois mois après la rencontre du Poussin et de Porbus, celui-ci vint voir maître Frenhofer. Le vieillard était alors en proie à l'un de ces découragements profonds et spontanés dont la cause est, s'il faut en croire les mathématiciens de la médecine, dans une digestion mauvaise, dans le vent, la chaleur ou quelque empâtement des hypocondres; et, suivant les spiritualistes, dans l'imperfection de notre nature morale. Le bonhomme s'était purement et simplement fatigué à parachever son mystérieux tableau. Il était languissamment assis dans une vaste chaire de chêne sculpté, garnie de cuir noir; et, sans quitter son attitude mélancolique, il lança sur Porbus le regard d'un homme qui s'était établi dans son ennui.

«Eh bien! maître, lui dit Porbus, l'*outremer* que vous êtes allé chercher à Bruges était-il mauvais, est-ce que vous n'avez pas su broyer notre nouveau blanc? votre huile est-elle méchante, ou les pinceaux rétifs?

—Hélas! s'écria le vieillard, j'ai cru pendant un moment que mon œuvre était accomplie; mais je me suis, certes, trompé dans quelques détails, et je ne serai tranquille qu'après avoir éclairci mes doutes. Je me décide à voyager et vais aller en Turquie, en Grèce, en Asie pour y chercher un modèle et comparer mon tableau à diverses natures. Peut-être ai-je là-haut, reprit-il en laissant échapper un sourire de contentement, la nature elle-même. Parfois, j'ai quasi peur qu'un souffle ne me réveille cette femme et qu'elle ne disparaisse.»

Puis il se leva tout à coup, comme pour partir.

«Oh! oh! répondit Porbus, j'arrive à temps pour vous éviter la dépense et les fatigues du voyage.

—Comment? demanda Frenhofer étonné.

—Le jeune Poussin est aimé par une femme dont l'incomparable beauté se trouve sans imperfection aucune. Mais, mon cher maître, s'il consent à vous la prêter, au moins faudra-t-il nous laisser voir votre toile.»

Le vieillard resta debout, immobile, dans un état de stupidité parfaite.

«Comment! s'écria-t-il enfin douloureusement, montrer ma créature, mon épouse? déchirer le voile dont j'ai chastement couvert mon bonheur? Mais ce serait une horrible prostitution! Voilà dix ans que je vis avec cette femme. Elle est à moi, à moi seul. Elle m'aime. Ne m'a-t-elle pas souri à chaque coup de pinceau que je lui ai donné? Elle a une âme, l'âme dont je l'ai douée. Elle rougirait si d'autres yeux que les miens s'arrêtaient sur elle. La faire voir! mais quel est le mari, l'amant assez vil pour conduire sa femme au déshonneur? Quand tu fais un tableau pour la cour, tu n'y mets pas toute ton âme, tu ne vends aux courtisans que des mannequins coloriés. Ma peinture n'est pas une peinture, c'est un sentiment, une passion! Née dans mon atelier, elle doit y rester vierge, et n'en peut sortir que vêtue. La poésie et les femmes ne se livrent nues qu'à leurs amants! Possédons-nous les figures de Raphaël, l'Angélique de l'Arioste, la Béatrix du Dante[17]? Non! nous n'en voyons

---

[17]Arioste, poète italien (1474-1553) est surtout célèbre pour le long poème héroï-comique du *Roland furieux* mais connu aussi pour ses comédies et ses poèmes d'amour. On se

que les formes! Eh bien! l'œuvre que je tiens là-haut sous mes verrous est une exception dans notre art. Ce n'est pas une toile, c'est une femme! une femme avec laquelle je pleure, je ris, je cause et pense. Veux-tu que tout à coup je quitte un bonheur de dix années comme on jette un manteau? Que tout à coup je cesse d'être père, amant et Dieu. Cette femme n'est pas une créature, c'est une création. Vienne ton jeune homme, je lui donnerai mes trésors, je lui donnerai des tableaux du Corrège[18], de Michel-Ange, du Titien, je baiserai la marque de ses pas dans la poussière; mais en faire mon rival? honte à moi! Ha! ha! je suis plus amant encore que je ne suis peintre. Oui, j'aurai la force de brûler ma Catherine à mon dernier soupir; mais lui faire supporter le regard d'un homme, d'un jeune homme, d'un peintre? non, non! Je tuerais le lendemain celui qui l'aurait souillée d'un regard! Je te tuerais à l'instant, toi, mon ami, si tu ne la saluais pas à genoux! Veux-tu maintenant que je soumette mon idole aux froids regards et aux stupides critiques des imbéciles? Ah! l'amour est un mystère; il n'a de vie qu'au fond des cœurs, et tout est perdu quand un homme dit même à son ami: "Voilà celle que j'aime!"»

Le vieillard semblait être redevenu jeune; ses yeux avaient de l'éclat et de la vie; ses joues pâles étaient nuancées d'un rouge vif, et ses mains tremblaient. Porbus, étonné de la violence passionnée avec laquelle ces paroles furent dites, ne savait que répondre à un sentiment aussi neuf que profond. Frenhofer était-il raisonnable ou fou? Se trouvait-il subjugué par une fantaisie d'artiste, ou les idées qu'il avait exprimées procédaient-elles de ce fanatisme inexprimable, produit en nous par le long enfantement d'une grande œuvre? Pouvait-on jamais espérer de transiger avec cette passion bizarre?

En proie à toutes ces pensées, Porbus dit au vieillard:
«Mais n'est-ce pas femme pour femme? Poussin ne livre-t-il pas sa maîtresse à vos regards?

—Quelle maîtresse? répondit Frenhofer. Elle le trahira tôt ou tard. La mienne me sera toujours fidèle!

—Eh bien! reprit Porbus, n'en parlons plus. Mais avant que vous ne trouviez, même en Asie, une femme aussi belle, aussi parfaite, vous mourrez peut-être sans avoir achevé votre tableau.

—Oh! il est fini, dit Frenhofer. Qui le verrait, croirait apercevoir une femme couchée sur un lit de velours, sous des courtines. Près d'elle un trépied d'or exhale des parfums. Tu serais tenté de prendre le gland des cordons qui retiennent les rideaux et il te semblerait voir le sein de Catherine rendre le mouvement de sa respiration. Cependant, je voudrais bien être certain...

—Va donc en Asie», répond Porbus en apercevant une sorte d'hésitation dans le regard de Frenhofer. Et Porbus fit quelques pas vers la porte de la salle.

En ce moment, Gillette et Nicolas Poussin étaient arrivés près du logis de

---

souvient de Dante surtout à cause de la *Divine Comédie*, mais il a aussi chanté son amour pour Béatrice dans les *Canzoniere*.
[18]Tout comme Michel-Ange (1475-1564) et Titien (1490-1576), Le Corrège est l'un des grands peintres de la Renaissance italienne (1489-1534).

Frenhofer. Quand la jeune fille fut sur le point d'y entrer, elle quitta le bras du peintre, et se recula comme si elle eût été saisie par quelque soudain pressentiment. «Mais que viens-je donc faire ici? demanda-t-elle à son amant d'un son de voix profond et en le regardant d'un œil fixe.

—Gillette, je t'ai laissée maîtresse et veux t'obéir en tout. Tu es ma conscience et ma gloire. Reviens au logis, je serai plus heureux, peut-être, que si tu...

—Suis-je à moi quand tu me parles ainsi? Oh! non, je ne suis plus qu'une enfant. —Allons, ajouta-t-elle, en paraissant faire un violent effort, si notre amour périt, et si je mets dans mon cœur un long regret, ta célébrité ne sera-t-elle pas le prix de mon obéissance à tes désirs? Entrons, ce sera vivre encore que d'être toujours comme un souvenir dans ta palette.»

En ouvrant la porte de la maison, les deux amants se rencontrèrent avec Porbus qui, surpris par la beauté de Gillette dont les yeux étaient alors pleins de larmes, la saisit toute tremblante, et l'amenant devant le vieillard: «Tenez, dit-il, ne vaut-elle pas tous les chefs-d'œuvre du monde?»

Frenhofer tressaillit. Gillette était là, dans l'attitude naïve et simple d'une jeune Géorgienne innocente et peureuse, ravie et présentée par des brigands à quelque marchand d'esclaves. Une pudique rougeur colorait son visage, elle baissait les yeux, ses mains étaient pendantes à ses côtés, ses forces semblaient l'abandonner, et des larmes protestaient contre la violence faite à sa pudeur. En ce moment, Poussin, au désespoir d'avoir sorti ce beau trésor de son grenier, se maudit lui-même. Il devint plus amant qu'artiste, et mille scrupules lui torturèrent le cœur quand il vit l'œil rajeuni du vieillard, qui, par une habitude de peintre, déshabilla pour ainsi dire cette jeune fille en en devinant les formes les plus secrètes. Il revint alors à la féroce jalousie du véritable amour.

«Gillette, partons!» s'écria-t-il.

À cet accent, à ce cri, sa maîtresse joyeuse leva les yeux sur lui, le vit, et courut dans ses bras.

«Ah! tu m'aimes donc», répondit-elle en fondant en larmes.

Après avoir eu l'énergie de taire sa souffrance, elle manquait de force pour cacher son bonheur.

«Oh! laissez-la-moi pendant un moment, dit le vieux peintre, et vous la comparerez à ma Catherine. Oui, j'y consens.»

Il y avait encore de l'amour dans le cri de Frenhofer. Il semblait avoir de la coquetterie pour son semblant de femme, et jouir par avance du triomphe que la beauté de sa vierge allait remporter sur celle d'une vraie jeune fille.

«Ne le laissez pas se dédire, s'écria Porbus en frappant sur l'épaule de Poussin. Les fruits de l'amour passent vite, ceux de l'art sont immortels.

—Pour lui, répondit Gillette en regardant attentivement le Poussin et Porbus, ne suis-je donc pas plus qu'une femme?» Elle leva la tête avec fierté; mais quand, après avoir jeté un coup d'œil étincelant à Frenhofer, elle vit son amant occupé à contempler de nouveau le portrait qu'il avait pris naguère pour un Giorgion: «Ah! dit-elle, montons! Il ne m'a jamais regardée ainsi.

—Vieillard, reprit Poussin tiré de sa méditation par la voix de Gillette, vois cette épée, je la plongerai dans ton cœur au premier mot de plainte que prononcera cette jeune fille, je mettrai le feu à ta maison, et personne n'en sortira. Comprends-tu?»

Nicolas Poussin était sombre. Sa parole terrible, son attitude et son geste consolèrent Gillette qui lui pardonna presque de la sacrifier à la peinture et à son glorieux avenir. Porbus et Poussin restèrent à la porte de l'atelier, se regardant l'un l'autre en silence. Si, d'abord, le peintre de la *Marie égyptienne* se permit quelques exclamations: «Ah! elle se déshabille. Il lui dit de se mettre au jour! Il la compare!» bientôt il se tut à l'aspect du Poussin dont le visage était profondément triste; et quoique les vieux peintres n'aient plus de ces scrupules si petits en présence de l'art, il les admira tant ils étaient naïfs et jolis. Le jeune homme avait la main sur la garde de sa dague et l'oreille presque collée à la porte. Tous deux, dans l'ombre et debout, ressemblaient ainsi à deux conspirateurs attendant l'heure de frapper un tyran.

«Entrez, entrez, leur dit le vieillard rayonnant de bonheur. Mon œuvre est parfaite, et maintenant je puis la montrer avec orgueil. Jamais peintre, pinceaux, couleurs, toile et lumière ne feront une rivale à *Catherine Lescault*!»

En proie à une vive curiosité, Porbus et Poussin coururent au milieu d'un vaste atelier couvert de poussière, où tout était en désordre, où ils virent çà et là des tableaux accrochés aux murs. Ils s'arrêtèrent tout d'abord devant une figure de femme de grandeur naturelle, demi-nue, et pour laquelle ils furent saisis d'admiration.

«Oh! ne vous occupez pas de cela, dit Frenhofer, c'est une toile que j'ai barbouillée pour étudier une pose, ce tableau ne vaut rien. Voilà mes erreurs», reprit-il en leur montrant de ravissantes compositions suspendues aux murs, autour d'eux.

À ces mots, Porbus et Poussin, stupéfaits de ce dédain pour de telles œuvres, cherchèrent le portrait annoncé, sans réussir à l'apercevoir.

«Eh bien! le voilà! leur dit le vieillard dont les cheveux étaient en désordre, dont le visage était enflammé par une exaltation surnaturelle, dont les yeux pétillaient, et qui haletait comme un jeune homme ivre d'amour.

—Ah! ah! s'écria-t-il, vous ne vous attendiez pas à tant de perfection! Vous êtes devant une femme et vous cherchez un tableau. Il y a tant de profondeur sur cette toile, l'air y est si vrai, que vous ne pouvez plus le distinguer de l'air qui nous environne. Où est l'art? perdu, disparu! Voilà les formes mêmes d'une jeune fille. N'ai-je pas bien saisi la couleur, le vif de la ligne qui paraît terminer le corps? N'est-ce pas le même phénomène que nous présentent les objets qui sont dans l'atmosphère comme les poissons dans l'eau? Admirez comme les contours se détachent du fond? Ne semble-t-il pas que vous puissiez passer la main sur ce dos? Aussi, pendant sept années, ai-je étudié les effets de l'accouplement du jour et des objets. Et ces cheveux, la lumière ne les inonde-t-elle pas?... Mais elle a respiré, je crois!... Ce sein, voyez? Ah! qui ne voudrait l'adorer à genoux? Les chairs palpitent. Elle va se lever, attendez.

—Apercevez-vous quelque chose? demanda Poussin à Porbus.

—Non. Et vous?

—Rien.»

Les deux peintres laissèrent le vieillard à son extase, regardèrent si la lumière, en tombant d'aplomb sur la toile qu'il leur montrait, n'en neutralisait pas tous les effets. Ils examinèrent alors la peinture en se mettant à droite, à gauche, de face, en se baissant et se levant tour à tour.

«Oui, oui, c'est bien une toile, leur disait Frenhofer en se méprenant sur le but de cet examen scrupuleux. Tenez, voilà le châssis, le chevalet, enfin voici mes couleurs, mes pinceaux.»

Et il s'empara d'une brosse qu'il leur présenta par un mouvement naïf.

«Le vieux lansquenet[19] se joue de nous, dit Poussin en revenant devant le prétendu tableau. Je ne vois là que des couleurs confusément amassées et contenues par une multitude de lignes bizarres qui forment une muraille de peinture.

—Nous nous trompons, voyez...», reprit Porbus.

En s'approchant, ils aperçurent dans un coin de la toile le bout d'un pied nu qui sortait de ce chaos de couleurs, de tons, de nuances indécises, espèce de brouillard sans forme; mais un pied délicieux, un pied vivant! Ils restèrent pétrifiés d'admiration devant ce fragment échappé à une incroyable, à une lente et progressive destruction. Ce pied apparaissait là comme le torse de quelque Vénus en marbre de Paros qui surgirait parmi les décombres d'une ville incendiée.

«Il y a une femme là-dessous», s'écria Porbus en faisant remarquer à Poussin les diverses couches de couleurs que le vieux peintre avait successivement superposées en croyant perfectionner sa peinture.

Les deux peintres se tournèrent spontanément vers Frenhofer, en commençant à s'expliquer, mais vaguement, l'extase dans laquelle il vivait.

«Il est de bonne foi, dit Porbus.

—Oui, mon ami, répondit le vieillard en se réveillant, il faut de la foi, de la foi dans l'art, et vivre pendant longtemps avec son œuvre pour produire une semblable création. Quelques-unes de ces ombres m'ont coûté bien des travaux. Tenez, il y a là sur la joue, au-dessous des yeux, une légère pénombre qui, si vous l'observez dans la nature, vous paraîtra presque intraduisible. Eh bien! croyez-vous que cet effet ne m'ait pas coûté des peines inouïes à reproduire? Mais aussi, mon cher Porbus, regarde attentivement mon travail, et tu comprendras mieux ce que je te disais sur la manière de traiter le modelé et les contours. Regarde la lumière du sein, et vois comme, par une suite de touches et de *rehauts*[20] fortement empâtés, je suis parvenu à accrocher la véritable lumière et à la combiner avec la blancheur luisante des tons éclairés; et comme, par un travail contraire, en effaçant les saillies et le grain de la pâte, j'ai pu, à force de caresser le contour de ma figure, noyé dans la demi-teinte, ôter jusqu'à l'idée de dessin et de moyens artificiels, et lui donner l'aspect et la rondeur même de la nature. Approchez, vous verrez mieux ce travail. De loin, il disparaît. Tenez? là il est, je crois, très remarquable.»

---

[19]Fantassins allemands qui servaient en France comme mercenaires aux XVe et XVIe siècles.
[20]Retouche qui accentue les effets de lumière.

Et du bout de sa brosse, il désignait aux deux peintres un pâté de couleur claire.

Porbus frappa sur l'épaule du vieillard en se tournant vers Poussin: «Savez-vous que nous voyons en lui un bien grand peintre? dit-il.

—Il est encore plus poète que peintre, répondit gravement Poussin.

—Là, reprit Porbus en touchant la toile, finit notre art sur terre.

—Et, de là, il va se perdre dans les cieux, dit Poussin.

—Combien de jouissances sur ce morceau de toile!» s'écria Porbus.

Le vieillard absorbé ne les écoutait pas, et souriait à cette femme imaginaire.

«Mais, tôt ou tard, il s'apercevra qu'il n'y a rien sur sa toile, s'écria Poussin.

—Rien sur ma toile, dit Frenhofer en regardant tour à tour les deux peintres et son prétendu tableau.

—Qu'avez-vous fait?» répondit Porbus à Poussin.

Le vieillard saisit avec force le bras du jeune homme et lui dit: «Tu ne vois rien, manant[21]! maheustre[22]! bélître[23]! bardache[24]! Pourquoi donc es-tu monté ici? —Mon bon Porbus, reprit-il en se tournant vers le peintre, est-ce que, vous aussi, vous vous joueriez de moi? répondez! Je suis votre ami, dites, aurais-je donc gâté mon tableau?»

Porbus, indécis, n'osa rien dire; mais l'anxiété peinte sur la physionomie blanche du vieillard était si cruelle, qu'il montra la toile en disant : «Voyez!»

Frenhofer contempla son tableau pendant un moment et chancela.

«Rien, rien! Et avoir travaillé dix ans!»

Il s'assit et pleura.

«Je suis donc un imbécile, un fou! je n'ai donc ni talent, ni capacité, je ne suis plus qu'un homme riche qui, en marchant, ne fait que marcher! Je n'aurai donc rien produit!»

Il contempla sa toile à travers ses larmes, il se releva tout à coup avec fierté, et jeta sur les deux peintres un regard étincelant.

«Par le sang, par le corps, par la tête du Christ, vous êtes des jaloux qui voulez me faire croire qu'elle est gâtée pour me la voler! Moi, je la vois! cria-t-il, elle est merveilleusement belle.»

En ce moment, Poussin entendit les pleurs de Gillette, oubliée dans un coin.

«Qu'as-tu, mon ange? lui demanda le peintre redevenu subitement amoureux.

—Tue-moi! dit-elle. Je serais une infâme de t'aimer encore, car je te méprise. Tu es ma vie, et tu me fais horreur. Je crois que je te hais déjà.»

Pendant que Poussin écoutait Gillette, Frenhofer recouvrait sa Catherine d'une serge verte, avec la sérieuse tranquillité d'un joaillier qui ferme ses tiroirs en se croyant en compagnie d'adroits larrons. Il jeta sur les deux peintres un regard profondément sournois, plein de mépris et de soupçon, les mit silencieusement à la porte de son atelier, avec une promptitude convulsive. Puis, il leur dit sur le seuil de son logis: «Adieu, mes petits amis.»

[21]Rustre.
[22]Bandit, assassin.
[23]Homme de rien.
[24]Homosexuel efféminé.

Cet adieu les glaça. Le lendemain, Porbus, inquiet, revint voir Frenhofer, et apprit qu'il était mort dans la nuit, après avoir brûlé ses toiles.

Paris, février 1832[25].

---

[25] Cette date n'étant pas celle de la création du «Chef-d'œuvre inconnu», selon René Guise, Balzac a peut-être voulu rappeler à Madame Hanska la naissance de son amour pour elle.

L'AUBERGE ROUGE
1831[1]

À Monsieur le marquis de Custine[2]

En je ne sais quelle année, un banquier de Paris, qui avait des relations commerciales très étendues en Allemagne, fêtait un de ces amis, longtemps inconnus, que les négociants se font de place en place, par correspondance. Cet ami, chef de je ne sais quelle maison assez importante de Nuremberg, était un bon gros Allemand, homme de goût et d'érudition, homme de pipe surtout, ayant une belle, une large figure nurembergeoise, au front carré, bien découvert, et décoré de quelques cheveux blonds assez rares. Il offrait le type des enfants de cette pure et noble Germanie, si fertile en caractères honorables, et dont les paisibles mœurs ne se sont jamais démenties, même après sept invasions. L'étranger riait avec simplesse, écoutait attentivement, et buvait remarquablement bien, en paraissant aimer le vin de Champagne autant peut-être que les vins paillés du Johannisberg. Il se nommait Hermann, comme presque tous les Allemands mis en scène par les auteurs. En homme qui ne sait rien faire légèrement, il était bien assis à la table du banquier, mangeait avec ce tudesque appétit si célèbre en Europe, et disait un adieu consciencieux à la cuisine du grand CARÊME. Pour faire honneur à son hôte, le maître du logis avait convié quelques amis intimes, capitalistes ou commerçants, plusieurs femmes aimables, jolies, dont le gracieux babil et les manières franches étaient en harmonie avec la cordialité germanique. Vraiment, si vous aviez pu voir, comme j'en eus le plaisir, cette joyeuse réunion de gens qui avaient rentré leurs griffes commerciales pour spéculer sur les plaisirs de la vie, il vous eût été difficile de haïr les escomptes usuraires ou de maudire les faillites. L'homme ne peut pas toujours mal faire. Aussi, même dans la société des pirates, doit-il se rencontrer quelques heures douces pendant lesquelles vous croyez être, dans leur sinistre vaisseau, comme sur une escarpolette.«Avant de nous quitter, monsieur Hermann va nous raconter encore, je l'espère, une histoire allemande qui nous fasse bien peur.»

---

[1]Publié pour la première fois en feuilleton en 1831 et modifié ensuite à plusieurs reprises, c'est le texte définitif de 1846 qui est reproduit ici.
[2]Descendant d'un père et d'un grand-père guillotinés, Astolphe, marquis de Custine (1790-1857), était reçu dans les salons les plus fermés. C'était aussi un auteur d'une certaine importance, ami de Balzac et de beaucoup d'autres écrivains de l'époque.

Ces paroles furent prononcées au dessert par une jeune personne pâle et blonde qui, sans doute, avait lu les contes d'Hoffmann et les romans de Walter Scott. C'était la fille unique du banquier, ravissante créature dont l'éducation s'achevait au Gymnase[3], et qui raffolait des pièces qu'on y joue. En ce moment les convives se trouvaient dans cette heureuse disposition de paresse et de silence où nous met un repas exquis, quand nous avons un peu trop présumé de notre puissance digestive. Le dos appuyé sur sa chaise, le poignet légèrement soutenu par le bord de la table, chaque convive jouait indolemment avec la lame dorée de son couteau. Quand un dîner arrive à ce moment de déclin, certaines gens tourmentent le pépin d'une poire; d'autres roulent une mie de pain entre le pouce et l'index; les amoureux tracent des lettres informes avec les débris des fruits; les avares comptent leurs noyaux et les rangent sur leur assiette comme un dramaturge dispose ses comparses au fond d'un théâtre. C'est de petites félicités gastronomiques dont n'a pas tenu compte dans son livre Brillat-Savarin[4], auteur si complet d'ailleurs. Les valets avaient disparu. Le dessert était comme une escadre après le combat, tout désemparé, pillé, flétri. Les plats erraient sur la table, malgré l'obstination avec laquelle la maîtresse du logis essayait de les faire remettre en place. Quelques personnes regardaient des vues de Suisse symétriquement accrochées sur les parois grises de la salle à manger. Nul convive ne s'ennuyait. Nous ne connaissons point d'homme qui se soit encore attristé pendant la digestion d'un bon dîner. Nous aimons alors à rester dans je ne sais quel calme, espèce de juste milieu entre la rêverie du penseur et la satisfaction des animaux ruminants, qu'il faudrait appeler la mélancolie matérielle de la gastronomie. Aussi les convives se tournèrent-ils spontanément vers le bon Allemand, enchantés tous d'avoir une ballade à écouter, fût-elle même sans intérêt. Pendant cette benoîte pause, la voix d'un conteur semble toujours délicieuse à nos sens engourdis, elle en favorise le bonheur négatif. Chercheur de tableaux, j'admirais ces visages égayés par un sourire, éclairés par les bougies, et que la bonne chère avait empourprés; leurs expressions diverses produisaient de piquants effets à travers les candélabres, les corbeilles en porcelaine, les fruits et les cristaux.

Mon imagination fut tout à coup saisie par l'aspect du convive qui se trouvait précisément en face de moi. C'était un homme de moyenne taille, assez gras, rieur, qui avait la tournure, les manières d'un agent de change, et qui paraissait n'être doué que d'un esprit fort ordinaire, je ne l'avais pas encore remarqué; en ce moment, sa figure, sans doute assombrie par un faux jour, me parut avoir changé de caractère; elle était devenue terreuse; des teintes violâtres la sillonnaient. Vous eussiez dit de la tête cadavérique d'un agonisant. Immobile comme les personnages peints dans un Diorama[5], ses yeux hébétés restaient fixés sur les étincelantes facettes d'un bouchon de cristal; mais il ne les comptait certes pas, et semblait abîmé dans quelque contemplation fantastique de l'avenir ou du passé. Quand j'eus longtemps

---

[3]Le Gymnase, dont parle Balzac n'est pas ici une école secondaire mais un théâtre de boulevard où l'on représentait surtout des comédies et des vaudevilles.
[4]Brillat-Savarin (1755-1826) est surtout connu pour son livre *Physiologie du goût* (1825).
[5]Tableau de grande dimension animé par des jeux d'éclairage.

examiné cette face équivoque, elle me fit penser: «Souffre-t-il? me dis-je. A-t-il trop bu? Est-il ruiné par la baisse des fonds publics? Songe-t-il à jouer ses créanciers?
—Voyez! dis-je à ma voisine en lui montrant le visage de l'inconnu, n'est-ce pas une faillite en fleur?
—Oh! me répondit-elle, il serait plus gai. Puis, hochant gracieusement la tête, elle ajouta: Si celui-là se ruine jamais, je l'irai dire à Pékin! Il possède un million en fonds de terre! C'est un ancien fournisseur des armées impériales, un bon homme assez original. Il s'est remarié par spéculation, et rend néanmoins sa femme extrêmement heureuse. Il a une jolie fille que, pendant fort longtemps, il n'a pas voulu reconnaître; mais la mort de son fils, tué malheureusement en duel, l'a contraint à la prendre avec lui, car il ne pouvait plus avoir d'enfants. La pauvre fille est ainsi devenue tout à coup une des plus riches héritières de Paris. La perte de son fils unique a plongé ce cher homme dans un chagrin qui reparaît quelquefois.»

En ce moment, le fournisseur leva les yeux sur moi; son regard me fit tressaillir, tant il était sombre et pensif! Assurément ce coup d'œil résumait toute une vie. Mais tout à coup sa physionomie devint gaie; il prit le bouchon de cristal, le mit, par un mouvement machinal, à une carafe pleine d'eau qui se trouvait devant son assiette, et tourna la tête vers monsieur Hermann en souriant. Cet homme, béatifié par ses jouissances gastronomiques, n'avait sans doute pas deux idées dans la cervelle, et ne songeait à rien. Aussi eus-je, en quelque sorte, honte de prodiguer ma science divinatoire *in anima vili*[6] d'un épais financier. Pendant que je faisais, en pure perte, des observations phrénologiques, le bon Allemand s'était lesté le nez d'une prise de tabac, et commençait son histoire. Il me serait assez difficile de la reproduire dans les mêmes termes, avec ses interruptions fréquentes et ses digressions verbeuses. Aussi l'ai-je écrite à ma guise, laissant les fautes au Nurembergeois, et m'emparant de ce qu'elle peut avoir de poétique et d'intéressant, avec la candeur des écrivains qui oublient de mettre au titre de leurs livres: traduit de l'allemand.

L'Idée et le fait

«Vers la fin de vendémiaire, an VII, époque républicaine qui, dans le style actuel, correspond au 20 octobre 1799, deux jeunes gens, partis de Bonn dès le matin, étaient arrivés à la chute du jour aux environs d'Andernach, petite ville située sur la rive gauche du Rhin, à quelques lieues de Coblentz. En ce moment, l'armée française commandée par le général Augereau manœuvrait en présence des Autrichiens, qui occupaient la rive droite du fleuve. Le quartier général de la division républicaine était à Coblentz, et l'une des demi-brigades appartenant au corps d'Augereau se trouvait cantonnée à Andernach. Les deux voyageurs étaient Français. À voir leurs uniformes bleus mélangés de blanc, à parements de velours rouge, leurs sabres, surtout le chapeau couvert d'une toile cirée verte, et orné d'un plumet tricolore, les paysans allemands eux-mêmes auraient reconnu des chirurgiens militaires, hommes de science et de mérite, aimés pour la plupart, non seulement

[6]Sur l'âme vile.

à l'armée, mais encore dans les pays envahis par nos troupes. À cette époque, plusieurs enfants de famille arrachés à leur stage médical par la récente loi sur la conscription due au général Jourdan[7] avaient naturellement mieux aimé continuer leurs études sur le champ de bataille que d'être astreints au service militaire, peu en harmonie avec leur éducation première et leurs paisibles destinées. Hommes de science, pacifiques et serviables, ces jeunes gens faisaient quelque bien au milieu de tant de malheurs, et sympathisaient avec les érudits des diverses contrées, par lesquelles passait la cruelle civilisation de la République. Armés, l'un et l'autre, d'une feuille de route et munis d'une commission de *sous-aide* signée Coste et Bernadotte[8], ces deux jeunes gens se rendaient à la demi-brigade à laquelle ils étaient attachés. Tous deux appartenaient à des familles bourgeoises de Beauvais médiocrement riches, mais où les mœurs douces et la loyauté des provinces se transmettaient comme une partie de l'héritage. Amenés sur le théâtre de la guerre avant l'époque indiquée pour leur entrée en fonctions, par une curiosité bien naturelle aux jeunes gens, ils avaient voyagé par la diligence jusqu'à Strasbourg. Quoique la prudence maternelle ne leur eût laissé emporter qu'une faible somme, ils se croyaient riches en possédant quelques louis, véritable trésor dans un temps où les assignats étaient arrivés au dernier degré d'avilissement, et où l'or valait beaucoup d'argent. Les deux sous-aides, âgés de vingt ans au plus, obéirent à la poésie de leur situation avec tout l'enthousiasme de la jeunesse. De Strasbourg à Bonn, ils avaient visité l'Électorat et les rives du Rhin en artistes, en philosophes, en observateurs. Quand nous avons une destinée scientifique, nous sommes à cet âge des êtres véritablement multiples. Même en faisant l'amour, ou en voyageant, un sous-aide doit thésauriser les rudiments de sa fortune ou de sa gloire à venir. Les deux jeunes gens s'étaient donc abandonnés à cette admiration profonde dont sont saisis les hommes instruits à l'aspect des rives du Rhin et des paysages de la Souabe[9], entre Mayence et Cologne; nature forte, riche, puissamment accidentée, pleine de souvenirs féodaux, verdoyante, mais qui garde en tous lieux les empreintes du fer et du feu. Louis XIV et Turenne ont cautérisé cette ravissante contrée. Çà et là, des ruines attestent l'orgueil, ou peut-être la prévoyance du roi de Versailles qui fit abattre les admirables châteaux dont était jadis ornée cette partie de l'Allemagne. En voyant cette terre merveilleuse, couverte de forêts, et où le pittoresque du Moyen Âge abonde, mais en ruines, vous concevez le génie allemand, ses rêveries et son mysticisme. Cependant le séjour des deux amis à Bonn avait un but de science et de plaisir tout à la fois. Le grand hôpital de l'armée gallo-batave et de la division d'Augereau était établi dans le palais même de l'Électeur. Les sous-aides de fraîche date y étaient donc allés voir des camarades, remettre des lettres de recommandation à leurs chefs, et s'y familiariser avec les premières impressions de leur métier. Mais aussi, là, comme ailleurs, ils dépouillèrent quelques-uns de ces préjugés exclusifs auxquels nous restons si longtemps fidèles en faveur des monuments et des beautés de notre pays natal. Surpris à l'aspect des colonnes de

---

[7]C'est Jourdan qui a fait voter cette loi au Conseil des Cinq-Cents en 1798.
[8]Bernadotte était ministre de la Guerre et Coste premier médecin des armées.
[9]Balzac se trompe de nom: le pays entre Mayence et Cologne s'appelle la Rhénanie.

marbre dont est orné le palais électoral, ils allèrent admirant le grandiose des constructions allemandes, et trouvèrent à chaque pas de nouveaux trésors antiques ou modernes. De temps en temps les chemins dans lesquels erraient les deux amis en se dirigeant vers Andernach les amenaient sur le piton d'une montagne de granit plus élevée que les autres. Là, par une découpure de la forêt, par une anfractuosité des rochers, ils apercevaient quelque vue du Rhin encadrée dans le grès ou festonnée par de vigoureuses végétations. Les vallées, les sentiers, les arbres exhalaient cette senteur automnale qui porte à la rêverie; les cimes des bois commençaient à se dorer, à prendre des tons chauds et bruns, signes de vieillesse; les feuilles tombaient, mais le ciel était encore d'un bel azur, et les chemins, secs, se dessinaient comme des lignes jaunes dans le paysage, alors éclairé par les obliques rayons du soleil couchant. À une demi-lieue d'Andernach, les deux amis marchèrent au milieu d'un profond silence, comme si la guerre ne dévastait pas ce beau pays, et suivirent un chemin pratiqué pour les chèvres à travers les hautes murailles de granit bleuâtre entre lesquelles le Rhin bouillonne. Bientôt ils descendirent par un des versants de la gorge au fond de laquelle se trouve la petite ville, assise avec coquetterie au bord du fleuve, où elle offre un joli port aux mariniers. —L'Allemagne est un bien beau pays, s'écria l'un des deux jeunes gens, nommé Prosper Magnan, à l'instant où il entrevit les maisons peintes d'Andernach, pressées comme des œufs dans un panier, séparées par des arbres, par des jardins et des fleurs. Puis il admira pendant un moment les toits pointus à solives saillantes, les escaliers de bois, les galeries de mille habitations paisibles, et les barques balancées par les flots dans le port...»

Au moment où monsieur Hermann prononça le nom de Prosper Magnan, le fournisseur saisit la carafe, se versa de l'eau dans son verre, et le vida d'un trait. Ce mouvement ayant attiré mon attention, je crus remarquer un léger tremblement dans ses mains et de l'humidité sur le front du capitaliste.

«Comment se nomme l'ancien fournisseur? demandai-je à ma complaisante voisine.

—Taillefer, me répondit-elle.

—Vous trouvez-vous indisposé? m'écriai-je en voyant pâlir ce singulier personnage.

—Nullement, dit-il en me remerciant par un geste de politesse. J'écoute, ajouta-t-il en faisant un signe de tête aux convives, qui le regardèrent tous simultanément.

—J'ai oublié, dit monsieur Hermann, le nom de l'autre jeune homme. Seulement, les confidences de Prosper Magnan m'ont appris que son compagnon était brun, assez maigre et jovial. Si vous le permettez, je l'appellerai Wilhem, pour donner plus de clarté au récit de cette histoire.»

Le bon Allemand reprit sa narration après avoir ainsi, sans respect pour le romantisme et la couleur locale, baptisé le sous-aide français d'un nom germanique.

«Au moment où les deux jeunes gens arrivèrent à Andernach, il était donc nuit close. Présumant qu'ils perdraient beaucoup de temps à trouver leurs chefs, à s'en faire reconnaître, à obtenir d'eux un gîte militaire dans une ville déjà pleine de soldats, ils avaient résolu de passer leur dernière nuit de liberté dans une auberge située à une centaine de pas d'Andernach, et de laquelle ils avaient admiré, du haut des rochers, les riches couleurs embellies par les feux du soleil couchant. Entièrement peinte en rouge, cette auberge produisait un piquant effet dans le paysage, soit en se détachant sur la masse générale de la ville, soit en opposant son large rideau de pourpre à la verdure des différents feuillages, et sa teinte vive aux tons grisâtres de l'eau. Cette maison devait son nom à la décoration extérieure qui lui avait été sans doute imposée depuis un temps immémorial par le caprice de son fondateur. Une superstition mercantile assez naturelle aux différents possesseurs de ce logis, renommé parmi les mariniers du Rhin, en avait fait soigneusement conserver le costume. En entendant le pas des chevaux, le maître de *L'Auberge rouge* vint sur le seuil de la porte. —Par Dieu, s'écria-t-il, messieurs, un peu plus tard vous auriez été forcés de coucher à la belle étoile, comme la plupart de vos compatriotes qui bivouaquent de l'autre côté d'Andernach. Chez moi, tout est occupé! Si vous tenez à coucher dans un bon lit, je n'ai plus que ma propre chambre à vous offrir. Quant à vos chevaux, je vais leur faire mettre une litière dans un coin de la cour. Aujourd'hui, mon écurie est pleine de chrétiens. —Ces messieurs viennent de France? reprit-il après une légère pause. —De Bonn, s'écria Prosper. Et nous n'avons encore rien mangé depuis ce matin. —Oh! quant aux vivres! dit l'aubergiste en hochant la tête. On vient de dix lieues à la ronde faire des noces à L'Auberge rouge. Vous allez avoir un festin de prince, le poisson du Rhin! c'est tout dire. Après avoir confié leurs montures fatiguées aux soins de l'hôte, qui appelait assez inutilement ses valets, les sous-aides entrèrent dans la salle commune de l'auberge. Les nuages épais et blanchâtres exhalés par une nombreuse assemblée de fumeurs ne leur permirent pas de distinguer d'abord les gens avec lesquels ils allaient se trouver; mais lorsqu'ils se furent assis près d'une table, avec la patience pratique de ces voyageurs philosophes qui ont reconnu l'inutilité du bruit, ils démêlèrent, à travers les vapeurs du tabac, les accessoires obligés d'une auberge allemande : le poêle, l'horloge, les tables, les pots de bière, les longues pipes; çà et là des figures hétéroclites, juives, allemandes; puis les visages rudes de quelques mariniers. Les épaulettes de plusieurs officiers français étincelaient dans ce brouillard, et le cliquetis des éperons et des sabres retentissait incessamment sur le carreau. Les uns jouaient aux cartes, d'autres se disputaient, se taisaient, mangeaient, buvaient ou se promenaient. Une grosse petite femme, ayant le bonnet de velours noir, la pièce d'estomac bleu et argent, la pelote, le trousseau de clefs, l'agrafe d'argent, les cheveux tressés, marques distinctives de toutes des maîtresses d'auberges allemandes, et dont le costume est, d'ailleurs, si exactement colorié dans une foule d'estampes, qu'il est trop vulgaire pour être décrit, la femme de l'aubergiste donc, fit patienter et impatienter les deux amis avec une habileté fort remarquable. Insensiblement le bruit diminua, les voyageurs se retirèrent, et le nuage de fumée se dissipa. Lorsque le couvert des sous-aides fut mis, que la classique carpe du Rhin parut sur la table, onze heures sonnaient, et la salle était vide. Le silence de la nuit laissait entendre vaguement, et le bruit que faisaient les chevaux en mangeant leur provende ou en piaffant, et le murmure des eaux du Rhin, et ces espèces de rumeurs indéfinissables qui animent une auberge pleine quand chacun s'y couche. Les portes et les fenêtres s'ouvraient et se fermaient, des voix murmuraient de vagues paroles, et quelques interpellations retentissaient dans les chambres. En ce moment de silence et de tumulte, les deux Français, et l'hôte occupé à leur vanter Andernach, le repas, son vin du Rhin, l'armée républicaine et sa femme, écoutèrent avec une sorte d'intérêt les cris rauques de quelques mariniers et les bruissements d'un bateau qui abordait au port. L'aubergiste, familiarisé sans doute avec les interrogations gutturales de ces bateliers, sortit précipitamment, et revint bientôt. Il ramena un gros petit homme derrière lequel marchaient deux mariniers portant une lourde valise et quelques ballots. Ses paquets déposés dans la salle, le petit homme prit lui-même sa valise et la garda près de lui, en s'asseyant sans cérémonie à table devant les deux sous-aides. —Allez coucher à votre bateau, dit-il aux mariniers, puisque l'auberge est pleine. Tout bien considéré, cela vaudra mieux. —Monsieur, dit l'hôte au nouvel arrivé, voilà tout ce qui me reste de provisions. Et il montrait le souper servi aux deux Français. —Je n'ai pas une croûte de pain, pas un os. —Et de la choucroute? —Pas de quoi mettre dans le dé de ma femme! Comme j'ai eu l'honneur de vous le dire, vous ne pouvez avoir d'autre lit que la chaise sur laquelle vous êtes, et d'autre chambre que cette salle.» À ces mots, le petit homme jeta sur l'hôte, sur la salle et sur les deux Français, un regard où la prudence et l'effroi se peignirent également.

«Ici je dois vous faire observer, dit monsieur Hermann en s'interrompant, que nous n'avons jamais su ni le véritable nom ni l'histoire de cet inconnu; seulement, ses papiers ont appris qu'il venait d'Aix-la-Chapelle; il avait pris le nom de Walhenfer, et possédait aux environs de Neuwied une manufacture d'épingles assez considérable. Comme tous les fabricants de ce pays, il portait une redingote de drap commun, une culotte et un gilet en velours vert foncé, des bottes et une large ceinture de cuir. Sa figure était toute ronde, ses manières franches et cordiales; mais pendant cette soirée il lui fut très difficile de déguiser entièrement des appréhensions secrètes ou peut-être de cruels soucis. L'opinion de l'aubergiste a toujours été que ce négociant allemand fuyait son pays. Plus tard, j'ai su que sa fabrique avait été brûlée par un de ces hasards malheureusement si fréquents en temps de guerre. Malgré son expression généralement soucieuse, sa physionomie annonçait une grande bonhomie. Il avait de beaux traits, et surtout un large cou dont la blancheur était si bien relevée par une cravate noire, que Wilhem le montra par raillerie à Prosper...»

Ici, monsieur Taillefer but un verre d'eau.

«Prosper offrit avec courtoisie au négociant de partager leur souper, et Walhenfer accepta sans façon, comme un homme qui se sentait en mesure de reconnaître cette politesse; il coucha sa valise à terre, mit ses pieds dessus, ôta son chapeau, s'attabla, se débarrassa de ses gants et de deux pistolets qu'il avait à sa ceinture. L'hôte lui ayant promptement donné un couvert, les trois convives commencèrent à satisfaire assez silencieusement leur appétit. L'atmosphère de la salle était si chaude et les mouches si nombreuses, que Prosper pria l'hôte d'ouvrir la croisée qui donnait sur la porte, afin de renouveler l'air. Cette fenêtre était barricadée par une barre de fer dont les deux bouts entraient dans des trous pratiqués aux deux coins de l'embrasure. Pour plus de sécurité, deux écrous, attachés à chacun des volets, recevaient deux vis. Par hasard, Prosper examina la manière dont s'y prenait l'hôte pour ouvrir la fenêtre.

«Mais, puisque je vous parle des localités, nous dit monsieur Hermann, je dois vous dépeindre les dispositions intérieures de l'auberge; car, de la connaissance exacte des lieux, dépend l'intérêt de cette histoire. La salle où se trouvaient les trois personnages dont je vous parle avait deux portes de sortie. L'une donnait sur le chemin d'Andernach qui longe le Rhin. Là, devant l'auberge, se trouvait naturellement un petit débarcadère où le bateau, loué par le négociant pour son voyage, était amarré. L'autre porte avait sa sortie sur la cour de l'auberge. Cette cour était entourée de murs très élevés, et remplie, pour le moment, de bestiaux et de chevaux, les écuries étant pleines de monde. La grande porte venait d'être si soigneusement barricadée, que, pour plus de promptitude, l'hôte avait fait entrer le négociant et les mariniers par la porte de la salle qui donnait sur la rue. Après avoir ouvert la fenêtre, selon le désir de Prosper Magnan, il se mit à fermer cette porte, glissa les barres dans leurs trous, et vissa les écrous. La chambre de l'hôte, où devaient coucher les deux sous-aides, était contiguë à la salle commune et se trouvait séparée par un mur assez léger de la cuisine, où l'hôtesse et son mari devaient probablement passer la nuit. La servante venait de sortir, et d'aller chercher son gîte dans quelque crèche, dans le coin d'un grenier, ou partout ailleurs. Il est facile de comprendre que la salle commune, la chambre de l'hôte et la cuisine étaient en quelque sorte isolées du reste de l'auberge. Il y avait dans la cour deux gros chiens, dont les aboiements graves annonçaient des gardiens vigilants et très irritables. —Quel silence et quelle belle nuit! dit Wilhem en regardant le ciel, lorsque l'hôte eut fini de fermer la porte. Alors le clapotis des flots était le seul bruit qui se fît entendre. —Messieurs, dit le négociant aux deux Français, permettez-moi de vous offrir quelques bouteilles de vin pour arroser votre carpe. Nous nous délasserons de la fatigue de la journée en buvant. À votre air et à l'état de vos vêtements, je vois que, comme moi, vous avez fait bien du chemin aujourd'hui. Les deux amis acceptèrent, et l'hôte sortit par la porte de la cuisine pour aller à sa cave, sans doute située sous cette partie du bâtiment. Lorsque cinq vénérables bouteilles, apportées par l'aubergiste, furent sur la table, sa femme achevait de servir le repas. Elle donna à la salle et aux mets son coup d'œil de maîtresse de maison; puis, certaine d'avoir prévenu toutes les exigences des voyageurs, elle rentra dans la cuisine. Les quatre convives, car l'hôte fut invité à boire, ne l'entendirent pas se coucher; mais, plus tard, pendant les intervalles de silence qui séparèrent les causeries des buveurs, quelques ronflements très accentués, rendus encore plus sonores par les planches creuses de la soupente où elle s'était nichée, firent sourire les amis, et surtout l'hôte. Vers minuit, lorsqu'il n'y eut plus sur la table que des biscuits, du fromage, des fruits secs et du bon vin, les convives, principalement les deux jeunes Français, devinrent communicatifs. Ils parlèrent de leur pays, de leurs études, de la guerre. Enfin, la conversation s'anima. Prosper

Magnan fit venir quelques larmes dans les yeux du négociant fugitif, quand, avec cette franchise picarde, et la naïveté d'une nature bonne et tendre, il supposa ce que devait faire sa mère au moment où il se trouvait, lui, sur les bords du Rhin. —Je la vois, disait-il, lisant sa prière du soir avant de se coucher! Elle ne m'oublie certes pas, et doit se demander "Où est-il, mon pauvre Prosper?" Mais si elle a gagné au jeu quelques sous à sa voisine, à ta mère, peut-être, ajouta-t-il en poussant le coude de Wilhem, elle va les mettre dans le grand pot de terre rouge où elle amasse la somme nécessaire à l'acquisition des trente arpents enclavés dans son petit domaine de Lescheville. Ces trente arpents valent bien environ soixante mille francs. Voilà de bonnes prairies. Ah! si je les avais un jour, je vivrais toute ma vie à Lescheville, sans ambition! Combien de fois mon père a-t-il désiré ces trente arpents et le joli ruisseau qui serpente dans ces prés-là! Enfin, il est mort sans pouvoir les acheter. J'y ai bien souvent joué! —Monsieur Walhenfer, n'avez-vous pas aussi votre *hoc erat in votis*[10]? demanda Wilhem. —Oui, monsieur, oui! mais il était tout venu, et, maintenant... Le bonhomme garda le silence, sans achever sa phrase. —Moi, dit l'hôte dont le visage s'était légèrement empourpré, j'ai, l'année dernière, acheté un clos que je désirais avoir depuis dix ans. Ils causèrent ainsi en gens dont la langue était déliée par le vin, et prirent les uns pour les autres cette amitié passagère de laquelle nous sommes peu avares en voyage, en sorte qu'au moment où ils allèrent se coucher, Wilhem offrit son lit au négociant. —Vous pouvez d'autant mieux l'accepter, lui dit-il, que je puis coucher avec Prosper. Ce ne sera, certes, ni la première ni la dernière fois. Vous êtes notre doyen, nous devons honorer la vieillesse! —Bah! dit l'hôte, le lit de ma femme a plusieurs matelas, vous en mettrez un par terre. Et il alla fermer la croisée, en faisant le bruit que comportait cette prudente opération. —J'accepte, dit le négociant. J'avoue, ajouta-t-il en baissant la voix et regardant les deux amis, que je désirais. Mes bateliers me semblent suspects. Pour cette nuit, je ne suis pas fâché d'être en compagnie de deux braves et bons jeunes gens, de deux militaires français! J'ai cent mille francs en or et en diamants dans ma valise! L'affectueuse réserve avec laquelle cette imprudente confidence fut reçue par les deux jeunes gens rassura le bon Allemand. L'hôte aida ses voyageurs à défaire un des lits. Puis, quand tout fut arrangé pour le mieux, il leur souhaita le bonsoir et alla se coucher. Le négociant et les deux sous-aides plaisantèrent sur la nature de leurs oreillers. Prosper mettait sa trousse d'instruments et celle de Wilhem sous son matelas, afin de l'exhausser et de remplacer le traversin qui lui manquait, au moment où, par un excès de prudence, Walhenfer plaçait sa valise sous son chevet. —Nous dormirons tous deux sur notre fortune: vous sur votre or; moi sur ma trousse! Reste à savoir si mes instruments me vaudront autant d'or que vous en avez acquis. —Vous pouvez l'espérer, dit le négociant. Le travail et la probité viennent à bout de tout, mais ayez de la patience. Bientôt Walhenfer et Wilhem s'endormirent. Soit que son lit fût trop dur, soit que son extrême fatigue fût une cause d'insomnie, soit par une fatale disposition d'âme, Prosper Magnan resta éveillé. Ses pensées prirent insensiblement une mauvaise

---

[10] «Voilà l'objet de mes désirs»—Horace (*Satires* 6.223).

pente. Il songea très exclusivement aux cent mille francs sur lesquels dormait le négociant. Pour lui, cent mille francs étaient une immense fortune tout venue. Il commença par les employer de mille manières différentes, en faisant des châteaux en Espagne, comme nous en faisons tous avec tant de bonheur pendant le moment qui précède notre sommeil, à cette heure où les images naissent confuses dans notre entendement, et où souvent, par le silence de la nuit, la pensée acquiert une puissance magique. Il comblait les vœux de sa mère, il achetait les trente arpents de prairie, il épousait une demoiselle de Beauvais à laquelle la disproportion de leurs fortunes lui défendait d'aspirer en ce moment. Il s'arrangeait avec cette somme toute une vie de délices, et se voyait heureux, père de famille, riche, considéré dans sa province, et peut-être maire de Beauvais. Sa tête picarde s'enflammant, il chercha les moyens de changer ses fictions en réalités. Il mit une chaleur extraordinaire à combiner un crime en théorie. Tout en rêvant la mort du négociant, il voyait distinctement l'or et les diamants. Il en avait les yeux éblouis. Son cœur palpitait. La délibération était déjà sans doute un crime. Fasciné par cette masse d'or, il s'enivra moralement par des raisonnements assassins. Il se demanda si ce pauvre Allemand avait bien besoin de vivre, et supposa qu'il n'avait jamais existé. Bref, il conçut le crime de manière à en assurer l'impunité. L'autre rive du Rhin était occupée par les Autrichiens; il y avait au bas des fenêtres une barque et des bateliers; il pouvait couper le cou de cet homme, le jeter dans le Rhin, se sauver par la croisée avec la valise, offrir de l'or aux mariniers, et passer en Autriche. Il alla jusqu'à calculer le degré d'adresse qu'il avait su acquérir en se servant de ses instruments de chirurgie, afin de trancher la tête de sa victime de manière à ce qu'elle ne poussât pas un seul cri...»

Là monsieur Taillefer s'essuya le front et but encore un peu d'eau.

«Prosper se leva lentement et sans faire aucun bruit. Certain de n'avoir réveillé personne, il s'habilla, se rendit dans la salle commune; puis, avec cette fatale intelligence que l'homme trouve soudainement en lui, avec cette puissance de tact et de volonté qui ne manque jamais ni aux prisonniers ni aux criminels dans l'accomplissement de leurs projets, il dévissa les barres de fer, les sortit de leurs trous sans faire le plus léger bruit, les plaça près du mur, et ouvrit les volets en pesant sur les gonds afin d'en assourdir les grincements. La lune ayant jeté sa pâle clarté sur cette scène, lui permit de voir faiblement les objets dans la chambre où dormaient Wilhem et Walhenfer. Là, il m'a dit s'être un moment arrêté. Les palpitations de son cœur étaient si fortes, si profondes, si sonores, qu'il en avait été comme épouvanté. Puis il craignait de ne pouvoir agir avec sang-froid; ses mains tremblaient, et la plante de ses pieds lui paraissait appuyée sur des charbons ardents. Mais l'exécution de son dessein était accompagnée de tant de bonheur, qu'il vit une espèce de prédestination dans cette faveur du sort. Il ouvrit la fenêtre, revint dans la chambre, prit sa trousse, y chercha l'instrument le plus convenable pour achever son crime. —Quand j'arrivai près du lit, me dit-il, je me recommandai machinalement à Dieu. Au moment où il levait le bras en rassemblant toute sa force, il entendit en lui comme une voix, et crut apercevoir une lumière. Il jeta l'instrument sur son lit, se sauva dans l'autre pièce, et vint se placer à la fenêtre. Là, il conçut la plus profonde horreur pour lui-même; et sentant néanmoins sa vertu faible, craignant encore de succomber à la fascination à laquelle il était en proie, il sauta vivement sur le chemin et se promena le long du Rhin, en faisant pour ainsi dire sentinelle devant l'auberge. Souvent il atteignait Andernach dans sa promenade précipitée; souvent aussi ses pas le conduisaient au versant par lequel il était descendu pour arriver à l'auberge; mais le silence de la nuit était si profond, il se liait si bien sur les chiens de garde, que, parfois, il perdit de vue la fenêtre qu'il avait laissée ouverte. Son but était de se lasser et d'appeler le sommeil. Cependant, en marchant ainsi sous un ciel sans nuages, en en admirant les belles étoiles, frappé peut-être aussi par l'air pur de la nuit et par le bruissement mélancolique des flots, il tomba dans une rêverie qui le ramena par degrés à de saines idées de morale. La raison finit par dissiper complètement sa frénésie momentanée. Les enseignements de son éducation, les préceptes religieux, et surtout, m'a-t-il dit, les images de la vie modeste qu'il avait jusqu'alors menée sous le toit paternel, triomphèrent de ses mauvaises pensées. Quand il revint, après une longue méditation au charme de laquelle il s'était abandonné sur le bord du Rhin, en restant accoudé sur une grosse pierre, il aurait pu, m'a-t-il dit, non pas dormir, mais veiller près d'un milliard en or. Au moment où sa probité se releva fière et forte de ce combat, il se mit à genoux dans un sentiment d'extase et de bonheur, remercia Dieu, se trouva heureux, léger, content comme au jour de sa première communion, où il s'était cru digne des anges, parce qu'il avait passé la journée sans pécher ni en paroles, ni en actions, ni en pensée. Il revint à l'auberge, ferma la fenêtre sans craindre de faire du bruit, et se mit au lit sur-le-champ. Sa lassitude morale et physique le livra sans défense au sommeil. Peu de temps après avoir posé sa tête sur son matelas, il tomba dans cette somnolence première et fantastique qui précède toujours un profond sommeil. Alors les sens s'engourdissent, et la vie s'abolit graduellement; les pensées sont incomplètes, et les derniers tressaillements de nos sens simulent une sorte de rêverie. —Comme l'air est lourd, se dit Prosper. Il me semble que je respire une vapeur humide. Il s'expliqua vaguement cet effet de l'atmosphère par la différence qui devait exister entre la température de la chambre et l'air pur de la campagne. Mais il entendit bientôt un bruit périodique assez semblable à celui que font les gouttes d'eau d'une fontaine en tombant du robinet. Obéissant à une terreur panique, il voulut se lever et appeler l'hôte, réveiller le négociant ou Wilhem; mais il se souvint alors, pour son malheur, de l'horloge en bois; et croyant reconnaître le mouvement du balancier, il s'endormit dans cette indistincte et confuse perception.»

«Voulez-vous de l'eau», monsieur Taillefer? dit le maître de la maison, en voyant le banquier prendre machinalement la carafe.

Elle était vide.

Monsieur Hermann continua son récit, après la légère pause occasionnée par l'observation du banquier.

«Le lendemain matin, dit-il, Prosper Magnan fut réveillé par un grand bruit. Il lui semblait avoir entendu des cris perçants, et il ressentait ce violent tressaillement de nerfs que nous subissons lorsque nous achevons, au réveil, une sensation pénible commencée pendant notre sommeil. Il s'accomplit en nous un fait physiologique, un sursaut, pour me servir de l'expression vulgaire, qui n'a pas encore été suffisamment observé, quoiqu'il contienne des phénomènes curieux pour la science. Cette terrible angoisse, produite peut-être par une réunion trop subite de nos deux natures, presque toujours séparées pendant le sommeil, est ordinairement rapide; mais elle persista chez le pauvre sous-aide, s'accrut même tout à coup, et lui causa la plus affreuse horripilation, quand il aperçut une mare de sang entre son matelas et le lit de Walhenfer. La tête du pauvre Allemand gisait à terre, le corps était resté dans le lit. Tout le sang avait jailli par le cou. En voyant les yeux encore ouverts et fixes, en voyant le sang qui avait taché ses draps et même ses mains, en reconnaissant son instrument de chirurgie sur le lit, Prosper Magnan s'évanouit, et tomba dans le sang de Walhenfer. —C'était déjà, m'a-t-il dit, une punition de mes pensées. Quand il reprit connaissance, il se trouva dans la salle commune. Il était assis sur une chaise, environné de soldats français et devant une foule attentive et curieuse. Il regarda stupidement un officier républicain occupé à recueillir les dépositions de quelques témoins, et à rédiger sans doute un procès-verbal. Il reconnut l'hôte, sa femme, les deux mariniers et la servante de l'auberge. L'instrument de chirurgie dont s'était servi l'assassin…»

Ici monsieur Taillefer toussa, tira son mouchoir de poche pour se moucher, et s'essuya le front. Ces mouvements assez naturels ne furent remarqués que par moi; tous les convives avaient les yeux attachés sur monsieur Hermann, et l'écoutaient avec une sorte d'avidité. Le fournisseur appuya son coude sur la table, mit sa tête dans sa main droite, et regarda fixement Hermann. Dès lors il ne laissa plus échapper aucune marque d'émotion ni d'intérêt; mais sa physionomie resta pensive et terreuse, comme au moment où il avait joué avec le bouchon de la carafe.

«L'instrument de chirurgie dont s'était servi l'assassin se trouvait sur la table avec la trousse, le portefeuille et les papiers de Prosper. Les regards de l'assemblée se dirigeaient alternativement sur ces pièces de conviction et sur le jeune homme, qui paraissait mourant, et dont les yeux éteints semblaient ne rien voir. La rumeur confuse qui se faisait entendre au dehors accusait la présence de la foule attirée devant l'auberge par la nouvelle du crime, et peut-être aussi par le désir de connaître l'assassin. Le pas des sentinelles placées sous les fenêtres de la salle, le bruit de leurs fusils dominaient le murmure des conversations populaires; mais l'auberge était fermée, la cour était vide et silencieuse. Incapable de soutenir le regard de l'officier qui verbalisait, Prosper Magnan se sentit la main pressée par un homme, et leva les yeux pour voir quel était son protecteur parmi cette foule ennemie. Il reconnut, à l'uniforme, le chirurgien-major de la demi-brigade cantonnée à Andernach. Le regard de cet homme était si perçant, si sévère, que le pauvre jeune homme en frissonna, et laissa aller sa tête sur le dos de la chaise. Un soldat lui fit respirer du vinaigre, et il reprit aussitôt connaissance. Cependant, ses yeux hagards parurent tellement privés de vie et d'intelligence, que le chirurgien dit à l'officier, après avoir tâté le pouls de Prosper: —Capitaine, il est impossible d'interroger cet homme-là dans ce moment-ci. —Eh bien! emmenez-le, répondit le capitaine en interrompant le chirurgien et en s'adressant à un caporal qui se trouvait derrière le sous-aide. —Sacré lâche, lui dit à voix basse le soldat, tâche au moins de marcher ferme devant ces mâtins d'Allemands, afin de sauver l'honneur de la République. Cette interpellation réveilla Prosper Magnan, qui se leva, fit quelques pas; mais lorsque la porte s'ouvrit, qu'il se sentit frappé par l'air extérieur, et qu'il vit entrer la foule, ses forces l'abandonnèrent, ses genoux fléchirent, il chancela. —Ce tonnerre de carabin-là mérite deux fois la mort! Marche donc! dirent les deux soldats qui lui prêtaient le secours de leurs bras afin de le soutenir. —Oh! le lâche! le lâche! C'est lui! c'est lui! le voilà! le voilà! Ces mots lui semblaient dits par une seule voix, la voix tumultueuse de la foule qui l'accompagnait en l'injuriant, et grossissait à chaque pas. Pendant le trajet de l'auberge à la prison, le tapage que le peuple et les soldats faisaient en marchant, le murmure des différents colloques, la vue du ciel et la fraîcheur de l'air, l'aspect d'Andernach et le frissonnement des eaux du Rhin, ces impressions arrivaient à l'âme du sous-aide, vagues, confuses, ternes comme toutes les sensations qu'il avait éprouvées depuis son réveil. Par moments il croyait, m'a-t-il dit, ne plus exister.

«J'étais alors en prison, dit monsieur Hermann en s'interrompant. Enthousiaste comme nous le sommes tous à vingt ans, j'avais voulu défendre mon pays, et commandais une compagnie franche que j'avais organisée aux environs d'Andernach. Quelques jours auparavant j'étais tombé pendant la nuit au milieu d'un détachement français composé de huit cents hommes. Nous étions tout au plus deux cents. Mes espions m'avaient vendu. Je fus jeté dans la prison d'Andernach. Il s'agissait alors de me fusiller, pour faire un exemple qui intimidât le pays. Les Français parlaient aussi de représailles, mais le meurtre dont les républicains voulaient tirer vengeance sur moi ne s'était pas commis dans l'Électorat. Mon père avait obtenu un sursis de trois jours, afin de pouvoir aller demander ma grâce au général Augereau, qui la lui accorda. Je vis donc Prosper Magnan au moment où il entra dans la prison d'Andernach, et il m'inspira la plus profonde pitié. Quoiqu'il fût pâle, défait, taché de sang, sa physionomie avait un caractère de candeur et d'innocence qui me frappa vivement. Pour moi, l'Allemagne respirait dans ses longs cheveux blonds, dans ses yeux bleus. Véritable image de mon pays défaillant, il m'apparut comme une victime et non comme un meurtrier. Au moment où il passa sous ma fenêtre, il jeta, je ne sais où, le sourire amer et mélancolique d'un aliéné qui retrouve une fugitive lueur de raison. Ce sourire n'était certes pas celui d'un assassin. Quand je vis le geôlier, je le questionnai sur son nouveau prisonnier. —Il n'a pas parlé depuis qu'il est dans son cachot. Il s'est assis, a mis sa tête entre ses mains, et dort ou réfléchit à son affaire. À entendre les Français, il aura son compte demain matin, et sera fusillé dans les vingt-quatre heures. Je demeurai le soir sous la fenêtre du prisonnier, pendant le court instant qui m'était accordé pour faire une promenade dans la cour de la prison. Nous causâmes ensemble, et il me raconta naïvement son aventure, en répondant avec assez de justesse à mes différentes questions. Après cette première conversation, je ne doutai plus de son innocence. Je demandai, j'obtins la faveur de rester quelques heures près de lui. Je le vis donc à plusieurs reprises, et le pauvre enfant m'initia sans détour à toutes ses pensées. Il se croyait à la fois innocent et coupable. Se souvenant de l'horrible tentation à laquelle il avait eu la force de résister, il craignait d'avoir accompli, pendant son sommeil et dans un accès de somnambulisme, le crime qu'il rêvait, éveillé. —Mais votre compagnon? lui dis-je. —Oh! s'écria-t-il avec feu, Wilhem est incapable... Il n'acheva même pas. À cette parole chaleureuse, pleine de jeunesse et de vertu, je lui serrai la main. —À son réveil, reprit-il, il aura sans doute été épouvanté, il aura perdu la tête, il se sera sauvé. —Sans vous éveiller, lui dis-je. Mais alors votre défense sera facile, car la valise de Walhenfer n'aura pas été volée. Tout à coup il fondit en larmes. —Oh! oui, je suis innocent, s'écria-t-il. Je n'ai pas tué. Je me souviens de mes songes. Je jouais aux barres avec mes camarades de collège. Je n'ai pas dû couper la tête de ce négociant, en rêvant que je courais. Puis, malgré les lueurs d'espoir qui parfois lui rendirent un peu de calme, il se sentait toujours écrasé par un remords. Il avait bien certainement levé le bras pour trancher la tête du négociant. Il se faisait justice, et ne se trouvait pas le cœur pur, après avoir commis le crime dans sa pensée. —Et cependant! je suis bon! s'écriait-il. Ô ma pauvre mère! Peut-être en ce moment joue-t-elle gaiement à l'impériale[11] avec ses voisines dans son petit salon de tapisserie. Si elle savait que j'ai seulement levé la main pour assassiner un homme... oh! elle mourrait! Et je suis en prison, accusé d'avoir commis un crime. Si je n'ai pas tué cet homme, je tuerai certainement ma mère! À ces mots il ne pleura pas; mais, animé de cette fureur courte et vive assez familière aux Picards, il s'élança vers la muraille, et, si je ne l'avais retenu, il s'y serait brisé la tête. —Attendez votre jugement, lui dis-je. Vous serez acquitté, vous êtes innocent. Et votre mère... —Ma mère, s'écria-t-il avec fureur, elle apprendra mon accusation avant tout. Dans les petites villes, cela se fait ainsi, la pauvre femme en mourra de chagrin. D'ailleurs, je ne suis pas innocent. Voulez-vous savoir toute la vérité! Je sens que j'ai perdu la virginité de ma conscience. Après ce terrible mot, il s'assit, se croisa les bras sur la poitrine, inclina la tête, et regarda la terre d'un air sombre. En ce moment, le porte-clefs vint me prier de rentrer dans ma chambre; mais, fâché d'abandonner mon compagnon en un instant où son découragement me paraissait si profond, je le serrai dans mes bras avec amitié. — Prenez patience, lui dis-je, tout ira bien, peut-être. Si la voix d'un honnête homme peut faire taire vos doutes, apprenez que je vous estime et vous aime. Acceptez mon amitié, et dormez sur mon cœur, si vous n'êtes pas en paix avec le vôtre. Le lendemain, un caporal et quatre fusiliers vinrent chercher le sous-aide vers neuf heures. En entendant le bruit que firent les soldats, je me mis à ma fenêtre. Lorsque le jeune homme traversa la cour, il jeta les yeux sur moi. Jamais je n'oublierai ce regard plein de pensées, de pressentiments, de résignation, et de je ne sais quelle grâce triste et mélancolique. Ce fut une espèce de testament silencieux et intelligible par lequel un ami léguait sa vie perdue à son dernier ami. La nuit avait été sans doute bien dure, bien solitaire pour lui; mais aussi peut-être la pâleur

---

[11] Un jeu de cartes.

empreinte sur son visage accusait-elle un stoïcisme puisé dans une nouvelle estime de lui-même. Peut-être s'était-il purifié par un remords, et croyait-il laver sa faute dans sa douleur et dans sa honte. Il marchait d'un pas ferme; et, dès le matin, il avait fait disparaître les taches de sang dont il s'était involontairement souillé. —Mes mains y ont fatalement trempé pendant que je dormais, car mon sommeil est toujours très agité, m'avait-il dit la veille, avec un horrible accent de désespoir. J'appris qu'il allait comparaître devant le conseil de guerre. La division devait, le surlendemain, se porter en avant, et le chef de demi-brigade ne voulait pas quitter Andernach sans faire justice du crime sur les lieux mêmes où il avait été commis... Je restai dans une mortelle angoisse pendant le temps que dura ce conseil. Enfin, vers midi, Prosper Magnan fut ramené en prison. Je faisais en ce moment ma promenade accoutumée; il m'aperçut, et vint se jeter dans mes bras. —Perdu, me dit-il. Je suis perdu sans espoir! Ici, pour tout le monde, je serai donc un assassin. Il releva la tête avec fierté. Cette injustice m'a rendu tout entier à mon innocence. Ma vie aurait toujours été troublée, ma mort sera sans reproche. Mais, y a-t-il un avenir? Tout le dix-huitième siècle était dans cette interrogation soudaine. Il resta pensif. —Enfin, lui dis-je, comment avez-vous répondu? que vous a-t-on demandé? n'avez-vous pas dit naïvement le fait comme vous me l'avez raconté? Il me regarda fixement pendant un moment; puis, après cette pause effrayante, il me répondit avec une fiévreuse vivacité de paroles: —Ils m'ont demandé d'abord: "Êtes-vous sorti de l'auberge pendant la nuit?" J'ai dit: —Oui. "Par où?" J'ai rougi, et j'ai répondu: —Par la fenêtre. "Vous l'aviez donc ouverte?" —Oui! ai-je dit. "Vous y avez mis bien de la précaution. L'aubergiste n'a rien entendu!" —Je suis resté stupéfait. Les mariniers ont déclaré m'avoir vu me promenant, allant tantôt à Andernach, tantôt vers la forêt. J'ai fait, disent-ils, plusieurs voyages. J'ai enterré l'or et les diamants. Enfin, la valise ne s'est pas retrouvée! Puis j'étais toujours en guerre avec mes remords. Quand je voulais parler: "Tu as voulu commettre le crime!" me criait une voix impitoyable. Tout était contre moi, même moi!... Ils m'ont questionné sur mon camarade, et je l'ai complètement défendu. Alors ils m'ont dit: "Nous devons trouver un coupable entre vous, votre camarade, l'aubergiste et sa femme! Ce matin, toutes les fenêtres et les portes se sont trouvées fermées!" À cette observation, reprit-il, je suis resté sans voix, sans force, sans âme. Plus sûr de mon ami que de moi-même, je ne pouvais l'accuser. J'ai compris que nous étions regardés tous deux comme également complices de l'assassinat, et que je passais pour le plus maladroit! J'ai voulu expliquer le crime par le somnambulisme, et justifier mon ami; alors j'ai divagué. Je suis perdu. J'ai lu ma condamnation dans les yeux de mes juges. Ils ont laissé échapper des sourires d'incrédulité. Tout est dit. Plus d'incertitude. Demain je serai fusillé. Je ne pense plus à moi, reprit-il, mais à ma pauvre mère! Il s'arrêta, regarda le ciel, et ne versa pas de larmes. Ses yeux étaient secs et fortement convulsés. "Frédéric!" —Ah! l'autre se nommait Frédéric, Frédéric! Oui, c'est bien là le nom!» s'écria monsieur Hermann d'un air de triomphe.

Ma voisine me poussa le pied, et me fit un signe en me montrant monsieur

Taillefer. L'ancien fournisseur avait négligemment laissé tomber sa main sur ses yeux; mais, entre les intervalles de ses doigts, nous crûmes voir une flamme sombre dans son regard.
«Hein? me dit-elle à l'oreille. S'il se nommait Frédéric.»
Je répondis en la guignant de l'œil comme pour lui dire «Silence!»
Hermann reprit ainsi: «Frédéric, s'écria le sous-aide, Frédéric m'a lâchement abandonné. Il aura eu peur. Peut-être se sera-t-il caché dans l'auberge, car nos deux chevaux étaient encore le matin dans la cour. Quel incompréhensible mystère, ajouta-t-il après un moment de silence. Le somnambulisme, le somnambulisme! Je n'en ai eu qu'un seul accès dans ma vie, et encore à l'âge de six ans. M'en irai-je d'ici, reprit-il, frappant du pied sur la terre, en emportant tout ce qu'il y a d'amitié dans le monde? Mourrai-je donc deux fois en doutant d'une fraternité commencée à l'âge de cinq ans, et continuée au collège, aux écoles! Où est Frédéric? Il pleura. Nous tenons donc plus à un sentiment qu'à la vie. —Rentrons, me dit-il, je préfère être dans mon cachot. Je ne voudrais pas qu'on me vît pleurant. J'irai courageusement à la mort, mais je ne sais pas faire de l'héroïsme à contretemps, et j'avoue que je regrette ma jeune et belle vie. Pendant cette nuit je n'ai pas dormi; je me suis rappelé les scènes de mon enfance, et me suis vu courant dans ces prairies dont le souvenir a peut-être causé ma perte. J'avais de l'avenir, me dit-il en s'interrompant. Douze hommes; un sous-lieutenant qui criera: "Portez armes, en joue, feu!" un roulement de tambours; et l'infamie! voilà mon avenir maintenant. Oh! il y a un Dieu, ou tout cela serait par trop niais. Alors il me prit et me serra dans ses bras en m'étreignant avec force. —Ah! vous êtes le dernier homme avec lequel j'aurai pu épancher mon âme. Vous serez libre, vous! vous verrez votre mère! Je ne sais si vous êtes riche ou pauvre, mais qu'importe! vous êtes le monde entier pour moi. Ils ne se battront pas toujours, ceux-ci. Eh bien! quand ils seront en paix, allez à Beauvais. Si ma mère survit à la fatale nouvelle de ma mort, vous l'y trouverez. Dites-lui ces consolantes paroles: "Il était innocent!" —Elle vous croira, reprit-il. Je vais lui écrire; mais vous lui porterez mon dernier regard, vous lui direz que vous êtes le dernier homme que j'aurai embrassé. Ah! combien elle vous aimera, la pauvre femme! vous qui aurez été mon dernier ami. Ici, dit-il après un moment de silence pendant lequel il resta comme accablé sous le poids de ses souvenirs, chefs et soldats me sont inconnus, et je leur fais horreur à tous. Sans vous, mon innocence serait un secret entre le ciel et moi. Je lui jurai d'accomplir saintement ses dernières volontés. Mes paroles, mon effusion de cœur le touchèrent. Peu de temps après, les soldats revinrent le chercher et le ramenèrent au conseil de guerre. Il était condamné. J'ignore les formalités qui devaient suivre ou accompagner ce premier jugement, je ne sais pas si le jeune chirurgien défendit sa vie dans toutes les règles; mais il s'attendait à marcher au supplice le lendemain matin, et passa la nuit à écrire à sa mère. —Nous serons libres tous deux, me dit-il en souriant, quand je l'allai voir le lendemain; j'ai appris que le général a signé votre grâce. Je restai silencieux, et le regardai pour bien graver ses traits dans ma mémoire. Alors il prit une expression de dégoût, et me dit: —J'ai été tristement lâche! J'ai, pendant

toute la nuit, demandé ma grâce à ces murailles. Et il me montrait les murs de son cachot. —Oui, oui, reprit-il, j'ai hurlé de désespoir, je me suis révolté, j'ai subi la plus terrible des agonies morales. J'étais seul! Maintenant, je pense à ce que vont dire les autres... Le courage est un costume à prendre. Je dois aller décemment à la mort... Aussi...»

Les Deux Justices

«Oh! n'achevez pas! s'écria la jeune personne qui avait demandé cette histoire, et qui interrompit alors brusquement le Nurembergeois. Je veux demeurer dans l'incertitude et croire qu'il a été sauvé. Si j'apprenais aujourd'hui qu'il a été fusillé, je ne dormirais pas cette nuit. Demain vous me direz le reste.»

Nous nous levâmes de table. En acceptant le bras de monsieur Hermann, ma voisine lui dit: «Il a été fusillé, n'est-ce pas?

—Oui. Je fus témoin de l'exécution.

—Comment, monsieur, dit-elle, vous avez pu...

—Il l'avait désiré, madame. Il y a quelque chose de bien affreux à suivre le convoi d'un homme vivant, d'un homme que l'on aime, d'un innocent! Ce pauvre jeune homme ne cessa pas de me regarder. Il semblait ne plus vivre qu'en moi! Il voulait, disait-il, que je reportasse son dernier soupir à sa mère.

—Eh bien! l'avez-vous vue?

—À la paix d'Amiens, je vins en France pour apporter à la mère cette belle parole: "Il était innocent". J'avais religieusement entrepris ce pèlerinage. Mais madame Magnan était morte de consomption. Ce ne fut pas sans une émotion profonde que je brûlai la lettre dont j'étais porteur. Vous vous moquerez peut-être de mon exaltation germanique, mais je vis un drame de mélancolie sublime dans le secret éternel qui allait ensevelir ces adieux jetés entre deux tombes, ignorés de toute la création, comme un cri poussé au milieu du désert par le voyageur que surprend un lion.

—Et si l'on vous mettait face à face avec un des hommes qui sont dans ce salon, en vous disant: "Voilà le meurtrier!" ne serait-ce pas un autre drame? lui demandai-je en l'interrompant. Et que feriez-vous?

Monsieur Hermann alla prendre son chapeau et sortit.

—Vous agissez en jeune homme, et bien légèrement, me dit ma voisine. Regardez Taillefer! tenez! assis dans la bergère, là, au coin de la cheminée, mademoiselle Fanny lui présente une tasse de café. Il sourit. Un assassin, que le récit de cette aventure aurait dû mettre au supplice, pourrait-il montrer tant de calme? N'a-t-il pas un air vraiment patriarcal?

—Oui, mais allez lui demander s'il a fait la guerre en Allemagne, m'écriai-je.

—Pourquoi non?

Et avec cette audace dont les femmes manquent rarement lorsqu'une entreprise leur sourit, ou que leur esprit est dominé par la curiosité, ma voisine s'avança vers le fournisseur.

—Vous êtes allé en Allemagne? lui dit-elle.
Taillefer faillit laisser tomber sa soucoupe.
—Moi! madame? non, jamais.
—Que dis-tu donc là, Taillefer! répliqua le banquier en l'interrompant, n'étais-tu pas dans les vivres, à la campagne de Wagram?
—Ah, oui! répondit monsieur Taillefer, cette fois-là, j'y suis allé.
—Vous vous trompez, c'est un bon homme, me dit ma voisine en revenant près de moi.
—Eh bien! m'écriai-je, avant la fin de la soirée je chasserai le meurtrier hors de la fange où il se cache.»

Il se passe tous les jours sous nos yeux un phénomène moral d'une profondeur étonnante, et cependant trop simple pour être remarqué. Si dans un salon deux hommes se rencontrent, dont l'un ait le droit de mépriser ou de haïr l'autre, soit par la connaissance d'un fait intime et latent dont il est entaché, soit par un état secret, ou même par une vengeance à venir, ces deux hommes se devinent et pressentent l'abîme qui les sépare ou doit les séparer. Ils s'observent à leur insu, se préoccupent d'eux-mêmes; leurs regards, leurs gestes, laissent transpirer une indéfinissable émanation de leur pensée, il y a un aimant entre eux. Je ne sais qui s'attire le plus fortement, de la vengeance ou du crime, de la haine ou de l'insulte. Semblables au prêtre qui ne pouvait consacrer l'hostie en présence du malin esprit, ils sont tous deux gênés, défiants: l'un est poli, l'autre sombre, je ne sais lequel; l'un rougit ou pâlit, l'autre tremble. Souvent le vengeur est aussi lâche que la victime. Peu de gens ont le courage de produire un mal, même nécessaire; et bien des hommes se taisent ou pardonnent en haine du bruit, ou par peur d'un dénouement tragique. Cette intussusception[12] de nos âmes et de nos sentiments établissait une lutte mystérieuse entre le fournisseur et moi. Depuis la première interpellation que je lui avais faite pendant le récit de monsieur Hermann, il fuyait mes regards. Peut-être aussi évitait-il ceux de tous les convives! Il causait avec l'inexpériente Fanny, la fille du banquier; éprouvant sans doute, comme tous les criminels, le besoin de se rapprocher de l'innocence, en espérant trouver du repos près d'elle. Mais, quoique loin de lui, je l'écoutais, et mon œil perçant fascinait le sien. Quant il croyait pouvoir m'épier impunément, nos regards se rencontraient, et ses paupières s'abaissaient aussitôt. Fatigué de ce supplice, Taillefer s'empressa de le faire cesser en se mettant à jouer. J'allai parier pour son adversaire, mais en désirant perdre mon argent. Ce souhait fut accompli. Je remplaçai le joueur sortant, et me trouvai face à face avec le meurtrier...

«Monsieur, lui dis-je pendant qu'il me donnait des cartes, auriez-vous la complaisance de *démarquer*[13]?»

Il fit passer assez précipitamment ses jetons de gauche à droite. Ma voisine était venue près de moi, je lui jetai un coup d'œil significatif.

---

[12]Action de recevoir sur soi.
[13]En démarquant, un des joueurs diminue le nombre de ses points d'une quantité égale à celle des points pris par l'autre.

—Seriez-vous, demandai-je en m'adressant au fournisseur, monsieur Frédéric Taillefer, de qui j'ai beaucoup connu la famille à Beauvais?
—Oui, monsieur», répondit-il.

Il laissa tomber ses cartes, pâlit, mit sa tête dans ses mains, pria l'un de ses parieurs de tenir son jeu, et se leva.

«Il fait trop chaud ici, s'écria-t-il. Je crains...»

Il n'acheva pas. Sa figure exprima tout à coup d'horribles souffrances, et il sortit brusquement. Le maître de la maison accompagna Taillefer, en paraissant prendre un vif intérêt à sa position. Nous nous regardâmes, ma voisine et moi; mais je trouvai je ne sais quelle teinte d'amère tristesse répandue sur sa physionomie.

«Votre conduite est-elle bien miséricordieuse? me demanda-t-elle en m'emmenant dans une embrasure de fenêtre au moment où je quittai le jeu après avoir perdu. Voudriez-vous accepter le pouvoir de lire dans tous les cœurs? Pourquoi ne pas laisser agir la justice humaine et la justice divine? Si nous échappons à l'une, nous n'évitons jamais l'autre! Les privilèges d'un président de Cour d'assises sont-ils donc bien dignes d'envie? Vous avez presque fait l'office du bourreau.

—Après avoir partagé, stimulé ma curiosité, vous me faites de la morale!

—Vous m'avez fait réfléchir, me répondit-elle.

—Donc, paix aux scélérats, guerre aux malheureux, et déifions l'or! Mais, laissons cela, ajoutai-je en riant. Regardez, je vous prie, la jeune personne qui entre en ce moment dans le salon.

—Eh bien?

—Je l'ai vue il y a trois jours au bal de l'ambassadeur de Naples; j'en suis devenu passionnément amoureux. De grâce, dites-moi son nom. Personne n'a pu...

—C'est mademoiselle Victorine Taillefer!»

J'eus un éblouissement.

«Sa belle-mère, me disait ma voisine, dont j'entendis à peine la voix, l'a retirée depuis peu du couvent où s'est tardivement achevée son éducation. Pendant longtemps son père a refusé de la reconnaître. Elle vient ici pour la première fois. Elle est bien belle et bien riche.»

Ces paroles furent accompagnées d'un sourire sardonique. En ce moment, nous entendîmes des cris violents, mais étouffés. Ils semblaient sortir d'un appartement voisin et retentissaient faiblement dans les jardins.

«N'est-ce pas la voix de monsieur Taillefer?» m'écriai-je.

Nous prêtâmes au bruit toute notre attention, et d'épouvantables gémissements parvinrent à nos oreilles. La femme du banquier accourut précipitamment vers nous, et ferma la fenêtre.

«Évitons les scènes, nous dit-elle. Si mademoiselle Taillefer entendait son père, elle pourrait bien avoir une attaque de nerfs!»

Le banquier rentra dans le salon, y chercha Victorine, et lui dit un mot à voix basse. Aussitôt la jeune personne jeta un cri, s'élança vers la porte et disparut. Cet événement produisit une grande sensation. Les parties cessèrent. Chacun questionna son voisin. Le murmure des voix grossit, et des groupes se formèrent.

«Monsieur Taillefer se serait-il... demandai-je.

—Tué! s'écria ma railleuse voisine. Vous en porteriez gaiement le deuil, je pense!

—Mais que lui est-il donc arrivé?

—Le pauvre bonhomme, répondit la maîtresse de la maison, est sujet à une maladie dont je n'ai pu retenir le nom, quoique monsieur Brousson me l'ait dit assez souvent, et il vient d'en avoir un accès.

—Quel est donc le genre de cette maladie? demanda soudain un juge d'instruction.

—Oh! c'est un terrible mal, monsieur, répondit-elle. Les médecins n'y connaissent pas de remède. Il parait que les souffrances en sont atroces. Un jour, ce malheureux Taillefer ayant eu un accès pendant son séjour à ma terre, j'ai été obligée d'aller chez une de mes voisines pour ne pas l'entendre; il pousse des cris terribles, il veut se tuer; sa fille fut alors forcée de le faire attacher sur son lit, et de lui mettre la camisole des fous. Ce pauvre homme prétend avoir dans la tête des animaux qui lui rongent la cervelle: c'est des élancements, des coups de scie, des tiraillements horribles dans l'intérieur de chaque nerf. Il souffre tant à la tête qu'il ne sentait pas les moxas qu'on lui appliquait jadis pour essayer de le distraire; mais monsieur Brousson, qu'il a pris pour médecin, les a défendus, en prétendant que c'était une affection nerveuse, une inflammation de nerfs, pour laquelle il fallait des sangsues au cou et de l'opium sur la tête; et, en effet, les accès sont devenus plus rares, et n'ont plus paru que tous les ans, vers la fin de l'automne. Quand il est rétabli, Taillefer répète sans cesse qu'il aurait mieux aimé être roué, que de ressentir de pareilles douleurs.

—Alors, il paraît qu'il souffre beaucoup, dit un agent de change, le bel esprit du salon.

—Oh! reprit-elle, l'année dernière il a failli périr. Il était allé seul à sa terre, pour une affaire pressante; faute de secours peut-être, il est resté vingt-deux heures étendu roide, et comme mort. Il n'a été sauvé que par un bain très chaud.

—C'est donc une espèce de tétanos? demanda l'agent de change.

—Je ne sais pas, reprit-elle. Voilà près de trente ans qu'il jouit de cette maladie gagnée aux armées; il lui est entré, dit-il, un éclat de bois dans la tête en tombant dans un bateau; mais Brousson espère le guérir. On prétend que les Anglais ont trouvé le moyen de traiter sans danger cette maladie-là par l'acide prussique.»

En ce moment, un cri plus perçant que les autres retentit dans la maison et nous glaça d'horreur.

«Eh bien! voilà ce que j'entendais à tout moment, reprit la femme du banquier. Cela me faisait sauter sur ma chaise et m'agaçait les nerfs. Mais, chose extraordinaire! ce pauvre Taillefer, tout en souffrant des douleurs inouïes, ne risque jamais de mourir. Il mange et boit comme à l'ordinaire pendant les moments de répit que lui laisse cet horrible supplice (la nature est bien bizarre!). Un médecin allemand lui a dit que c'était une espèce de goutte à la tête; cela s'accorderait assez avec l'opinion de Brousson.»

Je quittai le groupe qui s'était formé autour de la maîtresse du logis, et sortis avec mademoiselle Taillefer, qu'un valet vint chercher...

«Oh! mon Dieu! mon Dieu! s'écria-t-elle en pleurant, qu'a donc fait mon père au ciel pour avoir mérité de souffrir ainsi?... un être si bon!»

Je descendis l'escalier avec elle, et en l'aidant à monter dans la voiture, j'y vis son père courbé en deux. Mademoiselle Taillefer essayait d'étouffer les gémissements de son père en lui couvrant la bouche d'un mouchoir; malheureusement, il m'aperçut, sa figure parut se crisper encore davantage, un cri convulsif fendit les airs, il me jeta un regard horrible, et la voiture partit.

Ce dîner, cette soirée, exercèrent une cruelle influence sur ma vie et sur mes sentiments. J'aimai mademoiselle Taillefer, précisément peut-être parce que l'honneur et la délicatesse m'interdisaient de m'allier à un assassin, quelque bon père et bon époux qu'il pût être. Une incroyable fatalité m'entraînait à me faire présenter dans les maisons où je savais pouvoir rencontrer Victorine. Souvent, après m'être donné à moi-même ma parole d'honneur de renoncer à la voir, le soir même je me trouvais près d'elle. Mes plaisirs étaient immenses. Mon légitime amour, plein de remords chimériques, avait la couleur d'une passion criminelle. Je me méprisais de saluer Taillefer, quand par hasard il était avec sa fille; mais je le saluais! Enfin, par malheur, Victorine n'est pas seulement une jolie personne; de plus elle est instruite, remplie de talents, de grâces, sans la moindre pédanterie, sans la plus légère teinte de prétention. Elle cause avec réserve; et son caractère a des grâces mélancoliques auxquelles personne ne sait résister; elle m'aime, ou du moins elle me le laisse croire; elle a un certain sourire qu'elle ne trouve que pour moi; et pour moi, sa voix s'adoucit encore. Oh! elle m'aime! mais elle adore son père, mais elle m'en vante la bonté, la douceur, les qualités exquises. Ces éloges sont autant de coups de poignard qu'elle me donne dans le cœur. Un jour, je me suis trouvé presque complice du crime sur lequel repose l'opulence de la famille Taillefer: j'ai voulu demander la main de Victorine. Alors j'ai fui, j'ai voyagé, je suis allé en Allemagne, à Andernach. Mais je suis revenu. J'ai retrouvé Victorine pâle, elle avait maigri! si je l'avais revue bien portante, gaie, j'étais sauvé! ma passion s'est rallumée avec une violence extraordinaire. Craignant que mes scrupules ne dégénérassent en monomanie, je résolus de convoquer un sanhédrin de consciences pures, afin de jeter quelque lumière sur ce problème de haute morale et de philosophie. La question s'était encore bien compliquée depuis mon retour. Avant-hier donc, j'ai réuni ceux de mes amis auxquels j'accorde le plus de probité, de délicatesse et d'honneur. J'avais invité deux Anglais, un secrétaire d'ambassade et un puritain; un ancien ministre dans toute la maturité de la politique; des jeunes gens encore sous le charme de l'innocence; un prêtre, un vieillard; puis mon ancien tuteur, homme naïf, qui m'a rendu le plus beau compte de tutelle dont la mémoire soit restée au Palais; un avocat, un notaire, un juge, enfin, toutes les opinions sociales, toutes les vertus pratiques. Nous avons commencé par bien dîner, bien parler, bien crier; puis, au dessert, j'ai raconté naïvement mon histoire, et demandé quelque bon avis en cachant le nom de ma prétendue.

«Conseillez-moi, mes amis, leur dis-je en terminant. Discutez longuement la question, comme s'il s'agissait d'un projet de loi. L'urne et les boules du billard vont vous être apportées, et vous voterez pour ou contre mon mariage, dans tout le secret voulu par un scrutin!»
Un profond silence régna soudain. Le notaire se récusa.
«Il y a, dit-il, un contrat à faire.»
Le vin avait réduit mon ancien tuteur au silence, et il fallait le mettre en tutelle pour qu'il ne lui arrivât aucun malheur en retournant chez lui.
«Je comprends! m'écriai-je. Ne pas donner son opinion, c'est me dire énergiquement ce que je dois faire.»
Il y eut un mouvement dans l'assemblée.
Un propriétaire qui avait souscrit pour les enfants et la tombe du général Foy[14], s'écria:

Ainsi que la vertu le crime à ses degrés[15]*!*

«Bavard! me dit l'ancien ministre à voix basse en me poussant le coude.
—Où est la difficulté? demanda un duc dont la fortune consiste en biens confisqués à des protestants réfractaires lors de la révocation de l'édit de Nantes[16].
L'avocat se leva: —En droit, l'espèce qui nous est soumise ne constituerait pas la moindre difficulté. Monsieur le duc a raison! s'écria l'organe de la loi. N'y a-t-il pas prescription? Où en serions-nous tous s'il fallait rechercher l'origine des fortunes! Ceci est une affaire de conscience. Si vous voulez absolument porter la cause devant un tribunal, allez à celui de la pénitence.
Le Code incarné se tut, s'assit et but un verre de vin de Champagne. L'homme chargé d'expliquer l'Évangile, le bon prêtre, se leva.
—Dieu nous a faits fragiles, dit-il avec fermeté. Si vous aimez l'héritière du crime, épousez-là, mais contentez-vous du bien matrimonial, et donnez aux pauvres celui du père.
—Mais, s'écria l'un de ces ergoteurs sans pitié qui se rencontrent si souvent dans le monde, le père n'a peut-être fait un beau mariage que parce qu'il s'était enrichi. Le moindre de ses bonheurs n'a-t-il donc pas toujours été un fruit du crime?
—La discussion est en elle-même une sentence! Il est des choses sur lesquelles un homme ne délibère pas, s'écria mon ancien tuteur qui crut éclairer l'assemblée par une saillie d'ivresse.
—Oui! dit le secrétaire d'ambassade.
—Oui! s'écria le prêtre.
Ces deux hommes ne s'entendaient pas.

---

[14] Le général Foy, connu pour son honnêteté, a laissé sa femme et ses enfants dans la misère à sa mort.
[15] Racine, *Phèdre* 4.2.
[16] L'édit de Nantes a accordé aux protestants français la liberté de conscience et de culte, ainsi que des garanties juridiques, politiques, religieuses et militaires. Quand Louis XIV a révoqué cet édit en 1685 beaucoup de protestants ont émigré.

Un doctrinaire auquel il n'avait guère manqué que cent cinquante voix sur cent cinquante-cinq votants pour être élu, se leva.

—Messieurs, cet accident phénoménal de la nature intellectuelle est un de ceux qui sortent le plus vivement de l'état normal auquel est soumise la société, dit-il. Donc, la décision à prendre doit être un fait extemporané de notre conscience, un concept soudain, un jugement instructif, une nuance fugitive de notre appréhension intime assez semblable aux éclairs qui constituent le sentiment du goût. Votons.

—Votons!» s'écrièrent mes convives.

Je fis donner à chacun deux boules, l'une blanche, l'autre rouge. Le blanc, symbole de la virginité, devait proscrire le mariage; et la boule rouge, l'approuver. Je m'abstins de voter par délicatesse. Mes amis étaient dix-sept, le nombre neuf formait la majorité absolue. Chacun alla mettre sa boule dans le panier d'osier à col étroit où s'agitent les billes numérotées quand les joueurs tirent leurs places à la poule, et nous fûmes agités par une assez vive curiosité, car ce scrutin de morale épurée avait quelque chose d'original. Au dépouillement du scrutin, je trouvai neuf boules blanches! Ce résultat ne me surprit pas; mais je m'avisai de compter les jeunes gens de mon âge que j'avais mis parmi mes juges. Ces casuistes étaient au nombre de neuf, ils avaient tous eu la même pensée.

«Oh! oh! me dis-je, il y a unanimité secrète pour le mariage et unanimité pour me l'interdire! Comment sortir d'embarras?

—Où demeure le beau-père? demanda étourdiment un de mes camarades de collège, moins dissimulé que les autres.

—Il n'y a plus de beau-père, m'écriai-je. Jadis ma conscience, parlait assez clairement pour rendre votre arrêt superflu. Et si aujourd'hui sa voix s'est affaiblie, voici les motifs de ma couardise. Je reçus, il y a deux mois, cette lettre séductrice.»

Je leur montrai l'invitation suivante, que je tirai de mon portefeuille:

> *«Vous êtes prié d'assister aux convoi, service et enterrement de M. JEAN-FRÉDÉRIC TAILLEFER, de la maison Taillefer et compagnie, ancien fournisseur des vivres-viandes, en son vivant chevalier de la Légion d'honneur et de l'Éperon d'or*[17]*, capitaine de la première compagnie de grenadiers de la deuxième légion de la garde nationale de Paris, décédé le premier mai dans son hôtel, rue Joubert, et qui se feront à... etc.*
> *De la part de... etc.»*

«Maintenant, que faire? repris-je. Je vais vous poser la question très largement. Il y a bien certainement une mare de sang dans les terres de mademoiselle Taillefer, la succession de son père est un vaste *haceldama*[18]. Je le sais. Mais Prosper Magnan n'a pas laissé d'héritiers; mais il m'a été impossible de retrouver la famille du fabricant d'épingles assassiné à Andernach. À qui restituer la fortune? Et doit-on

---

[17] Décoration peu respectée.
[18] Mot hébreu qui veut dire le champ de sang, nom donné au champ acheté avec les trente deniers que Judas avait reçu pour trahir Jésus et qu'il n'a pas voulu garder.

restituer toute la fortune? Ai-je le droit de trahir un secret surpris, d'augmenter d'une tête coupée la dot d'une innocente jeune fille, de lui faire faire de mauvais rêves, de lui ôter une belle illusion, de lui tuer son père une seconde fois, en lui disant: "Tous vos écus sont tachés?" J'ai emprunté le *Dictionnaire des cas de conscience* à un vieil ecclésiastique, et n'y ai point trouvé de solution à mes doutes. Faire une fondation pieuse pour l'âme de Prosper Magnan, de Walhenfer, de Taillefer? nous sommes en plein dix-neuvième siècle. Bâtir un hospice ou instituer un prix de vertu? le prix de vertu sera donné à des fripons. Quant à la plupart de nos hôpitaux, ils me semblent devenus aujourd'hui les protecteurs du vice! D'ailleurs ces placements plus ou moins profitables à la vanité constitueront-ils des réparations? et les dois-je? Puis j'aime, et j'aime avec passion. Mon amour est ma vie! Si je propose sans motif à une jeune fille habituée au luxe, à l'élégance, à une vie fertile en jouissances d'arts, à une jeune fille qui aime à écouter paresseusement aux Bouffons la musique de Rossini, si donc je lui propose de se priver de quinze cent mille francs en faveur de vieillards stupides ou de galeux chimériques, elle me tournera le dos en riant, ou sa femme de confiance me prendra pour un mauvais plaisant; si, dans une extase d'amour, je lui vante les charmes d'une vie médiocre et ma petite maison sur les bords de la Loire, si je lui demande le sacrifice de sa vie parisienne au nom de notre amour, ce sera d'abord un vertueux mensonge; puis, je ferai peut-être là quelque triste expérience, et perdrai le cœur de cette jeune fille, amoureuse du bal, folle de parure, et de moi pour le moment. Elle me sera enlevée par un officier mince et pimpant, qui aura une moustache bien frisée, jouera du piano, vantera lord Byron[19], et montera joliment à cheval. Que faire? Messieurs, de grâce, un conseil?...»

L'honnête homme, cette espèce de puritain assez semblable au père de Jenny Deans[20], de qui je vous ai déjà parlé, et qui jusque-là n'avait soufflé mot, haussa les épaules en me disant:

«Imbécile, pourquoi lui as-tu demandé s'il était de Beauvais!»

Paris, mai 1831

---

[19]Lord George Gordon Byron (1788-1824), poète anglais qui était un idéal pour les dandys de l'époque.
[20]Personnage de *La Prison d'Edimbourg* de Walter Scott.

Honoré de Balzac

LE COLONEL CHABERT
1832[1]

À Madame la comtesse Ida de Bocarmé, née Du Chasteler[2]

«Allons! encore notre vieux carrick![3]»

Cette exclamation échappait à un clerc appartenant au genre de ceux qu'on appelle dans les études des *saute-ruisseau*, et qui mordait en ce moment de fort bon appétit dans un morceau de pain; il en arracha un peu de mie pour faire une boulette et la lança railleusement par le vasistas d'une fenêtre sur laquelle il s'appuyait. Bien dirigée, la boulette rebondit presque à la hauteur de la croisée, après avoir frappé le chapeau d'un inconnu qui traversait la cour d'une maison située rue Vivienne, où demeurait maître Derville, avoué.

«Allons, Simonnin, ne faites donc pas de sottises aux gens, ou je vous mets à la porte. Quelque pauvre que soit un client, c'est toujours un homme, que diable!» dit le maître clerc en interrompant l'addition d'un mémoire de frais.

Le saute-ruisseau est généralement, comme était Simonnin, un garçon de treize à quatorze ans qui, dans toutes les études, se trouve sous la domination spéciale du principal clerc dont les commissions et les billets doux l'occupent tout en allant porter des exploits chez les huissiers et des placets au Palais. Il tient au gamin de Paris par ses mœurs, et à la Chicane par sa destinée. Cet enfant est presque toujours sans pitié, sans frein, indisciplinable, faiseur de couplets, goguenard, avide et paresseux. Néanmoins presque tous les petits clercs ont une vieille mère logée à un cinquième étage avec laquelle ils partagent les trente ou quarante francs qui leur sont alloués par mois.

«Si c'est un homme, pourquoi l'appelez-vous *vieux carrick*?» dit Simonnin de l'air de l'écolier qui prend son maître en faute.

Et il se remit à manger son pain et son fromage en accotant son épaule sur le montant de la fenêtre, car il se reposait debout, ainsi que les chevaux de coucou[4], l'une de ses jambes relevée et appuyée contre l'autre, sur le bout du soulier.

«Quel tour pourrions-nous jouer à ce chinois-là? dit à voix basse le troisième clerc nommé Godeschal en s'arrêtant au milieu d'un raisonnement qu'il engendrait

---
[1]La première version de cette nouvelle a paru pour la première fois dans *L'Artiste* en 1832. Avec des remaniements importants, la version définitive que nous donnons ici fait partie de l'édition Furne corrigée de la main de Balzac.
[2]Madame de Bocarmé admirait beaucoup le romancier.
[3]Manteau très démodé, évoquant une époque passée.
[4]Petite voiture publique à deux roues.

dans une requête grossoyée par le quatrième clerc et dont les copies étaient faites par deux néophytes venus de province. Puis il continua son improvisation:... *Mais, dans sa noble et bienveillante sagesse, Sa Majesté Louis Dix-Huit* (mettez en toutes lettres, hé! Desroches le savant qui faites la Grosse!), *au moment où Elle reprit les rênes de son royaume, comprit...* (qu'est-ce qu'il comprit, ce gros farceur-là?) *la haute mission à laquelle Elle était appelée par la divine Providence!* ...... (point admiratif et six points: on est assez religieux au Palais pour nous les passer), *et sa première pensée fut, ainsi que le prouve la date de l'ordonnance ci-dessous désignée, de réparer les infortunes causées par les affreux et tristes désastres de nos temps révolutionnaires, en restituant à ses fidèles et nombreux serviteurs* (nombreux est une flatterie qui doit plaire au Tribunal) *tous leurs biens non vendus, soit qu'ils se trouvassent dans le domaine public, soit qu'ils se trouvassent dans le domaine ordinaire ou extraordinaire de la Couronne, soit enfin qu'ils se trouvassent dans les dotations d'établissements publics, car nous sommes et nous nous prétendons habiles à soutenir que tels sont l'esprit et le sens de la fameuse et si loyale ordonnance rendue en...* —Attendez, dit Godeschal aux trois clercs, cette scélérate de phrase a rempli la fin de ma page. —Eh bien! reprit-il en mouillant de sa langue le dos du cahier afin de pouvoir tourner la page épaisse de son papier timbré, eh bien! si vous voulez lui faire une farce, il faut lui dire que le patron ne peut parler à ses clients qu'entre deux et trois heures du matin: nous verrons s'il viendra, le vieux malfaiteur! Et Godeschal reprit la phrase commencée *"rendue en..."* —Y êtes-vous? demanda-t-il.

—Oui, crièrent les trois copistes.

Tout marchait à la fois, la requête, la causerie et la conspiration.

—*Rendue en*... Hein? papa Boucard, quelle est la date de l'ordonnance? Il faut mettre les points sur les i, saquerlotte[5]! Cela fait des pages.

—*Saquerlotte*! répéta l'un des copistes avant que Boucard, le maître clerc, n'eût répondu.

—Comment, vous avez écrit *saquerlotte*? s'écria Godeschal en regardant l'un des nouveaux venus d'un air à la fois sévère et goguenard.

—Mais oui, dit Desroches, le quatrième clerc, en se penchant sur la copie de son voisin, il a écrit: *Il faut mettre les points sur les i*, et *sakerlotte* avec un k.

Tous les clercs partirent d'un grand éclat de rire.

—Comment, monsieur Huré, vous prenez *saquerlotte* pour un terme de droit, et vous dites que vous êtes de Mortagne! s'écria Simonnin.

—Effacez bien ça! dit le principal clerc. Si le juge chargé de taxer le dossier voyait des choses pareilles, il dirait qu'*on se moque de la barbouillée*[6]! Vous causeriez des désagréments au patron. Allons, ne faites plus de ces bêtises-là, monsieur Huré! Un Normand ne doit pas écrire insouciamment une requête. C'est le *Portez arme*! de la Basoche[7].

[5]Godeschal joue sans doute sur le juron familier, *saperlotte*, qui est lui aussi une déformation de *sacré*, selon le Robert.
[6]«Se dit d'une personne qui débite des choses absurdes et ridicules»—Littré.
[7]Les gens de justice.

Honoré de Balzac

—*Rendue en... en?...* demanda Godeschal. Dites-moi donc quand, Boucard?
—Juin 1814[8]», répondit le premier clerc sans quitter son travail.»
Un coup frappé à la porte de l'étude interrompit la phrase de la prolixe requête. Cinq clercs bien endentés, aux yeux vifs et railleurs, aux têtes crépues, levèrent le nez vers la porte, après avoir tous crié d'une voix de chantre: «Entrez!» Boucard resta la face ensevelie dans un monceau d'actes, nommés *broutille*[9] en style de Palais, et continua de dresser le mémoire de frais auquel il travaillait.

L'étude était une grande pièce ornée du poêle classique qui garnit tous les antres de la chicane. Les tuyaux traversaient diagonalement la chambre et rejoignaient une cheminée condamnée sur le marbre de laquelle se voyaient divers morceaux de pain, des triangles de fromage de Brie, des côtelettes de porc frais, des verres, des bouteilles, et la tasse de chocolat du maître clerc. L'odeur de ces comestibles s'amalgamait si bien avec la puanteur du poêle chauffé sans mesure, avec le parfum particulier aux bureaux et aux paperasses, que la puanteur d'un renard n'y aurait pas été sensible. Le plancher était déjà couvert de fange et de neige apportées par les clercs. Près de la fenêtre se trouvait le secrétaire à cylindre du principal, et auquel était adossée la petite table destinée au second clerc. Le second *faisait* en ce moment *le Palais*. Il pouvait être de huit à neuf heures du matin. L'étude avait pour tout ornement ces grandes affiches jaunes qui annoncent des saisies immobilières, des ventes, des licitations entre majeurs et mineurs, des adjudications définitives ou préparatoires, la gloire des études! Derrière le maître clerc était un énorme casier qui garnissait le mur du haut en bas, et dont chaque compartiment était bourré de liasses d'où pendaient un nombre infini d'étiquettes et de bouts de fil rouge qui donnent une physionomie spéciale aux dossiers de procédure. Les rangs inférieurs du casier étaient pleins de cartons jaunis par l'usage, bordés de papier bleu, et sur lesquels se lisaient les noms des gros clients dont les affaires juteuses se cuisinaient en ce moment. Les sales vitres de la croisée laissaient passer peu de jour. D'ailleurs, au mois de février, il existe à Paris très peu d'études où l'on puisse écrire sans le secours d'une lampe avant dix heures, car elles sont toutes l'objet d'une négligence assez concevable: tout le monde y va, personne n'y reste, aucun intérêt personnel ne s'attache à ce qui est si banal; ni l'avoué, ni les plaideurs, ni les clercs ne tiennent à l'élégance d'un endroit qui pour les uns est une classe, pour les autres un passage, pour maître un laboratoire. Le mobilier crasseux se transmet d'avoués en avoués avec un scrupule si religieux que certaines études possèdent encore des boîtes à *résidus*, des moules à *tirets*, des sacs provenant des procureurs au *Chlet*, abréviation du mot *Châtelet*, juridiction qui représentait dans l'ancien ordre de choses le Tribunal de première instance actuel. Cette étude obscure, grasse de poussière, avait donc, comme toutes les autres, quelque chose de repoussant pour les plaideurs, et qui en faisait une des plus hideuses monstruosités parisiennes. Certes, si les sacristies humides où les prières se pèsent et se payent comme des épices, si les magasins des revendeuses où flottent des guenilles qui flétrissent toutes les illusions de la

---

[8] En fait, c'était en décembre 1814.
[9] «Acte de procédure de moindre importance»—*Trésor de la langue française*.

vie en nous montrant où aboutissent nos fêtes, si ces deux cloaques de la poésie n'existaient pas, une étude d'avoué serait de toutes les boutiques sociales la plus horrible. Mais il en est ainsi de la maison de jeu, du tribunal, du bureau de loterie et du mauvais lieu. Pourquoi? Peut-être dans ces endroits le drame, en se jouant dans l'âme de l'homme, lui rend-il les accessoires indifférents: ce qui expliquerait aussi la simplicité des grands penseurs et des grands ambitieux.

«Où est mon canif?
—Je déjeune!
—Va te faire lanlaire[10], voilà un pâté sur la requête!
—Chît! Messieurs.»

Ces diverses exclamations partirent à la fois au moment où le vieux plaideur ferma la porte avec cette sorte d'humilité qui dénature les mouvements de l'homme malheureux. L'inconnu essaya de sourire, mais les muscles de son visage se détendirent quand il eut vainement cherché quelques symptômes d'aménité sur les visages inexorablement insouciants des six clercs. Accoutumé sans doute à juger les hommes, il s'adressa fort poliment au saute-ruisseau, en espérant que ce pâtiras[11] lui répondrait avec douceur.

«Monsieur, votre patron est-il visible?

Le malicieux saute-ruisseau ne répondit au pauvre homme qu'en se donnant avec les doigts de la main gauche de petits coups répétés sur l'oreille, comme pour dire "Je suis sourd".

—Que souhaitez-vous, monsieur? demanda Godeschal qui tout en faisant cette question avalait une bouchée de pain avec laquelle on eût pu charger une pièce de quatre[12], brandissait son couteau, et se croisait les jambes en mettant à la hauteur de son œil celui de ses pieds qui se trouvait en l'air.

—Je viens ici, monsieur, pour la cinquième fois, répondit le patient. Je souhaite parler à monsieur Derville.

—Est-ce pour une affaire?

—Oui, mais je ne puis l'expliquer qu'à monsieur...

—Le patron dort, si vous désirez le consulter sur quelques difficultés, il ne travaille sérieusement qu'à minuit. Mais si vous vouliez nous dire votre cause, nous pourrions, tout aussi bien que lui, vous...»

L'inconnu resta impassible. Il se mit à regarder modestement autour de lui, comme un chien qui, en se glissant dans une cuisine étrangère, craint d'y recevoir des coups. Par une grâce de leur état, les clercs n'ont jamais peur des voleurs, ils ne soupçonnèrent donc point l'homme au carrick et lui laissèrent observer le local, où il cherchait vainement un siège pour se reposer, car il était visiblement fatigué. Par système, les avoués laissent peu de chaises dans leurs études. Le client vulgaire, lassé d'attendre sur ses jambes, s'en va grognant, mais il ne prend pas un temps qui, suivant le mot d'un vieux procureur, n'est pas admis en *taxe*.

---

[10]Euphémisme pour «Va te faire foutre».
[11]Un souffre-douleur.
[12]Une bouchée énorme.

«Monsieur, répondit-il, j'ai déjà eu l'honneur de vous prévenir que je ne pouvais expliquer mon affaire qu'à monsieur Derville, je vais attendre son lever.» Boucard avait fini son addition. Il sentit l'odeur de son chocolat, quitta son fauteuil de canne, vint à la cheminée, toisa le vieil homme, regarda le carrick et fit une grimace indescriptible. Il pensa probablement que, de quelque manière que l'on tordît ce client, il serait impossible d'en extraire un centime; il intervint alors par une parole brève, dans l'intention de débarrasser l'étude d'une mauvaise pratique.

«Ils vous disent la vérité, monsieur. Le patron ne travaille que pendant la nuit. Si votre affaire est grave, je vous conseille de revenir à une heure du matin.»

Le plaideur regarda le maître clerc d'un air stupide, et demeura pendant un moment immobile. Habitués à tous les changements de physionomie et aux singuliers caprices produits par l'indécision ou par la rêverie qui caractérisent les gens processifs, les clercs continuèrent à manger, en faisant autant de bruit avec leurs mâchoires que doivent en faire des chevaux au râtelier, et ne s'inquiétèrent plus du vieillard.

«Monsieur, je viendrai ce soir», dit enfin le vieux qui, par une ténacité particulière aux gens malheureux, voulait prendre en défaut l'humanité.

La seule épigramme permise à la Misère est d'obliger la Justice et la Bienfaisance à des dénis injustes. Quand les malheureux ont convaincu la Société de mensonge, ils se rejettent plus vivement dans le sein de Dieu.

«Ne voilà-t-il pas un fameux *crâne*? dit Simonnin sans attendre que le vieillard eût fermé la porte.

—Il a l'air d'un déterré, reprit le dernier clerc.

—C'est quelque colonel qui réclame un arriéré, dit le maître clerc.

—Non, c'est un ancien concierge, dit Godeschal.

—Parions qu'il est noble, s'écria Boucard.

—Je parie qu'il a été portier, répliqua Godeschal. Les portiers sont seuls doués par la nature de carricks usés, huileux et déchiquetés par le bas comme l'est celui de ce vieux bonhomme! Vous n'avez donc vu ni ses bottes éculées qui prennent l'eau, ni sa cravate qui lui sert de chemise? Il a couché sous les ponts.

—Il pourrait être noble et avoir tiré le cordon, s'écria Desroches. Ça s'est vu!

—Non, reprit Boucard au milieu des rires, je soutiens qu'il a été brasseur en 1789, et colonel sous la République.

—Ah! je parie un spectacle pour tout le monde qu'il n'a pas été soldat, dit Godeschal.

—Ça va, répliqua Boucard.

—Monsieur! monsieur! cria le petit clerc en ouvrant la fenêtre.

—Que fais-tu, Simonnin? demanda Boucard.

—Je l'appelle pour lui demander s'il est colonel ou portier, il doit le savoir, lui. Tous les clercs se mirent à rire. Quant au vieillard, il remontait déjà l'escalier.

—Qu'allons-nous lui dire? s'écria Godeschal.

—Laissez-moi faire! répondit Boucard.

Le pauvre homme rentra timidement en baissant les yeux, peut-être pour ne pas révéler sa faim en regardant avec trop d'avidité les comestibles.

—Monsieur, lui dit Boucard, voulez-vous avoir la complaisance de nous donner votre nom, afin que le patron sache si...
—Chabert.
—Est-ce le colonel mort à Eylau[13]? demanda Huré qui, n'ayant encore rien dit, était jaloux d'ajouter une raillerie à toutes les autres.
—Lui-même, monsieur, répondit le bonhomme avec une simplicité antique. Et il se retira.
—Chouit!
—Dégommé!
—Puff!
—Oh!
—Ah!
—Bâoun!
—Ah! le vieux drôle!
—Trinn, la, la, trinn, trinn!
—Enfoncé!
—Monsieur Desroches, vous irez au spectacle sans payer, dit Huré au quatrième clerc en lui donnant sur l'épaule une tape à tuer un rhinocéros.

Ce fut un torrent de cris, de rires et d'exclamations, à la peinture duquel on userait toutes les onomatopées de la langue.

—À quel théâtre irons-nous?
—À l'Opéra! s'écria le principal.
—D'abord, reprit Godeschal, le théâtre n'a pas été désigné. Je puis, si je veux, vous mener chez madame Saqui[14].
—Madame Saqui n'est pas un spectacle, dit Desroches.
—Qu'est-ce qu'un spectacle? reprit Godeschal. Établissons d'abord le *point de fait*. Qu'ai-je parié, messieurs? un spectacle. Qu'est-ce qu'un spectacle? une chose qu'on voit...
—Mais dans ce système-là, vous vous acquitteriez donc en nous menant voir l'eau couler sous le Pont-Neuf? s'écria Simonnin en interrompant.
—Qu'on voit pour de l'argent, disait Godeschal en continuant.
—Mais on voit pour de l'argent bien des choses qui ne sont pas un spectacle. La définition n'est pas exacte, dit Desroches.
—Mais, écoutez-moi donc!
—Vous déraisonnez, mon cher, dit Boucard.
—Curtius est-il un spectacle[15]? dit Godeschal.
—Non, répondit le maître clerc, c'est un cabinet de figures.
—Je parie cent francs contre un sou, reprit Godeschal, que le cabinet de Curtius constitue l'ensemble de choses auquel est dévolu le nom de spectacle. Il

[13]Dans cette bataille très sanglante du 7 au 8 février 1807, Napoléon n'a pu remporter de victoire décisive.
[14]«Le spectacle de Mme Saqui» présentait des acrobates et mettait en vedette Mme Saqui comme funambule.
[15]Comme aujourd'hui le Musée Grévin, le cabinet de Curtius exposait des figures de cire.

comporte une chose à voir à différents prix, suivant les différentes places où l'on veut se mettre...

—Et *berlik berlok*, dit Simonnin.

—Prends garde que je ne te gifle, toi! dit Godeschal.

Les clercs haussèrent les épaules.

—D'ailleurs, il n'est pas prouvé que ce vieux singe ne se soit pas moqué de nous, dit-il en cessant son argumentation étouffée par le rire des autres clercs. En conscience, le colonel Chabert est bien mort, sa femme est remariée au comte Ferraud, conseiller d'État. Madame Ferraud est une des clientes de l'étude!

—La cause est remise à demain, dit Boucard. À l'ouvrage, messieurs! Sac à papier! l'on ne fait rien ici. Finissez donc votre requête, elle doit être signifiée avant l'audience de la Quatrième Chambre. L'affaire se juge aujourd'hui. Allons, à cheval.

—Si c'eût été le colonel Chabert, est-ce qu'il n'aurait pas chaussé le bout de son pied dans le postérieur de ce farceur de Simonnin quand il a fait le sourd? dit Desroches en regardant cette observation comme plus concluante que celle de Godeschal.

—Puisque rien n'est décidé, reprit Boucard, convenons d'aller aux secondes loges des Français voir Talma dans Néron. Simonnin ira au parterre[16].

Là-dessus, le maître clerc s'assit à son bureau, et chacun l'imita.

—*Rendue en juin mil huit cent quatorze* (en toutes lettres), dit Godeschal, y êtes-vous?

—Oui, répondirent les deux copistes et le grossoyeur dont les plumes recommencèrent à crier sur le papier timbré en faisant dans l'étude le bruit de cent hannetons enfermés par des écoliers dans des cornets de papier.

—*Et nous espérons que Messieurs composant le Tribunal*, dit l'improvisateur. Halte! il faut que je relise ma phrase, je ne me comprends plus moi-même.

—Quarante-six... Ça doit arriver souvent!... Et trois, quarante-neuf, dit Boucard[17].

—*Nous espérons*, reprit Godeschal après avoir tout relu, *que Messieurs composant le Tribunal ne seront pas moins grands que ne l'est l'auguste auteur de l'ordonnance, et qu'ils feront justice des misérables prétentions de l'administration de la grande chancellerie de la Légion d'honneur en fixant la jurisprudence dans le sens large que nous établissons ici...*

— Monsieur Godeschal, voulez-vous un verre d'eau? dit le petit clerc.

—Ce farceur de Simonnin! dit Boucard. Tiens, apprête tes chevaux à double semelle, prends ce paquet, et valse jusqu'aux Invalides.

—*Que nous établissons ici*, reprit Godeschal. Ajoutez: *dans l'intérêt de madame...* (en toutes lettres) *la vicomtesse de Grandlieu*[18]...

---

[16]À l'époque, on restait debout au parterre, mais dans les loges, qu'il fallait payer plus cher, on était assis.
[17]Boucard compte les lignes.
[18]Selon ce qu'on apprend dans la nouvelle «Gobseck», Mme de Grandlieu appuie Derville parmi les aristocrates du faubourg Saint-Germain, pour le remercier d'avoir rétabli la fortune que la famille Grandlieu avait perdue pendant la Révolution.

—Comment! s'écria le maître clerc, vous vous avisez de faire des requêtes dans l'affaire Vicomtesse de Grandlieu contre Légion d'honneur, une affaire pour compte d'étude, entreprise à forfait? Ah! vous êtes un fier nigaud! Voulez-vous bien me mettre de côté vos copies et votre minute, gardez-moi cela pour l'affaire Navarreins contre les Hospices. Il est tard, je vais faire un bout de placet, avec des *attendu*, et j'irai moi-même au Palais.»

Cette scène représente un des mille plaisirs qui, plus tard, font dire en pensant à la jeunesse «C'était le bon temps!»

Vers une heure du matin, le prétendu colonel Chabert vint frapper à la porte de maître Derville, avoué près le Tribunal de première instance du département de la Seine. Le portier lui répondit que monsieur Derville n'était pas rentré. Le vieillard allégua le rendez-vous et monta chez ce célèbre légiste qui, malgré sa jeunesse, passait pour être une des plus fortes têtes du Palais. Après avoir sonné, le défiant solliciteur ne fut pas médiocrement étonné de voir le premier clerc occupé à ranger sur la table de la salle à manger de son patron les nombreux dossiers des affaires qui *venaient* le lendemain en ordre utile. Le clerc, non moins étonné, salua le colonel en le priant de s'asseoir: ce que fit le plaideur.

«Ma foi, monsieur, j'ai cru que vous plaisantiez hier en m'indiquant une heure si matinale pour une consultation, dit le vieillard avec la fausse gaieté d'un homme ruiné qui s'efforce de sourire.

—Les clercs plaisantaient et disaient vrai tout ensemble, reprit le principal en continuant son travail. Monsieur Derville a choisi cette heure pour examiner ses causes, en résumer les moyens, en ordonner la conduite, en disposer les *défenses*. Sa prodigieuse intelligence est plus libre en ce moment, le seul où il obtient le silence et la tranquillité nécessaires à la conception des bonnes idées. Vous êtes, depuis qu'il est avoué, le troisième exemple d'une consultation donnée à cette heure nocturne. Après être rentré, le patron discutera chaque affaire, lira tout, passera peut-être quatre ou cinq heures à sa besogne; puis, il me sonnera et m'expliquera ses intentions. Le matin, de dix heures à deux heures, il écoute ses clients, puis il emploie le reste de la journée à ses rendez-vous. Le soir, il va dans le monde pour y entretenir ses relations. Il n'a donc que la nuit pour creuser ses procès, fouiller les arsenaux du Code et faire ses plans de bataille. Il ne veut pas perdre une seule cause, il a l'amour de son art. Il ne se charge pas, comme ses confrères, de toute espèce d'affaire. Voilà sa vie, qui est singulièrement active. Aussi gagne-t-il beaucoup d'argent.»

En entendant cette explication, le vieillard resta silencieux, et sa bizarre figure prit une expression si dépourvue d'intelligence, que le clerc, après l'avoir regardé, ne s'occupa plus de lui. Quelques instants après, Derville rentra, mis en costume de bal; son maître clerc lui ouvrit la porte, et se remit à achever le classement des dossiers. Le jeune avoué demeura pendant un moment stupéfait en entrevoyant dans le clair-obscur le singulier client qui l'attendait. Le colonel Chabert était aussi parfaitement immobile que peut l'être une figure en cire de ce cabinet de Curtius où Godeschal avait voulu mener ses camarades. Cette immobilité n'aurait peut-être pas été un sujet d'étonnement, si elle n'eût complété le spectacle surnaturel que présentait l'ensemble du personnage. Le vieux soldat était sec et maigre. Son front, volontairement caché sous les cheveux de sa perruque lisse, lui donnait quelque chose de mystérieux. Ses yeux paraissaient couverts d'une taie transparente: vous eussiez dit de la nacre sale dont les reflets bleuâtres chatoyaient à la lueur des bougies. Le visage pâle, livide, et en lame de couteau, s'il est permis d'emprunter cette expression vulgaire, semblait mort. Le cou était serré par une mauvaise cravate de soie noire. L'ombre cachait si bien le corps à partir de la ligne brune que décrivait ce haillon, qu'un homme d'imagination aurait pu prendre cette vieille tête pour quelque silhouette due au hasard, ou pour un portrait de Rembrandt sans cadre. Les bords du chapeau qui couvrait le front du vieillard projetaient un sillon noir sur le haut du visage. Cet effet bizarre, quoique naturel, faisait ressortir, par la brusquerie du contraste, les rides blanches, les sinuosités froides, le sentiment décoloré de cette physionomie cadavéreuse. Enfin l'absence de tout mouvement dans le corps, de toute chaleur dans le regard, s'accordait avec une certaine expression de démence triste, avec les dégradants symptômes par lesquels se caractérise l'idiotisme, pour faire de cette figure je ne sais quoi de funeste qu'aucune parole humaine ne pourrait exprimer. Mais un observateur, et surtout un avoué, aurait trouvé de plus en cet homme foudroyé les signes d'une douleur profonde, les indices d'une misère qui avait dégradé ce visage, comme les gouttes d'eau tombées du ciel sur un beau marbre l'ont à la longue défiguré. Un médecin, un auteur, un magistrat eussent pressenti tout un drame à l'aspect de cette sublime horreur dont le moindre mérite était de ressembler à ces fantaisies que les peintres s'amusent à dessiner au bas de leurs pierres lithographiques en causant avec leurs amis.

En voyant l'avoué, l'inconnu tressaillit par un mouvement convulsif semblable à celui qui échappe aux poètes quand un bruit inattendu vient les détourner d'une féconde rêverie, au milieu du silence et de la nuit. Le vieillard se découvrit promptement et se leva pour saluer le jeune homme; le cuir qui garnissait l'intérieur de son chapeau était sans doute fort gras, sa perruque y resta collée sans qu'il s'en aperçût, et laissa voir à nu son crâne horriblement mutilé par une cicatrice transversale qui prenait à l'occiput et venait mourir à l'œil droit, en formant partout une grosse couture saillante. L'enlèvement soudain de cette perruque sale, que le pauvre homme portait pour cacher sa blessure, ne donna nulle envie de rire aux deux gens de loi, tant ce crâne fendu était épouvantable à voir. La première pensée que suggérait l'aspect de cette blessure était celle-ci: «Par là s'est enfuie l'intelligence!»

«Si ce n'est pas le colonel Chabert, ce doit être un fier troupier!» pensa Boucard.

«Monsieur, lui dit Derville, à qui ai-je l'honneur de parler?
— Au colonel Chabert.
— Lequel?
— Celui qui est mort à Eylau, répondit le vieillard.

En entendant cette singulière phrase, le clerc et l'avoué se jetèrent un regard qui signifiait: "C'est un fou!"

—Monsieur, reprit le colonel, je désirerais ne confier qu'à vous le secret de ma situation.

Une chose digne de remarque est l'intrépidité naturelle aux avoués. Soit l'habitude de recevoir un grand nombre de personnes, soit le profond sentiment de la protection que les lois leur accordent, soit confiance en leur ministère, ils entrent partout sans rien craindre, comme les prêtres et les médecins. Derville fit un signe à Boucard, qui disparut.

—Monsieur, reprit l'avoué, pendant le jour je ne suis pas trop avare de mon temps, mais au milieu de la nuit les minutes me sont précieuses. Ainsi, soyez bref et concis. Allez au fait sans digression. Je vous demanderai moi-même les éclaircissements qui me sembleront nécessaires. Parlez.

Après avoir fait asseoir son singulier client, le jeune homme s'assit lui-même devant la table; mais tout en prêtant son attention au discours du feu colonel, il feuilleta ses dossiers.

—Monsieur, dit le défunt, peut-être savez-vous que je commandais un régiment de cavalerie à Eylau. J'ai été pour beaucoup dans le succès de la célèbre charge que fit Murat, et qui décida le gain de la bataille. Malheureusement pour moi, ma mort est un fait historique consigné dans les *Victoires et conquêtes*, où elle est rapportée en détail. Nous fendîmes en deux les trois lignes russes, qui, s'étant aussitôt reformées, nous obligèrent à les retraverser en sens contraire. Au moment où nous revenions vers l'Empereur, après avoir dispersé les Russes, je rencontrai un gros de cavalerie ennemie. Je me précipitai sur ces entêtés-là. Deux officiers russes, deux vrais géants, m'attaquèrent à la fois. L'un d'eux m'appliqua sur la tête un coup de sabre qui fendit tout jusqu'à un bonnet de soie noire que j'avais sur la tête, et m'ouvrit profondément le crâne. Je tombai de cheval. Murat vint à mon secours, il me passa sur le corps, lui et tout son monde, quinze cents hommes, excusez du peu! Ma mort fut annoncée à l'Empereur, qui, par prudence (il m'aimait un peu, le patron!), voulut savoir s'il n'y aurait pas quelque chance de sauver l'homme auquel il était redevable de cette vigoureuse attaque. Il envoya, pour me reconnaître et me rapporter aux ambulances, deux chirurgiens en leur disant, peut-être trop négligemment, car il avait de l'ouvrage: "Allez donc voir si, par hasard, mon pauvre Chabert vit encore!" Ces sacrés carabins, qui venaient de me voir foulé aux pieds par les chevaux de deux régiments, se dispensèrent sans doute de me tâter le pouls et dirent que j'étais bien mort. L'acte de mon décès fut donc probablement dressé d'après les règles établies par la jurisprudence militaire.

En entendant son client s'exprimer avec une lucidité parfaite et raconter des faits si vraisemblables, quoique étranges, le jeune avoué laissa ses dossiers, posa son coude gauche sur la table, se mit la tête dans la main, et regarda le colonel fixement.

—Savez-vous, monsieur, lui dit-il en l'interrompant, que je suis l'avoué de la comtesse Ferraud, veuve du colonel Chabert?

—Ma femme! Oui, monsieur. Aussi, après cent démarches infructueuses chez des gens de loi qui m'ont tous pris pour un fou, me suis-je déterminé à venir vous trouver. Je vous parlerai de mes malheurs plus tard. Laissez-moi d'abord vous établir les faits, vous expliquer plutôt comme ils ont dû se passer, que comme ils sont arrivés. Certaines circonstances, qui ne doivent être connues que du Père éternel, m'obligent à en présenter plusieurs comme des hypothèses. Donc, monsieur, les blessures que j'ai reçues auront probablement produit un tétanos, ou m'auront mis dans une crise analogue à une maladie nommée, je crois, catalepsie. Autrement, comment concevoir que j'aie été, suivant l'usage de la guerre, dépouillé de mes vêtements, et jeté dans la fosse aux soldats par les gens chargés d'enterrer les morts? Ici, permettez-moi de placer un détail que je n'ai pu connaître que postérieurement à l'événement qu'il faut bien appeler ma mort. J'ai rencontré, en 1814, à Stuttgart un ancien maréchal des logis de mon régiment. Ce cher homme, le seul qui ait voulu me reconnaître, et de qui je vous parlerai tout à l'heure, m'expliqua le phénomène de ma conservation, en me disant que mon cheval avait reçu un boulet dans le flanc au moment où je fus blessé moi-même. La bête et le cavalier s'étaient donc abattus comme des capucins de cartes[19]. En me renversant, soit à droite, soit à gauche, j'avais été sans doute couvert par le corps de mon cheval qui m'empêcha d'être écrasé par les chevaux, ou atteint par des boulets. Lorsque je revins à moi, monsieur, j'étais dans une position et dans une atmosphère dont je ne vous donnerais pas une idée en vous en entretenant jusqu'à demain. Le peu d'air que je respirais était méphitique. Je voulus me mouvoir, et ne trouvai point d'espace. En ouvrant les yeux, je ne vis rien. La rareté de l'air fut l'accident le plus menaçant, et qui m'éclaira le plus vivement sur ma position. Je compris que là où j'étais l'air ne se renouvelait point, et que j'allais mourir. Cette pensée m'ôta le sentiment de la douleur inexprimable par laquelle j'avais été réveillé. Mes oreilles tintèrent violemment. J'entendis, ou crus entendre, je ne veux rien affirmer, des gémissements poussés par le monde de cadavres au milieu duquel je gisais. Quoique la mémoire de ces moments soit bien ténébreuse, quoique mes souvenirs soient bien confus, malgré les impressions de souffrances encore plus profondes que je devais éprouver et qui ont brouillé mes idées, il y a des nuits où je crois encore entendre ces soupirs étouffés! Mais il y a eu quelque chose de plus horrible que les cris, un silence que je n'ai jamais retrouvé nulle part, le vrai silence du tombeau. Enfin, en levant les mains, en tâtant les morts, je reconnus un vide entre ma tête et le fumier humain supérieur. Je pus donc mesurer l'espace qui m'avait été laissé par un hasard dont la cause m'était inconnue. Il paraît, grâce à l'insouciance ou à la précipitation avec laquelle on nous avait jetés pêle-mêle, que deux morts s'étaient croisés au-dessus de moi de manière à décrire un angle semblable à celui de deux cartes mises l'une contre l'autre par un enfant qui pose les fondements d'un château. En furetant avec promptitude, car il ne fallait pas flâner, je rencontrai fort heureusement un bras qui ne tenait à rien, le bras d'un Hercule! un bon os auquel je dus mon salut. Sans ce secours inespéré, je périssais! Mais, avec une rage que vous devez concevoir, je me mis à travailler les cadavres qui me séparaient de la couche de terre sans doute jetée sur nous, je dis nous, comme s'il y eût eu des vivants! J'y allais ferme, monsieur, car me voici! Mais je ne sais pas aujourd'hui comment j'ai pu parvenir à

---

[19]Des cartes pliées et découpées de façon à pouvoir rester debout sur un des côtés, en imitant grossièrement la forme d'un capucin.

percer la couverture de chair qui mettait une barrière entre la vie et moi. Vous me direz que j'avais trois bras! Ce levier, dont je me servais avec habileté, me procurait toujours un peu de l'air qui se trouvait entre les cadavres que je déplaçais, et je ménageais mes aspirations. Enfin je vis le jour, mais à travers la neige, monsieur! En ce moment, je m'aperçus que j'avais la tête ouverte. Par bonheur, mon sang, celui de mes camarades ou la peau meurtrie de mon cheval peut-être, que sais-je! m'avait, en se coagulant, comme enduit d'un emplâtre naturel. Malgré cette croûte, je m'évanouis quand mon crâne fut en contact avec la neige. Cependant, le peu de chaleur qui me restait ayant fait fondre la neige autour de moi, je me trouvai, quand je repris connaissance, au centre d'une petite ouverture par laquelle je criai aussi longtemps que je le pus. Mais alors le soleil se levait, j'avais donc bien peu de chances pour être entendu. Y avait-il déjà du monde aux champs? Je me haussais en faisant de mes pieds un ressort dont le point d'appui était sur les défunts qui avaient les reins solides. Vous sentez que ce n'était pas le moment de leur dire: *Respect au courage malheureux!* Bref, monsieur, après avoir eu la douleur, si le mot peut rendre ma rage, de voir pendant longtemps, oh! oui, longtemps! ces sacrés Allemands se sauvant en entendant une voix là où ils n'apercevaient point d'homme, je fus enfin dégagé par une femme assez hardie ou assez curieuse pour s'approcher de ma tête qui semblait avoir poussé hors de terre comme un champignon. Cette femme alla chercher son mari, et tous deux me transportèrent dans leur pauvre baraque. Il paraît que j'eus une rechute de catalepsie, passez-moi cette expression pour vous peindre un état duquel je n'ai nulle idée, mais que j'ai jugé, sur les dires de mes hôtes, devoir être un effet de cette maladie. Je suis resté pendant six mois entre la vie et la mort, ne parlant pas, ou déraisonnant quand je parlais. Enfin mes hôtes me firent admettre à l'hôpital d'Heilsberg. Vous comprenez, monsieur, que j'étais sorti du ventre de la fosse aussi nu que de celui de ma mère; en sorte que, six mois après, quand un beau matin, je me souvins d'avoir été le colonel Chabert, et qu'en recouvrant ma raison je voulus obtenir de ma garde plus de respect qu'elle n'en accordait à un pauvre diable, tous mes camarades de chambrée se mirent à rire. Heureusement pour moi, le chirurgien avait répondu, par amour-propre, de ma guérison, et s'était naturellement intéressé à son malade. Lorsque je lui parlai d'une manière suivie de mon ancienne existence, ce brave homme, nommé Sparchmann, fit constater, dans les formes juridiques voulues par le droit du pays, la manière miraculeuse dont j'étais sorti de la fosse des morts, le jour et l'heure où j'avais été trouvé par ma bienfaitrice et par son mari, le genre, la position exacte de mes blessures, en joignant à ces différents procès-verbaux une description de ma personne. Eh bien! monsieur, je n'ai ni ces pièces importantes, ni la déclaration que j'ai faite chez un notaire d'Heilsberg en vue d'établir mon identité! Depuis le jour où je fus chassé de cette ville par les événements de la guerre, j'ai constamment erré comme un vagabond, mendiant mon pain, traité de fou lorsque je racontais mon aventure, et sans avoir ni trouvé, ni gagné un sou pour me procurer les actes qui pouvaient prouver mes dires, et me rendre à la vie sociale. Souvent, mes douleurs me retenaient durant des semestres entiers dans de petites villes où l'on prodiguait des soins au Français malade, mais où l'on riait au nez de cet homme dès qu'il prétendait être le colonel Chabert. Pendant longtemps ces rires, ces doutes me mettaient dans une fureur qui me nuisit et me fit même enfermer comme fou à Stuttgart. À la vérité, vous pouvez juger, d'après mon récit, qu'il y avait des raisons suffisantes pour faire coffrer un homme! Après deux ans de détention que je fus obligé de subir, après avoir entendu mille fois mes gardiens disant: "Voilà un pauvre homme qui croit être le colonel Chabert!" à des gens qui répondaient: "Le pauvre homme!" je fus convaincu de l'impossibilité de ma propre aventure, je devins triste, résigné, tranquille, et renonçai à me dire le colonel Chabert, afin de pouvoir sortir de prison et revoir la France. Oh! monsieur, revoir Paris! c'était un délire que je ne...

À cette phrase inachevée, le colonel Chabert tomba dans une rêverie profonde que Derville respecta.

—Monsieur, un beau jour, reprit le client, un jour de printemps, on me donna la clef des champs et dix thalers[20], sous prétexte que je parlais très sensément sur toutes sortes de sujets et que je ne me disais plus le colonel Chabert. Ma foi, vers cette époque, et encore aujourd'hui, par moments, mon nom m'est désagréable. Je voudrais n'être pas moi. Le sentiment de mes droits me tue. Si ma maladie m'avait ôté tout souvenir de mon existence passée, j'aurais été heureux! J'eusse repris du service sous un nom quelconque, et qui sait? je serais peut-être devenu feld-maréchal en Autriche ou en Russie.

—Monsieur, dit l'avoué, vous brouillez toutes mes idées. Je crois rêver en vous écoutant. De grâce, arrêtons-nous pendant un moment.

—Vous êtes, dit le colonel d'un air mélancolique, la seule personne qui m'ait si patiemment écouté. Aucun homme de loi n'a voulu m'avancer dix napoléons[21] afin de faire venir d'Allemagne les pièces nécessaires pour commencer mon procès...

—Quel procès? dit l'avoué, qui oubliait la situation douloureuse de son client en entendant le récit de ses misères passées.

—Mais, monsieur, la comtesse Ferraud n'est-elle pas ma femme? Elle possède trente mille livres de rente qui m'appartiennent, et ne veut pas me donner deux liards. Quand je dis ces choses à des avoués, à des hommes de bon sens; quand je propose, moi, mendiant, de plaider contre un comte et une comtesse; quand je m'élève, moi, mort, contre un acte de décès, un acte de mariage et des actes de naissance, ils m'éconduisent, suivant leur caractère, soit avec cet air froidement poli que vous savez prendre pour vous débarrasser d'un malheureux, soit brutalement, en gens qui croient rencontrer un intrigant ou un fou. J'ai été enterré sous des morts, mais maintenant je suis enterré sous des vivants, sous des actes, sous des faits, sous la société tout entière, qui veut me faire rentrer sous terre!

—Monsieur, veuillez poursuivre maintenant, dit l'avoué.

—Veuillez, s'écria le malheureux vieillard en prenant la main du jeune homme, voilà le premier mot de politesse que j'entends depuis...

Le colonel pleura. La reconnaissance étouffa sa voix. Cette pénétrante et

[20]Ancienne monnaie allemande.
[21]Un napoléon était une pièce d'or de 20 francs.

indicible éloquence qui est dans le regard, dans le geste, dans le silence même, acheva de convaincre Derville et le toucha vivement.

—Écoutez, monsieur, dit-il à son client, j'ai gagné ce soir trois cents francs au jeu; je puis bien employer la moitié de cette somme à faire le bonheur d'un homme. Je commencerai les poursuites et diligences nécessaires pour vous procurer les pièces dont vous me parlez, et jusqu'à leur arrivée je vous remettrai cent sous par jour. Si vous êtes le colonel Chabert, vous saurez pardonner la modicité du prêt à un jeune homme qui a sa fortune à faire. Poursuivez.»

Le prétendu colonel resta pendant un moment immobile et stupéfait: son extrême malheur avait sans doute détruit ses croyances. S'il courait après son illustration militaire, après sa fortune, après lui-même, peut-être était-ce pour obéir à ce sentiment inexplicable, en germe dans le cœur de tous les hommes, et auquel nous devons les recherches des alchimistes, la passion de la gloire, les découvertes de l'astronomie, de la physique, tout ce qui pousse l'homme à se grandir en se multipliant par les faits ou par les idées. L'ego, dans sa pensée, n'était plus qu'un objet secondaire, de même que la vanité du triomphe ou le plaisir du gain deviennent plus chers au parieur que ne l'est l'objet du pari. Les paroles du jeune avoué furent donc comme un miracle pour cet homme rebuté pendant dix années par sa femme, par la justice, par la création sociale entière. Trouver chez un avoué les dix pièces d'or qui lui avaient été refusées pendant si longtemps, par tant de personnes et de tant de manières! Le colonel ressemblait à cette dame qui, ayant eu la fièvre durant quinze années, crut avoir changé de maladie le jour où elle fut guérie. Il est des félicités auxquelles on ne croit plus; elles arrivent, c'est la foudre, elles consument. Aussi la reconnaissance du pauvre homme était-elle trop vive pour qu'il pût l'exprimer. Il eût paru froid aux gens superficiels, mais Derville devina toute une probité dans cette stupeur. Un fripon aurait eu de la voix.

«Où en étais-je? dit le colonel avec la naïveté d'un enfant ou d'un soldat, car il y a souvent de l'enfant dans le vrai soldat, et presque toujours du soldat chez l'enfant, surtout en France.

—À Stuttgart. Vous sortiez de prison, répondit l'avoué.

—Vous connaissez ma femme? demanda le colonel.

—Oui, répliqua Derville en inclinant la tête.

—Comment est-elle?

—Toujours ravissante.

Le vieillard fit un signe de main, et parut dévorer quelque secrète douleur avec cette résignation grave et solennelle qui caractérise les hommes éprouvés dans le sang et le feu des champs de bataille.

—Monsieur, dit-il avec une sorte de gaieté; car il respirait, ce pauvre colonel, il sortait une seconde fois de la tombe, il venait de fondre une couche de neige moins soluble que celle qui jadis lui avait glacé la tête, et il aspirait l'air comme s'il quittait son cachot. Monsieur, dit-il, si j'avais été joli garçon, aucun de mes malheurs ne me serait arrivé. Les femmes croient les gens quand ils farcissent leurs

[22]Faire un grand effort.

phrases du mot amour. Alors elles trottent, elles vont, elles se mettent en quatre[22], elles intriguent, elles affirment les faits, elles font le diable pour celui qui leur plaît. Comment aurais-je pu intéresser une femme? J'avais une face de *requiem*, j'étais vêtu comme un sans-culotte, je ressemblais plutôt à un Esquimau qu'à un Français, moi qui jadis passais pour le plus joli des muscadins, en 1799! moi, Chabert, comte de l'Empire! Enfin, le jour même où l'on me jeta sur le pavé comme un chien, je rencontrai le maréchal des logis de qui je vous ai déjà parlé. Le camarade se nommait Boutin. Le pauvre diable et moi faisions la plus belle paire de rosses que j'aie jamais vue; je l'aperçus à la promenade, si je le reconnus, il lui fut impossible de deviner qui j'étais. Nous allâmes ensemble dans un cabaret. Là, quand je me nommai, la bouche de Boutin se fendit en éclats de rire comme un mortier qui crève. Cette gaieté, monsieur, me causa l'un de mes plus vifs chagrins! Elle me révélait sans fard tous les changements qui étaient survenus en moi! J'étais donc méconnaissable même, pour l'œil du plus humble et du plus reconnaissant de mes amis! jadis j'avais sauvé la vie à Boutin, mais c'était une revanche que je lui devais. Je ne vous dirai pas comment il me rendit ce service. La scène eut lieu en Italie, à Ravenne. La maison où Boutin m'empêcha d'être poignardé n'était pas une maison fort décente. À cette époque je n'étais pas colonel, j'étais simple cavalier, comme Boutin. Heureusement cette histoire comportait des détails qui ne pouvaient être connus que de nous et, quand je les lui rappelai, son incrédulité diminua. Puis je lui contai les accidents de ma bizarre existence. Quoique mes yeux, ma voix fussent, me dit-il, singulièrement altérés, que je n'eusse plus ni cheveux, ni dents, ni sourcils, que je fusse blanc comme un albinos, il finit par retrouver son colonel dans le mendiant, après mille interrogations auxquelles je répondis victorieusement. Il me raconta ses aventures, elles n'étaient pas moins extraordinaires que les miennes: il revenait des confins de la Chine, où il avait voulu pénétrer après s'être échappé de la Sibérie. Il m'apprit les désastres de la campagne de Russie et la première abdication de Napoléon. Cette nouvelle est une des choses qui m'ont fait le plus de mal! Nous étions deux débris curieux après avoir ainsi roulé sur le globe comme roulent dans l'Océan les cailloux emportés d'un rivage à l'autre par les tempêtes. À nous deux nous avions vu l'Égypte, la Syrie, l'Espagne, la Russie, la Hollande, l'Allemagne, l'Italie, la Dalmatie, l'Angleterre, la Chine, la Tartarie, la Sibérie; il ne nous manquait que d'être allés dans les Indes et en Amérique! Enfin, plus ingambe que je ne l'étais, Boutin se chargea d'aller à Paris le plus lestement possible afin d'instruire ma femme de l'état dans lequel je me trouvais. J'écrivis à madame Chabert une lettre bien détaillée. C'était la quatrième, monsieur! Si j'avais eu des parents, tout cela ne serait peut-être pas arrivé; mais, il faut l'avouer, je suis un enfant d'hôpital, un soldat qui pour patrimoine avait son courage, pour famille tout le monde, pour patrie la France, pour tout protecteur le bon Dieu. Je me trompe! j'avais un père, l'Empereur! Ah! s'il était debout, le cher homme! et qu'il vît *son Chabert*, comme il me nommait, dans l'état où je suis, mais il se mettrait en colère. Que voulez-vous! notre soleil s'est couché, nous avons tous froid maintenant. Après tout, les événements politiques pouvaient justifier le silence de ma femme! Boutin partit. Il était bien heureux, lui! Il avait deux ours blancs supérieurement dressés qui le faisaient vivre. Je ne pouvais l'accompagner; mes douleurs ne me permettaient pas de faire de longues étapes. Je pleurai, monsieur, quand nous nous séparâmes, après avoir marché aussi longtemps que mon état put me le permettre en compagnie de ses ours et de lui. À Carlsruhe j'eus un accès de névralgie à la tête, et restai six semaines sur la paille dans une auberge! Je ne finirais pas, monsieur, s'il fallait vous raconter tous les malheurs de ma vie de mendiant. Les souffrances morales, auprès desquelles pâlissent les douleurs physiques, excitent cependant moins de pitié, parce qu'on ne les voit point. Je me souviens d'avoir pleuré devant un hôtel de Strasbourg où j'avais donné jadis une fête, et où je n'obtins rien, pas même un morceau de pain. Ayant déterminé de concert avec Boutin l'itinéraire que je devais suivre, j'allais à chaque bureau de poste demander s'il y avait une lettre et de l'argent pour moi. Je vins jusqu'à Paris sans avoir rien trouvé. Combien de désespoirs ne m'a-t-il pas fallu dévorer! «Boutin sera mort», me disais-je. En effet, le pauvre diable avait succombé à Waterloo. J'appris sa mort plus tard et par hasard. Sa mission auprès de ma femme fut sans doute infructueuse. Enfin, j'entrai dans Paris en même temps que les Cosaques. Pour moi, c'était douleur sur douleur. En voyant les Russes en France, je ne pensais plus que je n'avais ni souliers aux pieds ni argent dans ma poche. Oui, monsieur, mes vêtements étaient en lambeaux. La veille de mon arrivée, je fus forcé de bivouaquer dans les bois de Claye. La fraîcheur de la nuit me causa sans doute un accès de je ne sais quelle maladie, qui me prit quand je traversai le faubourg Saint-Martin. Je tombai presque évanoui à la porte d'un marchand de fer. Quand je me réveillai j'étais dans un lit à l'Hôtel-Dieu. Là je restai pendant un mois assez heureux. Je fus bientôt renvoyé. J'étais sans argent, mais bien portant et sur le bon pavé de Paris. Avec quelle joie et quelle promptitude j'allai rue du Mont-Blanc, où ma femme devait être logée dans un hôtel à moi! Bah! la rue du Mont-Blanc était devenue la rue de la Chaussée d'Antin. Je n'y vis plus mon hôtel, il avait été vendu, démoli. Des spéculateurs avaient bâti plusieurs maisons dans mes jardins. Ignorant que ma femme fût mariée à monsieur Ferraud, je ne pouvais obtenir aucun renseignement. Enfin je me rendis chez un vieil avocat qui jadis était chargé de mes affaires. Le bonhomme était mort après avoir cédé sa clientèle à un jeune homme. Celui-ci m'apprit, à mon grand étonnement, l'ouverture de ma succession, sa liquidation, le mariage de ma femme et la naissance de ses deux enfants. Quand je lui dis être le colonel Chabert, il se mit à rire si franchement que je le quittai sans lui faire la moindre observation. Ma détention de Stuttgart me fit songer à Charenton[23], et je résolus d'agir avec prudence. Alors, monsieur, sachant où demeurait ma femme, je m'acheminai vers son hôtel, le cœur plein d'espoir. Eh bien! dit le colonel avec un mouvement de rage concentrée, je n'ai pas été reçu lorsque je me fis annoncer sous un nom d'emprunt, et le jour où je pris le mien je fus consigné à sa porte. Pour voir la comtesse rentrant du bal ou du spectacle, au matin, je suis resté pendant des nuits entières collé contre la borne de

---

[23] Un asile d'aliénés célèbre.

sa porte cochère. Mon regard plongeait dans cette voiture qui passait devant mes yeux avec la rapidité de l'éclair, et où j'entrevoyais à peine cette femme qui est mienne et qui n'est plus à moi! Oh! dès ce jour j'ai vécu pour la vengeance, s'écria le vieillard d'une voix sourde en se dressant tout à coup devant Derville. Elle sait que j'existe; elle a reçu de moi, depuis mon retour, deux lettres écrites par moi-même. Elle ne m'aime plus! Moi, j'ignore si je l'aime ou si je la déteste! je la désire et la maudis tour à tour. Elle me doit sa fortune, son bonheur; eh bien! elle ne m'a pas seulement fait parvenir le plus léger secours! Par moments je ne sais plus que devenir!

À ces mots, le vieux soldat retomba sur sa chaise, et redevint immobile. Derville resta silencieux, occupé à contempler son client.

—L'affaire est grave, dit-il enfin machinalement. Même en admettant l'authenticité des pièces qui doivent se trouver à Heilsberg, il ne m'est pas prouvé que nous puissions triompher tout d'abord. Le procès ira successivement devant trois tribunaux. Il faut réfléchir à tête reposée sur une semblable cause, elle est tout exceptionnelle.

—Oh! répondit froidement le colonel en relevant la tête par un mouvement de fierté, si je succombe, je saurai mourir, mais en compagnie.

Là, le vieillard avait disparu. Les yeux de l'homme énergique brillaient rallumés aux feux du désir et de la vengeance.

—Il faudra peut-être transiger, dit l'avoué.

—Transiger, répéta le colonel Chabert. Suis-je mort ou suis-je vivant?

—Monsieur, reprit l'avoué, vous suivrez, je l'espère, mes conseils. Votre cause sera ma cause. Vous vous apercevrez bientôt de l'intérêt que je prends à votre situation, presque sans exemple dans les fastes judiciaires. En attendant, je vais vous donner un mot pour mon notaire, qui vous remettra, sur votre quittance, cinquante francs tous les dix jours. Il ne serait pas convenable que vous vinssiez chercher ici des secours. Si vous êtes le colonel Chabert, vous ne devez être à la merci de personne. Je donnerai à ces avances la forme d'un prêt. Vous avez des biens à recouvrer, vous êtes riche.

Cette dernière délicatesse arracha des larmes au vieillard. Derville se leva brusquement, car il n'était peut-être pas de costume qu'un avoué parût s'émouvoir[24]; il passa dans son cabinet, d'où il revint avec une lettre non cachetée qu'il remit au comte Chabert. Lorsque le pauvre homme la tint entre ses doigts, il sentit deux pièces d'or à travers le papier.

—Voulez-vous me désigner les actes, me donner le nom de la ville, du royaume? dit l'avoué.

Le colonel dicta les renseignements en vérifiant l'orthographe des noms de lieux, puis il prit son chapeau d'une main, regarda Derville, lui tendit l'autre main, une main calleuse, et lui dit d'une voix simple: —Ma foi, monsieur, après l'Empereur, vous êtes l'homme auquel je devrai le plus! Vous êtes *un brave*.»

---

[24]C'est-à-dire, un avocat n'avait pas coutume de paraître s'émouvoir. Balzac a d'abord fait imprimer et ensuite retenu l'archaïsme "costume".

L'avoué frappa dans la main du colonel, le reconduisit jusque sur l'escalier et l'éclaira.

«Boucard, dit Derville à son maître clerc, je viens d'entendre une histoire qui me coûtera peut-être vingt-cinq louis. Si je suis volé, je ne regretterai pas mon argent, j'aurai vu le plus habile comédien de notre époque».

Quand le colonel se trouva dans la rue et devant un réverbère, il retira de la lettre les deux pièces de vingt francs que l'avoué lui avait données, et les regarda pendant un moment à la lumière. Il revoyait de l'or pour la première fois depuis neuf ans.

«Je vais donc pouvoir fumer des cigares», se dit-il.

Environ trois mois après cette consultation nuitamment faite par le colonel Chabert chez Derville, le notaire chargé de payer la demi-solde que l'avoué faisait à son singulier client vint le voir pour conférer sur une affaire grave, et commença par lui réclamer six cents francs donnés au vieux militaire.

«Tu t'amuses donc à entretenir l'ancienne armée? lui dit en riant ce notaire, nommé Crottat, jeune homme qui venait d'acheter l'étude où il était maître clerc, et dont le patron venait de prendre la fuite en faisant une épouvantable faillite.

—Je te remercie, mon cher maître, répondit Derville, de me rappeler cette affaire-là. Ma philanthropie n'ira pas au-delà de vingt-cinq louis, je crains déjà d'avoir été la dupe de mon patriotisme.

Au moment où Derville achevait sa phrase, il vit sur son bureau les paquets que son maître clerc y avait mis. Ses yeux furent frappés à l'aspect des timbres oblongs, carrés, triangulaires, rouges, bleus, apposés sur une lettre par les postes prussienne, autrichienne, bavaroise et française.

—Ah! dit-il en riant, voici le dénouement de la comédie, nous allons voir si je suis attrapé». Il prit la lettre et l'ouvrit, mais il n'y put rien lire, elle était écrite en allemand. «Boucard, allez vous-même faire traduire cette lettre, et revenez promptement», dit Derville en entrouvrant la porte de son cabinet et tendant la lettre à son maître clerc.

Le notaire de Berlin auquel s'était adressé l'avoué lui annonçait que les actes dont les expéditions étaient demandées lui parviendraient quelques jours après cette lettre d'avis. Les pièces étaient, disait-il, parfaitement en règle, et revêtues des légalisations nécessaires pour faire foi en justice. En outre, il lui mandait que presque tous les témoins des faits consacrés par les procès-verbaux existaient à Prussich-Eylau; et que la femme à laquelle monsieur le comte Chabert devait la vie vivait encore dans un des faubourgs d'Heilsberg.

«Ceci devient sérieux, s'écria Derville quand Boucard eut fini de lui donner la substance de la lettre. —Mais, dis donc, mon petit, reprit-il en s'adressant au notaire, je vais avoir besoin de renseignements qui doivent être en ton étude. N'est-ce pas chez ce vieux fripon de Roguin...

—Nous disons l'infortuné, le malheureux Roguin, reprit maître Alexandre Crottat en riant et interrompant Derville.

—N'est-ce pas chez cet infortuné qui vient d'emporter huit cent mille francs à ses clients et de réduire plusieurs familles au désespoir que s'est faite la liquidation de la succession Chabert? Il me semble que j'ai vu cela dans nos pièces Ferraud.

—Oui, répondit Crottat, j'étais alors troisième clerc, je l'ai copiée et bien étudiée, cette liquidation. Rose Chapotel, épouse et veuve de Hyacinthe, dit Chabert, comte de l'Empire, grand officier de la Légion d'honneur; ils s'étaient mariés sans contrat, ils étaient donc communs en biens. Autant que je puis m'en souvenir, l'actif s'élevait à six cent mille francs. Avant son mariage, le comte Chabert avait fait un testament en faveur des hospices de Paris, par lequel il leur attribuait le quart de la fortune qu'il posséderait au moment de son décès, le domaine héritait de l'autre quart. Il y a eu licitation, vente et partage, parce que les avoués sont allés bon train. Lors de la liquidation, le monstre qui gouvernait alors la France a rendu par un décret la portion du fisc à la veuve du colonel.

—Ainsi la fortune personnelle du comte Chabert ne se monterait donc qu'à trois cent mille francs.

—Par conséquent, mon vieux! répondit Crottat. Vous avez parfois l'esprit juste, vous autres avoués, quoiqu'on vous accuse de vous le fausser en plaidant aussi bien le Pour et le Contre[25].»

Le comte Chabert, dont l'adresse se lisait au bas de la première quittance que lui avait remise le notaire, demeurait dans le faubourg Saint-Marceau, rue du Petit-Banquier, chez un vieux maréchal des logis de la Garde Impériale, devenu nourrisseur, et nommé Vergniaud. Arrivé là, Derville fut forcé d'aller à pied à la recherche de son client; car son cocher refusa de s'engager dans une rue non pavée et dont les ornières étaient un peu trop profondes pour les roues d'un cabriolet. En regardant de tous les côtés, l'avoué finit par trouver, dans la partie de cette rue qui avoisine le boulevard, entre deux murs bâtis avec des ossements et de la terre, deux mauvais pilastres en moellons, que le passage des voitures avait ébréchés, malgré deux morceaux de bois placés en forme de bornes. Ces pilastres soutenaient une poutre couverte d'un chaperon en tuiles, sur laquelle ces mots étaient écrits en rouge: VERGNIAUD, NOURICEURE[26]. À droite de ce nom, se voyaient des œufs, et à gauche une vache, le tout peint en blanc. La porte était ouverte et restait sans doute ainsi pendant toute la journée. Au fond d'une cour, assez spacieuse, s'élevait, en face de la porte, une maison, si toutefois ce nom convient à l'une de ces masures bâties dans les faubourgs de Paris, et qui ne sont comparables à rien, pas même aux plus chétives habitations de la campagne, dont elles ont la misère sans en avoir la poésie. En effet, au milieu des champs, les cabanes ont encore une grâce que leur donnent la pureté de l'air, la verdure, l'aspect des champs, une colline, un chemin tortueux, des vignes, une haie vive, la mousse des chaumes, et les ustensiles champêtres; mais à Paris la misère ne se grandit que par son horreur. Quoique récemment construite, cette maison semblait près de tomber en ruine. Aucun des matériaux n'y avait eu sa vraie destination, ils provenaient tous des démolitions qui se font journellement dans Paris. Derville lut sur un volet fait avec les planches d'une enseigne: *Magasin de nouveautés*. Les fenêtres ne se ressemblaient point entre elles et se trouvaient

---
[25]Termes qui font penser à la chicane.
[26]Personne qui s'occupe de vaches pour la vente de leur lait et pour la boucherie.

bizarrement placées. Le rez-de-chaussée, qui paraissait être la partie habitable, était exhaussé d'un côté, tandis que de l'autre les chambres étaient enterrées par une éminence. Entre la porte et la maison s'étendait une mare pleine de fumier où coulaient les eaux pluviales et ménagères. Le mur sur lequel s'appuyait ce chétif logis, et qui paraissait être plus solide que les autres, était garni de cabanes grillagées où de vrais lapins faisaient leurs nombreuses familles. À droite de la porte cochère se trouvait la vacherie surmontée d'un grenier à fourrages, et qui communiquait à la maison par une laiterie. À gauche était une basse-cour, une écurie et un toit à cochons qui avait été fini, comme celui de la maison, en mauvaises planches de bois blanc clouées les unes sur les autres, et mal recouvertes avec du jonc. Comme presque tous les endroits où se cuisinent les éléments du grand repas que Paris dévore chaque jour, la cour dans laquelle Derville mit le pied offrait les traces de la précipitation voulue par la nécessité d'arriver à heure fixe. Ces grands vases de fer-blanc bossués dans lesquels se transporte le lait, et les pots qui contiennent la crème, étaient jetés pêle-mêle devant la laiterie, avec leurs bouchons de linge. Les loques trouées qui servaient à les essuyer flottaient au soleil étendues sur des ficelles attachées à des piquets. Ce cheval pacifique, dont la race ne se trouve que chez les laitières, avait fait quelques pas en avant de sa charrette et restait devant l'écurie, dont la porte était fermée. Une chèvre broutait le pampre de la vigne grêle et poudreuse qui garnissait le mur jaune et lézardé de la maison. Un chat était accroupi sur les pots à crème et les léchait. Les poules, effarouchées à l'approche de Derville, s'envolèrent en criant, et le chien de garde aboya.

«L'homme qui a décidé le gain de la bataille d'Eylau serait là!» se dit Derville en saisissant d'un seul coup d'œil l'ensemble de ce spectacle ignoble.

La maison était restée sous la protection de trois gamins. L'un, grimpé sur le faîte d'une charrette chargée de fourrage vert, jetait des pierres dans un tuyau de cheminée de la maison voisine, espérant qu'elles y tomberaient dans la marmite. L'autre essayait d'amener un cochon sur le plancher de la charrette qui touchait à terre, tandis que le troisième, pendu à l'autre bout, attendait que le cochon y fût placé pour l'enlever en faisant faire la bascule à la charrette. Quand Derville leur demanda si c'était bien là que demeurait monsieur Chabert, aucun ne répondit, et tous trois le regardèrent avec une stupidité spirituelle, s'il est permis d'allier ces deux mots. Derville réitéra ses questions sans succès. Impatienté par l'air narquois des trois drôles, il leur dit de ces injures plaisantes que les jeunes gens se croient le droit d'adresser aux enfants, et les gamins rompirent le silence par un rire brutal. Derville se fâcha. Le colonel, qui l'entendit, sortit d'une petite chambre basse située près de la laiterie et apparut sur le seuil de sa porte avec un flegme militaire inexprimable. Il avait à la bouche une de ces pipes notablement culottées (expression technique des fumeurs), une de ces humbles pipes de terre blanche nommées des brûle-gueule. Il leva la visière d'une casquette horriblement crasseuse, aperçut Derville et traversa le fumier, pour venir plus promptement à son bienfaiteur, en criant d'une voix amicale aux gamins: « Silence dans les rangs!» Les enfants gardèrent aussitôt un silence respectueux qui annonçait l'empire exercé sur eux par le vieux soldat.

« Pourquoi ne m'avez-vous pas écrit ? dit-il à Derville. Allez le long de la vacherie ! Tenez, là, le chemin est pavé », s'écria-t-il en remarquant l'indécision de l'avoué qui ne voulait pas se mouiller les pieds dans le fumier.

En sautant de place en place, Derville arriva sur le seuil de la porte par où le colonel était sorti. Chabert parut désagréablement affecté d'être obligé de le recevoir dans la chambre qu'il occupait. En effet, Derville n'y aperçut qu'une seule chaise. Le lit du colonel consistait en quelques bottes de paille sur lesquelles son hôtesse avait étendu deux ou trois lambeaux de ces vieilles tapisseries, ramassées je ne sais où, qui servent aux laitières à garnir les bancs de leurs charrettes. Le plancher était tout simplement en terre battue. Les murs salpêtrés, verdâtres et fendus répandaient une si forte humidité que le mur contre lequel couchait le colonel était tapissé d'une natte en jonc. Le fameux carrick pendait à un clou. Deux mauvaises paires de bottes gisaient dans un coin. Nul vestige de linge. Sur la table vermoulue, les Bulletins de la Grande Armée réimprimés par Plancher étaient ouverts, et paraissaient être la lecture du colonel, dont la physionomie était calme et sereine au milieu de cette misère. Sa visite chez Derville semblait avoir changé le caractère de ses traits, où l'avoué trouva les traces d'une pensée heureuse, une lueur particulière qu'y avait jetée l'espérance.

« La fumée de la pipe vous incommode-t-elle ? dit-il en tendant à son avoué la chaise à moitié dépaillée.

— Mais, colonel, vous êtes horriblement mal ici.

Cette phrase fut arrachée à Derville par la défiance naturelle aux avoués et par la déplorable expérience que leur donnent de bonne heure les épouvantables drames inconnus auxquels ils assistent.

— Voilà, se dit-il, un homme qui aura certainement employé mon argent à satisfaire les trois vertus théologales du troupier : le jeu, le vin et les femmes !

— C'est vrai, monsieur, nous ne brillons pas ici par le luxe. C'est un bivouac tempéré par l'amitié, mais... Ici le soldat lança un regard profond à l'homme de loi. Mais, je n'ai fait de tort à personne, je n'ai jamais repoussé personne, et je dors tranquille.

L'avoué songea qu'il y aurait peu de délicatesse à demander compte à son client des sommes qu'il lui avait avancées, et il se contenta de lui dire : — Pourquoi n'avez-vous donc pas voulu venir dans Paris, où vous auriez pu vivre aussi peu chèrement que vous vivez ici, mais où vous auriez été mieux ?

— Mais, répondit le colonel, les braves gens chez lesquels je suis m'avaient recueilli, nourri gratis depuis un an ! Comment les quitter au moment où j'avais un peu d'argent ? Puis le père de ces trois gamins est un vieux *égyptien*...

— Comment, un égyptien ?

— Nous appelons ainsi les troupiers qui sont revenus de l'expédition d'Égypte de laquelle j'ai fait partie. Non seulement tous ceux qui en sont revenus sont un peu frères, mais Vergniaud était alors dans mon régiment, nous avions partagé de l'eau dans le désert. Enfin, je n'ai pas encore fini d'apprendre à lire à ses marmots.

— Il aurait bien pu vous mieux loger, pour votre argent, lui.

—Bah! dit le colonel, ses enfants couchent comme moi sur la paille! Sa femme et lui n'ont pas un lit meilleur, ils sont bien pauvres, voyez-vous? Ils ont pris un établissement au-dessus de leurs forces. Mais si je recouvre ma fortune!... Enfin, suffit!

—Colonel, je dois recevoir demain ou après vos actes d'Heilsberg. Votre libératrice vit encore!

—Sacré argent! Dire que je n'en ai pas! s'écria-t-il en jetant par terre sa pipe. Une pipe *culottée* est une pipe précieuse pour un fumeur; mais ce fut par un geste si naturel, par un mouvement si généreux, que tous les fumeurs et même la Régie lui eussent pardonné ce crime de lèse-tabac. Les anges auraient peut-être ramassé les morceaux.

—Colonel, votre affaire est excessivement compliquée, lui dit Derville en sortant de la chambre pour s'aller promener au soleil le long de la maison.

—Elle me paraît, dit le soldat, parfaitement simple. L'on m'a cru mort, me voilà! Rendez-moi ma femme et ma fortune; donnez-moi le grade de général auquel j'ai droit, car j'ai passé colonel dans la Garde impériale, la veille de la bataille d'Eylau.

—Les choses ne vont pas ainsi dans le monde judiciaire, reprit Derville. Écoutez-moi. Vous êtes le comte Chabert, je le veux bien, mais il s'agit de le prouver judiciairement à des gens qui vont avoir intérêt à nier votre existence. Ainsi, vos actes seront discutés. Cette discussion entraînera dix ou douze questions préliminaires. Toutes iront contradictoirement jusqu'à la Cour suprême et constitueront autant de procès coûteux qui traîneront en longueur, quelle que soit l'activité que j'y mette. Vos adversaires demanderont une enquête à laquelle nous ne pourrons pas nous refuser, et qui nécessitera peut-être une commission rogatoire en Prusse. Mais supposons tout au mieux: admettons qu'il soit reconnu promptement par la justice que vous êtes le colonel Chabert. Savons-nous comment sera jugée la question soulevée par la bigamie fort innocente de la comtesse Ferraud? Dans votre cause, le point de droit est en dehors du Code et ne peut être jugé par les juges que suivant les lois de la conscience, comme fait le jury dans les questions délicates que présentent les bizarreries sociales de quelques procès criminels. Or, vous n'avez pas eu d'enfants de votre mariage, et monsieur le comte Ferraud en a deux du sien, les juges peuvent déclarer nul le mariage où se rencontrent les liens les plus faibles, au profit du mariage qui en comporte de plus forts, du moment où il y a eu bonne foi chez les contractants. Serez-vous dans une position morale bien belle, en voulant *mordicus* avoir, à votre âge et dans les circonstances où vous vous trouvez, une femme qui ne vous aime plus? Vous aurez contre vous votre femme et son mari, deux personnes puissantes qui pourront influencer les tribunaux. Le procès a donc des éléments de durée. Vous aurez le temps de vieillir dans les chagrins les plus cuisants.

—Et ma fortune?

—Vous vous croyez donc une grande fortune?

—N'avais-je pas trente mille livres de rente?

—Mon cher colonel, vous aviez fait, en 1799, avant votre mariage, un testament qui léguait le quart de vos biens aux hospices.
—C'est vrai.
—Eh bien! vous censé mort, n'a-t-il pas fallu procéder à un inventaire, à une liquidation afin de donner ce quart aux hospices? Votre femme ne s'est pas fait scrupule de tromper les pauvres. L'inventaire, où sans doute elle s'est bien gardée de mentionner l'argent comptant, les pierreries, où elle aura produit peu d'argenterie et où le mobilier a été estimé à deux tiers au-dessous du prix réel, soit pour la favoriser, soit pour payer moins de droits au fisc, et aussi parce que les commissaires-priseurs sont responsables de leurs estimations, l'inventaire ainsi fait a établi six cent mille francs de valeurs. Pour sa part, votre veuve avait droit à la moitié. Tout a été vendu, racheté par elle, elle a bénéficié sur tout, et les hospices ont eu leurs soixante-quinze mille francs. Puis, comme le fisc héritait de vous, attendu que vous n'aviez pas fait mention de votre femme dans votre testament, l'Empereur a rendu par un décret à votre veuve la portion qui revenait au domaine public. Maintenant, à quoi avez-vous droit? à trois cent mille francs seulement, moins les frais...
—Et vous appelez cela la justice? dit le colonel ébahi.
—Mais certainement...
—Elle est belle.
—Elle est ainsi, mon pauvre colonel. Vous voyez que ce que vous avez cru facile ne l'est pas. Madame Ferraud peut même vouloir garder la portion qui lui a été donnée par l'Empereur.
—Mais elle n'était pas veuve, le décret est nul...
—D'accord. Mais tout se plaide. Écoutez-moi. Dans ces circonstances, je crois qu'une transaction serait, et pour vous et pour elle, le meilleur dénouement du procès. Vous y gagnerez une fortune plus considérable que celle à laquelle vous auriez droit.
—Ce serait vendre ma femme!
—Avec vingt-quatre mille francs de rente, vous aurez, dans la position où vous vous trouvez, des femmes qui vous conviendront mieux que la vôtre et qui vous rendront plus heureux. Je compte aller voir aujourd'hui même madame la comtesse Ferraud afin de sonder le terrain; mais je n'ai pas voulu faire cette démarche sans vous prévenir.
—Allons ensemble chez elle...
—Fait comme vous êtes? dit l'avoué. Non, non, colonel, non. Vous pourriez y perdre tout à fait votre procès...
—Mon procès est-il gagnable?
—Sur tous les chefs, répondit Derville. Mais, mon cher colonel Chabert, vous ne faites pas attention à une chose. Je ne suis pas riche, ma charge n'est pas entièrement payée. Si les tribunaux vous accordent une *provision*, c'est-à-dire une somme à prendre par avance sur votre fortune, ils ne l'accorderont qu'après avoir reconnu vos qualités de comte Chabert, grand-officier de la Légion d'honneur.

—Tiens, je suis grand-officier de la Légion, je n'y pensais plus, dit-il naïvement.
—Eh bien! jusque-là, reprit Derville, ne faut-il pas plaider, payer les avocats, lever et solder les jugements, faire marcher des huissiers, et vivre? Les frais des instances préparatoires se monteront, à vue de nez, à plus de douze ou quinze mille francs. Je ne les ai pas, moi qui suis écrasé par les intérêts énormes que je paie à celui qui m'a prêté l'argent de ma charge[27]. Et vous! où les trouverez-vous?

De grosses larmes tombèrent des yeux flétris du pauvre soldat et roulèrent sur ses joues ridées. À l'aspect de ces difficultés, il fut découragé. Le monde social et judiciaire lui pesait sur la poitrine comme un cauchemar.

—J'irai, s'écria-t-il, au pied de la colonne de la place Vendôme, je crierai là: «Je suis le colonel Chabert qui a enfoncé le grand carré des Russes à Eylau!» Le bronze, lui! me reconnaîtra.

—Et l'on vous mettra sans doute à Charenton.

À ce nom redouté, l'exaltation du militaire tomba.

—N'y aurait-il donc pas pour moi quelques chances favorables au ministère de la Guerre?

—Les bureaux! dit Derville. Allez-y, mais avec un jugement bien en règle qui déclare nul votre acte de décès. Les bureaux voudraient pouvoir anéantir les gens de l'Empire.»

Le colonel resta pendant un moment interdit, immobile, regardant sans voir, abîmé dans un désespoir sans bornes. La justice militaire est franche, rapide, elle décide à la turque et juge presque toujours bien; cette justice était la seule que connût Chabert. En apercevant le dédale de difficultés où il fallait s'engager, en voyant combien il fallait d'argent pour y voyager, le pauvre soldat reçut un coup mortel dans cette puissance particulière à l'homme et que l'on nomme la *volonté*. Il lui parut impossible de vivre en plaidant, il fut pour lui mille fois plus simple de rester pauvre, mendiant, de s'engager comme cavalier si quelque régiment voulait de lui. Ses souffrances physiques et morales lui avaient déjà vicié le corps dans quelques-uns des organes les plus importants. Il touchait à l'une de ces maladies pour lesquelles la médecine n'a pas de nom, dont le siège est en quelque sorte mobile comme l'appareil nerveux qui parait le plus attaqué parmi tous ceux de notre machine, affection qu'il faudrait nommer le *spleen* du malheur. Quelque grave que fût déjà ce mal invisible, mais réel, il était encore guérissable par une heureuse conclusion. Pour ébranler tout à fait cette vigoureuse organisation, il suffirait d'un obstacle nouveau, de quelque fait imprévu qui en romprait les ressorts affaiblis et produirait des hésitations, ces actes incompris, incomplets, que les physiologistes observent alors chez les êtres ruinés par les chagrins.

En reconnaissant alors les symptômes d'un profond abattement chez son client, Derville lui dit: «Prenez courage, la solution de cette affaire ne peut que

---

[27]Dans "Gobseck", on apprend que l'avare lui a prêté la somme nécessaire à quinze pour cent d'intérêt.

vous être favorable. Seulement, examinez si vous pouvez me donner toute votre confiance et accepter aveuglément le résultat que je croirai le meilleur pour vous.
—Faites comme vous voudrez, dit Chabert.
—Oui, mais vous vous abandonnez à moi comme un homme qui marche à la mort!
—Ne vais-je pas rester sans état, sans nom? Est-ce tolérable?
—Je ne l'entends pas ainsi, dit l'avoué. Nous poursuivrons à l'amiable un jugement pour annuler votre acte de décès et votre mariage, afin que vous repreniez vos droits. Vous serez même, par l'influence du comte Ferraud, porté sur les cadres de l'armée comme général, et vous obtiendrez sans doute une pension.
—Allez donc! répondit Chabert, je me fie entièrement à vous
—Je vous enverrai donc une procuration à signer, dit Derville. Adieu, bon courage! S'il vous faut de l'argent, comptez sur moi.»
Chabert serra chaleureusement la main de Derville et resta le dos appuyé contre la muraille, sans avoir la force de le suivre autrement que des yeux. Comme tous les gens qui comprennent peu les affaires judiciaires, il s'effrayait de cette lutte imprévue. Pendant cette conférence, à plusieurs reprises, il s'était avancé, hors d'un pilastre de la porte cochère, la figure d'un homme posté dans la rue pour guetter la sortie de Derville et qui l'accosta quand il sortit. C'était un vieux homme vêtu d'une veste bleue, d'une cotte blanche plissée semblable à celle des brasseurs, et qui portait sur la tête une casquette de loutre. Sa figure était brune, creusée, ridée, mais rougie sur les pommettes par l'excès du travail et hâlée par le grand air.
«Excusez, monsieur, dit-il à Derville en l'arrêtant par le bras, si je prends la liberté de vous parler, mais je me suis douté, en vous voyant, que vous étiez l'ami de notre général.
—Eh bien! dit Derville, en quoi vous intéressez-vous à lui? Mais qui êtes-vous? reprit le défiant avoué.
—Je suis Louis Vergniaud, répondit-il d'abord. Et j'aurais deux mots à vous dire.
—Et c'est vous qui avez logé le comte Chabert comme il l'est?
— Pardon, excuse, monsieur, il a la plus belle chambre. Je lui aurais donné la mienne, si je n'en avais eu qu'une. J'aurais couché dans l'écurie. Un homme qui a souffert comme lui, qui apprend à lire à mes *mioches*, un général, un égyptien, le premier lieutenant sous lequel j'ai servi… faudrait voir? Du tout, il est le mieux logé. J'ai partagé avec lui ce que j'avais. Malheureusement ce n'était pas grand-chose, du pain, du lait, des œufs; enfin à la guerre comme à la guerre! C'est de bon cœur. Mais il nous a vexés.
—Lui?
—Oui, monsieur, vexés, là ce qui s'appelle en plein. J'ai pris un établissement au-dessus de mes forces, il le voyait bien. Ça vous le contrariait, et il pansait le cheval! Je lui dis: «Mais, mon général? —Bah! qu'il dit, je ne veux pas être comme un fainéant, et il y a longtemps que je sais brosser le lapin[28].» J'avais donc fait

---

[28]Soigner les lapins, animaux qui ne coûtent pas cher.

des billets pour le prix de ma vacherie à un nommé Grados... Le connaissez-vous, monsieur?
—Mais, mon cher, je n'ai pas le temps de vous écouter. Seulement dites-moi comment le colonel vous a vexés!
—Il nous a vexés, monsieur, aussi vrai que je m'appelle Louis Vergniaud et que ma femme en a pleuré. Il a su par les voisins que nous n'avions pas le premier sou de notre billet. Le vieux grognard, sans rien dire, a amassé tout ce que vous lui donniez, a guetté le billet et l'a payé. C'te malice! Que ma femme et moi, nous savions qu'il n'avait pas de tabac, ce pauvre vieux, et qu'il s'en passait! Oh! maintenant, tous les matins il a ses cigares! Je me vendrais plutôt... Non! nous sommes vexés. Donc, je voudrais vous proposer de nous prêter, vu qu'il nous a dit que vous étiez un brave homme, une centaine d'écus sur notre établissement, afin que nous lui fassions faire des habits, que nous lui meublions sa chambre. Il a cru nous acquitter, pas vrai? Eh bien! au contraire, voyez-vous, l'ancien nous a endettés... et vexés! Il ne devait pas nous faire cette avanie-là. Il nous a vexés! et des amis, encore! Foi d'honnête homme, aussi vrai que je m'appelle Louis Vergniaud, je m'engagerais plutôt que de ne pas vous rendre cet argent-là...

Derville regarda le nourrisseur et fit quelques pas en arrière pour revoir la maison, la cour, les fumiers, l'étable, les lapins, les enfants.

—Par ma foi, je crois qu'un des caractères de la vertu est de ne pas être propriétaire, se dit-il. Va, tu auras tes cent écus! et plus même. Mais ce ne sera pas moi qui te les donnerai, le colonel sera bien assez riche pour t'aider, et je ne veux pas lui ôter le plaisir.

—Ce sera-t-il bientôt?
—Mais oui.
—Ah! mon Dieu, que mon épouse va-t-être contente!»
Et la figure tannée du nourrisseur sembla s'épanouir.

«Maintenant, se dit Derville en remontant dans son cabriolet, allons chez notre adversaire. Ne laissons pas voir notre jeu, tâchons de connaître le sien, et gagnons la partie d'un seul coup. Il faudrait l'effrayer. Elle est femme. De quoi s'effraient le plus les femmes? Mais les femmes ne s'effraient que de...»

Il se mit à étudier la position de la comtesse et tomba dans une de ces méditations auxquelles se livrent les grands politiques en concevant leurs plans, en tâchant de deviner le secret des cabinets ennemis. Les avoués ne sont-ils pas en quelque sorte des hommes d'État chargés des affaires privées? Un coup d'œil jeté sur la situation de monsieur le comte Ferraud et de sa femme est ici nécessaire pour faire comprendre le génie de l'avoué.

Monsieur le comte Ferraud était le fils d'un ancien conseiller au Parlement de Paris, qui avait émigré pendant le temps de la Terreur et qui, s'il sauva sa tête, perdit sa fortune. Il rentra sous le Consulat et resta constamment fidèle aux intérêts de Louis XVIII, dans les entours duquel était son père avant la Révolution. Il appartenait donc à cette partie du faubourg Saint-Germain qui résista noblement aux séductions de Napoléon. La réputation de capacité que se fit le jeune comte, alors simplement appelé monsieur Ferraud, le rendit l'objet des coquetteries de l'Empereur, qui souvent était aussi heureux de ses conquêtes sur l'aristocratie que du gain d'une bataille. On promit au comte la restitution de son titre, celle de ses biens non vendus, on lui montra dans le lointain un ministère, une sénatorerie. L'Empereur échoua. Monsieur Ferraud était, lors de la mort du comte Chabert, un jeune homme de vingt-six ans, sans fortune, doué de formes agréables, qui avait des succès et que le faubourg Saint-Germain avait adopté comme une de ses gloires; mais madame la comtesse Chabert avait su tirer un si bon parti de la succession de son mari, qu'après dix-huit mois de veuvage elle possédait environ quarante mille livres de rente. Son mariage avec le jeune comte ne fut pas accepté comme une nouvelle par les coteries du faubourg Saint-Germain. Heureux de ce mariage qui répondait à ses idées de fusion, Napoléon rendit à madame Chabert la portion dont héritait le fisc dans la succession du colonel; mais l'espérance de Napoléon fut encore trompée. Madame Ferraud n'aimait pas seulement son amant dans le jeune homme, elle avait été séduite aussi par l'idée d'entrer dans cette société dédaigneuse qui, malgré son abaissement, dominait la cour impériale. Toutes ses vanités étaient flattées autant que ses passions dans ce mariage. Elle allait devenir une *femme comme il faut*[29]. Quand le faubourg Saint-Germain sut que le mariage du jeune comte n'était pas une défection, les salons s'ouvrirent à sa femme. La Restauration vint. La fortune politique du comte Ferraud ne fut pas rapide. Il comprenait les exigences de la position dans laquelle se trouvait Louis XVIII; il était du nombre des initiés qui attendaient *que l'abîme des révolutions fût fermé*, car cette phrase royale, dont se moquèrent tant les libéraux, cachait un sens politique. Néanmoins, l'ordonnance citée dans la longue phrase cléricale qui commence cette histoire lui avait rendu deux forêts et une terre dont la valeur avait considérablement augmenté pendant le séquestre. En ce moment, quoique le comte Ferraud fût conseiller d'État, directeur général, il ne considérait sa position que comme le début de sa fortune politique. Préoccupé par les soins d'une ambition dévorante, il s'était attaché comme secrétaire un ancien avoué ruiné nommé Delbecq, homme plus qu'habile, qui connaissait admirablement les ressources de la chicane et auquel il laissait la conduite de ses affaires privées. Le rusé praticien avait assez bien compris sa position chez le comte pour y être probe par spéculation. Il espérait parvenir à quelque place par le crédit de son patron, dont la fortune était l'objet de tous ses soins. Sa conduite démentait tellement sa vie antérieure qu'il passait pour un homme calomnié. Avec le tact et la finesse dont sont plus ou moins douées toutes les femmes, la comtesse, qui avait deviné son intendant, le surveillait adroitement et savait si bien le manier qu'elle en avait déjà tiré un très bon parti pour l'augmentation de sa fortune particulière. Elle avait su persuader à Delbecq qu'elle gouvernait monsieur Ferraud et lui avait promis de le faire nommer président d'un tribunal de

---

[29]Balzac explique cette expression d'une façon plus claire dans *Autre étude de femme* (1832-45): Entre grande dame et prostituée, la femme comme il faut n'est ni aristocrate ni bourgeoise. Elle file «sans éclat entre les eaux de la bourgeoisie et celles de la noblesse»— Pléiade 3.691.

première instance[30] dans l'une des plus importantes villes de France, s'il se dévouait entièrement à ses intérêts. La promesse d'une place inamovible, qui lui permettrait de se marier avantageusement et de conquérir plus tard une haute position dans la carrière politique en devenant député, fit de Delbecq l'âme damnée de la comtesse. Il ne lui avait laissé manquer aucune des chances favorables que les mouvements de Bourse et la hausse des propriétés présentèrent dans Paris aux gens habiles pendant les trois premières années de la Restauration. Il avait triplé les capitaux de sa protectrice, avec d'autant plus de facilité que tous les moyens avaient paru bons à la comtesse afin de rendre promptement sa fortune énorme. Elle employait les émoluments des places occupées par le comte aux dépenses de la maison, afin de pouvoir capitaliser ses revenus, et Delbecq se prêtait aux calculs de cette avarice sans chercher à s'en expliquer les motifs. Ces sortes de gens ne s'inquiètent que des secrets dont la découverte est nécessaire à leurs intérêts. D'ailleurs, il en trouvait si naturellement la raison dans cette soif d'or dont sont atteintes la plupart des Parisiennes, et il fallait une si grande fortune pour appuyer les prétentions du comte Ferraud, que l'intendant croyait parfois entrevoir dans l'avidité de la comtesse un effet de son dévouement pour l'homme de qui elle était toujours éprise. La comtesse avait enseveli les secrets de sa conduite au fond de son cœur. Là étaient des secrets de vie et de mort pour elle, là était précisément le nœud de cette histoire.

Au commencement de l'année 1818, la Restauration fut assise sur des bases en apparence inébranlables, ses doctrines gouvernementales, comprises par les esprits élevés, leur parurent devoir amener pour la France une ère de prospérité nouvelle; alors la société parisienne changea de face. Madame la comtesse Ferraud se trouva par hasard avoir fait tout ensemble un mariage d'amour, de fortune et d'ambition. Encore jeune et belle, madame Ferraud joua le rôle d'une femme à la mode et vécut dans l'atmosphère de la cour. Riche par elle-même, riche par son mari, qui, prôné comme un des hommes les plus capables du parti royaliste, et l'ami du roi, semblait promis à quelque ministère, elle appartenait à l'aristocratie, elle en partageait la splendeur. Au milieu de ce triomphe, elle fut atteinte d'un cancer moral. Il est de ces sentiments que les femmes devinent malgré le soin que les hommes mettent à les enfouir. Au premier retour du roi, le comte Ferraud avait conçu quelques regrets de son mariage. La veuve du colonel Chabert ne l'avait allié à personne, il était seul et sans appui pour se diriger dans une carrière pleine d'écueils et pleine d'ennemis. Puis, peut-être, quand il avait pu juger froidement sa femme, avait-il reconnu chez elle quelques vices d'éducation qui la rendaient impropre à le seconder dans ses projets. Un mot dit par lui à propos du mariage de Talleyrand[31] éclaira la comtesse, à laquelle il fut prouvé que, si son mariage était à faire, jamais elle n'eût été madame Ferraud. Ce regret, quelle femme le pardonnerait? Ne contient-il pas toutes les injures, tous les crimes, toutes les répudiations en germe? Mais quelle plaie ne devait pas faire ce mot dans le cœur de la comtesse, si l'on vient à supposer qu'elle craignait de voir revenir son premier mari! Elle l'avait su

---

[30]Tribunal de juridiction civile.
[31]Sur l'ordre de Napoléon, Talleyrand épousa sa belle maîtresse, Mrs. Grand, dont les bévues et le manque de culture sont devenus célèbres. Ils se sont séparés en 1815.

vivant, elle l'avait repoussé. Puis, pendant le temps où elle n'en avait plus entendu parler, elle s'était plu à le croire mort à Waterloo[32] avec les aigles impériales en compagnie de Boutin. Néanmoins elle conçut d'attacher le comte à elle par le plus fort des liens, par la chaîne d'or, et voulut être si riche que sa fortune rendît son second mariage indissoluble, si par hasard le comte Chabert reparaissait encore. Et il avait reparu, sans qu'elle s'expliquât pourquoi la lutte qu'elle redoutait n'avait pas déjà commencé. Les souffrances, la maladie l'avaient peut-être délivrée de cet homme. Peut-être était-il à moitié fou. Charenton pouvait encore lui en faire raison. Elle n'avait pas voulu mettre Delbecq ni la police dans sa confidence, de peur de se donner un maître, ou de précipiter la catastrophe. Il existe à Paris beaucoup de femmes qui, semblables à la comtesse Ferraud, vivent avec un monstre moral inconnu, ou côtoient un abîme; elles se font un calus à l'endroit de leur mal et peuvent encore rire et s'amuser.

«Il y a quelque chose de bien singulier dans la situation de monsieur le comte Ferraud, se dit Derville en sortant de sa longue rêverie, au moment où son cabriolet s'arrêtait rue de Varennes, à la porte de l'hôtel Ferraud. Comment, lui si riche, aimé du roi, n'est-il pas encore pair de France? Il est vrai qu'il entre peut-être dans la politique du roi, comme me le disait madame de Grandlieu, de donner une haute importance à la pairie en ne la prodiguant pas. D'ailleurs, le fils d'un conseiller au Parlement n'est ni un Crillon, ni un Rohan[33]. Le comte Ferraud ne peut entrer que subrepticement dans la Chambre haute. Mais, si son mariage était cassé, ne pourrait-il faire passer sur sa tête, à la grande satisfaction du roi, la pairie d'un de ces vieux sénateurs qui n'ont que des filles? Voilà certes une bonne bourde à mettre en avant pour effrayer notre comtesse», se dit-il en montant le perron.

Derville avait, sans le savoir, mis le doigt sur la plaie secrète, enfoncé la main dans le cancer qui dévorait madame Ferraud. Il fut reçu par elle dans une jolie salle à manger d'hiver, où elle déjeunait en jouant avec un singe attaché par une chaîne à une espèce de petit poteau garni de bâtons de fer. La comtesse était enveloppée dans un élégant peignoir; les boucles de ses cheveux, négligemment rattachés, s'échappaient d'un bonnet qui lui donnait un air mutin. Elle était fraîche et rieuse. L'argent, le vermeil, la nacre étincelaient sur la table, et il y avait autour d'elle des fleurs curieuses plantées dans de magnifiques vases en porcelaine. En voyant la femme du comte Chabert, riche de ses dépouilles, au sein du luxe, au faîte de la société, tandis que le malheureux vivait chez un pauvre nourrisseur au milieu des bestiaux, l'avoué se dit: «La morale de ceci est qu'une jolie femme ne voudra jamais reconnaître son mari, ni même son amant dans un homme en vieux carrick, en perruque de chiendent et en bottes percées.» Un sourire malicieux et mordant exprima les idées moitié philosophiques, moitié railleuses qui devaient venir à un homme si bien placé pour connaître le fond des choses, malgré les mensonges sous lesquels la plupart des familles parisiennes cachent leur existence.

«Bonjour, monsieur Derville, dit-elle en continuant à faire prendre du café au singe.

[32]La bataille où Napoléon a été définitivement vaincu.
[33]Les Crillon et les Rohan sont de souche ancienne.

—Madame, dit-il brusquement, car il se choqua du ton léger avec lequel la comtesse lui avait dit: "Bonjour, monsieur Derville", je viens causer avec vous d'une affaire assez grave.

—J'en suis *désespérée*, monsieur le comte est absent...

—J'en suis enchanté, moi, madame. Il serait *désespérant* qu'il assistât à notre conférence. Je sais d'ailleurs, par Delbecq, que vous aimez à faire vos affaires vous-mêmes sans en ennuyer monsieur le comte.

—Alors, je vais faire appeler Delbecq, dit-elle.

—Il vous serait inutile, malgré son habileté, reprit Derville. Écoutez, madame, un mot suffira pour vous rendre sérieuse. Le comte Chabert existe.

—Est-ce en disant de semblables bouffonneries que vous voulez me rendre sérieuse? dit-elle en partant d'un éclat de rire.

Mais la comtesse fut tout à coup domptée par l'étrange lucidité du regard fixe par lequel Derville l'interrogeait en paraissant lire au fond de son âme.

—Madame, répondit-il avec une gravité froide et perçante, vous ignorez l'étendue des dangers qui vous menacent. Je ne vous parlerai pas de l'incontestable authenticité des pièces, ni de la certitude des preuves qui attestent l'existence du comte Chabert. Je ne suis pas homme à me charger d'une mauvaise cause, vous le savez. Si vous vous opposez à notre inscription en faux contre l'acte de décès, vous perdrez ce premier procès, et cette question résolue en notre faveur nous fait gagner toutes les autres.

—De quoi prétendez-vous donc me parler?

—Ni du colonel, ni de vous. Je ne vous parlerai pas non plus des mémoires que pourraient faire des avocats spirituels, armés des faits curieux de cette cause, et du parti qu'ils tireraient des lettres que vous avez reçues de votre premier mari avant la célébration de votre mariage avec votre second.

—Cela est faux! dit-elle avec toute la violence d'une petite-maîtresse. Je n'ai jamais reçu de lettre du comte Chabert; et si quelqu'un se dit être le colonel, ce ne peut être qu'un intrigant, quelque forçat libéré, comme Coignard[34] peut-être. Le frisson prend rien que d'y penser. Le colonel peut-il ressusciter, monsieur? Bonaparte m'a fait complimenter sur sa mort par un aide de camp, et je touche encore aujourd'hui trois mille francs de pension accordée à sa veuve par les Chambres. J'ai eu mille fois raison de repousser tous les Chabert qui sont venus, comme je repousserai tous ceux qui viendront.

—Heureusement nous sommes seuls, madame. Nous pouvons mentir à notre aise, dit-il froidement en s'amusant à aiguillonner la colère qui agitait la comtesse afin de lui arracher quelques indiscrétions, par une manœuvre familière aux avoués, habitués à rester calmes quand leurs adversaires ou leurs clients s'emportent.»

«Eh bien! donc, à nous deux, se dit-il à lui-même en imaginant à l'instant un

---

[34]Coignard, un forçat évadé, s'est engagé dans un régiment français en Espagne. Il y a gagné ses grades et s'y est constitué une nouvelle identité, ce qui lui a permis de trouver une femme et de vivre tranquillement une existence aristocratique sous le nom du comte Pontis de Sainte-Hélène. Finalement, il a été démasqué et est mort en prison en 1831.

piège pour lui démontrer sa faiblesse.» —La preuve de la remise de la première lettre existe, madame, reprit-il à haute voix, elle contenait des valeurs...

—Oh! pour des valeurs, elle n'en contenait pas.

—Vous avez donc reçu cette première lettre, reprit Derville en souriant. Vous êtes déjà prise dans le premier piège que vous tend un avoué, et vous croyez pouvoir lutter avec la justice...

La comtesse rougit, pâlit, se cacha la figure dans les mains. Puis elle secoua sa honte et reprit, avec le sang-froid naturel à ces sortes de femmes: «Puisque vous êtes l'avoué du prétendu Chabert, faites-moi le plaisir de...»

—Madame, dit Derville en l'interrompant, je suis encore en ce moment votre avoué comme celui du colonel. Croyez-vous que je veuille perdre une clientèle aussi précieuse que l'est la vôtre? Mais vous ne m'écoutez pas...

—Parlez, monsieur, dit-elle gracieusement.

—Votre fortune vous venait de monsieur le comte Chabert, et vous l'avez repoussé. Votre fortune est colossale, et vous le laissez mendier. Madame, les avocats sont bien éloquents lorsque les causes sont éloquentes par elles-mêmes; il se rencontre ici des circonstances capables de soulever contre vous l'opinion publique.

—Mais, monsieur, dit la comtesse, impatientée de la manière dont Derville la tournait et retournait sur le gril, en admettant que votre monsieur Chabert existe, les tribunaux maintiendront mon second mariage à cause des enfants, et j'en serai quitte pour rendre deux cent vingt-cinq mille francs à monsieur Chabert.

—Madame, nous ne savons pas de quel côté les tribunaux verront la question sentimentale. Si, d'une part, nous avons une mère et ses enfants, nous avons de l'autre un homme accablé de malheurs, vieilli par vous, par vos refus. Où trouvera-t-il une femme? Puis les juges peuvent-ils heurter la loi? Votre mariage avec le colonel a pour lui le droit, la priorité. Mais, si vous êtes représentée sous d'odieuses couleurs, vous pourriez avoir un adversaire auquel vous ne vous attendez pas. Là, madame, est ce danger dont je voudrais vous préserver.

—Un nouvel adversaire! dit-elle, qui?

—Monsieur le comte Ferraud, madame.

—Monsieur Ferraud a pour moi un trop vif attachement, et pour la mère de ses enfants un trop grand respect...

—Ne parlez pas de ces niaiseries-là, dit Derville en l'interrompant, à des avoués habitués à lire au fond des cœurs. En ce moment, monsieur Ferraud n'a pas la moindre envie de rompre votre mariage et je suis persuadé qu'il vous adore; mais si quelqu'un venait lui dire que son mariage peut être annulé, que sa femme sera traduite en criminelle au banc de l'opinion publique...

—Il me défendrait, monsieur!

—Non, madame.

—Quelle raison aurait-il de m'abandonner, monsieur?

—Mais celle d'épouser la fille unique d'un pair de France, dont la pairie lui serait transmise par ordonnance du roi...

La comtesse pâlit.

«Nous y sommes!» se dit en lui-même Derville. Bien, je te tiens, l'affaire du pauvre colonel est gagnée.»

—D'ailleurs, madame, reprit-il à haute voix, il aurait d'autant moins de remords, qu'un homme couvert de gloire, général, comte, grand-officier de la Légion d'honneur, ne serait pas un pis-aller; et si cet homme lui redemande sa femme...

—Assez! assez! monsieur, dit-elle. Je n'aurai jamais que vous pour avoué. Que faire?

—Transiger! dit Derville.

—M'aime-t-il encore? dit-elle.

—Mais je ne crois pas qu'il puisse en être autrement.

À ce moment, la comtesse dressa la tête. Un éclair d'espérance brilla dans ses yeux; elle comptait peut-être spéculer sur la tendresse de son premier mari pour gagner son procès par quelque ruse de femme.

—J'attendrai vos ordres, madame, pour savoir s'il faut vous signifier nos actes, ou si vous voulez venir chez moi pour arrêter les bases d'une transaction», dit Derville en saluant la comtesse.

Huit jours après les deux visites que Derville avait faites, et par une belle matinée du mois de juin, les époux, désunis par un hasard presque surnaturel, partirent des deux points les plus opposés de Paris, pour venir se rencontrer dans l'étude de leur avoué commun. Les avances qui furent largement faites par Derville au colonel Chabert lui avaient permis d'être vêtu selon son rang. Le défunt arriva donc voituré dans un cabriolet fort propre. Il avait la tête couverte d'une perruque appropriée à sa physionomie, il était habillé de drap bleu, avait du linge blanc et portait sous son gilet le sautoir rouge des grands-officiers de la Légion d'honneur. En reprenant les habitudes de l'aisance, il avait retrouvé son ancienne élégance martiale. Il se tenait droit. Sa figure, grave et mystérieuse où se peignaient le bonheur et toutes ses espérances, paraissait être rajeunie et plus grasse, pour emprunter à la peinture une de ses expressions les plus pittoresques. Il ne ressemblait pas plus au Chabert en vieux carrick qu'un gros sou ne ressemble à une pièce de quarante francs nouvellement frappée. À le voir, les passants eussent facilement reconnu en lui l'un de ces beaux débris de notre ancienne armée, un de ces hommes héroïques sur lesquels se reflète notre gloire nationale et qui la représentent comme un éclat de glace illuminé par le soleil semble en réfléchir tous les rayons. Ces vieux soldats sont tout ensemble des tableaux et des livres. Quand le comte descendit de sa voiture pour monter chez Derville, il sauta légèrement comme aurait pu faire un jeune homme. À peine son cabriolet avait-il retourné, qu'un joli coupé tout armorié arriva. Madame la comtesse Ferraud en sortit dans une toilette simple, mais habilement calculée pour montrer la jeunesse de sa taille. Elle avait une jolie capote doublée de rose qui encadrait parfaitement sa figure, en dissimulait les contours, et la ravivait. Si les clients s'étaient rajeunis, l'étude était restée semblable à elle-même et offrait alors le tableau par la description duquel cette histoire a commencé. Simonnin déjeunait, l'épaule appuyée sur la fenêtre qui alors était ouverte; et il regardait le bleu du ciel par l'ouverture de cette cour entourée de quatre corps de logis noirs.

«Ha! s'écria le petit clerc, qui veut parier un spectacle que le colonel Chabert est général et cordon rouge?
—Le patron est un fameux sorcier! dit Godeschal.
—Il n'y a donc pas de tour à lui jouer cette fois? demanda Desroches.
—C'est sa femme qui s'en charge, la comtesse Ferraud! dit Boucard.
—Allons, dit Godeschal, la comtesse Ferraud serait donc obligée d'être à deux...
—Le voilà! dit Simonnin.
En ce moment, le colonel entra et demanda Derville.
—Il y est, monsieur le comte, répondit Simonnin.
—Tu n'es donc pas sourd, petit drôle? dit Chabert en prenant le saute-ruisseau par l'oreille et la lui tortillant à la satisfaction des clercs, qui se mirent à rire et regardèrent le colonel avec la curieuse considération due à ce singulier personnage.

Le comte Chabert était chez Derville, au moment où sa femme entra par la porte de l'étude.

—Dites donc, Boucard, il va se passer une singulière scène dans le cabinet du patron! Voilà une femme qui peut aller les jours pairs chez le comte Ferraud et les jours impairs chez le comte Chabert.

—Dans les années bissextiles, dit Godeschal, le compte y sera.

—Taisez-vous donc! messieurs, l'on peut entendre, dit sévèrement Boucard; je n'ai jamais vu d'étude où l'on plaisantât comme vous le faites sur les clients.

Derville avait consigné le colonel dans la chambre à coucher, quand la comtesse se présenta.

—Madame, lui dit-il, ne sachant pas s'il vous serait agréable de voir monsieur le comte Chabert, je vous ai séparés. Si cependant vous désiriez...

—Monsieur, c'est une attention dont je vous remercie.

—J'ai préparé la minute d'un acte dont les conditions pourront être discutées par vous et par monsieur Chabert, séance tenante. J'irai alternativement de vous à lui, pour vous présenter, à l'un et à l'autre, vos raisons respectives.

—Voyons, monsieur, dit la comtesse en laissant échapper un geste d'impatience.

Derville lut.

"Entre les soussignés,

"Monsieur Hyacinthe, dit *Chabert*, comte, maréchal de camp et grand-officier de la Légion d'honneur, demeurant à Paris, rue du Petit-Banquier, d'une part;

"Et la dame Rose Chapotel, épouse de monsieur le comte Chabert, ci-dessus nommée, née..."

—Passez, dit-elle, laissons les préambules, arrivons aux conditions.

—Madame, dit l'avoué, le préambule explique succinctement la position dans laquelle vous vous trouvez l'un et l'autre. Puis, par l'article premier, vous reconnaissez, en présence de trois témoins, qui sont deux notaires et le nourrisseur chez lequel a demeuré votre mari, auxquels j'ai confié sous le secret votre affaire et qui garderont le plus profond silence, vous reconnaissez, dis-je, que l'individu désigné dans les actes joints au sous-seing, mais dont l'état se trouve d'ailleurs établi par un acte de notoriété préparé chez Alexandre Crottat, votre notaire, est le comte Chabert, votre premier époux. Par l'article second, le comte Chabert, dans l'intérêt de votre bonheur, s'engage à ne faire usage de ses droits que dans les cas prévus par l'acte lui-même. Et ces cas, dit Derville en faisant une sorte de parenthèse, ne sont autres que la non-exécution des clauses de cette convention secrète. De son côté, reprit-il, monsieur Chabert consent à poursuivre de gré à gré avec vous un jugement qui annulera son acte de décès et prononcera la dissolution de son mariage.

—Ça ne me convient pas du tout, dit la comtesse étonnée, je ne veux pas de procès. Vous savez pourquoi.

—Par l'article trois, dit l'avoué en continuant avec un flegme imperturbable, vous vous engagez à constituer au nom d'Hyacinthe, comte Chabert, une rente viagère de vingt-quatre mille francs, inscrite sur le grand-livre de la dette publique, mais dont le capital vous sera dévolu à sa mort...

—Mais c'est beaucoup trop cher, dit la comtesse.

—Pouvez-vous transiger à meilleur marché?

—Peut-être.

—Que voulez-vous donc, madame?

—Je veux, je ne veux pas de procès, je veux...

—Qu'il reste mort, dit vivement Derville en l'interrompant.

—Monsieur, dit la comtesse, s'il faut vingt-quatre mille livres de rente, nous plaiderons...

—Oui, nous plaiderons, s'écria d'une voix sourde le colonel qui ouvrit la porte et apparut tout à coup devant sa femme, en tenant une main dans son gilet et l'autre étendue vers le parquet, geste auquel le souvenir de son aventure donnait une horrible énergie.

«C'est lui», se dit en elle-même la comtesse.

—Trop cher! reprit le vieux soldat. Je vous ai donné près d'un million, et vous marchandez mon malheur. Eh bien! je vous veux maintenant vous et votre fortune. Nous sommes communs en biens, notre mariage n'a pas cessé...

—Mais monsieur n'est pas le colonel Chabert, s'écria la comtesse en feignant la surprise.

—Ah! dit le vieillard d'un ton profondément ironique, voulez-vous des preuves? Je vous ai prise au Palais Royal[35]...

La comtesse pâlit. En la voyant pâlir sous son rouge, le vieux soldat, touché de la vive souffrance qu'il imposait à une femme jadis aimée avec ardeur, s'arrêta; mais il en reçut un regard si venimeux qu'il reprit tout à coup:

—Vous étiez chez la...

—De grâce, monsieur, dit la comtesse à l'avoué, trouvez bon que je quitte la place. Je ne suis pas venue ici pour entendre de semblables horreurs.

---

[35]Lieu que pendant longtemps les prostituées ont beaucoup fréquenté.

Elle se leva et sortit. Derville s'élança dans l'étude. La comtesse avait trouvé des ailes et s'était comme envolée. En revenant dans son cabinet, l'avoué trouva le colonel dans un violent accès de rage et se promenant à grands pas.

—Dans ce temps-là, chacun prenait sa femme où il voulait, disait-il; mais j'ai eu tort de la mal choisir, de me fier à des apparences. Elle n'a pas de cœur.

—Eh bien! colonel, n'avais-je pas raison en vous disant de ne pas venir? Je suis maintenant certain de votre identité. Quand vous vous êtes montré, la comtesse a fait un mouvement dont la pensée n'était pas équivoque. Mais vous avez perdu votre procès, votre femme sait que vous êtes méconnaissable!

—Je la tuerai...

—Folie! vous serez pris et guillotiné comme un misérable. D'ailleurs peut-être manquerez-vous votre coup! ce serait impardonnable, on ne doit jamais manquer sa femme quand on veut la tuer. Laissez-moi réparer vos sottises, grand enfant! Allez-vous-en. Prenez garde à vous, elle serait capable de vous faire tomber dans quelque piège et de vous enfermer à Charenton. Je vais lui signifier nos actes afin de vous garantir de toute surprise.

Le pauvre colonel obéit à son jeune bienfaiteur et sortit en lui balbutiant des excuses. Il descendait lentement les marches de l'escalier noir, perdu dans de sombres pensées, accablé peut-être par le coup qu'il venait de recevoir, pour lui le plus cruel, le plus profondément enfoncé dans son cœur, lorsqu'il entendit, en parvenant au dernier palier, le frôlement d'une robe, et sa femme apparut.

—Venez, monsieur, lui dit-elle en lui prenant le bras par un mouvement semblable à ceux qui lui étaient familiers autrefois.

L'action de la comtesse, l'accent de sa voix redevenue gracieuse suffirent pour calmer la colère du colonel, qui se laissa mener jusqu'à la voiture.

—Eh bien! montez donc! lui dit la comtesse quand le valet eut achevé de déplier le marchepied.

Et il se trouva, comme par enchantement, assis près de sa femme dans le coupé.

—Où va madame? demanda le valet.

—À Groslay, dit-elle.

Les chevaux partirent et traversèrent tout Paris.

—Monsieur! dit la comtesse au colonel d'un son de voix qui révélait une de ces émotions rares dans la vie et par lesquelles tout en nous est agité.

En ces moments, cœur, fibres, nerfs, physionomie, âme et corps, tout, chaque pore même, tressaille. La vie semble ne plus être en nous; elle en sort et jaillit, elle se communique comme une contagion, se transmet par le regard, par l'accent de la voix, par le geste, en imposant notre vouloir aux autres. Le vieux soldat tressaillit en entendant ce seul mot, ce premier, ce terrible: «Monsieur!» Mais aussi était-ce tout à la fois un reproche, une prière, un pardon, une espérance, un désespoir, une interrogation, une réponse. Ce mot comprenait tout. Il fallait être comédienne pour jeter tant d'éloquence, tant de sentiments dans un mot. Le vrai n'est pas si complet dans son expression, il ne met pas tout en dehors, il laisse voir tout ce qui est au dedans. Le colonel eut mille remords de ses soupçons, de ses demandes, de sa colère, et baissa les yeux pour ne pas laisser deviner son trouble.

—Monsieur, reprit la comtesse après une pause imperceptible, je vous ai bien reconnu!

—Rosine, dit le vieux soldat, ce mot contient le seul baume qui pût me faire oublier mes malheurs.

Deux grosses larmes roulèrent toutes chaudes sur les mains de sa femme, qu'il pressa pour exprimer une tendresse paternelle.

—Monsieur, reprit-elle, comment n'avez-vous pas deviné qu'il me coûtait horriblement de paraître devant un étranger dans une position aussi fausse que l'est la mienne! Si j'ai à rougir de ma situation, que ce ne soit au moins qu'en famille. Ce secret ne devait-il pas rester enseveli dans nos cœurs? Vous m'absoudrez, j'espère, de mon indifférence apparente pour les malheurs d'un Chabert à l'existence duquel je ne devais pas croire. J'ai reçu vos lettres, dit-elle vivement, en lisant sur les traits de son mari l'objection qui s'y exprimait, mais elles me parvinrent treize mois après la bataille d'Eylau; elles étaient ouvertes, salies, l'écriture en était méconnaissable, et j'ai dû croire, après avoir obtenu la signature de Napoléon sur mon nouveau contrat de mariage, qu'un adroit intrigant voulait se jouer de moi. Pour ne pas troubler le repos de monsieur le comte Ferraud et ne pas altérer les liens de la famille, j'ai donc dû prendre des précautions contre un faux Chabert. N'avais-je pas raison, dites?

—Oui, tu as eu raison, c'est moi qui suis un sot, un animal, une bête, de n'avoir pas su mieux calculer les conséquences d'une situation semblable. Mais où allons-nous? dit le colonel en se voyant à la barrière de la Chapelle.

—À ma campagne, près de Groslay, dans la vallée de Montmorency. Là, monsieur, nous réfléchirons ensemble au parti que nous devons prendre. Je connais mes devoirs. Si je suis à vous en droit, je ne vous appartiens plus en fait. Pouvez-vous désirer que nous devenions la fable de tout Paris? N'instruisons pas le public de cette situation qui pour moi présente un côté ridicule, et sachons garder notre dignité. Vous m'aimez encore, reprit-elle en jetant sur le colonel un regard triste et doux; mais moi, n'ai-je pas été autorisée à former d'autres liens? En cette singulière position, une voix secrète me dit d'espérer en votre bonté qui m'est si connue. Aurais-je donc tort en vous prenant pour seul et unique arbitre de mon sort? Soyez juge et partie. Je me confie à la noblesse de votre caractère! Vous aurez la générosité de me pardonner les résultats de fautes innocentes. Je vous l'avouerai donc, j'aime monsieur Ferraud. Je me suis crue en droit de l'aimer. Je ne rougis pas de cet aveu devant vous; s'il vous offense, il ne nous déshonore point. Je ne puis vous cacher les faits. Quand le hasard m'a laissée veuve, je n'étais pas mère.

Le colonel fit un signe de main à sa femme, pour lui imposer silence, et ils restèrent sans proférer un seul mot pendant une demi-lieue. Chabert croyait voir les deux petits enfants devant lui.

—Rosine!
—Monsieur?
—Les morts ont donc bien tort de revenir?

—Oh! monsieur, non, non! Ne me croyez pas ingrate. Seulement, vous trouvez une amante, une mère, là où vous aviez laissé une épouse. S'il n'est plus en mon pouvoir de vous aimer, je sais tout ce que je vous dois et puis vous offrir encore toutes les affections d'une fille.

—Rosine, reprit le vieillard d'une voix douce, je n'ai plus aucun ressentiment contre toi. Nous oublierons tout, ajouta-t-il avec un de ces sourires dont la grâce est toujours le reflet d'une belle âme. Je ne suis pas assez peu délicat pour exiger les semblants de l'amour chez une femme qui n'aime plus.

La comtesse lui lança un regard empreint d'une telle reconnaissance que le pauvre Chabert aurait voulu rentrer dans sa fosse d'Eylau. Certains hommes ont une âme assez forte pour de tels dévouements, dont la récompense se trouve pour eux dans la certitude d'avoir fait le bonheur d'une personne aimée.

—Mon ami, nous parlerons de tout ceci plus tard et à cœur reposé, dit la comtesse.»

La conversation prit un autre cours, car il était impossible de la continuer longtemps sur ce sujet. Quoique les deux époux revinssent souvent à leur situation bizarre, soit par des allusions, soit sérieusement, ils firent un charmant voyage, se rappelant les événements de leur union passée et les choses de l'Empire. La comtesse sut imprimer un charme doux à ces souvenirs, et répandit dans la conversation une teinte de mélancolie nécessaire pour y maintenir la gravité. Elle faisait revivre l'amour sans exciter aucun désir, et laissait entrevoir à son premier époux toutes les richesses morales qu'elle avait acquises, en tâchant de l'accoutumer à l'idée de restreindre son bonheur aux seules jouissances que goûte un père près d'une fille chérie. Le colonel avait connu la comtesse de l'Empire, il revoyait une comtesse de la Restauration. Enfin les deux époux arrivèrent par un chemin de traverse à un grand parc situé dans la petite vallée qui sépare les hauteurs de Margency du joli village de Groslay. La comtesse possédait là une délicieuse maison où le colonel vit, en arrivant, tous les apprêts que nécessitaient son séjour et celui de sa femme. Le malheur est une espèce de talisman dont la vertu consiste à corroborer notre constitution primitive: il augmente la défiance et la méchanceté chez certains hommes, comme il accroît la bonté de ceux qui ont un cœur excellent. L'infortune avait rendu le colonel encore plus secourable et meilleur qu'il ne l'avait été, il pouvait donc s'initier au secret des souffrances féminines qui sont inconnues à la plupart des hommes. Néanmoins, malgré son peu de défiance, il ne put s'empêcher de dire à sa femme: «Vous étiez donc bien sûre de m'emmener ici?

—Oui, répondit-elle, si je trouvais le colonel Chabert dans le plaideur.»

L'air de vérité qu'elle sut mettre dans cette réponse dissipa les légers soupçons que le colonel eut honte d'avoir conçus. Pendant trois jours la comtesse fut admirable près de son premier mari. Par de tendres soins et par sa constante douceur, elle semblait vouloir effacer le souvenir des souffrances qu'il avait endurées, se faire pardonner les malheurs que, suivant ses aveux, elle avait innocemment causés; elle se plaisait à déployer pour lui, tout en lui faisant apercevoir une sorte de mélancolie, les charmes auxquels elle le savait faible; car nous sommes plus particulièrement accessibles à certaines façons, à des grâces de cœur ou d'esprit auxquelles nous ne résistons pas; elle voulait l'intéresser à sa situation, et l'attendrir assez pour s'emparer de son esprit et disposer souverainement de lui. Décidée à tout pour arriver à ses fins, elle ne savait pas encore ce qu'elle devait faire de cet homme, mais certes elle voulait l'anéantir socialement. Le soir du troisième jour elle sentit que, malgré ses efforts, elle ne pouvait cacher les inquiétudes que lui causait le résultat de ses manœuvres. Pour se trouver un moment à l'aise, elle monta chez elle, s'assit à son secrétaire, déposa le masque de tranquillité qu'elle conservait devant le comte Chabert, comme une actrice qui, rentrant fatiguée dans sa loge après un cinquième acte pénible, tombe demi-morte et laisse dans la salle une image d'elle-même à laquelle elle ne ressemble plus. Elle se mit à finir une lettre commencée qu'elle écrivait à Delbecq, à qui elle disait d'aller, en son nom, demander chez Derville communication des actes qui concernaient le colonel Chabert, de les copier, et de venir aussitôt la trouver à Groslay. À peine avait-elle achevé, qu'elle entendit dans le corridor le bruit des pas du colonel, qui, tout inquiet, venait la retrouver.

«Hélas! dit-elle à haute voix, je voudrais être morte! Ma situation est intolérable…

—Eh bien! qu'avez-vous donc? demanda le bonhomme.

—Rien, rien, dit-elle.

Elle se leva, laissa le colonel et descendit pour parler sans témoin à sa femme de chambre, qu'elle fit partir pour Paris, en lui recommandant de remettre elle-même à Delbecq la lettre qu'elle venait d'écrire, et de la lui rapporter aussitôt qu'il l'aurait lue. Puis la comtesse alla s'asseoir sur un banc où elle était assez en vue pour que le colonel vînt l'y trouver aussitôt qu'il le voudrait. Le colonel, qui déjà cherchait sa femme, accourut et s'assit près d'elle.

—Rosine, lui dit-il, qu'avez-vous?

Elle ne répondit pas. La soirée était une de ces soirées magnifiques et calmes dont les secrètes harmonies répandent, au mois de juin, tant de suavité dans les couchers du soleil. L'air était pur et le silence profond, en sorte que l'on pouvait entendre dans le lointain du parc les voix de quelques enfants qui ajoutaient une sorte de mélodie aux sublimités du paysage.

—Vous ne me répondez pas? demanda le colonel à sa femme.

—Mon mari… dit la comtesse, qui s'arrêta, fit un mouvement, et s'interrompit pour lui demander en rougissant: —Comment dirai-je en parlant de monsieur le comte Ferraud?

—Nomme-le ton mari, ma pauvre enfant, répondit le colonel avec un accent de bonté, n'est-ce pas le père de tes enfants?

—Eh bien! reprit-elle, si monsieur me demande ce que je suis venue faire ici, s'il apprend que je m'y suis enfermée avec un inconnu, que lui dirai-je? Écoutez, monsieur, reprit-elle en prenant une attitude pleine de dignité, décidez de mon sort, je suis résignée à tout…

—Ma chère, dit le colonel en s'emparant des mains de sa femme, j'ai résolu de me sacrifier entièrement à votre bonheur…

—Cela est impossible, s'écria-t-elle en laissant échapper un mouvement convulsif. Songez donc que vous devriez alors renoncer à vous-même et d'une manière authentique...

—Comment, dit le colonel, ma parole ne vous suffit pas?

Le mot *authentique* tomba sur le cœur du vieillard et y réveilla des défiances involontaires. Il jeta sur sa femme un regard qui la fit rougir, elle baissa les yeux, et il eut peur de se trouver obligé de la mépriser. La comtesse craignait d'avoir effarouché la sauvage pudeur, la probité sévère d'un homme dont le caractère généreux, les vertus primitives lui étaient connus. Quoique ces idées eussent répandu quelques nuages sur leurs fronts, la bonne harmonie se rétablit aussitôt entre eux. Voici comment. Un cri d'enfant retentit au loin.

—Jules, laissez votre sœur tranquille, s'écria la comtesse.

—Quoi! vos enfants sont ici? dit le colonel.

—Oui, mais je leur ai défendu de vous importuner.

Le vieux soldat comprit la délicatesse, le tact de femme renfermé dans ce procédé si gracieux, et prit la main de la comtesse pour la baiser.

—Qu'ils viennent donc, dit-il.

La petite fille accourait pour se plaindre de son frère.

—Maman!

—Maman!

—C'est lui qui...

—C'est elle...

Les mains étaient étendues vers la mère, et les deux voix enfantines se mêlaient. Ce fut un tableau soudain et délicieux!

—Pauvres enfants! s'écria la comtesse en ne retenant plus ses larmes, il faudra les quitter; à qui le jugement les donnera-t-il? On ne partage pas un cœur de mère, je les veux, moi!

—Est-ce vous qui faites pleurer maman? dit Jules en jetant un regard de colère au colonel.

—Taisez-vous, Jules! s'écria la mère d'un air impérieux.

Les deux enfants restèrent debout et silencieux, examinant leur mère et l'étranger avec une curiosité qu'il est impossible d'exprimer par des paroles.

—Oh! oui, reprit-elle, si l'on me sépare du comte, qu'on me laisse les enfants, et je serai soumise à tout...

Ce fut un mot décisif qui obtint tout le succès qu'elle en avait espéré.

—Oui, s'écria le colonel comme s'il achevait une phrase mentalement commencée, je dois rentrer sous terre. Je me le suis déjà dit.

—Puis-je accepter un tel sacrifice? répondit la comtesse. Si quelques hommes sont morts pour sauver l'honneur de leur maîtresse, ils n'ont donné leur vie qu'une fois. Mais ici vous donneriez votre vie tous les jours! Non, non, cela est impossible. S'il ne s'agissait que de votre existence, ce ne serait rien; mais signer que vous n'êtes pas le colonel Chabert, reconnaître que vous êtes un imposteur, donner votre honneur, commettre un mensonge à toute heure du jour, le dévouement humain ne saurait aller jusque-là. Songez donc! Non. Sans mes pauvres enfants, je me serais déjà enfuie avec vous au bout du monde...

—Mais, reprit Chabert, est-ce que je ne puis pas vivre ici, dans votre petit pavillon, comme un de vos parents? Je suis usé comme un canon de rebut, il ne me faut qu'un peu de tabac et *Le Constitutionnel*[36].

La comtesse fondit en larmes. Il y eut entre la comtesse Ferraud et le colonel un combat de générosité d'où le soldat sortit vainqueur. Un soir, en voyant cette mère au milieu de ses enfants, le soldat fut séduit par les touchantes grâces d'un tableau de famille, à la campagne, dans l'ombre et le silence; il prit la résolution de rester mort, et ne s'effrayant plus de l'authenticité d'un acte, il demanda comment il fallait s'y prendre pour assurer irrévocablement le bonheur de cette famille.

—Faites comme vous voudrez! lui répondit la comtesse, je vous déclare que je ne me mêlerai en rien de cette affaire. Je ne le dois pas.

Delbecq était arrivé depuis quelques jours, et, suivant les instructions verbales de la comtesse, l'intendant avait su gagner la confiance du vieux militaire. Le lendemain matin donc, le colonel Chabert partit avec l'ancien avoué pour Saint-Leu-Taverny, où Delbecq avait fait préparer chez le notaire un acte conçu en termes si crus que le colonel sortit brusquement de l'étude après en avoir entendu la lecture.

—Mille tonnerres! je serais un joli coco! Mais je passerais pour un faussaire, s'écria-t-il.

—Monsieur, lui dit Delbecq, je ne vous conseille pas de signer trop vite. À votre place, je tirerais au moins trente mille livres de rente de ce procès-là, car madame les donnerait.»

Après avoir foudroyé ce coquin émérite par le lumineux regard de l'honnête homme indigné, le colonel s'enfuit emporté par mille sentiments contraires. Il redevint défiant, s'indigna, se calma tour à tour. Enfin, il entra dans le parc de Groslay par la brèche d'un mur, et vint à pas lents se reposer et réfléchir à son aise dans un cabinet pratiqué sous un kiosque d'où l'on découvrait le chemin de Saint-Leu. L'allée étant sablée avec cette espèce de terre jaunâtre par laquelle on remplace le gravier de rivière, la comtesse, qui était assise dans le petit salon de cette espèce de pavillon, n'entendit pas le colonel, car elle était trop préoccupée du succès de son affaire pour prêter la moindre attention au léger bruit que fit son mari. Le vieux soldat n'aperçut pas non plus sa femme au-dessus de lui dans le petit pavillon.

«Eh bien! monsieur Delbecq, a-t-il signé? demanda la comtesse à son intendant qu'elle vit seul sur le chemin par-dessus la haie d'un saut-de-loup.

—Non, madame. Je ne sais même pas ce que notre homme est devenu. Le vieux cheval s'est cabré.

—Il faudra donc finir par le mettre à Charenton, dit-elle, puisque nous le tenons.

Le colonel, qui retrouva l'élasticité de la jeunesse pour franchir le saut-de-

---

[36]Quotidien parisien qui, sous la Restauration, était l'organe de l'opposition libérale et des bonapartistes.

loup, fut en un clin d'œil devant l'intendant, auquel il appliqua la plus belle paire de soufflets qui jamais ait été reçue sur deux joues de procureur.

—Ajoute que les vieux chevaux savent ruer» lui dit-il.

Cette colère dissipée, le colonel ne se sentit plus la force de sauter le fossé. La vérité s'était montrée dans sa nudité. Le mot de la comtesse et la réponse de Delbecq avaient dévoilé le complot dont il allait être la victime. Les soins qui lui avaient été prodigués étaient une amorce pour le prendre dans un piège. Ce mot fut comme une goutte de quelque poison subtil qui détermina chez le vieux soldat le retour de ses douleurs et physiques et morales. Il revint vers le kiosque par la porte du parc en marchant lentement, comme un homme affaissé. Donc, ni paix ni trêve pour lui! Dès ce moment il fallait commencer avec cette femme la guerre odieuse dont lui avait parlé Derville, entrer dans une vie de procès, se nourrir de fiel, boire chaque matin un calice d'amertume. Puis, pensée affreuse, où trouver l'argent nécessaire pour payer les frais des premières instances? Il lui prit un si grand dégoût de la vie, que s'il avait eu de l'eau près de lui il s'y serait jeté, que s'il avait eu des pistolets il se serait brûlé la cervelle. Puis il retomba dans l'incertitude d'idées, qui, depuis sa conversation avec Derville chez le nourrisseur, avait changé son moral. Enfin, arrivé devant le kiosque, il monta dans le cabinet aérien dont les rosaces de verre offraient la vue de chacune des ravissantes perspectives de la vallée, et où il trouva sa femme assise sur une chaise. La comtesse examinait le paysage et gardait une contenance pleine de calme en montrant cette impénétrable physionomie que savent prendre les femmes déterminées à tout. Elle s'essuya les yeux comme si elle eût versé des pleurs, et joua par un geste distrait avec le long ruban rose de sa ceinture. Néanmoins, malgré son assurance apparente, elle ne put s'empêcher de frissonner en voyant devant elle son vénérable bienfaiteur, debout, les bras croisés, la figure pâle, le front sévère.

«Madame, dit-il après l'avoir regardée fixement pendant un moment et l'avoir forcée à rougir, madame, je ne vous maudis pas, je vous méprise. Maintenant, je remercie le hasard qui nous a désunis. Je ne me sens même pas un désir de vengeance, je ne vous aime plus. Je ne veux rien de vous. Vivez tranquille sur la foi de ma parole, elle vaut mieux que les griffonnages de tous les notaires de Paris. Je ne réclamerai jamais le nom que j'ai peut-être illustré. Je ne suis plus qu'un pauvre diable nommé Hyacinthe qui ne demande que sa place au soleil. Adieu...»

La comtesse se jeta aux pieds du colonel, et voulut le retenir en lui prenant les mains; mais il la repoussa avec dégoût, en lui disant: «Ne me touchez pas.»

La comtesse fit un geste intraduisible lorsqu'elle entendit le bruit des pas de son mari. Puis, avec la profonde perspicacité que donne une haute scélératesse ou le féroce égoïsme du monde, elle crut pouvoir vivre en paix sur la promesse et le mépris de ce loyal soldat.

Chabert disparut en effet. Le nourrisseur fit faillite et devint cocher de cabriolet. Peut-être le colonel s'adonna-t-il d'abord à quelque industrie du même genre. Peut-être, semblable à une lancée dans un gouffre, alla-t-il, de cascade en cascade, s'abîmer dans cette boue de haillons qui foisonne à travers les rues de Paris.

Six mois après cet événement, Derville, qui n'entendait plus parler ni du colonel Chabert ni de la comtesse Ferraud, pensa qu'il était survenu sans doute entre eux une transaction, que, par vengeance, la comtesse avait fait dresser dans une autre étude. Alors, un matin, il supputa les sommes avancées audit Chabert, y ajouta les frais, et pria la comtesse Ferraud de réclamer à monsieur le comte Chabert le montant de ce mémoire, en présumant qu'elle savait où se trouvait son premier mari.

Le lendemain même, l'intendant du comte Ferraud, récemment nommé président du Tribunal de première instance dans une ville importante, écrivit à Derville ce mot désolant :

« Monsieur,
Madame la comtesse Ferraud me charge de vous prévenir que votre client avait complètement abusé de votre confiance, et que l'individu qui disait être le comte Chabert a reconnu avoir indûment pris de fausses qualités.
Agréez, etc.

Delbecq. »

« On rencontre des gens qui sont aussi, ma parole d'honneur, par trop bêtes. Ils ont volé le baptême, s'écria Derville. Soyez donc humain, généreux, philanthrope et avoué, vous vous faites enfoncer ! Voilà une affaire qui me coûte plus de deux billets de mille francs. »

Quelque temps après la réception de cette lettre, Derville cherchait au Palais un avocat auquel il voulait parler, et qui plaidait à la Police correctionnelle. Le hasard voulut que Derville entrât à la Sixième Chambre au moment où le Président condamnait comme vagabond le nommé Hyacinthe à deux mois de prison, et ordonnait qu'il fût ensuite conduit au dépôt de mendicité de Saint-Denis, sentence qui, d'après la jurisprudence des préfets de police, équivaut à une détention perpétuelle. Au nom d'Hyacinthe, Derville regarda le délinquant assis entre deux gendarmes sur le banc des prévenus, et reconnut, dans la personne du condamné, son faux colonel Chabert. Le vieux soldat était calme, immobile, presque distrait. Malgré ses haillons, malgré la misère empreinte sur sa physionomie, elle déposait d'une noble fierté. Son regard avait une expression de stoïcisme qu'un magistrat n'aurait pas dû méconnaître ; mais, dès qu'un homme tombe entre les mains de la justice, il n'est plus qu'un être moral, une question de Droit ou de Fait, comme aux yeux des statisticiens il devient un chiffre. Quand le soldat fut reconduit au greffe pour être emmené plus tard avec la fournée de vagabonds que l'on jugeait en ce moment, Derville usa du droit qu'ont les avoués d'entrer partout au Palais, l'accompagna au greffe et l'y contempla pendant quelques instants, ainsi que les curieux mendiants parmi lesquels il se trouvait. L'antichambre du greffe offrait alors un de ces spectacles que malheureusement ni les législateurs, ni les philanthropes, ni les peintres, ni les écrivains ne viennent étudier. Comme tous les laboratoires de la chicane, cette antichambre est une pièce obscure et puante, dont les murs sont garnis d'une banquette en bois noirci par le séjour perpétuel des malheureux qui viennent à ce rendez-vous de toutes les misères sociales, et auquel pas un d'eux ne manque. Un poète dirait que le jour a honte d'éclairer ce terrible égout par lequel passent tant d'infortunes! Il n'est pas une seule place où ne se soit assis quelque crime en germe ou consommé; pas un seul endroit où ne se soit rencontré quelque homme qui, désespéré par la légère flétrissure que la justice avait imprimée à sa première faute, n'ait commencé une existence au bout de laquelle devait se dresser la guillotine, ou détoner le pistolet du suicide. Tous ceux qui tombent sur le pavé de Paris rebondissent contre ces murailles jaunâtres, sur lesquelles un philanthrope qui ne serait pas un spéculateur pourrait déchiffrer la justification des nombreux suicides dont se plaignent des écrivains hypocrites, incapables de faire un pas pour les prévenir, et qui se trouve écrite dans cette antichambre, espèce de préface pour les drames de la Morgue ou pour ceux de la place de Grève[37]. En ce moment, le colonel Chabert s'assit au milieu de ces hommes à faces énergiques, vêtus des horribles livrées de la misère, silencieux par intervalles, ou causant à voix basse, car trois gendarmes de faction se promenaient en faisant retentir leurs sabres sur le plancher.

«Me reconnaissez-vous? dit Derville au vieux soldat en se plaçant devant lui.

—Oui, monsieur, répondit Chabert en se levant.

—Si vous êtes un honnête homme, reprit Derville à voix basse, comment avez-vous pu rester mon débiteur?

Le vieux soldat rougit comme aurait pu le faire une jeune fille accusée par sa mère d'un amour clandestin.

—Quoi! madame Ferraud ne vous a pas payé? s'écria-t-il à haute voix.

—Payé! dit Derville. Elle m'a écrit que vous étiez un intrigant.

Le colonel leva les yeux par un sublime mouvement d'horreur et d'imprécation, comme pour en appeler au ciel de cette tromperie nouvelle.

—Monsieur, dit-il d'une voix calme à force d'altération, obtenez des gendarmes la faveur de me laisser entrer au greffe, je vais vous signer un mandat qui sera certainement acquitté.

Sur un mot dit par Derville au brigadier, il lui fut permis d'emmener son client dans le greffe, où Hyacinthe écrivit quelques lignes adressées à la comtesse Ferraud.

—Envoyez cela chez elle, dit le soldat, et vous serez remboursé de vos frais et de vos avances. Croyez, monsieur, que si je ne vous ai pas témoigné la reconnaissance que je vous dois pour vos bons offices, elle n'en est pas moins là, dit-il en se mettant la main sur le cœur. Oui, elle est là, pleine et entière. Mais que peuvent les malheureux? Ils aiment, voilà tout.

—Comment, lui dit Derville, n'avez-vous pas stipulé pour vous quelque rente?

—Ne me parlez pas de cela! répondit le vieux militaire. Vous ne pouvez pas savoir jusqu'où va mon mépris pour cette vie extérieure à laquelle tiennent la plupart des hommes. J'ai subitement été pris d'une maladie, le dégoût de l'humanité. Quand je pense que Napoléon est à Sainte-Hélène, tout ici-bas m'est indifférent.

[37]Place de Paris qui fut le lieu des exécutions capitales de 1310 à 1830.

Je ne puis plus être soldat, voilà tout mon malheur. Enfin, ajouta-t-il en faisant un geste plein d'enfantillage, il vaut mieux avoir du luxe dans ses sentiments que sur ses habits. Je ne crains, moi, le mépris de personne.»

Et le colonel alla se remettre sur son banc. Derville sortit. Quand il revint à son étude, il envoya Godeschal, alors son second clerc, chez la comtesse Ferraud, qui, à la lecture du billet, fit immédiatement payer la somme due à l'avoué du comte Chabert.

En 1840, vers la fin du mois de juin, Godeschal, alors avoué, allait à Ris, en compagnie de Derville son prédécesseur. Lorsqu'ils parvinrent à l'avenue qui conduit de la grande route à Bicêtre[38], ils aperçurent sous un des ormes du chemin un de ces vieux pauvres chenus et cassés qui ont obtenu le bâton de maréchal des mendiants, en vivant à Bicêtre comme les femmes indigentes vivent à la Salpêtrière. Cet homme, l'un des deux mille malheureux logés dans l'*Hospice de la Vieillesse*, était assis sur une borne et paraissait concentrer toute son intelligence dans une opération bien connue des invalides, et qui consiste à faire sécher au soleil le tabac de leurs mouchoirs, pour éviter de les blanchir, peut-être. Ce vieillard avait une physionomie attachante. Il était vêtu de cette robe de drap rougeâtre que l'Hospice accorde à ses hôtes, espèce de livrée horrible.

«Tenez, Derville, dit Godeschal à son compagnon de voyage, voyez donc ce vieux. Ne ressemble-t-il pas à ces grotesques qui nous viennent d'Allemagne? Et cela vit, et cela est heureux peut-être!

Derville prit son lorgnon, regarda le pauvre, laissa échapper un mouvement de surprise et dit: —Ce vieux-là, mon cher, est tout un poème, ou, comme disent les romantiques, un drame. As-tu rencontré quelquefois la comtesse Ferraud?»

—Oui, c'est une femme d'esprit et très agréable; mais un peu trop dévote, dit Godeschal.

—Ce vieux bicêtrien est son mari légitime, le comte Chabert, l'ancien colonel, elle l'aura sans doute fait placer là. S'il est dans cet hospice au lieu d'habiter un hôtel, c'est uniquement pour avoir rappelé à la jolie comtesse Ferraud qu'il l'avait prise, comme un fiacre, sur la place. Je me souviens encore du regard de tigre qu'elle lui jeta dans ce moment-là.»

Ce début ayant excité la curiosité de Godeschal, Derville lui raconta l'histoire qui précède. Deux jours après, le lundi matin, en revenant à Paris, les deux amis jetèrent un coup d'œil sur Bicêtre, et Derville proposa d'aller voir le colonel Chabert. À moitié chemin de l'avenue, les deux amis trouvèrent assis sur la souche d'un arbre abattu le vieillard qui tenait à la main un bâton et s'amusait à tracer des raies sur le sable. En le regardant attentivement, ils s'aperçurent qu'il venait de déjeuner autre part qu'à l'établissement.

«Bonjour, colonel Chabert, lui dit Derville.

—Pas Chabert! pas Chabert! je me nomme Hyacinthe, répondit le vieillard. Je ne suis plus un homme, je suis le numéro 164, septième salle, ajouta-t-il en regardant Derville avec une anxiété peureuse, avec une crainte de vieillard et

---

[38]Un hospice important pour les vieillards indigents.

d'enfant. Vous allez voir le condamné à mort? dit-il après un moment de silence. Il n'est pas marié, lui! Il est bien heureux.

—Pauvre homme, dit Godeschal. Voulez-vous de l'argent pour acheter du tabac?

Avec toute la naïveté d'un gamin de Paris, le colonel tendit avidement la main à chacun des deux inconnus qui lui donnèrent une pièce de vingt francs; il les remercia par un regard stupide, en disant: «Braves troupiers!» Il se mit au port d'armes, feignit de les coucher en joue, et s'écria en souriant: «Feu des deux pièces! vive Napoléon!» Et il décrivit en l'air avec sa canne une arabesque imaginaire.

—Le genre de sa blessure l'aura fait tomber en enfance, dit Derville.

—Lui en enfance! s'écria un vieux bicêtrien qui les regardait. Ah! il y a des jours où il ne faut pas lui marcher sur le pied. C'est un vieux malin plein de philosophie et d'imagination. Mais aujourd'hui, que voulez-vous? Il a fait le lundi[39]. Monsieur, en 1820, il était déjà ici. Pour lors, un officier prussien, dont la calèche montait la côte de Villejuif, vint à passer à pied. Nous étions, nous deux, Hyacinthe et moi, sur le bord de la route. Cet officier causait en marchant avec un autre, avec un Russe, ou quelque animal de la même espèce, lorsqu'en voyant l'ancien, le Prussien, histoire de blaguer, lui dit: "Voilà un vieux voltigeur qui devait être à Rosbach[40]" "J'étais trop jeune pour y être, lui répondit-il, mais j'ai été assez vieux pour me trouver à Iéna[41]." Pour lors le Prussien a filé, sans faire d'autres questions.

—Quelle destinée! s'écria Derville. Sorti de l'Hospice des *Enfants trouvés*, il revient mourir à l'Hospice de la *Vieillesse*, après avoir, dans l'intervalle, aidé Napoléon à conquérir l'Égypte et l'Europe. —Savez-vous, mon cher, reprit Derville après une pause, qu'il existe dans notre société trois hommes, le Prêtre, le Médecin et l'Homme de justice, qui ne peuvent pas estimer le monde? Ils ont des robes noires, peut-être parce qu'il portent le deuil de toutes les vertus, de toutes les illusions. Le plus malheureux des trois est l'avoué. Quand l'homme vient trouver le prêtre, il arrive poussé par le repentir, par le remords, par des croyances qui le rendent intéressant, qui le grandissent, et consolent l'âme du médiateur, dont la tâche ne va pas sans une sorte de jouissance: il purifie, il répare, et réconcilie. Mais, nous autres avoués, nous voyons se répéter les mêmes sentiments mauvais, rien ne les corrige, nos études sont des égouts qu'on ne peut pas curer. Combien de choses n'ai-je pas apprises en exerçant ma charge![42] J'ai vu mourir un père dans un grenier, sans sou ni maille, abandonné par deux filles auxquelles il avait donné quarante mille livres de rente! J'ai vu brûler des testaments; j'ai vu des mères dépouillant leurs enfants, des maris volant leurs femmes, des femmes tuant leurs maris en se

---

[39] Faire le lundi veut dire ne pas travailler le lundi et continuer les divertissements du week-end.

[40] Rossbach, village allemand à proximité duquel les Français ont perdu une bataille contre Frédéric II en 1757.

[41] Victoire remportée par Napoléon sur les Prussiens en 1806.

[42] Dans la suite de ce paragraphe Balzac fait allusion aux œuvres qu'il a déjà écrites, telle "Gobseck" et celles auxquelles il songe, telles *Le Père Goriot* (référence qu'il ajoute après avoir écrit le roman, comme me le rappelle P. W. M. Cogman), *La Muse du département, Ursule Mirouët* et *La Rabouilleuse*.

servant de l'amour qu'elles leur inspiraient pour les rendre fous ou imbéciles, afin de vivre en paix avec un amant. J'ai vu des femmes donnant à l'enfant d'un premier lit des goûts qui devaient amener sa mort, afin d'enrichir l'enfant de l'amour. Je ne puis vous dire tout ce que j'ai vu, car j'ai vu des crimes contre lesquels la justice est impuissante. Enfin, toutes les horreurs que les romanciers croient inventer sont toujours au-dessous de la vérité. Vous allez connaître ces jolies choses-là, vous; moi, je vais vivre à la campagne avec ma femme, Paris me fait horreur.

—J'en ai déjà bien vu chez Desroches, répondit Godeschal.»

Paris, février-mars 1832.

GEORGE SAND
1804-76

Dans un siècle de géants, George Sand était elle aussi plus grande que nature. Née Aurore Dupin, elle est devenue baronne Dudevant en se mariant, avant de recourir au pseudonyme qu'on lui connaît et sous lequel presque tous ses écrits ont paru. Ses liaisons amoureuses avec Sandeau, Chopin, Musset, Liszt, et qui sait combien d'autres ont indigné l'opinion publique. Son aplomb, ses façons de porter des vêtements masculins et de fumer le cigare faisaient scandale. Pour Balzac, Proust et bien d'autres, elle était pourtant un écrivain reconnu et respecté. Flaubert, qui n'était pas un juge facile, lui a voué une franche admiration.

L'œuvre de George Sand est pléthorique. La critique s'est crue autorisée à conclure que l'écrivain avait trop produit. À dire vrai, son ton moralisateur voire emphatique et sa philosophie peu profonde la poussaient parfois à des longueurs insupportables et ont pu conférer à son style une certaine monotonie. Mais à n'en pas douter, c'est là une conséquence du manque d'argent dont elle a régulièrement souffert. La nécessité de «faire de la copie» a souvent étouffé sa vivacité fraîche et fertile. Ceux qui ont le courage de lire ses romans et nouvelles de manière approfondie y découvrent une dimension mythique qui élève l'œuvre de Sand au-dessus de beaucoup de celles de ses contemporains et qui la place par moments aux côtés de Balzac et de Zola. Car au-delà de ses imperfections apparentes, cette œuvre fait preuve de qualités extraordinaires. Comme cela a été dit à propos de Balzac, si l'on trouve que George Sand écrit mal, c'est que nos critères pour juger son style sont inadéquats. En outre, son traitement de l'image fait preuve d'une subtilité exceptionnelle. Ceux qui accèdent à la richesse de son lexique savent qu'il déploie un système de significations complexe qui ouvre sur un monde archétypal. George Sand avait la science de mettre «virtuellement l'image dans le mot»[1].

À travers une profusion de symboles, ses récits se transforment en véritables mythes. Son objectif réel n'était pas de raconter les malheurs d'Indiana, les déceptions de Consuelo ou les expériences touchantes de Petite Marie et de Germain. En décrivant avec minutie l'aristocrate, la bourgeoise, la paysanne, le compositeur et le philosophe, George Sand dressait pour son lecteur un portrait saisissant de la famille, de la misère, de la soif du pouvoir, d'une bienveillance à l'égard des sentiments, de la beauté et de la vanité. Au détour des passions, des ambitions et des idées qu'elle met en scène, Sand a fait revivre son Berry natal auquel elle était

---

[1] J'emprunte cet éloge aux *Pensées, sujets, fragments* de Balzac, *Œuvres complètes*, éd. Maurice Bardèche, vol. 24 (Paris: Club de l'Honnête Homme, 1971) 663.

tant attachée. Certaines images peuvent sembler vieillies après le grand nombre d'histoires romantiques déjà publiées à cette époque, mais le talent de Sand réussit à leur insuffler une nouvelle vigueur. L'histoire retenue dans cette anthologie témoigne de son amour du fantastique et des contes rattachés à ce genre. George Sand fait appel à la raison dont le lecteur se croit doté. «Mouny-Robin» répond à la vogue du fantastique amorcée en 1816 par les premières traductions d'Hoffmann et lui permet à nouveau de situer l'action dans son Berry adoré. À la différence de la plupart des récits fantastiques français qui se déroulent hors du territoire national, ou qui introduisent, comme dans «Le Horla», un esprit maléfique venu de l'étranger, cette nouvelle se situe en France afin de dépeindre un paysan vraisemblable, et pour établir une comparaison entre l'esprit français et celui de l'Allemagne. Sand reprend la trame narrative d'un opéra de Weber et s'inspire de plusieurs légendes largement répandues pour présenter un univers berrichon menacé par des forces maléfiques. À propos du diable Georgeon, le narrateur déclare: «[L]'on ne saurait révoquer en doute son existence, et son intervention dans les affaires de nos paysans.»

BIBLIOGRAPHY SOMMAIRE

Édition

Sand, George. *Simon – La Marquise – Monsieur Ronoset—Mouny-Robin – Les Sauvages de Paris*. Paris: Calmann Lévy, 1884.

Biographie

Barry, Joseph. *Infamous Woman: The Life of George Sand*. Garden City, NY: Doubleday, 1977.

Komarova-Stasova, Varvara. *George Sand: Sa Vie et ses œuvres*. 4 vols. Paris: Ollendorff-Plon, 1899-1926.

Quelques études

Cassou, Jean. «George Sand et le secret du XIXe siècle». *Mercure de France* 343 (déc. 1961): 601-18.
Gennep, A. van. «George Sand folkloriste». *Mercure de France* 6 (l^{er} juin 1926): 371-84.
Glasgow, Janis. «"Mouny-Robin", Nouvelle fantastique de George Sand (1841)». *George Sand Studies* 10.1-2 (1990-91): 3-10.
Naginski, Isabelle. «Le "Poème de Myrza" et le mythe des origines sandien». *Masculin/féminin : Le XIXe Siècle à l'épreuve du genre*. Éd. Chantal Bertrand-Jennings. Toronto: Centre d'Études du XIXe siècle Joseph Sablé, 1999. 145-65.
———. *George Sand : Writing for Her Life*. New Brunswick: Rutgers UP, 1994.
Poli, Annarosa. «Incidenze faustiane nelli opere di George Sand». *Francofonia* 2 (printemps 1982): 71-82.
Schor, Naomi. «Idealism in the Novel: Recanonizing Sand». *Yale French Studies* 75 (1988): 56-73.
Weingarten, Renée. «The Reputation of George Sand». *Encounter* 48.1 (1977): 30-38.

Mouny-Robin
1841

L'autre soir, à l'Opéra, j'étais placé entre un bourgeois de Paris qui disait, d'un air profond, au second acte du *Freyschütz*[1]: «Faut-il que ces Allemands soient simples pour croire à de pareilles sornettes! Et un bon Allemand qui s'écriait avec indignation, en levant les yeux et les bras au ciel, c'est-à-dire au plafond: —Ces Français sont trop sceptiques; ils ne conçoivent rien au merveilleux. Le bourgeois scandalisé reprenait, s'adressant à sa femme: —Vraiment, ce hibou qui roule les yeux et bat des ailes est indigne de la scène française! L'Allemand outragé reprenait de son côté; s'adressant aux étoiles, c'est-à-dire aux quinquets: —Ce hibou bat des ailes à contre-mesure, et ses yeux regardent de travers. Il aurait besoin d'être soumis à l'opération du strabisme. Un public allemand ne souffrirait pas une pareille négligence dans la mise en scène! —Les Allemands n'ont pas de goût, disait le bourgeois parisien. —Les Français n'ont pas de conscience, disait le spectateur allemand.»

«À qui en ont ces messieurs? demandai-je dans l'entr'acte à un spectateur cosmopolite qui se trouvait derrière moi, et qui, par parenthèse, est fort de mes amis. Comment se fait-il que la mauvaise tenue de ce hibou les occupe plus que l'esprit du drame, si admirablement rendu par la musique?

—L'Allemand n'est pas content de certaines parties de l'exécution, me répondit le cosmopolite, et il s'en prend au décor. C'est bien de l'indulgence ou de la retenue de sa part. Quant au bourgeois, il va à l'Opéra pour voir le *spectacle*, et il écoute la musique avec les yeux.

—Eh bien! pour ne parler que du *spectacle*, repris-je, que vous en semble? Vous qui avez vu représenter ce chef-d'œuvre sur les premières scènes de l'Europe, trouvez-vous qu'il soit mal *monté* (comme on dit) sur la nôtre?

—Je ne suis pas du tout mécontent de ce sabbat, répondit-il, quoique j'y trouve trop peu de diablerie. Les apparitions du premier plan sont trop négligées, trop rares, et ne sont pas combinées à point avec les paroles du drame et avec l'intention du compositeur. Je n'ai pas vu le sanglier dont le rugissement sauvage est si bien exprimé dans la musique. S'il a passé, c'est si vite, que je ne l'ai point aperçu. À la place de l'apparition d'Agathe, je n'ai vu qu'un revenant quelconque. Ces squelettes et ces lutins sont beaucoup plus laids qu'il ne faut, et ne produisent pas

---

[1] Opéra en trois actes de Carl Maria von Weber (1821), relatant l'histoire d'un jeune chasseur qui, pour remporter le prix de tir dont dépend son mariage avec Agathe, se sert de balles maudites fondues dans la forêt à minuit par un démon.

du tout l'effet que produisent en Allemagne les chiens et les oiseaux innombrables qui s'élancent sur la scène. Les aboiements et le bruit des ailes sont pourtant indiqués dans l'orchestre, et c'est traiter un peu lestement la pensée de Weber que de lui retirer ses manifestations nécessaires. Voilà de quoi l'Allemand se plaint, et il a raison. Mais, ce qui pour moi fait compensation, c'est la beauté de ce paysage, la profondeur de ces toiles, la transparence de ces brouillards, ce je ne sais quoi d'artiste, de poétique et d'élevé qui préside à la composition du tableau. Sur aucune autre scène, on n'aurait mis autant de goût et d'intelligence à peindre le site en lui-même. Cette cascade dont le bruit sec et froid vous pénètre et vous glace, ces rideaux de brume qui s'éclaircissent et s'épaississent tour à tour, cela est vu et senti grandement par le décorateur. C'est que le Français a plus que l'Allemand le sentiment de la vraie beauté dans la nature, témoin les grands paysagistes que la France seule a produits depuis quelques années. Il y a une véritable renaissance de ce côté-là. L'Allemand voit les choses autrement, il veut embellir la nature. Elle ne suffit pas à son imagination, il la peuple de fantômes, il donne aux objets réels eux-mêmes des formes fantastiques. La scène allemande essaie minutieusement de réaliser cette pensée du poète, et je crois qu'ici on a bien fait de ne pas le tenter. Il eût fallu sacrifier des effets de vérité et des effets de fantaisie, et peut-être eût-on perdu ces beaux effets sans atteindre au bizarre effrayant des effets contraires. En résumé, on peut dire que chaque peuple a son fantastique, et qu'il serait plus que difficile de concilier les deux.

—Si vous parlez de Paris et de Vienne, répondis-je, je vous accorde que ces différences sont tranchées; mais si vous allez au cœur de notre peuple, si vous pénétrez dans nos provinces, au fond de nos campagnes, vous y trouverez des traditions si semblables à celles de l'Allemagne et de l'Écosse, que vous reconnaîtrez bien que ces poèmes populaires ont une source commune. Les poètes et les artistes des diverses nations s'en inspirent plus ou moins. L'Angleterre a Shakespeare et Byron, l'Allemagne Goethe, la Pologne Mickiewicz, l'Écosse Ossian et Walter Scott. Nous n'avons rien de semblable. Nos superstitions n'ont point eu d'illustres interprètes et n'en auront pas; l'esprit voltairien leur a porté le dernier coup, et notre moderne école fantastique n'a été qu'une pâle imitation de celles de nos voisins. Elle n'a rien produit de durable; c'est une affaire de mode. Le Français des hautes classes et celui des classes moyennes rient des contes de revenants, et défendent aux valets d'en troubler la cervelle des enfants. L'Allemand éclairé n'y croit pas davantage, mais il n'en rit pas; il les aime. Personne, à cet égard, n'a mieux peint l'esprit allemand que Henri Heine.

—Quant à nous, continuai-je, nous avons lu les contes d'Hoffmann[2] avec un plaisir extrême: mais l'impression que nous en avons reçue n'a pas modifié nos habitudes de logique, notre impérieux besoin de la recherche des causes, et, par conséquent, cette raison un peu froide et railleuse qui scandalise l'Allemand. J'avoue que rien n'est plus risible que l'esprit fort qui veut tout expliquer sans rien

---

[2]Les contes de Ernst Theodor Wilhelm Amadeus Hoffmann (1776-1822) furent traduits en français en 1829. C'est surtout leur côté fantastique qui explique leur éclatant succès.

savoir; mais il y a une autre faiblesse qui consiste à s'interdire toute explication, bien qu'on ne manque pas de science, et qui n'est pas moins ridicule. Voilà, je crois, la différence entre les deux nations. Le Français, par amour du vrai, nie ou méconnaît toute vérité nouvelle; l'Allemand, par amour du fabuleux, refuse de constater la vérité qui contrarie ses chimères. Mais, je vous le répète, descendez au cœur du peuple; vous trouverez dans les grandes villes une population intelligente et active, qui, bien qu'initiée à la raison et à la logique des hautes classes, se souvient encore des traditions de son enfance et des contes de sa nourrice villageoise. Et si vous voulez aller au village, sans vous éloigner beaucoup de Paris, vous trouverez la fable de *Freyschütz* aussi vivante dans les imaginations rustiques que vous venez de la voir sur ce théâtre.

—Je serais curieux de m'en assurer, dit mon cosmopolite.

—Eh bien! repris-je, allez un peu causer avec les gardes forestiers et les bûcherons de la forêt de Fontainebleau. Ils vous raconteront qu'ils ont entendu, dans les nuits brumeuses de l'automne, passer la chasse fantastique du Grand Veneur[3]. Il en est même qui ont rencontré cette chasse terrible, ces biches épouvantées fuyant devant la meute bruyante, et ces grands lévriers dont la race est perdue et qui devancent la course des feux follets, et les chasseurs avec leurs trompes au son funèbre, et le Grand Veneur en personne, avec son habit rouge, son panache flottant et son cheval noir comme la nuit, piaffant, reniflant, et faisant fumer la bruyère sous ses pieds autour de ces arbres séculaires qui forment, au plus obscur de la forêt, le *carrefour du Grand Veneur*.

—J'ai souvent passé sous ces beaux arbres, répondit mon interlocuteur, lorsqu'ils étaient couverts de soleil et de verdure, et je n'aurais jamais cru que les morts osassent venir prendre leurs ébats aussi près de la capitale.

—Si vous voulez me promettre de ne pas vous moquer de moi, lui dis-je, je vais vous dire comme quoi j'ai été tout près de croire à une fable conforme, à bien des égards, au poème de *Freyschütz*.

—Je vous en prie, me dit-il, et je vous promets tout ce que vous voudrez.

—Eh bien, continuai-je, franchissez en imagination une distance de quatre-vingts lieues. Nous voici au centre de la France, dans un vallon vert et frais, au bord de l'Indre, au bas d'un coteau ombragé de beaux noyers qui s'appelle la côte d'Urmont, et qui domine un paysage tout à fait doux à l'œil et à la pensée. Ce sont d'étroites prairies bordées de saules, d'aulnes, de frênes et de peupliers. Quelques chaumières éparses, l'Indre, ruisseau profond et silencieux, qui se déroule comme une couleuvre endormie dans l'herbe, et que les arbres pressés sur chaque rive ensevelissent mystérieusement sous leur ombre immobile; de grandes vaches ruminant d'un air grave, des poulains bondissant autour de leur mère, quelque meunier cheminant derrière son sac sur un cheval maigre, et chantant pour adoucir l'ennui du chemin, sombre et pierreux; quelques moulins échelonnés sur la rivière, avec les nappes de leurs écluses bouillonnantes et leurs jolis ponts rustiques que

---

[3] Chasseur satanique qui apparaît aux rois ou aux princes qui, contrairement à la règle religieuse, se permettent de chasser pendant les fêtes solennelles.

vous ne franchiriez peut-être pas sans un peu d'émotion, car ils ne sont rien moins que solides et commodes; quelque vieille filant sa quenouille, accroupie derrière un buisson, tandis que son troupeau d'oies maraude à la hâte dans le pré du voisin; voilà les seuls accidents de ce tableau rustique. Je ne saurais vous dire où en est le charme, et pourtant vous en seriez pénétré, surtout si, par une nuit de printemps, un peu avant les fauchailles[4], vous traversiez ces sentiers de la prairie où l'herbe, semée de mille fleurs, vous monte jusqu'aux genoux, où le buisson exhale les parfums de l'aubépine, et où le taureau mugit d'une voix désolée. Par une nuit de la fin d'automne, votre promenade serait moins agréable, mais plus romantique. Vous marcheriez dans les prés humides, sur une grande nappe de brume blanche comme l'argent. Il faudrait vous méfier des fossés grossis par le débordement de quelque bras de la rivière, et dissimulés par les joncs et les iris. Vous en seriez averti par l'interruption subite des coassements des grenouilles, dont votre approche troublerait le concert nocturne. Et si par hasard vous voyiez passer à vos côtés, dans le brouillard, une grande ombre blanche avec un bruit de chaînes, il ne faudrait pas vous flatter trop vite que ce fût un spectre; car ce pourrait bien être la jument blanche de quelque fermier, traînant les fers dont ses pieds de devant sont entravés.

—Le plus mystérieux et le plus pittoresque de ces moulins cachés sous le feuillage et abrités par le versant rapide du coteau d'Urmont (eh! mon Dieu, si quelque rustique habitant de notre Vallée Noire était là pour m'entendre prononcer ce nom, vous le verriez dresser l'oreille comme un cheval ombrageux), le plus joli, dis-je, de ces moulins, celui qui fut jadis le plus prospère et qui désormais ne l'est plus, c'est le moulin Blanchet. Hélas! il n'a pas toujours de l'eau maintenant dans les chaleurs de l'été, et pourtant jamais il n'en a manqué du temps que Mouny-Robin en était le meunier. Le moulin qui est au-dessus de celui de Lamballe, qui est au-dessous en remontant et en suivant le même cours d'eau, en manquaient souvent. Les meuniers maudissaient la saison, ils tourmentaient en vain leurs écluses, ils épuisaient jusqu'à la dernière goutte de leurs réservoirs sans pouvoir contenter leurs clients, et pendant ce temps la roue du moulin Blanchet tournait triomphante et chassait à grand bruit des flots d'écume. Mouny-Robin satisfaisait toutes ses pratiques, et voyait, comme de juste, venir à lui toutes celles de ses confrères malheureux; c'est que Mouny-Robin était sorcier, c'est qu'il s'était donné à *Georgeon*.

—Qu'est-ce que Georgeon? Qu'est-ce que Samiel[5]? Georgeon est un diable bien malin. Je n'ai jamais pu réussir à le voir, quoique j'y aie fait mon possible. Mais tant d'autres l'ont vu, que l'on ne saurait révoquer en doute son existence, et son intervention dans les affaires de nos paysans. C'est lui qui donne de l'eau au moulin, de l'herbe au pré, de l'embonpoint aux bestiaux, et surtout du gibier au chasseur, car il est particulièrement l'Esprit de la chasse. Il trotte dans les guérets, il rôde dans les buissons, il contrarie les chasseurs maladroits, il gambade la nuit dans les prés avec les poulains, et, quand il parcourt la forêt, il est toujours

---

[4]Époque où l'on fauche, la fauchaison.
[5]L'horrible démon chasseur de la forêt bohémienne dans l'opéra Freyschütz (voir ci-dessus, note 1).

accompagné d'au moins cinquante loups, lors même qu'il n'y en a pas un seul dans le pays. Lorsqu'on le surprend dans cet équipage, on s'assemble de tous les hameaux environnants pour faire une battue; mais, quoi qu'on fasse; les loups deviennent invisibles, et le Malin se moque des chasseurs. C'est que les favoris de Georgeon ne se mêlent jamais de ces battues; ils n'ont à discrétion des perdrix et des lièvres qu'à la condition de respecter les loups, et de les aider à se soustraire à la persécution. À quoi bon battre les bois et se donner tant de peine? vous dira-t-on. Nous ne trouverons pas un seul loup aujourd'hui. C'est *un tel* qui les a serrés dans sa grange. Allez-y. Vous en trouverez là plus de cent à la crèche.

—Ah! combien de loups Mouny-Robin a ainsi hébergés et soustraits à nos recherches! C'est grâce à lui, sans doute, que nous n'en avons jamais vu un seul à quatre lieues à la ronde, et, sous ce rapport, c'était un sorcier bien utile aux moutons du pays.»

Mais un sorcier est toujours réputé méchant et nuisible, et Mouny-Robin fut toujours vu de mauvais œil. C'était pourtant la plus douce et la plus obligeante créature du monde. Lorsque je l'ai connu, il était encore jeune; c'était un homme assez grand, mince, et d'une apparence délicate, quoique d'une force rare. Je me souviens qu'un jour, voulant traverser son pré pour éviter de faire un long détour, je me trouvai empêché par un très large fossé, rempli d'eau et de vase. Tout à coup je le vis sortir de derrière un saule. «Vous ne passerez pas là, mon enfant, me dit-il, c'est impossible. —Cela ne me paraissait pas impossible; mais quand j'essayai de poser les pieds sur les pierres aiguës et glissantes qui, jetées çà et là dans le fossé, formaient une sorte de sentier, je trouvai la chose plus difficile que je ne l'avais pensé. J'étais avec un enfant plus jeune que moi, qui me dit: —N'essayez pas de passer. Mouny ne veut pas; c'est un endroit ensorcelé par lui, et, quoiqu'il n'y ait pas beaucoup d'eau, s'il le veut, nous allons nous y noyer.

Comme nous étions en plein jour, et que je n'ai jamais eu peur à cette heure-là, je me moquai de cet avertissement, et j'appelai Mouny. —Viens ici, lui dis-je, et si tu es un brave sorcier, fais-moi passer par le meilleur chemin, puisque tu le connais. —Il fut très satisfait de cette déférence. —Je savais bien, dit-il d'un air triomphant, que vous ne passeriez pas là sans moi. —Et venant à moi, quoiqu'il fût très pâle et parût exténué par une fièvre qui le rongeait depuis plus d'un an, il me prit à la lettre entre ses mains, m'enleva en l'air comme il eût fait d'un lièvre, et marchant sur les pierres jalonnées avec une parfaite sécurité malgré ses gros sabots, il me passa à l'autre bord sans broncher. —Toi, dit-il à l'autre, suis-moi, et ne crains rien.» L'autre passa, et ne trouva pas la moindre difficulté. Le sort était levé. Depuis ce jour, j'avais alors dix-sept ans, Mouny-Robin me témoigna toujours la plus grande amitié.

Si j'insiste sur la physionomie de ce personnage, ce n'est pas que je l'aie jamais cru sorcier; mais c'est qu'il y avait en lui bien certainement quelque chose d'extraordinaire, sinon comme intelligence du moins comme *faculté mystérieuse*. Je vous expliquerai au fur et à mesure ce que j'entends par là. Il était, quant à l'extérieur, au langage et aux manières, bien différent de tous les autres paysans, quoiqu'il eût toujours vécu dans les mêmes conditions d'ignorance et d'apathie. Il s'exprimait avec une certaine distinction, quoique avec une sorte de cynisme rabelaisien qui ne manquait pas de sel. Il avait la voix douce et l'accent agréable; son humeur était enjouée, et ses allures familières, sans être insolentes. Bien opposé aux habitudes de servilité craintive de ses pareils, qui ne rencontrent jamais un chapeau à forme haute sans soulever leur chapeau plat à grands bords, je ne crois pas qu'il ait jamais dit à personne *monsieur* ou *madame*, ni qu'il ait jamais porté la main à son bonnet pour saluer. Si le bourgeois lui plaisait, il l'appelait «mon ami,» sinon il rappelait Gagneux, Daudon ou Massicot tout court. Il ne procédait pas ainsi par esprit d'insurrection. Vraiment, il ne s'occupait point de politique, ne lisait pas de journaux, et pour cause. La chasse l'absorbait tout entier, et j'ai toujours pensé que, comme, chacun de nous a une certaine analogie de caractère, d'instincts, et même de physionomie avec un animal quelconque (Lavater et Grandville[6] l'ont assez prouvé), il y avait dans Mouny une grande tendance à rapprocher le type du chien de chasse de l'espèce humaine. Il en avait l'instinct, l'intelligence, l'attachement, la douceur confiante, et ce sens mystérieux qui met le chien sur la piste du gibier. Ceci mérite explication.

Quelques années après mon aventure du fossé (si aventure il y a), mon frère, étant venu se fixer dans le pays, fut pris d'une grande passion pour la chasse. C'était dans les commencements une passion malheureuse; car, dans nos vallons coupés de haies et semés de pacages buissonneux, le gibier a tant de retraites, que la chasse est fort difficile. Il ne suffit pas de savoir tirer juste, il faut connaître les habitudes du gibier, combattre ses tactiques par une tactique d'observation et d'expérience, développer en soi la ruse, la présence d'esprit, la patience, n'avoir pas de distraction, savoir tirer *au juger* parmi les broussailles, ou viser si juste et si vite, qu'un lièvre à la course apparaissant, pour une ou deux secondes, dans un *éclairci* de quelques pieds d'ouverture, il tombe là, sans quoi il ira se *remiser* dans des fourrés impénétrables. La perdrix aux champs n'est qu'une chasse d'enfants. Mais le lièvre au pacage est une chasse de maître. Il faut y être bien rompu, bien retors, et le plus habile chasseur de plaine y perdra son latin et sa poudre, à moins que, pour abréger de longues années d'apprentissage, il ne fasse intervenir Georgeon dans ses affaires.

«C'est encore là le plus sûr, nous disait notre ami le garde champêtre. Quant à moi, je n'ai pas la science qu'il faut pour ça; et puis ça commence bien, mais ça finit toujours mal avec le camarade. Voilà Mouny-Robin qui vous fera tuer du gibier tant que vous voudrez, et Dieu sait qu'il n'y a pas de plus fin braconnier en Europe et même en France; mais, voyez-vous, il a après lui un vilain monsieur. Qu'il y prenne garde! Un beau jour il trouvera son maître, et Georgeon finira par le *tourer*[7].»

[6]Johann Caspar Lavater (1741-1801), philosophe, poète, et théologien protestant a écrit un *L'art d'étudier la physionomie* (1772). Jean Ignace Isidore Gérard, dit Grandville (1803-47), a dessiné des caricatures donnant une apparence zoomorphe à ses personnages.
[7](Note de Sand.) *Se tourer*, en berrichon, lutter ensemble; *être touré*, être terrassé dans une lutte.

Au sortir d'un régiment de hussards, on n'est pas superstitieux. Mon frère, voulant passer maître à la chasse, se fit l'écolier de Mouny, et moi, qui ai toujours aimé à battre les champs et les prés, à fumer à l'ombre parfumée d'un noyer, ou à lire un roman le long de la rivière, je me mis de la partie sans songer à mal.

«D'abord, mes enfants, nous dit Mouny-Robin, il faut se mettre en chasse à l'heure de la grand'messe, si ça ne vous fait pas trop de peine.

À la bonne heure, pensai-je, voilà qui sent le sorcier. Nous partîmes pendant que la cloche du village appelait les fidèles à l'église et nous garantissait au moins contre des concurrents incommodes. —C'est trop tôt, nous dit Mouny-Robin. Laissez entrer tout le monde; avant que le premier coup de fusil soit tiré, il ne nous faut rencontrer ni fille ni femme.»

Malgré cette précaution, et quoique, pour complaire au sorcier dont les pratiques nous divertissaient, nous fissions de grands détours pour éviter de nous croiser dans notre marche avec quelque paysanne attardée se rendant à l'église, nous nous trouvâmes tout à coup face à face avec une bergère qui gardait ses moutons à l'angle d'une prairie. «Comme elle ne marche pas, dit mon frère, cela ne peut pas s'appeler une rencontre. —C'est égal, dit Mouny, c'est bien mauvais, et la chance est contre nous. Nous allons être deux heures sans rien tuer.»

Deux heures se passèrent en effet sans que nous puissions abattre une seule pièce. C'était à qui de nous tirerait le plus mal, et Mouny n'était pas le moins maladroit.

«Puisque tu es sorcier, lui dis-je, au lieu de conjurer les mauvaises rencontres, tu devrais avoir des balles qui portent juste. On dit que Georgeon en donne à ses amis.

—Est-ce que vous croyez à Georgeon, vous autres? dit-il en haussant les épaules. Pour moi, je regarde tout ce qu'on en dit comme autant de contes pour faire peur aux enfants.

—Mais pourquoi évites-tu les rencontres? pourquoi chasses-tu pendant la messe? pourquoi crois-tu aux mauvaises chances?

—Vois-tu, mon petit, reprit-il, tu parles sans savoir. La chasse est une chose à laquelle personne ne connaît rien. Il y a des chances, voilà tout ce que je peux t'en dire. T'ai-je averti que nous aurions deux mauvaises heures? Elles sont passées; regarde au soleil. Eh bien! voilà une pie sur un arbre. Je vais la tirer, et la chance sera pour nous; si je la manquais, nous ferions aussi bien de rentrer; nous manquerions à tout coup.

Il abattit la pie. —Ne la ramassez pas, n'y touchez pas, nous dit-il. Cela n'est bon qu'à lever un sort.

—Ah ça, la bergère était donc sorcière? lui demandai-je.

—Non, me dit-il, il n'y a ni sorciers ni sorcières; mais elle avait une mauvaise influence. Ce n'est pas sa faute. L'influence est détruite; à présent nous allons trouver deux perdrix à la Croix-Blanche.

—Comment! à une demi-lieue d'ici? dit mon frère.

—Pardine[8], je le sais bien, répliqua Mouny; mâle et femelle! Vous pouvez rencontrer qui vous voudrez à présent, et tirer comme vous pourrez, vous tuerez ces perdrix-là, je vous les donne.»

Nous les trouvâmes à la place qu'il avait désignée, et mon frère les tua.

«Maintenant, dit-il, nous ne verrons rien d'ici à une demi-heure: regardez à vos montres.

La demi-heure écoulée: —Je veux tuer un lièvre, dit-il: il faut que je le tue, ce diable de lièvre!

Le lièvre passa à une telle distance, que mon frère cria: —Ne tirez pas, c'est inutile; il est hors de portée.

Le coup partit.

—Il a beau être sorcier, dit mon frère, il n'abattra pas celui-là. C'est tout à fait impossible.

—Cherche, Rageot! dit Mouny à son chien.

—Oui, oui, cherche! dit mon frère en riant.

Rageot partit comme un trait; c'était un bien bel épagneul blanc avec deux taches jaunes. Il passa la rivière à la nage, car Mouny avait tiré par-dessus; il flaira les buissons, poussa un cri de joie, fit vaillamment le plongeon dans les épines, et rapporta le lièvre criblé du gros plomb de Mouny.

—Ma foi, je commençais à croire que Georgeon s'était mis de la partie.

Il nous fit plusieurs autres prédictions qui se réalisèrent comme les précédentes. Au retour, notre chien Médor tomba en arrêt sur une compagnie de perdrix.

—Laissez-moi tirer là-dessus, dit Mouny en retenant mon frère. Il nous en faut au moins six.

Il en abattit sept.

—Bah! C'est trop facile! disait-il tranquillement en les ramassant.

—S'il n'est pas sorcier ou diable, disais-je à mon frère en revenant, il a du moins quelque pratique secrète que je ne devine pas.

—Bah! répondit mon frère, il a tant étudié les allures du gibier, qu'il en connaît toutes les remises et toutes les habitudes. Les animaux libres ont une vie très régulière, et il suffit de suivre une de leurs journées pour savoir l'emploi de tous leurs autres jours.

—Mais le lièvre atteint hors de portée?

—C'est que son fusil porte extraordinairement loin comparativement aux nôtres.

—Mais les sept perdrix?

—C'est qu'il a tiré au plus serré du bataillon. Je ne lui conteste pas d'être plus adroit que nous.

—Mais ses prédictions?

—Le hasard aide les gens heureux, et le bonheur est aux insolents.

Avec cela, on expliquerait toutes choses, et pourtant il me semble que cela n'explique rien.

[8]Juron par lequel on renforce une déclaration.

—Attends à demain ou à la semaine prochaine, pour voir comment notre sorcier gouvernera le hasard. Tu verras qu'il ne tombera pas toujours aussi juste qu'aujourd'hui, et que son Georgeon lui fera *fiasco* plus d'une fois.»

Nous nous mîmes à chasser presque tous les jours avec Mouny. Nous y trouvions un plaisir extrême, mon frère, parce qu'il lui faisait rencontrer beaucoup de gibier, moi, parce qu'il nous conduisait dans les sites les plus charmants et les plus ignorés de la Vallée Noire. Il continuait son système de conjuration contre les influences pernicieuses, et ses prédictions. Je dois dire, pour la vérité du fait, que celles-ci ne se réalisèrent pas toujours parfaitement, mais qu'elles se réalisèrent vingt-cinq fois sur trente, et cela dura non quatre jours, mais quatre ans et demi, pendant lesquels Mouny-Robin prit sur nous, comme chasseur, et peut-être aussi un peu comme sorcier, un ascendant que peu à peu nous cessâmes de combattre. En étudiant avec lui les mœurs du gibier, nous pûmes bientôt nous convaincre que ses habitudes n'étaient pas aussi régulièrement tracées que nous l'avions cru d'abord. Plus nous examinions notre guide, plus nous remarquions en lui une sorte de divination, à l'endroit de la chasse, dont il semblait parfois travaillé et tourmenté comme d'une souffrance, comme d'une maladie. Il n'était pas charlatan le moins du monde, il n'employait aucune manigance cabalistique, et, s'il croyait à Georgeon, il s'en cachait bien et n'en parlait pas volontiers. Un phénomène qui s'opérait en Mouny-Robin nous mit, quoique vaguement, sur la voie de ce que je crois aujourd'hui devoir approcher de la vérité.

Un jour (nous avions apparemment toutes les mauvaises influences contre nous), nous fîmes quatre ou cinq mortelles lieues de pays sans rien rencontrer. Il semblait que tout le gibier eût été frappé d'une plaie d'Égypte, car nous ne pûmes pas seulement viser une alouette. Rageot était d'une humeur de dogue, et Médor nous regardait d'un air mélancolique. Deux ou trois fois, pour tromper leur ennui, ils tombèrent en arrêt sur des hérissons et sur des couleuvres; mais Mouny nous interdisait de tirer sur ces viles bestioles, prétendant que cela gâtait la main. Au dire des paysans, il protégeait, par malice de sorcier, les mauvaises bêtes vouées au diable, car Georgeon livre au chasseur qu'il protège le plus noble gibier, à condition qu'il respectera les animaux immondes dont il fait sa société dans les nuits de sabbat: les chouettes, les chats sauvages, les crapauds, les serpents, les renards, les loutres, les chauves-souris, les loups, etc. Ce jour-là, Mouny-Robin était triste, accablé, plus pâle qu'à l'ordinaire, et nonchalant comme il ne l'était pas souvent.

«Écoutez, nous dit-il, il faut changer tout cela, je vais me *retirer*.

—Qu'appelles-tu te *retirer*? lui dis-je. Quitter la chasse?

—Non, mon fils, répondit-il, je vais me retirer dans ce taillis; vous, vous allez suivre par en bas, et vous n'entrerez pas sous bois; autrement, tout ira mal.»

Nous étions habitués à ses façons de parler: nous suivîmes la lisière du bois, comptant qu'il allait en faire sortir quelque lièvre de sa connaissance; mais il n'en sortit rien, et au bout d'un quart d'heure, nous le vîmes revenir à nous dans un état singulier de trouble et d'agitation. Il tremblait de tous ses membres et semblait brisé de fatigue, de souffrance, ou d'effroi. Sa blouse était souillée de terre, et ses cheveux remplis de brins de mousse, comme s'il eût été terrassé dans une lutte violente. Son front était ruisselant de sueur, et cependant ses dents claquaient de froid. «Eh bien! qu'est-ce donc, s'écria mon frère, est-ce que tu viens de te colleter avec l'autorité?»

Nous n'avions entendu aucun bruit; mais, comme nous chassions la plupart du temps sans port d'armes et hors de saison, en véritables apprentis braconniers, nous pouvions faire la rencontre de quelque gendarme, garde champêtre, ou de tout autre fonctionnaire public, et nous nous apprêtions à prendre le large, lorsque Mouny nous arrêta. «Rien, rien! nous dit-il d'une voix éteinte, ce n'est rien! Et faisant un grand effort, il se secoua comme un homme qui chasse une vision, essuya son front, empoigna son fusil d'une main qui tremblait encore, et s'écria, comme s'il eût été inspiré: —Tout va bien, mes amis! nous allons faire une bonne chasse! Il y aura de beaux coups de fusil. Puis, reprenant son air doux et narquois: —Vous, dit-il à mon frère, vous ne rentrerez pas sans plumes à la maison; et quant à toi, ajouta-t-il en me regardant, tu verras pour la première fois de ta vie tomber deux lièvres du même coup.

—Et qui fera ce beau coup? demandai-je.

—Quelqu'un qui s'appelle Mouny-Robin et qui se moque de bien des choses, répondit-il en secouant la tête.

—Et quand cela arrivera-t-il? demanda mon frère.

—Tout de suite, répondit-il. Un lièvre parut, il l'ajusta et l'abattit.

—Cette fois il n'y en a qu'un, dit mon frère.

—Entrez dans le buisson, répondit Mouny; s'il n'y en a pas deux, je veux que celui-là soit le dernier que je tuerai de ma vie.

Nous cherchâmes dans le buisson, il y avait un second lièvre dont il avait cassé les reins du même coup qui avait fracassé la cervelle du premier.

—Comment diable avais-tu fait pour le voir? lui dis-je; tu as de meilleurs yeux que nous!

—Des yeux? répondit-il. Mettez telles lunettes que vous voudrez, et si vous voyez ce que je vois, je vous fais cadeau de mon chien et de ma femme. Allons, allons, vous, dit-il à mon frère, armez votre fusil; la plume n'est pas loin.

Au bout de cent pas, nous trouvâmes une bande de canards sauvages. Mouny s'abstint de tirer. Mon frère en tua plusieurs, et revint souper avec son carnier plein de canards, de bécasses et de pluviers.

—Quand je vous ai dit que vous ne rentreriez pas sans plumes, observa Mouny, je savais bien que vous ne tueriez pas de perdrix. C'est égal, vous ne devez pas être mécontent. Pour ma peine, vous allez me promettre, si nous rencontrons ma femme, de ne pas lui dire un mot de ce que nous avons fait à la chasse.»

Il nous avait tant de fois recommandé le secret à cet égard-là, que nous n'avions garde d'y manquer. Il ne cachait point à sa femme le gibier qu'il avait tué, mais de quelle façon il l'avait abattu, avec quel plomb, à quelle heure, en quel endroit, et après quelles paroles, voilà les mystères qu'il fallait lui faire, chaque jour, le serment de ne pas révéler. Il ne chassait guère qu'avec nous, et c'était une grande marque de confiance qu'il nous donnait. «Tu te crois donc sorcier, que tu caches ainsi ton savoir-faire? lui disions-nous. —Non, répondait-il; mais il ne faut pas qu'une femme sache rien des affaires de la chasse: cela porte malheur.»

Cet homme offrait dans ses idées au premier abord un singulier assemblage de crédulité et de scepticisme. Il ne croyait vraiment pas au diable ni aux mauvais esprits, mais à la fatalité, ou plutôt à des influences pernicieuses ou bienfaisantes, qu'aucune science, je crois, n'a jamais reconnues, faute peut-être de les avoir observées. Il eût été bien important que nous fussions assez éclairés pour examiner ou reconnaître les propriétés qu'il attribuait à certains corps, à certaines émanations, à certains contacts. Quand on l'examinait de près, on voyait bien qu'il n'était pas superstitieux le moins du monde, et qu'il agissait en vertu d'une théorie physique vraie ou fausse. Les résultats étaient la plupart du temps si extraordinaires, que, selon toute apparence, il ne se trompait pas souvent dans l'application. Je ne crois pas qu'il ait cherché jamais à remonter aux causes; mais il avait certainement une science d'instinct ou d'observation. D'où la tenait-il? Nous n'avons jamais pu le savoir, et j'ignore s'il le savait lui-même. À cet égard, ses réponses étaient évasives, et comme il était plus fin que nous, nous n'en tirâmes jamais rien.

Toutes les fois que la chasse était mauvaise, il *se retirait* (c'était son expression), c'est-à-dire qu'il se cachait à nos regards, soit dans un buisson, soit dans un fossé, soit dans quelque masure déserte, et qu'après y être resté un certain temps, il en sortait pâle, anéanti, frissonnant, respirant et marchant à peine, mais nous annonçant des rencontres et des victoires superbes qui se réalisaient toujours, et quelquefois avec une exactitude de détails qui tenait du prodige. Un jour, nous résolûmes de l'observer pour voir s'il avait quelque pratique secrète d'une superstition grossière, ou s'il préparait quelque jonglerie. Nous feignîmes de nous éloigner, et nous fîmes un détour pour le surprendre. Nous parvînmes jusqu'à lui sous le taillis avec des précautions tout à fait inutiles, car l'état où nous le trouvâmes ne lui permettait pas de nous voir et de nous entendre. Il était étendu à terre, et paraissait en proie à une angoisse inexplicable. Il se tordait les bras, faisait craquer ses jointures, bondissait sur le dos comme une carpe, respirait avec effort, la face pâmée et les yeux éteints. Nous crûmes qu'il était épileptique; mais les choses n'en vinrent pas là. Il n'eut ni écume à la bouche, ni rugissement, ni atonie. Ce fut une simple attaque de nerfs, une agitation convulsive, un étouffement pénible, quelque chose de plus douloureux qu'effrayant à voir et dont il se tira en moins de cinq minutes. Nous le vîmes ensuite se relever peu à peu, s'étendre, se calmer, se *ravoir*, comme on dit, et rester là encore quelques minutes, comme partagé entre une grande fatigue et une sorte de bien-être. Quand il quitta la place pour nous chercher, nous allâmes le rejoindre par un assez long détour, afin de ne pas l'inquiéter, et il dit à mon frère en l'abordant:

«Aujourd'hui, si je ne m'en mêle pas, vous ne tuerez rien.

En effet, mon frère tira plus de douze coups de fusil dont pas un seul ne porta. —Je suis donc le dernier des maladroits! s'écria-t-il en frappant la terre de la crosse de son arme. Ah ça, maître Mouny, tâchez de me désensorceler.

—C'est bien aisé, mon ami, répondit Mouny de sa voix douce et agréable. Donnez-moi cela. De quel côté voulez-vous que je charge? Il chargea le côté gauche qu'on lui indiqua, et mon frère chargea l'autre.
—Avec celui-ci, dit Mouny en montrant celui qu'il venait de charger, vous ne manquerez pas.
—Et avec l'autre? dit mon frère.
—Avec l'autre, vous ne toucherez pas, répondit-il.
Un vanneau passa, mon frère l'abattit; puis une grive, et il la manqua. Le coup chargé par Mouny avait porté, l'autre avait été casser une branche dix pieds trop haut.
—Et maintenant chargez le côté droit, dit mon frère. Il est possible que par là le fusil soit meilleur.
—À votre aise, dit Mouny-Robin. Il chargea le droit, et mon frère le gauche. Avec le gauche il toucha, avec le droit il ne toucha point. L'épreuve fut répétée toujours en sens contraire, cinq ou six fois de suite, et le résultat, fut toujours celui que Mouny avait annoncé. À la septième: —Cette fois, dit-il, vous allez tuer avec votre charge et manquer avec la mienne, je suis fatigué.»
Le fait suivit et confirma la prédiction.

De pareilles expériences ne pouvaient pas être attribuées obstinément au hasard et à l'adresse. Mouny était parfois lui-même d'une maladresse incroyable, et il n'en paraissait ni surpris ni humilié. *Je sentais cela*, disait-il. Il n'y mettait pas d'autre amour-propre. Il était beau chasseur comme on est beau joueur. Nous lui accordions d'être plus exercé et plus habile que nous; cela ne suffisait pas pour expliquer les faits de divination véritable dont nous étions témoins tous les jours. Il me serait difficile de traduire nettement l'impression que ces faits produisirent sur nous à la longue. Il n'y a pas de fait si remarquable auquel on ne s'accoutume, et pourtant rien au monde n'est aussi difficile à vérifier et à constater qu'un fait de ce genre. Les continuelles et consciencieuses recherches de certains partisans du magnétisme, qui ne sont ni des fous, ni des charlatans, ont bien assez prouvé que la simple conquête d'un fait patent et incontestable peut être l'œuvre de toute une vie. Mais ce qu'il y a de plus étrange, c'est que ce fait à peine conquis entre d'emblée dans les esprits simples et droits sans y produire ni étonnement ni inquiétude. Je ne sais pas si les savants s'y soumettent aussi facilement, j'en doute. Leur orgueil a trop à faire pour s'accommoder des découvertes qui bouleversent leurs théories. Quant à moi, qui n'avais aucune théorie à perdre et aucune science à contrarier, j'ai été témoin d'un de ces faits après lesquels le doute n'est plus possible. J'avais vu Mouny-Robin exercer la faculté de seconde vue, ou d'odorat porté jusqu'à la puissance canine, sans être bien convaincu qu'il y eût dans l'humanité des instincts aussi exceptionnels et outre-passant les bornes connues de nos facultés communes. Dix ans plus tard, je jouai aux cartes avec une somnambule dont la vue semblait tout à fait interceptée, et, quoiqu'elle fît des prodiges, je me repentis, en sortant, d'avoir signé le procès-verbal. Il me vint des méfiances que je n'avais pas eues tout de suite. Je soupçonnai sa mère d'être de connivence avec elle pour duper le public, et je me demandai avec une partie des opposants, quoique le bandeau fût impénétrable, si les contorsions qu'elle avait faites n'avaient pas un peu décollé l'appareil en dessous.

Mais, il y a deux mois, j'ai vu chez un médecin que je sais être un homme de conscience et de vertu, et que de nombreuses supercheries ont rendu plus méfiant que nous tous, une autre somnambule qui, malgré plusieurs bandeaux impénétrables, et privée de l'assistance de tout compère, exerça la faculté de la vue avec autant de netteté que je puis le faire avec d'excellents yeux et une clarté splendide. Cette fois, je poussai mon examen du fait jusqu'à la minutie, jusqu'à l'insolence, et je pourrais citer des détails qui ne laisseraient aucune prise au soupçon de jonglerie. Je suis donc persuadé, je suis donc sûr aujourd'hui, autant qu'il est donné à l'homme de l'être d'un fait d'expérience personnelle attentive et lucide, que certains individus de notre espèce peuvent voir (et pourtant pourquoi pas entendre, pourquoi pas odorer?) dans des conditions où l'exercice des sens serait interdit à la généralité des autres individus. Eh bien, depuis ce temps, j'admire ma tranquillité. Il m'avait semblé qu'un tel fait me paraîtrait surnaturel, et qu'il bouleverserait ma raison, qu'il me rendrait accessible à toutes les billevesées du monde, et je craignais d'arriver à la certitude que je cherchais. Voilà qu'il se trouve que rien de pareil ne s'est opéré en moi. Je ne crois à aucune puissance surnaturelle, et je me dis, avec tous ceux qui ont assisté à l'épreuve, qu'il y a sans doute dans la nature bien d'autres secrets non encore révélés, qui de longtemps ne seront pas explicables. Que dis-je, de longtemps? ne le seront-ils pas toujours? Un fait constaté entraîne-t-il autre chose qu'une analyse des effets et des causes saisissables? et n'y a-t-il pas au-dessus de ces causes saisissables une cause première qui est le secret même de la Divinité? Qui nous dira comment le blé pousse, et comment l'homme est conçu? Nous voyons bien germer et poindre un brin d'herbe dans le sein d'une graine, nous voyons bien un enfant naître du flanc de sa mère; mais la puissance de la vie, mais la perpétuation et le renouvellement de l'être, mais ces propriétés impérissables de l'esprit et de la matière, d'où viennent-elles?

Quand on aura analysé l'œil de l'extatique, quand on aura trouvé dans ses nerfs, ou dans sa rétine, ou dans son cerveau, une faculté particulière de voir à travers les obstacles et en dépit des distances, que saura-t-on? Ce qu'on savait il y a trois mille ans; c'est qu'il y a des pythies, des devins, des augures, des visionnaires et des prophètes qui n'exploitent pas tous la crédulité des hommes, et qui sont vraiment mus par une puissance intime et incontestable. On ne dira plus: c'est Apollon, c'est Isis, c'est Jéhovah, c'est Magog qui parle. Les savants diront: c'est un fait naturel qui se produit. Mais, en vérité, à qui donc remonte la puissance dont ce fait émane? Ne sera-ce pas jusqu'à Dieu, aussi bien que tous les faits de la vie dans l'univers?

Ce n'est donc pas dans une étude matérielle de la cause première qu'il faut chercher le progrès. Ce progrès ne sera jamais qu'une confirmation de plus en plus éclatante et universelle de la foi en Dieu, conquête primitive, durable, éternellement modifiable et perfectible de l'humanité. Mais ce qu'il appartient à la science humaine d'analyser et d'expliquer par les moyens qui lui sont propres, c'est d'une part le mécanisme des causes naturelles procédant des causes divines, et de l'autre le mécanisme des effets naturels procédant des unes et des autres. La science fera ce progrès quand les savants auront vu un assez grand nombre de faits nouveaux et incontestables pour rougir de leur scepticisme, comme ils rougiraient aujourd'hui de leur naïveté, si naïfs ils pouvaient être.

J'en étais là de mon explication, quand je vis que mon auditeur cosmopolite était profondément endormi. Je l'avais magnétisé, sans le vouloir, par mes réflexions sur le magnétisme. Ce fut à grand'peine que je l'arrachai au sommeil délicieux que lui procurait ma logique, pour lui faire entendre le final admirable du *Freyschütz*. Quand le rideau fut tombé:

«Vous me devez la fin de l'histoire de Mouny-Robin-Gaspard[9] et de Georgeon-Samiel, me dit-il en passant son bras sous le mien; nous irons nous asseoir à Tortoni[10], et vous me l'achèverez.

—Je ne saurais, répondis-je, la raconter dans un lieu livré à des influences aussi contraires à l'effet qu'elle doit produire, et je crois, pour continuer le système de mon braconnier extatique, qu'au contact de toutes ces élégances parisiennes, je perdrais la mémoire des jours de ma jeunesse campagnarde. Venez avec moi en plein air, la lune donne sur les toits, et je réussirai peut-être à sortir de mon explication....

—Je vous en dispense, dit le cosmopolite, qui commençait à en avoir assez. Il me semble que j'ai compris, tout en dormant; vous attribuez à votre homme une sorte de seconde vue qui s'exerçait à la chasse, et qui se produisait chez lui au moyen de certaines crises nerveuses. Vous pouviez dire cela en deux mots; je ne suis pas tellement sceptique, que je n'accepte cette donnée préférablement à bien d'autres.

—Eh bien! repris-je, puisque ma tâche à cet égard est terminée, la fin de l'histoire viendra bien vite. Le garde champêtre et toutes les têtes fortes de l'endroit nous avaient bien prédit que cela finirait mal, et que Georgeon *tourerait* son compère Mouny. Un beau soir, comme la lune brillait au ciel, Mouny alla comme de coutume lever la pelle de son moulin; mais, au moment où l'eau s'élançait et mettait la roue en mouvement, Georgeon, qui était mécontent de lui (sans doute parce qu'il ne le trouvait pas assez méchant pour un homme voué au diable), le poussa par derrière, l'enfonça dans l'eau la tête la première et le fit passer sous la roue de son moulin, d'où il sortit suffoqué, brisé et frappé à mort. On le trouva de l'autre côté du moulin, échoué sur l'herbe du rivage, disloqué, immobile et près d'expirer. Il passa pourtant six mois dans son lit, où il finit par succomber aux lésions profondes que la roue du moulin avait faites à la poitrine et à la moelle épinière. —On te l'avait bien prédit, mon pauvre homme, lui disait sa femme à son lit de mort, que Georgeon finirait par te tourer!

—Il n'y a pas de Georgeon qui tienne! répondit le moribond. Je ne saurai jamais comment cela m'est arrivé, pas plus, ajouta-t-il, que je n'ai su le reste!

—Le fait est que l'accident tragique du pauvre Mouny n'a jamais été bien

---

[9] Jeune chasseur jaloux du *Freyschütz* appelé Kaspar dans la version originale, qui a vendu son âme au mauvais esprit Samiel. Je tiens à remercier P. W. M. Cogman pour ce renseignement.
[10] Café à la mode situé boulevard des Italiens à Paris. C'était le rendez-vous des élégants et des célébrités du moment.

expliqué. Il faut être non pas maladroit, mais bien déterminé au suicide pour passer ainsi par la pelle de nos moulins. Il vous suffirait de voir celui de Mouny, pour vous convaincre qu'il faut s'y lancer ou y être précipité avec une grande force, la tête en avant, pour ne pas pouvoir se retenir aux ais[11] du pont, quelle que soit la force de l'eau. Tout s'expliquerait si Mouny eût été ivre; mais il ne s'enivra pas, je crois, une seule fois dans sa vie. Il avait horreur du bruit et de l'odeur des tavernes, et, quand il s'y asseyait un instant, il en sortait en disant: —La tête me sonne! Je n'ai pas vu un autre paysan aussi délicatement organisé qu'il l'était à certains égards.

—N'avait-il pas un ennemi, un héritier, un rival? me dit mon auditeur complaisant.

—Hélas! il en avait plus d'un, répondis-je. Jeanne Mouny était jolie comme un ange, et d'une délicatesse d'organisation aussi exceptionnelle que celle de son mari. Elle était petite, fluette, et blanche comme les narcisses de son pré. Vivant toujours à l'ombre des grands arbres qui croissent dans cette région fraîche et touffue, elle avait préservé son cou et ses bras des morsures du soleil, et, quand elle était vêtue le dimanche d'une robe blanche et d'un tablier à fleurs, elle ressemblait plus à une villageoise d'opéra qu'à une meunière du Berry. Pour rester dans le vrai, ce n'était ni l'une ni l'autre; mais c'était mieux, c'était quelque chose de fin, de propret et de charmant, avec une voix douce et des manières gracieuses. Il semblerait que ce rapport d'organisation eût dû les rendre précieux l'un à l'autre. J'ai la douleur de vous avouer que madame Mouny préférait à son époux un gros garçon de moulin, noir, rauque et crépu, auquel Mouny ne témoigna jamais la moindre jalousie. Ceci est encore une particularité du caractère de notre ami. Il n'avait aucun préjugé sauvage sur l'honneur conjugal. Il ne se croyait obligé ni de haïr, ni d'injurier, ni de battre, ni d'étrangler sa femme, parce qu'elle lui était infidèle. Il nous parla souvent de sa position prétendue ridicule, et la manière dont il l'envisageait ne l'était nullement. —Jeanne est beaucoup plus jeune que moi, disait-il, elle est jolie, et je l'ai toujours négligée. Que voulez-vous? Je l'aime de tout mon cœur, mais j'aime encore mieux la chasse. La chasse, voyez-vous, mes enfants, celui qui s'y adonne ne peut pas s'adonner à autre chose. Si vous êtes amoureux, si vous êtes jaloux, faites-moi cadeau de vos fusils et de vos chiens, car vous ne serez jamais que de mauvais chasseurs.

—Si bien qu'en raisonnant avec cet esprit de justice, il eut pour sa femme les procédés qu'un grand seigneur du temps de Louis XV aurait eus pour la sienne. Il n'est donc pas présumable qu'il ait été assassiné par son rival. Cela n'est venu à l'esprit de personne. Jeanne ne pouvait que perdre à la mort de son mari.

—Alors que présumez-vous de cette mort?

—Je présume que Mouny était somnambule ou cataleptique d'une certaine façon, et qu'il a été surpris par la crise extatique au moment où il levait la pelle de son moulin. Quoi qu'il en soit, sa fin a été mystérieuse comme sa vie, et il n'est aucun de nos paysans qui ne l'attribue encore aujourd'hui à une lutte avec l'esprit malin, le diable chasseur, le terrible Georgeon de la Vallée Noire. Je vous disais

---

[11]Planches formant la charpente du pont.

que notre peuple des campagnes possède son fantastique tout comme un autre, et que les Allemands n'en ont pas le monopole. Je pourrais vous conter d'après eux des histoires encore plus effrayantes, mais il est trop tard pour cette nuit. Bonsoir.»

STENDHAL (HENRI BEYLE)
1783-1842

Stendhal a utilisé plusieurs noms de plume avant de retenir celui qu'il a rendu célèbre. Il n'a rien publié sous son vrai nom, réservé à sa carrière de soldat et de fonctionnaire occasionnel. Après une formation intellectuelle imprégnée de la culture du dix-huitième siècle, il s'est vu confier un poste dans l'intendance militaire, puis dans l'état-major du général Michaud et finalement au sein d'obscures garnisons du nord de l'Italie.

Un congé prolongé suivi d'une démission lui permettent ensuite de faire l'expérience de la société parisienne et de nouer plusieurs relations amoureuses. Sa vie de dandy est limitée par ses maigres ressources et par son désir de compléter sa formation théâtrale, philosophique et musicale. Il apprend l'anglais pour pouvoir lire Shakespeare et s'entiche de Mozart. Il lit surtout Helvétius et Destutt de Tracy. Finalement, le manque d'argent le pousse à rechercher un emploi qu'il trouve grâce à un parent influent. Par la suite, il travaille comme fonctionnaire, séjournant autant que possible à Rome, à Milan et à Paris sans jamais cesser d'écrire.

Tout au long de sa vie, Stendhal a été avide de réussite—il avait bien connu un certain succès grâce a ses écrits critiques sur l'art—mais la reconnaissance qui lui était due en tant que grand romancier lui a malheureusement toujours échappé. Le compte-rendu de *La Chartreuse de Parme* par Balzac constitue son plus grand succès. Néanmoins, Balzac lit cette œuvre comme si Stendhal partageait sa propre esthétique, et même si ce dernier lui a toujours été reconnaissant, il semble que Balzac ait mal compris le roman[1]. D'une manière générale, le travail de Stendhal fut peu apprécié de son vivant. «Lorsqu'il mourut à Paris, selon Sainte-Beuve, il y eut silence autour de lui; regretté de quelques-uns, il parut vite oublié de la plupart»[2]. Stendhal, dans un mélange de crânerie et de bravade, disait qu'il trouverait des lecteurs vers l'an 2000[3]. Cette prophétie se réalisa bien avant. Dix ans après sa mort, les écrivains de la génération suivante, tels Paul Bourget et Barbey d'Aurevilly, constituèrent un groupe d'admirateurs enthousiastes. Aujourd'hui, on

---

[1]Allan H. Pasco, «Process Structure in *La Chartreuse de Parme*», *Novel Configurations: A Study of French Fiction*, 2nd ed. (Birmingham, AL: Summa Publications, 1994) 29-50.
[2]Sainte-Beuve, «M. de Stendhal: Ses *Œuvres complètes*», *Causeries du lundi*, 9e série, 3e édition (Paris: Garnier frères, 1869) 301.
[3]Stendhal, *Œuvres intimes*, éd. Henri Martineau (Paris: Gallimard, 1955) 540. Dans d'autres pages l'auteur a choisi d'autres dates pour exprimer cette intuition que ce qu'il n'attendait plus de son vivant se réaliserait dans le futur.

reconnaît quasiment à l'unanimité que Stendhal était un maître et que ses romans *Le Rouge et le noir* (1830) et *La Chartreuse de Parme* (1839) sont des chefs-d'œuvre. Il serait simpliste de considérer comme le fait George Blin que «Stendhal conçoit...le roman comme une chronique, seulement plus liée, mieux centrée, et cela par l'emploi concurrent d'une autre technique: de la biographie suivie du protagoniste traitée en monographie psychologique»[4]. Si derrière le protagoniste, le fil de l'intrigue est toujours très présent dans les œuvres stendhaliennes, ce sont les trames d'images et d'allusions qui en soulignent l'excellence. Cela ne vient donc pas diminuer la qualité de l'intrigue. La forme de la chronique a longtemps attiré Stendhal. D'après Emile Talbot, c'est son amour profond de l'anecdote qui le mène à cette forme[5]. Ainsi, sans doute, les anecdotes s'éparpillent-elles à travers son œuvre. Reliées aux événements historiques selon un ordre chronologique, les œuvres de Stendhal peuvent parfois s'apparenter à la chronique mais ne sauraient y être réduites.

A l'époque de Stendhal, les journaux avaient soif de nouvelles. Mérimée avait commencé à s'établir comme nouvelliste. Pour rivaliser avec son ami, pour gagner de l'argent ou par simple curiosité, Stendhal a adopté ce genre en vogue. Si la raison précise nous échappe, nous connaissons le résultat: une série de contes portant pour la plupart sur l'amour-passion tel qu'il aurait existé dans le passé italien. En 1829, «Vanina Vanini» paraît dans *La Revue de Paris*. L'histoire, traitant plusieurs aspects de la passion italienne, encourage les éditeurs à joindre la nouvelle aux *Chroniques italiennes* (1855), principalement parce qu'elle développait le même thème. «Vanina Vanini» campe deux caractères très forts qui subissent des passions peu communes. Peut-on rapprocher l'amour réciproque d'un homme et d'une femme d'un amour idéal? Missirilli renie-t-il son amour pour Vanina en choisissant la révolution? Vanina renonce-t-elle à sa passion en trahissant la révolution? A travers ces deux personnages plus grands que nature, Stendhal poursuit son enquête sur l'amour en suivant des chemins inexplorés.

BIBLIOGRAPHIE SOMMAIRE

Édition annotée

Stendhal. «Vanina Vanini». *Romans et nouvelles*. Éd. Henri Martineau. Coll. Bibliothèque de la Pléiade. Vol. 2. Paris: Gallimard, 1952. 748-72.

Biographie

Alter, Robert, avec Carol Cosman. *A Lion for Love. A Critical Biography of Stendhal*. New York: Basic Books, 1979.

---

[4] Blin, *Stendhal et les problèmes du roman* (Paris: Corti, 1954) 62.
[5] Talbot, *Stendhal Revisited* (New York: Twayne, 1993) 109.

Quelques études

Boll-Johansen, Hans. «Une Théorie de la nouvelle et son application aux *Chroniques italiennes* de Stendhal». *Revue de Littérature Comparée* 50 (1976): 421-32.

Bryant, David. «Stendhal et la tentation de la "littérature facile": Être lu en 1830». *Stendhal Club* 27.107 (15 avril 1985): 264-75.

Crouzet, Michel, Michel Arrous, et Didier Philippot, org. «Stendhal et le récit bref: Colloque international». Paris-Sorbonne, 7 et 8 février 2015.

Didier, Béatrice. «Le Statut de la nouvelle chez Stendhal». *Cahiers de l'Association Internationale des Études Françaises* 27 (1975): 209-21.

———. «Stendhal chroniqueur». *Littérature* 5 (1972): 11-25.

Gilson, Étienne. «Philosophie du plagiat». *Académie Royale de Belgique. Classe des Lettres et des Sciences Morales et Politiques et Classe des Beaux-Arts. Bulletin.* 45 (1959): 556-72.

Hamm, Jean-Jacques. «Un Laboratoire stendhalien: Les *Chroniques italiennes*». *Revue d'Histoire Littéraire de la France* 84 (1984): 245-54.

Laforgue, Pierre. "*Traduttore, traditore,* ou l'art de la fiction et de la mystification dans les *Chroniques italiennes*." *Stendhal à Cosmopolis: Stendhal et ses languages.* Ed. Marie-Rose Corredor. Grenoble: ELLUG, U Stendhal, 2007. 149-58.

Peytard, Jean. *Voix et traces narratives chez Stendhal: Analyse sémiotique de 'Vanina Vanini' ou particularités sur la dernière vente de carbonari découverte dans les Etats du Pape.* Paris: Éditeurs Français Réunis, 1980.

Schuerewegen, Franc. «Le Détective défaillant ou l'instance du policier dans les *Chroniques italiennes*». *Orbis Litterarum* 39.2 (1984): 213-29.

Talbot, Emile. *Stendhal Revisited.* New York: Twayne, 1993. 109-22.

Vanina Vanini
ou
Particularités sur la dernière vente[1]
de Carbonari[2] :
Decouverte dans les états de pape
1829

C'était un soir du printemps de 182... Tout Rome était en mouvement: M. le duc de B..., ce fameux banquier, donnait un bal dans son nouveau palais de la place de Venise. Tout ce que les arts de l'Italie, tout ce que le luxe de Paris et de Londres peuvent produire de plus magnifique avait été réuni pour l'embellissement de ce palais. Le concours était immense. Les beautés blondes et réservées de la noble Angleterre avaient brigué l'honneur d'assister à ce bal; elles arrivaient en foule. Les plus belles femmes de Rome leur disputaient le prix de la beauté. Une jeune fille que l'éclat de ses yeux et ses cheveux d'ébène proclamaient Romaine entra conduite par son père; tous les regards la suivirent. Un orgueil singulier éclatait dans chacun de ses mouvements.

On voyait les étrangers qui entraient frappés de la magnificence de ce bal. «Les fêtes d'aucun des rois de l'Europe, disaient-ils, n'approchent point de ceci.»

Les rois n'ont pas un palais d'architecture romaine: ils sont obligés d'inviter les grandes dames de leur cour; M. le duc de B... ne prie que de jolies femmes. Ce soir-là, il avait été heureux dans ses invitations; les hommes semblaient éblouis. Parmi tant de femmes remarquables il fut question de décider quelle était la plus belle: le choix resta quelque temps indécis; mais enfin la princesse Vanina Vanini, cette jeune fille aux cheveux noirs et à l'œil de feu, fut proclamée la reine du bal. Aussitôt les étrangers et les jeunes Romains, abandonnant tous les autres salons, firent foule dans celui où elle était.

Son père, le prince don Asdrubale Vanini, avait voulu qu'elle dansât d'abord avec deux ou trois souverains d'Allemagne. Elle accepta ensuite les invitations de quelques Anglais fort beaux et fort nobles; leur air empesé l'ennuya. Elle parut prendre plus de plaisir à tourmenter le jeune Livio Savelli qui semblait fort amoureux. C'était le jeune homme le plus brillant de Rome, et de plus lui aussi était prince;

---
[1] Réunion de carbonari, c'est-à-dire de membres d'une société secrète italienne, dont la mission, au début du XIXe siècle, était l'unification de l'Italie et sa libération de la tutelle autrichienne.
[2] Forme plurielle de carbonaro. Voir note 1 ci-dessus.

mais, si on lui eût donné à lire un roman, il eût jeté le volume au bout de vingt pages, disant qu'il lui donnait mal à la tête. C'était un désavantage aux yeux de Vanina.

Vers le minuit une nouvelle se répandit dans le bal, et fit assez d'effet. Un jeune carbonaro, détenu au fort Saint-Ange, venait de se sauver le soir même, à l'aide d'un déguisement, et, par un excès d'audace romanesque, arrivé au dernier corps de garde de la prison, il avait attaqué les soldats avec un poignard; mais il avait été blessé lui-même, les sbires le suivaient dans les rues à la trace de son sang, et on espérait le ravoir.

Comme on racontait cette anecdote, don Livio Savelli, ébloui des grâces et des succès de Vanina, avec laquelle il venait de danser, lui disait en la reconduisant à sa place, et presque fou d'amour :

«Mais, de grâce, qui donc pourrait vous plaire?

—Ce jeune carbonaro qui vient de s'échapper, lui répondit Vanina; au moins celui-là a fait quelque chose de plus que de se donner la peine de naître.»

Le prince don Asdrubale s'approcha de sa fille. C'est un homme riche qui depuis vingt ans n'a pas compté avec son intendant, lequel lui prête ses propres revenus à un intérêt fort élevé. Si vous le rencontrez dans la rue, vous le prendrez pour un vieux comédien; vous ne remarquerez pas que ses mains sont chargées de cinq ou six bagues énormes garnies de diamants fort gros. Ses deux fils se sont faits jésuites, et ensuite sont morts fous. Il les a oubliés; mais il est fâché que sa fille unique, Vanina, ne veuille pas se marier. Elle a déjà dix-neuf ans, et a refusé les partis les plus brillants. Quelle est sa raison? la même que celle de Sylla pour abdiquer, son mépris pour les Romains.

Le lendemain du bal, Vanina remarqua que son père, le plus négligent des hommes, et qui de la vie ne s'était donné la peine de prendre une clef, fermait avec beaucoup d'attention la porte d'un petit escalier qui conduisait à un appartement situé au troisième étage du palais. Cet appartement avait des fenêtres sur une terrasse garnie d'orangers. Vanina alla faire quelques visites dans Rome; au retour, la grande porte du palais étant embarrassée par les préparatifs d'une illumination, la voiture rentra par les cours de derrière. Vanina leva les yeux, et vit avec étonnement qu'une des fenêtres de l'appartement que son père avait fermée avec tant de soin était ouverte. Elle se débarrassa de sa dame de compagnie, monta dans les combles du palais, et à force de chercher parvint à trouver une petite fenêtre grillée qui donnait sur la terrasse garnie d'orangers. La fenêtre ouverte qu'elle avait remarquée était à deux pas d'elle. Sans doute cette chambre était habitée; mais par qui? Le lendemain, Vanina parvint à se procurer la clef d'une petite porte qui ouvrait sur la terrasse garnie d'orangers.

Elle s'approcha à pas de loup de la fenêtre qui était encore ouverte. Une persienne servit à la cacher. Au fond de la chambre il y avait un lit et quelqu'un dans ce lit. Son premier mouvement fut de se retirer; mais elle aperçut une robe de femme jetée sur une chaise. En regardant mieux la personne qui était au lit, elle vit qu'elle était blonde, et apparemment fort jeune. Elle ne douta plus que ce ne fût une femme. La robe jetée sur une chaise était ensanglantée; il y avait aussi du sang sur des souliers de femme placés sur une table. L'inconnue fit un mouvement; Vanina s'aperçut qu'elle était blessée. Un grand linge taché de sang couvrait sa poitrine; ce linge n'était fixé que par des rubans; ce n'était pas la main d'un chirurgien qui l'avait placé ainsi. Vanina remarqua que chaque jour, vers les quatre heures, son père s'enfermait dans son appartement, et ensuite allait voir l'inconnue; il redescendait bientôt, et montait en voiture pour aller chez la comtesse Vitteleschi. Dès qu'il était sorti, Vanina montait à la petite terrasse, d'où elle pouvait apercevoir l'inconnue. Sa sensibilité était vivement excitée en faveur de cette jeune femme si malheureuse; elle cherchait à deviner son aventure. La robe ensanglantée jetée sur une chaise paraissait avoir été percée de coups de poignard. Vanina pouvait compter les déchirures. Un jour elle vit l'inconnue plus distinctement: ses yeux bleus étaient fixés dans le ciel; elle semblait prier. Bientôt des larmes remplirent ses beaux yeux; la jeune princesse eut bien de la peine à ne pas lui parler. Le lendemain Vanina osa se cacher sur la petite terrasse avant l'arrivée de son père. Elle vit don Asdrubale entrer chez l'inconnue; il portait un petit panier où étaient des provisions. Le prince avait l'air inquiet, et ne dit pas grand-chose. Il parlait si bas que, quoique la porte-fenêtre fût ouverte, Vanina ne put entendre ses paroles. Il partit aussitôt.

«Il faut que cette pauvre femme ait des ennemis bien terribles, se dit Vanina, pour que mon père, d'un caractère si insouciant, n'ose se confier à personne et se donne la peine de monter cent vingt marches chaque jour.»

Un soir, comme Vanina avançait doucement la tête vers la croisée de l'inconnue, elle rencontra ses yeux, et tout fut découvert. Vanina se jeta à genoux, et s'écria:

«Je vous aime, je vous suis dévouée.

L'inconnue lui fit signe d'entrer.

—Que je vous dois d'excuses, s'écria Vanina, et que ma sotte curiosité doit vous sembler offensante! Je vous jure le secret, et, si vous l'exigez, jamais je ne reviendrai.

—Qui pourrait ne pas trouver du bonheur à vous voir? dit l'inconnue. Habitez-vous ce palais?

—Sans doute, répondit Vanina. Mais je vois que vous ne me connaissez pas: je suis Vanina, fille de don Asdrubale.

L'inconnue la regarda d'un air étonné, rougit beaucoup, puis ajouta:

—Daignez me faire espérer que vous viendrez me voir tous les jours; mais je désirerais que le prince ne sût pas vos visites.

Le cœur de Vanina battait avec force; les manières de l'inconnue lui semblaient remplies de distinction. Cette pauvre jeune femme avait sans doute offensé quelque homme puissant; peut-être dans un moment de jalousie avait-elle tué son amant? Vanina ne pouvait voir une cause vulgaire à son malheur. L'inconnue lui dit qu'elle avait reçu une blessure dans l'épaule, qui avait pénétré jusqu'à la poitrine et la faisait beaucoup souffrir. Souvent elle se trouvait la bouche pleine de sang.

—Et vous n'avez pas de chirurgien! s'écria Vanina.

—Vous savez qu'à Rome, dit l'inconnue, les chirurgiens doivent à la police un rapport exact de toutes les blessures qu'ils soignent. Le prince daigne lui-même serrer mes blessures avec le linge que vous voyez.

L'inconnue évitait avec une grâce parfaite de s'apitoyer sur son accident; Vanina l'aimait à la folie. Une chose pourtant étonna beaucoup la jeune princesse, c'est qu'au milieu d'une conversation assurément fort sérieuse, l'inconnue eût beaucoup de peine à supprimer une subite envie de rire.

—Je serais heureuse, lui dit Vanina, de savoir votre nom.

—On m'appelle Clémentine.

—Eh bien! chère Clémentine, demain à cinq heures je viendrai vous voir.

Le lendemain, Vanina trouva sa nouvelle amie fort mal.

—Je veux vous amener un chirurgien, dit Vanina en l'embrassant.

—J'aimerais mieux mourir, dit l'inconnue. Voudrais-je compromettre mes bienfaiteurs?

—Le chirurgien de Mgr Savelli-Catanzara, le gouverneur de Rome, est fils d'un de nos domestiques, reprit vivement Vanina; il nous est dévoué, et par sa position ne craint personne. Mon père ne rend pas justice à sa fidélité: je vais le faire demander.

—Je ne veux pas de chirurgien! s'écria l'inconnue avec une vivacité qui surprit Vanina. Venez me voir, et si Dieu doit m'appeler à lui, je mourrai heureuse dans vos bras.

Le lendemain l'inconnue était plus mal.

—Si vous m'aimez, dit Vanina en la quittant, vous verrez un chirurgien.

—S'il vient, mon bonheur s'évanouit.

—Je vais l'envoyer chercher, reprit Vanina.

Sans rien dire, l'inconnue la retint, et prit sa main qu'elle couvrit de baisers. Il y eut un long silence; l'inconnue avait les larmes aux yeux. Enfin, elle quitta la main de Vanina, et de l'air dont elle serait allée à la mort, lui dit:

—J'ai un aveu à vous faire. Avant-hier, j'ai menti en disant que je m'appelais Clémentine; je suis un malheureux carbonaro…

Vanina étonnée recula sa chaise et bientôt se leva.

—Je sens, continua le carbonaro, que cet aveu va me faire perdre le seul bien qui m'attache à la vie; mais il est indigne de moi de vous tromper. Je m'appelle Pietro Missirilli; j'ai dix-neuf ans; mon père est un pauvre chirurgien de Saint-Angelo-in-Vado, moi je suis carbonaro. On a surpris notre *vente*; j'ai été amené, enchaîné, de la Romagne à Rome. Plongé dans un cachot éclairé jour et nuit par une lampe, j'y ai passé treize mois. Une âme charitable a eu l'idée de me faire sauver. On m'a habillé en femme. Comme je sortais de prison et passais devant les gardes de la dernière porte, l'un d'eux a maudit les carbonari; je lui ai donné un soufflet. Je vous assure que ce ne fut pas une vaine bravade, mais tout simplement une distraction. Poursuivi la nuit dans les rues de Rome après cette imprudence, blessé de coups de baïonnette, perdant déjà mes forces, je monte dans une maison dont la porte était ouverte; j'entends les soldats qui montent après moi, je saute dans un jardin; je tombe à quelques pas d'une femme qui se promenait…

—La comtesse Vitteleschi! l'amie de mon père, dit Vanina.

—Quoi! vous l'a-t-elle dit? s'écria Missirilli. Quoi qu'il en soit, cette dame, dont le nom ne doit jamais être prononcé, me sauva la vie. Comme les soldats entraient chez elle pour me saisir, votre père m'en faisait sortir dans sa voiture. Je me sens fort mal: depuis quelques jours, ce coup de baïonnette dans l'épaule m'empêche de respirer. Je vais mourir, et désespéré, puisque je ne vous verrai plus.»

Vanina avait écouté avec impatience; elle sortit rapidement: Missirilli ne trouva nulle pitié dans ces yeux si beaux, mais seulement l'expression d'un caractère altier que l'on vient de blesser.

À la nuit, un chirurgien parut; il était seul. Missirilli fut au désespoir; il craignait de ne revoir jamais Vanina. Il fit des questions au chirurgien, qui le saigna et ne lui répondit pas. Même silence les jours suivants. Les yeux de Pietro ne quittaient pas la fenêtre de la terrasse par laquelle Vanina avait coutume d'entrer; il était fort malheureux. Une fois, vers minuit, il crut apercevoir quelqu'un dans l'ombre sur la terrasse: était-ce Vanina?

Vanina venait toutes les nuits coller sa joue contre les vitres de la fenêtre du jeune carbonaro.

«Si je lui parle, se disait-elle, je suis perdue! Non, jamais je ne dois le revoir!»

Cette résolution arrêtée, elle se rappelait, malgré elle, l'amitié qu'elle avait prise pour ce jeune homme, quand si sottement elle le croyait une femme. Après une intimité si douce, il fallait donc l'oublier! Dans ses moments les plus raisonnables, Vanina était effrayée du changement qui avait lieu dans ses idées. Depuis que Missirilli s'était nommé, toutes les choses auxquelles elle avait l'habitude de penser s'étaient comme recouvertes d'un voile, et ne paraissaient plus que dans l'éloignement.

Une semaine ne s'était pas écoulée, que Vanina, pâle et tremblante, entra dans la chambre du jeune carbonaro avec le chirurgien. Elle venait lui dire qu'il fallait engager le prince à se faire remplacer par un domestique. Elle ne resta pas dix secondes; mais quelques jours après elle revint encore avec le chirurgien, par humanité. Un soir, quoique Missirilli fût bien mieux, et que Vanina n'eût plus le prétexte de craindre pour sa vie, elle osa venir seule. En la voyant, Missirilli fut au comble du bonheur, mais il songea à cacher son amour; avant tout, il ne voulait pas s'écarter de la dignité convenable à un homme. Vanina, qui était entrée chez lui le front couvert de rougeur, et craignant des propos d'amour, fut déconcertée de l'amitié noble et dévouée, mais fort peu tendre, avec laquelle il la reçut. Elle partit sans qu'il essayât de la retenir.

Quelques jours après, lorsqu'elle revint, même conduite, mêmes assurances de dévouement respectueux et de reconnaissance éternelle. Bien loin d'être occupée à mettre un frein aux transports du jeune carbonaro, Vanina se demanda si elle aimait seule. Cette jeune fille, jusque-là si fière, sentit amèrement toute l'étendue de sa folie. Elle affecta de la gaieté et même de la froideur, vint moins souvent, mais ne put prendre sur elle de cesser de voir le jeune malade.

Missirilli, brûlant d'amour, mais songeant à sa naissance obscure et à ce qu'il se devait, s'était promis de ne descendre à parler d'amour que si Vanina restait huit jours sans le voir. L'orgueil de la jeune princesse combattit pied à pied. «Eh bien!

se dit-elle enfin, si je le vois, c'est pour moi, c'est pour me faire plaisir, et jamais je ne lui avouerai l'intérêt qu'il m'inspire.» Elle faisait de longues visites à Missirilli, qui lui parlait comme il eût pu faire si vingt personnes eussent été présentes. Un soir, après avoir passé la journée à le détester et à se bien promettre d'être avec lui encore plus froide et plus sévère qu'à l'ordinaire, elle lui dit qu'elle l'aimait. Bientôt elle n'eut plus rien à lui refuser.

Si sa folie fut grande, il faut avouer que Vanina fut parfaitement heureuse. Missirilli ne songea plus à ce qu'il croyait devoir à sa dignité d'homme; il aima comme on aime pour la première fois à dix-neuf ans et en Italie. Il eut tous les scrupules de l'amour-passion, jusqu'au point d'avouer à cette jeune princesse si fière la politique dont il avait fait usage pour s'en faire aimer. Il était étonné de l'excès de son bonheur. Quatre mois passèrent bien vite. Un jour, le chirurgien rendit la liberté à son malade. «Que vais-je faire? pensa Missirilli; rester caché chez une des plus belles personnes de Rome? Et les vils tyrans qui m'ont tenu treize mois en prison sans me laisser voir la lumière du jour croiront m'avoir découragé! Italie, tu es vraiment malheureuse, si tes enfants t'abandonnent pour si peu!»

Vanina ne doutait pas que le plus grand bonheur de Pietro ne fût de lui rester à jamais attaché; il semblait trop heureux; mais un mot du général Bonaparte retentissait amèrement dans l'âme de ce jeune homme, et influençait toute sa conduite à l'égard des femmes. En 1796, comme le général Bonaparte quittait Brescia, les municipaux qui l'accompagnaient à la porte de la ville lui disaient que les Bressans aimaient la liberté par-dessus tous les autres Italiens. «Oui, répondit-il, ils aiment à en parler à leurs maîtresses.»

Missirilli dit à Vanina d'un air assez contraint:

«Dès que la nuit sera venue, il faut que je sorte.

—Aie bien soin de rentrer au palais avant le point du jour; je t'attendrai.

—Au point du jour je serai à plusieurs milles de Rome.

—Fort bien, dit Vanina froidement, et où irez-vous?

—En Romagne, me venger.

—Comme je suis riche, reprit Vanina de l'air le plus tranquille, j'espère que vous accepterez de moi des armes et de l'argent.

Missirilli la regarda quelques instants sans sourciller; puis, se jetant dans ses bras:

—Âme de ma vie, tu me ferais tout oublier, lui dit-il, et même mon devoir. Mais plus ton cœur est noble, plus tu dois me comprendre.

Vanina pleura beaucoup, et il fut convenu qu'il ne quitterait Rome que le surlendemain.

—Pietro, lui dit-elle le lendemain, souvent vous m'avez dit qu'un homme connu, qu'un prince romain, par exemple, qui pourrait disposer de beaucoup d'argent, serait en état de rendre les plus grands services à la cause de la liberté, si jamais l'Autriche est engagée, loin de nous, dans quelque grande guerre.

—Sans doute, dit Pietro étonné.

—Eh bien! vous avez du cœur; il ne vous manque qu'une haute position; je viens vous offrir ma main et deux cent mille livres de rente. Je me charge d'obtenir le consentement de mon père.

Pietro se jeta à ses pieds; Vanina était rayonnante de joie.

—Je vous aime avec passion, lui dit-il; mais je suis un pauvre serviteur de la patrie; mais plus l'Italie est malheureuse, plus je dois lui rester fidèle. Pour obtenir le consentement de don Asdrubale, il faudra jouer un triste rôle pendant plusieurs années. Vanina, je te refuse.

Missirilli se hâta de s'engager par ce mot. Le courage allait lui manquer.

—Mon malheur, s'écria-t-il, c'est que je t'aime plus que la vie, c'est que quitter Rome est pour moi le pire des supplices. Ah! que l'Italie n'est-elle délivrée des barbares! Avec quel plaisir je m'embarquerais avec toi pour aller vivre en Amérique.

Vanina restait glacée. Ce refus de sa main avait étonné son orgueil; mais bientôt elle se jeta dans les bras de Missirilli.

—Jamais tu ne m'as semblé aussi aimable, s'écria-t-elle; oui, mon petit chirurgien de campagne, je suis à toi pour toujours. Tu es un grand homme comme nos anciens Romains.

Toutes les idées d'avenir, toutes les tristes suggestions du bon sens disparurent; ce fut un instant d'amour parfait. Lorsque l'on put parler raison:

—Je serai en Romagne presque aussitôt que toi, dit Vanina. Je vais me faire ordonner les bains de la Poretta. Je m'arrêterai au château que nous avons à San Nicolò, près de Forli...

—Là, je passerai ma vie avec toi! s'écria Missirilli.

—Mon lot désormais est de tout oser, reprit Vanina avec un soupir. Je me perdrai pour toi, mais n'importe... Pourras-tu aimer une fille déshonorée?

—N'es-tu pas ma femme, dit Missirilli, et une femme à jamais adorée? Je saurai t'aimer et te protéger.

Il fallait que Vanina allât dans le monde. À peine eut-elle quitté Missirilli, qu'il commença à trouver sa conduite barbare.

«Qu'est-ce que la *patrie*? se dit-il. Ce n'est pas un être à qui nous devions de la reconnaissance pour un bienfait, et qui soit malheureux et puisse nous maudire si nous y manquons. La *patrie* et la *liberté*, c'est comme mon manteau, c'est une chose qui m'est utile, que je dois acheter, il est vrai, quand je ne l'ai pas reçue en héritage de mon père; mais enfin j'aime la patrie et la liberté, parce que ces deux choses me sont utiles. Si je n'en ai que faire, si elles sont pour moi comme un manteau au mois d'août, à quoi bon les acheter, et à un prix énorme? Vanina est si belle! elle a un génie si singulier! On cherchera à lui plaire; elle m'oubliera. Quelle est la femme qui n'a jamais eu qu'un amant? Ces princes romains, que je méprise comme citoyens, ont tant d'avantages sur moi! Ils doivent être bien aimables! Ah! si je pars, elle m'oublie, et je la perds pour jamais.»

Au milieu de la nuit, Vanina vint le voir; il lui dit l'incertitude où il venait d'être plongé, et la discussion à laquelle, parce qu'il l'aimait, il avait livré ce grand mot de *patrie*. Vanina était bien heureuse.

«S'il devait choisir absolument entre la patrie et moi, se disait-elle, j'aurais la préférence.»

L'horloge de l'église voisine sonna trois heures; le moment des derniers adieux arrivait. Pietro s'arracha des bras de son amie. Il descendait déjà le petit escalier, lorsque Vanina, retenant ses larmes, lui dit en souriant:

«Si tu avais été soigné par une pauvre femme de la campagne, ne ferais-tu rien pour la reconnaissance? Ne chercherais-tu pas à la payer? L'avenir est incertain, tu vas voyager au milieu de tes ennemis: donne-moi trois jours par reconnaissance, comme si j'étais une pauvre femme, et pour me payer de mes soins.»

Missirilli resta. Enfin il quitta Rome. Grâce à un passeport acheté d'une ambassade étrangère, il arriva dans sa famille. Ce fut une grande joie; on le croyait mort. Ses amis voulurent célébrer sa bienvenue en tuant un carabinier ou deux (c'est le nom que portent les gendarmes dans les États du pape).

«Ne tuons pas sans nécessité un Italien qui sait le maniement des armes, dit Missirilli; notre patrie n'est pas une île comme l'heureuse Angleterre: c'est de soldats que nous manquons pour résister à l'intervention des rois de l'Europe.»

Quelque temps après, Missirilli, serré de près par les carabiniers, en tua deux avec les pistolets que Vanina lui avait donnés. On mit sa tête à prix.

Vanina ne paraissait pas en Romagne: Missirilli se crut oublié. Sa vanité fut choquée; il commençait à songer beaucoup à la différence de rang qui le séparait de sa maîtresse. Dans un moment d'attendrissement et de regret du bonheur passé, il eut l'idée de retourner à Rome voir ce que faisait Vanina. Cette folle pensée allait l'emporter sur ce qu'il croyait être son devoir, lorsqu'un soir la cloche d'une église de la montagne sonna l'*Angélus* d'une façon singulière, et comme si le sonneur avait une distraction. C'était un signal de réunion pour la vente de carbonari à laquelle Missirilli s'était affilié en arrivant en Romagne. La même nuit, tous se trouvèrent à un certain ermitage dans les bois. Les deux ermites, assoupis par l'opium, ne s'aperçurent nullement de l'usage auquel servait leur petite maison. Missirilli, qui arrivait fort triste, apprit là que le chef de la vente avait été arrêté, et que lui, jeune homme à peine âgé de vingt ans, allait être élu chef d'une vente qui comptait des hommes de plus de cinquante ans, et qui étaient dans les conspirations depuis l'expédition de Murat en 1815[3]. En recevant cet honneur inespéré, Pietro sentit battre son cœur. Dès qu'il fut seul, il résolut de ne plus songer à la jeune Romaine qui l'avait oublié, et de consacrer toutes ses pensées au devoir de *délivrer l'Italie des barbares*[4].

Deux jours après, Missirilli vit dans le rapport des arrivées et des départs qu'on lui adressait, comme chef de *vente*, que la princesse Vanina venait d'arriver à son château de San Nicolò. La lecture de ce nom jeta plus de trouble que de plaisir dans son âme. Ce fut en vain qu'il crut assurer sa fidélité à la patrie en prenant sur lui de ne pas voler le soir même au château de San Nicolò; l'idée de Vanina, qu'il négligeait, l'empêcha de remplir ses devoirs d'une façon raisonnable. Il la vit

---

[3]Joachim Murat (1767-1815), maréchal de France, puis roi de Naples, quitta son refuge corse dans l'espoir de regagner le pouvoir en atteignant la Calabre où il fut pris, condamné, et fusillé.

[4](Note de Stendhal) *Liberar l'Italia de' barbari*, c'est le mot de Pétrarque en 1350, répété depuis par Jules II, par Machiavel, par le comte Alfieri.

le lendemain; elle l'aimait comme à Rome. Son père qui voulait la marier, avait retardé son départ. Elle apportait deux mille sequins. Ce secours imprévu servit merveilleusement à accréditer Missirilli dans sa nouvelle dignité. On fit fabriquer des poignards à Corfou; on gagna le secrétaire intime du légat, chargé de poursuivre les carbonari. On obtint ainsi la liste des curés qui servaient d'espions au gouvernement.

C'est à cette époque que finit de s'organiser l'une des moins folles conspirations qui aient été tentées dans la malheureuse Italie. Je n'entrerai point ici dans des détails déplacés. Je me contenterai de dire que si le succès eût couronné l'entreprise, Missirilli eût pu réclamer une bonne part de la gloire. Par lui plusieurs milliers d'insurgés se seraient levés à un signal donné, et auraient attendu en armes l'arrivée des chefs supérieurs. Le moment décisif approchait lorsque, comme cela arrive toujours, la conspiration fut paralysée par l'arrestation des chefs.

À peine arrivée en Romagne, Vanina crut voir que l'amour de la patrie ferait oublier à son amant tout autre amour. La fierté de la jeune Romaine s'irrita. Elle essaya en vain de se raisonner; un noir chagrin s'empara d'elle; elle se surprit à maudire la liberté. Un jour qu'elle était venue à Forli pour voir Missirilli, elle ne fut pas maîtresse de sa douleur, que toujours jusque-là son orgueil avait su maîtriser.

«En vérité, lui dit-elle, vous m'aimez comme un mari; ce n'est pas mon compte.»

Bientôt ses larmes coulèrent; mais c'était de honte de s'être abaissée jusqu'aux reproches. Missirilli répondit à ces larmes en homme préoccupé. Tout à coup Vanina eut l'idée de le quitter et de retourner à Rome. Elle trouva une joie cruelle à se punir de la faiblesse qui venait de la faire parler. Au bout de peu d'instants de silence, son parti fut pris; elle se fût trouvée indigne de Missirilli si elle ne l'eût pas quitté. Elle jouissait de sa surprise douloureuse quand il la chercherait en vain auprès de lui. Bientôt l'idée de n'avoir pu obtenir l'amour de l'homme pour qui elle avait fait tant de folies l'attendrit profondément. Alors elle rompit le silence et fit tout au monde pour lui arracher une parole d'amour. Il lui dit d'un air distrait des choses fort tendres; mais ce fut avec un accent bien autrement profond qu'en parlant de ses entreprises politiques, il s'écria avec douleur:

«*Ah! si cette affaire-ci ne réussit pas, si le gouvernement la découvre encore, je quitte la partie.*»

Vanina resta immobile. Depuis une heure, elle sentait qu'elle voyait son amant pour la dernière fois. Le mot qu'il prononçait jeta une lumière fatale dans son esprit. Elle se dit:

—Les carbonari ont reçu de moi plusieurs milliers de sequins. On ne peut douter de mon dévouement à la conspiration.»

Vanina ne sortit de sa rêverie que pour dire à Pietro:

—Voulez-vous venir passer vingt-quatre heures avec moi au château de San Nicolò? Votre assemblée de ce soir n'a pas besoin de ta présence. Demain matin, à

San Nicolò, nous pourrons nous promener; cela calmera ton agitation et te rendra tout le sang-froid dont tu as besoin dans ces grandes circonstances.»

Pietro y consentit.

Vanina le quitta pour les préparatifs du voyage, en fermant à clef, comme de coutume, la petite chambre où elle l'avait caché.

Elle courut chez une de ses femmes de chambre qui l'avait quittée pour se marier et prendre un petit commerce à Forli. Arrivée chez cette femme, elle écrivit à la hâte à la marge d'un livre d'Heures qu'elle trouva dans sa chambre, l'indication exacte du lieu où la *vente* des carbonari devait se réunir cette nuit-là même. Elle termina sa dénonciation par ces mots: «Cette vente est composée de dix-neuf membres; voici leurs noms et leurs adresses. Après avoir écrit cette liste, très exacte à cela près que le nom de Missirilli était omis, elle dit à la femme, dont elle était sûre:

—Porte ce livre au cardinal-légat; qu'il lise ce qui est écrit, et qu'il te rende le livre. Voici dix sequins; si jamais le légat prononce ton nom, ta mort est certaine; mais tu me sauves la vie si tu fais lire au légat la page que je viens d'écrire.»

Tout se passa à merveille. La peur du légat fit qu'il ne se conduisit point en grand seigneur. Il permit à la femme du peuple qui demandait à lui parler de ne paraître devant lui que masquée, mais à condition qu'elle aurait les mains liées. En cet état, la marchande fut introduite devant le grand personnage, qu'elle trouva retranché derrière une immense table, couverte d'un tapis vert.

Le légat lut la page du livre d'Heures, en le tenant fort loin de lui, de peur d'un poison subtil. Il le rendit à la marchande, et ne la fit point suivre. Moins de quarante minutes après avoir quitté son amant, Vanina, qui avait vu revenir son ancienne femme de chambre, reparut devant Missirilli, croyant que désormais il était tout à elle. Elle lui dit qu'il y avait un mouvement extraordinaire dans la ville; on remarquait des patrouilles de carabiniers dans des rues où ils ne venaient jamais.

«Si tu veux m'en croire, ajouta-t-elle, nous partirons à l'instant même pour San Nicolò.»

Missirilli y consentit. Ils gagnèrent à pied la voiture de la jeune princesse, qui, avec sa dame de compagnie, confidente discrète et bien payée, l'attendait à une demi-lieue de la ville.

Arrivée au château de San Nicolò, Vanina, troublée par son étrange démarche, redoubla de tendresse pour son amant. Mais en lui parlant d'amour, il lui semblait qu'elle jouait la comédie. La veille, en trahissant, elle avait oublié le remords. En serrant son amant dans ses bras, elle se disait: «Il y a un certain mot qu'on peut lui dire, et ce mot prononcé, à l'instant et pour toujours, il me prend en horreur.»

Au milieu de la nuit, un des domestiques de Vanina entra brusquement dans sa chambre. Cet homme était carbonaro sans qu'elle s'en doutât. Missirilli avait donc des secrets pour elle, même pour ces détails. Elle frémit. Cet homme venait avertir Missirilli que dans la nuit, à Forli, les maisons de dix-neuf carbonari avaient été cernées, et eux arrêtés au moment où ils revenaient de la vente. Quoique pris à l'improviste, neuf s'étaient échappés. Les carabiniers avaient pu en conduire dix dans la prison de la citadelle. En y entrant, l'un d'eux s'était jeté dans le puits, si profond, et s'était tué. Vanina perdit contenance; heureusement Pietro ne le remarqua pas: il eût pu lire son crime dans ses yeux.

Dans ce moment, ajouta le domestique, la garnison de Forli forme une file dans toutes les rues. Chaque soldat est assez rapproché de son voisin pour lui parler. Les habitants ne peuvent traverser d'un côté de la rue à l'autre, que là où un officier est placé.

Après la sortie de cet homme, Pietro ne fut pensif qu'un instant:
«Il n'y a rien à faire pour le moment, dit-il enfin.

Vanina était mourante; elle tremblait sous les regards de son amant.
—Qu'avez-vous donc d'extraordinaire? lui dit-il.

Puis il pensa à autre chose, et cessa de la regarder. Vers le milieu de la journée, elle se hasarda à lui dire:
—Voilà encore une vente de découverte; je pense que vous allez être tranquille pour quelque temps.

—*Très tranquille*», répondit Missirilli avec un sourire qui la fit frémir.

Elle alla faire une visite indispensable au curé du village de San Nicolò, peut-être espion des jésuites. En rentrant pour dîner à sept heures, elle trouva déserte la petite chambre où son amant était caché. Hors d'elle-même, elle courut le chercher dans toute la maison; il n'y était point. Désespérée, elle revint dans cette petite chambre, ce fut alors seulement qu'elle vit un billet; elle lut:

> «*Je vais me rendre prisonnier au légat; je désespère de notre cause; le ciel est contre nous. Qui nous a trahis? apparemment le misérable qui s'est jeté dans le puits. Puisque ma vie est inutile à la pauvre Italie, je ne veux pas que mes camarades, en voyant que seul, je ne suis pas arrêté, puissent se figurer que je les ai vendus. Adieu; si vous m'aimez, songez à me venger. Perdez, anéantissez l'infâme qui nous a trahis, fût-ce mon père.*»

Vanina tomba sur une chaise, à demi évanouie et plongée dans le malheur le plus atroce. Elle ne pouvait proférer aucune parole; ses yeux étaient secs et brûlants.

Enfin elle se précipita à genoux:
«Grand Dieu! s'écria-t-elle, recevez mon vœu; oui, je punirai l'infâme qui a trahi; mais auparavant il faut rendre la liberté à Pietro.»

Une heure après, elle était en route pour Rome. Depuis longtemps son père la pressait de revenir. Pendant son absence, il avait arrangé son mariage avec le prince Livio Savelli. À peine Vanina fut-elle arrivée, qu'il lui en parla en tremblant. À son grand étonnement, elle consentit dès le premier mot. Le soir même, chez la comtesse Vitteleschi, son père lui présenta presque officiellement don Livio; elle lui parla beaucoup. C'était le jeune homme le plus élégant et qui avait les plus beaux chevaux; mais, quoiqu'on lui reconnût beaucoup d'esprit, son caractère passait pour tellement léger, qu'il n'était nullement suspect au gouvernement. Vanina pensa qu'en lui faisant d'abord tourner la tête, elle en ferait un agent commode. Comme il était neveu de Monsignor Savelli-Catanzara, gouverneur de Rome et ministre de la police, elle supposait que les espions n'oseraient le suivre.

Après avoir fort bien traité, pendant quelques jours, l'aimable don Livio, Vanina lui annonça que jamais il ne serait son époux; il avait, suivant elle, la tête trop légère.

«Si vous n'étiez pas un enfant, lui dit-elle, les commis de votre oncle n'auraient pas de secrets pour vous. Par exemple, quel parti prend-on à l'égard des carbonari découverts dernièrement à Forli?»

Don Livio vint lui dire, deux jours après, que tous les carbonari pris à Forli s'étaient évadés. Elle arrêta sur lui ses grands yeux noirs avec le sourire amer du plus profond mépris, et ne daigna pas lui parler de toute la soirée. Le surlendemain, don Livio vint lui avouer, en rougissant, que d'abord on l'avait trompé.

«Mais, lui dit-il, je me suis procuré une clef du cabinet de mon oncle; j'ai vu par les papiers que j'y ai trouvés qu'une *congrégation* (ou commission), composée des cardinaux et des prélats les plus en crédit, s'assemble dans le plus grand secret et délibère sur la question de savoir s'il convient de juger ces carbonari à Ravenne ou à Rome. Les neuf carbonari pris à Forli, et leur chef, un nommé Missirilli, qui a eu la sottise de se rendre, sont en ce moment détenus au château de San Leo[5].

À ce mot de *sottise*, Vanina pinça le prince de toute sa force.

—Je veux moi-même, lui dit-elle, voir les papiers officiels et entrer avec vous dans le cabinet de votre oncle; vous aurez mal lu.»

À ces mots, don Livio frémit; Vanina lui demandait une chose presque impossible; mais le génie bizarre de cette jeune fille redoublait son amour. Peu de jours après, Vanina, déguisée en homme et portant un joli petit habit à la livrée de la casa Savelli, put passer une demi-heure au milieu des papiers les plus secrets du ministre de la police. Elle eut un mouvement de vif bonheur, lorsqu'elle découvrit le rapport journalier du *prévenu Pietro Missirilli*. Ses mains tremblaient en tenant ce papier. En relisant ce nom, elle fut sur le point de se trouver mal. Au sortir du palais du gouverneur de Rome, Vanina permit à don Livio de l'embrasser.

«Vous vous tirez bien, lui dit-elle, des épreuves auxquelles je veux vous soumettre.»

Après un tel mot, le jeune prince eût mis le feu au Vatican pour plaire à Vanina. Ce soir-là, il y avait bal chez l'ambassadeur de France; elle dansa beaucoup et presque toujours avec lui. Don Livio était ivre de bonheur, il fallait l'empêcher de réfléchir.

«Mon père est quelquefois bizarre, lui dit un jour Vanina, il a chassé ce matin deux de ses gens qui sont venus pleurer chez moi. L'un m'a demandé d'être placé chez votre oncle le gouverneur de Rome; l'autre, qui a été soldat d'artillerie sous les Français, voudrait être employé au château Saint-Ange.

[5](Note de Stendhal) Près de Rimini en Romagne. C'est dans ce château que périt le fameux Cagliostro [un aventurier italien qui était connu surtout pour ses rapports avec les loges maçonniques mystiques et pour ses talents de guérisseur et de pratiquant des sciences occultes]; on dit dans le pays qu'il y fut étouffé.

—Je les prends tous les deux à mon service, dit vivement le jeune prince.»
—Est-ce là ce que je vous demande? répliqua fièrement Vanina. Je vous répète textuellement la prière de ces pauvres gens; ils doivent obtenir ce qu'ils ont demandé, et pas autre chose.»
Rien de plus difficile. Monsignor Catanzara n'était rien moins qu'un homme léger, et n'admettait dans sa maison que des gens de lui bien connus. Au milieu d'une vie remplie, en apparence, par tous les plaisirs, Vanina, bourrelée de remords, était fort malheureuse. La lenteur des événements la tuait. L'homme d'affaires de son père lui avait procuré de l'argent. Devait-elle fuir la maison paternelle et aller en Romagne essayer de faire évader son amant? Quelque déraisonnable que fût cette idée, elle était sur le point de la mettre à exécution, lorsque le hasard eut pitié d'elle. Don Livio lui dit:

«Les dix carbonari de la *vente* Missirilli vont être transférés à Rome, sauf à être exécutés en Romagne, après leur condamnation. Voilà ce que mon oncle vient d'obtenir du pape ce soir. Vous et moi sommes les seuls dans Rome qui sachions ce secret. Êtes-vous contente?

—Vous devenez un homme, répondit Vanina; faites-moi cadeau de votre portrait.»

La veille du jour où Missirilli devait arriver à Rome, Vanina prit un prétexte pour aller à Città Castellana. C'est dans la prison de cette ville que l'on fait coucher les carbonari que l'on transfère de la Romagne à Rome. Elle vit Missirilli le matin, comme il sortait de la prison: il était enchaîné sur une charrette; il lui parut fort pâle, mais nullement découragé. Une vieille femme lui jeta un bouquet de violettes; Missirilli sourit en la remerciant.

Vanina avait vu son amant, toutes ses pensées semblèrent renouvelées; elle eut un nouveau courage. Dès longtemps elle avait fait obtenir un bel avancement à M. l'abbé Cari, aumônier du château Saint-Ange, où son amant allait être enfermé; elle avait pris ce bon prêtre pour confesseur. Ce n'est pas peu de chose à Rome que d'être confesseur d'une princesse, nièce du gouverneur.

Le procès des carbonari de Forli ne fut pas long. Pour se venger de leur arrivée à Rome, qu'il n'avait pu empêcher, le parti ultra fit composer la commission qui devait les juger des prélats les plus ambitieux. Cette commission fut présidée par le ministre de la police.

La loi contre les carbonari est claire: ceux de Forli ne pouvaient conserver aucun espoir; ils n'en défendirent pas moins leur vie par tous les subterfuges possibles. Non seulement leurs juges les condamnèrent à mort, mais plusieurs opinèrent pour des supplices atroces, le poing coupé, etc. Le ministre de la police, dont la fortune était faite (car on ne quitte cette place que pour prendre le chapeau[6]), n'avait nul besoin de poing coupé: en portant la sentence au pape, il fit commuer en quelques années de prison la peine de tous les condamnés. Le seul Pietro Missirilli fut excepté. Le ministre voyait dans ce jeune homme un fanatique dangereux, et d'ailleurs il avait aussi été condamné à mort comme coupable de meurtre sur les

[6] Être promu au cardinalat.

deux carabiniers dont nous avons parlé. Vanina sut la sentence et la commutation peu d'instants après que le ministre fut revenu de chez le pape.

Le lendemain, Monsignor Catanzara rentra dans son palais vers le minuit, il ne trouva point son valet de chambre; le ministre, étonné, sonna plusieurs fois; enfin parut un vieux domestique imbécile: le ministre, impatienté, prit le parti de se déshabiller lui-même. Il ferma sa porte à clef; il faisait fort chaud: il prit son habit et le lança en paquet sur une chaise. Cet habit, jeté avec trop de force, passa par-dessus la chaise, alla frapper le rideau de mousseline de la fenêtre, et dessina la forme d'un homme. Le ministre se jeta rapidement vers son lit et saisit un pistolet. Comme il revenait près de la fenêtre, un fort jeune homme, couvert de sa livrée, s'approcha de lui le pistolet à la main. À cette vue, le ministre approcha le pistolet de son œil; il allait tirer. Le jeune homme lui dit en riant:

«Eh quoi! monseigneur, ne reconnaissez-vous pas Vanina Vanini?

—Que signifie cette mauvaise plaisanterie? répliqua le ministre en colère.

—Raisonnons froidement, dit la jeune fille. D'abord votre pistolet n'est pas chargé.

Le ministre, étonné, s'assura du fait; après quoi il tira un poignard de la poche de son gilet[7].

Vanina lui dit avec un petit air d'autorité charmant:

—Asseyons-nous, Monseigneur.

Et elle prit place tranquillement sur un canapé.

—Êtes-vous seule au moins? dit le ministre.

—Absolument seule, je vous le jure! s'écria Vanina.

C'est ce que le ministre eut soin de vérifier: il fit le tour de la chambre et regarda partout; après quoi il s'assit sur une chaise à trois pas de Vanina.

—Quel intérêt aurais-je, dit Vanina d'un air doux et tranquille, d'attenter aux jours d'un homme modéré, qui probablement serait remplacé par quelque homme faible à tête chaude, capable de se perdre soi et les autres?

—Que voulez-vous donc, mademoiselle? dit le ministre avec humeur. Cette scène ne me convient point et ne doit pas durer.

—Ce que je vais ajouter, reprit Vanina avec hauteur, et oubliant tout à coup son air gracieux, importe à vous plus qu'à moi. On veut que le carbonaro Missirilli ait la vie sauve; s'il est exécuté, vous ne lui survivrez pas d'une semaine. Je n'ai aucun intérêt à tout ceci; la folie dont vous vous plaignez, je l'ai faite pour

---

[7](Note de Stendhal) Un prélat romain serait hors d'état sans doute de commander un corps d'armée avec bravoure, comme il est arrivé plusieurs fois à un général de division qui était ministre de la police à Paris, lors de l'entreprise de Mallet [Stendhal parle du général Mallet, chef d'une conspiration qui a essayé de prendre la place de Napoléon en 1812, mais qui a échoué et a été fusillé peu après]; mais jamais il ne se laisserait arrêter chez lui aussi simplement. Il aurait trop peur des plaisanteries de ses collègues. Un Romain qui se sait haï ne marche que bien armé. On n'a pas cru nécessaire de justifier plusieurs autres petites différences entre les façons d'agir et de parler de Paris et celles de Rome. Loin d'amoindrir ces différences, on a cru devoir les écrire hardiment. Les Romains que l'on peint n'ont pas l'honneur d'être Français.

m'amuser d'abord, et ensuite pour servir une de mes amies. J'ai voulu, continua Vanina, en reprenant son air de bonne compagnie, j'ai voulu rendre service à un homme d'esprit, qui bientôt sera mon oncle, et doit porter loin, suivant toute apparence, la fortune de sa maison.»

Le ministre quitta l'air fâché: la beauté de Vanina contribua sans doute à ce changement rapide. On connaissait dans Rome le goût de monseigneur Catanzara pour les jolies femmes, et, dans son déguisement en valet de pied de la casa Savelli, avec des bas de soie bien tirés, une veste rouge, son petit habit bleu de ciel galonné d'argent, et le pistolet à la main, Vanina était ravissante.

«Ma future nièce, dit le ministre presque en riant, vous faites là une haute folie, et ce ne sera pas la dernière.

—J'espère qu'un personnage aussi sage, répondit Vanina, me gardera le secret, et surtout envers don Livio; et pour vous y engager, mon cher oncle, si vous m'accordez la vie du protégé de mon amie, je vous donnerai un baiser.»

Ce fut en continuant la conversation sur ce ton de demi-plaisanterie, avec lequel les dames romaines savent traiter les plus grandes affaires, que Vanina parvint à donner à cette entrevue, commencée le pistolet à la main, la couleur d'une visite faite par la jeune princesse Savelli à son oncle le gouverneur de Rome.

Bientôt monseigneur Catanzara, tout en rejetant avec hauteur l'idée de s'en laisser imposer par la crainte, en fut à raconter à sa nièce toutes les difficultés qu'il rencontrerait pour sauver la vie de Missirilli. En discutant, le ministre se promenait dans la chambre avec Vanina; il prit une carafe de limonade qui était sur sa cheminée, et en remplit un verre de cristal. Au moment où il allait le porter à ses lèvres, Vanina s'en empara, et, après l'avoir tenu quelque temps, le laissa tomber dans le jardin comme par distraction. Un instant après, le ministre reprit une pastille de chocolat dans une bonbonnière, Vanina la lui enleva, et lui dit en riant:

«Prenez donc garde, tout chez vous est empoisonné; car on voulait votre mort. C'est moi qui ai obtenu la grâce de mon oncle futur, afin de ne pas entrer dans la famille Savelli absolument les mains vides.

Monseigneur Catanzara, fort étonné, remercia sa nièce, et donna de grandes espérances pour la vie de Missirilli.

—Notre marché est fait! s'écria Vanina, et la preuve, c'est qu'en voici la récompense, dit-elle en l'embrassant.

Le ministre prit la récompense.

—Il faut que vous sachiez, ma chère Vanina, ajouta-t-il, que je n'aime pas le sang, moi. D'ailleurs, je suis jeune encore, quoique peut-être je vous paraisse bien vieux, et je puis vivre à une époque où le sang versé aujourd'hui fera tache.»

Deux heures sonnaient quand monseigneur Catanzara accompagna Vanina jusqu'à la petite porte de son jardin.

Le surlendemain, lorsque le ministre parut devant le pape, assez embarrassé de la démarche qu'il avait à faire, Sa Sainteté lui dit:

«Avant tout, j'ai une grâce à vous demander. Il y a un de ces carbonari de Forli qui est resté condamné à mort; cette idée m'empêche de dormir: il faut sauver cet homme.»

Stendhal

Le ministre, voyant que le pape avait pris son parti, fit beaucoup d'objections, et finit par écrire un décret ou *motu proprio*[8], que le pape signa, contre l'usage.

Vanina avait pensé que peut-être elle obtiendrait la grâce de son amant, mais qu'on tenterait de l'empoisonner. Dès la veille, Missirilli avait reçu de l'abbé Cari, son confesseur, quelques petits paquets de biscuit de mer, avec l'avis de ne pas toucher aux aliments fournis par l'État.

Vanina ayant su après que les carbonari de Forli allaient être transférés au château de San Leo, voulut essayer de voir Missirilli, à son passage à Città Castellana; elle arriva dans cette ville vingt-quatre heures avant les prisonniers; elle y trouva l'abbé Cari, qui l'avait précédée de plusieurs jours. Il avait obtenu du geôlier que Missirilli pourrait entendre la messe, à minuit, dans la chapelle de la prison. On alla plus loin: si Missirilli voulait consentir à se laisser lier les bras et les jambes par une chaîne, le geôlier se retirerait vers la porte de la chapelle, de manière à voir toujours le prisonnier, dont il était responsable, mais à ne pouvoir entendre ce qu'il dirait.

Le jour qui devait décider du sort de Vanina parut enfin. Dès le matin, elle s'enferma dans la chapelle de la prison. Qui pourrait dire les pensées qui l'agitèrent durant cette longue journée? Missirilli l'aimait-il assez pour lui pardonner? Elle avait dénoncé sa vente, mais elle lui avait sauvé la vie. Quand la raison prenait le dessus dans cette âme bourrelée, Vanina espérait qu'il voudrait consentir à quitter l'Italie avec elle: si elle avait péché, c'était par excès d'amour. Comme quatre heures sonnaient, elle entendit de loin, sur le pavé, le pas des chevaux des carabiniers. Le bruit de chacun de ces pas semblait retentir dans son cœur. Bientôt elle distingua le roulement des charrettes qui transportaient les prisonniers. Elles s'arrêtèrent sur la petite place devant la prison; elle vit deux carabiniers soulever Missirilli, qui était seul sur une charrette, et tellement chargé de fers qu'il ne pouvait se mouvoir. «Du moins il vit, se dit-elle les larmes aux yeux, ils ne l'ont pas encore empoisonné!» La soirée fut cruelle; la lampe de l'autel, placée à une grande hauteur, et pour laquelle le geôlier épargnait l'huile, éclairait seule cette chapelle sombre. Les yeux de Vanina erraient sur les tombeaux de quelques grands seigneurs du Moyen Âge morts dans la prison voisine. Leurs statues avaient l'air féroce.

Tous les bruits avaient cessé depuis longtemps; Vanina était absorbée dans ses noires pensées. Un peu après que minuit eut sonné, elle crut entendre un bruit léger comme le vol d'une chauve-souris. Elle voulut marcher, et tomba à demi évanouie sur la balustrade de l'autel. Au même instant, deux fantômes se trouvèrent tout près d'elle, sans qu'elle les eût entendus venir. C'était le geôlier et Missirilli chargé de chaînes, au point qu'il en était comme emmailloté. Le geôlier ouvrit une lanterne, qu'il posa sur la balustrade de l'autel, à côté de Vanina, de façon à ce qu'il pût bien voir son prisonnier. Ensuite il se retira dans le fond, près de la porte. À peine le geôlier se fut-il éloigné que Vanina se précipita au cou de Missirilli. En le serrant dans ses bras, elle ne sentit que ses chaînes froides et pointues. «Qui les lui a données ces chaînes?» pensa-t-elle. Elle n'eut aucun plaisir à embrasser son

---

[8] Un décret que le pape expédie de sa propre initiative.

amant. À cette douleur en succéda une autre plus poignante; elle crut un instant que Missirilli savait son crime, tant son accueil fut glacé.

«Chère amie, lui dit-il enfin, je regrette l'amour que vous avez pris pour moi; c'est en vain que je cherche le mérite qui a pu vous l'inspirer. Revenons, croyez-m'en, à des sentiments plus chrétiens, oublions les illusions qui jadis nous ont égarés; je ne puis vous appartenir. Le malheur constant qui a suivi mes entreprises vient peut-être de l'état de péché mortel où je me suis constamment trouvé. Même à n'écouter que les conseils de la prudence humaine, pourquoi n'ai-je pas été arrêté avec mes amis, lors de la fatale nuit de Forli? Pourquoi, à l'instant du danger, ne me trouvais-je pas à mon poste? Pourquoi mon absence a-t-elle pu autoriser les soupçons les plus cruels? J'avais une autre passion que celle de la liberté de l'Italie.

Vanina ne revenait pas de la surprise que lui causait le changement de Missirilli. Sans être sensiblement maigri, il avait l'air d'avoir trente ans. Vanina attribua ce changement aux mauvais traitements qu'il avait soufferts en prison; elle fondit en larmes.

—Ah! lui dit-elle, les geôliers avaient tant promis qu'ils te traiteraient avec bonté.

Le fait est qu'à l'approche de la mort, tous les principes religieux qui pouvaient s'accorder avec la passion pour la liberté de l'Italie avaient reparu dans le cœur du jeune carbonaro. Peu à peu Vanina s'aperçut que le changement étonnant qu'elle remarquait chez son amant était tout moral, et nullement l'effet de mauvais traitements physiques. Sa douleur, qu'elle croyait au comble, en fut augmentée.

Missirilli se taisait; Vanina semblait sur le point d'être étouffée par ses sanglots. Il ajouta d'un air un peu ému lui-même:

—Si j'aimais quelque chose sur la terre, ce serait vous, Vanina; mais grâce à Dieu, je n'ai plus qu'un seul but dans ma vie: je mourrai en prison, ou en cherchant à donner la liberté à l'Italie.

Il y eut encore un silence; évidemment Vanina ne pouvait parler: elle l'essayait en vain. Missirilli ajouta:

—Le devoir est cruel, mon amie; mais s'il n'y avait pas un peu de peine à l'accomplir, où serait l'héroïsme? Donnez-moi votre parole que vous ne chercherez plus à me voir.

Autant que sa chaîne assez serrée le lui permettait, il fit un petit mouvement du poignet, et tendit les doigts à Vanina.

—Si vous permettez un conseil à un homme qui vous fut cher, mariez-vous sagement à l'homme de mérite que votre père vous destine. Ne lui faites aucune confidence fâcheuse; mais, d'un autre côté, ne cherchez jamais à me revoir; soyons désormais étrangers l'un à l'autre. Vous avez avancé une somme considérable pour le service de la patrie; si jamais elle est délivrée de ses tyrans, cette somme vous sera fidèlement payée en biens nationaux.

Vanina était atterrée. En lui parlant, l'œil de Pietro n'avait brillé qu'au moment où il avait nommé la patrie.

Enfin l'orgueil vint au secours de la jeune princesse; elle s'était munie de diamants et de petites limes. Sans répondre à Missirilli, elle les lui offrit.

—J'accepte par devoir, lui dit-il, car je dois chercher à m'échapper; mais je ne vous verrai jamais, je le jure en présence de vos nouveaux bienfaits. Adieu, Vanina; promettez-moi de ne jamais m'écrire, de ne jamais chercher à me voir; laissez-moi tout à la patrie, je suis mort pour vous: adieu.

—Non, reprit Vanina furieuse, je veux que tu saches ce que j'ai fait, guidée par l'amour que j'avais pour toi.

Alors elle lui raconta toutes ses démarches depuis le moment où Missirilli avait quitté le château de San Nicolò, pour aller se rendre au légat. Quand ce récit fut terminé:

—Tout cela n'est rien, dit Vanina: j'ai fait plus, par amour pour toi.

Alors elle lui dit sa trahison.

—Ah! monstre, s'écria Pietro furieux, en se jetant sur elle, et il cherchait à l'assommer avec ses chaînes.

Il y serait parvenu sans le geôlier qui accourut aux premiers cris. Il saisit Missirilli.

—Tiens, monstre, je ne veux rien te devoir», dit Missirilli à Vanina, en lui jetant, autant que ses chaînes le lui permettaient, les limes et les diamants, et il s'éloigna rapidement.

Vanina resta anéantie. Elle revint à Rome; et le journal annonce qu'elle vient d'épouser le prince don Livio Savelli.

Prosper Mérimée
1803-70

Érudit, archéologue, dramaturge, romancier et surtout nouvelliste, Prosper Mérimée est né dans une famille bourgeoise et cultivée, férue de philosophie. À l'issue de brillantes études, il se tourne vers le théâtre et le roman. Puis, afin de répondre à la demande constante des journaux qui publient des nouvelles, il s'essaye à ce genre réputé mineur. Ce n'est pas sans condescendance que Castex et Surer ont dit qu'il avait découvert "les ressources d'un genre à sa mesure."[1] Paul Bourget se veut plus positif en écrivant que Mérimée a fait le choix d'un "genre qui s'adapte étroitement à cette personnalité."[2] Castex et Surer sous-entendaient que la nouvelle n'est qu'un piètre format, ce qui laisse entrevoir leurs réserves sur le talent de ce nouvelliste singulier. Bourget, au contraire, n'exprime aucun jugement de valeur sur la nouvelle: genre parmi d'autres, elle a ses propres exigences. Mérimée y excelle. À l'instar de Flaubert qui réussit à imposer le roman au public lettré, alors qu'il restait réservé à un lectorat populaire, Mérimée a su reconnaître les possibilités de la nouvelle, produire des chefs-d'œuvre et s'attirer un public.

Dans un style plutôt classique, Mérimée aime raconter des histoires de *Sturm und Drang*: une gitane séduit un pauvre soldat navarrois qui, incapable de résister à la passion, suit cette diablesse dans le crime, le meurtre et finalement la mort; la statue d'une Vénus antique semble être tombée amoureuse d'un fils de famille riche, avant de le tuer dans son lit de noces; un paysan corse exécute son propre fils pour laver l'honneur de la famille. Au cœur de la nouvelle mériméenne se niche presque toujours l'histoire d'une passion déchaînée et fatale qui mène son jeu cruel sur un arrière-fond exotique. Des détails colorés mais vrais n'autorisent aucune confusion quant à la réalité du monde représenté, mais chez Mérimée cette vraisemblance est bien plus cohérente que la simple «couleur locale», qui est censée faire partie intégrante de toute œuvre romantique. Au contraire, c'est par le truchement de ce réalisme concret que la nouvelle met en scène l'*autre*: la sauvagerie, la passion, l'exotique et le surnaturel face au savant, au civilisé, au journalier et au réel. C'est par ces oppositions que Mérimée a pu créer l'entre-deux, cette hésitation entre deux possibilités qu'il propose au lecteur à travers son texte, «entre une explication naturelle et une explication surnaturelle des événements évoqués», dont parle Tzvetan Todorov[3]. En se saisissant de cet entre-deux qui génère

[1]Pierre-Georges Castex et Paul Surer, *Manuel des études littéraires françaises: XIXe siècle* (Paris: Hachette, 1950) 171.
[2]Paul Bourget, «Mérimée nouvelliste», *Revue des Deux Mondes* 90 (15 septembre 1920): 259.
[3]Todorov, *Introduction à la littérature fantastique*, Coll. Poétique (Paris: Seuil, 1970) 37-38.

une tension palpable, le lecteur perdu dans son quotidien banal fait l'expérience de la tentation du surnaturel qui surgit dans la routine quotidienne, mais aussi de celle d'une passion plus grande que l'amour d'un homme pour une femme ou le respect qu'il a pour son honneur. Chez Mérimée, le narrateur est presque toujours un érudit à bout de forces dont la réflexion et l'esprit critique sont pris en défaut et qui se heurte au monde qui l'entoure. Son narrateur est bien entendu sujet à caution, ce qui explique l'ironie souvent mordante qui marque profondément l'œuvre de Mérimée, un maître écrivain qui a su créer un réalisme de l'irréel.

BIBLIOGRAPHIE SOMMAIRE
Éditions annotées

Cégretin, Michel, éd. *Carmen*. Les Petits Classiques Bordas. Paris: Bordas, 1966.
Crouzet, Michel, éd. *Nouvelles de Prosper Mérimée*. Lettres Françaises. Paris: Imprimerie Nationale, 1987.
Dupouy, Auguste, éd. *Carmen, Arsène Guillot, L'Abbé Aubain. Œuvres complètes de Prosper Mérimée*. Vol. 3. Paris: Champion, 1927.
Parturier, Maurice, éd. *Romans et nouvelles de Prosper Mérimée*. 2 vols. Paris: Garnier Frères, 1967.

Biographie

Raitt, A. W. *Prosper Mérimée*. Londres: Eyre & Spottiswoode, 1970.
Trahard, Pierre. *Prosper Mérimée*. 4 vols. Paris: Champion, 1928-30.

Quelques études

Carpenter, Scott. «Metaphor and Madness in Mérimée's "La Vénus d'Ille"». *Romance Notes* 27 (1986): 75-80.
Chambers, Ross. «Violence du récit: Boccace, Mérimée, Cortázar». *Canadian Review of Comparative Literature/Revue Canadienne de Littérature Comparée* 13 (1986): 159-86.
Cogman, Peter [W. M.] *Mérimée: Colomba et Carmen*. Londres: Grant & Cutler, 1992.
Cropper, Corry. *Playing at Monarchy: Sport as Metaphor in Nineteenth-Century France*. Lincoln: U of Nebraska P, 2008.
Hiller, Anne. «"La Vénus d'Ille" de Mérimée: Figuration d'un dualisme». *Australian Journal of French Studies* 12 (1975): 209-19.
Mauriac, Claude. «Prosper Mérimée. Nouvelles». *De la littérature à l'allittérature*. Paris: Grasset, 1969.
Naaman, Antoine. *"Mateo Falcone" de Mérimée*. Paris: Nizet/Sherbrooke, QC: Librairie de la Cité Universitaire, 1967.
Pasco, Allan H. «Mérimée's *Carmen*, the Short Story, and Image Structure». *Short Story* 10.2 (Fall 2002): 62-75.
Tilby, M. J. «Language and Sexuality in Mérimée's *Carmen*». *Forum for Modern Language Studies* 15 (1979): 255-63.

Mateo Falcone
1829

En sortant de Porto-Vecchio et se dirigeant au N.-O., vers l'intérieur de l'île, on voit le terrain s'élever assez rapidement, et, après trois heures de marche par des sentiers tortueux, obstrués par de gros quartiers de rocs, et quelquefois coupés par des ravins, on se trouve sur le bord d'un *maquis* très étendu. Le maquis est la patrie des bergers corses et de quiconque s'est brouillé avec la justice. Il faut savoir que le laboureur corse, pour s'épargner la peine de fumer son champ, met le feu à une certaine étendue de bois: tant pis si la flamme se répand plus loin que besoin n'est; arrive que pourra, on est sûr d'avoir une bonne récolte en semant sur cette terre fertilisée par les cendres des arbres qu'elle portait. Les épis enlevés, car on laisse la paille, qui donnerait de la peine à recueillir, les racines qui sont restées en terre sans se consumer poussent au printemps suivant des cépées très épaisses qui, en peu d'années, parviennent à une hauteur de sept ou huit pieds. C'est cette manière de taillis fourré que l'on nomme maquis. Différentes espèces d'arbres et d'arbrisseaux le composent, mêlés et confondus comme il plaît à Dieu. Ce n'est que la hache à la main que l'homme s'y ouvrirait un passage et l'on voit des maquis si épais et si touffus que les mouflons[1] eux-mêmes ne peuvent y pénétrer.

Si vous avez tué un homme, allez dans le maquis de Porto-Vecchio, et vous y vivrez en sûreté, avec un bon fusil, de la poudre et des balles; n'oubliez pas un manteau brun garni d'un capuchon[2], qui sert de couverture et de matelas. Les bergers vous donnent du lait, du fromage et des châtaignes, et vous n'aurez rien à craindre de la justice ou des parents du mort, si ce n'est quand il vous faudra descendre à la ville pour y renouveler vos munitions.

Mateo Falcone, quand j'étais en Corse, en 18--, avait sa maison à une demi-lieue de ce maquis. C'était un homme assez riche pour le pays; vivant noblement, c'est-à-dire sans rien faire, du produit de ses troupeaux que des bergers, espèce de nomades, menaient paître çà et là sur les montagnes. Lorsque je le vis, deux années après l'événement que je vais raconter, il me parut âgé de cinquante ans tout au plus. Figurez-vous un homme petit mais robuste, avec des cheveux crépus, noirs comme le jais, un nez aquilin, les lèvres minces, les yeux grands et vifs, et un teint couleur de revers de bottes. Son habileté au tir du fusil passait pour extraordinaire, même dans son pays, où il y a tant de bons tireurs. Par exemple, Mateo n'aurait jamais tiré sur un mouflon avec des chevrotines, mais à cent vingt pas il l'abattait d'une

---
[1] Grands moutons sauvages, à toison sombre, dont les mâles portent des cornes en volute.
[2] (Note de Mérimée.) *Pilone* (c.-à-d., un manteau en poil de chèvre).

balle dans la tête ou dans l'épaule, à son choix. La nuit, il se servait de ses armes aussi facilement que le jour, et l'on m'a cité de lui ce trait d'adresse qui paraîtra peut-être incroyable à qui n'a pas voyagé en Corse. À quatre-vingts pas on plaçait une chandelle allumée derrière un transparent de papier, large comme une assiette. Il mettait en joue, puis on éteignait la chandelle, et au bout d'une minute, dans l'obscurité la plus complète, il tirait et perçait le transparent trois fois sur quatre.

Avec un mérite aussi transcendant, Mateo Falcone s'était attiré une grande réputation. On le disait aussi bon ami que dangereux ennemi: d'ailleurs serviable et faisant l'aumône, il vivait en paix avec tout le monde dans le district de Porto-Vecchio. Mais on contait de lui qu'à Corte, où il avait pris femme, il s'était débarrassé fort vigoureusement d'un rival qui passait pour aussi redoutable en guerre qu'en amour: du moins on attribuait à Mateo certain coup de fusil qui surprit ce rival comme il était à se raser devant un petit miroir pendu à sa fenêtre. L'affaire assoupie, Mateo se maria. Sa femme Giuseppa lui avait donné d'abord trois filles (dont il enrageait), et enfin un fils, qu'il nomma Fortunato: c'était l'espoir de sa famille, l'héritier du nom. Les filles étaient bien mariées: leur père pouvait compter au besoin sur les poignards et les escopettes[3] de ses gendres. Le fils n'avait que dix ans, mais il annonçait déjà d'heureuses dispositions.

Un certain jour d'automne, Mateo sortit de bonne heure avec sa femme pour aller visiter un de ses troupeaux dans une clairière du maquis. Le petit Fortunato voulait l'accompagner, mais la clairière était trop loin; d'ailleurs il fallait bien que quelqu'un restât pour garder la maison; le père refusa donc: on verra s'il n'eut pas lieu de s'en repentir.

Il était absent depuis quelques heures, et le petit Fortunato était tranquillement étendu au soleil, regardant les montagnes bleues, et pensant que le dimanche prochain il irait dîner à la ville, chez son oncle le *caporal*[4], quand il fut soudainement interrompu dans ses méditations par l'explosion d'une arme à feu. Il se leva et se tourna du côté de la plaine d'où partait ce bruit. D'autres coups de fusil se succédèrent tirés à intervalles inégaux, et toujours de plus en plus rapprochés; enfin, dans le sentier qui menait de la plaine à la maison de Mateo parut un homme, coiffé d'un bonnet pointu comme en portent les montagnards, barbu, couvert de haillons, et se traînant avec peine en s'appuyant sur son fusil. Il venait de recevoir un coup de feu dans la cuisse.

Cet homme était un *bandit*[5] qui, étant parti de nuit pour aller acheter de la poudre en ville, était tombé en route dans une embuscade de voltigeurs corses[6].

---

[3] Arme à feu à canon évasé.

[4] (Note de Mérimée.) Les caporaux furent autrefois les chefs que se donnèrent les communes corses quand elles s'insurgèrent contre les seigneurs féodaux. Aujourd'hui on donne encore quelquefois ce nom a un homme qui, par ses propriétés, ses alliances et sa clientèle, exerce une influence et une sorte de magistrature effective sur une *pieve* ou un canton. Les Corses se divisent, par une ancienne habitude, en cinq castes: les *gentilshommes* (dont les uns sont *magnifiques*, les autres *signori*), les *caporali*, les *citoyens*, les *plébéiens* et les *étrangers*.

[5] (Note de Mérimée.) Ce mot est ici synonyme de proscrit.

[6] (Note de Mérimée.) C'est un corps levé depuis peu d'années par le gouvernement, et qui sert concurremment avec la gendarmerie au maintien de la police.

Après une vigoureuse défense, il était parvenu à faire sa retraite, vivement poursuivi et tiraillant de rocher en rocher. Mais il avait peu d'avance sur les soldats, et sa blessure le mettait hors d'état de gagner le maquis avant d'être rejoint.

Il s'approcha de Fortunato et lui dit:

«Tu es le fils de Mateo Falcone?

—Oui.

—Moi je suis Gianetto Sanpiero. Je suis poursuivi par les collets jaunes[7]. Cache-moi, car je ne puis aller plus loin.

—Et que dira mon père si je te cache sans sa permission?

—Il dira que tu as bien fait.

—Qui sait?

—Cache-moi vite, ils viennent.

—Attends que mon père soit revenu.

—Que j'attende! malédiction! Ils seront ici dans cinq minutes. Allons, cache-moi, ou je te tue.»

Fortunato lui répondit avec le plus grand sang-froid:

«Ton fusil est déchargé, et il n'y a plus de cartouches dans ta carchera[8].

—J'ai mon stylet.

—Mais courras-tu aussi vite que moi?» Il fit un saut, et se mit hors d'atteinte.

«Tu n'es pas le fils de Mateo Falcone! Me laisseras-tu donc arrêter devant ta maison?»

L'enfant parut touché.

«Que me donneras-tu si je te cache?» dit-il en se rapprochant.

Le bandit fouilla dans une poche de cuir qui pendait à sa ceinture, et il en tira une pièce de cinq francs qu'il avait réservée sans doute pour acheter de la poudre. Fortunato sourit à la vue de la pièce d'argent, il s'en saisit, et dit à Gianetto: «Ne crains rien.»

Aussitôt il fit un grand trou dans un tas de foin placé auprès de la maison. Gianetto s'y blottit, et l'enfant le recouvrit de manière à lui laisser un peu d'air pour respirer, sans qu'il fût possible cependant de soupçonner que ce foin cachât un homme. Il s'avisa, de plus, d'une finesse de sauvage assez ingénieuse. Il alla prendre une chatte et ses petits, et les établit sur le tas de foin pour faire croire qu'il n'avait pas été remué depuis peu. Ensuite, remarquant des traces de sang sur le sentier près de la maison, il les couvrit de poussière avec soin, et, cela fait, il se recoucha au soleil avec la plus grande tranquillité.

Quelques minutes après, six hommes en uniforme brun à collet jaune, et commandés par un adjudant, étaient devant la porte de Mateo. Cet adjudant était quelque peu parent de Falcone. (On sait qu'en Corse on suit les degrés de parenté beaucoup plus loin qu'ailleurs.) Il se nommait Tiodoro Gamba: c'était un homme actif, fort redouté des bandits dont il avait déjà traqué plusieurs.

---

[7](Note de Mérimée.) L'uniforme des voltigeurs était alors un habit brun avec un collet jaune.
[8](Note de Mérimée.) Ceinture de cuir qui sert de giberne et de portefeuille.

« Bonjour, petit cousin, dit-il à Fortunato en l'abordant ; comme te voilà grandi ! As-tu vu passer un homme tout à l'heure ?

—Oh ! je ne suis pas encore si grand que vous, mon cousin, répondit l'enfant d'un air niais.

—Cela viendra. Mais n'as-tu pas vu passer un homme, dis-moi ?

—Si j'ai vu passer un homme ?

—Oui, un homme avec un bonnet pointu en velours noir, et une veste brodée de rouge et de jaune ?

—Un homme avec un bonnet pointu, et une veste brodée de rouge et de jaune ?

—Oui, réponds vite, et ne répète pas mes questions.

—Ce matin, M. le curé est passé devant notre porte, sur son cheval Piero. Il m'a demandé comment papa se portait, et je lui ai répondu...

—Ah ! petit drôle, tu fais le malin ! Dis-moi vite par où est passé Gianetto, car c'est lui que nous cherchons ; et, j'en suis certain, il a pris par ce sentier.

—Qui sait ?

—Qui sait ? C'est moi qui sais que tu l'as vu.

—Est-ce qu'on voit les passants quand on dort ?

—Tu ne dormais pas, vaurien ; les coups de fusil t'ont réveillé.

—Vous croyez donc, mon cousin, que vos fusils font tant de bruit. L'escopette de mon père en fait bien davantage.

—Que le diable te confonde ! maudit garnement ! Je suis bien sûr que tu as vu le Gianetto. Peut-être même l'as-tu caché. Allons, camarades, entrez dans cette maison, et voyez si notre homme n'y est pas. Il n'allait plus que d'une patte, et il a trop de bon sens, le coquin, pour avoir cherché à gagner le maquis en clopinant. D'ailleurs les traces de sang s'arrêtent ici.

—Et que dira papa ? demanda Fortunato en ricanant ; que dira-t-il s'il sait qu'on est entré dans sa maison pendant qu'il était sorti ?

—Vaurien ! dit l'adjudant Gamba en le prenant par l'oreille, sais-tu qu'il ne tient qu'à moi de te faire changer de note ? Peut-être qu'en te donnant une vingtaine de coups de plat de sabre tu parleras enfin. »

Et Fortunato ricanait toujours.

« Mon père est Mateo Falcone ! » dit-il avec emphase.

« Sais-tu bien, petit drôle, que je puis t'emmener à Corte ou à Bastia. Je te ferai coucher dans un cachot, sur la paille, les fers aux pieds, et je te ferai guillotiner si tu ne dis où est Gianetto Sanpiero. »

L'enfant éclata de rire à cette ridicule menace. Il répéta : « Mon père est Mateo Falcone ! »

—Adjudant, dit tout bas un des voltigeurs, ne nous brouillons pas avec Mateo. »

Gamba paraissait évidemment embarrassé. Il causait à voix basse avec ses soldats qui avaient déjà visité toute la maison. Ce n'était pas une opération fort longue, car la cabane d'un Corse ne consiste qu'en une seule pièce carrée. L'ameublement se compose d'une table, de bancs, de coffres et d'ustensiles de chasse ou de ménage. Cependant le petit Fortunato caressait sa chatte, et semblait jouir malignement de la confusion des voltigeurs et de son cousin.

Un soldat s'approcha du tas de foin. Il vit la chatte, et donna un coup de baïonnette dans le foin avec négligence, et haussant les épaules comme s'il sentait que sa précaution était ridicule. Rien ne remua; et le visage de l'enfant ne trahit pas la plus légère émotion.

L'adjudant et sa troupe se donnaient au diable; déjà ils regardaient sérieusement du côté de la plaine comme disposés à s'en retourner par où ils étaient venus, quand leur chef, convaincu que les menaces ne produiraient aucune impression sur le fils de Falcone, voulut faire un dernier effort et tenter le pouvoir des caresses et des présents.

«Petit cousin, dit-il, tu me parais un gaillard bien éveillé! Tu iras loin. Mais tu joues un vilain jeu avec moi; et si je ne craignais de faire de la peine à mon cousin Mateo, le diable m'emporte! je t'emmènerais avec moi.

—Bah!

—Mais quand mon cousin sera revenu, je lui conterai l'affaire, et pour ta peine d'avoir menti il te donnera le fouet jusqu'au sang.

—Savoir?

—Tu verras... mais, tiens... sois brave garçon, et je te donnerai quelque chose.

—Moi, mon cousin, je vous donnerai un avis, c'est que si vous tardez davantage, le Gianetto sera dans le maquis, et alors il faudra plus d'un luron comme vous pour aller l'y chercher.»

L'adjudant tira de sa poche une montre d'argent qui valait bien dix écus; et, remarquant que les yeux du petit Fortunato étincelaient en la regardant, il lui dit en tenant la montre suspendue au bout de sa chaîne d'acier

«Fripon! tu voudrais bien avoir une montre comme celle-ci suspendue à ton col, et tu te promènerais dans les rues de Porto-Vecchio, fier comme un paon; et les gens te demanderaient: Quelle heure est-il? et tu leur dirais: Regardez à ma montre.

—Quand je serai grand, mon oncle le caporal me donnera une montre.

—Oui, mais le fils de ton oncle en a déjà une... pas aussi belle que celle-ci, à la vérité... Cependant il est plus jeune que toi.»

L'enfant soupira.

«Eh bien, la veux-tu, cette montre, petit cousin?»

Fortunato, lorgnant la montre du coin de l'œil, ressemblait à un chat à qui l'on présente un poulet tout entier. Comme il sent qu'on se moque de lui, il n'ose y porter la griffe, et de temps en temps il détourne les yeux pour ne pas s'exposer à succomber à la tentation; mais il se lèche les babines à tout moment, et il a l'air de dire à son maître: Que votre plaisanterie est!

Cependant l'adjudant Gamba semblait de bonne foi en présentant sa montre. Fortunato n'avança pas la main, mais il lui dit avec un sourire amer: «Pourquoi vous moquez-vous de moi[9]?

---

[9](Note de Mérimée.) *Perchè me c...* (phrase qu'on aurait complétée: *Perchè me coglioni*).

—Par Dieu! je ne me moque pas. Dis-moi seulement où est Gianetto, et cette montre est à toi.»

Fortunato laissa échapper un sourire d'incrédulité, et fixant ses yeux noirs sur ceux de l'adjudant, il s'efforçait d'y lire la foi qu'il devait avoir en ses paroles.

«Que je perde mon épaulette, s'écria l'adjudant, si je ne te donne pas la montre à cette condition! Les camarades sont témoins; et je ne puis m'en dédire.»

En parlant ainsi il approchait toujours la montre, tant, qu'elle touchait presque la joue pâle de l'enfant. Celui-ci montrait bien sur sa figure le combat que se livraient en son âme la convoitise et le respect dû à l'hospitalité. Sa poitrine nue se soulevait avec force, et il semblait près d'étouffer. Cependant la montre oscillait, tournait, et quelquefois lui heurtait le bout du nez. Enfin, peu à peu sa main droite s'éleva vers la montre: le bout de ses doigts la toucha; et elle pesait tout entière dans sa main sans que l'adjudant lâchât pourtant le bout de la chaîne... Le cadran était azuré... la boîte nouvellement fourbie... au soleil elle paraissait toute de feu... La tentation était trop forte.

Fortunato éleva aussi sa main gauche, et indiqua du pouce, par-dessus son épaule, le tas de foin auquel il était adossé. L'adjudant le comprit aussitôt. Il abandonna l'extrémité de la chaîne, Fortunato se sentit seul possesseur de la montre. Il se leva avec l'agilité d'un daim, et s'éloigna de dix pas du tas de foin, que les voltigeurs se mirent aussitôt à culbuter.

On ne tarda pas à voir le foin s'agiter, et un homme sanglant, le poignard à la main, en sortit: mais, comme il essayait de se lever en pieds, sa blessure refroidie ne lui permit plus de se tenir debout. Il tomba. L'adjudant se jeta sur lui et lui arracha son stylet. Aussitôt on le garrotta fortement, malgré sa résistance.

Gianetto, couché par terre et lié comme un fagot, tourna la tête vers Fortunato, qui s'était rapproché. «Fils de... !» lui dit-il avec plus de mépris que de colère.

L'enfant lui jeta la pièce d'argent qu'il en avait reçue, sentant qu'il avait cessé de la mériter; mais le proscrit n'eut pas l'air de faire attention à ce mouvement. Il dit avec beaucoup de sang-froid à l'adjudant: «Mon cher Gamba, je ne puis marcher; vous allez être obligé de me porter à la ville.

—Tu courais tout à l'heure plus vite qu'un chevreuil, repartit le cruel vainqueur, mais sois tranquille: je suis si content de te tenir, que je te porterais une lieue sur mon dos sans être fatigué. Au reste, mon camarade, nous allons te faire une litière avec des branches et ta capote; et à la ferme de Crespoli nous trouverons des chevaux.

—Bien, dit le prisonnier; vous mettrez aussi un peu de paille sur votre litière, pour que je sois plus commodément.»

Pendant que les voltigeurs s'occupaient, les uns à faire une espèce de brancard avec des branches de châtaignier, les autres à panser la blessure de Gianetto, Mateo Falcone et sa femme parurent tout d'un coup au détour d'un sentier qui conduisait au maquis. La femme s'avançait courbée péniblement sous le poids d'un énorme sac de châtaignes, tandis que son mari se prélassait, ne portant qu'un fusil à la main et un autre en bandoulière; car il est indigne d'un homme de porter d'autre fardeau que ses armes.

À la vue des soldats, la première pensée de Mateo fut qu'ils venaient pour l'arrêter. Mais pourquoi cette idée? Mateo avait-il donc quelques démêlés avec la justice? Non. Il jouissait d'une bonne réputation. C'était, comme on dit, *un particulier bien famé*, mais il était Corse et montagnard, et il y a peu de Corses montagnards qui, en scrutant bien leur mémoire, n'y trouvent quelque peccadille, telle que coups de fusil, coups de stylet et autres bagatelles. Mateo, plus qu'un autre, avait la conscience nette; car depuis plus de dix ans il n'avait dirigé son fusil contre un homme; mais toutefois il était prudent, et il se mit en posture de faire une belle défense, s'il en était besoin.

«Femme, dit-il, à Giuseppa, mets bas ton sac et tiens-toi prête.» Elle obéit sur-le-champ. Il lui donna le fusil qu'il avait en bandoulière et qui aurait pu le gêner. Il arma celui qu'il avait à la main, et il s'avança lentement vers sa maison, longeant les arbres qui bordaient le chemin, et prêt, à la moindre démonstration hostile, à se jeter derrière le plus gros tronc, d'où il aurait pu faire feu à couvert. Sa femme marchait sur ses talons, tenant son fusil de rechange et sa giberne. L'emploi d'une bonne ménagère, en cas de combat, est de charger les armes de son mari.

D'un autre côté, l'adjudant était fort en peine en voyant Mateo s'avancer ainsi, à pas comptés, le fusil en avant et le doigt sur la détente. Si par hasard, pensa-t-il, Mateo se trouvait parent de Gianetto, ou s'il était son ami, et qu'il voulût le défendre, les bourres de ses deux fusils arriveraient à deux d'entre nous, aussi sûr qu'une lettre à la poste, et s'il me visait, nonobstant la parenté!...

Dans cette perplexité, il prit un parti fort courageux, ce fut de s'avancer seul vers Mateo pour lui conter l'affaire, en l'abordant comme une vieille connaissance; mais le court intervalle qui le séparait de Mateo lui parut terriblement long.

«Holà! eh! mon vieux camarade, criait-il, comment cela va-t-il, mon brave? C'est moi, je suis Gamba, ton cousin.»

Mateo, sans répondre un mot, s'était arrêté, et à mesure que l'autre parlait il relevait doucement le canon de son fusil, de sorte qu'il était dirigé vers le ciel au moment où l'adjudant le joignit.

«Bonjour, frère[10], dit l'adjudant en lui tendant la main. Il y a bien longtemps que je ne t'ai vu.

—Bonjour, frère.

—J'étais venu pour te dire bonjour en passant, et à ma cousine Pepa. Nous avons fait une longue traite aujourd'hui; mais il ne faut pas plaindre notre fatigue, car nous avons fait une fameuse prise. Nous venons d'empoigner Gianetto Sanpiero.

—Dieu soit loué! s'écria Giuseppa. Il nous a volé une chèvre laitière la semaine passée.»

Ces mots réjouirent Gamba.

«Pauvre diable! dit Mateo, il avait faim.

—Le drôle s'est défendu comme un lion, poursuivit l'adjudant un peu mortifié; il m'a tué un de mes voltigeurs, et non content de cela, il a cassé le bras au caporal Chardon; mais il n'y a pas grand mal, ce n'était qu'un Français... ensuite

---

[10](Note de Mérimée.) *Buon giorno, fratello*, salut ordinaire des Corses.

il s'était si bien caché que le diable ne l'aurait pu découvrir. Sans mon petit cousin Fortunato, je ne l'aurais jamais pu trouver.

— Fortunato! s'écria Mateo.

— Fortunato! répéta Giuseppa.

— Oui, le Gianetto s'était caché sous ce tas de foin là-bas; mais mon petit cousin m'a montré la malice. Aussi je le dirai à son oncle le caporal, afin qu'il lui envoie un beau cadeau pour sa peine. Et son nom et le tien seront dans le rapport que j'enverrai à M. l'avocat général.

— Malédiction!» dit tout bas Mateo.

Ils avaient rejoint le détachement. Gianetto était déjà couché sur la litière et prêt à partir. Quand il vit Mateo en la compagnie de Gamba, il sourit d'un sourire étrange; puis, se tournant vers la porte de la maison, il cracha sur le seuil en disant: «Maison d'un traître!»

Il n'y avait qu'un homme décidé à mourir qui eût osé prononcer le mot de traître en l'appliquant à Falcone. Un bon coup de stylet, qui n'aurait pas eu besoin d'être répété, aurait immédiatement payé l'insulte. Cependant Mateo ne fit pas d'autre geste que celui de porter sa main à son front comme un homme accablé.

Fortunato était entré dans la maison en voyant arriver son père. Il reparut bientôt avec une jatte de lait, qu'il présenta les yeux baissés à Gianetto. «Loin de moi!» lui cria le proscrit d'une voix foudroyante. Puis se tournant vers un des voltigeurs: «Camarade, donne-moi à boire», dit-il. Le soldat remit sa gourde entre ses mains, et le bandit but l'eau que lui donnait un homme avec lequel il venait d'échanger des coups de fusil. Ensuite il demanda qu'on lui attachât les mains de manière qu'il les eût croisées sur sa poitrine, au lieu de les avoir liées derrière le dos. «J'aime, disait-il, à être couché à mon aise.» On s'empressa de le satisfaire; puis l'adjudant donna le signal du départ, dit adieu à Mateo, qui ne lui répondit pas, et descendit au pas accéléré vers la plaine.

Il se passa près de dix minutes avant que Mateo ouvrît la bouche. L'enfant regardait d'un œil inquiet tantôt sa mère et tantôt son père, qui, s'appuyant sur son fusil, le considérait avec une expression de colère concentrée.

«Tu commences bien! dit enfin Mateo d'une voix calme, mais effrayante pour qui connaissait l'homme.

— Mon père! s'écria l'enfant en s'avançant les larmes aux yeux comme pour se jeter à ses genoux. Mais Mateo lui cria: —Arrière de moi! Et l'enfant s'arrêta et sanglota, immobile à quelques pas de son père.

Giuseppa s'approcha. Elle venait d'apercevoir la chaîne de la montre, dont un bout sortait de la chemise de Fortunato.

— Qui t'a donné cette montre? demanda-t-elle d'un ton sévère.

— Mon cousin l'adjudant.

Falcone saisit la montre, et, la jetant avec force contre une pierre, il la mit en mille pièces.

— Femme, dit-il, cet enfant est-il de moi?»

Les joues brunes de Giuseppa devinrent d'un rouge de brique.

—Que dis-tu, Mateo ? et sais-tu bien à qui tu parles ?
—Eh bien! cet enfant est le premier de sa race qui ait fait une trahison.»
Les sanglots et les hoquets de Fortunato redoublèrent et Falcone tenait ses yeux de lynx toujours attachés sur lui. Enfin il frappa la terre de la crosse de son fusil puis le rejeta sur son épaule et reprit le chemin du maquis en criant à Fortunato de le suivre. L'enfant obéit.
Giuseppa courut après Mateo et lui saisit le bras. «C'est ton fils, lui dit-elle d'une voix tremblante en attachant ses yeux noirs sur ceux de son mari, comme pour lire ce qui se passait dans son âme.
—Laisse-moi, répondit Mateo; je suis son père.»
Giuseppa embrassa son fils et rentra en pleurant dans sa cabane. Elle se jeta à genoux devant une image de la Vierge et pria avec ferveur. Cependant Falcone marcha quelque deux cents pas dans le sentier et ne s'arrêta que dans un petit ravin où il descendit. Il sonda la terre avec la crosse de son fusil et la trouva molle et facile à creuser. L'endroit lui parut convenable pour son dessein.
«Fortunato, va auprès de cette grosse pierre.»
L'enfant fit ce qu'il lui commandait, puis il s'agenouilla.
«Dis tes prières.
—Mon père, mon père, ne me tuez pas!
—Dis tes prières!» répéta Mateo d'une voix terrible.
L'enfant, tout en balbutiant et en sanglotant, récita le *Pater* et le *Credo*. Le père, d'une voix forte, répondait *Amen*! à la fin de chaque prière.
—Sont-ce là toutes les prières que tu sais ?
—Mon père, je sais encore l'*Ave Maria* et la litanie que ma tante m'a apprise.
—Elle est bien longue, n'importe.
L'enfant acheva la litanie d'une voix éteinte.
—As-tu fini ?
—Oh! mon père, grâce! pardonnez-moi! Je ne le ferai plus! Je prierai tant mon cousin le caporal qu'on fera grâce au Gianetto!
Il parlait encore; Mateo avait armé son fusil et le couchait en joue en lui disant: —Que Dieu te pardonne!» L'enfant fit un effort désespéré pour se relever et embrasser les genoux de son père; mais il n'en eut pas le temps. Mateo fit feu, et Fortunato tomba roide mort.
Sans jeter un coup d'œil sur le cadavre, Mateo reprit le chemin de sa maison pour aller chercher une bêche afin d'enterrer son fils. Il avait fait à peine quelques pas qu'il rencontra Giuseppa, qui accourait alarmée du coup de feu.
«Qu'as-tu fait ? s'écria-t-elle.
—Justice.
—Où est-il ?
—Dans le ravin. Je vais l'enterrer. Il est mort en chrétien; je lui ferai chanter une messe. Qu'on dise à mon gendre Tiodoro Bianchi de venir demeurer avec nous.»

LA VÉNUS D'ILLE
1837

῎Ιλεως ἦν δ'ἐγώ, ἔστω ὁ ἀνδριὰς καὶ ἤπιος, οὕτως ἀνδρεῖος ὤν
ΛΟΥΚΙΑΝΟΥ ΦΙΛΟΨΕΥΔΗΣ[1]

Je descendais le dernier coteau du Canigou[2], et, bien que le soleil fût déjà couché, je distinguais dans la plaine les maisons de la petite ville d'Ille, vers laquelle je me dirigeais.

«Vous savez, dis-je au Catalan qui me servait de guide depuis la veille, vous savez sans doute où demeure M. de Peyrehorade?

—Si je le sais! s'écria-t-il, je connais sa maison comme la mienne; et s'il ne faisait pas si noir, je vous montrerais. C'est la plus belle d'Ille. Il a de l'argent, oui, M. de Peyrehorade; et il marie son fils à plus riche que lui encore.

—Et ce mariage se fera-t-il bientôt? lui demandai-je.

—Bientôt! il se peut que déjà les violons soient commandés pour la noce. Ce soir, peut-être, demain, après demain, que sais-je! C'est à Puygarrig que ça se fera; car c'est mademoiselle de Puygarrig que monsieur le fils épouse. Ce sera beau, oui!»

J'étais recommandé à M. de Peyrehorade par mon ami M. de P. C'était, m'avait-il dit, un antiquaire fort instruit et d'une complaisance à toute épreuve. Il se ferait un plaisir de me montrer toutes les ruines à dix lieues à la ronde. Or je comptais sur lui pour visiter les environs d'Ille, que je savais riches en monuments antiques et du moyen âge. Ce mariage, dont on me parlait alors pour la première fois, dérangeait tous mes plans.

Je vais être un trouble-fête, me dis-je. Mais j'étais attendu; annoncé par M. de P., il fallait bien me présenter.

«Gageons, monsieur, me dit mon guide, comme nous étions déjà dans la plaine, gageons un cigare que je devine ce que vous allez faire chez M. de Peyrehorade?

—Mais, répondis-je en lui tendant un cigare, cela n'est pas bien difficile à deviner. À l'heure qu'il est, quand on a fait six lieues dans le Canigou, la grande affaire, c'est de souper.

—Oui, mais demain?... Tenez, je parierais que vous venez à Ille pour voir l'idole? j'ai deviné cela à vous voir tirer en portrait les saints de Serrabona.

---

[1] «Que la statue, disais-je, soit favorable et bienveillante, puisqu'elle ressemble tant à un homme»—Lucien, *L'Homme qui aime les mensonges*, chap. 19.
[2] La montagne la plus élevée des Pyrénées orientales.

—L'idole! quelle idole? Ce mot avait excité ma curiosité.
—Comment! on ne vous a pas conté, à Perpignan, comment M. de Peyrehorade avait trouvé une idole en terre?
—Vous voulez dire une statue en terre cuite, en argile?
—Non pas. Oui, bien en cuivre, il y en a de quoi faire des gros sous. Elle vous pèse autant qu'une cloche d'église. C'est bien avant dans la terre, au pied d'un olivier, que nous l'avons eue.
—Vous étiez donc présent à la découverte?
—Oui, monsieur. M. de Peyrehorade nous dit, il y a quinze jours, à Jean Coll et à moi, de déraciner un vieil olivier qui était gelé de l'année dernière, car elle a été bien mauvaise, comme vous savez. Voilà donc qu'en travaillant Jean Coll qui y allait de tout cœur, il donne un coup de pioche, et j'entends bimm... comme s'il avait tapé sur une cloche. Qu'est-ce que c'est? que je dis. Nous piochons toujours, nous piochons, et voilà qu'il paraît une main noire, qui semblait la main d'un mort qui sortait de terre. Moi, la peur me prend. Je m'en vais à monsieur, et je lui dis:
—Des morts, notre maître, qui sont sous l'olivier! Faut appeler le curé. —Quels morts? qu'il me dit. Il vient, et il n'a pas plus tôt vu la main qu'il s'écrie: —Un antique! un antique! —Vous auriez cru qu'il avait trouvé un trésor. Et voilà, avec la pioche, avec les mains, qui se démène et qui faisait quasiment autant d'ouvrage que nous deux.
—Et enfin que trouvâtes-vous?
—Une grande femme noire plus qu'à moitié nue, révérence parler[3], monsieur, toute en cuivre, et M. de Peyrehorade nous a dit que c'était une idole du temps des païens... du temps de Charlemagne, quoi!
—Je vois ce que c'est... Quelque bonne Vierge en bronze d'un couvent détruit.
—Une bonne Vierge! ah bien oui!... Je l'aurais bien reconnue, si ç'avait été une bonne Vierge. C'est une idole, vous dis-je; on le voit bien à son air. Elle vous fixe avec ses grands yeux blancs... On dirait qu'elle vous dévisage. On baisse les yeux, oui, en la regardant.
—Des yeux blancs? Sans doute ils sont incrustés dans le bronze. Ce sera peut-être quelque statue romaine.
—Romaine! c'est cela. M. de Peyrehorade dit que c'est une Romaine. Ah! je vois bien que vous êtes un savant comme lui.
—Est-elle entière, bien conservée?
—Oh! monsieur, il ne lui manque rien. C'est encore plus beau et mieux fini que le buste de Louis-Philippe, qui est à la mairie, en plâtre peint. Mais avec tout cela, la figure de cette idole ne me revient pas. Elle a l'air méchante... et elle l'est aussi.
—Méchante! Quelle méchanceté vous a-t-elle faite?
—Pas à moi précisément; mais vous allez voir. Nous nous étions mis à quatre pour la dresser debout, et M. de Peyrehorade, qui lui aussi tirait à la corde,

[3] Pour s'excuser d'une parole un peu libre.

bien qu'il n'ait guère plus de force qu'un poulet, le digne homme! Avec bien de la peine nous la mettons droite. J'amassais un tuileau pour la caler, quand, patatras! la voilà qui tombe à la renverse tout d'une masse. Je dis: Gare dessous! Pas assez vite pourtant, car Jean Coll n'a pas eu le temps de tirer sa jambe...

—Et il a été blessé?

—Cassée net comme un échalas, sa pauvre jambe. Pécaïre![4] quand j'ai vu cela, moi, j'étais furieux. Je voulais défoncer l'idole à coups de pioche, mais M. de Peyrehorade m'a retenu. Il a donné de l'argent à Jean Coll, qui tout de même est encore au lit depuis quinze jours que cela lui est arrivé, et le médecin dit qu'il ne marchera jamais de cette jambe-là comme de l'autre. C'est dommage, lui qui était notre meilleur coureur et, après monsieur le fils, le plus malin joueur de paume. C'est que M. Alphonse de Peyrehorade en a été triste, car c'est Coll qui faisait sa partie. Voilà qui était beau à voir comme ils se renvoyaient les balles. Paf! paf! Jamais elles ne touchaient terre.»

Devisant de la sorte, nous entrâmes à Ille, et je me trouvai bientôt en présence de M. de Peyrehorade. C'était un petit vieillard vert encore et dispos, poudré, le nez rouge, l'air jovial et goguenard. Avant d'avoir ouvert la lettre de M. de P., il m'avait installé devant une table bien servie, et m'avait présenté à sa femme et à son fils comme un archéologue illustre, qui devait tirer le Roussillon de l'oubli où le laissait l'indifférence des savants.

Tout en mangeant de bon appétit, car rien ne dispose mieux que l'air vif des montagnes, j'examinais mes hôtes. J'ai dit un mot de M. de Peyrehorade; je dois ajouter que c'était la vivacité même. Il parlait, mangeait, se levait, courait à sa bibliothèque, m'apportait des livres, me montrait des estampes, me versait à boire; il n'était jamais deux minutes en repos. Sa femme, un peu trop grasse, comme la plupart des *Catalanes* lorsqu'elles ont passé quarante ans, me parut une provinciale renforcée, uniquement occupée des soins de son ménage. Bien que le souper fût suffisant pour six personnes au moins, elle courut à la cuisine, fit tuer des pigeons, frire des miliasses[5], ouvrit je ne sais combien de pots de confitures. En un instant la table fut encombrée de plats et de bouteilles, et je serais certainement mort d'indigestion si j'avais goûté seulement à tout ce qu'on m'offrait. Cependant, à chaque plat que je refusais, c'étaient de nouvelles excuses. On craignait que je ne me trouvasse bien mal à Ille. Dans la province on a si peu de ressources et les Parisiens sont si difficiles!

Au milieu des allées et venues de ses parents, M. Alphonse de Peyrehorade ne bougeait pas plus qu'un Terme[6]. C'était un grand jeune homme de vingt-six ans, d'une physionomie belle et régulière, mais manquant d'expression. Sa taille et ses formes athlétiques justifiaient bien la réputation d'infatigable joueur de paume qu'on lui faisait dans le pays. Il était ce soir-là habillé avec élégance, exactement d'après la gravure du dernier numéro du Journal des modes. Mais il me semblait gêné dans ses vêtements; il était roide comme un piquet dans son col de velours, et

[4]Exclamation provençale qui exprime commisération.
[5]Gâteaux de farine de maïs.
[6]Divinité romaine primitive représentant la fixité, identifiée aux bornes des champs.

ne se tournait que tout d'une pièce. Ses mains grosses et hâlées, ses ongles courts, contrastaient singulièrement avec son costume. C'étaient des mains de laboureur sortant des manches d'un dandy. D'ailleurs, bien qu'il me considérât de la tête aux pieds fort curieusement, en ma qualité de Parisien, il ne m'adressa qu'une seule fois la parole dans toute la soirée, ce fut pour me demander où j'avais acheté la chaîne de ma montre.

«Ah çà! mon cher hôte, me dit M. de Peyrehorade, le souper tirant à sa fin, vous m'appartenez, vous êtes chez moi. Je ne vous lâche plus, sinon quand vous aurez vu tout ce que nous avons de curieux dans nos montagnes. Il faut que vous appreniez à connaître notre Roussillon, et que vous lui rendiez justice. Vous ne vous doutez pas de tout ce que nous allons vous montrer. Monuments phéniciens, celtiques, romains, arabes, byzantins, vous verrez tout, depuis le cèdre jusqu'à l'hysope. Je vous mènerai partout et ne vous ferai pas grâce d'une brique.»

Un accès de toux l'obligea de s'arrêter. J'en profitai pour lui dire que je serais désolé de le déranger dans une circonstance aussi intéressante pour sa famille. S'il voulait bien me donner ses excellents conseils sur les excursions que j'aurais à faire, je pourrais, sans qu'il prît la peine de m'accompagner...

«Ah! vous voulez parler du mariage de ce garçon-là, s'écria-t-il en m'interrompant. Bagatelle! ce sera fait après-demain. Vous ferez la noce avec nous, en famille, car la future est en deuil d'une tante dont elle hérite. Ainsi point de fête, point de bal... C'est dommage... vous auriez vu danser nos Catalanes... Elles sont jolies, et peut-être l'envie vous aurait-elle pris d'imiter mon Alphonse. Un mariage, dit-on, en amène d'autres... Samedi, les jeunes gens mariés, je suis libre, et nous nous mettons en course. Je vous demande pardon de vous donner l'ennui d'une noce de province. Pour un Parisien blasé sur les fêtes... et une noce sans bal encore! Pourtant, vous verrez une mariée... une mariée.. vous m'en direz des nouvelles... Mais vous êtes un homme grave et vous ne regardez plus les femmes. J'ai mieux que cela à vous montrer. Je vous ferai voir quelque chose!... Je vous réserve une fière surprise pour demain.

—Mon Dieu! lui dis-je, il est difficile d'avoir un trésor dans sa maison sans que le public en soit instruit. Je crois deviner la surprise que vous me préparez. Mais si c'est de votre statue qu'il s'agit, la description que mon guide m'en a faite n'a servi qu'à exciter ma curiosité et à me disposer à l'admiration.

—Ah! il vous a parlé de l'idole, car c'est ainsi qu'ils appellent ma belle Vénus[7] Tur... mais je ne veux rien vous dire. Demain, au grand jour, vous la verrez, et vous me direz si j'ai raison de la croire un chef-d'œuvre. Parbleu! vous ne pouviez arriver plus à propos! Il y a des inscriptions que moi, pauvre ignorant, j'explique à ma manière... mais un savant de Paris!... Vous vous moquerez peut-être de mon interprétation... car j'ai fait un mémoire... moi qui vous parle... vieil antiquaire de province, je me suis lancé... Je veux faire gémir la presse... Si vous vouliez bien me lire et me corriger, je pourrais espérer... Par exemple, je suis bien

[7]Vénus est la déesse romaine de l'amour, de la séduction et de la beauté, qualités qui sont souvent teintées de malice. Elle est l'équivalent de la grecque Aphrodite. Selon les Alchimistes elle représente le cuivre.

curieux de savoir comment vous traduirez cette inscription sur le socle: CAVE... Mais je ne veux rien vous demander encore! À demain, à demain! Pas un mot sur la Vénus aujourd'hui!
—Tu as raison, Peyrehorade, dit sa femme, de laisser là ton idole. Tu devrais voir que tu empêches monsieur de manger. Va, monsieur a vu à Paris de bien plus belles statues que la tienne. Aux Tuileries, il y en a des douzaines, et en bronze aussi.
—Voilà bien l'ignorance, la sainte ignorance de la province! interrompit M. de Peyrehorade. Comparer un antique admirable aux plates figures de Coustou![8]

> Comme avec irrévérence
> Parle des dieux ma ménagère![9]

—Savez-vous que ma femme voulait que je fondisse ma statue pour en faire une cloche à notre église. C'est qu'elle en eût été la marraine. Un chef-d'œuvre de Myron[10], monsieur!
—Chef-d'œuvre, chef-d'œuvre! un beau chef-d'œuvre qu'elle a fait! casser la jambe d'un homme!
—Ma femme, vois-tu? dit M. de Peyrehorade d'un ton résolu, et tendant vers elle sa jambe droite dans un bas de soie chinée, si ma Vénus m'avait cassé cette jambe-là, je ne la regretterais pas.
—Bon Dieu! Peyrehorade, comment peux-tu dire cela! Heureusement que l'homme va mieux... Et encore je ne peux pas prendre sur moi de regarder la statue qui fait des malheurs comme celui-là. Pauvre Jean Coll!
—Blessé par Vénus, monsieur, dit M. de Peyrehorade riant d'un gros rire, blessé par Vénus, le maraud se plaint.

> Veneris nec præmia noris[11].

Qui n'a été blessé par Vénus?»
M. Alphonse, qui comprenait le français mieux que le latin, cligna de l'œil d'un air d'intelligence, et me regarda comme pour me demander: Et vous, Parisien, comprenez-vous?
Le souper finit. Il y avait une heure que je ne mangeais plus. J'étais fatigué, et je ne pouvais parvenir à cacher les fréquents bâillements qui m'échappaient. Madame de Peyrehorade s'en aperçut la première, et remarqua qu'il était temps d'aller dormir. Alors commencèrent de nouvelles excuses sur le mauvais gîte que j'allais avoir. Je ne serais pas comme à Paris. En province on est si mal! Il fallait de l'indulgence pour les Roussillonnais. J'avais beau protester qu'après une course

---

[8]Nicolas Coustou (1658-1733), auteur de plusieurs statues qui se trouvent au jardin des Tuileries.
[9]M. de Peyrehorade parodie deux vers de Molière en remplaçant «ce maraud» d'*Amphitryon* (2.2) avec «ma ménagère».
[10]Célèbre sculpteur grec du Ve siècle av. J.-C.
[11]«Tu ne connais pas les présents de Vénus»—Virgile, *Énéide* 4.33.

dans les montagnes une botte de paille me serait un coucher délicieux, on me priait toujours de pardonner à de pauvres campagnards s'ils ne me traitaient pas aussi bien qu'ils l'eussent désiré. Je montai enfin à la chambre qui m'était destinée, accompagné de M. de Peyrehorade. L'escalier, dont les marches supérieures étaient en bois, aboutissait au milieu d'un corridor, sur lequel donnaient plusieurs chambres.

«À droite, me dit mon hôte, c'est l'appartement que je destine à la future madame Alphonse. Votre chambre est au bout du corridor opposé. Vous sentez bien, ajouta-t-il d'un air qu'il voulait rendre fin, vous sentez bien qu'il faut isoler de nouveaux mariés. Vous êtes à un bout de la maison, eux à l'autre.»

Nous entrâmes dans une chambre bien meublée, où le premier objet sur lequel je portai la vue fut un lit long de sept pieds, large de six, et si haut qu'il fallait un escabeau pour s'y guinder[12]. Mon hôte m'ayant indiqué la position de la sonnette, et s'étant assuré par lui-même que le sucrier était plein, les flacons d'eau de Cologne dûment placés sur la toilette, après m'avoir demandé plusieurs fois si rien ne me manquait, me souhaita une bonne nuit et me laissa seul.

Les fenêtres étaient fermées. Avant de me déshabiller, j'en ouvris une pour respirer l'air frais de la nuit, délicieux après un long souper. En face était le Canigou, d'un aspect admirable en tout temps, mais qui me parut ce soir-là la plus belle montagne du monde, éclairé qu'il était par une lune resplendissante. Je demeurai quelques minutes à contempler sa silhouette merveilleuse, et j'allais fermer ma fenêtre, lorsque, baissant les yeux, j'aperçus la statue sur un piédestal à une vingtaine de toises de la maison. Elle était placée à l'angle d'une haie vive qui séparait un petit jardin d'un vaste carré parfaitement uni, qui, je l'appris plus tard, était le jeu de paume de la ville. Ce terrain, propriété de M. de Peyrehorade, avait été cédé par lui à la commune, sur les pressantes sollicitations de son fils.

À la distance où j'étais, il m'était difficile de distinguer l'attitude de la statue; je ne pouvais juger que de sa hauteur, qui me parut de six pieds environ. En ce moment, deux polissons de la ville passaient sur le jeu de paume, assez près de la haie, sifflant le joli air du Roussillon: *Montagnes régalades*. Ils s'arrêtèrent pour regarder la statue; un d'eux l'apostropha même à haute voix. Il parlait catalan; mais j'étais dans le Roussillon depuis assez longtemps pour pouvoir comprendre à peu près ce qu'il disait.

«Te voilà donc, coquine! (Le terme catalan était plus énergique.) Te voilà! disait-il. C'est donc toi qui as cassé la jambe à Jean Coll! Si tu étais à moi, je te casserais le cou.

—Bah! avec quoi? dit l'autre. Elle est de cuivre, et si dure qu'Étienne a cassé sa lime dessus, essayant de l'entamer. C'est du cuivre du temps des païens; c'est plus dur que je ne sais quoi.

—Si j'avais mon ciseau à froid (il paraît que c'était un apprenti serrurier), je lui ferais bientôt sauter ses grands yeux blancs, comme je tirerais une amande de sa coquille. Il y a pour plus de cent sous d'argent.

Ils firent quelques pas en s'éloignant.

---

[12] Pour s'y hisser.

—Il faut que je souhaite le bonsoir à l'idole», dit le plus grand des apprentis, s'arrêtant tout à coup.»

Il se baissa, et probablement ramassa une pierre. Je le vis déployer le bras, lancer quelque chose, et aussitôt un coup sonore retentit sur le bronze. Au même instant l'apprenti porta la main à sa tête en poussant un cri de douleur.

«Elle me l'a rejetée!» s'écria-t-il.

Et mes deux polissons prirent la fuite à toutes jambes. Il était évident que la pierre avait rebondi sur le métal, et avait puni ce drôle de l'outrage qu'il faisait à la déesse.

Je fermai la fenêtre en riant de bon cœur.

«Encore un Vandale puni par Vénus! Puissent tous les destructeurs de nos vieux monuments avoir ainsi la tête cassée!» Sur ce souhait charitable, je m'endormis.

Il était grand jour quand je me réveillai. Auprès de mon lit étaient, d'un côté, M. de Peyrehorade, en robe de chambre; de l'autre, un domestique envoyé par sa femme, une tasse de chocolat à la main.

«Allons, debout, Parisien! Voilà bien mes paresseux de la capitale! disait mon hôte pendant que je m'habillais à la hâte. Il est huit heures, et encore au lit! Je suis levé, moi, depuis six heures. Voilà trois fois que je monte; je me suis approché de votre porte sur la pointe du pied: personne, nul signe de vie. Cela vous fera mal de trop dormir à votre âge. Et ma Vénus que vous n'avez pas encore vue! Allons, prenez-moi vite cette tasse de chocolat de Barcelone... Vraie contrebande... Du chocolat comme on n'en a pas à Paris. Prenez des forces, car lorsque vous serez devant ma Vénus, on ne pourra plus vous en arracher.»

En cinq minutes je fus prêt, c'est-à-dire à moitié rasé, mal boutonné, et brûlé par le chocolat que j'avalai bouillant. Je descendis dans le jardin, et me trouvai devant une admirable statue.

C'était bien une Vénus, et d'une merveilleuse beauté. Elle avait le haut du corps nu, comme les anciens représentaient d'ordinaire les grandes divinités; la main droite, levée à la hauteur du sein, était tournée, la paume en dedans, le pouce et les deux premiers doigts étendus, les deux autres légèrement ployés. L'autre main, rapprochée de la hanche, soutenait la draperie qui couvrait la partie inférieure du corps. L'attitude de cette statue rappelait celle du Joueur de mourre[13] qu'on désigne, je ne sais trop pourquoi, sous le nom de Germanicus[14]. Peut-être avait-on voulu représenter la déesse jouant au jeu de mourre.

Quoi qu'il en soit, il est impossible de voir quelque chose de plus parfait que le corps de cette Vénus; rien de plus suave, de plus voluptueux que ses contours; rien de plus élégant et de plus noble que sa draperie. Je m'attendais à quelque ouvrage du Bas-Empire; je voyais un chef-d'œuvre du meilleur temps de la statuaire. Ce qui me frappait surtout, c'était l'exquise vérité des formes, en sorte qu'on aurait pu les croire moulées sur nature, si la nature produisait d'aussi parfaits modèles.

---

[13] Un jeu dans lequel les deux joueurs se montrent rapidement un certain nombre de doigts.
[14] Une statue d'homme signée Cléomènes, fils de Cléomènes, qui est maintenant au Louvre.

La chevelure, relevée sur le front, paraissait avoir été dorée autrefois. La tête, petite comme celle de presque toutes les statues grecques, était légèrement inclinée en avant. Quant à la figure, jamais je ne parviendrai à exprimer son caractère étrange, et dont le type ne se rapprochait de celui d'aucune statue antique dont il me souvienne. Ce n'était point cette beauté calme et sévère des sculpteurs grecs, qui, par système, donnaient à tous les traits une majestueuse immobilité. Ici, au contraire, j'observais avec surprise l'intention marquée de l'artiste de rendre la malice arrivant jusqu'à la méchanceté. Tous les traits étaient contractés légèrement: les yeux un peu obliques, la bouche relevée des coins, les narines quelque peu gonflées. Dédain, ironie, cruauté, se lisaient sur ce visage d'une incroyable beauté cependant. En vérité, plus on regardait cette admirable statue, et plus on éprouvait le sentiment pénible qu'une si merveilleuse beauté pût s'allier à l'absence de toute sensibilité.

«Si le modèle a jamais existé, dis-je à M. de Peyrehorade, et je doute que le ciel ait jamais produit une telle femme, que je plains ses amants! Elle a dû se complaire à les faire mourir de désespoir. Il y a dans son expression quelque chose de féroce, et pourtant je n'ai jamais vu rien de si beau.

—C'est Vénus tout entière à sa proie attachée!»[15] s'écria M. de Peyrehorade, satisfait de mon enthousiasme.

Cette expression d'ironie infernale était augmentée peut-être par le contraste de ses yeux incrustés d'argent et très brillants avec la patine d'un vert noirâtre que le temps avait donnée à toute la statue. Ces yeux brillants produisaient une certaine illusion qui rappelait la réalité, la vie. Je me souvins de ce que m'avait dit mon guide, qu'elle faisait baisser les yeux à ceux qui la regardaient. Cela était presque vrai, et je ne pus me défendre d'un mouvement de colère contre moi-même en me sentant un peu mal à mon aise devant cette figure de bronze.

«Maintenant que vous avez tout admiré en détail, mon cher collègue en antiquaillerie, dit mon hôte, ouvrons, s'il vous plaît, une conférence scientifique. Que dites-vous de cette inscription, à laquelle vous n'avez point pris garde encore?»

Il me montrait le socle de la statue, et j'y lus ces mots:

CAVE AMANTEM

«*Quid dicis, doctissime?*[16] me demanda-t-il en se frottant les mains. Voyons si nous nous rencontrerons sur le sens de ce *cave amantem*!

—Mais, répondis-je, il y a deux sens. On peut traduire: «Prends garde à celui qui t'aime, défie-toi des amants.» Mais, dans ce sens, je ne sais si *cave amantem* serait d'une bonne latinité. En voyant l'expression diabolique de la dame, je croirais plutôt que l'artiste a voulu mettre en garde le spectateur contre cette terrible beauté. Je traduirais donc: «Prends garde à toi si *elle* t'aime.»

—Humph! dit M. de Peyrehorade, oui, c'est un sens admirable; mais, ne vous en déplaise, je préfère la première traduction, que je développerai pourtant. Vous connaissez l'amant de Vénus?

[15]Racine, *Phèdre* 1.3.306.
[16]«Que dites-vous, très savant docteur».

—Il y en a plusieurs.

—Oui, mais le premier, c'est Vulcain. N'a-t-on pas voulu dire: "Malgré toute ta beauté, ton air dédaigneux, tu auras un forgeron, un vilain boiteux pour amant?" Leçon profonde, monsieur, pour les coquettes!

Je ne pus m'empêcher de sourire, tant l'explication me parut tirée par les cheveux.

—C'est une terrible langue que le latin avec sa concision, observai-je pour éviter de contredire formellement mon antiquaire», et je reculai de quelques pas afin de mieux contempler la statue.

—Un instant, collègue! dit M. de Peyrehorade, en m'arrêtant par le bras, vous n'avez pas tout vu. Il y a encore une autre inscription. Montez sur le socle et regardez au bras droit.» En parlant ainsi il m'aidait à monter.

Je m'accrochai sans trop de façons au cou de la Vénus, avec laquelle je commençais à me familiariser. Je la regardai même un instant sous le nez, et la trouvai de près encore plus méchante et encore plus belle. Puis je reconnus qu'il y avait, gravés sur le bras, quelques caractères d'écriture cursive antique, à ce qu'il me sembla. À grand renfort de besicles j'épelai ce qui suit, et cependant M. de Peyrehorade répétait chaque mot à mesure que je le prononçais, approuvant du geste et de la voix. Je lus donc:

VENERI TVRBVL...
EVTYCHES MYRO
IMPERIO FECIT.

Après ce mot TVRBVL de la première ligne, il me sembla qu'il y avait quelques lettres effacées; mais TVRBVL était parfaitement lisible.

«Ce qui veut dire?... me demanda mon hôte radieux et souriant avec malice, car il pensait bien que je ne me tirerais pas facilement de ce TVRBVL.

—Il y a un mot que je ne m'explique pas encore, lui dis-je; tout le reste est facile. Eutychès Myron a fait cette offrande à Vénus par son ordre.

—À merveille. Mais TVRBVL, qu'en faites-vous? Qu'est-ce que TVRBVL?

—TVRBVL m'embarrasse fort. Je cherche en vain quelque épithète connue de Vénus qui puisse m'aider. Voyons, que diriez-vous de TVRBVLENTA? Vénus qui trouble, qui agite... Vous vous apercevrez que je suis toujours préoccupé de son expression méchante. TVRBVLENTA, ce n'est point une trop mauvaise épithète pour Vénus, ajoutai-je d'un ton modeste, car je n'étais pas moi-même fort satisfait de mon explication.

—Vénus turbulente! Vénus la tapageuse! Ah! vous croyez donc que ma Vénus est une Vénus de cabaret? Point du tout, monsieur; c'est une Vénus de bonne compagnie. Mais je vais vous expliquer ce TVRBVL... Au moins vous me promettez de ne point divulguer ma découverte avant l'impression de mon mémoire. C'est que, voyez-vous, je m'en fais gloire, de cette trouvaille-là... Il faut bien que vous nous laissiez quelques épis à glaner, à nous autres pauvres diables de provinciaux. Vous êtes si riches, messieurs les savants de Paris!

Du haut du piédestal, où j'étais toujours perché, je lui promis solennellement que je n'aurais jamais l'indignité de lui voler sa découverte.

—TVRBVL..., monsieur, dit-il en se rapprochant et baissant la voix de peur qu'un autre que moi ne pût l'entendre, lisez TVRBVLNERÆ.

Je ne comprends pas davantage.

—Écoutez bien. À une lieue d'ici, au pied de la montagne, il y a un village qui s'appelle Boulternère. C'est une corruption du mot latin TVRBVLNERA. Rien de plus commun que ces inversions. Boulternère, monsieur, a été une ville romaine. Je m'en étais toujours douté, mais jamais je n'en avais eu la preuve. La preuve, la voilà. Cette Vénus était la divinité topique de la cité de Boulternère; et ce mot de Boulternère, que je viens de démontrer d'origine antique, prouve une chose bien plus curieuse, c'est que Boulternère, avant d'être une ville romaine, a été une ville phénicienne!

Il s'arrêta un moment pour respirer et jouir de ma surprise. Je parvins à réprimer une forte envie de rire.

—En effet, poursuivit-il, TVRBVLNERA est pur phénicien, TVR, prononcez TOUR... TOUR et SOUR même mot, n'est-ce pas? SOUR est le nom phénicien de Tyr; je n'ai pas besoin de vous en rappeler le sens. BVL, c'est Baal; Bâl, Bel, Bul[17], légères différences de prononciation. Quant à NERA, cela me donne un peu de peine. Je suis tenté de croire, faute de trouver un mot phénicien, que cela vient du grec νηρὸς, humide, marécageux. Ce serait donc un mot hybride. Pour justifier νηρὸς, je vous montrerai à Boulternère comment les ruisseaux de la montagne y forment des mares infectes. D'autre part, la terminaison NERA aurait pu être ajoutée beaucoup plus tard en l'honneur de Nera Pivesuvia, femme de Tétricus, laquelle aurait fait quelque bien à la cité de Turbul. Mais, à cause des mares, je préfère l'étymologie de νηρὸς.

Il prit une prise de tabac d'un air satisfait.

—Mais laissons les Phéniciens, et revenons à l'inscription. Je traduis donc: "À Vénus de Boulternère Myron dédie par son ordre cette statue, son ouvrage".

Je me gardai bien de critiquer son étymologie, mais je voulus à mon tour faire preuve de pénétration, et je lui dis: —Halte-là, monsieur. Myron a consacré quelque chose, mais je ne vois nullement que ce soit cette statue.

—Comment! s'écria-t-il, Myron n'était-il pas un fameux sculpteur grec? Le talent se sera perpétué dans sa famille: c'est un de ses descendants qui aura fait cette statue. Il n'y a rien de plus sûr.

—Mais, répliquai-je, je vois sur le bras un petit trou. Je pense qu'il a servi à fixer quelque chose, un bracelet, par exemple, que ce Myron donna à Vénus en offrande expiatoire. Myron était un amant malheureux. Vénus était irritée contre lui: il l'apaisa en lui consacrant un bracelet d'or. Remarquez que *fecit* se prend fort souvent pour *consecravit*. Ce sont termes synonymes. Je vous en montrerais plus d'un exemple si j'avais sous la main Gruter ou bien Orelli[18]. Il est naturel qu'un amoureux voie Vénus en rêve, qu'il s'imagine qu'elle lui commande de donner

---

[17]Baal, Bel, etc. était le dieu suprême des Phéniciens.

un bracelet d'or à sa statue. Myron lui consacra un bracelet... Puis les barbares ou bien quelque voleur sacrilège...

—Ah! qu'on voit bien que vous avez fait des romans! s'écria mon hôte en me donnant la main pour descendre. Non, monsieur, c'est un ouvrage de l'école de Myron. Regardez seulement le travail, et vous en conviendrez.

M'étant fait une loi de ne jamais contredire à outrance les antiquaires entêtés, je baissai la tête d'un air convaincu en disant: —C'est un admirable morceau.

—Ah! mon Dieu, s'écria M. de Peyrehorade, encore un trait de vandalisme! On aura jeté une pierre à ma statue!»

Il venait d'apercevoir une marque blanche un peu au-dessus du sein de la Vénus. Je remarquai une trace semblable sur les doigts de la main droite, qui, je le supposai alors, avaient été touchés dans le trajet de la pierre, ou bien un fragment s'en était détaché par le choc et avait ricoché sur la main. Je contai à mon hôte l'insulte dont j'avais été témoin et la prompte punition qui s'en était suivie. Il en rit beaucoup, et, comparant l'apprenti à Diomède, il lui souhaita de voir, comme le héros grec, tous ses compagnons changés en oiseaux blancs[19].

La cloche du déjeuner interrompit cet entretien classique, et, de même que la veille, je fus obligé de manger comme quatre. Puis vinrent des fermiers de M. de Peyrehorade; et pendant qu'il leur donnait audience, son fils me mena voir une calèche qu'il avait achetée à Toulouse pour sa fiancée, et que j'admirai, cela va sans dire. Ensuite j'entrai avec lui dans l'écurie, où il me tint une demi-heure à me vanter ses chevaux, à me faire leur généalogie, à me conter les prix qu'ils avaient gagnés aux courses du département. Enfin il en vint à me parler de sa future, par la transition d'une jument grise qu'il lui destinait.

«Nous la verrons aujourd'hui, dit-il. Je ne sais si vous la trouverez jolie. Vous êtes difficiles, à Paris; mais tout le monde, ici et à Perpignan, la trouve charmante. Le bon, c'est qu'elle est fort riche. Sa tante de Prades lui a laissé son bien. Oh! je vais être fort heureux.

Je fus profondément choqué de voir un jeune homme paraître plus touché de la dot que des beaux yeux de sa future.

—Vous vous connaissez en bijoux, poursuivit M. Alphonse, comment trouvez-vous ceci? Voici l'anneau que je lui donnerai demain.»

En parlant ainsi, il tirait de la première phalange de son petit doigt une grosse bague enrichie de diamants, et formée de deux mains entrelacées; allusion qui me parut infiniment poétique. Le travail en était ancien, mais je jugeai qu'on l'avait retouchée pour enchâsser les diamants. Dans l'intérieur de la bague se lisaient ces mots en lettres gothiques: *Sempr' ab ti*, c'est-à-dire toujours avec toi.

«C'est une jolie bague, lui dis-je; mais ces diamants ajoutés lui ont fait perdre un peu de son caractère.

---

[18]Philologues férus d'épigraphie.
[19]Diomède, héros grec et roi d'Argos aurait blessé Vénus pendant la guerre de Troie. Celle-ci, pour se venger, aurait changé ses compagnons en oiseaux blancs—cf. Ovide, *Métamorphoses* 14.484-510.

—Oh! elle est bien plus belle comme cela, répondit-il en souriant. Il y a là pour douze cents francs de diamants. C'est ma mère qui me l'a donnée. C'était une bague de famille, très ancienne... du temps de la chevalerie. Elle avait servi à ma grand-mère, qui la tenait de la sienne. Dieu sait quand cela a été fait.

—L'usage à Paris, lui dis-je, est de donner un anneau tout simple, ordinairement composé de deux métaux différents, comme de l'or et du platine. Tenez, cette autre bague, que vous avez à ce doigt, serait fort convenable. Celle-ci, avec ses diamants et ses mains en relief, est si grosse, qu'on ne pourrait mettre un gant par-dessus.

—Oh! madame Alphonse s'arrangera comme elle voudra. Je crois qu'elle sera toujours bien contente de l'avoir. Douze cents francs au doigt, c'est agréable. Cette petite bague-là, ajouta-t-il en regardant d'un air de satisfaction l'anneau tout uni qu'il portait à la main, celle-là, c'est une femme à Paris qui me l'a donnée un jour de mardi gras. Ah! comme je m'en suis donné quand j'étais à Paris, il y a deux ans! C'est là qu'on s'amuse!...» Et il soupira de regret.

Nous devions dîner ce jour-là à Puygarrig, chez les parents de la future; nous montâmes en calèche, et nous nous rendîmes au château, éloigné d'Ille d'environ une lieue et demie. Je fus présenté et accueilli comme l'ami de la famille. Je ne parlerai pas du dîner ni de la conversation qui s'ensuivit, et à laquelle je pris peu de part. M. Alphonse, placé à côté de sa future, lui disait un mot à l'oreille tous les quarts d'heure. Pour elle, elle ne levait guère les yeux, et, chaque fois que son prétendu lui parlait, elle rougissait avec modestie mais lui répondait sans embarras.

Mademoiselle de Puygarrig avait dix-huit ans; sa taille souple et délicate contrastait avec les formes osseuses de son robuste fiancé. Elle était non seulement belle, mais séduisante. J'admirais le naturel parfait de toutes ses réponses; et son air de bonté, qui pourtant n'était pas exempt d'une légère teinte de malice, me rappela, malgré moi, la Vénus de mon hôte. Dans cette comparaison que je fis en moi-même, je me demandais si la supériorité de beauté qu'il fallait bien accorder à la statue ne tenait pas, en grande partie, à son expression de tigresse; car l'énergie, même dans les mauvaises passions, excite toujours en nous un étonnement et une espèce d'admiration involontaire.

«Quel dommage, me dis-je en quittant Puygarrig qu'une si aimable personne soit riche, et que sa dot la fasse rechercher par un homme indigne d'elle!»

En revenant à Ille, et ne sachant trop que dire à madame de Peyrehorade, à qui je croyais convenable d'adresser quelquefois la parole:

«Vous êtes bien esprits forts en Roussillon! m'écriai-je; comment, madame, vous faites un mariage un vendredi! À Paris nous aurions plus de superstition; personne n'oserait prendre femme un tel jour[20].

—Mon Dieu! ne m'en parlez pas, me dit-elle, si cela n'avait dépendu que de moi, certes on eût choisi un autre jour. Mais Peyrehorade l'a voulu, et il a fallu lui

---

[20]Les gens associent ce jour à des références opposées, selon les époques. L'antiquité gréco-latine vouait le vendredi à la déesse de l'amour et de la fertilité, Vénus. Ce symbolisme fut effacé par le christianisme. Le vendredi, jour de la Passion du Christ, devint un jour consacré au jeûne et à la pénitence, donc pour les superstitieux un jour maléfique.

céder. Cela me fait de la peine pourtant. S'il arrivait quelque malheur? Il faut bien qu'il y ait une raison, car enfin pourquoi tout le monde a-t-il peur du vendredi?

—Vendredi! s'écria son mari, c'est le jour de Vénus. Bon jour pour un mariage! Vous le voyez, mon cher collègue, je ne pense qu'à ma Vénus. D'honneur! c'est à cause d'elle que j'ai choisi le vendredi. Demain, si vous voulez, avant la noce, nous lui ferons un petit sacrifice; nous sacrifierons deux palombes, et si je savais où trouver de l'encens...

—Fi donc, Peyrehorade! interrompit sa femme scandalisée au dernier point. Encenser une idole! Ce serait une abomination! Que dirait-on de nous dans le pays?

—Au moins, dit M. de Peyrehorade, tu me permettras de lui mettre sur la tête une couronne de roses et de lis:

Manibus date lilia plenis[21].

Vous le voyez, monsieur, la charte est un vain mot[22]. Nous n'avons pas la liberté des cultes!»

Les arrangements du lendemain furent réglés de la manière suivante. Tout le monde devait être prêt et en toilette à dix heures précises. Le chocolat pris, on se rendrait en voiture à Puygarrig. Le mariage civil devait se faire à la mairie du village, et la cérémonie religieuse dans la chapelle du château. Viendrait ensuite un déjeuner. Après le déjeuner on passerait le temps comme l'on pourrait jusqu'à sept heures. À sept heures, on retournerait à Ille, chez M. de Peyrehorade, où devaient souper les deux familles réunies. Le reste s'ensuit naturellement. Ne pouvant danser, on avait voulu manger le plus possible.

Dès huit heures j'étais assis devant la Vénus, un crayon à la main, recommençant pour la vingtième fois la tête de la statue, sans pouvoir parvenir à en saisir l'expression. M. de Peyrehorade allait et venait autour de moi, me donnait des conseils, me répétait ses étymologies phéniciennes; puis disposait des roses du Bengale sur le piédestal de la statue, et d'un ton tragi-comique lui adressait des vœux pour le couple qui allait vivre sous son toit. Vers neuf heures il rentra pour songer à sa toilette, et en même temps parut M. Alphonse, bien serré dans un habit neuf, en gants blancs, souliers vernis, boutons ciselés, une rose à la boutonnière.

«Vous ferez le portrait de ma femme? me dit-il en se penchant sur mon dessin. Elle est jolie aussi.»

En ce moment commençait, sur le jeu de paume dont j'ai parlé, une partie qui, sur-le-champ, attira l'attention de M. Alphonse. Et moi, fatigué, et désespérant de rendre cette diabolique figure, je quittai bientôt mon dessin pour regarder les joueurs. Il y avait parmi eux quelques muletiers espagnols arrivés de la veille. C'étaient des Aragonais et des Navarrois, presque tous d'une adresse merveilleuse. Aussi les Illois, bien qu'encouragés par la présence et les conseils de M. Alphonse, furent-ils assez promptement battus par ces nouveaux champions. Les spectateurs nationaux

[21]«Répandez des lis à pleines mains»—Virgile, *Énéide* 6.883.
[22]Selon *La Charte constitutionnelle* de Louis XVIII du 4 juin 1814, chacun est libre de professer sa religion.

étaient consternés. M. Alphonse regarda à sa montre. Il n'était que neuf heures et demie. Sa mère n'était pas coiffée. Il n'hésita plus: il ôta son habit, demanda une veste, et défia les Espagnols. Je le regardais faire en souriant, et un peu surpris.

«Il faut soutenir l'honneur du pays», dit-il.

Alors je le trouvai vraiment beau. Il était passionné. Sa toilette, qui l'occupait si fort tout à l'heure, n'était plus rien pour lui. Quelques minutes avant il eût craint de tourner la tête de peur de déranger sa cravate. Maintenant il ne pensait plus à ses cheveux frisés ni à son jabot si bien plissé. Et sa fiancée?... Ma foi, si cela eût été nécessaire, il aurait, je crois, fait ajourner le mariage. Je le vis chausser à la hâte une paire de sandales, retrousser ses manches, et, d'un air assuré, se mettre à la tête du parti vaincu, comme César ralliant ses soldats à Dyrrachium. Je sautai la haie, et me plaçai commodément à l'ombre d'un micocoulier[23], de façon à bien voir les deux camps.

Contre l'attente générale, M. Alphonse manqua la première balle; il est vrai qu'elle vint rasant la terre et lancée avec une force surprenante par un Aragonais qui paraissait être le chef des Espagnols.

C'était un homme d'une quarantaine d'années, sec et nerveux, haut de six pieds, et sa peau olivâtre avait une teinte presque aussi foncée que le bronze de la Vénus.

M. Alphonse jeta sa raquette à terre avec fureur.

«C'est cette maudite bague, s'écria-t-il, qui me serre le doigt, et me fait manquer une balle sûre!»

Il ôta, non sans peine, sa bague de diamants: je m'approchais pour la recevoir; mais il me prévint, courut à la Vénus, lui passa la bague au doigt annulaire, et reprit son poste à la tête des Illois.

Il était pâle, mais calme et résolu. Dès lors il ne fit plus une seule faute, et les Espagnols furent battus complètement. Ce fut un beau spectacle que l'enthousiasme des spectateurs: les uns poussaient mille cris de joie en jetant leurs bonnets en l'air; d'autres lui serraient les mains, l'appelant l'honneur du pays. S'il eût repoussé une invasion, je doute qu'il eût reçu des félicitations plus vives et plus sincères. Le chagrin des vaincus ajoutait encore à l'éclat de sa victoire.

«Nous ferons d'autres parties, mon brave, dit-il à l'Aragonais d'un ton de supériorité; mais je vous rendrai des points.»

J'aurais désiré que M. Alphonse fût plus modeste, et je fus presque peiné de l'humiliation de son rival.

Le géant espagnol ressentit profondément cette insulte. Je le vis pâlir sous sa peau basanée. Il regardait d'un air morne sa raquette en serrant les dents; puis, d'une voix étouffée, il dit tout bas: *Me lo pagarás*[24].

La voix de M. de Peyrehorade troubla le triomphe de son fils; mon hôte, fort étonné de ne point le trouver présidant aux apprêts de la calèche neuve, le fut bien plus encore en le voyant tout en sueur, la raquette à la main. M. Alphonse courut à

---

[23] Un arbre du Midi.
[24] «Tu me le paieras» en espagnol.

la maison, se lava la figure et les mains, remit son habit neuf et ses souliers vernis et cinq minutes après nous étions au grand trot sur la route de Puygarrig. Tous les joueurs de paume de la ville et grand nombre de spectateurs nous suivirent avec des cris de joie. À peine les chevaux vigoureux qui nous traînaient pouvaient-ils maintenir leur avance sur ces intrépides Catalans.

Nous étions à Puygarrig, et le cortège allait se mettre en marche pour la mairie, lorsque M. Alphonse, se frappant le front, me dit tout bas:

«Quelle brioche![25] J'ai oublié la bague! Elle est au doigt de la Vénus, que le diable puisse emporter! Ne le dites pas à ma mère au moins. Peut-être qu'elle ne s'apercevra de rien.

—Vous pourriez envoyer quelqu'un, lui dis-je.

—Bah! mon domestique est resté à Ille. Ceux-ci je ne m'y fie guère. Douze cents francs de diamants! cela pourrait en tenter plus d'un. D'ailleurs que penserait-on de ma distraction? Ils se moqueraient trop de moi. Ils m'appelleraient le mari de la statue... Pourvu qu'on ne me la vole pas! Heureusement que l'idole fait peur à mes coquins. Ils n'osent l'approcher à longueur de bras. Bah! ce n'est rien; j'ai une autre bague.»

Les deux cérémonies civile et religieuse s'accomplirent avec la pompe convenable, et mademoiselle de Puygarrig reçut l'anneau d'une modiste de Paris, sans se douter que son fiancé lui faisait le sacrifice d'un gage amoureux. Puis on se mit à table, où l'on but, mangea, chanta même, le tout fort longuement. Je souffrais pour la mariée de la grosse joie qui éclatait autour d'elle; pourtant elle faisait meilleure contenance que je ne l'aurais espéré, et son embarras n'était ni de la gaucherie ni de l'affectation.

Peut-être le courage vient-il avec les situations difficiles.

Le déjeuner terminé quand il plut à Dieu, il était quatre heures; les hommes allèrent se promener dans le parc, qui était magnifique, ou regardèrent danser sur la pelouse du château les paysannes de Puygarrig, parées de leurs habits de fête. De la sorte, nous employâmes quelques heures. Cependant les femmes étaient fort empressées autour de la mariée, qui leur faisait admirer sa corbeille. Puis elle changea de toilette, et je remarquai qu'elle couvrit ses beaux cheveux d'un bonnet et d'un chapeau à plumes, car les femmes n'ont rien de plus pressé que de prendre, aussitôt qu'elles le peuvent, les parures que l'usage leur défend de porter quand elles sont encore demoiselles.

Il était près de huit heures quand on se disposa à partir pour Ille. Mais d'abord eut lieu une scène pathétique. La tante de mademoiselle de Puygarrig, qui lui servait de mère, femme très âgée et fort dévote, ne devait point aller avec nous à la ville. Au départ, elle fit à sa nièce un sermon touchant sur ses devoirs d'épouse, duquel sermon résulta un torrent de larmes et des embrassements sans fin. M. de Peyrehorade comparait cette séparation à l'enlèvement des Sabines. Nous partîmes pourtant, et, pendant la route, chacun s'évertua pour distraire la mariée et la faire rire; mais ce fut en vain.

[25]Expression populaire avec le sens de «Quelle bévue!»

À Ille, le souper nous attendait, et quel souper! Si la grosse joie du matin m'avait choqué, je le fus bien davantage des équivoques et des plaisanteries dont le marié et la mariée surtout furent l'objet. Le marié, qui avait disparu un instant avant de se mettre à table, était pâle et d'un sérieux de glace. Il buvait à chaque instant du vieux vin de Collioure presque aussi fort que de l'eau-de-vie. J'étais à côté de lui, et me crus obligé de l'avertir:

«Prenez garde! on dit que le vin...

Je ne sais quelle sottise je lui dis pour me mettre à l'unisson des convives.

Il me poussa le genou, et très bas il me dit:

—Quand on se lèvera de table..., que je puisse vous dire deux mots.

Son ton solennel me surprit. Je le regardai plus attentivement, et je remarquai l'étrange altération de ses traits.

—Vous sentez-vous indisposé? lui demandai-je.

—Non.»

Et il se remit à boire.

Cependant, au milieu des cris et des battements de mains, un enfant de onze ans, qui s'était glissé sous la table, montrait aux assistants un joli ruban blanc et rose qu'il venait de détacher de la cheville de la mariée. On appelle cela sa jarretière. Elle fut aussitôt coupée par morceaux et distribuée aux jeunes gens, qui en ornèrent leur boutonnière, suivant un antique usage qui se conserve encore dans quelques familles patriarcales. Ce fut pour la mariée une occasion de rougir jusqu'au blanc des yeux... Mais son trouble fut au comble lorsque M. de Peyrehorade, ayant réclamé le silence, lui chanta quelques vers catalans, impromptu, disait-il. En voici le sens, si je l'ai bien compris:

«Qu'est-ce donc, mes amis? Le vin que j'ai bu me fait-il voir double? Il y a deux Vénus ici...

Le marié tourna brusquement la tête d'un air effaré, qui fit rire tout le monde.

—Oui, poursuivit M. de Peyrehorade, il y a deux Vénus sous mon toit. L'une, je l'ai trouvée dans la terre comme une truffe; l'autre, descendue des cieux, vient de nous partager sa ceinture.

Il voulait dire sa jarretière.

—Mon fils, choisis de la Vénus romaine ou de la catalane celle que tu préfères. Le maraud prend la catalane, et sa part est la meilleure. La romaine est noire, la catalane est blanche. La romaine est froide, la catalane enflamme tout ce qui l'approche.»

Cette chute excita un tel hourra, des applaudissements si bruyants et des rires si sonores, que je crus que le plafond allait nous tomber sur la tête. Autour de la table il n'y avait que trois visages sérieux, ceux des mariés et le mien. J'avais un grand mal de tête; et puis, je ne sais pourquoi, un mariage m'attriste toujours. Celui-là, en outre, me dégoûtait un peu.

Les derniers couplets ayant été chantés par l'adjoint du maire, et ils étaient fort lestes, je dois le dire, on passa dans le salon pour jouir du départ de la mariée, qui devait être bientôt conduite à sa chambre, car il était près de minuit.

M. Alphonse me tira dans l'embrasure d'une fenêtre, et me dit en détournant les yeux :
«Vous allez vous moquer de moi... Mais je ne sais ce que j'ai... je suis ensorcelé ! le diable m'emporte !»
La première pensée qui me vint fut qu'il se croyait menacé de quelque malheur du genre de ceux dont parlent Montaigne[26] et madame de Sévigné :
«Tout l'empire amoureux est plein d'histoires tragiques»[27], etc.
Je croyais que ces sortes d'accidents n'arrivaient qu'aux gens d'esprit, me dis-je à moi-même.
«Vous avez trop bu de vin de Collioure, mon cher monsieur Alphonse, lui dis-je. Je vous avais prévenu.
—Oui, peut-être. Mais c'est quelque chose de bien plus terrible.
Il avait la voix entrecoupée. Je le crus tout à fait ivre.
—Vous savez bien mon anneau ? poursuivit-il après un silence.
—Eh bien ! on l'a pris ?
—Non.
—En ce cas, vous l'avez ?
—Non... je... je ne puis l'ôter du doigt de cette diable de Vénus.
—Bon ! vous n'avez pas tiré assez fort.
—Si fait... Mais la Vénus... elle a serré le doigt.
Il me regardait fixement d'un air hagard, s'appuyant à l'espagnolette pour ne pas tomber.
—Quel conte ! lui dis-je. Vous avez trop enfoncé l'anneau. Demain vous l'aurez avec des tenailles. Mais prenez garde de gâter la statue.
—Non, vous dis-je. Le doigt de la Vénus est retiré, replié ; elle serre la main, m'entendez-vous ?... C'est ma femme, apparemment, puisque je lui ai donné mon anneau... Elle ne veut plus le rendre.
J'éprouvai un frisson subit, et j'eus un instant la chair de poule. Puis, un grand soupir qu'il fit m'envoya une bouffée de vin, et toute émotion disparut.
Le misérable, pensai-je, est complètement ivre.
—Vous êtes antiquaire, monsieur, ajouta le marié d'un ton lamentable ; vous connaissez ces statues-là... il y a peut-être quelque ressort, quelque diablerie, que je ne connais point... Si vous alliez voir ?
—Volontiers, dis-je. Venez avec moi.
—Non, j'aime mieux que vous y alliez seul.»
Je sortis du salon.
Le temps avait changé pendant le souper, et la pluie commençait à tomber avec force. J'allais demander un parapluie, lorsqu'une réflexion m'arrêta. Je serais un bien grand sot, me dis-je, d'aller vérifier ce que m'a dit un homme ivre ! Peut-être, d'ailleurs, a-t-il voulu me faire quelque méchante plaisanterie pour apprêter à

---

[26]Impuissance momentanée—cf. Montaigne, *Essais* 1.21.
[27]Mme de Sévigné, *Correspondance*, lettre à Mme de Grignan du 8 avril 1671.

rire à ces honnêtes provinciaux; et le moins qu'il puisse m'en arriver, c'est d'être trempé jusqu'aux os et d'attraper un bon rhume.

De la porte je jetai un coup d'œil sur la statue ruisselante d'eau, et je montai dans ma chambre sans rentrer dans le salon. Je me couchai; mais le sommeil fut long à venir. Toutes les scènes de la journée se représentaient à mon esprit. Je pensais à cette jeune fille si belle et si pure abandonnée à un ivrogne brutal. Quelle odieuse chose, me disais-je, qu'un mariage de convenance! Un maire revêt une écharpe tricolore, un curé une étole, et voilà la plus honnête fille du monde livrée au Minotaure! Deux êtres qui ne s'aiment pas, que peuvent-ils se dire dans un pareil moment, que deux amants achèteraient au prix de leur existence? Une femme peut-elle jamais aimer un homme qu'elle aura vu grossier une fois? Les premières impressions ne s'effacent pas, et j'en suis sûr, ce M. Alphonse méritera bien d'être haï...

Durant mon monologue, que j'abrège beaucoup, j'avais entendu force allées et venues dans la maison, les portes s'ouvrir et se fermer, des voitures partir; puis il me semblait avoir entendu sur l'escalier les pas légers de plusieurs femmes se dirigeant vers l'extrémité du corridor opposé à ma chambre. C'était probablement le cortège de la mariée qu'on menait au lit. Ensuite on avait redescendu l'escalier. La porte de madame de Peyrehorade s'était fermée. Que cette pauvre fille, me dis-je, doit être troublée et mal à l'aise! Je me tournais dans mon lit de mauvaise humeur. Un garçon joue un sot rôle dans une maison où s'accomplit un mariage.

Le silence régnait depuis quelque temps lorsqu'il fut troublé par des pas lourds qui montaient l'escalier. Les marches de bois craquèrent fortement.

«Quel butor! m'écriai-je. Je parie qu'il va tomber dans l'escalier.»

Tout redevint tranquille. Je pris un livre pour changer le cours de mes idées. C'était une statistique du département, ornée d'un mémoire de M. de Peyrehorade sur les monuments druidiques de l'arrondissement de Prades. Je m'assoupis à la troisième page.

Je dormis mal et me réveillai plusieurs fois. Il pouvait être cinq heures du matin, et j'étais éveillé depuis plus de vingt minutes lorsque le coq chanta. Le jour allait se lever. Alors j'entendis distinctement les mêmes pas lourds, le même craquement de l'escalier que j'avais entendus avant de m'endormir. Cela me parut singulier. J'essayai, en bâillant, de deviner pourquoi M. Alphonse se levait si matin. Je n'imaginais rien de vraisemblable. J'allais refermer les yeux lorsque mon attention fut de nouveau excitée par des trépignements étranges auxquels se mêlèrent bientôt le tintement des sonnettes et le bruit de portes qui s'ouvraient avec fracas, puis je distinguai des cris confus.

Mon ivrogne aura mis le feu quelque part! pensais-je en sautant à bas de mon lit.

Je m'habillai rapidement et j'entrai dans le corridor. De l'extrémité opposée partaient des cris et des lamentations, et une voix déchirante dominait toutes les autres: «Mon fils, mon fils!» Il était évident qu'un malheur était arrivé à M. Alphonse. Je courus à la chambre nuptiale: elle était pleine de monde. Le premier spectacle qui frappa ma vue fut le jeune homme à demi-vêtu, étendu en travers sur le lit dont le bois était brisé. Il était livide, sans mouvement. Sa mère pleurait et criait à côté de lui. M. de Peyrehorade s'agitait, lui frottait les tempes avec de l'eau de Cologne, ou lui mettait des sels sous le nez. Hélas! depuis longtemps son fils était mort. Sur un canapé, à l'autre bout de la chambre, était la mariée, en proie à d'horribles convulsions. Elle poussait des cris inarticulés, et deux robustes servantes avaient toutes les peines du monde à la contenir.

«Mon Dieu! m'écriai-je, qu'est-il donc arrivé?»

Je m'approchai du lit et soulevai le corps du malheureux jeune homme; il était déjà raide et froid. Ses dents serrées et sa figure noircie exprimaient les plus affreuses angoisses. Il paraissait assez que sa mort avait été violente et son agonie terrible. Nulle trace de sang cependant sur ses habits. J'écartai sa chemise et vis sur sa poitrine une empreinte livide qui se prolongeait sur les côtes et le dos. On eût dit qu'il avait été étreint dans un cercle de fer. Mon pied posa sur quelque chose de dur qui se trouvait sur le tapis; je me baissai et vis la bague de diamants.

J'entraînai M. de Peyrehorade et sa femme dans leur chambre; puis j'y fis porter la mariée. «Vous avez encore une fille, leur dis-je, vous lui devez vos soins.» Alors je les laissai seuls.

Il ne me paraissait pas douteux que M. Alphonse n'eût été victime d'un assassinat dont les auteurs avaient trouvé moyen de s'introduire la nuit dans la chambre de la mariée. Ces meurtrissures à la poitrine, leur direction circulaire m'embarrassaient beaucoup pourtant, car un bâton ou une barre de fer n'aurait pu les produire. Tout d'un coup je me souvins d'avoir entendu dire qu'à Valence des braves se servaient de longs sacs de cuir remplis de sable fin pour assommer les gens dont on leur avait payé la mort. Aussitôt je me rappelai le muletier aragonais et sa menace; toutefois j'osais à peine penser qu'il eût tiré une si terrible vengeance d'une plaisanterie légère.

J'allais dans la maison, cherchant partout des traces d'effraction, et n'en trouvant nulle part. Je descendis dans le jardin pour voir si les assassins avaient pu s'introduire de ce côté; mais je ne trouvai aucun indice certain. La pluie de la veille avait d'ailleurs tellement détrempé le sol, qu'il n'aurait pu garder d'empreinte bien nette. J'observai pourtant quelques pas profondément imprimés dans la terre; il y en avait dans deux directions contraires, mais sur une même ligne, partant de l'angle de la haie contiguë au jeu de paume et aboutissant à la porte de la maison. Ce pouvaient être les pas de M. Alphonse lorsqu'il était allé chercher son anneau au doigt de la statue. D'un autre côté, la haie, en cet endroit, étant moins fourrée qu'ailleurs, ce devait être sur ce point que les meurtriers l'auraient franchie. Passant et repassant devant la statue, je m'arrêtai un instant pour la considérer. Cette fois, je l'avouerai, je ne pus contempler sans effroi son expression de méchanceté ironique; et, la tête toute pleine des scènes horribles dont je venais d'être le témoin, il me sembla voir une divinité infernale applaudissant au malheur qui frappait cette maison.

Je regagnai ma chambre et j'y restai jusqu'à midi. Alors je sortis et demandai des nouvelles de mes hôtes. Ils étaient un peu plus calmes. Mademoiselle de

Puygarrig, je devrais dire la veuve de M. Alphonse, avait repris connaissance. Elle avait même parlé au procureur du roi de Perpignan, alors en tournée à Ille, et ce magistrat avait reçu sa déposition. Il me demanda la mienne. Je lui dis ce que je savais, et ne lui cachai pas mes soupçons contre le muletier aragonais. Il ordonna qu'il fût arrêté sur-le-champ.

«Avez-vous appris quelque chose de madame Alphonse? demandai-je au procureur du roi, lorsque ma déposition fut écrite et signée.

—Cette malheureuse jeune personne est devenue folle, me dit-il en souriant tristement. Folle! tout à fait folle. Voici ce qu'elle conte:

—Elle était couchée, dit-elle, depuis quelques minutes, les rideaux tirés, lorsque la porte de sa chambre s'ouvrit, et quelqu'un entra. Alors madame Alphonse était dans la ruelle du lit, la figure tournée vers la muraille. Elle ne fit pas un mouvement, persuadée que c'était son mari. Au bout d'un instant, le lit cria comme s'il était chargé d'un poids énorme. Elle eut grand-peur, mais n'osa pas tourner la tête. Cinq minutes, dix minutes peut-être... elle ne peut se rendre compte du temps, se passèrent de la sorte. Puis elle fit un mouvement involontaire, ou bien la personne qui était dans le lit en fit un, et elle sentit le contact de quelque chose de froid comme la glace, ce sont ses expressions. Elle s'enfonça dans la ruelle tremblant de tous ses membres. Peu après, la porte s'ouvrit une seconde fois, et quelqu'un entra, qui dit: "Bonsoir, ma petite femme". Bientôt après on tira les rideaux. Elle entendit un cri étouffé. La personne qui était dans le lit, à côté d'elle, se leva sur son séant et parut étendre les bras en avant. Elle tourna la tête alors... et vit, dit-elle, son mari à genoux auprès du lit, la tête à la hauteur de l'oreiller, entre les bras d'un espèce de géant verdâtre qui l'étreignait avec force. Elle dit, et m'a répété vingt fois, pauvre femme!... elle dit qu'elle a reconnu... devinez-vous? La Vénus de bronze, la statue de M. de Peyrehorade... Depuis qu'elle est dans le pays, tout le monde en rêve. Mais je reprends le récit de la malheureuse folle. À ce spectacle, elle perdit connaissance, et probablement depuis quelques instants elle avait perdu la raison. Elle ne peut en aucune façon dire combien de temps elle demeura évanouie. Revenue à elle, elle revit le fantôme, ou la statue, comme elle dit toujours, immobile, les jambes et le bas du corps dans le lit, le buste et les bras étendus en avant, et entre ses bras son mari, sans mouvement. Un coq chanta. Alors la statue sortit du lit, laissa tomber le cadavre et sortit. Madame Alphonse se pendit à la sonnette, et vous savez le reste.»

On amena l'Espagnol; il était calme, et se défendit avec beaucoup de sang-froid et de présence d'esprit. Du reste, il ne nia pas le propos que j'avais entendu; mais il l'expliquait, prétendant qu'il n'avait voulu dire autre chose, sinon que le lendemain, reposé qu'il serait, il aurait gagné une partie de paume à son vainqueur. Je me rappelle qu'il ajouta:

«Un Aragonais, lorsqu'il est outragé, n'attend pas au lendemain pour se venger. Si j'avais cru que M. Alphonse eût voulu m'insulter, je lui aurais sur-le-champ donné de mon couteau dans le ventre.»

On compara ses souliers avec les empreintes de pas dans le jardin; ses souliers étaient beaucoup plus grands.

Enfin l'hôtelier chez qui cet homme était logé assura qu'il avait passé toute la nuit à frotter et à médicamenter un de ses mulets qui était malade. D'ailleurs cet Aragonais était un homme bien famé, fort connu dans le pays, où il venait tous les ans pour son commerce. On le relâcha donc en lui faisant des excuses.

J'oubliais la déposition d'un domestique qui le dernier avait vu M. Alphonse vivant. C'était au moment qu'il allait monter chez sa femme, et, appelant cet homme, il lui demanda d'un air d'inquiétude s'il savait où j'étais. Le domestique répondit qu'il ne m'avait point vu. Alors M. Alphonse fit un soupir et resta plus d'une minute sans parler, puis il dit: *Allons! le diable l'aura emporté aussi!*

Je demandai à cet homme si M. Alphonse avait sa bague de diamants lorsqu'il lui parla. Le domestique hésita pour répondre; enfin il dit qu'il ne le croyait pas, qu'il n'y avait fait au reste aucune attention. «S'il avait eu cette bague au doigt, ajouta-t-il en se reprenant, je l'aurais sans doute remarquée, car je croyais qu'il l'avait donnée à madame Alphonse.»

En questionnant cet homme je ressentais un peu de la terreur superstitieuse que la déposition de madame Alphonse avait répandue dans toute la maison. Le procureur du roi me regarda en souriant, et je me gardai bien d'insister.

Quelques heures après les funérailles de M. Alphonse, je me disposai à quitter Ille. La voiture de M. de Peyrehorade devait me conduire à Perpignan. Malgré son état de faiblesse, le pauvre vieillard voulut m'accompagner jusqu'à la porte de son jardin. Nous le traversâmes en silence, lui se traînant à peine, appuyé sur mon bras. Au moment de nous séparer, je jetai un dernier regard sur la Vénus. Je prévoyais bien que mon hôte, quoiqu'il ne partageât point les terreurs et les haines qu'elle inspirait à une partie de sa famille, voudrait se défaire d'un objet qui lui rappellerait sans cesse un malheur affreux. Mon intention était de l'engager à la placer dans un musée. J'hésitais pour entrer en matière, quand M. de Peyrehorade tourna machinalement la tête du côté où il me voyait regarder fixement. Il aperçut la statue et aussitôt fondit en larmes. Je l'embrassai, et, sans oser lui dire un seul mot, je montai dans la voiture.

Depuis mon départ je n'ai point appris que quelque jour nouveau soit venu éclairer cette mystérieuse catastrophe.

M. de Peyrehorade mourut quelques mois après son fils. Par son testament il m'a légué ses manuscrits, que je publierai peut-être un jour. Je n'y ai point trouvé le mémoire relatif aux inscriptions de la Vénus.

P.-S. Mon ami M. de P. vient de m'écrire de Perpignan que la statue n'existe plus. Après la mort de son mari, le premier soin de madame de Peyrehorade fut de la faire fondre en cloche, et sous cette nouvelle forme elle sert à l'église d'Ille. Mais, ajoute M. de P., il semble qu'un mauvais sort poursuive ceux qui possèdent ce bronze. Depuis que cette cloche sonne à Ille, les vignes ont gelé deux fois.

CARMEN
1845-52

Πᾶσα γυνὴ χόλος ἐστίν· ἔχει δ'ἀγαθάς δύο ὥρας
Τήν μίαν ἐν θαλάμῳ, τήν μίαν ἐν θανάτῳ.

PALLADAS[1]

I

J'avais toujours soupçonné les géographes de ne savoir ce qu'ils disent lorsqu'ils placent le champ de bataille de Munda[2] dans le pays des Bastuli-Pœni, près de la moderne Munda, à quelque deux lieues au nord de Marbella. D'après mes propres conjectures sur le texte de l'anonyme auteur du *Bellum Hispaniense*, et quelques renseignements recueillis dans l'excellente bibliothèque du duc d'Osuna, je pensais qu'il fallait chercher aux environs de Montilla le lieu mémorable où, pour la dernière fois, César joua quitte ou double contre les champions de la république. Me trouvant en Andalousie au commencement de l'automne de 1830, je fis une assez longue excursion pour éclaircir les doutes qui me restaient encore. Un mémoire que je publierai prochainement ne laissera plus, je l'espère, aucune incertitude dans l'esprit de tous les archéologues de bonne foi. En attendant que ma dissertation résolve enfin le problème géographique qui tient toute l'Europe savante en suspens, je veux vous raconter une petite histoire; elle ne préjuge rien sur l'intéressante question de l'emplacement de Munda.

J'avais loué à Cordoue un guide et deux chevaux, et m'étais mis en campagne avec les *Commentaires de César* et quelques chemises pour tout bagage. Certain jour, errant dans la partie élevée de la plaine de Cachena, harassé de fatigue, mourant de soif, brûlé par un soleil de plomb, je donnais au diable de bon cœur César et les fils de Pompée, lorsque j'aperçus, assez loin du sentier que je suivais, une petite pelouse verte parsemée de joncs et de roseaux. Cela m'annonçait le voisinage d'une source. En effet, en m'approchant, je vis que la prétendue pelouse était un marécage où se perdait un ruisseau, sortant, comme il semblait, d'une gorge étroite entre deux hauts contreforts de la sierra de Cabra. Je conclus qu'en remontant je trouverais de l'eau plus fraîche, moins de sangsues et de grenouilles, et peut-être

---

[1] «Toute femme est fielleuse, mais elle a deux bonnes heures: l'une au lit, l'autre à la mort»— Palladas habitait Alexandrie au Ve siècle avant Jésus-Christ.
[2] Bataille du 17 mars 45 av. J.-C. où Jules César vainquit les deux fils de Pompée mettant ainsi fin aux guerres civiles.

un peu d'ombre au milieu des rochers. À l'entrée de la gorge, mon cheval hennit, et un autre cheval, que je ne voyais pas, lui répondit aussitôt. À peine eus-je fait une centaine de pas, que la gorge, s'élargissant tout à coup, me montra une espèce de cirque naturel parfaitement ombragé par la hauteur des escarpements qui l'entouraient. Il était impossible de rencontrer un lieu qui promît au voyageur une halte plus agréable. Au pied de rochers à pic, la source s'élançait en bouillonnant, et tombait dans un petit bassin tapissé d'un sable blanc comme la neige. Cinq à six beaux chênes verts, toujours à l'abri du vent et rafraîchis par la source, s'élevaient sur ses bords, et la couvraient de leur épais ombrage; enfin, autour du bassin, une herbe fine, lustrée, offrait un lit meilleur qu'on n'en eût trouvé dans aucune auberge à dix lieues à la ronde.

À moi n'appartenait pas l'honneur d'avoir découvert un si beau lieu. Un homme s'y reposait déjà, et sans doute dormait, lorsque j'y pénétrai. Réveillé par les hennissements, il s'était levé, et s'était rapproché de son cheval, qui avait profité du sommeil de son maître pour faire un bon repas de l'herbe aux environs. C'était un jeune gaillard, de taille moyenne, mais d'apparence robuste, au regard sombre, et fier. Son teint, qui avait pu être beau, était devenu, par l'action du soleil, plus foncé que ses cheveux. D'une main il tenait le licol de sa monture, de l'autre une espingole de cuivre[3]. J'avouerai que d'abord l'espingole et l'air farouche du porteur me surprirent quelque peu; mais je ne croyais plus aux voleurs, à force d'en entendre parler et de n'en rencontrer jamais. D'ailleurs, j'avais vu tant d'honnêtes fermiers s'armer jusqu'aux dents pour aller au marché, que la vue d'une arme à feu ne m'autorisait pas à mettre en doute la moralité de l'inconnu. «Et puis, me disais-je, que ferait-il de mes chemises et de mes *Commentaires* Elzevir?» Je saluai donc l'homme à l'espingole d'un signe de tête familier, et je lui demandai en souriant si j'avais troublé son sommeil. Sans me répondre il me toisa de la tête aux pieds; puis, comme satisfait de son examen, il considéra avec la même attention mon guide, qui s'avançait. Je vis celui-ci pâlir et s'arrêter en montrant une terreur évidente. «Mauvaise rencontre!» me dis-je. Mais la prudence me conseilla aussitôt de ne laisser voir aucune inquiétude. Je mis pied à terre; je dis au guide de débrider, et, m'agenouillant au bord de la source, j'y plongeai ma tête et mes mains; puis je bus une bonne gorgée, couché à plat ventre, comme les mauvais soldats de Gédéon[4].

J'observais cependant mon guide et l'inconnu. Le premier s'approchait bien à contrecœur; l'autre semblait n'avoir pas de mauvais desseins contre nous, car il avait rendu la liberté à son cheval, et son espingole, qu'il tenait d'abord horizontale, était maintenant dirigée vers la terre.

Ne croyant pas devoir me formaliser du peu de cas qu'on avait paru faire de ma personne, je m'étendis sur l'herbe, et d'un air dégagé je demandai à l'homme à l'espingole s'il n'avait pas un briquet sur lui. En même temps je tirais mon étui à cigares. L'inconnu, toujours sans parler, fouilla dans sa poche, prit son briquet,

---

[3]Fusil court à canon évasé.
[4]Selon le livre biblique des Juges les mauvais soldats de Gédéon se sont mis à genoux pour boire (7.5).

et s'empressa de me faire du feu. Évidemment il s'humanisait; car il s'assit en face de moi, toutefois sans quitter son arme. Mon cigare allumé, je choisis le meilleur de ceux qui me restaient, et je lui demandai s'il fumait.

«Oui, monsieur», répondit-il. C'étaient les premiers mots qu'il faisait entendre, et je remarquai qu'il ne prononçait pas l's à la manière andalouse[5], d'où je conclus que c'était un voyageur comme moi, moins archéologue seulement.

—Vous trouverez celui-ci assez bon», lui dis-je en lui présentant un véritable régalia de la Havane.

Il me fit une légère inclination de tête, alluma son cigare au mien, me remercia d'un autre signe de tête, puis se mit à fumer avec l'apparence d'un très vif plaisir.

—Ah! s'écria-t-il en laissant échapper lentement sa première bouffée par la bouche et les narines, comme il y avait longtemps que je n'avais fumé!»

En Espagne, un cigare donné et reçu établit des relations d'hospitalité, comme en Orient le partage du pain et du sel. Mon homme se montra plus causant que je ne l'avais espéré. D'ailleurs, bien qu'il se dît habitant du partido[6] de Montilla, il paraissait connaître le pays assez mal. Il ne savait pas le nom de la charmante vallée où nous nous trouvions; il ne pouvait nommer aucun village des alentours; enfin, interrogé par moi s'il n'avait pas vu aux environs des murs détruits, de larges tuiles à rebords, des pierres sculptées, il confessa qu'il n'avait jamais fait attention à pareilles choses. En revanche, il se montra expert en matière de chevaux. Il critiqua le mien, ce qui n'était pas difficile; puis il me fit la généalogie du sien, qui sortait du fameux haras de Cordoue: noble animal, en effet, si dur à la fatigue, à ce que prétendait son maître, qu'il avait fait une fois trente lieues dans un jour, au galop ou au grand trot. Au milieu de sa tirade, l'inconnu s'arrêta brusquement, comme surpris et fâché d'en avoir trop dit. «C'est que j'étais très pressé d'aller à Cordoue, reprit-il avec quelque embarras. J'avais à solliciter les juges pour un procès...» En parlant, il regardait mon guide Antonio, qui baissait les yeux.

L'ombre et la source me charmèrent tellement, que je me souvins de quelques tranches d'excellent jambon que mes amis de Montilla avaient mis dans la besace de mon guide. Je les fis apporter, et j'invitai l'étranger à prendre sa part de la collation impromptue. S'il n'avait pas fumé depuis longtemps, il me parut vraisemblable qu'il n'avait pas mangé depuis quarante-huit heures au moins. Il dévorait comme un loup affamé. Je pensai que ma rencontre avait été providentielle pour le pauvre diable. Mon guide, cependant, mangeait peu, buvait encore moins, et ne parlait pas du tout, bien que depuis le commencement de notre voyage il se fût révélé à moi comme

---

[5](Ceci est une note dans le texte de Mérimée. Il se peut que les notes soient la création de l'auteur fictif de la narration. Au cas où ce narrateur serait aussi responsable du texte, on s'est gardé d'harmoniser les variations nombreuses d'orthographe—par exemple: romani/rommani, des *Calés*/des *Calé*, *Romané tchavé/rommané tchave*, milord/mylord—et de capitalisation—par exemple: bohémien/Bohémien, gitana/Gitana) Les Andalous aspirent l'*s* et le confondent dans la prononciation avec le *c* doux et le *z*, que les Espagnols prononcent comme le *th* anglais. Sur le seul mot *Señor* on peut reconnaître un Andalou.

[6]*partido*: arrondissement.

un bavard sans pareil. La présence de notre hôte semblait le gêner, et une certaine méfiance les éloignait l'un de l'autre sans que j'en devinasse positivement la cause.

Déjà les dernières miettes du pain et du jambon avaient disparu; nous avions fumé chacun un second cigare; j'ordonnai au guide de brider nos chevaux, et j'allais prendre congé de mon nouvel ami, lorsqu'il me demanda où je comptais passer la nuit.

Avant que j'eusse fait attention à un signe de mon guide, j'avais répondu que j'allais à la venta[7] del Cuervo.

«Mauvais gîte pour une personne comme vous, monsieur... J'y vais, et, si vous me permettez de vous accompagner, nous ferons route ensemble.

—Très volontiers», dis-je en montant à cheval. Mon guide, qui me tenait l'étrier, me fit un nouveau signe des yeux. J'y répondis en haussant les épaules, comme pour l'assurer que j'étais parfaitement tranquille, et nous nous mîmes en chemin.

Les signes mystérieux d'Antonio, son inquiétude, quelques mots échappés à l'inconnu, surtout sa course de trente lieues et l'explication peu plausible qu'il en avait donnée, avaient déjà formé mon opinion sur le compte de mon compagnon de voyage. Je ne doutai pas que je n'eusse affaire à un contrebandier, peut-être à un voleur; que m'importait? Je connaissais assez le caractère espagnol pour être très sûr de n'avoir rien à craindre d'un homme qui avait mangé et fumé avec moi. Sa présence même était une protection assurée contre toute mauvaise rencontre. D'ailleurs, j'étais bien aise de savoir ce que c'est qu'un brigand. On n'en voit pas tous les jours, et il y a un certain charme à se trouver auprès d'un être dangereux, surtout lorsqu'on le sent doux et apprivoisé.

J'espérais amener par degrés l'inconnu à me faire des confidences, et, malgré les clignements d'yeux de mon guide, je mis la conversation sur les voleurs de grand chemin. Bien entendu que j'en parlai avec respect. Il y avait alors en Andalousie un fameux bandit nommé José-Maria, dont les exploits étaient dans toutes les bouches. «Si j'étais à côté de José-Maria?» me disais-je... Je racontai les histoires que je savais de ce héros, toutes à sa louange d'ailleurs, et j'exprimai hautement mon admiration pour sa bravoure et sa générosité.

«José-Maria n'est qu'un drôle, dit froidement l'étranger.

—Se rend-il justice, ou bien est-ce excès de modestie de sa part? me demandai-je mentalement; car, à force de considérer mon compagnon, j'étais parvenu à lui appliquer le signalement de José-Maria, que j'avais lu affiché aux portes de mainte ville d'Andalousie. —Oui, c'est bien lui... Cheveux blonds, yeux bleus, grande bouche, belles dents, les mains petites; une chemise fine, une veste de velours à boutons d'argent, des guêtres de peau blanche, un cheval bai... Plus de doute! Mais respectons son incognito.»

Nous arrivâmes à la venta. Elle était telle qu'il me l'avait dépeinte, c'est-à-dire une des plus misérables que j'eusse encore rencontrées. Une grande pièce servait de cuisine, de salle à manger et de chambre à coucher. Sur une pierre plate, le feu se faisait au milieu de la chambre et la fumée sortait par un trou pratiqué

---

[7]*venta*: auberge.

dans le toit, ou plutôt s'arrêtait, formant un nuage à quelques pieds au-dessus du sol. Le long du mur, on voyait étendues par terre cinq ou six vieilles couvertures de mulets; c'étaient les lits des voyageurs. À vingt pas de la maison, ou plutôt de l'unique pièce que je viens de décrire, s'élevait une espèce de hangar servant d'écurie. Dans ce charmant séjour, il n'y avait d'autres êtres humains, du moins pour le moment, qu'une vieille femme et une petite fille de dix à douze ans, toutes les deux de couleur de suie et vêtues d'horribles haillons. «Voilà tout ce qui reste, me dis-je, de la population de l'antique Munda Bœtica! Ô César! ô Sextus Pompée! que vous seriez surpris si vous reveniez au monde!»

En apercevant mon compagnon, la vieille laissa échapper une exclamation de surprise. «Ah! seigneur don José!» s'écria-t-elle.

Don José fronça le sourcil, et leva une main d'un geste d'autorité qui arrêta la vieille aussitôt. Je me tournai vers mon guide, et, d'un signe imperceptible, je lui fis comprendre qu'il n'avait rien à m'apprendre sur le compte de l'homme avec qui j'allais passer la nuit. Le souper fut meilleur que je ne m'y attendais. On nous servit, sur une petite table haute d'un pied, un vieux coq fricassé avec du riz et force piments, puis des piments à l'huile, enfin du gaspacho, espèce de salade de piments. Trois plats ainsi épicés nous obligèrent de recourir souvent à une outre de vin de Montilla qui se trouva délicieux. Après avoir mangé, avisant une mandoline accrochée contre la muraille, il y a partout des mandolines en Espagne, je demandai à la petite fille qui nous servait si elle savait en jouer.

«Non, répondit-elle; mais don José en joue si bien!

—Soyez assez bon, lui dis-je, pour me chanter quelque chose; j'aime à la passion votre musique nationale.

—Je ne puis rien refuser à un monsieur si honnête, qui me donne de si excellents cigares», s'écria don José d'un air de bonne humeur; et, s'étant fait donner la mandoline, il chanta en s'accompagnant. Sa voix était rude, mais pourtant agréable, l'air mélancolique et bizarre; quant aux paroles, je n'en compris pas un mot.

—Si je ne me trompe, lui dis-je, ce n'est pas un air espagnol que vous venez de chanter. Cela ressemble aux *zorzicos* que j'ai entendus dans les *Provinces*[8], et les paroles doivent être en langue basque.

—Oui», répondit don José d'un air sombre. Il posa la mandoline à terre, et, les bras croisés, il se mit à contempler le feu qui s'éteignait, avec une singulière expression de tristesse. Éclairée par une lampe posée sur la petite table, sa figure, à la fois noble et farouche, me rappelait le Satan de Milton. Comme lui peut-être, mon compagnon songeait au séjour qu'il avait quitté, à l'exil qu'il avait encouru par une faute. J'essayai de ranimer la conversation, mais il ne répondit pas, absorbé qu'il était dans ses tristes pensées. Déjà la vieille s'était couchée dans un coin de la salle, à l'abri d'une couverture trouée tendue sur une corde. La petite fille l'avait suivie dans cette retraite réservée au beau sexe. Mon guide alors, se levant,

---

[8](Note dans le texte de Mérimée.) *Les provinces privilégiées*, jouissant de *fueros* particuliers, c'est-à-dire l'Alava, la Biscaïe, la Guipuzcoa, et une partie de la Navarre. Le basque est la langue du pays.

m'invita à le suivre à l'écurie; mais, à ce mot, don José, comme réveillé en sursaut, lui demanda d'un ton brusque où il allait.

«À l'écurie, répondit le guide.

—Pour quoi faire? les chevaux ont à manger. Couche ici, Monsieur le permettra.

—Je crains que le cheval de Monsieur ne soit malade; je voudrais que Monsieur le vît: peut-être saura-t-il ce qu'il faut lui faire.»

Il était évident qu'Antonio voulait me parler en particulier; mais je ne me souciais pas de donner des soupçons à don José, et, au point où nous en étions, il me semblait que le meilleur parti à prendre était de montrer la plus grande confiance. Je répondis donc à Antonio que je n'entendais rien aux chevaux, et que j'avais envie de dormir. Don José le suivit à l'écurie, d'où bientôt il revint seul. Il me dit que le cheval n'avait rien, mais que mon guide le trouvait un animal si précieux, qu'il le frottait avec sa veste pour le faire transpirer, et qu'il comptait passer la nuit dans cette douce occupation. Cependant, je m'étais étendu sur les couvertures de mulets, soigneusement enveloppé dans mon manteau, pour ne pas les toucher. Après m'avoir demandé pardon de la liberté qu'il prenait de se mettre auprès de moi, don José se coucha devant la porte, non sans avoir renouvelé l'amorce de son espingole, qu'il eut soin de placer sous la besace qui lui servait d'oreiller. Cinq minutes après nous être mutuellement souhaité le bonsoir, nous étions l'un et l'autre profondément endormis.

Je me croyais assez fatigué pour pouvoir dormir dans un pareil gîte; mais, au bout d'une heure, de très désagréables démangeaisons m'arrachèrent à mon premier somme. Dès que j'en eus compris la nature, je me levai, persuadé qu'il valait mieux passer le reste de la nuit à la belle étoile que sous ce toit inhospitalier. Marchant sur la pointe du pied, je gagnai la porte, j'enjambai par dessus la couche de don José, qui dormait du sommeil du juste, et je fis si bien que je sortis de la maison sans qu'il s'éveillât. Auprès de la porte était un large banc de bois; je m'étendis dessus, et m'arrangeai de mon mieux pour achever ma nuit. J'allais fermer les yeux pour la seconde fois, quand il me sembla voir passer devant moi l'ombre d'un homme et l'ombre d'un cheval, marchant l'un et l'autre sans faire le moindre bruit. Je me mis sur mon séant, et je crus reconnaître Antonio. Surpris de le voir hors de l'écurie à pareille heure, je me levai et marchai à sa rencontre. Il s'était arrêté, m'ayant aperçu d'abord.

«Où est-il? me demanda Antonio à voix basse.

—Dans la venta; il dort; il n'a pas peur des punaises. Pourquoi donc emmenez-vous ce cheval?

Je remarquai alors que, pour ne pas faire de bruit en sortant du hangar, Antonio avait soigneusement enveloppé les pieds de l'animal avec les débris d'une vieille couverture.

—Parlez plus bas, me dit Antonio, au nom de Dieu! Vous ne savez pas qui est cet homme-là. C'est José Navarro, le plus insigne bandit de l'Andalousie. Toute la journée je vous ai fait des signes que vous n'avez pas voulu comprendre.

—Bandit ou non, que m'importe? répondis-je; il ne nous a pas volés, et je parierais qu'il n'en a pas envie.

—À la bonne heure; mais il y a deux cents ducats pour qui le livrera. Je sais un poste de lanciers à une lieue et demie d'ici, et avant qu'il soit jour, j'amènerai quelques gaillards solides. J'aurais pris son cheval, mais il est si méchant que nul que le Navarro ne peut en approcher.

—Que le diable vous emporte! lui dis-je. Quel mal vous a fait ce pauvre homme pour le dénoncer? D'ailleurs, êtes-vous sûr qu'il soit le brigand que vous dites?

—Parfaitement sûr; tout à l'heure il m'a suivi dans l'écurie et m'a dit: "Tu as l'air de me connaître; si tu dis à ce bon monsieur qui je suis, je te fais sauter la cervelle." Restez, Monsieur, restez auprès de lui; vous n'avez rien à craindre. Tant qu'il vous saura là, il ne se méfiera de rien.»

Tout en parlant, nous nous étions déjà assez éloignés de la venta pour qu'on ne pût entendre les fers du cheval. Antonio l'avait débarrassé en un clin d'œil des guenilles dont il lui avait enveloppé les pieds; il se préparait à enfourcher sa monture. J'essayai prières et menaces pour le retenir.

«Je suis un pauvre diable, Monsieur, me disait-il; deux cents ducats ne sont pas à perdre, surtout quand il s'agit de délivrer le pays de pareille vermine. Mais prenez garde: si le Navarro se réveille, il sautera sur son espingole, et gare à vous! Moi, je suis trop avancé pour reculer; arrangez-vous comme vous pourrez.»

Le drôle était en selle; il piqua des deux, et dans l'obscurité je l'eus bientôt perdu de vue.

J'étais fort irrité contre mon guide et passablement inquiet. Après un instant de réflexion, je me décidai et rentrai dans la venta. Don José dormait encore, réparant sans doute en ce moment les fatigues et les veilles de plusieurs journées aventureuses. Je fus obligé de le secouer rudement pour l'éveiller. Jamais je n'oublierai son regard farouche et le mouvement qu'il fit pour saisir son espingole, que, par mesure de précaution, j'avais mise à quelque distance de sa couche.

«Monsieur, lui dis-je, je vous demande pardon de vous éveiller; mais j'ai une sotte question à vous faire: seriez-vous bien aise de voir arriver ici une demi-douzaine de lanciers?

Il sauta en pieds, et d'une voix terrible:

—Qui vous l'a dit? me demanda-t-il.

—Peu importe d'où vient l'avis, pourvu qu'il soit bon.

—Votre guide m'a trahi, mais il me le payera! Où est-il?

—Je ne sais... Dans l'écurie, je pense... mais quelqu'un m'a dit...

—Qui vous a dit?... Ce ne peut être la vieille...

—Quelqu'un que je ne connais pas... Sans plus de paroles, avez-vous, oui ou non, des motifs pour ne pas attendre les soldats? Si vous en avez, ne perdez pas de temps, sinon bonsoir, et je vous demande pardon d'avoir interrompu votre sommeil.

— Ah! votre guide! votre guide! Je m'en étais méfié d'abord... mais... son compte est bon!... Adieu, Monsieur. Dieu vous rende le service que je vous dois. Je ne suis pas tout à fait aussi mauvais que vous me croyez... oui, il y a encore en moi quelque chose qui mérite la pitié d'un galant homme... Adieu, Monsieur... Je n'ai qu'un regret, c'est de ne pouvoir m'acquitter envers vous.

—Pour prix du service que je vous ai rendu, promettez-moi, don José, de ne soupçonner personne, de ne pas songer à la vengeance. Tenez, voilà des cigares pour votre route; bon voyage!» Et je lui tendis la main.

Il me la serra sans répondre, prit son espingole et sa besace, et, après avoir dit quelques mots à la vieille dans un argot que je ne pus comprendre, il courut au hangar. Quelques instants après, je l'entendais galoper dans la campagne.

Pour moi, je me recouchai sur mon banc, mais je ne me rendormis point. Je me demandais si j'avais eu raison de sauver de la potence un voleur, et peut-être un meurtrier, et cela seulement parce que j'avais mangé du jambon avec lui et du riz à la valencienne. N'avais-je pas trahi mon guide qui soutenait la cause des lois; ne l'avais-je pas exposé à la vengeance d'un scélérat? Mais les devoirs de l'hospitalité!... Préjugé de sauvage, me disais-je; j'aurai à répondre de tous les crimes que le bandit va commettre... Pourtant est-ce un préjugé que cet instinct de conscience qui résiste à tous les raisonnements? Peut-être, dans la situation délicate où je me trouvais, ne pouvais-je m'en tirer sans remords. Je flottais encore dans la plus grande incertitude au sujet de la moralité de mon action, lorsque je vis paraître une demi-douzaine de cavaliers avec Antonio, qui se tenait prudemment à l'arrière-garde. J'allai au-devant d'eux, et les prévins que le bandit avait pris la fuite depuis plus de deux heures. La vieille, interrogée par le brigadier, répondit qu'elle connaissait le Navarro, mais que, vivant seule, elle n'aurait jamais osé risquer sa vie en le dénonçant. Elle ajouta que son habitude, lorsqu'il venait chez elle, était de partir toujours au milieu de la nuit. Pour moi, il me fallut aller, à quelques lieues de là, exhiber mon passeport et signer une déclaration devant un alcade, après quoi on me permit de reprendre mes recherches archéologiques. Antonio me gardait rancune, soupçonnant que c'était moi qui l'avais empêché de gagner les deux cents ducats. Pourtant nous nous séparâmes bons amis à Cordoue; là, je lui donnai une gratification aussi forte que l'état de mes finances pouvait me le permettre.

....

II

Je passai quelques jours à Cordoue. On m'avait indiqué certain manuscrit de la bibliothèque des Dominicains, où je devais trouver des renseignements intéressants sur l'antique Munda. Fort bien accueilli par les bons Pères, je passais les journées dans leur couvent, et le soir je me promenais par la ville. À Cordoue, vers le coucher du soleil, il y a quantité d'oisifs sur le quai qui borde la rive droite du Guadalquivir. Là, on respire les émanations d'une tannerie qui conserve encore l'antique renommée du pays pour la préparation des cuirs; mais, en revanche, on y jouit d'un spectacle qui a bien son mérite. Quelques minutes avant l'*angélus*, un grand nombre de femmes se rassemblent sur le bord du fleuve, au bas du quai, lequel est assez élevé. Pas un homme n'oserait se mêler à cette troupe. Aussitôt que l'*angélus* sonne, il est censé qu'il fait nuit. Au dernier coup de cloche, toutes ces femmes se déshabillent et entrent dans l'eau. Alors ce sont des cris, des rires, un tapage infernal. Du haut du quai, les hommes contemplent les baigneuses, écarquillent les yeux et ne voient pas grand-chose. Cependant ces formes blanches et incertaines qui se dessinent sur le sombre azur du fleuve font travailler les esprits poétiques, et, avec un peu d'imagination, il n'est pas difficile de se représenter Diane et ses nymphes au bain, sans avoir à craindre le sort d'Actéon[9]. On m'a dit que quelques mauvais garnements se cotisèrent certain jour, pour graisser la patte au sonneur de la cathédrale et lui faire sonner l'*angélus* vingt minutes avant l'heure légale. Bien qu'il fît encore grand jour, les nymphes du Guadalquivir n'hésitèrent pas, et se fiant plus à l'angélus qu'au soleil, elles firent en sûreté de conscience leur toilette de bain, qui est toujours des plus simples. Je n'y étais pas. De mon temps, le sonneur était incorruptible, le crépuscule peu clair, et un chat seulement aurait pu distinguer la plus vieille marchande d'oranges de la plus jolie grisette de Cordoue.

Un soir, à l'heure où l'on ne voit plus rien, je fumais, appuyé sur le parapet du quai, lorsqu'une femme, remontant l'escalier qui conduit à la rivière, vint s'asseoir près de moi. Elle avait dans les cheveux un gros bouquet de jasmin, dont les pétales exhalent le soir une odeur enivrante. Elle était simplement, peut-être pauvrement vêtue, tout en noir, comme la plupart des grisettes dans la soirée. Les femmes comme il faut ne portent le noir que le matin; le soir, elles s'habillent *a la francesa*. En arrivant auprès de moi, ma baigneuse laissa glisser sur ses épaules la mantille qui lui couvrait la tête, et, *à l'obscure clarté qui tombe des étoiles*, je vis qu'elle était petite, jeune, bien faite, et qu'elle avait de très grands yeux. Je jetai mon cigare aussitôt. Elle comprit cette attention d'une politesse toute française, et se hâta de me dire qu'elle aimait beaucoup l'odeur du tabac, et que même elle fumait, quand elle trouvait des *papelitos*[10] bien doux. Par bonheur, j'en avais de tels dans mon étui, et je m'empressai de lui en offrir. Elle daigna en prendre un, et l'alluma à un bout de corde enflammé qu'un enfant nous apporta moyennant un sou. Mêlant nos fumées, nous causâmes si longtemps, la belle baigneuse et moi, que nous nous trouvâmes presque seuls sur le quai. Je crus n'être point indiscret en lui offrant d'aller prendre des glaces à la *neveria*[11]. Après une hésitation modeste elle accepta; mais avant de se décider, elle désira savoir quelle heure il était. Je fis sonner ma montre, et cette sonnerie parut l'étonner beaucoup. «Quelles inventions on a chez vous, messieurs les étrangers! De quel pays êtes-vous, monsieur? Anglais[12] sans doute?

—Français et votre grand serviteur. Et vous mademoiselle, ou madame, vous êtes probablement de Cordoue?

[9]Actéon surprit Diane au bain, qui le métamorphosa en cerf. Il fut alors tué et dévoré par ses propres chiens.
[10]Des cigarettes.
[11](Note dans le texte de Mérimée) Café pourvu d'une glacière, ou plutôt d'un dépôt de neige. En Espagne, il n'y a guère de village qui n'ait sa *neveria*.
[12](Note dans le texte de Mérimée) En Espagne, tout voyageur qui ne porte pas sur lui des échantillons de calicot ou de soieries passe pour un Anglais, *Inglesito*. Il en est de même en Orient. À Chalcis, j'ai eu l'honneur d'être annoncé comme un Μιλόρδος Φραντσέσος [un «Milord français»].

—Non.
—Vous êtes du moins Andalouse. Il me semble le reconnaître à votre doux parler.
—Si vous remarquez si bien l'accent du monde vous devez bien deviner qui je suis.
—Je crois que vous êtes du pays de Jésus, à deux pas du paradis.
(J'avais appris cette métaphore, qui désigne l'Andalousie, de mon ami Francisco Sevilla, picador bien connu.)
—Bah! le paradis... les gens d'ici disent qu'il n'est pas fait pour nous.
—Alors, vous seriez donc Moresque, ou... je m'arrêtai, n'osant dire: juive.
—Allons, allons! vous voyez bien que je suis bohémienne; voulez-vous que je vous dise la baji[13]? Avez-vous entendu parler de la Carmencita? C'est moi.»

J'étais alors un tel mécréant, il y a de cela quinze ans, que je ne reculai pas d'horreur en me voyant à côté d'une sorcière. «Bon! me dis-je; la semaine passée, j'ai soupé avec un voleur de grands chemins, allons aujourd'hui prendre des glaces avec une servante du diable. En voyage il faut tout voir.» J'avais encore un autre motif pour cultiver sa connaissance. Sortant du collège, je l'avouerai à ma honte, j'avais perdu quelque temps à étudier les sciences occultes et même plusieurs fois j'avais tenté de conjurer l'esprit de ténèbres. Guéri depuis longtemps de la passion de semblables recherches, je n'en conservais pas moins un certain attrait de curiosité pour toutes les superstitions, et me faisais une fête d'apprendre jusqu'où s'était élevé l'art de la magie parmi les Bohémiens.

Tout en causant, nous étions entrés dans la *neveria*, et nous étions assis à une petite table éclairée par une bougie renfermée dans un globe de verre. J'eus alors tout le loisir d'examiner ma *gitana* pendant que quelques honnêtes gens s'ébahissaient, en prenant leurs glaces, de me voir en si bonne compagnie.

Je doute fort que mademoiselle Carmen fût de race pure, du moins elle était infiniment plus jolie que toutes les femmes de sa nation que j'aie jamais rencontrées. Pour qu'une femme soit belle, il faut, disent les Espagnols, qu'elle réunisse trente si, ou, si l'on veut, qu'on puisse la définir au moyen de dix adjectifs applicables chacun à trois parties de sa personne. Par exemple, elle doit avoir trois choses noires: les yeux, les paupières et les sourcils; trois fines, les doigts, les lèvres, les cheveux, etc. Voyez Brantôme[14] pour le reste. Ma bohémienne ne pouvait prétendre à tant de perfections. Sa peau, d'ailleurs parfaitement unie, approchait fort de la teinte du cuivre. Ses yeux étaient obliques, mais admirablement fendus; ses lèvres un peu fortes, mais bien dessinées et laissant voir des dents plus blanches que des amandes sans leur peau. Ses cheveux, peut-être un peu gros, étaient noirs, à reflets bleus comme l'aile d'un corbeau, longs et luisants. Pour ne pas vous fatiguer d'une description trop prolixe, je vous dirai en somme qu'à chaque défaut elle réunissait une qualité qui ressortait peut-être plus fortement par le contraste. C'était une beauté étrange et sauvage, une figure qui étonnait d'abord, mais qu'on ne pouvait

---

[13](Note dans le texte de Mérimée) La bonne aventure.
[14]Mémorialiste des XVIe et XVIIe siècles.

oublier. Ses yeux surtout avaient une expression à la fois voluptueuse et farouche que je n'ai trouvée depuis à aucun regard humain. Œil de bohémien, œil de loup, c'est un dicton espagnol qui dénote une bonne observation. Si vous n'avez pas le temps d'aller au Jardin des Plantes pour étudier le regard d'un loup, considérez votre chat quand il guette un moineau.

On sent qu'il eût été ridicule de se faire tirer la bonne aventure dans un café. Aussi je priai la jolie sorcière de me permettre de l'accompagner à son domicile; elle y consentit sans difficulté, mais elle voulut connaître encore la marche du temps, et me pria de nouveau de faire sonner ma montre.

«Est-elle vraiment d'or?» dit-elle en la considérant avec une excessive attention.

Quand nous nous remîmes en marche, il était nuit close; la plupart des boutiques étaient fermées et les rues presque désertes. Nous passâmes le pont du Guadalquivir, et à l'extrémité du faubourg nous nous arrêtâmes devant une maison qui n'avait nullement l'apparence d'un palais. Un enfant nous ouvrit. La bohémienne lui dit quelques mots dans une langue à moi inconnue, que je sus depuis être la *rommani ou chipe calli*, l'idiome des gitanos. Aussitôt l'enfant disparut, nous laissant dans une chambre assez vaste, meublée d'une petite table, de deux tabourets et d'un coffre. Je ne dois point oublier une jarre d'eau, un tas d'oranges et une botte d'oignons.

Dès que nous fûmes seuls, la bohémienne tira de son coffre des cartes qui paraissaient avoir beaucoup servi, un aimant, un caméléon desséché, et quelques autres objets nécessaires à son art. Puis elle me dit de faire la croix dans ma main gauche avec une pièce de monnaie, et les cérémonies magiques commencèrent. Il est inutile de vous rapporter ses prédictions, et, quant à sa manière d'opérer, il était évident qu'elle n'était pas sorcière à demi.

Malheureusement nous fûmes bientôt dérangés. La porte s'ouvrit tout à coup avec violence, et un homme, enveloppé jusqu'aux yeux dans un manteau brun entra dans la chambre en apostrophant la bohémienne d'une façon peu gracieuse. Je n'entendais pas ce qu'il disait, mais le ton de sa voix indiquait qu'il était de fort mauvaise humeur. À sa vue, la gitana ne montra ni surprise ni colère, mais elle accourut à sa rencontre, et, avec une volubilité extraordinaire, lui adressa quelques phrases dans la langue mystérieuse dont elle s'était déjà servie devant moi. Le mot de *payllo*, souvent répété, était le seul mot que je comprisse. Je savais que les bohémiens désignent ainsi tout homme étranger à leur race. Supposant qu'il s'agissait de moi, je m'attendais à une explication délicate; déjà j'avais la main sur le pied d'un des tabourets, et je syllogisais à part moi pour deviner le moment précis où il conviendrait de le jeter à la tête de l'intrus. Celui-ci repoussa rudement la bohémienne, et s'avança vers moi; puis, reculant d'un pas:

«Ah! Monsieur, dit-il, c'est vous!

Je le regardai à mon tour, et reconnus mon ami don José. En ce moment, je regrettais un peu de ne pas l'avoir laissé pendre.

—Eh! c'est vous, mon brave! m'écriai-je en riant le moins jaune que je pus;

vous avez interrompu mademoiselle au moment où elle m'annonçait des choses bien intéressantes.

—Toujours la même! Ça finira», dit-il entre ses dents, attachant sur elle un regard farouche.

Cependant la bohémienne continuait à lui parler dans sa langue. Elle s'animait par degrés. Son œil s'injectait de sang et devenait terrible, ses traits se contractaient, elle frappait du pied. Il me sembla qu'elle le pressait vivement de faire quelque chose à quoi il montrait de l'hésitation. Ce que c'était, je croyais ne le comprendre que trop à la voir passer et repasser rapidement sa petite main sous son menton. J'étais tenté de croire qu'il s'agissait d'une gorge à couper, et j'avais quelques soupçons que cette gorge ne fût la mienne.

À tout ce torrent d'éloquence, don José ne répondit que par deux ou trois mots prononcés d'un ton bref. Alors la bohémienne lui lança un regard de profond mépris; puis, s'asseyant à la turque dans un coin de la chambre, elle choisit une orange, la pela et se mit à la manger.

Don José me prit le bras, ouvrit la porte et me conduisit dans la rue. Nous fîmes environ deux cents pas dans le plus profond silence. Puis, étendant la main:

«Toujours tout droit, dit-il, et vous trouverez le pont.»

Aussitôt il me tourna le dos et s'éloigna rapidement. Je revins à mon auberge un peu penaud et d'assez mauvaise humeur. Le pire fut qu'en me déshabillant, je m'aperçus que ma montre me manquait.

Diverses considérations m'empêchèrent d'aller la réclamer le lendemain, ou de solliciter M. le corrégidor pour qu'il voulût bien la faire chercher. Je terminai mon travail sur le manuscrit des Dominicains et je partis pour Séville. Après plusieurs mois de courses errantes en Andalousie, je voulus retourner à Madrid, et il me fallut repasser par Cordoue. Je n'avais pas l'intention d'y faire un long séjour, car j'avais pris en grippe cette belle ville et les baigneuses du Guadalquivir. Cependant quelques amis à revoir, quelques commissions à faire devaient me retenir au moins trois ou quatre jours dans l'antique capitale des princes musulmans.

Dès que je reparus au couvent des Dominicains, un des pères qui m'avait toujours montré un vif intérêt dans mes recherches sur l'emplacement de Munda, m'accueillit les bras ouverts, en s'écriant:

«Loué soit le nom de Dieu! Soyez le bienvenu, mon cher ami. Nous vous croyions tous mort, et moi, qui vous parle, j'ai récité bien des *pater* et des *ave*, que je ne regrette pas, pour le salut de votre âme. Ainsi vous n'êtes pas assassiné, car pour volé nous savons que vous l'êtes?

—Comment cela? lui demandai-je un peu surpris.

—Oui, vous savez bien, cette belle montre à répétition que vous faisiez sonner dans la bibliothèque, quand nous vous disions qu'il était temps d'aller au chœur. Eh bien! elle est retrouvée, on vous la rendra.

—C'est-à-dire, interrompis-je un peu décontenancé, que je l'avais égarée…

—Le coquin est sous les verrous, et, comme on savait qu'il était homme à tirer un coup de fusil à un chrétien pour lui prendre une piécette, nous mourions de peur qu'il ne vous eût tué. J'irai avec vous chez le corrégidor, et nous vous ferons rendre votre belle montre. Et puis, avisez-vous de dire là-bas que la justice ne sait pas son métier en Espagne!

—Je vous avoue, lui dis-je, que j'aimerais mieux perdre ma montre que de témoigner, en justice pour faire pendre un pauvre diable, surtout parce que... parce que...

—Oh! n'ayez aucune inquiétude; il est bien recommandé, et on ne peut le pendre deux fois. Quand je dis pendre, je me trompe. C'est un hidalgo que votre voleur; il sera donc garrotté[15] après demain sans rémission. Vous voyez qu'un vol de plus ou de moins ne changera rien à son affaire. Plût à Dieu qu'il n'eût que volé! mais il a commis plusieurs meurtres, tous plus horribles les uns que les autres.

—Comment se nomme-t-il?

—On le connaît dans le pays sous le nom de José Navarro; mais il a encore un autre nom basque, que ni vous ni moi ne prononcerons jamais. Tenez, c'est un homme à voir, et vous qui aimez à connaître les singularités du pays, vous ne devez pas négliger d'apprendre comment en Espagne les coquins sortent de ce monde. Il est en chapelle[16], et le père Martinez vous y conduira.»

Mon Dominicain insista tellement pour que je visse les apprêts du «*petit pendement pien choli*», que je ne pus m'en défendre. J'allai voir le prisonnier, muni d'un paquet de cigares qui, je l'espérais, devaient lui faire excuser mon indiscrétion.

On m'introduisit auprès de don José, au moment où il prenait son repas. Il me fit un signe de tête assez froid, et me remercia poliment du cadeau que je lui apportais. Après avoir compté les cigares du paquet que j'avais mis entre ses mains, il en choisit un certain nombre, et me rendit le reste, observant qu'il n'avait pas besoin d'en prendre davantage.

Je lui demandai si, avec un peu d'argent, ou par le crédit de mes amis, je pourrais obtenir quelque adoucissement à son sort. D'abord il haussa les épaules en souriant avec tristesse; bientôt, se ravisant, il me pria de faire dire une messe pour le salut de son âme.

«Voudriez-vous, ajouta-t-il timidement, voudriez-vous en faire dire une autre pour une personne qui vous a offensé?

—Assurément, mon cher, lui dis-je; mais personne, que je sache, ne m'a offensé en ce pays.

Il me prit la main et la serra d'un air grave. Après un moment de silence, il reprit:

—Oserai-je encore vous demander un service?... Quand vous reviendrez dans votre pays, peut-être passerez-vous par la Navarre: au moins vous passerez par Vittoria, qui n'en est pas fort éloignée.

—Oui, lui dis-je, je passerai certainement par Vittoria; mais il n'est pas

---

[15](Note dans le texte de Mérimée) En 1830, la noblesse jouissait encore de ce privilège. Aujourd'hui, sous le régime constitutionnel, les vilains ont conquis le droit au garrot.
[16]Un condamné à mort passait les derniers jours de sa vie enfermé dans la chapelle de la prison avec un prêtre.

impossible que je me détourne pour aller à Pampelune, et, à cause de vous, je crois que je ferais volontiers ce détour.

—Eh bien! si vous allez à Pampelune, vous y verrez plus d'une chose qui vous intéressera... C'est une belle ville... Je vous donnerai cette médaille (il me montrait une petite médaille d'argent qu'il portait au cou), vous l'envelopperez dans du papier... Il s'arrêta un instant pour maîtriser son émotion... et vous la remettrez ou vous la ferez remettre à une bonne femme dont je vous dirai l'adresse. —Vous direz que je suis mort, vous ne direz pas comment.»

Je promis d'exécuter sa commission. Je le revis le lendemain, et je passai une partie de la journée avec lui. C'est de sa bouche que j'ai appris les tristes aventures qu'on va lire.

III

Je suis né, dit-il, à Élizondo, dans la vallée de Baztan. Je m'appelle don José Lizarrabengoa, et vous connaissez assez l'Espagne, Monsieur, pour que mon nom vous dise aussitôt que je suis Basque et vieux chrétien. Si je prends le *don*, c'est que j'en ai le droit, et si j'étais à Élizondo, je vous montrerais ma généalogie sur parchemin. On voulait que je fusse d'église, et l'on me fit étudier, mais je ne profitais guère. J'aimais trop à jouer à la paume, c'est ce qui m'a perdu. Quand nous jouons à la paume, nous autres Navarrais, nous oublions tout. Un jour que j'avais gagné, un gars de l'Alava me chercha querelle; nous prîmes nos *maquilas*[17], et j'eus encore l'avantage; mais cela m'obligea de quitter le pays. Je rencontrai des dragons, et je m'engageai dans le régiment d'Almanza, cavalerie. Les gens de nos montagnes apprennent vite le métier militaire. Je devins bientôt brigadier, et on me promettait de me faire maréchal des logis, quand, pour mon malheur, on me mit de garde à la manufacture de tabacs à Séville. Si vous êtes allé à Séville, vous aurez vu ce grand bâtiment-là, hors des remparts, près du Guadalquivir. Il me semble en voir encore la porte et le corps de garde auprès. Quand ils sont de service, les Espagnols jouent aux cartes, ou dorment; moi, comme un franc Navarrais, je tâchais toujours de m'occuper. Je faisais une chaîne avec du fil de laiton, pour tenir mon épinglette. Tout d'un coup, les camarades disent: Voilà la cloche qui sonne; les filles vont rentrer à l'ouvrage. Vous saurez, monsieur, qu'il y a bien quatre à cinq cents femmes occupées dans la manufacture. Ce sont elles qui roulent les cigares dans une grande salle, où les hommes n'entrent pas sans une permission du *Vingt-quatre*[18], parce qu'elles se mettent à leur aise, les jeunes surtout, quand il fait chaud. À l'heure où les ouvrières rentrent, après leur dîner, bien des jeunes gens vont les voir passer, et leur en content de toutes les couleurs. Il y a peu de ces demoiselles qui refusent une mantille de taffetas, et les amateurs, à cette pêche-là, n'ont qu'à se baisser pour prendre le poisson. Pendant que les autres regardaient, moi, je restais

---

[17](Note dans le texte de Mérimée) Bâtons ferrés des Basques.
[18](Note dans le texte de Mérimée) Magistrat chargé de la police et de l'administration municipale.

sur mon banc, près de la porte. J'étais jeune alors; je pensais toujours au pays, et je ne croyais pas qu'il y eût de jolies filles sans jupes bleues et sans nattes tombant sur les épaules[19]. D'ailleurs, les Andalouses me faisaient peur; je n'étais pas encore fait à leurs manières: toujours à railler, jamais un mot de raison. J'étais donc le nez sur ma chaîne, quand j'entends des bourgeois qui disaient: Voilà la gitanilla! Je levai les yeux, et je la vis. C'était un vendredi, et je ne l'oublierai jamais. Je vis cette Carmen que vous connaissez, chez qui je vous ai rencontré il y a quelques mois.

Elle avait un jupon rouge fort court qui laissait voir des bas de soie blancs avec plus d'un trou, et des souliers mignons de maroquin rouge attachés avec des rubans couleur de feu. Elle écartait sa mantille afin de montrer ses épaules et un gros bouquet de cassie qui sortait de sa chemise. Elle avait encore une fleur de cassie dans le coin de la bouche, et elle s'avançait en se balançant sur ses hanches comme une pouliche du haras de Cordoue. Dans mon pays, une femme en ce costume aurait obligé le monde à se signer. À Séville, chacun lui adressait quelque compliment gaillard sur sa tournure; elle répondait à chacun, faisant les yeux en coulisse, le poing sur la hanche, effrontée comme une vraie bohémienne qu'elle était. D'abord elle ne me plut pas, et je repris mon ouvrage; mais elle, suivant l'usage des femmes et des chats qui ne viennent pas quand on les appelle et qui viennent quand on ne les appelle pas, s'arrêta devant moi et m'adressa la parole: «Compère, me dit-elle à la façon andalouse, veux-tu me donner ta chaîne pour tenir les clefs de mon coffre-fort?

—C'est pour attacher mon épinglette, lui répondis-je.

—Ton épinglette! s'écria-t-elle en riant. Ah! monsieur fait de la dentelle, puisqu'il a besoin d'épingles! Tout le monde qui était là se mit à rire, et moi je me sentais rougir, et je ne pouvais trouver rien à lui répondre. —Allons, mon cœur, reprit-elle, fais-moi sept aunes de dentelle noire pour une mantille, épinglier de mon âme!» Et prenant la fleur de cassie qu'elle avait à la bouche, elle me la lança, d'un mouvement du pouce, juste entre les deux yeux. Monsieur, cela me fit l'effet d'une balle qui m'arrivait... Je ne savais où me fourrer, je demeurais immobile comme une planche. Quand elle fut entrée dans la manufacture, je vis la fleur de cassie qui était tombée à terre entre mes pieds; je ne sais ce qui me prit, mais je la ramassai sans que mes camarades s'en aperçussent et je la mis précieusement dans ma veste. Première sottise!

Deux ou trois heures après, j'y pensais encore, quand arrive dans le corps de garde un portier tout haletant, la figure renversée. Il nous dit que dans la grande salle des cigares il y avait une femme assassinée, et qu'il fallait y envoyer la garde. Le maréchal me dit de prendre deux hommes et d'y aller voir. Je prends mes hommes et je monte. Figurez-vous, monsieur, qu'entré dans la salle je trouve d'abord trois cents femmes en chemise, ou peu s'en faut, toutes criant, hurlant, gesticulant, faisant un vacarme à ne pas entendre Dieu tonner. D'un côté, il y en avait une, les quatre fers en l'air, couverte de sang, avec un X sur la figure qu'on venait de lui marquer

---

[19](Note dans le texte de Mérimée) Costume ordinaire des paysannes de la Navarre et des provinces basques.

en deux coups de couteau. En face de la blessée, que secouraient les meilleures de la bande, je vois Carmen tenue par cinq ou six commères. La femme blessée criait: «Confession! confession! je suis morte! Carmen ne disait rien; elle serrait les dents, et roulait des yeux comme un caméléon. —Qu'est-ce que c'est? demandai-je. J'eus grand-peine à savoir ce qui s'était passé, car toutes les ouvrières me parlaient à la fois. Il paraît que la femme blessée s'était vantée d'avoir assez d'argent en poche pour acheter un âne au marché de Triana. —Tiens, dit Carmen qui avait une langue, tu n'as donc pas assez d'un balai? L'autre, blessée du reproche, peut-être parce qu'elle se sentait véreuse sur l'article, lui répond qu'elle ne se connaissait pas en balais, n'ayant pas l'honneur d'être bohémienne ni filleule de Satan, mais que mademoiselle Carmencita ferait bientôt connaissance avec son âne, quand M. le corrégidor la mènerait à la promenade avec deux laquais par derrière pour l'émoucher[20]. —Eh bien, moi, dit Carmen, je te ferai des abreuvoirs à mouches sur la joue, et je veux y peindre un damier[21]. Là-dessus, vli-vlan! elle commence, avec le couteau dont elle coupait le bout des cigares, à lui dessiner des croix de Saint-André sur la figure.

Le cas était clair; je pris Carmen par le bras: —Ma sœur, lui dis-je poliment, il faut me suivre. Elle me lança un regard comme si elle me reconnaissait; mais elle dit d'un air résigné: —Marchons. Où est ma mantille?» Elle la mit sur sa tête de façon à ne montrer qu'un seul de ses grands yeux, et suivit mes deux hommes, douce comme un mouton. Arrivés au corps de garde, le maréchal des logis dit que c'était grave, et qu'il fallait la mener à la prison. C'était encore moi qui devais la conduire. Je la mis entre deux dragons et je marchais derrière comme un brigadier doit faire en semblable rencontre. Nous nous mîmes en route pour la ville. D'abord la bohémienne avait gardé le silence; mais dans la rue du Serpent—vous la connaissez, elle mérite bien son nom par les détours qu'elle fait—dans la rue du Serpent, elle commence par laisser tomber sa mantille sur ses épaules, afin de me montrer son minois enjôleur, et, se tournant vers moi autant qu'elle pouvait, elle me dit:

«Mon officier, où me menez-vous?

—À la prison, ma pauvre enfant, lui répondis-je le plus doucement que je pus, comme un bon soldat doit parler à un prisonnier, surtout à une femme.

—Hélas! que deviendrai-je? Seigneur officier, ayez pitié de moi. Vous êtes si jeune, si gentil!... Puis, d'un ton plus bas: Laissez-moi m'échapper, dit-elle, je vous donnerai un morceau de la *bar lachi*, qui vous fera aimer de toutes les femmes.»

La *bar lachi*, monsieur, c'est la pierre d'aimant, avec laquelle les bohémiens prétendent qu'on fait quantité de sortilèges quand on sait s'en servir. Faites-en boire à une femme une pincée râpée dans un verre de vin blanc, elle ne résiste plus. Moi, je lui répondis le plus sérieusement que je pus:

«Nous ne sommes pas ici pour dire des balivernes; il faut aller à la prison,

---

[20]Peine infamante où certains criminels, par exemple, les femmes infidèles et les sorcières, étaient promenés à dos d'âne à travers la ville. À chaque carrefour, le bourreau leur fouettait les épaules mises à nu.
[21](Note dans le texte de Mérimée) *Pintar un javeque*, peindre un chebec. Les Chebecs espagnols ont pour la plupart leur bande peinte à carreaux rouges et blancs.

c'est la consigne, et il n'y a pas de remède.»

Nous autres gens du pays basque, nous avons un accent qui nous fait reconnaître facilement des Espagnols; en revanche, il n'y en a pas un qui puisse seulement apprendre à dire *baï, jaona*[22]. Carmen donc n'eut pas de peine à deviner que je venais des provinces. Vous saurez que les bohémiens, monsieur, comme n'étant d'aucun pays, voyageant toujours, parlent toutes les langues, et la plupart sont chez eux en Portugal, en France, dans les provinces, en Catalogne, partout; même avec les Maures et les Anglais, ils se font entendre. Carmen savait assez bien le basque. «*Laguna, ene bihotsarena*, camarade de mon cœur, me dit-elle tout à coup, êtes-vous du pays?»

Notre langue, monsieur, est si belle, que, lorsque nous l'entendons en pays étranger, cela nous fait tressaillir... «Je voudrais avoir un confesseur des provinces», ajouta plus bas le bandit. Il reprit après un silence:

«Je suis d'Elizondo, lui répondis-je en basque, fort ému de l'entendre parler ma langue.

—Moi, je suis d'Etchalar, dit-elle. —C'est un pays à quatre heures de chez nous. —J'ai été emmenée par des bohémiens à Séville. Je travaillais à la manufacture pour gagner de quoi retourner en Navarre, près de ma pauvre mère qui n'a que moi pour soutien, et un petit *barratcea*[23] avec vingt pommiers à cidre. Ah! si j'étais au pays, devant la montagne blanche! On m'a insultée parce que je ne suis pas de ce pays de filous, marchands d'oranges pourries; et ces gueuses se sont mises toutes contre moi, parce que je leur ai dit que tous leurs *jacques*[24] de Séville, avec leurs couteaux, ne feraient pas peur à un gars de chez nous avec son béret bleu et son *maquila*. Camarade, mon ami, ne ferez-vous rien pour une payse?»

Elle mentait, monsieur, elle a toujours menti. Je ne sais pas si dans sa vie cette fille-là a jamais dit un mot de vérité; mais, quand elle parlait, je la croyais: c'était plus fort que moi. Elle estropiait le basque, et je la crus Navarraise; ses yeux seuls et sa bouche et son teint la disaient bohémienne. J'étais fou, je ne faisais plus attention à rien. Je pensais que, si des Espagnols s'étaient avisés de mal parler du pays, je leur aurais coupé la figure, tout comme elle venait de faire à sa camarade. Bref, j'étais comme un homme ivre; je commençais à dire des bêtises, j'étais tout près d'en faire.

«Si je vous poussais, et si vous tombiez, mon pays, reprit-elle en basque, ce ne seraient pas ces deux conscrits de Castillans qui me retiendraient...

Ma foi, j'oubliai la consigne et tout, et je lui dis:

—Eh bien, m'amie, ma payse, essayez, et que Notre-Dame de la Montagne vous soit en aide!» En ce moment, nous passions devant une de ces ruelles étroites comme il y en a tant à Séville. Tout à coup Carmen se retourne et me lance un coup de poing dans la poitrine. Je me laissai tomber exprès à la renverse. D'un bond, elle saute par-dessus moi et se met à courir en nous montrant une paire de jambes!...

---

[22](Note dans le texte de Mérimée) Oui, monsieur.
[23](Note dans le texte de Mérimée) Enclos, jardin.
[24](Note dans le texte de Mérimée) Braves, fanfarons.

On dit jambes de Basque : les siennes en valaient bien d'autres... aussi vites que bien tournées. Moi, je me relève aussitôt ; mais je mets ma lance[25] en travers, de façon à barrer la rue, si bien que, de prime abord, les camarades furent arrêtés au moment de la poursuivre. Puis je me mis moi-même à courir, et eux après moi ; mais l'atteindre ! Il n'y avait pas de risque, avec nos éperons, nos sabres et nos lances ! En moins de temps que je n'en mets à vous le dire, la prisonnière avait disparu. D'ailleurs, toutes les commères du quartier favorisaient sa fuite, et se moquaient de nous, et nous indiquaient la fausse voie. Après plusieurs marches et contre-marches, il fallut nous en revenir au corps de garde sans un reçu du gouverneur de la prison.

Mes hommes, pour n'être pas punis, dirent que Carmen m'avait parlé basque ; et il ne paraissait pas trop naturel, pour dire la vérité, qu'un coup de poing d'une tant petite fille eût terrassé si facilement un gaillard de ma force. Tout cela parut louche, ou plutôt trop clair. En descendant la garde, je fus dégradé et envoyé pour un mois à la prison. C'était ma première punition depuis que j'étais au service. Adieu les galons de maréchal des logis que je croyais déjà tenir !

Mes premiers jours de prison se passèrent fort tristement. En me faisant soldat, je m'étais figuré que je deviendrais tout au moins officier. Longa, Mina, mes compatriotes, sont bien capitaines généraux ; Chapalangarra, qui est un négro[26] comme Mina, et réfugié comme lui dans votre pays, Chapalangarra était colonel, et j'ai joué à la paume vingt fois avec son frère, qui était un pauvre diable comme moi. Maintenant je me disais : Tout le temps que tu as servi sans punition, c'est du temps perdu. Te voilà mal noté ; pour te remettre bien dans l'esprit des chefs, il te faudra travailler dix fois plus que lorsque tu es venu comme conscrit ! Et pour quoi me suis-je fait punir ? Pour une coquine de bohémienne qui s'est moquée de moi, et qui, dans ce moment, est à voler dans quelque coin de la ville. Pourtant je ne pouvais m'empêcher de penser à elle. Le croiriez-vous, monsieur ? ses bas de soie troués qu'elle me faisait voir tout en plein en s'enfuyant, je les avais toujours devant les yeux. Je regardais par les barreaux de la prison dans la rue, et, parmi toutes les femmes qui passaient, je n'en voyais pas une seule qui valût cette diable de fille-là. Et puis, malgré moi, je sentais la fleur de cassie qu'elle m'avait jetée, et qui, sèche, gardait toujours sa bonne odeur... S'il y a des sorcières, cette fille-là en était une !

Un jour, le geôlier entre, et me donne un pain d'Alcalá[27]. « Tenez, dit-il, voilà ce que votre cousine vous envoie. » Je pris le pain, fort étonné, car je n'avais pas de cousine à Séville. C'est peut-être une erreur, pensai-je en regardant le pain ; mais il était si appétissant, il sentait si bon, que, sans m'inquiéter de savoir d'où il venait et à qui il était destiné, je résolus de le manger. En voulant le couper, mon couteau rencontra quelque chose de dur. Je regarde, et je trouve une petite lime anglaise qu'on avait glissée dans la pâte avant que le pain fût cuit. Il y avait encore dans le pain une pièce d'or de deux piastres. Plus de doute alors, c'était un cadeau de

---

[25](Note de l'auteur) Toute la cavalerie espagnole est armée de lances.
[26]Un libéral, par opposition aux royalistes, les blancs.
[27](Note dans le texte de Mérimée) Alcalá de los Panaderos, bourg à deux lieues de Séville, où l'on fait des petits pains délicieux. On prétend que c'est à l'eau d'Alcalá qu'ils doivent leur qualité et l'on en apporte tous les jours une grande quantité à Séville.

Carmen. Pour les gens de sa race, la liberté est tout, et ils mettraient le feu à une ville pour s'épargner un jour de prison. D'ailleurs, la commère était fine, et avec ce pain-là on se moquait des geôliers. En une heure, le plus gros barreau était scié avec la petite lime; et avec la pièce de deux piastres, chez le premier fripier, je changeais ma capote d'uniforme pour un habit bourgeois. Vous pensez bien qu'un homme qui avait déniché maintes fois des aiglons dans nos rochers ne s'embarrassait guère de descendre dans la rue, d'une fenêtre haute de moins de trente pieds; mais je ne voulais pas m'échapper. J'avais encore mon honneur de soldat, et déserter me semblait un grand crime. Seulement, je fus touché de cette marque de souvenir. Quand on est en prison, on aime à penser qu'on a dehors un ami qui s'intéresse à vous. La pièce d'or m'offusquait un peu, j'aurais bien voulu la rendre; mais où trouver mon créancier? cela ne me semblait pas facile.

Après la cérémonie de la dégradation, je croyais n'avoir plus rien à souffrir; mais il me restait encore une humiliation à dévorer: ce fut à ma sortie de prison lorsqu'on me commanda de service et qu'on me mit en faction comme un simple soldat. Vous ne pouvez vous figurer ce qu'un homme de cœur éprouve en pareille occasion. Je crois que j'aurais aimé autant à être fusillé. Au moins on marche seul, en avant de son peloton; on se sent quelque chose; le monde vous regarde.

Je fus mis en faction à la porte du colonel. C'était un jeune homme riche, bon enfant, qui aimait à s'amuser. Tous les jeunes officiers étaient chez lui, et force bourgeois, des femmes aussi, des actrices, à ce qu'on disait. Pour moi, il me semblait que toute la ville s'était donné rendez-vous à sa porte pour me regarder. Voilà qu'arrive la voiture du colonel, avec son valet de chambre sur le siège. Qu'est-ce que je vois descendre?... la gitanilla. Elle était parée, cette fois, comme une châsse, pomponnée, attifée, tout or et tout rubans. Une robe à paillettes, des souliers bleus à paillettes aussi, des fleurs et des galons partout. Elle avait un tambour de basque à la main. Avec elle il y avait deux autres bohémiennes, une jeune et une vieille. Il y a toujours une vieille pour les mener; puis un vieux avec une guitare, bohémien aussi, pour jouer et les faire danser. Vous savez qu'on s'amuse souvent à faire venir des bohémiennes dans les sociétés, afin de leur faire danser la *romalis*, c'est leur danse, et souvent bien autre chose.

Carmen me reconnut, et nous échangeâmes un regard. Je ne sais, mais, en ce moment, j'aurais voulu être à cent pieds sous terre. «*Agur laguna*[28], dit-elle. Mon officier, tu montes la garde comme un conscrit!» Et, avant que j'eusse trouvé un mot à répondre, elle était dans la maison.

Toute la société était dans le patio, et, malgré la foule, je voyais à peu près tout ce qui se passait à travers la grille[29]. J'entendais les castagnettes, le tambour; les rires et les bravos; parfois j'apercevais sa tête quand elle sautait avec son tambour. Puis j'entendais encore les officiers qui lui disaient bien des choses qui me

---

[28](Note dans le texte de Mérimée) Bonjour, camarade.
[29](Note dans le texte de Mérimée) La plupart des maisons de Séville ont une cour intérieure entourée de portiques. On s'y tient en été. Cette cour est couverte d'une toile qu'on arrose pendant le jour et qu'on retire le soir. La porte de la rue est presque toujours ouverte, et le passage qui conduit à la cour, *zaguan*, est fermé par une grille en fer très élégamment ouvragée.

faisait monter le rouge à la figure. Ce qu'elle répondait, je n'en savais rien. C'est de ce jour-là, je pense que je me mis à l'aimer pour tout de bon; car l'idée me vint trois ou quatre fois d'entrer dans le patio, et de donner de mon sabre dans le ventre à tous ces freluquets qui lui contaient fleurettes. Mon supplice dura une bonne heure; puis les bohémiens sortirent, et la voiture les ramena. Carmen, en passant, me regarda encore avec les yeux que vous savez, et me dit très bas: «Pays, quand on aime la bonne friture, on en va manger à Triana, chez Lillas Pastia.» Légère comme un cabri, elle s'élança dans la voiture, le cocher fouetta ses mules, et toute la bande joyeuse s'en alla je ne sais où.

Vous devinez bien qu'en descendant ma garde j'allai à Triana; mais d'abord je me fis raser et je me brossai comme pour un jour de parade. Elle était chez Lillas Pastia, un vieux marchand de friture, bohémien, noir comme un Maure, chez qui beaucoup de bourgeois venaient manger du poisson frit, surtout, je crois, depuis que Carmen y avait pris ses quartiers.

«Lillas, dit-elle sitôt qu'elle me vit, je ne fais plus rien de la journée. Demain il fera jour![30] Allons, pays, allons nous promener.

Elle mit sa mantille devant son nez, et nous voilà dans la rue, sans savoir où j'allais.

—Mademoiselle, lui dis-je, je crois que j'ai à vous remercier d'un présent que vous m'avez envoyé quand j'étais en prison. J'ai mangé le pain; la lime me servira pour affiler ma lance, et je la garde comme souvenir de vous; mais l'argent, le voilà.

—Tiens! il a gardé l'argent, s'écria-t-elle en éclatant de rire. Au reste, tant mieux, car je ne suis guère en fonds; mais qu'importe? chien qui chemine ne meurt pas de famine[31]. Allons, mangeons tout. Tu me régales.»

Nous avions repris le chemin de Séville. À l'entrée de la rue du Serpent, elle acheta une douzaine d'oranges, qu'elle me fit mettre dans mon mouchoir. Un peu plus loin, elle acheta encore un pain, du saucisson, une bouteille de manzanilla[32]; puis enfin elle entra chez un confiseur. Là, elle jeta sur le comptoir la pièce d'or que je lui avais rendue, une autre encore, qu'elle avait dans sa poche, avec quelque argent blanc; enfin elle me demanda tout ce que j'avais. Je n'avais qu'une piécette et quelques cuartos, que je lui donnai, fort honteux de n'avoir pas davantage. Je crus qu'elle voulait emporter toute la boutique. Elle prit tout ce qu'il y avait de plus beau et de plus cher, *yemas*[33], *turon*[34], fruits confits, tant que l'argent dura. Tout cela, il fallut encore que je le portasse dans des sacs de papier. Vous connaissez peut-être la rue du Candilejo, où il y a une tête du roi don Pedro

[30](Note dans le texte de Mérimée) *Mañana será otro dia* (Proverbe espagnol).
[31](Note dans le texte de Mérimée) *Chuquel sos pirela, Cocal terela.* Chien qui marche, os trouve (Proverbe bohémien).
[32]Vin bien connu.
[33](Note dans le texte de Mérimée) Jaunes d'œuf sucrés.
[34](Note dans le texte de Mérimée) Espèce de nougat.
[35](Note dans le texte de Mérimée) Le roi don Pèdre, que nous nommons *le Cruel*, et que la reine Isabelle la Catholique n'appelait jamais que *le Justicier*, aimait à se promener le soir dans les rues de Séville, cherchant les aventures comme le calife Haroûn-al-Raschid. Certaine nuit, il se prit de querelle, dans une rue écartée, avec un homme qui donnait une

le Justicier[35]. Elle aurait dû m'inspirer des réflexions. Nous nous arrêtâmes, dans cette rue-là, devant une vieille maison. Elle entra dans l'allée, et frappa au rez-de-chaussée. Une bohémienne, vraie servante de Satan, vint nous ouvrir. Carmen lui dit quelques mots en romani. La vieille grogna d'abord. Pour l'apaiser, Carmen lui donna deux oranges et une poignée de bonbons, et lui permit de goûter au vin. Puis elle lui mit sa mante sur le dos et la conduisit à la porte, qu'elle ferma avec la barre de bois. Dès que nous fûmes seuls, elle se mit à danser et à rire comme une folle, en chantant: «Tu es mon *rom*, je suis ta *romi*[36]. Moi, j'étais au milieu de la chambre, chargé de toutes ses emplettes, ne sachant où les poser. Elle jeta tout par terre, et me sauta au cou, en me disant: —Je paye mes dettes, je paye mes dettes! c'est la loi des Calés[37]!» Ah! monsieur, cette journée-là! cette journée-là!... quand j'y pense, j'oublie celle de demain.

Le bandit se tut un instant; puis, après avoir rallumé son cigare, il reprit:

Nous passâmes ensemble toute la journée, mangeant, buvant, et le reste. Quand elle eut mangé des bonbons comme un enfant de six ans, elle en fourra des poignées dans la jarre d'eau de la vieille. «C'est pour lui faire du sorbet, disait-elle. Elle écrasait des yemas en les lançant contre la muraille. —C'est pour que les mouches nous laissent tranquilles», disait-elle... Il n'y a pas de tour ni de bêtise qu'elle ne fît. Je lui dis que je voudrais la voir danser; mais où trouver des castagnettes?» Aussitôt elle prend la seule assiette de la vieille, la casse en morceaux, et la voilà qui danse la romalis en faisant claquer les morceaux de faïence aussi bien que si elle avait eu des castagnettes d'ébène ou d'ivoire. On ne s'ennuyait pas auprès de cette fille-là, je vous en réponds. Le soir vint, et j'entendis les tambours qui battaient la retraite.

«Il faut que j'aille au quartier pour l'appel, lui dis-je.

---

sérénade. On se battit, et le roi tua le cavalier amoureux. Au bruit des épées, une vieille femme mit la tête à la fenêtre, et éclaira la scène avec la petite lampe, *candilejo*, qu'elle tenait à la main. Il faut savoir que le roi don Pèdre, d'ailleurs leste et vigoureux, avait un défaut de conformation singulier. Quand il marchait, ses rotules craquaient fortement. La vieille, à ce craquement, n'eut pas de peine à le reconnaître. Le lendemain, le Vingt-quatre en charge vint faire son rapport au roi. «Sire, on s'est battu en duel, cette nuit, dans telle rue. Un des combattants est mort. —Avez-vous découvert le meurtrier? —Oui, sire. —Pourquoi n'est-il pas déjà puni? —Sire, j'attends vos ordres. —Exécutez la loi.» Or le roi venait de publier un décret portant que tout duelliste serait décapité, et que sa tête demeurerait exposée sur le lieu du combat. Le Vingt-quatre se tira d'affaire en homme d'esprit. Il fit scier la tête d'une statue du roi, et l'exposa dans une niche au milieu de la rue, théâtre du meurtre. Le roi et tous les Sévillans le trouvèrent fort bon. La rue prit son nom de la lampe de la vieille, seul témoin de l'aventure. —Voilà la tradition populaire. Zuñiga raconte l'histoire un peu différemment (Voir *Anales de Sevilla*, t. II, p. 136). Quoi qu'il en soit, il existe encore à Séville une rue du Candilejo, et dans cette rue un buste de pierre qu'on dit être le portrait de don Pèdre. Malheureusement, ce buste est moderne. L'ancien était fort usé au XVIIe siècle, et la municipalité d'alors le fit remplacer par celui qu'on voit aujourd'hui.

[36](Note dans le texte de Mérimée) *Rom*, mari; *romi*, femme.

[37](Note dans le texte de Mérimée) *Calo*; féminin, *calli*; pluriel, *calés*. Mot à mot: *noir*, nom que les bohémiens se donnent dans leur langue.

—Au quartier? dit-elle d'un air de mépris; tu es donc un nègre, pour te laisser mener à la baguette? Tu es un vrai canari, d'habit et de caractère[38]. Va, tu as un cœur de poulet.» Je restai, résigné d'avance à la salle de police. Le matin, ce fut elle qui parla la première de nous séparer. «Écoute, Joseito, dit-elle; t'ai-je payé? D'après notre loi, je ne te devais rien, puisque tu es un *payllo*, mais tu es un joli garçon, et tu m'as plu. Nous sommes quittes. Bonjour.

Je lui demandai quand je la reverrais.

—Quand tu seras moins niais, répondit-elle en riant. Puis, d'un ton plus sérieux: Sais-tu, mon fils, que je crois que je t'aime un peu? Mais cela ne peut durer. Chien et loup ne font pas longtemps bon ménage. Peut-être que, si tu prenais la loi d'Égypte[39], j'aimerais à devenir ta romi. Mais, ce sont des bêtises: cela ne se peut pas. Bah! mon garçon, crois-moi, tu en es quitte à bon compte. Tu as rencontré le diable, oui, le diable; il n'est pas toujours noir, et il ne t'a pas tordu le cou. Je suis habillée de laine, mais je ne suis pas mouton[40]. Va mettre un cierge devant ta *majari*[41]; elle l'a bien gagné. Allons, adieu encore une fois. Ne pense plus à Carmencita, ou elle te ferait épouser une veuve à jambes de bois[42].»

En parlant ainsi, elle défaisait la barre qui fermait la porte, et une fois dans la rue elle s'enveloppa dans sa mantille et me tourna les talons.

Elle disait vrai. J'aurais été sage de ne plus penser à elle; mais, depuis cette journée dans la rue du Candilejo, je ne pouvais plus songer à autre chose. Je me promenais tout le jour, espérant la rencontrer. J'en demandais des nouvelles à la vieille et au marchand de friture. L'un et l'autre répondaient qu'elle était partie pour Laloro[43], c'est ainsi qu'ils appellent le Portugal. Probablement c'était d'après les instructions de Carmen qu'ils parlaient de la sorte, mais je ne tardai pas à savoir qu'ils mentaient. Quelques semaines après ma journée de la rue du Candilejo, je fus de faction à une des portes de la ville. À peu de distance de cette porte, il y avait une brèche qui s'était faite dans le mur d'enceinte; on y travaillait pendant le jour, et la nuit on y mettait un factionnaire pour empêcher les fraudeurs. Pendant le jour, je vis Lillas Pastia passer et repasser autour du corps de garde, et causer avec quelques-uns de mes camarades; tous le connaissaient, et ses poissons et ses beignets encore mieux. Il s'approcha de moi et me demanda si j'avais des nouvelles de Carmen.

«Non, lui dis-je.

—Eh bien, vous en aurez, compère.»

Il ne se trompait pas. La nuit, je fus mis de faction à la brèche. Dès que le brigadier se fut retiré, je vis venir à moi une femme. Le cœur me disait que c'était Carmen. Cependant je criai: «Au large! on ne passe pas!

---

[38](Note dans le texte de Mérimée) Les dragons espagnols sont habillés de jaune.
[39]Égypte: la Bohême.
[40](Note dans le texte de Mérimée) *Me dicas vriardâ de jorpoy, bus ne sino braco* (Proverbe bohémien).
[41](Note dans le texte de Mérimée) La sainte, —la sainte Vierge.
[42](Note dans le texte de Mérimée) La potence, qui est veuve du dernier pendu.
[43](Note dans le texte de Mérimée) La (terre) rouge.

—Ne faites donc pas le méchant, me dit-elle en se faisant connaître à moi.
—Quoi! vous voilà, Carmen!
—Oui, mon pays. Parlons peu, parlons bien. Veux-tu gagner un douro? Il va venir des gens avec des paquets; laisse-les faire.
—Non, répondis-je. Je dois les empêcher de passer; c'est la consigne.
—La consigne! la consigne! Tu n'y pensais pas rue du Candilejo.
—Ah! répondis-je, tout bouleversé par ce seul souvenir, cela valait bien la peine d'oublier la consigne; mais je ne veux pas de l'argent des contrebandiers.
—Voyons, si tu ne veux pas d'argent, veux-tu que nous allions encore dîner chez la vieille Dorothée?
—Non! dis-je à moitié étranglé par l'effort que je faisais. Je ne puis pas.
—Fort bien. Si tu es si difficile, je sais à qui m'adresser. J'offrirai à ton officier d'aller chez Dorothée. Il a l'air d'un bon enfant, et il fera mettre en sentinelle un gaillard qui ne verra que ce qu'il faudra voir. Adieu canari. Je rirai bien le jour où la consigne sera de te pendre.»

J'eus la faiblesse de la rappeler, et je promis de laisser passer toute la bohême, s'il le fallait, pourvu que j'obtinsse la seule récompense que je désirais. Elle me jura aussitôt de me tenir parole dès le lendemain, et courut prévenir ses amis, qui étaient à deux pas. Il y en avait cinq, dont était Pastia, tous bien chargés de marchandises anglaises. Carmen faisait le guet. Elle devait avertir avec ses castagnettes dès qu'elle apercevrait la ronde, mais elle n'en eut pas besoin. Les fraudeurs firent leur affaire en un instant.

Le lendemain, j'allai rue du Candilejo. Carmen se fit attendre, et vint d'assez mauvaise humeur. «Je n'aime pas les gens qui se font prier, dit-elle. Tu m'as rendu un plus grand service la première fois, sans savoir si tu y gagnerais quelque chose. Hier, tu as marchandé avec moi. Je ne sais pas pourquoi je suis venue, car je ne t'aime plus. Tiens, va-t'en, voilà un douro pour ta peine.» Peu s'en fallut que je ne lui jetasse la pièce à la tête, et je fus obligé de faire un effort violent sur moi-même pour ne pas la battre. Après nous être disputés pendant une heure, je sortis furieux. J'errai quelque temps par la ville, marchant deçà et delà comme un fou; enfin j'entrai dans une église, et, m'étant mis dans le coin le plus obscur, je pleurai à chaudes larmes. Tout d'un coup j'entends une voix: «Larmes de dragon! j'en veux faire un philtre. Je lève les yeux, c'était Carmen en face de moi. —Eh bien, mon pays, m'en voulez-vous encore? me dit-elle. Il faut bien que je vous aime, malgré que j'en aie, car, depuis que vous m'avez quittée, je ne sais ce que j'ai. Voyons, maintenant c'est moi qui te demande si tu veux venir rue du Candilejo.»
Nous fîmes donc la paix; mais Carmen avait l'humeur comme est le temps chez nous. Jamais l'orage n'est si près dans nos montagnes que lorsque le soleil est le plus brillant. Elle m'avait promis de me revoir une autre fois chez Dorothée, et elle ne vint pas. Et Dorothée me dit de plus belle qu'elle était allée à Laloro pour les affaires d'Égypte.

Sachant déjà par expérience à quoi m'en tenir là-dessus, je cherchais Carmen partout où je croyais qu'elle pouvait être, et je passais vingt fois par jour dans la rue du Candilejo. Un soir, j'étais chez Dorothée, que j'avais presque apprivoisée en lui payant de temps à autre quelque verre d'anisette, lorsque Carmen entra suivie d'un jeune homme, lieutenant dans notre régiment. «Va-t'en vite, me dit-elle en basque. Je restai stupéfait, la rage dans le cœur. —Qu'est-ce que tu fais ici? me dit le lieutenant. Décampe, hors d'ici!» Je ne pouvais faire un pas; j'étais comme perclus. L'officier, en colère, voyant que je ne me retirais pas, et que je n'avais pas même ôté mon bonnet de police, me prit au collet et me secoua rudement. Je ne sais ce que je lui dis. Il tira son épée, et je dégainai. La vieille me saisit le bras, et le lieutenant me donna un coup au front, dont je porte encore la marque. Je reculai, et d'un coup de coude je jetai Dorothée à la renverse; puis, comme le lieutenant me poursuivait, je lui mis la pointe au corps, et il s'enferra. Carmen alors éteignit la lampe, et dit dans sa langue à Dorothée de s'enfuir. Moi-même je me sauvai dans la rue, et me mis à courir sans savoir où. Il me semblait que quelqu'un me suivait. Quand je revins à moi, je trouvai que Carmen ne m'avait pas quitté. «Grand niais de canari! me dit-elle, tu ne sais faire que des bêtises. Aussi bien, je te l'ai dit que je te porterais malheur. Allons, il y a remède à tout, quand on a pour bonne amie une Flamande de Rome[44]. Commence par mettre ce mouchoir sur ta tête, et jette-moi ce ceinturon. Attends-moi dans cette allée. Je reviens dans deux minutes.» Elle disparut, et me rapporta bientôt une mante rayée qu'elle était allée chercher je ne sais où. Elle me fit quitter mon uniforme, et mettre la mante par-dessus ma chemise. Ainsi accoutré, avec le mouchoir dont elle avait bandé la plaie que j'avais à la tête, je ressemblais assez à un paysan valencien, comme il y en a à Séville, qui viennent vendre leur orgeat de *chufas*[45]. Puis elle me mena dans une maison assez semblable à celle de Dorothée, au fond d'une petite ruelle. Elle et une autre bohémienne me lavèrent, me pansèrent mieux que n'eût pu le faire un chirurgien-major, me firent boire je ne sais quoi; enfin, on me mit sur un matelas, et je m'endormis.

Probablement ces femmes avaient mêlé dans ma boisson quelques-unes de ces drogues assoupissantes dont elles ont le secret, car je ne m'éveillai que fort tard le lendemain. J'avais un grand mal de tête et un peu de fièvre. Il fallut quelque temps pour que le souvenir me revînt de la terrible scène où j'avais pris part la veille. Après avoir pansé ma plaie, Carmen et son amie, accroupies toutes les deux sur les talons auprès de mon matelas, échangèrent quelques mots en *chipe calli*, qui paraissaient être une consultation médicale. Puis toutes les deux m'assurèrent que je serais guéri avant peu, mais qu'il fallait quitter Séville le plus tôt possible; car, si l'on m'y attrapait, j'y serais fusillé sans rémission. «Mon garçon, me dit Carmen, il faut que tu fasses quelque chose; maintenant que le roi ne te donne plus ni riz ni merluche[46], il faut que tu songes à gagner ta vie. Tu es trop bête pour voler

---
[44](Note dans le texte de Mérimée) *Flamenca de Roma*. Terme d'argot qui désigne les bohémiennes. Roma ne veut pas dire ici la ville éternelle, mais la nation des Romi ou des *gens mariés*, nom que se donnent les bohémiens. Les premiers qu'on vit en Espagne venaient probablement des Pays-Bas, d'où est venu leur nom de *Flamands*.
[45](Note dans le texte de Mérimée) Racine bulbeuse dont on fait une boisson assez agréable.
[46](Note dans le texte de Mérimée) Nourriture ordinaire du soldat espagnol.

à *pastesas*[47]; mais tu es leste et fort: si tu as du cœur, va-t'en à la côte, et fais-toi contrebandier. Ne t'ai-je pas promis de te faire pendre? Cela vaut mieux que d'être fusillé. D'ailleurs, si tu sais t'y prendre, tu vivras comme un prince, aussi longtemps que les miñons[48] et les gardes-côtes ne te mettront pas la main sur le collet.»

Ce fut de cette façon engageante que cette diable de fille me montra la nouvelle carrière qu'elle me destinait, la seule, à vrai dire, qui me restât, maintenant que j'avais encouru la peine de mort. Vous le dirai-je, monsieur? elle me détermina sans beaucoup de peine. Il me semblait que je m'unissais à elle plus intimement par cette vie de hasards et de rébellion. Désormais je crus m'assurer son amour. J'avais entendu souvent parler de quelques contrebandiers qui parcouraient l'Andalousie, montés sur un bon cheval, l'espingole au poing, leur maîtresse en croupe. Je me voyais déjà trottant par monts et par vaux avec la gentille bohémienne derrière moi. Quand je lui parlai de cela, elle riait à se tenir les côtés, et me disait qu'il n'y a rien de si beau qu'une nuit passée au bivouac, lorsque chaque rom se retire avec sa romi sous sa petite tente formée de trois cerceaux, avec une couverture par-dessus.

«Si je te tiens jamais dans la montagne, lui disais-je, je serai sûr de toi! Là, il n'y a pas de lieutenant pour partager avec moi.

—Ah! tu es jaloux, répondait-elle. Tant pis pour toi. Comment es-tu assez bête pour cela? Ne vois-tu pas que je t'aime, puisque je ne t'ai jamais demandé d'argent?»

Lorsqu'elle parlait ainsi, j'avais envie de l'étrangler.

Pour le faire court, monsieur, Carmen me procura un habit bourgeois, avec lequel je sortis de Séville sans être reconnu. J'allai à Jerez avec une lettre de Pastia pour un marchand d'anisette chez qui se réunissaient des contrebandiers. On me présenta à ces gens-là, dont le chef, surnommé le Dancaïre, me reçut dans sa troupe. Nous partîmes pour Gaucin, où je retrouvai Carmen, qui m'y avait donné rendez-vous. Dans les expéditions, elle servait d'espion à nos gens, et de meilleur il n'y en eut jamais. Elle revenait de Gibraltar, et déjà elle avait arrangé avec un patron de navire l'embarquement de marchandises anglaises que nous devions recevoir sur la côte. Nous allâmes les attendre près d'Estepona, puis nous en cachâmes une partie dans la montagne; chargés du reste, nous nous rendîmes à Ronda. Carmen nous y avait précédés. Ce fut elle encore qui nous indiqua le moment où nous entrerions en ville. Ce premier voyage et quelques autres après furent heureux. La vie de contrebandier me plaisait mieux que la vie de soldat; je faisais des cadeaux à Carmen. J'avais de l'argent et une maîtresse. Je n'avais guère de remords, car, comme disent les bohémiens: Gale avec plaisir ne démange pas[49]. Partout nous étions bien reçus; mes compagnons me traitaient bien, et même me témoignaient de la considération. La raison, c'était que j'avais tué un homme, et parmi eux il y en avait qui n'avaient pas un pareil exploit sur la conscience. Mais ce qui me touchait davantage dans ma nouvelle vie, c'est que je voyais souvent Carmen. Elle

---

[47](Note dans le texte de Mérimée) *Ustilar à pastesas*, voler avec adresse, dérober sans violence.

[48](Note dans le texte de Mérimée) Espèce de corps franc.

[49](Note dans le texte de Mérimée) *Sarapia sat pesquital ne punzava.*

me montrait plus d'amitié que jamais; cependant, devant les camarades, elle ne convenait pas qu'elle était ma maîtresse; et même, elle m'avait fait jurer par toutes sortes de serments de ne rien leur dire sur son compte. J'étais si faible devant cette créature, que j'obéissais à tous ses caprices. D'ailleurs, c'était la première fois qu'elle se montrait à moi avec la réserve d'une honnête femme, et j'étais assez simple pour croire qu'elle s'était véritablement corrigée de ses façons d'autrefois.

Notre troupe, qui se composait de huit ou dix hommes, ne se réunissait guère que dans les moments décisifs, et d'ordinaire nous étions dispersés deux à deux, trois à trois, dans les villes et les villages. Chacun de nous prétendait avoir un métier: celui-ci était chaudronnier, celui-là maquignon; moi, j'étais marchand de merceries, mais je ne me montrais guère dans les gros endroits, à cause de ma mauvaise affaire de Séville. Un jour, ou plutôt une nuit, notre rendez-vous était au bas de Véger. Le Dancaïre et moi nous nous y trouvâmes avant les autres. Il paraissait fort gai. «Nous allons avoir un camarade de plus, me dit-il. Carmen vient de faire un de ses meilleurs tours. Elle vient de faire échapper son rom qui était au presidio à Tarifa.» Je commençais déjà à comprendre le bohémien, que parlaient presque tous mes camarades, et ce mot de rom me causa un saisissement. «Comment! son mari! elle est donc mariée? demandai-je au capitaine.

— Oui, répondit-il, à Garcia le Borgne, un bohémien aussi futé qu'elle. Le pauvre garçon était aux galères. Carmen a si bien embobeliné le chirurgien du presidio, qu'elle en a obtenu la liberté de son rom. Ah! cette fille-là vaut son pesant d'or. Il y a deux ans qu'elle cherche à le faire évader. Rien n'a réussi, jusqu'à ce qu'on s'est avisé de changer le major. Avec celui-ci, il paraît qu'elle a trouvé bien vite le moyen de s'entendre.» Vous vous imaginez le plaisir que me fit cette nouvelle. Je vis bientôt Garcia le Borgne; c'était bien le plus vilain monstre que la bohême ait nourri: noir de peau et plus noir d'âme, c'était le plus franc scélérat que j'aie rencontré dans ma vie. Carmen vint avec lui; et, lorsqu'elle l'appelait son rom devant moi, il fallait voir les yeux qu'elle me faisait, et ses grimaces quand Garcia tournait la tête. J'étais indigné, et je ne lui parlais pas de la nuit. Le matin nous avions fait nos ballots, et nous étions déjà en route, quand nous nous aperçûmes qu'une douzaine de cavaliers étaient à nos trousses. Les fanfarons Andalous, qui ne parlaient que de tout massacrer, firent aussitôt piteuse mine. Ce fut un sauve-qui-peut général. Le Dancaïre, Garcia, un joli garçon d'Ecija, qui s'appelait le Remendado, et Carmen ne perdirent pas la tête. Le reste avait abandonné les mulets, et s'était jeté dans les ravins où les chevaux ne pouvaient les suivre. Nous ne pouvions conserver nos bêtes, et nous nous hâtâmes de défaire le meilleur de notre butin, et de le charger sur nos épaules, puis nous essayâmes de nous sauver au travers des rochers par les pentes les plus raides. Nous jetions nos ballots devant nous, et nous les suivions de notre mieux en glissant sur les talons. Pendant ce temps-là, l'ennemi nous canardait; c'était la première fois que j'entendais siffler les balles, et cela ne me fit pas grand-chose. Quand on est en vue d'une femme, il n'y a pas de mérite à se moquer de la mort. Nous nous échappâmes, excepté le pauvre Remendado, qui reçut un coup de feu dans les reins. Je jetai mon paquet, et j'essayai de le prendre.

«Imbécile! me cria Garcia, qu'avons-nous affaire d'une charogne? achève-le et ne perds pas les bas de coton. —Jette-le!» me criait Carmen. La fatigue m'obligea de le déposer un moment à l'abri d'un rocher. Garcia s'avança, et lui lâcha son espingole dans la tête. «Bien habile qui le reconnaîtrait maintenant, dit-il en regardant sa figure que douze balles avaient mise en morceaux. —Voilà, monsieur, la belle vie que j'ai menée. Le soir, nous nous trouvâmes dans un hallier, épuisés de fatigue, n'ayant rien à manger et ruinés par la perte de nos mulets. Que fit cet infernal Garcia? il tira un paquet de cartes de sa poche, et se mit à jouer avec le Dancaïre à la lueur d'un feu qu'ils allumèrent. Pendant ce temps-là, moi, j'étais couché, regardant les étoiles, pensant au Remendado, et me disant que j'aimerais autant être à sa place. Carmen était accroupie près de moi, et de temps en temps elle faisait un roulement de castagnettes en chantonnant. Puis, s'approchant comme pour me parler à l'oreille, elle m'embrassa, presque malgré moi, deux ou trois fois. —Tu es le diable, lui disais-je. —Oui», me répondait-elle.

Après quelques heures de repos, elle s'en fut à Gaucin, et le lendemain matin un petit chevrier vint nous porter du pain. Nous demeurâmes là tout le jour, et la nuit nous nous rapprochâmes de Gaucin. Nous attendions des nouvelles de Carmen. Rien ne venait. Au jour, nous voyons un muletier qui menait une femme bien habillée, avec un parasol, et une petite fille qui paraissait sa domestique. Garcia nous dit: «Voilà deux mules et deux femmes que saint Nicolas nous envoie; j'aimerais mieux quatre mules; n'importe, j'en fais mon affaire!» Il prit son espingole et descendit vers le sentier en se cachant dans les broussailles. Nous le suivions, le Dancaïre et moi, à peu de distance. Quand nous fûmes à portée, nous nous montrâmes, et nous criâmes au muletier de s'arrêter. La femme, en nous voyant, au lieu de s'effrayer, et notre toilette aurait suffi pour cela, fait un grand éclat de rire. «Ah! les *lillipendi* qui me prennent pour une *erani*[50]!» C'était Carmen, mais si bien déguisée, que je ne l'aurais pas reconnue parlant une autre langue. Elle sauta en bas de sa mule, et causa quelque temps à voix basse avec le Dancaïre et Garcia, puis elle me dit: «Canari, nous nous reverrons avant que tu sois pendu. Je vais à Gibraltar pour les affaires d'Égypte. Vous entendrez bientôt parler de moi.» Nous nous séparâmes après qu'elle nous eut indiqué un lieu où nous pourrions trouver un abri pour quelques jours. Cette fille était la providence de notre troupe. Nous reçûmes bientôt quelque argent qu'elle nous envoya, et un avis qui valait mieux pour nous: c'était que tel jour partiraient deux milords anglais, allant de Gibraltar à Grenade par tel chemin. À bon entendeur, salut. Ils avaient de belles et bonnes guinées. Garcia voulait les tuer, mais le Dancaïre et moi nous nous y opposâmes. Nous ne leur prîmes que l'argent et les montres, outre les chemises, dont nous avions grand besoin.

Monsieur, on devient coquin sans y penser. Une jolie fille vous fait perdre la tête, on se bat pour elle, un malheur arrive, il faut vivre à la montagne, et de contrebandier on devient voleur avant d'avoir réfléchi. Nous jugeâmes qu'il ne faisait

---

[50](Note dans le texte de Mérimée) Les imbéciles qui me prennent pour une femme comme il faut.

pas bon pour nous dans les environs de Gibraltar après l'affaire des milords, et nous nous enfonçâmes dans la sierra de Ronda. Vous m'avez parlé de José-Maria; tenez, c'est là que j'ai fait connaissance avec lui. Il menait sa maîtresse dans ses expéditions. C'était une jolie fille, sage, modeste, de bonnes manières; jamais un mot malhonnête, et un dévouement!... En revanche, il la rendait bien malheureuse. Il était toujours à courir après toutes les filles, il la malmenait, puis quelquefois il s'avisait de faire le jaloux. Une fois, il lui donna un coup de couteau. Eh bien, elle ne l'en aimait que davantage. Les femmes sont ainsi faites, les Andalouses surtout. Celle-là était fière de la cicatrice qu'elle avait au bras, et la montrait comme la plus belle chose du monde. Et puis José-Maria, par-dessus le marché, était le plus mauvais camarade!... Dans une expédition que nous fîmes, il s'arrangea si bien, que tout le profit lui en demeura, à nous les coups et l'embarras de l'affaire. Mais je reprends mon histoire. Nous n'entendions plus parler de Carmen. Le Dancaïre dit: «Il faut qu'un de nous aille à Gibraltar pour en avoir des nouvelles; elle doit avoir préparé quelque affaire. J'irais bien, mais je suis trop connu à Gibraltar. Le Borgne dit: —Moi aussi, on m'y connaît, j'y ai fait tant de farces aux Écrevisses[51]! et, comme je n'ai qu'un œil, je suis difficile à déguiser. —Il faut donc que j'y aille? dis-je à mon tour, enchanté à la seule idée de revoir Carmen; voyons, que faut-il faire? Les autres me dirent: —Fais tant que de t'embarquer ou de passer par Saint-Roc, comme tu aimeras le mieux, et, lorsque tu seras à Gibraltar, demande sur le port où demeure une marchande de chocolat qui s'appelle la Rollona; quand tu l'auras trouvée, tu sauras d'elle ce qui se passe là-bas.» Il fut convenu que nous partirions tous les trois pour la sierra de Gaucin, que j'y laisserais mes deux compagnons, et que je me rendrais à Gibraltar comme un marchand de fruits. À Ronda, un homme qui était à nous m'avait procuré un passeport; à Gaucin, on me donna un âne: je le chargeai d'oranges et de melons, et je me mis en route. Arrivé à Gibraltar, je trouvai qu'on y connaissait bien la Rollona, mais elle était morte ou elle était allée à *finibus terræ*[52], et sa disparition expliquait, à mon avis, comment nous avions perdu notre moyen de correspondre avec Carmen. Je mis mon âne dans une écurie, et, prenant mes oranges, j'allais par la ville comme pour les vendre, mais, en effet, pour voir si je ne rencontrerais pas quelque figure de connaissance. Il y a là force canaille de tous les pays du monde, et c'est la tour de Babel, car on ne saurait faire dix pas dans une rue sans entendre parler autant de langues. Je voyais bien des gens d'Égypte, mais je n'osais guère m'y fier; je les tâtais, et ils me tâtaient. Nous devinions bien que nous étions des coquins; l'important était de savoir si nous étions de la même bande. Après deux jours passés en courses inutiles, je n'avais rien appris touchant la Rollona ni Carmen, et je pensais à retourner auprès de mes camarades après avoir fait quelques emplettes, lorsqu'en me promenant dans une rue, au coucher du soleil, j'entends une voix de femme d'une fenêtre qui me dit: «Marchand d'oranges!...» Je lève la tête, et je vois à

---

[51](Note dans le texte de Mérimée) Nom que le peuple en Espagne donne aux Anglais à cause de la couleur de leur uniforme.
[52](Note dans le texte de Mérimée) Aux galères, ou bien à tous les diables.

un balcon Carmen, accoudée avec un officier en rouge, épaulettes d'or, cheveux frisés, tournure d'un gros mylord. Pour elle, elle était habillée superbement: un châle sur ses épaules, un peigne d'or, toute en soie; et la bonne pièce, toujours la même! riait à se tenir les côtes. L'Anglais, en baragouinant l'espagnol me cria de monter, que madame voulait des oranges; et, Carmen me dit en basque: «Monte, et ne t'étonne de rien.» Rien, en effet, ne devait m'étonner de sa part. Je ne sais si j'eus plus de joie que de chagrin en la retrouvant. Il y avait à la porte un grand domestique anglais, poudré, qui me conduisit dans un salon magnifique. Carmen me dit aussitôt en basque: «Tu ne sais pas un mot d'espagnol, tu ne me connais pas. Puis, se tournant vers l'Anglais: —Je vous le disais bien, je l'ai tout de suite reconnu pour un Basque; vous allez entendre quelle drôle de langue. Comme il a l'air bête, n'est-ce pas? On dirait un chat surpris dans un garde-manger. —Et toi, lui dis-je dans ma langue, tu as l'air d'une effrontée coquine, et j'ai bien envie de te balafrer la figure devant ton galant. —Mon galant! dit-elle, tiens, tu as deviné cela tout seul? Et tu es jaloux de cet imbécile-là? Tu es encore plus niais qu'avant nos soirées de la rue du Candilejo. Ne vois-tu pas, sot que tu es, que je fais en ce moment les affaires d'Égypte, et de la façon la plus brillante. Cette maison est à moi, les guinées de l'écrevisse seront à moi; je le mène par le bout du nez; je le mènerai d'où il ne sortira jamais.

—Et moi, lui dis-je, si tu fais encore les affaires d'Égypte de cette manière-là, je ferai si bien que tu ne recommenceras plus.

—Ah! oui-dà! Es-tu mon rom, pour me commander? Le Borgne le trouve bon, qu'as-tu à y voir? Ne devrais-tu pas être bien content d'être le seul qui se puisse dire mon *minchorrò*[53]?

—Qu'est-ce qu'il dit? demanda l'Anglais.

—Il dit qu'il a soif et qu'il boirait bien un coup», répondit Carmen. Et elle se renversa sur un canapé en éclatant de rire à sa traduction.

Monsieur, quand cette fille-là riait, il n'y avait pas moyen de parler raison. Tout le monde riait avec elle. Ce grand Anglais se mit à rire aussi, comme un imbécile qu'il était, et ordonna qu'on m'apportât à boire.

Pendant que je buvais: «Vois-tu cette bague qu'il a au doigt? dit-elle; si tu veux, je te la donnerai.

Moi je répondis: —Je donnerais un doigt pour tenir ton mylord dans la montagne, chacun un maquila[54] au poing.

—Maquila, qu'est-ce que cela veut dire? demanda l'Anglais.

—Maquila, dit Carmen riant toujours, c'est une orange. N'est-ce pas un bien drôle de mot pour une orange? Il dit qu'il voudrait vous faire manger du maquila.

—Oui? dit l'Anglais. Eh bien! apporte encore demain du maquila.» Pendant que nous parlions, le domestique entra et dit que le dîner était prêt. Alors l'Anglais se leva, me donna une piastre, et offrit son bras à Carmen, comme si elle ne pouvait

---

[53](Note dans le texte de Mérimée) Mon amant, ou plutôt mon caprice.
[54]Bâton ferré.

pas marcher seule. Carmen, riant toujours, me dit: «Mon garçon, je ne puis t'inviter à dîner; mais demain, dès que tu entendras le tambour pour la parade, viens ici avec des oranges. Tu trouveras une chambre mieux meublée que celle de la rue du Candilejo, et tu verras si je suis toujours ta Carmencita. Et puis nous parlerons des affaires d'Égypte.» Je ne répondis rien, et j'étais dans la rue que l'Anglais me criait: «Apportez demain du maquila!» et j'entendais les éclats de rire de Carmen.

Je sortis ne sachant ce que je ferais, je ne dormis guère, et le matin je me trouvais si en colère contre cette traîtresse, que j'avais résolu de partir de Gibraltar sans la revoir; mais, au premier roulement de tambour, tout mon courage m'abandonna: je pris ma natte d'oranges et je courus chez Carmen. Sa jalousie était entrouverte, et je vis son grand œil noir qui me guettait. Le domestique poudré m'introduisit aussitôt; Carmen lui donna une commission, et dès que nous fûmes seuls, elle partit d'un de ses éclats de rire de crocodile, et se jeta à mon cou. Je ne l'avais jamais vue si belle. Parée comme une madone, parfumée... des meubles de soie, des rideaux brodés... ah!... et moi fait comme un voleur que j'étais. «Minchorrò! disait Carmen, j'ai envie de tout casser ici, de mettre le feu à la maison, et de m'enfuir à la sierra.» Et c'étaient des tendresses!... et puis des rires!... et elle dansait, et elle déchirait ses falbalas: jamais singe ne fit plus de gambades, de grimaces, de diableries. Quand elle eut repris son sérieux: «Écoute, me dit-elle, il s'agit de l'Égypte. Je veux qu'il me mène à Ronda, où j'ai une sœur religieuse... (Ici nouveaux éclats de rire.) Nous passons par un endroit que je te ferai dire. Vous tombez sur lui: pillé rasibus! Le mieux serait de l'escoffier[55]; mais, ajouta-t-elle avec un sourire diabolique qu'elle avait dans de certains moments, et ce sourire-là, personne n'avait alors envie de l'imiter, —Sais-tu ce qu'il faudrait faire? Que le Borgne paraisse le premier. Tenez-vous un peu en arrière; l'écrevisse est brave et adroit: il a de bons pistolets... Comprends-tu?... Elle s'interrompit par un nouvel éclat de rire qui me fit frissonner.

—Non, lui dis-je: je hais Garcia, mais c'est mon camarade. Un jour peut-être je t'en débarrasserai, mais nous règlerons nos comptes à la façon de mon pays. Je ne suis Égyptien que par hasard; et, pour certaines choses, je serai toujours franc Navarrais, comme dit le proverbe[56].

Elle reprit: —Tu es une bête, un niais, un vrai *payllo*. Tu es comme le nain qui se croit grand quand il a pu cracher loin[57]. Tu ne m'aimes pas, va-t'en.»

Quand elle me disait: «Va-t'en», je ne pouvais m'en aller. Je promis de partir, de retourner auprès de mes camarades et d'attendre l'Anglais; de son côté, elle me promit d'être malade jusqu'au moment de quitter Gibraltar pour Ronda. Je demeurai encore deux jours à Gibraltar. Elle eut l'audace de me venir voir déguisée dans mon auberge. Je partis; moi aussi j'avais mon projet. Je retournai à notre rendez-vous, sachant le lieu et l'heure où l'Anglais et Carmen devaient passer. Je trouvai le Dancaïre et Garcia qui m'attendaient. Nous passâmes la nuit dans un bois auprès d'un

---

[55]Tuer.
[56](Note dans le texte de Mérimée) *Navarro fino*.
[57](Note dans le texte de Mérimée) *Or esorjié de or narsichislé, sin chismar lacinguel* (Proverbe bohémien). La promesse d'un nain, c'est de cracher loin.

feu de pommes de pin qui flambait à merveille. Je proposai à Garcia de jouer aux cartes. Il accepta. À la seconde partie, je lui dis qu'il trichait; il se mit à rire. Je lui jetai les cartes à la figure. Il voulut prendre son espingole; je mis le pied dessus, et je lui dis: «On dit que tu sais jouer du couteau comme le meilleur jaque de Málaga, veux-tu t'essayer avec moi?» Le Dancaïre voulut nous séparer. J'avais donné deux ou trois coups de poing à Garcia. La colère l'avait rendu brave; il avait tiré son couteau, moi le mien. Nous dîmes tous deux au Dancaïre de nous laisser place libre et franc jeu. Il vit qu'il n'y avait pas moyen de nous arrêter, et il s'écarta. Garcia était déjà ployé en deux comme un chat prêt à s'élancer contre une souris. Il tenait son chapeau de la main gauche pour parer, son couteau en avant. C'est leur garde andalouse. Moi, je me mis à la navarraise, droit en face de lui, le bras gauche levé, la jambe gauche en avant, le couteau le long de la cuisse droite. Je me sentais plus fort qu'un géant. Il se lança sur moi comme un trait; je tournai sur le pied gauche, et il ne trouva plus rien devant lui; mais je l'atteignis à la gorge, et le couteau entra si avant que ma main était sous son menton. Je retournai la lame si fort qu'elle se cassa. C'était fini. La lame sortit de la plaie lancée par un bouillon de sang gros comme le bras. Il tomba sur le nez raide comme un pieu. «Qu'as-tu fait? me dit le Dancaïre. —Écoute, lui dis-je: nous ne pouvions vivre ensemble. J'aime Carmen, et je veux être seul. D'ailleurs, Garcia était un coquin, et je me rappelle ce qu'il a fait au pauvre Remendado. Nous ne sommes plus que deux, mais nous sommes de bons garçons. Voyons, veux-tu de moi pour ami, à la vie à la mort?» Le Dancaïre me tendit la main. C'était un homme de cinquante ans. —Au diable les amourettes! s'écria-t-il. Si tu lui avais demandé Carmen, il te l'aurait vendue pour une piastre. Nous ne sommes plus que deux; comment ferons-nous demain? —Laisse-moi faire tout seul, lui répondis-je. Maintenant je me moque du monde entier.»

    Nous enterrâmes Garcia, et nous allâmes placer notre camp deux cents pas plus loin. Le lendemain, Carmen et son Anglais passèrent avec deux muletiers et un domestique. Je dis au Dancaïre: «Je me charge de l'Anglais. Fais peur aux autres, ils ne sont pas armés.» L'Anglais avait du cœur. Si Carmen ne lui eût poussé le bras, il me tuait. Bref, je reconquis Carmen ce jour-là, et mon premier mot fut de lui dire qu'elle était veuve. Quand elle sut comment cela s'était passé: «Tu seras toujours un *lillipendi*! me dit-elle. Garcia devait te tuer. Ta garde navarraise n'est qu'une bêtise, et il en a mis à l'ombre de plus habiles que toi. C'est que son temps était venu. Le tien viendra. —Et le tien, répondis-je, si tu n'es pas pour moi une vraie romi. —À la bonne heure, dit-elle; j'ai vu plus d'une fois dans du marc du café que nous devions finir ensemble. Bah! arrive qui plante[58]!» Et elle fit claquer ses castagnettes, ce qu'elle faisait toujours quand elle voulait chasser quelque idée importune.

    On s'oublie quand on parle de soi. Tous ces détails-là vous ennuient sans doute, mais j'ai bientôt fini. La vie que nous menions dura assez longtemps. Le Dancaïre et moi nous nous étions associé quelques camarades plus sûrs que les premiers, et nous nous occupions de contrebande, et aussi parfois, il faut bien l'avouer,

---

[58]On verra.

nous arrêtions sur la grande route, mais à la dernière extrémité, et lorsque nous ne pouvions faire autrement. D'ailleurs, nous ne maltraitions pas les voyageurs, et nous nous bornions à leur prendre leur argent. Pendant quelques mois, je fus content de Carmen; elle continuait à nous être utile pour nos opérations, en nous avertissant des bons coups que nous pourrions faire. Elle se tenait, soit à Málaga, soit à Cordoue, soit à Grenade; mais, sur un mot de moi, elle quittait tout, et venait me retrouver dans une venta isolée, ou même au bivouac. Une fois seulement, c'était à Málaga, elle me donna quelque inquiétude. Je sus qu'elle avait jeté son dévolu sur un négociant fort riche, avec lequel probablement elle se proposait de recommencer la plaisanterie de Gibraltar. Malgré tout ce que le Dancaïre put me dire pour m'arrêter, je partis, et j'entrai dans Málaga en plein jour. Je cherchai Carmen, et je l'emmenai aussitôt. Nous eûmes une verte explication. «Sais-tu, me dit-elle, que, depuis que tu es mon rom pour tout de bon, je t'aime moins que lorsque tu étais mon minchorrò? Je ne veux pas être tourmentée, ni surtout commandée. Ce que je veux, c'est être libre et faire ce qui me plaît. Prends garde de me pousser à bout. Si tu m'ennuies, je trouverai quelque bon garçon qui te fera comme tu as fait au Borgne.» Le Dancaïre nous raccommoda; mais nous nous étions dit des choses qui nous restaient sur le cœur, et nous n'étions plus comme auparavant. Peu après, un malheur nous arriva. La troupe nous surprit. Le Dancaïre fut tué, ainsi que deux de mes camarades; deux autres furent pris. Moi, je fus grièvement blessé, et, sans mon bon cheval, je demeurais entre les mains des soldats. Exténué de fatigue, ayant une balle dans le corps, j'allai me cacher dans un bois avec le seul compagnon qui me restât. Je m'évanouis en descendant de cheval, et je crus que j'allais crever dans les broussailles comme un lièvre qui a reçu du plomb. Mon camarade me porta dans une grotte que nous connaissions, puis il alla chercher Carmen. Elle était à Grenade, et aussitôt elle accourut. Pendant quinze jours, elle ne me quitta pas d'un instant. Elle ne ferma pas l'œil; elle me soigna avec une adresse et des attentions que jamais femme n'a eues pour l'homme le plus aimé. Dès que je pus me tenir sur mes jambes, elle me mena à Grenade dans le plus grand secret. Les bohémiennes trouvent partout des asiles sûrs, et je passai plus de six semaines dans une maison, à deux portes du corrégidor qui me cherchait. Plus d'une fois, regardant derrière un volet, je le vis passer. Enfin je me rétablis; mais j'avais fait bien des réflexions sur mon lit de douleur, et je projetais de changer de vie. Je parlai à Carmen de quitter l'Espagne, et de chercher à vivre honnêtement dans le Nouveau-Monde. Elle se moqua de moi. «Nous ne sommes pas faits pour planter des choux, dit-elle; notre destin, à nous, c'est de vivre aux dépens des payllos. Tiens, j'ai arrangé une affaire avec Nathan ben-Joseph de Gibraltar. Il a des cotonnades qui n'attendent que toi pour passer. Il sait que tu es vivant. Il compte sur toi. Que diraient nos correspondants de Gibraltar, si tu leur manquais de parole?» Je me laissai entraîner, et je repris mon vilain commerce.

    Pendant que j'étais caché à Grenade, il y eut des courses de taureaux où Carmen alla. En revenant, elle parla beaucoup d'un picador très adroit nommé Lucas. Elle savait le nom de son cheval, et combien lui coûtait sa veste brodée.

Je n'y fis pas attention. Juanito, le camarade qui m'était resté, me dit, quelques jours après, qu'il avait vu Carmen avec Lucas chez un marchand du Zacatin. Cela commença à m'alarmer. Je demandai à Carmen comment et pourquoi elle avait fait connaissance avec le picador. «C'est un garçon, me dit-elle, avec qui on peut faire une affaire. Rivière qui fait du bruit, a de l'eau ou des cailloux[59]. Il a gagné 1 200 réaux aux courses. De deux choses l'une: ou bien il faut avoir cet argent; ou bien, comme c'est un bon cavalier et un gaillard de cœur, on peut l'enrôler dans notre bande. Un tel et un tel sont morts, tu as besoin de les remplacer. Prends-le avec toi.
—Je ne veux, répondis-je, ni de son argent, ni de sa personne, et je te défends de lui parler. —Prends garde, me dit-elle; lorsqu'on me défie de faire une chose, elle est bientôt faite!» Heureusement, le picador partit pour Málaga, et moi, je me mis en devoir de faire entrer les cotonnades du juif. J'eus fort à faire dans cette expédition là, Carmen aussi, et j'oubliai Lucas; peut-être aussi l'oublia-t-elle, pour le moment du moins. C'est vers ce temps, monsieur, que je vous rencontrai, d'abord près de Montilla, puis après à Cordoue. Je ne vous parlerai pas de notre dernière entrevue. Vous en savez peut-être plus long que moi. Carmen vous vola votre montre; elle voulait encore votre argent, et surtout cette bague que je vois à votre doigt, et qui, dit-elle, est un anneau magique qu'il lui importait beaucoup de posséder. Nous eûmes une violente dispute, et je la frappai. Elle pâlit et pleura. C'était la première fois que je la voyais pleurer, et cela me fit un effet terrible. Je lui demandai pardon, mais elle me bouda pendant tout un jour, et, quand je repartis pour Montilla, elle ne voulut pas m'embrasser. J'avais le cœur gros, lorsque, trois jours après, elle vint me trouver l'air riant et gaie comme pinson. Tout était oublié, et nous avions l'air d'amoureux de deux jours. Au moment de nous séparer, elle me dit: «Il y a une fête à Cordoue, je vais la voir, puis je saurai les gens qui s'en vont avec de l'argent, et je te le dirai.» Je la laissai partir. Seul, je pensai à cette fête et à ce changement d'humeur de Carmen. «Il faut qu'elle se soit vengée déjà, me dis-je, puisqu'elle est revenue la première.» Un paysan me dit qu'il y avait des taureaux à Cordoue. Voilà mon sang qui bouillonne, et, comme un fou, je pars, et je vais à la place. On me montra Lucas, et, sur le banc contre la barrière, je reconnus Carmen. Il me suffit de la voir une minute pour être sûr de mon fait. Lucas, au premier taureau, fit le joli cœur, comme je l'avais prévu. Il arracha la cocarde[60] du taureau et la porta à Carmen, qui s'en coiffa sur-le-champ. Le taureau se chargea de me venger. Lucas fut culbuté avec son cheval sur la poitrine, et le taureau par-dessus tous les deux. Je regardai Carmen, elle n'était déjà plus à sa place. Il m'était impossible de sortir de celle où j'étais, et je fus obligé d'attendre la fin des courses. Alors j'allai à la maison que vous connaissez, et je m'y tins coi toute la soirée et une partie de la nuit. Vers deux heures du matin, Carmen revint, et fut un

---

[59](Note dans le texte de Mérimée) *Len sos sonsi abela*
  Pani o reblendani terela (Proverbe bohémien).
[60](Note dans le texte de Mérimée) *La divisa*, nœud de rubans dont la couleur indique les pâturages d'où viennent les taureaux. Ce nœud est fixé dans la peau du taureau au moyen d'un crochet, et c'est le comble de la galanterie que de l'arracher à l'animal vivant, pour l'offrir à une femme.

peu surprise de me voir. «Viens avec moi, lui dis-je. —Eh bien! dit-elle, partons!» J'allai prendre mon cheval, je la mis en croupe, et nous marchâmes tout le reste de la nuit sans nous dire un seul mot. Nous nous arrêtâmes au jour dans une venta isolée, assez près d'un petit ermitage. Là je dis à Carmen:

«Écoute, j'oublie tout. Je ne te parlerai de rien; mais jure-moi une chose: c'est que tu vas me suivre en Amérique, et que tu t'y tiendras tranquille.

—Non, dit-elle d'un ton boudeur, je ne veux pas aller en Amérique. Je me trouve bien ici.

—C'est parce que tu es près de Lucas; mais songes-y bien, s'il guérit, ce ne sera pas pour faire de vieux os. Au reste, pourquoi m'en prendre à lui? Je suis las de tuer tous tes amants; c'est toi que je tuerai.

Elle me regarda fixement de son regard sauvage, et me dit:

—J'ai toujours pensé que tu me tuerais. La première fois que je t'ai vu, je venais de rencontrer un prêtre à la porte de ma maison. Et cette nuit, en sortant de Cordoue, n'as-tu rien vu? Un lièvre a traversé le chemin entre les pieds de ton cheval. C'est écrit.

—Carmencita, lui demandai-je, est-ce que tu ne m'aimes plus?

Elle ne répondit rien. Elle était assise les jambes croisées sur une natte et faisait des traits par terre avec son doigt.

—Changeons de vie, Carmen, lui dis-je d'un ton suppliant. Allons vivre quelque part où nous ne serons jamais séparés. Tu sais que nous avons, pas loin d'ici, sous un chêne, cent vingt onces enterrées... Puis, nous avons des fonds encore chez le juif Ben-Joseph.

Elle se mit à sourire, et me dit:

—Moi d'abord, toi ensuite. Je sais bien que cela doit arriver ainsi.

—Réfléchis, repris-je; je suis au bout de ma patience et de mon courage; prends ton parti ou je prendrai le mien.» Je la quittai et j'allai me promener du côté de l'ermitage. Je trouvai l'ermite qui priait. J'attendis que sa prière fût finie; j'aurais bien voulu prier, mais je ne pouvais pas. Quand il se releva, j'allai à lui «Mon père, lui dis-je, voulez-vous prier pour quelqu'un qui est en grand péril?

—Je prie pour tous les affligés, dit-il.

—Pouvez-vous dire une messe pour une âme qui va peut-être paraître devant son Créateur?

—Oui, répondit-il en me regardant fixement. Et, comme il y avait dans mon air quelque chose d'étrange, il voulut me faire parler:

—Il me semble que je vous ai vu, dit-il.

Je mis une piastre sur son banc. —Quand direz-vous la messe? lui demandai-je.

—Dans une demi-heure. Le fils de l'aubergiste de là-bas va venir la servir. Dites-moi, jeune homme, n'avez-vous pas quelque chose sur la conscience qui vous tourmente? voulez-vous écouter les conseils d'un chrétien?»

Je me sentais près de pleurer. Je lui dis que je reviendrais, et je me sauvai. J'allai me coucher sur l'herbe jusqu'à ce que j'entendisse la cloche. Alors je m'approchai, mais je restai en dehors de la chapelle. Quand la messe fut dite, je retournai à la venta. J'espérais presque que Carmen se serait enfuie; elle aurait pu prendre mon cheval et se sauver... mais je la retrouvai. Elle ne voulait pas qu'on pût dire que je lui avais fait peur. Pendant mon absence, elle avait défait l'ourlet de sa robe pour en retirer le plomb. Maintenant elle était devant une table, regardant dans une terrine pleine d'eau le plomb qu'elle avait fait fondre, et qu'elle venait d'y jeter. Elle était si occupée de sa magie qu'elle ne s'aperçut pas d'abord de mon retour. Tantôt elle prenait un morceau de plomb et le tournait de tous les côtés d'un air triste, tantôt elle chantait quelqu'une de ces chansons magiques où elles invoquent Marie Padilla, la maîtresse de don Pedro, qui fut, dit-on la *Bari Crallisa*, ou la grande reine des bohémiens[61]:

«Carmen, lui dis-je, voulez-vous venir avec moi?»
Elle se leva, jeta sa sébile, et mit sa mantille sur sa tête comme prête à partir. On m'amena mon cheval, elle monta en croupe et nous nous éloignâmes.

«Ainsi, lui dis-je, ma Carmen, après un bout de chemin, tu veux bien me suivre n'est-ce pas?
—Je te suis à la mort, oui, mais je ne vivrai plus avec toi.»
Nous étions dans une gorge solitaire; j'arrêtai mon cheval. «Est-ce ici?» dit-elle, et d'un bond elle fut à terre. Elle ôta sa mantille, la jeta à ses pieds, et se tint immobile un poing sur la hanche, me regardant fixement.

«Tu veux me tuer, je le vois bien, dit-elle; c'est écrit, mais tu ne me feras pas céder.
—Je t'en prie, lui dis-je, sois raisonnable. Écoute-moi! tout le passé est oublié. Pourtant, tu le sais, c'est toi qui m'as perdu; c'est pour toi que je suis devenu un voleur et un meurtrier. Carmen! ma Carmen! laisse-moi te sauver et me sauver avec toi.
—José, répondit-elle, tu me demandes l'impossible. Je ne t'aime plus; toi, tu m'aimes encore, et c'est pour cela que tu veux me tuer. Je pourrais bien encore te faire quelque mensonge; mais je ne veux pas m'en donner la peine. Tout est fini entre nous. Comme mon rom, tu as le droit de tuer ta romi; mais Carmen sera toujours libre. Calli elle est née, calli elle mourra.
—Tu aimes donc Lucas? lui demandai-je.
—Oui, je l'ai aimé, comme toi, un instant, moins que toi peut-être. À présent, je n'aime plus rien, et je me hais pour t'avoir aimé.»
Je me jetai à ses pieds, je lui pris les mains, je les arrosai de mes larmes. Je lui rappelai tous les moments de bonheur que nous avions passés ensemble. Je lui offris de rester brigand pour lui plaire. Tout, monsieur, tout! je lui offris tout, pourvu qu'elle voulût m'aimer encore!
Elle me dit: «T'aimer encore, c'est impossible. Vivre avec toi, je ne le veux

---

[61](Note dans le texte de Mérimée) On a accusé Marie Padilla d'avoir ensorcelé le roi don Pèdre. Une tradition populaire rapporte qu'elle avait fait présent à la reine Blanche de Bourbon d'une ceinture d'or, qui parut aux yeux fascinés du roi comme un serpent vivant. De là la répugnance qu'il montra toujours pour la malheureuse princesse.

pas.» La fureur me possédait. Je tirai mon couteau. J'aurais voulu qu'elle eût peur et me demandât grâce, mais, cette femme était un démon.
«Pour la dernière fois, m'écriai-je, veux-tu rester avec moi?
—Non! non! non!» dit-elle en frappant du pied, et elle tira de son doigt une bague que je lui avais donnée, et la jeta dans les broussailles.
Je la frappai deux fois. C'était le couteau du Borgne que j'avais pris, ayant cassé le mien. Elle tomba au second coup sans crier. Je crois encore voir son grand œil noir me regarder fixement; puis il devint trouble et se ferma. Je restai anéanti une bonne heure devant ce cadavre. Puis, je me rappelai que Carmen m'avait dit souvent qu'elle aimerait à être enterrée dans un bois. Je lui creusai une fosse avec mon couteau, et je l'y déposai. Je cherchai longtemps sa bague, et je la trouvai à la fin. Je la mis dans la fosse auprès d'elle, avec une petite croix. Peut-être ai-je eu tort. Ensuite je montai sur mon cheval, je galopai jusqu'à Cordoue, et au premier corps-de-garde je me fis connaître. J'ai dit que j'avais tué Carmen; mais je n'ai pas voulu dire où était son corps. L'ermite était un saint homme. Il a prié pour elle! Il a dit une messe pour son âme... Pauvre enfant! Ce sont les *Calé* qui sont coupables pour l'avoir élevée ainsi.

IV

L'Espagne est un des pays où se trouvent aujourd'hui, en plus grand nombre encore, ces nomades dispersés dans toute l'Europe, et connus sous les noms de *Bohémiens, Gitanos, Gypsies, Zigeuner*, etc. La plupart demeurent, ou plutôt mènent une vie errante dans les provinces du Sud et de l'Est, en Andalousie, en Estramadure dans le royaume de Murcie; il y en a beaucoup en Catalogne. Ces derniers passent souvent en France. On en rencontre dans toutes nos foires du Midi. D'ordinaire, les hommes exercent les métiers de maquignon, de vétérinaire et de tondeur de mulets; ils y joignent l'industrie de raccommoder les poêlons et les instruments de cuivre, sans parler de la contrebande et autres pratiques illicites. Les femmes disent la bonne aventure, mendient et vendent toutes sortes de drogues innocentes ou non.

Les caractères physiques des Bohémiens sont plus faciles à distinguer qu'à décrire, et lorsqu'on en a vu un seul, on reconnaîtrait entre mille un individu de cette race. La physionomie, l'expression, voilà surtout ce qui les sépare des peuples qui habitent le même pays. Leur teint est très basané, toujours plus foncé que celui des populations parmi lesquelles ils vivent. De là le nom de *Calé*, les noirs, par lequel ils se désignent souvent[62]. Leurs yeux sensiblement obliques, bien fendus, très noirs, sont ombragés par des cils longs et épais. On ne peut comparer leur regard qu'à celui d'une bête fauve. L'audace et la timidité s'y peignent tout à la fois, et sous ce rapport leurs yeux révèlent assez bien le caractère de la nation, rusée, hardie, mais craignant *naturellement les coups* comme Panurge[63]. Pour la plupart

---

[62](Note dans le texte de Mérimée) Il m'a semblé que les Bohémiens allemands, bien qu'ils comprennent parfaitement le mot *Calé*, n'aimaient point à être appelés de la sorte. Ils s'appellent entre eux *Romané tchavé*.
[63]Personnage rusé et mystificateur de Rabelais.

les hommes sont bien découplés, sveltes, agiles; je ne crois pas en avoir jamais vu un seul chargé d'embonpoint. En Allemagne, les Bohémiennes sont souvent très jolies; la beauté est fort rare parmi les gitanas d'Espagne. Très jeunes elles peuvent passer pour des laiderons agréables; mais une fois qu'elles sont mères, elles deviennent repoussantes. La saleté des deux sexes est incroyable, et qui n'a pas vu les cheveux d'une matrone bohémienne s'en fera difficilement une idée, même en se représentant les crins les plus rudes, les plus gras, les plus poudreux. Dans quelques grandes villes d'Andalousie, certaines jeunes filles, un peu plus agréables que les autres, prennent plus de soin de leur personne. Celles-là vont danser pour de l'argent, des danses qui ressemblent fort à celles que l'on interdit dans nos bals publics du carnaval. M. Borrow[64], missionnaire anglais, auteur de deux ouvrages fort intéressants sur les Bohémiens d'Espagne, qu'il avait entrepris de convertir, aux frais de la société Biblique, assure qu'il est sans exemple qu'une Gitana ait jamais eu quelque faiblesse pour un homme étranger à sa race. Il me semble qu'il y a beaucoup d'exagération dans les éloges qu'il accorde à leur chasteté. D'abord, le plus grand nombre est dans le cas de la laide d'Ovide: *Casta quam nemo rogavit*[65]. Quant aux jolies, elles sont comme toutes les Espagnoles, difficiles dans le choix de leurs amants. Il faut leur plaire, il faut les mériter. M. Borrow cite comme preuve de leur vertu un trait qui fait honneur à la sienne, surtout à sa naïveté. Un homme immoral de sa connaissance, offrit, dit-il, inutilement plusieurs onces à une jolie Gitana. Un Andalou, à qui je racontai cette anecdote, prétendit que cet homme immoral aurait eu plus de succès en montrant deux ou trois piastres, et qu'offrir des onces d'or à une Bohémienne, était un aussi mauvais moyen de persuader, que de promettre un million ou deux à une fille d'auberge. —Quoi qu'il en soit il est certain que les Gitanas montrent à leurs maris un dévouement extraordinaire. Il n'y a pas de danger ni de misères qu'elles ne bravent pour les secourir en leurs nécessités. Un des noms que se donnent les Bohémiens, *Romé* ou les *époux*, me paraît attester le respect de la race pour l'état de mariage. En général on peut dire que leur principale vertu est le patriotisme, si l'on peut ainsi appeler la fidélité qu'ils observent dans leurs relations avec les individus de même origine qu'eux, leur empressement à s'entraider, le secret inviolable qu'ils se gardent dans les affaires compromettantes. Au reste, dans toutes les associations mystérieuses et en dehors des lois, on observe quelque chose de semblable.

J'ai visité, il y a quelques mois, une horde de Bohémiens établis dans les Vosges. Dans la hutte d'une vieille femme, l'ancienne de sa tribu, il y avait un Bohémien étranger à sa famille, attaqué d'une maladie mortelle. Cet homme avait quitté un hôpital où il était bien soigné, pour aller mourir au milieu de ses compatriotes. Depuis treize semaines il était alité chez ses hôtes, et beaucoup mieux traité que les fils et les gendres qui vivaient dans la même maison. Il avait un bon lit de paille et de mousse avec des draps assez blancs, tandis que le reste de la famille,

---

[64]L'auteur a puisé beaucoup de ses renseignements sur les Bohémiens dans les livres de George Borrow.
[65]«Est chaste celle qu'on n'a jamais sollicitée» (Ovide, *Amours* 1.8).

au nombre de onze personnes, couchaient sur des planches longues de trois pieds. Voilà pour leur hospitalité. La même femme, si humaine pour son hôte, me disait devant le malade: *Singo, singo, homte hi mulo.* Dans peu, dans peu, il faut qu'il meure. Après tout, la vie de ces gens est si misérable, que l'annonce de la mort n'a rien d'effrayant pour eux.

Un trait remarquable du caractère des Bohémiens, c'est leur indifférence en matière de religion; non qu'ils soient esprits forts ou sceptiques. Jamais ils n'ont fait profession d'athéisme. Loin de là, la religion du pays qu'ils habitent est la leur; mais ils en changent en changeant de patrie. Les superstitions qui, chez les peuples grossiers remplacent les sentiments religieux, leur sont également étrangères. Le moyen, en effet, que des superstitions existent chez des gens qui vivent le plus souvent de la crédulité des autres. Cependant j'ai remarqué chez les Bohémiens espagnols une horreur singulière pour le contact d'un cadavre. Il y en a peu qui consentiraient pour de l'argent à porter un mort au cimetière.

J'ai dit que la plupart des Bohémiennes se mêlaient de dire la bonne aventure. Elles s'en acquittent fort bien. Mais ce qui est pour elles une source de grands profits, c'est la vente des charmes et des philtres amoureux. Non seulement elles tiennent des pattes de crapauds pour fixer les cœurs volages, ou de la poudre de pierre d'aimant pour se faire aimer des insensibles; mais elles font au besoin des conjurations puissantes qui obligent le diable à leur prêter son secours. L'année dernière, une Espagnole me racontait l'histoire suivante: Elle passait un jour dans la rue d'Alcalá, fort triste et préoccupée; une Bohémienne accroupie sur le trottoir lui cria: «Ma belle dame, votre amant vous a trahi.» C'était la vérité. «Voulez-vous que je vous le fasse revenir?» On comprend avec quelle joie la proposition fut acceptée, et quelle devait être la confiance inspirée par une personne qui devinait ainsi d'un coup d'œil, les secrets intimes du cœur. Comme il eût été impossible de procéder à des opérations magiques dans la rue la plus fréquentée de Madrid, on convint d'un rendez-vous pour le lendemain. «Rien de plus facile que de ramener l'infidèle à vos pieds, dit la Gitana. Auriez-vous un mouchoir, une écharpe, une mantille qu'il vous ait donné?» On lui remit un fichu de soie. «Maintenant cousez avec de la soie cramoisie, une piastre dans un coin du fichu. —Dans un autre coin cousez une demi-piastre; ici, une piécette; là, une pièce de deux réaux. Puis il faut coudre au milieu une pièce d'or. Un doublon serait le mieux.» On coud le doublon et le reste. «À présent, donnez-moi le fichu, je vais le porter au Campo-Santo, à minuit sonnant. Venez avec moi, si vous voulez voir une belle diablerie. Je vous promets que dès demain vous reverrez celui que vous aimez.» La Bohémienne partit seule pour le Campo-Santo, car on avait trop peur des diables pour l'accompagner. Je vous laisse à penser si la pauvre amante délaissée a revu son fichu et son infidèle.

Malgré leur misère et l'espèce d'aversion qu'ils inspirent, les Bohémiens jouissent cependant d'une certaine considération parmi les gens peu éclairés, et ils en sont très vains. Ils se sentent une race supérieure pour l'intelligence et méprisent cordialement le peuple qui leur donne l'hospitalité. «Les Gentils sont si bêtes, me disait une Bohémienne des Vosges, qu'il n'y a aucun mérite à les attraper. L'autre jour, une paysanne m'appelle dans la rue, j'entre chez elle. Son poêle fumait, et elle me demande un sort pour le faire aller. Moi, je me fais d'abord donner un bon morceau de lard. Puis, je me mets à marmotter quelques mots en rommani. Tu es bête, je disais, tu es née bête, bête tu mourras... Quand je fus près de la porte, je lui dis en bon allemand: Le moyen infaillible d'empêcher ton poêle de fumer, c'est de n'y pas faire de feu.» Et je pris mes jambes à mon cou.

L'histoire des Bohémiens est encore un problème. On sait à la vérité que leurs premières bandes, fort peu nombreuses, se montrèrent dans l'est de l'Europe, vers le commencement du quinzième siècle; mais on ne peut dire ni d'où ils viennent, ni pourquoi ils sont venus en Europe, et, ce qui est plus extraordinaire, on ignore comment ils se sont multipliés en peu de temps d'une façon si prodigieuse dans plusieurs contrées fort éloignées les unes des autres. Les Bohémiens eux-mêmes n'ont conservé aucune tradition sur leur origine, et si la plupart d'entre eux parlent de l'Égypte comme de leur patrie primitive, c'est qu'ils ont adopté une fable très anciennement répandue sur leur compte.

La plupart des orientalistes qui ont étudié la langue des Bohémiens, croient qu'ils sont originaires de l'Inde. En effet, il paraît qu'un grand nombre de racines et beaucoup de formes grammaticales du rommani se retrouvent dans des idiomes dérivés du sanscrit. On conçoit que dans leurs longues pérégrinations, les Bohémiens ont adopté beaucoup de mots étrangers. Dans tous les dialectes du rommani, on trouve quantité de mots grecs. Par exemple: *cocal*, os de κόκκαλον; *petalli*, fer de cheval, de πέταλον; *cafi*, clou, καρφί, etc. Aujourd'hui les Bohémiens ont presque autant de dialectes différents qu'il existe de hordes de leur race séparées les unes des autres. Partout ils parlent la langue du pays qu'ils habitent plus facilement que leur propre idiome, dont ils ne font guère usage que pour pouvoir s'entretenir librement devant des étrangers. Si l'on compare le dialecte des Bohémiens de l'Allemagne avec celui des Espagnols, sans communication avec les premiers depuis des siècles, on reconnaît une très grande quantité de mots communs; mais la langue originale, partout, quoiqu'à différents degrés, s'est notablement altérée par le contact des langues plus cultivées, dont ces nomades ont été contraints de faire usage. L'allemand, d'un côté, l'espagnol, de l'autre, ont tellement modifié le fond du rommani, qu'il serait impossible à un Bohémien de la Forêt-Noire de converser avec un de ses frères andalous, bien qu'il leur suffît d'échanger quelques phrases pour reconnaître qu'ils parlent tous les deux un dialecte dérivé du même idiome. Quelques mots d'un usage très fréquent sont communs, je crois, à tous les dialectes; ainsi, dans tous les vocabulaires que j'ai pu voir: *pani* veut dire de l'eau, *manro*, du pain, *mâs*, de la viande, *lon*, du sel.

Les noms de nombre sont partout à peu près les mêmes. Le dialecte allemand me semble beaucoup plus pur que le dialecte espagnol; car il a conservé nombre de formes grammaticales primitives, tandis que les Gitanos ont adopté celles du Castillan. Pourtant quelques mots font exception pour attester l'ancienne communauté de langage. —Les prétérits du dialecte allemand se forment en ajoutant *ium* à l'impératif qui est toujours la racine du verbe. Les verbes dans le rommani espagnol, se conjuguent tous sur le modèle des verbes castillans de la première conjugaison. De l'infinitif *jamar*, manger, on devrait régulièrement faire *jamé*, j'ai mangé, de *lillar*, prendre, on devrait faire *lillé*, j'ai pris. Cependant quelques vieux Bohémiens disent par exception: *jayon, lillon*. Je ne connais pas d'autres verbes qui aient conservé cette forme antique.

Pendant que je fais ainsi étalage de mes minces connaissances dans la langue rommani, je dois noter quelques mots d'argot français que nos voleurs ont empruntés aux Bohémiens. Les *Mystères de Paris*[66] ont appris à la bonne compagnie que chourin, voulait dire couteau. C'est du rommani pur; *tchouri* est un de ces mots communs à tous les dialectes. M. Vidocq[67] appelle un cheval grès, c'est encore un mot bohémien *gras, gre, graste, gris*. Ajoutez encore le mot romanichel qui dans l'argot parisien désigne les Bohémiens. C'est la corruption de *rommané tchave* gars Bohémiens. Mais une étymologie dont je suis fier, c'est celle de *frimousse*, mine, visage, mot que tous les écoliers emploient ou employaient de mon temps[68]. Observez d'abord que Oudin[69] dans son curieux dictionnaire, écrivait en 1640, *firlimouse*. Or, *firla, fila* en rommani veut dire visage, *mui* a la même signification, c'est exactement *os* des Latins. La combinaison *firlamui* a été sur-le-champ comprise par un Bohémien puriste, et je la crois conforme au génie de sa langue.

En voilà bien assez pour donner aux lecteurs de Carmen, une idée avantageuse de mes études sur le Rommani. Je terminerai par ce proverbe qui vient à propos: *En retudi panda nasti abela macha*. En close bouche, n'entre point mouche.

---

[66]Roman mélodramatique et très populaire d'Eugène Sue (1842-43), dont un des personnages est surnommé le Chourineur, c'est-à-dire celui qui se sert d'un *chourin*.
[67]François Eugène Vidocq (1775-1857), ancien forçat qui est devenu chef de la police de sûreté de Paris. Dans son livre *Les Voleurs* (1837) il y a un lexique de l'argot.
[68]Selon Maurice Parturier, «L'étymologie de *frimousse* paraît fantaisiste et comme une plaisanterie à la manière de Mérimée.»
[69]Antoine Oudin (1595-1653), auteur de *Curiosités françaises pour servir de supplément aux dictionnaires*.

Victor Hugo
1802-85

Au dix-neuvième siècle, Victor Hugo est le Français le plus célèbre et le plus célébré. Par la suite, sa renommée s'est quelque peu ternie, comme l'illustre la boutade de Gide, à qui l'on demandait de désigner le plus grand des poètes français... et Gide de répondre: «Victor Hugo, hélas!» Ce qui, somme toute, est assez injuste. En dépit de certains vers boursouflés et d'un ton parfois exagérément incantatoire, malgré sa vanité, malgré la tendance à la facilité de nombreux vers et sa philosophie souvent simpliste, Victor Hugo est un poète remarquable, doué de grandes qualités d'éloquence et d'un pouvoir d'évocation singulier. Aujourd'hui encore, on peut relire la plupart de ses poèmes avec plaisir. Hugo s'est rendu maître de tous les genres poétiques de son époque: lyrique, satirique, épique et dramatique.

Le Hugo romancier et nouvelliste est peut-être moins illustre. Son remarquable talent ainsi que sa puissance de création n'en restent pas moins évidents dans ses œuvres en prose. Ses romans *Notre Dame de Paris* et *Les Misérables* n'ont jamais cessé d'être extrêmement populaires en Europe comme en Amérique et sont bien plus lisibles que les romans d'Eugène Sue. Il ne quitte cependant jamais son rôle de poète, et l'on peut souvent percevoir le rythme lyrique propre à son œuvre, qui élève celle-ci au-dessus de nombreux romans et nouvelles. L'immense talent poétique de Hugo en fait à n'en pas douter l'un des plus grands romanciers français. Baudelaire a «rêvé le miracle d'une prose poétique, musicale sans rythme et sans rime, assez souple et assez heurtée pour s'adapter aux mouvements lyriques de l'âme, aux ondulations de la rêverie, aux soubresauts de la conscience»[1]. Peut-être, sans le savoir, Hugo s'était-il déjà approché de cet idéal. Dans «Claude Gueux», c'est avant tout le rythme qui met en place un système de répétitions solennelles donnant à la nouvelle le parfum d'une légende à caractère symbolique, celui d'un archétype survolant les époques, ou d'une chanson de geste moderne porteuse d'une signification d'une importance majeure.

Hugo se pose en chevalier cherchant à pourfendre deux injustices de son temps. Il stigmatise le peu d'intérêt que la société bourgeoise porte à l'ouvrier et, par conséquent, à l'instruction du peuple. Hugo est en faveur d'une réforme sociale profonde, afin que le manque d'instruction et la misère qui en découle souvent cessent d'engendrer des voleurs et des assassins parmi les hommes et des prostituées

---

[1] Charles Baudelaire, Dédicace «À Arsène Houssaye», *Le Spleen de Paris, Œuvres complètes*, Bibliothèque de la Pléiade (Paris: Gallimard, 1961) 229.

parmi les femmes. Par ailleurs, il considère les prisons comme des écoles du crime où des jeunes gens ayant commis quelque méfait de gravité secondaire se transforment en criminels endurcis. Hugo appelle aussi de ses vœux une réforme pénale majeure. Dans cette fable moderne, la moralité finale se transforme en réquisitoire devant le tribunal de la civilisation, réclamant pour les pauvres justice et instruction

Ainsi «Claude Gueux», quoique basé sur des faits véridiques, est loin de retranscrire fidèlement la réalité. Le Claude Gueux de la véritable histoire commence sa vie de criminel à l'âge de quatorze ans. Comme il ne sait ni lire ni écrire, la prison est son école, même s'il dit avoir également passé quelques années dans la marine. Sa vie n'est ensuite qu'une série de petits larcins, de fraude, de mendicité, de vagabondage, et il commet finalement un vol plus important. Gueux est condamné à quatre reprises avant de devenir assassin. C'est apparemment un colosse dangereux qui menace ses gardiens et se targue d'avoir déjà tué deux gendarmes. Dès dix-neuf ans, il est condamné à cinq ans de prison. Il ne connaîtra dès lors guère plus que l'univers carcéral. Quelques jours avant sa remise en liberté, il tente de tuer le gardien-chef, Delacelle, avec le sabre de celui-ci. Il est quand même libéré six mois plus tard. Là, il se remet à voler et il est à nouveau incarcéré à la prison de Clairvaux. Il s'y fait un ami, Albin, et commence de nouer avec cet homme une relation qu'on a pu dire homosexuelle. L'était-elle? Savey-Casard, qui s'est efforcé de démêler le vrai du faux dans la vie de Gueux, hésite: «Pour qui connaît Albin et même Claude Gueux, pour qui connaît l'immoralité régnant dans nos maisons centrales à cette époque, cela n'est pas du tout impossible»[2]. Il est certain que Gueux et ses camarades ressentaient une forte rancune contre Delacelle qui était le représentant direct de l'autorité et de la discipline. C'est lui qui sépare les deux forçats. Le 7 novembre 1831, Gueux assène à Delacelle plusieurs coups de hache. Il essaye ensuite de se suicider à l'aide d'une paire de ciseaux qu'il a dû prendre dans l'atelier où il travaillait. Pour la plus grande joie des détenus vindicatifs, Delacelle meurt le lendemain. Pendant son procès, Gueux allègue qu'il a agi sans préméditation, mais plutôt par réaction instinctive à six ans de supplices infligés par ses gardiens. Malgré cette défense, il est condamné. Les jurés délibèrent non pas quinze minutes comme le dit la nouvelle mais—ce qui n'est guère mieux—une demi-heure. Son pourvoi en cassation examiné, puis rejeté, on l'exécute. Voilà la vie de Claude Gueux, dont les événements majeurs font échos à ceux exposés dans la nouvelle. Mais sa vie réelle n'est pas celle que la fiction dépeint et le Claude Gueux paresseux, malhabile, haineux et brutal de la réalité n'est ni le travailleur doux, ni le Christ du bagne que présente la nouvelle.

---

[2]P. Savey-Casard, ed. *Claude Gueux: Edition critique*, de Victor Hugo (Paris: P.U.F., 1956) 27.

Victor Hugo

BIBLIOGRAPHIE SOMMAIRE

Édition annotée

Hugo. Victor. *Claude Gueux*. Éd. Georges Piroué. *Œuvres complètes*. Éd. Jean Massin. Vol. 5. Paris: Club Français du Livre, 1967. 233-54.

Édition critique

Hugo, Victor. *Claude Gueux: Édition critique*. Éd. P. Savey-Casard. Paris: Presses Universitaires de France, 1956.

Biographie

Hovasse, Jean-Marc. *Victor Hugo*. 2 vols. Paris: Fayard, 2001.

Robb, Graham. *Victor Hugo*. New York: W.W. Norton, 1998.

Quelques études

Bernard, Claudie. «Rhétorique de la question dans *Claude Gueux* de Victor Hugo». *Romanic Review* 78.1 (1987): 57-73.

Cormeau, Paul. «La Rhétorique du poète engagé du *Dernier Jour d'un condamné* à *Claude Gueux*». *Nineteenth-Century French Studies* 16.1-2 (1987-88): 59-77.

Grossman, Kathryn. *The Later Novels of Victor Hugo: Variations on the Politics and Poetics of Transcendence*. Oxford: Oxford UP, 2012.

Laforgue, Pierre. *L'Éros romantique: Représentations de l'amour en 1830*. Paris: Presses Universitaires de France, 1998. 163-82.

Meschonnic, Henri. *Écrire Hugo. Pour la poétique IV*. 2 vols. Paris: Gallimard, 1977. 2.56-71.

Savey-Casard, Paul. *Le Crime et la peine dans l'œuvre de Victor Hugo*. Paris: Presses Universitaires de France, 1956.

Claude Gueux
1834

NOTE DE LA PREMIÈRE ÉDITION

La lettre ci-dessous, dont l'original est déposé aux bureaux de la Revue de Paris, *fait trop d'honneur à son auteur pour que nous ne la reproduisions pas ici. Elle est désormais liée à toutes les réimpressions de Claude Gueux.*

« Dunkerque, le 30 juillet 1834.

Monsieur le directeur de la *Revue de Paris*,

«*Claude Gueux*, de Victor Hugo, par vous inséré dans votre livraison du 6 courant, est une grande leçon; aidez-moi, je vous prie, à la faire profiter.

«Rendez-moi, je vous prie, le service d'en faire tirer à mes frais autant d'exemplaires qu'il y a de députés en France, et de les leur adresser individuellement et bien exactement.

«J'ai l'honneur de vous saluer.

«Charles Carlier, négociant».

Il y a sept ou huit ans, un homme nommé Claude Gueux, pauvre ouvrier, vivait à Paris. Il avait avec lui une fille qui était sa maîtresse, et un enfant de cette fille. Je dis les choses comme elles sont, laissant le lecteur ramasser les moralités à mesure que les faits les sèment sur leur chemin. L'ouvrier était capable, habile, intelligent, fort maltraité par l'éducation, fort bien traité par la nature, ne sachant pas lire et sachant penser. Un hiver, l'ouvrage manqua. Pas de feu ni de pain dans le galetas. L'homme, la fille et l'enfant eurent froid et faim. L'homme vola. Je ne sais ce qu'il vola, je ne sais où il vola. Ce que je sais, c'est que de ce vol il résulta trois jours de pain et de feu pour la femme et pour l'enfant, et cinq ans de prison pour l'homme.

Un homme fut envoyé faire son temps à la maison centrale de Clairvaux[1]. Clairvaux, abbaye dont on a fait une bastille, cellule dont on a fait un cabanon, autel dont on a fait un pilori. Quand nous parlons de progrès, c'est ainsi que certaines gens le comprennent et l'exécutent. Voilà la chose qu'ils mettent sous notre mot. Poursuivons.

Arrivé là, on le mit dans un cachot pour la nuit, et dans un atelier pour le jour. Ce n'est pas l'atelier que je blâme.

Claude Gueux, honnête ouvrier naguère, voleur désormais, était une figure digne et grave. Il avait le front haut, déjà ridé quoique jeune encore, quelques cheveux gris perdus dans les touffes noires, l'œil doux et fort puissamment enfoncé sous une arcade sourcilière bien modelée, les narines ouvertes, le menton avancé, la lèvre dédaigneuse. C'était une belle tête. On va voir ce que la société en a fait.

Il avait la parole rare, le geste peu fréquent, quelque chose d'impérieux dans toute sa personne et qui se faisait obéir, l'air pensif, sérieux plutôt que souffrant. Il avait pourtant bien souffert.

Dans le dépôt où Claude Gueux était enfermé, il y avait un directeur des ateliers, espèce de fonctionnaire propre aux prisons, qui tient tout ensemble du guichetier et du marchand, qui fait en même temps une commande à l'ouvrier et une menace au prisonnier, qui vous met l'outil aux mains et les fers aux pieds. Celui-là était lui-même une variété de l'espèce, un homme bref, tyrannique, obéissant à ses idées, toujours à courte bride sur son autorité; d'ailleurs, dans l'occasion, bon compagnon, bon prince, jovial même et raillant avec grâce; dur plutôt que ferme; ne raisonnant avec personne, pas même avec lui; bon père, bon mari sans doute, ce qui est devoir et non vertu; en un mot, pas méchant, mauvais. C'était un de ces hommes qui n'ont rien de vibrant ni d'élastique, qui sont composés de molécules inertes, qui ne résonnent au choc d'aucune idée, au contact d'aucun sentiment, qui ont des colères glacées, des haines mornes, des emportements sans émotion, qui prennent feu sans s'échauffer, dont la capacité de calorique est nulle, et qu'on dirait souvent faits de bois; ils flambent par un bout et sont froids par l'autre. La ligne principale, la ligne diagonale du caractère de cet homme, c'était la ténacité. Il était fier d'être tenace, et se comparait à Napoléon. Ceci n'est qu'une illusion d'optique. Il y a nombre de gens qui en sont dupes et qui, à certaine distance, prennent la ténacité pour de la volonté, et une chandelle pour une étoile. Quand cet homme donc avait une fois ajusté ce qu'il appelait *sa volonté* à une chose absurde, il allait tête haute et à travers toute broussaille jusqu'au bout de la chose absurde. L'entêtement sans l'intelligence, c'est la sottise soudée au bout de la bêtise et lui servant de rallonge. Cela va loin. En général, quand une catastrophe privée ou publique s'est écroulée sur nous, si nous examinons, d'après les décombres qui en gisent à terre, de quelle façon elle s'est échafaudée nous trouvons presque toujours qu'elle a été aveuglement construite par un homme médiocre et obstiné qui avait foi en lui et qui s'admirait. Il y a par le monde beaucoup de ces petites fatalités têtues qui se croient des providences.

---

[1] Ancienne abbaye devenue prison.

Voilà donc ce que c'était que le directeur des ateliers de la prison centrale de Clairvaux. Voilà de quoi était fait le briquet avec lequel la société frappait chaque jour sur les prisonniers pour en tirer des étincelles. L'étincelle que de pareils briquets arrachent à de pareils cailloux allume souvent des incendies.

Nous avons dit qu'une fois arrivé à Clairvaux, Claude Gueux fut numéroté dans un atelier et rivé à une besogne. Le directeur de l'atelier fit connaissance avec lui, le reconnut bon ouvrier, et le traita bien. Il paraît même qu'un jour, étant de bonne humeur, et voyant Claude Gueux fort triste, car cet homme pensait toujours à celle qu'il appelait *sa femme*, il lui conta, par manière de jovialité et de passe-temps, et aussi pour le consoler, que cette malheureuse s'était faite fille publique[2]. Claude demanda froidement ce qu'était devenu l'enfant. On ne savait.

Au bout de quelques mois, Claude s'acclimata à l'air de la prison et parut ne plus songer à rien. Une certaine sérénité sévère, propre à son caractère, avait repris le dessus.

Au bout du même espace de temps à peu près, Claude avait acquis un ascendant singulier sur tous ses compagnons. Comme par une sorte de convention tacite, et sans que personne sût pourquoi, pas même lui, tous ces hommes le consultaient, l'écoutaient, l'admiraient et l'imitaient, ce qui est le dernier degré ascendant de l'admiration. Ce n'était pas une médiocre gloire d'être obéi par toutes ces natures désobéissantes. Cet empire lui était venu sans qu'il y songeât. Cela tenait au regard qu'il avait dans les yeux. L'œil de l'homme est une fenêtre par laquelle on voit les pensées qui vont et viennent dans sa tête.

Mettez un homme qui contient des idées parmi des hommes qui n'en contiennent pas, au bout d'un temps donné, et par une loi d'attraction irrésistible, tous les cerveaux ténébreux graviteront humblement et avec adoration autour du cerveau rayonnant. Il y a des hommes qui sont fer et des hommes qui sont aimant. Claude était aimant.

En moins de trois mois donc, Claude était devenu l'âme, la loi et l'ordre de l'atelier. Toutes ces aiguilles tournaient sur son cadran. Il devait douter lui-même par moments s'il était roi ou prisonnier. C'était une sorte de pape captif avec ses cardinaux.

Et, par une réaction toute naturelle, dont l'effet s'accomplit sur toutes les échelles, aimé des prisonniers, il était détesté des geôliers. Cela est toujours ainsi. La popularité ne va jamais sans la défaveur. L'amour des esclaves est toujours doublé de la haine des maîtres.

Claude Gueux était grand mangeur. C'était une particularité de son organisation. Il avait l'estomac fait de telle sorte que la nourriture de deux hommes ordinaires suffisait à peine à sa journée. M. de Cotadilla avait un de ces appétits-là, et en riait, mais ce qui est une occasion de gaieté pour un duc, grand d'Espagne, qui a cinq cent mille moutons, est une charge pour un ouvrier et un malheur pour un prisonnier.

Claude Gueux, libre dans son grenier, travaillait tout le jour, gagnait son pain

---

[2] Prostituée.

de quatre livres et le mangeait. Claude Gueux, en prison, travaillait tout le jour et recevait invariablement pour sa peine une livre et demie de pain et quatre onces de viande. La ration est inexorable. Claude avait donc habituellement faim dans la prison de Clairvaux.

Il avait faim, et c'était tout. Il n'en parlait pas. C'était sa nature ainsi.

Un jour, Claude venait de dévorer sa maigre pitance, et s'était remis à son métier, croyant tromper la faim par le travail. Les autres prisonniers mangeaient joyeusement. Un jeune homme, pâle, blanc, faible, vint se placer près de lui. Il tenait à la main sa ration, à laquelle il n'avait pas encore touché, et un couteau. Il restait là debout, près de Claude, ayant l'air de vouloir parler et de ne pas oser. Cet homme, et son pain, et sa viande, importunaient Claude.

«Que veux-tu? dit-il enfin brusquement.

—Que tu me rendes un service, dit timidement le jeune homme.

—Quoi? reprit Claude.

—Que tu m'aides à manger cela. J'en ai trop.

Une larme roula dans l'œil hautain de Claude. Il prit le couteau, partagea la ration du jeune homme en deux parts égales, en prit une, et se mit à manger.

—Merci, dit le jeune homme. Si tu veux, nous partagerons comme cela tous les jours.

—Comment t'appelles-tu? dit Claude Gueux.

—Albin.

—Pourquoi es-tu ici? reprit Claude.

—J'ai volé.

—Et moi aussi, dit Claude».

Ils partagèrent en effet de la sorte tous les jours. Claude Gueux avait trente-six ans, et par moments il en paraissait cinquante, tant sa pensée habituelle était sévère. Albin avait vingt ans, on lui en eût donné dix-sept, tant il y avait encore d'innocence dans le regard de ce voleur. Une étroite amitié se noua entre ces deux hommes, amitié de père à fils plutôt que de frère à frère. Albin était encore presque un enfant; Claude était déjà presque un vieillard.

Ils travaillaient dans le même atelier, ils couchaient sous la même clef de voûte, ils se promenaient dans le même préau, ils mordaient au même pain. Chacun des deux amis était l'univers pour l'autre. Il paraît qu'ils étaient heureux.

Nous avons déjà parlé du directeur des ateliers. Cet homme, haï des prisonniers, était souvent obligé, pour se faire obéir d'eux, d'avoir recours à Claude Gueux, qui en était aimé. Dans plus d'une occasion, lorsqu'il s'était agi d'empêcher une rébellion ou un tumulte, l'autorité sans titre de Claude Gueux avait prêté main forte à l'autorité officielle du directeur. En effet, pour contenir les prisonniers, dix paroles de Claude valaient dix gendarmes. Claude avait maintes fois rendu ce service au directeur. Aussi le directeur le détestait-il cordialement. Il était jaloux de ce voleur. Il avait au fond du cœur une haine secrète, envieuse, implacable, contre Claude, une haine de souverain de droit à souverain de fait, de pouvoir temporel à pouvoir spirituel.

Ces haines-là sont les pires.

Claude aimait beaucoup Albin, et ne songeait pas au directeur.

Un jour, un matin, au moment où les porte-clefs transvasaient[3] les prisonniers deux à deux du dortoir dans l'atelier, un guichetier appela Albin, qui était à côté de Claude, et le prévint que le directeur le demandait.

«Que te veut-on? dit Claude.

—Je ne sais pas, dit Albin.»

Le guichetier emmena Albin.

La matinée se passa. Albin ne revint pas à l'atelier. Quand arriva l'heure du repas, Claude pensa qu'il retrouverait Albin au préau. Albin n'était pas au préau. On rentra dans l'atelier. Albin ne reparut pas dans l'atelier. La journée s'écoula ainsi. Le soir, quand on ramena les prisonniers dans leur dortoir, Claude y chercha des yeux Albin, et ne le vit pas. Il paraît qu'il souffrit beaucoup dans ce moment-là, car il adressa la parole à un guichetier, ce qu'il ne faisait jamais.

«Est-ce qu'Albin est malade? dit-il.

—Non, répondit le guichetier.

—D'où vient donc, reprit Claude, qu'il n'a pas reparu aujourd'hui?

—Ah! dit négligemment le porte-clefs, c'est qu'on l'a changé de quartier,

Les témoins qui ont déposé de ces faits plus tard remarquèrent qu'à cette réponse du guichetier la main de Claude, qui portait une chandelle allumée, trembla légèrement. Il reprit avec calme:

—Qui a donné cet ordre-là?

Le guichetier répondit:

—M. D.»

Le directeur des ateliers s'appelait M. D.

La journée du lendemain se passa comme la journée précédente, sans Albin.

Le soir, à l'heure de la clôture des travaux, le directeur, M. D., vint faire sa ronde habituelle dans l'atelier. Du plus loin que Claude le vit, il ôta son bonnet de grosse laine, il boutonna sa veste grise, triste livrée de Clairvaux, car il est de principe dans les prisons qu'une veste respectueusement boutonnée prévient favorablement les supérieurs, et il se tint debout et son bonnet à la main à l'entrée de son banc, attendant le passage du directeur. Le directeur passa.

«Monsieur! dit Claude.

Le directeur s'arrêta et se détourna à demi.

—Monsieur, reprit Claude, est-ce que c'est vrai qu'on a changé Albin de quartier?

—Oui, répondit le directeur.

—Monsieur, poursuivit Claude, j'ai besoin d'Albin pour vivre.

Il ajouta:

—Vous savez que je n'ai pas assez de quoi manger avec la ration de la maison, et qu'Albin partageait son pain avec moi.

—C'était son affaire, dit le directeur.

---

[3]Transvaser: faire couler d'un récipient dans un autre.

Victor Hugo

—Monsieur, est-ce qu'il n'y aurait pas moyen de faire remettre Albin dans le même quartier que moi?
—Impossible. Il y a décision prise.
—Par qui?
—Par moi.
—Monsieur D., reprit Claude, c'est la vie ou la mort pour moi, et cela dépend de vous.
—Je ne reviens jamais sur mes décisions.
—Monsieur, est-ce que je vous ai fait quelque chose?
—Rien.
—En ce cas, dit Claude, pourquoi me séparez-vous d'Albin?
—Parce que, dit le directeur.»
Cette explication donnée, le directeur passa outre.
Claude baissa la tête et ne répliqua pas. Pauvre lion en cage à qui l'on ôtait son chien![4]

Nous sommes forcé de dire que le chagrin de cette séparation n'altéra en rien la voracité en quelque sorte maladive du prisonnier. Rien d'ailleurs ne parut sensiblement changé en lui. Il ne parlait d'Albin à aucun de ses camarades. Il se promenait seul dans le préau aux heures de récréation, et il avait faim. Rien de plus.

Cependant ceux qui le connaissaient bien remarquaient quelque chose de sinistre et de sombre qui s'épaississait chaque jour de plus en plus sur son visage. Du reste, il était plus doux que jamais.

Plusieurs voulurent partager leur ration avec lui, il refusa en souriant.

Tous les soirs, depuis l'explication que lui avait donnée le directeur, il faisait une espèce de chose folle qui étonnait de la part d'un homme aussi sérieux. Au moment où le directeur, ramené à heure fixe par sa tournée habituelle, passait devant le métier de Claude, Claude levait les yeux et le regardait fixement, puis il lui disait d'un ton plein d'angoisse et de colère, qui tenait à la fois de la prière et de la menace, ces deux mots seulement: *Et Albin?* Le directeur faisait semblant de ne pas entendre ou s'éloignait en haussant les épaules.

Cet homme avait tort de hausser les épaules, car il était évident pour tous les spectateurs de ces scènes étranges que Claude Gueux était intérieurement déterminé à quelque chose. Toute la prison attendait avec anxiété quel serait le résultat de cette lutte entre une ténacité et une résolution.

Il a été constaté qu'une fois entre autres, Claude dit au directeur:
«Écoutez, Monsieur, rendez-moi mon camarade. Vous ferez bien, je vous assure. Remarquez que je vous dis cela.»

Une autre fois, un dimanche, comme il se tenait dans le préau, assis sur une pierre, les coudes sur les genoux et son front dans ses mains, immobile depuis

---

[4]Hugo fait allusion à une histoire vraie, bien connue à l'époque. En 1784, la Compagnie du Sénégal envoya à Versailles un jeune lion et un petit chien, son fidèle compagnon, Quand le chien mourut, le lion périt presque aussitôt. On ne sait s'il faut en accuser le désespoir ou de la viande avariée.—Paula Lee, "Death of a King," *Raritan* 24.3 (2005): 31-50.

plusieurs heures dans la même attitude, le condamné Faillette s'approcha de lui, et lui cria en riant:

«Que diable fais-tu donc là, Claude?

Claude leva lentement sa tête sévère, et dit:

—*Je juge quelqu'un*.»

Un soir enfin, le 25 octobre 1831, au moment où le directeur faisait sa ronde, Claude brisa sous son pied avec bruit un verre de montre qu'il avait trouvé dans un corridor. Le directeur demanda d'où venait ce bruit.

«Ce n'est rien, dit Claude, c'est moi. Monsieur le directeur, rendez-moi mon camarade.

—Impossible, dit le maître.

—Il le faut pourtant, dit Claude d'une voix basse et ferme; et, regardant le directeur en face, il ajouta:

—Réfléchissez. Nous sommes aujourd'hui le 25 octobre. Je vous donne jusqu'au 4 novembre.

Un guichetier fit remarquer à M. D. que Claude le menaçait, et que c'était un cas de cachot.

—Non, point de cachot, dit le directeur avec un sourire dédaigneux; il faut être bon avec ces gens-là!

Le lendemain, le condamné Pernot aborda Claude, qui se promenait seul et pensif, laissant les autres prisonniers s'ébattre dans un petit carré de soleil à l'autre bout de la cour.

—Eh bien! Claude, à quoi songes-tu? Tu parais triste.

—*Je crains*, dit Claude, *qu'il n'arrive bientôt quelque malheur à ce bon M. D.*»

Il y a neuf jours pleins du 25 octobre au 4 novembre. Claude n'en laissa pas passer un sans avertir gravement le directeur de l'état de plus en plus douloureux où le mettait la disparition d'Albin. Le directeur, fatigué, lui infligea une fois vingt-quatre heures de cachot, parce que la prière ressemblait trop à une sommation. Voilà tout ce que Claude obtint.

Le 4 novembre arriva. Ce jour-là, Claude s'éveilla avec un visage serein qu'on ne lui avait pas encore vu depuis le jour où la *décision* de M. D. l'avait séparé de son ami. En se levant, il fouilla dans une espèce de caisse de bois blanc qui était au pied de son lit, et qui contenait ses quelques guenilles. Il en tira une paire de ciseaux de couturière. C'était, avec un volume dépareillé de l'*Émile*[5], la seule chose qui lui restât de la femme qu'il avait aimée, de la mère de son enfant, de son heureux petit ménage d'autrefois. Deux meubles bien inutiles pour Claude; les ciseaux ne pouvaient servir qu'à une femme, le livre qu'à un lettré. Claude ne savait ni coudre ni lire.

Au moment où il traversait le vieux cloître déshonoré et blanchi à la chaux qui sert de promenoir l'hiver, il s'approcha du condamné Ferrari, qui regardait avec

---

[5]Roman pédagogique de J.-J. Rousseau (1762).

attention les énormes barreaux d'une croisée. Claude tenait à la main la petite paire de ciseaux; il la montra à Ferrari en disant:
«Ce soir je couperai ces barreaux-ci avec ces ciseaux-là.»
Ferrari, incrédule, se mit à rire, et Claude aussi.

Ce matin-là, il travailla avec plus d'ardeur qu'à l'ordinaire; jamais il n'avait fait si vite et si bien. Il parut attacher un certain prix à terminer dans la matinée un chapeau de paille que lui avait payé d'avance un honnête bourgeois de Troyes, M. Bressier.

Un peu avant midi, il descendit sous un prétexte à l'atelier des menuisiers, situé au rez-de-chaussée, au-dessous de l'étage où il travaillait. Claude était aimé là comme ailleurs, mais il y entrait rarement. Aussi:

«Tiens! voilà Claude!

On l'entoura. Ce fut une fête. Claude jeta un coup d'œil rapide dans la salle. Pas un des surveillants n'y était.

—Qui est-ce qui a une hache à me prêter? dit-il.

—Pourquoi faire? lui demanda-t-on.

Il répondit:

—C'est pour tuer ce soir le directeur des ateliers.»

On lui présenta plusieurs haches à choisir. Il prit la plus petite, qui était fort tranchante, la cacha dans son pantalon, et sortit. Il y avait là vingt-sept prisonniers. Il ne leur avait pas recommandé le secret. Tous le gardèrent.

Ils ne causèrent même pas de la chose entre eux.

Chacun attendit de son côté ce qui arriverait. L'affaire était terrible, droite et simple. Pas de complication possible. Claude ne pouvait être ni conseillé ni dénoncé.

Une heure après, il aborda un jeune condamné de seize ans qui bâillait dans le promenoir, et lui conseilla d'apprendre à lire. En ce moment, le détenu Faillette accosta Claude, et lui demanda ce que diable il cachait là dans son pantalon. Claude dit:

«C'est une hache pour tuer M. D. ce soir.

Il ajouta: —Est-ce que cela se voit?

—Un peu, dit Faillette.»

Le reste de la journée fut à l'ordinaire. À sept heures du soir, on renferma les prisonniers, chaque section dans l'atelier qui lui était assigné; et les surveillants sortirent des salles de travail, comme il paraît que c'est l'habitude, pour ne rentrer qu'après la ronde du directeur.

Claude Gueux fut donc verrouillé comme les autres dans son atelier avec ses compagnons de métier.

Alors il se passa dans cet atelier une scène extraordinaire, une scène qui n'est ni sans majesté ni sans terreur, la seule de ce genre qu'aucune histoire puisse raconter.

Il y avait là, ainsi que l'a constaté l'instruction judiciaire qui a eu lieu depuis, quatre-vingt-deux voleurs, y compris Claude.

Une fois que les surveillants les eurent laissés seuls, Claude se leva debout

sur son banc, et annonça à toute la chambrée qu'il avait quelque chose à dire. On fit silence. Alors Claude haussa la voix et dit:
«Vous savez tous qu'Albin était mon frère. Je n'ai pas assez de ce qu'on me donne ici pour manger. Même en n'achetant que du pain avec le peu que je gagne, cela ne suffirait pas. Albin partageait sa ration avec moi; je l'ai aimé d'abord parce qu'il m'a nourri, ensuite parce qu'il m'a aimé. Le directeur, M. D., nous a séparés. Cela ne lui faisait rien que nous fussions ensemble; mais c'est un méchant homme, qui jouit de tourmenter. Je lui ai redemandé Albin. Vous avez vu, il n'a pas voulu. Je lui ai donné jusqu'au 4 novembre pour me rendre Albin. Il m'a fait mettre au cachot pour avoir dit cela. Moi, pendant ce temps-là, je l'ai jugé et je l'ai condamné à mort[6]. Nous sommes au 4 novembre. Il viendra dans deux heures faire sa tournée. Je vous préviens que je vais le tuer. Avez-vous quelque chose à dire à cela?»

Tous gardèrent le silence.

Claude reprit. Il parla, à ce qu'il paraît, avec une éloquence singulière, qui d'ailleurs lui était naturelle. Il déclara qu'il savait bien qu'il allait faire une action violente, mais qu'il ne croyait pas avoir tort. Il attesta la conscience des quatre-vingt-un voleurs qui l'écoutaient:

Qu'il était dans une rude extrémité;

Que la nécessité de se faire justice soi-même était un cul-de-sac où l'on se trouvait engagé quelquefois;

Qu'à la vérité il ne pouvait prendre la vie du directeur sans donner la sienne propre, mais qu'il trouvait bon de donner sa vie pour une chose juste;

Qu'il avait mûrement réfléchi, et à cela seulement, depuis deux mois;

Qu'il croyait bien ne pas se laisser entraîner par le ressentiment, mais que, dans le cas où cela serait, il suppliait qu'on l'en avertît;

Qu'il soumettait honnêtement ses raisons aux hommes justes qui l'écoutaient;

Qu'il allait donc tuer M. D., mais que, si quelqu'un avait une objection à lui faire, il était prêt à l'écouter.

Une voix seulement s'éleva, et dit qu'avant de tuer le directeur, Claude devait essayer une dernière fois de lui parler et de le fléchir.

«C'est juste, dit Claude, et je le ferai.»

Huit heures sonnèrent à la grande horloge. Le directeur devait venir à neuf heures.

Une fois que cette étrange cour de cassation[7] eut en quelque sorte ratifié la sentence qu'il avait portée, Claude reprit toute sa sérénité. Il mit sur une table tout ce qu'il possédait en linge et en vêtements, la pauvre dépouille du prisonnier, et, appelant l'un après l'autre ceux de ses compagnons qu'il aimait le plus après Albin, il leur distribua tout. Il ne garda que la petite paire de ciseaux.

Puis il les embrassa tous. Quelques-uns pleuraient. Il souriait à ceux-là.

Il y eut, dans cette heure dernière, des instants où il causa avec tant de tranquillité et même de gaieté, que plusieurs de ses camarades espéraient

---

[6](Note de Victor Hugo) Textuel.
[7]Tribunal suprême de l'ordre judiciaire.

intérieurement, comme ils l'ont déclaré depuis, qu'il abandonnerait peut-être sa résolution. Il s'amusa même une fois à éteindre une des rares chandelles qui éclairaient l'atelier avec le souffle de sa narine, car il avait de mauvaises habitudes d'éducation qui dérangeaient sa dignité naturelle plus souvent qu'il n'aurait fallu. Rien ne pouvait faire que cet ancien gamin des rues n'eût point par moments l'odeur du ruisseau de Paris[8].

Il aperçut un jeune condamné qui était pâle, qui le regardait avec des yeux fixes, et qui tremblait, sans doute dans l'attente de ce qu'il allait voir.

«Allons, du courage, jeune homme!» lui dit Claude doucement, ce ne sera que l'affaire d'un instant.

Quand il eut distribué toutes ses hardes, fait tous ses adieux, serré toutes les mains, il interrompit quelques causeries inquiètes qui se faisaient çà et là dans les coins obscurs de l'atelier, et il commanda qu'on se remît au travail. Tous obéirent en silence.

L'atelier où ceci se passait était une salle oblongue, un long parallélogramme percé de fenêtres sur ses deux grands côtés, et de deux portes qui se regardaient à ses deux extrémités. Les métiers étaient rangés de chaque côté près des fenêtres, les bancs touchant le mur à angle droit, et l'espace resté libre entre les deux rangées de métiers formait une sorte de longue voie qui allait en ligne droite de l'une des portes à l'autre et traversait ainsi toute la salle. C'était cette longue voie, assez étroite, que le directeur avait à parcourir en faisant son inspection; il devait entrer par la porte sud et ressortir par la porte nord, après avoir regardé les travailleurs à droite et à gauche. D'ordinaire, il faisait ce trajet assez rapidement et sans s'arrêter.

Claude s'était replacé lui-même à son banc, et il s'était remis au travail, comme Jacques Clément[9] se fût remis à la prière.

Tous attendaient. Le moment approchait. Tout à coup on entendit un coup de cloche. Claude dit:

«C'est l'avant-quart.»

Alors, il se leva, traversa gravement une partie de la salle, et alla s'accouder sur l'angle du premier métier à gauche, tout à côté de la porte d'entrée. Son visage était parfaitement calme et bienveillant.

Neuf heures sonnèrent. La porte s'ouvrit. Le directeur entra.

En ce moment-là, il se fit dans l'atelier un silence de statues.

Le directeur était seul comme d'habitude.

Il entra avec sa figure joviale, satisfaite et inexorable, ne vit pas Claude qui était debout à gauche de la porte, la main droite cachée dans son pantalon, et passa rapidement devant les premiers métiers, hochant la tête, mâchant ses paroles, et jetant çà et là son regard banal, sans s'apercevoir que tous les yeux qui l'entouraient étaient fixés sur une idée terrible.

Tout à coup il se détourna brusquement, surpris d'entendre un pas derrière lui.

---

[8] Le ruisseau de Paris sentait la boue, c'est-à-dire qu'il avait une odeur nauséabonde.
[9] Frère dominicain et ligueur fanatique qui, prétendant porter des lettres, s'est fait introduire chez le roi Henri III et l'a assassiné en 1589.

C'était Claude, qui le suivait en silence depuis quelques instants.

«Que fais-tu là, toi? dit le directeur; pourquoi n'es-tu pas à ta place? Car un homme n'est plus un homme là, c'est un chien, on le tutoie.

Claude Gueux répondit respectueusement:
— C'est que j'ai à vous parler, monsieur le directeur.
— De quoi?
— D'Albin.
— Encore! dit le directeur.
— Toujours, dit Claude.
— Ah ça! reprit le directeur continuant de marcher tu n'as donc pas eu assez de vingt-quatre heures de cachot?

Claude répondit en continuant de le suivre:
— Monsieur le directeur, rendez-moi mon camarade.
— Impossible.
— Monsieur le directeur, dit Claude avec une voix qui eût attendri le démon, je vous en supplie, remettez Albin avec moi, vous verrez comme je travaillerai bien. Vous qui êtes libre, cela vous est égal, vous ne savez pas ce que c'est qu'un ami; mais, moi, je n'ai que les quatre murs de ma prison. Vous pouvez aller et venir, vous; moi je n'ai qu'Albin. Rendez-le moi. Albin me nourrissait, vous le savez bien. Cela ne vous coûterait que la peine de dire oui. Qu'est-ce que cela vous fait qu'il y ait dans la même salle un homme qui s'appelle Claude Gueux et un autre qui s'appelle Albin? Car ce n'est pas plus compliqué que cela. Monsieur le directeur, mon bon monsieur D., je vous supplie vraiment, au nom du ciel!

Claude n'en avait peut-être jamais tant dit à la fois à un geôlier. Après cet effort, épuisé, il attendit. Le directeur répliqua avec un geste d'impatience:
— Impossible. C'est dit. Voyons, ne m'en reparle plus. Tu m'ennuies.

Et, comme il était pressé, il doubla le pas. Claude aussi. En parlant ainsi, ils étaient arrivés tous deux près de la porte de sortie. Les quatre-vingts voleurs regardaient et écoutaient, haletants.

Claude toucha doucement le bras du directeur.
— Mais au moins que je sache pourquoi je suis condamné à mort. Dites-moi pourquoi vous l'avez séparé de moi.
— Je te l'ai déjà dit, répondit le directeur, parce que.»

Et, tournant le dos à Claude, il avança la main vers le loquet de la porte de sortie.

À la réponse du directeur, Claude avait reculé d'un pas. Les quatre-vingts statues qui étaient là virent sortir de son pantalon sa main droite avec la hache. Cette main se leva, et, avant que le directeur pût pousser un cri, trois coups de hache, chose affreuse à dire, assénés tous les trois dans la même entaille, lui avaient ouvert le crâne. Au moment où il tombait à la renverse, un quatrième coup lui balafra le visage, puis, comme une fureur lancée ne s'arrête pas court, Claude Gueux lui fendit la cuisse droite d'un cinquième coup inutile. Le directeur était mort.

Alors Claude jeta la hache et cria: *À l'autre maintenant!* L'autre, c'était lui.

On le vit tirer de sa veste les petits ciseaux de «sa femme», et, sans que personne songeât à l'en empêcher, il se les enfonça dans la poitrine. La lame était courte, la poitrine était profonde. Il y fouilla longtemps et à plus de vingt reprises en criant: «Cœur de damné, je ne te trouverai donc pas!» Et enfin il tomba baigné dans son sang, évanoui sur le mort.

Lequel des deux était la victime de l'autre?

Quand Claude reprit connaissance, il était dans un lit, couvert de linges et de bandages, entouré de soins. Il avait auprès de son chevet de bonnes sœurs de charité, et de plus un juge d'instruction qui instrumentait et qui lui demanda avec beaucoup d'intérêt: *Comment vous trouvez-vous*?

Il avait perdu une grande quantité de sang, mais les ciseaux avec lesquels il avait eu la superstition touchante de se frapper avaient mal fait leur devoir; aucun des coups qu'il s'était portés n'était dangereux. Il n'y avait de mortelles pour lui que les blessures qu'il avait faites à M. D.

Les interrogatoires commencèrent. On lui demanda si c'était lui qui avait tué le directeur des ateliers de la prison de Clairvaux. Il répondit: *Oui*. On lui demanda pourquoi. Il répondit: *Parce que*.

Cependant, à un certain moment, ses plaies s'envenimèrent; il fut pris d'une fièvre mauvaise dont il faillit mourir.

Novembre, décembre, janvier et février se passèrent en soins et en préparatifs; médecins et juges s'empressaient autour de Claude; les uns guérissaient ses blessures, les autres dressaient son échafaud.

Abrégeons. Le 16 mars 1832, il parut, étant parfaitement guéri, devant la cour d'assises de Troyes. Tout ce que la ville peut donner de foule était là.

Claude eut une bonne attitude devant la cour. Il s'était fait raser avec soin, il avait la tête nue, il portait ce morne habit des prisonniers de Clairvaux, mi-parti de deux espèces de gris.

Le procureur du roi avait encombré la salle de toutes les baïonnettes de l'arrondissement, «afin, dit-il à l'audience, de contenir tous les scélérats qui devaient figurer comme témoins dans cette affaire».

Lorsqu'il fallut entamer les débats, il se présenta une difficulté singulière. Aucun des témoins des événements du 4 novembre ne voulait déposer contre Claude. Le président les menaça de son pouvoir discrétionnaire. Ce fut en vain. Claude alors leur commanda de déposer. Toutes les langues se délièrent. Ils dirent ce qu'ils avaient vu.

Claude les écoutait tous avec une profonde attention. Quand l'un d'eux, par oubli, ou par affection pour Claude, omettait des faits à la charge de l'accusé, Claude les rétablissait.

De témoignage en témoignage, la série des faits que nous venons de développer se déroula devant la cour.

Il y eut un moment où les femmes qui étaient là pleurèrent. L'huissier appela le condamné Albin. C'était son tour de déposer. Il entra en chancelant; il sanglotait. Les gendarmes ne purent empêcher qu'il n'allât tomber dans les bras de Claude.

Claude le soutint et dit en souriant au procureur du roi: «Voilà un scélérat qui partage son pain avec ceux qui ont faim». Puis il baisa la main d'Albin.

La liste des témoins épuisée, M. le procureur du roi se leva et prit la parole en ces termes: «Messieurs les jurés, la société serait ébranlée jusque dans ses fondements, si la vindicte publique n'atteignait pas les grands coupables comme celui qui», etc...

Après ce discours mémorable, l'avocat de Claude parla. La plaidoirie contre et la plaidoirie pour firent, chacune à leur tour, les évolutions qu'elles ont coutume de faire dans cette espèce d'hippodrome, qu'on appelle un procès criminel.

Claude jugea que tout n'était pas dit. Il se leva à son tour. Il parla de telle sorte qu'une personne intelligente qui assistait à cette audience s'en revint frappée d'étonnement.

Il paraît que ce pauvre ouvrier contenait bien plutôt un orateur qu'un assassin. Il parla debout, avec une voix pénétrante et bien ménagée, avec un œil clair, honnête et résolu, avec un geste presque toujours le même, mais plein d'empire. Il dit les choses comme elles étaient, simplement, sérieusement, sans charger ni amoindrir, convint de tout, regarda l'article 296[10] en face, et posa sa tête dessous. Il eut des moments de véritable haute éloquence qui faisaient remuer la foule, et où l'on se répétait à l'oreille dans l'auditoire ce qu'il venait de dire.

Cela faisait un murmure pendant lequel Claude reprenait haleine en jetant un regard fier sur les assistants.

Dans d'autres instants, cet homme qui ne savait pas lire était doux, poli, choisi, comme un lettré, puis, par moments encore, modeste, mesuré, attentif, marchant pas à pas dans la partie irritante de la discussion, bienveillant pour les juges.

Une fois seulement, il se laissa aller à une secousse de colère. Le procureur du roi avait établi dans le discours que nous avons cité en entier que Claude Gueux avait assassiné le directeur des ateliers sans voie de fait ni violence de la part du directeur, par conséquent *sans provocation*.

«Quoi! s'écria Claude, je n'ai pas été provoqué! Ah! oui, vraiment, c'est juste, je vous comprends. Un homme ivre me donne un coup de poing, je le tue, j'ai été provoqué, vous me faites grâce, vous m'envoyez aux galères. Mais un homme qui n'est pas ivre et qui a toute sa raison me comprime le cœur pendant quatre ans, m'humilie pendant quatre ans, me pique tous les jours, toutes les heures, toutes les minutes, d'un coup d'épingle à quelque place inattendue pendant quatre ans! J'avais une femme pour qui j'ai volé, il me torture avec cette femme; j'avais un enfant pour qui j'ai volé, il me torture avec cet enfant, je n'ai pas assez de pain, un ami m'en donne, il m'ôte mon ami et mon pain. Je redemande mon ami, il me met au cachot. Je lui dis *vous*, à lui mouchard, il me dit *tu*. Je lui dis que je souffre, il me dit que je l'ennuie. Alors que voulez-vous que je fasse? Je le tue. C'est bien, je suis un monstre, j'ai tué cet homme, je n'ai pas été provoqué, vous me coupez la tête. Faites.»

---

[10]Cet article du Code pénal précise qu'une seule circonstance aggravante aurait pu entraîner la peine capitale. Dans ce cas il y en avait deux: un guet-apens et la préméditation.

Mouvement sublime, selon nous, qui faisait tout à coup surgir, au-dessus du système de la provocation matérielle, sur lequel s'appuie l'échelle mal proportionnée des circonstances atténuantes, toute une théorie de la provocation morale oubliée par la loi.

Les débats fermés, le président fit son résumé impartial et lumineux. Il en résulta ceci. Une vilaine vie. Un monstre en effet. Claude Gueux avait commencé par vivre en concubinage avec une fille publique, puis il avait volé, puis il avait tué. Tout cela était vrai.

Au moment d'envoyer les jurés dans leur chambre, le président demanda à l'accusé s'il avait quelque chose à dire sur la position des questions.

«Peu de chose, dit Claude. Voici, pourtant. Je suis un voleur et un assassin; j'ai volé et tué. Mais pourquoi ai-je volé? pourquoi ai-je tué? Posez-vous ces deux questions, messieurs les jurés.»

Après un quart d'heure de délibération, sur la déclaration des douze Champenois qu'on appelait *messieurs les jurés*, Claude Gueux fut condamné à mort.

Il est certain que, dès l'ouverture des débats, plusieurs d'entre eux avaient remarqué que l'accusé s'appelait Gueux, ce qui leur avait fait une impression profonde.

On lut son arrêt à Claude, qui se contenta de dire:

«*C'est bien. Mais pourquoi cet homme a-t-il volé? Pourquoi cet homme a-t-il tué? Voilà deux questions auxquelles ils ne répondent pas.*

Rentré dans la prison, il soupa gaiement et dit:

—Trente-six ans de faits!»

Il ne voulut pas se pourvoir en cassation[11]. Une des sœurs qui l'avaient soigné vint l'en prier avec larmes. Il se pourvut par complaisance pour elle. Il paraît qu'il résista jusqu'au dernier instant, car, au moment où il signa son pourvoi sur le registre du greffe, le délai légal des trois jours était expiré depuis quelques minutes.

La pauvre fille reconnaissante lui donna cinq francs. Il prit l'argent et la remercia.

Pendant que son pourvoi pendait, des offres d'évasion lui furent faites par les prisonniers de Troyes, qui s'y dévouaient tous. Il refusa.

Les détenus jetèrent successivement dans son cachot, par le soupirail, un clou, un morceau de fil de fer et une anse de seau. Chacun de ces trois outils eût suffi, à un homme aussi intelligent que l'était Claude, pour limer ses fers. Il remit l'anse, le fil de fer et le clou au guichetier.

Le 8 juin 1832, sept mois et quatre jours après le fait, l'expiation arriva, pede claudo[12], comme on voit. Ce jour-là, à sept heures du matin, le greffier du tribunal entra dans le cachot de Claude, et lui annonça qu'il n'avait plus qu'une heure à vivre.

Son pourvoi était rejeté.

«Allons, dit Claude froidement, j'ai bien dormi cette nuit, sans me douter que je dormirais encore mieux la prochaine.»

---
[11] Action d'attaquer la décision d'un tribunal inférieur devant une juridiction supérieure.
[12] Allusion à l'Ode III.31-32 de Horace: «Raro antecedentem scelestum / deseruit pede Poena claudo» [Le châtiment, quoique boiteux, atteint toujours le coupable].

Il paraît que les paroles des hommes forts doivent toujours recevoir de l'approche de la mort une certaine grandeur.

Le prêtre arriva, puis le bourreau. Il fut humble avec le prêtre, doux avec l'autre. Il ne refusa ni son âme, ni son corps.

Il conserva une liberté d'esprit parfaite. Pendant qu'on lui coupait les cheveux, quelqu'un parla, dans un coin du cachot, du choléra qui menaçait Troyes en ce moment.

«Quant à moi, dit Claude avec un sourire, je n'ai pas peur du choléra.»

Il écoutait d'ailleurs le prêtre avec une attention extrême, en s'accusant beaucoup et en regrettant de n'avoir pas été instruit dans la religion.

Sur sa demande, on lui avait rendu les ciseaux avec lesquels il s'était frappé. Il y manquait une lame, qui s'était brisée dans sa poitrine. Il pria le geôlier de faire porter de sa part ces ciseaux à Albin. Il dit aussi qu'il désirait qu'on ajoutât à ce legs la ration de pain qu'il aurait dû manger ce jour-là.

Il pria ceux qui lui lièrent les mains de mettre dans sa main droite la pièce de cinq francs que lui avait donnée la sœur, la seule chose qui lui restât désormais.

À huit heures moins un quart, il sortit de la prison, avec tout le lugubre cortège ordinaire des condamnés. Il était à pied, pâle, l'œil fixé sur le crucifix du prêtre, mais marchant d'un pas ferme.

On avait choisi ce jour-là pour l'exécution, parce que c'était jour de marché, afin qu'il y eût le plus de regards possible sur son passage; car il paraît qu'il y a encore en France des bourgades à demi sauvages où, quand la société tue un homme, elle s'en vante.

Il monta sur l'échafaud gravement, l'œil toujours fixé sur le gibet du Christ. Il voulut embrasser le prêtre, puis le bourreau, remerciant l'un, pardonnant à l'autre. Le bourreau le *repoussa doucement*, dit une relation. Au moment où l'aide le liait sur la hideuse mécanique, il fit signe au prêtre de prendre la pièce de cinq francs qu'il avait dans sa main droite, et lui dit:

«*Pour les pauvres.*

Comme huit heures sonnaient en ce moment, le bruit du beffroi[13] de l'horloge couvrit sa voix, et le confesseur lui répondit qu'il n'entendait pas. Claude attendit l'intervalle de deux coups et répéta avec douceur:

—*Pour les pauvres.*»

Le huitième coup n'était pas encore sonné que cette noble et intelligente tête était tombée.

Admirable effet des exécutions publiques! ce jour-là même, la machine étant encore debout au milieu d'eux et pas lavée, les gens du marché s'ameutèrent pour une question de tarif et faillirent massacrer un employé de l'octroi. Le doux peuple que vous font ces lois-là!

Nous avons cru devoir raconter en détail l'histoire de Claude Gueux, parce que, selon nous, tous les paragraphes de cette histoire pourraient servir de têtes

---

[13] Un beffroi peut être un clocher ou, comme cela semble être le cas ici, la cloche elle-même.

de chapitre au livre où serait résolu le grand problème du peuple au dix-neuvième siècle.

Dans cette vie importante il y a deux phases principales: avant la chute, après la chute; et, sous ces deux phases, deux questions: question de l'éducation, question de la pénalité; et, entre ces deux questions, la société tout entière.

Cet homme, certes, était bien né, bien organisé, bien doué. Que lui a-t-il donc manqué? Réfléchissez.

C'est là le grand problème de proportion dont la solution, encore à trouver, donnera l'équilibre universel: *Que la société fasse toujours pour l'individu autant que la nature.*

Voyez Claude Gueux. Cerveau bien fait, cœur bien fait, sans nul doute. Mais le sort le met dans une société si mal faite, qu'il finit par voler; la société le met dans une prison si mal faite, qu'il finit par tuer.

Qui est réellement coupable?

Est-ce lui?

Est-ce nous?

Questions sévères, questions poignantes, qui sollicitent à cette heure toutes les intelligences, qui nous tirent tous tant que nous sommes par le pan de notre habit, et qui nous barreront un jour si complètement le chemin, qu'il faudra bien les regarder en face et savoir ce qu'elles nous veulent.

Celui qui écrit ces lignes essaiera de dire bientôt peut-être de quelle façon il les comprend.

Quand on est en présence de pareils faits, quand on songe à la manière dont ces questions nous pressent, on se demande à quoi pensent ceux qui gouvernent, s'ils ne pensent pas à cela.

Les Chambres, tous les ans, sont gravement occupées. Il est sans doute très important de désenfler les sinécures et d'écheniller[14] le budget; il est très important, de faire des lois pour que j'aille, déguisé en soldat, monter patriotiquement la garde à la porte de M. le comte de Lobau[15], que je ne connais pas et que je ne veux pas connaître, ou pour me contraindre à parader au carré Marigny, sous le bon plaisir de mon épicier, dont on a fait mon officier[16].

Il est important, députés ou ministres, de fatiguer et de tirailler toutes les choses et toutes les idées de ce pays dans des discussions pleines d'avortements; il est essentiel, par exemple, de mettre sur la sellette et d'interroger et de questionner à grands cris, et sans savoir ce qu'on dit, l'art du dix-neuvième siècle, ce grand et sévère accusé qui ne daigne pas répondre et qui fait bien; il est expédient de passer son temps, gouvernants et législateurs, en conférences classiques qui font hausser

---

[14]Débarasser des chenilles.
[15]Louis-Philippe a désigné le maréchal de Lobau général en chef de la Garde nationale en 1830.
[16](Note de Victor Hugo) Il va sans dire que nous n'entendons pas attaquer ici la patrouille urbaine, chose utile, qui garde la rue, le seuil et le foyer; mais seulement la parade, le pompon, la gloriole et le tapage militaire, choses ridicules, qui ne servent qu'à faire du bourgeois une parodie du soldat.

les épaules aux maîtres d'école de la banlieue; il est utile de déclarer que c'est le drame moderne qui a inventé l'inceste, l'adultère, le parricide, l'infanticide et l'empoisonnement, et de prouver par là qu'on ne connaît ni Phèdre, ni Jocaste, ni Œdipe, ni Médée, ni Rodogune; il est indispensable que les orateurs politiques de ce pays ferraillent, trois grands jours durant, à propos du budget, pour Corneille et Racine, contre on ne sait qui, et profitent de cette occasion littéraire pour s'enfoncer les uns les autres à qui mieux mieux dans la gorge de grandes fautes de français jusqu'à la garde.

Tout cela est important, nous croyons cependant qu'il pourrait y avoir des choses plus importantes encore.

Que dirait la Chambre, au milieu des futiles démêlés qui font si souvent colleter le ministère par l'opposition et l'opposition par le ministère, si, tout à coup, des bancs de la Chambre ou de la tribune publique, qu'importe? quelqu'un se levait et disait ces sérieuses paroles:

«Taisez-vous, qui que vous soyez, vous qui parlez ici, taisez-vous! vous croyez être dans la question, vous n'y êtes pas.

«La question, la voici. La justice vient, il y a un an à peine de déchiqueter un homme à Pamiers avec un eustache[17]; à Dijon, elle vient d'arracher la tête à une femme; à Paris, elle fait, barrière Saint-Jacques, des exécutions inédites.

«Ceci est la question. Occupez-vous de ceci.

«Vous vous querellerez après pour savoir si les boutons de la Garde nationale doivent être blancs ou jaunes, et si l'*assurance* est une plus belle chose que la *certitude*.

«Messieurs des centres, messieurs des extrémités, le gros du peuple souffre!

« Que vous l'appeliez république ou que vous l'appeliez monarchie, le peuple souffre, ceci est un fait.

«Le peuple a faim, le peuple a froid. La misère le pousse au crime ou au vice, selon le sexe. Ayez pitié du peuple, à qui le bagne prend ses fils, et le lupanar ses filles. Vous avez trop de forçats, vous avez trop de prostituées.

«Que prouvent ces deux ulcères?

«Que le corps social a un vice dans le sang.

«Vous voilà réunis en consultation au chevet du malade; occupez-vous de la maladie.

«Cette maladie, vous la traitez mal. Étudiez-la mieux. Les lois que vous faites, quand vous en faites, ne sont que des palliatifs et des expédients. Une moitié de vos codes est routine, l'autre moitié empirisme.

«La flétrissure était une cautérisation qui gangrenait la plaie; peine insensée que celle qui pour la vie scellait et rivait le crime sur le criminel! qui en faisait deux amis, deux compagnons, deux inséparables!

«Le bagne est un vésicatoire absurde qui laisse résorber, non sans l'avoir rendu pire encore, presque tout le mauvais sang qu'il extrait. La peine de mort est une amputation barbare.

[17]Couteau de poche à manche de bois.

«Or, flétrissure, bagne, peine de mort, trois choses qui se tiennent. Vous avez supprimé la flétrissure, si vous êtes logiques, supprimez le reste.

«Le fer rouge[18], le boulet et le couperet, c'étaient les trois parties d'un syllogisme.

«Vous avez ôté le fer rouge; le boulet et le couperet n'ont plus de sens. Farinace[19] était atroce; mais il n'était pas absurde.

«Démontez-moi cette vieille échelle boiteuse des crimes et des peines et refaites-la. Refaites votre pénalité, refaites vos codes, refaites vos prisons, refaites vos juges. Remettez les lois au pas des mœurs.

«Messieurs, il se coupe trop de têtes par an en France[20]. Puisque vous êtes en train de faire des économies, faites-en là-dessus.

«Puisque vous êtes en verve de suppressions, supprimez le bourreau. Avec la solde de vos quatre-vingts bourreaux, vous payerez six cents maîtres d'école.

«Songez au gros du peuple. Des écoles pour les enfants, des ateliers pour les hommes.

«Savez-vous que la France est un des pays de l'Europe où il y a le moins de natifs qui sachent lire! Quoi! la Suisse sait lire, la Belgique sait lire, le Danemark sait lire, la Grèce sait lire, l'Irlande sait lire, et la France ne sait pas lire[21]? c'est une honte.

«Allez dans les bagnes. Appelez autour de vous toute la chiourme[22]. Examinez un à un tous ces damnés de la loi humaine. Calculez l'inclinaison de tous ces profils, tâtez tous ces crânes. Chacun de ces hommes tombés a au-dessous de lui son type bestial; il semble que chacun d'eux soit le point d'intersection de telle ou telle espèce animale avec l'humanité. Voici le loup-cervier, voici le chat, voici le singe, voici le vautour, voici la hyène. Or, de ces pauvres têtes mal conformées, le premier tort est à la nature sans doute, le second à l'éducation.

«La nature a mal ébauché, l'éducation a mal retouché l'ébauche. Tournez vos soins de ce côté. Une bonne éducation au peuple. Développez de votre mieux ces malheureuses têtes, afin que l'intelligence qui est dedans puisse grandir.

«Les nations ont le crâne bien ou mal fait selon leurs institutions.

«Rome et la Grèce avaient le front haut. Ouvrez le plus que vous pourrez l'angle facial du peuple.

«Quand la France saura lire, ne laissez pas sans direction cette intelligence que vous aurez développée. Ce serait un autre désordre. L'ignorance vaut encore mieux

---

[18]Instrument qui servait à marquer des criminels.
[19]Prospero Farinacci, jurisconsulte romain de la fin du XVIe siècle dont la rigueur attire la condamnation et des attaques de Victor Hugo.
[20]Savey-Casard annote qu'il y a eu 38 exécutions en 1830, 25 en 1831, 40 en 1832 et 30 en 1833.
[21]Savey-Casard, citant le *Moniteur* du 29 avril 1834 et un certain Gillon, donne des chiffres sur l'analphabétisme en France à cette époque. Les trois cinquièmes de la population de moins de vingt ans ne sauraient pas lire. Savey-Casard fait aussi appel au *Rapport au Roi sur l'exécution de la loi du 28 juin 1833* pour dire que 31% des garçons ne fréquentent pas l'école.
[22]À l'origine la chiourme était l'ensemble des rameurs d'une galère; par la suite, elle désigne aussi les forçats d'un bagne.

que la mauvaise science. Non. Souvenez-vous qu'il y a un livre plus philosophique que le *Compère Mathieu*[23], plus populaire que le *Constitutionnel*, plus éternel que la charte de 1830; c'est l'écriture sainte. Et ici un mot d'explication.

«Quoi que vous fassiez, le sort de la grande foule, de la multitude, de *la majorité*, sera toujours relativement pauvre, et malheureux et triste. À elle le dur travail, les fardeaux à pousser, les fardeaux à tramer, les fardeaux à porter.

«Examinez cette balance: toutes les jouissances dans le plateau du riche, toutes les misères dans le plateau du pauvre. Les deux parts ne sont-elles pas inégales? La balance ne doit-elle pas nécessairement pencher, et l'état avec elle?

«Et maintenant dans le lot du pauvre, dans le plateau des misères, jetez la certitude d'un avenir céleste, jetez l'aspiration au bonheur éternel, jetez le paradis, contrepoids magnifique! Vous rétablissez l'équilibre. La part du pauvre est aussi riche que la part du riche.

«C'est ce que savait Jésus, qui en savait plus long que Voltaire.

«Donnez au peuple qui travaille et qui souffre, donnez au peuple, pour qui ce monde-ci est mauvais, la croyance à un meilleur monde fait pour lui.

«Il sera tranquille, il sera patient. La patience est faite d'espérance.

«Donc ensemencez les villages d'évangiles. Une bible par cabane. Que chaque livre et chaque champ produisent à eux deux un travailleur moral.

«La tête de l'homme du peuple, voilà la question. Cette tête est pleine de germes utiles. Employez pour la faire mûrir et venir à bien ce qu'il y a de plus lumineux et de mieux tempéré dans la vertu.

«Tel a assassiné sur les grandes routes qui, mieux dirigé, eût été le plus excellent serviteur de la cité.

«Cette tête de l'homme du peuple, cultivez-la, défrichez-la, arrosez-la, fécondez-la, éclairez-la, moralisez-la, utilisez-la; vous n'aurez pas besoin de la couper.»

---

[23] *Le Compère Mathieu ou les bigarrures de l'esprit humain*, roman populaire de l'abbé Dulaurens, publié pour la première fois en 1766.

MARCELINE DESBORDES-VALMORE
1786-1859

Si Victor Hugo est le plus grand poète masculin de la France du XIXe siècle, Marceline Desbordes-Valmore est son équivalent féminin. Baudelaire a eu raison de dire qu'elle «est et sera toujours un grand poète»[1]. Comme Hugo, elle s'est essayée à d'autres genres, mais avec moins de reconnaissance et de réussite. Elle est loin d'être riche et les besoins d'argent sont souvent pour elle un calvaire. Marceline Desbordes-Valmore a toujours témoigné beaucoup de sympathie pour les pauvres, ce qui a fait dire à Lucien Descaves qu'elle était une véritable «prolétaire des lettres»[2]. La Révolution de 1789 ruine sa famille, obligeant la jeune Marceline à gagner sa vie comme comédienne au théâtre et à l'opéra. Mariée à un acteur médiocre, elle a l'infortune de tomber amoureuse d'Henri de Latouche, un coureur éhonté qui l'abandonne aussitôt. Trouver des éditeurs pour ses œuvres lui sera toujours difficile. À la fin de sa vie, ses *Poésies inédites*, que d'aucuns considèrent comme ses meilleures, n'ont pu paraître que par l'entremise d'un admirateur auquel elle avait adressé un billet de politesse vingt-cinq ans auparavant. Ses éditeurs l'éconduisaient depuis longtemps, aussi l'intervention de ce mécène, qui édite le volume à ses frais, tient-elle «du miracle»[3]. Les canons esthétiques ont changé et les sentiments sincères exprimés avec grâce et subtilité, sans apprêt, ne plaisent plus. Verlaine, à raison, la compte parmi les *Poètes maudits*.

Plusieurs érudits d'aujourd'hui ont constaté que toutes les femmes poètes du XIXe siècle étaient maudites. Au début du XVIIIe siècle, en fondant l'École de Saint-Cyr, Madame de Maintenon met en place un modèle d'instruction pour les jeunes filles nobles sans fortune. Progressivement, cet idéal se répand et, d'une manière ou d'une autre, les filles de notables apprennent dès lors à lire et à écrire. Devenues plus âgées, nombre d'entre elles réussissent même à se faire publier. Elles ont même tant de succès que bien des hommes se retrouvent dans la situation d'avoir à adopter un pseudonyme féminin pour faire accepter leurs romans. Au

---

[1] Charles Baudelaire, *Réflexions sur quelques-uns de mes contemporains, Œuvres complètes*, éd. Claude Pichois, 2 vols., Bibliothèque de la Pléiade (Paris: Gallimard, 1964) 2.146.
[2] Cité dans Marc Bertrand, *Une Femme à l'écoute de son temps: Marceline Desbordes-Valmore* (Lyon: Cigogne, 1997) 17.
[3] Françis Ambrière, *Le Siècle des Valmore: Marceline Desbordes-Valmore et les siens*, 2 vols. (Paris: Seuil, 1987) 2.366.

XIXᵉ siècle, c'est semble-t-il le contraire qui se produit et les femmes qui doivent souvent adopter une simple initiale ou un pseudonyme masculin.[4]
Marceline Desbordes-Valmore a refusé tout déguisement. Sincère, elle s'est donnée telle qu'elle était: «Les femmes, je le sais, ne doivent pas écrire / J'écris pourtant»[5]. Dans un manuscrit en préparation, Adrianna Paliyenko montre que les préjugés contre les femmes poètes était profonds et appuyés par les commentaires misogynes d'écrivains tels que Barbey d'Aurevilly, ainsi que par certaines conclusions physiologiques avancées par le corps médical. Les femmes avaient-elles moins accès à l'instruction dans cette sociéte bourgeoise du XIXᵉ siècle? Est-il possible qu'il y ait eu une tentative généralisée de réduire la femme à son rôle de maîtresse de maison? «[D]epuis la révolution, les hommes ont pensé qu'il étoit politiquement et moralement utile de réduire les femmes à la plus absurde médiocrité», a écrit Madame de Staël[6]. La fin du XVIIIᵉ siècle, en effet, a vu s'exprimer un nombre croissant d'écrivains qui prétendaient que les femmes n'avaient pas besoin d'une instruction très étendue et qu'une jeune femme devait attendre de son mari l'instruction dont elle avait besoin[7]. Marceline Desbordes-Valmore regrettait souvent de ne pas avoir pu aller à l'école. Elle n'était certainement pas inculte, mais elle avait acquis sa culture au théâtre par les pièces qu'elle avait jouées et vues. Il y a une trentaine d'années, la critique féministe a hésité à reconnaître

---

[4]Comme il est difficile de déceler l'identité véritable qui se cache derrière un nom d'emprunt ou d'une ou de plusieurs initiales, on ne peut savoir combien de pseudonymes reflètent le désir de se faire passer pour un représentant de l'autre sexe. On pense cependant que peu de femmes ont réussi à faire imprimer leurs noms sur les couvertures de leurs volumes. Michael Danahy ose être plus précis: «Marceline Desbordes-Valmore est l'une des six femmes écrivains qui ont signé leur vrai nom sans recourir à l'anonymat, à des prétentions aristocratiques ou un pseudonyme»—«Marceline Desbordes-Valmore (1786-1859)», *French Women Writers: A Bio-Bibliographical Source Book*, éd. Eva-Martin Sartori and Dorothy Wynne Zimmerman (New York: Greenwood, 1991) 132. Martine Reid dit en revanche que «le pseudonyme est relativement rare au XIXᵉ siècle»—*Des femmes en littérature* (Paris: Belin: 2010) 118.
[5]«Une Lettre de femme», *Les Œuvres poétiques de Marceline Desbordes-Valmore*, éd. Marc Bertrand, 2 vols. (Grenoble: PU de Grenoble, 1973) 2.506.
[6]Madame de Staël, *De la littérature considérée dans ses rapports avec les institutions sociales* (Paris: Classiques Garnier, 1998) 328.
[7]Bien entendu, ils font référence à la Sophie de l'*Émile* (1762) de Rousseau. La position la plus radicale est sans doute celle de S. Maréchal qui clame dans son *Projet de loi portant défense d'apprendre à lire aux femmes* que les cuisinières qui ne savent pas lire font la meilleur soupe—cité par Daniel Roche, *Le Peuple de Paris: Essai sur la culture populaire au XVIIIᵉ siècle* (Paris: Aubier Montaigne, 1981) 212. Restif de La Bretonne proposait même un programme très particulier: «À douze [ans] accomplis, des Filles riches apprendront…à lire…mais non à écrire.… À seize ans accomplis, les Filles des conditions communes apprendront…ce qui aura du rapport à leur état futur: ainsi les Sujets destinés au commerce, apprendront à lire, à écrire & à compter. Toutes les filles de la populace ne seront occupées qu'au travail; l'écriture, & même la lecture ne pouvant leur être que préjudiciables»—*Les Gynographes ou Idées de deux honnêtes femmes sur un projet de règlement proposé à toute l'Europe, pour mettre les femmes à leur place & opérer le bonheur des deux sexes: avec des notes historiques et justificatives, suivies des noms des femmes célèbres*, 2 parties (La Haie: Gosse & Ruet, 1777) 65-66. Guy Richard résume: «Quant à la bourgeoisie [au

sa valeur parce qu'elle est censée avoir accepté son rôle de femme et exploité des thèmes acceptables pour une femme[8]: l'amitié, l'amour, la maternité, l'enfance, la douleur, la tristesse—sujets qui ont attirés d'autres écrivains... comme Victor Hugo. On a oublié qu'elle avait aussi écrit sur la politique, les injustices sociales, le système androcentrique de l'instruction publique, l'enfance abusée et bien d'autres sujets courageux. Son point de vue de poète est toujours personnel. En tant que femme, il se trouve simplement qu'elle était guidée par sa condition humaine. En dépit des difficultés, Marceline Desbordes-Valmore a su s'élever au-dessus de ses consœurs et faire valoir sa singularité. Grâce à sa persévérance, elle est parvenue à faire imprimer une œuvre imposante en vers et en prose.

L'auteur a également écrit une cinquantaine de contes pour enfants et une bonne dizaine de nouvelles pour des lecteurs plus âgés. La plupart, parus après la publication des *Poésies de Madame Desbordes-Valmore* (1820), ont assis sa réputation d'écrivain. Les nouvelles qui nous restent montrent l'influence romantique de sa jeunesse et le savoir-faire d'un écrivain chevronné. «L'Inconnue», retenue pour ce volume, vient de *Huit femmes* (1845) et affiche un style qui opère une transition vers le réalisme. Le cliché romantique, selon lequel «l'amour est le *frère de la mort*»[9], est développé à travers le prisme de la conscience d'un observateur. Un peu trop bien faite peut-être, la nouvelle réussit tout de même à traiter plusieurs thèmes à tour de rôle: l'amour, la crise, la mort et le silence d'une façon qui capte l'attention et impose le respect. Sur le plan des détails matériels, l'auteur a su choisir des objets dont la vraisemblance rend vivant et sensible le monde entrevu par l'observateur anonyme. À la lecture, les accents chantants, les rythmes subtils et tendres rappellent la vocation principale de Marceline Desbordes-Valmore: la poésie n'est jamais loin. Son texte gagne d'ailleurs à être lu à haute voix, empreint qu'il est d'un lyrisme exemplaire, qui fait incontestablement songer au «René» de Chateaubriand.

BIBLIOGRAPHIE SOMMAIRE

Éditions annotées

Desbordes-Valmore, Marceline. *Huit femmes*. Éd. Marc Bertrand. Genève: Droz, 1999. 237-51.

XIXe siècle]...le rôle de la femme se limite à l'entretien de la maison et à l'éducation des enfants»—*Histoire de l'amour en France: Du Moyen Âge à la Belle Époque* (Paris: J.-C. Lattès, 1985) 181.

[8]E.g., Maïté Albistur et Daniel Armogathe, *Histoire du féminisme français: du Moyen Âge à nos jours* (Paris: Des Femmes, 1977) 264-65; Domna Stanton, *French Feminist Poems from the Middle Ages to the Present* (New York: Feminist Press, 1986) xviii-xxvi. Cf. Brigitte Legars, «Le féminisme des années 1970 dans l'édition et la littérature», *Encyclopædia Universalis*, version électronique 10 (Paris 2005).

[9]Jules Michelet, *L'Amour* (1859), *Œuvres complètes*, vol. 18 (Paris: Flammarion, 1985) 119.

Biographie

Ambrière, Françis. *Le Siècle des Valmore: Marceline Desbordes-Valmore et les siens.* 2 vols. Paris: Seuil, 1987.

Quelques études

Bertrand-Jennings, Chantal. «Marginalité: L'Œuvre en prose de Marceline Desbordes-Valmore.» *Un Autre Mal du siècle: Le Romantisme des romancières.* Coll. Cribles. Toulouse, PU du Mirail, 2005. 85-92.

Boutin, Aimée. *Maternal Echoes: The Poetry of Marceline Desbordes-Valmore and Alphonse de Lamartine.* Newark: U of Delaware P, 2001.

Danahy, Michael. «Marceline Desbordes-Valmore and the Engendered Canon». *The Politics of Tradition: Placing Women in French Literature.* Yale French Studies. Éd. Joan DeJean et Nancy K. Miller. 75 (1988): 129-47.

Paliyenko, Adrianna M. *Genius Envy: Women Shaping French Poetic History, 1801-1900.* University Park: Pennsylvania State University Press (to appear).

———. «(Re)Placing Women in French Poetic History: The Romantic Legacy». *Symposium* 53.4 (Winter 2000): 261-282.

Perry, Catherine. «The Nineteenth and Twentieth Centuries from Victoire Babois to Albertine Sarbazin, Introduction». *French Women Poets of Nine Centuries.* Ed. Norman R. Shapiro. Baltimore: Johns Hopkins UP, 2008. 517-38.

Planté, Christine. «Marceline Desbordes-Valmore: ni poésie féminine, ni poésie féministe». *Twenty years of French Literary Criticism: FLS, vingt ans après: A Memorial Volume for Philip A. Wadsworth (1913-1992).* Éd. Freeman G. Henry. Birmingham, AL: Summa, 1994. 301-13.

L'INCONNUE
1845

Londres, 18...

Mon ami,

Sur cette place solitaire, attenante à l'église de Saint-Dunstan, où vous m'avez écrit quelquefois, je vis d'un loisir si désœuvré qu'il me force souvent à regarder en dehors de moi pour ne pas retomber trop avant dans ma mémoire; mais ne pouvant me résoudre à chercher par le monde les heures d'oubli dont je suis altéré, je tâche de les puiser dans les objets extérieurs qui sont à ma portée: je romps violemment avec ma solitude, j'ouvre ma fenêtre, je me fais curieux.

Mes regards ne rencontrent pour obstacle qu'un platane qui monte plus haut que cette fenêtre, et répand son reflet vert jusqu'au fond de ma chambre quand les rayons du soleil se projettent sur les lambris avec l'ombre dansante du feuillage. Les branches étaient une fois trop dégarnies de feuilles pour cacher le rang de maisons que j'avais à visiter des yeux de l'autre côté de la rue, et je relus sur une porte en face, toujours fermée: «Maison à louer.»

Cette maison taciturne, s'usant avec la mélancolie d'une chose inutile sur la terre, m'occupait d'autant plus qu'elle me paraissait frappée d'abandon comme moi-même. Tout à coup, par une belle matinée de printemps, ses fenêtres, dont les ferrures étaient rouillées, s'ouvrirent avec bruit; des ouvriers empressés apparurent traversant les chambres; l'éternel écriteau jauni fut enlevé; tout, enfin, m'annonça que la demeure déserte serait incessamment habitée.

Allons, dis-je, la solitaire est défatalisée. Quelqu'un d'assez hardi vient de rompre l'enchantement de ce toit sur lequel un sort paraissait être jeté. Peut-être aussi son maître vient-il de vouer à l'anathème un éprouveur qui ne fera qu'y passer encore. Il y a des habitations posées sur une pierre noire.

Quelques semaines résolurent la question.

Sitôt que cette maison fut convenablement réparée, que l'odeur de la peinture n'arriva plus jusqu'à moi dans les brises du matin et du soir, des meubles frais et neufs furent apportés dans les deux étages ouverts à l'inquisition de mes regards. Les meubles étaient modestes; leur élégance consistait uniquement dans leur extrême propreté. Ce luxe des humbles m'annonça que la position des nouveaux habitants de ma rue était de celles qu'on nomme décentes, mais peu riches. La petite maison m'en devint plus sympathique; j'y concentrai tout l'intérêt de mon inspection journalière et je lui vouai l'esprit d'investigation que je tâchais d'acquérir. Le lendemain, un jeune homme d'un aspect agréable et d'une physionomie animée vint donner ses instructions à une servante qu'il amena lui-même, indiquant, avec douceur et vivacité tout ensemble, l'emplacement de chaque meuble, qu'il examinait, rempli d'une minutieuse satisfaction. Comme il avait sonné et frappé tout ensemble, c'était, à n'en pouvoir douter, suivant l'usage de Londres, le futur maître de la maison.

Il partit au bout d'une demi-heure, et répéta jour par jour cette courte visite à son unique et robuste servante, qui l'écoutait silencieuse, ne disant oui que par un redoublement de travail. Balayant, frottant, cirant les parquets, qui brillaient comme des miroirs; livrée à elle-même et reine de sa solitude, cette fille montait, descendait, puisait l'eau, lavait jusqu'au trottoir, secouait les tapis, les étendait le long de l'escalier redevenu blanc et lustré sous ses mains infatigables. Elle ne fermait les volets que le soir, sans s'inquiéter le moins du monde si l'absence des rideaux laissait durant le jour à chacun la facilité de voir jusqu'au fond de son temps si laborieusement rempli.

Je fus tranquille sur le sort de la maison ressuscitée. Elle serait honorée d'ablutions fréquentes, visitée par l'air pur du dehors; la servante vivait debout, et n'avait pas peur d'assainir les coins sombres; on pourrait y marcher avec sécurité: sa présence étendait partout la grâce d'un bon augure. Mais qui pouvait payer une telle vigilance? L'argent? Non, la bonté, et je crus l'avoir vue au visage de son maître.

Qu'était-il ce maître? Quelque clerc de notaire? Quelque employé à l'office public? Peut-être un jeune commis marchand dans quelque grande maison de commerce, dont les heures étaient régulièrement appelées au dehors? Pourquoi ne résidait-il pas dans cette maison présentement toute parée et charmante? Pourquoi les rideaux y manquaient-ils encore? Pourquoi ce lit d'une alcôve profonde était-il aussi parfaitement en ordre le matin que le soir? C'était là des questions auxquelles la servante seule aurait pu répondre, car son jeune maître avait disparu tout à fait, et personne, cette fille exceptée, ne revenait ouvrir les fenêtres pour laisser entrer au cœur de cet asile la tiède haleine de mai.

Elle continua d'épier et d'enlever la poussière, tremblant de la voir s'attacher aux meubles vierges qui lui étaient confiés, quelquefois les admirant à distance pour se récompenser elle-même, comme un peintre s'éloigne de son tableau afin de le mieux juger en perspective.

Cette honnête créature, emparadisée ainsi dans ses rêves laborieux, semblait être le *genius loci*, dans l'absence du maître que je n'avais fait qu'entrevoir, quand tout à coup des fleurs aux fenêtres et des rideaux flottants m'annoncèrent l'événement de son retour: je ne fus pas trompé. Après une absence d'environ trois semaines, je le retrouvai un matin au milieu de la plus belle des chambres, assis à une petite table ronde, déjeunant avec une femme si jeune, si pudique, si gracieuse, si blanche de la tête jusqu'aux pieds, si rougissante et si souriante à la fois, que je n'eus besoin de personne pour deviner en elle une fiancée de la veille. Je saluai le nouveau ménage d'un vœu qu'il n'entendit pas. L'heureux couple se doutait-il qu'il y eût alors plus de deux personnes dans l'univers?

Leur suave repas terminé, l'homme se leva le premier, prit la main de sa jeune Ève et fit avec elle le tour de son étroit Éden, l'obligeant avec un patient enfantillage à s'arrêter devant tous les objets qu'il avait amassés pour la surprendre. En passant devant le miroir qui décorait la cheminée, je le vis la contraindre doucement à s'y regarder avec lui, enlacée à lui! Cet homme tremblait de joie. Tout son être était une caresse. Comme il était beaucoup plus grand que son idole et qu'il la dépassait de toute la tête, il pencha son front sur cette jeune femme aux habits blancs, et mêla les boucles noires de sa chevelure aux tresses d'un blond pâle qu'il adorait dans le miroir, tandis qu'il les pressait sous ses lèvres ardentes.

Elle parut sur toutes choses émerveillée d'une peinture de Ciprian[1], qui surmontait cette cheminée de vrai marbre, et n'éprouva pas moins d'étonnement lorsque, levant ses yeux ravis au plafond, elle y vit éparses quelques-unes des élégantes inspirations d'Angélica Kauffman[2]. Les tiroirs d'une commode de citronnier relevé d'ébène s'ouvrirent ensuite devant son admiration. Ses petites mains, pures comme le filet virginal qui les laissait entrevoir, ses petites mains timides et avides plongèrent longtemps dans bien des trésors inattendus, car le sourire de la reconnaissance ne quittait plus sa bouche entrouverte que le baiser pris tout à coup par la bouche passionnée du prodigue époux.

Mais ce qui me parut exciter au plus haut degré sa gratitude à *elle*, ce qui lui arracha le plus doux cri de bonheur qui puisse payer l'amour heureux, l'amour qui donne, ce fut l'anguleuse bibliothèque de bois peint en acajou et ses trois rangs de livres, reliés pour elle, ornés, je crois, de son nom, que je ne pus lire. Quel qu'il fût, c'était à coup sûr le nom d'une femme heureuse.

Tous ces livres, un par un, furent ouverts, admirés, baisés, avant d'être remis dans leur prison d'attente.

Alors, comme une dure voix qui réveille, l'horloge gronda dix heures. Cet appel imprévu fit tressaillir et fuir l'époux, tandis que la pendule à longue sonnerie retenait devant elle dans une attention profonde la mariée, joignant les mains avec une ferveur tendre et pensive. La voir ainsi radieuse et immobile, c'était l'entendre distinctement bénir celui dont la sollicitude faisait pour elle de si belles heures!

À la fin, et après l'admiration curieuse donnée à cette future régulatrice de sa vie, l'examen de tous les dons recommença; avec lui, le ravissement de la jeunesse innocente éclata de nouveau: elle remerciait l'absent, riait et battait des mains toute seule; je la jugeai même contrainte de s'asseoir pour respirer un peu.

---

[1]Peintre et graveur italien du XVIIIe siècle.
[2]Angélika Kauffmann (1741-1807): femme peintre Suisse dont les portraits constituent le meilleur de son œuvre.
[3]*Zémire et Azor* (1771), opéra-comique dont Jean-François Marmontel (1723-99) a écrit le libretto et André Grétry (1741-1813) la musique. Desbordes-Valmore fait allusion au moment où Zémire découvre l'appartement luxueux préparé par Azor, son amant affreusement laid mais encore invisible.

L'appartement de Zémire[3] ne porta pas un trouble plus enchanteur dans la jeune prisonnière d'un amant invisible et roi!

Pourtant les forces lui revinrent. En parcourant de nouveau sa solitude agitée, elle ne résista pas au besoin de parler à quelqu'un des étonnements dont elle suffoquait. La servante fut appelée; on recommença le tour de la chambre nuptiale, et cette femme enfant eut, par bonheur, un aide, intelligent ou non, pour encourager les expressions de délices qui gonflaient son cœur jusqu'aux larmes.

Les chaleurs extrêmes de l'été firent tomber souvent les rideaux devant le soleil mordant que je fuyais parfois moi-même à la campagne, où je n'emportais que mon livre. Pour eux, tout allait bien: ils s'aimaient!

Mais, hélas! Pour ceux qui végètent sur un passé flétri, sans pouvoir tenter de se refaire d'autres souvenirs, combien il y a de jours où la vie oisive se dresse mécontente et montre à nu toutes ses aspérités, les punissant ainsi peut-être de ne l'employer qu'à des regrets insensés! C'est étrange, alors, de reconnaître à quel point les objets extérieurs les plus vulgaires s'associent puissamment à l'amertume de notre inaction. La table, sur laquelle nous avons pris le pli d'écrire ou d'appuyer nos coudes, nous apparaît durant ces jours répulsifs, dépolie et profanée par mille souillures que nous n'avions jamais aperçues. Nous découvrons les moindres fils d'araignée pendant au plafond, ce plafond devenu tout à coup lui-même plus saillant et plus morne qu'à l'ordinaire. Le voile conciliant de l'habitude s'écarte de partout, comme si la lumière entrait pour la première fois là où nous sommes seuls, volontairement seuls, strictement enchaînés dans notre liberté. Les vitres sont ternes comme nos yeux qui se ferment devant ces désenchantements muets; un choc sourd et imprévu, comme la secousse d'un bâtiment qui sombre, défait jusqu'à l'enchâssement de nos peines résignées.

Cette tache d'huile sur un livre que nous venons d'ouvrir, cette lettre qui s'y cache ensevelie, dont la forme rappelle un affront ou un deuil, le dessin qui commençait à tourner sous nos doigts patients, que nous retrouvons plié en quatre par la prévoyance mal avisée d'un serviteur, tout nous blesse et nous mortifie. C'est en vain que notre pensée interdite cherche à remonter aux amis et aux parents perdus; loin des hautes régions où leurs âmes sont retournées, nous ne voyons que leurs tombes fixées à la terre... Oh! Dans ces jours-là surtout, mes regards s'en allaient par un attirement plus invincible vers la petite maison harmonieuse, parce qu'elle m'attestait que le bonheur se réfugiait encore quelque part! Ce rayon pur détendait mon âme. L'aspect du bien-être en autrui me tenait lieu de celui qui n'était plus en moi; car la félicité qui naît de l'ordre, qui réside dans l'ordre, c'est beau, c'est digne de Dieu; et cette demeure calme me le rappelait toujours.

Vraiment! Les madones d'Italie au pied desquelles brûlent, en pitié de tous, les lampes éternelles, n'auraient pas ranimé en moi une piété plus tendre, une foi plus grave. Après cette station réfléchie, je pouvais attendre et rentrer dans mon isolement.

De temps à autre, durant les longues journées consacrées par elle aux travaux d'aiguille, un chant jeune, égal, traversait l'espace et venait me dire à moi, plongé dans mes regrets interminables: «Je suis heureuse!» comme l'oiseau posé furtivement sur une branche du platane disait à tous: «Je suis heureux!»

La chanson qui revenait le plus souvent dans cette voix sans culture, mais argentine comme la voix d'un enfant de chœur, était une ballade d'oiseau que j'avais moi-même apprise autrefois de ma sœur. Elle me frappait l'âme d'une de ces réminiscences charmantes que l'innocence seule réserve pour ceux qui l'adorent toujours.

«Que ne m'avez-vous donné les ailes d'un oiseau, ma mère, puisque je n'ai ni la maison, ni le rang, ni le sol de mes pères!

«Que ne donnerais-je pas, moi, pour aller droit à l'arc-en-ciel savoir comment des gouttes d'eau forment ces trois rubans de teintes harmonieuses!

«Quelle joie de flotter au-dessus de terre comme une brise vivante, de traverser les arbres en fleurs, d'y monter légèrement, et du haut de leur cime balancée par le vent, de regarder au-dessous les champs de blé mûr et le lin soyeux!

«Que ne m'avez-vous donné les ailes d'un oiseau, ma mère, puisque je n'ai ni la maison, ni le rang, ni le sol de mes pères!

«La vie d'un oiseau doit être une fête dans les bois pleins de feuilles qui parlent. Il est là comme sous le toit vert d'un palais. Il y vole de chambre en chambre; elles sont claires et gaies, ouvertes au soleil, aux étoiles, dont les rayons blancs jouent au milieu.

«Je vous aurais bénie, ma mère! J'aurais été dire à Dieu: Je bénis ma mère, car elle m'a donné des ailes d'oiseau!

«Il peut laisser son nid dans le chêne de la forêt, les oiseaux n'ont pas besoin de demeure; jeunes et vieux s'envolent errer ensemble; ils traversent en liberté leur monde bleu!

«Écoutez comme au creux de cette salle ombreuse ils s'appellent l'un l'autre amicalement! Venez, venez! semblent-ils dire.

«Vous n'avez donc jamais entendu d'oiseaux s'appeler entre eux, ma mère!

«Venez, venez! La vie est belle là où les feuilles dansent dans l'haleine de l'été!

«Nous venons, nous venons! leur répondent les autres. Que cette vie doit être douce, plongée au fond d'un arbre frais!

«Je le dis, car j'ai vu un oiseau, naviguant sur la mer éclatante raser l'écume des flots, et retourner mouillé sur sa branche au soleil.

«Qu'il est heureux de voler à sa volonté, comme nous dans nos rêves, sur des ailes fortes et souples, à travers l'aurore, pour regarder en face le soleil levant!

«Qu'il est heureux de percer à sa volonté comme une flèche l'espace sans bornes, de franchir le nuage d'argent et de chanter tout haut dans l'asile du tonnerre, d'étendre ses plumes avec une joie sauvage sur les hautes montagnes pleines de la voix des vents!

«Que ne m'avez-vous donné les ailes d'un oiseau, ma mère, puisque je n'ai ni la maison, ni le rang, ni le sol de mes pères!»

Ainsi l'automne arriva. Mon platane refroidi répandit ses feuilles qui s'envolèrent foulées aux pieds des passants. L'hiver nous enchaîna tous, chacun de notre côté, eux contents, moi rêveur.

Vers le soir, je savais régulièrement qu'il était cinq heures aux coups précipités du marteau mêlés à la sonnette[4].

Plus ponctuel qu'un watchman[5], l'époux haletant rejoignait la jeune solitaire. Longtemps alors deux ombres n'en faisaient qu'une, et peuplaient aux mêmes intervalles ce séjour ignoré. Jamais la lampe n'éclairait d'autre visage entre ces deux visages rayonnants du bonheur de se revoir. Le ciel en écartait la funeste influence d'un tiers.

Pour moi, je lus des histoires. J'essayai d'écrire la mienne, et je la déchirai, trouvant que je n'avais que trop de ce qui me reste d'intelligence pour me rappeler une vie inutile, qui ne devrait pas compter au livre de la justice divine: aussi ce n'est pas de moi que je vous entretiens ici.

Un nouveau printemps s'annonça par mille signes d'espoir et d'amour. Mon vieil arbre se rhabilla de feuilles; les bourgeons gonflés se déroulèrent d'abord comme du velours blanc mat, puis leur teinte fut gaie et vivante, et le vaste éventail se remit à frémir au souffle d'avril. Le ciel redevint bleu, même au-dessus de Londres. Les fenêtres de la maison, hier enveloppée de brouillard, brillèrent de nouveau et se rougirent de fleurs. Mais la dame, qui reparut au milieu d'elles, oh! la dame avait pâli; sa démarche était devenue moins sûre. Quand elle s'aventurait dans son petit jardin ranimé par le soleil, elle y demeurait languissamment assise, penchée sur son ouvrage ou sur un livre; puis, quand son mari était près d'elle, avant ou après les heures d'affaires, elle marchait doucement, appuyée sur lui pour se supporter un peu. Sa tendresse à lui s'augmentait visiblement de sa faiblesse à elle.

C'était curieux d'observer combien l'amour inquiet avait mûri la tête vive et pétulante du jeune homme. Ses traits joyeux, un peu vulgaires peut-être, étaient devenus sérieux et réfléchis. Oui, l'amour aide au développement de quelques organisations qu'il élève, et qui, sans lui, fussent demeurées dans l'insouciance ou l'abaissement. J'ai vu ce sentiment pur transformer un caractère vague, indécis et vide en un esprit ardent et fertile. Aussi, lire dans un amour vrai, c'est épeler le ciel.

Voici venir une nuit d'août, brillante d'étoiles; nuit d'argent, nuit haute et lumineuse, portant plus à rêver qu'à dormir; voici que contre toute habitude, la porte de la maison s'ouvre à plusieurs reprises, que le bruit du marteau rompt trois fois le silence de la rue, et m'amène forcément aux vitres, point central de mes observations sur le fortuné ménage.

Que signifient des lumières traversant rapidement les chambres du bas en haut de l'étroite demeure? D'où vient que, tantôt le maître, tantôt la servante, montent, descendent et courent avec tant de précipitation? Quel est cet homme inconnu, grave, un peu endormi, reçu à la porte d'un air si respectueux et si impatient? Admis, à ma grande surprise, dans la chambre aux rideaux blancs qui flottent entrouverts,

---

[4](Note de Desbordes-Valmore) À Londres, le maître de la maison frappe et sonne en même temps.
[5]Gardien.

d'où vient qu'il ôte en silence ses gants et son chapeau, qu'il marche en long, en large, consulte sa montre, s'assied, s'approche fréquemment de l'alcôve où luit à peine le rayon d'une flamme amortie sous l'albâtre, puis sort à l'aube, reconduit par-delà le trottoir avec mille saluts reconnaissants du maître de la maison? Mon Dieu! Que signifient ces agitations nocturnes?

Mais par degrés le tumulte cesse; les allées et venues deviennent plus rares; une tranquillité profonde berce et endort de nouveau ce nid, que j'affectionne plus que tout à l'entour de moi. Une seule et faible lumière, brûlant toujours comme la dernière étoile aux cieux, dit que quelqu'un veille encore au milieu de ce paisible silence.

Le lendemain, le marteau de la porte en demi-cintre attire de nouveau mon attention. Le cuir blanc dont il est enveloppé pour en assourdir le frappement m'explique enfin que la jeune femme vient de donner un enfant à son mari.

Pourquoi le taire? Je ressentis à cette vue une émotion d'une nature plus noble et plus tendre que la curiosité. Ce jour-là, vraiment, je bus tout seul à la santé de tous trois, appelant un regard du ciel sur cette petite âme nouvelle et sur sa mère, presque invisible au monde comme l'enfant.

Mais le calme qui régna durant plusieurs jours fut tout à coup troublé; une agitation sourde se révéla; un air d'alarme se répandit dans ce mouvement à bas bruit que j'observais avec inquiétude; la tristesse m'arrivait comme par infiltration. Les lumières allaient et venaient de nouveau; on oubliait, matin et soir, d'arroser les fleurs. La voiture du médecin s'arrêta trois fois coup sur coup à la porte. Un dimanche, il sortit sans reparaître le lendemain. Le lendemain, la servante immobile avait jeté son tablier sur sa tête. Mes regards, comme deux lumières intelligentes, s'allongeaient pour tout voir: ils découvrirent le lit blanc et couvert, le mari, sans mouvement, appuyé sur la petite table ronde, le visage enseveli sous ses mains, s'efforçant peut-être de cacher une torture atroce. Tout à coup, un cri terrible, après quoi les volets se fermèrent; puis, une voiture sombre attendit au seuil. Le mystère se révéla: elle était morte!

Morte! Nul historien ne dira jamais sa grâce pudique, sa vie éphémère, sa fin obéissante. Son nom... pas même moi, je ne le dirai. Le cercueil modeste s'en alla sans bruit; un seul être le suivait en regardant la terre... Un seul? direz-vous. Qu'importe, elle fut pleurée! Je ne pus me défendre d'escorter à distance, la tête nue, ce convoi sans foule. Elle fut pleurée! L'opulent, l'orgueilleux, le superbe n'en obtient quelquefois pas tant.

Cette femme fut la lumière d'une créature mortelle tendre, fragile aussi. Mais quoi! De tous les projets enchantés de l'amour, que restait-il à cette autre créature? Le droit d'obtenir pour elle un peu de terre et de savoir le lieu où les restes aimés reposaient pour toujours.

Car nous voulons tous connaître le dernier asile de notre frêle trésor. Que ce soit au simple cimetière élevé sur la colline, ou bien sous la voûte somptueuse qui recouvre les grands, nous voulons le connaître. Mais la voûte des cieux s'ouvre si belle à l'âme pure qui reprend ses ailes! Le marbre est si lourd, si froid, comparé au gazon où la marguerite sort d'une cendre qui n'est éteinte que pour nos sens imparfaits! La sienne, au moins, sommeille où croissent les fleurs.

L'enfant restait. Les soins épuisés vainement au lit maternel furent ramenés au berceau souffrant. D'autres médecins arrivèrent qui prescrivirent les ordonnances coûteuses. Le père accumula leurs visites, qu'il paya de tout ce qui lui restait sans doute, et le zèle ruineux acheté pour la femme le fut maintenant pour l'enfant. Une nourrice étrangère lui transféra ses obéissants sourires, le père lui donna de son cœur tout ce qui n'était pas dans la tombe; car cette frêle image, c'était un peu d'*elle*, un rayon de sa vie demeuré visible sur son chemin défait. Il regardait curieusement le petit malade sur les genoux de sa gardienne rustique, l'apportait près de la croisée, sous le ciel gris de septembre, dans les derniers arbustes qu'on arrosait pour lui faire de l'ombre, à cet ange, et la figure de l'homme veuf où les larmes creusaient leur trace indestructible, me saisissait d'une incroyable pitié.

Tout se ressembla: un mois de plus, pas même accompli, et les volets se refermèrent; un nouveau cierge se consuma dans l'âtre. Tout à coup on l'éteignit, et un petit cercueil blanc suivit légèrement l'autre. L'enfant et la mère se retrouvèrent vite ensemble!

Dès lors, un changement prompt se manifesta dans l'homme. Sa détresse, un moment subjuguée par le mince anneau qui l'attachait encore au monde, ne sut plus où se prendre. Il tomba sous l'insoutenable fardeau qu'il n'essaya plus de traîner.

Durant des heures et des heures, je le retrouvais debout sans mouvement ni des yeux ni du corps, adossé contre l'étroite bibliothèque, oubliant son repas refroidi sur la petite table ronde, qui ne porta plus jamais qu'un seul couvert. Maintes fois la fille patiente qui ne l'avait pas abandonné, remportait, pour les réchauffer, les aliments, sans goût pour cet énervé qu'étranglait la douleur. L'officieuse fille remontait en vain, se tenait prête à le servir au moindre signe. Quand il l'avait vue, il détournait la tête et repoussait de la main ce triste couvert qui lui rappelait tout à fait qu'elle n'était plus là pour lui. Alors la servante disparaissait sans qu'il ait pu lui adresser une parole.

Cette morose apathie ne tarda point à se pervertir en un abandon moral plus effrayant encore. Inutile aux autres, il se déserta lui-même, ne pouvant plus élever sa tristesse à la hauteur d'un devoir.

Par un triste soir d'octobre, je le vis, avec l'impression d'une terreur indéfinissable, passer sa porte sans la reconnaître, revenir avec lenteur, hésiter longtemps, puis rentrer frôlant la muraille comme un oiseau nocturne blessé, pantelant.

Le matin, il était sombre et oppressé, les cheveux en désordre, le teint plombé, plus terne que la cendre sous ses vêtements négligés comme sa personne. À la nuit, une ivresse dissonante et sauvage usurpait l'empire de ses regrets, devenus miens.

Ses orgies se prolongeaient souvent jusqu'au matin, avec d'ignoble compagnons de ses veilles; plus souvent, il rentrait seul, chancelant, stupide, la tête basse, avant que la dernière lumière du pâle soleil d'automne le dérobât à ma vue. Alors, étendu sans force au pied de sa fenêtre ouverte au brouillard, il s'endormait d'isolement et d'ennui désespéré. Quelques intervalles le rendaient pourtant à la réflexion, au remords peut-être. Il attachait durant ces heures lucides, un regard fixe, morne et doucement triste sur les fleurs séchées qui avaient égayé la demeure commune. Que pensait-il alors de ses espérances flétries comme les plantes du jardin, et de ses heures heureuses envolées comme *elle*? Et d'*elle*, que pensait-il? Quoi! Sa sainte patience, sa grâce honnête, son profond amour, ne relevaient pas en lui l'amour de la vertu? Comment n'invoquait-il pas à genoux sa chaste vision, dans l'horrible abrutissement où il se laissait rouler? Grand Dieu! Qu'étaient devenus déjà sa vivacité, l'éclat et l'intelligence de son front, son courage viril? Sa carrière allait-elle donc se rompre à peine commencée? Le monde n'offrait-il pas partout les mêmes attirements? Tout allait, tout se ressemblait dans l'univers, à l'exception d'une seule joie: ah! c'est que cette seule joie était toutes les siennes ensemble; c'est qu'elle ressemblait à un miroir magique qui avait réfléchi son cœur plein d'émotions, plein d'innombrables enchantements, et le miroir était brisé. Je savais que, durant deux ans, il avait marché, même en rêve, sur un rivage inondé de soleil, et maintenant le soleil était éteint. Oui, je comprenais cet homme; j'avouais qu'il était bien coupable; mais je sentais qu'il était bien malheureux.

La maladie rongea son corps, parce que le désespoir était dans ses esprits. Il se contracta, replié comme une plante brûlée. Vieux avant l'âge, il n'eût fait que languir idiot et paralysé, si la mort, cette fois son amie, ne fût venue le prendre soudainement et l'enlever à ses misères.

Lui aussi, je le vis sortir pour la dernière fois, comme sa femme et son enfant.

Les mêmes signaux de deuil m'avertirent: les volets fermés dans le jour; la lumière vacillante, puis éteinte; le silence immobile, puis la voiture sombre, puis la servante muette et pâle qui le suivit, la tête baissée, pour ne plus reparaître.

Tout fut vendu… pour qui? Je fis acheter la pendule *qui leur avait sonné de si belles heures*! Et je la garde, arrêtée pour toujours.

Peu de semaines après, les ouvriers affairés revinrent; ils traversèrent en chantant la maison vide. Les chambres furent tapissées, égayées de peintures neuves; le même écriteau qui, dix-huit mois auparavant, pendait à l'extérieur avec ces mots: *À louer*, reparut sur le mur. Il semblait que le passé fût revenu à la même place et que l'intervalle n'était qu'un songe.

Quel qu'il soit, il m'a fait mal. «Et c'est là tout?» direz-vous. Oui, c'est tout. J'aurai[s] pu couronner ma narration d'une fin plus douce ou plus saisissante: on ne choisit pas avec la réalité. Je n'ai pas l'espoir d'en extraire pour les autres quelque profitable leçon, je la garderai pour moi-même, car vous n'en êtes plus, vous, à étudier le courage de fuir ou de vaincre les passions. Votre cœur, s'il est sensible, est du moins protégé de préceptes de bronze: vous ne donnez ni trop à la félicité, ni trop à la douleur. Vous ne planterez pas votre unique espérance sur une femme ou sur un fragile enfant. Vous savez que l'haleine du vent de l'Est peut en faire envoler la poussière, et que pleurer cette poussière brillante, soupirer à mourir parce qu'elle est perdue, est au moins inutile, sinon impie et lâche; vous savez tout cela, vous, mon sage ami. Moi, je tâche de l'apprendre.

Gustave Flaubert
1821-80

Un événement fondateur de la carrière de Gustave Flaubert est survenu en janvier 1844 lorsqu'une maladie nerveuse l'a brusquement terrassé[1]. On pense aujourd'hui, sans certitude, qu'il s'agissait d'une crise d'épilepsie. Cette maladie a eu le grand avantage de lui servir de justification pour abandonner ses études de droit et quitter Paris afin de se retirer dans la maison familiale à Croisset, près de Rouen. Flaubert avait déjà été séduit par la littérature, mais c'est à partir de ce moment qu'il s'est pleinement consacré à son art ou, comme de nombreux critiques l'ont dit, qu'il a voué un culte fanatique à l'Art.

Avant Flaubert, le roman et la nouvelle ne sont pour beaucoup qu'un passe-temps frivole. Le genre compte certes des chefs-d'œuvre, comme le montre cette anthologie, mais la chose est considérée comme fortuite et seulement mise au crédit du génie de l'auteur. Si un écrivain désire accomplir quelque chose de sérieux, de beau, de majeur, il lui faut se tourner vers les genres dédiés depuis l'antiquité au meilleur de l'homme, tels que la poésie, la tragédie ou l'épopée. Certains auteurs ont trouvé de nouvelles motivations pour écrire des romans et des nouvelles. Balzac, par exemple, qui ne s'est guère targué de faire de l'art, disait qu'il écrivait l'histoire véritable de la Monarchie de Juillet. D'autres ont été attirés par l'argent offert par une nouvelle classe de plus en plus étendue de lecteurs. Or, dans de nombreuses lettres, Flaubert donne à comprendre qu'il fait de l'art. Depuis, le doute n'est plus permis: le roman et la nouvelle permettent l'éclosion de chefs-d'œuvre, comme l'a prouvé l'ermite de Croisset avec *Madame Bovary* et *Trois contes*, dont est extrait «Un Cœur simple», pour ne citer que ces deux exemples pris parmi les «six chefs-d'œuvre qu'il nous a laissés»[2].

Toutes les œuvres de Flaubert montrent un souci rigoureux du style. Son art de l'écriture consiste à s'imposer un grand nombre de règles complexes. Il travaille chaque phrase jusqu'à ce qu'il en soit satisfait, et pour y parvenir, réalise souvent des dizaines de versions successives. Il les compare ensuite et révise à nouveau le texte pour l'éclaircir, le réduire autant que possible, parfois jusqu'à l'épure, ou pour l'élargir et lui donner un surcroît d'ampleur afin d'insérer une nouvelle image

---

[1] Laurence M. Porter, «Epilepsy», *A Gustave Flaubert Encyclopedia*, éd. L. M. Porter (Westport, CT : Greenwood Press, 2001) 117-18. La date a été contestée, et l'on considère aujourd'hui que la crise a eu lieu en octobre 1843.
[2] Pierre Moreau, «État présent de notre connaissance de Flaubert», *L'Information littéraire* 9 (1957): 93.

ou de saisir un rythme subtil. À cette phase d'ébauche pour chacune de ses phrases et chacun de ses paragraphes succède ce qu'il appelle l'épreuve «du gueuloir»: il fait alors subir à ses phrases une lecture «gueulée» d'une voix «mordante» pour lui permettre de juger du rythme et du ton. Flaubert aspire à la beauté parfaite. Pendant toute sa vie, le style a été pour lui à la fois un supplice et une raison d'être. Ainsi qu'il l'exprime dans ses lettres, et que ses manuscrits le laissent voir, l'art doit être autonome et ne servir aucune doctrine. Son utilité ne réside que dans la beauté. Aussi Flaubert refuse-t-il toute tentative de séparer la forme de l'idée. Il veut, à l'inverse des romantiques, rester objectif et impersonnel. Ce n'est que dans cette voie que l'on peut, selon lui, tendre vers la perfection.

Flaubert s'est essayé au genre de la nouvelle pendant sa jeunesse et n'y revient que plus tard. Les grands sacrifices consentis afin d'aider sa nièce le mettent dans le besoin et, après l'échec de *La Tentation de saint Antoine* et d'une pièce de théâtre, il espère refaire fortune en publiant un petit recueil de nouvelles. Un concert de louanges accueille *Trois contes* lors de sa publication en 1877, mais Flaubert décède trois ans plus tard. Avec «Un Cœur simple», il revient à son expérience de la Normandie, qui avait déjà inspiré *Madame Bovary*, son premier roman. Flaubert semble s'être privé de tout effet de couleur, préférant placer la domestique au centre d'une histoire écrite dans un camaïeu de gris. La pauvre Félicité semble dépourvue de toute qualité distinctive. Chassée d'une ferme, elle se rend à Yonville et rentre au service de la bourgeoise Madame Aubain. On ne comprend que progressivement que Félicité est une véritable perle. Elle s'occupe de la maison, des enfants, de sa maîtresse, de presque tout, jusqu'à ce que tous soient morts et qu'elle se retrouve seule avec son perroquet empaillé.

La critique est divisée quant à la signification du perroquet et, par conséquent, de l'histoire. Flaubert a-t-il voulu se moquer de la religion en comparant l'oiseau au Saint Esprit? Influencés par le peu de sympathie de l'auteur pour l'église, beaucoup d'érudits ont conclu que ce perroquet jouait un rôle éminemment ironique, surtout étant donné le fait que Félicité mélange le saint et le profane. D'autres considèrent que Félicité incarne toutes les qualités des Béatitudes et que sa confusion est tout à fait compréhensible pour «un cœur simple» non instruit qui n'a presque jamais quitté sa paroisse. D'après Flaubert lui-même: «L'histoire d'*Un Cœur simple* est tout bonnement le récit d'une vie obscure, celle d'une pauvre fille de campagne dévote mais mystique, dévouée sans exaltation et tendre comme du pain frais. Elle aime successivement un homme, les enfants de sa maîtresse, un neveu, un vieillard qu'elle soigne, puis son perroquet; quand le perroquet est mort, elle le fait empailler, et, en mourant à son tour, elle confond le perroquet avec le Saint-Esprit. Cela n'est nullement ironique comme vous le supposez, mais au contraire très sérieux et très triste. Je veux apitoyer, faire pleurer les âmes sensibles, en étant une moi-même»[3]. Peut-on, doit-on le croire? Il convient de lire attentivement la nouvelle avant d'en décider.

---

[3]Gustave Flaubert, lettre à Mme Roger des Genettes le 19 juin [1876], *Correspondance*, vols. 12-16, *Œuvres complètes* (Paris: Club de l'Honnête Homme, 1974-75) 15: 974-75.

Gustave Flaubert

Bibliographie sommaire
Édition diplomatique et génétique
Flaubert, Gustave. *Corpus flaubertianum*. Vol. I. *Un Cœur simple*. Éd. Giovanni Bonaccorso. Paris: Belles Lettres, 1983.

Éditions annotées
Flaubert, Gustave. *Un Cœur simple. Œuvres complètes.* Ed. Maurice Bardèche. Vol. 4. Paris: Club de l'Honnête Homme, 1972. 199-225.
———. *Un Cœur simple. Œuvres.* Ed. René Dumesnil. Vol. 2. Bibliothèque de la Pléiade. Paris: Gallimard, 1963. 591-622.
———. *Un Cœur simple. Trois Contes.* Ed. Édouard Maynial. Paris: Garnier, 1969. 1-73.

Quelques études
Beck, William J. «"Un Cœur simple" de Flaubert: Le Chemin de la sainteté». *University of Dayton Review* 20.1 (1989): 109-15.
———. «Félicité et le taureau: Ironie dans *Un Cœur simple* de Flaubert». *Romance Quarterly* 37 (1990): 293-300.
Brombert, Victor H. *The Novels of Flaubert: A Study of Themes and Techniques.* Princeton: Princeton UP, 1966.
Jehlen, Myra. «Un Cœur simple.» *Five Fictions in Search of Truth.* Princeton: Princeton UP, 2008. 133-43.
Pasco, Allan H. «Ironic Interference and Allusion: 'Un Cœur simple'». *Allusion: A Literary Graft.* 1974, U of Toronto P; rpt. Charlottesville: Rookwood P, 2002. 22-38.
Wetherill, P.M. «Le Récit et l'édifice des croyances: *Trois Contes*». *Flaubert: La Dimension du texte.* Éd. P. M. Wetherill. Manchester: Manchester UP, 1982. 124-25.
Willenbrink, George A. *The Dossier of Flaubert's "Un Cœur simple".* Amsterdam: Rodopi, 1976.

UN CŒUR SIMPLE
1877

Pendant un demi-siècle, les bourgeoises de Pont-l'Évêque envièrent à Mme Aubain sa servante Félicité.

Pour cent francs par an, elle faisait la cuisine et le ménage, cousait, lavait, repassait, savait brider un cheval, engraisser les volailles, battre le beurre, et resta fidèle à sa maîtresse qui cependant n'était pas une personne agréable.

Elle avait épousé un beau garçon sans fortune, mort au commencement de 1809, en lui laissant deux enfants très jeunes avec une quantité de dettes. Alors elle vendit ses immeubles, sauf la ferme de Toucques et la ferme de Geffosses, dont les rentes montaient à 5.000 francs tout au plus, et elle quitta sa maison de Saint-Melaine pour en habiter une autre moins dispendieuse, ayant appartenu à ses ancêtres et placée derrière les halles.

Cette maison, revêtue d'ardoises, se trouvait entre un passage et une ruelle aboutissant à la rivière. Elle avait intérieurement des différences de niveau qui faisaient trébucher. Un vestibule étroit séparait la cuisine de la salle où Mme Aubain se tenait tout le long du jour, assise près de la croisée dans un fauteuil de paille. Contre le lambris, peint en blanc, s'alignaient huit chaises d'acajou. Un vieux piano supportait, sous un baromètre, un tas pyramidal de boîtes et de cartons. Deux bergères de tapisserie flanquaient la cheminée en marbre jaune et de style Louis XV. La pendule, au milieu, représentait un temple de Vesta[1], et tout l'appartement sentait un peu le moisi, car le plancher était plus bas que le jardin.

Au premier étage, il y avait d'abord la chambre de «Madame», très grande, tendue d'un papier à fleurs pâles, et contenant le portrait de «Monsieur» en costume de muscadin. Elle communiquait avec une chambre plus petite, où l'on voyait deux couchettes d'enfants, sans matelas. Puis venait le salon, toujours fermé, et rempli de meubles recouverts d'un drap. Ensuite un corridor menait à un cabinet d'étude; des livres et des paperasses garnissaient les rayons d'une bibliothèque entourant de ses trois côtés un large bureau de bois noir. Les deux panneaux en retour disparaissaient sous des dessins à la plume, des paysages à la gouache et des gravures d'Audran[2], souvenirs d'un temps meilleur et d'un luxe évanoui. Une lucarne au second étage éclairait la chambre de Félicité, ayant vue sur les prairies.

Elle se levait dès l'aube, pour ne pas manquer la messe, et travaillait jusqu'au soir sans interruption; puis, le dîner étant fini, la vaisselle en ordre et la porte bien

---

[1] Déesse romaine du feu et du foyer domestique. Le temple était circulaire.
[2] Sans doute Gérard Audran (1640-1703), célèbre graveur du XVIIe siècle.

close, elle enfouissait la bûche sous les cendres et s'endormait devant l'âtre, son rosaire à la main. Personne, dans les marchandages, ne montrait plus d'entêtement. Quant à la propreté, le poli de ses casseroles faisait le désespoir des autres servantes. Économe, elle mangeait avec lenteur, et recueillait du doigt sur la table les miettes de son pain, un pain de douze livres, cuit exprès pour elle, et qui durait vingt jours.

En toute saison elle portait un mouchoir d'indienne fixé dans le dos par une épingle, un bonnet lui cachant les cheveux, des bas gris, un jupon rouge, et par-dessus sa camisole un tablier à bavette, comme les infirmières d'hôpital.

Son visage était maigre et sa voix aiguë. À vingt-cinq ans, on lui en donnait quarante. Dès la cinquantaine, elle ne marqua plus aucun âge; —et, toujours silencieuse, la taille droite et les gestes mesurés, semblait une femme en bois, fonctionnant d'une manière automatique.

II

Elle avait eu, comme une autre, son histoire d'amour. Son père, un maçon, s'était tué en tombant d'un échafaudage. Puis sa mère mourut, ses sœurs se dispersèrent, un fermier la recueillit, et l'employa toute petite à garder les vaches dans la campagne. Elle grelottait sous des haillons, buvait à plat ventre l'eau des mares, à propos de rien était battue, et finalement fut chassée pour un vol de trente sols, qu'elle n'avait pas commis. Elle entra dans une autre ferme, y devint fille de basse-cour, et, comme elle plaisait aux patrons, ses camarades la jalousaient.

Un soir du mois d'août (elle avait alors dix-huit ans), ils l'entraînèrent à l'assemblée de Colleville. Tout de suite elle fut étourdie, stupéfaite par le tapage des ménétriers, les lumières dans les arbres, la bigarrure des costumes, les dentelles, les croix d'or, cette masse de monde sautant à la fois. Elle se tenait à l'écart modestement, quand un jeune homme d'apparence cossue, et qui fumait sa pipe, les deux coudes sur le timon d'un banneau[3], vint l'inviter à la danse. Il lui paya du cidre, du café, de la galette, un foulard, et, s'imaginant qu'elle le devinait, offrit de la reconduire. Au bord d'un champ d'avoine, il la renversa brutalement. Elle eut peur et se mit à crier. Il s'éloigna.

Un autre soir, sur la route de Beaumont, elle voulut dépasser un grand chariot de foin qui avançait lentement, et en frôlant les roues elle reconnut Théodore.

Il l'aborda d'un air tranquille, disant qu'il fallait tout pardonner, puisque c'était «la faute de la boisson».

Elle ne sut que répondre et avait envie de s'enfuir.

Aussitôt il parla des récoltes et des notables de la commune, car son père avait abandonné Colleville pour la ferme des Écots, de sorte que maintenant ils se trouvaient voisins. «Ah!» dit-elle. Il ajouta qu'on désirait l'établir. Du reste, il n'était pas pressé, et attendait une femme à son goût. Elle baissa la tête. Alors il lui demanda si elle pensait au mariage. Elle reprit, en souriant, que c'était mal de se moquer. «Mais non, je vous jure!» et du bras gauche il lui entoura la taille; elle marchait soutenue par son étreinte; ils se ralentirent. Le vent était mou, les étoiles

[3]Petit tombreau.

brillaient, l'énorme charretée de foin oscillait devant eux; et les quatre chevaux, en traînant leurs pas, soulevaient de la poussière. Puis, sans commandement, ils tournèrent à droite. Il l'embrassa encore une fois. Elle disparut dans l'ombre.

Théodore, la semaine suivante, en obtint des rendez-vous.

Ils se rencontraient au fond des cours, derrière un mur, sous un arbre isolé. Elle n'était pas innocente à la manière des demoiselles, les animaux l'avaient instruite; mais la raison et l'instinct de l'honneur l'empêchèrent de faillir. Cette résistance exaspéra l'amour de Théodore, si bien que pour le satisfaire (ou naïvement peut-être) il proposa de l'épouser. Elle hésitait à le croire. Il fit de grands serments.

Bientôt il avoua quelque chose de fâcheux: ses parents, l'année dernière, lui avaient acheté un homme[4]; mais d'un jour à l'autre on pourrait le reprendre; l'idée de servir l'effrayait. Cette couardise fut pour Félicité une preuve de tendresse; la sienne en redoubla. Elle s'échappait la nuit, et parvenue au rendez-vous, Théodore la torturait avec ses inquiétudes et ses instances.

Enfin, il annonça qu'il irait lui-même à la Préfecture prendre des informations, et les apporterait dimanche prochain, entre onze heures et minuit.

Le moment arrivé, elle courut vers l'amoureux.

À sa place, elle trouva un de ses amis.

Il lui apprit qu'elle ne devait plus le revoir. Pour se garantir de la conscription, Théodore avait épousé une vieille femme très riche, Mme Lehoussais, de Toucques.

Ce fut un chagrin désordonné. Elle se jeta par terre, poussa des cris, appela le bon Dieu, et gémit toute seule dans la campagne jusqu'au soleil levant. Puis elle revint à la ferme, déclara son intention d'en partir; et, au bout du mois, ayant reçu ses comptes, elle enferma tout son petit bagage dans un mouchoir, et se rendit à Pont-l'Évêque.

Devant l'auberge, elle questionna une bourgeoise en capeline de veuve, et qui précisément cherchait une cuisinière. La jeune fille ne savait pas grand'chose, mais paraissait avoir tant de bonne volonté et si peu d'exigences, que Mme Aubain finit par dire:

«Soit, je vous accepte!»

Félicité, un quart d'heure après, était installée chez elle.

D'abord elle y vécut dans une sorte de tremblement que lui causaient «le genre de la maison» et le souvenir de «Monsieur» planant sur tout! Paul et Virginie, l'un âgé de sept ans, l'autre de quatre à peine, lui semblaient formés d'une matière précieuse; elle les portait sur son dos comme un cheval, et Mme Aubain lui défendit de les baiser à chaque minute, ce qui la mortifia. Cependant elle se trouvait heureuse. La douceur du milieu avait fondu sa tristesse.

Tous les jeudis, des habitués venaient faire une partie de boston[5]. Félicité préparait d'avance les cartes et les chaufferettes. Ils arrivaient à huit heures bien juste, et se retiraient avant le coup de onze.

---

[4]Un jeune homme recruté pour servir dans l'armée pouvait se faire remplacer par un autre qu'il payait ou, selon l'expression de l'époque, qu'il «achetait».
[5]Jeu de cartes.

Chaque lundi matin, le brocanteur qui logeait sous l'allée étalait par terre ses ferrailles. Puis la ville se remplissait d'un bourdonnement de voix, où se mêlaient des hennissements de chevaux, des bêlements d'agneaux, des grognements de cochons, avec le bruit sec des carrioles dans la rue. Vers midi, au plus fort du marché, on voyait paraître sur le seuil un vieux paysan de haute taille, la casquette en arrière, le nez crochu, et qui était Robelin, le fermier de Geffosses. Peu de temps après, c'était Liébard, le fermier de Toucques, petit, rouge, obèse, portant une veste grise et des houseaux armés d'éperons.

Tous deux offraient à leur propriétaire des poules ou des fromages. Félicité invariablement déjouait leurs astuces; et ils s'en allaient pleins de considération pour elle.

À des époques indéterminées, Mme Aubain recevait la visite du marquis de Gremanville, un de ses oncles, ruiné par la crapule et qui vivait à Falaise sur le dernier lopin de ses terres. Il se présentait toujours à l'heure du déjeuner, avec un affreux caniche dont les pattes salissaient tous les meubles. Malgré ses efforts pour paraître gentilhomme jusqu'à soulever son chapeau chaque fois qu'il disait: «Feu mon père», l'habitude l'entraînant, il se versait à boire coup sur coup, et lâchait des gaillardises. Félicité le poussait dehors poliment: «Vous en avez assez, monsieur de Gremanville! À une autre fois!» Et elle refermait la porte.

Elle l'ouvrait avec plaisir devant M. Bourais, ancien avoué. Sa cravate blanche et sa calvitie, le jabot de sa chemise, son ample redingote brune, sa façon de priser en arrondissant le bras, tout son individu lui produisait ce trouble où nous jette le spectacle des hommes extraordinaires.

Comme il gérait les propriétés de «Madame», il s'enfermait avec elle pendant des heures dans le cabinet de «Monsieur», et craignait toujours de se compromettre, respectait infiniment la magistrature, avait des prétentions au latin.

Pour instruire les enfants d'une manière agréable, il leur fit cadeau d'une géographie en estampes. Elles représentaient différentes scènes du monde, des anthropophages coiffés de plumes, un singe enlevant une demoiselle, des Bédouins dans le désert, une baleine qu'on harponnait, etc.

Paul donna l'explication de ces gravures à Félicité. Ce fut même toute son éducation littéraire.

Celle des enfants était faite par Guyot, un pauvre diable employé à la Mairie, fameux pour sa belle main, et qui repassait son canif sur sa botte.

Quand le temps était clair, on s'en allait de bonne heure à la ferme de Geffosses.

La cour est en pente, la maison dans le milieu; et la mer, au loin, apparaît comme une tache grise.

Félicité retirait de son cabas des tranches de viande froide, et on déjeunait dans un appartement faisant suite à la laiterie. Il était le seul reste d'une habitation de plaisance, maintenant disparue. Le papier de la muraille en lambeaux tremblait aux courants d'air. Mme Aubain penchait son front, accablée de souvenirs; les enfants n'osaient plus parler. «Mais jouez donc!» disait-elle; ils décampaient.

Paul montait dans la grange, attrapait des oiseaux, faisait des ricochets sur la mare, ou tapait avec un bâton les grosses futailles qui résonnaient comme des tambours.

Virginie donnait à manger aux lapins, se précipitait pour cueillir des bluets, et la rapidité de ses jambes découvrait ses petits pantalons brodés.

Un soir d'automne, on s'en retourna par les herbages.

La lune à son premier quartier éclairait une partie du ciel, et un brouillard flottait comme une écharpe sur les sinuosités de la Toucques. Des bœufs, étendus au milieu du gazon, regardaient tranquillement ces quatre personnes passer. Dans la troisième pâture quelques-uns se levèrent, puis se mirent en rond devant elles. «Ne craignez rien!» dit Félicité; et, murmurant une sorte de complainte, elle flatta sur l'échine celui qui se trouvait le plus près; il fit volte-face, les autres l'imitèrent. Mais, quand l'herbage suivant fut traversé, un beuglement formidable s'éleva. C'était un taureau, que cachait le brouillard. Il avança vers les deux femmes. Mme Aubain allait courir. «Non! non! moins vite!» Elles pressaient le pas cependant, et entendaient par derrière un souffle sonore qui se rapprochait. Ses sabots, comme des marteaux, battaient l'herbe de la prairie; voilà qu'il galopait maintenant! Félicité se retourna, et elle arrachait à deux mains des plaques de terre qu'elle lui jetait dans les yeux. Il baissait le mufle, secouait les cornes et tremblait de fureur en beuglant horriblement. Mme Aubain, au bout de l'herbage avec ses deux petits, cherchait éperdue comment franchir le haut bord. Félicité reculait toujours devant le taureau, et continuellement lançait des mottes de gazon qui l'aveuglaient, tandis qu'elle criait: «Dépêchez-vous! dépêchez-vous!»

Mme Aubain descendit le fossé, poussa Virginie, Paul ensuite, tomba plusieurs fois en tâchant de gravir le talus, et à force de courage y parvint.

Le taureau avait acculé Félicité contre une claire-voie; sa bave lui rejaillissait à la figure, une seconde de plus il l'éventrait. Elle eut le temps de se couler entre deux barreaux, et la grosse bête, toute surprise, s'arrêta.

Cet événement, pendant bien des années, fut un sujet de conversation à Pont-l'Évêque. Félicité n'en tira aucun orgueil, ne se doutant même pas qu'elle eût rien fait d'héroïque. Virginie l'occupait exclusivement; car elle eut, à la suite de son effroi, une affection nerveuse, et M. Poupart, le docteur, conseilla les bains de mer de Trouville.

Dans ce temps-là, ils n'étaient pas fréquentés. Mme Aubain prit des renseignements, consulta Bourais, fit des préparatifs comme pour un long voyage.

Ses colis partirent la veille, dans la charrette de Liébard. Le lendemain, il amena deux chevaux dont l'un avait une selle de femme, munie d'un dossier de velours; et sur la croupe du second un manteau roulé formait une manière de siège. Mme Aubain y monta, derrière lui. Félicité se chargea de Virginie, et Paul enfourcha l'âne de M. Lechaptois, prêté sous la condition d'en avoir grand soin.

La route était si mauvaise que ses huit kilomètres exigèrent deux heures. Les chevaux enfonçaient jusqu'aux paturons dans la boue, et faisaient pour en sortir de brusques mouvements des hanches; ou bien ils butaient contre les ornières;

d'autres fois, il leur fallait sauter. La jument de Liébard, à de certains endroits, s'arrêtait tout à coup. Il attendait patiemment qu'elle se remît en marche; et il parlait des personnes dont les propriétés bordaient la route, ajoutant à leur histoire des réflexions morales. Ainsi, au milieu de Toucques, comme on passait sous des fenêtres entourées de capucines, il dit, avec un haussement d'épaules: «En voilà une Mme Lehoussais, qui au lieu de prendre un jeune homme...» Félicité n'entendit pas le reste; les chevaux trottaient, l'âne galopait; tous enfilèrent un sentier, une barrière tourna, deux garçons parurent, et l'on descendit devant le purin, sur le seuil même de la porte.

La mère Liébard, en apercevant sa maîtresse, prodigua les démonstrations de joie. Elle lui servit un déjeuner où il y avait un aloyau, des tripes, du boudin, une fricassée de poulet, du cidre mousseux, une tarte aux compotes et des prunes à l'eau-de-vie, accompagnant le tout de politesses à Madame qui paraissait en meilleure santé, à Mademoiselle devenue «magnifique», à M. Paul singulièrement «forci», sans oublier leurs grands-parents défunts que les Liébard avaient connus, étant au service de la famille depuis plusieurs générations. La ferme avait, comme eux, un caractère d'ancienneté. Les poutrelles du plafond étaient vermoulues, les murailles noires de fumée, les carreaux gris de poussière. Un dressoir en chêne supportait toutes sortes d'ustensiles, des brocs, des assiettes, des écuelles d'étain, des pièges à loup, des forces pour les moutons; une seringue énorme fit rire les enfants. Pas un arbre des trois cours qui n'eût des champignons à sa base, ou dans ses rameaux une touffe de gui. Le vent en avait jeté bas plusieurs. Ils avaient repris par le milieu; et tous fléchissaient sous la quantité de leurs pommes. Les toits de paille, pareils à du velours brun et inégaux d'épaisseur, résistaient aux plus fortes bourrasques. Cependant la charretterie tombait en ruines. Mme Aubain dit qu'elle aviserait, et commanda de reharnacher les bêtes.

On fût encore une demi-heure avant d'atteindre Trouville. La petite caravane mit pied à terre pour passer les *Écores*[6]; c'était une falaise surplombant des bateaux; et trois minutes plus tard, au bout du quai, on entra dans la cour de *l'Agneau d'or*, chez la mère David.

Virginie, dès les premiers jours, se sentit moins faible, résultat du changement d'air et de l'action des bains. Elle les prenait en chemise, à défaut d'un costume; et sa bonne la rhabillait dans une cabane de douanier qui servait aux baigneurs.

L'après-midi, on s'en allait avec l'âne au delà des Roches-Noires, du côté d'Hennequeville. Le sentier, d'abord, montait entre des terrains vallonnés comme la pelouse d'un parc, puis arrivait sur un plateau où alternaient des pâturages et des champs en labour. À la lisière du chemin, dans le fouillis des ronces, des houx se dressaient; çà et là, un grand arbre mort faisait sur l'air bleu des zigzags avec ses branches.

Presque toujours on se reposait dans un pré, ayant Deauville à gauche, le Havre à droite et en face la pleine mer. Elle était brillante de soleil, lisse comme

---

[6]Selon Édouard Maynial, «Vers 1830, la falaise des Écores, à l'entrée de Trouville, s'avançait jusqu'à la rivière.»

un miroir, tellement douce qu'on entendait à peine son murmure; des moineaux cachés pépiaient, et la voûte immense du ciel recouvrait tout cela. Mme Aubain, assise, travaillait à son ouvrage de couture; Virginie près d'elle tressait des joncs; Félicité sarclait des fleurs de lavande; Paul, qui s'ennuyait, voulait partir.

D'autres fois, ayant passé la Toucques en bateau, ils cherchaient des coquilles. La marée basse laissait à découvert des oursins, des godefiches[7], des méduses; et les enfants couraient, pour saisir des flocons d'écume que le vent emportait. Les flots endormis, en tombant sur le sable, se déroulaient le long de la grève; elle s'étendait à perte de vue, mais du côté de la terre avait pour limite les dunes la séparant du *Marais*, large prairie en forme d'hippodrome. Quand ils revenaient par là, Trouville, au fond sur la pente du coteau, à chaque pas grandissait, et avec toutes ses maisons inégales semblait s'épanouir dans un désordre gai.

Les jours qu'il faisait trop chaud, ils ne sortaient pas de leur chambre. L'éblouissante clarté du dehors plaquait des barres de lumière entre les lames des jalousies. Aucun bruit dans le village. En bas, sur le trottoir, personne. Ce silence épandu augmentait la tranquillité des choses. Au loin, les marteaux des calfats[8] tamponnaient des carènes[9], et une brise lourde apportait la senteur du goudron.

Le principal divertissement était le retour des barques. Dès qu'elles avaient dépassé les balises, elles commençaient à louvoyer. Leurs voiles descendaient aux deux tiers des mâts; et, la misaine gonflée comme un ballon, elles avançaient, glissaient dans le clapotement des vagues, jusqu'au milieu du port, où l'ancre tout à coup tombait. Ensuite le bateau se plaçait contre le quai. Les matelots jetaient par-dessus le bordage des poissons palpitants; une file de charrettes les attendait, et des femmes en bonnet de coton s'élançaient pour prendre les corbeilles et embrasser leurs hommes.

Une d'elles, un jour, aborda Félicité, qui peu de temps après entra dans la chambre toute joyeuse. Elle avait retrouvé une sœur; et Nastasie Barette, femme Leroux, apparut, tenant un nourrisson à sa poitrine, de la main droite un autre enfant, et à sa gauche un petit mousse les poings sur les hanches et le béret sur l'oreille.

Au bout d'un quart d'heure, Mme Aubain la congédia.

On les rencontrait toujours aux abords de la cuisine, ou dans les promenades que l'on faisait. Le mari ne se montrait pas.

Félicité se prit d'affection pour eux. Elle leur acheta une couverture, des chemises, un fourneau; évidemment ils l'exploitaient. Cette faiblesse agaçait Mme Aubain, qui d'ailleurs n'aimait pas les familiarités du neveu, —car il tutoyait son fils; et, comme Virginie toussait et que la saison n'était plus bonne, elle revint à Pont-l'Évêque.

M. Bourais l'éclaira sur le choix d'un collège. Celui de Caen passait pour le meilleur. Paul y fut envoyé; et fit bravement ses adieux, satisfait d'aller vivre dans une maison où il aurait des camarades.

---

[7]Étoiles de mer.
[8]Ouvriers qui bouchent les interstices de la coque des navires.
[9]Partie immergée de la coque d'un navire.

Mme Aubain se résigna à l'éloignement de son fils, parce qu'il était indispensable. Virginie y songea de moins en moins. Félicité regrettait son tapage. Mais une occupation vint la distraire; à partir de Noël, elle mena tous les jours la petite fille au catéchisme.

III

Quand elle avait fait à la porte une génuflexion, elle s'avançait sous la haute nef entre la double ligne des chaises, ouvrait le banc de Mme Aubain, s'asseyait, et promenait ses yeux autour d'elle.

Les garçons à droite, les filles à gauche, emplissaient les stalles du chœur; le curé se tenait debout près du lutrin; sur un vitrail de l'abside, le Saint-Esprit dominait la Vierge; un autre la montrait à genoux devant l'Enfant-Jésus, et, derrière le tabernacle, un groupe en bois représentait saint Michel terrassant le dragon.

Le prêtre fit d'abord un abrégé de l'Histoire Sainte. Elle croyait voir le paradis, le déluge, la tour de Babel, des villes tout en flammes, des peuples qui mouraient, des idoles renversées; et elle garda de cet éblouissement le respect du Très-Haut et la crainte de sa colère. Puis, elle pleura en écoutant la Passion. Pourquoi l'avaient-ils crucifié, lui qui chérissait les enfants, nourrissait les foules, guérissait les aveugles, et avait voulu, par douceur, naître au milieu des pauvres, sur le fumier d'une étable. Les semailles, les moissons, les pressoirs, toutes ces choses familières dont parle l'Évangile, se trouvaient dans sa vie; le passage de Dieu les avait sanctifiées; et elle aima plus tendrement les agneaux par amour de l'Agneau, les colombes à cause du Saint-Esprit.

Elle avait peine à imaginer sa personne; car il n'était pas seulement oiseau, mais encore un feu, et d'autres fois un souffle. C'est peut-être sa lumière qui voltige la nuit aux bords des marécages, son haleine qui pousse les nuées, sa voix qui rend les cloches harmonieuses; et elle demeurait dans une adoration, jouissant de la fraîcheur des murs et de la tranquillité de l'église.

Quant aux dogmes, elle n'y comprenait rien, ne tâcha même pas de comprendre. Le curé discourait, les enfants récitaient, elle finissait par s'endormir; et se réveillait tout à coup, quand ils faisaient en s'en allant claquer leurs sabots sur les dalles.

Ce fut de cette manière, à force de l'entendre, qu'elle apprit le catéchisme, son éducation religieuse ayant été négligée dans sa jeunesse; et dès lors elle imita toutes les pratiques de Virginie, jeûnait comme elle, se confessait avec elle. À la Fête-Dieu, elles firent ensemble un reposoir.

La première communion la tourmentait d'avance. Elle s'agita pour les souliers, pour le chapelet, pour le livre, pour les gants. Avec quel tremblement elle aida sa mère à l'habiller!

Pendant toute la messe, elle éprouva une angoisse. M. Bourais lui cachait un côté du chœur; mais juste en face, le troupeau des vierges portant des couronnes blanches par-dessus leurs voiles abaissés formait comme un champ de neige; et elle reconnaissait de loin la chère petite à son cou plus mignon et son attitude recueillie.

La cloche tinta. Les têtes se courbèrent; il y eut un silence. Aux éclats de l'orgue, les chantres et la foule entonnèrent l'*Agnus Dei*[10]; puis le défilé des garçons commença; et, après eux, les filles se levèrent. Pas à pas, et les mains jointes, elles allaient vers l'autel tout illuminé, s'agenouillaient sur la première marche, recevaient l'hostie successivement, et dans le même ordre revenaient à leurs prie-Dieu. Quand ce fut le tour de Virginie, Félicité se pencha pour la voir; et, avec l'imagination que donnent les vraies tendresses, il lui sembla qu'elle était elle-même cette enfant; sa figure devenait la sienne, sa robe l'habillait, son cœur lui battait dans la poitrine; au moment d'ouvrir la bouche, en fermant les paupières, elle manqua s'évanouir.

Le lendemain, de bonne heure, elle se présenta dans la sacristie, pour que M. le curé lui donnât la communion. Elle la reçut dévotement, mais n'y goûta pas les mêmes délices.

Mme Aubain voulait faire de sa fille une personne accomplie; et, comme Guyot ne pouvait lui montrer ni l'anglais ni la musique, elle résolut de la mettre en pension chez les Ursulines d'Honfleur.

L'enfant n'objecta rien. Félicité soupirait, trouvant Madame insensible. Puis elle songea que sa maîtresse, peut-être, avait raison. Ces choses dépassaient sa compétence.

Enfin, un jour, une vieille tapissière s'arrêta devant la porte; et il en descendit une religieuse qui venait chercher Mademoiselle. Félicité monta les bagages sur l'impériale, fit des recommandations au cocher, et plaça dans le coffre six pots de confitures et une douzaine de poires, avec un bouquet de violettes.

Virginie, au dernier moment, fut prise d'un grand sanglot; elle embrassait sa mère qui la baisait au front en répétant: «Allons! du courage! du courage!» Le marchepied se releva, la voiture partit.

Alors Mme Aubain eut une défaillance; et le soir tous ses amis, le ménage Lormeau, Mme Lechaptois, ces demoiselles Rochefeuille, M. de Houppeville et Bourais se présentèrent pour la consoler.

La privation de sa fille lui fut d'abord très douloureuse. Mais trois fois la semaine elle en recevait une lettre, les autres jours lui écrivait, se promenait dans son jardin, lisait un peu, et de cette façon comblait le vide des heures.

Le matin, par habitude, Félicité entrait dans la chambre de Virginie, et regardait les murailles. Elle s'ennuyait de n'avoir plus à peigner ses cheveux, à lui lacer ses bottines, à la border dans son lit, et de ne plus voir continuellement sa gentille figure, de ne plus la tenir par la main quand elles sortaient ensemble. Dans son désœuvrement, elle essaya de faire de la dentelle. Ses doigts trop lourds cassaient les fils; elle n'entendait à rien, avait perdu le sommeil, suivant son mot, était «minée».

Pour «se dissiper», elle demanda la permission de recevoir son neveu Victor.

Il arrivait le dimanche après la messe, les joues roses, la poitrine nue, et sentant l'odeur de la campagne qu'il avait traversée. Tout de suite, elle dressait son couvert. Ils déjeunaient l'un en face de l'autre; et, mangeant elle-même le moins possible pour épargner la dépense, elle le bourrait tellement de nourriture qu'il

---

[10] «Agneau de Dieu.» Prière de la messe.

finissait par s'endormir. Au premier coup des vêpres, elle le réveillait, brossait son pantalon, nouait sa cravate, et se rendait à l'église, appuyée sur son bras dans un orgueil maternel.

Ses parents le chargeaient toujours d'en tirer quelque chose, soit un paquet de cassonade, du savon, de l'eau-de-vie, parfois même de l'argent. Il apportait ses nippes à raccommoder; et elle acceptait cette besogne, heureuse d'une occasion qui le forçait à revenir.

Au mois d'août, son père l'emmena au cabotage.

C'était l'époque des vacances. L'arrivée des enfants la consola. Mais Paul devenait capricieux, et Virginie n'avait plus l'âge d'être tutoyée, ce qui mettait une gêne, une barrière entre elles.

Victor alla successivement à Morlaix, à Dunkerque et à Brighton; au retour de chaque voyage, il lui offrait un cadeau. La première fois, ce fut une boîte en coquilles; la seconde, une tasse à café; la troisième, un grand bonhomme en pain d'épices. Il embellissait, avait la taille bien prise, un peu de moustache, de bons yeux francs, et un petit chapeau de cuir, placé en arrière comme un pilote. Il l'amusait en lui racontant des histoires mêlées de termes marins.

Un lundi, 14 juillet 1819 (elle n'oublia pas la date), Victor annonça qu'il était engagé au long cours, et, dans la nuit du surlendemain, par le paquebot de Honfleur, irait rejoindre sa goélette, qui devait démarrer du Havre prochainement. Il serait, peut-être, deux ans parti.

La perspective d'une telle absence désola Félicité; et pour lui dire encore adieu, le mercredi soir, après le dîner de Madame, elle chaussa des galoches, et avala les quatre lieues qui séparent Pont-l'Évêque de Honfleur.

Quand elle fut devant le Calvaire[11], au lieu de prendre à gauche, elle prit à droite, se perdit dans des chantiers, revint sur ses pas; des gens qu'elle accosta l'engagèrent à se hâter. Elle fit le tour du bassin rempli de navires, se heurtait contre des amarres; puis le terrain s'abaissa, des lumières s'entre-croisèrent, et elle se crut folle, en apercevant des chevaux dans le ciel.

Au bord du quai, d'autres hennissaient, effrayés par la mer. Un palan qui les enlevait les descendait dans un bateau, où des voyageurs se bousculaient entre les barriques de cidre, les paniers de fromage, les sacs de grain; on entendait chanter des poules, le capitaine jurait; et un mousse restait accoudé sur le bossoir, indifférent à tout cela. Félicité, qui ne l'avait pas reconnu, criait: «Victor!» il leva la tête; elle s'élançait, quand on retira l'échelle tout à coup.

Le paquebot, que des femmes halaient en chantant, sortit du port. Sa membrure craquait, les vagues pesantes fouettaient sa proue. La voile avait tourné, on ne vit plus personne; —et, sur la mer argentée par la lune, il faisait une tache noire qui pâlissait toujours, s'enfonça, disparut.

Félicité, en passant près du Calvaire, voulut recommander à Dieu ce qu'elle chérissait le plus; et elle pria pendant longtemps, debout, la face baignée de pleurs,

---

[11]Représentation de la crucifixion, commémoration de la Passion du Christ, dressée généralement à un carrefour.

les yeux vers les nuages. La ville dormait, des douaniers se promenaient; et de l'eau tombait sans discontinuer par les trous de l'écluse, avec un bruit de torrent. Deux heures sonnèrent.

Le parloir n'ouvrirait pas avant le jour. Un retard, bien sûr, contrarierait Madame; et, malgré son désir d'embrasser l'autre enfant, elle s'en retourna. Les filles de l'auberge s'éveillaient, comme elle entrait dans Pont-l'Évêque.

Le pauvre gamin durant des mois allait donc rouler sur les flots! Ses précédents voyages ne l'avaient pas effrayée. De l'Angleterre et de la Bretagne, on revenait; mais l'Amérique, les Colonies, les Îles, cela était perdu dans une région incertaine, à l'autre bout du monde.

Dès lors, Félicité pensa exclusivement à son neveu. Les jours de soleil, elle se tourmentait de la soif; quand il faisait de l'orage, craignait pour lui la foudre. En écoutant le vent qui grondait dans la cheminée et emportait les ardoises, elle le voyait battu par cette même tempête, au sommet d'un mât fracassé, tout le corps en arrière, sous une nappe d'écume; ou bien (souvenir de la géographie en estampes) il était mangé par les sauvages, pris dans un bois par des singes, se mourait le long d'une plage déserte. Et jamais elle ne parlait de ses inquiétudes.

Mme Aubain en avait d'autres sur sa fille.

Les bonnes sœurs trouvaient qu'elle était affectueuse, mais délicate. La moindre émotion l'énervait. Il fallut abandonner le piano.

Sa mère exigeait du couvent une correspondance réglée. Un matin que le facteur n'était pas venu, elle s'impatienta; et elle marchait dans la salle, de son fauteuil à la fenêtre. C'était vraiment extraordinaire! depuis quatre jours, pas de nouvelles!

Pour qu'elle se consolât par son exemple, Félicité lui dit:
«Moi, madame, voilà six mois que je n'en ai reçu!...
—De qui donc?...
La servante répliqua doucement
—Mais... de mon neveu!
—Ah! votre neveu!»

Et, haussant les épaules, Mme Aubain reprit sa promenade, ce qui voulait dire: «Je n'y pensais pas!... Au surplus, je m'en moque! un mousse, un gueux, belle affaire!... tandis que ma fille... Songez donc!...»

Félicité, bien que nourrie dans la rudesse, fut indignée contre Madame, puis oublia.

Il lui paraissait tout simple de perdre la tête à l'occasion de la petite.

Les deux enfants avaient une importance égale; un lien de son cœur les unissait, et leurs destinées devaient être la même.

Le pharmacien lui apprit que le bateau de Victor était arrivé à La Havane. Il avait lu ce renseignement dans une gazette.

À cause des cigares, elle imaginait La Havane un pays où l'on ne fait pas autre chose que de fumer, et Victor circulait parmi des nègres dans un nuage de tabac. Pouvait-on «en cas de besoin» s'en retourner par terre? À quelle distance était-ce de Pont-l'Évêque? Pour le savoir, elle interrogea M. Bourais.

Il atteignit son atlas, puis commença des explications sur les longitudes; et il avait un beau sourire de cuistre devant l'ahurissement de Félicité. Enfin, avec son porte-crayon, il indiqua dans les découpures d'une tache ovale un point noir, imperceptible, en ajoutant: «Voici.» Elle se pencha sur la carte; ce réseau de lignes coloriées fatiguait sa vue, sans lui rien apprendre; et, Bourais l'invitant à dire ce qui l'embarrassait, elle le pria de lui montrer la maison où demeurait Victor. Bourais leva les bras, il éternua, rit énormément; une candeur pareille excitait sa joie; et Félicité n'en comprenait pas le motif, elle qui s'attendait peut-être à voir jusqu'au portrait de son neveu, tant son intelligence était bornée!

Ce fut quinze jours après que Liébard, à l'heure du marché comme d'habitude, entra dans la cuisine, et lui remit une lettre qu'envoyait son beau-frère. Ne sachant lire aucun des deux, elle eut recours à sa maîtresse.

Mme Aubain, qui comptait les mailles d'un tricot, le posa près d'elle, décacheta la lettre, tressaillit, et, d'une voix basse, avec un regard profond:

«C'est un malheur... qu'on vous annonce. Votre neveu...»

Il était mort. On n'en disait pas davantage.

Félicité tomba sur une chaise, en s'appuyant la tête à la cloison, et ferma ses paupières, qui devinrent roses tout à coup. Puis, le front baissé, les mains pendantes, l'œil fixe, elle répétait par intervalles

«Pauvre petit gars! pauvre petit gars!»

Liébard la considérait en exhalant des soupirs. Mme Aubain tremblait un peu.

Elle lui proposa d'aller voir sa sœur, à Trouville.

Félicité répondit, par un geste, qu'elle n'en avait pas besoin.

Il y eut un silence. Le bonhomme Liébard jugea convenable de se retirer.

Alors elle dit:

«Ça ne leur fait rien, à eux!»

Sa tête retomba; et machinalement elle soulevait, de temps à autre, les longues aiguilles sur la table à ouvrage.

Des femmes passèrent dans la cour avec un bard[12] d'où dégouttelait du linge.

En les apercevant par les carreaux, elle se rappela sa lessive; l'ayant coulée la veille, il fallait aujourd'hui la rincer; et elle sortit de l'appartement.

Sa planche et son tonneau étaient au bord de la Toucques. Elle jeta sur la berge un tas de chemises, retroussa ses manches, prit son battoir; et les coups forts qu'elle donnait s'entendaient dans les autres jardins à côté. Les prairies étaient vides, le vent agitait la rivière; au fond, de grandes herbes s'y penchaient, comme des chevelures de cadavres flottant dans l'eau. Elle retenait sa douleur, jusqu'au soir fut très brave; mais, dans sa chambre, elle s'y abandonna, à plat ventre sur son matelas, le visage dans l'oreiller, et les deux poings contre les tempes.

Beaucoup plus tard, par le capitaine de Victor lui-même, elle connut les circonstances de sa fin. On l'avait trop saigné à l'hôpital, pour la fièvre jaune. Quatre médecins le tenaient à la fois. Il était mort immédiatement, et le chef avait dit:

«Bon! encore un!»

---

[12]Civière servant à transporter des charges.

Ses parents l'avaient toujours traité avec barbarie. Elle aima mieux ne pas les revoir; et ils ne firent aucune avance, par oubli, ou endurcissement de misérables.

Virginie s'affaiblissait. Des oppressions, de la toux, une fièvre continuelle et des marbrures aux pommettes décelaient quelque affection profonde. M. Poupart avait conseillé un séjour en Provence. Mme Aubain s'y décida, et eût tout de suite repris sa fille à la maison, sans le climat de Pont-l'Évêque.

Elle fit un arrangement avec un loueur de voitures, qui la menait au couvent chaque mardi. Il y a dans le jardin une terrasse d'où l'on découvre la Seine. Virginie s'y promenait à son bras, sur les feuilles de pampre tombées. Quelquefois le soleil traversant les nuages la forçait à cligner ses paupières, pendant qu'elle regardait les voiles au loin et tout l'horizon, depuis le château de Tancarville jusqu'aux phares du Havre. Ensuite on se reposait sous la tonnelle. Sa mère s'était procuré un petit fût d'excellent vin de Malaga; et, riant à l'idée d'être grise, elle en buvait deux doigts, pas davantage.

Ses forces reparurent. L'automne s'écoula doucement. Félicité rassurait Mme Aubain. Mais, un soir qu'elle avait été aux environs faire une course, elle rencontra devant la porte le cabriolet de M. Poupart; et il était dans le vestibule. Mme Aubain nouait son chapeau.

«Donnez-moi ma chaufferette, ma bourse, mes gants; plus vite donc!»

Virginie avait une fluxion de poitrine; c'était peut-être désespéré.

«Pas encore!» dit le médecin; et tous deux montèrent dans la voiture, sous des flocons de neige qui tourbillonnaient. La nuit allait venir. Il faisait très froid.

Félicité se précipita dans l'église, pour allumer un cierge. Puis elle courut après le cabriolet, qu'elle rejoignit une heure plus tard, sauta légèrement par derrière, où elle se tenait aux torsades, quand une réflexion lui vint: «La cour n'était pas fermée! si des voleurs s'introduisaient?» Et elle descendit.

Le lendemain, dès l'aube, elle se présenta chez le docteur. Il était rentré, et reparti à la campagne. Puis elle resta dans l'auberge, croyant que des inconnus apporteraient une lettre. Enfin, au petit jour, elle prit la diligence de Lisieux.

Le couvent se trouvait au fond d'une ruelle escarpée. Vers le milieu, elle entendit des sons étranges, un glas de mort. «C'est pour d'autres», pensa-t-elle; et Félicité tira violemment le marteau.

Au bout de plusieurs minutes, des savates se traînèrent, la porte s'entre-bâilla, et une religieuse parut.

La bonne sœur avec un air de componction dit qu' «elle venait de passer». En même temps, le glas de Saint-Léonard redoublait.

Félicité parvint au second étage.

Dès le seuil de la chambre, elle aperçut Virginie étalée sur le dos, les mains jointes, la bouche ouverte, et la tête en arrière sous une croix noire s'inclinant vers elle, entre les rideaux immobiles, moins pâles que sa figure. Mme Aubain, au pied de la couche qu'elle tenait dans ses bras, poussait des hoquets d'agonie. La supérieure était debout, à droite. Trois chandeliers sur la commode faisaient des taches rouges, et le brouillard blanchissait les fenêtres. Des religieuses emportèrent Mme Aubain.

Pendant deux nuits, Félicité ne quitta pas la morte. Elle répétait les mêmes prières, jetait de l'eau bénite sur les draps, revenait s'asseoir, et la contemplait. À la fin de la première veille, elle remarqua que la figure avait jauni, les lèvres bleuirent, le nez se pinçait, les yeux s'enfonçaient. Elle les baisa plusieurs fois; et n'eût pas éprouvé un immense étonnement si Virginie les eût rouverts; pour de pareilles âmes le surnaturel est tout simple. Elle fit sa toilette, l'enveloppa de son linceul, la descendit dans sa bière, lui posa une couronne, étala ses cheveux. Ils étaient blonds, et extraordinaires de longueur à son âge. Félicité en coupa une grosse mèche, dont elle glissa la moitié dans sa poitrine, résolue à ne jamais s'en dessaisir.

Le corps fut ramené à Pont-l'Évêque, suivant les intentions de Mme Aubain, qui suivait le corbillard, dans une voiture fermée.

Après la messe, il fallut encore trois quarts d'heure pour atteindre le cimetière. Paul marchait en tête et sanglotait. M. Bourais était derrière, ensuite les principaux habitants, les femmes, couvertes de mantes noires, et Félicité. Elle songeait à son neveu, et, n'ayant pu lui rendre ces honneurs, avait un surcroît de tristesse, comme si on l'eût enterré avec l'autre.

Le désespoir de Mme Aubain fut illimité.

D'abord elle se révolta contre Dieu, le trouvant injuste de lui avoir pris sa fille, elle qui n'avait jamais fait de mal, et dont la conscience était si pure! Mais non! elle aurait dû l'emporter dans le Midi. D'autres docteurs l'auraient sauvée! Elle s'accusait, voulait la rejoindre, criait en détresse au milieu de ses rêves. Un, surtout, l'obsédait. Son mari, costumé comme un matelot, revenait d'un long voyage, et lui disait en pleurant qu'il avait reçu l'ordre d'emmener Virginie. Alors ils se concertaient pour découvrir une cachette quelque part.

Une fois, elle rentra du jardin, bouleversée. Tout à l'heure (elle montrait l'endroit) le père et la fille lui étaient apparus l'un auprès de l'autre, et ils ne faisaient rien; ils la regardaient.

Pendant plusieurs mois, elle resta dans sa chambre, inerte. Félicité la sermonnait doucement; il fallait se conserver pour son fils, et pour l'autre, en souvenir «d'elle».

«Elle? reprenait Mme Aubain, comme se réveillant. Ah! oui!... oui!... Vous ne l'oubliez pas!» Allusion au cimetière, qu'on lui avait scrupuleusement défendu.

Félicité tous les jours s'y rendait.

À quatre heures précises, elle passait au bord des maisons, montait la côte, ouvrait la barrière, et arrivait devant la tombe de Virginie. C'était une petite colonne de marbre rose, avec une dalle dans le bas, et des chaînes autour enfermant un jardinet. Les plates-bandes disparaissaient sous une couverture de fleurs. Elle arrosait leurs feuilles, renouvelait le sable, se mettait à genoux pour mieux labourer la terre. Mme Aubain, quand elle put y venir, en éprouva un soulagement, une espèce de consolation.

Puis des années s'écoulèrent, toutes pareilles et sans autres épisodes que le retour des grandes fêtes: Pâques, l'Assomption, la Toussaint. Des événements intérieurs faisaient une date, où l'on se reportait plus tard. Ainsi, en 1825, deux vitriers badigeonnèrent le vestibule; en 1827, une portion du toit, tombant dans la cour, faillit tuer un homme. L'été de 1828, ce fut à Madame d'offrir le pain bénit; Bourais, vers cette époque, s'absenta mystérieusement; et les anciennes connaissances peu à peu s'en allèrent: Guyot, Liébard, Mme Lechaptois, Robelin, l'oncle Gremanville, paralysé depuis longtemps.

Une nuit, le conducteur de la malle-poste annonça dans Pont-l'Évêque la Révolution de juillet. Un sous-préfet nouveau, peu de jours après, fut nommé: le baron de Larsonnière, ex-consul en Amérique, et qui avait chez lui, outre sa femme, sa belle-sœur avec trois demoiselles, assez grandes déjà. On les apercevait sur leur gazon, habillées de blouses flottantes; elles possédaient un nègre et un perroquet. Mme Aubain eut leur visite, et ne manqua pas de la rendre. Du plus loin qu'elles paraissaient, Félicité accourait pour la prévenir. Mais une chose était seule capable de l'émouvoir, les lettres de son fils.

Il ne pouvait suivre aucune carrière, étant absorbé dans les estaminets. Elle lui payait ses dettes; il en refaisait d'autres; et les soupirs que poussait Mme Aubain, en tricotant près de la fenêtre, arrivaient à Félicité, qui tournait son rouet dans la cuisine.

Elles se promenaient ensemble le long de l'espalier, et causaient toujours de Virginie, se demandant si telle chose lui aurait plu, en telle occasion ce qu'elle eût dit probablement.

Toutes ses petites affaires occupaient un placard dans la chambre à deux lits. Mme Aubain les inspectait le moins souvent possible. Un jour d'été, elle se résigna; et des papillons s'envolèrent de l'armoire.

Ses robes étaient en ligne sous une planche où il y avait trois poupées, des cerceaux, un ménage, la cuvette qui lui servait. Elles retirèrent également les jupons, les bas, les mouchoirs, et les étendirent sur les deux couches, avant de les replier. Le soleil éclairait ces pauvres objets, en faisait voir les taches, et des plis formés par les mouvements du corps. L'air était chaud et bleu, un merle gazouillait, tout semblait vivre dans une douceur profonde. Elles retrouvèrent un petit chapeau de peluche, à longs poils, couleur marron; mais il était tout mangé de vermine. Félicité le réclama pour elle-même. Leurs yeux se fixèrent l'une sur l'autre, s'emplirent de larmes; enfin la maîtresse ouvrit ses bras, la servante s'y jeta; et elles s'étreignirent, satisfaisant leur douleur dans un baiser qui les égalisait.

C'était la première fois de leur vie, Mme Aubain n'étant pas d'une nature expansive. Félicité lui en fut reconnaissante comme d'un bienfait, et désormais la chérit avec un dévouement bestial et une vénération religieuse.

La bonté de son cœur se développa.

Quand elle entendait dans la rue les tambours d'un régiment en marche, elle se mettait devant la porte avec une cruche de cidre, et offrait à boire aux soldats. Elle soigna des cholériques. Elle protégeait les Polonais[13]; et même il y en eut un qui déclarait la vouloir épouser. Mais ils se fâchèrent; car un matin, en rentrant de

---

[13]Après la reprise de Varsovie par les Russes en 1831 et l'instauration de représailles sévères, de nombreux Polonais misérables sont venus s'installer en France.

l'angélus, elle le trouva dans sa cuisine, où il s'était introduit, et accommodé une vinaigrette qu'il mangeait tranquillement.

Après les Polonais, ce fut le père Colmiche, un vieillard passant pour avoir fait des horreurs en 93[14]. Il vivait au bord de la rivière, dans les décombres d'une porcherie. Les gamins le regardaient par les fentes du mur, et lui jetaient des cailloux qui tombaient sur son grabat, où il gisait, continuellement secoué par un catarrhe, avec des cheveux très longs, les paupières enflammées, et au bras une tumeur plus grosse que sa tête. Elle lui procura du linge, tâcha de nettoyer son bouge, rêvait à l'établir dans le fournil, sans qu'il gênât Madame. Quand le cancer eut crevé, elle le pansa tous les jours, quelquefois lui apportait de la galette, le plaçait au soleil sur une botte de paille; et le pauvre vieux, en bavant et en tremblant, la remerciait de sa voix éteinte, craignait de la perdre, allongeait les mains dès qu'il la voyait s'éloigner. Il mourut; elle fit dire une messe pour le repos de son âme.

Ce jour-là, il lui advint un grand bonheur: au moment du dîner, le nègre de Mme de Larsonnière se présenta, tenant le perroquet dans sa cage, avec le bâton, la chaîne et le cadenas. Un billet de la baronne annonçait à Mme Aubain que, son mari étant élevé à une préfecture, ils partaient le soir; et elle la priait d'accepter cet oiseau, comme un souvenir, et en témoignage de ses respects.

Il occupait depuis longtemps l'imagination de Félicité, car il venait d'Amérique, et ce mot lui rappelait Victor, si bien qu'elle s'en informait auprès du nègre. Une fois même elle avait dit: «C'est Madame qui serait heureuse de l'avoir!»

Le nègre avait redit le propos à sa maîtresse, qui, ne pouvant l'emmener, s'en débarrassait de cette façon.

IV

Il s'appelait Loulou. Son corps était vert, le bout de ses ailes rose, son front bleu, et sa gorge dorée.

Mais il avait la fatigante manie de mordre son bâton, s'arrachait les plumes, éparpillait ses ordures, répandait l'eau de sa baignoire; Mme Aubain, qu'il ennuyait, le donna pour toujours à Félicité.

Elle entreprit de l'instruire; bientôt il répéta: «Charmant garçon! Serviteur, monsieur! je vous salue, Marie!» Il était placé auprès de la porte, et plusieurs s'étonnaient qu'il ne répondît pas au nom de Jacquot, puisque tous les perroquets s'appellent Jacquot. On le comparait à une dinde, à une bûche: autant de coups de poignard pour Félicité! Étrange obstination de Loulou, ne parlant plus du moment qu'on le regardait!

Néanmoins il recherchait la compagnie; car le dimanche, pendant que ces demoiselles Rochefeuille, M. de Houppeville et de nouveaux habitués: Onfroy l'apothicaire, M. Varin et le capitaine Mathieu, faisaient leur partie de cartes, il cognait les vitres avec ses ailes, et se démenait si furieusement qu'il était impossible de s'entendre.

---

[14]Allusion à la Terreur de 1793 pendant la Révolution française.

La figure de Bourais, sans doute, lui paraissait très drôle. Dès qu'il l'apercevait il commençait à rire, à rire de toutes ses forces. Les éclats de sa voix bondissaient dans la cour, l'écho les répétait, les voisins se mettaient à leurs fenêtres, riaient aussi; et, pour n'être pas vu du perroquet, M. Bourais se coulait le long du mur, en dissimulant son profil avec son chapeau, atteignait la rivière, puis entrait par la porte du jardin; et les regards qu'il envoyait à l'oiseau manquaient de tendresse.

Loulou avait reçu du garçon boucher une chiquenaude, s'étant permis d'enfoncer la tête dans sa corbeille; et depuis lors il tâchait toujours de le pincer à travers sa chemise. Fabu menaçait de lui tordre le cou, bien qu'il ne fût pas cruel, malgré le tatouage de ses bras et ses gros favoris. Au contraire! il avait plutôt du penchant pour le perroquet, jusqu'à vouloir, par humeur joviale, lui apprendre des jurons. Félicité, que ces manières effrayaient, le plaça dans la cuisine. Sa chaînette fut retirée, et il circulait par la maison.

Quand il descendait l'escalier, il appuyait sur les marches la courbe de son bec, levait la patte droite, puis la gauche; et elle avait peur qu'une telle gymnastique ne lui causât des étourdissements. Il devint malade, ne pouvait plus parler ni manger. C'était sous sa langue une épaisseur, comme en ont les poules quelquefois. Elle le guérit, en arrachant cette pellicule avec ses ongles. M. Paul, un jour, eut l'imprudence de lui souffler aux narines la fumée d'un cigare; une autre fois que Mme Lormeau l'agaçait du bout de son ombrelle, il en happa la virole; enfin, il se perdit.

Elle l'avait posé sur l'herbe pour le rafraîchir, s'absenta une minute; et, quand elle revint, plus de perroquet! D'abord elle le chercha dans les buissons, au bord de l'eau et sur les toits, sans écouter sa maîtresse qui lui criait: «Prenez donc garde! vous êtes folle!» Ensuite elle inspecta tous les jardins de Pont-l'Évêque; et elle arrêtait les passants. «Vous n'auriez pas vu, quelquefois, par hasard, mon perroquet?» À ceux qui ne connaissaient pas le perroquet, elle en faisait la description. Tout à coup, elle crut distinguer derrière les moulins, au bas de la côte, une chose verte qui voltigeait. Mais au haut de la côte, rien! Un porte-balle[15] lui affirma qu'il l'avait rencontré tout à l'heure, à Saint-Melaine, dans la boutique de la mère Simon. Elle y courut. On ne savait pas ce qu'elle voulait dire. Enfin elle rentra, épuisée, les savates en lambeaux, la mort dans l'âme; et, assise au milieu du banc, près de Madame, elle racontait toutes ses démarches, quand un poids léger lui tomba sur l'épaule, Loulou! Que diable avait-il fait? Peut-être qu'il s'était promené aux environs!

Elle eut du mal à s'en remettre, ou plutôt ne s'en remit jamais.

Par suite d'un refroidissement, il lui vint une angine; peu de temps après, un mal d'oreilles. Trois ans plus tard, elle était sourde; et elle parlait très haut, même à l'église. Bien que ses péchés auraient pu sans déshonneur pour elle, ni inconvénient pour le monde, se répandre à tous les coins du diocèse, M. le curé jugea convenable de ne plus recevoir sa confession que dans la sacristie.

Des bourdonnements illusoires achevaient de la troubler. Souvent sa maîtresse

---

[15] Un colporteur.

lui disait: «Mon Dieu! comme vous êtes bête! Elle répliquait: —Oui, Madame», en cherchant quelque chose autour d'elle.

Le petit cercle de ses idées se rétrécit encore, et le carillon des cloches, le mugissement des bœufs n'existaient plus. Tous les êtres fonctionnaient avec le silence des fantômes. Un seul bruit arrivait maintenant à ses oreilles, la voix du perroquet.

Comme pour la distraire, il reproduisait le tic-tac du tournebroche, l'appel aigu d'un vendeur de poisson, la scie du menuisier qui logeait en face; et, aux coups de la sonnette, imitait Mme Aubain: «Félicité! la porte! la porte!»

Ils avaient des dialogues, lui, débitant à satiété les trois phrases de son répertoire, et elle, y répondant par des mots sans plus de suite, mais où son cœur s'épanchait. Loulou, dans son isolement, était presque un fils, un amoureux. Il escaladait ses doigts, mordillait ses lèvres, se cramponnait à son fichu; et, comme elle penchait son front en branlant la tête à la manière des nourrices, les grandes ailes du bonnet et les ailes de l'oiseau frémissaient ensemble.

Quand des nuages s'amoncelaient et que le tonnerre grondait, il poussait des cris, se rappelant peut-être les ondées de ses forêts natales. Le ruissellement de l'eau excitait son délire; il voletait éperdu, montait au plafond, renversait tout, et par la fenêtre allait barboter dans le jardin; mais revenait vite sur un des chenets, et, sautillant pour sécher ses plumes, montrait tantôt sa queue, tantôt son bec.

Un matin du terrible hiver de 1837, qu'elle l'avait mis devant la cheminée, à cause du froid, elle le trouva mort, au milieu de sa cage, la tête en bas, et les ongles dans les fils de fer. Une congestion l'avait tué, sans doute? Elle crut à un empoisonnement par le persil; et, malgré l'absence de toutes preuves, ses soupçons portèrent sur Fabu.

Elle pleura tellement que sa maîtresse lui dit: «Eh bien! faites-le empailler!»

Elle demanda conseil au pharmacien, qui avait toujours été bon pour le perroquet.

Il écrivit au Havre. Un certain Fellacher se chargea de cette besogne. Mais, comme la diligence égarait parfois les colis, elle résolut de le porter elle-même jusqu'à Honfleur.

Les pommiers sans feuilles se succédaient aux bords de la route. De la glace couvrait les fossés. Des chiens aboyaient autour des fermes; et les mains sous son mantelet, avec ses petits sabots noirs et son cabas, elle marchait prestement, sur le milieu du pavé.

Elle traversa la forêt, dépassa le Haut-Chêne, atteignit Saint-Gatien.

Derrière elle, dans un nuage de poussière et emportée par la descente, une malle-poste au grand galop se précipitait comme une trombe. En voyant cette femme qui ne se dérangeait pas, le conducteur se dressa par-dessus la capote, et le postillon criait aussi, pendant que ses quatre chevaux qu'il ne pouvait retenir accéléraient leur train; les deux premiers la frôlaient; d'une secousse de ses guides, il les jeta dans le débord, mais furieux releva le bras, et à pleine volée, avec son grand fouet, lui cingla du ventre au chignon un tel coup qu'elle tomba sur le dos.

Son premier geste, quand elle reprit connaissance, fut d'ouvrir son panier.

Loulou n'avait rien, heureusement. Elle sentit une brûlure à la joue droite; ses mains qu'elle y porta étaient rouges. Le sang coulait.

Elle s'assit sur un mètre de cailloux, se tamponna le visage avec son mouchoir, puis elle mangea une croûte de pain, mise dans son panier par précaution, et se consolait de sa blessure en regardant l'oiseau.

Arrivée au sommet d'Ecquemauville, elle aperçut les lumières de Honfleur qui scintillaient dans la nuit comme une quantité d'étoiles; la mer, plus loin, s'étalait confusément. Alors une faiblesse l'arrêta; et la misère de son enfance, la déception du premier amour, le départ de son neveu, la mort de Virginie, comme les flots d'une marée, revinrent à la fois, et, lui montant à la gorge, l'étouffaient.

Puis elle voulut parler au capitaine du bateau; et, sans dire ce qu'elle envoyait, lui fit des recommandations.

Fellacher garda longtemps le perroquet. Il le promettait toujours pour la semaine prochaine; au bout de six mois, il annonça le départ d'une caisse; et il n'en fut plus question. C'était à croire que jamais Loulou ne reviendrait. «Ils me l'auront volé!» pensait-elle.

Enfin il arriva, —et splendide!—droit sur une branche d'arbre, qui se vissait dans un socle d'acajou, une patte en l'air, la tête oblique, et mordant une noix, que l'empailleur par amour du grandiose avait dorée.

Elle l'enferma dans sa chambre.

Cet endroit, où elle admettait peu de monde, avait l'air tout à la fois d'une chapelle et d'un bazar, tant il contenait d'objets religieux et de choses hétéroclites.

Une grande armoire gênait pour ouvrir la porte. En face de la fenêtre surplombant le jardin, un œil-de-bœuf regardait la cour; une table, près du lit de sangle, supportait un pot à l'eau, deux peignes, et un cube de savon bleu dans une assiette ébréchée. On voyait contre les murs: des chapelets, des médailles, plusieurs bonnes Vierges, un bénitier en noix de coco; sur la commode, couverte d'un drap comme un autel, la boîte en coquillages que lui avait donnée Victor; puis un arrosoir et un ballon, des cahiers d'écriture, la géographie en estampes, une paire de bottines; et au clou du miroir, accroché par ses rubans, le petit chapeau de peluche! Félicité poussait même ce genre de respect si loin, qu'elle conservait une des redingotes de Monsieur. Toutes les vieilleries dont ne voulait plus Mme Aubain, elle les prenait pour sa chambre. C'est ainsi qu'il y avait des fleurs artificielles au bord de la commode, et le portrait du comte d'Artois dans l'enfoncement de la lucarne.

Au moyen d'une planchette, Loulou fut établi sur un corps de cheminée qui avançait dans l'appartement. Chaque matin, en s'éveillant, elle l'apercevait à la clarté de l'aube, et se rappelait alors les jours disparus, et d'insignifiantes actions jusqu'en leurs moindres détails, sans douleur, pleine de tranquillité.

Ne communiquant avec personne, elle vivait dans une torpeur de somnambule. Les processions de la Fête-Dieu la ranimaient. Elle allait quêter chez les voisines des flambeaux et des paillassons, afin d'embellir le reposoir que l'on dressait dans la rue.

À l'église, elle contemplait toujours le Saint-Esprit, et observa qu'il avait quelque chose du perroquet. Sa ressemblance lui parut encore plus manifeste sur une image d'Épinal[16], représentant le baptême de Notre-Seigneur. Avec ses ailes de pourpre et son corps d'émeraude, c'était vraiment le portrait de Loulou.

L'ayant acheté, elle le suspendit à la place du comte d'Artois, de sorte que, du même coup d'œil, elle les voyait ensemble. Ils s'associèrent dans sa pensée, le perroquet se trouvant sanctifié par ce rapport avec le Saint-Esprit, qui devenait plus vivant à ses yeux et intelligible. Le Père, pour s'énoncer, n'avait pu choisir une colombe, puisque ces bêtes-là n'ont pas de voix, mais plutôt un des ancêtres de Loulou. Et Félicité priait en regardant l'image, mais de temps à autre se tournait un peu vers l'oiseau.

Elle eut envie de se mettre dans les demoiselles de la Vierge. Mme Aubain l'en dissuada.

Un événement considérable surgit: le mariage de Paul.

Après avoir été d'abord clerc de notaire, puis dans le commerce, dans la douane, dans les contributions, et même avoir commencé des démarches pour les eaux et forêts, à trente-six ans, tout à coup, par une inspiration du ciel, il avait découvert sa voie: l'enregistrement! et y montrait de si hautes facultés qu'un vérificateur lui avait offert sa fille, en lui promettant sa protection.

Paul, devenu sérieux, l'amena chez sa mère.

Elle dénigra les usages de Pont-l'Évêque, fit la princesse, blessa Félicité. Mme Aubain, à son départ, sentit un allégement.

La semaine suivante, on apprit la mort de M. Bourais, en basse Bretagne, dans une auberge. La rumeur d'un suicide se confirma; des doutes s'élevèrent sur sa probité. Mme Aubain étudia ses comptes, et ne tarda pas à connaître la kyrielle de ses noirceurs: détournements d'arrérages, ventes de bois dissimulées, fausses quittances, etc. De plus, il avait un enfant naturel, et «des relations avec une personne de Dozulé».

Ces turpitudes l'affligèrent beaucoup. Au mois de mars 1853, elle fut prise d'une douleur dans la poitrine; sa langue paraissait couverte de fumée, les sangsues ne calmèrent pas l'oppression; et le neuvième soir elle expira, ayant juste soixante-douze ans.

On la croyait moins vieille, à cause de ses cheveux bruns, dont les bandeaux entouraient sa figure blême, marquée de petite vérole. Peu d'amis la regrettèrent, ses façons étant d'une hauteur qui éloignait.

Félicité la pleura, comme on ne pleure pas les maîtres. Que Madame mourût avant elle, cela troublait ses idées, lui semblait contraire à l'ordre des choses, inadmissible et monstrueux.

Dix jours après (le temps d'accourir de Besançon), les héritiers survinrent. La bru fouilla les tiroirs, choisit des meubles, vendit les autres, puis ils regagnèrent l'enregistrement.

Le fauteuil de Madame, son guéridon, sa chaufferette, les huit chaises étaient partis! La place des gravures se dessinait en carrés jaunes au milieu des cloisons. Ils avaient emporté les deux couchettes, avec leurs matelas, et dans le placard on

---

[16]Une gravure au sujet populaire et de couleurs vives.

ne voyait plus rien de toutes les affaires de Virginie! Félicité remonta les étages, ivre de tristesse.

Le lendemain il y avait sur la porte une affiche; l'apothicaire lui cria dans l'oreille que la maison était à vendre.

Elle chancela, et fut obligée de s'asseoir.

Ce qui la désolait principalement, c'était d'abandonner sa chambre, —si commode pour le pauvre Loulou. En l'enveloppant d'un regard d'angoisse, elle implorait le Saint-Esprit, et contracta l'habitude idolâtre de dire ses oraisons agenouillée devant le perroquet. Quelquefois, le soleil entrant par la lucarne frappait son œil de verre, et en faisait jaillir un grand rayon lumineux qui la mettait en extase.

Elle avait une rente de trois cent quatre-vingts francs, léguée par sa maîtresse. Le jardin lui fournissait des légumes. Quant aux habits, elle possédait de quoi se vêtir jusqu'à la fin de ses jours, et épargnait l'éclairage en se couchant dès le crépuscule.

Elle ne sortait guère, afin d'éviter la boutique du brocanteur, où s'étalaient quelques-uns des anciens meubles. Depuis son étourdissement, elle traînait une jambe; et, ses forces diminuant, la mère Simon, ruinée dans l'épicerie, venait tous les matins fendre son bois et pomper de l'eau.

Ses yeux s'affaiblirent. Les persiennes n'ouvraient plus. Bien des années se passèrent. Et la maison ne se louait pas, et ne se vendait pas.

Dans la crainte qu'on ne la renvoyât, Félicité ne demandait aucune réparation. Les lattes du toit pourrissaient; pendant tout un hiver son traversin fut mouillé. Après Pâques, elle cracha du sang.

Alors la mère Simon eut recours à un docteur. Félicité voulut savoir ce qu'elle avait. Mais, trop sourde pour entendre, un seul mot lui parvint: «Pneumonie.» Il lui était connu, et elle répliqua doucement: «Ah! comme Madame», trouvant naturel de suivre sa maîtresse.

Le moment des reposoirs approchait.

Le premier était toujours au bas de la côte, le second devant la poste, le troisième vers le milieu de la rue. Il y eut des rivalités à propos de celui-là; et les paroissiennes choisirent finalement la cour de Mme Aubain.

Les oppressions et la fièvre augmentaient. Félicité se chagrinait de ne rien faire pour le reposoir. Au moins, si elle avait pu y mettre quelque chose! Alors elle songea au perroquet. Ce n'était pas convenable, objectèrent les voisines. Mais le curé accorda cette permission; elle en fut tellement heureuse qu'elle le pria d'accepter, quand elle serait morte, Loulou, sa seule richesse.

Du mardi au samedi, veille de la Fête-Dieu, elle toussa plus fréquemment. Le soir son visage était grippé, ses lèvres se collaient à ses gencives, des vomissements parurent; et le lendemain, au petit jour, se sentant très bas, elle fit appeler un prêtre.

Trois bonnes femmes l'entouraient pendant l'extrême-onction. Puis elle déclara qu'elle avait besoin de parler à Fabu.

Il arriva en toilette des dimanches, mal à son aise dans cette atmosphère lugubre.

«Pardonnez-moi, dit-elle avec un effort pour étendre le bras, je croyais que c'était vous qui l'aviez tué!»

Que signifiaient des potins pareils? L'avoir soupçonné d'un meurtre, un homme comme lui! et il s'indignait, allait faire du tapage.

«Elle n'a plus sa tête, vous voyez bien!»

Félicité de temps à autre parlait à des ombres. Les bonnes femmes s'éloignèrent. La Simonne déjeuna.

Un peu plus tard, elle prit Loulou, et, l'approchant de Félicité:

«Allons! dites-lui adieu!»

Bien qu'il ne fût pas un cadavre, les vers le dévoraient; une de ses ailes était cassée, l'étoupe lui sortait du ventre. Mais, aveugle à présent, elle le baisa au front, et le gardait contre sa joue. La Simonne le reprit, pour le mettre sur le reposoir.

V

Les herbages envoyaient l'odeur de l'été; des mouches bourdonnaient; le soleil faisait luire la rivière, chauffait les ardoises. La mère Simon, revenue dans la chambre, s'endormait doucement.

Des coups de cloche la réveillèrent; on sortait des vêpres. Le délire de Félicité tomba. En songeant à la procession, elle la voyait, comme si elle l'eût suivie.

Tous les enfants des écoles, les chantres et les pompiers marchaient sur les trottoirs, tandis qu'au milieu de la rue, s'avançaient, premièrement: le suisse armé de sa hallebarde, le bedeau avec une grande croix, l'instituteur surveillant les gamins, la religieuse inquiète de ses petites filles; trois des plus mignonnes, frisées comme des anges, jetaient dans l'air des pétales de roses; le diacre, les bras écartés, modérait la musique; et deux encenseurs se retournaient à chaque pas vers le Saint-Sacrement, que portait, sous un dais de velours ponceau tenu par quatre fabriciens[17], M. le curé, dans sa belle chasuble. Un flot de monde se poussait derrière, entre les nappes blanches couvrant le mur des maisons; et l'on arriva au bas de la côte.

Une sueur froide mouillait les tempes de Félicité. La Simonne l'épongeait avec un linge, en se disant qu'un jour il lui faudrait passer par là.

Le murmure de la foule grossit, fut un moment très fort, s'éloignait.

Une fusillade ébranla les carreaux. C'était les postillons saluant l'ostensoir. Félicité roula ses prunelles, et elle dit, le moins bas qu'elle put:

«Est-il bien?» tourmentée du perroquet.

Son agonie commença. Un râle, de plus en plus précipité, lui soulevait les côtes. Des bouillons d'écume venaient aux coins de sa bouche, et tout son corps tremblait.

Bientôt, on distingua le ronflement des ophicléides[18], les voix claires des enfants, la voix profonde des hommes. Tout se taisait par intervalles, et le battement des pas, que des fleurs amortissaient, faisait le bruit d'un troupeau sur du gazon.

Le clergé parut dans la cour. La Simonne grimpa sur une chaise pour atteindre à l'œil-de-bœuf, et de cette manière dominait le reposoir.

---

[17]Membres du conseil responsable de l'administration des biens de la paroisse.
[18]Instrument à vent en cuivre.

Des guirlandes vertes pendaient sur l'autel, orné d'un falbala en point d'Angleterre[19]. Il y avait au milieu un petit cadre enfermant des reliques, deux orangers dans les angles, et, tout le long, des flambeaux d'argent et des vases en porcelaine, d'où s'élançaient des tournesols, des lis, des pivoines, des digitales, des touffes d'hortensias. Ce monceau de couleurs éclatantes descendait obliquement, du premier étage jusqu'au tapis se prolongeant sur les pavés; et des choses rares tiraient les yeux. Un sucrier de vermeil avait une couronne de violettes, des pendeloques en pierres d'Alençon brillaient sur de la mousse, deux écrans chinois montraient leurs paysages. Loulou, caché sous des roses, ne laissait voir que son front bleu, pareil à une plaque de lapis.

Les fabriciens, les chantres, les enfants se rangèrent sur les trois côtés de la cour. Le prêtre gravit lentement les marches, et posa sur la dentelle son grand soleil d'or qui rayonnait. Tous s'agenouillèrent. Il se fit un grand silence. Et les encensoirs, allant à pleine volée, glissaient sur leurs chaînettes.

Une vapeur d'azur monta dans la chambre de Félicité. Elle avança les narines, en la humant avec une sensualité mystique; puis ferma les paupières. Ses lèvres souriaient. Les mouvements de son cœur se ralentirent un à un, plus vagues chaque fois, plus doux, comme une fontaine s'épuise, comme un écho disparaît; et, quand elle exhala son dernier souffle, elle crut voir, dans les cieux entr'ouverts, un perroquet gigantesque, planant au-dessus de sa tête.

---

[19]Une dentelle fine faite à l'aiguille.

Charles Baudelaire
1821-67

Quoique Baudelaire soit né à Paris, il est véritablement citoyen d'un pays idéal hors du monde, depuis lequel il a plongé profondément ses racines dans la littérature et l'art français. Solitaire, révolté, angoissé, victime de la syphilis comme beaucoup de ses confrères et finalement terrassé par la paralysie générale, il laisse derrière lui des textes dont l'influence sur l'ensemble de la poésie écrite après eux est colossale. Après avoir gaspillé une petite fortune familiale en jouant le rôle de dandy, il est réduit par son conseil judiciaire à vivre sur une somme dérisoire, ce qui l'oblige à gagner sa propre vie péniblement en écrivant de la critique d'art, des essais, des traductions, des nouvelles, et, surtout, une superbe œuvre poétique. Il serait difficile de trouver par la suite un poète du monde occidental qui n'aurait pas été marqué consciemment ou inconsciemment par l'œuvre de Baudelaire.

Baudelaire publie la première édition des *Fleurs du mal* en 1857. Au commencement, le volume est peu compris et peu apprécié. Le texte est aussitôt condamné en correctionnelle pour immoralité, une action judiciaire qui attire l'attention du public sur le poète et lui procure un succès de scandale. Quelques années plus tard, Baudelaire a fait paraître une nouvelle édition, qui supprime les poèmes condamnés et en ajoute une trentaine de nouveaux (1861). Ce cycle poétique reste l'apogée de ce que Baudelaire a fait. Gaëton Picon conclut que ce «n'est pas une œuvre poétique parmi d'autres; elle est une révolution»[1]. Ce recueil change radicalement la poésie et établit le poète comme fondateur de la poésie moderne.

Vers 1857, Baudelaire a commencé de rêver à des poèmes libérés de la rime. Il n'est pas le premier à le faire. Aloysius Bertrand a lui aussi cultivé des poèmes en prose, où la rime a perdu son importance, et où le poète se sert surtout du rythme. Baudelaire le reconnaît dans sa dédicace. Pour lui, cependant, c'est l'unité et la véracité qui servent de liant. Il refuse de plus en plus le lyrisme et le recherché; un prosaïsme qui le mène à la vision d'un monde neutre, parfois laid, monde de la violence, de l'hallucination et du chaos... en un mot, il veut donner à voir la civilisation de son temps. Il rêve «le miracle d'une prose poétique, musicale sans rythme et sans rime, assez souple et assez heurtée pour s'adapter aux mouvements lyriques de l'âme, aux ondulations de la rêverie, aux soubresauts de la conscience»[2].

---

[1] *Histoire des littératures*, vol. 3, *Littératures françaises, connexes et marginales*, éd. Raymond Queneau, *Encyclopédie de la Pléiade* (Paris: Gallimard, 1963) 936.
[2] Baudelaire, «À Arsène Houssaye», *Le Spleen de Paris* (Texte de 1869), *Œuvres complètes*, éd. Claude Pichois, 2 vols., Bibliothèque de la Pléiade (Paris: Gallimard, 1975-76) 2.275-76.

Selon l'excellent livre, intelligent et sensible, de James A. Hiddleston, Baudelaire aurait voulu opposer la musique merveilleuse des *Fleurs du mal* au *Le Spleen de Paris*. Il met l'irrationnel en face du rationnel, confronte le banal à l'extase, en espérant faire éclater la raison dans un choc et un soubresaut convulsif. Le poète a écrit qu'il recherchait une poésie nouvelle qui exploiterait la prose et le prosaïsme à la recherche non plus de la beauté mais de la vérité. Il insiste sur l'importance de la brièveté pour le sonnet et pour la nouvelle et soutient que, «[p]arce que la forme est contraignante, l'idée jaillit plus intense»[3].

Il faut se demander cependant si le poème en prose est un nouveau genre et si la prose et la fragmentation peuvent suffire à remplacer la rime dans une petite création poétique. Pour les formalistes russes ce qui définit un poème, c'est le rythme, c'est-à-dire la répétition ou, mieux, le retour périodique des temps forts et faibles[4]. De fait, le rythme importe à tous les genres, mais surtout à la poésie. À quel point le rythme est-il suffisamment fort pour distinguer la poésie de la prose? Baudelaire peut-il créer des poèmes qui échappent au rythme? Hiddleston croit que le poète a développé petit à petit sa nouvelle théorie, en devenant de plus en plus extrême. D'après lui, «Le vieux saltimbanque» (ci-dessous) n'est pas seul à ne manifester «aucune ressemblance formelle à un poème» parmi les «poèmes en prose» écrits après 1857 (82-83).

Les textes présentés dans les pages suivantes illustrent la question posée ci-dessus. Sont-ils de la poésie ou de la prose? À la frontière de n'importe quel genre, il est souvent difficile de savoir dans quelle catégorie précisément on devrait mettre une œuvre particulière. La «Carmen» de Mérimée est-elle une nouvelle ou un petit roman? Certes, la longueur importe pour un ouvrage comme «Le colonel Chabert», mais comme on l'a dit dans l'introduction de ce volume, il convient aussi de se demander si l'œuvre exploite la brièveté, qualité essentielle de la nouvelle. Mais d'autres procédés ont également leur poids. Si le rythme est indispensable à la poésie, peut-on s'en servir pour distinguer un «poème en prose» d'une «nouvelle»? Les trois petites créations ci-incluses sont rythmées, mais pas autant que les poèmes formels des *Fleurs du mal*. Toutes les trois comportent une narration qu'on peut suivre du commencement à la fin. L'on se souvient cependant que l'intrigue, la narration, ne sont pas nécessaires pour une nouvelle et, ne sont pas non plus la marque définitive de la prose esthétique. Il y en a beaucoup où la chronologie n'a que peu de conséquences et qui présentent une image, ou ce que Édith Wharton appelle une «situation»[5]. En fin de compte, c'est bien entendu le poète qui décide s'il veut exploiter positivement ou négativement les attentes soulevées par les idées génériques qui existent chez son public. Pour Baudelaire, la plupart de ces

---

[3]Baudelaire, Lettre à Armand Fraisse du 18 février 1860—*Correspondance*, 2 vols., Bibliothèque de la Pléiade (Paris: Gallimard, 1973) 676. Hiddleston écrit que «la fragmentation, la discontinuité, le chaos externe et interne sont autant d'éléments essentiels de l'œuvre»— *Baudelaire and* Le Spleen de Paris (Oxford: Clarendon Press, 1987) 3. Son argument justificatif se trouve pp. 62-98. À voir, aussi, Baudelaire, *Le Spleen de Paris* 2.329-30.
[4]Victor Erlich, *Russian Formalism: History—Doctrine* (La Haye: Mouton, 1955) 183-84.
[5]Wharton, *The Writing of Fiction* (New York: Scribner's Sons, 1925) 47-48.

petites œuvres sont conçues pour créer une image qui ferait vivre *Le Spleen de Paris* en une vision de la vie moderne et urbaine. Si la poésie s'y trouve, elle est dans l'image formée par l'œuvre dans l'esprit du lecteur. Peut-être les créations qui se trouvent ci-dessous ne sont-elles ni des poèmes ni des nouvelles, mais des œuvres qui résident entre ces deux genres esthétiques, un «genre mixte». Pour le poète, *Le Spleen de Paris* et *Les Fleurs du mal* se font «pendant réciproquement»[6]. Les poèmes en prose sont «encore *Les Fleurs du mal*, mais avec beaucoup plus de liberté, et de détail, et de raillerie»[7]. Sonya Stephens avance que la décision d'exploiter ce nouveau genre du «poème en prose» est le signe d'une volonté subversive littéraire, politique, et sociologique[8]. Pour Christine Bénévent, ils se situeraient «dans une logique de rupture, de provocation»[9]. Et là où Baudelaire insiste sur l'unité et la cohérence fondamentales de ses *Fleurs*, il observe que les poèmes en prose spleenétiques manquent d'«intrigue superflue» et que «cette combinaison» permet d'en tirer quelques morceaux sans détruire l'œuvre même. *Le Spleen de Paris* de 1869 est en fait posthume, et l'on ne sait pas l'ordre des poèmes que Baudelaire aurait choisi d'y inclure. «Hachez-la [l'œuvre] en nombreux fragments, clame-t-il, et vous verrez que chacun peut exister à part». L'éditeur de cette anthologie ne trahit donc peut-être pas le poète en en retirant quelques «fragments»[10]. Enfin, on peut dire tout simplement qu'elles sont des œuvres d'art. En faudrait-il dire plus?

BIBLIOGRAPHIE SOMMAIRE

Édition annotée

Baudelaire, Charles. *Le Spleen de Paris* (Texte de 1869). *Œuvres complètes*. Éd. Claude Pichois. 2 vols. Bibliothèque de la Pléiade. Paris: Gallimard, 1975-76. 2.

Biographies

Hemmings, F.W.J. *Baudelaire the Damned: A Biography*. Londres: Hamish Hamilton, 1982.

Pichois, Claude, et Jean Ziegler. *Baudelaire*. Paris: Julliard, 1987.

---

[6]Baudelaire, Lettre à Narcisse Ancelle du 12 janvier 1866—*Correspondance* 2.271. Le poète fait souvent mention du fait qu'il a destiné *Le Spleen de Paris* à faire pendant aux *Fleurs du mal* (e.g., Correspondance 2.299, 339, 512, 523, 566, 572, 591).
[7]Lettre de Baudelaire à Jules Troubat du 19 février 1866, *Correspondance* 2.615.
[8]Stephens, *Baudelaire's Prose Poems: The Practice and Politics of Irony* (Oxford: Oxford UP, 1999) 19-20.
[9]Bénévent, *Charles Baudelaire*: Le Spleen de Paris (Petits poèmes en prose) (Paris: Gallimard, 1975) 17.
[10]C'est Baudelaire qui les nomme ainsi—(e.g., «À Arsène Houssaye», *Le spleen de Paris* 2.275; *Correspondance* 2. 295, 365, 546)—ou des «morceaux» (2.324).

Quelques études

Balakian, Anna. *The Symbolist Movement: A Critical Appraisal*. New York: Random House, 1967. 29-53.
Benjamin, Walter. *Charles Baudelaire: A Lyric Poet In the Era of High Capitalism*. Tr. Harry Zohn. Londres: Verso, 1983.
Cellier, Léon. «D'une rhétorique profonde: Baudelaire et l'oxymoron». *Cahiers Internationaux de Sociologie* 8 (1965): 3-14.
Hiddleston, James A. *Baudelaire and* Le Spleen de Paris. Oxford: Clarendon Press, 1987.
Huysmans, J.-K. *A rebours*. Éd. Rose Fortassier. Lettres françaises. Paris: Imprimerie Nationale, 1981. Chapitre xii.
Riffaterre, Michael. *Semiotics of Poetry*. Bloomington: Indiana UP, 1978.
Starobinski, Jean. «Naissance du clown tragique». *Portrait de l'artiste en saltimbanque*. Genève: Albert Skira, 1970. 83-99.
Wright, Barbara, and David H.T. Scott. La Fanfarlo *and* Le Spleen de Paris. *Critical Guides to French Texts*. Londres: Grant & Cutler, 1984. 73-80.

Charles Baudelaire

Le Vieux Saltimbanque
1862

Partout s'étalait, se répandait, s'ébaudissait le peuple en vacances. C'était une de ces solennités sur lesquelles, pendant un long temps, comptent les saltimbanques, les faiseurs de tours, les montreurs d'animaux et les boutiquiers ambulants, pour compenser les mauvais temps de l'année.

En ces jours-là il me semble que le peuple oublie tout, la douleur et le travail; il devient pareil aux enfants. Pour les petits c'est un jour de congé, c'est l'horreur de l'école renvoyée à vingt-quatre heures. Pour les grands c'est un armistice conclu avec les puissances malfaisantes de la vie, un répit dans la contention et la lutte universelles.

L'homme du monde lui-même et l'homme occupé de travaux spirituels échappent difficilement à l'influence de ce jubilé populaire. Ils absorbent, sans le vouloir, leur part de cette atmosphère d'insouciance. Pour moi, je ne manque jamais, en vrai Parisien, de passer la revue de toutes les baraques qui se pavanent à ces époques solennelles.

Elles se faisaient, en vérité, une concurrence formidable: elles piaillaient, beuglaient, hurlaient. C'était un mélange de cris, de détonations de cuivre et d'explosions de fusées. Les queues-rouges[1] et les Jocrisses[2] convulsaient les traits de leurs visages basanés, racornis par le vent, la pluie et le soleil; ils lançaient, avec l'aplomb des comédiens sûrs de leurs effets, des bons mots et des plaisanteries d'un comique solide et lourd comme celui de Molière[3]. Les Hercules, fiers de l'énormité de leurs membres, sans front et sans crâne, comme les orangs-outangs, se prélassaient majestueusement sous les maillots lavés la veille pour la circonstance. Les danseuses, belles comme des fées ou des princesses, sautaient et cabriolaient sous le feu des lanternes qui remplissaient leurs jupes d'étincelles.

Tout n'était que lumière, poussière, cris, joie, tumulte; les uns dépensaient, les autres gagnaient, les uns et les autres également joyeux. Les enfants se suspendaient aux jupons de leurs mères pour obtenir quelque bâton de sucre, ou montaient sur les épaules de leurs pères pour mieux voir un escamoteur éblouissant comme un dieu. Et partout circulait, dominant tous les parfums, une odeur de friture qui était comme l'encens de cette fête.

---

[1]Clowns portant une perruque dont la queue est nouée par un ruban rouge.
[2]Personnages traditionnels du théâtre, généralement simples d'esprit.
[3]Auteur français de comédies au XVIIe siècle.

Au bout, à l'extrême bout de la rangée de baraques, comme si, honteux, il s'était exilé lui-même de toutes ces splendeurs, je vis un pauvre saltimbanque, voûté, caduc, décrépit, une ruine d'homme, adossé contre un des poteaux de sa cahute[4]; une cahute plus misérable que celle du sauvage le plus abruti, et dont deux bouts de chandelles, coulants et fumants, éclairaient trop bien encore la détresse. Partout la joie, le gain, la débauche; partout la certitude du pain pour les lendemains; partout l'explosion frénétique de la vitalité. Ici la misère absolue, la misère affublée, pour comble d'horreur, de haillons comiques, où la nécessité, bien plus que l'art, avait introduit le contraste. Il ne riait pas, le misérable! Il ne pleurait pas, il ne dansait pas, il ne gesticulait pas, il ne criait pas; il ne chantait aucune chanson, ni gaie, ni lamentable, il n'implorait pas. Il était muet et immobile. Il avait renoncé, il avait abdiqué. Sa destinée était faite.

Mais quel regard profond, inoubliable, il promenait sur la foule et les lumières, dont le flot mouvant s'arrêtait à quelques pas de sa répulsive misère! Je sentis ma gorge serrée par la main terrible de l'hystérie, et il me sembla que mes regards étaient offusqués par ces larmes rebelles qui ne veulent pas tomber.

Que faire? À quoi bon demander à l'infortuné quelle curiosité, quelle merveille il avait à montrer dans ces ténèbres puantes, derrière son rideau déchiqueté? En vérité, je n'osais; et dût la raison de ma timidité vous faire rire, j'avouerai que je craignais de l'humilier. Enfin, je venais de me résoudre à déposer en passant quelque argent sur une de ses planches, espérant qu'il devinerait mon intention, quand un grand reflux de peuple, causé par je ne sais quel trouble, m'entraîna loin de lui.

Et, m'en retournant, obsédé par cette vision, je cherchai à analyser ma soudaine douleur, et je me dis: Je viens de voir l'image du vieil homme de lettres qui a survécu à la génération dont il fut le brillant amuseur; du vieux poète sans amis, sans famille, sans enfants, dégradé par sa misère et par l'ingratitude publique, et dans la baraque de qui le monde oublieux ne veut plus entrer!

---

[4]Petite cabane.

Charles Baudelaire

LE JOUJOU DU PAUVRE
1862

Je veux donner l'idée d'un divertissement innocent. Il y a si peu d'amusements qui ne soient pas coupables! Quand vous sortirez le matin avec l'intention décidée de flâner sur les grandes routes, remplissez vos poches de petites inventions à un sol, –telles que le polichinelle[1] plat mû par un seul fil, les forgerons qui battent l'enclume, le cavalier et son cheval dont la queue est un sifflet, –et le long des cabarets, au pied des arbres, faites-en hommage aux enfants inconnus et pauvres que vous rencontrerez. Vous verrez leurs yeux s'agrandir démesurément. D'abord ils n'oseront pas prendre; ils douteront de leur bonheur. Puis leurs mains agripperont vivement le cadeau, et ils s'enfuiront comme font les chats qui vont manger loin de vous le morceau que vous leur avez donné, ayant appris à se défier de l'homme.

Sur une route, derrière la grille d'un vaste jardin, au bout duquel apparaissait la blancheur d'un joli château frappé par le soleil, se tenait un enfant beau et frais, habillé de ces vêtements de campagne si pleins de coquetterie.

Le luxe, l'insouciance et le spectacle habituel de la richesse, rendent ces enfants-là si jolis, qu'on les croirait faits d'une autre pâte que les enfants de la médiocrité ou de la pauvreté.

À côté de lui, gisait sur l'herbe un joujou splendide, aussi frais que son maître, verni, doré, vêtu d'une robe pourpre, et couvert de plumets et de verroteries. Mais l'enfant ne s'occupait pas de son joujou préféré, et voici ce qu'il regardait:

De l'autre côté de la grille, sur la route, entre les chardons et les orties, il y avait un autre enfant, sale, chétif, fuligineux[2], un de ces marmots-parias dont un œil impartial découvrirait la beauté, si, comme l'œil du connaisseur devine une peinture idéale sous un vernis de carrossier, il le nettoyait de la répugnante patine de la misère.

À travers ces barreaux symboliques séparant deux mondes, la grande route et le château, l'enfant pauvre montrait à l'enfant riche son propre joujou, que celui-ci examinait avidement comme un objet rare et inconnu. Or, ce joujou, que le petit souillon agaçait, agitait et secouait dans une boîte grillée, c'était un rat vivant! Les parents, par économie sans doute, avaient tiré le joujou de la vie elle-même.

Et les deux enfants se riaient l'un à l'autre fraternellement, avec des dents d'une *égale* blancheur.

[1]Pantin représentant un personnage bossu du théâtre de marionettes.
[2]Couleur de suie.

LA FAUSSE MONNAIE
1864

Comme nous nous éloignions du bureau de tabac, mon ami fit un soigneux triage de sa monnaie; dans la poche gauche de son gilet il glissa de petites pièces d'or; dans la droite, de petites pièces d'argent; dans la poche gauche de sa culotte, une masse de gros sols, et enfin, dans la droite, une pièce d'argent de deux francs qu'il avait particulièrement examinée.

«Singulière et minutieuse répartition!» me dis-je en moi-même.

Nous fîmes la rencontre d'un pauvre qui nous tendit sa casquette en tremblant.

–Je ne connais rien de plus inquiétant que l'éloquence muette de ces yeux suppliants, qui contiennent à la fois, pour l'homme sensible qui sait y lire, tant d'humilité, tant de reproches. Il y trouve quelque chose approchant cette profondeur de sentiment compliqué, dans les yeux larmoyants des chiens qu'on fouette.

L'offrande de mon ami fut beaucoup plus considérable que la mienne, et je lui dis: «Vous avez raison; après le plaisir d'être étonné, il n'en est pas de plus grand que celui de causer une surprise. –C'était la pièce fausse», me répondit-il tranquillement, comme pour se justifier de sa prodigalité.

Mais dans mon misérable cerveau, toujours occupé à chercher midi à quatorze heures (de quelle fatigante faculté la nature m'a fait cadeau!), entra soudainement cette idée qu'une pareille conduite, de la part de mon ami, n'était excusable que par le désir de créer un événement dans la vie de ce pauvre diable, peut-être même de connaître les conséquences diverses, funestes ou autres, que peut engendrer une pièce fausse dans la main d'un mendiant. Ne pouvait-elle pas se multiplier en pièces vraies? ne pouvait-elle pas aussi le conduire en prison? Un cabaretier, un boulanger, par exemple, allait peut-être le faire arrêter comme faux-monnayeur ou comme propagateur de fausse monnaie. Tout aussi bien la pièce fausse serait peut-être, pour un pauvre petit spéculateur, le germe d'une richesse de quelques jours. Et ainsi ma fantaisie allait son train, prêtant des ailes à l'esprit de mon ami et tirant toutes les déductions possibles de toutes les hypothèses possibles.

Mais celui-ci rompit brusquement ma rêverie en reprenant mes propres paroles: «Oui, vous avez raison; il n'est pas de plaisir plus doux que de surprendre un homme en lui donnant plus qu'il n'espère.»

Je le regardai dans le blanc des yeux, et je fus épouvanté de voir que ses yeux brillaient d'une incontestable candeur. Je vis alors clairement qu'il avait voulu faire à la fois la charité et une bonne affaire; gagner quarante sols et le cœur de Dieu; emporter le paradis économiquement; enfin attraper gratis un brevet d'homme charitable. Je lui aurais presque pardonné le désir de la criminelle jouissance dont je le supposais tout à l'heure capable; j'aurais trouvé curieux, singulier, qu'il s'amusât à compromettre les pauvres; mais je ne lui pardonnerai jamais l'ineptie de son calcul. On n'est jamais excusable d'être méchant, mais il y a quelque mérite à savoir qu'on l'est; et le plus irréparable des vices est de faire le mal par bêtise.

Guy de Maupassant
1850-93

Des rumeurs persistantes ont laissé entendre que Flaubert était le père naturel de Maupassant. Même si c'est presque certainement faux, il reste que celui-ci a longtemps subi l'influence esthétique du Maître de Croisset, ami d'enfance de la mère de Maupassant. Auprès de Flaubert, le jeune nouvelliste a été sensibilisé à la nécessité d'une écriture de l'honnêteté devant le réel, ainsi que celle d'un style esthétique clair et nuancé. À la même époque, Maupassant étudiait chez les Pères à Yvetot et plus tard au lycée de Rouen. Il est inscrit en première année de droit lorsque la guerre franco prussienne éclate. Ensuite il gagne sa vie comme employé de ministère tout en poursuivant ses rêves d'écrivain et ses activités favorites: le canotage et la grande randonnée.

Il s'est joint aux jeunes amis de Zola dans le cadre de l'écriture du volume de nouvelles intitulé *Les Soirées de Médan* (1880), qui traite de la guerre de 1870. Sa nouvelle, «Boule de Suif», lui a valu son premier succès et a reçu un accueil favorable dans les journaux. La parution régulière de ses nouvelles lui permet bientôt de quitter son poste de fonctionnaire. Pendant les dix années de travail assidu qui ont suivi, il n'a pas cessé d'exploiter sa connaissance de la Normandie, son expérience de la guerre et celle du ministère, ainsi que les réflexions d'un jeune homme qui cherche à se divertir par l'amour et les sorties sportives.

Même si Maupassant a écrit six romans et de nombreux autres écrits, l'importance qu'on lui accorde tient surtout à ses nouvelles: il en a écrit plus de trois cents. La bibliographie des ouvrages et articles portant sur l'auteur et son œuvre recèle un mystère: pourquoi a-t-il fallu attendre la première moitié du XXe siècle pour leur porter l'attention érudite à laquelle Maupassant avait droit? Est-ce parce qu'il y avait de la gêne à traiter d'un écrivain foudroyé par des symptômes de démence et de paralysie générale? La réticence à parler de la syphilis chez l'homme s'étendait-elle à l'écrivain? Seraient-ce les préjugés souvent conçus à l'encontre du récit court qui viendraient expliquer cette lacune? Bien qu'on ne puisse pas trancher en faveur de l'une ou l'autre de ces explications, ni en avancer une nouvelle, on doit constater que depuis cinquante ans de nombreuses études sont désormais consacrées à l'œuvre de Maupassant, dont on a enfin reconnu l'importance.

Qu'il écrive sur les paysans, les fonctionnaires, les bourgeois, la petite aristocratie, les femmes, l'angoisse de l'inconnu, ou sur tout autre sujet, on constate la présence d'une compassion infinie, souvent teintée toutefois d'une ironie subtile mais mordante. Dans «Pierrot» (1882) l'humour naît de la tentation d'une paysanne de se laisser aller à l'amour, non pour un homme mais pour un chien affreusement laid. Selon les préjugés du public de l'époque, le paysan normand n'aime que son argent. Ici, Maupassant nous laisse entrevoir la lutte terrible entre le véritable amour—très humain—éprouvé par cette pauvre femme pour son roquet et toute sa formation de ladrerie qu'elle court le risque de trahir. Le lecteur comprendra pourquoi Maupassant a été accusé de cruauté et de misogynie. Mais il devrait aussi percevoir la sympathie de l'auteur qui affleure quand même derrière l'ironie.

Dans «La Folle» (1882) il n'y a pas d'humour. En très peu de mots, Maupassant place son lecteur devant l'inhumanité de l'homme. La phrase finale où le narrateur nous donne une leçon de morale fait songer par contraste aux longueurs moralisatrices de Victor Hugo. Laquelle des leçons porte le plus? L'avarice qu'on a vue dans «Pierrot» réapparaît dans «Le Parapluie» (1884). Maupassant, qui a passé ses années d'apprentissage comme fonctionnaire, ne connaissait que trop bien la mesquinerie de ses anciens confrères. Le parapluie n'est qu'un prétexte: pour M. Oreille c'est son panache qui est en jeu. Et pour Madame, c'est l'argent même.

Évidemment, on ne peut nier la folie de Maupassant à la fin de sa vie, mais les hallucinations dues à l'accident cérébral dont il a été victime ne semblent pas avoir influé sur son œuvre. Même une nouvelle illustrant la folie d'un narrateur anonyme, comme «Le Horla» (1887), montre un écrivain en pleine possession de ses facultés mentales. Sous la forme d'un journal, «Le Horla» détaille la suite des événements qui invitent à croire qu'un esprit maléfique envoûte le narrateur. On peut douter de la vraisemblance d'un personnage, qui, sous l'emprise absolue de la terreur, reste capable de si bien communiquer les sensations d'agitation et de peur qui l'animent. Je gagerais cependant que peu de lecteurs y songent. L'emploi des temps du passé sert à relater les événements et à contraster avec l'affolement désespéré du présent. Au fur et à mesure que l'influence du Horla s'intensifie et que le narrateur se sent progressivement sombrer dans l'aliénation, le monologue évolue. Les phrases se raccourcissent et alignent un nombre croissant de voyelles courtes. Les bouts de phrases incomplètes se multiplient. Même, il se peut que «le texte oblige le lecteur à considérer le monde des personnages comme un monde de personnes vivantes et hésiter entre une explication naturelle et une explication surnaturelle des événements évoqués»[1]. Maupassant s'est expliqué sur ce processus dans un article paru dans *le Gaulois* le 23 décembre 1883:

> Lentement, depuis vingt ans, le surnaturel est sorti de nos âmes. Il s'est évaporé comme s'évapore un parfum quand la bouteille est débouchée. En portant l'orifice aux narines et en aspirant longtemps, on retrouve à peine une vague senteur. C'est fini.... Mais, quand le doute eut pénétré enfin dans les esprits, l'art est devenu plus subtil. L'écrivain a cherché des nuances, a rôdé autour du surnaturel plutôt que d'y pénétrer. Il a trouvé des effets terribles

---

[1] Tzvetan Todorov, *Introduction à la littérature fantastique*, Collection Poétique (Paris: Seuil, 1970) 37-38.

en demeurant sur la limite du possible, en jetant les âmes dans l'hésitation, dans l'effarement. Le lecteur indécis ne savait plus, perdait pied comme en une eau dont le fond manque à tout instant, se raccrochant brusquement au réel pour s'enfoncer encore tout aussitôt, et se débattre de nouveau dans une confusion pénible et enfiévrant comme un cauchemar.

Pour Todorov c'est dans l'hésitation dont parle Maupassant que le fantastique réside. Le lecteur accueille-t-il pour un temps le soupçon de l'existence des «puissances inconcevables»? Il suffit d'un instant où le lecteur se met à douter pour que le fantastique joue son rôle.

BIBLIOGRAPHIE SOMMAIRE

Édition annotée

Maupassant, Guy de. *Contes et nouvelles*. Éd. Louis Forestier. Bibliothèque de la Pléiade. 2 vols. Paris: Gallimard, 1974. 1.570-75, 669-72, 1184-92; 2.913-38.

Biographie

Steegmuller, Francis. *Maupassant: A Lion in the Path*. New York: Random House, 1949.

Quelques études

Adachi, Kazuhiko. «Le Trajet vers "Le Horla"». *Études de Langue et Littérature Françaises* 85-86 (mars 2005): 89-105.

Cogman, P. W. M. «Maupassant's Inhibited Narrators». *Neophilologus* 81.1 (1997): 35-47.

Deboskre, Sylvie. «La Mère-Horla». *Cahiers Naturalistes* 73 (1999): 255-62.

Donaldson-Evans, Mary. «La Femme (r)enfermée chez Maupassant». *Maupassant et l'écriture*. Actes du Colloque de Fécamp. Éd. Louis Forestier. Paris: Nathan, 1993. 63-74.

———. «Maupassant et le carcan de la nouvelle». *Cahiers Naturalistes* 74 (2000): 75-82.

Greimas, Algirdas. *Maupassant: La Sémiotique du texte: Exercices pratiques*. Paris: Seuil, 1976.

Hadlock, Philip G. «Telling Madness and Masculinity in Maupassant's "Le Horla"». *L'Esprit créateur* 43.3 (2003): 47-56.

Maupassant, Guy de. «Le Fantastique». *Le Gaulois*, 7 octobre 1883; réimprimé dans Gérard Delaisement, éd. *Maupassant: Journaliste et chroniqueur*. Paris: Albin Michel, 1956.

———. «La Peur» (1882). *Contes et nouvelles*. 1.600-06.

Sullivan, Edward D. *Maupassant: The Short Stories*. Studies in French Literature, No. 7. Londres: Edward Arnold, 1962.

La Folle
1882

À Robert de Bonnières[1]

Tenez, dit M. Mathieu d'Endolin, les bécasses me rappellent une bien sinistre anecdote de la guerre.

Vous connaissez ma propriété dans le faubourg de Cormeil. Je l'habitais au moment de l'arrivée des Prussiens.

J'avais alors pour voisine une espèce de folle, dont l'esprit s'était égaré sous les coups du malheur. Jadis, à l'âge de vingt-cinq ans, elle avait perdu, en un seul mois, son père, son mari et son enfant nouveau-né.

Quand la mort est entrée une fois dans une maison, elle y revient presque toujours immédiatement, comme si elle connaissait la porte.

La pauvre jeune femme, foudroyée par le chagrin, prit le lit, délira pendant six semaines. Puis, une sorte de lassitude calme succédant à cette crise violente, elle resta sans mouvement, mangeant à peine, remuant seulement les yeux. Chaque fois qu'on voulait la faire lever, elle criait comme si on l'eût tuée. On la laissa donc toujours couchée, ne la tirant de ses draps que pour les soins de sa toilette et pour retourner ses matelas.

Une vieille bonne restait près d'elle, la faisant boire de temps en temps ou mâcher un peu de viande froide. Que se passait-il dans cette âme désespérée? On ne le sut jamais; car elle ne parla plus. Songeait-elle aux morts? Rêvassait-elle tristement, sans souvenir précis? Ou bien sa pensée anéantie restait-elle immobile comme de l'eau sans courant?

Pendant quinze années, elle demeura ainsi fermée et inerte.

La guerre vint; et, dans les premiers jours de décembre, les Prussiens pénétrèrent à Cormeil.

Je me rappelle cela comme d'hier. Il gelait à fendre les pierres; et j'étais étendu moi-même dans un fauteuil, immobilisé par la goutte, quand j'entendis le battement lourd et rythmé de leurs pas. De ma fenêtre, je les vis passer.

Ils défilaient interminablement, tous pareils, avec ce mouvement de pantins qui leur est particulier. Puis les chefs distribuèrent leurs hommes aux habitants. J'en eus dix-sept. La voisine, la folle, en avait douze, dont un commandant, vrai soudard, violent, bourru.

---

[1]Chroniqueur, critique, et auteur, Bonnières tenait un salon important et était connu pour son cynisme.

Pendant les premiers jours, tout se passa normalement. On avait dit à l'officier d'à côté que la dame était malade; et il ne s'en inquiéta guère. Mais bientôt cette femme qu'on ne voyait jamais l'irrita, il s'informa de la maladie; on répondit que son hôtesse était couchée depuis quinze ans par suite d'un violent chagrin. Il n'en crut rien sans doute, et s'imagina que la pauvre insensée ne quittait pas son lit par fierté, pour ne pas voir les Prussiens, et ne leur point parler, et ne les point frôler.

Il exigea qu'elle le reçut; on le fit entrer dans sa chambre. Il demanda d'un ton brusque:

«Je vous prierai, matame, de fous lever et de tescentre pour qu'on fous foie.

Elle tourna vers lui ses yeux vagues, ses yeux vides, et ne répondit pas.

Il reprit:

—Che ne tolérerai bas d'insolence. Si fous ne fous levez pas de ponne volonté, che trouverai pien un moyen de fous faire bromener toute seule.

Elle ne fit pas un geste, toujours immobile comme si elle ne l'eût pas vu.

Il rageait, prenant ce silence calme pour une marque de mépris suprême. Et il ajouta:

—Si vous n'êtes pas tescentue temain...»

Puis, il sortit.

Le lendemain, la vieille bonne, éperdue, la voulut habiller; mais la folle se mit à hurler en se débattant. L'officier monta bien vite; et la servante, se jetant à ses genoux, cria:

«Elle ne veut pas, monsieur, elle ne veut pas. Pardonnez-lui; elle est si malheureuse.»

Le soldat restait embarrassé, n'osant, malgré sa colère, la faire tirer du lit par ses hommes. Mais soudain il se mit à rire et donna des ordres en allemand.

Et bientôt on vit sortir un détachement qui soutenait un matelas comme on porte un blessé. Dans ce lit qu'on n'avait point défait, la folle, toujours silencieuse, restait tranquille, indifférente aux événements, tant qu'on la laissait couchée. Un homme par derrière portait un paquet de vêtements féminins.

Et l'officier prononça en se frottant les mains:

«Nous ferrons pien si vous poufez bas vous hapiller toute seule et faire une bétite bromenate.»

Puis on vit s'éloigner le cortège dans la direction de la forêt d'Imauville.

Deux heures plus tard les soldats revinrent tout seuls.

On ne revit plus la folle. Qu'en avaient-ils fait? Où l'avaient-ils portée! On ne le sut jamais.

La neige tombait maintenant jour et nuit, ensevelissant la plaine et les bois sous un linceul de mousse glacée. Les loups venaient hurler jusqu'à nos portes.

La pensée de cette femme perdue me hantait; et je fis plusieurs démarches auprès de l'autorité prussienne, afin d'obtenir des renseignements. Je faillis être fusillé.

Le printemps revint. L'armée d'occupation s'éloigna. La maison de ma voisine restait fermée; l'herbe drue poussait dans les allées.

La vieille bonne était morte pendant l'hiver. Personne ne s'occupait plus de cette aventure; moi seul y songeais sans cesse. Qu'avaient-ils fait de cette femme? s'était-elle enfuie à travers les bois! L'avait-on recueillie quelque part, et gardée dans un hôpital sans pouvoir obtenir d'elle aucun renseignement. Rien ne venait alléger mes doutes; mais, peu à peu, le temps apaisa le souci de mon cœur.

Or, à l'automne suivant, les bécasses passèrent en masse; et, comme ma goutte me laissait un peu de répit, je me traînai jusqu'à la forêt. J'avais déjà tué quatre ou cinq oiseaux à long bec, quand j'en abattis un qui disparut dans un fossé plein de branches. Je fus obligé d'y descendre pour y ramasser ma bête. Je la trouvai tombée auprès d'une tête de mort. Et brusquement le souvenir de la folle m'arriva dans la poitrine comme un coup de poing. Bien d'autres avaient expiré dans ces bois peut-être en cette année sinistre; mais je ne sais pas pourquoi, j'étais sûr, sûr vous dis-je, que je rencontrais la tête de cette misérable maniaque.

Et soudain je compris, je devinai tout. Ils l'avaient abandonnée sur ce matelas, dans la forêt froide et déserte; et, fidèle à son idée fixe, elle s'était laissée mourir sous l'épais et léger duvet des neiges et sans remuer le bras ou la jambe.

Puis les loups l'avaient dévorée.

Et les oiseaux avaient fait leur nid avec la laine de son lit déchiré.

J'ai gardé ce triste ossement. Et je fais des vœux pour que nos fils ne voient plus jamais de guerre.

Pierrot
1882

À Henri Roujon[1]

Madame Lefèvre était une dame de campagne, une veuve, une de ces demi-paysannes à rubans et à chapeaux à falbalas[2], de ces personnes qui parlent avec des cuirs[3], prennent en public des airs grandioses, et cachent une âme de brute prétentieuse sous des dehors comiques et chamarrés, comme elles dissimulent leurs grosses mains rouges sous des gants de soie écrue.

Elle avait pour servante une brave campagnarde toute simple, nommée Rose.

Les deux femmes habitaient une petite maison à volets verts, le long d'une route, en Normandie, au centre du pays de Caux.

Comme elles possédaient, devant l'habitation, un étroit jardin, elles cultivaient quelques légumes.

Or, une nuit, on vola une douzaine d'oignons.

Dès que Rose s'aperçut du larcin, elle courut prévenir Madame, qui descendit en jupe de laine. Ce fut une désolation et une terreur. On avait volé, volé Mme Lefèvre! Donc, on volait dans le pays, puis on pouvait revenir.

Et les deux femmes effarées contemplaient les traces de pas, bavardaient, supposaient des choses: «Tenez, ils ont passé par là. Ils ont mis leurs pieds sur le mur; ils ont sauté dans la plate-bande.»

Et elles s'épouvantaient pour l'avenir. Comment dormir tranquilles maintenant!

Le bruit du vol se répandit. Les voisins arrivèrent, constatèrent, discutèrent à leur tour, et les deux femmes expliquaient à chaque nouveau venu leurs observations et leurs idées.

Un fermier d'à côté leur offrit ce conseil: «Vous devriez avoir un chien.»

C'était vrai, cela, elles devraient avoir un chien, quand ce ne serait que pour donner l'éveil. Pas un gros chien, Seigneur! Que feraient-elles d'un gros chien! Il les ruinerait en nourriture. Mais un petit chien (en Normandie, on prononce *quin*), un petit freluquet[4] de *quin* qui jappe.

---

[1]Rédacteur à *La République des Lettres* et directeur des *Beaux-Arts*, Roujon connaissait des écrivains tels que Mallarmé, Maupassant, et Mendès.
[2]Ornements excessifs.
[3]Faute de liaison qui consiste à lier les mots avec un -d- ou un -t- incorrect.
[4]Se dit généralement d'un jeune homme: mince, chétif

Dès que tout le monde fut parti, Mme Lefèvre discuta longtemps cette idée de chien. Elle faisait, après réflexion, mille objections, terrifiée par l'image d'une jatte pleine de pâtée ; car elle était de cette race parcimonieuse de dames campagnardes qui portent toujours des centimes dans leur poche pour faire l'aumône ostensiblement aux pauvres des chemins, et donner aux quêtes du dimanche.

Rose, qui aimait les bêtes, apporta ses raisons et les défendit avec astuce. Donc, il fut décidé qu'on aurait un chien, un tout petit chien.

On se mit à sa recherche, mais on n'en trouvait que des grands, des avaleurs de soupe à faire frémir. L'épicier de Rolleville en avait bien un, un tout petit; mais il exigeait qu'on le lui payât deux francs, pour couvrir les frais d'élevage. Mme Lefèvre déclara qu'elle voulait bien nourrir un «quin», mais qu'elle n'en achèterait pas.

Or, le boulanger, qui savait les événements, apporta, un matin, dans sa voiture, un étrange petit animal tout jaune, presque sans pattes, avec un corps de crocodile, une tête de renard et une queue en trompette, un vrai panache, grand comme tout le reste de sa personne. Un client cherchait à s'en défaire. Mme Lefèvre trouva fort beau ce roquet immonde, qui ne coûtait rien. Rose l'embrassa, puis demanda comment on le nommait. Le boulanger répondit: «Pierrot.»

Il fut installé dans une vieille caisse à savon et on lui offrit d'abord de l'eau à boire. Il but. On lui présenta ensuite un morceau de pain. Il mangea. Mme Lefèvre, inquiète, eut une idée: «Quand il sera bien accoutumé à la maison, on le laissera libre. Il trouvera à manger en rôdant par le pays.»

On le laissa libre, en effet, ce qui ne l'empêcha point d'être affamé. Il ne jappait d'ailleurs que pour réclamer sa pitance ; mais, dans ce cas, il jappait avec acharnement.

Tout le monde pouvait entrer dans le jardin. Pierrot allait caresser chaque nouveau venu, et demeurait absolument muet.

Mme Lefèvre cependant s'était accoutumée à cette bête. Elle en arrivait même à l'aimer, et à lui donner de sa main, de temps en temps, des bouchées de pain trempées dans la sauce de son fricot[5].

Mais elle n'avait nullement songé à l'impôt, et quand on lui réclama huit francs—huit francs, Madame! —pour ce freluquet de *quin* qui ne jappait seulement point, elle faillit s'évanouir de saisissement.

Il fut immédiatement décidé qu'on se débarrasserait de Pierrot. Personne n'en voulut, tous les habitants le refusèrent à dix lieues aux environs. Alors on se résolut, faute d'autre moyen, à lui faire «piquer du mas.»

«Piquer du mas», c'est «manger de la marne[6].» On fait piquer du mas à tous les chiens dont on veut se débarrasser.

Au milieu d'une vaste plaine, on aperçoit une espèce de hutte, ou plutôt un tout petit toit de chaume, posé sur le sol. C'est l'entrée de la marnière. Un grand

---

[5]Repas de qualité médiocre.
[6]Mélange d'argile et de calcaire qui se trouve dans la nature et dont on se sert pour rendre les champs plus fertiles. «Piquer du mas» veut donc dire plonger Pierrot dans la marnière, pour qu'il y meure.

puits tout droit s'enfonce jusqu'à vingt mètres sous terre, pour aboutir à une série de longues galeries de mines.

On descend une fois par an dans cette carrière, à l'époque où l'on marne les terres. Tout le reste du temps, elle sert de cimetière aux chiens condamnés; et souvent, quand on passe auprès de l'orifice, des hurlements plaintifs, des aboiements furieux ou désespérés, des appels lamentables montent jusqu'à vous.

Les chiens des chasseurs et des bergers s'enfuient avec épouvante des abords de ce trou gémissant; et, quand on se penche au-dessus, il sort de là une abominable odeur de pourriture.

Des drames affreux s'y accomplissent dans l'ombre.

Quand une bête agonise depuis dix à douze jours dans le fond, nourrie par les restes immondes de ses devanciers, un nouvel animal, plus gros, plus vigoureux certainement, est précipité tout à coup. Ils sont là, seuls, affamés, les yeux luisants. Ils se guettent, se suivent, hésitent, anxieux. Mais la faim les presse; ils s'attaquent, luttent longtemps, acharnés; et le plus fort mange le plus faible, le dévore vivant.

Quand il fut décidé qu'on ferait «piquer du mas» à Pierrot, on s'enquit d'un exécuteur. Le cantonnier qui binait la route demanda dix sous pour la course. Cela parut follement exagéré à Mme Lefèvre. Le goujat du voisin se contentait de cinq sous; c'était trop encore; et, Rose ayant fait observer qu'il valait mieux qu'elles le portassent elles-mêmes, parce qu'ainsi il ne serait pas brutalisé en route et averti de son sort, il fut résolu qu'elles iraient toutes les deux à la nuit tombante.

On lui offrit, ce soir-là, une bonne soupe avec un doigt de beurre. Il l'avala jusqu'à la dernière goutte et, comme il remuait la queue de contentement, Rose le prit dans son tablier.

Elles allaient à grands pas, comme des maraudeuses, à travers la plaine. Bientôt elles aperçurent la marnière et l'atteignirent; Mme Lefèvre se pencha pour écouter si aucune bête ne gémissait. —Non —il n'y en avait pas; Pierrot serait seul. Alors Rose, qui pleurait, l'embrassa, puis le lança dans le trou, et elles se penchèrent toutes deux, l'oreille tendue.

Elles entendirent d'abord un bruit sourd, puis la plainte aiguë, déchirante, d'une bête blessée, puis une succession de petits cris de douleur, puis des appels désespérés, des supplications de chien qui implorait, la tête levée vers l'ouverture.

Il jappait, oh! il jappait!

Elles furent saisies de remords, d'épouvante, d'une peur folle et inexplicable, et elles se sauvèrent en courant. Et, comme Rose allait plus vite, Mme Lefèvre criait: «Attendez-moi, Rose, attendez-moi!»

Leur nuit fut hantée de cauchemars épouvantables.

Mme Lefèvre rêva qu'elle s'asseyait à table pour manger la soupe, mais, quand elle découvrait la soupière, Pierrot était dedans. Il s'élançait et la mordait au nez.

Elle se réveilla et crut l'entendre japper encore. Elle écouta; elle s'était trompée.

Elle s'endormit de nouveau et se trouva sur une grande route, une route interminable, qu'elle suivait. Tout à coup, au milieu du chemin, elle aperçut un panier, un grand panier de fermier, abandonné, et ce panier lui faisait peur.

Elle finissait cependant par l'ouvrir, et Pierrot, blotti dedans, lui saisissait la main, ne la lâchait plus, et elle se sauvait éperdue, portant ainsi au bout du bras le chien suspendu, la gueule serrée.

Au petit jour, elle se leva, presque folle, et courut à la marnière.

Il jappait; il jappait encore, il avait jappé toute la nuit. Elle se mit à sangloter et l'appela avec mille petits noms caressants. Il répondit avec toutes les inflexions tendres de sa voix de chien.

Alors elle voulut le revoir, se promettant de le rendre heureux jusqu'à sa mort.

Elle courut chez le puisatier chargé de l'extraction de la marne, et elle lui raconta son cas. L'homme écoutait sans rien dire. Quand elle eut fini, il prononça: «Vous voulez votre quin? Ce sera quatre francs.»

Elle eut un sursaut, toute sa douleur s'envola du coup.

—Quatre francs! vous vous en feriez mourir! quatre francs!

Il répondit: —Vous croyez que j'vas apporter mes cordes, mes manivelles, et monter tout ça, et m' n'aller là-bas avec mon garçon et m' faire mordre encore par votre maudit quin, pour l' plaisir de vous le r' donner? fallait pas l' jeter.

Elle s'en alla, indignée. —Quatre francs!»

Aussitôt rentrée, elle appela Rose et lui dit les prétentions du puisatier. Rose, toujours résignée, répétait: «Quatre francs! c'est de l'argent, madame.»

Puis, elle ajouta: —Si on lui jetait à manger, à ce pauvre quin, pour qu'il ne meure pas comme ça?»

Mme Lefèvre approuva, toute joyeuse; et les voilà reparties, avec un gros morceau de pain beurré.

Elles le coupèrent par bouchées qu'elles lançaient l'une après l'autre, parlant tour à tour à Pierrot. Et sitôt que le chien avait achevé un morceau, il jappait pour réclamer le suivant.

Elles revinrent le soir, puis le lendemain, tous les jours. Mais elles ne faisaient plus qu'un voyage.

Or, un matin, au moment de laisser tomber la première bouchée, elles entendirent tout à coup un aboiement formidable dans le puits. Ils étaient deux. On avait précipité un autre chien, un gros!

Rose cria: «Pierrot!» Et Pierrot jappa, jappa. Alors on se mit à jeter la nourriture; mais, chaque fois elles distinguaient parfaitement une bousculade terrible, puis les cris plaintifs de Pierrot mordu par son compagnon, qui mangeait tout, étant le plus fort.

Elles avaient beau spécifier: «C'est pour toi, Pierrot!» Pierrot, évidemment, n'avait rien.

Les deux femmes interdites, se regardaient; et Mme Lefèvre prononça d'un ton aigre: «Je ne peux pourtant pas nourrir tous les chiens qu'on jettera là-dedans. Il faut y renoncer.»

Et, suffoquée à l'idée de tous ces chiens vivants à ses dépens, elle s'en alla, emportant même ce qui restait du pain qu'elle se mit à manger en marchant.

Rose la suivit en s'essuyant les yeux du coin de son tablier bleu.

LE PARAPLUIE
1884

À Camille Oudinot[1]

Mme Oreille était économe. Elle savait la valeur d'un sou et possédait un arsenal de principes sévères sur la multiplication de l'argent. Sa bonne, assurément, avait grand mal à faire danser l'anse du panier[2]; et M. Oreille n'obtenait sa monnaie de poche qu'avec une extrême difficulté. Ils étaient à leur aise, pourtant, et sans enfants; mais Mme Oreille éprouvait une vraie douleur à voir les pièces blanches[3] sortir de chez elle. C'était comme une déchirure pour son cœur; et, chaque fois qu'il lui avait fallu faire une dépense de quelque importance, bien qu'indispensable, elle dormait fort mal la nuit suivante.

Oreille répétait sans cesse à sa femme:
«Tu devrais avoir la main plus large, puisque nous ne mangeons jamais nos revenus.
Elle répondait:
—On ne sait jamais ce qui peut arriver. Il vaut mieux avoir plus que moins.»
C'était une petite femme de quarante ans, vive, ridée, propre et souvent irritée. Son mari, à tout moment, se plaignait des privations qu'elle lui faisait endurer. Il en était certaines qui lui devenaient particulièrement pénibles, parce qu'elles atteignaient sa vanité.

Il était commis principal au ministère de la Guerre, demeuré là uniquement pour obéir à sa femme, pour augmenter les rentes inutilisées de la maison.

Or, pendant deux ans, il vint au bureau avec le même parapluie rapiécé qui donnait à rire à ses collègues. Las enfin de leurs quolibets, il exigea que Mme Oreille lui achetât un nouveau parapluie. Elle en prit un de huit francs cinquante, article de réclame d'un grand magasin. Les employés en apercevant cet objet jeté dans Paris par milliers recommencèrent leurs plaisanteries, et Oreille en souffrit horriblement. Le parapluie ne valait rien. En trois mois, il fut hors de service, et la gaieté devint générale dans le ministère. On fit même une chanson qu'on entendait du matin au soir, du haut en bas de l'immense bâtiment.

---

[1]Oudinot était dramaturge et romancier, grand ami de Maupassant.
[2]Faire un profit illicite sur l'achat des denrées. Littré cite comme exemple *La Maltôt des cuisinières*: «[Certaines servantes] qui, pour soutenir l'éclat de leurs atours, / Sur l'anse du panier faisaient d'habiles tours.»
[3]Pièces d'argent de faible valeur.

Oreille, exaspéré, ordonna à sa femme de lui choisir un nouveau riflard[4], en soie fine, de vingt francs, et d'apporter une facture justificative.

Elle en acheta un de dix-huit francs, et déclara, rouge d'irritation, en le remettant à son époux:

« Tu en as là pour cinq ans au moins.»

Oreille, triomphant, obtint un vrai succès au bureau.

Lorsqu'il rentra le soir, sa femme, jetant un regard inquiet sur le parapluie, lui dit:

« Tu ne devrais pas le laisser serré avec l'élastique, c'est le moyen de couper la soie. C'est à toi d'y veiller, parce que je ne t'en achèterai pas un de sitôt.»

Elle le prit, dégrafa l'anneau et secoua les plis. Mais elle demeura saisie d'émotion. Un trou rond, grand comme un centime, lui apparut au milieu du parapluie. C'était une brûlure de cigare!

Elle balbutia:

«Qu'est-ce qu'il a?

Son mari répondit tranquillement, sans regarder:

—Qui, quoi? Que veux-tu dire?

La colère l'étranglait maintenant; elle ne pouvait plus parler:

—Tu... tu... tu as brûlé... ton... ton... parapluie. Mais tu... tu... tu es donc fou!... Tu veux nous ruiner!

Il se retourna, se sentant pâlir:

—Tu dis?

—Je dis que tu as brûlé ton parapluie. Tiens!...

Et, s'élançant vers lui comme pour le battre, elle lui mit violemment sous le nez la petite brûlure circulaire.

Il restait éperdu devant cette plaie, bredouillant:

—Ça, ça... qu'est-ce que c'est? Je ne sais pas, moi! Je n'ai rien fait, rien, je te le jure. Je ne sais pas ce qu'il a, moi, ce parapluie?

Elle criait maintenant:

—Je parie que tu as fait des farces avec lui dans ton bureau, que tu as fait le saltimbanque, que tu l'as ouvert pour le montrer.

Il répondit:

—Je l'ai ouvert une seule fois pour montrer comme il était beau. Voilà tout. Je te le jure.»

Mais elle trépignait de fureur, et elle lui fit une de ces scènes conjugales qui rendent le foyer familial plus redoutable pour un homme pacifique qu'un champ de bataille où pleuvent les balles.

Elle ajusta une pièce avec un morceau de soie coupé sur l'ancien parapluie, qui était de couleur différente; et, le lendemain, Oreille partit, d'un air humble, avec l'instrument raccommodé. Il le posa dans son armoire et n'y pensa plus que comme on pense à quelque mauvais souvenir.

---

[4]Mot familier de l'époque. Riflard est le nom d'un personnage qui, dans une comédie de Picard, *La Petite Ville* (1801), paraît sur scène avec un énorme parapluie.

Mais, à peine fut-il rentré, le soir, sa femme lui saisit son parapluie dans les mains, l'ouvrit pour constater son état, et demeura suffoquée devant un désastre irréparable. Il était criblé de petits trous provenant évidemment de brûlures, comme si on eût vidé dessus la cendre d'une pipe allumée. Il était perdu, perdu sans remède. Elle contemplait cela sans dire un mot, trop indignée pour qu'un son pût sortir de sa gorge. Lui aussi, il constatait le dégât et il restait stupide, épouvanté, consterné.

Puis ils se regardèrent; puis il baissa les yeux; puis il reçut par la figure l'objet crevé qu'elle lui jetait; puis elle cria, retrouvant sa voix dans un emportement de fureur:

«Ah! canaille! canaille! Tu en as fait exprès! Mais tu me le payeras! Tu n'en auras plus...»

Et la scène recommença. Après une heure de tempête, il put enfin s'expliquer. Il jura qu'il n'y comprenait rien; que cela ne pouvait provenir que de malveillance ou de vengeance.

Un coup de sonnette le délivra. C'était un ami qui devait dîner chez eux.

Mme Oreille lui soumit le cas. Quant à acheter un nouveau parapluie, c'était fini, son mari n'en aurait plus.

L'ami argumenta avec raison:

«Alors, madame, il perdra ses habits, qui valent certes davantage.

La petite femme, toujours furieuse, répondit:

—Alors, il prendra un parapluie de cuisine, je ne lui en donnerai pas un nouveau en soie.

À cette pensée, Oreille se révolta.

—Alors je donnerai ma démission, moi! Mais je n'irai pas au ministère avec un parapluie de cuisine.

L'ami reprit:

—Faites recouvrir celui-là, ça ne coûte pas très cher.

Mme Oreille exaspérée balbutiait:

—Il faut au moins huit francs pour le faire recouvrir. Huit francs et dix-huit, cela fait vingt-six! Vingt-six francs pour un parapluie, mais c'est de la folie! c'est de la démence!

L'ami, bourgeois pauvre, eut une inspiration:

—Faites-le payer par votre assurance. Les compagnies paient les objets brûlés, pourvu que le dégât ait eu lieu dans votre domicile.

À ce conseil, la petite femme se calma net; puis, après une minute de réflexion, elle dit à son mari:

—Demain, avant de te rendre à ton ministère, tu iras dans les bureaux de *La Maternelle* faire constater l'état de ton parapluie et réclamer le payement.

M. Oreille eut un soubresaut.

—Jamais de la vie je n'oserai! C'est dix-huit francs de perdus, voilà tout. Nous n'en mourrons pas.»

Et il sortit le lendemain avec une canne. Il faisait beau heureusement.

Restée seule à la maison, Mme Oreille ne pouvait se consoler de la perte de ses dix-huit francs. Elle avait le parapluie sur la table de la salle à manger, et elle tournait autour, sans parvenir à prendre une résolution.

La pensée de l'Assurance lui revenait à tout instant, mais elle n'osait pas non plus affronter les regards railleurs des messieurs qui la recevraient, car elle était timide devant le monde, rougissant pour un rien, embarrassée dès qu'il lui fallait parler à des inconnus.

Cependant le regret des dix-huit francs la faisait souffrir comme une blessure. Elle n'y voulait plus songer, et sans cesse le souvenir de cette perte la martelait douloureusement. Que faire cependant? Les heures passaient; elle ne se décidait à rien. Puis, tout à coup, comme les poltrons qui deviennent crânes, elle prit sa résolution.

«J'irai, et nous verrons bien!»

Mais il lui fallait d'abord préparer le parapluie pour que le désastre fût complet et la cause facile à soutenir. Elle prit une allumette sur la cheminée et fit, entre les baleines, une grande brûlure, large comme la main; puis elle roula délicatement ce qui restait de la soie, la fixa avec le cordelet élastique, mit son châle et son chapeau, et descendit d'un pied pressé vers la rue de Rivoli où se trouvait l'Assurance.

Mais, à mesure qu'elle approchait, elle ralentissait le pas. Qu'allait-elle dire? Qu'allait-on lui répondre?

Elle regardait les numéros des maisons. Elle en avait encore vingt-huit. Très bien! elle pouvait réfléchir. Elle allait de moins en moins vite. Soudain elle tressaillit. Voici la porte, sur laquelle brille en lettres d'or: «*La Maternelle*, Compagnie d'Assurances contre l'incendie.» Déjà! Elle s'arrêta une seconde, anxieuse, honteuse, puis passa, puis revint, puis passa de nouveau, puis revint encore.

Elle se dit enfin:

«Il faut y aller, pourtant. Mieux vaut plus tôt que plus tard.»

Mais, en pénétrant dans la maison, elle s'aperçut que son cœur battait.

Elle entra dans une vaste pièce avec des guichets tout autour; et, par chaque guichet, on apercevait une tête d'homme dont le corps était masqué par un treillage.

Un monsieur parut, portant des papiers. Elle s'arrêta et, d'une petite voix timide:

«Pardon, monsieur, pourriez-vous me dire où il faut s'adresser pour se faire rembourser les objets brûlés?»

Il répondit, avec un timbre sonore:

—Premier, à gauche. Au bureau des sinistres.»

Ce mot l'intimida davantage encore; et elle eut envie de se sauver, de ne rien dire, de sacrifier ses dix-huit francs. Mais à la pensée de cette somme, un peu de courage lui revint, et elle monta, essoufflée, s'arrêtant à chaque marche.

Au premier, elle aperçut une porte, elle frappa. Une voix claire cria:

«Entrez!»

Elle entra, et se vit dans une grande pièce où trois messieurs, debout, décorés, solennels, causaient.

Un d'eux lui demanda:

«Que désirez-vous, madame?

Elle ne trouvait plus ses mots, elle bégaya
—Je viens... je viens... pour... pour un sinistre.
Le monsieur, poli, montra un siège.
—Donnez-vous la peine de vous asseoir, je suis à vous dans une minute.»
Et, retournant vers les deux autres, il reprit la conversation.
«La Compagnie, messieurs, ne se croit pas engagée envers vous pour plus de quatre cent mille francs. Nous ne pouvons admettre vos revendications pour les cent mille francs que vous prétendez nous faire payer en plus. L'estimation d'ailleurs...
Un des deux autres l'interrompit:
—Cela suffit, monsieur, les tribunaux décideront. Nous n'avons plus qu'à nous retirer.»
Et ils sortirent après plusieurs saluts cérémonieux.
Oh! si elle avait osé partir avec eux, elle l'aurait fait; elle aurait fui, abandonnant tout! Mais le pouvait-elle? Le monsieur revint et, s'inclinant:
«Qu'y a-t-il pour votre service, madame?
Elle articula péniblement:
—Je viens pour... pour ceci.
Le directeur baissa les yeux, avec un étonnement naïf, vers l'objet qu'elle lui tendait.
Elle essayait, d'une main tremblante, de détacher l'élastique. Elle y parvint après quelques efforts, et ouvrit brusquement le squelette loqueteux du parapluie.
L'homme prononça, d'un ton compatissant:
—Il me paraît bien malade.
Elle déclara avec hésitation:
—Il m'a coûté vingt francs.
Il s'étonna:
—Vraiment! Tant que ça?
—Oui, il était excellent. Je voulais vous faire constater son état.
—Fort bien; je vois. Fort bien. Mais je ne saisis pas en quoi cela peut me concerner.
Une inquiétude la saisit. Peut-être cette compagnie-là ne payait-elle pas les menus objets, et elle dit:
—Mais... il est brûlé...
Le monsieur ne nia pas:
—Je le vois bien.
Elle restait bouche béante, ne sachant plus que dire; puis, soudain, comprenant son oubli, elle prononça avec précipitation:
—Je suis Mme Oreille. Nous sommes assurés à *La Maternelle*; et je viens vous réclamer le prix de ce dégât.
Elle se hâta d'ajouter dans la crainte d'un refus positif:
—Je demande seulement que vous le fassiez recouvrir.
Le directeur, embarrassé, déclara:
—Mais... madame... nous ne sommes pas marchands de parapluies. Nous ne pouvons nous charger de ces genres de réparations.

La petite femme sentait l'aplomb lui revenir. Il fallait lutter. Elle lutterait donc! Elle n'avait plus peur; elle dit:

—Je demande seulement le prix de la réparation. Je la ferai bien faire moi-même.

Le monsieur semblait confus:

—Vraiment, madame c'est bien peu. On ne nous demande jamais d'indemnité pour des accidents d'une si minime importance. Nous ne pouvons rembourser, convenez-en, les mouchoirs, les gants, les balais, les savates, tous les petits objets qui sont exposés chaque jour à subir des avaries par la flamme.

Elle devint rouge, sentant la colère l'envahir:

—Mais, monsieur, nous avons eu au mois de décembre dernier, un feu de cheminée qui nous a causé au moins pour cinq cents francs de dégâts; M. Oreille n'a rien réclamé à la compagnie; aussi il est bien juste aujourd'hui qu'elle me paie mon parapluie!

Le directeur, devinant le mensonge, dit en souriant:

—Vous avouerez, madame, qu'il est bien étonnant que M. Oreille, n'ayant rien demandé pour un dégât de cinq cents francs, vienne réclamer une réparation de cinq ou six francs pour un parapluie.

Elle ne se troubla point et répliqua:

—Pardon, monsieur, le dégât de cinq cents francs concernait la bourse de M. Oreille, tandis que le dégât de dix-huit francs concerne la bourse de Mme Oreille, ce qui n'est pas la même chose.

Il vit qu'il ne s'en débarrasserait pas et qu'il allait perdre sa journée, et il demanda avec résignation:

—Veuillez me dire alors comment l'accident est arrivé.

Elle sentit la victoire et se mit à raconter:

—Voilà, monsieur: j'ai dans mon vestibule une espèce de chose en bronze où l'on pose les parapluies et les cannes. L'autre jour donc, en rentrant, je plaçai dedans celui-là. Il faut vous dire qu'il y a juste au-dessus une planchette pour mettre les bougies et les allumettes. J'allonge le bras et je prends quatre allumettes. J'en frotte une; elle rate. J'en frotte une autre; elle s'allume et s'éteint aussitôt. J'en frotte une troisième; elle en fait autant.

Le directeur l'interrompit pour placer un mot d'esprit.

—C'étaient donc des allumettes du gouvernement?

Elle ne comprit pas, et continua:

—Ça se peut bien. Toujours est-il que la quatrième prit feu et j'allumai ma bougie; puis je rentrai dans ma chambre pour me coucher. Mais au bout d'un quart d'heure, il me sembla qu'on sentait le brûlé: Moi j'ai toujours peur du feu. Oh! si nous avons jamais un sinistre, ce ne sera pas ma faute! Surtout depuis le feu de cheminée dont je vous ai parlé, je ne vis pas. Je me relève donc, je sors, je cherche, je sens partout comme un chien de chasse, et je m'aperçois enfin que mon parapluie brûle. C'est probablement une allumette qui était tombée dedans. Vous voyez dans quel état ça l'a mis...

Le directeur en avait pris son parti; il demanda:
—À combien estimez-vous le dégât?
Elle demeura sans parole, n'osant pas fixer un chiffre. Puis elle dit, voulant être large:
—Faites-le réparer vous-même. Je m'en rapporte à vous.
Il refusa:
—Non, madame, je ne peux pas. Dites-moi combien vous demandez.
—Mais... il me semble... que... Tenez, monsieur, je ne veux pas gagner sur vous, moi... nous allons faire une chose. Je porterai mon parapluie chez un fabricant qui le recouvrira en bonne soie, en soie durable, et je vous apporterai la facture. Ça vous va-t-il?
—Parfaitement, madame; c'est entendu. Voici un mot pour la caisse, qui remboursera votre dépense.»

Et il tendit une carte à Mme Oreille, qui la saisit, puis se leva et sortit en remerciant, ayant hâte d'être dehors, de crainte qu'il ne changeât d'avis.

Elle allait maintenant d'un pas gai par la rue, cherchant un marchand de parapluies qui lui parût élégant. Quand elle eut trouvé une boutique d'allure riche, elle entra et dit, d'une voix assurée:

«Voici un parapluie à recouvrir en soie, en très bonne soie. Mettez-y ce que vous avez de meilleur. Je ne regarde pas au prix.»

Le Horla
(Seconde version)[1]
1887

. . . .

8 mai. —Quelle journée admirable! J'ai passé toute la matinée étendu sur l'herbe, devant ma maison, sous l'énorme platane qui la couvre, l'abrite et l'ombrage tout entière. J'aime ce pays, et j'aime y vivre parce que j'y ai mes racines, ces profondes et délicates racines, qui attachent un homme à la terre où sont nés et morts ses aïeux, qui l'attachent à ce qu'on pense et à ce qu'on mange, aux usages comme aux nourritures, aux locutions locales, aux intonations des paysans, aux odeurs du sol, des villages et de l'air lui-même.

J'aime ma maison où j'ai grandi. De mes fenêtres, je vois la Seine qui coule, le long de mon jardin, derrière la route, presque chez moi, la grande et large Seine, qui va de Rouen au Havre, couverte de bateaux qui passent.

À gauche, là-bas, Rouen, la vaste ville aux toits bleus, sous le peuple pointu des clochers gothiques. Ils sont innombrables, frêles ou larges, dominés par la flèche de fonte de la cathédrale, et pleins de cloches qui sonnent dans l'air bleu des belles matinées, jetant jusqu'à moi leur doux et lointain bourdonnement de fer, leur chant d'airain que la brise m'apporte, tantôt plus fort et tantôt plus affaibli, suivant qu'elle s'éveille ou s'assoupit.

Comme il faisait bon ce matin!

Vers onze heures, un long convoi de navires, traînés par un remorqueur, gros comme une mouche, et qui râlait de peine en vomissant une fumée épaisse, défila devant ma grille.

Après deux goélettes anglaises, dont le pavillon rouge ondoyait sur le ciel, venait un superbe trois-mâts brésilien, tout blanc, admirablement propre et luisant. Je le saluai, je ne sais pourquoi, tant ce navire me fit plaisir à voir.

12 mai. —J'ai un peu de fièvre depuis quelques jour; je me sens souffrant, ou plutôt je me sens triste.

D'où viennent ces influences mystérieuses qui changent en découragement notre bonheur et notre confiance en détresse? On dirait que l'air, l'air invisible est plein d'inconnaissables Puissances, dont nous subissons les voisinages mystérieux.

[1]Maupassant a publié la première version dans le *Gil Blas* du 26 octobre 1886 puis l'a retravaillée et incorporée l'année suivante dans le recueil intitulé *Le Horla*.

Je m'éveille plein de gaieté, avec des envies de chanter dans la gorge. —Pourquoi? —Je descends le long de l'eau; et soudain, après une courte promenade, je rentre désolé, comme si quelque malheur m'attendait chez moi. —Pourquoi?—Est-ce un frisson de froid qui, frôlant ma peau, a ébranlé mes nerfs et assombri mon âme? Est-ce la forme des nuages, ou la couleur du jour, la couleur des choses, si variable, qui, passant par mes yeux, a troublé ma pensée? Sait-on? Tout ce qui nous entoure, tout ce que nous voyons sans le regarder, tout ce que nous frôlons sans le connaître, tout ce que nous touchons sans le palper, tout ce que nous rencontrons sans le distinguer, a sur nous, sur nos organes et, par eux, sur nos idées, sur notre cœur lui-même, des effets rapides, surprenants et inexplicables?

Comme il est profond, ce mystère de l'Invisible! Nous ne le pouvons sonder avec nos sens misérables, avec nos yeux qui ne savent apercevoir ni le trop petit, ni le trop grand, ni le trop près, ni le trop loin, ni les habitants d'une étoile, ni les habitants d'une goutte d'eau... avec nos oreilles qui nous trompent, car elles nous transmettent les vibrations de l'air en notes sonores. Elles sont des fées qui font ce miracle de changer en bruit ce mouvement et par cette métamorphose donnent naissance à la musique, qui rend chantante l'agitation muette de la nature... avec notre odorat, plus faible que celui du chien... avec notre goût, qui peut à peine discerner l'âge d'un vin!

Ah! si nous avions d'autres organes qui accompliraient en notre faveur d'autres miracles, que de choses nous pourrions découvrir encore autour de nous!

16 mai. —Je suis malade, décidément! je me portais si bien le mois dernier! J'ai la fièvre, une fièvre atroce, ou plutôt un énervement fiévreux, qui rend mon âme aussi souffrante que mon corps! J'ai sans cesse cette sensation affreuse d'un danger menaçant, cette appréhension d'un malheur qui vient ou de la mort qui approche, ce pressentiment qui est sans doute l'atteinte d'un mal encore inconnu, germant dans le sang et dans la chair.

18 mai. —Je viens d'aller consulter mon médecin, car je ne pouvais plus dormir. Il m'a trouvé le pouls rapide, l'œil dilaté, les nerfs vibrants, mais sans aucun symptôme alarmant. Je dois me soumettre aux douches et boire du bromure de potassium.

25 mai. —Aucun changement! Mon état, vraiment, est bizarre. À mesure qu'approche le soir, une inquiétude incompréhensible m'envahit, comme si la nuit cachait pour moi une menace terrible. Je dîne vite, puis j'essaye de lire; mais je ne comprends pas les mots; je distingue à peine les lettres. Je marche alors dans mon salon de long en large, sous l'oppression d'une crainte confuse et irrésistible, la crainte du sommeil et la crainte du lit.

Vers dix heures, je monte dans ma chambre. À peine entré, je donne deux tours de clef, et je pousse les verrous; j'ai peur... de quoi?... Je ne redoutais rien jusqu'ici... j'ouvre mes armoires, je regarde sous mon lit; j'écoute... j'écoute...

quoi?... Est-ce étrange qu'un simple malaise, un trouble de la circulation peut-être, l'irritation d'un filet nerveux, un peu de congestion, une toute petite perturbation dans le fonctionnement si imparfait et si délicat de notre machine vivante, puisse faire un mélancolique du plus joyeux des hommes, et un poltron du plus brave? Puis, je me couche, et j'attends le sommeil comme on attendrait le bourreau. Je l'attends avec l'épouvante de sa venue, et mon cœur bat, et mes jambes frémissent; et tout mon corps tressaille dans la chaleur des draps, jusqu'au moment où je tombe tout à coup dans le repos, comme on tomberait pour s'y noyer, dans un gouffre d'eau stagnante. Je ne le sens pas venir, comme autrefois, ce sommeil perfide, caché près de moi, qui me guette, qui va me saisir par la tête, me fermer les yeux, m'anéantir.

Je dors—longtemps—deux ou trois heures—puis un rêve—non—un cauchemar m'étreint. Je sens bien que je suis couché et que je dors... je le sens et je le sais... et je sens aussi que quelqu'un s'approche de moi, me regarde, me palpe, monte sur mon lit, s'agenouille sur ma poitrine, me prend le cou entre ses mains et serre... serre... de toute sa force pour m'étrangler.

Moi, je me débats, lié par cette impuissance atroce, qui nous paralyse dans les songes; je veux crier, —je ne peux pas; —je veux remuer, —je ne peux pas; —j'essaye, avec des efforts affreux, en haletant, de me tourner, de rejeter cet être qui m'écrase et qui m'étouffe, —je ne peux pas!

Et soudain, je m'éveille, affolé, couvert de sueur. J'allume une bougie. Je suis seul.

Après cette crise, qui se renouvelle toutes les nuits, je dors enfin, avec calme, jusqu'à l'aurore.

2 juin. —Mon état s'est encore aggravé. Qu'ai-je donc? Le bromure n'y fait rien; les douches n'y font rien. Tantôt, pour fatiguer mon corps, si las pourtant, j'allai faire un tour dans la forêt de Roumare. Je crus d'abord que l'air frais, léger et doux, plein d'odeur d'herbes et de feuilles, me versait aux veines un sang nouveau, au cœur une énergie nouvelle. Je pris une grande avenue de chasse, puis je tournai vers La Bouille, par une allée étroite, entre deux armées d'arbres démesurément hauts qui mettaient un toit vert, épais, presque noir, entre le ciel et moi.

Un frisson me saisit soudain, non pas un frisson de froid, mais un étrange frisson d'angoisse.

Je hâtai le pas, inquiet d'être seul dans ce bois, apeuré sans raison, stupidement, par la profonde solitude. Tout à coup, il me sembla que j'étais suivi, qu'on marchait sur mes talons, tout près, à me toucher.

Je me retournai brusquement. J'étais seul. Je ne vis derrière moi que la droite et large allée, vide, haute, redoutablement vide; et de l'autre côté elle s'étendait aussi à perte de vue, toute pareille, effrayante.

Je fermai les yeux. Pourquoi? Et je me mis à tourner sur un talon, très vite, comme une toupie. Je faillis tomber ; je rouvris les yeux; les arbres dansaient, la terre flottait; je dus m'asseoir. Puis, ah! je ne savais plus par où j'étais venu! Bizarre idée! Bizarre! Bizarre idée! Je ne savais plus du tout. Je partis par le côté qui se trouvait à ma droite, et je revins dans l'avenue qui m'avait amené au milieu de la forêt.

3 juin. La nuit a été horrible. Je vais m'absenter pendant quelques semaines. Un petit voyage, sans doute, me remettra.

2 juillet. —Je rentre. Je suis guéri. J'ai fait d'ailleurs une excursion charmante. J'ai visité le mont Saint-Michel que je ne connaissais pas. Quelle vision, quand on arrive, comme moi à Avranches, vers la fin du jour! La ville est sur une colline; et on me conduisit dans le jardin public, au bout de la cité. Je poussai un cri d'étonnement. Une baie démesurée s'étendait devant moi, à perte de vue, entre deux côtes écartées se perdant au loin dans les brumes; et au milieu de cette immense baie jaune, sous un ciel d'or et de clarté, s'élevait sombre et pointu un mont étrange, au milieu des sables. Le soleil venait de disparaître, et sur l'horizon encore flamboyant se dessinait le profil de ce fantastique rocher qui porte sur son sommet un fantastique monument.

Dès l'aurore, j'allai vers lui. La mer était basse, comme la veille au soir, et je regardais se dresser devant moi, à mesure que j'approchais d'elle, la surprenante abbaye. Après plusieurs heures de marche, j'atteignis l'énorme bloc de pierres qui porte la petite cité dominée par la grande église. Ayant gravi la rue étroite et rapide, j'entrai dans la plus admirable demeure gothique construite pour Dieu sur la terre, vaste comme une ville, pleine de salles basses écrasées sous des voûtes et de hautes galeries que soutiennent de frêles colonnes. J'entrai dans ce gigantesque bijou de granit, aussi léger qu'une dentelle, couvert de tours, de sveltes clochetons, où montent des escaliers tordus, et qui lancent dans le ciel bleu des jours, dans le ciel noir des nuits, leurs têtes bizarres hérissées de chimères, de diables, de bêtes fantastiques, de fleurs monstrueuses, et reliés l'un à l'autre par de fines arches ouvragées.

Quand je fus sur le sommet, je dis au moine qui m'accompagnait: «Mon Père, comme vous devez être bien ici!

Il répondit: —Il y a beaucoup de vent, Monsieur»; et nous nous mîmes à causer en regardant monter la mer, qui courait sur le sable et le couvrait d'une cuirasse d'acier.

Et le moine me conta des histoires, toutes les vieilles histoires de ce lieu, des légendes, toujours des légendes.

Une d'elles me frappa beaucoup. Les gens du pays, ceux du mont, prétendent qu'on entend parler la nuit dans les sables, puis qu'on entend bêler deux chèvres, l'une avec une voix forte, l'autre avec une voix faible. Les incrédules affirment que ce sont les cris des oiseaux de mer, qui ressemblent tantôt à des bêlements, et tantôt à des plaintes humaines; mais les pêcheurs attardés jurent avoir rencontré, rôdant sur les dunes, entre deux marées, autour de la petite ville jetée ainsi loin du monde, un vieux berger, dont on ne voit jamais la tête couverte de son manteau, et qui conduit, en marchant devant eux, un bouc à figure d'homme et une chèvre à figure de femme, tous deux avec de longs cheveux blancs et parlant sans cesse, se querellant dans une langue inconnue, puis cessant soudain de crier pour bêler de toute leur force.

Je dis au moine: «Y croyez-vous?

Il murmura: —Je ne sais pas.
 Je repris: —S'il existait sur la terre d'autres êtres que nous, comment ne les connaîtrions-nous point depuis longtemps; comment ne les auriez-vous pas vus, vous? comment ne les aurais-je pas vus, moi?
 Il répondit: —Est-ce que nous voyons la cent millième partie de ce qui existe? Tenez, voici le vent, qui est la plus grande force de la nature, qui renverse les hommes, abat les édifices, déracine les arbres, soulève la mer en montagnes d'eau, détruit les falaises, et jette aux brisants les grands navires, le vent qui tue, qui siffle, qui gémit, qui mugit, —l'avez-vous vu, et pouvez-vous le voir? il existe, pourtant.»
 Je me tus devant ce simple raisonnement. Cet homme était un sage ou peut-être un sot. Je ne l'aurais pu affirmer au juste; mais je me tus. Ce qu'il disait là, je l'avais pensé souvent.

 3 juillet. —J'ai mal dormi; certes, il y a ici une influence fiévreuse, car mon cocher souffre du même mal que moi. En rentrant hier, j'avais remarqué sa pâleur singulière. Je lui demandai:
 «Qu'est-ce que vous avez, Jean?
 —J'ai que je ne peux plus me reposer, Monsieur, ce sont mes nuits qui mangent mes jours. Depuis le départ de Monsieur, cela me tient comme un sort.»
 Les autres domestiques vont bien cependant, mais j'ai grand'peur d'être repris, moi.

 4 juillet. —Décidément, je suis repris. Mes cauchemars anciens reviennent. Cette nuit, j'ai senti quelqu'un accroupi sur moi, et qui, sa bouche sur la mienne, buvait ma vie entre mes lèvres. Oui, il la puisait dans ma gorge, comme aurait fait une sangsue. Puis il s'est levé, repu, et moi je me suis réveillé, tellement meurtri, brisé, anéanti, que je ne pouvais plus remuer. Si cela continue encore quelques jours, je repartirai certainement.

 5 juillet. —Ai-je perdu la raison? Ce qui s'est passé, ce que j'ai vu la nuit dernière est tellement étrange, que ma tête s'égare quand j'y songe!
 Comme je le fais maintenant chaque soir, j'avais fermé ma porte à clef; puis, ayant soif, je bus un demi-verre d'eau, et je remarquai par hasard que ma carafe était pleine jusqu'au bouchon de cristal.
 Je me couchai ensuite et je tombai dans un de mes sommeils épouvantables, dont je fus tiré au bout de deux heures environ par une secousse plus affreuse encore.
 Figurez-vous un homme qui dort, qu'on assassine, et qui se réveille avec un couteau dans le poumon, et qui râle couvert de sang, et qui ne peut plus respirer, et qui va mourir, et qui ne comprend pas—voilà.
 Ayant enfin reconquis ma raison, j'eus soif de nouveau; j'allumai une bougie et j'allai vers la table où était posée ma carafe. Je la soulevai en la penchant sur mon verre; rien ne coula. —Elle était vide! Elle était vide complètement! D'abord, je n'y compris rien; puis, tout à coup, je ressentis une émotion si terrible, que je dus

m'asseoir, ou plutôt, que je tombai sur une chaise! puis, je me redressai d'un saut pour regarder autour de moi! puis je me rassis, éperdu d'étonnement et de peur, devant le cristal transparent! Je le contemplais avec des yeux fixes, cherchant à deviner. Mes mains tremblaient! On avait donc bu cette eau? Qui? Moi? moi, sans doute? Ce ne pouvait être que moi? Alors, j'étais somnambule, je vivais, sans le savoir, de cette double vie mystérieuse qui fait douter s'il y a deux êtres en nous, ou si un être étranger, inconnaissable et invisible, anime, par moments, quand notre âme est engourdie, notre corps captif qui obéit à cet autre, comme à nous-mêmes, plus qu'à nous-mêmes.

Ah! qui comprendra mon angoisse abominable? Qui comprendra l'émotion d'un homme, sain d'esprit, bien éveillé, plein de raison et qui regarde épouvanté, à travers le verre d'une carafe, un peu d'eau disparue pendant qu'il a dormi! Et je restai là jusqu'au jour, sans oser regagner mon lit.

6 juillet. Je deviens fou, On a encore bu toute ma carafe cette nuit; —ou plutôt, je l'ai bue!

Mais, est-ce moi? Est-ce moi? Qui serait-ce? Qui? Oh! mon Dieu! Je deviens fou? Qui me sauvera?

10 juillet. —Je viens de faire des épreuves surprenantes.
Décidément, je suis fou! Et pourtant!
Le 6 juillet, avant de me coucher, j'ai placé sur ma table du vin, du lait, de l'eau, du pain et des fraises.
On a bu—j'ai bu—toute l'eau, et un peu de lait. On n'a touché ni au vin, ni aux fraises.
Le 7 juillet, j'ai renouvelé la même épreuve, qui a donné le même résultat.
Le 8 juillet, j'ai supprimé l'eau et le lait. On n'a touché à rien.
Le 9 juillet enfin, j'ai remis sur ma table l'eau et le lait seulement, en ayant soin d'envelopper les carafes en des linges de mousseline blanche et de ficeler les bouchons. Puis, j'ai frotté mes lèvres, ma barbe, mes mains avec de la mine de plomb[2], et je me suis couché.

L'invincible sommeil m'a saisi, suivi bientôt de l'atroce réveil. Je n'avais point remué; mes draps eux-mêmes ne portaient pas de taches. Je m'élançai vers ma table. Les linges enfermant les bouteilles étaient demeurés immaculés. Je déliai les cordons, en palpitant de crainte. On avait bu toute l'eau! on avait bu tout le lait! Ah! mon Dieu!...
Je vais partir tout à l'heure pour Paris.

12 juillet. —Paris. J'avais donc perdu la tête les jours derniers! J'ai dû être le jouet de mon imagination énervée, à moins que je ne sois vraiment somnambule, ou que j'aie subi une de ces influences constatées, mais inexplicables jusqu'ici,

---

[2]Graphite. Il cherche à découvrir s'il est bien celui qui porte à ses lèvres les carafes et boit leur contenu pendant son sommeil.

qu'on appelle suggestions. En tout cas, mon affolement touchait à la démence, et vingt-quatre heures de Paris ont suffi pour me remettre d'aplomb.

Hier, après des courses et des visites, qui m'ont fait passer dans l'âme de l'air nouveau et vivifiant, j'ai fini ma soirée au Théâtre-Français. On y jouait une pièce d'Alexandre Dumas fils; et cet esprit alerte et puissant a achevé de me guérir. Certes, la solitude est dangereuse pour les intelligences qui travaillent. Il nous faut autour de nous, des hommes qui pensent et qui parlent. Quand nous sommes seuls longtemps, nous peuplons le vide de fantômes.

Je suis rentré à l'hôtel très gai, par les boulevards. Au coudoiement de la foule, je songeais, non sans ironie à mes terreurs, à mes suppositions de l'autre semaine, car j'ai cru, oui, j'ai cru qu'un être invisible habitait sous mon toit. Comme notre tête est faible et s'effare, et s'égare vite, dès qu'un petit fait incompréhensible nous frappe!

Au lieu de conclure par ces simples mots: «Je ne comprends pas parce que la cause m'échappe», nous imaginons aussitôt des mystères effrayants et des puissances surnaturelles.

14 juillet. —Fête de la République. Je me suis promené par les rues. Les pétards et les drapeaux m'amusaient comme un enfant. C'est pourtant fort bête d'être joyeux, à date fixe, par décret du gouvernement. Le peuple est un troupeau imbécile, tantôt stupidement patient et tantôt férocement révolté. On lui dit: «Amuse-toi.» Il s'amuse. On lui dit: «Va te battre avec le voisin.» Il va se battre. On lui dit: «Vote pour l'Empereur.» Il vote pour l'Empereur. Puis, on lui dit: «Vote pour la République.» Et il vote pour la République.

Ceux qui le dirigent sont aussi sots; mais au lieu d'obéir à des hommes, ils obéissent à des principes, lesquels ne peuvent être que niais, stériles et faux, par cela même qu'ils sont des principes, c'est-à-dire des idées réputées certaines et immuables, en ce monde où l'on n'est sûr de rien, puisque la lumière est une illusion, puisque le bruit est une illusion.

16 juillet. —J'ai vu hier des choses qui m'ont beaucoup troublé.

Je dînais chez ma cousine, Mme Sablé, dont le mari commande le 76e chasseurs à Limoges. Je me trouvais chez elle avec deux jeunes femmes, dont l'une a épousé un médecin, le docteur Parent, qui s'occupe beaucoup des maladies nerveuses et des manifestations extraordinaires auxquelles donnent lieu en ce moment les expériences sur l'hypnotisme et la suggestion.

Il nous raconta longtemps les résultats prodigieux obtenus par des savants anglais et par les médecins de l'école de Nancy.

Les faits qu'il avança me parurent tellement bizarres, que je me déclarai tout à fait incrédule.

«Nous sommes, affirmait-il, sur le point de découvrir un des plus importants secrets de la nature, je veux dire, un de ses plus importants secrets sur cette terre; car elle en a certes d'autrement importants, là-bas, dans les étoiles. Depuis que l'homme pense, depuis qu'il sait dire et écrire sa pensée, il se sent frôlé par un mystère impénétrable pour ses sens grossiers et imparfaits, et il tâche de suppléer, par l'effort de son intelligence, à l'impuissance de ses organes. Quand cette intelligence demeurait encore à l'état rudimentaire, cette hantise des phénomènes invisibles a pris des formes banalement effrayantes. De là sont nées les croyances populaires au surnaturel, les légendes des esprits rôdeurs, des fées, des gnomes, des revenants, je dirai même la légende de Dieu, car nos conceptions de l'ouvrier-créateur, de quelque religion qu'elles nous viennent, sont bien les inventions les plus médiocres, les plus stupides, les plus inacceptables sorties du cerveau apeuré des créatures. Rien de plus vrai que cette parole de Voltaire: "Dieu a fait l'homme à son image, mais l'homme le lui a bien rendu."

—Mais, depuis un peu plus d'un siècle, on semble pressentir quelque chose de nouveau. Mesmer[3] et quelques autres nous ont mis sur une voie inattendue, et nous sommes arrivés vraiment, depuis quatre ou cinq ans surtout, à des résultats surprenants.

Ma cousine, très incrédule aussi, souriait. Le docteur Parent lui dit: —Voulez-vous que j'essaie de vous endormir, Madame?

—Oui, je veux bien.»

Elle s'assit dans un fauteuil et il commença à la regarder fixement en la fascinant. Moi, je me sentis soudain un peu troublé, le cœur battant, la gorge serrée. Je voyais les yeux de Mme Sablé s'alourdir, sa bouche se crisper, sa poitrine haleter.

Au bout de dix minutes, elle dormait.

—Mettez-vous derrière elle», dit le médecin.

Et je m'assis derrière elle. Il lui plaça entre les mains une carte de visite en lui disant: «Ceci est un miroir; que voyez-vous dedans?»

Elle répondit:

—Je vois mon cousin.

—Que fait-il?

—Il se tord la moustache.

—Et maintenant?

—Il tire de sa poche une photographie.

—Quelle est cette photographie?

—La sienne.

C'était vrai! Et cette photographie venait de m'être livrée, le soir même, à l'hôtel.

—Comment est-il sur ce portrait?

—Il se tient debout avec son chapeau à la main.

Donc elle voyait dans cette carte, dans ce carton blanc, comme elle eût vu dans une glace.

Les jeunes femmes, épouvantées, disaient: —Assez! Assez! Assez!

Mais le docteur ordonna: —Vous vous lèverez demain à huit heures; puis vous

---

[3] Franz Anton Mesmer (1734-1815), médecin allemand, a prétendu avoir découvert le "magnétisme animal", un "fluide magnétique" qu'il pouvait diriger, communiquer et utiliser pour guérir toutes les maladies. Pendant quelques années, il a eu un grand succès à Paris.

irez trouver à son hôtel votre cousin, et vous le supplierez de vous prêter cinq mille francs que votre mari vous demande et qu'il vous réclamera à son prochain voyage.» Puis il la réveilla.

En rentrant à l'hôtel, je songeais à cette curieuse séance et des doutes m'assaillirent, non point sur l'absolue, sur l'insoupçonnable bonne foi de ma cousine, que je connaissais comme une sœur, depuis l'enfance, mais sur une supercherie possible du docteur. Ne dissimulait-il pas dans sa main une glace qu'il montrait à la jeune femme endormie, en même temps que sa carte de visite? Les prestidigitateurs de profession font des choses autrement singulières.

Je rentrai donc et je me couchai.

Or, ce matin, vers huit heures et demie, je fus réveillé par mon valet de chambre, qui me dit:

«C'est Mme Sablé qui demande à parler à Monsieur tout de suite.»

Je m'habillai à la hâte et je la reçus.

Elle s'assit fort troublée, les yeux baissés, et, sans lever son voile, elle me dit: «Mon cher cousin, j'ai un gros service à vous demander.

—Lequel, ma cousine?

—Cela me gêne beaucoup de vous le dire, et pourtant, il le faut. J'ai besoin, absolument besoin, de cinq mille francs.

—Allons donc, vous?

—Oui, moi, ou plutôt mon mari, qui me charge de les trouver.»

J'étais tellement stupéfait, que je balbutiai mes réponses. Je me demandais si vraiment elle ne s'était pas moquée de moi avec le docteur Parent, si ce n'était pas là une simple farce préparée d'avance et fort bien jouée.

Mais, en la regardant avec attention, tous mes doutes se dissipèrent. Elle tremblait d'angoisse, tant cette démarche lui était douloureuse, et je compris qu'elle avait la gorge pleine de sanglots.

Je la savais fort riche et je repris:

«Comment! votre mari n'a pas cinq mille francs à sa disposition! Voyons, réfléchissez. Êtes-vous sûre qu'il vous a chargée de me les demander?

Elle hésita quelques secondes comme si elle eût fait un grand effort pour chercher dans son souvenir, puis elle répondit

—Oui.... oui... j'en suis sûre.

—Il vous a écrit?»

Elle hésita encore, réfléchissant. Je devinai le travail torturant de sa pensée. Elle ne savait pas. Elle savait seulement qu'elle devait m'emprunter cinq mille francs pour son mari. Donc elle osa mentir.

—Oui, il m'a écrit.

—Quand donc? Vous ne m'avez parlé de rien, hier.

—J'ai reçu sa lettre ce matin.

—Pouvez-vous me la montrer?

—Non... non... non... elle contenait des choses intimes... trop personnelles... je l'ai... je l'ai brûlée.

—Alors, c'est que votre mari fait des dettes.

Elle hésita encore, puis murmura:
—Je ne sais pas.
Je déclarai brusquement:
—C'est que je ne puis disposer de cinq mille francs en ce moment, ma chère cousine.
Elle poussa une sorte de cri de souffrance.
—Oh! oh! je vous en prie, je vous en prie, trouvez-les...
Elle s'exaltait, joignait les mains comme si elle m'eût prié! J'entendais sa voix changer de ton; elle pleurait et bégayait, harcelée, dominée par l'ordre irrésistible qu'elle avait reçu.
—Oh! oh! je vous en supplie... si vous saviez comme je souffre... il me les faut aujourd'hui.
J'eus pitié d'elle.
—Vous les aurez tantôt, je vous le jure.
Elle s'écria:
—Oh! merci! merci! Que vous êtes bon.
Je repris: —Vous rappelez-vous ce qui s'est passé hier chez vous?
—Oui.
—Vous rappelez-vous que le docteur Parent vous a endormie?
—Oui.
—Eh! bien, il vous a ordonné de venir m'emprunter ce matin cinq mille francs, et vous obéissez en ce moment à cette suggestion.
Elle réfléchit quelques secondes et répondit:
—Puisque c'est mon mari qui les demande.»
Pendant une heure, j'essayai de la convaincre, mais je n'y pus parvenir.
Quand elle fut partie, je courus chez le docteur. Il allait sortir; et il m'écouta en souriant. Puis il dit:
«Croyez-vous maintenant?
—Oui, il le faut bien.
—Allons chez votre parente.»
Elle sommeillait déjà sur une chaise longue, accablée de fatigue. Le médecin lui prit le pouls, la regarda quelque temps, une main levée vers ses yeux qu'elle ferma peu à peu sous l'effort insoutenable de cette puissance magnétique.
Quand elle fut endormie:
«Votre mari n'a plus besoin de cinq mille francs. Vous allez donc oublier que vous avez prié votre cousin de vous les prêter, et, s'il vous parle de cela, vous ne comprendrez pas.
Puis il la réveilla. Je tirai de ma poche un portefeuille:
—Voici, ma chère cousine, ce que vous m'avez demandé ce matin.»
Elle fut tellement surprise que je n'osai pas insister. J'essayai cependant de ranimer sa mémoire, mais elle nia avec force, crut que je me moquais d'elle, et faillit, à la fin, se fâcher.

. . . .

Voilà! je viens de rentrer; et je n'ai pu déjeuner, tant cette expérience m'a bouleversé.

19 juillet. —Beaucoup de personnes à qui j'ai raconté cette aventure se sont moquées de moi. Je ne sais plus que penser. Le sage dit: Peut-être?

21 juillet. —J'ai été dîner à Bougival, puis j'ai passé la soirée au bal des canotiers. Décidément, tout dépend des lieux et des milieux. Croire au surnaturel dans l'île de la Grenouillère, serait le comble de la folie... mais au sommet du mont Saint-Michel?... mais dans les Indes? Nous subissons effroyablement l'influence de ce qui nous entoure. Je rentrerai chez moi la semaine prochaine.

30 juillet. —Je suis revenu dans ma maison depuis hier. Tout va bien.

2 août. —Rien de nouveau; il fait un temps superbe. Je passe mes journées à regarder couler la Seine.

4 août. —Querelles parmi mes domestiques. Ils prétendent qu'on casse les verres, la nuit, dans les armoires. Le valet de chambre accuse la cuisinière, qui accuse la lingère, qui accuse les deux autres. Quel est le coupable? Bien fin qui le dirait?

6 août.—Cette fois, je ne suis pas fou. J'ai vu... j'ai vu... j'ai vu!... je ne puis plus douter... j'ai vu!... J'ai encore froid jusque dans les ongles... j'ai encore peur jusque dans les moelles... j'ai vu!...

Je me promenais à deux heures, en plein soleil, dans mon parterre de rosiers... dans l'allée des rosiers d'automne qui commencent à fleurir.

Comme je m'arrêtais à regarder un géant des batailles[4], qui portait trois fleurs magnifiques, je vis, je vis distinctement, tout près de moi, la tige d'une de ces roses se plier, comme si une main invisible l'eût tordue, puis se casser, comme si cette main l'eût cueillie! Puis la fleur s'éleva, suivant la courbe qu'aurait décrite un bras en la portant vers une bouche, et elle resta suspendue dans l'air transparent, toute seule, immobile, effrayante tache rouge à trois pas de mes yeux.

Éperdu, je me jetai sur elle pour la saisir! Je ne trouvai rien; elle avait disparu. Alors je fus pris d'une colère furieuse contre moi-même; car il n'est pas permis à un homme raisonnable et sérieux d'avoir de pareilles hallucinations.

Mais était-ce bien une hallucination? Je me retournai pour chercher la tige, et je la retrouvai immédiatement sur l'arbuste, fraîchement brisée, entre les deux autres roses demeurées à la branche.

Alors, je rentrai chez moi l'âme bouleversée; car je suis certain, maintenant, certain comme de l'alternance des jours et des nuits, qu'il existe près de moi un être invisible, qui se nourrit de lait et d'eau, qui peut toucher aux choses, les prendre et

---

[4]Variété de laurier rose à fleurs rose ou rouge foncé rayé de blanc.

les changer de place, doué par conséquent d'une nature matérielle, bien qu'imperceptible pour nos sens, et qui habite comme moi, sous mon toit...

7 août. —J'ai dormi tranquille. Il a bu l'eau de ma carafe, mais n'a point troublé mon sommeil.

Je me demande si je suis fou. En me promenant, tantôt au grand soleil, le long de la rivière, des doutes me sont venus sur ma raison, non point des doutes vagues comme j'en avais jusqu'ici, mais des doutes précis, absolus. J'ai vu des fous; j'en ai connu qui restaient intelligents, lucides, clairvoyants même sur toutes les choses de la vie, sauf sur un point. Ils parlaient de tout avec clarté, avec souplesse, avec profondeur, et soudain leur pensée, touchant l'écueil de leur folie, s'y déchirait en pièces, s'éparpillait et sombrait dans cet océan effrayant et furieux, plein de vagues bondissantes, de brouillards, de bourrasques, qu'on nomme «la démence».

Certes, je me croirais fou, absolument fou, si je n'étais conscient, si je ne connaissais parfaitement mon état, si je ne le sondais en l'analysant avec une complète lucidité. Je ne serais donc, en somme, qu'un halluciné raisonnant. Un trouble inconnu se serait produit dans mon cerveau, un de ces troubles qu'essaient de noter et de préciser aujourd'hui les physiologistes; et ce trouble aurait déterminé dans mon esprit, dans l'ordre et la logique de mes idées, une crevasse profonde. Des phénomènes semblables ont lieu dans le rêve qui nous promène à travers les fantasmagories les plus invraisemblables, sans que nous en soyons surpris, parce que l'appareil vérificateur, parce que le sens du contrôle est endormi; tandis que la faculté imaginative veille et travaille. Ne se peut-il pas qu'une des imperceptibles touches du clavier cérébral se trouve paralysée chez moi? Des hommes, à la suite d'accidents, perdent la mémoire des noms propres ou des verbes ou des chiffres, ou seulement des dates. Les localisations de toutes les parcelles de la pensée sont aujourd'hui prouvées. Or, quoi d'étonnant à ce que ma faculté de contrôler l'irréalité de certaines hallucinations, se trouve engourdie chez moi en ce moment!

Je songeais à tout cela en suivant le bord de l'eau. Le soleil couvrait de clarté la rivière, faisait la terre délicieuse, emplissait mon regard d'amour pour la vie, pour les hirondelles, dont l'agilité est une joie de mes yeux, pour les herbes de la rive, dont le frémissement est un bonheur de mes oreilles.

Peu à peu, cependant un malaise inexplicable me pénétrait. Une force, me semblait-il, une force occulte m'engourdissait, m'arrêtait, m'empêchait d'aller plus loin, me rappelait en arrière. J'éprouvais ce besoin douloureux de rentrer qui vous oppresse, quand on a laissé au logis un malade aimé, et que le pressentiment vous saisit d'une aggravation de son mal.

Donc, je revins malgré moi, sûr que j'allais trouver, dans ma maison, une mauvaise nouvelle, une lettre ou une dépêche. Il n'y avait rien; et je demeurai plus surpris et plus inquiet que si j'avais eu de nouveau quelque vision fantastique.

8 août. —J'ai passé hier une affreuse soirée. Il ne se manifeste plus, mais je le sens près de moi, m'épiant, me regardant, me pénétrant, me dominant et plus

redoutable, en se cachant ainsi, que s'il signalait par des phénomènes surnaturels sa présence invisible et constante.
J'ai dormi, pourtant.

9 août. Rien, mais j'ai peur.

10 août. Rien; qu'arrivera-t-il demain?

11 août. —Toujours rien; je ne puis plus rester chez moi avec cette crainte et cette pensée entrées en mon âme; je vais partir.

12 août, 10 heures du soir. —Tout le jour j'ai voulu m'en aller; je n'ai pas pu. J'ai voulu accomplir cet acte de liberté si facile, si simple, —sortir—monter dans ma voiture pour gagner Rouen—je n'ai pas pu. Pourquoi?

13 août. —Quand on est atteint par certaines maladies, tous les ressorts de l'être physique semblent brisés, toutes les énergies anéanties, tous les muscles relâchés, les os devenus mous comme la chair et la chair liquide comme de l'eau. J'éprouve cela dans mon être moral d'une façon étrange et désolante. Je n'ai plus aucune force, aucun courage, aucune domination sur moi, aucun pouvoir même de mettre en mouvement ma volonté. Je ne peux plus vouloir; mais quelqu'un veut pour moi; et j'obéis.

14 août. —Je suis perdu! Quelqu'un possède mon âme et la gouverne! quelqu'un ordonne tous mes actes, tous mes mouvements, toutes mes pensées. Je ne suis plus rien en moi, rien qu'un spectateur esclave et terrifié de toutes les choses que j'accomplis. Je désire sortir. Je ne peux pas. Il ne veut pas; et je reste, éperdu, tremblant, dans le fauteuil où il me tient assis. Je désire seulement me lever, me soulever, afin de me croire maître de moi. Je ne peux pas! Je suis rivé à mon siège; et mon siège adhère au sol, de telle sorte qu'aucune force ne nous soulèverait.
Puis, tout d'un coup, il faut, il faut, il faut que j'aille au fond de mon jardin cueillir des fraises et les manger. Et j'y vais. Je cueille des fraises et je les mange! Oh! mon Dieu! Mon Dieu! Mon Dieu! Est-il un Dieu? S'il en est un, délivrez-moi, sauvez-moi! secourez-moi! Pardon! Pitié! Grâce! Sauvez-moi! Oh! quelle souffrance! quelle torture! quelle horreur!

15 août. —Certes, voilà comment était possédée et dominée ma pauvre cousine, quand elle est venue m'emprunter cinq mille francs. Elle subissait un vouloir étranger entré en elle, comme une autre âme, comme une autre âme parasite et dominatrice. Est-ce que le monde va finir?
Mais celui qui me gouverne, quel est-il, cet invisible? cet inconnaissable, ce rôdeur d'une race surnaturelle?
Donc les Invisibles existent! Alors, comment depuis l'origine du monde ne

se sont-ils pas encore manifestés d'une façon précise comme ils le font pour moi? Je n'ai jamais rien lu qui ressemble à ce qui s'est passé dans ma demeure. Oh! si je pouvais la quitter, si je pouvais m'en aller, fuir et ne pas revenir. Je serais sauvé, mais je ne peux pas.

16 août. —J'ai pu m'échapper aujourd'hui pendant deux heures, comme un prisonnier qui trouve ouverte, par hasard, la porte de son cachot. J'ai senti que j'étais libre tout à coup et qu'il était loin. J'ai ordonné d'atteler bien vite et j'ai gagné Rouen. Oh! quelle joie de pouvoir dire à un homme qui obéit: «Allez à Rouen!»

Je me suis fait arrêter devant la bibliothèque et j'ai prié qu'on me prêtât le grand traité du docteur Hermann Herestauss[5] sur les habitants inconnus du monde antique et moderne.

Puis, au moment de remonter dans mon coupé, j'ai voulu dire: «À la gare!» et j'ai crié, —je n'ai pas dit, j'ai crié—d'une voix si forte que les passants se sont retournés: «À la maison», et je suis tombé, affolé d'angoisse, sur le coussin de ma voiture. Il m'avait retrouvé et repris.

17 août. —Ah! Quelle nuit! quelle nuit! Et pourtant il me semble que je devrais me réjouir. Jusqu'à une heure du matin, j'ai lu! Hermann Herestauss, docteur en philosophie et en théogonie, a écrit l'histoire et les manifestations de tous les êtres invisibles rôdant autour de l'homme ou rêvés par lui. Il décrit leurs origines, leur domaine, leur puissance. Mais aucun d'eux ne ressemble à celui qui me hante. On dirait que l'homme, depuis qu'il pense, a pressenti et redouté un être nouveau, plus fort que lui, son successeur en ce monde, et que, le sentant proche et ne pouvant prévoir la nature de ce maître, il a créé, dans sa terreur, tout le peuple fantastique des êtres occultes, fantômes vagues nés de la peur.

Donc, ayant lu jusqu'à une heure du matin, j'ai été m'asseoir ensuite auprès de ma fenêtre ouverte pour rafraîchir mon front et ma pensée au vent calme de l'obscurité.

Il faisait bon, il faisait tiède! Comme j'aurais aimé cette nuit-là autrefois!

Pas de lune. Les étoiles avaient au fond du ciel noir des scintillements frémissants. Qui habite ces mondes? Quelles formes, quels vivants, quels animaux, quelles plantes sont là-bas? Ceux qui pensent dans ces univers lointains, que savent-ils plus que nous? Que peuvent-ils plus que nous? Que voient-ils que nous ne connaissons point? Un d'eux, un jour ou l'autre, traversant l'espace, n'apparaîtra-t-il pas sur notre terre pour la conquérir, comme les Normands jadis traversaient la mer pour asservir des peuples plus faibles?

Nous sommes si infirmes, si désarmés, si ignorants, si petits, nous autres, sur ce grain de boue qui tourne délayé dans une goutte d'eau.

Je m'assoupis en rêvant ainsi au vent frais du soir.

Or, ayant dormi environ quarante minutes, je rouvris les yeux sans faire un mouvement, réveillé par je ne sais quelle émotion confuse et bizarre. Je ne vis rien

---

[5]Nom fantaisiste.

d'abord, puis, tout à coup, il me sembla qu'une page du livre resté ouvert sur ma table venait de tourner toute seule. Aucun souffle d'air n'était entré par ma fenêtre. Je fus surpris et j'attendis. Au bout de quarante minutes environ, je vis, je vis, oui, je vis de mes yeux une autre page se soulever et se rabattre sur la précédente, comme si un doigt l'eût feuilletée. Mon fauteuil était vide, semblait vide; mais je compris qu'il était là, lui, assis à ma place, et qu'il lisait. D'un bond furieux, d'un bond de bête révoltée, qui va éventrer son dompteur, je traversai ma chambre pour le saisir, pour l'étreindre, pour le tuer!... Mais mon siège, avant que je l'eusse atteint, se renversa comme si on eût fui devant moi... ma table oscilla, ma lampe tomba et s'éteignit, et ma fenêtre se ferma comme si un malfaiteur surpris se fût élancé dans la nuit, en prenant à pleines mains les battants.

Donc, il s'était sauvé; il avait eu peur, peur de moi, lui!

Alors... alors... demain... ou après... ou un jour quelconque, je pourrai donc le tenir sous mes poings, et l'écraser contre le sol! Est-ce que les chiens, quelquefois, ne mordent point et n'étranglent pas leurs maîtres?

18 août. —J'ai songé toute la journée. Oh! oui, je vais lui obéir, suivre ses impulsions, accomplir toutes ses volontés, me faire humble, soumis, lâche. Il est le plus fort. Mais une heure viendra...

19 août. —Je sais... je sais... je sais tout! Je viens de lire ceci dans la *Revue du Monde Scientifique*: «Une nouvelle assez curieuse nous arrive de Rio de Janeiro. Une folie, une épidémie de folie, comparable aux démences contagieuses qui atteignirent les peuples d'Europe au moyen âge, sévit en ce moment dans la province de San-Paulo. Les habitants éperdus quittent leurs maisons, désertent leurs villages, abandonnent leurs cultures, se disant poursuivis, possédés, gouvernés comme un bétail humain par des êtres invisibles bien que tangibles, des sortes de vampires qui se nourrissent de leur vie pendant leur sommeil, et qui boivent en outre de l'eau et du lait sans paraître toucher à aucun autre aliment.

«M. le professeur Don Pedro Henriquez, accompagné de plusieurs savants médecins, est parti pour la province de San-Paulo, afin d'étudier sur place les origines et les manifestations de cette surprenante folie, et de proposer à l'Empereur les mesures qui lui paraîtront les plus propres à rappeler à la raison ces populations en délire.»

Ah! Ah! je me rappelle, je me rappelle le beau trois-mâts brésilien qui passa sous mes fenêtres en remontant la Seine, le 8 mai dernier! Je le trouvai si joli, si blanc, si gai! L'Être était dessus, venant de là-bas, où sa race était née! Et il m'a vu! Il a vu ma demeure blanche aussi; et il a sauté du navire sur la rive. Oh! mon Dieu!

À présent, je sais, je devine. Le règne de l'homme est fini.

Il est venu, Celui que redoutaient les premières terreurs des peuples naïfs, Celui qu'exorcisaient les prêtres inquiets, que les sorciers évoquaient par les nuits sombres, sans le voir apparaître encore, à qui les pressentiments des maîtres passagers du monde prêtèrent toutes les formes monstrueuses ou gracieuses des gnomes, des esprits, des génies, des fées, des farfadets. Après les grossières conceptions de l'épouvante primitive, des hommes plus perspicaces l'ont pressenti plus clairement. Mesmer l'avait deviné, et les médecins, depuis dix ans déjà, ont découvert, d'une façon précise, la nature de sa puissance avant qu'il l'eût exercée lui-même. Ils ont joué avec cette arme du Seigneur nouveau, la domination d'un mystérieux vouloir sur l'âme humaine devenue esclave. Ils ont appelé cela magnétisme, hypnotisme, suggestion... que sais-je? Je les ai vus s'amuser comme des enfants imprudents avec cette horrible puissance! Malheur à nous! Malheur à l'homme! Il est venu, le... le... comment se nomme-t-il... le... il semble qu'il me crie son nom, et je ne l'entends pas... le... oui... il le crie... J'écoute... je ne peux pas... répète... le... Horla... J'ai entendu... le Horla... c'est lui... le Horla... il est venu!...

Ah! le vautour a mangé la colombe; le loup a mangé le mouton; le lion a dévoré le buffle aux cornes aiguës; l'homme a tué le lion avec la flèche, avec le glaive, avec la poudre; mais le Horla va faire de l'homme ce que nous avons fait du cheval et du bœuf: sa chose, son serviteur et sa nourriture, par la seule puissance de sa volonté. Malheur à nous!

Pourtant, l'animal, quelquefois, se révolte et tue celui qui l'a dompté... moi aussi je veux... je pourrai... mais il faut le connaître, le toucher, le voir! Les savants disent que l'œil de la bête, différent du nôtre, ne distingue point comme le nôtre... Et mon œil à moi ne peut distinguer le nouveau venu qui m'opprime.

Pourquoi? Oh! je me rappelle à présent les paroles du moine du mont Saint-Michel: «Est-ce que nous voyons la cent millième partie de ce qui existe? Tenez, voici le vent qui est la plus grande force de la nature, qui renverse les hommes, abat les édifices, déracine les arbres, soulève la mer en montagnes d'eau, détruit les falaises et jette aux brisants les grands navires, le vent qui tue, qui siffle, qui gémit, qui mugit, l'avez-vous vu et pouvez-vous le voir: il existe pourtant!»

Et je songeais encore: mon œil est si faible, si imparfait, qu'il ne distingue même point les corps durs, s'ils sont transparents comme le verre!... Qu'une glace sans tain barre mon chemin, il me jette dessus comme l'oiseau entré dans une chambre se casse la tête aux vitres. Mille choses en outre le trompent et l'égarent? Quoi d'étonnant, alors, à ce qu'il ne sache point apercevoir un corps nouveau que la lumière traverse.

Un être nouveau! pourquoi pas? Il devait venir assurément! pourquoi serions-nous les derniers! Nous ne le distinguons point, ainsi que tous les autres créés avant nous? C'est que sa nature est plus parfaite, son corps plus fin et plus fini que le nôtre, que le nôtre si faible, si maladroitement conçu, encombré d'organes toujours fatigués, toujours forcés comme des ressorts trop complexes, que le nôtre, qui vit comme une plante et comme une bête, en se nourrissant péniblement d'air, d'herbe et de viande, machine animale en proie aux maladies, aux déformations, aux putréfactions, poussive, mal réglée, naïve et bizarre, ingénieusement mal faite, œuvre grossière et délicate, ébauche d'être qui pourrait devenir intelligent et superbe.

Nous sommes quelques-uns, si peu sur ce monde, depuis l'huître jusqu'à l'homme. Pourquoi pas un de plus, une fois accomplie la période qui sépare les apparitions successives de toutes les espèces diverses? Pourquoi pas un de plus? Pourquoi pas aussi d'autres arbres aux fleurs immenses, éclatantes et parfumant des régions entières? Pourquoi pas d'autres éléments que le feu, l'air, la terre et l'eau? —Ils sont quatre, rien que quatre, ces pères nourriciers des êtres! Quelle pitié! Pourquoi ne sont-ils pas quarante, quatre cents, quatre mille! Comme tout est pauvre, mesquin, misérable! avarement donné, sèchement inventé, lourdement fait! Ah! l'éléphant, l'hippopotame, que de grâce! Le chameau, que d'élégance!

Mais direz-vous, le papillon! une fleur qui vole! J'en rêve un qui serait grand comme cent univers, avec des ailes dont je ne puis même exprimer la forme, la beauté, la couleur et le mouvement. Mais je le vois... il va d'étoile en étoile, les rafraîchissant et les embaumant au souffle harmonieux et léger de sa course!... Et les peuples de là-haut le regardent passer, extasiés et ravis!...

....

Qu'ai-je donc? C'est lui, lui, le Horla, qui me hante, qui me fait penser ces folies! Il est en moi, il devient mon âme; je le tuerai!

19 août[6]. —Je le tuerai. Je l'ai vu! je me suis assis hier soir, à ma table; et je fis semblant d'écrire avec une grande attention. Je savais bien qu'il viendrait rôder autour de moi, tout près, si près que je pourrais peut-être le toucher, le saisir? Et alors!... alors, j'aurais la force des désespérés; j'aurais mes mains, mes genoux, ma poitrine, mon front, mes dents pour l'étrangler, l'écraser, le mordre, le déchirer.

Et je le guettais avec tous mes organes surexcités.

J'avais allumé mes deux lampes et les huit bougies de ma cheminée, comme si j'eusse pu, dans cette clarté, le découvrir.

En face de moi, mon lit, un vieux lit de chêne à colonnes; à droite, ma cheminée; à gauche, ma porte fermée avec soin, après l'avoir laissée longtemps ouverte, afin de l'attirer; derrière moi, une très haute armoire à glace, qui me servait chaque jour pour me raser, pour m'habiller, et où j'avais coutume de me regarder, de la tête aux pieds, chaque fois que je passais devant.

Donc, je faisais semblant d'écrire, pour le tromper, car il m'épiait lui aussi; et soudain, je sentis, je fus certain qu'il lisait par-dessus mon épaule, qu'il était là, frôlant mon oreille.

Je me dressai, les mains tendues, en me tournant si vite que je faillis tomber. Eh bien?... on y voyait comme en plein jour, et je ne me vis pas dans ma glace!... Elle était vide, claire, profonde, pleine de lumière! Mon image n'était pas dedans... et j'étais en face, moi! Je voyais le grand verre limpide du haut en bas. Et je regardais cela avec des yeux affolés; et je n'osais plus avancer, je n'osais plus faire un mouvement, sentant bien pourtant qu'il était là, mais qu'il m'échapperait encore,

---

[6]Le journal du narrateur indique à deux reprises cette date. Selon Louis Forestier, «Le manuscrit ne porte pas de corrections à cet endroit. Inadvertance? ou volonté d'attirer l'attention sur le moment essentiel de cette histoire?»

lui dont le corps imperceptible avait dévoré mon reflet.

Comme j'eus peur! Puis voilà que tout à coup je commençai à m'apercevoir dans une brume, au fond du miroir, dans une brume comme à travers une nappe d'eau; et il me semblait que cette eau glissait de gauche à droite, lentement, rendant plus précise mon image, de seconde en seconde. C'était comme la fin d'une éclipse. Ce qui me cachait ne paraissait point posséder de contours nettement arrêtés, mais une sorte de transparence opaque, s'éclaircissant peu à peu.

Je pus enfin me distinguer complètement, ainsi que je le fais chaque jour en me regardant.

Je l'avais vu! L'épouvante m'en est restée, qui me fait encore frissonner.

20 août. —Le tuer, comment? puisque je ne peux l'atteindre? Le poison? mais il me verrait le mêler à l'eau; et nos poisons, d'ailleurs, auraient-ils un effet sur son corps imperceptible? Non... non... sans aucun doute... Alors?... alors?...

21 août. —J'ai fait venir un serrurier de Rouen, et lui ai commandé pour ma chambre des persiennes de fer, comme en ont, à Paris, certains hôtels particuliers, au rez-de-chaussée, par crainte des voleurs. Il me fera, en outre, une porte pareille. Je me suis donné pour un poltron, mais je m'en moque!...

....

10 septembre. —Rouen, hôtel Continental. C'est fait... c'est fait... mais est-il mort? J'ai l'âme bouleversée de ce que j'ai vu.

Hier donc, le serrurier ayant posé ma persienne et ma porte de fer, j'ai laissé tout ouvert jusqu'à minuit, bien qu'il commençât à faire froid.

Tout à coup, j'ai senti qu'il était là, et une joie, une joie folle m'a saisi. Je me suis levé lentement, et j'ai marché à droite, à gauche, longtemps pour qu'il ne devinât rien; puis j'ai ôté mes bottines et mis mes savates avec négligence; puis j'ai fermé ma persienne de fer, et revenant à pas tranquilles vers la porte, j'ai fermé la porte aussi à double tour. Retournant alors vers la fenêtre, je la fixai par un cadenas, dont je mis la clef dans ma poche.

Tout à coup, je compris qu'il s'agitait autour de moi, qu'il avait peur à son tour, qu'il m'ordonnait de lui ouvrir. Je faillis céder; je ne cédai pas, mais m'adossant à la porte, je l'entrebâillai, tout juste assez pour passer, moi, à reculons; et comme je suis très grand ma tête touchait au linteau. J'étais sûr qu'il n'avait pu s'échapper et je l'enfermai, tout seul, tout seul. Quelle joie! Je le tenais! Alors, je descendis, en courant; je pris dans mon salon, sous ma chambre, mes deux lampes et je renversai toute l'huile sur le tapis, sur les meubles, partout; puis j'y mis le feu, et je me sauvai, après avoir bien refermé, à double tour, la grande porte d'entrée.

Et j'allai me cacher au fond de mon jardin, dans un massif de lauriers. Comme ce fut long! comme ce fut long! Tout était noir, muet, immobile; pas un souffle d'air, pas une étoile, des montagnes de nuages qu'on ne voyait point, mais qui pesaient sur mon âme si lourds, si lourds.

Je regardais ma maison, et j'attendais. Comme ce fut long! Je croyais déjà que le feu s'était éteint tout seul, ou qu'il l'avait éteint, Lui, quand une des fenêtres d'en bas creva sous la poussée de l'incendie, et une flamme, une grande flamme rouge et jaune, longue, molle, caressante, monta le long du mur blanc et le baisa jusqu'au toit. Une lueur courut dans les arbres, dans les branches, dans les feuilles, et un frisson, un frisson de peur aussi. Les oiseaux se réveillaient; un chien se mit à hurler; il me sembla que le jour se levait! Deux autres fenêtres éclatèrent aussitôt, et je vis que tout le bas de ma demeure n'était plus qu'un effrayant brasier. Mais un cri, un cri horrible, suraigu, déchirant, un cri de femme passa dans la nuit, et deux mansardes s'ouvrirent! J'avais oublié mes domestiques! Je vis leurs faces affolées, et leurs bras qui s'agitaient!...

Alors, éperdu d'horreur, je me mis à courir vers le village en hurlant: «Au secours! au secours! au feu! au feu!» Je rencontrai des gens qui s'en venaient déjà et je retournai avec eux, pour voir!

La maison, maintenant, n'était plus qu'un bûcher horrible et magnifique, un bûcher monstrueux, éclairant toute la terre, un bûcher où brûlaient des hommes, et où il brûlait aussi, Lui, Lui, mon prisonnier, l'Être nouveau, le nouveau maître, le Horla!

Soudain le toit tout entier s'engloutit entre les murs, et un volcan de flammes jaillit jusqu'au ciel. Par toutes les fenêtres ouvertes sur la fournaise, je voyais la cuve de feu, et je pensais qu'il était là, dans ce four, mort...

«Mort? Peut-être?... Son corps? son corps que le jour traversait n'était-il pas indestructible par les moyens qui tuent les nôtres?

—S'il n'était pas mort?... seul peut-être le temps a prise sur l'Être Invisible et Redoutable. Pourquoi ce corps transparent, ce corps inconnaissable, ce corps d'Esprit, s'il devait craindre, lui aussi, les maux, les blessures, les infirmités, la destruction prématurée?

—La destruction prématurée? toute l'épouvante humaine vient d'elle! Après l'homme, le Horla. —Après celui qui peut mourir tous les jours, à toutes les heures, à toutes les minutes, par tous les accidents, est venu celui qui ne doit mourir qu'à son jour, à son heure, à sa minute, parce qu'il a touché la limite de son existence!

—Non... non... sans aucun doute, sans aucun doute... il n'est pas mort... Alors... alors... il va donc falloir que je me tue, moi!...»

. . . .

ALPHONSE DAUDET
1840-97

Enfant d'une famille bourgeoise ruinée, Alphonse Daudet a dû renoncer au baccalauréat. Il a ensuite passé deux années misérables comme maître d'études à Alès. Son frère, qui voulait l'aider dans sa carrière, l'a invité à Paris. Alphonse fait paraître peu de temps après un recueil de vers et accepte le poste de secrétaire du duc de Morny, demi-frère de Napoléon III, ce qui le laisse libre de continuer sa vie de Bohême et d'écrivain. Il tâte du théâtre, du journalisme, fréquente les salons ; il écrit des contes et un premier roman. La célébrité lui vient avec celui-ci, *Le Petit Chose* (1868) et deux recueils de nouvelles, les *Lettres de mon moulin* (1869), qui racontent d'une façon charmante des fables de la Provence, et les *Contes du lundi* (1873), inspirés par la guerre franco-allemande et la Commune. Auteur de centaines de nouvelles, d'une dizaine de romans, et de quelques volumes de souvenirs, il écrit brillamment sur la guerre, les mœurs contemporaines, le monde des artistes, et bien entendu sa Provence natale.

L'aimable Daudet a tissé des liens avec beaucoup de gens, dont Zola, mais il a toujours refusé l'école naturaliste, dont le pessimisme méthodique et les prétentions à la science l'ont rebuté[1]. Il se sent solidaire des gens de son époque tout en se croyant indépendant de toute école. Sa peinture souvent ironique du monde auquel il appartient joue cependant sur tous les registres du réalisme. Peut-être à cause des adaptations et des traductions qu'il a faites seul ou en collaboration, un parfum de plagiat flotte toujours autour de lui[2]. Nonobstant, on ne peut nier qu'il « fut l'un des écrivains les plus lus de cette période» (Dufief 48), qui a ajouté un éclat inoubliable à la littérature de son temps. Sans parler de ses romans, il est devenu, comme le dit Murray Sachs, «un des maîtres de la nouvelle française » (79). Une longue et douloureuse maladie l'a accompagné jusqu'à la mort. En dépit de la réalité terrible de ce qu'il appelait sa «doulou», il n'est pas descendu dans les profondeurs de la folie comme l'a fait Maupassant.

À l'époque, Daudet était surtout connu comme le chantre plein de fantaisie d'une Provence mystérieuse et ensoleillée. «La Chèvre de M. Seguin», sa fable la plus célèbre, montre sa capacité de faire vivre des animaux qui ont des caractères bien humains, ce qui mène si souvent au désastre. On peut même y sentir le ton de plaisanterie mêlée de sympathie qui traverse son œuvre, en dépit de la veine

---

[1] Anne-Simone Dufief, *Alphonse Daudet, romancier* (Paris: Champion, 1997) 34-35.
[2] Sachs, *The Career of Alphonse Daudet: A Critical Study* (Cambridge: Harvard UP, 1965) 61-62, 211.

âcre sinon cruelle qui marque de temps à autre ce qu'il écrit. Parmi ses récits sur la société contemporaine, il y avait l'embarras du choix pour trouver une contribution à ce volume. «Les voies de fait», qui se trouve ci-dessous, est typique du portrait que l'auteur fait de sa société, qui reste pertinent de nos jours. En France, à l'époque de Daudet, le divorce n'est guère possible, puisqu'il est supprimé en 1816, pour n'être rétabli qu'en 1884. Ceux qui se trouvent prisonniers d'un mauvais mariage, doivent attendre d'en être libéré par la mort de l'un ou de l'autre des époux, ou chercher à obtenir une séparation légale, opération difficile[3]. Dans cette histoire, Daudet jette un œil ironique sur les procédures de la justice et de l'amour. La nouvelle représente bien ce que Flaubert critique: Daudet, en auteur qui aime son succès, n'hésite pas à sacrifier un peu «à l'effet, à l'amusette, au chic», quoiqu'il me semble que Flaubert aille trop loin en disant que Daudet nous «sert des tartines»[4]. En fait, comme Flaubert le reconnaît, c'est souvent ce qui le gêne qui fait le succès de Daudet. «S'il se corrigeait de ses défauts, la vente baisserait» (Flaubert, *Correspondance* 5.31), mais, plus important, notre plaisir.

Biographie sommaire

Édition
Daudet, Alphonse. «Les Voies de fait» (1874). *Les Femmes d'artistes. —Robert Helmont. —Etudes & paysages*. Paris: Alphonse Lemerre, 1885. 68-80.

Édition annotée
Ripoll, Roger. «La Chèvre de M. Seguin». *Œuvres d'Alphonse Daudet*. Bibliothèque de la Pléiade. Vol. 1. Paris: Gallimard, 1986. 260-65.

Biographie
Marie-Thérèse Jouveau, *Alphonse Daudet, maître des tendresses*. Berre L'Étang: Centre International de l'Écrit en Langue d'oc, 1996. Texte en ligne.

Quelques études
Andry, Marc. *Alphonse Daudet, la bohème et l'amour*. Paris: Presses de la Cité, 1985.
Besson, Lucette. «Dans l'ombre de Balzac: Alphonse Daudet, I: Héros balzacien». *Le Courrier balzacien* 41.4 (1990): 10-24.
———. «Dans l'ombre de Balzac: Alphonse Daudet, II: Romancier balzacien». *Le Courrier balzacien* 42.1 (1991): 10-28.
Bournecque, Jacques-Henry. *Les Années d'apprentissage d'Alphonse Daudet*. Paris: Nizet, 1951.

---

[3]Pour les faits historiques sur le divorce, voir Pasco, *Revolutionary Love in Eighteenth- and Early Nineteenth-Century France* (Aldershot: Ashgate Publishing, 2009) 124-31.
[4]Gustave Flaubert, Lettre du 3 avril 1876, *Correspondance*, éd. Jean Bruneau, 5 vols. (Paris: Gallimard, 1973) 5.30.

Dufief, Anne-Simone. *Alphonse Daudet, romancier*. Paris: Champion, 1997.
Sachs, Murray. *The Career of Alphonse Daudet: A Critical Study*. Cambridge: Harvard UP, 1965.

La Chèvre de M. Seguin
1866

À M. Pierre Gringoire[1], poète lyrique à Paris.

Tu seras bien toujours le même, mon pauvre Gringoire.

Comment! on t'offre une place de chroniqueur dans un bon journal de Paris, et tu as l'aplomb de refuser... Mais regarde-toi, malheureux garçon! Regarde ce pourpoint troué, ces chausses en déroute, cette face maigre qui crie la faim. Voilà pourtant où t'a conduit la passion des belles rimes! Voilà ce que t'ont valu dix ans de loyaux services dans les pages du sire Apollo[2]... Est-ce que tu n'as pas honte, à la fin?

Fais-toi donc chroniqueur, imbécile! fais-toi chroniqueur! Tu gagneras de beaux écus à la rose, tu auras ton couvert chez Brébant[3], et tu pourras te montrer les jours de première avec une plume neuve à ta barrette...

Non? Tu ne veux pas?... Tu prétends rester libre à ta guise jusqu'au bout... Eh bien, écoute un peu l'histoire de *La Chèvre de M. Seguin*. Tu verras ce que l'on gagne à vouloir vivre libre.

M. Seguin n'avait jamais eu de bonheur avec ses chèvres.

Il les perdait toutes de la même façon: un beau matin, elles cassaient leur corde, s'en allaient dans la montagne, et là-haut le loup les mangeait. Ni les caresses de leur maître, ni la peur du loup, rien ne les retenait. C'était, paraît-il, des chèvres indépendantes, voulant à tout prix le grand air et la liberté.

Le brave M. Seguin, qui ne comprenait rien au caractère de ses bêtes, était consterné. Il disait: «C'est fini; les chèvres s'ennuient chez moi, je n'en garderai pas une».

Cependant il ne se découragea pas, et, après avoir perdu six chèvres de la même manière, il en acheta une septième; seulement, cette fois, il eut soin de la prendre toute jeune, pour qu'elle s'habituât mieux à demeurer chez lui.

Ah! Gringoire, qu'elle était jolie la petite chèvre de M. Seguin! Qu'elle était jolie avec ses yeux doux, sa barbiche de sous-officier, ses sabots noirs et luisants, ses cornes zébrées et ses longs poils blancs qui lui faisaient une houppelande! C'était

---

[1] Nom que Daudet tire ou de Victor Hugo ou de Théodore de Banville. Selon Roget Ripoll c'est le type du poète famélique (*Œuvres* 1.1292n1).
[2] Apollon: dieu grec des arts et de la lumière.
[3] Restaurant célèbre.

presque aussi charmant que le cabri d'Esméralda, tu te rappelles, Gringoire? —et puis, docile, caressante, se laissant traire sans bouger, sans mettre son pied dans l'écuelle. Un amour de petite chèvre...
M. Seguin avait derrière sa maison un clos entouré d'aubépines. C'est là qu'il mit sa nouvelle pensionnaire. Il l'attacha à un pieu, au plus bel endroit du pré, en ayant soin de lui laisser beaucoup de corde, et de temps en temps il venait voir si elle était bien. La chèvre se trouvait très heureuse et broutait l'herbe de si bon cœur que M. Seguin était ravi. «Enfin, pensait le pauvre homme, en voilà une qui ne s'ennuiera pas chez moi!»
M. Seguin se trompait, sa chèvre s'ennuya.

Un jour, elle se dit en regardant la montagne: «Comme on doit être bien là-haut! Quel plaisir de gambader dans la bruyère, sans cette maudite longe qui vous écorche le cou!... C'est bon pour l'âne ou pour le bœuf de brouter dans un clos!... Les chèvres, il leur faut du large».

À partir de ce moment, l'herbe du clos lui parut fade. L'ennui lui vint. Elle maigrit, son lait se fit rare. C'était pitié de la voir tirer tout le jour sur sa longe, la tête tournée du côté de la montagne, la narine ouverte, en faisant *Mé!...* tristement.

M. Seguin s'apercevait bien que sa chèvre avait quelque chose, mais il ne savait pas ce que c'était... Un matin, comme il achevait de la traire, la chèvre se retourna et lui dit dans son patois:

«Écoutez, monsieur Seguin, je me languis chez vous, laissez-moi aller dans la montagne.

— Ah! mon Dieu!... Elle aussi!» cria M. Seguin stupéfait, et du coup il laissa tomber son écuelle; puis, s'asseyant dans l'herbe à côté de sa chèvre:

«Comment Blanquette, tu veux me quitter!»
Et Blanquette répondit:
«Oui, monsieur Seguin.
— Est-ce que l'herbe te manque ici?
— Oh! non! monsieur Seguin.
— Tu es peut-être attachée de trop court; veux-tu que j'allonge la corde!
— Ce n'est pas la peine, monsieur Seguin.
— Alors, qu'est-ce qu'il te faut! qu'est-ce que tu veux?
— Je veux aller dans la montagne, monsieur Seguin.
— Mais, malheureuse, tu ne sais pas qu'il y a le loup dans la montagne... Que feras-tu quand il viendra?...
— Je lui donnerai des coups de corne, monsieur Seguin.
— Le loup se moque bien de tes cornes. Il m'a mangé des biques autrement encornées que toi... Tu sais bien, la pauvre vieille Renaude qui était ici l'an dernier? une maîtresse chèvre, forte et méchante comme un bouc. Elle s'est battue avec le loup toute la nuit... puis, le matin, le loup l'a mangée.
— Pécaïre! Pauvre Renaude!... Ça ne fait rien, monsieur Seguin, laissez-moi aller dans la montagne.

— Bonté divine!... dit M. Seguin; mais qu'est-ce qu'on leur fait donc à mes chèvres? Encore une que le loup va me manger... Eh bien, non... je te sauverai malgré toi, coquine! et de peur que tu ne rompes ta corde, je vais t'enfermer dans l'étable, et tu y resteras toujours».

Là-dessus, M. Seguin emporta la chèvre dans une étable toute noire, dont il ferma la porte à double tour. Malheureusement, il avait oublié la fenêtre, et à peine eut-il le dos tourné, que la petite s'en alla...

Tu ris, Gringoire? Parbleu! je crois bien; tu es du parti des chèvres, toi, contre ce bon M. Seguin... Nous allons voir si tu riras tout à l'heure.

Quand la chèvre blanche arriva dans la montagne, ce fut un ravissement général. Jamais les vieux sapins n'avaient rien vu d'aussi joli. On la reçut comme une petite reine. Les châtaigniers se baissaient jusqu'à terre pour la caresser du bout de leurs branches. Les genêts d'or s'ouvraient sur son passage, et sentaient bon tant qu'ils pouvaient. Toute la montagne lui fit fête.

Tu penses, Gringoire, si notre chèvre était heureuse! Plus de corde, plus de pieu... rien qui l'empêchât de gambader, de brouter à sa guise... C'est là qu'il y en avait de l'herbe! jusque par-dessus les cornes, mon cher!... Et quelle herbe! Savoureuse, fine, dentelée, faite de mille plantes... C'était bien autre chose que le gazon du clos. Et les fleurs donc!... De grandes campanules bleues, des digitales de pourpre à longs calices, toute une forêt de fleurs sauvages débordant de sucs capiteux!...

La chèvre blanche, à moitié soûle, se vautrait là dedans les jambes en l'air et roulait le long des talus, pêle-mêle avec les feuilles tombées et les châtaignes... Puis, tout à coup, elle se redressait d'un bond sur ses pattes. Hop! la voilà partie, la tête en avant, à travers les maquis et les buissières, tantôt sur un pic, tantôt au fond d'un ravin, là-haut, en bas, partout... On aurait dit qu'il y avait dix chèvres de M. Seguin dans la montagne.

C'est qu'elle n'avait peur de rien la Blanquette.

Elle franchissait d'un saut de grands torrents qui l'éclaboussaient au passage de poussière humide et d'écume. Alors, toute ruisselante, elle allait s'étendre sur quelque roche plate et se faisait sécher par le soleil... Une fois, s'avançant au bord d'un plateau, une fleur de cytise aux dents, elle aperçu en bas, tout en bas dans la plaine, la maison de M. Seguin avec le clos derrière. Cela la fit rire aux larmes.

«Que c'est petit! dit-elle; comment ai-je pu tenir là dedans?»

Pauvrette! de se voir si haut perchée, elle se croyait au moins aussi grande que le monde...

En somme, ce fut une bonne journée pour la chèvre de M. Seguin. Vers le milieu du jour, en courant de droite et de gauche, elle tomba dans une troupe de chamois en train de croquer une lambrusque à belles dents. Notre petite coureuse en robe blanche fit sensation. On lui donna la meilleure place à la lambrusque[4], et tous ces messieurs furent très galants... Il paraît même, —ceci doit rester entre nous, Gringoire—, qu'un jeune chamois à pelage noir, eut la bonne fortune de

---

[4]Vigne sauvage portant des fruits.

plaire à Blanquette. Les deux amoureux s'égarèrent parmi le bois une heure ou deux, et si tu veux savoir ce qu'ils se dirent, va le demander aux sources bavardes qui courent invisibles dans la mousse.

Tout à coup le vent fraîchit. La montagne devint violette; c'était le soir... «Déjà!» dit la petite chèvre; et elle s'arrêta fort étonnée.
En bas, les champs étaient noyés de brume. Le clos de M. Seguin disparaissait dans le brouillard, et de la maisonnette on ne voyait plus que le toit avec un peu de fumée. Elle écouta les clochettes d'un troupeau qu'on ramenait, et se sentit l'âme toute triste... Un gerfaut[5], qui rentrait, la frôla de ses ailes en passant. Elle tressaillit... puis ce fut un hurlement dans la montagne:
«Hou! hou!»
Elle pensa au loup; de tout le jour la folle n'y avait pas pensé... Au même moment une trompe sonna bien loin dans la vallée. C'était ce bon M. Seguin qui tentait un dernier effort.
«Hou! hou!... faisait le loup.
—Reviens! reviens!...» criait la trompe.

Blanquette eut envie de revenir; mais en se rappelant le pieu, la corde, la haie du clos, elle pensa que maintenant elle ne pouvait plus se faire à cette vie, et qu'il valait mieux rester.
La trompe ne sonnait plus...
La chèvre entendit derrière elle un bruit de feuilles. Elle se retourna et vit dans l'ombre deux oreilles courtes, toutes droites, avec deux yeux qui reluisaient... C'était le loup.

Énorme, immobile, assis sur son train de derrière, il était là regardant la petite chèvre blanche et la dégustant par avance. Comme il savait bien qu'il la mangerait, le loup ne se pressait pas; seulement, quand elle se retourna, il se mit à rire méchamment.
«Ha! ha! la petite chèvre de M. Seguin!» et il passa sa grosse langue rouge sur ses babines d'amadou[6].
Blanquette se sentit perdue... Un moment en se rappelant l'histoire de la vieille Renaude, qui s'était battue toute la nuit pour être mangée le matin, elle se dit qu'il vaudrai-t peut-être mieux se laisser manger tout de suite; puis, s'étant ravisée, elle tomba en garde, la tête basse et la corne en avant, comme une brave chèvre de M. Seguin qu'elle était... Non pas qu'elle eût l'espoir de tuer le loup, —les chèvres ne tuent pas le loup—, mais seulement pour voir si elle pourrait tenir aussi longtemps que la Renaude...
Alors le monstre s'avança, et les petites cornes entrèrent en danse.
Ah! la brave chevrette, comme elle y allait de bon cœur! Plus de dix fois, je ne mens pas, Gringoire, elle força le loup à reculer pour reprendre haleine. Pendant

---

[5]Oiseau de proie.
[6]Substance de couleur sombre.

ces trêves d'une minute, la gourmande cueillait en hâte encore un brin de sa chère herbe; puis elle retournait au combat, la bouche pleine... Cela dura toute la nuit. De temps en temps la chèvre de M. Seguin regardait les étoiles danser dans le ciel clair, et elle se disait: «Oh! pourvu que je tienne jusqu'à l'aube...»

L'une après l'autre, les étoiles s'éteignirent. Blanquette redoubla de coups de cornes, le loup de coups de dents... Une lueur pâle parut dans l'horizon... Le chant d'un coq enroué monta d'une métairie. «Enfin!» dit la pauvre bête, qui n'attendait plus que le jour pour mourir; et elle s'allongea par terre dans sa belle fourrure blanche toute tachée de sang...

Alors le loup se jeta sur la petite chèvre et la mangea.

Adieu, Gringoire!

L'histoire que tu as entendue n'est pas un conte de mon invention. Si jamais tu viens en Provence, nos ménagers te parleront souvent de la *cabro de moussu Seguin, que se battégué touto la neui emé lou loup, e piei lou matin lou loup la mangé*[7].

Tu m'entends bien, Gringoire:

E piei lou matin lou loup la mangé.

---

[7](Note de l'auteur) La chèvre de monsieur Seguin qui se battit toute la nuit avec le loup, et puis, le matin, le loup la mangea.

Alphonse Daudet

Les Voies de fait[1]
1873

CABINET
DE M[2] PETITBRY
Avocat consultant

Madame Nina de B..., chez sa tante, à Moulins.

Madame, conformément aux désirs de Mme votre tante, je me suis occupé de l'affaire en question. J'ai pris les faits l'un après l'autre et soumis tous vos griefs à l'investigation la plus scrupuleuse. Eh bien, en mon âme et conscience, je ne trouve pas que la poire soit encore assez mûre, ou, pour parler plus net, que vous soyez fondée d'une façon sérieuse à introduire une demande en séparation. Ne l'oublions pas, en effet, la loi française est une personne très positive, qui n'a ni délicatesse, ni instinct des nuances. Elle ne connaît que le fait, le fait sérieux, brutal, et malheureusement c'est ce fait-là qui nous manque. Certes, j'ai été profondément touché en lisant le récit de cette première année de mariage si pénible pour vous. Vous avez payé bien cher la gloire d'épouser un artiste fameux, un de ces hommes chez qui la renommée, l'adulation développent un monstrueux égoïsme, et qui doivent vivre seuls sous peine de briser la frêle et timide existence qui tente de s'attacher à la leur... Ah! madame, depuis le commencement de ma carrière, combien ai-je vu de malheureuses épouses dans la triste position où vous vous trouvez! Ces artistes, qui vivent du public et rien que pour lui, n'apportent au foyer que la fatigue de leur gloire ou la tristesse de leurs échecs. Une existence désheurée[3], sans boussole ni gouvernail, des idées subversives, à l'envers de toute convention sociale, le mépris de la famille et de ses joies, l'excitation cérébrale cherchée dans l'abus du tabac, des liqueurs fortes, sans parler du reste, voilà ce qui constitue ce terrible élément artistique auquel votre chère tante désire vous soustraire; mais, je vous le répète, tout en comprenant ses inquiétudes, ses remords même d'avoir consenti à un pareil mariage, je ne vois pas que les choses soient au point pour ce que vous demandez.

J'ai pourtant commencé déjà un projet de mémoire judiciaire où vos principaux griefs se trouvent groupés et mis en lumière assez habilement. Voici les grandes divisions de l'ouvrage:

---

[1] Ici, «Actes de violences, sévices corporels (contre quelqu'un)»—*Trésor de la langue française* (Paris: Centre National de la Recherche Scientifique, 1980) 8.617.
[2] Abréviation pour «Maître», titre donné aux avocats et avoués.
[3] Vie déréglée, menée sans tenir compte de l'heure.

1° *Grossièretés de Monsieur envers la famille de Madame.* —Refus de recevoir notre tante de Moulins, qui nous a élevée et qui nous adore. —Surnoms de Tata Bobosse, Fée Carabosse[4] et autres, donnés à cette vénérable demoiselle dont le dos est un peu voûté. —Railleries, épigrammes, dessins au crayon et à la plume sur ladite et son infirmité.

2° *Insociabilité.* —Refus de voir les amis de Madame, de faire des visites de noces, d'envoyer des cartes, de répondre aux invitations, etc.

3° *Dilapidation.* —Argent prêté sans reçu à toutes sortes de bohèmes. —Table toujours ouverte, maison transformée en hôtellerie. —Souscriptions continuelles pour des statues, des tombeaux, des œuvres de confrères malheureux. —Fondation d'une revue artistique et littéraire!!!

4° *Grossièretés envers Madame.* —Avoir dit tout haut, en parlant de nous: «Quelle dinde!...»

5° *Sévices et violences.* —Excessive brutalité de Monsieur. —Fureur aux moindres prétextes. —Bris de vaisselle et de meubles. —Tapage, scandale, expressions malsonnantes.

Tout cela, comme vous le voyez, chère madame, forme un corps d'accusation assez respectable, mais insuffisant. Il nous manque les voies de fait. Ah! si nous avions seulement une voie de fait, une toute petite voie de fait devant témoins, notre affaire serait superbe. Mais ce n'est pas maintenant que vous avez mis cinquante lieues entre vous et votre mari que nous pouvons espérer un événement de ce genre. Je dis « espérer » parce que, la situation étant donnée, une brutalité de cet homme eût été ce qui pouvait vous arriver de plus heureux.

Je suis, madame, en attendant vos ordres, votre dévoué et respectueux serviteur,

PETITBRY.

P. S. — Brutalité devant témoins, bien entendu!...

Maître Petitbry, à Paris.

Eh quoi! monsieur, voilà où nous en sommes... Voilà ce que vos lois ont fait de l'ancienne chevalerie française!... Ainsi, quand il suffit souvent d'un malentendu pour séparer deux cœurs à jamais, il faut à vos tribunaux des actes de violence pour motiver cette séparation. N'est-ce pas indigne, injuste, barbare, criant?... Penser que, pour recouvrer sa liberté, ma pauvre petite est obligée d'aller tendre son cou au bourreau, de se livrer à toute la fureur du monstre, de l'exciter même... Mais, n'importe, notre parti est pris. Il faut des voies de fait. Eh bien! nous en aurons... Dès demain, Nina retourne à Paris. Comment sera-t-elle accueillie? Que va-t-il se

---

[4] Le mari a joué sur «tata» (déformation enfantine de tante), «bosse» (difformité du dos), «bobosse» (un autre mot d'enfant pour désigner une bosse) et «Carabosse» (la mauvaise fée des contes populaires).

passer, là-bas? Je n'ose y songer sans frémir. A cette idée, ma main tremble, mes yeux se mouillent... Ah! monsieur... Ah! maître Petitbry... Ah!

LA TANTE INFORTUNEE DE NINA.

ETUDE
DE Mᶜ MARESTANG
Avoué
près le tribunal de la Seine.

Monsieur Henri de B..., homme de lettres, à Paris.
Du calme, du calme, du calme!... Je vous défends d'aller à Moulins, de vous élancer à la poursuite de votre fugitive. Il est plus sage, il est plus sûr de l'attendre chez vous au coin du feu. En somme, que s'est-il passé? Vous refusiez de recevoir cette vieille fille ridicule et méchante; votre femme est allée la rejoindre. Il fallait vous y attendre. La famille est bien forte dans le cœur d'une si jeune mariée. Vous avez voulu aller trop vite. Songez que c'est cette tante qui l'a élevée, qu'elle n'a pas d'autres parents qu'elle... Elle a son mari, me direz-vous... Eh! mon cher enfant, entre nous nous pouvons bien nous faire cet aveu, les maris ne sont pas aimables tous les jours. J'en connais un surtout qui, malgré son bon cœur, est d'une nervosité, d'une violence! Je veux bien que le travail, les préoccupations artistiques y soient pour quelque chose. Toujours est-il que l'oiseau s'est effarouché et qu'il est retourné à son ancienne cage. N'ayez pas peur; il n'y restera pas longtemps. Ou je me trompe fort, ou cette Parisienne d'hier s'ennuiera vite dans ce milieu suranné et ne sera pas longue à regretter les turbulences de son poète... Surtout ne bougez pas.

Votre vieil ami,
MARESTANG.

Maître Marestang, avoué à Paris.
En même temps que votre lettre si raisonnable, si amicale, je reçois un télégramme de Moulins m'annonçant le retour de Nina. Ah! que vous avez été bon prophète! Elle revient ce soir, toute seule, comme elle était partie, sans la moindre démarche de ma part. Il s'agit maintenant de lui arranger une vie si douce, si agréable, qu'elle n'ait jamais plus la tentation de partir. J'ai fait des provisions de tendresse, de patience, pendant cette absence de huit jours. Il n'y a qu'un point sur lequel je ne varie pas: je ne veux plus voir chez nous l'horrible Tata Bobosse, ce bas-bleu de 1820, qui m'a donné sa nièce uniquement dans l'espoir que ma petite célébrité servirait à la sienne. Songez, mon cher Marestang, que depuis notre mariage cette méchante petite vieille s'est toujours mise entre ma femme et moi, roulant sa bosse à travers tous nos plaisirs, toutes nos fêtes, au théâtre, aux expositions, dans le monde, à la campagne, partout. Étonnez-vous, après cela, que j'aie mis une certaine précipitation à la congédier, à la renvoyer dans sa bonne ville

de Moulins. Tenez! mon cher, on ne se doute pas du mal que ces vieilles filles, ignorantes de la vie et soupçonneuses, sont capables de faire dans un jeune ménage. Celle-là avait fourré dans la jolie petite tête de ma femme une provision d'idées fausses, arriérées, saugrenues, un sentimentalisme rococo du temps d'Ipsiboé[5], du jeune Florange[6]: *Ah! si ma dame me voyait!*... Pour elle, j'étais un *poâte*, ce *poâte* qu'on voit aux frontispices de Renduel ou de Ladvocat[7], couronné de lauriers, une lyre sur la hanche, et le coup de vent des hautes cimes dans un manteau-crispin à collet de velours. Voilà le mari qu'elle avait promis à sa nièce, et vous pensez si ma pauvre Nina a dû être désillusionnée. Du reste, je conviens que j'ai été maladroit avec cette chère enfant. Comme vous dites, j'ai voulu aller trop vite, je l'ai effarouchée. Cette éducation un peu étroite, faussée par le couvent et les rêvasseries sentimentales de la tante, c'était à moi de la refaire tout doucement, en laissant au bouquet provincial le temps de s'évaporer... Enfin tout cela est réparable, puisqu'elle revient... Elle revient, mon cher ami!... Ce soir, j'irai l'attendre à la gare et nous rentrerons chez nous au bras l'un de l'autre, réconciliés et heureux.

HENRI DE B...

Nina de B... à sa tante, à Moulins.

Il m'attendait au chemin de fer et m'a reçue en souriant, les bras tendus, comme si je revenais d'un voyage ordinaire. Tu penses si je lui ai fait ma mine la plus glacée. A peine rentrée, je me suis enfermée dans ma chambre, où j'ai dîné toute seule sous prétexte de fatigue. Ensuite, double tour de clef. Il est venu me dire bonsoir à la serrure, et, ce qui m'a bien surprise, s'est éloigné à pas de loup sans colère ni insistance... Ce matin, visite de Me Petitbry, qui m'a donné de longues instructions sur la façon dont je devais m'y prendre, l'heure, l'endroit, les témoins... Ah! ma chère tante, à mesure que le moment approche, si tu savais comme j'ai peur. Ses colères sont si terribles. Même quand il est doux comme hier, ses yeux ont des éclairs d'orage... Enfin, je serai forte en pensant à toi, ma chérie... D'ailleurs, comme m'a dit Me Petitbry, ce n'est qu'un mauvais moment à passer; puis nous reprendrons toutes les deux notre vie d'autrefois, calme et heureuse.

NINA DE B...

---

[5]*Ipsiboé*, roman populaire du vicomte d'Arlincourt (1823), puis opéra (1824), qui raconte l'histoire d'une ancienne reine du XIIe siècle qui prend le pseudonyme d'Ipsiboé et fait tout ce qu'elle peut pour empêcher l'amour entre son fils et la fille du roi qui a usurpé le trône.
[6]Florange, dit le jeune Aventureux (1491-1536), quitte sa femme pour courir des aventures à peine trois mois après son mariage. Il dit en 1525, en lui rendant visite, qu'il ne l'avait vue depuis un an et demi, et "en huyct ans n'avoit estez xv jours avecque elle"—*Mémoires du Maréchal de Florange, dit le jeune advantureux*, éd. Robert Goubaux et P.-André Lemoisne 2 vols. (1753; Paris: Edouard Champion, 1924) 1.53; 2.269.
[7]Eugène Renduel (1798-1874) et Pierre-François Ladvocat, dit Camille Ladvocat (1791-1854), éditeurs parisiens ayant publié surtout des Romantiques.

De la même à la même.

Chère tante, je t'écris de mon lit, brisée par l'émotion de cette scène épouvantable. Qui aurait pu croire que les choses tourneraient ainsi? Pourtant, toutes mes précautions étaient prises. J'avais prévenu Marthe et sa sœur qui devaient venir à une heure, et choisi pour la grande scène le moment où l'on sort de table, pendant que les domestiques ôtent le couvert dans la salle à manger voisine du cabinet de travail. Dès le matin, mes batteries étaient préparées: une heure de gammes, d'études au piano, les *Cloches du monastère*, les *Rêveries de Rosellen*, tous les morceaux qu'il déteste. Cela ne l'avait pas empêché de travailler sans la moindre irritation. Au déjeuner, même patience. Un déjeuner exécrable, des restes, des plats sucrés qu'il ne peut pas souffrir. Et si tu avais vu ma toilette! Une robe à pèlerine qui a cinq ans de date, un petit tablier de soie noire, des cheveux défrisés!... Je cherchais sur son front des signes d'irritation, ce pli droit si connu que monsieur creuse entre ses sourcils à la moindre contrariété. Eh bien! non, rien. C'était à croire qu'on m'avait changé mon mari. Il m'a dit d'un ton calme, un peu triste:

«Tiens! vous avez repris votre ancienne coiffure?»

Je répondais à peine, ne voulant rien hâter avant l'arrivée des témoins, et puis c'est drôle! je me sentais émue, secouée d'avance de la scène que je cherchais. Enfin, à quelques réponses un peu plus sèches de ma part, il se leva de table et se retira chez lui. Je le suivis, toute tremblante. J'entendais mes amis s'installer dans le petit salon, et Pierre qui allait, venait, rangeait l'argenterie et les verres. Le moment était venu. Il fallait l'amener aux grandes violences, et cela me semblait facile après ce que j'avais fait depuis le matin pour l'irriter.

En entrant dans son cabinet, je devais être très pâle. Je me sentais dans la cage du lion. Cette pensée me vint: «S'il allait me tuer!» Il n'avait pourtant pas l'air bien terrible, couché sur son divan, le cigare à la bouche.

«Est-ce que je vous dérange? demandai-je de ma voix la plus ironique.

Lui, tranquillement:

—Non. Vous voyez... je ne travaille pas.

Moi, toujours très méchante:

—Ah ça! vous ne travaillez donc jamais?

Lui, toujours très doux:

—Vous vous trompez, mon amie. Je travaille beaucoup, au contraire... Seulement, notre métier est de ceux où l'on peut travailler sans avoir un outil dans la main.

Moi:

—Et qu'est-ce que vous faites, en ce moment?... Ah! oui, je sais, votre pièce en vers, toujours la même depuis deux ans. Savez-vous que c'est bien heureux que votre femme ait eu de la fortune!... Cela vous permet de paresser à votre aise.

Je croyais qu'il allait bondir. Pas du tout. Il est venu me prendre les mains très gentiment.

—Voyons, c'est donc toujours la même chose! Nous allons donc recommencer notre vie de guerre?... Alors, pourquoi êtes-vous revenue?»

J'avoue que je me suis sentie un peu émue de son ton affectueux et triste; mais j'ai pensé à toi, ma pauvre tante, à ton exil, à tous ses torts, et cela m'a donné du courage. J'ai cherché ce que je pouvais lui dire de plus amer, de plus blessant... Est-ce que je sais, moi?... que j'étais désolée d'avoir épousé un artiste; qu'à Moulins, tout le monde me plaignait; que j'avais trouvé mes amies mariées à des magistrats, des hommes sérieux, influents, bien posés, tandis que lui... Encore, s'il gagnait de l'argent. Mais non, monsieur travaillait pour la gloire. Et quelle gloire!... A Moulins, personne ne le connaissait; à Paris, on sifflait ses pièces. Ses livres ne se vendaient pas. Et patati, et patata... La tête me tournait de toutes les méchantes paroles qui me venaient à mesure. Lui me regardait sans répondre, avec une colère froide. Naturellement, cette froideur m'exaspérait davantage. J'étais tellement excitée, que je ne reconnaissais plus ma voix montée à un diapason extraordinaire, et les derniers mots que je lui criai—je ne sais plus quelle épigramme injuste et folle—bourdonnèrent à mes oreilles troublées... Pour le coup, je crus que Me Petitbry tenait sa voie de fait. Blême, les dents serrées, Henri avait fait deux pas vers moi:

«Madame!...»

Puis, subitement sa colère tomba, sa figure redevint impassible, et il me regarda d'un air si méprisant, si insolent, si calme... Oh! ma foi, ma patience était à bout: je levai la main et, vlan! je lui appliquai le plus beau soufflet que j'aie donné de ma vie. Au bruit, la porte s'ouvre, mes témoins se présentent, suffoqués, solennels.

«Monsieur, c'est une indignité!...

—N'est-ce pas!» disait le pauvre garçon en montrant sa joue toute rouge.

Tu penses si j'étais confuse. Heureusement, j'ai pris le parti de m'évanouir et de pleurer toutes mes larmes, ce qui m'a beaucoup soulagée... Maintenant, Henri est dans ma chambre. Il me veille, il me soigne et se montre véritablement très bon pour moi... Que faire? quelle impasse!... C'est Me Petitbry qui ne sera pas content.

NINA DE B...

JULES AMÉDÉE BARBEY D'AUREVILLY
1808-89

Le monde de Barbey d'Aurevilly est inquiétant, sinon profondément angoissant, car il donne en permanence à douter de la réalité de notre monde à nous. Bien que les écrits de Barbey fassent preuve d'un indéniable réalisme, ils laissent entrevoir, derrière leur façade «fin-de-siècle», une autre réalité: celle du Mal, et même, convient-il de préciser, celle du Mal absolu. On ne peut s'empêcher de croire que Barbey a su représenter un reflet exact de ce qui l'a entouré. Et c'est là que réside le talent de Barbey. Proust s'est montré intrigué et enthousiasmé par cette «réalité cachée révélée par une trace matérielle»[1], mettant en évidence les leitmotive qu'il nomme «phrases-types», que l'on retrouve dans les œuvres de Vinteuil, compositeur fictif de *À la recherche du temps perdu*, et de Barbey.

Barbey d'Aurevilly possédait d'autres talents. C'était un romancier consommé, d'une admirable perfection, laissant s'échapper le parfum évanescent d'un monde spirituel. C'était également un journaliste et un polémiste accompli et féroce, capable d'épater les bourgeois en éreintant de façon musclée tous ceux qui ne partageaient pas ses propres goûts et croyances. Aristocrate snob de souche récente, il affichait un catholicisme fervent et dogmatique, un passéisme intraitable ainsi qu'un dandysme ostentatoire. Sans doute, lorsqu'il était en public, se mettait-il en scène avec outrance. Mais sa troublante et géniale évocation du Mal et de la dimension diabolique l'élève bien au-dessus de ses excentricités. Les aurevilliens ont tendance à placer certaines de ses œuvres au premier plan, notamment *Une histoire sans nom* et *Une Page d'Histoire*. Personne ne conteste cependant la haute importance des *Diaboliques*. Les six nouvelles du recueil entretiennent entre elles des relations complexes, même si les procédés dont Barbey a usé pour atteindre l'unité de son cycle demeurent enfouis au cœur de l'œuvre. C'est en 1866, voire en 1867 (la date est imprécise), qu'il a choisi le titre qui se trouve aujourd'hui en tête du volume publié pour la première fois en 1874. Ce choix met en lumière la jeune femme satanique au centre de chaque histoire («*Les Diaboliques*, disait Barbey, ne sont pas des diableries; ce sont des *Diaboliques*»[2]). En outre, et c'est

---

[1] Marcel Proust, *À la recherche du temps perdu*, éd. Jean-Yves Tadié, 4 vols., Bibliothèque de la Pléiade (Paris: Gallimard, 1987) 3:877. Pour une étude sur ce procédé chez Barbey, voir: A. H. Pasco, «A Study of Allusion: Barbey's Stendhal in "Le Rideau cramoisi",» *PMLA* 88 (1973): 461-71.
[2] Barbey d'Aurevilly, *Œuvres romanesques complètes*, 2 vols., Bibliothèque de la Pléiade (Paris: Gallimard, 1966) 2.1291.

peut-être plus important, le choix du titre est brillant également parce qu'il a attiré l'attention du Parquet. L'accusation d'immoralité et le procès qui en résulte ont rendu scandaleusement célèbre le petit volume et l'a élevé au niveau de certaines autres œuvres magistrales, telles que *Madame Bovary* et *Les Fleurs du mal*. Le non-lieu prononcé par les magistrats n'a pas empêché la destruction de tous les exemplaires saisis du chef-d'œuvre, et le courage a manqué à Barbey pour faire réimprimer *Les Diaboliques* avant 1882.

Chaque nouvelle s'ouvre sur la présentation d'un narrateur qui relate ce qu'il a entendu. Le personnage central, ainsi tenu à distance, se met à son tour à agir et à raconter, ce qui permet au lecteur de le juger. «La Vengeance d'une femme», comme les autres nouvelles des *Diaboliques*, traite d'un péché. Il ne faudait pourtant pas croire que l'offense que Robert de Tressignies expie sans espoir de rémission soit d'avoir fauté avec une prostituée. Barbey a retenu la leçon de l'Inquisition, qui, comme le dit son narrateur dans la nouvelle qui suit, «savait bien que les crimes spirituels étaient les plus grands et elle les châtiait comme tels.» Le point de vue de la narration change plusieurs fois au cours de l'histoire, afin de cerner un esprit malveillant. On entend la voix de Tressignies, puis celle de la duchesse, avant de comprendre que cette diabolique a jeté son dévolu sur le dandy et l'a traîné dans la boue. Comme Barbey l'a écrit explicitement dans la préface de la première édition, l'auteur «croit au Diable et à ses influences dans le monde, et n'en rit pas»[3]. Au lecteur de s'interroger sur le bien-fondé de telles convictions. Nul doute que Tressignies, autrefois si gai, côtoie l'enfer de près. «De sombre, il passa souffrant. Son teint se plomba.»

Bibliographie sommaire

Éditions critiques

Barbey D'Aurevilly. «La Vengeance d'une femme». *Les Diaboliques*. Éd. Michel Crouzet. Paris: Imprimerie Nationale, 1989.

———. «La Vengeance d'une femme». *Les Diaboliques*. *Œuvres romanesques complètes*. Éd. Jacques Petit. 2 vols. Bibliothèque de la Pléiade. Paris: Gallimard, 1966. 2.229-64.

Quelques études

Berthier, Philippe. «Oser oser ou la vengeance d'un homme». *Littératures* 17 (1987): 93-100.

Cogman, P. W. M. «Criminal Conversation: "Telling and Knowing in Barbey's 'La Vengeance d'une femme'"». *French Studies* 51.1 (1997): 30-42.

Crouzet, Michel. «Barbey d'Aurevilly et l'oxymore: ou La Rhétorique du diable». *Barbey d'Aurevilly*: L'Ensorcelée et les Diaboliques: *La Chose sans nom*. Actes du Colloque de la Société des Études Romantiques du 16 janvier 1988. Paris: SEDES, 1988. 83-98.

---

[3]Ibid., 2.1290-91.

Pasco, Allan H. "Barbey d'Aurevilly's Force of Evil *dessous les cartes*," *Romance Studies* 28.1 (January 2010): 36-46.

———. «Kaleidescopic Reading in Barbey's *Les Diaboliques*». *Kaleidescope: Essays on Nineteenth Century French Literature in Honor of Thomas H. Goetz*. Éd G. Falconer and M. Donaldson-Evans. Toronto: Centre d'Études Romantiques, 1996. 99-110.

Petit, Jacques. *Essais de lectures des* Diaboliques *de Barbey d'Aurevilly*. Paris: Lettres Modernes Minard, 1974.

Rogers, B. G. *The Novels and Stories of Barbey d'Aurevilly*. Geneva: Droz, 1967.

Toumayan, Alain. «Barbey d'Aurevilly, Balzac, and "La Vengeance d'une femme"». *French Forum* 19.1 (1994): 35-43.

La Vengeance d'une femme
1874

Fortiter[1]

J'ai souvent entendu parler de la hardiesse de la littérature moderne; mais je n'ai, pour mon compte, jamais cru à cette hardiesse-là. Ce reproche n'est qu'une forfanterie... de moralité. La littérature, qu'on a dit si longtemps l'expression de la société, ne l'exprime pas du tout—au contraire; et, quand quelqu'un de plus crâne que les autres a tenté d'être plus hardi, Dieu sait quels cris il a fait pousser! Certainement, si on veut bien y regarder, la littérature n'exprime pas la moitié des crimes que la société commet mystérieusement et impunément tous les jours, avec une fréquence et une facilité charmantes. Demandez à tous les confesseurs, qui seraient les plus grands romanciers que le monde aurait eus, s'ils pouvaient raconter les histoires qu'on leur coule dans l'oreille au confessionnal. Demandez-leur le nombre d'incestes (par exemple) enterrés dans les familles les plus fières et les plus élevées, et voyez si la littérature, qu'on accuse tant d'immorale hardiesse, a osé jamais les raconter, même pour en effrayer! À cela près du petit souffle, qui n'est qu'un souffle, et qui passe—comme un souffle—dans le *René* de Chateaubriand—du religieux Chateaubriand—je ne sache pas de livre où l'inceste, si commun dans nos mœurs—en haut comme en bas, et peut-être plus en bas qu'en haut—ait jamais fait le sujet, franchement abordé, d'un récit qui pourrait tirer de ce sujet des *effets* d'une moralité vraiment tragique. La littérature moderne, à laquelle le bégueulisme jette sa petite pierre, a-t-elle jamais osé les histoires de Myrrha, d'Agrippine[2] et d'Œdipe, qui sont des histoires, croyez-moi, toujours et parfaitement vivantes, car je n'ai pas vécu—du moins jusqu'ici—dans un autre enfer que l'enfer social, et j'ai, pour ma part, connu et coudoyé pas mal de Myrrhas, d'Œdipes et d'Agrippines, dans la vie privée et dans le plus beau monde, comme on dit. Parbleu! cela n'avait jamais lieu comme au théâtre ou dans l'histoire. Mais, à travers les surfaces sociales, les précautions, les peurs et les hypocrisies; cela s'entrevoyait... Je connais—et tout Paris connaît—une Mme Henri III[3], qui porte en ceinture des chapelets de petites

---

[1] «Courageusement», en latin.
[2] Myrrha commit l'inceste avec son père et en eut un fils, Adonis. Après un mariage avec son oncle l'empereur Claude, Agrippine la Jeune eut une relation avec son fils Néron. On connaît l'histoire d'Œdipe.
[3] «Madame Henri III» est le titre d'une des *Diaboliques* non écrites. Le Henri III historique fut roi de France entre 1574 et 1589 pendant une partie des guerres de religion. Il mêlait

têtes de mort, ciselées dans de l'or, sur des robes de velours bleu, et qui se donne la discipline, mêlant ainsi au ragoût de ses pénitences le ragoût des autres plaisirs de Henri III. Or, qui écrirait l'histoire de cette femme, qui fait des livres de piété, et que les jésuites croient un homme (joli détail plaisant!) et même un saint?... Il n'y a déjà pas tant d'années que tout Paris a vu une femme, du faubourg Saint-Germain, prendre à sa mère son amant, et, furieuse de voir cet amant retourner à sa mère qui, vieille, savait mieux pourtant se faire aimer qu'elle, voler les lettres très passionnées de cette dernière à cet homme trop aimé, les faire lithographier et les jeter, par milliers, du *Paradis* (bien nommé pour une action pareille) dans la salle de l'Opéra, un jour de première représentation. Qui a fait l'histoire de cette autre femme-là?... La pauvre littérature ne saurait même par quel bout prendre de pareilles histoires, pour les raconter.

Et c'est là ce qu'il faudrait faire si on était hardi. L'Histoire a des Tacite et des Suétone[4]; le Roman n'en a pas, —du moins en restant dans l'ordre élevé et moral du talent et de la littérature. Il est vrai que la langue latine brave l'honnêteté, en païenne qu'elle est, tandis que notre langue, à nous, a été baptisée avec Clovis[5] sur les fonts de Saint-Rémy, et y a puisé une impérissable pudeur, car cette vieille rougit encore. Nonobstant, si on *osait oser*, un Suétone ou un Tacite, romanciers, pourraient exister, car le Roman est spécialement l'histoire des mœurs, mise en récit et en drame, comme l'est souvent l'Histoire elle-même. Et nulle autre différence que celles-ci: c'est que l'un (le Roman) met ses mœurs sous le couvert de personnages d'invention, et que l'autre (l'Histoire) donne les noms et les adresses. Seulement, le Roman creuse bien plus avant que l'Histoire. Il a un idéal, et l'Histoire n'en a pas: elle est bridée par la réalité. Le Roman tient, aussi, bien plus longtemps la scène. Lovelace dure plus, dans Richardson[6], que Tibère[7] dans Tacite. Mais, si Tibère, dans Tacite, était détaillé comme Lovelace dans Richardson, croyez-vous que l'Histoire y perdrait et que Tacite ne serait pas plus terrible?... Certes, je n'ai pas peur d'écrire que Tacite, comme peintre, n'est pas au niveau de Tibère comme modèle, et que, malgré tout son génie, il en est resté écrasé.

Et ce n'est pas tout. À cette défaillance inexplicable, mais frappante, dans la littérature, quand on la compare, dans sa réalité, avec la réputation qu'elle a, ajoutez la physionomie que le crime a pris par ce temps d'ineffables et de délicieux progrès! L'extrême civilisation enlève au crime son effroyable poésie, et ne permet pas à l'écrivain de la lui restituer. Ce serait par trop horrible, disent les âmes

---

religion fanatique et superstitieuse et amours homosexuelles. Il s'est servi de l'assassinat comme un moyen politique et a été lui-même assassiné sans toutefois réussir à unifier le pays.
[4]Tacite (55-120), historien latin, s'est surtout intéressé à la cour impériale. Il voulait écrire une œuvre morale où l'analyse psychologique mettrait en lumière les vices et les vertus. Suétone (70-128 ap. J.-C.) a essentiellement écrit des biographies remplies de détails et d'anecdotes pittoresques sur la cour.
[5]Clovis, roi des Francs (481-511).
[6]Lovelace, qui persécute puis viole la vertueuse héroïne, est le bourreau du roman *Clarissa Harlowe* (1747-48) de Samuel Richardson (1689-1761).
[7]Tibère, empereur romain entre 17 et 27 après J.-C. qui, en dépit de son stoïcisme, fut responsable de multiples exécutions et empoisonnements.

qui veulent qu'on enjolive tout, même l'affreux. Bénéfice de la philanthropie![8] d'imbéciles criminalistes diminuent la pénalité, et d'ineptes moralistes le crime, et encore ils ne le diminuent que pour diminuer la pénalité. Cependant, les crimes de l'extrême civilisation sont, certainement, plus atroces que ceux de l'extrême barbarie par le fait de leur raffinement, de la corruption qu'ils supposent, et de leur degré supérieur d'intellectualité. L'Inquisition le savait bien. À une époque où la foi religieuse et les mœurs publiques étaient fortes, l'Inquisition, ce tribunal qui jugeait la pensée, cette grande institution dont l'idée seule tortille nos petits nerfs et escarbouille nos têtes de linottes, l'Inquisition savait bien que les crimes spirituels étaient les plus grands, et elle les châtiait comme tels... Et, de fait, si ces crimes parlent moins aux sens, ils parlent plus à la pensée; et la pensée, en fin de compte, est ce qu'il y a de plus profond en nous. Il y a donc, pour le romancier, tout un genre de tragique inconnu à tirer de ces crimes, plus intellectuels que physiques, qui semblent moins des crimes à la superficialité des vieilles sociétés matérialistes, parce que le sang n'y coule pas et que le massacre ne s'y fait que dans l'ordre des sentiments et des mœurs... C'est ce genre de tragique dont on a voulu donner ici un échantillon, en racontant l'histoire d'une vengeance de la plus épouvantable originalité, dans laquelle le sang n'a pas coulé, et où il n'y a eu ni fer ni poison; un crime *civilisé* enfin, dont rien n'appartient à l'invention de celui qui le raconte, si ce n'est la manière de le raconter.

Vers la fin du règne de Louis-Philippe[9], un jeune homme enfilait, un soir, la rue Basse-du-Rempart qui, dans ce temps-là, méritait bien son nom de rue Basse, car elle était moins élevée que le sol du boulevard, et formait une excavation toujours mal éclairée et noire, dans laquelle on descendait du boulevard par deux escaliers qui se tournaient le dos, si on peut dire cela de deux escaliers. Cette excavation, qui n'existe plus et qui se prolongeait de la rue de la Chaussée-d'Antin à la rue Caumartin, devant laquelle le terrain reprenait son niveau; cette espèce de ravin sombre, où l'on se risquait à peine le jour, était fort mal hanté quand venait la nuit. Le Diable est le Prince des ténèbres. Il avait là une de ses principautés. Au centre, à peu près, de cette excavation, bordée d'un côté par le boulevard formant terrasse, et, de l'autre, par de grandes maisons silencieuses à portes cochères et quelques magasins de bric-à-brac, il y avait un passage étroit et non couvert où le vent, pour peu qu'il fît du vent, jouait comme dans une flûte, et qui conduisait, le long d'un mur et des maisons en construction, jusqu'à la rue Neuve-des-Mathurins. Le jeune homme en question, et très bien mis du reste, qui venait de prendre ce chemin, lequel ne devait pas être pour lui le droit chemin de la vertu, ne l'avait pris que parce qu'il suivait une femme qui s'était enfoncée, sans hésitation et sans embarras, dans la suspecte noirceur de ce passage. C'était un élégant que ce jeune homme—un *gant jaune*, comme on disait des élégants de ce temps-là. Il avait dîné longuement au

---
[8] Michel Crouzet a sans doute raison de trouver que la nouvelle «prend à contre-pied toute la littérature de la réhabilitation de la prostituée.» On se souvient, à titre d'exemple, des *Misérables* et de *La Dame aux camélias*.
[9] Roi de France entre 1830 et 1848.

Café de Paris, et il était venu tout mâchonnant son cure-dents, se placer contre la balustrade à mi-corps de Tortoni (à présent supprimée) et guigner de là les femmes qui passaient le long du boulevard. Celle-là était justement passée plusieurs fois devant lui; et, quoique cette circonstance, ainsi que la mise trop voyante de cette femme et le tortillement de sa démarche, fussent de suffisantes étiquettes; quoique ce jeune homme, qui s'appelait Robert de Tressignies, fût horriblement blasé et qu'il revînt d'Orient—où il avait vu l'animal femme dans toutes les variétés de son espèce et de ses races—à la cinquième passe de cette déambulante du soir, il l'avait suivie... *chiennement*, comme il disait, en se moquant de lui-même—car il avait la faculté de se regarder faire et de se juger à mesure qu'il agissait, sans que son jugement, très souvent contraire à son acte, empêchât son acte, ou que son acte nuisît à son jugement: asymptote terrible! Tressignies avait plus de trente ans. Il avait vécu cette niaise première jeunesse qui fait de l'homme le Jocrisse[10] de ses sensations, et pour qui la première venue qui passe est un magnétisme. Il n'en était plus là. C'était un libertin déjà froidi et très compliqué de cette époque positive, un libertin fortement intellectualisé, qui avait assez réfléchi sur ses sensations pour ne plus pouvoir en être dupe, et qui n'avait peur ni horreur d'aucune. Ce qu'il venait de voir, ou ce qu'il avait cru voir lui avait inspiré la curiosité qui veut aller au fond d'une sensation nouvelle. Il avait donc quitté sa balustrade et suivi... très résolu à pousser à fin la très vulgaire aventure qu'il entrevoyait. Pour lui, en effet, cette femme qui s'en allait devant lui, déferlant onduleusement comme une vague, n'était qu'une fille du plus bas étage; mais elle était d'une telle beauté qu'on pouvait s'étonner que cette beauté ne l'eût pas classée plus haut, et qu'elle n'eût pas trouvé un amateur qui l'eût sauvée de l'abjection de la rue, car, à Paris, lorsque Dieu y plante une jolie femme, le Diable, en réplique, y plante immédiatement un sot pour l'entretenir.

Et puis, encore, il avait, ce Robert de Tressignies, une autre raison pour la suivre que la souveraine beauté que ne voyaient peut-être pas ces Parisiens, si peu connaisseurs en beauté vraie et dont l'esthétique, démocratisée comme le reste, manque particulièrement de hauteur. Cette femme était pour lui une ressemblance. Elle était cet oiseau moqueur qui joue le rossignol, dont parle Byron[11], dans ses Mémoires, avec tant de mélancolie. Elle lui rappelait une autre femme, vue ailleurs... Il était sûr, absolument sûr, que ce n'était pas elle, mais elle lui ressemblait à s'y méprendre, si se méprendre n'avait pas été impossible... Et il en était, du reste, plus attiré que surpris, car il avait assez d'expérience, comme observateur, pour savoir qu'en fin de compte il y a beaucoup moins de variété qu'on ne croit dans les figures humaines, dont les traits sont soumis à une géométrie étroite et inflexible, et peuvent se ramener à quelques types généraux. La beauté est une. Seule, la laideur est multiple, et encore sa multiplicité est bien vite épuisée. Dieu a voulu qu'il n'y eût d'infini que la physionomie, parce que la physionomie est une immersion de

---

[10]Personnage théâtral du XVIIIe siècle, stéréotype du berné ridicule.
[11]Lord Byron (1788-1824), poète anglais qui a su exprimer l'imaginaire sensible des Romantiques.

l'âme à travers les lignes correctes ou incorrectes, pures ou tourmentées, du visage. Tressignies se disait confusément tout cela, en mettant son pas dans le pas de cette femme, qui marchait le long du boulevard, sinueusement, et le coupait comme une faux, plus fière que la reine de Saba du Tintoret[12] lui-même, dans sa robe de satin safran, aux tons d'or, cette couleur aimée des jeunes Romaines, et dont elle faisait, en marchant, miroiter et crier les plis glacés et luisants, comme un appel aux armes! Exagérément cambrée, comme il est rare de l'être en France, elle s'étreignait dans un magnifique châle turc à larges raies blanches, écarlate et or; et la plume rouge de son chapeau blanc—splendide de mauvais goût—lui vibrait jusque sur l'épaule. On se souvient qu'à cette époque les femmes portaient des plumes penchées sur leurs chapeaux, qu'elles appelaient des plumes en *saule pleureur*. Mais rien ne pleurait en cette femme; et la sienne exprimait bien autre chose que la mélancolie. Tressignies, qui croyait qu'elle allait prendre la rue de la Chaussée-d'Antin, étincelante de ses mille becs de lumière, vit avec surprise tout ce luxe piaffant de courtisane, toute cette fierté impudente de fille enivrée d'elle-même et des soies qu'elle traînait, s'enfoncer dans la rue Basse-du-Rempart, la honte du boulevard de ce temps! Et l'élégant, aux bottes vernies, moins brave que la femme, hésita avant d'entrer *là-dedans*... Mais ce ne fut guère qu'une seconde... La robe d'or, perdue un instant dans les ténèbres de ce trou noir, après avoir dépassé l'unique réverbère qui les tatouait d'un point lumineux, reluisit au loin, et il s'élança pour la rejoindre. Il n'eut pas grand-peine: elle l'attendait, sûre qu'il viendrait; et ce fut alors qu'au moment où il la rejoignit elle lui projeta bien en face, pour qu'il pût en juger, son visage, et lui campa ses yeux dans les yeux, avec toute l'effronterie de son métier. Il fut littéralement aveuglé de la magnificence de ce visage empâté de vermillon, mais d'un brun doré comme les ailes de certains insectes, et que la clarté blême, tombant en maigre filet du réverbère, ne pouvait pas pâlir.

«Vous êtes Espagnole? fit Tressignies, qui venait de reconnaître un des plus beaux types de cette race.

—*Si*», répondit-elle.

Être Espagnole, à cette époque-là, c'était quelque chose! C'était une valeur sur la place. Les romans d'alors, le théâtre de Clara Gazul, les poésies d'Alfred de Musset, les danses de Mariano Camprubi et de Dolorès Serral,[13] faisaient excessivement priser les femmes orange aux joues de grenade, et qui se vantait d'être Espagnole ne l'était pas toujours, mais on s'en vantait. Seulement, elle ne semblait pas plus tenir à sa qualité d'Espagnole qu'à toute autre chose qu'elle aurait fait chatoyer; et, en français:

---

[12]La fierté dont parle le narrateur est plus évidente dans la deuxième peinture réalisée par le peintre vénitien (1518-94) sur le thème de Salomon et la reine de Saba. Barbey a pu voir ce tableau, qui date de 1546-47, dans le château de Chenonceaux près de Tours.
[13]*Le Théâtre de Clara Gazul* (1825) de Mérimée et les *Contes d'Espagne et d'Italie* (1830) de Musset illustrent l'espagnolisme du Romantisme. Crouzet note l'importance des troupes de danseurs et danseuses espagnoles et de Dolorès Serral en particulier. Celle-ci est mentionnée par Théophile Gautier. Barbey veut s'appuyer sur cette culture pour faire accepter au lecteur l'histoire «espagnole» qui suit.

«Viens-tu? lui dit-elle, à brûle-pourpoint[14], et avec le tutoiement qu'aurait eu la dernière fille de la rue des Poulies, existant aussi alors. —Vous la rappelez-vous? Une immondice!»

Le ton, la voix déjà rauque, cette familiarité prématurée, ce tutoiement si divin—le ciel!—sur les lèvres d'une femme qui vous aime, et qui devient la plus sanglante des insolences dans la bouche d'une créature pour qui vous n'êtes qu'un passant, auraient suffi pour dégriser Tressignies par le dégoût, mais le Démon le tenait. La curiosité, pimentée de convoitise, dont il avait été mordu, en voyant cette fille qui était plus pour lui que de la chair superbe, tassée dans du satin, lui aurait fait avaler non pas la pomme d'Ève, mais tous les crapauds d'une crapaudière!

«Par Dieu! dit-il, si je viens! Comme si elle pouvait en douter! Je me mettrai à la lessive demain», pensa-t-il.

Ils étaient au bout du passage par lequel on gagnait la rue des Mathurins; ils s'y engagèrent. Au milieu des énormes moellons qui gisaient là et des constructions qui s'y élevaient, une seule maison restée debout sur sa base, sans voisines, étroite, laide, rechignée, tremblante, qui semblait avoir vu bien du vice et bien du crime à tous les étages de ses vieux murs ébranlés, et qui avait peut-être été laissée là pour en voir encore, se dressait, d'un noir plus sombre, dans un ciel déjà noir. Longue perche de maison aveugle, car aucune de ses fenêtres (et les fenêtres sont les yeux des maisons) n'était éclairée, et qui avait l'air de vous raccrocher en tâtonnant dans la nuit! Cette horrible maison avait la classique porte entrebâillée des mauvais lieux, et, au fond d'une ignoble allée, l'escalier dont on voit quelques marches éclairées d'en haut, par une lumière honteuse et sale... La femme entra dans cette allée étroite, qu'elle emplit de la largeur de ses épaules et de l'ampleur foisonnante et frissonnante de sa robe; et, d'un pied accoutumé à de pareilles ascensions, elle monta lestement l'escalier en colimaçon—image juste, car cet escalier en avait la viscosité... Chose inaccoutumée à ces bouges, en montant, cet abominable escalier s'éclairait: ce n'était plus la lueur épaisse du quinquet puant l'huile qui rampait sur les murs du premier étage, mais une lumière qui, au second, s'élargissait et s'épanouissait jusqu'à la splendeur. Deux griffes de bronze, chargées de bougies, incrustées dans le mur, illuminaient avec un faste étrange une porte, commune d'aspect, sur laquelle était collée, pour qu'on sût chez qui on entrait, la carte où ces filles mettent leur nom, pour que, si elles ont quelque réputation et quelque beauté, le pavillon couvre la marchandise. Surpris de ce luxe si déplacé en pareil lieu, Tressignies fit plus attention à ces torchères, d'un style presque grandiose, qu'une puissante main d'artiste avait tordues, qu'à la carte et au nom de la femme, qu'il n'avait pas besoin de savoir, puisqu'il l'accompagnait. En les regardant, pendant qu'elle faisait tourner une clef dans la serrure de cette porte si bizarrement ornée et inondée de lumière, le souvenir lui revint des *surprise*s des petites maisons du temps de Louis XV. «Cette fille-là aura lu, pensa-t-il, quelques romans ou quelques mémoires de ce temps, et elle aura eu la fantaisie de mettre un joli appartement, plein de voluptueuses coquetteries, là où on ne l'aurait jamais

---

[14]Brusquement.

soupçonné...» Mais ce qu'il trouva, la porte une fois ouverte, dut redoubler son étonnement—seulement dans un sens opposé.

Ce n'était, en effet, que l'appartement trivial et désordonné de ces filles-là... Des robes, jetées çà et là confusément sur tous les meubles, et un lit vaste—le champ de manœuvres—avec les immorales glaces au fond et au plafond de l'alcôve, disaient bien chez qui on était... Sur la cheminée, des flacons qu'on n'avait pas pensé à reboucher, avant de repartir pour la campagne du soir, croisaient leurs parfums dans l'atmosphère tiède de cette chambre où l'énergie des hommes devait se dissoudre à la troisième respiration... Deux candélabres allumés, du même style que ceux de la porte, brûlaient des deux côtés de la cheminée. Partout, des peaux de bêtes faisaient tapis par-dessus le tapis. On avait tout prévu. Enfin, une porte ouverte laissait voir, par-dessous ses portières, un mystérieux cabinet de toilette, la sacristie de ces prêtresses.

Mais, tous ces détails, Tressignies ne les vit que plus tard. Tout d'abord, il ne vit que la fille chez laquelle il venait de monter. Sachant où il était, il ne se gêna pas. Il se mit sans façon sur le canapé, attirant entre ses genoux cette femme qui avait ôté son chapeau et son châle, et qui les avait jetés sur le fauteuil. Il la prit à la taille, comme s'il l'eût bouclée entre ses deux mains jointes, et il la regarda ainsi de bas en haut, comme un buveur qui lève au jour, avant de le boire, le verre de vin qu'il va sabler[15]! Ses impressions du boulevard n'avaient pas menti. Pour un dégustateur de femmes, pour un homme blasé, mais puissant, elle était véritablement splendide. La ressemblance qui l'avait tant frappé dans les lueurs mobiles et coupées d'ombre du boulevard, cette femme l'avait toujours, en pleine lumière fixe. Seulement, *celle à qui* elle le faisait penser n'avait pas sur son visage, aux traits si semblables qu'ils en paraissaient identiques, cette expression de fierté résolue et presque terrible que le Diable, ce père joyeux de toutes les anarchies, avait refusée à une duchesse et avait donnée—pour quoi en faire? —à une demoiselle du boulevard. Quand elle eut la tête nue, avec ses cheveux noirs, sa robe jaune, ses larges épaules dont ses hanches dépassaient encore la largeur, elle rappelait la *Judith* de Vernet[16] (un tableau de ce temps) mais par le corps plus fait pour l'amour et par le visage plus féroce encore. Cette férocité sombre venait peut-être d'un pli qui se creusait entre ses deux beaux sourcils, qui se prolongeaient jusque dans les tempes, comme Tressignies en avait vu à quelques Asiatiques, en Turquie, et elle les rapprochait, dans une préoccupation si continue qu'on aurait dit qu'ils étaient barrés. Souffletant contraste! cette fille avait la taille de son métier; elle n'en avait pas la figure. Ce corps de courtisane, qui disait si éloquemment: Prends!—cette coupe d'amour aux flancs arrondis qui invitait la main et les lèvres, étaient surmontés d'un visage qui aurait arrêté le désir par la hauteur de sa physionomie, et pétrifié dans le respect la volupté la plus brûlante... Heureusement, le sourire volontairement assoupli de la courtisane, et dont elle savait profaner la courbure idéalement dédaigneuse de ses lèvres, ralliait bientôt à elle ceux que la fierté cruelle de son visage aurait épouvantés. Au boulevard, elle promenait ce raccrochant sourire, étalé impudiquement

[15]Avaler vite et d'un trait.
[16]Horace Vernet (1789-1863), peintre français, a exposé *Judith et Holopherne* en 1826.

sur ses lèvres rouges; mais, au moment où Tressignies la tenait debout entre ses genoux, elle était sérieuse, et sa tête respirait quelque chose de si étrangement implacable, qu'il ne lui manquait que le sabre recourbé aux mains pour que ce dandy de Tressignies pût, sans fatuité, se croire Holopherne[17].

Il lui prit ses mains désarmées, et il s'en attesta la beauté suzeraine. Elle lui laissait faire silencieusement tout cet examen de sa personne, et elle le regardait aussi, non pas avec la curiosité futile ou sordidement intéressée de ses pareilles, qui, en vous regardant, vous soupèsent comme de l'or suspect... Évidemment, elle avait une autre pensée que celle du gain qu'elle allait faire ou du plaisir qu'elle allait donner. Il y avait dans les ailes ouvertes de ce nez, aussi expressives que des yeux et par où la passion, comme par les yeux, devait jeter des flammes, une décision suprême comme celle d'un crime qu'on va accomplir. «Si l'implacabilité de ce visage était, par hasard, l'implacabilité de l'amour et des sens, quelle bonne fortune pour elle et pour moi, dans ce temps d'épuisement!» pensa Tressignies, qui, avant de s'en passer la fantaisie, la détaillait comme un cheval anglais... Lui, l'expérimenté, le fort critique en fait de femmes, qui avait marchandé les plus belles filles sur le marché d'Andrinople et qui savait le prix de la chair humaine, quand elle avait cette couleur et cette densité, jeta, pour deux heures de celle-ci, une poignée de louis dans une coupe de cristal bleu, posée à niveau de main sur une console, et qui probablement, n'avait jamais reçu tant d'or.

«Ah! je te plais donc?... s'écria-t-elle audacieusement et prête à tout, sous l'action du geste qu'il venait de faire; peut-être impatientée de cet examen dans lequel la curiosité semblait plus forte que le désir, ce qui, pour elle, était une perte de temps ou une insolence. Laisse-moi ôter tout cela», ajouta-t-elle, comme si sa robe lui eût pesé, et en faisant sauter les deux premiers boutons de son corsage...

Et elle s'arracha de ses genoux pour aller dans le cabinet de toilette d'à côté... Prosaïque détail! voulait-elle *ménager* sa robe? La robe, c'est l'outil de ces travailleuses... Tressignies, qui rêvait devant ce visage l'inassouvissement de Messaline[18], retomba dans la plate banalité. Il se sentit de nouveau chez la fille—la fille de Paris, malgré la sublimité d'une physionomie qui jurait cruellement avec le destin de celle qui l'avait. «Bah! pensa-t-il encore, la poésie n'est jamais qu'à la peau avec ces drôlesses, et il ne faut la prendre que là où elle est.»

Et il se promit de l'y prendre, mais il la trouva aussi ailleurs—et là où, certes, il ne se doutait pas qu'elle fût, la poésie! Jusque-là, en suivant cette femme, il n'avait obéi qu'à une irrésistible curiosité et à une fantaisie sans noblesse; mais, quand celle qui les lui avait si vite inspirées sortit du cabinet de toilette, où elle était allée se défaire de tous les caparaçons du soir, et qu'elle revint vers lui, dans le costume, qui n'en était pas un, de gladiatrice qui va combattre, il fut littéralement foudroyé d'une beauté que son œil exercé, cet œil de sculpteur qu'ont les *hommes*

---

[17]Général de Nabuchodonosor qui dans le livre de Judith est séduit puis décapité par cette dernière.
[18]Impératrice romaine (25?-48), épouse de Claude et fameuse par ses débauches. Elle se serait même livrée à la prostitution la plus basse.

à femmes, n'avait pas, au boulevard, devinée tout entière, à travers les souffles révélateurs de la robe et de la démarche. Le tonnerre entrant tout à coup, au lieu d'elle, par cette porte, ne l'aurait pas mieux foudroyé... Elle n'était pas entièrement nue; mais c'était pis! Elle était bien plus indécente, bien plus révoltamment indécente que si elle eût été franchement nue. Les marbres sont nus, et la nudité est chaste. C'est même la bravoure de la chasteté. Mais cette fille, scélératement impudique, qui se serait allumée elle-même, comme une des torches vivantes des jardins de Néron, pour mieux incendier les sens des hommes, et à qui son métier avait sans doute appris les plus basses rubriques de la corruption, avait combiné la transparence insidieuse des voiles et l'osé de la chair, avec le génie et le mauvais goût d'un libertinage atroce, car, qui ne le sait? en libertinage, le mauvais goût est une puissance... Par le détail de cette toilette, monstrueusement provocante, elle rappelait à Tressignies cette statuette indescriptible devant laquelle il s'était parfois arrêté, exposée qu'elle était chez tous les marchands de bronze du Paris d'alors, et sur le socle de laquelle on ne lisait que ce mot mystérieux: «Madame Husson»[19]. Dangereux rêve obscène! Le rêve était ici une réalité. Devant cette irritante réalité, devant cette beauté absolue, mais qui n'avait pas la froideur qu'a trop souvent la beauté absolue, Tressignies, *retour de Turquie*, aurait été le plus blasé des pachas à trois queues qu'il eût retrouvé les sens d'un chrétien, et même d'un anachorète. Aussi, quand, très sûre des bouleversements qu'elle était accoutumée à produire, elle vint impétueusement à lui, et qu'elle lui poussa, à hauteur de la bouche, l'éventaire des magnificences savoureuses de son corsage, avec le mouvement retrouvé de la courtisane qui tente le Saint dans le tableau de Paul Véronèse[20], Robert de Tressignies, qui n'était pas un saint, eut la fringale... de ce qu'elle lui offrait, et il la prit dans ses bras, cette brutale tentatrice, avec une fougue qu'elle partagea, car elle s'y était jetée. Se jetait-elle ainsi dans tous les bras qui se fermaient sur elle? Si supérieure qu'elle fût dans son métier ou dans son art de courtisane, elle fut, ce soir-là, d'une si furieuse et si hennissante ardeur, que même l'emportement de sens exceptionnels ou malades n'aurait pas suffi pour l'expliquer. Était-elle au début de cette horrible vie de fille, pour la faire avec une semblable furie? Mais, vraiment, c'était quelque chose de si fauve et de si acharné, qu'on aurait dit qu'elle voulait laisser sa vie ou prendre celle d'un autre dans chacune de ses caresses. En ce temps-là, ses pareilles à Paris, qui ne trouvaient pas assez sérieux le joli nom de «lorettes» que la littérature leur avait donné et qu'a immortalisé Gavarni[21], se faisaient appeler orientalement des «panthères». Eh bien! aucune d'elles n'aurait mieux justifié ce nom de panthère... Elle en eut, ce soir-là, la souplesse, les enroulements, les bonds, les égratignements et les morsures. Tressignies put s'attester qu'aucune des femmes qui lui étaient jusque-là passées par les bras ne lui avait donné les sensations inouïes que lui donna cette créature, folle de son corps à rendre la folie contagieuse, et pourtant il avait aimé, Tressignies. Mais, faut-il le dire à la

---

[19]Michel Crouzet relie ce nom à un bronze indécent et sans délicatesse de l'époque (395).
[20]Peintre italien (1528-88) qui a fait une *Tentation de saint Antoine* (1752).
[21]Dessinateur et peintre français (1804-66) qui a fait publier une série d'études intitulée *Lorettes* (1841), surnom donné aux jeunes femmes élégantes de mœurs faciles.

gloire ou à la honte de la nature humaine? Il y a dans ce qu'on appelle le plaisir, avec trop de mépris peut-être, des abîmes tout aussi profonds que dans l'amour. Était-ce dans ces abîmes qu'elle le roula, comme la mer roule un fort nageur dans les siens? Elle dépassa, et bien au-delà, ses plus coupables souvenirs de mauvais sujet, et même jusqu'aux rêves d'une imagination comme la sienne, tout à la fois violente et corrompue. Il oublia tout, et ce qu'elle était, et ce pour quoi il était venu, et cette maison, et cet appartement dont il avait eu presque, en y entrant, la nausée. Positivement, elle lui soutira son âme, à lui, dans son corps, à elle... Elle lui enivra jusqu'au délire, des sens difficiles à griser. Elle le combla enfin de telles voluptés, qu'il arriva un moment où l'athée à l'amour, le sceptique à tout, eut la pensée folle d'une fantaisie éclose tout à coup dans cette femme, qui faisait marchandise de son corps. Oui, Robert de Tressignies, qui avait presque dans la trempe la froideur d'acier de son patron Robert Lovelace, crut avoir inspiré au moins un caprice à cette prostituée, qui ne pouvait être ainsi avec tous les autres, sous peine de bientôt périr consumée. Il le crut deux minutes, comme un imbécile, cet homme si fort! Mais la vanité qu'elle avait allumée, au feu d'un plaisir cuisant comme l'amour, eut soudainement, entre deux caresses, le petit frisson d'un doute subit... Une voix lui cria du fond de son être: «Ce n'est pas toi qu'elle aime en toi!» car il venait de la surprendre, dans le temps où elle était le plus panthère et le plus souplement nouée à lui, distraite de lui et toute perdue dans l'absorbante contemplation d'un bracelet qu'elle avait au bras, et sur lequel Tressignies avisa le portrait d'un homme. Quelques mots en langue espagnole, que Tressignies, qui ne savait pas cette langue, ne comprit pas, mêlés à ses cris de Bacchante, lui semblèrent à l'adresse de ce portrait. Alors, l'idée qu'il *posait pour un autre*, qu'il était là pour le compte d'un autre, ce fait, malheureusement si commun dans nos misérables mœurs, avec l'état surchauffé et dépravé de nos imaginations, ce dédommagement de l'impossible dans les âmes enragées qui ne peuvent avoir l'objet de leur désir, et qui se jettent sur l'apparence, se saisit violemment de son esprit et le glaça de férocité. Dans un de ces accès de jalousie absurde et de vanité tigre dont l'homme n'est pas maître, il lui saisit le bras durement, et voulut voir ce bracelet qu'elle regardait avec une flamme qui, certainement, n'était pas pour lui, quand tout, de cette femme, devait être à lui dans un pareil moment.

«Montre-moi ce portrait! lui dit-il, avec une voix encore plus dure que sa main.

Elle avait compris; mais, sans orgueil:

—Tu ne peux pas être jaloux d'une fille comme moi», lui dit-elle. Seulement, ce ne fut pas le mot de *fille* qu'elle employa. Non, à la stupéfaction de Tressignies, elle se rima elle-même en *tain*, comme un crocheteur qui l'aurait insultée. «Tu veux le voir! ajouta-t-elle. Eh bien! regarde.»

Et elle lui coula près des yeux son beau bras, fumant encore de la sueur enivrante du plaisir auquel ils venaient de se livrer.

C'était le portrait d'un homme laid, chétif, au teint olive, aux yeux noirs jaunes, très sombre, mais non pas sans noblesse; l'air d'un bandit ou d'un grand d'Espagne. Et il fallait bien que ce fût un grand d'Espagne, car il avait au cou le collier de la Toison d'Or.

« Où as-tu pris cela ? fit Tressignies, qui pensa : Elle va me faire un conte. Elle va me débiter la séduction d'usage, le roman du *premier*, l'histoire connue qu'elles débitent toutes...

—Pris ! repartit-elle, révoltée. C'est bien lui, POR DIOS, qui me l'a donné !

—Qui, lui ? ton amant, sans doute ? dit Tressignies. Tu l'auras trahi. Il t'aura chassée, et tu auras roulé jusqu'ici.

—Ce n'est pas mon amant, fit-elle froidement, avec l'insensibilité du bronze, à l'outrage de cette supposition.

—Peut-être ne l'est-il plus, dit Tressignies. Mais tu l'aimes encore : je l'ai vu tout à l'heure dans tes yeux. »

Elle se mit à rire amèrement.

—Ah ! tu ne connais donc rien ni à l'amour, ni à la haine ? s'écria-t-elle. Aimer cet homme ! mais je l'exècre ! C'est mon mari.

—Ton mari !

—Oui, mon mari, fit-elle, le plus grand seigneur des Espagnes, trois fois duc, quatre fois marquis, cinq fois comte, grand d'Espagne à plusieurs grandesses, Toison d'Or. Je suis la duchesse d'Arcos de Sierra-Leone. »

Tressignies, presque terrassé par ces incroyables paroles, n'eut pas le moindre doute sur la vérité de cette renversante affirmation. Il était sûr que cette fille n'avait pas menti. Il venait de la reconnaître. La ressemblance qui l'avait tant frappé au boulevard était justifiée.

Il l'avait rencontrée déjà, et il n'y avait pas si longtemps ! C'était à Saint-Jean-de-Luz, où il était allé passer la saison des bains une année. Précisément, cette année-là, la plus haute société espagnole s'était donné rendez-vous sur la côte de France, dans cette petite ville, qui est si près de l'Espagne qu'on s'y rêverait en Espagne encore, et que les Espagnols les plus épris de leur péninsule peuvent y venir en villégiature, sans croire faire une infidélité à leur pays. La duchesse de Sierra-Leone avait habité tout un été cette bourgade, si profondément espagnole par les mœurs, le caractère, la physionomie, les souvenirs historiques ; car on se rappelle que c'était là que furent célébrées les fêtes du mariage de Louis XIV, le seul roi de France qui, par parenthèse, ait ressemblé à un roi d'Espagne, et que c'est là aussi que vint échouer, après son naufrage, la grande fortune démâtée de la princesse des Ursins[22]. La duchesse de Sierra-Leone était alors, disait-on, dans la lune de miel de son mariage avec le plus grand et le plus opulent seigneur de l'Espagne. Quand, de son côté, Tressignies arriva dans ce nid de pêcheurs qui a donné les plus terribles flibustiers au monde, elle y étalait un faste qu'on n'y connaissait plus depuis Louis XIV, et, parmi ces Basquaises qui, en fait de beauté, ne craignent la rivalité de personne, avec leurs tailles de canéphores antiques et leurs yeux d'aigue-marine, si pâlement pers, une beauté qui pourtant terrassait la leur. Attiré par cette beauté, et d'ailleurs d'une naissance et d'une fortune à pouvoir

---

[22]Marie-Anne de La Trémoille, princesse des Ursins (1642-1722) a pendant longtemps exercé une influence majeure sur la cour de Philippe V, roi d'Espagne.

pénétrer dans tous les mondes, Robert de Tressignies s'efforça d'aller jusqu'à elle, mais le groupe de société espagnole dont la duchesse était la souveraine, strictement fermé cette année-là, ne s'ouvrit à aucun des Français qui passèrent la saison à Saint-Jean-de-Luz. La duchesse, entrevue de loin, ou sur les dunes du rivage, ou à l'église, repartit sans qu'il pût la connaître, et, pour cette raison, elle lui était restée dans le souvenir comme un de ces météores, d'autant plus brillants dans notre mémoire qu'ils ont passé et que nous ne les reverrons jamais! Il parcourut la Grèce et une partie de l'Asie; mais aucune des créatures les plus admirables de ces pays, où la beauté tient tant de place qu'on ne conçoit pas le paradis sans elle, ne put lui effacer la tenace et flamboyante image de la duchesse.

Eh bien! aujourd'hui, par le fait d'un hasard étrange et incompréhensible, cette duchesse, admirée un instant et disparue, revenait dans sa vie par le plus incroyable des chemins! Elle faisait un métier infâme; il l'avait achetée. Elle venait de lui appartenir. Elle n'était plus qu'une prostituée, et encore de la prostitution la plus basse, car il y a une hiérarchie jusque dans l'infamie... La superbe duchesse de Sierra-Leone, qu'il avait rêvée et peut-être aimée—le rêve étant si près de l'amour dans nos âmes!—n'était plus... était-ce bien possible? qu'une fille du pavé de Paris!!! C'était elle qui venait de se rouler dans ses bras tout à l'heure, comme elle s'était roulée probablement, la veille, dans les bras d'un autre—le premier venu comme lui—et comme elle se roulerait encore dans les bras d'un troisième demain, et, qui sait? peut-être dans une heure! Ah! cette découverte abominable le frappait à la poitrine et au front d'un coup de massue de glace. L'homme, en lui, qui flambait il n'y avait qu'une minute, qui, dans son délire, croyait voir courir du feu jusque sur les corniches de cet appartement, embrasé par ses sensations, restait désenivré, transi, écrasé. L'idée, la certitude que c'était là réellement la duchesse de Sierra-Leone, n'avait pas ranimé ses désirs, éteints aussi vite qu'une chandelle qu'on souffle, et ne lui avait pas fait remettre sa bouche, avec plus d'avidité que la première fois, au feu brûlant où il avait bu à pleines gorgées. En se révélant, la duchesse avait emporté jusqu'à la courtisane! Il n'y avait plus ici, pour lui, que la duchesse; mais dans quel état! souillée, abîmée, perdue, une femme à la mer, tombée de plus haut que du rocher de Leucade[23] dans une mer de boue, immonde et dégoûtante à ne pouvoir l'y repêcher. Il la fixait d'un œil hébété, assise droite et sombre, métamorphosée et tragique; de Messaline, changée tout à coup il ne savait en quelle mystérieuse Agrippine[24], sur l'extrémité du canapé où ils s'étaient vautrés tous deux; et l'envie ne le prenait pas de la toucher du bout du doigt, cette créature dont il venait de pétrir, avec des mains idolâtres, les formes puissantes, pour s'attester que c'était bien là ce corps de femme qui l'avait fait bouillonner—que ce n'était pas une illusion—qu'il ne rêvait pas—qu'il n'était pas fou! La duchesse,

---

[23]Presqu'île Ionienne, rattachée au continent par un isthme marécageux. Selon la tradition, les amants malheureux se jetaient du haut de la falaise de Leucade.
[24]Barbey pense probablement ici à Agrippine l'Aînée, princesse romaine, mère de neuf enfants. Connue pour sa beauté comme pour sa vertu, elle accusa Pison d'avoir assassiné son mari, et fut exilée par Tibère.

en émergeant à travers la fille, l'avait anéanti.

«Oui, lui dit-il, d'une voix qu'il s'arracha de la gorge où elle était collée, tant ce qu'il avait entendu l'avait strangulé! je vous crois (il ne la tutoyait déjà plus), car je vous reconnais. Je vous ai vue, à Saint-Jean-de-Luz, il y a trois ans.

À ce nom rappelé de Saint-Jean-de-Luz, une clarté passa sur le front qui venait pour lui de s'envelopper, avec son incroyable aveu, dans de si prodigieuses ténèbres. —Ah! dit-elle, sous la lueur de ce souvenir, j'étais alors dans toutes les ivresses de la vie, et à présent...

L'éclair était déjà éteint, mais elle n'avait pas baissé sa tête volontaire.

—Et à présent?... dit Tressignies, qui lui fit écho.

—À présent, reprit-elle, je ne suis plus que dans l'ivresse de la vengeance... Mais je la ferai assez profonde, ajouta-t-elle avec une violence concentrée, pour y mourir, dans cette vengeance, comme les mosquitos de mon pays, qui meurent, gorgés de sang, dans la blessure qu'ils ont faite.

Et, lisant sur le visage de Tressignies: —Vous ne comprenez pas, dit-elle, mais je m'en vais vous faire comprendre. Vous savez qui je suis, mais vous ne savez pas tout ce que je suis. Voulez-vous le savoir? Voulez-vous savoir mon histoire? Le voulez-vous? reprit-elle avec une insistance exaltée. Moi, je voudrais la dire à tous ceux qui viennent ici! Je voudrais la raconter à toute la terre! J'en serais plus infâme, mais j'en serais mieux vengée.

—Dites-la!» fit Tressignies, crocheté par une curiosité et un intérêt qu'il n'avait jamais ressentis à ce degré, ni dans la vie, ni dans les romans, ni au théâtre. Il lui semblait bien que cette femme allait lui raconter de ces choses comme il n'en avait pas entendu encore. Il ne pensait plus à sa beauté. Il la regardait comme s'il avait désiré assister à l'autopsie de son cadavre. Allait-elle le faire revivre pour lui?...

—Oui, reprit-elle, j'ai voulu bien des fois déjà la raconter à ceux qui montent ici; mais ils n'y montent pas, disent-ils, pour écouter des histoires. Lorsque je la leur commençais, ils m'interrompaient ou ils s'en allaient, brutes repues de ce qu'elles étaient venues chercher! Indifférents, moqueurs, insultants, ils m'appelaient menteuse ou bien folle. Ils ne me croyaient pas, tandis que vous, vous me croirez. Vous, vous m'avez vue à Saint-Jean-de-Luz, dans toutes les gloires d'une femme heureuse, au plus haut sommet de la vie, portant comme un diadème ce nom de Sierra-Leone que je traîne maintenant à la queue de ma robe dans toutes les fanges, comme on traînait à la queue d'un cheval, autrefois, le blason d'un chevalier déshonoré. Ce nom, que je hais et dont je ne me pare que pour l'avilir, est encore porté par le plus grand seigneur des Espagnes et le plus orgueilleux de tous ceux qui ont le privilège de rester couverts devant Sa Majesté le Roi, car il se croit dix fois plus noble que le Roi. Pour le duc d'Arcos de Sierra-Leone, que sont toutes les plus illustres maisons qui ont régné sur les Espagnes: Castille, Aragon, Transtamare, Autriche et Bourbon?... Il est, dit-il, plus ancien qu'elles. Il descend, lui, des anciens rois Goths, et par Brunehild il est allié aux Mérovingiens de France. Il se pique de n'avoir dans les veines que de ce *sangre azul* dont les plus vieilles races, dégradées par des mésalliances, n'ont plus maintenant que quelques gouttes... Don Christoval d'Arcos, duc de Sierra-Leone et *otros ducados*, ne s'était pas, lui, mésallié en m'épousant. Je suis une Turre-Cremata, de l'ancienne maison des Turre-Cremata d'Italie, la dernière des Turre-Cremata, race qui finit en moi, bien digne du reste de porter ce nom de Turre-Cremata (tour brûlée), car je suis brûlée à tous les feux de l'enfer. Le grand inquisiteur Torquemada qui était un Turre-Cremata[25] d'origine, a infligé moins de supplices, pendant toute sa vie, qu'il n'y en a dans ce sein maudit... Il faut vous dire que les Turre-Cremata n'étaient pas moins fiers que les Sierra-Leone. Divisés en deux branches, également illustres, ils avaient été, durant des siècles, tout-puissants en Italie et en Espagne. Au XVe, sous le pontificat d'Alexandre VI[26], les Borgia, qui voulurent, dans leur enivrement de la grande fortune de la papauté d'Alexandre, s'apparenter à toutes les maisons royales de l'Europe, se dirent nos parents; mais les Turre-Cremata repoussèrent cette prétention avec mépris, et deux d'entre eux payèrent de leur vie cette audacieuse hauteur. Ils furent, dit-on, empoisonnés par César. Mon mariage avec le duc de Sierra-Leone fut une affaire de race à race. Ni de son côté, ni du mien, il n'entra de sentiment dans notre union. C'était tout simple qu'une Turre-Cremata épousât un Sierra-Leone. C'était tout simple, même pour moi, élevée dans la terrible étiquette des vieilles maisons d'Espagne qui représentait celle de l'Escurial dans cette dure et compressive étiquette qui empêcherait les cœurs de battre, si les cœurs n'étaient pas plus forts que ce corset de fer. Je fus un de ces cœurs-là... J'aimai don Esteban. Avant de le rencontrer, mon mariage sans bonheur de cœur (j'ignorais même que j'en eusse un) fut la chose grave qu'il était autrefois dans la cérémonieuse et catholique Espagne, et qui ne l'est plus, à présent, que par exception, dans quelques familles de haute classe qui ont gardé les mœurs antiques. Le duc de Sierra-Leone était trop profondément Espagnol pour ne pas avoir les mœurs du passé. Tout ce que vous avez entendu dire en France de la gravité de l'Espagne, de ce pays altier, silencieux et sombre, le duc l'avait et l'outrepassait... Trop fier pour vivre ailleurs que dans ses terres, il habitait un château féodal, sur la frontière portugaise, et il s'y montrait, dans toutes ses habitudes, plus féodal que son château. Je vivais là, près de lui, entre mon confesseur et mes caméristes[27], de cette vie somptueuse, monotone et triste, qui aurait écrasé d'ennui toute âme plus faible que la mienne. Mais j'avais été élevée pour être ce que j'étais: l'épouse d'un grand seigneur espagnol. Puis, j'avais la religion d'une femme de mon rang, et j'étais presque aussi impassible que les portraits de mes aïeules qui ornaient les vestibules et les salles du château de Sierra-Leone, et qu'on y voyait représentées, avec leurs grandes mines sévères, dans leurs garde-infants et sous leurs buses d'acier. Je devais ajouter une génération de plus à ces générations de femmes irréprochables et majestueuses, dont la vertu avait été gardée par la fierté comme une fontaine par un lion. La solitude dans laquelle je vivais ne pesait point sur mon âme, tranquille comme

---

[25]Barbey s'est servi du nom d'une famille illustre dont le Grand Inquisiteur est bien issu.
[26]Alexandre VI faisait partie de la famille Borgia. Il était le père de César Borgia (1476-1507) et fut, entre 1492 et 1503, un pape scandaleux.
[27]Dame servant une princesse.

les montagnes de marbre rouge qui entourent Sierra-Leone. Je ne soupçonnais pas que sous ces marbres dormait un volcan. J'étais dans les limbes d'avant la naissance, mais j'allais naître et recevoir d'un seul regard d'homme le baptême de feu. Don Esteban, marquis de Vasconcellos[28], de race portugaise, et cousin du duc, vint à Sierra-Leone; et l'amour, dont je n'avais eu l'idée que par quelques livres mystiques, me tomba sur le cœur comme un aigle tombe à pic sur un enfant qu'il enlève et qui crie... Je criai aussi. Je n'étais pas pour rien une Espagnole de vieille race. Mon orgueil s'insurgea contre ce que je sentais en présence de ce dangereux Esteban, qui s'emparait de moi avec cette révoltante puissance. Je dis au duc de le congédier sous un prétexte ou sous un autre, de lui faire au plus vite quitter le château..., que je m'apercevais qu'il avait pour moi un amour qui m'offensait comme une insolence. Mais don Christoval me répondit, comme le duc de Guise à l'avertissement que Henri III l'assassinerait: «Il n'oserait!» C'était le mépris du Destin, qui se vengea en s'accomplissant. Ce mot me jeta à Esteban...»

Elle s'arrêta un instant; et il l'écoutait, parlant cette langue élevée qui, à elle seule, lui aurait affirmé, s'il avait pu en douter, qu'elle était bien ce qu'elle disait: la duchesse de Sierra-Leone. Ah! la fille du boulevard était alors entièrement effacée. On eût juré d'un masque tombé, et que la vraie figure, la vraie personne, reparaissait. L'attitude de ce corps effréné était devenue chaste. Tout en parlant, elle avait pris derrière elle un châle, oublié au dos du canapé, et elle s'en était enveloppée... Elle en avait ramené les plis sur ce sein *maudit*—comme elle l'avait nommé—mais auquel la prostitution n'avait pu enlever la perfection de sa rondeur et sa fermeté virginale. Sa voix même avait perdu la raucité qu'elle avait dans la rue... Était-ce une illusion produite par ce qu'elle disait? mais il semblait à Tressignies que cette voix était d'un timbre plus pur—qu'elle avait repris sa noblesse.

«Je ne sais pas, continua-t-elle, si les autres femmes sont comme moi. Mais cet orgueil incrédule de don Christoval, ce dédaigneux et tranquille: «Il n'oserait!» en parlant de l'homme que j'aimais, m'insulta pour lui, qui, déjà, dans le fond de mon être, avait pris possession de moi comme un Dieu. «Prouve-lui que tu oseras!» lui dis-je, le soir même, en lui déclarant mon amour. Je n'avais pas besoin de le lui dire. Esteban m'adorait depuis le premier jour qu'il m'avait vue. Notre amour avait eu la simultanéité de deux coups de pistolet tirés en même temps, et qui tuent... J'avais fait mon devoir de femme espagnole en avertissant don Christoval. Je ne lui devais que ma vie, puisque j'étais sa femme, car le cœur n'est pas libre d'aimer, et, ma vie, il l'aurait prise très certainement, en mettant à la porte de son château don Esteban, comme je le voulais. Avec la folie de mon cœur déchaîné, je serais morte de ne plus le voir, et je m'étais exposée à cette terrible chance. Mais puisque lui, le duc, mon mari, ne m'avait pas comprise, puisqu'il se croyait si au-dessus de Vasconcellos, qu'il lui paraissait impossible que celui-ci élevât les yeux et son hommage jusqu'à moi, je ne poussai pas plus loin l'héroïsme conjugal contre un amour qui était mon maître... Je n'essaierai pas de vous donner l'idée exacte de cet amour. Vous ne me croiriez peut-être pas, vous non plus... Mais qu'importe, après

---

[28]Le nom d'une autre famille véritable et illustre.

tout, ce que vous penserez! Croyez-moi, ou ne me croyez pas! ce fut un amour tout à la fois brûlant et chaste, un amour chevaleresque, romanesque, presque idéal, presque mystique. Il est vrai que nous avions vingt ans à peine, et que nous étions du pays des Bivar, d'Ignace de Loyola et de sainte Thérèse[29]. Ignace, ce chevalier de la Vierge, n'aimait pas plus purement la Reine des cieux que ne m'aimait Vasconcellos; et moi, de mon côté, j'avais pour lui quelque chose de cet amour extatique que sainte Thérèse avait pour son Époux divin. L'adultère, fi donc! Est-ce que nous pensions que nous pouvions être adultères? Le cœur battait si haut dans nos poitrines, nous vivions dans une atmosphère de sentiments si transcendants et si élevés, que nous ne sentions en nous rien des mauvais désirs et des sensualités des amours vulgaires. Nous vivions en plein azur de ciel; seulement, ce ciel était africain, et cet azur était du feu. Un tel état d'âmes aurait-il duré? Était-ce bien possible qu'il durât? Ne jouions-nous pas là, sans le savoir, sans nous en douter, le jeu le plus dangereux pour de faibles créatures, et ne devions-nous pas être précipités, dans un temps donné, de cette hauteur immaculée?... Esteban était pieux comme un prêtre, comme un chevalier portugais du temps d'Albuquerque[30]; moi, je valais assurément moins que lui, mais j'avais en lui et dans la pureté de son amour une foi qui enflammait la pureté du mien. Il m'avait dans son cœur, comme une madone dans sa niche d'or—avec une lampe à ses pieds—une lampe inextinguible. Il aimait mon âme pour mon âme. Il était de ces rares amants qui veulent grande la femme qu'ils adorent. Il me voulait noble, dévouée, héroïque, une grande femme de ces temps où l'Espagne était grande. Il aurait mieux aimé me voir faire une belle action que de valser avec moi souffle à souffle! Si les anges pouvaient s'aimer entre eux devant le trône de Dieu, ils devraient s'aimer comme nous nous aimions... Nous étions tellement fondus l'un dans l'autre, que nous passions de longues heures ensemble et seuls, la main dans la main, les yeux dans les yeux, pouvant tout, puisque nous étions seuls, mais tellement heureux que nous ne désirions pas davantage. Quelquefois, ce bonheur immense qui nous inondait nous faisait mal à force d'être intense, et nous désirions mourir, mais l'un avec l'autre ou l'un pour l'autre, et nous comprenions alors le mot de sainte Thérèse: *Je meurs de ne pouvoir mourir*! ce désir de la créature finie succombant sous un amour infini, et croyant faire plus de place à ce torrent d'amour infini par le brisement des organes et la mort. Je suis maintenant la dernière des créatures souillées; mais, dans ce temps-là, croirez-vous que jamais les lèvres d'Esteban n'ont touché les miennes, et qu'un baiser déposé par lui sur une rose, et repris par moi, me faisait évanouir? Du fond de l'abîme d'horreur où je me suis volontairement plongée, je me rappelle à chaque instant, pour mon supplice, ces délices divines de l'amour pur dans lesquelles nous vivions, perdus, éperdus, et si transparents, sans doute,

---

[29]Rodrigo Díaz de Bivar, dit *le Cid* (1043-1099), était un grand chevalier devenu légendaire dans la reconquête de l'Espagne sur les Maures. Ignace de Loyola (1491?-1556), fondateur de la Compagnie de Jésus, et Thérèse d'Avila (1515-1582), réformatrice carmélite, sont des saints de l'église catholique d'une grande importance dans la tradition mystique.
[30]Alfonso de Albuquerque (1453-1515), nommé vice-roi des Indes en 1508, a travaillé à l'extension de l'empire colonial portugais.

dans l'innocence de cet amour sublime, que don Christoval n'eut pas grand'peine à voir que nous nous adorions. Nous vivions la tête dans le ciel. Comment nous apercevoir qu'il était jaloux, et de quelle jalousie! De la seule dont il fût capable: de la jalousie de l'orgueil. Il ne nous surprit pas. On ne surprend que ceux qui se cachent. Nous ne nous cachions pas. Pourquoi nous serions-nous cachés? Nous avions la candeur de la flamme en plein jour qu'on aperçoit dans le jour même, et, d'ailleurs, le bonheur débordait trop de nous pour qu'on ne le vît pas, et le duc le vit! Cela creva enfin les yeux à son orgueil, cette splendeur d'amour! Ah! Esteban avait osé! Moi aussi! Un soir, nous étions comme nous étions toujours, comme nous passions notre vie depuis que nous nous aimions, tête à tête, unis par le regard seul; lui, à mes pieds, devant moi, comme devant la Vierge Marie, dans une contemplation si profonde que nous n'avions besoin d'aucune caresse. Tout à coup, le duc entre avec deux noirs qu'il avait ramenés des colonies espagnoles, dont il avait été longtemps gouverneur. Nous ne les aperçûmes pas, dans la contemplation céleste qui enlevait nos âmes en les unissant, quand la tête d'Esteban tomba lourdement sur mes genoux. Il était étranglé! Les noirs lui avaient jeté autour du cou ce terrible lazo avec lequel on étrangle au Mexique les taureaux sauvages. Ce fut la foudre pour la rapidité! Mais la foudre qui ne me tua pas. Je ne m'évanouis point, je ne criai pas. Nulle larme ne jaillit de mes yeux. Je restai muette et rigide, dans un état sans nom d'horreur, d'où je ne sortis que par un déchirement de tout mon être. Je sentis qu'on m'ouvrait la poitrine et qu'on m'en arrachait le cœur. Hélas! ce n'était pas à moi qu'on l'arrachait: c'était à Esteban, à ce cadavre d'Esteban qui gisait à mes pieds, étranglé, la poitrine fendue, fouillée, comme un sac, par les mains de ces monstres! J'avais ressenti, tant j'étais par l'amour devenue lui, ce qu'aurait senti Esteban s'il avait été vivant. J'avais ressenti la douleur que ne sentait pas son cadavre, et c'était cela qui m'avait tirée de l'horreur dans laquelle je m'étais figée quand ils me l'avaient étranglé. Je me jetai à eux: "À mon tour!" leur criai-je. Je voulais mourir de la même mort, et je tendis ma tête à l'infâme lacet. Ils allaient la prendre. "*On ne touche pas à la reine*", fit le duc, cet orgueilleux duc qui se croyait plus que le Roi, et il les fit reculer en les fouettant de son fouet de chasse. "Non! vous vivrez, Madame, me dit-il, mais pour *penser toujours* à ce que vous allez voir..." Et il siffla. Deux énormes chiens sauvages accoururent.

—Qu'on fasse manger, dit-il, le cœur de ce traître à ces chiens!

Oh! à cela, je ne sais quoi se redressa en moi:

—Allons donc, venge-toi mieux! lui dis-je. C'est à moi qu'il faut le faire manger!

Il resta comme épouvanté de mon idée...

—Tu l'aimes donc furieusement?» reprit-il. Ah! je l'aimais d'un amour qu'il venait d'exaspérer. Je l'aimais à n'avoir ni peur ni dégoût de ce cœur saignant, plein de moi, chaud de moi encore, et j'aurais voulu le mettre dans le mien, ce cœur... Je le demandai à genoux, les mains jointes! Je voulais épargner, à ce noble cœur adoré, cette profanation impie, sacrilège... J'aurais communié avec ce cœur, comme avec une hostie. N'était-il pas mon Dieu?... La pensée de Gabrielle de Vergy[31], dont nous avions lu, Esteban et moi, tant de fois l'histoire ensemble, avait surgi en moi. Je l'enviais!... Je la trouvais heureuse d'avoir fait de sa poitrine un tombeau vivant à l'homme qu'elle avait aimé. Mais la vue d'un amour pareil rendit le duc atrocement implacable. Ses chiens dévorèrent le cœur d'Esteban devant moi. Je le leur disputai; je me battis avec ces chiens. Je ne pus le leur arracher. Ils me couvrirent d'affreuses morsures, et traînèrent et essuyèrent à mes vêtements leurs gueules sanglantes.

Elle s'interrompit. Elle était devenue livide à ces souvenirs... et, haletante, elle se leva d'un mouvement forcené, et, tirant à elle un tiroir de commode par sa poignée de bronze, elle montra à Tressignies une robe en lambeaux, teinte de sang à plusieurs places:

«Tenez! dit elle, c'est là le sang du cœur de l'homme que j'aimais et que je n'ai pu arracher aux chiens! Quand je me retrouve seule dans l'exécrable vie que je mène, quand le dégoût m'y prend, quand la boue m'en monte à la bouche et m'étouffe, quand le génie de la vengeance faiblit en moi, que l'ancienne duchesse revient et que la fille m'épouvante, je m'entortille dans cette robe, je vautre mon corps souillé dans ses plis rouges, toujours brûlants pour moi, et j'y réchauffe ma vengeance. C'est un talisman que ces haillons sanglants! Quand je les ai autour du corps, la rage de le venger me reprend aux entrailles, et je me retrouve de la force, à ce qu'il me semble, pour une éternité!

Tressignies frémissait, en écoutant cette femme effrayante. Il frémissait de ses gestes, de ses paroles, de sa tête, devenue une tête de Gorgone[32]: il lui semblait voir autour de cette tête les serpents que cette femme avait dans le cœur. Il commençait alors de comprendre—le rideau se tirait!—ce mot *vengeance*, qu'elle disait tant, qui lui flambait toujours aux lèvres!

—La vengeance! oui, reprit-elle, vous comprenez, maintenant, ce qu'elle est, ma vengeance! Ah! je l'ai choisie entre toutes comme on choisit de tous les genres de poignards celui qui doit faire le plus souffrir, le cric dentelé qui doit le mieux déchirer l'être abhorré qu'on tue. Le tuer simplement, cet homme, et d'un coup! je ne le voulais pas. Avait-il tué, lui, Vasconcellos avec son épée, comme un gentilhomme? Non! il l'avait fait tuer par des valets. Il avait fait jeter son cœur aux chiens, et son corps au charnier peut-être! Je ne le savais pas. Je ne l'ai jamais su. Le tuer, pour tout cela? Non! c'était trop doux et trop rapide! Il fallait quelque chose de plus lent et de plus cruel... D'ailleurs, le duc était brave. Il ne craignait pas la mort. Les Sierra-Leone l'ont affrontée à toutes les générations. Mais son orgueil, son immense orgueil était lâche, quand il s'agissait du déshonneur. Il fallait donc l'atteindre et le crucifier dans son orgueil. Il fallait donc déshonorer son nom

---

[31]Barbey s'inspire ici de la légende de la châtelaine de Vergy, qu'il a pu découvrir en lisant Stendhal ou d'autres textes de Madame de Lussan, de Pierre de Belloy, de Carafa, et j'en passe. (J'ai étudié l'allusion de Stendhal à la châtelaine dans mon *Sick Heroes*.) Michel Crouzet croit en avoir trouvé la source chez Madame d'Aulnoy.
[32]Quoiqu'il y ait trois Gorgones mythologiques qui changeaient en pierre toute personne qui les fixait—chacune dotée d'une chevelure de serpents et de dents de sangliers—, c'est généralement à Méduse qu'on donne le nom de Gorgone.

dont il était si fier. Eh bien! je me jurai que, ce nom, je le tremperais dans la plus infecte des boues, que je le changerais en honte, en immondice, en excrément! et pour cela je me suis faite ce que je suis—une fille publique—la fille Sierra-Leone, qui vous a raccroché ce soir!...
Elle dit ces dernières paroles avec des yeux qui se mirent à étinceler de la joie d'un coup bien frappé.

—Mais, dit Tressignies, le sait-il, lui, le duc, ce que vous êtes devenue?...

—S'il ne le sait pas, il le saura un jour, répondit-elle, avec la sécurité absolue d'une femme qui a pensé à tout, qui a tout calculé, qui est sûre de l'avenir. Le bruit de ce que je fais peut l'atteindre, d'un jour à l'autre, d'une éclaboussure de ma honte! Quelqu'un des hommes qui montent ici peut lui cracher au visage le déshonneur de sa femme, ce crachat qu'on n'essuie jamais; mais ce ne serait là qu'un hasard, et ce n'est pas à un hasard que je livrerais ma vengeance! J'ai résolu d'en mourir pour qu'elle soit plus sûre; ma mort l'assurera, en l'achevant.

Tressignies était dépaysé par l'obscurité de ces dernières paroles; mais elle en fit jaillir une hideuse clarté:

—Je veux mourir où meurent les filles comme moi, reprit-elle. Rappelez-vous!... Il fut un homme, sous François Ier, qui alla chercher chez une de mes pareilles une effroyable et immonde maladie, qu'il donna à sa femme pour en empoisonner le roi, dont elle était la maîtresse, et c'est ainsi qu'il se vengea de tous les deux...[33] Je ne ferai pas moins que cet homme. Avec ma vie ignominieuse de tous les soirs, il arrivera bien qu'un jour la putréfaction de la débauche saisira et rongera enfin la prostituée, et qu'elle ira tomber par morceaux et s'éteindre dans quelque honteux hôpital! Oh! alors, ma vie sera payée! ajouta-t-elle, avec l'enthousiasme de la plus affreuse espérance; alors, il sera temps que le duc de Sierra-Leone apprenne comment sa femme, la duchesse de Sierra-Leone, aura vécu et comment elle meurt!

Tressignies n'avait pas pensé à cette profondeur dans la vengeance, qui dépassait tout ce que l'histoire lui avait appris. Ni l'Italie du XVIe siècle, ni la Corse de tous les âges, ces pays renommés pour l'implacabilité de leurs ressentiments, n'offraient à sa mémoire un exemple de combinaison plus réfléchie et plus terrible que celle de cette femme, qui se vengeait à même elle, à même son corps comme à même son âme! Il était effrayé de ce sublime horrible, car l'intensité dans les sentiments, poussée à ce point, est sublime. Seulement, c'est le sublime de l'enfer.

—Et quand il ne le saurait pas, reprit-elle encore, redoublant d'éclairs sur son âme, moi, après tout, je le saurais! Je saurais ce que je fais chaque soir, que je bois cette fange et que c'est du nectar, puisque c'est ma vengeance!... Est-ce que je ne jouis pas, à chaque minute, de la pensée de ce que je suis?... Est-ce qu'au moment où je le déshonore, ce duc altier, je n'ai pas, au fond de ma pensée, l'idée enivrante que je le déshonore? Est-ce que le ne vois pas clairement dans ma pensée tout ce qu'il souffrirait s'il le savait?... Ah! les sentiments comme les miens ont leur folie,

---

[33]Quoiqu'il soit vraisemblable que François Ier (1494-1547) soit mort de la syphilis, les historiens contemporains réfutent l'explication légendaire mentionnée ici par Barbey.

mais c'est leur folie qui fait le bonheur! Quand je me suis enfuie de Sierra-Leone, j'ai emporté avec moi le portrait du duc, pour lui faire voir, à ce portrait, comme si ç'avait été à lui-même, les hontes de ma vie! Que de fois je lui ai dit, comme s'il avait pu me voir et m'entendre: "Regarde donc! regarde!" Et quand l'horreur me prend dans vos bras, à tous vous autres—car elle m'y prend toujours: je ne puis pas m'accoutumer au goût de cette fange!—j'ai pour seule ressource ce bracelet—et elle leva son bras superbe d'un mouvement tragique—; j'ai ce cercle de feu, qui me brûle jusqu'à la moelle et que je garde à mon bras, malgré le supplice de l'y porter, pour que je ne puisse jamais oublier le bourreau d'Esteban, pour que son image excite mes transports, ces transports d'une haine vengeresse, que les hommes sont assez bêtes et assez fats pour croire du plaisir qu'ils savent donner! Je ne sais pas ce que vous êtes, vous, mais vous n'êtes certainement pas le premier venu parmi tous ces hommes; et cependant vous avez cru, il n'y a qu'un instant, que j'étais encore une créature humaine, qu'il y avait encore une fibre qui vibrait en moi; et il n'y avait en moi que l'idée de venger Esteban du monstre dont voici l'image! Ah! son image, c'était pour moi comme le coup de l'éperon, large comme un sabre, que le cavalier arabe enfonce dans le flanc de son cheval pour lui faire traverser le désert. J'avais, moi, des espaces de honte encore plus grands à dévorer, et je m'enfonçais cette exécrable image dans les yeux et dans le cœur, pour mieux bondir sous vous quand vous me teniez... Ce portrait, c'était comme si c'était lui! c'était comme s'il nous voyait par ses yeux peints!... Comme je comprenais l'envoûtement des siècles où l'on envoûtait! Comme je comprenais le bonheur insensé de planter le couteau dans le cœur de l'image de celui qu'on eût voulu tuer! Dans le temps que j'étais religieuse, avant d'aimer cet Esteban qui a pour moi remplacé Dieu, j'avais besoin d'un crucifix pour mieux penser au Crucifié; et, au lieu de l'aimer, je l'aurais haï, j'eusse été une impie, que j'aurais eu besoin du crucifix pour mieux le blasphémer et l'insulter! Hélas! ajouta-t-elle, changeant de ton et passant de l'âpreté des sentiments les plus cruels aux douceurs poignantes d'une incroyable mélancolie, je n'ai pas le portrait d'Esteban. Je ne le vois que dans mon âme... et c'est peut-être heureux, ajouta-t-elle. Je l'aurais sous les yeux qu'il relèverait mon pauvre cœur, qu'il me ferait rougir des indignes abaissements de ma vie. Je me repentirais, et je ne pourrais plus le venger!...»

La Gorgone était devenue touchante, mais ses yeux étaient restés secs. Tressignies, ému d'une tout autre émotion que celles-là par lesquelles jusqu'ici elle l'avait fait passer, lui prit la main, à cette femme qu'il avait le droit de mépriser, et il la lui baisa avec un respect mêlé de pitié. Tant de malheur et d'énergie la lui grandissaient: «Quelle femme! pensait-il. Si, au lieu d'être la duchesse de Sierra-Leone, elle avait été la marquise de Vasconcellos, elle eût, avec la pureté et l'ardeur de son amour pour Esteban, offert à l'admiration humaine quelque chose de comparable et d'égal à la grande marquise de Pescair[34]. Seulement, ajouta-t-il en lui-même, elle n'aurait pas montré, et personne n'aurait jamais su, quels gouffres de profondeur

[34]Vittoria Colonna, marquise de Pescara (1492-1547) et poétesse renommée, était l'épouse de Ferdinando Francesco de Pescara, général sous Charles Quint. Après la mort de son mari, elle a écrit des vers célèbres destinés à glorifier sa mémoire.

et de volonté étaient en elle.» Malgré le scepticisme de son époque et l'habitude de se regarder faire et de se moquer de ce qu'il faisait, Robert de Tressignies ne se sentit point ridicule d'embrasser la main de cette femme perdue; mais il ne savait plus que lui dire. Sa situation vis-à-vis d'elle était embarrassée. En jetant son histoire entre elle et lui, elle avait coupé, comme avec une hache, ces liens d'une minute qu'ils venaient de nouer. Il y avait en lui un inexprimable mélange d'admiration, d'horreur et de mépris; mais il se serait trouvé de très mauvais goût de faire du sentiment ou de la morale avec cette femme. Il s'était souvent moqué des moralistes, sans mandat et sans autorité, qui pullulaient dans ce temps-là où, sous l'influence de certains drames et de certains romans, on voulait se donner les airs de relever, comme des pots de fleurs renversés, les femmes qui tombaient. Il était, tout sceptique qu'il fût, doué d'assez de bon sens pour savoir qu'il n'y avait que le prêtre seul—le prêtre du Dieu rédempteur—qui pût relever de pareilles chutes... et, encore croyait-il que, contre l'âme de cette femme, le prêtre lui-même se serait brisé. Il avait en lui une implication de choses douloureuses, et il gardait un silence plus pesant pour lui que pour elle. Elle, toute à la violence de ses idées et de ses souvenirs, continua:

«Cette idée de le déshonorer, au lieu de le tuer, cet homme pour qui l'honneur, comme le monde l'entend, était plus que la vie, ne me vint pas tout de suite... Je fus longtemps à trouver cela. Après la mort de Vasconcellos, qu'on ne sut peut-être pas dans le château, dont le corps fut probablement jeté dans quelque oubliette avec les noirs qui l'avaient assassiné, le duc ne m'adressa plus la parole, si ce n'est brièvement et cérémonieusement devant ses gens, car la femme de César ne doit pas être soupçonnée, et je devais rester aux yeux de tous l'impeccable duchesse d'Arcos de Sierra-Leone. Mais, tête à tête et entre nous, jamais un seul mot, jamais une allusion; le silence, ce silence de la haine, qui se nourrit d'elle-même et n'a pas besoin de parler. Don Christoval et moi, nous luttions de force et de fierté. Je dévorais mes larmes. Je suis une Turre-Cremata. J'ai en moi la puissante dissimulation de ma race qui est italienne, et je me bronzais, jusque dans les yeux, pour qu'il ne pût pas soupçonner ce qui fermentait sous ce front de bronze où couvait l'idée de ma vengeance. Je fus absolument impénétrable. Grâce à cette dissimulation, qui boucha tous les jours de mon être par lesquels mon secret aurait pu filtrer, je préparai ma fuite de ce château dont les murs m'écrasaient, et où ma vengeance n'aurait pu s'accomplir que sous la main du duc, qui se serait vite levée. Je ne me confiai à personne. Est-ce que jamais mes duègnes ou mes caméristes avaient osé lever leurs yeux sur mes yeux pour savoir ce que je pensais? J'eus d'abord le projet d'aller à Madrid; mais, à Madrid, le duc était tout-puissant, et le filet de toutes les polices se serait refermé sur moi à son premier signal. Il m'y aurait facilement reprise, et, reprise une fois, il m'aurait jetée dans l'*in-pace* de quelque couvent, étouffée là, tuée entre deux portes, supprimée du monde, de ce monde dont j'avais besoin pour me venger!... Paris était plus sûr. Je préférai Paris. C'était une meilleure scène pour l'étalage de mon infamie et de ma vengeance; et, puisque je voulais qu'un jour tout cela éclatât comme la foudre, quelle bonne place que cette ville, le centre de tous les échos, à travers laquelle passent toutes les nations du monde! Je résolus d'y vivre de cette vie de prostituée qui ne me faisait pas trembler, et d'y descendre impudemment jusqu'au dernier rang de ces filles perdues qui se vendent pour une pièce de monnaie, fût-ce à des goujats! Pieuse comme je l'étais avant de connaître Esteban, qui m'avait arraché Dieu de la poitrine pour s'y mettre à la place, je me levais souvent la nuit sans mes femmes, pour faire mes oraisons à la Vierge Noire de la chapelle. C'est de là qu'une nuit je me sauvai et gagnai audacieusement les gorges des sierras. J'emportai tout ce que je pus de mes bijoux et l'argent de ma cassette. Je me cachai quelque temps chez des paysans qui me conduisirent à la frontière. Je vins à Paris. Je m'y attelai, sans peur, à cette vengeance qui est ma vie. J'en suis tellement assoiffée, de cette fureur de me venger, que parfois j'ai pensé à affoler de moi quelque jeune homme énergique et à le pousser vers le duc pour lui apprendre mon ignominie; mais j'ai fini toujours par étouffer cette pensée, car ce n'est pas quelques pieds d'ordures que je veux élever sur *son* nom et sur ma mémoire: c'est toute une pyramide de fumier! Plus je serai tard vengée, mieux je serai vengée...

Elle s'arrêta. De livide, elle était devenue pourpre. La sueur lui découlait des tempes. Elle s'enrouait. Était-ce le croup de la honte?... Elle saisit fébrilement une carafe sur la commode, et se versa un énorme verre d'eau qu'elle lampa.

—Cela est dur à passer, la honte! dit-elle; mais il faut qu'elle passe! J'en ai assez avalé depuis trois mois, pour qu'elle puisse passer!

—Il y a donc trois mois que *ceci* dure? (il n'osait plus dire quoi) fit Tressignies, avec un vague plus sinistre que la précision.

—Oui, dit-elle, trois mois. Mais qu'est-ce que trois mois? ajouta-t-elle. Il faudra du temps pour cuire et recuire ce plat de vengeance que je lui cuisine, et qui lui paiera son refus du cœur d'Esteban qu'il n'a pas voulu me faire manger...»

Elle dit cela avec une passion atroce et une mélancolie sauvage. Tressignies ne se doutait pas qu'il pût y avoir dans une femme un pareil mélange d'amour idolâtre et de cruauté. Jamais on n'avait regardé avec une attention plus concentrée une œuvre d'art qu'il ne regardait cette singulière et toute-puissante artiste en vengeance, qui se dressait alors devant lui... Mais quelque chose, qu'il était étonné d'éprouver, se mêlait à sa contemplation d'observateur. Lui qui croyait en avoir fini avec les sentiments involontaires et dont la réflexion, au rire terrible, mordait toujours les sensations, comme j'ai vu des charretiers mordre leurs chevaux pour les faire obéir, sentait que dans l'atmosphère de cette femme il respirait un air dangereux. Cette chambre, pleine de tant de passion physique et barbare, asphyxiait ce civilisé. Il avait besoin d'une gorgée d'air, et il pensait à s'en aller, dût-il revenir.

Elle crut qu'il partait. Mais elle avait encore des côtés à lui faire voir dans son chef-d'œuvre.

«Et cela? fit-elle, avec un dédain et un geste retrouvé de duchesse, en lui montrant du doigt la coupe de verre bleu qu'il avait remplie d'or.

—Reprenez cet argent, dit-elle. Qui sait? Je suis peut-être plus riche que vous. L'or n'entre pas ici. Je n'en accepte de personne.

Et, avec la fierté d'une bassesse qui était sa vengeance, elle ajouta: —Je ne suis qu'une fille à cent sous.»

    Le mot fut dit comme il était pensé. Ce fut le dernier trait de ce sublime à la renverse, de ce sublime infernal dont elle venait de lui étaler le spectacle, et dont certainement le grand Corneille, au fond de son âme tragique, ne se doutait pas! Le dégoût de ce dernier mot donna à Tressignies la force de s'en aller. Il rafla les pièces d'or de la coupe et n'y laissa que ce qu'elle demandait. «Puisqu'elle le veut! dit-il, je pèserai sur le poignard qu'elle s'enfonce, et j'y mettrai aussi ma tache de boue, puisque c'est de boue qu'elle a soif.» Et il sortit dans une agitation extrême. Les candélabres inondaient toujours de leur lumière cette porte, si commune d'aspect, par laquelle il était déjà passé. Il comprit pourquoi étaient plantées là ces torchères, quand il regarda la carte collée sur la porte, comme l'enseigne de cette boutique de chair. Il y avait sur cette carte, en grandes lettres:

LA DUCHESSE D'ARCOS
DE SIERRA-LEONE

Et, au-dessous, un mot ignoble pour dire le métier qu'elle faisait.

    Tressignies rentra chez lui, ce soir-là, après cette incroyable aventure, dans une situation si troublée qu'il en était presque honteux. Les imbéciles—c'est-à-dire à peu près tout le monde—croient que rajeunir serait une invention charmante de la nature humaine; mais ceux qui connaissent la vie savent mieux le profit que ce serait. Tressignies se dit avec effroi qu'il allait peut-être se retrouver trop jeune... et voilà pourquoi il se promit de ne plus mettre le pied chez la duchesse, malgré l'intérêt, ou plutôt à cause de l'intérêt que cette femme inouïe lui infligeait. «Pourquoi, se dit-il, retourner dans ce lieu malsain d'infection, au fond duquel une créature de haute origine s'est volontairement précipitée? Elle m'a conté toute sa vie, et je peux imaginer sans effort les détails, qui ne peuvent changer, de cette horrible vie de chaque jour.» Telle fut la résolution de Tressignies, prise énergiquement au coin du feu, dans la solitude de sa chambre. Il s'y calfeutra quelque temps contre les choses et les distractions du dehors, tête à tête avec les impressions et les souvenirs d'une soirée que son esprit ne pouvait s'empêcher de savourer, comme un poème étrange et tout-puissant auquel il n'avait rien lu de comparable, ni dans Byron, ni dans Shakespeare, ses deux poètes favoris. Aussi passa-t-il bien des heures, accoudé aux bras de son fauteuil, à feuilleter rêveusement en lui les pages toujours ouvertes de ce poème d'une hideuse énergie. Ce fut là un lotus qui lui fit oublier les salons de Paris—sa patrie. Il lui fallut même le coup de collier de sa volonté pour y retourner. Les irréprochables duchesses qu'il y retrouva lui semblèrent manquer un peu d'accent... Quoiqu'il ne fût pas une bégueule, ce Tressignies, ni ses amis non plus, il ne leur dit pas un seul mot de son aventure, par un sentiment de délicatesse qu'il traitait d'absurde, car la duchesse ne lui avait-elle pas demandé de raconter à tout venant son histoire, et de la faire rayonner aussi loin qu'il pourrait la faire rayonner?... Il la garda pour lui, au contraire. Il la mit et la scella dans le coin le plus mystérieux de son être, comme on bouche un flacon de parfum très rare, dont on perdrait quelque chose en le faisant respirer. Chose étonnante, avec la nature d'un homme comme lui! ni au Café de Paris, ni au cercle, ni à l'orchestre des théâtres, ni nulle part où les hommes se rencontrent seuls et se disent tout, il n'aborda jamais un de ses amis sans avoir peur de lui entendre raconter, comme lui étant arrivée, l'aventure qui était la sienne; et cette chose qui pouvait arriver faisait surgir en lui une perspective qui, dans les dix premières minutes d'une conversation, lui causait un léger tremblement. Nonobstant, il se tint parole, et non seulement il ne retourna pas rue Basse-du-Rempart, mais au boulevard. Il ne s'appuya plus, comme le faisaient les autres *gants jaunes*, les lions du temps, contre la balustrade de Tortoni. «Si je revoyais flotter sa diable de robe jaune, se disait-il, je serais peut-être encore assez bête pour la suivre.» Toutes les robes jaunes qu'il rencontrait le faisaient rêver... Il aimait à présent les robes jaunes, qu'il avait toujours détestées. «Elle m'a dépravé le goût», se disait-il, et c'est ainsi que le dandy se moquait de l'homme. Mais ce que Mme de Staël[35], qui les connaissait, appelle quelque part *les pensées du Démon*, était plus fort que l'homme et que le dandy. Tressignies devint sombre. C'était dans le monde un homme d'un esprit animé, dont la gaîté était aimable et redoutable—ce qu'il faut que toute gaîté soit dans ce monde, qui vous mépriserait si, tout en l'amusant, vous ne le faisiez pas trembler un peu. Il ne causa plus avec le même entrain... «Est-il amoureux?» disaient les commères. La vieille marquise de Clérembault, qui croyait qu'il en voulait à sa petite-fille, sortie tout chaud du Sacré-Cœur et romanesque comme on l'était alors, lui disait avec humeur: «Je ne puis plus vous sentir quand vous prenez vos airs d'Hamlet.» De sombre, il passa souffrant. Son teint se plomba. «Qu'a donc M. de Tressignies?» disait-on, et on allait peut-être lui découvrir le cancer à l'estomac de Bonaparte dans la poitrine, quand, un beau jour, il supprima toutes les questions et inquisitions sur sa personne en bouclant sa malle en deux temps, comme un officier, et en disparaissant comme par un trou.

Où alla-t-il? Qui s'en occupa? Il resta plus d'un an parti, puis il revint à Paris, reprendre le brancard de sa vie de mondain. Il était un soir chez l'ambassadeur d'Espagne, où, ce soir-là, par parenthèse, le monde le plus étincelant de Paris fourmillait... Il était tard. On allait souper. La cohue du buffet vidait les salons. Quelques hommes, dans le salon de jeu, s'attardaient à un whist obstiné. Tout à coup, le partner de Tressignies, qui tournait les pages d'un petit portefeuille d'écaille sur lequel il écrivait les paris qu'on faisait à chaque *rob*[36], y vit quelque chose qui lui fit faire le «Ah!» qu'on fait quand on retrouve ce qu'on oubliait...

«Monsieur l'ambassadeur d'Espagne, dit-il au maître de la maison, qui, les mains derrière son dos, regardait jouer, y a-t-il encore des Sierra-Leone à Madrid?

—Certes, s'il y en a! fit l'ambassadeur. D'abord, il y a le duc, qui est de pair avec tout ce qu'il y a de plus élevé parmi les Grandesses.

—Qu'est donc cette duchesse de Sierra-Leone qui vient de mourir à Paris, et qu'est-elle au duc? reprit alors l'interlocuteur.

—Elle ne pourrait être que sa femme, répondit tranquillement l'ambassadeur. Mais, il y a presque deux ans que la duchesse est comme si elle était morte.

---

[35]Écrivain français (1766-1816) qui s'est enthousiasmée pour la Révolution et pour le Romantisme.
[36]Partie liée de deux ou trois manches d'un jeu de whist.

Elle a disparu, sans qu'on sache pourquoi ni comment elle a disparu—la vérité est un profond mystère! Figurez-vous bien que l'imposante duchesse d'Arcos de Sierra-Leone n'était pas une femme de ce temps-ci, une de ces femmes à folies, qu'un amant enlève. C'était une femme aussi hautaine pour le moins que le duc son mari, qui est bien le plus orgueilleux des *Ricos hombres* de toute l'Espagne. De plus, elle était pieuse, pieuse d'une piété quasi monastique. Elle n'a jamais vécu qu'à Sierra-Leone, un désert de marbre rouge, où les aigles, s'il y en a, doivent tomber asphyxiés d'ennui de leurs pics! Un jour, elle en a disparu et jamais on n'a pu retrouver sa trace. Depuis ce temps-là, le duc, un homme du temps de Charles-Quint, à qui personne n'a jamais osé poser la moindre question, est venu habiter Madrid, et n'y a pas plus parlé de sa femme et de sa disparition que si elle n'avait jamais existé. C'était, en son nom, une Turre-Cremata, la dernière des Turre-Cremata, de la branche d'Italie.

—C'est bien cela, interrompit le joueur. Et il regarda ce qu'il avait écrit sur un des feuillets de son calepin d'écaille. —Eh bien! ajouta-t-il solennellement, monsieur l'ambassadeur d'Espagne, j'ai l'honneur d'annoncer à Votre Excellence que la duchesse de Sierra-Leone a été enterrée ce matin, et, ce dont assurément vous ne vous douteriez jamais, qu'elle a été enterrée à l'église de la Salpêtrière, comme une pensionnaire de l'établissement!

À ces paroles, les joueurs tournèrent le nez à leurs cartes et les plaquèrent devant eux sur la table, regardant tour à tour, effarés, celui-là qui parlait à l'ambassadeur.

—Mais oui! dit le joueur, qui *faisait son effet*, cette chose délicieuse en France! je passais par là, ce matin, et j'ai entendu, le long des murs de l'église, un si majestueux tonnerre de musique religieuse, que je suis entré dans cette église, peu accoutumé à de pareilles fêtes... et que je suis tombé de mon haut, en passant par le portail, drapé de noir et semé d'armoiries à double écusson, de voir dans le chœur le plus resplendissant catafalque[37]. L'église était à peu près vide. Il y avait au *banc des pauvres* quelques mendiants, et çà et là quelques femmes, de ces horribles lépreuses de l'hôpital qui est à côté, du moins de celles-là qui ne sont pas tout à fait folles et qui peuvent encore se tenir debout. Surpris d'un pareil personnel auprès d'un pareil catafalque, je m'en suis approché, et j'ai lu, en grosses lettres d'argent sur fond noir, cette inscription que j'ai, ma foi! copiée, de surprise et pour ne pas l'oublier:

CI-GÎT
SANZIA-FLORINIDA-CONCEPCION
DE TURRE-CREMATA,
DUCHESSE D'ARCOS DE SIERRA-LEONE,
FILLE REPENTIE,
MORTE À LA SALPÊTRIÈRE, LE...
REQUIESCAT IN PACE!

Les joueurs ne songeaient plus à la partie. Quant à l'ambassadeur, quoiqu'un

---

[37] Estrade décorée sur laquelle on place un cercueil.

diplomate ne doive pas plus être étonné qu'un officier ne doive avoir peur, il sentit que son étonnement pouvait le compromettre:

—Et vous n'avez pas pris de renseignements?... fit-il, comme s'il eût parlé à un de ses inférieurs.

—À personne, Excellence, répondit le joueur. Il n'y avait là que des pauvres; et les prêtres, qui peut-être auraient pu me renseigner, chantaient l'office. D'ailleurs, je me suis souvenu que j'aurais l'honneur de vous voir ce soir.

—Je les aurai demain», fit l'ambassadeur. Et la partie s'acheva, mais coupée d'interjections et chacun si préoccupé de sa pensée, que tout le monde fit des fautes parmi ces forts *whisteurs*, et que personne ne s'aperçut de la pâleur de Tressignies, qui saisit son chapeau et sortit, sans prendre congé de personne.

Le lendemain, il était de bonne heure à la Salpêtrière.

Il demanda le chapelain, un vieux bonhomme de prêtre, lequel lui donna tous les renseignements qu'il lui demanda sur le no 119 qu'était devenue la duchesse d'Arcos de Sierra-Leone. La malheureuse était venue s'abattre où elle avait prévu qu'elle s'abattrait... À ce jeu terrible qu'elle avait joué, elle avait gagné la plus effroyable des maladies. En peu de mois, dit le vieux prêtre, elle s'était cariée jusqu'aux os... Un de ses yeux avait sauté brusquement de son orbite et était tombé à ses pieds comme un gros sou... L'autre s'était liquéfié et fondu... Elle était morte—mais stoïquement—dans d'intolérables tortures... Riche d'argent encore et de ses bijoux, elle avait tout légué aux malades, comme elle, de la maison qui l'avait accueillie, et prescrit de solennelles funérailles. «Seulement, pour se punir de ses désordres, dit le vieux prêtre, qui n'avait rien compris du tout à cette femme-là, elle avait exigé, par pénitence et par humilité, qu'on mît après ses titres, sur son cercueil et sur son tombeau, qu'elle était une FILLE...REPENTIE.

«Et encore—ajouta le vieux chapelain, dupe de la confession d'une pareille femme—par humilité, elle ne voulait pas qu'on mît "repentie"».

Tressignies se prit à sourire amèrement du brave prêtre, mais il respecta l'illusion de cette âme naïve.

Car il savait, lui, qu'elle ne se repentait pas, et que cette touchante humilité était encore, après la mort, de la vengeance!

ÉMILE ZOLA
1840-1902

À l'exception de quelques faits notables, dont la mort de son père quand Émile n'avait que sept ans, l'enfance de Zola s'est déroulée de manière quasiment idéale. Son père n'avait laissé à sa femme que d'énormes dettes et des actions sans valeur, mais l'enfant est resté dans l'ignorance de la réalité matérielle de leur situation. Le jeune Émile a fait de brillantes études, cultivant son amitié avec Paul Cézanne et Jean Baptistin Baille dans la nature d'Aix et de ses environs. Obéissant aux exigences de leur précarité financière, cependant, sa mère et ses grands-parents ont déménagé à Paris afin de faire jouer les relations de Zola père et tenter de bénéficier d'une pension de veuve ou de n'importe quel autre moyen de subsister. C'est le premier d'une longue série de déménagements dans des logements toujours plus modestes, se terminant par l'inévitable et humiliante expulsion lorsqu'ils ne peuvent pas acquitter le loyer. C'est évidemment une pression considérable pour la petite famille.

Zola poursuit ses études comme boursier au Lycée Saint-Louis. Il y est malheureux, maladif et par trop rêveur, n'ayant pas encore trouvé la discipline qui lui permettrait plus tard de composer avec régularité une somme impressionnante d'écrits divers: correspondance, essais, romans et nouvelles. Après avoir échoué à son baccalauréat en 1859, il doit gagner sa vie. Il trouve avec difficulté un travail qui lui déplaît de plus en plus. Après l'avoir abandonné, Zola passe plus d'une année à chercher un autre emploi tout en accomplissant ses premiers pas d'écrivain. Cette jeunesse troublée lui permet d'acquérir une expérience inestimable pour un auteur.

Hachette le recrute finalement en tant que commis pour emballer les livres. Très vite, son intelligence est remarquée et il rejoint la tête du département de la publicité où il apprend à nouveau quantités de choses précieuses. Ce poste lui permet également de se mettre en contact avec des écrivains parmi les plus en vue du moment. Peu après, ses articles de journal commencent à paraître à intervalles réguliers. Il publie même quelques romans bâclés et sans réel intérêt littéraire, uniquement composés pour faire face à la prise en charge financière de sa mère. C'est un volume de nouvelles, les *Contes à Ninon* (1864), qui le propulse au rang d'écrivain prometteur. Cette fois sa carrière est véritablement lancée.

Quelques années plus tard, il décide de vivre uniquement de sa plume, et dès 1880 il est salué par les écrivains les plus importants de son époque. Son cycle de romans, *Les Rougon-Macquart*, commence à paraître à peu près au rythme d'un roman par an. *L'Assommoir* (1879), au goût de scandale, établit définitivement son rang d'auteur majeur. Zola devient le point de ralliement d'un groupe de jeunes écrivains qui l'admirait. Zola appelait de ses vœux l'avènement d'un mouvement nouveau, le Naturalisme, qui devait selon lui remplacer toute autre forme de littérature. Sous l'influence de Taine et de Claude Bernard, il développe ses vues théoriques dans des articles très virulents. L'homme, selon lui, est soumis au déterminisme universel et son destin est tracé par les lois de l'hérédité, l'influence de son milieu et les circonstances. Ce déterminisme absolu de ce qu'il appelait «race, milieu et moment» offrait à Zola la possibilité de créer des personnages romanesques au caractère affirmé et d'observer ceux-ci de manière scientifique afin de mieux comprendre les mécanismes régissant la société et les actes des hommes. Beaucoup jugeaient risibles les conceptions théoriques de Zola et plus encore ses prétentions scientifiques. Zola croyait-il vraiment pouvoir, grâce à la fiction romanesque, fixer des lois établies sur la foi de l'observation?

Son passage chez Hachette lui a permis de découvrir les méthodes usitées pour organiser le lancement d'un livre. Pour vendre des romans et pour promouvoir une école littéraire, il a compris qu'il n'est pas nécessaire d'avoir raison, et que ce qui importe avant tout est de faire du bruit. Une dose de scandale peut à l'occasion se montrer fort utile. En guise de manifeste de la nouvelle école naturaliste et pour appuyer les essais que Zola a rassemblés dans *Le Roman expérimental* (1880), lui et quelques jeunes amis, parmi lesquels Maupassant et Huysmans, ont décidé de réaliser un recueil de nouvelles qui démontrerait la validité et l'efficacité littéraire du Naturalisme. Ainsi est né *Les Soirées de Médan* de 1880[1].

Comme pour beaucoup de romanciers de premier ordre, la réputation de ce que Zola a écrit dans les autres genres est moindre que celle de ses romans: les nouvelles et contes de Zola ne sont donc pas bien connus. En dépit de ce regrettable manque de considération, la maîtrise que Zola affiche dans ses romans s'y retrouve également. Zola a composé une centaine de nouvelles et en a choisi quarante-trois pour les publier en volume. Là où pour les réalistes le but de l'art était l'art lui-même, Zola et ses collègues considéraient, tout en continuant de vouloir créer des œuvres esthétiques, qu'il était plus important de reproduire autant que possible la vérité[2]. Pareillement, là où les romans de Duranty, de Champfleury et même de Flaubert semblent rechercher l'aridité, les naturalistes, principalement à travers Zola, réintroduisent le mythe et les extrêmes de la passion. L'aspect didactique assez subtil des œuvres naturalistes de cette époque, deviendra ensuite de plus en plus perceptible. «Madame Sourdis» témoigne de la maîtrise artistique et épique de Zola.

L'histoire de la création de «Madame Sourdis» est curieuse. À la différence des autres nouvelles de Zola qui ont été assez vite publiées en France, «Madame Sourdis» a été écrite en mars 1880 et, pendant vingt ans, n'a paru qu'en Russie. La nouvelle décrit l'épouse d'un peintre qui, peu à peu, prend la place de son mari sans changer la signature au bas des peintures qui sortent de l'atelier. Une telle intrigue

---

[1] Roger Ripoll, «Notice», *Contes et nouvelles d'Émile Zola*, Bibliothèque de la Pléiade (Paris: Gallimard, 1976) 1574-75.
[2] David Baguley, «Les Sources et la fortune des nouvelles de Zola», *Les Cahiers naturalistes* 32 (1966) 121-23.

n'avait rien d'abracadabrant. La collaboration entre les artistes, leurs épouses et leurs maîtresses, dont le résultat était ensuite présenté au public sous le seul nom du maître, était une pratique commune. Comme nous l'avons déjà mentionné, les femmes, au XIXe siècle, ont rencontré des difficultés pour se faire reconnaître sous leur propre nom. Une rumeur avait été colportée après la mort de Michelet en 1874: pour certains, la griffe de sa femme Athénaïs était trop évidente dans ses dernières œuvres et cela aurait prouvé qu'elle en avait écrit une partie significative. De même qu'elle l'aurait dominé sexuellement, elle l'aurait progressivement supplanté dans ses écrits. Aujourd'hui, une étude minutieuse des manuscrits et du journal de Michelet ne révèlent que «les ambiguïtés d'une production littéraire à la maison», résultat d'une véritable collaboration entre deux personnes qui aimaient partager les joies de la création.[3] Bien entendu, la vraie nature de cette collaboration importe moins dans la nouvelle que dans cette rumeur concernant Michelet dont Zola a sans doute eu vent. Un autre exemple s'avère déterminant pour expliquer l'histoire de la publication de «Madame Sourdis», d'autant plus que le nouvelliste pouvait l'avoir suivi d'assez près pour peindre d'après nature. Alphonse Daudet, dont les débauches étaient bien connues de ses amis et de sa femme, serait devenu de moins en moins capable de produire seul les créations dont son ménage avait besoin pour vivre. Zola et les autres confrères de Daudet n'ignoraient ni la conduite sexuelle de ce dernier, ni la participation de sa femme à ses œuvres. John Christie explique ainsi le retard de publication: Zola aurait gardé la nouvelle inédite jusqu'en 1900 afin de ne pas trahir les secrets du ménage Daudet.[4] L'affaiblissement de Daudet, qui souffrait terriblement du tabès, maladie liée à la syphilis, ressemble à ce qui arrive à Ferdinand Sourdis, quoiqu'il ne semble pas que Daudet ait été aussi affecté mentalement. Il serait difficile de savoir la vérité exacte.

Si «Madame Sourdis» est remarquable, c'est plus pour sa puissance narrative que pour la ressemblance du portrait des époux Daudet. Le caractère des personnages y est solidement campés. Dès le début, quand Adèle tombe amoureuse, il est aisé pour le lecteur de déceler chez Sourdis les symptômes du toxicomane. Adèle rejoint à une longue lignée de femmes zoliennes qui se trompent dans le choix de leur époux à cause de leur manque d'expérience. Ailleurs Zola parle des filles innocentes qui, comme «la Belle au Bois dormant» sont «dans l'attente des baisers du premier chevalier qui passera sur la route»[5]. Adèle aussi «attendait un prince». Elle reconnaît le talent de Ferdinand mais, malheureusement, n'est pas capable de voir au-delà de celui-ci et de constater la faiblesse de son futur mari. Elle ne comprend pas que Ferdinand manque de la discipline sans laquelle son

---

[3]Bonnie G. Smith, *The Gender of History: Men, Women, and Historical Practice* (Cambridge: Harvard UP, 1998) 86-101.
[4]Christie, «The Enigma of Zola's "Madame Sourdis"», *Nottingham French Studies* 5 (1966): 21-28.
[5]Zola, «Causerie» (1868), *Œuvres complètes*, 15 vols. (Paris: Cercle du Livre Précieux, 1966-69) 13.187; voir, aussi, «Un Bain» (1873) 9.353, 355, 359; «Lili» (1868) 9.385-86. Albine est comparée à la Belle au Bois dormant dans *La Faute de l'abbé Mouret*, *Les Rougon-Macquart*, 5 vols. Bibliothèque de la Pléiade (Paris: Gallimard, 1960-67) 1.1251, et dans *Le Docteur Pascal* 5.960.

talent sera laissé en friche. Rennequin dit à Ferdinand, «[V]otre jour viendra.... En attendant, travaillez; tout est là.» Mais Ferdinand ne se remet pas au travail et continue de signer les tableaux. Est-ce l'«ambition» qui pousse Adèle? Est-ce la rage qu'elle nourrit contre les femmes que Ferdinand semble lui préférer? Est-ce que «Madame Sourdis», comme Rennequin se plaît à le dire dans sa position d'observateur misogyne, narre l'histoire d'une femme ambitieuse qui «mange» son époux? Ou bien est-ce au contraire l'histoire d'une pauvre fille inexpérimentée qui, par ignorance, se retrouve prise au piège d'un mariage avec un homme débauché, et qui réagit comme elle peut, avec courage, pour continuer à vivre? Le chiasme narratif est presque parfait. Elle a remplacé Ferdinand. Sans doute, le processus de destruction est-il implacable et clair, tout comme l'envahissement d'Adèle qui substitue son propre travail à celui de son mari. Il reste toutefois à en saisir les mobiles, situés quelque part entre les deux pôles de l'innocence et de la vengeance.

BIBLIOGRAPHIE SOMMAIRE

Édition annotée

Zola, Émile. *Contes et nouvelles*. Éd. Roger Ripoll. Bibliothèque de la Pléiade. Paris: Gallimard, 1976.

Biographie

Mitterand, Henri. *Zola*. 3 vols. Paris: Fayard, 1999, 2001, 2002.

Walker, Philip. *Zola*. Londres: Routledge & Kegan Paul, 1985.

Quelques études

Baguley, David. «Les Sources et la fortune des nouvelles de Zola». *Les Cahiers Naturalistes* 32 (1966): 118-32.

Christie, John. «The Enigma of Zola's "Madame Sourdis"». *Nottingham French Studies* 5 (1966): 13-28.

Irvine, Margot. «Spousal Collaborations in Naturalist Fiction and in Practice». *Nineteenth-Century French Studies* 37.1-2 (2008-09): 67-80.

Tooren, Marjolein van. «"Madame Sourdis", Un Regard critique sur les normes esthétiques contemporaines». *Excavatio: Émile Zola and Naturalism* 14.1-2 (2001): 27-40.

Woodward, Servanne. «Les Genres esthétiques de "Madame Sourdis"». *Excavatio: Émile Zola and Naturalism* 1 (mai 1992): 155-66.

Émile Zola

Madame Sourdis
1880

I

Tous les samedis, régulièrement, Ferdinand Sourdis venait renouveler sa provision de couleurs et de pinceaux dans la boutique du père Morand, un rez-de-chaussée noir et humide, qui donnait sur une étroite place de Mercœur, à l'ombre d'un ancien couvent transformé en collège communal. Ferdinand, qui arrivait de Lille, disait-on, et qui depuis un an était «pion»[1] au collège s'occupait de peinture avec passion, s'enfermant, donnant toutes ses heures libres à des études qu'il ne montrait pas.

Le plus souvent, il tombait sur Mlle Adèle, la fille du père Morand, qui peignait elle-même de fines aquarelles, dont on parlait beaucoup à Mercœur. Il faisait sa commande.

«Trois tubes de blanc, je vous prie, un d'ocre jaune, deux de vert Véronèse.

Adèle, très au courant du petit commerce de son père, servait le jeune homme, en demandant chaque fois:

—Et avec ça?

—C'est tout pour aujourd'hui, mademoiselle.»

Ferdinand glissait son petit paquet dans sa poche, payait avec une gaucherie de pauvre qui craint toujours de rester en affront, puis s'en allait. Cela durait depuis une année, sans autre événement.

La clientèle du père Morand se composait bien d'une douzaine de personnes. Mercœur, qui comptait huit mille âmes, avait une grande réputation pour ses tanneries; mais les beaux-arts y végétaient. Il y avait quatre ou cinq galopins qui barbouillaient, sous l'œil pâle d'un Polonais, un homme sec au profil d'oiseau malade; puis, les demoiselles Lévêque, les filles du notaire, s'étaient mises «à l'huile», mais cela causait un scandale. Un seul client comptait, le célèbre Rennequin, un enfant du pays qui avait eu de grands succès de peintre dans la capitale, des médailles, des commandes, et qu'on venait même de décorer. Quand il passait un mois à Mercœur, au beau temps cela bouleversait l'étroite boutique de la place du Collège. Morand faisait venir exprès des couleurs de Paris, et il se mettait lui-même en quatre, et il recevait Rennequin découvert, en l'interrogeant respectueusement sur ses nouveaux triomphes. Le peintre, un gros homme bon diable, finissait par accepter à dîner

---
[1] Surveillant, maître d'internat.

et regardait les aquarelles de la petite Adèle, qu'il déclarait un peu pâlottes, mais d'une fraîcheur de rose.

«Autant ça que de la tapisserie, disait-il en lui pinçant l'oreille. Et ce n'est pas bête, il y a là-dedans une petite sécheresse, une obstination qui arrive au style... Hein! travaille, et ne te retiens pas, fais ce que tu sens.»

Certes, le père Morand ne vivait pas de son commerce. C'était chez lui une manie ancienne, un coin d'art qui n'avait pas abouti, et qui perçait aujourd'hui chez sa fille. La maison lui appartenait, des héritages successifs l'avaient enrichi, on lui donnait de six à huit mille francs de rente. Mais il n'en tenait pas moins sa boutique de couleurs, dans son petit salon du rez-de-chaussée, dont la fenêtre servait de vitrine: un étroit étalage, où il y avait des tubes, des bâtons d'encre de Chine, des pinceaux, et où de temps à autre paraissaient des aquarelles d'Adèle, entre des petits tableaux de sainteté, œuvres du Polonais. Des journées se passaient, sans qu'on vît un acheteur. Le père Morand vivait quand même heureux, dans l'odeur de l'essence, et lorsque Mme Morand, une vieille femme languissante, presque toujours couchée, lui conseillait de se débarrasser du «magasin», il s'emportait, en homme qui a la vague conscience de remplir une mission. Bourgeois et réactionnaire, au fond, d'une grande rigidité dévote, un instinct d'artiste manqué le clouait au milieu de ses quatre toiles. Où la ville aurait-elle acheté des couleurs? À la vérité, personne n'en achetait, mais des gens pouvaient en avoir envie. Et il ne désertait pas.

C'était dans ce milieu que Mlle Adèle avait grandi. Elle venait d'avoir vingt-deux ans. De petite taille, un peu forte, elle avait une figure ronde agréable, avec des yeux minces; mais elle était si pâle et si jaune, qu'on ne la trouvait pas jolie. On aurait dit une petite vieille, elle avait déjà le teint fatigué d'une institutrice vieillie dans la sourde irritation du célibat. Pourtant, Adèle ne souhaitait pas le mariage. Des partis s'étaient présentés, qu'elle avait refusés. On la jugeait fière, elle attendait un prince, sans doute; et de vilaines histoires couraient sur les familiarités paternelles que Rennequin, un vieux garçon débauché, se permettait avec elle. Adèle, très fermée, comme on dit, silencieuse et réfléchie d'habitude, paraissait ignorer ces calomnies. Elle vivait sans révolte, habituée à l'humidité blême de la place du Collège, voyant à toutes heures devant elle, depuis son enfance, le même pavé moussu, le même carrefour sombre où personne ne passait; deux fois par jour seulement, les galopins de la ville se bousculaient à la porte du collège; et c'était là son unique récréation. Mais elle ne s'ennuyait jamais, comme si elle eût suivi, sans un écart, un plan d'existence arrêté en elle depuis longtemps. Elle avait beaucoup de volonté et beaucoup d'ambition, avec une patience que rien ne lassait, ce qui trompait les gens sur son véritable caractère. Peu à peu, on la traitait en vieille fille. Elle semblait vouée pour toujours à ses aquarelles. Cependant, quand le célèbre Rennequin arrivait et parlait de Paris, elle l'écoutait, muette, toute blanche, et ses minces yeux noirs flambaient.

«Pourquoi n'envoies-tu pas tes aquarelles au Salon? lui demanda un jour le peintre, qui continuait à la tutoyer en vieil ami. Je te les ferai recevoir.»

Mais elle eut un haussement d'épaules et dit avec une modestie sincère, gâtée pourtant, par une pointe d'amertume:

—Oh! de la peinture de femme, ça ne vaut pas la peine.»

La venue de Ferdinand Sourdis fut toute une grosse affaire pour le père Morand. C'était un client de plus, et un client très sérieux, car jamais personne à Mercœur n'avait fait une telle consommation de tubes. Pendant le premier mois, Morand s'occupa beaucoup du jeune homme, surpris de cette belle passion artistique chez un de ces «pions», qu'il méprisait pour leur saleté et leur oisiveté, depuis près de cinquante ans qu'il les voyait passer devant sa porte. Mais celui-ci, à ce qu'on lui raconta, appartenait à une grande famille ruinée; et il avait dû, à la mort de ses parents, accepter une situation quelconque, pour ne pas mourir de faim. Il continuait ses études de peinture, il rêvait d'être libre, d'aller à Paris, de tenter la gloire. Une année se passa. Ferdinand semblait s'être résigné, cloué à Mercœur par la nécessité du pain quotidien. Le père Morand avait fini par le mettre dans ses habitudes, et il ne s'intéressait plus autrement à lui.

Un soir, cependant, une question de sa fille lui causa un étonnement. Elle dessinait sous la lampe, s'appliquant à reproduire avec une exactitude mathématique une photographie d'après un Raphaël, lorsque, sans lever la tête, elle dit, après un long silence:

«Papa, pourquoi ne demandes-tu pas une de ses toiles à M. Sourdis?... On la mettrait dans la vitrine.

—Tiens! c'est vrai, s'écria Morand. C'est une idée... Je n'ai jamais songé à voir ce qu'il faisait. Est-ce qu'il t'a montré quelque chose?

—Non, répondit-elle. Je dis ça en l'air... Nous verrons au moins la couleur de sa peinture.»

Ferdinand avait fini par préoccuper Adèle. Il la frappait vivement par sa beauté de jeune blond, les cheveux coupés ras, mais la barbe longue, une barbe d'or, fine et légère, qui laissait voir sa peau rose. Ses yeux bleus avaient une grande douceur, tandis que ses petites mains souples, sa physionomie tendre et noyée, indiquaient toute une nature mollement voluptueuse. Il ne devait avoir que des crises de volonté. En effet, à deux reprises, il était resté trois semaines sans paraître; la peinture était lâchée, et le bruit courait que le jeune homme menait une conduite déplorable, dans une maison qui faisait la honte de Mercœur. Comme il avait découché deux nuits, et qu'un soir il était rentré ivre mort, on avait parlé même un instant de le renvoyer du collège; mais, à jeun, il se montrait si séduisant, qu'on le gardait malgré ses abandons. Le père Morand évitait de parler de ces choses devant sa fille. Décidément, tous ces «pions» se valaient, des êtres sans moralité aucune; et il avait pris devant celui-ci une attitude rogue de bourgeois scandalisé, tout en gardant une tendresse sourde pour l'artiste.

Adèle n'en connaissait pas moins les débauches de Ferdinand, grâce aux bavardages de la bonne. Elle se taisait, elle aussi. Mais elle avait réfléchi à ces choses, et s'était senti une colère contre le jeune homme, au point que, pendant trois semaines, elle avait évité de le servir, se retirant dès qu'elle le voyait se diriger vers la boutique. Ce fut alors qu'elle s'occupa beaucoup de lui et que toutes sortes d'idées vagues commencèrent à germer en elle. Il était devenu intéressant. Quand il passait, elle le suivait des yeux; puis, réfléchissait, penchée sur ses aquarelles, du matin au soir.

«Eh bien! demanda-t-elle le dimanche à son père, est-ce qu'il t'apportera un tableau?

La veille, elle avait manœuvré de façon à ce que son père se trouvât à la boutique, lorsque Ferdinand s'était présenté.

—Oui, dit Morand, mais il s'est fait joliment prier... Je ne sais pas si c'est de la pose ou de la modestie. Il s'excusait, il disait que ça ne valait pas la peine d'être montré... Nous aurons le tableau demain.»

Le lendemain, comme Adèle rentrait le soir d'une promenade aux ruines du vieux château de Mercœur, où elle était allée prendre un croquis, elle s'arrêta, muette et absorbée, devant une toile sans cadre, posée sur un chevalet, au milieu de la boutique. C'était le tableau de Ferdinand Sourdis. Il représentait le fond d'un large fossé, avec un grand talus vert, dont la ligne horizontale coupait le ciel bleu; et là une bande de collégiens en promenade s'ébattait, tandis que le «pion» lisait, allongé dans l'herbe: un motif que le peintre avait dû dessiner sur nature. Mais Adèle était toute déconcertée par certaines vibrations de la couleur et certaines audaces de dessin, qu'elle n'aurait jamais osées elle-même. Elle montrait dans ses propres travaux une habileté extraordinaire, au point qu'elle s'était approprié le métier compliqué de Rennequin et de quelques autres artistes dont elle aimait les œuvres. Seulement, il y avait dans ce nouveau tempérament qu'elle ne connaissait pas, un accent personnel qui la surprenait.

«Eh bien! demanda le père Morand, debout derrière elle, attendant sa décision. Qu'en penses-tu?

Elle regardait toujours. Enfin, elle murmura, hésitante et prise pourtant:

—C'est drôle... C'est très joli...»

Elle revint plusieurs fois devant la toile, l'air sérieux. Le lendemain, comme elle l'examinait encore, Rennequin, qui se trouvait justement à Mercœur, entra dans la boutique et poussa une légère exclamation:

«Tiens! qu'est-ce que c'est que ça?

Il regardait, stupéfait. Puis, attirant une chaise, s'asseyant devant la toile, il détailla le tableau, il s'enthousiasma peu à peu.

—Mais c'est très curieux!... Le ton est d'une finesse et d'une vérité... Voyez donc les blancs des chemises qui se détachent sur le vert... Et original! une vraie note!... Dis donc, fillette, ce n'est pas toi qui as peint ça?

Adèle écoutait, rougissant, comme si on lui avait fait à elle-même ces compliments. Elle se hâta de répondre:

—Non, non. C'est ce jeune homme, vous savez, celui qui est au collège.

—Vrai, ça te ressemble, continuait le peintre. C'est toi, avec de la puissance... Ah! c'est de ce jeune homme; eh bien! il a du talent, et beaucoup. Un tableau pareil aurait un grand succès au Salon.»

Rennequin dînait le soir avec les Morand, honneur qu'il faisait à chacun de ses voyages. Il parla peinture toute la soirée, revenant plusieurs fois sur Ferdinand

Sourdis, qu'il se promettait de voir et d'encourager. Adèle, silencieuse, l'écoutait parler de Paris, de la vie qu'il y menait, des triomphes qu'il y obtenait; et, sur son front pâle de jeune fille réfléchie, une ride profonde se creusait, comme si une pensée entrait et se fixait là, pour n'en plus sortir. Le tableau de Ferdinand fut encadré et exposé dans la vitrine, où les demoiselles Lévêque vinrent le voir; mais elles ne le trouvèrent pas assez fini et le Polonais, très inquiet, répandit dans la ville que c'était de la peinture d'une nouvelle école, qui niait Raphaël. Pourtant, le tableau eut du succès; on trouvait ça joli; les familles venaient en procession reconnaître les collégiens qui avaient posé. La situation de Ferdinand au collège n'en fut pas meilleure. Des professeurs se scandalisaient du bruit fait autour de ce «pion», assez peu moral pour prendre comme modèles les enfants dont on lui confiait la surveillance. On le garda cependant, en lui faisant promettre d'être plus sérieux à l'avenir. Quand Rennequin l'alla voir pour le complimenter, il le trouva pris de découragement, pleurant presque, parlant de lâcher la peinture.

«Laissez donc! lui dit-il avec sa brusque bonhomie. Vous avez assez de talent pour vous moquer de tous ces cocos-là... Et ne vous inquiétez pas, votre jour viendra, vous arriverez bien à vous tirer de la misère comme les camarades. J'ai servi les maçons, moi qui vous parle... En attendant, travaillez; tout est là.»

Alors, une nouvelle vie commença pour Ferdinand. Il entra peu à peu dans l'intimité des Morand. Adèle s'était mise à copier son tableau: *La Promenade*. Elle abandonnait ses aquarelles et se risquait dans la peinture à l'huile. Rennequin avait dit un mot très juste: elle avait, comme artiste, les grâces du jeune peintre, sans en avoir les virilités, ou du moins elle possédait déjà sa facture, même d'une habileté et d'une souplesse plus grandes, se jouant des difficultés. Cette copie, lentement et soigneusement faite, les rapprocha davantage. Adèle démonta Ferdinand, pour ainsi dire, posséda bientôt son procédé, au point qu'il restait très étonné de se voir dédoublé ainsi, interprété et reproduit littéralement, avec une discrétion toute féminine. C'était lui, sans accent, mais plein de charme. À Mercœur, la copie d'Adèle eut beaucoup plus de succès que l'original de Ferdinand. Seulement, on commençait à chuchoter d'abominables histoires.

À la vérité, Ferdinand ne songeait guère à ces choses. Adèle ne le tentait pas du tout. Il avait des habitudes de vices qu'il contentait ailleurs et très largement, ce qui le laissait très froid près de cette petite bourgeoise, dont l'embonpoint jaune lui était même désagréable. Il la traitait simplement en artiste, en camarade. Quand ils causaient, ce n'était jamais que sur la peinture. Il s'enflammait, il rêvait tout haut de Paris, s'emportant contre la misère qui le clouait à Mercœur. Ah! s'il avait eu de quoi vivre comme il aurait planté là le collège! Le succès lui semblait certain. Cette misérable question de l'argent, de la vie quotidienne à gagner, le jetait dans des rages. Et elle l'écoutait, très grave, ayant l'air, elle aussi, d'étudier la question, de peser les chances du succès. Puis, sans jamais s'expliquer davantage, elle lui disait d'espérer.

Brusquement, un matin, on trouva le père Morand mort dans sa boutique. Une attaque d'apoplexie l'avait foudroyé, comme il déballait une caisse de couleurs et de pinceaux. Quinze jours se passèrent. Ferdinand avait évité de troubler la douleur de la fille et de la mère. Quand il se présenta de nouveau, rien n'avait changé. Adèle peignait, en robe noire; Mme Morand restait dans sa chambre, à sommeiller. Et les habitudes reprirent, les causeries sur l'art, les rêves de triomphe à Paris. Seulement, l'intimité des jeunes gens était plus grande. Mais jamais une familiarité tendre, jamais une parole d'amour ne les troublaient, dans leur amitié purement intellectuelle.

Un soir, Adèle, plus grave que de coutume, s'expliqua avec netteté après avoir regardé longuement Ferdinand de son clair regard. Elle l'avait sans doute assez étudié, l'heure était venue de prendre une résolution.

«Écoutez, dit-elle. Il y a longtemps que je veux vous parler d'un projet... Aujourd'hui, je suis seule. Ma mère ne compte guère. Et vous me pardonnerez, si je vous parle directement...

Il attendait, surpris. Alors, sans un embarras, avec une grande simplicité, elle lui montra sa position, elle revint sur les plaintes continuelles qu'il laissait échapper. L'argent seul lui manquait. Il serait célèbre dans quelques années, s'il avait eu les premières avances nécessaires pour travailler librement et se produire à Paris.

—Eh bien! conclut-elle, permettez-moi de venir à votre aide. Mon père m'a laissé cinq mille francs de rente, et je puis en disposer tout de suite, car le sort de ma mère est également assuré. Elle n'a aucun besoin de moi.

Mais Ferdinand se récriait. Jamais il n'accepterait un pareil sacrifice, jamais il ne la dépouillerait. Elle le regardait fixement, voyant qu'il n'avait pas compris.

—Nous irions à Paris, reprit-elle avec lenteur, l'avenir serait à nous...

Puis, comme il restait effaré, elle eut un sourire, elle lui tendit la main, en lui disant d'un air de bonne camaraderie:

—Voulez-vous m'épouser, Ferdinand?... C'est encore moi qui serai votre obligée, car vous savez que je suis une ambitieuse; oui, j'ai toujours rêvé la gloire, et c'est vous qui me la donnerez.»

Il balbutiait, ne se remettait pas de cette offre brusque; tandis que, tranquillement, elle achevait de lui exposer son projet, longtemps mûri. Puis, elle se fit maternelle, en exigeant de lui un seul serment: celui de se bien conduire. Le génie ne pouvait aller sans l'ordre. Et elle lui donna à entendre qu'elle connaissait ses débordements, que cela ne l'arrêtait pas, mais qu'elle entendait le corriger. Ferdinand comprit parfaitement quel marché elle lui offrait: elle apportait l'argent, il devait apporter la gloire. Il ne l'aimait pas, il éprouvait même à ce moment un véritable malaise, à l'idée de la posséder. Cependant, il tomba à genoux, il la remercia, et il ne trouva que cette phrase, qui sonna faux à ses oreilles:

«Vous serez mon bon ange.»

Alors, dans sa froideur, elle fut emportée par un grand élan; elle le prit dans une étreinte et le baisa au visage, car elle l'aimait, séduite par sa beauté de jeune blond. Sa passion endormie se réveillait. Elle faisait là une affaire où ses désirs longtemps refoulés trouvaient leur compte.

Trois semaines plus tard, Ferdinand Sourdis était marié. Il avait cédé moins à un calcul qu'à des nécessités et à une série de faits dont il n'avait su comment sortir.

On avait vendu le fonds de tubes et de pinceaux à un petit papetier du voisinage. Mme Morand ne s'était pas émue le moins du monde, habituée à la solitude. Et le jeune ménage venait de partir tout de suite pour Paris, emportant *La Promenade* dans une malle, laissant Mercœur bouleversé par un dénouement si prompt. Les demoiselles Lévêque disaient que Mme Sourdis n'avait que juste le temps d'aller faire ses couches dans la capitale.

II

Mme Sourdis s'occupa de l'installation. C'était rue d'Assas, dans un atelier dont la grande baie vitrée donnait sur les arbres du Luxembourg. Comme les ressources du ménage étaient modestes, Adèle fit des miracles pour avoir un intérieur confortable sans trop dépenser. Elle voulait retenir Ferdinand près d'elle, lui faire aimer son atelier. Et, dans les premiers temps, la vie à deux, au milieu de ce grand Paris, fut vraiment charmante.

L'hiver finissait. Les premières belles journées de mars avaient une grande douceur. Dès qu'il apprit l'arrivée du jeune peintre et de sa femme, Rennequin accourut. Le mariage ne l'avait pas étonné, bien qu'il s'emportât d'ordinaire contre les unions entre artistes; selon lui, ça tournait toujours mal, il fallait que l'un des deux mangeât l'autre. Ferdinand mangerait Adèle, voilà tout; et c'était tant mieux pour lui, puisque ce garçon avait besoin d'argent. Autant mettre dans son lit une fille peu appétissante, que de vivre de vache enragée dans les restaurants à quatorze sous.

Lorsque Rennequin entra, il aperçut *La Promenade*, richement encadrée, posée sur un chevalet, au beau milieu de l'atelier.

«Ah! ah! dit-il gaiement, vous avez apporté le chef-d'œuvre.»

Il s'était assis, il se récriait de nouveau sur la finesse du ton, sur l'originalité spirituelle de l'œuvre. Puis, brusquement:

—J'espère que vous envoyez ça au Salon. C'est un triomphe certain... Vous arrivez juste à temps.

—C'est ce que je lui conseille, dit Adèle avec douceur. Mais il hésite, il voudrait débuter par quelque chose de plus grand, de plus complet.»

Alors Rennequin s'emporta. Les œuvres de jeunesse étaient bénies. Jamais peut-être Ferdinand ne retrouverait cette fleur d'impression, ces naïves hardiesses du début. Il fallait être un âne bâté pour ne pas sentir ça. Adèle souriait de cette violence. Certes, son mari irait plus loin, elle espérait bien qu'il ferait mieux, mais elle était heureuse de voir Rennequin combattre les étranges inquiétudes qui agitaient Ferdinand à la dernière heure. Il fut convenu que dès le lendemain, on enverrait *La Promenade* au Salon; les délais expiraient dans trois jours. Quant à la réception, elle était certaine, Rennequin faisant partie du jury, sur lequel il exerçait une influence considérable.

Au Salon, *La Promenade* eut un succès énorme. Pendant six semaines, la foule se pressa devant la toile. Ferdinand eut ce coup de foudre de la célébrité, tel qu'il se produit souvent à Paris, d'un jour à l'autre. Même la chance voulut qu'il fût discuté, ce qui doubla son succès. On ne l'attaquait pas brutalement, certains le chicanaient seulement sur des détails que d'autres défendaient avec passion. En somme, *La Promenade* fut déclarée un petit chef-d'œuvre, et l'Administration en offrit tout de suite six mille francs. Cela avait la pointe d'originalité nécessaire pour piquer le goût blasé du plus grand nombre, sans que pourtant le tempérament du peintre débordât au point de blesser les gens : en somme tout juste ce qu'il fallait au public de nouveauté et de puissance. On cria à la venue d'un maître, tant cet aimable équilibre enchantait.

Pendant que son mari triomphait ainsi bruyamment parmi la foule et dans la presse, Adèle, qui avait envoyé elle aussi ses essais de Mercœur, des aquarelles très fines, ne trouvait son nom nulle part, ni dans la bouche des visiteurs, ni dans les articles des journaux. Mais elle était sans envie, sa vanité d'artiste ne souffrait même aucunement. Elle avait mis tout son orgueil dans son beau Ferdinand. Chez cette fille silencieuse, qui avait comme moisi pendant vingt-deux ans dans l'ombre humide de la province, chez cette bourgeoise froide et jaunie, une passion de cœur et de tête avait éclaté, avec une violence extraordinaire. Elle aimait Ferdinand pour la couleur d'or de sa barbe, pour sa peau rose, pour le charme et la grâce de toute sa personne; et cela au point d'être jalouse, de souffrir de ses plus courtes absences, de le surveiller continuellement, avec la peur qu'une autre femme ne le lui volât. Lorsqu'elle se regardait dans une glace, elle avait bien conscience de son infériorité, de sa taille épaisse et de son visage déjà plombé. Ce n'était pas elle, c'était lui qui avait apporté la beauté dans le ménage; et elle lui devait même ce qu'elle aurait dû avoir. Son cœur se fondait à cette pensée que tout venait de lui. Puis, sa tête travaillait, elle l'admirait comme un maître. Alors, une reconnaissance infinie l'emplissait, elle se mettait de moitié dans son talent, dans ses victoires, dans cette célébrité qui allait la hausser elle-même au milieu d'une apothéose. Tout ce qu'elle avait rêvé se réalisait, non plus par elle-même, mais par un autre elle-même, qu'elle aimait à la fois en disciple, en mère et en épouse. Au fond, dans son orgueil, Ferdinand serait son œuvre, et il n'y avait qu'elle là-dedans, après tout.

Ce fut pendant ces premiers mois qu'un enchantement perpétuel embellit l'atelier de la rue d'Assas. Adèle, malgré cette idée que tout lui venait de Ferdinand, n'avait aucune humilité; car la pensée qu'elle avait fait ces choses lui suffisait. Elle assistait avec un sourire attendri à l'épanouissement du bonheur qu'elle voulait et qu'elle cultivait. Sans que cette idée eût rien de bas, elle se disait que sa fortune avait seule pu réaliser ce bonheur. Aussi tenait-elle sa place, en se sentant nécessaire. Il n'y avait, dans son admiration et dans son adoration, que le tribut volontaire d'une personnalité qui consent à se laisser absorber, au profit d'une œuvre qu'elle regarde comme sienne et dont elle entend vivre. Les grands arbres du Luxembourg verdissaient, des chants d'oiseaux entraient dans l'atelier, avec les souffles tièdes des belles journées. Chaque matin, de nouveaux journaux arrivaient, avec des éloges; on publiait le portrait de Ferdinand, on reproduisait son tableau par tous les procédés et dans tous les formats. Et les deux jeunes mariés buvaient cette publicité bruyante, sentaient avec une joie d'enfants l'énorme et éclatant Paris s'occuper d'eux, tandis qu'ils déjeunaient sur leur petite table, dans le silence délicieux de leur retraite.

Émile Zola

Cependant, Ferdinand ne s'était pas remis au travail. Il vivait dans la fièvre, dans une surexcitation qui lui ôtait, disait-il, toute la sûreté de la main. Trois mois avaient passé, il renvoyait toujours au lendemain les études d'un grand tableau auquel il songeait depuis longtemps: une toile qu'il intitulait *Le Lac*, une allée du bois de Boulogne, à l'heure où la queue des équipages roule lentement, dans la lumière blonde du couchant. Déjà, il était allé prendre quelques croquis; mais il n'avait plus la belle flamme de ses jours de misère. Le bien-être où il vivait semblait l'endormir; puis, il jouissait de son brusque triomphe, en homme qui tremblait de le gâter par une œuvre nouvelle. Maintenant, il était toujours dehors. Souvent, il disparaissait le matin pour ne reparaître que le soir; à deux ou trois reprises, il rentra fort tard. C'étaient de continuels prétextes à sorties et à absences: une visite à un atelier, une présentation à un maître contemporain, des documents à rassembler pour l'œuvre future, surtout des dîners d'amis. Il avait retrouvé plusieurs de ses camarades de Lille, il faisait déjà partie de diverses sociétés d'artistes, ce qui le lançait dans de continuels plaisirs, dont il revenait échauffé, fiévreux, parlant fort, avec des yeux brillants.

Adèle ne s'était pas encore permis un seul reproche. Elle souffrait beaucoup de cette dissipation croissante, qui lui prenait son mari et la laissait seule pendant de longues heures. Mais elle plaidait elle-même contre sa jalousie et ses craintes: il fallait bien que Ferdinand fît ses affaires; un artiste n'était pas un bourgeois qui pouvait garder le coin de son feu; il avait besoin de connaître le monde, il se devait à son succès. Et elle éprouvait presque un remords de ses sourdes révoltes, lorsque Ferdinand lui jouait la comédie de l'homme excédé par ses obligations mondaines, en lui jurant qu'il avait de tout cela «plein le dos» et qu'il aurait tout donné pour ne jamais quitter sa petite femme. Une fois même, ce fut elle qui le mit dehors, comme il faisait mine de ne pas vouloir se rendre à un déjeuner de garçons, où on devait l'aboucher avec un très riche amateur. Puis, quand elle était seule, Adèle pleurait. Elle voulait être forte; et toujours elle voyait son mari avec d'autres femmes, elle avait le sentiment qu'il la trompait, ce qui la rendait si malade, qu'elle devait parfois se mettre au lit, dès qu'il l'avait quittée.

Souvent Rennequin venait chercher Ferdinand. Alors, elle tâchait de plaisanter.

«Vous serez sages, n'est-ce pas? Vous savez, je vous le confie.

—N'aie donc pas peur! répondait le peintre en riant. Si on l'enlève, je serai là... Je te rapporterai toujours son chapeau et sa canne.»

Elle avait confiance en Rennequin. Puisque lui aussi emmenait Ferdinand, c'était qu'il le fallait. Elle se ferait à cette existence. Mais elle soupirait, en songeant à leurs premières semaines de Paris, avant le tapage du Salon, lorsqu'ils passaient tous les deux des journées si heureuses, dans la solitude de l'atelier. Maintenant, elle était seule à y travailler, elle avait repris ses aquarelles avec acharnement, pour tuer les heures. Dès que Ferdinand avait tourné le coin de la rue en lui envoyant un dernier adieu, elle refermait la fenêtre et se mettait à la besogne. Lui, courait les rues, allait Dieu savait où, s'attardait dans les endroits louches, revenait brisé de fatigue et les yeux rougis. Elle, patiente, entêtée, restait les journées entières devant sa petite table, à reproduire continuellement les études qu'elle avait apportées de Mercœur, des bouts de paysages attendris, qu'elle traitait avec une habileté de plus en plus étonnante. C'était sa tapisserie, comme elle le disait avec un sourire pincé.

Un soir, elle veillait en attendant Ferdinand, très absorbée dans la copie d'une gravure qu'elle exécutait à la mine de plomb[2], lorsque le bruit sourd d'une chute, à la porte même de l'atelier, la fit tressaillir. Elle appela, se décida à ouvrir et se trouva en présence de son mari, qui tâchait de se relever, en riant d'un rire épais. Il était ivre.

Adèle, toute blanche, le remit sur pieds, le soutint en le poussant vers leur chambre. Il s'excusait, bégayait des mots sans suite. Elle, sans une parole, l'aida à se déshabiller. Puis, quand il fut dans le lit, ronflant, assommé par l'ivresse, elle ne se coucha pas, elle passa la nuit dans un fauteuil, les yeux ouverts, à réfléchir. Une ride coupait son front pâle. Le lendemain, elle ne parla pas à Ferdinand de la scène honteuse de la veille. Il était fort gêné, encore étourdi, les yeux gros et la bouche amère. Ce silence absolu de sa femme redoubla son embarras; et il ne sortit pas de deux jours, il se fit très humble, il se remit au travail avec un empressement d'écolier qui a une faute à se faire pardonner. Il se décida à établir les grandes lignes de son tableau, consultant Adèle, s'appliquant à lui montrer en quelle estime il la tenait. Elle était d'abord restée silencieuse et très froide, comme un reproche vivant, toujours sans se permettre la moindre allusion. Puis, devant le repentir de Ferdinand, elle redevint naturelle et bonne; tout fut tacitement pardonné et oublié.

Mais, le troisième jour, Rennequin étant venu prendre son jeune ami pour le faire dîner avec un critique d'art célèbre, au café Anglais, Adèle dut attendre son mari jusqu'à quatre heures du matin; et, quand il reparut, il avait une plaie sanglante au-dessus de l'œil gauche, quelque coup de bouteille attrapé dans une querelle de mauvais lieu. Elle le coucha et le pansa. Rennequin l'avait quitté sur le boulevard, à onze heures.

Alors ce fut réglé. Ferdinand ne put accepter un dîner, se rendre à une soirée, s'absenter le soir sous un prétexte quelconque, sans rentrer chez lui dans un état abominable. Il revenait affreusement gris, avec des noirs sur la peau, rapportant dans ses vêtements défaits des odeurs infâmes, l'âcreté de l'alcool et le musc des filles. C'étaient des vices monstrueux où il retombait toujours, par une lâcheté de tempérament. Et Adèle ne sortait pas de son silence, le soignait chaque fois avec une rigidité de statue, sans le questionner, sans le souffleter de sa conduite. Elle lui faisait du thé, lui tenait la cuvette, nettoyait tout, ne voulant pas réveiller la bonne et cachant son état comme une honte que la pudeur lui défendait de montrer. D'ailleurs, pourquoi l'aurait-elle interrogé? Chaque fois, elle reconstruisait aisément le drame, la pointe d'ivresse prise avec des amis, puis les courses enragées dans le Paris nocturne, la débauche crapuleuse, avec des inconnus emmenés de cabaret en cabaret, avec des femmes rencontrées au coin d'un trottoir, disputées à des soldats et brutalisées dans la saleté de quelque taudis. Parfois, elle retrouvait au fond de ses

[2]Au graphite.

poches des adresses étranges, des débris ignobles, toutes sortes de preuves qu'elle se hâtait de brûler, pour ne rien savoir de ces choses. Quand il était égratigné par des ongles de femme, quand il lui revenait blessé et sali, elle se raidissait davantage, elle le lavait, dans un silence hautain, qu'il n'osait rompre. Puis, le lendemain, après le drame de ces nuits de débauche, lorsqu'il se réveillait et qu'il la trouvait muette devant lui, ils n'en parlaient ni l'un ni l'autre, ils semblaient avoir fait tous les deux un cauchemar, et le train de leur vie reprenait.

Une seule fois, Ferdinand, en une crise d'attendrissement involontaire, s'était au réveil jeté à son cou, avec des sanglots, en balbutiant:

«Pardonne-moi, pardonne-moi!

Mais elle l'avait repoussé, mécontente, feignant d'être surprise.

—Comment! te pardonner?... Tu n'as rien fait. Je ne me plains pas.»

Et cet entêtement à paraître ignorer ses fautes, cette supériorité d'une femme qui se possédait au point de commander à ses passions, avait rendu Ferdinand tout petit.

À la vérité, Adèle agonisait de dégoût et de colère, dans l'attitude qu'elle avait prise. La conduite de Ferdinand révoltait en elle toute une éducation dévote, tout un sentiment de correction et de dignité. Son cœur se soulevait, quand il rentrait empoisonnant le vice, et qu'elle devait le toucher de ses mains et passer le reste de la nuit dans son haleine. Elle le méprisait. Mais, au fond de ce mépris, il y avait une jalousie atroce contre les amis, contre les femmes qui le lui renvoyaient ainsi souillé, dégradé. Ces femmes, elle aurait voulu les voir râler sur le trottoir, elle s'en faisait des monstres, ne comprenant pas comment la police n'en débarrassait pas les rues à coups de fusil. Son amour n'avait pas diminué. Quand l'homme la dégoûtait, certains soirs, elle se réfugiait dans son admiration pour l'artiste; et cette admiration restait comme épurée, à ce point que, parfois, en bourgeoise pleine de légendes sur les désordres nécessaires du génie, elle finissait par accepter l'inconduite de Ferdinand ainsi que le fumier fatal des grandes œuvres. D'ailleurs, si ses délicatesses de femme, si ses tendresses d'épouse étaient blessées par les trahisons dont il la récompensait si mal, elle lui reprochait peut-être plus amèrement de ne pas tenir ses engagements de travail, de briser le contrat qu'ils avaient fait, elle en apportant la vie matérielle, lui en apportant la gloire. Il y avait là un manque de parole qui l'indignait, et elle en arrivait à chercher un moyen de sauver au moins l'artiste, dans ce désastre de l'homme. Elle voulait être très forte, car il fallait qu'elle fût le maître.

En moins d'une année, Ferdinand se sentit redevenir un enfant. Adèle le dominait de toute sa volonté. C'était elle le mâle, dans cette bataille de la vie. À chacune de ses fautes, chaque fois qu'elle l'avait soigné sans un reproche, avec une pitié sévère, il était devenu plus humble, devinant son mépris, courbant la tête. Entre eux, aucun mensonge n'était possible; elle était la raison, l'honnêteté, la force, tandis qu'il roulait à toutes les faiblesses, à toutes les déchéances; et ce dont il souffrait le plus, ce qui l'anéantissait devant elle, c'était cette froideur de juge qui n'ignore rien, qui pousse le dédain jusqu'au pardon, sans croire même devoir sermonner le coupable, comme si la moindre explication devait porter atteinte à la dignité du ménage. Elle ne parlait pas, pour rester haute, pour ne pas descendre elle-même et se salir à cette ordure. Si elle s'était emportée, si elle lui avait jeté à la face ses amours d'une nuit, en femme que la jalousie enrage, il aurait certainement moins souffert. En s'abaissant, elle l'aurait redressé. Comme il était petit, et quel sentiment d'infériorité, lorsqu'il s'éveillait, brisé de honte, avec la certitude qu'elle savait tout et qu'elle ne daignait se plaindre de rien!

Cependant, son tableau marchait, il avait compris que son talent restait sa seule supériorité. Quand il travaillait, Adèle retrouvait pour lui ses tendresses de femme; elle redevenait petite à son tour, étudiait respectueusement son œuvre, debout derrière lui, et se montrait d'autant plus soumise que la besogne de la journée était meilleure. Il était son maître, c'était le mâle qui reprenait sa place dans le ménage. Mais d'invincibles paresses le tenaient maintenant. Quand il était rentré brisé, comme vidé par la vie qu'il menait, ses mains gardaient des mollesses, il hésitait, n'avait plus l'exécution franche. Certains matins, une impuissance radicale engourdissait tout son être. Alors, il se traînait la journée entière, devant sa toile, prenant sa palette pour la rejeter bientôt, n'arrivant à rien et s'enrageant; ou bien il s'endormait sur un canapé d'un sommeil de plomb, dont il ne se réveillait que le soir, avec des migraines atroces. Adèle, ces jours-là, le regardait en silence. Elle marchait sur la pointe des pieds, pour ne pas l'énerver et ne pas effaroucher l'inspiration, qui allait venir sans doute; car elle croyait à l'inspiration, à une flamme invisible qui entrait par la fenêtre ouverte et se posait sur le front de l'artiste élu. Puis, des découragements la lassaient elle-même, elle était prise d'une inquiétude, à la pensée encore vague que Ferdinand pouvait faire banqueroute, en associé infidèle.

On était en février, l'époque du Salon approchait. Et *Le Lac* ne s'achevait pas. Le gros travail était fait, la toile se trouvait entièrement couverte; seulement, à part certaines parties très avancées, le reste restait brouillé et incomplet. On ne pouvait envoyer la toile ainsi, à l'état d'ébauche. Il y manquait cet ordre dernier, ces lumières, ce fini qui décident d'une œuvre; et Ferdinand n'avançait plus, il se perdait dans les détails, détruisait le soir ce qu'il avait fait le matin, tournant sur lui-même, se dévorant dans son impuissance. Un soir, à la tombée du crépuscule, comme Adèle rentrait d'une course lointaine, elle entendit, dans l'atelier plein d'ombre, un bruit de sanglots. Devant sa toile, affaissé sur une chaise, elle aperçut son mari immobile.

«Mais tu pleures! dit-elle très émue. Qu'as-tu donc?

—Non, non, je n'ai rien», bégaya-t-il.

Depuis une heure, il était tombé là, à regarder stupidement cette toile, où il ne voyait plus rien. Tout dansait devant ses regards troubles. Son œuvre était un chaos qui lui semblait absurde et lamentable; et il se sentait paralysé, faible comme un enfant, d'une impuissance absolue à mettre de l'ordre dans ce gâchis de couleurs. Puis, quand l'ombre avait peu à peu effacé la toile, quand tout, jusqu'aux notes vives, avait sombré dans le noir comme dans un néant, il s'était senti mourir, étranglé par une tristesse immense. Et il avait éclaté en sanglots.

—Mais tu pleures, je le sens, répéta la jeune femme qui venait de porter les mains à son visage trempé de larmes chaudes. Est-ce que tu souffres?»

Cette fois, il ne put répondre. Une nouvelle crise de sanglots l'étranglait. Alors, oubliant sa sourde rancune, cédant à une pitié pour ce pauvre homme insolvable, elle le baisa maternellement dans les ténèbres. C'était la faillite.

III

Le lendemain, Ferdinand fut obligé de sortir après le déjeuner. Lorsqu'il revint, deux heures plus tard, et qu'il se fut absorbé comme à son habitude devant sa toile, il eut une légère exclamation.

«Tiens, on a donc touché à mon tableau!

À gauche, on avait terminé un coin du ciel et un bouquet de feuillages. Adèle, penchée sur sa table, s'appliquant à une de ses aquarelles, ne répondit pas tout de suite.

—Qui est-ce qui s'est permis de faire ça? reprit-il plus étonné que fâché. Est-ce que Rennequin est venu?

—Non, dit enfin Adèle sans lever la tête. C'est moi qui me suis amusée... C'est dans les fonds, ça n'a pas d'importance.

Ferdinand se mit à rire d'un rire gêné.

—Tu collabores donc, maintenant? Le ton est très juste, seulement il y a là une lumière qu'il faut atténuer.

—Où donc? demanda-t-elle en quittant sa table. Ah! oui, cette branche.

Elle avait pris un pinceau et elle fit la correction. Lui, la regardait. Au bout d'un silence, il se remit à lui donner des conseils, comme à une élève, tandis qu'elle continuait le ciel. Sans qu'une explication plus nette eût lieu, il fut entendu qu'elle se chargerait de finir les fonds. Le temps pressait, il fallait se hâter. Et il mentait, il se disait malade, ce qu'elle acceptait d'un air naturel.

—Puisque je suis malade», répétait-il à chaque instant, ton aide me soulagera beaucoup... Les fonds n'ont pas d'importance.

Dès lors, il s'habitua à la voir devant son chevalet. De temps à autre, il quittait le canapé, s'approchait en bâillant, jugeait d'un mot sa besogne, parfois lui faisait recommencer un morceau. Il était très raide comme professeur. Le second jour, se disant de plus en plus souffrant, il avait décidé qu'elle avancerait d'abord les fonds, avant qu'il terminât lui-même les premiers plans; cela, d'après lui, devait faciliter le travail; on verrait plus clair, on irait plus vite. Et ce fut toute une semaine de paresse absolue, de longs sommeils sur le canapé, pendant que sa femme, silencieuse, passait la journée debout devant le tableau. Ensuite, il se secoua, il attaqua les premiers plans. Mais il la garda près de lui; et, quand il s'impatientait, elle le calmait, elle achevait les détails qu'il lui indiquait. Souvent, elle le renvoyait, en lui conseillant d'aller prendre l'air dans le jardin du Luxembourg. Puisqu'il n'était pas bien portant, il devait se ménager; ça ne lui valait rien de s'échauffer la tête ainsi; et elle se faisait très affectueuse. Puis, restée seule, elle se dépêchait, travaillait avec une obstination de femme, ne se gênant pas pour pousser les premiers plans le plus possible. Lui, en était à une telle lassitude, qu'il ne s'apercevait pas de la besogne faite en son absence, ou du moins il n'en parlait pas, il semblait croire que son tableau avançait tout seul. En quinze jours, *Le Lac* fut terminé. Mais Adèle elle-même n'était pas contente. Elle sentait bien que quelque chose manquait. Lorsque Ferdinand, soulagé, déclarait le tableau très bien, elle restait froide et hochait la tête. «Que veux-tu donc? disait-il avec colère. Nous ne pouvons pas nous tuer là-dessus.»

Ce qu'elle voulait, c'était qu'il signât le tableau de sa personnalité. Et, par des miracles de patience et de volonté, elle lui en donna l'énergie. Pendant une semaine encore, elle le tourmenta, elle l'enflamma. Il ne sortait plus, elle le chauffait de ses caresses, le grisait de ses admirations. Puis, quand elle le sentait vibrant, elle lui mettait les pinceaux à la main et le tenait des heures devant le tableau, à causer, à discuter, à le jeter dans une excitation qui lui rendait sa force. Et ce fut ainsi qu'il retravailla la toile, qu'il revint sur le travail d'Adèle, en lui donnant les vigueurs de touche et les notes originales qui manquaient. C'était peu de chose et ce fut tout. L'œuvre vivait maintenant.

La joie de la jeune femme fut grande. L'avenir de nouveau était souriant. Elle aiderait son mari, puisque les longs travaux le fatiguaient. Ce serait une mission plus intime, dont les bonheurs secrets l'emplissaient d'espoir. Mais, en plaisantant, elle lui fit jurer de ne pas révéler sa part de travail; ça ne valait pas la peine, ça la gênerait. Ferdinand promit en s'étonnant. Il n'avait pas de jalousie artistique contre Adèle, il répétait partout qu'elle savait son métier de peintre beaucoup mieux que lui, ce qui était vrai.

Quand Rennequin vint voir *Le Lac*, il resta longtemps silencieux. Puis, très sincèrement, il fit de grands compliments à son jeune ami.

«C'est à coup sûr plus complet que *La Promenade*, dit-il, les fonds ont une légèreté et une finesse incroyables et les premiers plans s'enlèvent avec beaucoup de vigueur... Oui, oui, très bien, très original...»

Il était visiblement étonné, mais il ne parla pas de la véritable cause de sa surprise. Ce diable de Ferdinand le déroutait, car jamais il ne l'aurait cru si habile, et il trouvait dans le tableau quelque chose de nouveau qu'il n'attendait pas. Pourtant, sans le dire, il préférait *La Promenade*, certainement plus lâchée, plus rude, mais plus personnelle. Dans *Le Lac*, le talent s'était affermi et élargi, et l'œuvre toutefois le séduisait moins, parce qu'il y sentait un équilibre plus banal, un commencement au joli et à l'entortillé. Cela ne l'empêcha pas de s'en aller, en répétant:

«Étonnant, mon cher... Vous allez avoir un succès fou.»

Et il avait prédit juste. Le succès du Lac fut encore plus grand que celui de *La Promenade*. Les femmes surtout se pâmèrent. Cela était exquis. Les voitures filant dans le soleil avec l'éclair de leurs roues, les petites figures en toilette, des taches claires qui s'enlevaient au milieu des verdures du Bois, charmèrent les visiteurs qui regardent de la peinture comme on regarde de l'orfèvrerie. Et les gens les plus sévères, ceux qui exigent de la force et de la logique dans une œuvre d'art, étaient pris, eux aussi, par un métier savant, une entente très grande de l'effet, des qualités de facture rares. Mais ce qui dominait, ce qui achevait la conquête du grand public, c'était la grâce un peu mièvre de la personnalité. Tous les critiques furent d'accord pour déclarer que Ferdinand Sourdis était en progrès. Un seul, mais un homme brutal, qui se faisait exécrer par sa façon tranquille de dire la vérité, osa écrire que, si le peintre continuait à compliquer et à amollir sa facture, il ne lui donnait pas cinq ans pour gâter les précieux dons de son originalité.

Rue d'Assas, on était bien heureux. Ce n'était plus le coup de surprise du premier succès, mais comme une consécration définitive, un classement parmi les maîtres du jour. En outre, la fortune arrivait, des commandes se produisaient de tous côtés, les quelques bouts de toile que le peintre avait chez lui furent disputés à coups de billets de banque; et il fallut se mettre au travail.

Adèle garda toute sa tête, dans cette fortune. Elle n'était pas avare, mais elle avait été élevée à cette école de l'économie provinciale, qui connaît le prix de l'argent, comme on dit. Aussi se montra-t-elle sévère et tint-elle la main à ce que Ferdinand ne manquât jamais aux engagements qu'il prenait. Elle inscrivait les commandes, veillait aux livraisons, plaçait l'argent. Et son action, surtout, s'exerçait sur son mari, qu'elle menait à coups de férule.

Elle avait réglé sa vie, tant d'heures de travail par jour, puis des récréations. Jamais d'ailleurs elle ne se fâchait, c'était toujours la même femme silencieuse et digne; mais il s'était si mal conduit, il lui avait laissé prendre une telle autorité, que, maintenant, il tremblait devant elle. Certainement, elle lui rendit alors le plus grand service; car, sans cette volonté qui le maintenait, il se serait abandonné, il n'aurait pas produit les œuvres qu'il donna pendant plusieurs années. Elle était le meilleur de sa force, son guide et son soutien. Sans doute, cette crainte qu'elle lui inspirait ne l'empêchait pas de retomber parfois dans ses anciens désordres; comme elle ne satisfaisait pas ses vices, il s'échappait, courait les basses débauches, revenait malade, hébété pour trois ou quatre jours. Mais, chaque fois, c'était une arme nouvelle qu'il lui donnait, elle montrait un mépris plus haut, l'écrasait de ses regards froids, et pendant une semaine alors il ne quittait plus son chevalet. Elle souffrait trop comme femme, lorsqu'il la trahissait, pour désirer une de ces escapades, qui le lui ramenaient si repentant et si obéissant. Cependant, quand elle voyait la crise se déclarer, lorsqu'elle le sentait travaillé de désirs, les yeux pâles, les gestes fiévreux, elle éprouvait une hâte furieuse à ce que la rue le lui rendît souple et inerte, comme une pâte molle qu'elle travaillait à sa guise, de ses mains courtes de femme volontaire et sans beauté. Elle se savait peu plaisante, avec son teint plombé, sa peau dure et ses gros os; et elle se vengeait sourdement sur ce joli homme, qui redevenait à elle, quand les belles filles l'avaient anéanti. D'ailleurs, Ferdinand vieillissait vite; des rhumatismes l'avaient pris; à quarante ans, des excès de toutes sortes faisaient déjà de lui un vieillard. L'âge allait forcément le calmer.

Dès *Le Lac*, ce fut une chose convenue, le mari et la femme travaillèrent ensemble. Ils s'en cachaient encore, il est vrai; mais, les portes fermées, ils se mettaient au même tableau, poussaient la besogne en commun. Ferdinand, le talent mâle, restait l'inspirateur, le constructeur; c'était lui qui choisissait les sujets et qui les jetait d'un trait large, en établissant chaque partie. Puis, pour l'exécution, il cédait la place à Adèle, au talent femelle, en se réservant toutefois la facture de certains morceaux de vigueur. Dans les premiers temps, il gardait pour lui la grosse part; il tenait à honneur de ne se faire aider par sa femme que pour les coins, les épisodes; mais sa faiblesse s'aggravait, il était de jour en jour moins courageux à la besogne, et il s'abandonna, il laissa Adèle l'envahir. À chaque œuvre nouvelle, elle collabora davantage, par la force des choses, sans qu'elle-même eût le plan arrêté de substituer ainsi son travail à celui de son mari. Ce qu'elle voulait, c'était d'abord que ce nom de Sourdis, qui était le sien, ne fît pas faillite à la gloire, c'était de maintenir au sommet cette célébrité, qui avait été tout son rêve de jeune fille laide et cloîtrée; ensuite, ce qu'elle voulait, c'était de ne pas manquer de parole aux acheteurs, de livrer les tableaux aux jours promis, en commerçante honnête qui n'a qu'une parole. Et alors elle se trouvait bien obligée de terminer en hâte la besogne, de boucher tous les trous laissés par Ferdinand, de finir les toiles, lorsqu'elle le voyait s'enrager d'impuissance, les doigts tremblants, incapables de tenir un pinceau. Jamais d'ailleurs, elle ne triomphait, elle affectait de rester l'élève, de se borner à une pure besogne de manœuvre, sous ses ordres. Elle le respectait encore comme artiste, elle l'admirait réellement, avertie par son instinct qu'il restait jusque-là le mâle, malgré sa déchéance. Sans lui, elle n'aurait pu faire de si larges toiles.

Rennequin, dont le ménage se cachait comme des autres peintres, suivait avec une surprise croissante la lente substitution de ce tempérament femelle à ce tempérament mâle, sans pouvoir comprendre. Pour lui, Ferdinand n'était pas dans une mauvaise voie, puisqu'il produisait et qu'il se soutenait; mais il se développait dans un sens de facture qu'il n'avait pas semblé apporter d'abord. Son premier tableau, *La Promenade*, était plein d'une personnalité vive et spirituelle, qui, peu à peu, avait disparu dans les œuvres suivantes, qui maintenant se noyait au milieu d'une coulée de pâte molle et fluide, très agréable à l'œil, mais de plus en plus banale. Pourtant, c'était la même main, ou du moins Rennequin l'aurait juré, tant Adèle, avec son adresse, avait pris la facture de son mari. Elle avait ce génie de démonter le métier des autres et de s'y glisser. D'autre part, les tableaux de Ferdinand prenaient une odeur vague de puritanisme, une correction bourgeoise qui blessait le vieux maître. Lui qui avait salué dans son jeune ami un talent libre, il était irrité de ses raideurs nouvelles, du certain air pudibond et pincé qu'affectait maintenant sa peinture. Un soir, dans une réunion d'artistes, il s'emporta, en criant:
«Ce diable de Sourdis tourne au cabotin... Avez-vous vu sa dernière toile? Il n'a donc pas de sang dans les veines, ce bougre-là! Les filles l'ont vidé. Eh! oui, c'est l'éternelle histoire, on se laisse manger le cerveau par quelque bête de femme... Vous ne savez pas ce qui m'embête, moi? c'est qu'il fasse toujours bien. Parfaitement! vous avez beau rire! Je m'étais imaginé que, s'il tournait mal, il finirait dans un gâchis absolu, vous savez, un gâchis superbe d'homme foudroyé. Et pas du tout, il semble avoir trouvé une mécanique qui se règle de jour en jour et qui le mène à faire plat, couramment... C'est désastreux. Il est fini, il est incapable du mauvais.»

On était habitué aux sorties paradoxales de Rennequin, et l'on s'égaya. Mais lui se comprenait; et, comme il aimait Ferdinand, il éprouvait une réelle tristesse. Le lendemain, il se rendit rue d'Assas. Trouvant la clé sur la porte, et s'étant permis d'entrer sans frapper, il resta stupéfait. Ferdinand n'y était pas. Devant un chevalet, Adèle terminait vivement un tableau dont les journaux s'occupaient déjà. Elle était si absorbée qu'elle n'avait pas entendu la porte s'ouvrir, ne se doutant pas d'ailleurs que la bonne venait, en rentrant, d'oublier sa clé dans la serrure. Et Rennequin, immobile, put la regarder une grande minute. Elle abattait la besogne avec une sûreté de main qui indiquait une grande pratique. Elle avait sa facture adroite, courante, cette mécanique bien réglée dont justement il parlait la veille. Tout d'un coup, il comprit, et son saisissement fut tel, il sentit si bien son indiscrétion, qu'il essaya de sortir pour frapper. Mais, brusquement, Adèle tourna la tête.

«Tiens! c'est vous, cria-t-elle. Vous étiez là, comment êtes-vous entré?

Et elle devint très rouge. Rennequin, embarrassé lui-même, répondit qu'il arrivait à peine. Puis, il eut conscience que, s'il ne parlait pas de ce qu'il venait de voir, la situation serait plus gênante encore.

—Hein? la besogne presse, dit-il de son air le plus bonhomme. Tu donnes un petit coup de main à Ferdinand.

Elle avait repris sa pâleur de cire. Elle répondit tranquillement:

—Oui, ce tableau devrait être livré depuis lundi, et comme Ferdinand a eu ses douleurs... Oh! quelques glacis sans importance.

Mais elle ne s'abusait pas, on ne pouvait tromper un homme comme Rennequin. Pourtant, elle restait immobile, sa palette et ses pinceaux aux mains. Alors, il dut lui dire:

—Il ne faut pas que je te gêne. Continue.»

Elle le regarda fixement quelques secondes. Enfin, elle se décida. Maintenant, il savait tout, à quoi bon feindre davantage? Et, comme elle avait formellement promis le tableau pour le soir, elle se remit à la besogne, abattant l'ouvrage avec une carrure toute masculine. Il s'était assis et suivait son travail, lorsque Ferdinand rentra. D'abord, il éprouva un saisissement, à trouver ainsi Rennequin installé derrière Adèle, et la regardant faire son tableau. Mais il paraissait très las, incapable d'un sentiment fort. Il vint se laisser tomber près du vieux maître, en poussant le soupir d'un homme qui n'a plus qu'un besoin de sommeil. Puis, un silence régna, il ne sentait pas la nécessité d'expliquer les choses. C'était ainsi, il n'en souffrait pas. Au bout d'un instant il se pencha seulement vers Rennequin, tandis qu'Adèle, haussée sur les pieds, sabrait largement son ciel de grands coups de lumière; et il lui dit, avec un véritable orgueil:

«Vous savez, mon cher, elle est plus forte que moi... Oh! un métier! une facture!»

Lorsque Rennequin descendit l'escalier, remué, hors de lui, il parla tout haut, dans le silence.

«Encore un de nettoyé!... Elle l'empêchera de descendre trop bas, mais jamais elle ne le laissera s'élever très haut. Il est foutu!»

IV

Des années se passèrent. Les Sourdis avaient acheté à Mercœur une petite maison dont le jardin donnait sur la promenade du Mail. D'abord, ils étaient venus vivre là quelques mois de l'été, pour échapper, pendant les chaleurs de juillet et d'août, à l'étouffement de Paris. C'était comme une retraite toujours prête. Mais, peu à peu, ils y vécurent davantage; et, à mesure qu'ils s'y installaient, Paris leur devenait moins nécessaire. Comme la maison était très étroite, ils firent bâtir dans le jardin un vaste atelier, qui s'augmenta bientôt de tout un corps de bâtiment. Maintenant, c'était à Paris qu'ils allaient en vacances, l'hiver, pendant deux ou trois mois au plus. Ils vivaient à Mercœur, ils n'avaient plus qu'un pied-à-terre, dans une maison de la rue de Clichy, qui leur appartenait.

Cette retraite en province avait donc eu lieu petit à petit, sans plan arrêté. Lorsqu'on s'étonnait devant elle, Adèle parlait de la santé de Ferdinand, qui était fort mauvaise, et, à l'entendre, il semblait qu'elle eût cédé au besoin de mettre son mari dans un milieu de paix et de grand air. Mais la vérité était qu'elle-même avait obéi à d'anciens désirs, réalisant ainsi son dernier rêve. Lorsque, jeune fille, elle regardait pendant des heures les pavés humides de la place du Collège, elle se voyait bien, à Paris, dans un avenir de gloire, avec des applaudissements tumultueux autour d'elle, un grand éclat rayonnant sur son nom; seulement, le songe s'achevait toujours à Mercœur, dans un coin mort de la petite ville, au milieu du respect étonné des habitants. C'était là qu'elle était née, c'était là qu'elle avait eu la continuelle ambition de triompher, à ce point que la stupeur des bonnes femmes de Mercœur, plantées sur les portes, lorsqu'elle passait au bras de son mari, l'emplissait davantage du sentiment de sa célébrité, que les hommages délicats des salons de Paris. Au fond, elle était restée bourgeoise et provinciale, s'inquiétant de ce que pensait sa petite ville, à chaque nouvelle victoire, y revenant avec des battements de cœur, y goûtant tout l'épanouissement de sa personnalité, depuis l'obscurité d'où elle était partie, jusqu'à la renommée où elle vivait. Sa mère était morte, il y avait dix ans déjà, et elle revenait simplement chercher sa jeunesse, cette vie glacée où elle avait dormi.

À cette heure, le nom de Ferdinand Sourdis ne pouvait plus grandir. Le peintre, à cinquante ans, avait obtenu toutes les récompenses et toutes les dignités, les médailles réglementaires, les croix et les titres. Il était commandeur de la Légion d'honneur, il faisait partie de l'Institut depuis plusieurs années. Sa fortune seule s'élargissait encore, car les journaux avaient épuisé les éloges. Il y avait des formules toutes faites qui servaient couramment pour le louer: on l'appelait le maître fécond, le charmeur exquis auquel toutes les âmes appartenaient. Mais cela ne semblait plus le toucher, il devenait indifférent, portant sa gloire comme un vieil habit auquel il était habitué. Lorsque les gens de Mercœur le voyaient passer, voûté déjà, avec ses regards vagues qui ne se fixaient sur rien, il entrait beaucoup de surprise dans leur respect, car ils s'imaginaient difficilement que ce monsieur, si tranquille et si las, pût faire tant de bruit dans la capitale.

D'ailleurs, tout le monde à présent savait que Mme Sourdis aidait son mari dans sa peinture. Elle passait pour une maîtresse femme, bien qu'elle fût petite et très grosse. C'était même un autre étonnement, dans le pays, qu'une dame si corpulente pût piétiner devant des tableaux toute la journée, sans avoir le soir les jambes cassées. Affaire d'habitude, disaient les bourgeois. Cette collaboration de sa femme ne jetait aucune déconsidération sur Ferdinand; au contraire. Adèle, avec un tact supérieur, avait compris qu'elle ne devait pas supprimer son mari ouvertement; il gardait la signature, il était comme un roi constitutionnel qui régnait sans gouverner. Les œuvres de Mme Sourdis n'auraient pris personne, tandis que les œuvres de Ferdinand Sourdis conservaient toute leur force sur la critique et sur le public. Aussi montrait-elle toujours la plus grande admiration pour son mari, et le singulier était que cette admiration restait sincère. Bien que, peu à peu, il ne touchât que de loin un pinceau, elle le considérait comme le créateur véritable des œuvres qu'elle peignait presque entièrement. Dans cette substitution de leurs tempéraments c'était elle qui avait envahi l'œuvre commune, au point d'y dominer et de l'en chasser; mais elle ne se sentait pas moins dépendante encore de l'impulsion première, elle l'avait remplacé en se l'incorporant, en prenant pour ainsi dire de son sexe. Le résultat était un monstre. À tous les visiteurs, lorsqu'elle montrait leurs œuvres, elle disait toujours: «Ferdinand a fait ceci, Ferdinand va faire cela», lors même que Ferdinand n'avait pas donné et ne devait pas donner un seul coup de pinceau. Puis, à la moindre critique, elle se fâchait, n'admettait pas qu'on pût discuter le génie de Ferdinand. En cela, elle se montrait superbe, dans un élan de croyance extraordinaire; jamais ses colères de femme trompée, jamais ses dégoûts ni ses mépris n'avaient détruit en elle la haute figure qu'elle s'était faite du grand artiste qu'elle avait aimé dans son mari, même lorsque cet artiste avait décliné et qu'elle avait dû se substituer à lui, pour éviter la faillite. C'était un coin d'une naïveté charmante, d'un aveuglement tendre et orgueilleux à la fois, qui aidait Ferdinand à porter le sentiment sourd de son impuissance. Il ne souffrait pas de sa déchéance. Il disait également: «Mon tableau, mon œuvre», sans songer combien peu il travaillait aux toiles qu'il signait. Et tout cela était si naturel entre eux, il jalousait si peu cette femme qui lui avait pris jusqu'à sa personnalité, qu'il ne pouvait causer deux minutes à la fois sans la vanter. Toujours, il répétait ce qu'il avait dit un soir à Rennequin:

«Je vous jure, elle a plus de talent que moi... Le dessin me donne un mal du diable, tandis qu'elle, naturellement, vous plante une figure d'un trait... Oh! une adresse dont vous n'avez pas l'idée! Décidément, on a ça ou l'on n'a pas ça dans les veines. C'est un don.»

On souriait discrètement, en ne voyant là que la galanterie d'un mari amoureux. Mais, si l'on avait le malheur de montrer qu'on estimait beaucoup Mme Sourdis, mais qu'on ne croyait pas à son talent d'artiste, il s'emportait, il entrait dans de grandes théories sur les tempéraments et le mécanisme de la production; discussions qu'il terminait toujours par ce cri:

«Quand je vous dis qu'elle est plus forte que moi! Est-ce étonnant que personne ne veuille me croire!»

Le ménage était très uni. Sur le tard, l'âge et sa mauvaise santé avaient beaucoup calmé Ferdinand. Il ne pouvait plus boire, tellement son estomac se détraquait au moindre excès. Les femmes seules l'emportaient encore dans des coups de folie qui duraient deux ou trois jours. Mais, quand le ménage vint s'installer complètement à Mercœur, le manque d'occasions le força à une fidélité presque absolue. Adèle n'eut plus à craindre que de brusques bordées avec les bonnes qui la servaient. Elle s'était bien résignée à n'en prendre que de très laides; seulement, cela n'empêchait pas Ferdinand de s'oublier avec elles, si elles y consentaient. C'étaient, chez lui, par certains jours d'énervement physique, des perversions, des besoins qu'il aurait contentés, au risque de tout détruire. Elle en était quitte pour changer de domestique, chaque fois qu'elle croyait s'apercevoir d'une intimité trop grande avec Monsieur. Alors, Ferdinand restait honteux pendant une semaine. Cela, jusque dans le vieil âge, rallumait la flamme de leur amour. Adèle adorait toujours son mari, avec cette jalousie contenue qu'elle n'avait jamais laissé éclater devant lui; et lui, lorsqu'il la voyait dans un de ces silences terribles, après le renvoi d'une bonne, il tâchait d'obtenir son pardon par toutes sortes de soumissions tendres. Elle le possédait alors comme un enfant. Il était très ravagé, le teint jauni, le visage creusé de rides profondes; mais il avait gardé sa barbe d'or, qui pâlissait sans blanchir, et qui le faisait ressembler à quelque dieu vieilli, doré encore du charme de sa jeunesse.

Un jour vint où il eut, dans leur atelier de Mercœur, le dégoût de la peinture. C'était comme une répugnance physique; l'odeur de l'essence, la sensation grasse du pinceau sur la toile lui causaient une exaspération nerveuse; ses mains se mettaient à trembler, il avait des vertiges. Sans doute il y avait là une conséquence de son impuissance elle-même, un résultat du long détraquement de ses facultés d'artiste, arrivé à la période aiguë. Il devait finir par cette impossibilité matérielle. Adèle se montra très bonne, le réconfortant, lui jurant que c'était une mauvaise disposition passagère dont il guérirait; et elle le força à se reposer. Comme il ne travaillait absolument plus aux tableaux, il s'inquiéta, devint sombre. Mais elle trouva un arrangement: ce serait lui qui ferait les compositions à la mine de plomb, puis elle les reporterait sur les toiles, où elle les mettrait au carreau et les peindrait, sous ses ordres. Dès lors, les choses marchèrent ainsi, il n'y eut plus un seul coup de pinceau donné par lui dans les œuvres qu'il signait. Adèle exécutait tout le travail matériel, et il restait simplement l'inspirateur, il fournissait les idées, des crayonnages, parfois incomplets et incorrects, qu'elle était obligée de corriger, sans le lui dire. Depuis longtemps, le ménage travaillait surtout pour l'exportation. Après le grand succès remporté en France, des commandes étaient venues, surtout de Russie et d'Amérique; et, comme les amateurs de ces pays lointains ne se montraient pas difficiles, comme il suffisait d'expédier des caisses de tableaux et de toucher l'argent, sans avoir jamais un ennui, les Sourdis s'étaient peu à peu entièrement donnés à cette production commode. D'ailleurs, en France, la vente avait baissé. Lorsque, de loin en loin, Ferdinand envoyait un tableau au Salon, la critique l'accueillait avec les mêmes éloges: c'était un talent classé, consacré, pour lequel on ne se battait plus, et qui avait pu glisser peu à peu à une production abondante et médiocre, sans déranger les habitudes du public et des critiques. Le peintre était resté le même pour le plus grand nombre, il avait simplement vieilli et cédé la place à des réputations plus turbulentes. Seulement, les acheteurs finissaient par se déshabituer de sa peinture. On le saluait encore comme un des maîtres contemporains, mais on ne l'achetait presque plus. L'étranger enlevait tout.

Cette année-là pourtant, une toile de Ferdinand Sourdis fit encore un effet considérable au Salon. C'était comme un pendant à son premier tableau: *La Promenade*. Dans une salle froide, aux murs blanchis, des élèves travaillaient, regardaient voler les mouches, riaient sournoisement, tandis que le «pion», enfoncé dans la lecture d'un roman, semblait avoir oublié le monde entier; et la toile avait pour titre: *L'Étude*. On trouva cela charmant, et des critiques, comparant les deux œuvres, peintes à trente ans de distance, parlèrent même du chemin parcouru, des inexpériences de *La Promenade* et de la science parfaite de *L'Étude*. Presque tous s'ingéniaient à voir dans ce dernier tableau des finesses extraordinaires, un raffinement d'art exquis, une facture parfaite que personne ne dépasserait jamais. Cependant, la grande majorité des artistes protestait, et Rennequin se montrait parmi les plus violents. Il était très vieux, vert encore pour ses soixante-quinze ans, toujours passionné de vérité.

«Laissez donc! criait-il. J'aime Ferdinand comme un fils, mais c'est trop bête, à la fin, de préférer ses œuvres actuelles aux œuvres de sa jeunesse! Cela n'a plus ni flamme, ni saveur, ni originalité d'aucune sorte. Ah! c'est joli, c'est facile, cela je vous l'accorde! Mais il faut vendre de la chandelle pour avoir le goût de cette facture banale, relevée par je ne sais quelle sauce compliquée, où il y a de tous les styles, et même de toutes les pourritures de style... Ce n'est plus mon Ferdinand qui peint ces machines-là...

Pourtant, il s'arrêtait. Lui, savait à quoi s'en tenir, et l'on sentait dans son amertume une sourde colère qu'il avait toujours professée contre les femmes, ces animaux nuisibles, comme il les nommait parfois. Il se contentait seulement de répéter en se fâchant:

—Non, ce n'est pas lui... Non, ce n'est pas lui...»

Il avait suivi le lent travail d'envahissement d'Adèle, avec une curiosité d'observateur et d'analyste. À chaque œuvre nouvelle, il s'était aperçu des moindres modifications, reconnaissant les morceaux du mari et ceux de la femme, constatant que ceux-là diminuaient au profit de ceux-ci dans une progression régulière et constante. Le cas lui paraissait si intéressant, qu'il oubliait de se fâcher pour jouir uniquement de ce jeu des tempéraments, en homme qui adorait le spectacle de la vie. Il avait donc noté les plus légères nuances de la substitution, et à cette heure, il sentait bien que ce drame physiologique et psychologique était accompli. Le dénouement, ce tableau de *L'Étude*, était là devant ses yeux. Pour lui, Adèle avait mangé Ferdinand, c'était fini.

Alors, comme toutes les années, au mois de juillet, il eut l'idée d'aller passer quelques jours à Mercœur. Depuis le Salon, d'ailleurs, il éprouvait la plus violente envie de revoir le ménage. C'était pour lui l'occasion de constater sur les faits s'il avait raisonné juste.

Quand il se présenta chez les Sourdis, par un brûlant après-midi, le jardin dormait sous ses ombrages. La maison, et jusqu'aux plates-bandes, avaient une propreté, une régularité bourgeoise, qui annonçaient beaucoup d'ordre et de calme. Aucun bruit de la petite ville n'arrivait dans ce coin écarté, les rosiers grimpants étaient pleins d'un bourdonnement d'abeilles. La bonne dit au visiteur que Madame était à l'atelier.

Quand Rennequin ouvrit la porte, il aperçut Adèle peignant debout, dans cette attitude où il l'avait surprise une première fois, bien des années auparavant. Mais, aujourd'hui, elle ne se cachait plus. Elle eut une légère exclamation de joie, et voulut lâcher sa palette. Mais Rennequin se récria:

«Je m'en vais si tu te déranges... Que diable! traite-moi en ami. Travaille, travaille!

Elle se laissa faire violence, en femme qui connaît le prix du temps.

—Eh bien! puisque vous le permettez!... Vous savez, on n'a jamais une heure de repos.»

Malgré l'âge qui venait, malgré l'obésité dont elle était de plus en plus envahie, elle menait toujours rudement la besogne, avec une sûreté de main extraordinaire. Rennequin la regardait depuis un instant, lorsqu'il demanda:

«Et Ferdinand? Il est sorti?

—Mais non! Il est là», répondit Adèle en désignant un coin de l'atelier, du bout de son pinceau.

Ferdinand était là, en effet, allongé sur un divan, où il sommeillait. La voix de Rennequin l'avait réveillé; mais il ne le reconnaissait pas, la pensée lente, très affaibli.

«Ah! c'est vous, quelle bonne surprise!» dit-il enfin.

Et il donna une molle poignée de main, en faisant un effort pour se mettre sur son séant. La veille, sa femme l'avait encore surpris avec une petite fille, qui venait laver la vaisselle; et il était très humble, la mine effarée, accablé et ne sachant que faire pour gagner sa grâce. Rennequin le trouva plus vidé, plus écrasé qu'il ne s'y attendait. Cette fois, l'anéantissement était complet, et il éprouva une grande pitié pour le pauvre homme. Voulant voir s'il réveillerait en lui un peu de la flamme d'autrefois, il lui parla du beau succès de *L'Étude*, au dernier Salon.

«Ah! mon gaillard, vous remuez encore les masses... On parle de vous là-bas, comme aux premiers jours.»

Ferdinand le regardait d'un air hébété. Puis, pour dire quelque chose:

—Oui, je sais, Adèle m'a lu des journaux. Mon tableau est très bien, n'est-ce pas?... Oh! je travaille toujours beaucoup... Mais, je vous assure, elle est plus forte que moi, elle a un métier épatant!

Et il clignait les yeux, en désignant sa femme avec un pâle sourire. Elle s'était approchée, elle haussait les épaules, d'un air de bonne femme, en disant:

—Ne l'écoutez donc pas! Vous connaissez sa toquade... Si l'on voulait le croire, ce serait moi le grand peintre... Je l'aide, et encore très mal. Enfin, puisque ça l'amuse!»

Rennequin restait muet devant cette comédie qu'ils se jouaient eux-mêmes, de bonne foi sans doute. Il sentait nettement, dans cet atelier, la suppression totale de Ferdinand. Celui-ci ne crayonnait même plus des bouts d'esquisse, tombé au point de ne pas sentir le besoin de sauvegarder son orgueil par un mensonge; il lui suffisait maintenant d'être le mari. C'était Adèle qui composait, qui dessinait et peignait, sans lui demander un conseil, entrée d'ailleurs si complètement dans sa peau d'artiste, qu'elle le continuait, sans que rien pût indiquer la minute où la rupture avait été complète. Elle était seule, à cette heure, et il ne restait, dans cette individualité femelle, que l'empreinte ancienne d'une individualité mâle.

Ferdinand bâillait:

«Vous restez à dîner, n'est-ce pas? dit-il. Oh! je suis éreinté... Comprenez-vous ça, Rennequin? Je n'ai rien fait aujourd'hui et je suis éreinté.

—Il ne fait rien, mais il travaille du matin au soir, dit Adèle. Jamais il ne veut m'écouter et se reposer une bonne fois.

—C'est vrai, dit-il, le repos me rend malade, il faut que je m'occupe.

Il s'était, levé, s'était traîné un instant, puis avait fini par se rasseoir devant la petite table, sur laquelle anciennement sa femme faisait des aquarelles. Et il examinait une feuille de papier, où justement les premiers tons d'une aquarelle se trouvaient jetés. C'était une de ces œuvres de pensionnaire, un ruisseau faisant tourner les roues d'un moulin, avec un rideau de peupliers et un vieux saule. Rennequin, qui se penchait derrière lui, se mit à sourire, devant la maladresse enfantine du dessin et des teintes, un barbouillage presque comique.

—C'est drôle, murmura-t-il.

Mais il se tut, en voyant Adèle le regarder fixement. D'un bras solide, sans appui-main, elle venait d'ébaucher toute une figure, enlevant du coup le morceau, avec une carrure magistrale:

—N'est-ce pas que c'est joli, ce moulin? dit complaisamment Ferdinand, toujours penché sur la feuille de papier, bien sage à cette place de petit garçon. Oh! vous savez, j'étudie, pas davantage.»

Et Rennequin resta saisi. Maintenant, c'était Ferdinand qui faisait les aquarelles.

JORIS-KARL HUYSMANS
1848-1907

Charles Marie Georges Huysmans est né à Paris, mais ses origines flamandes l'ont poussé à adopter le nom de plume de Joris-Karl Huysmans. En apparence, Huysmans menait la vie ennuyeuse d'un employé de ministère insignifiant et celle d'un célibataire endurci. En réalité, sa vie intellectuelle est extraordinairement mouvementée et féconde. D'abord critique d'art, ce qu'il est resté tout au long de sa carrière d'écrivain, Huysmans devient naturaliste. Il semble s'être complu dans toutes les formes de la corruption dégradante des quartiers populaires. Zola l'a salué avec enthousiasme comme «l'un de nos romanciers de demain». Il appartenait au groupe qui, autour de Zola, a fait paraître *Les Soirées de Médan*. Cependant, après s'être libéré du maître de Médan avec *À rebours*, Huysmans se lance à la recherche d'«un naturalisme spiritualiste»[1]. C'est le début d'une nouvelle quête qui le mène à la magie noire et aux cultes sataniques, jusqu'à sa conversion à la Trappe d'Igny. Comme Barbey d'Aurevilly l'a écrit, après *À rebours* «il ne reste plus à l'auteur qu'à choisir entre la bouche d'un pistolet ou les pieds de la croix»[2]. Huysmans a opté pour un catholicisme fervent, ce qui lui a permis de souffrir avec courage le martyre d'un cancer de la bouche qui lui fut fatal.

Ainsi que Michael Issacharoff le souligne justement: «Il est à remarquer que la critique huysmansienne se préoccupe beaucoup trop... des détails biographiques, en laissant souvent de côté tout essai d'analyse littéraire.... Or, si les critiques ont jugé Huysmans, et en fait les jugements sur lui ne manquent pas, c'est l'homme qui a été trop souvent jugé à l'exclusion de l'œuvre»[3]. Cela peut s'expliquer par l'admiration que les érudits ont longtemps vouée à la critique biographique. Une autre explication est possible: en dépit du caractère médiocre du célibataire fondamentalement impuissant qui traverse toute l'œuvre de Huysmans (que ce personnage s'appelle Folantin, des Esseintes ou Durtal), le lecteur s'est souvent pris d'un vif intérêt pour lui, croyant qu'il s'agissait de l'auteur. À tort. Helen Trudgian a compris que si le personnage et le romancier partagent plus d'un trait

---

[1]Huysmans, *Là-bas, Œuvres complètes*, t. 12, vol. 1 (Paris: Crès, 1930) 11. À la base de tous ces changements, il y a cependant une nature bipolaire inchangée: oscillant entre la soif spirituelle et la décadence, comme le suggère Marc Smeets, *Huysmans l'inchangé* (Amsterdam: Rodopi, 2003).
[2]Huysmans, «Préface écrite vingt ans après le roman», *À rebours* (Paris: Fasquelle, 1968) 26.
[3]Issacharoff, *J.-K. Huysmans devant la critique en France (1874-1960)* (Paris: Klincksieck, 1970) 11.

de caractère, Huysmans a en réalité voulu «confesse[r]... l'élite de sa génération. De là, son récit prend une valeur représentative et puissamment symbolique. Il reflète les tourments, les rêves, les aspirations et aussi les indignations, les colères, les haines d'un petit nombre d'hommes de lettres et d'artistes»[4]. C'est cependant moins comme témoin de son époque que pour des raisons esthétiques que l'œuvre de Huysmans importe tant. Dans un livre remarquable, Marcel Cressot souligne l'importance du style huysmansien. Selon le romancier lui-même: «[I]l faudrait, se disait-il [Durtal], garder la véracité du document, la précision du détail, la langue étoffée et nerveuse du réalisme, mais il faudrait aussi se faire puisatier d'âme et ne pas vouloir expliquer le mystère par les maladies des sens»[5]. Et en effet, partout le lecteur perçoit cette recherche incessante du mot, de la formule ou du néologisme qui fait mouche. Loin d'être gratuite, celle-ci s'accompagne toujours d'une expression précise de ce que l'auteur veut exprimer. Ce style audacieux qui repousse les limites de la langue a évidemment pu rebuter certains lecteurs. Dans un passage souvent cité, Léon Bloy explique: «Son expression toujours armée et jetant le défi ne supporte jamais de contrainte, pas même celle de sa mère l'Image, qu'elle outrage à la moindre velléité de tyrannie et qu'elle traîne continuellement par les cheveux ou par les pieds dans l'escalier vermoulu de la syntaxe épouvantée»[6]. Le vocabulaire, d'une richesse considérable, opère un mélange de langage érudit et savant avec des mots populaires, familiers et même argotiques. Huysmans, de toute évidence, aimait les néologismes. Il n'hésitait pas à forger un verbe nouveau sur la racine d'un nom, des noms sur des verbes, des adjectifs ou des adverbes sur tout ce qui lui passait sous la main et lui permettait d'exprimer une image forte, aux couleurs criardes et dans un style au rythme hardi.

Pour Jean Borie, «le prosaïsme est... , de la part de Huysmans, une revendication d'originalité littéraire. C'est en allant au bout du prosaïsme qu'il trouvera sa vérité»[7]. Cette remarque est fondée mais il faut aussi examiner attentivement ce que Huysmans a appelé les «jambes différentes de ce pantalon, l'une réelle, l'autre en l'air»[8]. Zola ne semble pas avoir noté la polysémie de la fiction huysmansienne avant À rebours. Pourtant, elle se manifestait déjà dans les œuvres antérieures, et certainement dès À vau l'eau. C'est dans ce prosaïsme qui est au moins à double niveau qu'il convient d'étudier la pluralité du sens. La vie de M. Folantin est d'une affolante banalité. Fonctionnaire mal payé, dyspeptique car condamné à se nourrir dans de mauvais restaurants sans doute à l'origine de ses problèmes de santé, célibataire buvant jusqu'à la lie la solitude de son état et éprouvant tous les maux d'une vie sans espoir, il rêve de happer un morceau de joie, de confort,

---

[4]Helen Trudgian, L'Esthétique de J.-K. Huysmans (Paris: Conard, 1934) 195.
[5]Huysmans, Là-bas 10-11.
[6]Bloy, «Les Représailles du Sphinx», Le Chat noir, 14 juin 1884, cité d'Issacharoff 75.
[7]Borie, «Préface», À vau-l'eau (Paris: Slatkine, 1996) 16.
[8]Je cite la réponse que Huysmans a fait aux réserves de Zola sur À rebours: Tout en acceptant la critique du maître il souligne qu'il est tout à fait conscient de travailler sur plusieurs niveaux—lettre du 2 juin 1887, Lettres inédites à Émile Zola, éd. Pierre Lambert (Genève: Droz, 1953) 12. Cette polyvalence a commencé plus tôt, avec À vau-l'eau, voire avant.

de paix. Mais au bout de ces désirs, le lecteur retrouve immanquablement l'autre prosaïsme qui resurgit à chaque nouvelle déception. Par intermittence, la vie de M. Folantin laisse entrevoir un éclair d'espoir: la femme de ménage, les médicaments, les bains, les flâneries le long des quais, le collègue qui veut devenir son ami, les dîners montés chez lui, la prostituée. À chaque fois, cependant, l'expérience se solde par une désillusion complète. Ce que le lecteur est amené à comprendre, c'est que le pessimisme abject de Folantin ne vient ni de l'ennui, ni de sa santé fragile, ni des nourritures écœurantes: il est causé par un vide spirituel. Comme des Esseintes au terme d'*À rebours*, écrit deux ans plus tard, M. Folantin décide de prendre acte de la nullité de sa vie et d'abandonner pour toujours tout espoir, se résignant à se soumettre à un pessimisme total. Ce prosaïsme spirituel, beaucoup trop ridicule pour être pathétique, annonce la fin d'une existence sans à-coups et sans drame. Le pire, c'est qu'il est très difficile d'éprouver la moindre pitié pour M. Folantin, héros-pantin d'une comédie noire.

Sur le plan esthétique, *À vau-l'eau* parvient à donner la sensation qu'après une série de tentatives plus ou moins réussies Huysmans a trouvé sa voie. La rupture avec Zola ne vient que plus tard mais Huysmans commence déjà à se libérer de son rattachement. Il semble en avoir assez d'être inféodé à Zola. Le fait que la narration naturaliste se double d'une histoire spirituelle aurait pu alerter le maître de Médan. Car l'ajout de cette expérience romanesque annonce son ambition de devenir le Mallarmé de la prose. *À vau-l'eau* est trop court, trop «d'une pièce» pour être considéré comme un roman. On peut, sans doute même doit-on, lire ce texte d'une traite, selon les recommandations d'Edgar Poe pour la nouvelle en tant que genre. Le narrateur interrompt de temps à autre le récit pour s'attarder sur l'une des expériences de M. Folantin, puis revient à la narration au passé pour «naviguer de nouveau, au travers des restaurants.» Cette épopée du dégoût, si bien racontée, laisse deviner l'ampleur du talent du jeune écrivain. On ne s'étonnera pas de voir qu'avec chaque roman suivant, et avec des méthodes différentes, Huysmans remet en cause le genre même: *À rebours*, pour beaucoup de critiques, néglige tellement les règles de narration que l'on pourrait changer l'ordre de ses chapitres[9]; *En rade* déroule son histoire à travers trois rêves et délivre la réalité intérieure du protagoniste par le biais du monde extérieur qu'il voit et décrit[10]; *Là-bas* narre deux histoires (celles de Durtal et de Gilles de Rais) qui se font écho, et alterne les blocs de narration, s'enfonçant d'abord dans les profondeurs du Mal pour s'élever ensuite vers le Bien; *La Cathédrale* donne à voir, en une image grandiose, la totalité d'un archétype. Ce n'est ni une intrigue, ni un personnage, ni un thème qui est au centre de la description magistrale de la cathédrale. C'est l'image complexe sinon complète de

---

[9] E.g., Ruth Plant Weinreb, «Structural Techniques in *À rebours*», *French Review* 49 (1975): 222-33; H. Brunner et J. L. de Coninck, *En marge d'*À rebours (Paris: Dorbon-aîné, 1929) 75; et David Mickelson, «*À rebours*: Spatial Form», *French Forum* 3 (1978): 49-51. Pour une position contraire, voir, Allan H. Pasco, «*A rebours* à rebours», *Revue d'Histoire Littéraire de la France* 109.3 (2009): 621-44.
[10] Allan H. Pasco, *Novel Configurations: A Study of French Fiction*, 2nd éd. (Birmingham, AL: Summa, 1994) 123-50.

la maison de Dieu. Avec ces romans et d'autres encore, Huysmans pousse le genre dans ses retranchements pour le redéfinir. Dans sa «Préface écrite vingt ans après le roman», en 1903, Huysmans décrit ce qu'il a ressenti quand il fréquentait Zola: un «besoin... d'ouvrir les fenêtres, de fuir un milieu où j'étouffais; puis, le désir qui m'appréhendait de secouer les préjugés, de briser les limites du roman... de ne plus se servir, en un mot, de cette forme que comme d'un cadre pour y insérer de plus sérieux travaux. Moi, c'était cela qui me frappait surtout à cette époque, supprimer l'intrigue traditionnelle.»[11] Comme il l'a dit ailleurs, «C'est fait.»

BIBLIOGRAPHIE SOMMAIRE

Édition

Huysmans, J.-K. *À vau-l'eau*. Éd. Lucien Descaves. Vol. 5. *Œuvres complètes*. Paris: G. Crès, 1928. 5-93.

Biographie

Baldick, Robert. *The Life of J.-K. Huysmans*. Oxford: Clarendon, 1955.

Quelques études

Cressot, Marcel. *La Phrase et le vocabulaire de J.-K. Huysmans*. Paris: Droz, 1928.

Grauby, Françoise. «Le Cauchemar gastronomique de J.-K. Huysmans dans *À vau-l'eau*». *New Zealand Journal of French Studies* 16.1 (1995): 5-19.

Grojnowski, Daniel. «J.-K. Huysmans et la nouvelle». *Revue d'histoire littéraire de la France* 108.4 (2008): 849-61.

Issacharoff, Michael. «Huysmans et la structure métaphorique du récit: *À vau-l'eau*». *L'Espace et la nouvelle*. Paris: Corti, 1976. 61-72.

Kandiyoti, Dalia. «Eating Paris: J.-K. Huysmans's *À vau-l'eau*». *Nineteenth-Century French Studies* 25.1-2 (1996-97): 167-78.

Lloyd, Christopher. «*À vau-l'eau*: le monde indigeste du naturalisme». *Bulletin de la Société J.-K. Huysmans* 71 (1980): 44-57.

Modenesi, Marco. «Le Héros à table: *À vau-l'eau* ou le piège gastronomique». *Études Françaises* 23.3 (1988): 77-88.

Pasco, Allan H. «*A rebours* à rebours». *Revue d'Histoire Littéraire de la France* 109.3 (2009): 621-44.

Richard, Jean-Pierre. «Le Texte et sa cuisine». *Microlectures*. Paris: Seuil, 1979. 135-48.

Ziegler, Robert. «Emptiness and Incorporation in Huysmans' *À vau-l'eau*». *Excavatio: Émile Zola et Naturalisme* 2 (1993): 133-41.

———. «Bad Bread: *À vau-l'eau*». *The Mirror of Divinity: The World and Creation in J.-K. Huysmans*. Newark, DE: U of Delaware P, 2004. 116-35.

---

[11]Huysmans, «Préface» 23.

À VAU-L'EAU
1882

I

Le garçon mit sa main gauche sur la hanche, appuya sa main droite sur le dos d'une chaise et il se balança sur un seul pied, en pinçant les lèvres.

«Dame, ça dépend des goûts, dit-il; moi, à la place de monsieur, je demanderais du Roquefort.

—Eh bien, donnez-moi un Roquefort.»

Et M. Jean Folantin, assis devant une table encombrée d'assiettes où se figeaient des rogatons[1] et de bouteilles vides dont le cul estampillait d'un cachet bleu la nappe, fit la moue, ne doutant pas qu'il allait manger un désolant fromage; son attente ne fut nullement déçue; le garçon apporta une sorte de dentelle blanche marbrée d'indigo, évidemment découpée dans un pain de savon de Marseille[2].

M. Folantin chipota ce fromage, plia sa serviette, se leva, et son dos fut salué par le garçon qui ferma la porte.

Une fois dehors, M. Folantin ouvrit son parapluie et pressa le pas. Aux lames aiguës du froid vous rasant les oreilles et le nez, avaient succédé les fines lanières d'une pluie battante. L'hiver glacial et dur qui sévissait depuis trois jours sur Paris se détendait et les neiges amollies coulaient, en clapotant, sous un ciel gonflé, comme noyé d'eau.

M. Folantin galopait maintenant, songeant au feu qu'il avait allumé, chez lui, avant que d'aller se repaître dans son restaurant.

À dire vrai, il n'était pas sans craintes; par extraordinaire, ce soir-là, la paresse l'avait empêché de rééditier, de fond en comble, le bûcher préparé par son concierge. Le coke est si difficile à prendre, songeait-il; et il grimpa, quatre à quatre, ses escaliers, entra, et il n'aperçut, dans la cheminée, aucune flamme.

«Dire qu'il n'existe pas de femmes de ménage, pas de portiers qui sachent apprêter un feu, grogna-t-il, et il mit sa bougie sur le tapis et, sans se déshabiller, le chapeau sur la tête, il renversa la grille, l'emplit à nouveau, méthodiquement, ménageant dans sa construction des prises d'air. Il baissa la trappe, consuma des allumettes et du papier et il se dévêtit.

Soudain, il soupira, car il arrachait à sa lampe de profonds rots.

—Allons, bon, il n'y a pas d'huile! Ah bien, en voilà une autre, c'est complet

---

[1]Restes d'un repas.
[2]Savon à l'acidité assez élevée.

maintenant! et il considéra, navré, la mèche qu'il venait de lever, une mèche éventée et jaune, à la couronne calcinée et tailladée de dents noires.

—Cette vie est intolérable», se dit-il, en cherchant des ciseaux; tant bien que mal, il répara son éclairage, puis il se jeta dans un fauteuil et s'abîma dans ses réflexions.

La journée avait été mauvaise; depuis le matin, il broyait du noir; le chef du bureau où il était commis, depuis vingt ans, lui avait, sans politesse, reproché son arrivée plus tardive que de coutume.

M. Folantin s'était rebiffé et, tirant son oignon[3]: «Onze heures juste, avait-il dit, d'un ton sec.

Le chef avait à son tour extrait de sa poche un puissant remontoir.

—Onze vingt, avait-il riposté, je vais comme la Bourse» et, d'un air méprisant, il avait consenti à excuser son employé, en s'apitoyant sur l'antique horlogerie qu'il exhibait.

M. Folantin vit, dans cette ironique manière de le disculper, une allusion à sa pauvreté et il répliqua vivement à son supérieur qui, n'acceptant plus alors les écarts séniles d'une montre, se redressa et, dans des termes comminatoires, reprocha de nouveau à M. Folantin d'être inexact.

La séance, mal commencée, avait continué d'être insupportable. Il avait fallu, sous un jour louche salissant le papier, copier d'interminables lettres, tracer de volumineux tableaux et écouter en même temps les bavardages du collègue, un petit vieux qui, les mains dans les poches, s'écoutait parler.

Celui-là récitait tout entier le journal et il l'allongeait encore par des jugements de son crû, ou bien il blâmait les formules des rédacteurs et il en citait d'autres qu'il eût été heureux de voir substituer à celles qu'il expédiait; et il entremêlait ces observations de détails sur le mauvais état de sa santé qu'il déclarait s'améliorer un tantinet pourtant, grâce au constant usage de l'onguent populéum[4] et aux ablutions répétées d'eau froide.

À écouter ces intéressants propos, M. Folantin finissait par se tromper; les raies de ses états godaient[5] et les chiffres couraient à la débandade, dans les colonnes; il avait dû gratter des pages, surcharger des lignes, en pure perte d'ailleurs, car le chef lui avait retourné son travail, avec ordre de le refaire.

Enfin, la journée s'était terminée et, sous le ciel bas, au milieu des rafales, M. Folantin avait dû piétiner dans des parfaits de fange, dans des sorbets de neige, pour atteindre son logis et son restaurant et voilà que, pour comble, le dîner était exécrable et que le vin sentait l'encre.

Les pieds gelés, comprimés dans des bottines racornies par l'ondée et par les flaques, le crâne chauffé à blanc par le bec de gaz qui sifflait au-dessus de sa tête, M. Folantin avait à peine mangé et maintenant la guigne ne le lâchait point; son

---

[3] Grosse montre de poche démodée.
[4] Pommade calmante et antihémorroïdale à base de bourgeons de peupliers et de plantes narcotiques.
[5] Faire des faux plis bombés.

feu hésitait, sa lampe charbonnait, son tabac était humide et s'éteignait, mouillant le papier à cigarette de jus jaune.

Un grand découragement le poigna; le vide de sa vie murée lui apparut, et, tout en tisonnant le coke avec son poker, M. Folantin, penché en avant sur son fauteuil, le front sur le rebord de la cheminée, se mit à parcourir le chemin de croix de ses quarante ans, s'arrêtant, désespéré, à chaque station.

Son enfance n'avait pas été des plus prospères; de père en fils, les Folantin étaient sans le sou; les annales de la famille signalaient bien, en remontant à des dates éloignées, un Gaspard Folantin qui avait gagné dans le commerce des cuirs presqu'un million; mais la chronique ajoutait qu'après avoir dévoré sa fortune, il était resté insolvable; le souvenir de cet homme était vivace chez ses descendants qui le maudissaient, le citaient à leurs fils comme un exemple à ne pas suivre et les menaçaient continuellement de mourir comme lui sur la paille, s'ils fréquentaient les cafés ou couraient les femmes.

Toujours est-il que Jean Folantin était né dans de désastreuses conditions; le jour où la gésine de sa mère prit fin, son père possédait pour tout bien un dizain de petites pièces blanches[6]. Une tante qui, sans être sage-femme, était experte à ce genre d'ouvrage dépota l'enfant, le débarbouilla avec du beurre et, par économie, lui poudra les cuisses, en guise de lycopode[7], avec de la farine raclée sur la croûte d'un pain. «Tu vois, mon garçon, que ta naissance fut humble», disait la tante Eudore, qui l'avait mis au courant de ces petits détails, et Jean n'osait espérer déjà, pour plus tard, un certain bien-être.

Son père décéda très jeune et la boutique de papeterie qu'il exploitait rue du Four fut vendue pour liquider les dettes nécessitées par la maladie; la mère et l'enfant se trouvèrent sur le pavé. Madame Folantin se plaça chez les autres et devint demoiselle de magasin, puis caissière dans une lingerie et l'enfant devint pensionnaire dans un lycée; bien que madame Folantin fût dans une situation réellement malheureuse, elle obtint une bourse et elle se priva de tout, économisant sur ses maigres mois, afin de pouvoir parer plus tard aux frais des examens et des diplômes.

Jean se rendit compte des sacrifices que s'imposait sa mère et il travailla de son mieux, emportant tous les prix, compensant aux yeux de l'économe[8] le mépris qu'inspirait sa situation de pauvre hère, par des succès au grand concours. C'était un garçon très intelligent et, malgré sa jeunesse, déjà rassis. À voir la misérable existence que menait sa mère, enfermée, du matin au soir, dans une cage de verre, toussant, la main devant la bouche, sur des livres, demeurant timide et douce dans l'insolent brouhaha d'un magasin plein d'acheteurs, il comprit qu'il ne fallait compter sur aucune clémence du sort, sur aucune justice de la destinée.

Aussi eut-il le bon sens de ne pas écouter les suggestions de ses professeurs qui le chauffaient en vue d'exhausser leur réputation et de gagner des grades et, tâchant d'arrache-pied, il passa son baccalauréat, après sa seconde[9].

[6]Pièces d'argent de faible valeur.
[7]Plante voisine des fougères dont on fait une poudre très fine que l'eau ne mouille pas.
[8]Personne chargée des recettes et dépenses et de l'administration matérielle dans un collège.
[9]Classe de l'enseignement secondaire qui précède la première.

Il lui fallait sans tarder une place qui allégeât le pesant fardeau que supportait sa mère; il demeura longtemps sans en découvrir, car son aspect chétif ne prévenait pas en sa faveur et sa jambe gauche boitait, par suite d'un accident survenu au collège, dans son enfance; enfin, la malchance sembla tourner; Jean concourut pour une place d'employé dans un ministère et il fut admis avec les appointements de quinze cents francs.

Quand son fils lui annonça cette bonne nouvelle madame Folantin sourit doucement: «Te voilà ton maître, dit-elle, tu n'as plus besoin de personne, mon pauvre garçon, il était grand temps»; et en effet sa santé débile s'altérait de jour en jour; un mois après, elle mourut des suites d'un gros rhume gagné dans la cage ventilée où elle demeurait, l'hiver comme l'été, assise.

Jean resta seul; la tante Eudore était enterrée depuis longtemps; ses autres parents étaient ou dispersés ou morts; il ne les avait d'ailleurs pas connus; c'est tout au plus s'il se souvenait du nom d'une cousine actuellement en province, dans un monastère.

Il se fit quelques camarades, quelques amis, puis arriva le moment où les uns quittèrent Paris et où les autres se marièrent; il n'eut pas le courage de nouer de nouvelles liaisons et, peu à peu, il s'abandonna et vécut seul.

«C'est égal, la solitude est douloureuse, pensait-il maintenant, en remettant, un à un, des bouts de coke sur sa grille, et il songea à ses anciens camarades. Comme le mariage brisait tout! on s'était tutoyé, on avait vécu de la même existence, l'on ne pouvait se passer les uns des autres et c'est à peine si l'on se saluait à présent lorsqu'on se rencontrait. L'ami marié est toujours un peu embarrassé, car c'est lui qui a rompu les relations, puis il s'imagine aussi qu'on raille la vie qu'il mène et enfin, il est, de bonne foi, persuadé qu'il occupe dans le monde un rang plus honorable que celui d'un célibataire, se disait M. Folantin, qui se rappelait la gêne et un peu la morgue d'anciens camarades entrevus depuis leur mariage. Tout cela, c'est bien bête! Et il sourit, car le souvenir de ces compagnons de jeunesse le ramenait forcément au temps où il les fréquentait.»

Il avait vingt-deux ans alors et tout l'amusait. Le théâtre lui apparaissait comme un lieu de délices, le café comme un enchantement, et Bullier[10], avec ses filles cabrant le torse, au son des cymbales et chahutant, le pied en l'air, l'allumait, car, dans son ardeur, il se les figurait déshabillées et voyait sous les pantalons et sous les jupes la chair se mouiller et se tendre. Tout un fumet de femme montait dans des tourbillons de poussière et il restait là, ravi, enviant les gens en chapeaux mous qui cavalcadaient en se tapant sur les cuisses. Lui, boitait, était timide, et n'avait pas d'argent. N'importe, ce supplice était doux, puis de même que bien des pauvres diables, un rien le contentait. Un mot jeté au passage, un sourire lancé par-dessus l'épaule, le rendaient joyeux et, en rentrant chez lui, il rêvait à ces femmes et s'imaginait que celles-là qui l'avaient regardé et qui lui avaient souri étaient meilleures que les autres.

---

[10]Bal situé Place de l'Observatoire.

Ah! si ses appointements avaient été plus élevés! Dépourvu d'argent comme il l'était, ne pouvant prétendre à lever des filles dans un bal, il s'adressait aux affûts des corridors, aux malheureuses dont le gros ventre bombe au ras du trottoir; il plongeait dans les couloirs, tâchant de distinguer la figure perdue dans l'ombre; et la grossièreté de l'enluminure, l'horreur de l'âge, l'ignominie de la toilette et l'abjection de la chambre ne l'arrêtaient point. Ainsi que dans ces gargotes[11] où son bel appétit lui faisait dévorer de basses viandes, sa faim charnelle lui permettait d'accepter les rebuts de l'amour. Il y avait même des soirs où sans le sou, et par conséquent sans espoir de se satisfaire, il traînait dans la rue de Buci, dans la rue de l'Égout, dans la rue du Dragon, dans la rue Neuve-Guillemin, dans la rue Beurrière, pour se frotter à de la femme; il était heureux d'une invite, et, quand il connaissait une de ces raccrocheuses, il causait avec elle, échangeait le bonsoir, puis il se retirait, par discrétion, de peur d'effaroucher la pratique, et il aspirait après la fin du mois, se promettant, dès qu'il aurait touché son traitement, des bonheurs rares.

Le beau temps! —Et dire que maintenant qu'il était un peu plus riche, maintenant qu'il pouvait goûter à de meilleures pâtures et s'épuiser sur des couches plus fraîches, il n'avait plus envie de rien! L'argent était arrivé trop tard, alors qu'aucun plaisir ne le séduisait.

Mais une période intermédiaire avait existé, entre celle où ces turbulences du sang le bouleversaient et celle où, incurieux, presque impuissant, il restait là, chez lui, dans un fauteuil, auprès du feu. Vers les vingt-sept ans, le dégoût l'avait pris des femmes en carte[12], éparses dans son quartier; il avait désiré un peu de cajolerie, un peu de caresse; il avait rêvé de ne plus se précipiter à la hâte sur un divan, mais bien de temporiser et de s'asseoir. Comme ses ressources l'obligeaient à n'entretenir aucune fille, comme il était malingre et ne possédait aucun talent de société, aucune gaîté libertine, aucun bagout[13], il avait pu, tout à son aise, réfléchir sur la bonté d'une Providence qui donne argent, honneur, santé, femme, tout aux uns et rien aux autres. Il avait dû se contenter encore de banales dînettes, mais comme il payait davantage, il était expédié dans des salles plus propres et dans des linges plus blancs.

Une fois, il s'était cru heureux; il avait fait connaissance d'une fillette qui travaillait; celle-là lui avait bien distribué des à peu près de tendresse, mais, du soir au lendemain, sans motifs, elle l'avait lâché, lui laissant un souvenir dont il eut de la peine à se guérir; il frémissait, se rappelant cette époque de souffrances où il fallait quand même aller à son bureau et quand même marcher. Il est vrai qu'il était encore jeune et qu'au lieu de s'adresser au premier médecin venu, il avait eu recours aux charlatans, sans tenir compte des inscriptions qui rayaient leurs affiches dans les rambuteaux[14], des inscriptions véridiques comme celle-ci: «Remède dépuratif...» oui, pour la bourse; —menaçantes comme celle-là: «On perd ses cheveux»; —philosophiques et résignées comme cette autre: «Vaut encore mieux

[11] Petits restaurants économiques à la propreté douteuse.
[12] Prostituées soumises aux visites sanitaires.
[13] Capacité de convaincre avec des paroles.
[14] Urinoir public.

coucher avec sa femme»; —et, partout, l'adjectif gratuit accolé au mot traitement était biffé, creusé, ravagé à coups de couteaux, par des gens qu'on sentait avoir accompli cette besogne avec conviction et avec rage.

Maintenant les amours étaient bien finies, les élans bien réprimés; aux halètements, aux fièvres, avaient succédé une continence, une paix profondes; mais aussi quel abominable vide s'était creusé dans son existence depuis le moment où les questions sensuelles n'y avaient plus tenu de place!

«Tout cela ce n'est pas risible, pensait M. Folantin, en hochant la tête et il ajoura son feu. —On gèle ici, murmura-t-il, c'est dommage que le bois soit si cher, quelles belles flambées on ferait!» Et cette réflexion l'amena à songer au bois qu'on leur distribuait à gogo[15], au ministère, puis à l'administration elle-même et enfin à son bureau.

Là encore, ses illusions avaient été de courte durée. Après avoir cru qu'on arrivait à des positions supérieures par la bonne conduite et le travail, il s'aperçut que la protection était tout; les employés nés en province étaient soutenus par leurs députés et ils arrivaient quand même. Lui, était né à Paris, il n'était aidé par aucun personnage, il demeura simple expéditionnaire et il copia et recopia, pendant des années, des monceaux de dépêches, traça d'innombrables barres de jonction, bâtit des masses d'états, répéta des milliers de fois les invariables salutations des protocoles; à ce jeu, son zèle se refroidit et maintenant, sans attente de gratifications, sans espoir d'avancements, il était peu diligent et peu dévoué.

Avec ses 237 fr. 40 c.[16] par mois, jamais il n'avait pu s'installer dans un logement commode, prendre une bonne, se régaler, les pieds au chaud, dans des pantoufles; un essai malheureux tenté, un jour de lassitude, en dépit de toute vraisemblance, de tout bon sens, avait été d'ailleurs décisif et, au bout de deux mois, il avait dû naviguer de nouveau, au travers des restaurants, s'estimant encore satisfait d'être débarrassé de sa femme de ménage, madame Chabanel, une vieillesse haute de six pieds, aux lèvres velues et aux yeux obscènes plantés au-dessus de bajoues flasques. C'était une sorte de vivandière[17] qui bâfrait[18] comme un roulier[19] et buvait comme quatre; elle cuisinait mal et sa familiarité dépassait les bornes du possible. Elle posait les plats, bout-ci, bout-là, sur la table, puis s'asseyait en face de son maître, faisait chapelle sous ses jupes et roussinait[20], en rigolant, le bonnet de côté et les mains aux hanches.

Impossible d'être servi; mais M. Folantin eût peut-être encore supporté cet humiliant sans-gêne, si cette étonnante dame ne l'avait dévalisé ainsi que dans un bois; les gilets de flanelle et les chaussettes disparaissaient, les savates devenaient introuvables, les alcools se volatilisaient, les allumettes même brûlaient toutes seules.

Il avait pourtant fallu mettre un terme à cet état de choses; aussi, M.

[15] À discrétion, abondamment.
[16] 237 francs, 40 centimes.
[17] Personne qui vendait des vivres et des boissons aux soldats.
[18] Manger gloutonnement et avec excès.
[19] Voiturier qui transportait des marchandises
[20] Jacasser.

Folantin rassembla son courage et, de peur que cette femme ne le pillât complètement pendant son absence, il brusqua la scène et, un soir, séance tenante, il la congédia.

Madame Chabanel devint cramoisie et sa bouche béa, vidée de dents; puis elle se mit à gigoter et à battre de l'aile lorsque M. Folantin dit d'un ton aimable: «Puisque je ne mangerai plus désormais chez moi, je préfère vous faire profiter des provisions qui restent plutôt que de les perdre; nous allons donc, si vous le voulez bien, les passer en revue, ensemble.
Et alors il avait ouvert les armoires.
—Ça, c'est un sac de café et cette bouteille contient de l'eau-de-vie, n'est-ce pas?
—Oui, Monsieur, c'en est, avait gémi madame Chabanel.
—Eh bien, c'est bon à conserver et je la garde», disait M. Folantin, et ainsi du tout; la mère Chabanel n'héritait en fin de compte que de deux sous de vinaigre, d'une poignée de sel gris et d'un petit verre d'huile à lampe.
«Ouf!» s'était écrié M. Folantin, alors que cette femme descendait l'escalier, en trébuchant contre les marches; mais sa joie s'était vite éteinte; depuis ce temps-là, son intérieur avait marché tout de guingois[21]. La veuve Chabanel avait été remplacée par le concierge, qui trépignait le lit de coups de poings et apprivoisait les araignées dont il ménageait les toiles.

Depuis ce temps, la victuaille avait été aussi invraisemblable qu'indécise; les stations chez les nourrisseurs du quartier n'avaient plus cessé et son estomac s'était rouillé; la période des eaux de Saint-Galmier et des eaux de Seltz, de la moutarde masquant le goût faisandé des viandes et attisant la froide lessive des sauces, était venue.

À force d'évoquer toute la séquelle de ces souvenirs, M. Folantin tomba dans une affreuse mélancolie. Il avait subi vaillamment, depuis des années, la solitude, mais, ce soir-là, il s'avoua vaincu; il regretta de ne pas s'être marié et il retourna contre lui les arguments qu'il débitait quand il prêchait le célibat pour les gens pauvres. —Eh bien, quoi? les enfants, on les élèverait, on se serrerait un peu plus le ventre. —Parbleu, je ferais comme les autres, je m'attellerais à des copies, le soir, pour que ma femme fût mieux mise; nous mangerions de la viande le matin seulement et, de même que la plupart des petits ménages, nous nous contenterions au dîner d'une assiettée de soupe. Qu'est-ce que toutes ces privations à côté de l'existence organisée, de la soirée passée entre son enfant et sa femme, de la nourriture peu abondante mais vraiment saine, du linge raccommodé, du linge blanchi et rapporté à des heures fixes? —Ah! le blanchissage, quel aria pour un garçon! —On me visite quand on a le temps et l'on m'apporte des chemises molles et bleues, des mouchoirs en loques, des chaussettes criblées de trous comme des écumoires et l'on se fiche de moi lorsque je me fâche! —Et puis, comment tout cela finira-t-il, à l'hospice ou à la maison Dubois[22], si la maladie se prolonge; ici, invoquant la pitié d'une garde-malade, si la mort est prompte.

[21]De travers.
[22]Maison de santé, rue du Faubourg-Saint-Denis à Paris.

Trop tard... plus de virilité, le mariage est impossible. Décidément, j'ai raté ma vie. «Allons, ce que j'ai de mieux à faire, soupira M. Folantin, c'est encore de me coucher et de dormir.» Et, pendant qu'il ouvrait ses couvertures, et disposait ses oreillers, des actions de grâces s'élevèrent dans son âme, célébrant les pacifiants bienfaits du secourable lit.

II

Ni le lendemain, ni le surlendemain, la tristesse de M. Folantin ne se dissipa; il se laissait aller à vau-l'eau, incapable de réagir contre ce spleen qui l'écrasait. Mécaniquement, sous le ciel pluvieux, il se rendait à son bureau, le quittait, mangeait et se couchait à neuf heures pour recommencer, le jour suivant, une vie pareille; peu à peu, il glissait à un alourdissement absolu d'esprit.

Puis, il eut, un beau matin, un réveil. Il lui sembla qu'il sortait d'une léthargie; le temps était clair et le soleil frappait les vitres damasquinées de givre; l'hiver reprenait, mais lumineux et sec; M. Folantin se leva, en murmurant: «Fichtre, ça pince[23]! il se sentait ragaillardi. Ce n'est pas tout cela, il s'agirait de trouver un remède aux attaques d'hypocondrie», se dit-il.

Après de longues délibérations, il se décida à ne plus vivre ainsi enfermé et à varier ses restaurants. Seulement, si ces résolutions étaient faciles à concevoir, elles étaient, en revanche, difficiles à mettre en pratique. Il demeurait rue des Saints-Pères et les restaurants manquaient. Le VIe arrondissement était impitoyable au célibat. Il fallait être ordonné prêtre pour trouver des ressources, des dîners spéciaux dans des tables d'hôtes réservées aux ecclésiastiques, pour vivre dans ce lacis de rues qui enveloppent l'église de Saint-Sulpice. Hors la religion, point de mangeaille, à moins d'être riche et de pouvoir fréquenter des maisons huppées[24]; M. Folantin, ne remplissant pas ces conditions, devait se borner à prendre ses repas chez les quelques traiteurs disséminés, çà et là, dans son voisinage. Décidément, il semblait que cette partie de l'arrondissement ne fût habitée que par des concubins[25] ou des gens mariés. «Si j'avais le courage de l'abandonner», soupirait de temps à autre M. Folantin. Mais son bureau était là, puis il y était né, sa famille y avait constamment vécu; tous ses souvenirs tenaient dans cet ancien coin tranquille, déjà défiguré par des percées de nouvelles rues, par de funèbres boulevards, rissolés l'été et glacés l'hiver, par de mornes avenues qui avaient américanisé l'aspect du quartier et détruit pour jamais son allure intime, sans lui avoir apporté en échange des avantages de confortable, de gaîté et de vie.

Il faudrait traverser l'eau pour dîner, se répétait M. Folantin, mais un profond dégoût le saisissait dès qu'il franchissait la rive gauche; puis il avait peine à marcher avec sa jambe qui clochait, et il abominait les omnibus. Enfin, l'idée de faire des étapes, le soir, pour chercher pâture, l'horripila. Il préféra tâter de tous

---

[23]Il fait froid.
[24]Pensions de quelque luxe.
[25]Personnes qui habitent en état de concubinage: couple non marié.

les marchands de vins, de tous les bouillons[26] qu'il n'avait pas encore visités, dans les alentours de son domicile.

Et tout aussitôt il déserta le gargot où il mangeait d'habitude; il hanta d'abord les bouillons, eut recours aux filles dont les costumes de sœur évoquent l'idée d'un réfectoire d'hôpital. Il y dîna quelques jours, et sa faim, déjà rabrouée par les graillonnants effluves[27] de la pièce, se refusa à entamer des viandes insipides, encore affadies par les cataplasmes des chicorées et des épinards. Quelle tristesse dégageaient ces marbres froids, ces tables de poupées, cette immuable carte, ces parts infinitésimales, ces bouchées de pain! Serrés en deux rangs placés en vis-à-vis, les clients paraissaient jouer aux échecs, disposant leurs ustensiles, leurs bouteilles, leurs verres, les uns au travers des autres, faute de place; et, le nez dans un journal, M. Folantin enviait les solides mâchoires de ses partners[28] qui broyaient les filaments des aloyaux dont les chairs fuyaient sous la fourchette. Par dégoût des viandes cuites au four, il se rabattait sur les œufs; il les réclamait sur le plat et très cuits; généralement, on les lui apportait presque crus et il s'efforçait d'éponger avec de la mie de pain, de recueillir avec une petite cuiller le jaune qui se noyait dans des tas de glaires. C'était mauvais, c'était cher et surtout c'était attristant. En voilà assez, se dit M. Folantin, essayons d'autre chose.

Mais partout il en était de même; les inconvénients variaient en même temps que les râteliers[29]; chez les marchands de vins distingués, la nourriture était meilleure, le vin moins âpre, les parts plus copieuses, mais en thèse générale, le repas durait deux heures, le garçon étant occupé à servir les ivrognes postés en bas devant le comptoir; d'ailleurs, dans ce déplorable quartier, la boustifaille[30] se composait d'un ordinaire, de côtelettes et de biftecks qu'on payait bon prix parce que, pour ne pas vous mettre avec les ouvriers, le patron vous enfermait dans une salle à part et allumait deux branches de gaz.

Enfin, en descendant plus bas, en fréquentant les purs mannezingues[31] ou les bibines[32] de dernier ordre, la compagnie était répulsive et la saleté stupéfiante; la carne fétidait[33], les verres avaient des ronds de bouches encore marqués, les couteaux étaient dépolis et gras et les couverts conservaient dans leurs filets le jaune des œufs mangés.

M. Folantin se demanda si le changement était profitable, attendu que le vin était partout chargé de litharge[34] et coupé d'eau de pompe, que les œufs n'étaient jamais cuits comme on les désirait, que la viande était partout privée de suc[35], que

---

[26]Restaurants économiques et médiocres.
[27]Odeurs désagréables de cuisine malpropre faite avec de la mauvaise graisse.
[28]Partenaires.
[29]Meubles d'étable qui servent à recevoir le fourrage du bétail, et donc, par analogie, mauvais restaurants.
[30]Nourriture, repas.
[31]Comptoirs où l'on vend de la nourriture.
[32]Débits de mauvaise boisson.
[33]Exhaler une odeur fétide.
[34]Oxyde de plomb.
[35]Jus.

les légumes cuits à l'eau ressemblaient aux vestiges des maisons centrales[36]; mais il s'entêta; —à force de chercher, je trouverai peut-être, —et il continua à rôder par les cabarets, par les crèmeries; seulement, au lieu de se débiliter, sa lassitude s'accrut, surtout quand, descendant de chez lui, il aspirait, dans les escaliers, l'odeur des potages, il voyait des raies de lumière sous les portes, il rencontrait des gens venant de la cave, avec des bouteilles, il entendait des pas affairés courir dans les pièces; tout, jusqu'au parfum qui s'échappait de la loge de son concierge, assis, les coudes sur la table, et la visière de sa casquette ternie par la buée montant de sa jatte de soupe, avivait ses regrets. Il en arrivait presque à se repentir d'avoir balayé la mère Chabanel, cet odieux cent-garde[37]. «Si j'avais eu les moyens, je l'aurais gardée, malgré ses désolantes mœurs», se dit-il.

Et il se désespérait, car à ses ennuis moraux se joignait maintenant le délabrement physique. À force de ne pas se nourrir, sa santé, déjà frêle, chavirait. Il se mit au fer[38], mais toutes les préparations martiales qu'il avala lui noircirent, sans résultat appréciable, les entrailles. Alors il adopta l'arsenic, mais le Fowler[39] lui éreinta l'estomac et ne le fortifia point; enfin il usa, en dernier ressort, des quinquinas qui l'incendièrent; puis il mêla le tout, associant ces substances les unes aux autres, ce fut peine perdue; ses appointements s'y épuisaient; c'étaient chez lui des masses de boîtes, de topettes[40], de fioles, une pharmacie en chambre, contenant tous les citrates, les phosphates, les proto-carbonates, les lactates, les sulfates de protoxyde, les iodures et les proto-iodures de fer, les liqueurs de Pearson[41], les solutions de Devergie[42], les granules de Dioscoride[43], les pilules d'arséniate de soude et d'arséniate d'or, les vins de gentiane[44] et de quinium, de coca et de colombo[45]!

Dire que tout cela c'est de la blague et que d'argent perdu! soupirait M. Folantin, en regardant piteusement ces vains achats, et, bien qu'il n'eût pas voix au chapitre, le concierge était de cet avis; seulement il époussetait la chambre, plus mal encore, sentant son mépris d'homme robuste s'accroître pour ce locataire étique qui ne vivait plus qu'en avalant des drogues.

En attendant, l'existence de M. Folantin persistait à être monotone. Il n'avait pu se décider à rentrer dans son premier restaurant; une fois il était allé jusqu'à la porte, mais, arrivé là, l'odeur des grillades et la vue d'une bassine de crème violette au chocolat, l'avaient fait fuir. Il alternait marchands de vins et bouillons et, un jour par semaine, il s'échouait dans une fabrique de bouillabaisse. Le potage et le poisson étaient passables; mais il ne fallait point réclamer d'autre pitance, les

---

[36] Prisons.
[37] Soldat appartenant à la garde particulière de Napoléon III.
[38] Sels de fer utilisés dans le traitement des anémies.
[39] Soluté très toxique d'arsénite de potassium (un composé d'arsenic) administré à petite dose comme modificateur de la nutrition et dans certaines affections nerveuses.
[40] Petites bouteilles longues et étroites.
[41] Soluté qui contient des composés d'arsenic.
[42] Médecin français qui s'est intéressé surtout aux maladies de la peau.
[43] Dilution sous forme de granules contenant de l'aloès, qui sert de digestif.
[44] Tonique pour l'estomac.
[45] Racine qu'on emploie en médecine comme astringent et comme tonique pour l'estomac.

viandes étant ratatinées comme des semelles de bottes et tous les plats dégageant l'âcre goût des huiles à lampes.

Pour se raiguiser l'appétit, encore émoussé par les abjects apéritifs des cafés; —les absinthes puant le cuivre; les vermouths: la vidange des vins blancs aigris; les madères: le trois-six[46] coupé de caramel et de mélasse; les malagas: les sauces des pruneaux au vin; les bitters: l'eau de Botot[47] à bas prix des herboristes; —M. Folantin essaya d'un excitant qui lui réussissait dans son enfance; tous les deux jours, il se rendit aux bains. Cet exercice lui plaisait surtout parce qu'ayant deux heures à tuer, entre la sortie de son bureau et son repas, il évitait ainsi de rentrer chez lui, de demeurer tout botté, tout habillé, consultant sa pendule, attendant l'heure du dîner. Et, les premières fois, ce furent des moments délicieux. Il se blottissait dans l'eau chaude, s'amusait à soulever avec ses doigts des tempêtes et à creuser des maelstroms. Doucement, il s'assoupissait, au bruit argentin des gouttes tombant des becs de cygnes et dessinant de grands cercles qui se brisaient contre les parois de la baignoire; tressautant, alors que des coups furieux de sonnettes partaient dans les couloirs, suivis de bruits de pas et de claquements de portes. Puis le silence reprenait avec le doux clapotis des robinets, et toutes ses détresses fuyaient à la dérive; dans la cabine, voilée d'une vapeur d'eau, il rêvassait et ses pensées s'opalisaient avec la buée, devenaient affables et diffuses. Au fond, tout était pour le mieux; il s'embêtait. Eh! mon Dieu, chacun n'a-t-il pas ses ennuis? Il avait, dans tous les cas, évité les plus douloureux, les plus poignants, ceux du mariage. Il fallait que je fusse bien bas, le soir où j'ai pleuré sur mon célibat, se dit-il. Voyez-vous cela, moi, qui aime tant à m'étendre, en chien de fusil, dans les draps, forcé de ne pas bouger, de subir le contact d'une femme, à toutes les époques, de la contenter alors que je souhaiterais simplement de dormir!

Et encore, si l'on ne procréait aucun enfant! si la femme était vraiment stérile ou bien adroite, il n'y aurait que demi-mal! —mais, est-on jamais sûr de rien! et alors ce sont de perpétuelles nuits blanches, d'incessantes inquiétudes. Le gosse braille, un jour, parce qu'il lui pousse une quenotte; un autre jour, parce qu'il ne lui en pousse pas; ça pue le lait sur et le pipi, par toute la chambre; enfin, il faudrait au moins tomber sur une femme aimable, sur une bonne fille; oui, va-t-en voir si elles viennent, Jean; avec ma déveine coutumière, j'aurais épousé une pimbêche, une petite chipie, qui m'aurait intarissablement reproché les gênes utérines survenues après ses couches.

Non, il faut être juste: chaque état a ses inquiétudes et ses tracas; et puis, c'est une lâcheté lorsqu'on n'a pas de fortune que d'enfanter des mioches! —C'est les vouer au mépris des autres quand ils seront grands; c'est les jeter dans une dégoûtante lutte, sans défense et sans armes; c'est persécuter et châtier des innocents à qui l'on impose de recommencer la misérable vie de leur père. —Ah! au moins, la génération des tristes Folantin s'éteindra avec moi! —Et, consolé, M. Folantin

---

[46]Trois mesures d'un alcool rectifié à degré élevé auxquelles on ajoute trois mesures d'eau fournissant six mesures d'alcool à boire.
[47]Eau de bouche purifiante et rafraîchissante.

lapait sans se plaindre, une fois sorti du bain, l'eau de vaisselle de son bouillon, et déchiquetait l'amadou mouillé de sa viande.

Tant bien que mal, il atteignit la fin de l'hiver et la vie devint plus indulgente; l'intimité des intérieurs cessait et M. Folantin ne regretta plus si vivement les douillettes somnolences au coin du feu; ses promenades le long des quais recommencèrent.

Déjà les arbres se dentelaient de petites feuilles jaunes; la Seine, réverbérant l'azur pommelé du ciel, coulait avec de grandes plaques bleues et blanches que coupaient, en les brouillant d'écume, les bateaux-mouches. Le décor environnant semblait requinqué. Les deux immenses portants, représentant, l'un, le Pavillon de Flore et toute la façade du Louvre; l'autre, la ligne des hautes maisons jusqu'au Palais de l'Institut, avaient été ranimés et comme repeints et la toile du fond, de nouveau tendue, découpait sur un outremer adouci, tout neuf, les poivrières du Palais de Justice, l'aiguille de la Sainte-Chapelle, la vrille et les tours de Notre-Dame.

M. Folantin adorait cette partie du quai, comprise entre la rue du Bac et la rue Dauphine; il choisissait un cigare, dans le débit de tabac situé près de la rue de Beaune, et il musait, à petits pas, allant un jour à gauche, fouillant les boîtes des parapets, et un autre jour à droite, consultant les rayons, en plein vent, des livres en boutique.

La plupart des volumes entassés dans les caisses étaient des rancarts de librairie, des rossignols[48] sans valeur, des romans morts-nés, mettant en scène des femmes du grand monde, racontant, dans un langage de pipelette[49], les accidents de l'amour tragique, les duels, les assassinats et les suicides; d'autres soutenaient des thèses, attribuaient tous les vices aux gens titrés, toutes les vertus aux gens du peuple; d'autres enfin poursuivaient un but religieux; ils étaient revêtus de l'approbation de Monseigneur un tel et ils délayaient des cuillerées d'eau bénite dans le mucilage d'une gluante prose.

Tous ces romans avaient été rédigés par d'incontestables imbéciles et M. Folantin filait vite, ne reprenant haleine que devant les volumes de vers qui battaient de l'aile à toutes les brises. Ceux-là étaient moins dépiautés[50] et moins souillés, attendu que personne ne les ouvrait. Une charitable pitié venait à M. Folantin pour ces recueils délaissés. Et il y en avait, il y en avait! des vieux datant de l'entrée de Malikadel[51] dans la littérature, des jeunes, issus de l'école d'Hugo, chantant le doux Messidor[52], les bois ombreux, les divins charmes d'une jeune personne qui, dans la vie privée, faisait probablement la retape[53]. Et tout cela avait été lu en petit

---

[48]Livres invendables.
[49]Concierge.
[50]Abîmés.
[51]L'auteur pense peut-être à Malek-Adel, général des armées turques et amant de l'héroïne de *Mathilde ou Mémoires tirées de l'histoire des croisades* (1805) de Madame Cottin. Ce roman a inspiré l'opéra du comte Pepoli *Mathilde* (1837) et d'autres imitations moins heureuses.
[52]Dixième mois du calendrier révolutionnaire, commençant au 19 ou au 20 juin et finissant au 19 ou au 20 juillet.
[53]Chercher à attirer un client, en parlant d'une prostituée.

comité et les pauvres écrivains s'étaient réjouis. Mon Dieu! ils ne s'attendaient pas à un retentissant succès, à une vente populaire, mais seulement à un petit bravo de la part des délicats et des lettrés; et rien ne s'était produit, pas même un peu d'estime. Par-ci, par-là, une louange banale dans une feuille de chou[54], une ridicule lettre du Grand-Maître pieusement conservée, et ç'avait été tout.

Ce qu'il y a de plus triste, pensait M. Folantin, c'est que ces malheureux peuvent justement exécrer le public, car la justice littéraire n'existe pas; leurs vers ne sont ni meilleurs, ni pires que ceux qui se sont vendus et qui ont mené leurs auteurs à l'Institut[55].

Tout en rêvant de la sorte, M. Folantin rallumait son cigare, reconnaissait les bouquinistes qui, bavards et hâlés, se tenaient, comme l'année précédente, près de leurs boîtes. Il reconnaissait aussi les bibliomanes qui piétinaient, au dernier printemps, tout le long des parapets, et la vue de ces individus qu'il ne connaissait pas le charmait. Tous lui étaient sympathiques; il devinait en eux de bons maniaques, de braves gens tranquilles, passant dans la vie, sans bruit, et il les enviait. Si j'étais comme eux, songeait-il; et déjà, il avait tenté de les imiter, de devenir bibliophile. Il avait consulté des catalogues, feuilleté des dictionnaires, des publications spéciales, mais il n'avait jamais découvert de pièces curieuses et il devinait d'ailleurs que leur possession ne comblerait pas ce trou d'ennui qui se creusait lentement, dans tout son être. —Hélas! le goût des livres ne s'apprenait pas, et puis, en dehors des éditions épuisées que ses faibles ressources lui interdisaient d'acheter, M. Folantin n'avait guère de volumes à se procurer. Il n'aimait ni les romans de cape et d'épée, ni les romans d'aventure; d'un autre côté, il abominait le bouillon de veau des Cherbuliez[56] et des Feuillet[57]; il ne s'attachait qu'aux choses de la vie réelle; aussi sa bibliothèque était restreinte, cinquante volumes en tout, qu'il savait par cœur. Et ce n'était pas l'un de ses moindres chagrins que cette disette de livres à lire! En vain, il avait essayé de s'intéresser à l'histoire; toutes ces explications compliquées de choses simples ne l'avaient ni captivé, ni convaincu. Vaguement il furetait, n'espérant plus dépister un bouquin qu'il joindrait aux siens. Mais cette promenade le distrayait, puis, quand il était las de remuer la poussière des imprimés, il se penchait au-dessus des berges et la vue des bateaux aux coques goudronnées, aux cabines peintes en vert-poireau, au grand mât abattu sur le pont, lui plaisait: il demeurait là, enchanté, contemplant la cocotte mijotant sur un poêle de fonte, à l'air, l'éternel chien noir et blanc courant, la queue en trompette, le long des péniches; les enfants très blonds, assis près du gouvernail, les cheveux sur les yeux et les doigts dans la bouche.

Ce serait gai de vivre ainsi, pensait-il, souriant, malgré lui, de ces envies

---

[54]Journal ou revue de peu d'importance ou de peu de valeur.
[55]L'Institut de France, selon toute vraisemblance.
[56]Auteur français (1829-1899) de romans spirituels, de chroniques politiques, d'ouvrages critiques et traités d'esthétique.
[57]Auteur français (1821-1890) de pièces de théâtre et de romans qui affichent une opposition au réalisme et au naturalisme.

puériles, et il sympathisait même avec les pêcheurs à la ligne, immobiles, en rang d'oignons, séparés par des boîtes d'asticots[58] les uns des autres.

Ces soirs-là, il se sentait plus dispos et plus vert. Il consultait sa montre et si l'heure du dîner était lointaine encore, il traversait la chaussée, suivait le trottoir qui faisait face à celui qu'il venait de quitter et il remontait le long des maisons. Il flânait fouillonnant[59] encore des livres dont les dos s'alignaient aux devantures des boutiques, s'extasiant sur d'anciennes reliures aux plats de maroquin rouge, estampés d'armes en or; mais celles-là étaient enfermées sous verre, comme des choses précieuses que des initiés pouvaient seuls toucher; et il repartait, examinait les magasins pleins de vieux chênes si bien réparés qu'ils ne conservaient plus un morceau du temps, les assiettes de vieux Rouen fabriquées aux Batignolles, les grands plats de Moustiers[60] cuits à Versailles, les tableaux d'Hobbéma[61], le petit ru[62], le moulin à eau, la maison coiffée de tuiles rouges, éventée par un bouquet d'arbres enveloppé dans un coup de lumière jaune; des tableaux étonnamment imités par un peintre, entré dans la peau du vieux Minderhout[63], mais incapable de s'assimiler la manière d'un autre maître ou de produire, de son crû, la moindre toile; et M. Folantin essayait de percer la profondeur des boutiques, d'un coup d'œil au travers des portes; jamais il n'y voyait de chalands; seule, une vieille femme était généralement assise, dans le pêle-mêle des objets où elle s'était réservé une niche, et, ennuyée, elle ouvrait la bouche en un long bâillement qui se communiquait au chat campé sur une console.

C'est drôle tout de même, se disait M. Folantin, comme les marchandes de bric-à-brac changent. Les rares fois où j'ai cheminé au travers des quartiers de la rive droite, je n'ai jamais vu, dans les débits de bibelots, de bonnes vieilles dames comme celle-ci, mais j'ai toujours aperçu derrière les vitrines de belles et hautes gaillardes, de trente à quarante ans, soigneusement pommadées et la figure très travaillée au plâtre.

Une vague odeur de prostitution s'échappait de ces magasins où les œillades de la négociante devaient abréger les marchandages des acheteurs. —Allons, le bon enfant disparaît; d'ailleurs, les centres se déplacent; maintenant tous les antiquaires, tous les vendeurs des livres de luxe végètent dans ce quartier et ils fuient, dès que leurs baux expirent, de l'autre côté du fleuve. Dans dix ans d'ici, les brasseries et les cafés auront envahi tous les rez-de-chaussée du quai! Ah! décidément Paris devient un Chicago sinistre! —Et, tout mélancolisé, M. Folantin se répétait: profitons du temps qui nous reste avant la définitive invasion de la grande muflerie

---

[58]Larve de la mouche à viande utilisée comme appât pour la pêche.
[59]Il semble que ce soit un des néologismes de l'auteur composé d'une combinaison de «fouiller»—faire des recherches en déplaçant tout ce qui peut cacher ce que l'on cherche— et, comme me l'a suggéré Gilles Viennot, «souillon», une personne sans soin, qui met tout en désordre.
[60]Depuis le XVIIe jusqu'au milieu du XIXe siècle, il y avait une faïencerie à Rouen dont on a attribué les plus belles productions à Moustier.
[61]Meinderf Hobbema, peintre et dessinateur hollandais (1638-1709).
[62]Petit ruisseau.
[63]Hendrick van Minderhout (1632-96), peintre hollandais.

du Nouveau-Monde! —Et il reprenait ses flânes, s'arrêtant devant les marchands d'estampes aux montres tendues d'images du XVIIIe siècle, mais au fond les gravures en couleur de cette époque et les gravures à la manière noire anglaise qui les flanquaient, dans la plupart des étalages, ne le passionnaient guère et il regrettait les estampes de la vie intime flamande, maintenant reléguées dans les cartons, par suite de l'engouement des collectionneurs pour l'école française.

Quand il était las de baguenauder devant ces boutiques, il entrait, pour varier ses plaisirs, dans la salle des dépêches d'un journal, une salle garnie de dessins et de peintures représentant des Italiennes et des almées[64], des bébés embrassés par des mères, des pages moyen âge grattant de la mandoline sous des balcons, toute une série évidemment, destinée à l'ornementation des abat-jour, et il se détournait, passait, préférant encore regarder les photographies d'assassins, de généraux et d'actrices, de tous les gens qu'un crime, qu'un massacre ou qu'une chansonnette mettait pendant une semaine en évidence.

Mais ces exhibitions étaient, en somme, peu récréatives, et M. Folantin, gagnant la rue de Beaune, admirait davantage l'inébranlable appétit des cochers attablés chez des mastroquets et il prenait comme une prise de faim. Ces platées de bœuf reposant sur des lits épais de choux, ces haricots de mouton emplissant la petite et massive assiette, ces triangles de brie, ces verres pleins, lui communiquaient des fringales et ces gens aux joues gonflées par d'énormes bouchées de pain, aux grosses mains tenant un couteau la pointe en l'air, au chapeau de cuir bouilli montant et descendant en même temps que les mâchoires, l'excitaient et il filait, tâchant de conserver cette impression de voracité pendant la route; malheureusement dès qu'il s'installait dans le restaurant, sa gorge se recroquevillait, et il contemplait piteusement sa viande, se demandant à quoi servait le quassia[65] qui marinait, à son bureau, dans une carafe.

Malgré tout, cette promenade écartait les pensées trop sombres et il écoula ainsi l'été, traînant le long de la Seine, avant le dîner et, une fois sorti de table, s'attablant à la porte d'un café. Il fumait, humant un peu de fraîcheur, et malgré le dégoût que lui inspiraient les bières de Vienne fabriquées avec du chicotin et de l'eau de buis, sur la route de Flandre, il en lapait deux bocks, peu désireux de se mettre au lit.

La journée même, pendant cette saison, était moins lourde à vivre. En manches de chemise, dans sa pièce, il somnolait, entendant confusément les histoires de son collègue, se réveillant pour s'éventer avec un almanach, travaillant le moins possible, combinant des promenades. L'ennui de quitter, l'hiver, son bureau chauffé, pour courir au dehors, dîner, les pieds trempés, et rentrer dans une chambre froide, n'existait plus. Au contraire, il éprouvait un soulagement en s'échappant de sa pièce empuantie par cette odeur de poussière et de renfermé que dégagent les cartons, les liasses et les pots d'encre.

---

[64]Danseuse orientale.

[65]Le bois de ce petit arbre tropical, découpé en petits copeaux de saveur très amère, est utilisé en médecine comme tonique sous forme de teinture.

Enfin, son intérieur était mieux tenu; le portier n'avait plus à préparer le feu et si le lit continuait à être mal battu et pas bordé, peu importait, puisque M. Folantin couchait nu sur les draps et les couvertures.

La pensée de s'étendre seul, par ces nuits d'orage où l'on sue comme dans une étuve, où l'on se retourne dans des draps poissés, le réjouissait aussi. Je plains les gens qui sont à deux, se disait-il, en roulant sur le lit, à la recherche d'une place plus fraîche. Et la destinée lui semblait, à ces moments-là, plus hospitalière, moins rétive.

III

Bientôt les chaleurs accablantes s'atténuèrent; les longues journées s'écourtèrent, l'air fraîchit, les ciels faisandés perdirent leur bleu, se peluchèrent comme de moisissure. L'automne revenait, ramenant les brouillards et les pluies; M. Folantin prévit d'inexorables soirées et, effrayé, il dressa de nouveau ses plans.

D'abord il se résolut à rompre avec sa sauvagerie, à tâter des tables d'hôtes, à se lier avec des voisins d'assiettes, à fréquenter même les théâtres.

Il fut servi à souhait; il rencontra, un jour, sur le seuil de son bureau, un monsieur qu'il connaissait. Ils avaient, pendant un an, mangé côte à côte, se préservant, l'un l'autre, des mets défectueux ou gâtés, se prêtant le journal, discutant sur les vertus des fers[66] différents qu'ils avalaient, buvant, pendant un mois, ensemble, de l'eau de goudron, émettant des pronostics sur les changements de temps, cherchant, à eux deux, des alliances diplomatiques pour la France.

Leurs relations s'étaient bornées là. Ils se donnaient une poignée de main, se tournaient le dos une fois sur le trottoir, et cependant le départ de ce coreligionnaire avait attristé M. Folantin.

Ce fut avec plaisir qu'il l'aperçut.

«Tiens, monsieur Martinet, dit-il, comment va?

— Monsieur Folantin! bah! — et comment vous portez-vous, depuis les temps fous que nous ne nous sommes vus?

— Ah! vous êtes un joli lâcheur, riposta M. Folantin. Voyons, que diable êtes-vous devenu?

Et ils avaient échangé leurs confidences. M. Martinet était maintenant l'hôte assidu d'une table d'hôte et il en fit immédiatement un chimérique éloge. Quatre-vingt-dix à cent francs, par mois; c'est propre, bien tenu; on en a à sa faim, on se trouve en bonne compagnie. Vous devriez venir dîner là?

— Je n'aime guère la table d'hôte, disait M. Folantin; je suis un peu ours, vous le savez; je ne puis me décider à converser avec les gens que je ne connais point.

— Mais vous n'êtes pas forcé de parler. Vous êtes chez vous. L'on n'est pas tous autour d'une table, c'est la même chose que dans un grand restaurant. Tenez, essayez-en, venez ce soir.

M. Folantin hésita; il balançait entre l'agrément de ne pas se repaître seul et la crainte que lui inspiraient les repas de corps.

[66] Sels de fer utilisés pour soigner des anémies.

—Allons! vous n'allez pas refuser, insista M. Martinet. Je vais vous traiter, à mon tour, de lâcheur si, pour une fois que je vous rencontre, vous me laissez en plan. M. Folantin eut peur d'être malhonnête et il suivit docilement son compagnon, au travers des rues. —Nous y voici, montons». Et M. Martinet s'arrêta sur le palier, devant une porte à tambour vert.

Là sonnaient de grands bruits d'assiettes sur un bourdonnement ininterrompu de voix; puis la porte s'ouvrit et, en même temps qu'un violent hourvari[67], des gens en chapeau se précipitèrent dans l'escalier en battant la rampe avec leurs cannes.

M. Folantin et son camarade se garèrent, puis ils poussèrent à leur tour la porte et s'introduisirent dans une salle de billards. M. Folantin, pris à la gorge, recula. Cette pièce était noyée dans une épaisse fumée de tabac, traversée par des coups de queues; M. Martinet entraîna son invité dans une autre pièce, où la buée était peut-être plus intense encore, et çà et là, dans des chants de pipes bouchées, dans des écroulements de dominos, dans des éclats de rire, des corps passaient presque invisibles, devinés seulement par le déplacement de vapeur qu'ils opéraient. M. Folantin resta là, ahuri, cherchant à tâtons une chaise.

M. Martinet l'avait quitté. Vaguement, dans un nuage, M. Folantin l'aperçut, sortant d'une porte. «Il faut attendre un peu, dit M. Martinet, toutes les tables sont pleines; oh, ce ne sera pas long!»

Une demi-heure s'écoula. M. Folantin eût donné bien des choses pour n'avoir jamais mis le pied dans cet estaminet, où l'on pouvait fumer, mais où l'on ne se nourrissait pas. De temps à autre, M. Martinet s'échappait et allait s'assurer que les sièges étaient toujours occupés. «Il y a deux messieurs qui en sont au fromage, dit-il d'un air satisfait, j'ai retenu leurs places».

Une autre demi-heure s'écoula. M. Folantin se demanda s'il ne ferait pas bien de se diriger vers l'escalier tandis que son compagnon guettait les tables. Enfin, M. Martinet revint, lui annonça le départ des deux fromages et ils pénétrèrent dans une troisième pièce où ils s'assirent, serrés comme des harengs dans une caque.

Sur la nappe tiède, dans les éclaboussures de sauce, dans les mies de pain, on leur jeta des assiettes, et l'on servit un bœuf coriace et résistant, des légumes fades, un rosbif dont les chairs élastiques pliaient sous le couteau, une salade et du dessert. Cette salle rappela à M. Folantin le réfectoire d'une pension, mais d'une pension mal tenue, où on laisse brailler à table. Il n'y manquait vraiment que les timbales au fond rougi par l'abondance, et l'assiette retournée pour étaler sur une place moins sale les pruneaux ou les confitures.

Certes, la pâture et le vin étaient misérables, mais ce qui était plus misérable que la pâture et plus misérable que le vin, c'était la compagnie au milieu de laquelle on mâchait; c'étaient les maigres servantes qui apportaient les plats, des femmes sèches, aux traits accentués et sévères, aux yeux hostiles. Une complète impuissance vous venait, en les regardant; on se sentait surveillé et l'on mangeait, découragé, avec ménagement, n'osant laisser les tirants et les peaux, de peur d'une semonce,

---

[67]Grand tumulte.

appréhendant de reprendre d'un plat, sous ces yeux qui jaugeaient votre faim et vous la refoulaient au fond du ventre.

«Eh bien, que vous disais-je, affirmait M. Martinet, c'est gai, n'est-ce pas? et, ici, c'est de la vraie viande».

M. Folantin ne soufflait mot; autour de lui, les tables vacarmaient avec un bruit terrible.

Toutes les races du Midi emplissaient les sièges, crachaient et se vautraient, en mugissant. Tous les gens de la Provence, de la Lozère, de la Gascogne, du Languedoc, tous ces gens, aux joues obscurcies par des copeaux d'ébène, aux narines et aux doigts poilus, aux voix retentissantes, s'esclaffaient comme des forcenés, et leur accent, souligné par des gestes d'épileptiques, hachait les phrases et vous les enfournait, toutes broyées, dans le tympan.

Presque tous faisaient partie de la jeunesse des écoles, de cette glorieuse jeunesse dont les idées subalternes assurent aux classes dirigeantes l'immortel recrutement de leur sottise; M. Folantin voyait défiler devant lui tous les lieux communs, toutes les calembredaines, toutes les opinions littéraires surannées, tous les paradoxes usés par cent ans d'âge.

Il jugeait l'esprit des ouvriers plus délicat et celui des calicots[68] plus fin. Avec cela, la chaleur était écrasante. Une vapeur couvrait les assiettes et voilait les verres; les portes brusquement secouées envoyaient des exhalaisons de tabagie; des troupeaux d'étudiants arrivaient encore et leur attente impatientée pressait les gens à table. De même que dans le buffet d'une gare, il fallait mettre les bouchées doubles, avaler son vin en toute hâte.

Ainsi, c'est là la fameuse table d'hôte qui distribuait jadis la becquée aux débutants de la politique, songeait M. Folantin, et, la pensée que ces gens qui emplissaient les salles de leur bacchanal deviendraient, à leur tour, de solennels personnages, gorgés et d'honneurs et de places, lui fit lever le cœur.

S'empiffrer de la charcuterie chez soi et boire de l'eau, tout, excepté de dîner ici, se dit-il.

«Prenez-vous du café? demanda M. Martinet d'un ton aimable.

—Non, merci, j'étouffe, je vais respirer un peu. Mais M. Martinet n'était pas disposé à le quitter. Il le rejoignit sur le palier et lui saisit le bras.

—Où me menez-vous? dit M. Folantin, découragé.

—Voyons, mon cher camarade, répondit M. Martinet, j'ai compris que ma table d'hôte ne vous plaisait guère...

—Mais si... mais si... pour le prix c'est même surprenant... seulement il faisait bien chaud, riposta timidement M. Folantin, qui craignait d'avoir blessé son hôte, par sa mine renfrognée et par sa fuite.

—Eh bien, nous ne nous voyons pas assez souvent pour que je veuille que vous vous sépariez de moi avec une mauvaise impression, fit M. Martinet d'un ton cordial. À propos, comment allons-nous tuer la soirée? Si vous aimiez le théâtre, je vous proposerais d'aller à l'Opéra-Comique. —Nous avons le temps, dit-il,

---

[68]Commis de magasin de nouveautés.

en examinant sa montre. On joue ce soir *Richard Cœur de Lion*[69] et le *Pré-aux-Clercs*[70]. Hein, qu'en dites-vous?
—Tout ce que vous voudrez. —Après tout, pensa M. Folantin, peut-être arriverai-je à me distraire, et puis comment refuser la proposition de ce brave homme, dont j'ai déjà froissé tous les enthousiasmes? —Voulez-vous me permettre de vous offrir un cigare», fit-il, en entrant chez un marchand de tabac.

Ils s'épuisèrent en vain pour activer la combustion de ces londrès[71], qui avaient un goût de chou et ne tiraient pas. «Encore un plaisir qui s'en va, se dit M. Folantin; même en y mettant le prix, on ne peut plus se procurer maintenant un cigare propre! —Nous ferons mieux d'y renoncer, poursuivit-il en se tournant vers M. Martinet, qui aspirait de toutes ses forces sur le londrès dont la peau se crevait en fumant un peu. Du reste, nous voici arrivés»; et il courut au guichet et rapporta deux stalles d'orchestre.

Richard commençait, dans une salle vide.

M. Folantin éprouva, pendant le premier acte, une impression étrange; cette série de chansons pour épinettes lui rappelait le tourniquet à musique d'un marchand de vins qu'il avait quelquefois hanté. Lorsque les ouvriers mettaient en branle la manivelle, un clapotis d'airs vieillots sonnait, quelque chose de très lent et de très doux, avec de temps à autre des notes cristallines et aiguës, sautant sur le tapotement mécanique des ritournelles.

Au second acte, une autre impression lui vint. L'air: «Une fièvre brûlante» évoqua en lui l'image de sa grand'mère, qui le chevrotait[72] sur le velours d'Utrecht de sa bergère; et il eut, pendant une seconde, dans la bouche, le goût des biscottes qu'elle lui donnait, tout enfant, lorsqu'il avait été sage.

Il finit par ne plus suivre du tout la pièce; d'ailleurs, les chanteurs n'avaient aucune voix et ils se bornaient à avancer des bouches rondes au-dessus de la rampe, tandis que l'orchestre s'endormait, las d'épousseter la poussière de cette musique.

Puis, au troisième acte, M. Folantin ne songea plus ni au tourniquet du marchand de vins, ni à sa grand'mère, mais il eut subitement dans le nez l'odeur d'une antique boîte qu'il avait chez lui, une odeur moisie, vague, dans laquelle était resté comme un relent de cannelle. Mon Dieu! que tout cela est donc vieux!

«Joli opéra-comique, n'est-ce pas?» fit M. Martinet, en lui lançant un coup de coude.

M. Folantin tomba de son haut. Le charme était rompu; ils se levèrent, pendant que la toile baissait, saluée par des salves de claque.

Le *Pré-aux-Clercs*, qui succédait à *Richard*, atterra M. Folantin. Jadis, il s'était pâmé aux airs connus; maintenant toutes ces romances lui semblaient

---

[69]Opéra-comique (1784) dont Michel-Jean Sedaine (1719-97) a écrit le livret et André Guétry (1741-1813) la musique.
[70]Opéra (1832) de Ferdinand Hérold (1791-1833).
[71]Cigare de la Havane, fabriqué à l'origine spécialement pour les Anglais.
[72]Chanter d'une voix tremblotante.

troubadour[73] et dessus de pendule[74] et les interprètes l'irritaient. Le ténor se tenait en scène comme un frotteur et il nasillait, quand par hasard il lui coulait de la bouche un filet de voix. Costumes, décors, tout était à l'avenant; on eût sifflé dans n'importe quelle ville de l'étranger et de la province, car nulle part on n'eût supporté un chanteur aussi ridicule et des cantatrices aussi baroques. Et la salle s'était emplie pourtant, et le public applaudissait aux passages soulignés par l'implacable claque.

M. Folantin souffrait réellement. Voilà que le *Pré-aux-Clercs*, dont il avait conservé un bon souvenir, s'effondrait aussi.

«Tout fiche le camp», se dit-il, avec un gros soupir. Aussi, quand M. Martinet, enchanté de sa soirée, lui proposa de renouveler de temps à autre ces petites parties, d'aller ensemble, s'il le désirait, aux Français, M. Folantin s'indigna et, oubliant les réserves qu'il s'était promis d'observer, il déclara violemment qu'il ne mettait plus les pieds dans ce théâtre.

«Mais pourquoi? questionna M. Martinet.

—Pourquoi? Mais d'abord, parce que s'il existait une pièce vivante et bien écrite —et je n'en connais aucune pour ma part, —je la lirais chez moi, dans un fauteuil, et ensuite parce que je n'ai pas besoin que des cabots[75], sans instruction pour la plupart, essaient de me traduire les pensées du Monsieur qui les a chargés de débiter sa marchandise.

—Mais enfin, dit M. Martinet, vous admettrez bien que des comédiens du Théâtre-Français...

—Eux! s'écria M. Folantin, allons donc! ce sont des Vatel de Palais-Royal[76], des sauciers, et voilà tout! —Ils ne sont bons qu'à enduire les portions qu'on leur apporte, de l'immuable sauce blanche, s'il s'agit d'une comédie, et de l'éternelle sauce rousse, s'il s'agit d'un drame. Ils sont incapables d'inventer une troisième sauce; d'ailleurs, la tradition ne le permettrait pas.

—Ah! ce sont de bien vulgaires routiniers que ces êtres-là! Seulement, il faut leur rendre justice, ils s'entendent à la réclame, car ils ont emprunté aux grands magasins d'habits l'homme décoré qui se tient bien en vue dans les rayons et qui rehausse par sa présence le prestige de la maison et attire la clientèle!

—Oh! voyons, Monsieur Folantin...

—Il n'y a pas de voyons, c'est ainsi, et, au fond, je ne suis pas fâché de cette occasion qui se présente de donner mon avis sur le magasin de M. Coquelin[77]. — Sur ce, cher Monsieur, me voici à destination. Je suis enchanté de notre rencontre. À bientôt, j'espère, et à l'avantage de vous revoir.»

Les conséquences de cette soirée furent salutaires. Au souvenir de cette fatigue, de cette gêne, M. Folantin s'estimait content de dîner où bon lui semblait

[73]De style néogothique du XIXe siècle, donc galvaudé.
[74]Dénué de vie, de réalité et de naturel.
[75]Comédiens sans talent.
[76]Vatel, maître d'hôtel au service de Fouquet, puis de Condé, s'est cru déshonoré et s'est suicidé en 1671 lorsque la marée arriva trop tard pour une fête où Condé recevait Louis XIV et sa cour. Un Vatel de Palais-Royal serait un piètre cuisinier. Ce sont donc de mauvais acteurs.
[77]Huysmans pense à Constant (1841-1909) ou à Ernest (1848-1909) Coquelin, frères qui étaient tous deux comédiens à la Comédie-Française.

et de demeurer, pendant toute une soirée, dans sa chambre; il jugea que la solitude avait du bon, que ruminer ses souvenirs et se conter à soi-même des balivernes, était encore préférable à la compagnie de gens dont on ne partageait ni les convictions, ni les sympathies; son désir de se rapprocher, de toucher le coude d'un voisin cessa et, une fois de plus, il se répéta cette désolante vérité: que lorsque les anciens amis ont disparu, il faut se résoudre à n'en point chercher d'autres, à vivre à l'écart, à s'habituer à l'isolement.

Puis il essaya de se concentrer, de prendre de l'intérêt aux moindres choses, d'extraire de consolantes déductions des existences remarquées près de sa table; il alla dîner, pendant quelque temps, dans un petit bouillon près de la Croix-Rouge. Cet établissement était généralement fréquenté par des gens âgés, par de vieilles dames qui venaient, chaque jour, à six heures moins le quart, et la tranquillité de la petite salle le dédommageait de la monotonie de la nourriture. On eût dit des gens sans famille, sans amitiés, cherchant des coins un peu sombres pour expédier, en silence, une corvée; et M. Folantin se trouvait plus à l'aise dans ce monde de déshérités, de gens discrets et polis, ayant sans doute connu des jours meilleurs et des soirs plus remplis. Il les connaissait presque tous de vue et il se sentait des affinités avec ces passants, qui hésitaient à choisir un plat sur la carte, qui émiettaient leur pain et buvaient à peine, apportant, avec le délabrement de leur estomac, la douloureuse lassitude des existences traînées sans espoir et sans but.

Là, pas d'appels bruyants, pas de cris; les servantes consultaient les clients à voix basse. Mais si aucune de ces dames, aucun de ces messieurs, n'échangeait un propos, tous du moins se saluaient gracieusement, en entrant et en sortant, et ils apportaient des habitudes de salon dans cette gargote.

Je suis encore plus heureux que tout ce monde-là, se disait M. Folantin. Eux, regrettent peut-être des enfants, des femmes, une fortune perdue, une vie jadis debout et maintenant par terre.

À force de plaindre les autres, il finit par se moins plaindre; il rentrait chez lui et pensait tout de même que ses détresses étaient bien creuses et ses misères bien peu profondes. —Combien d'individus, à l'heure qu'il est, arpentent le pavé, sans gîte; combien envieraient mon grand fauteuil, mon feu, mon paquet de tabac où je peux puiser à ma fantaisie! et il activait les flammes de la cheminée, rôtissait ses pantoufles, confectionnait des grogs dorés et chauds. —S'il paraissait en librairie des livres réellement artistes, la vie serait, en somme, très supportable, concluait-il.

Plusieurs semaines s'écoulèrent ainsi, et son collègue de bureau déclara que M. Folantin rajeunissait. Il causait maintenant, écoutait avec une patience angélique tous les papotages, s'intéressait même aux infirmités de son copain; puis, avec le froid qui commençait, l'appétit agissait plus régulièrement, et il attribuait cette amélioration aux vins créosotés et aux préparations de manganèse qu'il absorbait. «J'ai donc enfin expérimenté une médication moins infidèle et plus active que les autres», pensait-il. Et il la recommandait à toutes les personnes qu'il rencontrait.

Il atteignit ainsi l'hiver; mais, aux premières neiges, sa mélancolie reparut. Le bouillon où il stationnait depuis l'automne le lassa et il recommença à brouter, au hasard, tantôt ici et tantôt là. Plusieurs fois il franchit les ponts et tenta de nouveaux restaurants; mais, dans une bousculade, des garçons filaient, ne répondant pas aux appels ou bien ils vous lançaient votre plat sur la table et fuyaient quand on leur réclamait du pain.

La nourriture n'était pas supérieure à celle de la rive gauche et le service était arrogant et dérisoire. M. Folantin se le tint pour dit et il resta désormais dans son arrondissement, bien résolu à ne plus en démarrer.

Le manque d'appétit lui revint. Il constata une fois de plus l'inutilité des stomachiques et des stimulants, et les remèdes qu'il avait tant prônés allèrent rejoindre les autres, dans une armoire.

Que faire? La semaine s'égouttait encore, mais c'était le dimanche qui lui pesait.

Jadis, il badaudait dans des quartiers déserts; il se plaisait à longer les ruelles oubliées, les rues provinciales et pauvres, à surprendre, par les fenêtres des rez-de-chaussée, les mystères des petits ménages. Mais, aujourd'hui, les rues calmes et muettes étaient démolies, les passages curieux, rasés. Impossible de regarder par les portes entr'ouvertes des vieilles bâtisses, d'apercevoir un bout de jardinet, une margelle de puits, un coin de banc; impossible de se dire que la vie serait moins rechignée, moins rogue, dans cette cour, de rêver à l'époque où l'on pourrait se retirer dans ce silence et réchauffer sa vieillesse dans de l'air plus tiède.

Tout avait disparu; plus de feuillages de massifs, plus d'arbres, mais d'interminables casernes s'étendant à perte de vue; et M. Folantin subissait dans ce Paris nouveau une impression de malaise et d'angoisse.

Il était l'homme qui détestait les magasins de luxe, qui, pour rien au monde, n'eût mis les pieds chez un coiffeur élégant ou chez un de ces modernes épiciers dont les montres ruissellent de gaz[78]; il n'aimait que les anciennes et simples boutiques où l'on était reçu à la bonne franquette, où le marchand n'essayait pas de vous jeter de la poudre aux yeux et de vous humilier par sa fortune.

Aussi avait-il renoncé à se promener, le dimanche, dans tout ce luxe de mauvais goût qui envahissait jusqu'aux banlieues. D'ailleurs, les flânes dans Paris ne le tonifiaient plus comme autrefois; il se trouvait encore plus chétif, plus petit, plus perdu, plus seul, au milieu de ces hautes maisons dont les vestibules sont vêtus de marbre et dont les insolentes loges de concierge arborent des allures de salons bourgeois.

Pourtant, une partie de son quartier demeurée intacte, près du Luxembourg mutilé, était restée pour lui bienveillante et intime: la place Saint-Sulpice.

Parfois, il déjeunait chez un marchand de vins dont la boutique faisait l'angle de la rue du Vieux-Colombier et de la rue Bonaparte, et là, à l'entresol, par la fenêtre, il plongeait sur la place, contemplait la sortie de la messe, les enfants descendant du parvis, des livres à la main, un peu en avant des père et mère, toute la foule qui s'épandait autour d'une fontaine décorée d'évêques, assis dans des niches, et de lions accroupis au-dessus d'une vasque.

---

[78] Étalages éclairés par le gaz.

En se penchant un peu sur la balustrade, il apercevait le coin de la rue Saint-Sulpice, un terrible coin, balayé par le vent de la rue Férou et occupé, lui aussi, par un marchand de vins qui possédait la clientèle assoiffée des chantres. Et cette partie de la place l'intéressait, avec sa vue de gens vacillant sur leurs pieds, la main au chapeau, sous la tourmente, près des grands omnibus de la Villette, dont les larges caisses rouge-brun s'alignent, au ras du trottoir, devant l'église.

La place s'animait, mais sans gaieté et sans fracas; les fiacres dormaient à la station, devant un cabinet à cinq centimes et un trinckhall[79]; les énormes omnibus jaunes des Batignolles sillonnaient, en ballottant, les rues, croisés par le petit omnibus vert du Panthéon et par la pâle voiture à deux chevaux d'Auteuil; à midi, les séminaristes défilaient, deux à deux, les yeux baissés, avec un pas mécanique d'automates, se déroulant de Saint-Sulpice au séminaire, en une longue bande noire et blanche.

Sous un coup de soleil, la place devenait charmante: les tours inégales de l'église blondissaient; l'or des annonces pétillait tout le long des débits de chasubles et de saints ciboires, le vaste tableau d'un déménageur avivait ses couleurs qui éclataient plus crues, et, sur l'armure d'un urinoir, une réclame de teinturier: deux chapeaux écarlates, jaillissant sur un fond noir, évoquait, dans ce quartier de bedeaux et de dévotes, les fastes d'une religion, les hautes dignités d'un sacerdoce.

Seulement, ce spectacle n'offrait à M. Folantin aucun imprévu. Combien de fois, dans sa jeunesse, avait-il piétiné sur cette place, afin de regarder le vieux sanglier que possédait autrefois la maison Bailly; combien de fois, le soir, avait-il écouté la complainte d'un chanteur en plein vent, près de la fontaine; combien de fois avait-il flâné, les jours de marché aux fleurs, près du séminaire?

Depuis longtemps déjà, il avait épuisé le charme de ce lieu tranquille; pour le savourer à nouveau, il fallait maintenant qu'il espaçât ses visites, qu'il ne le parcourût qu'à de rares intervalles.

Aussi, la place Saint-Sulpice ne lui était-elle plus d'aucun secours le dimanche et il préférait les autres jours de la semaine, car, allant à son bureau, il était moins désœuvré; ah! décidément, le dimanche devenait interminable! Ce matin-là, il déjeunait un peu plus tard que de coutume et il s'éternisait à table, pour laisser au portier le temps de nettoyer la chambre, et jamais elle n'était rangée quand il revenait: il butait contre les tapis en rouleaux, et il avançait dans le nuage soulevé par les balais. Une, deux, le pipelet retapait les draps, étendait les tapis et il partait sous prétexte qu'il ne voulait pas déranger monsieur.

M. Folantin récoltait de la poussière sur tous les meubles avec ses doigts, rangeait ses habits entassés sur un fauteuil, envoyait çà et là un coup de plumeau et remettait de la cendre dans son crachoir; ensuite, il comptait le linge que rapportait parfois la blanchisseuse; un tel dégoût l'assaillait à la vue de la charpie[80] de ses chemises, qu'il les fichait, sans plus les examiner, dans un tiroir.

La journée s'égrappait encore facilement jusqu'à quatre heures. Il relisait de

---

[79]Débit de bière.
[80]Les déchirures.

vieilles lettres de parents et d'amis depuis longtemps morts; il feuilletait quelques-uns de ses livres, en dégustait quelques passages, mais vers les cinq heures, il commençait à souffrir; le moment approchait où il allait falloir se rhabiller; l'idée seule de déguerpir lui réprimait la faim, et, certains dimanches, il ne bougeait pas—ou bien s'il appréhendait un tardif appétit, il descendait en pantoufles et il acquérait deux petits pains, un pâté ou des sardines. Il avait toujours un peu de chocolat et de vin dans un placard et il mangeait, heureux d'être chez lui, de jouer des coudes, de s'étaler, d'éviter, pour une fois, la place restreinte d'un restaurant; seulement, la nuit était mauvaise; il se réveillait, en sursaut, avec des tiraillements et des frissons; quelquefois l'insomnie durait une heure, et l'obscurité animant toutes les idées tristes, il se rabâchait les mêmes plaintes que dans le jour et il en arrivait à regretter de n'être pas un concubin. «Le mariage est impossible, à mon âge, se disait-il. —Ah! si j'avais eu, dans ma jeunesse, une maîtresse et si je l'avais conservée, je finirais mes années avec elle, j'aurais, à mon retour, ma lampe allumée et ma cuisine prête. Si la vie était à recommencer, je la mènerais autrement! je me ferais une alliée pour mes vieux jours; décidément, j'ai trop présumé de mes forces, je suis à bout.» Et, le matin venu, il se levait les jambes brisées, la tête étourdie et molle.

    Le moment était du reste pénible; l'hiver sévissait et le froid de la bise rendait enviable le chez soi et odieux le séjour des traiteurs dont on ouvre constamment les portes. Tout à coup, un grand espoir bouleversa M. Folantin. Un matin, dans la rue de Grenelle, il avisa une nouvelle pâtisserie qui s'installait. Cette inscription flambait en lettres de cuivre, sur les carreaux: «Dîners pour la ville.»

    M. Folantin eut un éblouissement. Est-ce que ce rêve si longtemps caressé de se faire monter à dîner chez soi allait pouvoir enfin se réaliser? —Mais il resta découragé, se rappelant ses inutiles chasses dans le quartier, à la recherche d'un établissement qui consentît à porter au dehors de la nourriture.

    Ça ne coûte rien de demander, se dit-il enfin, et il entra.

    «Mais certainement, Monsieur, lui répondit une jeune dame enfouie dans un comptoir et dont le buste était entouré de Saint-Honoré[81] et de tartes. Rien n'est plus facile, puisque vous logez à deux pas. Et à quelle heure désirez-vous qu'on vienne?

    —À six heures, fit M. Folantin, tout palpitant.

    —Parfaitement.

    Le front de M. Folantin s'assombrit.

    —Maintenant, reprit-il, en bredouillant un peu, voilà, je voudrais un potage, un plat de viande et un légume, quel serait le prix?

    La dame parut s'absorber dans des réflexions, murmurant, les yeux au ciel... potage... viande... légume. —Vous ne prenez pas de vin?

    —Non, j'en ai chez moi.

    —Eh bien, Monsieur, dans ces conditions-là, ce serait deux francs.

    La figure de M. Folantin s'éclaira. —Soit, dit-il, c'est convenu; et quand pourrons-nous commencer?

---

[81] Gâteau à la crème.

—Mais quand il vous plaira, ce soir, si vous voulez.

—Ce soir même, Madame.» Et il s'inclina et fut salué par une courbette si profonde, dans le comptoir, que le nez de la dame faillit creuser les Saint-Honoré et percer les tartes.

Dans la rue, M. Folantin s'arrêta, après quelques pas. «Ça y est! en voilà une chance», se dit-il; puis, sa joie modéra. Pourvu que cette boustifaille ne soit que médiocre. Baste! j'ai subi, dans ma pauvre vie, tant d'exécrables plats que je n'ai pas le droit de me montrer difficile. «Elle est gentille, cette dame, reprit-il; ce n'est pas qu'elle soit jolie, mais elle a des yeux bien expressifs; pourvu qu'elle fasse de bonnes affaires!» Et, tout en reprenant sa trotte, il souhaita la prospérité de la pâtissière.

Ensuite, il s'ingénia à parer au désordre du premier soir; il commanda chez un épicier six litres de vin, puis, quand il fut arrivé à son bureau, il établit une petite liste des denrées qu'il achèterait:

Confitures; fromage; biscuits; sel; poivre; moutarde; vinaigre; huile.

Je ferai monter, tous les jours, le pain par mon concierge; ah! sapristi, si ça peut réussir, je suis sauvé!

Il aspira après la fin de la journée; sa hâte à jouir de son contentement, tout seul, retardait encore la marche des heures.

Il consultait de temps à autre sa montre.

Son collègue, qu'avait déjà stupéfié l'air extatique de M. Folantin rêvant à son intérieur, sourit.

«Avouez qu'elle vous attend, dit-il.

—Qui ça, elle? interrogea M. Folantin très étonné.

—Allons, c'est bon, vous voulez apprendre à un vieux singe à faire des grimaces. Voyons, blague à part, elle est blonde ou brune?

—Oh! mon ami, répliqua M. Folantin, je puis vous assurer que j'ai vraiment autre chose à penser qu'aux femmes.

—Oui, oui ... je sais bien, ça se dit. Ah! ah! farceur, vous êtes encore un chaud-de-la-pince[82], vous!

—Tenez, messieurs, copiez cela, tout de suite; il me faut ces deux lettres pour la signature de ce soir; —et le chef entra et disparut.

—C'est absurde, il y a quatre pages serrées, grogna M. Folantin; je n'aurai pas fini avant cinq heures. —Mon Dieu, que c'est donc bête! reprit-il, s'adressant à son collègue qui ricanait, tout en murmurant: Dame! mon cher, l'administration ne peut pourtant pas s'occuper de ces détails.»

Tant bien que mal, tout en maugréant, il termina sa tâche, puis il retourna chez lui par la voie la plus courte, les bras chargés de paquets, les poches bourrées de sacs; il respira, une fois enfermé, mit ses chaussons, donna un coup de serviette au peu de vaisselle qu'il possédait, essuya ses verres et, ne trouvant ni planchette ni grès pour récurer les lames de ses couteaux, il les plongea dans la terre d'un vieux pot de fleur et parvint à les faire un peu reluire.

---

[82]Séducteur (allusion grivoise).

«Ouf! dit-il en approchant la table du feu, je suis prêt»; six heures tintèrent.

M. Folantin attendait le mitron avec impatience, et il avait un peu en lui de cette fièvre qui l'empêchait, dans sa jeunesse, de tenir en place, quand un ami s'attardait, inexact au rendez-vous.

Enfin, à six heures un quart, la sonnerie carillonna et un galopin s'avança entraîné, le nez en avant, par le poids d'une grande boîte en fer-blanc, de la forme d'un seau; M. Folantin aida à distribuer sur la table les assiettes, qu'il découvrit lorsqu'il fut seul. Il y avait un bouillon au tapioca, un veau braisé, un chou-fleur à la sauce blanche.

«Mais ce n'est pas mauvais», se dit-il en goûtant à chacun de ces plats, et il se gava de bon appétit, but un peu plus que de coutume, puis il tomba dans une douce rêverie, en contemplant sa chambre.

Depuis des années, il manifestait l'intention de la décorer, mais il se répétait: Baste! à quoi bon? je ne vis pas chez moi; si plus tard je puis m'arranger une autre existence, j'organiserai mon intérieur. Mais tout en n'achetant rien, il avait déjà jeté son dévolu sur bien des bibelots qu'il reluquait, en rôdant sur les quais et dans la rue de Rennes.

L'idée d'habiller les murs glacés de sa chambre s'implanta tout à coup en lui, tandis qu'il lampait un dernier verre. Son indécision cessait; il était déterminé à dépenser les quelques sous qu'il entassait depuis des années dans ce but, et il eut une soirée charmante, réglant d'avance la toilette de son réduit. Je me lèverai demain, de bonne heure, conclut-il, et j'irai tout d'abord faire un tour chez les marchands de nouveautés et les bric-à-brac.

Son désœuvrement prenait fin; un nouvel intérêt se glissait en lui; la préoccupation de découvrir, sans trop dépenser d'argent, quelques gravures, quelques faïences, le soutenait et, après son bureau, il déployait une hâte fébrile, escaladait les étages du Bon Marché et du Petit Saint-Thomas, remuant des masses d'étoffes, les trouvant trop foncées ou trop claires, trop étroites ou trop larges, refusant les rebuts et les soldes que les calicots s'efforçaient de tarir, les obligeant à exhiber des marchandises qu'ils réservaient. À force de les tanner, de les tenir en haleine, pendant des heures, il finit par se faire montrer des rideaux tout faits et des tapis qui le séduisirent.

Après ces emplettes et après de féroces discussions chez les débitants de bibelots et d'estampes, il demeura sans le sou; toutes ses économies étaient épuisées; mais, comme un enfant à qui l'on vient d'offrir de nouveaux jouets, M. Folantin examinait, remuait ses achats dans tous les sens. Il grimpait sur les chaises pour attacher les cadres et il disposait ses livres en un autre ordre. L'on est bien chez soi, se disait-il; et, en effet, sa chambre n'était plus reconnaissable. Au lieu de murailles aux papiers éraillés par d'anciennes traces de clous, les cloisons disparaissaient sous les gravures d'Ostade[83], de Teniers[84], de tous les peintres de la vie réelle dont il raffolait. Un amateur eût certainement haussé les épaules devant ces estampes

---

[83] Adriaen Van Ostade (1610-84), peintre et graveur hollandais.
[84] David Teniers, dit le Jeune (1610-90), peintre, dessinateur et graveur flamand.

sans aucune marge, mais M. Folantin n'était ni connaisseur, ni riche; il acquérait surtout les sujets de la vie humble qui lui plaisaient, et il se moquait d'ailleurs de l'authenticité de ses vieux plats, pourvu que les couleurs en fussent actives et propres à égayer ses murs.

Il aurait fallu changer aussi mes meubles d'acajou, se dit-il, considérant son lit à bateau, ses deux voltaires au damas roussi, sa toilette au marbre fendu, sa table au plaqué rougeâtre, mais ce serait trop cher, et du reste les rideaux et les tapis rajeunissent suffisamment ce mobilier qui, de même que mes vieux vêtements, est fait à mes mouvements et à mes habitudes.»

Aussi quel empressement à rentrer maintenant chez lui, à éclairer tout, à s'enfoncer dans son fauteuil! le froid lui semblait parqué au dehors, repoussé par cette intimité de petit coin choyé, et la neige qui tombait, qui assoupissait tous les bruits de la rue, ajoutait encore à son bien-être; dans le silence du soir, le dîner, les pieds devant le feu, tandis que les assiettes chauffaient devant la grille, près du vin dégourdi, était charmant, et les ennuis du bureau, la tristesse du célibat s'envolaient dans cette pacifiante quiétude.

Sans doute, huit jours ne s'étaient pas écoulés et déjà le pâtissier se relâchait. L'invariable tapioca était plein de grumeaux et le bouillon était fabriqué par des procédés chimiques; la sauce des viandes puait l'aigre madère des restaurants; tous les mets avaient un goût à part, un goût indéfinissable, tenant de la colle de pâte un peu piquée, et du vinaigre éventé et chaud. M. Folantin poivra vigoureusement sa viande et sinapisa[85] ses sauces; baste! ça s'avale tout de même, disait-il; le tout, c'est de se faire à cette mangeaille!

Mais la mauvaise qualité des plats ne devait pas rester stationnaire et, peu à peu, elle s'accéléra, encore aggravée par les constants retards du petit mitron. Il arrivait à sept heures, couvert de neige, son réchaud éteint, des pochons sur les yeux et des égratignures tout le long des joues. M. Folantin ne pouvait douter que ce garçon déposât sa boîte auprès d'une borne et se flanquât une pile en règle[86] avec les gamins de son âge. Il lui en fit doucement l'observation; l'autre pleurnicha, jura, en étendant le bras et en crachant par terre, un pied en avant, qu'il n'en était rien et continua de plus belle; et M. Folantin se tut, pris de pitié, n'osant se plaindre à la pâtissière, de peur de nuire à l'avenir du gosse.

Pendant un mois encore, il supporta vaillamment tous ces déboires; et pourtant le cœur lui défaillait quand il devait ramasser sa viande tombée dans le fer-blanc, car il y avait des jours où une tempête semblait s'être abattue dans la boîte, où tout était sens dessus dessous, où la sauce blanche se mêlait au tapioca, dans lequel s'enlisaient des braises.

Il eut heureusement un temps de répit: le petit pâtissier avait été congédié, sur les plaintes sans doute de personnes moins indulgentes. Son successeur fut un long dadais, une sorte de jocrisse au teint blême et aux grandes mains rouges. Celui-là était exact, arrivait à six heures précises, mais sa saleté était répugnante;

---

[85] Additionner de farine de moutarde.
[86] Se battre.

il était vêtu de torchons de cuisine roides de graisse et de crasse, ses joues étaient barbouillées de farine et de suie et son nez mal mouché, coulait en deux vertes rigoles tout le long de la bouche.

M. Folantin para énergiquement ce nouveau coup; il renonça aux sauces, aux assiettes maculées[87]; il transféra sa viande sur une assiette à lui, la racla, la nettoya et la mangea avec du sel.

En dépit de sa résignation, le moment vint où certains plats lui donnèrent des nausées. Il tâtait maintenant de tous les godiveaux[88] ratés, de toutes les pâtisseries brûlées ou gâtées par les cendres; il pêchait de vieilles boulettes de tourtes dans tous les plats; enhardi par sa bienveillance, le pâtissier mettait de côté toute pudeur, toute vergogne et lui dépêchait tous les résidus de sa cuisine.

«L'empoisonneuse!» murmurait M. Folantin, devant la boutique de la pâtissière, qu'il ne jugeait plus si gentille, et il la regardait de côté, ne souhaitant plus du tout, à l'heure présente, la prospérité de ses affaires.

Il eut recours aux œufs durs. Il en achetait chaque jour, redoutant, pour le soir, un dîner impossible. —Et quotidiennement il se bourra de salades; mais les œufs putridaient, la fruitière lui vendant, en sa qualité d'homme qui ne s'y connaissait pas, les œufs les plus avariés de sa boutique.

Tâchons d'atteindre le printemps, se disait M. Folantin pour se remonter; mais, de semaines en semaines, son énergie se désarmait, en même temps que son corps, déplorablement nourri, criait famine. Sa gaieté s'effondra; son intérieur se rembrunit; le cortège des anciennes détresses cerna de nouveau son existence désœuvrée. —Si j'avais une passion quelconque; si j'aimais les femmes, le bureau, si j'aimais le café, le domino, les cartes, je pourrais bouffer au dehors, ruminait-il, car je ne resterais jamais chez moi. Mais hélas! rien ne me divertit, rien ne m'intéresse; et puis mon estomac se détraque! Ah! ce n'est pas pour dire, mais les gens qui ont dans leur poche de quoi s'alimenter et qui ne peuvent cependant manger, faute d'appétit, sont tout aussi à plaindre que les malheureux qui n'ont pas le sou pour apaiser leur faim!

IV

Un soir qu'il chipotait des œufs qui sentaient la vesse[89], le concierge lui présenta une lettre de faire part ainsi conçue:

†

Les religieuses de la Compagnie de Sainte-Agathe vous supplient très humblement de recommander à Dieu dans vos prières et au Saint Sacrifice de la Messe, l'âme de leur chère sœur

---

[87]Souillées.
[88]Boulette de hachis de viande.
[89]Gaz intestinal qui répand une mauvaise odeur.

Ursule-Aurélie Bougeard, religieuse de chœur, décédée, le 7 septembre 1880, dans la soixante-deuxième année de son âge et la trente-cinquième de sa profession religieuse, munie des Sacrements de Notre Sainte Mère l'Église.
De profundis!
Doux cœur de Marie, soyez mon salut.
(300 jours d'ind.[90])

C'était une cousine à lui qu'il avait autrefois aperçue, dans son enfance; jamais, depuis vingt ans, il n'avait songé à elle et la mort de cette femme lui porta cependant un grand coup; elle était sa dernière parente et il se crut encore plus esseulé depuis qu'elle était décédée, dans le fond d'une province. Il envia sa vie calme et muette et il regretta la foi qu'il avait perdue. Quelle occupation que la prière, quel passe-temps que la confession, quels débouchés que les pratiques d'un culte! —Le soir, on va à l'église, on s'abîme dans la contemplation, et les misères de la vie sont de peu; puis les dimanches s'égouttent dans la longueur des offices, dans l'alanguissement des cantiques et des vêpres, car le spleen n'a pas de prise sur les âmes pieuses.

Oui, mais pourquoi la religion consolatrice n'est-elle faite que pour les pauvres d'esprit? Pourquoi l'Église a-t-elle voulu ériger en dogmes les croyances les plus absurdes? Il est vrai que si l'on avait la foi... oui, mais je ne l'ai plus; enfin, l'intolérance du clergé le révoltait. Et pourtant, reprenait-il, la religion pourrait seule panser la plaie qui me tire. —C'est égal, on a tort de démontrer aux fidèles l'inanité de leurs adorations, car ceux-là sont heureux qui acceptent comme une épreuve passagère toutes les traverses, toutes les afflictions de la vie présente. — Ah! la tante Ursule a dû mourir sans regrets, persuadée que des allégresses infinies allaient éclore!

Il pensa à elle, tâcha de se rappeler ses traits, mais sa mémoire n'en avait gardé aucune trace; alors, pour se rapprocher un peu d'elle, pour s'immiscer un peu dans l'existence qu'elle avait menée, il relut le mystérieux et pénétrant chapitre des *Misérables*, sur le couvent du Petit-Picpus[91].

Pristi! c'est payer cher l'improbable bonheur d'une vie future, se dit-il. Le couvent lui apparut comme une maison de force, comme un lieu de désolation et de terreur. Ah bien, pas de ça! je ne jalouse plus le sort de la tante Ursule; mais c'est égal, les malheurs de l'un ne consolent pas les malheurs de l'autre et, en attendant, la boustifaille du pâtissier devient inabordable.

Deux jours après, il reçut, en plein crâne, une nouvelle douche.

Pour faire diversion aux dîners composés de salades et de desserts, il retourna dans un restaurant; il n'y avait personne, mais le service était lent et le vin fleurait la benzine.

[90] Indulgence, rémission par l'Église des peines temporelles que les péchés méritent.
[91] Endroit où séjournent Jean Valjean et Cosette, personnages fictifs des *Misérables* (1862) de Victor Hugo. Les congrégations des pères et religieuses des Sacrés-Cœurs de Picpus, qui tirent leur nom de leur installation rue de Picpus à Paris, ont été fondées à Poitiers en 1800.

«Enfin, l'on n'est pas foulé, c'est déjà quelque chose», se dit, en guise de consolation, M. Folantin.

La porte s'ouvrit, un soufflet lui éventa le dos; il entendit un grand frou-frou de jupes et sa table se couvrit d'ombre. Une femme était devant lui, qui dérangeait la chaise sur les barreaux de laquelle il appuyait ses pieds. Elle s'assit, et posa sa voilette et ses gants près de son verre.

«Que le diable l'emporte, grommela-t-il, elle n'a que l'embarras du choix, toutes les tables sont vides; et elle vient, juste, s'installer à la mienne!»

Machinalement, il leva les yeux, qu'il tenait baissés sur son assiette, et il ne put s'empêcher d'inspecter sa voisine. Elle avait une figure de petit singe, une margoulette fripée, avec une bouche un peu grande marchant sous un nez retroussé, et de toutes petites moustaches noires au bout des lèvres; malgré ses airs folichons, elle lui sembla cependant polie et réservée.

Elle lui dardait de temps à autre un coup d'œil et, d'une voix très douce, le priait de lui passer la carafe ou le pain. En dépit de sa timidité, M. Folantin dut répondre à quelques questions qu'elle lui lança; peu à peu la conversation s'était engagée, et, au dessert, ils déploraient, ne sachant trop quoi dire, l'aigre bise qui sifflait au dehors, en leur glaçant les jambes.

«C'est des temps où il ferait bon de ne pas coucher seul, fit la femme d'un ton rêveur.

Cette réflexion abasourdit M. Folantin, qui ne crut pas devoir répondre.

—N'est-ce pas, Monsieur, reprit-elle?

—Mon Dieu!... Mademoiselle... et, comme un poltron, qui jette ses armes, pour ne pas engager une lutte avec son adversaire, M. Folantin avoua sa continence, son peu de besoins, son désir de tranquillité charnelle.

—Avec ça ! dit-elle, en le regardant bien dans les yeux.

Il se troubla, d'autant que le corsage qu'elle avançait exhalait un arôme de new-mown-hay[92] et d'ambre.

—Je n'ai plus vingt ans, et, ma foi, je n'ai plus de prétentions —si j'en ai jamais eu; —ce n'est plus de mon âge. Et il désigna sa tête chauve, son teint plombé, ses vêtements qui n'appartenaient plus à aucune mode.

—Laissez donc, vous voulez rire, vous vous faites plus vieux que vous n'êtes; et elle avait ajouté qu'elle n'aimait pas les jeunes gens, qu'elle préférait les hommes mûrs, parce que ceux-là savent se conduire avec une femme.

—Sans doute... sans doute, balbutia M. Folantin, qui demanda l'addition; la femme ne tira pas son porte-monnaie, et il comprit qu'il fallait s'exécuter. Il solda au garçon railleur le prix des deux dîners et il s'apprêtait à saluer la femme, sur le seuil de la porte, lorsqu'elle lui prit tranquillement le bras.

—Tu m'emmènes, dis, Monsieur?

Il chercha des échappatoires, des excuses pour éviter ce mauvais pas, mais il s'embrouillait, il faiblissait sous les yeux de cette femme dont la parfumerie lui serrait les tempes.

---

[92] «Foin récemment fauché»: un parfum de l'époque.

—Je ne puis, finit-il par répondre, on n'amène pas de femmes dans ma maison.
—Alors, venez chez moi; —et elle se pressa contre lui, jacassa et allégua qu'elle avait un bon feu dans sa chambre. —Puis, voyant la morne attitude de M. Folantin, elle soupira: Alors je ne vous plais pas?
—Mais si, Madame... mais si... seulement on peut trouver une femme charmante et ne point...
Elle se mit à rire. —Est-il drôle!» dit-elle, et elle l'embrassa.

M. Folantin eut honte de ce baiser en pleine rue; il eut la perception du grotesque que dégageait un vieil homme boiteux choyé publiquement par une fille. Il allongea les jambes, voulant se soustraire à ces caresses et craignant en même temps, s'il essayait de fuir, une scène ridicule qui ameuterait le monde.

«C'est ici», dit-elle, et elle le poussa légèrement, marchant derrière lui, lui barrant la retraite. Il monta jusqu'à un troisième et, contrairement aux affirmations de cette femme, il ne vit aucun feu allumé chez elle.

Il regarda, très penaud, la chambre dont les murs semblaient trembler, à la lueur vacillante d'une bougie; une chambre aux meubles couverts de laine bleue et au divan tapissé d'algérienne[93]. Une bottine crottée traînait sous une chaise et une pincette de cuisine lui faisait vis-à-vis sous une table; çà et là, des réclames de marchands de semoule, de chastes chromos représentant des babys barbouillés de soupe étaient piquées sur le mur par des épingles; le pied d'un gueux[94] apparaissait sous la trappe mal baissée de la cheminée sur le faux marbre de laquelle s'étalaient, près d'un réveil-matin et d'un verre où l'on avait bu, de la pommade dans une carte à jouer, du tabac et des cheveux dans un journal.

«Mets-toi donc à ton aise, fit la femme, et malgré son refus de se dévêtir, elle saisit les manches de son pardessus et s'empara de son chapeau.

—J.-F., je parie que tu t'appelles Jules[95], dit-elle en regardant les lettres de la coiffe.

Il confessa se nommer Jean.

—C'est pas un vilain nom; dis-donc!... et elle le força à s'asseoir sur un canapé et sauta sur ses genoux.

—Dis-donc, chéri, qu'est-ce que tu vas me donner pour mes petits gants[96]?
M. Folantin sortit péniblement une pièce de cent sous de sa poche et elle la fit prestement disparaître.

—Voyons, tu peux bien m'en donner une autre, je me déshabillerai, tu verras, comme je serai gentille.

M. Folantin céda, tout en déclarant qu'il préférait qu'elle ne fût pas nue, et alors elle l'embrassa si habilement qu'une bouffée de jeunesse lui revint, qu'il oublia ses résolutions et perdit la tête; puis à un moment, comme il tardait, tout

---

[93]Étoffe à rayures multicolores.
[94]Pot de grès servant de chaufferette.
[95]Un jules, dans le langage familier, est un amant, un amoureux ou un mari.
[96]Combien me donneras-tu?

en s'empressant. —Ne t'occupe pas de moi... dit-elle, ne t'occupe pas de moi... fais ton affaire.»

. . . .

    M. Folantin descendit de chez cette fille, profondément écœuré et, tout en s'acheminant vers son domicile, il embrassa d'un coup d'œil l'horizon désolé de la vie; il comprit l'inutilité des changements de routes, la stérilité des élans et des efforts; il faut se laisser aller à vau-l'eau; Schopenhauer[97] a raison, se dit-il, «la vie de l'homme oscille comme un pendule entre la douleur et l'ennui»[98]. Aussi n'est-ce point la peine de tenter d'accélérer ou de retarder la marche du balancier; il n'y a qu'à se croiser les bras et à tâcher de dormir; mal m'en a pris d'avoir voulu renouveler les actes du temps passé, d'avoir voulu aller au théâtre, fumer un bon cigare, avaler des fortifiants et visiter une femme; mal m'en a pris de quitter un mauvais restaurant pour en parcourir de non moins mauvais, et tout cela pour échouer dans les sales vol-au-vent[99] d'un pâtissier!

    Tout en raisonnant de la sorte, il était arrivé devant sa maison. Tiens, je n'ai pas d'allumettes, se dit-il, en fouillant ses poches, dans l'escalier; il pénétra dans sa chambre, un souffle froid lui glaça la face et, tout en s'avançant dans le noir, il soupira: le plus simple est encore de rentrer à la vieille gargote, de retourner demain à l'affreux bercail. Allons, décidément, le mieux n'existe pas pour les gens sans le sou; seul, le pire arrive.

---

[97]Arthur Schopenhauer (1788-1860), philosophe allemand dont la philosophie est profondément pessimiste.
[98]Schopenhauer, *Le Monde comme volonté et comme representation*, § 57.
[99]Moule de pâte feuilletée, garni de poisson, de quenelles, de ris de veau, etc.

CATULLE MENDÈS
1841-1909

Catulle Mendès quitte Toulouse en 1859 à dix-huit ans. Dès son arrivée à Paris, il entre dans le monde des écrivains. Une année plus tard, il fonde *La Revue fantaisiste* (la première livraison est parue en 1861). Quoique la revue ne réussisse à vivre que dix mois, elle a de l'importance puisqu'elle réagit contre l'emphase romantique et prélude au Parnasse. Un peu plus tard, Mendès se joint à Louis-Xavier de Ricard et à d'autres jeunes poètes pour faire paraître le premier numéro du *Parnasse contemporain* (1866), où ses propres vers ne déparent pas un recueil des poèmes les plus en vue du moment, signés Charles Baudelaire, Théophile Gautier, Leconte de Lisle, et Verlaine.

En dépit de l'opposition de Théophile Gautier, Mendès se marie à sa fille, Judith Gautier, qui devient elle-même un poète célèbre. «Le bon Théo» n'assiste pas à la noce, et le mariage ne dure pas. Mendès entretient une liaison avec Augusta Holmès qui a commencé avant et continue même après son mariage[1]. Il se sépare de Judith et s'installe chez Augusta en 1878, bien que leur divorce n'ait été possible qu'en 1896[2]. Ce couple-ci a eu cinq enfants, dont trois sont le sujet de la célèbre peinture de Renoir. Mendès est entré pleinement dans la vie fin-de-siècle. Il s'est même battu en duel en 1891. Il maniait avec succès tous les genres, et il connaissait tout le monde. Il termine sa vie avec la poétesse Jeanne Nette, et meurt, probablement d'un accident de chemin de fer, en 1909.

En fait, ce qu'on peut dire sans contredit de Catulle Mendès, c'est qu'il était homme de lettres. Il détestait la littérature utilitaire, préférant la poésie légère, quoiqu'il ait été virtuose. Sous l'influence de Swedenborg, il a même écrit une épopée, *Hespérus* (1869). Selon ce qu'il a écrit dans sa nouvelle, «L'homme de lettres» (1866), il reconnaissait que l'art déforme la réalité. L'auteur ne peut donc se limiter à la nature et au naturel dans ce qu'il écrit. C'est peut-être pourquoi son style et son esthétique faisandés représentent si bien la littérature décadente. Mais ses poèmes montrent toujours un désir parnassien de perfection formelle du rythme, de la rime, et de la forme propre, sans parler d'une certaine préciosité et d'un vocabulaire recherché et brillant. Selon Adrien Bertrand, «Mendès est.... l'orfèvre délicat et patient qui... prend un vase aux formes mièvres, un émail précieux, et

---

[1] Joanna Richardson, *Judith Gautier: A Biography* (Londres: Quartet Books, 1986) 36.
[2] Bettina L. Knapp, *Judith Gautier: Writer, Orientalist, Musicologist, Feminist: A Literary Biography* (Dallas: UP of America, 2004) 122.

qui lime, et qui taille, et qui cisèle»[3]. Il y a aussi chez lui une sensualité perverse et profonde.

On peut se demander pourquoi il n'est pas mieux connu aujourd'hui, comme il l'était de son vivant[4]. Il était sans conteste un maître technicien. Toutes ses nouvelles tournent savamment autour de l'amour sinon défendu du moins légèrement pervers, un sujet qui ne date pas d'hier. On ne peut qu'admirer sa capacité de faire vivre de tant de façons différentes une aventure humaine sans le dire explicitement. Ses histoires forcent pratiquement tout lecteur à reconstituer lui-même les événements les plus importants. Mais la disparition presque totale du nom de Mendès et de sa réputation vient peut-être du fait qu'il n'a qu'une seule corde à sa lyre. Les grands nouvellistes reflètent toute l'étendue de la culture dans laquelle ils vivent, sans se laisser borner à un seul sujet, même un sujet aussi intéressant que la sensualité.

Prolifique, il est l'auteur d'une pièce de théâtre, et de plusieurs romans, de livrets d'opéras, d'opéras comiques, et de ballets, mais c'est surtout sa poésie qui lui vaut sa réputation, mineure mais non sans conséquence. Il a de plus écrit des centaines de nouvelles (y compris quelques contes de fées pour adultes). Selon Murray Sachs, Mendès a appris son métier en produisant des chroniques, «genre qui n'a pas exclu l'art, il ne l'exigeait tout simplement pas»[5].

Les deux histoires choisies comme échantillon de son œuvre représentent deux veines différentes. «Mesdemoiselles Ménechme» montre, ainsi que la plupart de ses nouvelles, une certaine préciosité et un vocabulaire raffiné. Comme toujours ou presque, l'histoire tourne autour d'un amour illicite, et se termine d'une façon inattendue qui laisse le lecteur tout étourdi de surprise. Du point de vue de la nouvelle, la brièveté extrême soulève une question importante: Mendès aurait-il pu étendre son histoire? Aurait-il dû la rendre plus longue? En le faisant, aurait-il gâté le choc de la conclusion épigrammatique? Et finalement, le lecteur y trouve-t-il tous les renseignements nécessaires pour l'effet voulu?

La deuxième nouvelle ci-dessous est plus longue, ce qui semble nécessaire pour la lente décente vers la misère sordide qu'elle dépeint. Dans l'histoire d'une fille de ferme devenue prostituée et criminelle, on retrouve le sujet aimé des naturalistes. La mise en scène laisse voir l'autre côté de la belle époque. Il n'y a ni courtisanes à la mode, ni financiers richissimes, ni hôtels de luxe meublés, sujets les plus communs, il n'y a que la banlieue. Au cœur de l'histoire cependant on retrouve l'éternel dandy, clin d'œil aux représentations habituelles de l'époque. Mais ce que raconte la nouvelle, c'est que l'indigence pointe derrière une joie de vivre insouciante qui s'achève dans la boue. Le dandy a-t-il véritablement joué un tour à la jeune fille? Pourquoi garde-t-elle le bouton?

---

[3]Bertrand, *Catulle Mendès* (Paris: E. Sansot, 1908) 24.
[4]«En 1905, les livres de Mendès et de Courteline…comptent parmi les tirages des écrivains les plus vendus»—Dominique Laporte, «"Mais le père est là-bas, dans l'île" (T. de Banville): L'Enjeu de la "paternité" hugoliennne chez Catulle Mendès», *Dalhousie French Studies* 69 (2004): 15n1.
[5]Sachs, *The French Short Story in the Nineteenth Century* (New York: Oxford UP, 1969) 317.

Catulle Mendès

BIBLIOGRAPHIE SOMMAIRE

Éditions

«Mesdemoiselles Ménechme». *Pour lire au bain.* Paris: E. Dentu, 1884. 53-55.
«La Perle dans le bas noir». *Le chemin du cœur.* Paris: Paul Ollendorff, 1895. 109-24.

Biography

Richardson, Joanna. *Judith Gautier: A Biography.* Londres: Quartet Books, 1986. 28-112.

Quelques études

Laporte, Dominique. «Une Énigme posée aux dix-neuviémistes: Catulle Mendès et son œuvre». *Cahiers Naturalistes* 81 (2007): 79-88.
Spackman, Barbara. «Recycling Baudelaire: The Decadence of Catulle Mendès (1841-1909)». *The Decadent Reader.* Éd. Asti Hustvedt. New York: Zone Books, 1998. 116-22.
Vibert, Bertrand. «Rire grand siècle et rire fin de siècle: Catulle Mendès lecteur de Charles Perrault». *Recherches et Travaux* 67 (2005): 145-159.

MESDEMOISELLES MÉNECHME[1]
1884

Jumelles, et toutes pareilles; pareilles comme les deux feuilles d'une même branche, comme les deux gouttes d'une même liqueur, comme les deux Lionnet[2] d'un seul piano!

Une seule chose, —mais une chose obscure et secrète, —différencie les deux jeunes sœurs: Marthe n'a jamais senti sa petite main aux ongles clairs frémir sous des lèvres amoureuses, tandis que Thérèse n'a plus rien à donner au baiser, —qu'elle ne lui ait donné déjà.

Les promenades, deux à deux, le soir, des cousins avec les cousines ne sont pas sans péril, surtout sous les tonnelles à peine traversées de lune, où il y a des bancs au bout.

Cependant Thérèse va se marier; et ce n'est pas avec celui qui lui offrait le bras, à la campagne, après les jeux innocents.

Elle est très inquiète, Thérèse, et les parents, qui ont eu quelques soupçons de la promenade trop prolongée, sont aussi inquiets que leur fille; car le futur mari ne passe pas pour un homme sans expérience, et, s'il éprouve un désappointement, il est bien capable de proclamer son mécontentement le lendemain des noces, sans politesse.

Crainte chimérique! le mari, quand midi sonne, sort triomphalement de la chambre nuptiale, et il a tout l'air d'un chevalier vainqueur qui vient de conquérir l'Eldorado!

La joie des parents est si grande qu'ils ne pensent plus du tout à la longue promenade sous la tonnelle, et qu'ils n'entendent pas Thérèse, la nouvelle mariée, dire tout bas à Marthe: « Merci, petite sœur. »

---

[1]Titre d'une comédie de Plaute, des «Ménechmes» sont deux personnes se ressemblant comme des jumeaux.
[2]Les jumeaux Henri et Adrien Lionnet étaient des chanteurs comiques de l'époque.

La Perle dans le bas noir
1895

I

Dans la laide rue de banlieue, banlieue non pas parisienne, mais banlieue provinciale, où grouille la misère sans révolte et le vice sans bohème, une bâtisse basse, —façade de plâtre qui s'effrite en feuillettements de plaie sèche, —bombait comme un énorme ventre lépreux; et ce ventre avait un gros numéro pour nombril. C'était le 19, cette bâtisse. Cabaret, et maison de joie. Offre de verres, offre de bouches. Verres pleins de sale litharge[1], bouches pleines de sale salive. Et si rarement on lavait les verres, plus rarement se lavaient les bouches. Et la triste soif et le lamentable rut des pauvres hantaient cette infâme masure où quelques filles, de table en table, apportant des bouteilles et proposant des lits, vendaient, à bon marché, ce qu'il y a de consolation et d'idéal encore dans les pires alcools et dans les loques roses et vertes autour des maigres os nus ou des obésités nues. Des soldats venaient, aux uniformes déjà tachés par de récentes saouleries; et des ouvriers, en blouses lâches, blanches de plâtras; et parfois, timide, avec l'air de craindre qu'on le renvoie, habillé d'un veston, coiffé d'un chapeau rond, un tout jeune homme, sans moustache, un duvet pâle au menton, qui s'asseyait dans un coin, loin du gaz, et regardait, peut-être vierge. Quant aux filles, avec leur air de s'attendre à tout, avec le consentement à tout dans la lâcheté de leurs bras, dans le veule va-et-vient de leur gorge, dans le gras balancement de leurs cuisses, avec l'impossibilité du refus dans le fléchissement de leurs bouches aux dents rares, usées par d'inquiétantes caries[2], elles s'appelaient Rose, Marguerite, Camélia, parodie abominable des virginales fleurs, ou bien Laure, Sapho, Mascotte, réminiscences romanesques de poèmes et de vaudevilles; et le frémissement d'un ruban lilas ou fauve, çà et là, éveillait parmi les hoquets de la fête, en les vils hommes venus là, qui ne croyaient pas se souvenir, des candeurs d'amours puériles ou des orgueils de chimériques amours! Les femmes, elles, bâillaient, lasses.

II

Or, un soir, un homme vint, différent de tous ceux qu'elles avaient coutume de voir. Il paraissait avoir trente ans environ. Il était très bien mis, avec de l'élégance dès la façon d'entrer, et de la courtoisie, tout de suite, dans l'air dont il les regarda.

---

[1]Oxyde de plomb dont on se sert pour falsifier des vins.
[2]Qui font soupçonner une maladie vénérienne.

Elles furent très étonnées, d'autant plus qu'il avait au plastron de sa chemise trois petites choses éteintes et luisantes à la fois. Des perles noires. Elles n'avaient jamais entendu dire qu'il y eût des perles de cette couleur. Elles se demandaient ce qu'un homme si bien habillé, l'allure si distinguée, pouvait bien venir faire chez elles. En effet, il y avait quelque chose d'extraordinaire dans cette visite. Il était singulier qu'un homme tel que celui-ci fût venu dans cette maison. Mais les voyages ont des hasards. La curiosité d'un riche ou illustre touriste peut le conduire à vouloir observer, tout seul, s'étant débarrassé du courrier et des interprètes, les quartiers vraiment curieux de la ville qu'il traverse. Des princes ont eu de tels caprices. Puis il y a, chez les plus hauts, des convoitises soudainement chercheuses de l'immonde, et les sadismes princiers se ravalent aux satisfactions des goujats. Quoi qu'il en fût, cet homme était entré dans cette maison. Et, en même temps qu'étonnées, les filles se sentirent inquiétées : elles craignaient d'être dupes, en admirant sincèrement ce qu'il y avait de prodigieux en tant d'élégance et de visible richesse. Camélia dit : «Ce doit être quelqu'un de la police.» De là un effroi. Le «19» consentait quelquefois à des irrégularités mal tolérées par l'administration. Il se fit un silence. On devint très convenable à cause de cet inconnu. Sapho, qui s'était étendue sur les genoux de deux artilleurs, se releva et alluma une cigarette, pour voir ce qui arriverait.

D'ailleurs le visiteur se comporta très normalement. Il fit signe à une fille, Sapho, précisément. Point trop laide, assez jeune. Après un acquiescement de celle-ci, il quitta, la suivant, le salon, monta les marches d'un escalier tournant, se trouva dans une chambre presque pareille à une chambre de domestique, —mais dans une chromolithographie des colombes se becquetaient—se déshabilla, n'exigea rien (Sapho revenue avec une odeur d'eau fraîche) qui pût épouvanter l'expérience d'une prostituée; se rhabilla, paisible. Elle lui demanda: «Tu n'oublieras pas de me faire mon petit cadeau, mon chéri? moi, c'est dans mon bas que je mets tout ce qu'on me donne.» Il sourit. Il ôta du plastron de sa chemise l'une des trois choses éteintes et luisantes à la fois, et, se penchant, la glissa au-dessous de la jarretière, dans l'un des bas noirs de Sapho. Cela fait, il redescendit l'escalier; guidé par la fille, il ne traversa pas le salon où il était entré, suivit un couloir dont la porte ouvrait sur la rue, disparut. Revenue dans la salle commune, Sapho dit : «Vous ne savez pas ce qu'il m'a donné? un des boutons de sa chemise. Il me l'a mis dans mon bas. —Bon, s'écria Camélia, qu'est-ce que j'avais dit? Il était trop bien habillé pour être en vrai. C'est un de la police, et il t'a posé un lapin[3], ma fille!»

III

Sapho n'avait guère que vingt ans. A douze ans, fille de ferme, un roulier l'avait jetée contre un talus. Julienne, —c'était son nom alors—n'y avait pas pris garde, après avoir crié. Ça cuit d'abord[4]; deux jours passés, on ne sent plus rien. Mais le roulier avait raconté la chose. Que c'était facile. Qu'elle ne se plaignait

---

[3] On t'a fraudée, volée.
[4] D'abord, elle en a souffert.

pas, après. Ça lui fit une réputation dans le pays. Ceux qui n'avaient pas de bonne amie, et même ceux qui en avaient, la guettaient, après souper, derrière la haie, lui disaient : «Viens donc», pour voir ce qui arriverait. Il arrivait ce qu'on voulait. Ça ne lui avait pas été donné de se défendre quand on la jetait contre un talus ou quand on la poussait dans un fossé. Au bout de quelque temps, on ne se gênait plus avec elle. C'était convenu qu'elle était toujours prête quand on en avait envie. Elle, elle n'y trouvait pas de plaisir, pas du tout. Elle servait à tout le pays, sans que ça lui servît à rien. Mais c'était une habitude qu'elle avait prise, de se laisser faire, comme les autres avaient pris l'habitude d'user d'elle quand ça leur disait[5]. Enfin, elle fut grosse. De qui? des uns et des autres. On lui aurait dit : «Tu es grosse du chien de la ferme», elle aurait répondu: «C'est bien possible.» Elle avait fait si peu attention à tant de gens qui la bousculaient qu'il y aurait bien pu avoir une bête parmi. Eh! dame, voyons, quelle différence? pour ce qu'ils étaient amusants, ces hommes! mais elle n'osait pas les repousser, parce qu'elle n'avait pas repoussé les premiers; ça ne la dérangeait pas plus de retrousser sa jupe dans la venelle que de mettre le couvert dans la cuisine de la ferme. Enfin, elle était grosse. Une vraie chance! Son petit crevé[6], tout de suite elle partit pour la ville, nourrice. Comme elle garda de beaux seins, même après le petit bourgeois pendu après, elle entra en service dans une maison où elle n'avait à faire que ce qu'elle avait déjà fait dans les fossés et contre les talus. Une bonne place, vraiment. Nourrie, habillée, couchée. Quant à ouvrir les jambes, ce n'était pas ça qui l'inquiétait: à douze ans, elle avait appris comment il fallait faire; et ça l'amusait d'avoir, dans une belle salle avec du gaz, où venaient des militaires, des choses bleues et roses sur le corps. Par exemple, elle n'avait jamais compris pourquoi on l'appelait Sapho, puisqu'elle s'appelait Julienne. Mais, Sapho ou Julienne, elle ne pensait guère à cela; pourvu qu'elle mangeât quand elle avait faim, qu'elle bût quand elle avait soif et même quand elle n'avait pas soif... C'était une espèce de bête, grasse, blanche, qui n'avait pas de plaisir à être caressée... et rien ne l'étonnait... Ça ne l'avait même pas mise en colère qu'un monsieur si bien habillé lui eût posé un lapin, en lui mettant dans le bas une petite chose ronde, noirâtre, qui valait bien deux sous ; elle la garda précieusement, sans savoir pourquoi, comme un fétiche.

IV

Mais elle devint amoureuse.

Il faut qu'elles aiment un jour ou l'autre, même celles-là où s'est avili l'amour des autres.

Qui aima-t-elle?

Une espèce d'apprenti en blouse blanche, pas grand, pas fort, grêle, avec des taches de rousseur sur une peau blême, un drôle de petit garçon que l'on faisait venir, des fois, quand des gens le faisaient demander.

---

[5]Quand ils en avaient envie.
[6]Lorsque l'enfant fut mort. La mortalité des enfants ruraux était très élevée, ce qui était surtout vrai pour les enfants des nourrices, souvent sevrés trop tôt.

Il avait l'air d'une femme qui vient de faire ses couches; la face pâle, traînant la jambe, il marchait de table en table, et il chantait des chansons de café-concert, avec une très jolie voix. On aurait dû l'engager dans un théâtre. Elle s'éprit de lui, éperdument! Chose incroyable : il fut une minute, dans un lit de chambre publique, où cette fille, qui avait appartenu à tout le monde, se livra pour la première fois. Un jour il lui dit:
«Tu as du cœur[7]?
—Si tu veux.
—Il y a un coup à faire.
—Si tu veux.
—C'est des bourgeois qui vont en voyage.
—Si tu veux.
—Toi, tu entreras la première, tu causeras avec la bonne.
—Si tu veux.
—Pendant que...
Elle lui sauta au cou.
—Tout ce que tu voudras!»
Mais l'affaire eut un résultat fâcheux. Ils furent condamnés, lui a dix ans de travaux forcés, elle a deux ans de prison.

V

Quand elle sortit de prison, sans le sou, une vieille robe sur le dos, pas de chapeau sur la tête, et celui qu'elle aimait, ou qu'elle n'aimait plus—car c'est long et ça change les idées, deux ans en prison—retenu là-bas pour huit ans encore, elle marcha tout droit devant elle, comme quelqu'un qui cherche une rivière où se jeter.

Elle ne se jeta point à l'eau parce qu'elle rencontra un homme qui lui parla ou à qui elle parla la première. Ce qu'elle avait été dans la vile maison de banlieue, elle le fut dans les louches hôtels, aux coins des rues, sur les bornes des portes cochères. Pas jolie, quand elle était jeunette, puis presque désirable, plus tard, par le grossissement laiteux des chairs, voici que l'angoisse et la prison l'avaient maigrie jusqu'à n'être plus que de la peau flasque et jaunissante sur de gros os. Bientôt elle fut, hideusement, à Bordeaux, ou à Toulouse, ou à Paris, la rôdeuse nocturne, de qui l'âge ne saurait même être présumé, et qui, titubante, glissante, a l'air de vouloir entrer dans le mur d'où elle est peut-être sortie, parle bas aux passants, leur offre on ne sait trop quoi, balbutie, et, toute prête à se vendre, semble mendier qu'on[8] ne l'achète pas.

VI

Misère, maladie, longs jours qui marchent à la recherche du pain, longues nuits sans gîte, délirantes, qui rêvent d'une table où l'on met des plats; pas de chemise, à peine une robe, et les relents des mauvais alcools empuantant

---
[7]As-tu du courage?
[8]«Qu'on» est ici l'équivalent de «si on».

l'haleine; la misérable roula jusqu'au fond de l'abjection. Elle fut, chassée des débits[9] de liqueurs, près des fortifications, l'horrible vieille de qui les poils gris sortent de dessous un sale mouchoir rouge et qui rôde, farouche. Aux heures de la pire désolation, elle se consolait d'un souvenir: celui qu'elle passa dans la vile maison d'une banlieue provinciale. En ce temps-là du moins, elle avait mangé à sa faim, bu à sa soif, plus qu'à sa soif. Et même, alors, elle avait des mousselines autour des hanches, des rubans dans les cheveux; elle avait des bas noirs qui faisaient paraître plus blanches les lourdeurs de ses cuisses molles! Et, dans ces bas, elle mettait des petites pièces, quelquefois des pièces de cent sous. Par instants, elle pensait, avec amertume, à l'homme, à l'homme inconnu— «quelqu'un de la police», avait dit Camélia—qui lui avait mis dans le bas une chose ronde, éteinte et luisante; une chose qu'elle avait toujours gardée, comme un fétiche. Elle avait joliment eu tort de la garder. C'était un fier lapin qu'il lui avait posé, ce monsieur. Le porte-bonheur avait été un porte-malheur.

La malheureuse roula plus bas encore dans le dénuement, dans la détresse, dans l'horreur. Elle ne gagnait même plus, avec les ivrognes, de quoi se saouler. Elle s'en allait le long des murs, affamée, mi-dormante, horrible, destinée à mourir avant une heure, y consentant. Un jour enfin, —c'était à Paris, faubourg Saint-Martin, devant une boutique où l'on vendait et achetait des reconnaissances du Mont-de-Piété[10], —elle défaillit, râlante. Les passants s'arrêtèrent. Des gens charitables eurent pitié de cette vieille qui tombait du haut-mal[11] ou qui tombait d'inanition, parlèrent de la porter chez un pharmacien, de faire une quête. Il était trop tard. Elle était morte, la pauvre vieille. Des gardiens de la paix relevèrent le corps, l'emportèrent...

VII

L'homme qui tenait la boutique où l'on achetait et vendait des reconnaissances du Mont-de-Piété avait regardé, sans s'y mêler, toute la navrante scène. Il déplorait cette espèce d'émeute qui écartait les clients, La foule éloignée, il allait rentrer dans son magasin. Il s'arrêta, il avait vu quelque chose de rond et de sombre luire sur le trottoir. Il se baissa, ramassa la petite chose luisante, la regarda, la regarda encore, frémit, devint tout rouge, rentra chez lui, éperdu. Il avait trouvé une perle noire qui valait quinze mille francs.

---

[9]Petit bar.
[10]Reçus des objets prêtés sur gage.
[11]De l'épilepsie.

VILLIERS DE L'ISLE-ADAM
1838-89

Jean Marie Mathias Philippe Auguste de Villiers de l'Isle-Adam retient peu l'attention des critiques d'aujourd'hui et se trouve souvent éclipsé par d'autres considérations jugées plus importantes: tout juste lui consacre-t-on une note de bas de page dans les grandes études sur la littérature française. Les informations sommaires le concernant sont exactes: Villiers était effectivement un idéaliste, un symboliste, un aristocrate d'une fierté sans bornes, un nouvelliste connu, mais il convient de noter que l'homme a vécu une vie beaucoup plus nuancée qu'on le dit généralement et que son apport au monde littéraire de son temps est bien plus important que ne peuvent l'indiquer les études en question. Il s'est essayé à plusieurs genres: roman, nouvelle, théâtre, poésie, et son génie est incontestable.

Quelques-uns de ses poèmes font partie du *Parnasse contemporain* de 1866. Cependant, c'est par dessus tout avec la nouvelle qu'il prouve sa maîtrise de l'art littéraire. Surtout connu pour ses *Contes cruels* (1883)—peut-être les commentaires de Huysmans dans *À rebours* y sont-ils pour quelque chose—Villiers a écrit ses chefs-d'œuvre plus tard. Les deux histoires de ce volume sont issues des *Nouveaux Contes cruels* (1888). Le style "exquis" dont Villiers fait preuve ne crée pas l'ombre d'un doute sur l'authenticité de son talent et permet au lecteur de comprendre le respect qu'éprouvaient pour lui ses amis Baudelaire, Mallarmé et Huysmans.

Villiers s'est toujours cru né trop tard. Pauvre et ignoré du grand public, il trouve une consolation dans sa naissance aristocratique et son art. Villiers déteste le matérialisme de son époque dans lequel il ne voit qu'un moyen d'encourager, sinon d'institutionnaliser, la bêtise et la suffisance de la bourgeoisie d'alors. Ses histoires et son théâtre sont truffés d'attaques à l'encontre des valeurs bourgeoises. Il préfère le passé au présent, l'aristocratie à la bourgeoisie et le mysticisme sévère du Moyen Âge à la religion saint-sulpicienne. On perçoit dans son œuvre des signes de la déception romantique si typique de la fin du siècle.

Remy de Gourmont dit de lui qu'il est un «exorciste du réel.» Il attire notre attention, non sur le fait que Villiers méprise la réalité, bien que la haine anime de nombreuses pages de l'auteur, mais sur sa capacité de la dépasser. «La Torture par l'espérance» développe l'idée que la torture physique pourrait être comparée à la frustration de l'espoir trompé. Cette déception-là serait plus débilitante que les pires supplices. Comme toujours chez Villiers, le caractère des personnages principaux est maintenu dans l'ombre. On se demande par exemple si l'Inquisiteur est sincère ou sadique. «L'Enjeu» donne à voir un monde sybarite où la richesse est reine et dont la foi est absente, où la soif de divertissement ne trouve aucune limite, et où un prêtre défroqué fait vivre l'enfer à ses compagnons de débauche... l'espace d'un instant.

BIBLIOGRAPHIE SOMMAIRE
Édition critique

Villiers de l'Isle-Adam. *Œuvres complètes*. Éd. A. Raitt, P.-G. Castex and J.-M. Bellefroid. 2 vols. Bibliothèque de la Pléiade. Paris: Gallimard, 1986. 2.361-66, 373-78.

Biographie

Raitt, Alan. *The Life of Villiers de l'Isle-Adam*. Oxford: Clarendon, 1981.

Quelques études

Goulet, Andrea. «Retinal Fictions: Villiers, Leroux, and Optics at the Fin-de-siècle». *Nineteenth-Century French Studies* 34. 1-2 (2005 Automne-2006 Hiver): 107-120.

Johnson, Warren. «Villiers de l'Isle-Adam, Pater, and the Hard, Gemlike Flame». *Symbolism, Its Origins and Its Consequences.* Éd. Rosina Neginsky. Newcastle upon Tyne: Cambridge Scholars, 2010. 328-335.

Lebois, André. *Villiers de l'Isle-Adam, révélateur du verbe*. Neuchâtel: Messeiller, 1952.

Nakamura, Toshinao. «Réflexions sur les contes de Valéry: Valéry lecteur de Villiers de L'Isle-Adam». *Image, imagination, imaginaire autour de Valéry*. Paris: Minard, 2006. 105-112.

Raitt, Alan. *Villiers de l'Isle-Adam et le mouvement symboliste*. Paris: Corti, 1965.

L'Enjeu
1888

À Monsieur Édmond Deman[1]
—Gare, dessous!...
Dicton populaire.

En cette nuit de commencement d'automne, le vieil hôtel à jardins, demeure de la brune Maryelle—tout à l'extrême du faubourg Saint-Honoré—semblait endormi. Au premier étage, en effet, dans le salon soie cerise, les rideaux, long-tombants, des fenêtres vitragées—qui donnaient sur les allées sablées et le jet d'eau de la pelouse—interceptaient les clartés de l'intérieur.

Au fond de cette pièce, une large tapisserie Henri II, drapée sur une fleur de fer, laissait entrevoir, en une salle voisine, les blancheurs damassées d'une table en lumières, chargée encore de porcelaines à café, de fruits et de cristaux, bien que l'on jouât, depuis minuit, dans le salon.

Sous les deux touffes de feuilles d'argent, fleuries de lueurs, d'une couple de girandoles appliquées dans les tentures, deux «messieurs» du glacis le plus élégant, aux teints anglais, aux sourires distingués, aux airs bien pensants, aux longs favoris fluides, proféraient le lys de leurs gilets vis-à-vis d'un écarté[2] que tenait, contre l'un d'eux, une sorte de jeune abbé brun, d'une pâleur naturelle très saisissante (on eût dit celle d'un mort) et d'une présence au moins équivoque, en ce séjour.

Non loin, Maryelle, en un déshabillé de mousseline dont s'avivaient ses yeux noirs, et des violettes au joint de son corsage où bougeait de la neige, versait, de temps à autre, du Rœderer[3] glacé en de longs verres légers, sur un guéridon—sans cesser, pour cela, d'attiser, de ses aspirantes lèvres, le feu d'une cigarette russe—que maintenait, annelée au petit doigt gauche, une fine pince de vermeil. Sourieuse, aussi parfois, des propos tièdes que par sursauts et comme lanciné de discrets transports—venait lui susurrer à l'oreille (en se penchant sur le perlé des épaules) l'invité oisif—elle daignait répondre, monosyllabiquement.

Ensuite, c'était encore le silence, à peine troublé par le bruissement des cartes, de l'or poussé, des jetons de nacre et des billets sur le tapis.

---

[1] Éditeur bruxellois qui a publié un volume des nouvelles de Villiers.
[2] Un jeu de cartes joué ordinairement à deux où—selon le Robert—«chaque joueur peut, si l'adversaire l'accorde, écarter les cartes qui ne lui conviennent pas et en recevoir de nouvelles».
[3] Une grande marque de vin de champagne.

L'air, le mobilier, les étoffes, sentaient un peu le fade: une fluence de veloutines, l'âcre du tabac d'Orient, l'ébène des vastes miroirs, le vague des bougies, une idée d'iris.

*

Le joueur en soutane de drap fin, l'abbé Tussert, n'était autre que l'un de ces diacres[4] sevrés de toute vocation, dont la pénible engeance tend, par bonheur, à disparaître. Rien, en lui, de ces petits abbés d'autrefois, que le bouffi de leurs joues rieuses a rendus, dans l'Histoire, presque véniels. Celui-ci, grand, taillé à la serpe, la face d'un ovale aux maxillaires saillants, était, vraiment, d'une espèce plus sombre. C'était au point qu'à de certains instants l'ombre d'un crime ignoré semblait foncer encore sa silhouette. Chez lui, le grain spécial du teint blafard indiquait des sens d'un sadisme froid. D'astucieuses lèvres pondéraient, en ce visage, l'énergie naïvement barbare des traits. Ses prunelles noiraudes, vindicatives, luisaient sous la carrure d'un front triste, aux sourcils rectilignes, et leur regard crépusculaire était comme natalement préoccupé; souvent fixe. —Laminé par les controverses du séminaire, le timbre d'acier de sa voix avait acquis des inflexions mates qui en ouataient la dureté; toutefois on sentait le poignard dans la gaine. Taciturne—s'il parlait, c'était de haut et l'un des pouces presque toujours enfoncé dans son élégante ceinture à franges de soie. —Très demi-mondain, «lancé» comme s'il eût cherché à se fuir—plutôt reçu qu'accepté, il est vrai—on l'*admettait*, grâce à cette sorte de *peur* confuse, indéfinissable, que suggérait sa personne. D'aucuns (d'affreux malins, à rentes escroquées) l'invitaient, aussi, pour poivrer, s'il était possible, du clinquant de sa sacrilège présence—du scandale, enfin, de son costume, la banalité lamentable d'un souper de viveurs, ce qui réussissait mal, car son aspect gênait, au fond, même en de tels milieux (les déserteurs quelconques n'étant guère estimés des inquiets sceptiques modernes).

Au fait, ce costume, pourquoi le gardait-il? Peut-être, s'étant mis à la mode sous cette robe, craignait-il, aujourd'hui, de se travestir d'une redingote qui eût compromis son «originalité»?... Mais non! C'est qu'il était trop tard; il avait l'*empreinte*. Ses pareils, même en se laïcisant l'extérieur, ne sont-ils pas reconnaissables toujours? On dirait que, de tous les vêtements qu'ils portent ensuite, transparaît l'invisible soutane de Nessus[5] qu'ils ne peuvent plus s'arracher des épaules, ne l'eussent-ils endossée qu'une fois: on en perçoit l'absence. Et, lorsque, à l'instar d'un Renan[6], par exemple, ils jasent du Maître, leur juge, il semble, par intervalles, qu'au milieu d'on ne sait quelle VRAIE nuit, apparue, alors, tout au fond

---

[4]Un diacre a reçu le diaconat et a donc le pouvoir de baptiser et de prêcher.
[5]Centaure tué par Héraclès. En mourant, il aurait dit à Déjanire, la femme du héros, que son sang agirait sur son mari comme un philtre amoureux . Elle en enduisit une tunique. Dès qu'Héraclès l'eut revêtue il ne put plus l'enlever sans s'arracher en même temps des morceaux de chair. La douleur était telle qu'Héraclès se donna la mort en se brûlant vif. La tunique de Nessus est donc un mal dont on ne peut se défaire.
[6]Érudit français (1823-92) connu surtout pour son portrait rationaliste de Jésus, «cet homme incomparable».

de leurs yeux, on entend—au subit reflet d'une lanterne sourde et sous des feuillages d'oliviers—claquer, sur la joue divine, le visqueux baiser de l'Euphémisme[7].

Maintenant, d'où provenait cet or qu'il extrayait, chaque jour, de sa poche noire? Du jeu? Soit. On glissait là-dessus sans approfondir, ne lui connaissant ni dettes, ni maîtresse, ni bonnes fortunes. —D'ailleurs, *aujourd'hui*!... Qu'importait?... Chacun ses petites affaires!... Les femmes le traitaient d'homme «charmant»; et c'était fini.

*

Tout à coup, Tussert, sur un refus de cartes, ployant jeu:
«Je perds seize mille francs, ce soir! dit-il.
—Vingt-cinq louis de revanche? offrit le vicomte Le Glaïeul.
—Je ne propose ni n'accepte le jeu sur parole et je n'ai plus d'or sur moi, répondit Tussert. Toutefois, mon état m'a mis en possession d'un *secret*—d'un grand secret—que je me décide à risquer, si cela vous agrée, contre vos vingt-cinq louis—en cinq points liés.

Après un assez légitime silence:
—Quel secret?... demanda M. Le Glaïeul, à demi stupéfait.
—Mais, celui de L'Église! répliqua froidement Tussert.

Fut-ce l'intonation brève et, certes, peu mystificatrice de ce ténébreux viveur, ou la fatigue nerveuse de la nuit, ou les capiteuses fumées dorées du Rœderer, ou l'ensemble de ces choses, les deux invités et la rieuse Maryelle, elle-même, tressaillirent à ces mots: tous trois, en regardant l'énigmatique personnage, venaient d'éprouver la sensation que leur eût causée le dressement soudain d'une tête de serpent, entre les flambeaux.

—L'Église a tant de secrets, que je pourrais, au moins, vous demander lequel!... répondit, sans plus s'émouvoir, le vicomte Le Glaïeul: mais, vous me voyez médiocrement curieux de ces sortes de révélations. Concluons. J'ai trop gagné, ce soir, pour vous refuser; donc, tenu, quand même! Vingt-cinq louis, en cinq points liés, contre "Le secret de L'Église".

Par une courtoisie d'homme "du monde" il ne voulut évidemment point ajouter : "... qui ne nous intéresse pas".

On reprit les cartes.
—L'abbé! savez-vous bien qu'en ce moment vous avez l'air du... *Diable*?... s'écria, d'un ton naïf, la tout aimable Maryelle, devenue presque pensive.
—L'enjeu, d'ailleurs, est d'une bizarrerie minime, pour les incrédules! murmura, follement, l'invité oisif avec un de ces insignifiants sourires parisiens dont la sérénité ne tient même pas devant une salière renversée. —Le secret de l'Église! Ah! ah!... Ce doit être *drôle*.

Tussert le regarda:
—Vous en jugerez, si je perds encore, dit-il.
La partie commença, plus lente que les autres: une manche fut gagnée, d'abord, par...*lui*, puis revanche perdue.

---

[7]Une expression qui adoucit certains présages fâcheux ou la crudité de certaines idées.

—La belle!» dit-il.

Chose très singulière: l'attention, pimentée, au début, d'un semblant de superstition souriante, était, par degrés insensibles, devenue intense: on eût dit qu'autour des joueurs l'air était saturé d'une solennité subtile; —d'une inquiétude!... On tenait à gagner.

À deux points contre trois, le vicomte Le Glaïeul, ayant retourné le roi de cœur, eut, pour jeu, les quatre sept—et un huit neutre; Tussert, ayant la quinte[8] majeure de pique, hésita, joua d'autorité, par un mouvement de risque-tout—et perdit, comme de raison[9]. Le coup fut joué très vite.

Le diacre eut, pendant une seconde, une lueur de regard et le front crispé.

À présent, Maryelle considérait, insoucieusement, ses ongles roses; le vicomte, d'un air distrait, examinait la nacre des jetons, sans questionner; l'invité oisif, se détournant, par contenance, entrouvrit (avec un tact qui tenait, vraiment, de l'Inspiration!) les rideaux de la croisée, auprès de lui.

*

Alors, à travers les arbres, apparut, pâlissant les bougies, l'aube livide, le petit jour, dont le reflet rendit brusquement mortuaires les mains des jeunes hôtes du salon. Et le parfum de l'appartement sembla s'affadir, plus impur, d'un regret de plaisirs marchandés, de chairs à regret voluptueuses—de lassitude! Et de très vagues mais poignantes nuances passèrent sur les visages dénonçant d'une imperceptible estompe, les atteintes futures que l'âge réservait à chacun d'eux. Bien que l'on ne crût à rien, ici, qu'à des plaisirs fantômes, on se sentit, tout à coup, sonner si creux en cette existence, que le coup d'aile de la vieille Tristesse-du-Monde effleura, malgré eux, à l'improviste, ces faux amusés: en eux, c'était le vide, l'inespérance: on oubliait, on ne se souciait plus d'entendre... l'insolite secret... si, toutefois...

Mais le diacre s'était levé, glacial, tenant déjà son tricorne[10]. Après un coup d'œil circulaire, officiel, sur ces trois vivants quelque peu interdits:

«Madame, et vous, messieurs, dit-il, puisse l'enjeu que j'ai perdu vous donner à songer!... Payons.

Et, regardant, avec une fixité froide, les brillants écouteurs, il prononça, d'une voix plus basse, mais qui sonna comme un coup de glas, cette damnable, cette fantastique parole: "Le secret de l'Église"?...

C'est... C'EST QU'IL N'Y A PAS DE "PURGATOIRE"[11].»

Et, pendant que, ne sachant que penser, on le considérait, non sans un certain émoi, le diacre, ayant salué, se dirigea, tranquille, vers le seuil; —après avoir montré, dans l'embrasure, sa face morne et blême, aux yeux baissés, il referma la porte sans aucun bruit.

Une fois seuls, on respira, délivré de ce spectre.

---

[8]Suite de cinq cartes de même couleur.
[9]Comme il est juste.
[10]Chapeau à trois cornes.
[11]Selon la théologie catholique, un lieu purificatoire où, après le jugement, les âmes expient leurs péchés avant d'entrer au paradis.

«Ce doit être inexact! balbutia, candidement, la sentimentale Maryelle, encore impressionnée.

—Propos d'un décavé, pour ne pas dire d'un farceur qui ne sait de quoi il parle!... s'exclama Le Glaïeul, d'un ton de palefrenier qui a fait fortune. —Le Purgatoire, l'Enfer, le Paradis... C'est de moyen âge, tout cela ! C'est de la *blague*.

—N'y pensons plus!» flûta l'autre gilet.

Mais, en cette mauvaise clarté de l'aube, le menaçant mensonge du jeune impie avait, quand même, porté! Tous trois étaient fort pâles. On but, avec de niais sourires forcés, un dernier verre de champagne...

Et, cette matinée-là—de quelque pressante éloquence que se montrât l'invité oisif—Maryelle, pénitente peut-être, refusa d'accéder à son «amour».

La Torture par l'Espérance
1888

À Monsieur Édouard Nieter[1]

—Oh! une voix, une voix,
pour crier!...
EDGAR POE
(«Le Puits et le pendule»)

Sous les caveaux de l'Official de Saragosse, au tomber d'un soir de jadis, le vénérable Pedro Arbuez d'Espila[2], sixième prieur des dominicains de Ségovie, troisième Grand Inquisiteur d'Espagne—suivi d'un *fra* redemptor (maître-tortionnaire) et précédé de deux familiers du Saint-Office, ceux tenant des lanternes, descendit vers un cachot perdu. La serrure d'une porte massive grinça; l'on pénétra dans un méphitique *in pace*[3], où le jour de souffrance d'en haut laissait entrevoir, entre des anneaux scellés aux murs, un chevalet noirci de sang, un réchaud, une cruche. Sur une litière de fumier, et maintenu par des entraves, le carcan de fer au cou, se trouvait assis, hagard un homme en haillons, d'un âge désormais indistinct.

Ce prisonnier n'était autre que rabbi Aser Abarbanel, juif aragonais, qui, prévenu d'usure et d'impitoyable dédain des Pauvres, avait, depuis plus d'une année, été, quotidiennement, soumis à la torture. Toutefois, son «aveuglement étant aussi dur que son cuir», il s'était refusé à l'abjuration.

Fier d'une filiation plusieurs fois millénaire, orgueilleux de ses antiques ancêtres—car tous les juifs dignes de ce nom sont jaloux de leur sang—il descendait, talmudiquement, d'Othoniel[4], et, par conséquent d'Ipsiboë, femme de ce dernier juge d'Israël: circonstance qui avait aussi soutenu son courage au plus fort des incessants supplices.

Ce fut donc les yeux en pleurs, en songeant que cette âme si ferme s'excluait

---
[1] Nieter faisait partie du cabinet du ministre belge de l'Intérieur et de l'Instruction publique. Il a aidé Villiers pendant ses conférences en Belgique.
[2] Pierre Arbuez d'Espila était l'inquisiteur principal de l'archevêché de Saragosse. Les tribunaux de l'Inquisition furent créés au Moyen Âge, puis se répandirent en Italie et en Espagne. Ils avaient pour mission de débusquer et de châtier les hérétiques. Ils envoyèrent des milliers de personnes au bûcher.
[3] Lieu de détention.
[4] Un des juges d'Israël pendant le XIIe siècle avant Jésus-Christ (Juges 1.13, 3.9-11).

du salut, que le vénérable Pedro Arbuez d'Espila, s'étant approché du rabbin frémissant, prononça les paroles suivantes:

«Mon fils, réjouissez-vous: voici que vos épreuves d'ici-bas vont prendre fin. Si, en présence de tant d'obstination, j'ai dû permettre, en gémissant, d'employer bien des rigueurs, ma tâche de correction fraternelle a ses limites. Vous êtes le figuier rétif qui, trouvé tant de fois sans fruit, encourt d'être séché[5]... mais c'est à Dieu seul de statuer sur votre âme. Peut-être l'infinie Clémence luira-t-elle pour vous au suprême instant! Nous devons l'espérer! Il est des exemples... Ainsi soit! —Reposez donc, ce soir, en paix. Vous ferez partie, demain de l'*auto da fé*[6]: c'est-à-dire que vous serez exposé au *quemadero*, brasier prémonitoire de l'éternelle Flamme; il ne brûle, vous le savez, qu'à distance, mon fils, et la Mort met au moins deux heures (souvent trois) à venir, à cause des langes mouillés et glacés dont nous avons soin de préserver le front et le cœur des holocaustes. Vous serez quarante-trois seulement. Considérez que, placé au dernier rang, vous aurez le temps nécessaire pour invoquer Dieu, pour lui offrir ce baptême du feu qui est de l'Esprit Saint. Espérez donc en la Lumière et dormez.»

En achevant ce discours, dom Arbuez ayant, d'un signe, fait désenchaîner le malheureux, l'embrassa tendrement. Puis, ce fut le tour du *fra* redemptor, qui, tout bas, pria le juif de lui pardonner ce qu'il lui avait fait subir en vue de le rédimer; puis l'accolèrent les deux familiers, dont le baiser, à travers leurs cagoules, fut silencieux. La cérémonie terminée, le captif fut laissé, seul et interdit, dans les ténèbres.

*

Rabbi Aser Abarbanel, la bouche sèche, le visage hébété de souffrance, considéra, d'abord, sans attention précise, la porte fermée. «Fermée?...» Ce mot, tout au secret de lui-même, éveillait, en ses confuses pensées, une songerie. C'est qu'il avait entrevu, un instant, la lueur des lanternes en la fissure d'entre les murailles de cette porte. Une morbide idée d'espoir, due à l'affaissement de son cerveau, émut son être. Il se traîna vers l'insolite *chose* apparue! Et, bien doucement, glissant un doigt, avec de longues précautions, dans l'entrebâillement, il tira la porte vers lui... Ô stupeur! par un hasard extraordinaire, le familier qui l'avait refermée avait tourné la grosse clef un peu avant le heurt contre les montants de pierre. De sorte que, le pêne rouillé n'étant pas entré dans l'écrou, la porte roula de nouveau dans le réduit.

Le rabbin risqua un regard au dehors.

À la faveur d'une sorte d'obscurité livide, il distingua, tout d'abord, un demi-cercle de murs terreux, troués par des spirales de marches; et, dominant, en face de lui, cinq ou six degrés de pierre, une espèce de porche noir, donnant accès en un vaste corridor, dont il n'était possible d'entrevoir, d'en bas, que les premiers arceaux.

S'allongeant donc, il rampa jusqu'au ras de ce seuil. Oui, c'était bien un corridor, mais d'une longueur démesurée! Un jour blême, une lueur de rêve

---

[5] Une allusion à Luc 13.6-9.
[6] Peut-être Villiers a-t-il eu l'intention de commenter le mot. Dans ses notes préparatoires, on trouve, «Auto da fe, acte de foi» en parlant du bûcher inquisitoire. S'étant abstenu, il a néanmoins conservé la graphie.

l'éclairait: des veilleuses, suspendues aux voûtes, bleuissaient, par intervalles, la couleur terne de l'air: le fond lointain n'était que de l'ombre. Pas une porte, latéralement, en cette étendue! D'un seul côté, à sa gauche, des soupiraux, aux grilles croisées, en des enfoncées du mur, laissaient passer un crépuscule qui devait être celui du soir, à cause des rouges rayures qui coupaient, de loin en loin, le dallage. Et quel effrayant silence!... Pourtant, là-bas, au profond de ces brumes, une issue pouvait donner sur la liberté! La vacillante espérance du juif était tenace, car c'était la dernière.

Sans hésiter donc, il s'aventura sur les dalles, côtoyant la paroi des soupiraux, s'efforçant de se confondre avec la ténébreuse teinte des longues murailles. Il avançait avec lenteur, se traînant sur la poitrine, et se retenant de crier lorsqu'une plaie, récemment avivée, le lancinait.

Soudain, le bruit d'une sandale qui s'approchait parvint jusqu'à lui dans l'écho de cette allée de pierre. Un tremblement le secoua; l'anxiété l'étouffait; sa vue s'obscurcit. Allons! c'était fini, sans doute! Il se blottit à croupetons, dans un enfoncement, et, à demi-mort, attendit.

C'était un familier qui se hâtait. Il passa rapidement, un arrache-muscles au poing, cagoule baissée, terrible, et disparut. Le saisissement, dont le rabbin venait de subir l'étreinte, ayant comme suspendu les fonctions de la vie, il demeura près d'une heure sans pouvoir effectuer un mouvement. Dans la crainte d'un surcroît de tourments s'il était repris, l'idée lui vint de retourner en son cachot. Mais le vieil espoir lui chuchotait, dans l'âme, ce divin *Peut-être*, qui réconforte dans les pires détresses! Un miracle s'était produit! Il ne fallait plus douter! Il se remit donc à ramper vers l'évasion possible. Exténué de souffrance et de faim, tremblant d'angoisses, il avançait! Et ce sépulcral corridor semblait s'allonger mystérieusement! Et lui, n'en finissant pas d'avancer, regardait toujours l'ombre, là-bas, où *devait* être une issue salvatrice!

«Oh! oh! voici que des pas sonnèrent de nouveau, mais, cette fois, plus lents et plus sombres.» Les formes blanches et noires, aux longs chapeaux à bords roulés, de deux inquisiteurs, lui apparurent, émergeant sur l'air terne, là-bas. Ils causaient à voix basse et paraissaient en controverse sur un point important, car leurs mains s'agitaient.

À cet aspect, rabbi Aser Abarbanel ferma les yeux; son cœur battit à le tuer; ses haillons furent pénétrés d'une froide sueur d'agonie; il resta béant, immobile, étendu le long du mur, sous le rayon d'une veilleuse, immobile, implorant le Dieu de David.

Arrivés en face de lui, les deux inquisiteurs s'arrêtèrent sous la lueur de la lampe, —ceci par un hasard sans doute provenu de leur discussion. L'un d'eux, en écoutant son interlocuteur, se trouva regarder le rabbin! Et sous ce regard dont il ne comprit pas d'abord l'expression distraite, le malheureux croyait sentir les tenailles chaudes mordre encore sa pauvre chair; il allait donc redevenir une plainte et une plaie! Défaillant, ne pouvant respirer, les paupières battantes, il frissonnait, sous l'effleurement de cette robe. Mais, chose à la fois étrange et naturelle, les yeux de

Villiers de l'Isle-Adam

l'inquisiteur étaient évidemment ceux d'un homme profondément préoccupé de ce qu'il va répondre, absorbé par l'idée de ce qu'il écoute, ils étaient fixes —et semblaient regarder le juif sans le voir!

En effet, au bout de quelques minutes, les deux sinistres discuteurs continuèrent leur chemin, à pas lents, et toujours causant à voix basse, vers le carrefour d'où le captif était sorti; ON NE L'AVAIT PAS VU!... Si bien que, dans l'horrible désarroi de ses sensations, celui-ci eut le cerveau traversé par cette idée: «Serais-je déjà mort, qu'on ne me voit pas?» Une hideuse impression le tira de sa léthargie en considérant le mur, tout contre son visage, il crut voir, en face des siens, deux yeux féroces qui l'observaient!... Il rejeta la tête en arrière en une transe éperdue et brusque, les cheveux dressés!... Mais non! non. Sa main venait de se rendre compte, en tâtant les pierres: c'était le *reflet* des yeux de l'inquisiteur qu'il avait encore dans les prunelles, et qu'il avait réfracté sur deux taches de la muraille.

En marche! Il fallait se hâter vers ce but qu'il s'imaginait (maladivement sans doute) être la délivrance! vers ces ombres dont il n'était plus distant que d'une trentaine de pas, à peu près. Il reprit donc, plus vite, sur les genoux, sur les mains, sur le ventre, sa voie douloureuse; et bientôt il entra dans la partie obscure de ce corridor effrayant.

Tout à coup, le misérable éprouva du froid sur ses mains qu'il appuyait sur les dalles; cela provenait d'un violent souffle d'air, glissant sous une porte à laquelle aboutissaient les deux murs. «Ah Dieu! si cette porte s'ouvrait sur le dehors! Tout l'être du lamentable évadé eut comme un vertige d'espérance! Il l'examinait, du haut en bas, sans pouvoir bien la distinguer à cause de l'assombrissement autour de lui. Il tâtait: point de verrous, ni de serrure. —Un loquet!...» Il se redressa: le loquet céda sous son pouce; la silencieuse porte roula devant lui.

*

«ALLÉLUIA!...» murmura, dans un immense soupir d'actions de grâces, le rabbin, maintenant debout sur le seuil, à la vue de ce qui lui apparaissait.

La porte s'était ouverte sur des jardins, sous une nuit d'étoiles! sur le printemps, la liberté, la vie! Cela donnait sur la campagne prochaine, se prolongeant vers les sierras dont les sinueuses lignes bleues se profilaient sur l'horizon; —là, c'était le salut! —Oh! s'enfuir! Il courrait toute la nuit sous ces bois de citronniers dont les parfums lui arrivaient. Une fois dans les montagnes, il serait sauvé! Il respirait le bon air sacré; le vent le ranimait, ses poumons ressuscitaient! Il entendait, en son cœur dilaté, le *Veni foras*[7] de Lazare! Et, pour bénir encore le Dieu qui lui accordait cette miséricorde, il étendit les bras devant lui, en levant les yeux au firmament. Ce fut une extase.

Alors, il crut voir l'ombre de ses bras se retourner sur lui-même: —il crut sentir que ces bras d'ombre l'entouraient, l'enlaçaient, —et qu'il était pressé tendrement contre une poitrine. Une haute figure était, en effet, auprès de la sienne.

---

[7] «Lazare, sors!» —Jean 11.43.

Confiant, il baissa le regard vers cette figure —et demeura pantelant, affolé, l'œil morne, trémébond[8], gonflant les joues et bavant d'épouvante.

Horreur! il était dans les bras du Grand Inquisiteur lui-même, du vénérable Pedro Arbuez d'Espila, qui le considérait, de grosses larmes plein les yeux, et d'un air de bon pasteur qui retrouve sa brebis égarée[9].

Le sombre prêtre pressait contre son cœur, avec un élan de charité si fervente, le malheureux juif, que les pointes du cilice monacal sarclèrent, sous le froc, la poitrine du dominicain. Et pendant que rabbi Aser Abarbanel, les yeux révulsés sous les paupières, râlait d'angoisse entre les bras de l'ascétique dom Arbuez et comprenait confusément que *toutes les phases de la fatale soirée n'étaient qu'un supplice prévu, celui de l'Espérance*! le Grand Inquisiteur, avec un accent de poignant reproche et le regard consterné, lui murmurait à l'oreille, d'une haleine brûlante et altérée par les jeûnes:

«Eh quoi, mon enfant! À la veille, peut-être, du salut... vous vouliez donc nous quitter!»

---

[8]Tremblant. Cet adjectif est pour ainsi dire un hapax, c'est à dire un emploi unique. Villiers l'a peut-être formé à partir de 'tremebonde' attesté au seizième siècle.
[9]Une allusion à Luc 15.3-7.

Rachilde
1860-1953

Rachilde, née Marguerite Eymery, a surtout été connue comme romancière et comme dramaturge, mais a également écrit de nombreux essais et nouvelles. Dès son enfance, qui est plutôt libre, elle découvre la littérature dans la bibliothèque de son grand-père. À quinze ans, elle a déjà lu Sade et Voltaire et se livre à l'apprentissage de l'écriture depuis plusieurs années. Un journal local publie ses nouvelles, puis, en 1878, *Madame de Sanglieu* sous forme de roman-feuilleton. Elle part ensuite à la conquête de Paris où elle a la chance de rencontrer une foule d'écrivains déjà célèbres. Rachilde, «homme de lettres», comme elle s'auto-proclame, s'habille alors comme un homme et amuse ses amis par son insolence et ses fantaisies. Les cas de Zola et de Huysmans, parmi d'autres, sont porteurs d'une leçon qu'elle a su retenir: pour un écrivain qui veut réussir, le scandale n'est pas nuisible. Les innovations non plus. Arsène Houssaye préface un de ses premiers romans, le hardi *Monsieur de la Nouveauté* (1880). En 1884, un autre fait scandale. Et *Monsieur Vénus* est condamné par le parquet. Il reparaît cependant en 1889, agrémenté d'une préface de Maurice Barrès. Rachilde a réussi.

En 1889, elle épouse Alfred Valette. En dépit de la liberté que son mari lui accorde, elle suit le conseil d'un ami et se remet à porter des jupes. Elle appartient au groupe qui, avec son mari, fonde la revue littéraire le *Mercure de France* auquel elle collabore assidûment. Surtout influencée par les symbolistes et les décadents, elle écrit plusieurs pièces exploitant cette veine à succès. Rachilde compte parmi ses amis des auteurs tels que Lugné-Poe et Paul Fort qui tentent de refonder le théâtre symboliste. Rachilde reste un auteur en vue qui choque la bourgeoisie avec des romans tels que *La Marquise de Sade* (1887) et *Madame Adonis* (1889). Elle a aussi écrit des pièces de théâtre ainsi que des articles de critique littéraire.

Son caractère laborieux s'exprime à travers une œuvre prolifique et sulfureuse dont on ne peut nier l'importance, mais qui souffre malgré tout d'une facture souvent hâtive. Le désir de renverser les codes sociaux et sexuels de la majorité, celui d'ouvrir la littérature aux sujets défendus et, sur le plan stylistique, le fréquent recours à des innovations techniques, s'inscrivent dans la plupart de ses textes. En dépit de sa misogynie bien connue et de sa profonde misanthropie, elle est venue en aide à Colette, à Jarry et à beaucoup de jeunes écrivains. À la fin de sa longue vie, ce vieux loup désormais appauvri et solitaire a continué à écrire pour se sustenter et garder son indépendance. Rachilde est cependant peu à peu oubliée par la foule qu'elle avait toujours eue en horreur: «la foule imbécile...

qui est toujours l'ennemi parce qu'elle est le nombre contre l'unique, la société... contre l'individu»[1]. L'avant-garde passe outre (les surréalistes l'ont trouvée trop conservatrice) et elle meurt, éclipsée, à 93 ans.

«La Dent» et «La Panthère» montrent l'influence très forte du symbolisme sur cette excellente nouvelliste. Le symbole de la dent a servi maintes fois aux écrivains pour suggérer la force masculine. «Perdre ses dents, c'est être dessaisi de force agressive, de jeunesse, de défense: c'est un symbole de frustration, de castration, de faillite. C'est la perte de l'énergie vitale»[2]. Tout en exposant la compréhension progressive de son héroïne horrifiée qui constate d'abord «la tare», ensuite «un trou» et finalement la mort, Rachilde nous rappelle que le genre de la nouvelle se prête souvent à la comédie. La panthère, symbole complexe de sensualité maléfique, est très présente chez les classiques où elle exprime le courage et la terrible puissance de la femelle au combat. Balzac a célébré la sensualité de la panthère dans sa nouvelle «Une Passion dans le désert» (1830) où le soldat/amant tue la bête en lui plongeant «[s]on poignard dans le cou»[3]. Plus tard, Barbey a fait figurer une panthère dans «Le Bonheur dans le crime» (1874). La femelle fauve, à la férocité légendaire, y est double: l'une, primitive venant du fond de la jungle, face à l'autre, «une panthère humaine»[4]. Rachilde met en place une opposition oscillant entre le sauvage et le civilisé qui éveille notre sympathie pour la pauvre bête torturée, affamée, désespérée et qui semble au final si digne que la jeune femme blanche et svelte et, avec elle, le lecteur se mettent à croire qu'elle s'est civilisée. À tort.

BIBLIOGRAPHIE SOMMAIRE

Quelques éditions

Rachilde. *Contes et nouvelles, suivis du théâtre*. Paris: Mercure de France, 1922. 171-78, 217-25.

———. *Le Démon de l'absurde*. Paris: Mercure de France, 1894.

Biographie

Dauphiné, Claude. *Rachilde: femme de lettres 1900*. Périgueux: Pierre Fanlac, 1985.
Hawthorne, Melanie C. *Rachilde and French Women's Authorship : From Decadence to Modernism*. Lincoln: U of Nebraska P, 2001, 232-41.

---

[1]Cité dans Diana Holmes, *Rachilde: Decadence, Gender and the Woman Writer* (Oxford: Berg, 2001) 39n37.
[2]Jean Chevalier et Alain Gheerbrant, *Dictionnaire des symboles: Mythes, rêves, coutumes, gestes, formes, figures, couleurs, nombres* (Paris: Robert Laffont, 1969) 284.
[3]Honoré de Balzac, «Une Passion dans le désert», *La Comédie humaine*, t. 8, Bibliothèque de la Pléiade (Paris: Gallimard, 1977) 1232. Rachilde avait déjà exploité dans *L'Animale* le même jeu d'images qu'on retrouve dans «La Panthère» (Paris, Simonis Empis, 1893). Un lion prend la place de la panthère et renverse les images balzaciennes: c'est le lion qui tue l'héroïne, Laure.
[4]Barbey d'Aurevilly, «Le Bonheur dans le crime», *Les Diaboliques*, t. 2, Bibliothèque de la Pléiade (Paris: Gallimard, 1966) 86.

Rachilde

Quelques études

Emery, Elizabeth. «Une Morte vivante: Auto-Reliquarianism in Rachilde's "La Dent"». *La Décadence dans tous ses états /States of Decadence*. International Conference in Halden, Norway. 11 June 2014.

Finn, Michael R. *Hysteria, Hypnotism, the Spirits, and Pornography: Fin-de-siècle Cultural Discourses in the Decadent Rachilde*. Newark: U Delaware P, 2009.

Kingcaid, Renée A. *Neurosis and Narrative: The Decadent Short Fiction of Proust, Lorrain, and Rachilde*. Carbondale: Southern Illinois UP, 1992. 137-40.

Ziegler, Robert. «Untaming the Man-eater: Regression and Dominance in Two Texts by Rachilde». *Continental, Latin-American and Francophone Women Writers* 4 (1997): 139-48.

———. «Consumption / Communion / Communication: The Eucharist as Text in Two Stories by Rachilde». *Selecta: Journal of the Pacific Northwest Council on Foreign Languages* 19 (1998): 5-10.

LA DENT
1892

À Albert Samain[1]

En passant par hasard dans la salle à manger, elle a vu, sur un dressoir, une douzaine de croquets aux pistaches, et, levant machinalement la main jusqu'au plat d'argent qui supporte l'appétissante pyramide, elle a choisi le plus sec, le plus glacé, avec une inexplicable gourmandise... puisqu'elle n'est pas gourmande. Tout à coup, en broyant ce gâteau, elle a senti un objet dur, un petit objet bien autrement dur que les pistaches, et à la même seconde une vibration a parcouru tout son corps, une étrange vibration qui s'en allait en spirale de ses gencives à ses talons. Quoi? qu'est-ce que c'est? Elle retire cela, du bout de ses deux ongles. Comment! un caillou dans un croquet du bon faiseur! Elle s'approche du vitrail vert pâle, derrière lequel s'étend une campagne de rêve, toute verte et toute pâle, puis elle examine le caillou de très près, avec un léger souffle froid sur les cheveux. Cela, c'est une dent!

L'horreur lui fauche les jambes; elle tombe assise, les prunelles dilatées. Une dent! La sienne. Non, non, c'est impossible! Voyons, elle aurait déjà souffert, et elle n'a jamais eu mal aux dents. Elle est encore jeune, elle a un soin scrupuleux de sa bouche, tout en ayant, il faut bien l'avouer, le dégoût profond du dentiste. Elle tâte, là, sur le côté, un peu en arrière du sourire, et constate qu'il y a un trou. Elle bondit, frappe du front le vitrail, regarde à s'irriter les yeux ce petit objet qui luit d'une blancheur un peu jaunâtre. Oui, en effet, c'est sa dent; elle est couronnée d'un liseré sombre à l'endroit de la cassure. Minée, mais depuis combien de temps? Attaquée par quoi? Cela ne lui a causé d'abord aucune souffrance, et maintenant elle se trouve plongée dans un de ces désespoirs qui, pour ne durer qu'un jour, n'en sont que plus terribles: elle a désormais une tare! Une porte vient de s'ouvrir sur ses pensées, et elle ne saura plus garder certains mots qui jailliront, sans qu'elle le veuille, de sa bouche. Elle n'est pas vieille; pourtant la Mort vient de lui administrer sa première chiquenaude.

Jetant les restes du croquet maudit sur le damier blanc et noir, le carrelage funéraire de la salle à manger, elle se sauve comme si elle se savait à jamais poursuivie. Chez elle, tirant soigneusement sa portière, elle s'enferme et se penche sur le miroir. Pour une dent!... Du calme! Ce n'est pas si grave. Elle essaie de rire aux éclats, et elle se retourne épouvantée. Hein? qui donc rit ainsi? Qui donc rit

---
[1] Poète symboliste français.

avec une ombre entre les lèvres? C'est elle! Oh! cette étoile noire au milieu de ce double éclair blanc! Rien ne peut faire que cela ne soit point. Et c'est déjà tellement loin l'heure où elle riait de toutes ses dents. Une ride ce serait une chose de plus; un cheveu blanc, ce serait une chose nouvelle. La dent de moins, c'est l'irrémédiable catastrophe; et si elle priait le dentiste de lui reposer sa propre dent, ce serait, malgré tout, la dent fausse! Oh! elle a bien senti, quand est tombé cela entre les morceaux du croquet, comme un petit cœur froid qui s'échappait d'elle. Elle vient d'expirer tout entière dans un minuscule détail de sa personne. Oh! l'atroce réalité! Allons! allons! du courage! Elle est une femme raisonnable, elle ne pleurera pas, elle ne racontera rien, elle aura seulement cette exclamation intérieure, effroyablement désolée: «Seigneur! Seigneur!» car elle est pieuse et s'est fait un second époux de Dieu aux minutes suprêmes de l'accablement. Quand sa mère est morte, elle a crié: «Seigneur!» intérieurement aussi, de la même façon. Demain, elle doit s'approcher des sacrements, elle aura une plus grande ferveur, voilà tout, et n'y pensera plus.

Malheureusement, sa langue y pense encore! Du bout de cette langue s'effilant, elle exécute des furetages insensés dans ce coin obscur de mâchoire. Elle y constate une brèche formidable, et elle a brusquement, la pauvre femme, la vision très absurde d'un château en ruines contemplé, autrefois, durant son voyage de noces. Oui... elle aperçoit la tour, là-bas, une tour qui porte à son sommet une couronne crénelée et qui met, dans des nuées d'orage, comme la mâchoire inégale d'une colossale vieille...

Ses tempes bourdonnent. Si son mari arrivait, elle lui dirait tout. D'ailleurs, il est si discret, si bon, qu'elle espère bien... tout lui cacher. Elle se promène, cherche à se calmer en fermant les yeux devant les glaces. Alors, c'est fini, elle ne rira plus. Elle n'ouvrira plus la bouche toute grande pour gober une huître. Soudain, elle s'arrête... Et l'amour?... Oh! quelle joie diabolique la saisit à songer qu'elle n'en est plus aux baisers éperdus de la lune de miel! Et dire qu'il y a des femmes qui peuvent prendre des amants pour essayer de se souvenir de ces caresses-là!... Combien aujourd'hui la vertu lui semble préférable! Elle se précipite vers un tiroir, cherche un petit écrin rond, en ôte la bague, puis, avec des soins presque maternels, toute remplie d'une frayeur superstitieuse, elle place sa dent sur le velours noir. Comme elle est blanche, la petite morte! Qui l'a tuée? Elle est encore si saine en dépit du liseré brun. Mon Dieu! C'est donc vrai? Il faut s'en aller tous les jours un peu, et l'horrible, c'est qu'il n'y a d'autre cause à cet inexorable départ miette à miette que celle-ci: les gens bien portants doivent cependant mourir un jour. Oh! tout de suite! Un revolver! Du poison!... Je veux m'en aller tout entière. Et une sorte d'écho intérieur lui répond: «Tu n'es plus entière!»

La portière se relève, son mari entre gaîment:

«Vous faites vos méditations, Bichette?»

Quand elle doit communier le lendemain, il ne la tutoie plus, par délicatesse. C'est un mari sérieux, affectueux, plein de jolies attentions sans être amoureux le moins du monde. Elle a un *demi*-sourire.

—Oui, je méditais... Voyons, ne me taquine pas, dis!» Il s'assied en face d'elle, se tapote la cuisse un moment; il a envie de causer, de conter une histoire, ses yeux brillent. Il a rencontré le garde de monsieur de la Silve, de cet imbécile de la Silve... Et il parle vite, pour avoir le temps de tout dire avant le congé poli. Il est en bisbille[2] avec de la Silve, le propriétaire du domaine contigu, et il n'oublie jamais de dénigrer ses chiens, ses voitures, sa livrée. Rentrés à Paris, ce seront, de nouveau, d'excellents camarades à leur cercle, mais en villégiature ils ne peuvent pas se supporter, parce que l'un, le voisin, possède la plus belle faisanderie[3].

Debout, devant lui, elle se demande si, par humilité chrétienne, elle doit tout lui révéler. Mais pourquoi se détériorer à ses yeux? Son confesseur ne l'y forcera pas. Et en l'écoutant elle se sent envelopper d'une atmosphère glaciale. Elle est deux et elle est seule. Il n'y a donc rien qui puisse vous emporter, mariés d'âme, au delà des corps? Et soudain une phrase retentit comme un coup de feu à ses oreilles distraites. Son mari vient de lui dire, fort doucement du reste: «Vois-tu, Bichette! je lui garde une dent à cet idiot de la Silve! Elle se renverse de toute sa hauteur sur sa chaise longue. Une crise de nerf la tord. «Bichette! Qu'as-tu? Sacrebleu!...» Elle ne répond rien. Il court au timbre, lequel ne vibre pas, pour une raison inconnue, mais, en courant, il a brisé un cornet de cristal et la femme de chambre surgit, effarée. À présent on la délace, elle est seule; il s'est retiré, ne demandant pas d'explications, sachant qu'elle est toujours nerveuse à la veille de faire ses dévotions. Elle demeure seule, elle couchera seule. Oh! si seule, avec ce secret ridicule!... Et le lendemain elle se réveille baignée de sueurs, elle a eu des cauchemars étranges: il lui semblait qu'elle mâchait sa propre chair. Elle prie, elle s'habille, défend qu'on attelle, choisit une voilette épaisse, met l'écrin rond dans sa poche. Elle ne veut pas s'en séparer. Si on fouillait ses meubles?... Elle sort du parc touffu par une issue dérobée, gagne l'église à pas furtifs. Le vieux curé, un prêtre de campagne, un homme lourd, croit devoir la saluer avant d'entamer sa messe. Enfin, il l'attend, l'hostie entre ses gros doigts levés; elle murmure: «Mon Dieu, donnez-moi l'oubli de ces vanités!» Et elle s'avance, paupières mi-closes, s'agenouille. Oh! l'Oubli et la Consolation! Tout son être se tend vers le pays de l'union mystique, où les baisers se rendent sans qu'il soit question du nombre des dents. Elle reçoit l'hostie, referme la bouche; mais durant que sa langue, d'un mouvement onctueux et plein de respect, retourne doucement la tranche de pain divin, la plie en deux pour l'avaler plus vite, elle devine, elle voit que Dieu s'arrête... Il n'a pas encore l'habitude de ça, et se laisse retenir par un coin, du côté de la petite brèche! La pauvre femme appelle à son aide tout ce qu'elle possède de salive. Elle quitte affolée la Sainte Table, ayant l'envie sacrilège de cracher en dépit de sa ferveur. Quoi! c'est ce Dieu de charité qui lui inflige une pareille humiliation? Si c'était du pain *ordinaire*, elle comprendrait, mais *Lui*! Alors, elle le détache d'un coup brutal de la langue, et la déglutition s'opère subitement; Dieu disparaît, s'engouffre comme s'il avait eu peur, après avoir constaté. La face dans ses mains crispées, elle pleure. Cela finit par la soulager. En repassant par le sentier ombreux du parc, elle pleure encore, quoique moins désespérée. Une sorte d'étonnante sécheresse monte de son

---
[2]Querelle sans importance.
[3]Lieu où on élève des faisans.

cœur à ses yeux. Il faut bien que la mort s'annonce de temps en temps, sinon les gens heureux n'y songeraient pas; et elle contemple un lis qui se dresse là, sous un sapin aux branches traînantes, un lis dont la blancheur maladive lui rappelle celle de sa dent défunte. Avec un profond soupir, elle se baisse, creuse le sol, enfonce le minuscule cercueil qui contient ce premier morceau d'elle. Dégantée, elle pèse de toutes les forces de ses mains nerveuses, ramène la mousse autour du lis, efface les traces de l'ensevelissement; puis, les lèvres tremblantes, elle s'éloigne, un peu de terre au bout des ongles...

LA PANTHÈRE
1893

À Laurent Tailhade[1]

Des souterrains du cirque monta lentement la cage entraînant avec elle comme un épais morceau de nuit, et, quand s'en ouvrirent les grilles aux resplendissantes clartés des cieux, la bête, trouvant subitement sous ses pas le manteau d'or, taché de pourpre, du sable des arènes, s'exalta dans la lumière et se crut déesse. Jeune, vêtue du deuil royal des panthères noires, portant, le long de ses membres engainés si exactement, quelques énormes topazes disséminées, elle dardait l'œil pur et fixe de celles qui n'ont encore contemplé, au bord des grands fleuves déserts, que leur image de sinistre vierge. Ses pattes de chat, puissantes et d'apparence puérile, semblaient se mouvoir sur des flocons de duvet. En trois bonds légers elle atteignit le milieu du cirque. Là, s'asseyant, d'un mouvement grave et onduleux, toute autre affaire lui paraissait de moindre importance, y compris l'examen de la loge impériale, elle se lécha le sexe.

Près d'elle, des chrétiens écartelés pendaient à de hautes croix rouges de sang. Un éléphant mort barrait de sa masse grise, colossale muraille écroulée, tout un coin du ciel extraordinairement bleu. Aux lointains s'agitaient, en des cercles de gradins s'étageant, une buée de formes pâles d'où venaient des clameurs étranges, et la bête, ayant terminé son intime toilette, chercha un moment, le mufle à terre, la raison de ces cris de fureur, inexplicables pour elle dont les mœurs froides et méthodiques n'admettaient que l'utilité du meurtre sans en comprendre encore les différentes hystéries. De là-bas lui arrivaient le grondement sourd d'un flot battu par le vent, des plaintes de branches craquant sous la foudre. Elle eut un miaulement railleur qui défiait les orages, et, sans trop se presser, prise du caprice inconcevable de leur montrer la douceur des véritables bêtes féroces, elle fut s'attabler devant la savoureuse masse de l'éléphant, dédaignant les proies humaines. Elle but à loisir la liqueur fumante ruisselant du monstrueux cadavre, se tailla un ample lambeau de chair, puis, le festin achevé, campée sur les restes de son repas, elle lustra sa patte gauche avec sollicitude. Deux jours avant sa délivrance, on avait semé, en l'obscurité de sa prison, des viandes indignes assaisonnées de cumin, saupoudrées de safran, pour surexciter le feu dévorant de ses entrailles; mais l'habile flaireuse s'était abstenue, ayant connu de plus longs jeûnes et de plus dangereuses tentations.

---

[1] Poète français connu comme auteur de satires virulentes, surtout contre les mœurs bourgeoises.

Point ignorante, quoique vierge, elle savait déjà les soifs des midis brûlants de son pays où les oiseaux pleurent de tristes mélopées en soupirant après la pluie; elle savait les plantes vénéneuses des grandes forêts inextricables où essayaient de la fasciner des reptiles à langue fourchue distillant le poison; elle savait la grosseur extrême de certains soleils, et la maigreur très ridicule de certaines victimes, les attentes anxieuses sous l'œil mauvais de la lune qui vous lance perfidement à la poursuite d'une ombre de gibier toujours de plus en plus fuyante! De ces chasses malheureuses, elle avait gardé un instinct de guerrier pauvre, et ne demandait qu'une part modeste pour ne pas éprouver de vertiges en cet autre monde béni où les carnassiers, devenus les frères de l'homme, semblaient conviés à des festins solennels. Elle choisissait son morceau sans forfanterie, désireuse de se révéler bien élevée en présence d'appétits moins naturels que les siens.

Un chrétien nu et dérisoirement armé d'un fouet à boule de fer surgit au-dessus de la croupe de l'éléphant, poussé par des bourreaux qu'on ne voyait pas. Il glissa dans le sang caillé, roula le front en avant. Des huées le relevèrent. Il reprit son fouet, et un sourire crispa ses lèvres blêmes. Il ne voulait pas s'en servir, même contre la bête qui l'allait égorger. Il s'assit, ses prunelles claires fixées sur l'ennemie. Celle-ci eut le geste de jouer de la patte, un geste signifiant: «Je suis satisfaite!...» Et elle s'allongea, les yeux mi-clos, agitant la queue avec perplexité. Tranquille duel de regards curieux, le chrétien cherchant, malgré l'abandon voulu de son être, le secret des dompteurs de fauves, le pouvoir suprême de la seule volonté sur la brute, et la bête libre s'efforçant de démêler le genre de puissance de cette espèce quand elle est nue.

Une clameur formidable les éveilla de leur singulière songerie. Ils étaient maintenant le centre de la fête sanglante, et personne, vraiment, ne comprenait cette manière de s'amuser. Une soudaine colère envahissait tous les spectateurs. On appela des belluaires[2], des chevaux galopèrent vers l'éléphant dont on entraîna la lourde masse, et mis debout, face à face, les deux adversaires continuèrent à se surveiller. Le chrétien refusait la lutte, la panthère ne se sentait pas le courage d'écharper, n'ayant plus faim. L'un des belluaires se précipita, les menaçant de son épée. D'un bond gracieux l'animal évita le choc, et le chrétien conserva son sourire mélancolique. Alors des hurlements retentirent de tous les côtés. L'orage éclata, épouvantable. Les belluaires se ruèrent contre la bête qui se déclarait capricieusement pour le plus faible. On alla poser les lances sur les brasiers, on apporta les dards enduits de poix et de plumes enflammées, on appela les chiens dressés à couper les jarrets des taureaux, on emplit des vases d'huile bouillante. Toutes les haines se tournèrent en un moment du côté où la jeune folle, se battant les flancs de sa queue indécise, se demandait ce que signifiaient ces préparatifs de guerre. Les belluaires ne lui laissèrent pas le temps de revenir à la raison. Ils fondirent sur elle, et ce furent des courses désordonnées dans la piste encombrée de mourants. La panthère fuyait, prise d'une terreur superstitieuse. Cela, c'était la fin du monde! Pêle-mêle, poursuivie et poursuivants culbutaient les corps

---

[2]Gladiateurs qui combattaient les bêtes féroces.

d'hommes et d'animaux sous l'immense risée du peuple, que cette bouffonnerie nouvelle finissait par détendre. De toutes les places, on jetait à la bête éperdue des pierres, des fruits, des armes. Des patriciennes lancèrent des bijoux qui sifflèrent terriblement en traversant l'espace, et l'empereur, debout, la lapida lui-même avec des monnaies d'argent. D'un dernier bond désespéré, la panthère, ivre de rage, hérissée de flèches, entourée de flammes, se réfugia dans sa cage demeurée ouverte. On referma la grille, et le piège obscur redescendit aux souterrains.

Des jours, des nuits coulèrent, atroces. Elle avait de temps en temps un miaulement lugubre, un appel au soleil qu'elle ne devait plus revoir. Devenue la légende du cirque, on lui faisait subir tous les supplices. Lâche, disait-on, elle avait refusé le combat, et ne pouvait plus prétendre au rang d'animal noble. Le gardien des fauves prisonniers, un esclave très vieux, sans pitié pour sa gueule élargie par la lame d'une épée qu'elle avait mordue, ne lui donnait que les rebuts des cages voisines, des os déjà rongés, des choses pourries, infectes, qu'on entassait chez elle comme en un cloaque. Sa fourrure, souillée d'immondices, se couvrait de plaies; des jeunes garçons, pour se moquer, lui avaient cloué la queue au sol jusqu'à ce qu'elle l'eût, d'un effort douloureux, arrachée du clou en y laissant de sa peau. Le vieil esclave s'amusait à la braver, lui offrant une main pendant que de l'autre il l'aveuglait d'une poignée de soufre. Il lui brûla complètement une oreille au feu crépitant d'une torche. Privée d'air, de lumière, la gueule toujours emplie d'une bave sanguinolente, elle hurlait lamentablement, cherchant une issue, battant ses barreaux de son crâne, déchirant le sol de ses ongles, et au fond de ses entrailles naissait un mal mystérieux. Parce qu'elle grondait d'une façon trop sinistre, l'ordre vint de la laisser crever de faim tout à fait. Les morts dignes: l'étranglement ou le coup de pique au cœur, n'étaient plus pour elle. On l'oublia et, simplement, le vieux gardien cessa de passer devant elle avec sa torche. La bête comprit. Elle se tut, se coucha dans une dernière attitude orgueilleuse, et, ramenant autour d'elle sa queue meurtrie, croisant ses pattes gangrenées, fermant ses yeux de feu, elle rêva en attendant son agonie. Oh! les forêts qui craquent sous l'orage! les soleils énormes, les lunes couleur de roses, les oiseaux pleurant la pluie, les verdures, les sources fraîches, les jeunes proies faciles dont on peut boire la vie d'une seule aspiration, les grands fleuves étalant leur miroir où les fauves penchés ont des auréoles d'étoiles... Peu à peu, le cerveau de la panthère expirante s'éblouissait des visions anciennes. Oh! le bonheur, très loin, la liberté! Un mouvement de désespoir fou lui rappela son sort: elle revit aussi le champ d'or, taché de pourpre, du sable des arènes, la masse grise de l'éléphant éventré, le sourire dur du chrétien, et enfin les cris furieux des belluaires, les supplices, tous les supplices! Le mufle posé sur ses deux pattes fatalement croisées, elle semblait dormir... peut-être était-elle déjà morte. Tout à coup, l'obscurité de sa prison se dissipa. Une trappe venait de glisser là-haut, et, descendant du ciel dans cet enfer où croupissait la bête damnée, une forme blanche, svelte, une femme apparut. Elle portait en un pan relevé de sa tunique un quartier de chevreau, et sur son épaule son bras droit soutenait un vase plein. La panthère se dressa. C'était, cette créature toute blanche, la fille du vieux gardien des fauves:

«Bête, dit-elle, tandis que derrière elle tourbillonnaient des clartés blondes comme sa chevelure, j'ai compassion de toi. Tu ne mourras point.»

Détachant une chaîne, elle poussa la grille, fit tomber le quartier de chevreau sur le seuil de la cage, déposa doucement le vase plein avec des gestes calmes.

Alors, la panthère se ramassa sur ses reins, heureusement demeurés souples, se fit toute petite pour ne pas effrayer l'enfant, la guetta un instant de ses deux yeux phosphorescents, devenus profonds comme des gouffres, d'un bond lui sauta à la gorge et l'étrangla...

MARCEL SCHWOB
1867-1905

Représentant parfait de la fin-de-siècle symboliste et décadente, Marcel Schwob est parvenu à s'extraire des marges de la littérature et à s'imposer parmi les auteurs renommés. Après de brillantes études, il a échoué à l'agrégation. Il a ensuite développé et nourri divers intérêts plutôt disparates: la philologie, le poète Villon, Poe, Schopenhauer, Shakespeare. Bien qu'il ait traduit plusieurs œuvres telles que *Moll Flanders* de Daniel De Foe, c'est surtout comme journaliste et chroniqueur à la mode qu'il s'est fait connaître. Ses meilleurs articles ont été regroupés dans *Spicilège* (1896). Observateur impitoyable de la vie littéraire, il s'est cependant montré bienveillant envers les talents nouveaux, attirés par l'exceptionnel. Il s'est ainsi intéressé très tôt à André Gide et à Alfred Jarry, parmi d'autres. Mais ses écrits journalistiques s'adressent à son époque et n'ont laissé qu'une empreinte éphémère.

On se souvient essentiellement de Marcel Schwob en tant que conteur qui met en vedette l'étrange et le surnaturel dans un style rythmé de poésie en prose. Son néo-classicisme lui évite d'être obscur et faisandé comme beaucoup de ses contemporains. Ce qui semble une fulgurante clarté se double toujours de nuances d'associations rares et subtiles, dans un style tellement lumineux que, pour le décrire, on pense à l'aigu, au coupant, à ce qui peut faire mal. Ses personnages principaux sont dépeints avec une délicatesse profonde avant d'être mis au milieu des pestiférés, des spectres, des monstres et des exclus, ou comme il le dit, «des galériens heaumés de rouge, des jeunes filles subitement vieillies dans un miroir, et une singulière foule de lépreux, d'embaumeuses, d'eunuques, d'assassins, de démoniaques et de pirates»[1]. Bien que les idées épousées par ces créatures semblent de prime abord n'être que des lubies ou de la folie pure, le narrateur, d'association subtile en nuance approfondie, s'approche du cœur de l'homme. La narration souligne «l'unité, le continu et le général»[2]. «Imaginez, dit Schwob, que la ressemblance est le langage intellectuel des différences, que les différences sont le langage sensible de la ressemblance. Sachez que tout en ce monde n'est que signes, et signes de signes»[3].

[1] Marcel Schwob, «Préface», *Le Roi au masque d'or, Œuvres complètes*, vol. 17 (Paris: François Bernouard, 1927) i.
[2] Ibid. iv.
[3] Ibid. v.
[4] Comme le suggère Michel J. Viegnes, «Mythes, symboles et révélation dans *Le Roi au masque d'or* de Marcel Schwob», *Symposium* 40.1 (1986): 73.

«Le Roi au masque d'or» offre une description si détaillée de ce monde fantastique qu'il paraît vrai. Le désir de l'auteur d'évoquer le terrible frisson du mystère est palpable. Sculptés en ronde-bosse, des personnages mythiques et bibliques se meuvent selon des rythmes antiques. L'aveugle voyant du début de l'histoire fait écho au Tirésias des mythes[4]. On songe également à cet autre tentateur venu sous la forme d'un serpent dans la Bible. Cet agent du Mal a tenté le premier homme en lui promettant la connaissance du bien et du mal[5]. Là où Adam et Ève essaient de se couvrir après avoir goûté au fruit défendu, c'est chez Schwob la volonté même de se découvrir qui procède d'un «désir mauvais.» Mais à l'instar du premier couple, succomber à la tentation mène le roi à la connaissance et à la mort.

Une fileuse lui fait comprendre sa laideur lépreuse, là où d'autres femmes lui cachent la vérité. Mais est-ce là une connaissance fondamentale? Accède-t-il à une réelle connaissance de lui-même? Les femmes de son palais semblent heureuses de séjourner dans ce paradis des mensonges. Ainsi, il s'est aveuglé, mais la compréhension mystérieuse qui caractérisait l'aveugle du début du récit n'a pas résulté de cette action. Ni les femmes, ni les prêtres, ni les bouffons ne veulent ou ne peuvent lui révéler la vérité libératrice. Après s'être exilé lui-même de son palais, le roi rencontre une lépreuse qui lui fait rêver à un amour rafraîchissant. Cependant, ne voulant pas souiller la jeune femme de sa propre maladie, il ne «repose» pas ses lèvres sur les siennes. Parce qu'elle a peur de lui dire qu'elle est déjà atteinte de cet effroyable mal, il est privé d'une expérience fondamentalement humaine. Sans doute a-t-il appris à aimer, puisque le sang qui le guérit, lui laissant le visage «pur et limpide», est sorti de son cœur. Mais il meurt sans connaître l'amour réciproque et créateur. À nous, alors, de nous demander quelle connaissance de la vie il a eu.

Bibliographie sommaire

Édition
Marcel Schwob. «Le Roi au masque d'or». *Le Roi au masque d'or*. Éd. Pierre Champion. *Œuvres complètes*. Vol. 3. Paris: François Bernouard, 1927. 3-18.

Biographie
Champion, Pierre. *Marcel Schwob et son temps*. Paris: Grasset, 1927.
Ziegler, Robert. «Marcel Schwob». *Dictionary of Literary Biography*. Ed. Catharine Savage Brosman. Vol. 123. Detroit: Gale, 1992. 242-52.

Quelques études
Cogman, Peter. *Narration in Nineteenth-Century French Short Fiction: Prosper Mérimée to Marcel Schwob*. Durham: U of Durham, 2002.

---

[5]Je ne veux certainement pas nier la possibilité d'autres allusions dans ce monde d'idées et d'archétypes. Pierre Champion pense à une histoire du Bouddha—*Marcel Schwob et son temps* (Paris: Grasset, 1927) 77-78—et Viegnes en évoque d'autres, parmi lesquelles il faudrait mentionner *La Belle et la bête* et *La Belle au bois dormant*—«Mythes» 73-74.

Marcel Schwob

De Guido, Cédric. «Marcel Schwob lecteur de Frantz Jourdain: Une Contestation du naturalisme». *Romantisme: Revue du Dix-Neuvième Siècle* 127 (2005): 89-103.
Jutrin, Monique. *Marcel Schwob: cœur double*. Lausanne: Éditions de l'Aire, 1982.
Trembley, George. *Marcel Schwob, faussaire de la nature*. Genève: Droz, 1969.
Viegnes, Michel J. «Mythes, symboles et révélation dans "Le Roi au masque d'or" de Marcel Schwob». *Symposium* 40.1 (1986): 71-82.
———. «De Monelle aux épouses masquées: Le Thème féminin dans l'œuvre de Marcel Schwob». *Romance Notes* 27.1 (1986): 53-59.

Le Roi au masque d'or
1892

Le roi masqué d'or se dressa du trône noir où il était assis depuis des heures, et demanda la cause du tumulte. Car les gardes des portes avaient croisé leurs piques et on entendait sonner le fer. Autour du brasier de bronze s'étaient dressés aussi les cinquante prêtres à droite et les cinquante bouffons à gauche, et les femmes en demi-cercle devant le roi agitaient leurs mains. La flamme rose et pourpre qui rayonnait par le crible d'airain du brasier faisait briller les masques des visages. À l'imitation du roi décharné, les femmes, les bouffons et les prêtres avaient d'immuables figures d'argent, de fer, de cuivre, de bois et d'étoffe. Et les masques des bouffons étaient ouverts par le rire, tandis que les masques des prêtres étaient noirs de souci. Cinquante visages hilares s'épanouissaient sur la gauche, et sur la droite cinquante visages tristes se renfrognaient. Cependant les étoffes claires tendues sur les têtes des femmes mimaient des figures éternellement gracieuses animées d'un sourire artificiel. Mais le masque d'or du roi était majestueux, noble, et véritablement royal.

Or le roi se tenait silencieux et semblable par ce silence à la race des rois dont il était le dernier. La cité avait été gouvernée jadis par des princes qui portaient le visage découvert; mais dès longtemps s'était levée une longue horde de rois masqués. Nul homme n'avait vu la face de ces rois, et même les prêtres en ignoraient la raison. Cependant l'ordre avait été donné, depuis les âges anciens, de couvrir les visages de ceux qui s'approchaient de la résidence royale; et cette famille de rois ne connaissait que les masques des hommes.

Et tandis que les ferrures des gardes de la porte frémissaient et que leurs armes sonores retentissaient, le roi les interrogea d'une voix grave:

«Qui ose me troubler, aux heures où je siège parmi mes prêtres, mes bouffons et mes femmes!

Et les gardes répondirent, tremblants:

—Roi très impérieux, masque d'or, c'est un homme misérable, vêtu d'une longue robe; il paraît être de ces mendiants pieux qui errent par la contrée, et il a le visage découvert.

—Laissez entrer ce mendiant, dit le roi.

Alors celui des prêtres qui avait le masque le plus grave se tourna vers le trône et s'inclina:

—Ô roi, dit-il, les oracles ont prédit qu'il n'est pas bon pour ta race de voir le visage des hommes.

Et celui des bouffons dont le masque était crevé par le rire le plus large tourna le dos au trône et s'inclina:

—Ô mendiant, dit-il, que je n'ai pas encore vu, sans doute tu es plus roi que le roi au masque d'or, puisqu'il est interdit de te regarder.

Et celle des femmes dont la fausse figure avait le duvet le plus soyeux joignit ses mains, les écarta et les courba comme pour saisir les vases des sacrifices. Or le roi, penchant ses yeux vers elle, craignait la révélation d'un visage inconnu.

Puis un désir mauvais rampa dans son cœur.

—Laissez entrer ce mendiant», dit le roi au masque d'or.

Et parmi la forêt frissonnante des piques, entre lesquelles jaillissaient les lames des glaives comme des feuilles éclatantes d'acier, éclaboussées d'or vert et d'or rouge, un vieil homme à la barbe blanche hérissée s'avança jusqu'au pied du trône, et leva vers le roi une figure nue où tremblaient des yeux incertains.

«Parle, dit le roi.

Le mendiant répliqua d'une voix forte:

—Si celui qui m'adresse la parole est l'homme masqué d'or, je répondrai, certes; et je pense que c'est lui. Qui oserait, avant lui, élever la voix? Mais je ne puis m'en assurer par la vue—car je suis aveugle. Cependant je sais qu'il y a dans cette salle des femmes, par le frottement poli de leurs mains sur les épaules; et il y a des bouffons, j'entends des rires; et il y a des prêtres, puisque ceux-ci chuchotent d'une façon grave. Or les hommes de ce pays m'ont dit que vous étiez masqués; et toi, roi au masque d'or, dernier de ta race, tu n'as jamais contemplé des visages de chair. Écoute: tu es roi et tu ne connais pas les peuples. Ceux-ci sur ma gauche sont les bouffons—je les entends rire; ceux-ci sur ma droite sont les prêtres,—je les entends pleurer; et je perçois que les muscles des visages de ces femmes sont grimaçants.

Or le roi se tourna vers ceux que le mendiant nommait bouffons, et son regard trouva les masques noirs de souci des prêtres; et il se tourna vers ceux que le mendiant nommait prêtres, et son regard trouva les masques ouverts de rire des bouffons; et il baissa les yeux vers le croissant de ses femmes assises, et leurs visages lui semblèrent beaux.

—Tu mens, homme étranger, dit le roi; et tu es toi-même le rieur, le pleureur, et le grimaçant; car ton horrible visage, incapable de fixité, a été fait mobile afin de dissimuler. Ceux que tu as désignés comme les bouffons sont mes prêtres, et ceux que tu as désignés comme les prêtres sont mes bouffons. Et comment pourrais-tu juger, toi dont la figure se plisse à chaque parole, de la beauté immuable de mes femmes?

—Ni de celle-là, ni de la tienne, dit le mendiant à voix basse, car je n'en puis rien savoir, étant aveugle, et toi-même tu ne sais rien ni des autres ni de ta personne. Mais je suis supérieur à toi en ceci: je sais que je ne sais rien. Et je puis conjecturer. Or peut-être que ceux qui te paraissent des bouffons pleurent sous leur masque; et il est possible que ceux qui te semblent des prêtres aient leur véritable visage tordu par la joie de te tromper; et tu ignores si les joues de tes femmes ne sont pas couleur de cendre sous la soie. Et toi-même, roi masqué d'or, qui sait si tu n'es pas horrible malgré ta parure?»

Alors celui des bouffons qui avait la plus large bouche fendue de gaîté poussa un ricanement semblable à un sanglot; et celui des prêtres qui avait le front le plus sombre dit une supplication pareille à un rire nerveux, et tous les masques des femmes tressaillirent.

Et le roi à la figure d'or fit un signe. Et les gardes saisirent par les épaules le vieil homme à la figure nue et le jetèrent par la grande porte de la salle.

La nuit se passa et le roi fut inquiet pendant son sommeil. Et le matin il erra par son palais, parce qu'un désir mauvais avait rampé dans son cœur. Mais ni dans les salles à coucher, ni dans la haute salle dallée des festins, ni dans les salles peintes et dorées des fêtes, il ne trouva ce qu'il cherchait. Dans toute l'étendue de la résidence royale il n'y avait pas un miroir. Ainsi l'avait fixé l'ordre des oracles et l'ordonnance des prêtres depuis de longues années.

Le roi sur son trône noir ne s'amusa pas des bouffons et n'écouta pas les prêtres et ne regarda pas ses femmes: car il songeait à son visage.

Quand le soleil couchant jeta vers les fenêtres du palais la lumière de ses métaux sanglants, le roi quitta la salle du brasier, écarta les gardes, traversa rapidement les sept cours concentriques fermées de sept murailles étincelantes, et sortit obscurément dans la campagne par une basse poterne.

Il était tremblant et curieux. Il savait qu'il allait rencontrer d'autres visages, et peut-être le sien. Dans le fond de son âme, il voulait être sûr de sa propre beauté. Pourquoi ce misérable mendiant lui avait-il glissé le doute dans la poitrine?

Le roi au masque d'or arriva parmi les bois qui cerclaient la berge d'un fleuve. Les arbres étaient vêtus d'écorces polies et rutilantes. Il y avait des fûts éclatants de blancheur. Le roi brisa quelques rameaux. Les uns saignaient à la cassure un peu de sève mousseuse, et l'intérieur restait marbré de taches brunes; d'autres révélaient des moisissures secrètes et des fissures noires. La terre était sombre et humide sous le tapis varicolore des herbes et des petites fleurs. Le roi retourna du pied un gros bloc veiné de bleu, dont les paillettes miroitaient sous les derniers rayons; et un crapaud en poche molle s'échappa de la cachette vaseuse avec un tressaut[1] effaré.

À la lisière du bois, sur la couronne de la berge, le roi émergeant des arbres s'arrêta, charmé. Une jeune fille était assise sur l'herbe; le roi voyait ses cheveux tordus en hauteur, sa nuque gracieusement courbée, ses reins souples qui faisaient onduler son corps jusqu'aux épaules; car elle tournait entre deux doigts de sa main gauche un fuseau très gonflé, et la pointe d'une quenouille[2] épaisse s'effilait près de sa joue.

Elle se leva interdite, montra son visage, et, dans sa confusion, saisit entre ses lèvres les brins du fil qu'elle pétrissait. Ainsi ses joues semblaient traversées par une coupure de nuance pâle.

[1] Tressaillement, sursaut.
[2] Le fuseau et la quenouille servent à filer et symbolisent le destin.

Quand le roi vit ces yeux noirs agités, et ces délicates narines palpitantes, et ce tremblement des lèvres, et cette rondeur du menton descendant vers la gorge caressée de lumière rose, il s'élança, transporté, vers la jeune fille et prit violemment ses mains.

«Je voudrais, dit-il, pour la première fois, adorer une figure nue; je voudrais ôter ce masque d'or, puisqu'il me sépare de l'air qui baise ta peau; et nous irions tous deux émerveillés nous mirer dans le fleuve.»

La jeune fille toucha avec surprise du bout des doigts les lames métalliques du masque royal. Cependant le roi défit impatiemment les crochets d'or; le masque roula dans l'herbe, et la jeune fille, tendant les mains sur ses yeux, jeta un cri d'horreur.

L'instant d'après elle s'enfuyait parmi l'ombre du bois en serrant contre son sein sa quenouille emmaillotée de chanvre.

Le cri de la jeune fille retentit douloureusement au cœur du roi. Il courut sur la berge, se pencha vers l'eau du fleuve, et de ses propres lèvres jaillit un gémissement rauque. Au moment où le soleil disparaissait derrière les collines brunes et bleues de l'horizon, il venait d'apercevoir une face blanchâtre, tuméfiée, couverte d'écailles, avec la peau soulevée par de hideux gonflements, et il connut aussitôt, au moyen du souvenir des livres, qu'il était lépreux.

La lune, comme un masque jaune aérien, montait au-dessus des arbres. On entendait parfois un battement d'ailes mouillées au milieu des roseaux. Une traînée de brume flottait au fil du fleuve. Le miroitement de l'eau se prolongeait à une grande distance et se perdait dans la profondeur bleuâtre. Des oiseaux à la tête écarlate froissaient le courant par des cercles qui se dissipaient lentement.

Et le roi, debout, gardait les bras écartés de son corps, comme s'il avait le dégoût de se toucher.

Il releva le masque et le plaça sur son visage. Semblant marcher en rêve, il se dirigea vers son palais.

Il frappa sur le gong, à la porte de la première muraille, et les gardes sortirent en tumulte avec leurs torches. Ils éclairèrent sa face d'or; et le roi avait le cœur étreint d'angoisse, pensant que les gardes voyaient sur le métal des écailles blanches. Et il traversa la cour baignée de lune; et sept fois il eut le cœur étreint de la même angoisse aux sept portes où les gardes portèrent les torches rouges à son masque d'or.

Cependant la peine croissait en lui avec la rage, comme une plante noire enroulée d'une plante fauve. Et les fruits sombres et troubles de la peine et de la rage vinrent sur ses lèvres, et il en goûta le suc amer.

Il entra dans le palais, et le garde à sa gauche tourna sur la pointe d'un pied, ayant l'autre jambe étendue, en se couronnant avec un cercle lumineux de son sabre; et le garde à sa droite tourna sur la pointe de l'autre pied, ayant étendu sa jambe opposée en se coiffant d'une pyramide éblouissante par de rapides tourbillons de sa masse diamantée.

Et le roi ne se souvint même pas que c'étaient les cérémonies nocturnes; mais il passa en frissonnant, ayant imaginé que les hommes d'armes voulaient abattre ou fendre sa hideuse tête gonflée.

Les halles du palais étaient désertes. Quelques torches solitaires brûlaient bas dans leurs anneaux. D'autres s'étaient éteintes et pleuraient des larmes froides de résine.

Le roi traversa les salles des fêtes où les coussins brodés de tulipes rouges et de chrysanthèmes jaunes étaient encore épars, avec des balanceuses d'ivoire et des sièges mornes d'ébène rehaussés d'étoiles d'or. Des voiles gommés et peints d'oiseaux à pattes diaprées, à bec d'argent, pendaient du plafond où s'enchâssaient des gueules de bêtes en bois de couleur. Il y avait des flambeaux de bronze verdâtre, faits d'une pièce, et percés de trous prodigieux laqués en rouge, où une mèche de soie écrue passait au centre de rondelles tassées d'un noir huileux. Il y avait des fauteuils longs, bas et cambrés, où on ne pouvait s'étendre sans que les reins fussent soulevés, comme portés par des mains. Il y avait des vases fondus de métaux presque transparents, et qui sonnaient sous le doigt d'une manière aiguë, comme s'ils étaient blessés.

À l'extrémité de la salle, le roi saisit une torchère d'airain qui dardait ses langues rouges dans les ténèbres. Les gouttelettes flamboyantes de résine s'abattirent en frémissant sur ses manches de soie. Mais le roi ne les remarqua pas. Il se dirigea vers une galerie haute, obscure, où la résine laissa un sillon parfumé. Là, aux parois coupées de diagonales croisées, on voyait des portraits éclatants et mystérieux: car les peintures étaient masquées et surmontées de tiares. Seulement le portrait le plus ancien, écarté des autres, représentait un jeune homme pâle, aux yeux dilatés d'épouvante, le bas du visage dissimulé par les ornements royaux. Le roi s'arrêta devant ce portrait et l'éclaira en soulevant la torchère. Puis il gémit et dit: «Ô premier de ma race, mon frère, que nous sommes pitoyables!» Et il baisa le portrait sur les yeux.

Et devant la seconde figure peinte, qui était masquée, le roi s'arrêta et déchira la toile du masque en disant : «Voilà ce qu'il fallait faire, mon père, second de ma race.» Et ainsi il déchira les masques de tous les autres rois de sa race, jusqu'à lui-même. Sous les masques arrachés, on vit la nudité sombre de la muraille.

Puis il arriva dans les salles des festins où les tables luisantes étaient encore dressées. Il porta la torchère au-dessus de sa tête, et des lignes pourpres se précipitèrent vers les coins. Au centre des tables était un trône à pieds de lion, sur lesquels s'affaissait une fourrure tachetée; des verreries semblaient amoncelées aux angles, avec des pièces d'argent poli et des couvercles percés d'or fumeux. Certains flacons miroitaient de lueurs violettes; d'autres étaient plaqués à l'intérieur avec de minces lames translucides de métaux précieux. Comme une terrible indication de sang, un éclat de la torchère fit scintiller une coupe oblongue, taillée dans un grenat, et où les échansons avaient coutume de verser le vin des rois. Et la lumière caressa aussi de vermeil un panier d'argent tressé où étaient rangés des pains ronds à croûte saine.

Et le roi traversa les salles des festins en détournant la tête. «Ils n'ont pas eu honte, dit-il, de mordre sous leur masque dans le pain vigoureux et de toucher le vin saignant avec leurs lèvres blanches! Où est celui qui, sachant son mal, interdit les miroirs de sa maison? Il est parmi ceux dont j'ai arraché les faux visages: et j'ai mangé du pain de son panier, et j'ai bu du vin de sa coupe...»

On arrivait par une étroite galerie pavée de mosaïque aux salles à coucher, et le roi y glissa, portant devant lui sa torche sanglante. Un garde s'avança, saisi d'inquiétude, et sa ceinture d'anneaux larges flamboya sur sa tunique blanche; puis il reconnut le roi à sa face d'or et se prosterna.

D'une lampe d'airain suspendue au centre, une lumière pâle éclairait une double file de lits de parade; les couvertures de soie étaient tissées avec des filaments de nuances vieilles. Un tuyau d'onyx laissait couler des gouttes monotones dans un bassin de pierre polie.

D'abord le roi considéra l'appartement des prêtres; et les masques graves des hommes couchés étaient semblables pendant le sommeil et l'immobilité. Et dans l'appartement des bouffons, le rire de leurs bouches endormies avait juste la même largeur. Et l'immuable beauté de la figure des femmes ne s'était pas altérée dans le repos; elles avaient les bras croisés sur la gorge, ou une main sous la tête, et elles ne paraissaient pas se soucier de leur sourire qui était aussi gracieux quand elles l'ignoraient.

Au fond de la dernière salle s'étendait un lit de bronze, avec des hauts-reliefs de femmes courbées et de fleurs géantes. Les coussins jaunes y gardaient l'empreinte d'un corps agité. Là aurait dû reposer, dans cette heure de la nuit, le roi au masque d'or; là ses ancêtres avaient dormi pendant des années.

Et le roi détourna la tête de son lit: «Ils ont pu dormir, dit-il, avec ce secret sur leur face, et le sommeil est venu les baiser au front, comme moi. Et ils n'ont pas secoué leur masque au visage noir du sommeil, pour l'effrayer à jamais. Et j'ai frôlé cet airain, j'ai touché ces coussins où s'abattaient jadis les membres de ces honteux...»

Et le roi passa dans la chambre du brasier, où la flamme rose et pourpre dansait encore, et jetait ses bras rapides sur les murs. Et il frappa sur le grand gong de cuivre un coup si sonore qu'il y eut une vibration de toutes les choses métalliques d'alentour. Les gardes effrayés s'élancèrent mi-vêtus, avec leurs haches et leurs boules d'acier hérissées de pointes, et les prêtres parurent, endormis, laissant traîner leurs robes, et les bouffons oublièrent tous les bonds d'entrée sacramentels, et les femmes montrèrent au coin des portes leurs visages souriants.

Or le roi monta sur son trône noir et commanda:

«J'ai frappé sur le gong afin de vous réunir pour une chose importante. Le mendiant a dit vrai. Vous me trompez tous ici. Ôtez vos masques.»

On entendit frissonner les membres et les vêtements et les armes. Puis, lentement, ceux qui étaient là se décidèrent et découvrirent leurs visages.

Alors le roi au masque d'or se tourna vers les prêtres et considéra cinquante grosses faces rieuses avec de petits yeux collés par la somnolence; et, se tournant vers les bouffons, il examina cinquante figures hâves creusées par la tristesse, avec des yeux sanguinolents d'insomnie; et, se baissant vers le croissant de ses femmes assises, il ricana, —car leurs visages étaient pleins d'ennui et de laideur et enduits de stupidité.

«Ainsi, dit le roi, vous m'avez trompé depuis tant d'années sur vous-mêmes et sur tout le monde. Ceux que je croyais sérieux et qui me donnaient des conseils sur les choses divines et humaines sont pareils à des outres ballonnées de vent ou de vin; et ceux dont je m'amusais pour leur continuelle gaîté étaient tristes jusqu'au fond du cœur; et votre sourire de sphinx, ô femmes, ne signifiait rien du tout! Misérables vous êtes; mais je suis encore le plus misérable d'entre vous. Je suis roi et mon visage paraît royal. Or, en réalité, voyez: le plus malheureux de mon royaume n'a rien à m'envier.

Et le roi ôta son masque d'or. Et un cri s'éleva des gorges de ceux qui le voyaient; car la flamme rose du brasier illuminait ses écailles blanches de lépreux.

—Ce sont eux qui m'ont trompé, —mes pères, je veux dire, cria le roi, qui étaient lépreux comme moi, et m'ont transmis leur maladie avec l'héritage royal. Ils m'ont abusé, et ils vous ont contraints au mensonge.

Par la grande baie de la salle, ouverte vers le ciel, la lune tombante montra son masque jaune.

—Ainsi, dit le roi, cette lune qui tourne toujours vers nous le même visage d'or a peut-être une autre face obscure et cruelle, ainsi ma royauté a été tendue sur ma lèpre. Mais je ne verrai plus l'apparence de ce monde, et je dirigerai mon regard vers les choses obscures. Ici, devant vous, je me punis de ma lèpre, et de mon mensonge, et ma race avec moi.»

Le roi leva son masque d'or; et, debout sur le trône noir, parmi l'agitation et les supplications, il enfonça dans ses yeux les crochets latéraux du masque, avec un cri d'angoisse; pour la dernière fois, une lumière rouge s'épanouit devant lui, et un flot de sang coula sur son visage, sur ses mains, sur les degrés sombres du trône. Il déchira ses vêtements, descendit les marches en chancelant, et, écartant avec des tâtonnements les gardes muets d'horreur, il partit seul dans la nuit.

[leave space here]

Or le roi lépreux et aveugle marchait dans la nuit. Il se heurta aux sept murailles concentriques de ses sept cours, et contre les arbres anciens de la résidence royale, et il se fit des plaies aux mains en touchant les épines des haies. Lorsqu'il entendit sonner ses pas, il connut qu'il était sur la grande route. Pendant des heures et des heures il marcha, sans même éprouver le besoin de prendre de la nourriture. Il savait qu'il était éclairé de soleil par la chaleur qui voilait son visage, et il reconnaissait la nuit au froid de l'obscurité. Le sang qui avait coulé de ses yeux arrachés couvrait sa peau d'une croûte noirâtre et sèche. Et quand il eut marché longtemps, le roi aveugle se sentit las, et s'assit au bord de la route. Il vivait maintenant dans un monde obscur et ses regards étaient rentrés en lui-même.

Comme il errait dans cette plaine sombre des pensées, il entendit un bruit de clochettes. Aussitôt il se représenta le retour d'un troupeau de brebis à laine épaisse, mené par des béliers dont la queue grasse pendait à terre. Et il tendit les

mains pour toucher la laine blanche, n'ayant point honte des animaux. Mais ses mains rencontrèrent d'autres mains tendres, et une voix douce lui dit:
«Pauvre homme aveugle, que veux-tu?
Et le roi reconnut la voix charmante d'une femme.
—Il ne faut pas me toucher, cria le roi. Mais où sont tes brebis?
Or la jeune fille qui se tenait devant lui était lépreuse, et à cause de cela portait des clochettes suspendues à ses vêtements. Mais elle n'osa pas l'avouer, et répondit en mentant:
—Elles sont un peu derrière moi.
—Où vas-tu ainsi? dit le roi aveugle.
—Je rentre, répondit-elle, à la cité des Misérables.

Alors le roi se souvint qu'il y avait, dans un endroit écarté de son royaume, un asile où se réfugiaient ceux qui avaient été repoussés de la vie pour leurs maladies ou leurs crimes. Ils existaient dans des huttes bâties par eux-mêmes ou enfermés dans des tanières creusées au sol. Et leur solitude était extrême.

Le roi résolut de se rendre dans cette cité.
—Conduis-moi, dit-il.
La jeune fille le saisit par le pan de sa manche.
—Laisse-moi te laver le visage, dit-elle; car le sang a coulé sur tes joues depuis une semaine peut-être.

Et le roi trembla, pensant qu'elle allait avoir horreur de sa lèpre et l'abandonner. Mais elle versa de l'eau de sa gourde et lava le visage du roi. Puis elle dit:
—Pauvre, comme tu as dû souffrir de l'arrachement de tes yeux!
—Comme j'ai souffert avant, sans le savoir, dit le roi. Mais allons. Arriverons-nous ce soir à la cité des Misérables?
—Je l'espère, dit la jeune fille.

Et elle le reconduisit en lui parlant tendrement. Cependant le roi aveugle entendait les clochettes, et, se tournant, voulait caresser les brebis. Et la jeune fille craignait qu'il ne devinât sa maladie.

Or le roi était exténué de fatigue et de faim. Elle sortit un morceau de pain de son bissac et lui offrit sa gourde. Mais il refusa, craignant de souiller le pain et l'eau. Puis il demanda:
—Vois-tu la cité des Misérables?
—Pas encore, dit la jeune fille.

Et ils marchèrent plus loin. Elle cueillit pour lui du lotus bleu, et il le mâcha pour rafraîchir sa bouche. Le soleil s'inclinait vers les grandes rizières qui ondulaient à l'horizon.
—Voici l'odeur du repas qui monte vers moi, dit le roi aveugle. N'approchons-nous pas de la cité des Misérables?
—Pas encore, dit la jeune fille.

Et, comme le disque sanglant du soleil tranchait encore le ciel violet, le roi se pâma de lassitude et d'inanition. À l'extrémité de la route tremblait une mince colonne de fumée parmi des toitures d'herbages. La brume des marais flottait autour.

—Voici la cité, dit la jeune fille; je la vois.

—J'entrerai seul dans une autre, dit le roi aveugle. Je n'avais plus qu'un désir; j'aurais voulu reposer mes lèvres sur les tiennes, afin de me rafraîchir à ta figure qui doit être si belle. Mais je t'aurais souillée, puisque je suis lépreux.»

Et le roi s'évanouit dans la mort.

Et la jeune fille éclata en sanglots, voyant que le visage du roi aveugle était pur et limpide, et sachant bien qu'elle-même avait craint de le souiller.

Or de la cité des Misérables s'avança un vieux mendiant à la barbe hérissée, dont les yeux incertains tremblaient.

«Pourquoi pleures-tu?» dit-il.

Et la jeune fille lui dit que le roi aveugle était mort, après avoir eu les yeux arrachés, pensant être lépreux.

«Et il n'a point voulu me donner le baiser de paix, dit-elle, afin de ne pas me souiller; et c'est moi qui suis véritablement lépreuse à la face du ciel.»

Et le vieux mendiant lui répondit:

—Sans doute le sang de son cœur qui avait jailli par ses yeux avait guéri sa maladie. Et il est mort, pensant avoir un masque misérable. Mais, à cette heure, il a déposé tous les masques, d'or, de lèpre et de chair.»

CPSIA information can be obtained
at www.ICGtesting.com
Printed in the USA
FFOW02n1640180315
11967FF